TOUTES les matières

Objectif BAC

T^le STI2D

INGÉNIERIE, INNOVATION ET DÉVELOPPEMENT DURABLE + ENSEIGNEMENTS SPÉCIFIQUES (ITEC, SIN, EE, AC)
Fethi BENGUELLA
Bruno CIREFICE
Moez MASMOUDI
Luc NADALON
Sahed YAHI

MATHÉMATIQUES
Fabrice FRATTINI
Denise BLANC
Bernard BLANC

PHYSIQUE-CHIMIE
Luc RÉJAUD
Marie-Pierre REY-NONY

PHILOSOPHIE
Yohann DURAND
Nathalie NIEUVIARTS

HISTOIRE-GÉOGRAPHIE EMC
Alain PROST

ANGLAIS
Caroline GARNIER

ESPAGNOL
Oscar TORRES VERA

hachette
ÉDUCATION

Sommaire

TON KIT RÉUSSITE BAC

sur la chaîne YouTube « Objectif BAC Hachette »

47 tutos vidéos pour mieux comprendre les points-clés du BAC, signalés dans l'ouvrage par le logo COMPRENDRE EN VIDÉO

Maths

Vidéo 1 : Écrire un nombre complexe sous forme exponentielle

Vidéo 2 : Calcul des termes d'une suite géométrique

Vidéo 3 : Déterminer l'équation d'une tangente

Vidéo 4 : Lecture graphique de $f'(a)$

Vidéo 5 : Étude d'une fonction

Vidéo 6 : Calcul de la dérivée d'une fonction

Physique-Chimie

Vidéo 7 : La pile Daniell

Vidéo 8 : Pression dans un liquide au repos

Vidéo 9 : Caractéristique intensité-tension d'un panneau photovoltaïque

Vidéo 10 : Les transferts d'énergies à partir du Soleil

Vidéo 11 : Les équations de désintégration nucléaire

Vidéo 12 : Les onde électromagnétiques

Philosophie

Vidéo 13 : Les transitions et la conclusion

Vidéo 14 : Le rôle des sous-parties

Vidéo 15 : Rédiger l'introduction d'une dissertation

Vidéo 16 : La problématique et le plan

Vidéo 17 : Analyser un sujet de dissertation

Améliorer son expression écrite avec *Projet Voltaire*

Vidéo 18 : Accord du participe passé avec l'auxiliaire « être »

Vidéo 19 : Avec l'auxiliaire « avoir », le participe passé ne s'accorde jamais avec le sujet

Vidéo 20 : Accord du participe passé avec l'auxiliaire « avoir » selon la place du COD ou suivi d'un infinitif

Vidéo 21 : Les noms qui se terminent par « -é »

Vidéo 22 : « Je veux », « je peux », « je vaux »

Vidéo 23 : Dans quels cas écrit-on « ces » ?

Vidéo 24 : « La plupart » est suivi du pluriel

Vidéo 25 : Dans quels cas écrit-on « prêt » ?

Vidéo 26 : Dans quels cas écrit-on « -cueil » ?

Vidéo 27 : Accord de « ci-joint » ou « ci-annexé »

Vidéo 28 : « Parmi », sans s

Vidéo 29 : Où sont les doubles consonnes dans « appeler » ?

Vidéo 30 : « -onnel » avec deux n et « -onal » avec un n

Vidéo 31 : Quand faut-il mettre un s à « vingt » ?

Vidéo 32 : Quand faut-il mettre un s à « cent » ?

Vidéo 33 : Jamais de s à « mille »

Vidéo 34 : « 1,5 kilomètre », sans s

Vidéo 35 : « M. » ou « Mr » ?

Vidéo 36 : « J'ai été » ou « je suis allé » ?

Vidéo 37 : « Après qu'il a »

Vidéo 38 : Les quatre~~s~~ missions

Vidéo 39 : Il les apporte~~s~~

Vidéo 40 : qui me permettron~~s~~

Vidéo 41 : Malgré ~~que~~

Vidéo 42 : Une demi~~e~~-journée

Vidéo 43 : leur~~s~~ apporter

Vidéo 44 : J'attend

Vidéo 45 : Je les ai contacté

Vidéo 46 : Cet~~te~~ emploi

Vidéo 47 : Je conclu~~e~~rai

hachette
ÉDUCATION

LE GRAND ORAL

L'épreuve du Grand oral

Grand oral
Préparation : 20 minutes
Épreuve : 20 minutes
Notation : sur 20 points
Coefficient : 14

1 Descriptif de l'épreuve

A Les modalités de l'épreuve

- **L'épreuve du Grand oral est une des épreuves terminales du baccalauréat.** Elle vous donne l'occasion « de montrer [votre] capacité à prendre la parole en public de façon claire et convaincante » *(BO du 13 février 2020 modifié par la note de service du 26 septembre 2023).* Vous montrerez ainsi que vous êtes capable d'**utiliser les savoirs et compétences que vous avez acquis pour organiser et approfondir votre propre réflexion.**
- **Vous êtes évalué(e) par deux professeurs.** L'un d'eux représente l'enseignement de votre spécialité, l'autre votre second enseignement de spécialité ou l'un des enseignements communs.
- **Durant l'année de Terminale, vous allez formuler et préparer deux questions** prenant appui sur l'**étude approfondie** menée pendant l'année dans votre **enseignement de spécialité**.

B Le déroulé de l'épreuve

- Le jury vous interroge sur **une seule question** qu'il choisit parmi les deux que vous lui avez proposées.

	Préparation (20 minutes)	Mettez en ordre vos idées, élaborez éventuellement un support de présentation sur une feuille qui vous est fournie (le support lui-même n'est pas noté).
Épreuve : 20 minutes	étape 1 **Exposé : présentation de la question et développement (10 minutes)**	Vous devez : • justifier le choix de la question (intérêt, enjeu, mise en perspective) ; • expliquer la démarche suivie et les choix faits en termes d'outils et de méthodes ; • développer et répondre à la question. L'exposé se fait sans notes.
	étape 2 **Échange (10 minutes)**	• Le jury vous interroge pour vous conduire à préciser et à approfondir votre analyse et pour évaluer la solidité de vos connaissances et vos capacités argumentatives. • Les questions qui vous sont posées peuvent porter sur toute partie du programme du cycle terminal des enseignements de spécialité.

2 Les compétences évaluées

1. **Les connaissances rattachées à l'enseignement de spécialité.** Durant l'exposé, vous devrez **mobiliser les connaissances et compétences acquises dans cette discipline**. Lors de l'échange, le jury reviendra sur les notions que vous avez convoquées afin de vérifier la solidité de vos connaissances.
2. **La capacité à argumenter.** Le jury attend des **arguments fondés sur des connaissances** et étayés par des **exemples pertinents**.
3. **La maîtrise de l'oral.** Vous devez faire preuve des **qualités d'un orateur** (élocution claire, voix posée, pertinence du lexique employé, etc.). Durant l'échange, le jury attend de vous une **qualité d'écoute** et une **attitude respectueuse** ; une **implication personnelle** ; une **réactivité aux questions**, etc.

À savoir
Lors de l'exposé, vous parlez sans notes, debout face au jury. Pour l'entretien, vous pouvez choisir d'être debout ou assis face au jury.

LE GRAND ORAL Se préparer tout au long de l'année

1 Huit conseils pour réussir l'exposé

1. Le plus tôt possible **arrêtez le choix des deux thèmes en fonction de votre projet d'étude approfondie et de vos centres d'intérêt.** Ne fixez pas encore la formulation des questions.
2. Seul(e) ou en groupe, **rassemblez, classez, analysez les informations et les données** qui vont nourrir non seulement votre exposé mais aussi les réponses aux questions du jury.
3. **Prenez le temps de réfléchir à la formulation de vos questions** tout en bâtissant le plan de vos deux exposés qui doit être cohérent et progressif.
4. **Évitez les plans décousus, les listes d'arguments ou d'exemples sans liens.** Précisez vos exemples : expérience réalisée en classe, rencontre d'un professionnel, etc.
5. **Soignez en particulier votre introduction**, vous montrerez que vous dominez les enjeux de la question et que vous avez su dégager les grandes perspectives qui y répondent.
6. **Préparez l'introduction et la conclusion ensemble.** La conclusion doit répondre à la question posée dans l'introduction.
7. Vous devez parler sans notes ! **Rédigez donc au préalable vos deux exposés** afin de disposer d'un support pour vos entraînements.
8. **Lisez à voix haute votre exposé pour en évaluer la longueur** afin de l'ajuster au temps imparti. Entraînez-vous à le présenter sans pour autant donner l'impression de le réciter.

2 Des astuces pour un entretien serein

• **Un entretien qui prolonge l'exposé.** Mettez de côté des connaissances que vous réserverez à l'entretien, de **nouveaux arguments**, des exemples que vous n'avez pas présentés. **Imaginez les questions** que le jury peut vous poser et préparez les réponses.

• **Les qualités attendues.** Outre une maîtrise des connaissances relatives à la question et une expression correcte, la jury attend une **capacité à développer les réponses, à défendre un point de vue** mais aussi, éventuellement, à reconnaître une erreur.

Objectifs	Nos astuces
J'améliore ma diction !	• Pratiquez des exercices d'articulation. • Lisez régulièrement des textes à voix haute pour gagner en fluidité et en assurance.
Je prends confiance en moi !	• Participez davantage en classe et développez vos réponses de façon claire et précise. • Exprimez-vous lors de réunions, à table avec vos proches, sur les sujets qui vous intéressent. • Pratiquez la lecture à voix haute après avoir écouté des discours d'orateurs célèbres.
Je mets au point mon exposé !	• Lisez vos exposés à voix haute afin de voir s'ils sont adaptés au temps imparti (10 minutes). • Lisez-les avec le ton adapté, pour améliorer votre style. • Mémorisez vos exposés de façon à les restituer avec spontanéité. • Multipliez les occasions de présenter vos exposés, à vos professeurs mais aussi à vos proches. • Travaillez régulièrement en groupe et, à tour de rôle, jouez un des professeurs ou le candidat.
J'apprivoise mon image !	• Parlez devant votre miroir pour corriger vos gestes. • Enregistrez-vous, filmez-vous à plusieurs reprises pour traquer les tics de langage, les maladresses, les postures peu assurées, etc. et constater vos progrès !

LE GRAND ORAL

Bien choisir les deux questions

1 Les critères de choix

• **Chacune de vos questions devra se rattacher à votre enseignement de spécialité** (celui pour lequel le programme prévoit une étude approfondie).

Deux possibilités s'offrent donc à vous pour les questions :

1. **Vous choisissez deux sujets distincts**, chacun d'eux se rapportant à un aspect de la spécialité et de votre réalisation (ou projet) d'étude approfondie.
2. **Vous choisissez deux sujets voisins**, car vous avez un projet personnel bien défini et que vous préférez approfondir deux perspectives complémentaires.

> **Rappel**
> En STMG, l'étude approfondie suppose l'approfondissement d'un problème de gestion qui se pose à une organisation. Le traitement de ce problème débouche sur la réalisation d'un projet et vous permet de présenter vos deux questions au Grand oral.

• **Chacun des sujets doit prendre en compte les deux critères suivants :**

1. Éclairer un des enjeux du programme de Terminale de la spécialité.
2. S'inscrire dans une réflexion sur une thématique qui vous tient à cœur. Vous serez amené(e) à justifier le choix de la question.

2 La démarche

• **Choisissez les domaines dans lesquels vos questions vont s'inscrire :**

– Quel aspect de la spécialité vous intéresse le plus ?
– Quel problème de gestion a soulevé votre étude approfondie ?
– Quelles études envisagez-vous de poursuivre l'an prochain ?
– Quel métier pensez-vous exercer ?

• **Pour éveiller la curiosité de votre jury, votre sujet doit commencer par vous intéresser vous-même :**

– Quels sont vos centres d'intérêt ?
– Quels sont vos loisirs ? Dans quelle mesure croisent-ils la spécialité que vous avez choisie ?
– À quelles causes, à quels engagements êtes-vous sensible ?

• **Demandez conseil à vos professeurs**, à vos amis, à votre famille. Soumettez-leur vos idées et écoutez leurs propositions. Vous pourrez affiner au fil des semaines vos problématiques et la formulation de vos questions, mais pour éviter tout stress inutile, ne revenez pas sur les thèmes choisis au départ.

> **Rappel**
> Vous pouvez discuter du choix de vos questions avec des camarades de classe. Mais soyez prudents : ce travail en équipe ne doit pas conduire à un exposé partagé car le jury valorise une réflexion personnelle.

Entraînement

1 **Notez trois domaines qui vous intéressent et dégagez les liens possibles avec votre spécialité et votre étude approfondie.**

2 **En deux minutes, présentez deux ou trois sujets possibles à vos amis ou à votre famille. Cherchez à les convaincre de l'intérêt de votre thème. Si vous avez du mal à défendre votre sujet, c'est sans doute qu'il ne vous convient pas vraiment.**

LE GRAND ORAL

Bien formuler les deux questions

1 Les types de question

• **Vous pouvez proposer une interrogation totale** qui vous permettra de bâtir un plan dialectique et d'adopter différents points de vue durant votre exposé.

Exemple pour un sujet de « Gestion Finance » : Une entreprise doit-elle s'endetter ?

• **Vous pouvez aussi choisir un mot interrogatif et proposer une interrogation partielle :** *en quoi*, *dans quelle mesure*, etc.

Exemple : Dans quelle mesure une entreprise doit-elle s'endetter ?

À savoir

Une **interrogation totale** admet deux réponses possibles (oui/non).

Une **interrogation partielle** peut avoir de nombreuses réponses.

2 Deux questions qui vous concernent

• Durant l'entretien vous devrez **justifier le choix de votre question en fonction de l'étude approfondie menée dans le cadre d'une des spécialités de Terminale**, mais aussi en fonction de vos centres d'intérêt. Le problème que vous soulevez doit donc vous concerner personnellement : une curiosité intellectuelle, une vocation professionnelle, un engagement citoyen, etc.

• **Pour formuler vos questions**, interrogez-vous sur les liens entre chacun de vos sujets et les interrogations qui sont les vôtres aujourd'hui. Vous pouvez explorer les pistes suivantes :
– Quel événement contemporain ou récent a un lien avec le domaine qui vous intéresse ?
– En quoi le sujet retenu peut-il éclairer vos réflexions, votre avenir professionnel, vos engagements ?

3 Une question bien formulée !

• Comme votre plan proposera une réponse à la question que vous aurez posée, **réfléchissez à la progression de votre exposé pour formuler de façon pertinente votre question.**

• Évitez les questions qui, appelant une démarche trop descriptive, ne vous permettront pas de bâtir une progression dynamique.

• **Privilégiez les questions larges** qui offrent des perspectives que l'entretien pourra approfondir.

• **Écartez les formulations trop ambitieuses** ; elles risqueraient de vous mettre en danger lors de l'échange avec le jury.

Entraînement

1 Parmi les qualités suivantes, surlignez celles qui caractérisent votre formulation :
– un lien avec vos centres d'intérêt ;
– une question ouverte (plusieurs pistes de réponses) ;
– une formulation grammaticalement correcte ;
– un vocabulaire clair et exact ;
– des termes percutants sans être trop racoleurs.

2 Puis examinez celles qui manquent pour améliorer la rédaction de votre interrogation.

Ingénierie, Innovation et Développement Durable (2I2D)

Le terme Commun signifie que le chapitre aborde les quatre enseignements spécifiques ITEC SIN EE AC

Présentation des épreuves du Bac

1 L'épreuve écrite

Épreuve écrite
Durée : 4 heures
Coefficient : 16

A Les modalités de l'épreuve

- L'épreuve est notée sur **20 points**.
- L'épreuve se décompose en **deux parties indépendantes** :
  – la première partie aborde les trois domaines « matière, énergie, et information » relatifs au contenu commun des quatre enseignements spécifiques de la spécialité.
  – la deuxième partie concerne l'enseignement spécifique choisi.
- Un unique produit peut servir de support aux deux parties de l'épreuve.
- Le **sujet comporte des documents techniques** qui mettent en situation le ou les supports et indiquent leurs principales performances ainsi que les éléments déterminants de leurs cahiers des charges.

B Le déroulement et les compétences requises

	Partie commune	Enseignement spécifique
Programme	La totalité des thèmes de première et de terminale.	
Travail à réaliser	Analyser un produit pluritechnologique	Résoudre un exercice avec une problématique technologique.
Compétences requises	• exploiter des graphes, tableaux de données, chronogrammes, résultats de simulations numériques ou d'acquisition de grandeurs physiques ; • réaliser des schémas, croquis et algorithmes ; • analyser des solutions constructives ; • valider des modèles et analyser des écarts avec la réalité ; • argumenter ses choix ; • rédiger des commentaires et argumentaires, des synthèses en mobilisant la terminologie adéquate.	

2 Le Grand oral

Toutes les informations, présentation de l'épreuve et conseils en page 5 de cet ouvrage.

3 L'épreuve orale de contrôle (rattrapage)

Oral de rattrapage
Préparation : 1 heure
Présentation : 10 minutes

- L'épreuve s'appuie sur une **étude de cas** issue d'un produit pluritechnologique.
- Le candidat doit **résoudre une problématique technologique** relative aux enseignements communs et de l'enseignement spécifique choisi en partant d'un **questionnaire et un dossier** est remis au début de l'épreuve.
- Le candidat dispose de 10 minutes pour **exposer les conclusions de sa préparation** avant de **répondre aux questions** de l'examinateur.

1 Cahier des charges avec SysML

1 Introduction

> **Définition**
>
> **SysML** : *systems modeling language*, signifie langage de modélisation des systèmes. C'est un ensemble de représentations graphiques permettant de détailler les constituants et les modes de fonctionnement d'un système.

• **Le cahier des charges** exprime le **besoin** de l'utilisateur, c'est-à-dire les fonctions que doit remplir un système, les **contraintes** (techniques, humaines, matérielles, …) liées à son environnement, etc.

• **La modélisation SysML** s'articule autour de six diagrammes que l'on peut classer en trois catégories de modélisation :
– **comportementale** qui montre l'évolution temporelle ;
– **fonctionnelle** qui définit les exigences à respecter (valeurs) et le contexte général (métier, juridique, éventuelles contraintes techniques, etc.) ;
– **structurelle** (organisation matérielle).

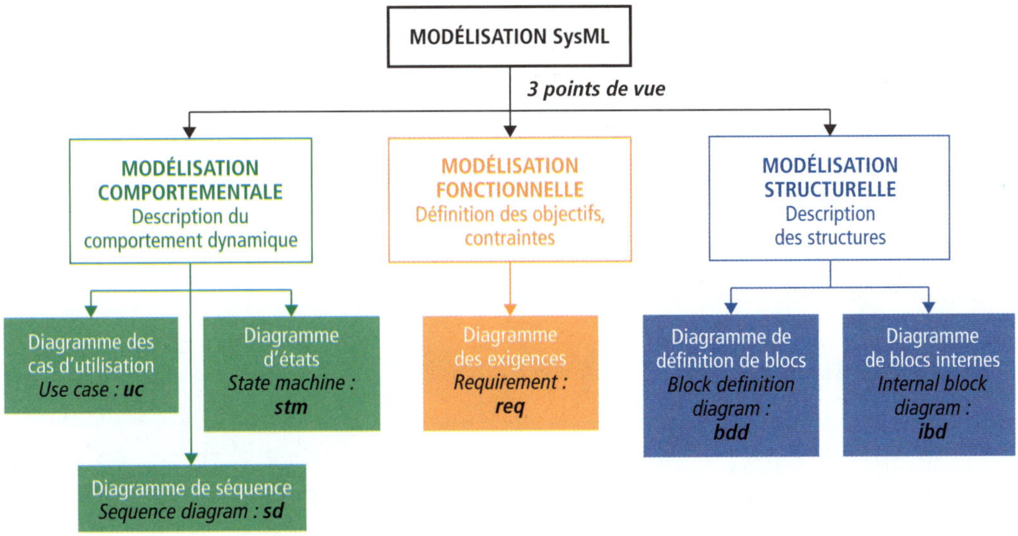

▲ Les six diagrammes de description utilisés en STI2D.

2 Diagramme des cas d'utilisation « *uc* »

• **Le diagramme des cas d'utilisation « *use case* »** exprime les services rendus en autonomie par le système aux utilisateurs (acteurs). Il délimite la frontière du système, montre les interactions fonctionnelles, décrit ce que fera le système sans spécifier comment.

> **Définition**
>
> **Cas d'utilisation :** fonction visible de l'extérieur qui exprime un service rendu par le système sans imposer le mode de réalisation. L'ensemble de tous les *use cases* définit tous les comportements d'un système assurant aux acteurs que leurs objectifs vont être réalisés.

Exemple

Soit le diagramme des cas d'utilisation d'un scooter électrique Tri'ode à trois roues, destiné aux entreprises et aux collectivités pour assurer des petites livraisons en zones urbaines, sur de grands sites industriels, pour les hôpitaux, les campus, les ports et les aéroports.

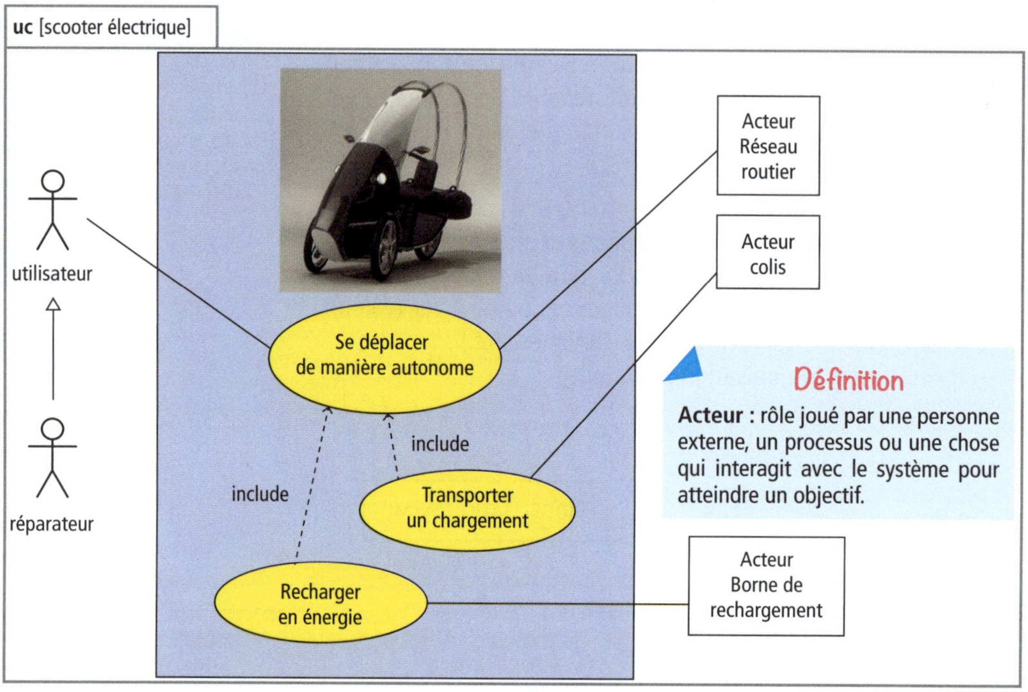

▲ Diagramme des cas d'utilisation du scooter.

> **Définition**
> **Acteur :** rôle joué par une personne externe, un processus ou une chose qui interagit avec le système pour atteindre un objectif.

- **Relations dans un diagramme de cas d'utilisation :**

Relation d'inclusion	**Relation d'extension**	**Relation de généralisation** (entre acteurs ou entre cas d'utilisation)
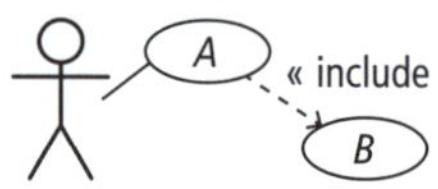	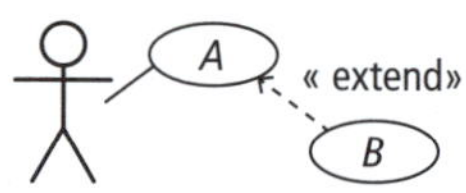	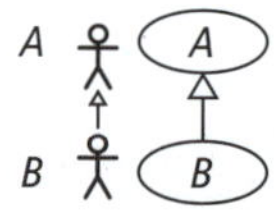
Un cas *A* inclut le cas *B*. Lorsque *A* est sollicité, *B* l'est obligatoirement, comme une partie de *A*. L'inclusion décompose la fonction *A* d'un cas complexe en sous-cas *B*.	*B* est une extension (option possible) du cas *A*.	Un acteur *A* est une généralisation d'un acteur *B* si *A* peut être remplacé par *B*. Tous les cas d'utilisation accessibles à *A* le sont alors aussi à *B*, mais l'inverse n'est pas vrai. *B* est un cas particulier de *A*.

3 Diagramme des exigences « *req* »

- **Le diagramme des exigences « *requirement* »** exprime une fonction que devra réaliser le système ou une condition de performance technique et/ou physique de sécurité, de fiabilité, d'ergonomie, d'esthétisme. Ce diagramme n'exprimera pas une solution !

> **Définition**
> **Exigences :** contraintes à respecter venant de l'environnement, de la technologie, du marché, de la situation et des choix de l'entreprise.

Exemple

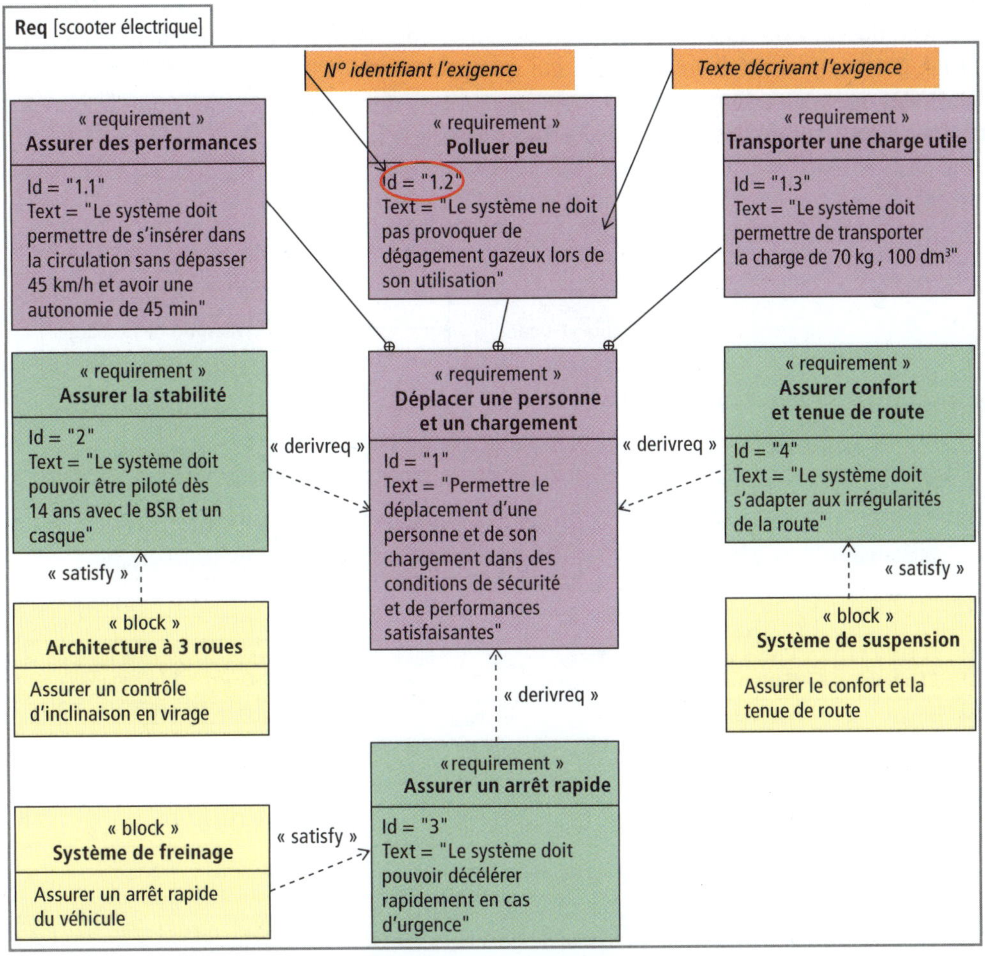

▲ Diagramme des exigences du scooter.

• Relations dans un diagramme d'exigence :

Contenance	*Derive « deriveReqt »*	*Refine*
Décomposer une exigence parente *A* en plusieurs exigences unitaires enfants *B*, plus faciles ensuite à tracer vis-à-vis de l'architecture ou des tests. *B* ———⊕ *A*	Relier des exigences de niveaux différents (exigences système « client *B* » à des exigences sous-système « fournisseur *A* »). *A* - - - - - - - -> *B*	Ajouter l'exigence de précision *A* à une exigence *B*. *A* - - - - - - - -> *B*
« problem » « rationale »	***Satisfy***	***Verify***
Post-it de compléments sur : – des problèmes à résoudre – des justificatifs.	Un bloc d'architecture permet de satisfaire une exigence.	Relie une exigence à des tests *cases*, permettent de vérifier et valider une exigence.

4 Diagramme de définition de blocs « *bdd* »

• **Le diagramme de définition de blocs « *block definition diagram* »** décrit l'architecture matérielle du système. Chaque bloc peut modéliser tout le système, un élément matériel ou logiciel. C'est une entité bien délimitée qui encapsule principalement des attributs (variables d'état), des opérations (procédures comportementales), des contraintes, des ports (échange de flux avec l'extérieur) et des « part » (sous-blocs internes).

Exemple

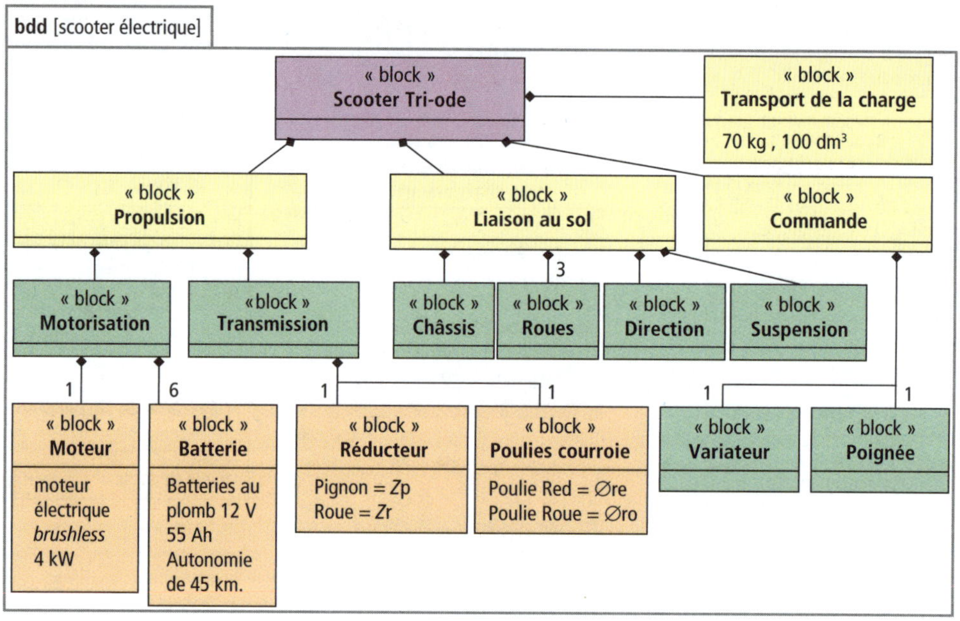

▲ Diagramme de définition de blocs du scooter.

Types de liaison	Symboles
Association : relation entre deux « blocs » ou plus qui ont le même niveau conceptuel (aucun des deux n'est plus important que l'autre).	
Association dirigée : flèche qui indique le sens de la relation. Personne +employé 1..* — travailler pour ▶ — +employeur 1 Entreprise	
Agrégation : relation d'inclusion, structurelle ou comportementale d'un élément dans un ensemble. Le losange vide (◇) est situé du côté du bloc qui contient la structure ou le comportement de l'autre bloc.	
Composition : contenance structurelle entre deux blocs. Le losange plein (◆) est du côté du bloc (agrégat) qui agrège la structure de l'autre bloc. À la différence de l'agrégation, la suppression du bloc agrégat entraîne la suppression du bloc en liaison. Entreprise ◇— Camion ◆— Moteur	
Héritage : relation de classification/hiérarchisation entre un bloc général (bloc de base ou parent) et un bloc spécialisé (sous-bloc). Le bloc spécialisé comporte des informations supplémentaires (attributs, opérations, associations).	
Dépendance : indique que la modification de la cible peut impliquer une modification de la source.	- - - - - - ->

5 Diagramme de blocs internes « *ibd* »

• **Le diagramme de blocs internes « *internal block diagram* »** permet de représenter les échanges entre des blocs via un port :
– les échanges de matière/information/énergie entre blocs de même niveau se font grâce aux **ports de flux** ;
– les services invoqués par un autre bloc se font grâce aux **ports standards** et par extension toute entrée/sortie de contrôle/commande aussi.
Ce diagramme est utilisé pour décrire l'architecture matérielle du système. Il montre l'organisation interne d'un élément statique complexe. Il représente les composants (sous-blocs) d'un bloc du bdd et les circulations de flux de matière, d'énergie ou d'information (M.E.I.) entre les sous-blocs qui s'effectuent grâce aux connecteurs reliant leurs ports.

Exemple

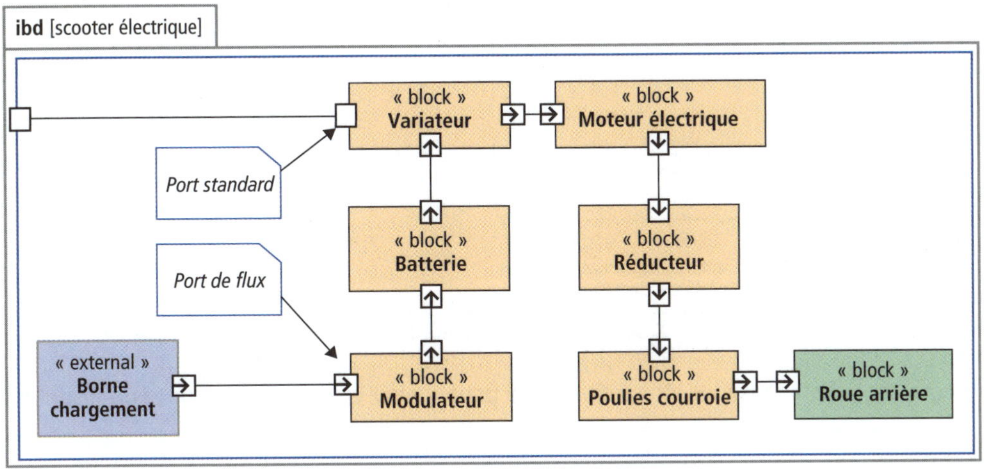

▲ Diagramme de blocs internes du scooter.

6 Diagramme de séquence « *sd* » ou « *seq* »

• **Le diagramme de séquence « *sequency diagram* »** est rattaché à un cas d'utilisation et décrit un scénario de fonctionnement possible par au moins un diagramme de séquence qui le représente de manière dynamique (il évolue dans le temps) :
– le temps se déroule du haut vers le bas, sans échelle particulière ;
– les éléments actifs (acteurs, système ou sous-systèmes) sont représentés par des blocs ;
– les traits verticaux en pointillés appelés « lignes de vie » sur lesquels sont placés des rectangles étroits représentent les périodes d'activités de l'élément ;
– les flèches horizontales indiquent l'envoi et la réception de « messages ».

Définition

Scénario : succession chronologique d'actions, représentant les échanges de messages passés entre blocs, permettant la réalisation du cas d'utilisation.
On y distingue des modes avec ou sans échec (gestion des problèmes).

Exemple

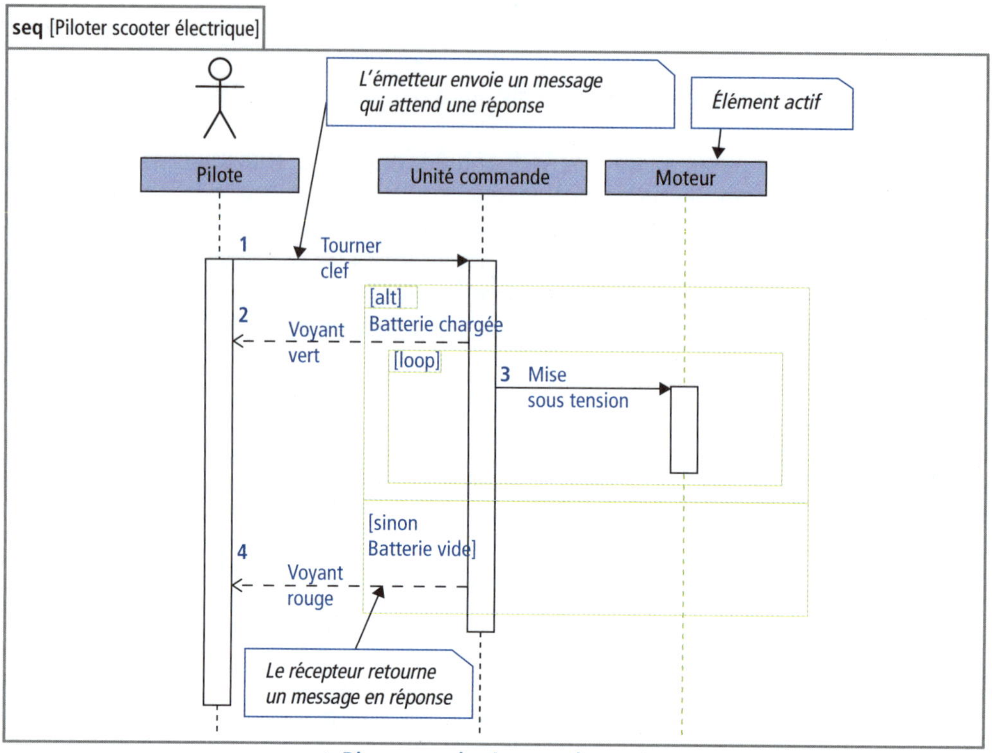

▲ Diagramme de séquence du scooter

- Un message matérialise les interactions qu'il peut y avoir entre un émetteur et un récepteur.

Exemple

L'appui sur un bouton (ou la rotation de la clef d'allumage) peut être considéré comme le « message envoyé » (dans ce cas « un événement ») et *l'allumage d'un voyant* comme le « message réponse » à cette sollicitation.

- **Les principaux opérateurs :**
  – **« *loop* » boucle :** le fragment peut s'exécuter plusieurs fois et il y a une condition de garde pour continuer ou non l'itération ;
  – **« opt » optionnel :** le fragment ne s'exécute que si la condition fournie est vraie ;
  – **« alt » alternatif :** le fragment alternatif est exécuté seulement SI la condition est vraie ; une alternative SINON peut être précisée pour le cas où la condition serait fausse.

7 Diagramme d'états « *stm* »

- **Le diagramme d'états « *state machine* »** sert à décrire le fonctionnement d'un programme. Il permet de représenter les différents états successifs d'un objet, en réaction à des événements : **les transitions.**
Ce sont les événements qui provoquent les changements d'états.

Définition

État : situation d'une durée finie durant laquelle un système exécute une activité, satisfait à une condition ou est en attente d'un événement.

Exemple

Le diagramme d'états « pilotage » montre comment la largeur d'impulsion *A* en provenance de la rotation de la poignée de commande détermine la tension d'alimentation moyenne du moteur.

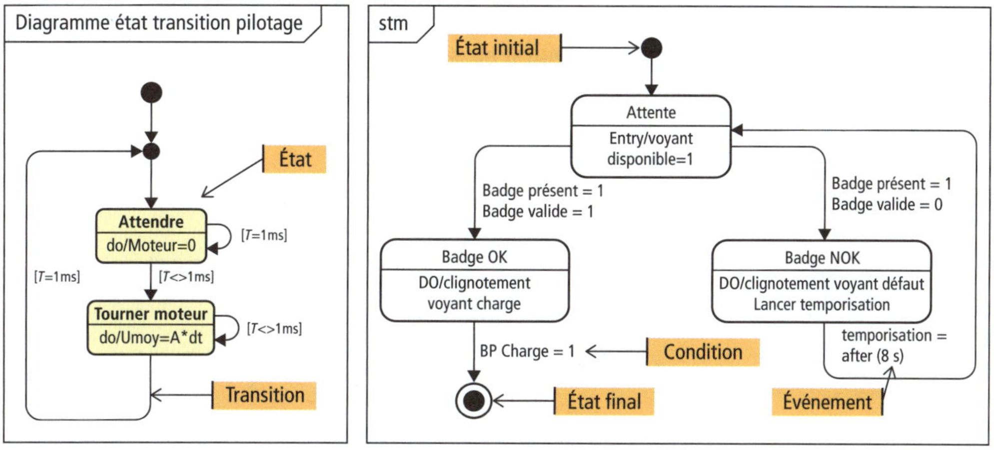

▲ Diagramme d'états « pilotage »

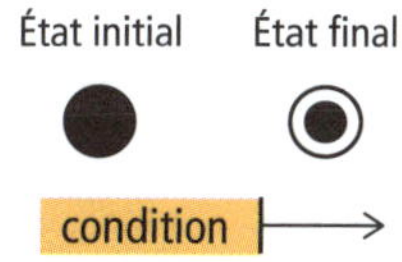

- Le diagramme d'états se compose :
  – **d'une situation initiale :** marquée par un point noir ;
  – **d'états observables :** dans un rectangle aux bords arrondis ;
  – **d'activités :** décrites par un verbe à l'infinitif dans les états ;
  – **de transitions :** décrites par une flèche qui indique le passage d'un état à un autre ;
  – **de conditions de franchissement** de la transition liée à un événement qui peut être un temps (*T*) ou une durée écoulée depuis une certaine action (*after*) ou une condition ($a > b$) ;
  – **d'une fin :** décrite par un point noir entouré.
- Les événements internes indiquent ce qu'il se passe :
  – à l'entrée dans l'état (mot clé *entry*) ;
  – pendant l'état (mot clé *do*) ;
  – à la sortie de l'état (mot clé *exit*).

Exercices d'entraînement

Exercice 1 (45 min) ITEC SIN EE AC

Corrigé p. 153

Soit une station de recharge de véhicules électriques en grappe de 4 bornes pour une capacité d'accueil de huit véhicules.

1. À partir du diagramme des exigences (**Document 1**), compléter le diagramme des cas d'utilisation (**Document 2**).

2. À partir du diagramme des exigences (**Document 3**), déterminer comment l'accès à la station sera protégé.

Le tag (ou transpondeur) est composé d'une puce électronique et d'une antenne.

3. Identifier les conditions que doit remplir l'utilisateur pour s'identifier à la station

4. Citer les quatre exigences requises pour « Gérer l'énergie » au niveau de la station de recharge.

Afin de réduire les coûts, la puissance du contrat électrique souscrit par station est volontairement limitée à 22 kVA. Elle est ainsi inférieure à la puissance totale susceptible d'être demandée par les bornes.

5. Quelle autre source d'énergie sera utilisée pour compléter l'apport en énergie ?

6. Quel est le rôle du « *smart meter* » ?

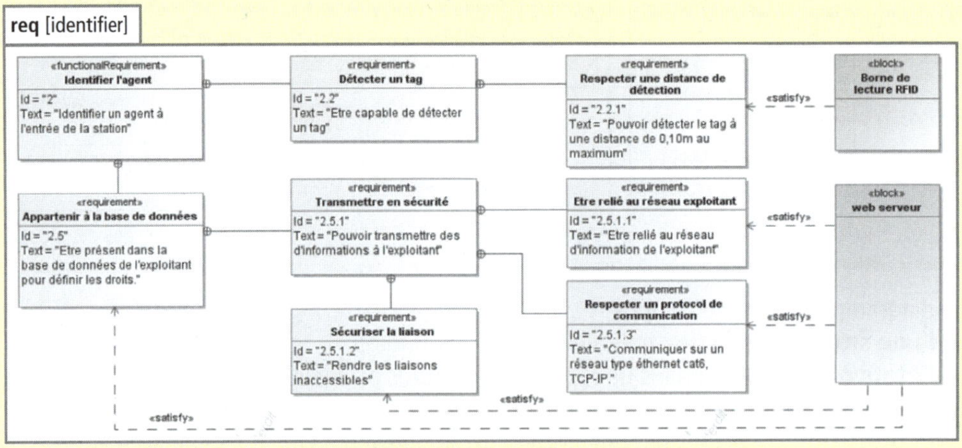

▲ Document 1 : diagramme des exigences.

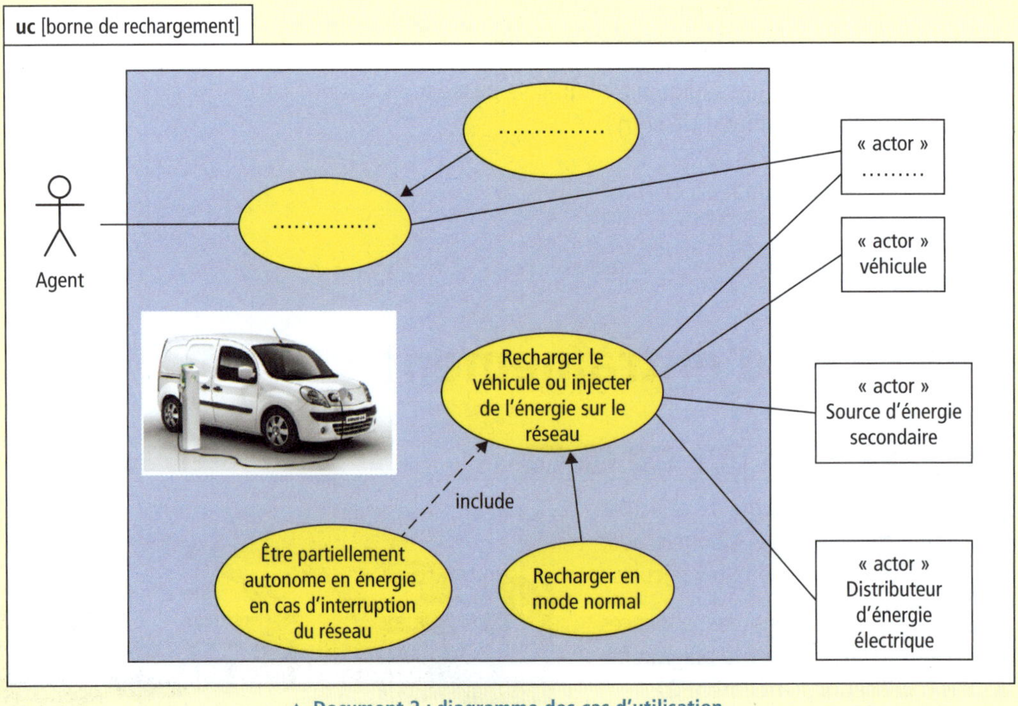

▲ Document 2 : diagramme des cas d'utilisation.

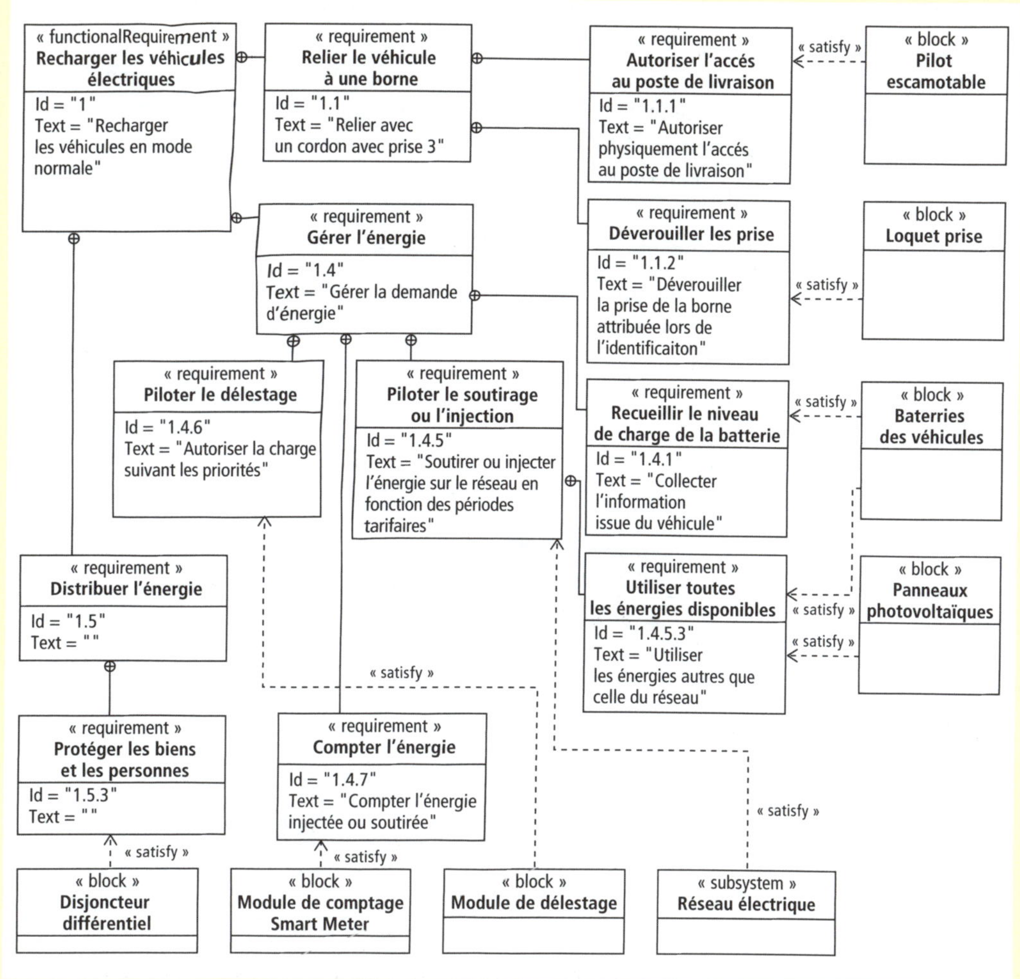

▲ Document 3 : diagramme des exigences.

Exercice 2 (45 min) ITEC SIN EE AC

Corrigé p. 153

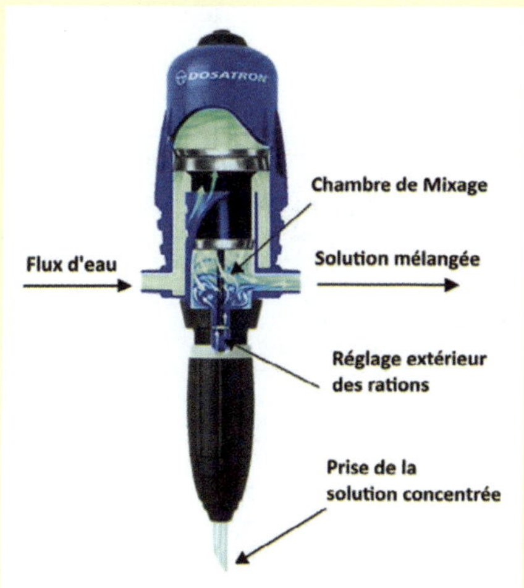

▲ Document 1 : schéma du systéme.

Pour alimenter les végétaux de murs végétalisés, on utilise un système de fertilisation Dosatron®.
La pompe doseuse Dosatron® est composée de deux parties :
– le piston principal (moteur) se déplace verticalement grâce à la pression d'eau. À chaque cycle du piston moteur correspond un volume d'eau fixe traversant la pompe (cylindrée moteur).
– le piston doseur (plongeur), entraîné par le piston moteur, injecte une quantité constante d'engrais par cycle du piston moteur. Ce principe garantit un dosage constant quelles que soient les variations de débit ou de pression.
L'injection de l'engrais est donc toujours proportionnelle au débit d'eau.

1. Compléter le diagramme de définition de blocs du Dosatron® en inscrivant pour chaque composant la fonction qu'il réalise (parmi les fonctions intégrées données dans la notice du constructeur mesurer, doser, réguler, mélanger).

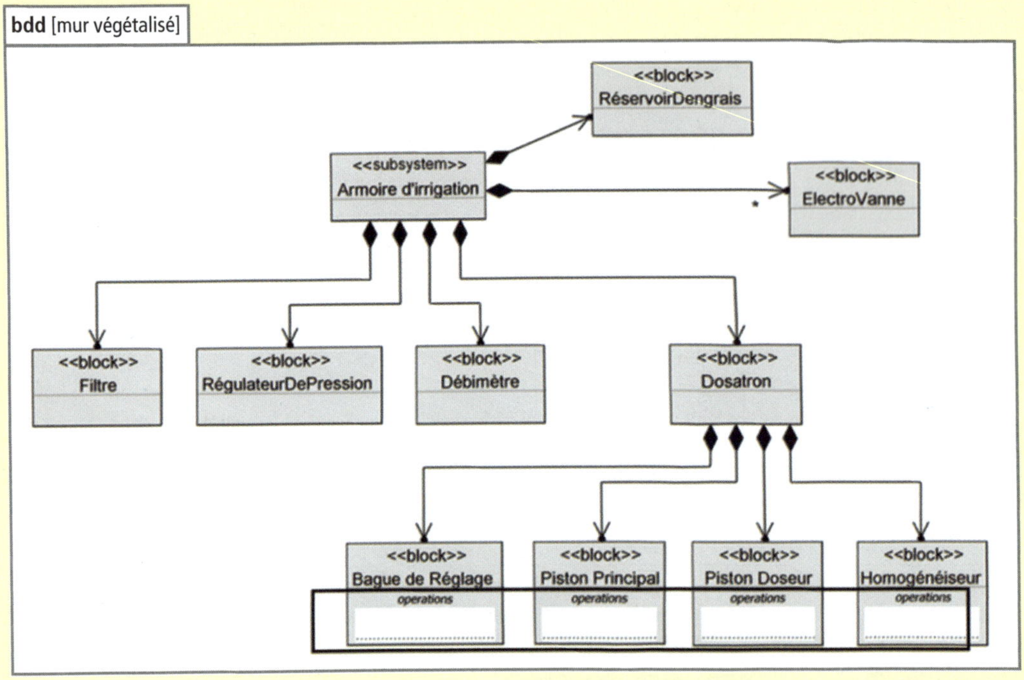

▲ Document 2 : diagramme de définition de blocs.

2. Compléter le diagramme de blocs internes (Document 3) en indiquant la nature des flux.

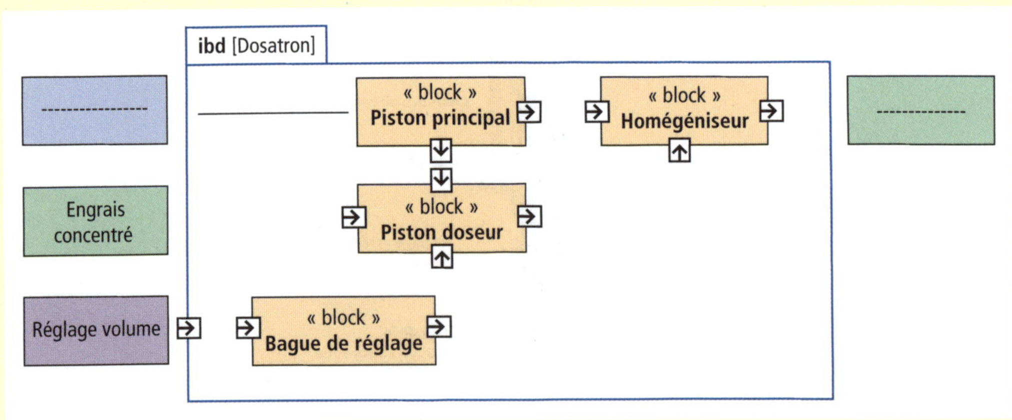

▲ Document 3 : diagramme de blocs internes.

2 Écoconception

Quel est l'impact environnemental d'un produit ? Quelles sont les quantités de matières et d'énergies nécessaires à sa fabrication, son utilisation et son recyclage ?

1 Introduction

- **L'écoconception** est une démarche multicritère qui s'inscrit dans le cadre du **développement durable**. Elle vise à minimiser l'impact sur l'environnement d'un produit ou d'un processus, tout au long de son cycle de vie.
- **Le cycle de vie** d'un produit décrit l'ensemble des phases de la vie d'un produit pour cerner leurs effets sur l'environnement.

Définition

Développement durable : réponse aux besoins actuels (croissance économique, protection de l'environnement et progrès social) sans compromettre les besoins des générations futures.

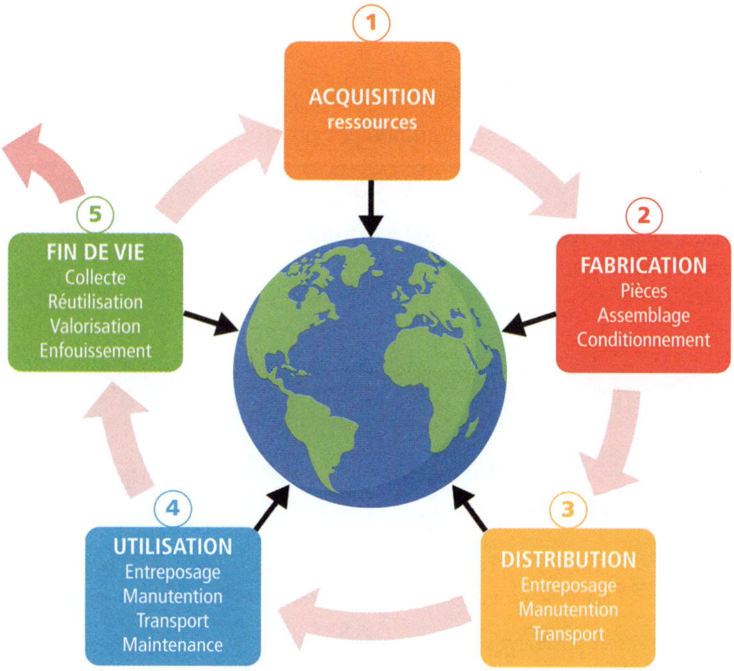

▲ Cycle de vie d'un produit

- **L'unité fonctionnelle** (UF) d'un produit est un **service rendu** par un produit sur une durée donnée.

Exemples

UF des sacs de caisse
Service rendu : emballer 9000 L de courses d'un européen moyen pendant un an.

UF des pots de peinture
Service rendu : couvrir 20 m² de mur avec une opacité de 0,8 sur une durée de vie de 10 ans.

2 Épuisement des ressources matières et épuisement de l'eau

• **L'exploitation d'un matériau** destiné à la fabrication d'un produit à l'échelle industrielle peut être rendue difficile par :
– sa rareté (faibles ressources disponibles) ;
– son inaccessibilité (situées à des profondeurs trop importantes) ;
– son extraction trop couteuse (en termes d'énergie consommée et de rejet de polluants).
Les matières concernées sont certains métaux et les terres rares.

Exemples

Le scandium est un métal rare utilisé pour renforcer l'aluminium.

Le néodyme, qui fait partie des terres rares, est utilisé pour les aimants des éoliennes.

L'Indicateur ressource quantifie la fraction de ressources naturelles consommées par un produit, par rapport à la quantité de ressources mondiales annuellement disponibles. Il est exprimé en pourcentage de ressource annuellement prélevée par an (%/an).

• **Dans l'industrie, l'eau est utilisée pour fabriquer les produits** (pâte à papier, produits chimiques), pour refroidir les installations ou encore pour les nettoyer. L'indicateur eau comptabilise en litre (L) la quantité d'eau consommée par un produit tout au long de sa vie.

Exemple

Le groupe automobile Tesla estime que sa future usine de production proche de Berlin consommera 372 m^3 d'eau potable par heure.

3 Utilisation des ressources énergétiques

• **L'énergie grise, E_{grise},** en mégajoule (MJ), est la somme des énergies consommées en phase de production, d'utilisation et de recyclage :

$$E_{\text{grise tot}} = E_{\text{consommées en production}} + E_{\text{consommées en utilisation}} + E_{\text{consommées en recyclage}}$$

$$\text{Soit } E_{\text{grise tot}} = \sum E_{\text{grise/phase}} \quad \text{et} \quad \sum E_{\text{grise/phase}} = \textbf{masse} \times E_{\text{grise/kg}}$$

Les matériaux les moins transformés et consommés à proximité de leur lieu de production consomment peu d'énergie grise.

Exemples

Un kilogramme d'aluminium neuf contient 186 MJ, d'énergie grise.
Un kilogramme d'aluminium recyclé contient 16 MJ d'énergie grise.

L'Indicateur énergie comptabilise la quantité d'énergie, de type non renouvelable, consommée tout au long du cycle de vie du produit.

4 Effets d'un produit sur l'environnement

• **Les Indicateurs climat** donnent un ordre de grandeur de l'impact du produit sur la qualité de l'air, l'acidité des pluies et la production de gaz à effet de serre (GES) :

– **L'empreinte carbone,** *EC*, est la quantité de gaz rejeté (dioxyde de carbone CO_2, monoxyde de carbone CO, méthane CH_4,...) tout au long du cycle de vie d'un produit.

Chaque gaz ayant un pouvoir de contribution à l'effet de serre différent, les quantités sont ramenées à leur équivalent en CO_2 : kg eq CO_2 (ou les tonnes équivalent carbone TEC).

$$EC_{\text{eq } CO_2} = \sum \text{Masses}_{\text{eq } CO_2/\text{phase}} \quad \text{et} \quad EC_{\text{eq } CO_2/\text{phase}} = \text{masse} \times EC_{\text{eq } CO_2/\text{kg}}$$

Exemple

Un lave-linge de 79 kg, mobilise :
- 2,1 tonnes de matières premières pour sa fabrication ;
- une empreinte carbone de 49 kg eq CO_2 ramenée à 1 an d'utilisation pour une durée de vie estimées de 11 ans ;
- une consommation d'eau entre 70 et 120 litres par cycle.

– **Acidification de l'atmosphère** : les rejets du dioxyde de soufre (SO_2) et le dioxyde d'azote (NO_2), sont à l'origine des pluies acides qui peuvent rendre la terre et l'eau toxiques pour les plantes et les espèces aquatiques. Elles peuvent également dissoudre petit à petit les matériaux de construction comme le béton et générer de la corrosion des métaux. Cet impact sur l'environnement est mesuré habituellement en kilogramme équivalent dioxyde de soufre noté kg eq SO_2 ;

– **Eutrophisation de l'eau** : elle survient lorsque l'azote et le phosphore des eaux usées et des engrais agricoles provoquent la prolifération d'algues qui asphyxient les cours d'eau, entraînant la mort des espèces animales et végétales qui y vivent. Cette valeur est exprimée habituellement en kilogramme équivalent phosphate (PO_4) ou azote (N) : kg eq PO_4 ou kg eq N.

5 Démarche d'écoconception

• **Principales étapes de l'écoconception :**

étape 1 La caractérisation du produit étudié
(dimension, poids, matériaux constitutifs, performances attendues)

↓

étape 2 L'établissement des unités fonctionnelles
(besoin à satisfaire durant une période donnée)

↓

étape 3 L'analyse du cycle de vie (A.C.V.) prenant en compte l'ensemble des étapes du cycle de vie d'un produit et permettant de quantifier ses impacts sur l'environnement

6 Comportement environnemental des matériaux

A Recyclabilité et biodégradabilité des matériaux

• **Le recyclage des matériaux** (issus de produits en fin de vie, ou des résidus de fabrication) permet de les réintroduire dans le processus de production comme matière première secondaire.

• **La recyclabilité** d'un matériau dépend :
– de la capacité qu'il a d'être remodelé (sans forte dégradation de ses propriétés initiales) ;
– de la présence de filières de recyclage industrielles ;
– de débouchés économiquement viables.
Les matériaux peuvent être dégradés en plusieurs étapes, par voie chimique, physique et/ou biologique.

• **La biodégradabilité** est la capacité des matériaux à être décomposés par des micro-organismes (bactéries, champignons ou algues) sans effets dommageables sur le milieu naturel.

B Éco-matériaux

• **L'éco-matériau** est un matériau qui tout au long de son cycle de vie respecte l'environnement en répondant aux principes du développement durable :

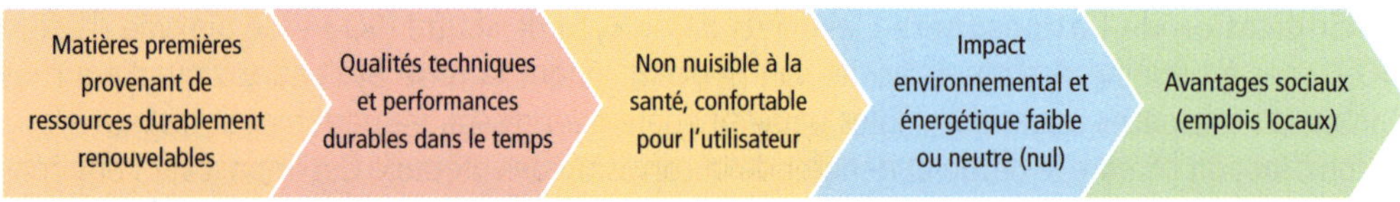

• **Un biomatériau** est issu des produits et sous-produits des céréales (amidon, gluten), oléagineux et protéagineux ainsi que des plantes fibreuses (cellulose).

Exercices d'entraînement

Exercice 1 (5 min) AC ITEC EE SIN

Corrigé p. 154

Un ordinateur de 150 W est utilisé 3 heures par jour pendant 300 jours, sur une durée de 4 ans.

1. Calculer sa consommation en énergie sur toute sa durée d'utilisation.

La fabrication d'un ordinateur nécessite 3 000 kWh.

2. En déduire l'énergie grise correspondant à ces phases et usages.

Exercice 2 (5 min) AC ITEC EE SIN

Corrigé p. 154

Selon les graphiques ci-dessous :

1. Quels sont les effets de la taille des écrans de téléviseurs sur l'empreinte carbone et sur les ressources matières utilisées ?

2. Les effets sur l'environnement sont-ils proportionnels à la taille des écrans ?

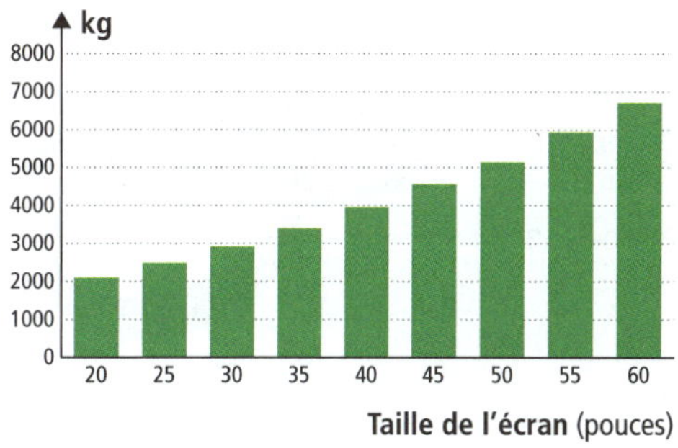

▲ Influence de la taille de l'écran (diagonale, en pouces) sur les résultats « matières mobilisées ».

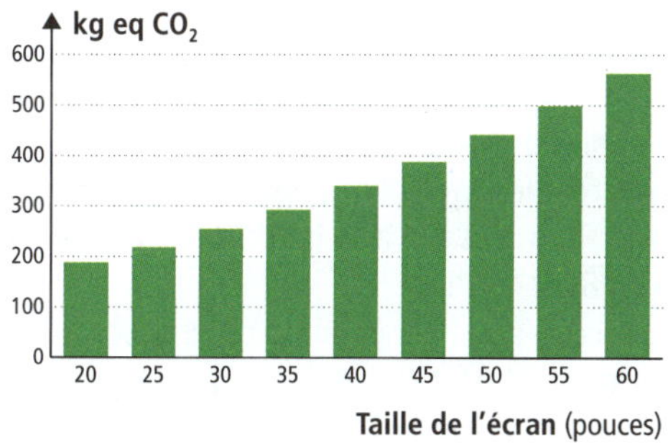

▲ Impact GES des télévisions en fonction de la taille de leur écran.

Source : Ademe, CC BY-NC-ND, https://www.francetvinfo.fr

Exercice 3 (5 min) AC ITEC EE SIN

Corrigé p. 154

Le tableau ci-dessous donne l'empreinte carbone (en kg eq CO_2 par Unité Fonctionnelle) pour les différentes phases de vie d'une console de jeux vidéo.

Matières premières	60,8
Approvisionnement	2,5
Mise en Forme	2,5
Assemblage	3,2
Distribution	4,7
Utilisation	31,3
Fin De Vie	−3,4
Estimation de durée de vie	5 ans

1. À quoi est due la valeur négative en fin de vie ?

2. Déterminer l'empreinte carbone ramené à une année d'utilisation en kg eq CO_2.

Exercice 4 (10 min) AC ITEC EE SIN

Corrigé p. 154

Un avion a une masse à vide de 160 tonnes avec une composition en masse des matériaux ci-dessous.

	Énergie nécessaire à la fabrication	CO_2 dégagé lors de la fabrication du matériau
CFRP	286 $MJ \cdot kg^{-1}$	23,4 $kg \cdot kg^{-1}$
Alliages d'alu	203 $MJ \cdot kg^{-1}$	12,8 $kg \cdot kg^{-1}$
Alliages de titane	900 $MJ \cdot kg^{-1}$	56 $kg \cdot kg^{-1}$
Aciers allié	38 $MJ \cdot kg^{-1}$	2 $kg \cdot kg^{-1}$

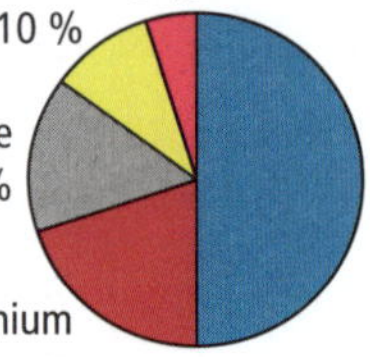

1. Calculer la quantité, en tonnes, de chaque famille de matériaux.
2. Calculer l'énergie nécessaire à la fabrication de chaque matériau.
3. Calculer l'empreinte carbone de la phase de fabrication de chaque matériau.

Exercice 5 (10 min) AC ITEC EE SIN

Corrigé p. 154

AR DRONE Parrot®

La coque du drone est en polypropylène expansé PPE en raison de sa grande souplesse avant rupture et de sa bonne capacité à absorber les chocs. Sa masse est de 40 grammes.
L'énergie nécessaire à la production d'un kilogramme de PPE est de 8 $MJ \cdot kg^{-1}$.
Le processus de fabrication du PPE à partir de matière vierge rejette 2,1 kg de CO_2 pour 1 kg de PPE produit.

© parrot.com

1. Calculer l'énergie nécessaire à sa production.
2. Calculer l'empreinte carbone lors de sa production.
3. Rechercher si cette coque en PPE est recyclable ?

Exercice 6 (20 min) AC ITEC EE SIN

Corrigé p. 154

ROV Seabotix®

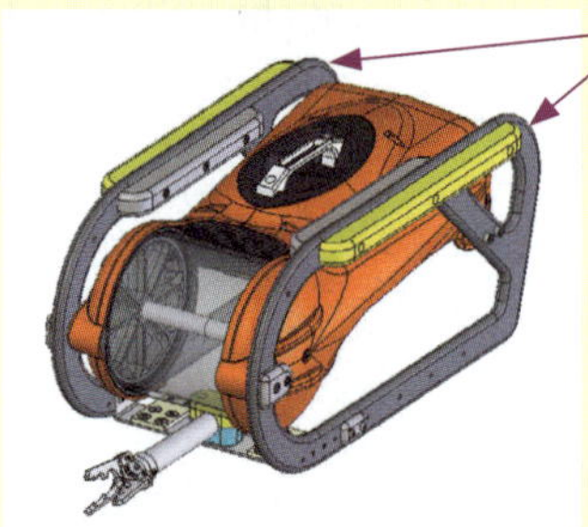

© maquette 3D sur logiciel SolidWorks

Le châssis du ROV Seabotix® est composé de deux armatures (gauche et droite) en polyéthylène (PE). Chaque armature pèse 632 grammes.
L'énergie nécessaire à la production d'un kilogramme de PE est, selon le procédé, de 28 600 à 32 500 $kWh \cdot t^{-1}$.

1. Calculer l'énergie minimale nécessaire à la production des armatures.

Le processus de fabrication du PE à partir de matière vierge rejette 0,899 kt de gaz à effet de serre (GES) pour 1 000 t de PE produites.

2. Calculer la quantité de CO_2 rejeté par la production des deux armatures.

Pour recycler le châssis, il est nécessaire de le collecter et de le transporter vers un centre de tri ce qui génère des émissions de GES à raison de 0,072 kt de CO_2 fossile par 1 000 t de PE, auxquelles s'ajoutent les émissions du procédé de recyclage lui-même soit 0,122 kt de CO_2 fossile par 1 000 t de PE.

3. Calculer la quantité de CO_2 rejeté par le recyclage d'une paire d'armature.

4. Comparer les valeurs de CO_2 rejetés et conclure quant au bienfondé du recyclage de ces pièces.

Exercice 7 (20 min) AC ITEC EE SIN

Corrigé p. 155

Alcoborne

L'Alcoborne™ est un éthylotest conçu pour être installé dans les lieux publics. En moins d'une minute, l'usager peut connaître son taux d'imprégnation alcoolique.

On souhaite choisir entre deux solutions techniques pour la réalisation du carter extérieur : un carter en alliage d'aluminium ou un en matière plastique (ABS)

Les figures ci-dessous présentent les résultats de simulation sous Solidworks Sustainability de l'impact environnemental d'un carter en ABS ou en alliage non ferreux.

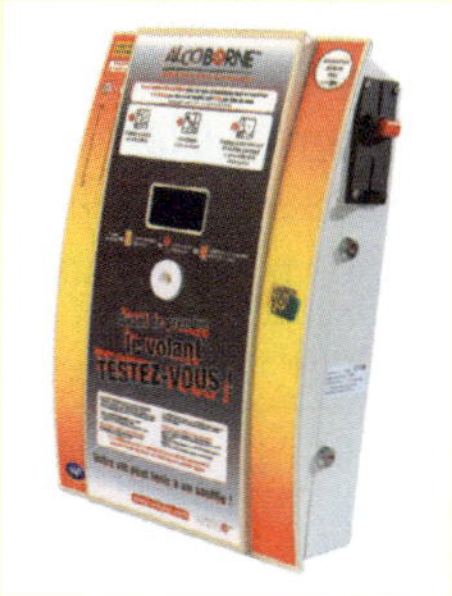

© girodmedical.com

1. Déterminer, dans les deux cas, la phase de vie la plus polluante.

2. Choisir entre les deux solutions celle qui paraît la plus intéressante d'un point de vue environnemental.

Impact sur l'environnement – Alliage 1060 Poids 1800.73 g Volume $6{,}67 \times 10^5$ mm³ fabrication par Extrusion

Empreinte carbone

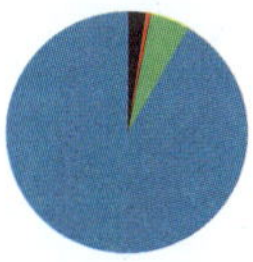

Acquisition ressources	22,46 kg CO_2
Fabrication	1,30 kg CO_2
Utilisation	0,17 kg CO_2
Fin de vie	0,58 kg CO_2

24,51 kg CO_2

Eutrophisation de l'eau

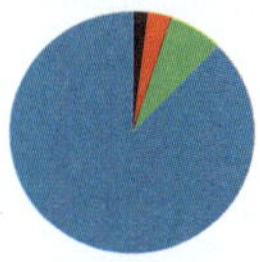

Acquisition ressources	$4{,}85 \times 10^{-3}$ kg PO_4
Fabrication	$4{,}02 \times 10^{-4}$ kg PO_4
Utilisation	$1{,}73 \times 10^{-4}$ kg PO_4
Fin de vie	$1{,}06 \times 10^{-4}$ kg PO_4

$5{,}53 \times 10^{-3}$ kg PO_4

Acidification de l'air

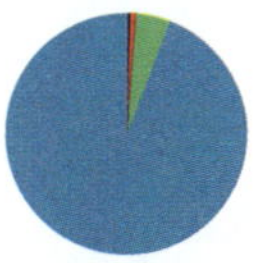

Acquisition ressources	0,14 kg SO_2
Fabrication	$6{,}82 \times 10^{-3}$ kg SO_2
Utilisation	$1{,}01 \times 10^{-3}$ kg SO_2
Fin de vie	$6{,}54 \times 10^{-4}$ kg SO_2

0,15 kg SO_2

Énergie totale consommée

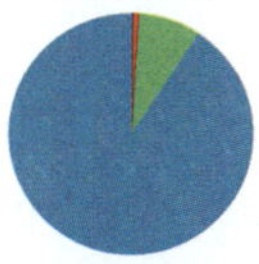

Acquisition ressources	281,26 J
Fabrication	25,64 J
Utilisation	2,43 J
Fin de vie	0,59 J

309,92 MJ

Impact sur l'environnement – ABS PC Poids 713,62 g Volume $6{,}67 \cdot 10^5$ mm³ fabrication Moulage par injection

Empreinte carbone

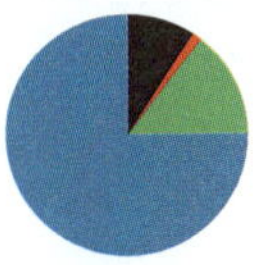

Acquisition ressources	3,97 kg CO_2
Fabrication	0,76 kg CO_2
Utilisation	0,07 kg CO_2
Fin de vie	0,48 kg CO_2

5,28 kg CO_2

Eutrophisation de l'eau

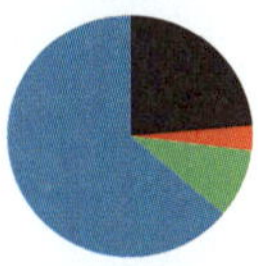

Acquisition ressources	$1{,}31 \times 10^{-3}$ kg PO_4
Fabrication	$1{,}89 \times 10^{-4}$ kg PO_4
Utilisation	$6{,}87 \times 10^{-5}$ kg PO_4
Fin de vie	$4{,}83 \times 10^{-4}$ kg PO_4

$2{,}05 \times 10^{-3}$ kg PO_4

Acidification de l'air

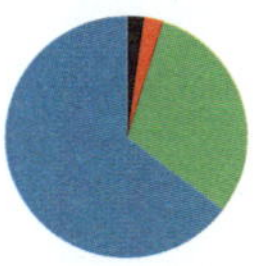

Acquisition ressources	0,01 kg SO_2
Fabrication	$4{,}72 \times 10^{-3}$ kg SO_2
Utilisation	$4{,}00 \times 10^{-4}$ kg SO_2
Fin de vie	$3{,}42 \times 10^{-4}$ kg SO_2

0,02 kg SO_2

Énergie totale consommée

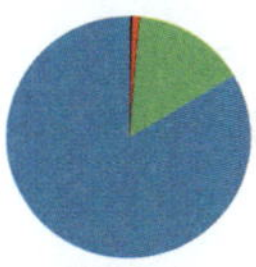

Acquisition ressources	81,97 J
Fabrication	14,77 J
Utilisation	0,96 J
Fin de vie	0,36 J

98,06 MJ

Sujet du Bac

Épreuve écrite

Corrigés p. 155

Exercice Commun

(10 points) (1 h)

Le *stand up paddle* est une activité nautique qui consiste à se déplacer debout sur une grande planche à l'aide d'une pagaie simple. Les planches sont non recyclables et deviennent des déchets « ultimes ».
La planche Glazboard tente de répondre aux exigences de l'écoconception en tenant compte des critères environnementaux, techniques et économiques.
L'étude porte exclusivement sur les parties principales du flotteur : ❸, ❹ et ❺.

❶❷	Couches de finition (NON ETUDIÉES)	
❸	**Âme** en Mousse PVC haute densité	Fibre 100 % végétale : cellulose
❹	Peau en Fibre de verre + résine époxy	Fibre de lin + résine biosourcée à 50 %
❺	Noyau en Mousse polyuréthane (PU)	Mousse polystyrène (PSE)
❻	PVC antidérapant (NON ETUDIÉ)	Liège (NON ETUDIÉ)

Le graphique ci-contre présente la comparaison des A.C.V. des fibres de verre et des fibres de lin.

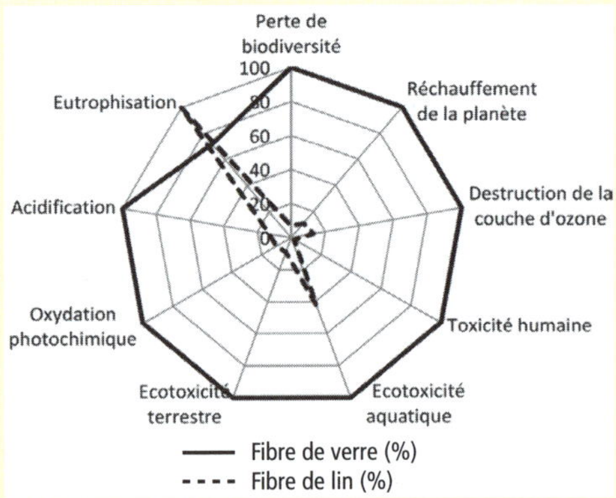

▲ Analyse du cycle de vie

Questions

1. Par comparaison des deux courbes, déterminer le produit ayant le moins d'impact sur l'environnement.
2. Expliquer pourquoi l'eutrophisation reste élevée pour les fibres de lin, sachant qu'elles sont issues de la tige de la plante (paille).

En fin de vie, les différents constituants de la planche sont séparés et traités suivant leur nature. Les parties en lin ou cellulose sont compostées. Le polystyrène (PSE) est recyclé.
La capacité d'un camion de collecte de PSE est de 32 tonnes (24 t utiles) et de 92 m³. La masse volumique du PSE non compacté $\rho_{nc} = 16$ kg/m³ et PSE broyé-compacté $\rho_{bc} = 300$ kg/m³.

3. Calculer la masse de PSE non compacté transportable dans le volume utile du camion de collecte.
4. Calculer le volume de PSE broyé-compacté, transportable en respectant la charge utile du camion de collecte.
5. Indiquer sous quelle forme il est plus avantageux de transporter le PSE.

Le trajet moyen du camion de collecte est le suivant :
– trajet centre de tri vers recycleur 400 km par camion chargé à 24 t ;
– trajet recycleur vers site de fabrication 650 km par camion chargé en moyenne à 20 t.
Une tonne transportée par camion sur 50 km équivaut à 0,0125 t_{ep} (tonne équivalent pétrole)

6. Calculer la consommation énergétique du transport de collecte du PSE sachant que 1 t transportée par un camion sur 50 km équivaut à 0,0125 t_{ep}.
7. Conclure quant à l'intérêt du produit vis-à-vis de la problématique de conception.

3 Performances énergétiques des systèmes

Réduire les consommations d'énergie est un enjeu sociétal, les ressources de la planète étant limitées, le meilleur moyen d'y parvenir est d'améliorer l'efficacité énergétique des systèmes.

1 Analyse énergétique des systèmes

A Énergies et puissances

• **L'énergie *E*** est une grandeur physique qui caractérise un système et qui exprime sa capacité à modifier l'état d'autres systèmes avec lesquels il entre en interaction.

Exemple
On a besoin d'énergie thermique pour porter à ébullition 1 litre d'eau, l'eau se transforme ainsi de l'état liquide à l'état vapeur.

• **La puissance *P*** reflète la rapidité avec laquelle l'énergie est échangée. L'énergie *E* associée à l'usage d'une puissance *P* pendant une durée Δt se calcule par la relation suivante :

$$E = P \times \Delta t$$

Unités
E en joule (J)
P en watt (W)
Δt en seconde (s)

Remarque
Si on fait chauffer la même quantité d'eau sur deux plaques de cuisson différentes, la plaque qui a la plus forte puissance thermique est celle qui porte à ébullition l'eau le plus vite.

Autres unités : *E* en watt-heure (W·h), *P* en watt (W) et Δt en heure (h) ;
1 Wh = 3 600 J.

B Chaîne de puissance

• **Une chaîne de puissance** n'est réversible que si tous les composants qui la constituent sont réversibles.

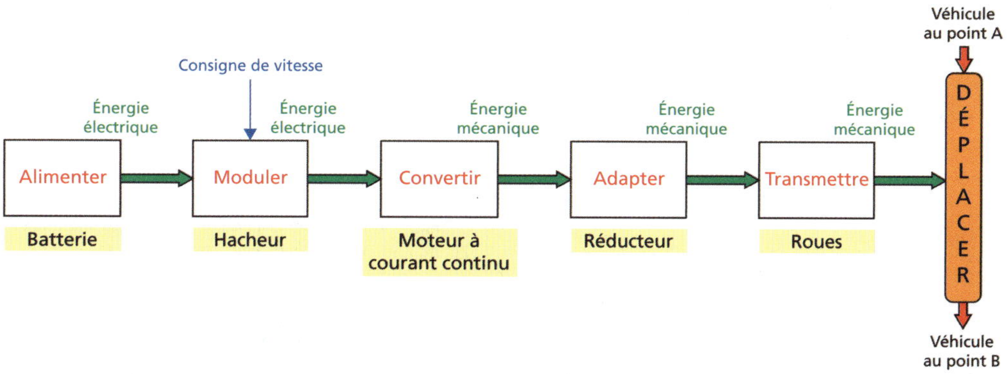

▲ Chaîne de puissance d'un véhicule électrique.

Forme d'énergie	Grandeur de potentiel			Grandeur de flux			Expression de la puissance	Commentaires
	Grandeur	Notation	Unité SI	Grandeur	Notation	Unité SI		
Mécanique, mouvement de translation	Force	F	N (newton)	Vitesse	V	$m \cdot s^{-1}$	$\boldsymbol{P_{méca} = F \times V \times \cos\alpha}$	$\alpha = (\widehat{\vec{F}, \vec{V}})$
Mécanique, mouvement de rotation	Couple	C	Nm (newton mètre)	Vitesse angulaire	Ω	$rad \cdot s^{-1}$	$\boldsymbol{P_{méca} = C \times \Omega}$	
Fluidique	Différence de pression	Δp	Pa (pascal)	Débit volumique	q_v	$m^3 \cdot s^{-1}$	$\boldsymbol{P_{fluid} = \Delta p \times q_v}$	$\Delta p = \rho g \Delta h$
	Pression dynamique	$\Delta p = \frac{1}{2}\rho V^2$			$q_v = A \times V$		$\boldsymbol{P_{fluid} = \Delta p \times q_v}$ $\boldsymbol{P_{fluid} = \frac{1}{2} A \rho V^3}$	Puissance portée par les courants. A : surface balayée (m^2) V : vitesse d'écoulement ($m \cdot s^{-1}$) ρ : masse volumique du fluide ($kg \cdot m^{-3}$)
Électrique, courant continu	Tension	U	V (volt)	Courant	I	A (ampère)	$\boldsymbol{P_{élec} = U \times I}$	
Électrique, courant alternatif monophasé	Tension efficace	U_{eff}	V (volt)	Courant efficace	I_{eff}	A (ampère)	$\boldsymbol{S = U_{eff} \times I_{eff}}$	Puissance apparente (VA)
							$\boldsymbol{P = U_{eff} \times I_{eff} \times F_p}$	Puissance active (W) F_p : facteur de puissance ≤ 1
Thermique portée par un débit de fluide sans changement d'état	Écart d'enthalpie massique	$C_p \times \Delta T$	$J \cdot kg^{-1}$	Débit massique	q_m	$kg \cdot s^{-1}$	$\boldsymbol{P_{therm} = C_p \times \Delta T \times q_m}$	C_p : capacité calorifique massique du fluide ($J \cdot kg^{-1} \cdot K^{-1}$) ΔT : écart de température (K ou °C)
Thermique portée par un débit de fluide avec changement d'état		$L + C_p \times \Delta T$					$\boldsymbol{P_{therm} = (L + C_p \times \Delta T) \times q_m}$	L : chaleur latente massique de changement d'état du fluide ($J \cdot kg^{-1}$)
Chimique, libérée sous forme de chaleur par une combustion	Pouvoir calorifique	PC	$J \cdot kg^{-1}$	Débit massique	q_m	$kg \cdot s^{-1}$	$\boldsymbol{P_{comb} = PC \times q_m}$	

▲ Tableau de calculs des différentes énergies.

• **Le rendement énergétique η d'un système s'écrit :** $\eta = \frac{P_u}{P_{abs}} = \frac{E_u}{E_{abs}}$
avec η : rendement du système ;
P_u et E_u : la puissance, en watt (W), et l'énergie, en joule (J), utiles du système ;
P_{abs} et E_{abs} : la puissance et l'énergie absorbées par le système.

• **Le rendement énergétique d'une chaîne de puissance** est le produit des rendements énergétiques de chaque composant de la chaîne.

$$\eta_{global} = \eta_{alim} \times \eta_{modulateur} \times \eta_{convertisseur} \times \eta_{adaptateur}.$$

• **L'éfficacité énergétique** est une notion complémentaire à la notion de rendement. C'est un moyen de comparaison global entre différents systèmes. À service rendu égal, le plus efficace est celui qui absorbe le minimum d'énergie.

2 Conception énergétique des systèmes

A Besoin énergétique d'une enveloppe isolante

Pertes transmises au travers d'une paroi plane		
Résistance thermique de la paroi	$R_{paroi} = R_{si} + \sum_{j=1}^{n} \frac{e_j}{\lambda_j} + R_{se}$	$m^2 \cdot K \cdot W^{-1}$
Conductance thermique de la paroi	$U_{paroi} = \frac{1}{R_{paroi}} = \frac{1}{R_{si} + \sum_{j=1}^{n} \frac{e_j}{\lambda_j} + R_{se}}$	$W \cdot m^{-2} \cdot K^{-1}$
Coefficient de déperdition de la paroi	$H_{paroi} = U_{paroi} \times S_{paroi}$	$W \cdot K^{-1}$
Puissance transmise par la paroi	$P = H_{paroi} \times (T_{int} - T_{ext})$	W

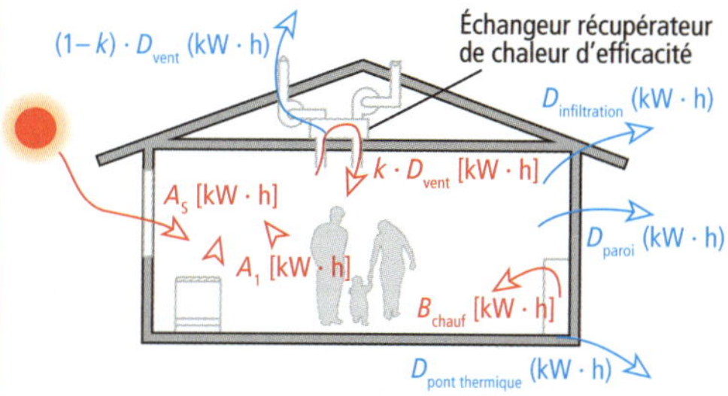

▲ Bilan énergétique d'un bâtiment.

$\Sigma A + \Sigma B - \Sigma D = 0$

A : apports (solaire interne…) en kW·h
B : besoin en chauffage en kW·h
D : déperdition (infiltration, paroi, pont thermique…)

Pertes de puissance par les ponts thermiques linéiques		
Coefficient de déperdition du pont thermique	$H_{pont} = \Psi_{pont} \times L_{pont}$	$W \cdot K^{-1}$
Puissance transmise par le pont	$P = H_{pont} \times (T_{int} - T_{ext})$	W
Pertes liées à une circulation d'air		
Coefficient de déperdition liée à la circulation d'air	$H_{ventil+inf} = \rho_{air} \times C_{air} \times (Q_{v_{ventil}} - Q_{v_{inf}})$	$W \cdot K^{-1}$
Puissance mobilisée par les circulations d'air	$P = H_{ventil+inf} \times (T_{int} - T_{ext})$	W
Grandeurs et notations		
e_j : épaisseur du matériau (m) λ_j : conductivité thermique du matériau ($W \cdot m^{-1} \cdot K^{-1}$) S_{paroi} : surface de la paroi mesurée de l'intérieur (m^2) ρ_{air} : masse volumique de l'air ($kg \cdot m^{-3}$) C_{pair} : capacité calorifique massique de l'air ($J \cdot kg^{-1} \cdot K^{-1}$) Q_v : débit volumique de l'air ($m^3 \cdot s^{-1}$) Ψ_{pont} : coefficient du pont thermique linéique ($W \cdot m^{-1} \cdot K^{-1}$) L_{pont} : longueur du pont thermique linéique (m)		

▲ Tableau de formules.

B Besoin énergétique d'un véhicule

Pertes par frottement solide des roues sur le sol		
Force de frottement de roulement	$F_{\text{roulement}} = C_r \times m \times g$	N
Puissance dissipée par frottement de roulement	$P_{\text{roulement}} = F_{\text{roulement}} \times V = C_r \times m \times g \times V$	W
Pertes par frottement fluide de l'air sur le véhicule		
Force de frottement aérodynamique	$F_{\text{aérodynamique}} = \frac{1}{2} \times \rho \times V^2 \times C_x \times S_f$	N
Puissance dissipée par frottement aérodynamique	$P_{\text{aérodynamique}} = F_{\text{aérodynamique}} \times V = \frac{1}{2} \times \rho \times V^3 \times C_x \times S_f$	W
Charge liée à une pente		
Résistance liée à la pente	$F_{\text{pente}} = \sin(\alpha) \times m \times g$	N
Puissance dissipée par la pente	$P_{\text{pente}} = F_{\text{pente}} \times V = \sin(\alpha) \times m \times g \times V$	W
Charge liée à une accélération		
Force liée à une accélération	$F_{\text{accélération}} = m \times \gamma$	N
Puissance liée à une accélération	$P_{\text{accélération}} = F_{\text{accélération}} \times V = m \times \gamma \times V$	W
Notations		

M : masse du véhicule (kg)
C_r : coefficient de frottement de roulement (sans unité)
γ : accélération ($m \cdot s^{-2}$)
g : accélération de la pesanteur ($m \cdot s^{-2}$)
ρ : masse volumique du fluide ($kg \cdot m^{-3}$)
α : angle de la pente
C_x : coefficient aérodynamique de traînée (sans unité)
S_f : surface correspondant à la projection du véhicule sur un plan perpendiculaire au mouvement par rapport au fluide (m^2).

▲ Tableau de formules.

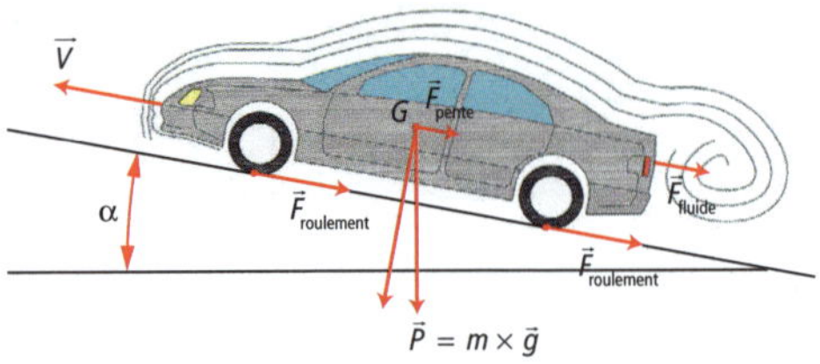

▲ Bilan des forces s'exerçant sur un véhicule en mouvement à vitesse constante.

Exercices d'entraînement

Exercice 1 (5 min) ITEC SIN EE AC

Corrigé p. 155

Énergie consommée par un radiateur

Un radiateur électrique de puissance 1 500 W fonctionne, en permanence, pendant une durée de 3 heures et 40 minutes.

Calculer l'énergie consommée par cet appareil, exprimer le résultat en Joules (J) et en watt-heure (W·h).

Exercice 2 (5 min) ITEC SIN EE AC

Corrigé p. 155

Puissance et énergie pour un mouvement de translation

Un treuil soulève une charge de masse $m = 300$ kg à la vitesse moyenne $V = 0{,}3\ \text{m}\cdot\text{s}^{-1}$.

1. Calculer la puissance nécessaire pour soulever la charge ($g = 9{,}81\ \text{N}\cdot\text{kg}^{-1}$).

La charge est soulevée sur une hauteur $h = 4{,}5$ m.

2. Calculer l'énergie nécessaire pour soulever cette charge.

Exercice 3 (5 min) ITEC SIN EE AC

Corrigé p. 155

Puissance et énergie pour un mouvement de rotation

Le moteur d'un véhicule électrique fournit un couple $C = 250$ Nm à la vitesse $N = 5\,000\ \text{tr}\cdot\text{min}^{-1}$.

1. Calculer la puissance mécanique fournie par ce moteur.

Sachant que le rendement est $\eta = 95\ \%$.

2. Calculer la puissance absorbée par ce moteur.

Exercice 4 (10 min) ITEC SIN EE AC

Corrigé p. 156

Chaîne de puissances d'une électropompe et calcul des différentes puissances

Une électropompe est installée pour relever l'eau d'un puits vers un bassin de stockage.

La différence de pression entre l'aspiration et le refoulement de la pompe est $\Delta p = 4{,}3$ bars, le débit de la pompe est $q_v = 120\ \text{m}^3\cdot\text{h}^{-1}$.

1. Calculer la puissance hydraulique fournie par la pompe.

Sachant que le rendement de la pompe est $\eta_{pomp} = 0{,}6$.

2. Calculer la puissance mécanique à l'entrée de la pompe.

La pompe est entraînée en rotation par un moteur électrique de rendement $\eta_{mot} = 0{,}89$.

3. Calculer la puissance électrique absorbée par ce moteur.

4. Recopier etc ompléter la chaîne de puissance ci-dessous en indiquant la nature des énergies ainsi que les valeurs des puissances trouvées précédemment, puis calculer le rendement global de l'électropompe.

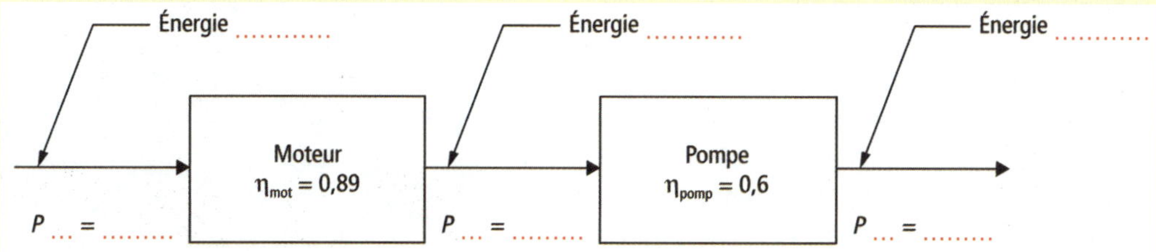

▲ Chaîne de puissance.

Exercice 5 (5 min) ITEC SIN EE AC

Corrigé p. 156

Puissance fluidique d'une hydrolienne

Une hydrolienne est constituée d'une hélice de diamètre 12 m qui entraîne une génératrice synchrone. Elle est immergée à une profondeur où les courants marins peuvent atteindre une vitesse $V = 2,5\ m \cdot s^{-1}$.

Sachant que la masse volumique de l'eau de mer est $\rho = 1\ 029\ kg \cdot m^{-3}$, calculer la puissance fluidique des courants marins à l'entrée de l'hélice.

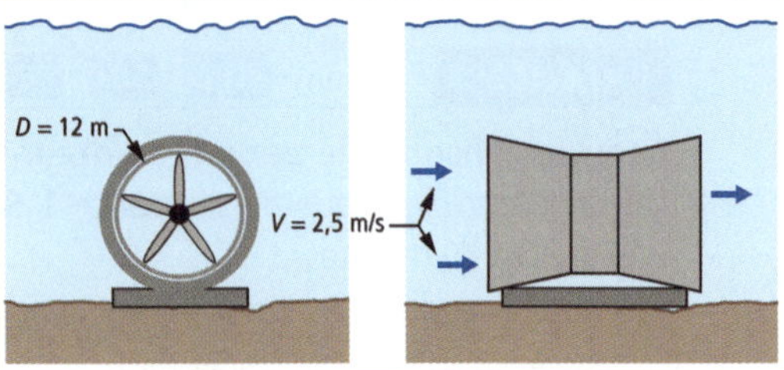

▲ Schéma de l'hélice immergée.

Exercice 6 (5 min) ITEC SIN EE AC

Corrigé p. 156

Puissance et énergie électriques en courant continu

Une voiture radiocommandée est alimentée par une batterie, elle absorbe un courant moyen $I = 1,3$ A sous une tension $U = 7,4$ V.

1. Calculer la puissance électrique absorbée par cette voiture.

Le constructeur affiche une autonomie maximale de 28 minutes.

2. Calculer l'énergie fournie par la batterie pour assurer cette autonomie.

Exercice 7 (10 min) EE

Corrigé p. 156

Puissances électriques apparentes et actives en monophasé

Un onduleur monophasé permet de transformer l'énergie électrique continue fournie par des panneaux solaires photovoltaïques en énergie électrique alternative. Il alimente un réseau électrique dont les caractéristiques sont les suivantes : réseau alternatif de fréquence 50 Hz ; tension $U = 230$ V ; intensité du courant $I = 12,5$ A ; facteur de puissance $F_p = 0,93$.

Calculer la puissance apparente et la puissance active en sortie de l'onduleur.

Exercice 8 (5 min) ITEC SIN EE AC

Corrigé p. 156

Puissance thermique d'une chaudière

Un circuit de chauffage domestique est alimenté par une chaudière. Le débit d'eau chaude est $q_v = 4,2\ m^3 \cdot h^{-1}$ à la température de $T_1 = 65°C$, l'eau qui retourne à la chaudière a une température de $T_2 = 59\ °C$. On donne $\rho_{eau} = 10^3\ kg \cdot m^{-3}$, $C_{peau} = 4,18\ kJ \cdot kg^{-1} \cdot K^{-1}$.

Calculer la puissance thermique fournie par la chaudière.

Exercice 9 (20 min) ITEC SIN EE AC

Corrigé p. 157

Lecture et exploitation d'un graphique, revenus annuels d'une centrale solaire

Un bâtiment possédant une vaste toiture plate est retenu pour être équipé de panneaux photovoltaïques intégrés à la toiture. Il est situé à proximité de Nantes. La centrale solaire est composée de 768 modules photovoltaïques monocristallins. Chaque module comporte 72 cellules solaires de dimension unitaire 125 mm × 125 mm. Le rendement des panneaux utilisés est $\eta_{mono} = 15\ \%$.

▲ Panneaux solaires.

1. Calculer la surface totale de la centrale solaire.
On a relevé ci-contre l'irradiation solaire mensuelle sur le site de l'installation.

2. Recopier et compléter le tableau ci-dessous, puis calculer l'énergie produite sur une année.
L'énergie électrique est revendue aux fournisseurs d'énergie au tarif de 50 €/MW·h, calculer le revenu annuel de l'installation.

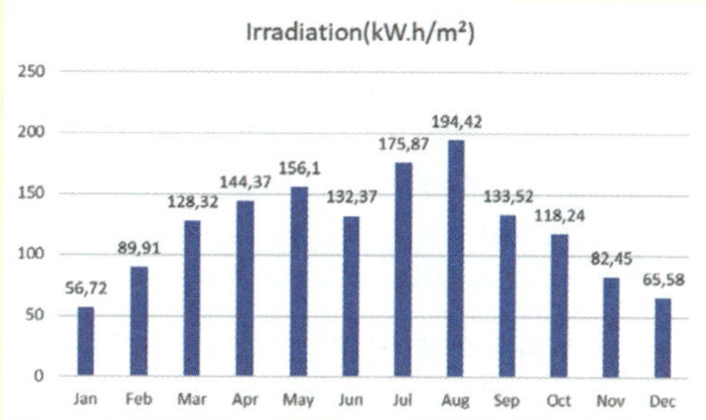

▲ Relevé de l'irridiation solaire.

	Jan.	Fev.	Mar.	Avr.	Mai	Juin	Juil.	Août	Sep.	Oct.	Nov.	Déc.
Irr (kW·h·m^{-2})												
Énergie électrique (MW·h)												

Exercice 10 (15 min) ITEC SIN EE AC

Corrigé p. 157

Chaîne de puissance, calcul de la production annuelle d'un parc éolien, comparaison avec une centrale nucléaire

Un parc de production électrique est composé de 14 éoliennes dont les caractéristiques sont les suivantes :
- éolienne à 3 pales, diamètre du rotor 90 m
- alternateur de rendement $\eta_{alt} = 0{,}9$
- rendement du multiplicateur $\eta_{multi} = 0{,}6$

On se place dans les conditions de fonctionnement standards :
- vitesse du vent : $V = 15\ \text{m}\cdot\text{s}^{-1}$
- masse volumique de l'air $\rho = 1{,}2\ \text{kg}\cdot\text{m}^{-3}$.

On donne la relation de la puissance mécanique récupérée au niveau des pales d'une éolienne :

$$P_{\text{méca}} = \frac{1}{2} \times C_p \times \rho \times A \times V^3$$

avec A = la surface balayée par les 3 pales et $C_p = 0{,}45$.

▲ Parc éolien.

1. Calculer la surface A pour une éolienne.

2. Recopier et compléter la chaîne de puissance ci-dessous en indiquant la nature des énergies à chaque étape de conversion ainsi que les valeurs des puissances.

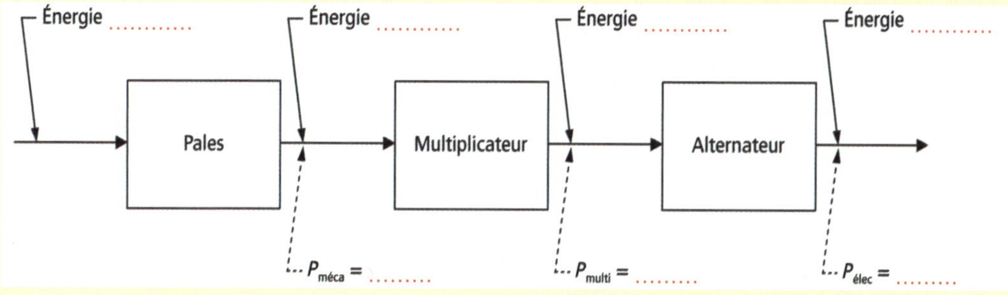

▲ Chaîne de puissance.

3. Calculer la puissance électrique nominale de l'ensemble du parc.

En France, le nombre d'heures équivalent de fonctionnement à puissance nominale d'une éolienne est compris entre 1 500 et 3 500 heures par an.

4. Calculer les valeurs minimale et maximale de l'énergie électrique annuelle produite par le parc.

La centrale nucléaire de Nogent-sur-Seine dispose de deux réacteurs de puissance unitaire 1,3 GW qui ont produit 17,13 TWh en 2018.

5. Calculer, dans le cas le plus favorable, le nombre de parcs éoliens identiques à celui étudié, pour les substituer à la centrale nucléaire.

Exercice 11 (25 min) ITEC SIN EE AC

Corrigé p. 157

Lecture et exploitation d'un graphique, puissance de roulement, puissance aérodynamique, comparaison entre un bus électrique et un bus thermique sur un parcours

Une ville expérimente un bus électrique pour le transport en commun.

Les conditions de l'essai sont les suivantes :

- Masse du bus : $m_{bus} = 19,1$ tonnes
- Surface frontale projetée : $S_f = 6,96\ m^2$
- Coefficient aérodynamique de traînée : $C_{x\_bus} = 0,7$
- Masse volumique de l'air : $\rho = 1,2\ kg \cdot m^{-3}$
- Coefficient de frottement de roulement : $C_{r\_bus} = 0,0062$.
- Rendement global de la chaîne de puissance : $\eta_{global} = 68,6\ \%$

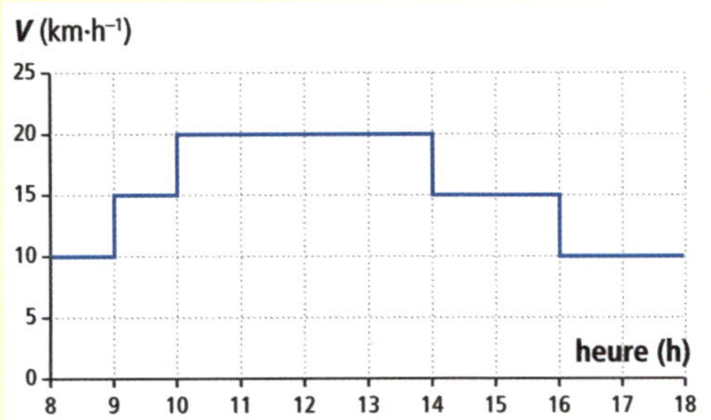

▲ Profil de vitesse.

1. Recopier et compléter le tableau ci-dessous :

	8 h - 9 h	9 h - 10 h	10 h - 14 h	14 h - 16 h	16 h - 18 h
Vitesse ($m \cdot s^{-1}$)					
$F_{aérodynamique}$ (N)					
$P_{aérodynamique}$ (W)					
$F_{roulement}$ (N)					
$P_{roulement}$ (W)					
$P_{mécanique\_totale}$ (W)					
$P_{électrique}$ (W)					
$E_{électrique}$ (W·h)					
$E_{électrique\_totale}$ (W·h)					

2. Calculer la distance parcourue lors de l'essai.

Le même parcours est réalisé actuellement par un bus diesel qui consomme en moyenne $0,3\ L \cdot km^{-1}$.

3. Calculer le volume de gazole consommé.

Sachant que le pouvoir calorifique du gazole $PC_{gazole} = 38\ 080\ kJ \cdot L^{-1}$.

4. Calculer l'énergie fossile consommée.

Un litre de gazole rejette l'équivalent de 2,6 kg de CO_2. En France, produire 1 kW·h électrique rejette l'équivalent de 53 g de CO_2.

5. Calculer les rejets de CO_2 pour les deux bus.

6. Comparer les énergies consommées et les rejets de CO_2 pour les deux bus.

Exercice 12 (15 min) ITEC SIN EE AC

Corrigé p. 158

Comparaison entre les performances thermiques d'une fenêtre simple vitrage et d'une fenêtre double vitrage

On se propose de comparer un simple vitrage d'épaisseur $e = 10$ mm et un double vitrage constitué de deux vitres d'épaisseurs égales à 5 mm chacune séparées par une lame d'air de 1 cm d'épaisseur.

- Aire de la surface totale vitrée de l'appartement : $A = 15$ m^2.
- Résistance thermique surfacique d'une lame d'air de 1 cm d'épaisseur : $R = 0{,}14$ m$^2 \cdot$K$\cdot$W^{-1}.
- Résistances thermiques superficielles de l'air : $R_{si} = 0{,}13$ m$^2 \cdot$K$\cdot$W^{-1} ; $R_{se} = 0{,}04$ m$^2 \cdot$K$\cdot$W^{-1}.
- Conductivité thermique du verre : $\lambda = 1{,}15$ W$\cdot$m$^{-1}\cdot$K^{-1}.
- Prix du kilowattheure : 0,145 € TTC.
- Température intérieure : 19°C ; température extérieure 5°C.

1. Pour chaque fenêtre, calculer :
- la résistance thermique de la paroi ($R_{fenêt\_SV}$ et $R_{fenêt\_DV}$).
- le coefficient de déperdition de la paroi ($H_{fenêt\_SV}$ et $H_{fenêt\_DV}$).
- la puissance dissipée à travers la paroi ($P_{fenêt\_SV}$ et $P_{fenêt\_DV}$).

On considère que l'hiver dure 150 jours avec une température extérieure moyenne de 5 °C.

2. Calculer l'énergie dissipée par chaque fenêtre. En déduire l'économie réalisée par le choix d'une fenêtre double vitrage.

Exercice 13 (10 min) ITEC SIN EE AC

Corrigé p. 158

Production d'une centrale hydroélectrique

Le barrage des Trois-Gorges est situé à Sandouping, dans la province de Hubei en Chine. Au pied du barrage est installée une centrale électrique comprenant 26 groupes turboalternateurs. Les caractéristiques du site sont les suivantes :

▲ Barrage des Trois-Gorges.

- hauteur de chute moyenne : $\Delta h = 90$ m
- débit volumique unitaire : $q_v = 860$ m$^3\cdot$s^{-1}
- masse volumique de l'eau : $\rho = 10^3$ kg$\cdot$m^{-3}
- rendement global : $\eta_{global} = 93$ %
- capacité de stockage maximale du barrage : $V_{sto} = 39{,}3 \times 10^9$ m^3

1. Calculer la puissance hydraulique de la chute au niveau de chaque turbine.

2. Calculer la puissance électrique totale de la centrale hydraulique.

Sachant qu'en fonctionnement normal, le volume d'eau utile dans le barrage vaut 50 % de sa capacité maximale.

3. Calculer l'énergie hydraulique emmagasinée dans le barrage et en déduire l'énergie électrique équivalente.

4. Donner l'autonomie de fonctionnement du barrage.

Rappel

$E_{hydraulique} = \rho \times g \times \Delta h \times V_{volume}$

Sujet du Bac

Épreuve écrite

Corrigés p. 159

Exercice EE

(10 points) **(1 h)**

Éclairage solaire de statue

Choix technologique, lecture et exploitation d'un graphique, dimensionnement de batterie et de panneaux solaires photovoltaïques

Une entreprise spécialisée dans l'événementiel pour la ville de Bordeaux, désire s'équiper de supports mobiles destinés à éclairer pour mettre en valeur des statues d'artistes, lors d'expositions extérieures temporaires. Pour s'adapter aux différents types d'œuvres exposées, l'éclairement doit être modulable.

On se propose d'étudier la viabilité du projet structuré autour d'une production d'énergie photovoltaïque, d'un stockage d'énergie et d'un éclairage à LED en basse tension.

Cahier des charges

- Les expositions auront lieu durant la période d'avril à septembre.
- Dans les conditions d'ensoleillement les plus défavorables de la ville de Bordeaux, le panneau solaire doit recharger entièrement la batterie en une journée.
- L'éclairage sera réalisé par 2 spots à LED dimmables (intensité lumineuse variable) de puissance unitaire 10 W sous une tension continue de 12 V.
- La gestion de l'éclairage est assurée par un microcontrôleur.
- L'allumage et l'extinction des spots se font de manière automatique entre 18 h et 23 h.

Questions

1. Sachant que dans le cas le plus défavorable, le soleil se lève à 7 h et se couche à 20 h, justifier la nécessité d'un stockage d'énergie.
2. Justifier la pertinence d'une solution autonome en énergie utilisant des panneaux photovoltaïques.
3. Justifier le choix de la technologie à LED pour l'éclairage.
4. Donner la chaîne des puissances en précisant la fonction réalisée par chaque composant.
5. **Dimensionnement de la batterie :**

a) Compléter le tableau suivant :

Composant	Courant consommé (A)	Plage de fonctionnement	Énergie (W·h)
LED		18 h – 23 h	
Microcontrôleur et capteurs	0,2		
		Total	

b) En tenant compte uniquement du rendement du régulateur $\eta_{reg} = 98\ \%$.
Calculer l'énergie fournie par la batterie.

c) La profondeur de décharge de la batterie est $pdd = 70\ \%$.
Calculer sa capacité C_n (Ah).
Pour la suite, on donne $C_{batterie} = 14$ Ah.

Rappel

$E_{batterie} = U_{batterie} \times pdd \times C_n$.

6. Dimensionnement du panneau solaire :

a) D'après le graphique ci-dessous, indiquer le mois le plus défavorable pour la production d'énergie et donner sa valeur.

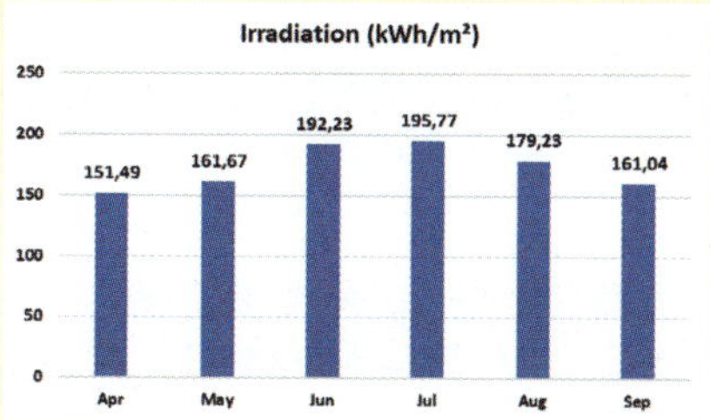

b) Donner alors la valeur moyenne de l'irradiation journalière pour le mois considéré.

c) En tenant compte du rendement de charge η_{charge} = 80 % de la batterie.
Calculer l'énergie que doit fournir le panneau pour recharger la batterie.

d) On rappelle que l'énergie électrique fournie par un panneau solaire est :

$$E_{PV}\ (\text{W}\cdot\text{h}) = S_{PV}\ (\text{m}^2) \times \eta_{PV} \times I_{R\ journalier}\ (\text{W}\cdot\text{h/m}^2).$$

Calculer la surface S_{PV} du panneau solaire (on prendra η_{PV} = 15 %).

e) Calculer sa puissance crête à crête dans les conditions standards de test (on prendra $I_{rr\text{-}cst}$ = 1 000 W/m²).

4 Conversions énergétiques

Les énergies primaires disponibles sont rarement utilisables de façon directe, elles nécessitent d'être converties une ou plusieurs fois afin d'être adaptées aux besoins.

1 Conversion d'énergie électrique ⇌ énergie mécanique

• **Les machines électriques transforment l'énergie électrique** en énergie mécanique en fonctionnement **moteur** et inversement, elles transforment l'énergie mécanique en énergie électrique en fonctionnement **générateur**. Ce sont des machines réversibles qui peuvent fonctionner dans les 4 quadrants de fonctionnement.

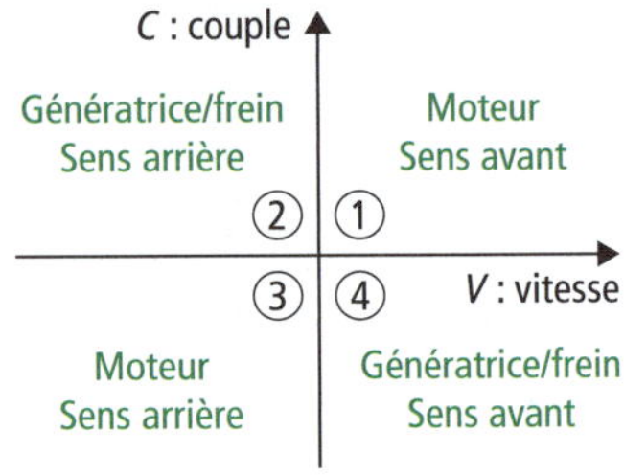

▲ Quadrants de fonctionnement.

• **Pour les machines tournantes,** on a :

	Expression	Grandeurs et notations
Puissance mécanique	$P_{méca} = C \times \Omega$	$P_{méca}$: puissance mécanique (W) ; C : couple moteur (Nm) ;
En régime transitoire	$J\dfrac{d\Omega}{dt} = C_{moteur} - \sum C_{résistant}$	Ω : vitesse angulaire (rad·s^{-1}) ; $\dfrac{d\Omega}{dt}$: accélération angulaire (rad·s^{-2}) ;
En régime permanent	$C_{moteur} = \sum C_{résistant}$	J : moment d'inertie ramené à l'arbre moteur (kg·m^2);

• **Les couples résistants :** ensemble des couples que doit surmonter le moteur pour mettre en mouvement la charge (frottements, poids de la charge…).
Le couple résistant peut être constant ou variable.

Exemples

Couple de frottement sec :

$$C_{résistant} = \text{constante}$$

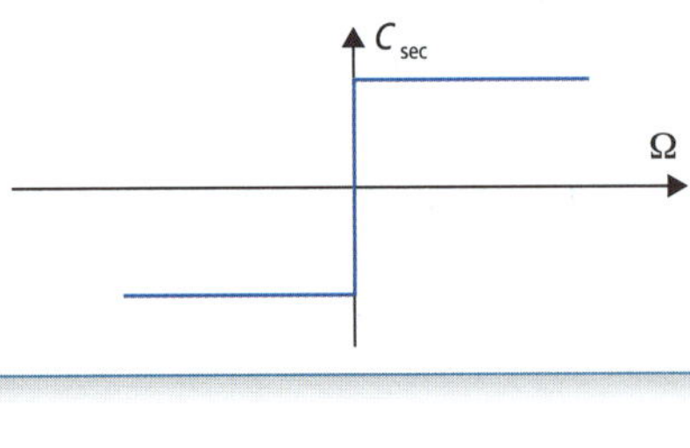

Couple de frottement visqueux (dépend de la vitesse) :

$$C_{résistant} = a_1\Omega + \ldots + a_n\Omega^n$$

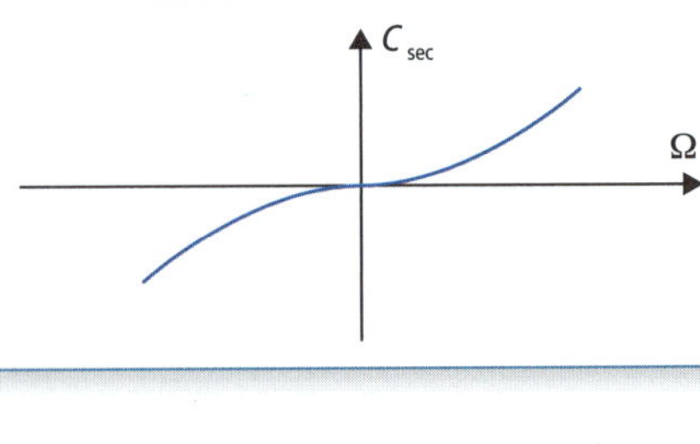

• **Le point de fonctionnement** en régime permanent peut être obtenu graphiquement par l'intersection des caractéristiques du couple moteur et du couple résistant.

Type de machine	Relations	Grandeurs et notations	Commande
à courant continu	$u(t) = R \times i(t) + L\dfrac{di(t)}{dt} + e$ en régime permanent : $U = R \times I + E$ $C_{électromagnétique} : C_{em} = k \times \Phi \times I$ force électromotrice : $E = k' \times \Phi \times \Omega$ $P_{élec} = U \times I$ *Nota : pour les MCC à flux constants (aimants permanents) :* $C_{em} = K_t \times I$ et $E = K_e \times \Omega$ $C_{em} = k_t\left(\dfrac{U - k_\varepsilon \times \Omega}{R}\right)$ 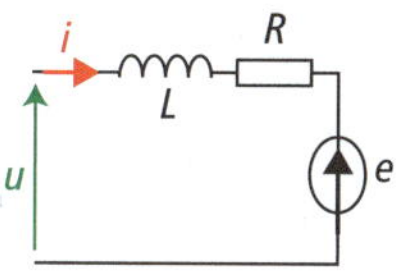 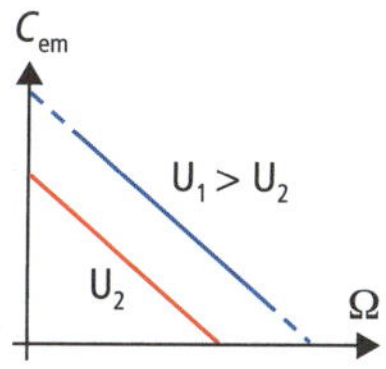	L : inductance (H) e : force electromotrice (V) Φ : flux (Wb) K_t : constante de couple (N·m/A) K_e: constante de vitesse (V/rad/s)	Variation de vitesse par variation de la tension d'induit (redresseur commandé ou hacheur).
asynchrone	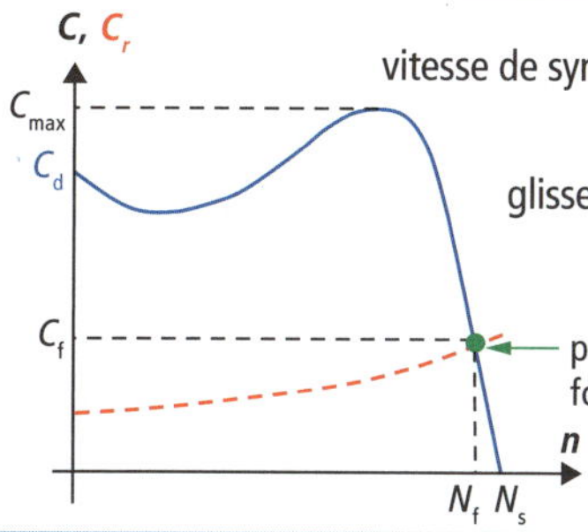 vitesse de synchronisme : $N_s = \dfrac{f}{p}$ glissement : $g = \dfrac{N_s - N}{N_s}$	N_s : vitesse de rotation en tour par seconde (tr·s^{-1}) p : nombre de paire de pôles. f : fréquence de la tension d'alimentation.	Variation de vitesse par action sur la fréquence du réseau d'alimentation (onduleur).

▲ Relations caractéristiques pour machine à CC et machine asynchrone.

• **Les machines synchrones** sont utilisées :

– en moteur : commandées en commande autopilotée (caractéristiques identiques à celles d'une MCC) ;

– en génératrice pour produire de l'électricité (alternateur de centrale nucléaire par exemple).

2 Conversion d'énergie fluidique ⇌ énergie mécanique

• **Les éoliennes**

Relations	Grandeurs et notations	
$\lambda = \dfrac{\Omega R}{v}$	λ : vitesse spécifique (sans unité) Ω : vitesse angulaire de la pale (rad·s^{-1})	R : rayon de la pale (m) v : vitesse du vent (m·s^{-1})
$P_{éol} = \dfrac{1}{2}A\rho V^3 \quad C_p = \dfrac{P_{méca}}{P_{éol}}$	$P_{éol}$: puissance éolienne potentielle (W) ρ : masse volumique (kg·m^{-3})	A : surface balayée par les pales (m²) C_p : coefficient de puissance

▲ Formules de la vitesse spécifique et de la puissance potentielle.

• **Les pompes :** pour le pompage de l'eau, on utilise la hauteur manométrique de l'eau comme unité de pression (1 mCE ≈ 10^4 Pa = 0,1 bar).

- **Relations :**

$$HMT = HMA + HMR$$
$$HMA = HGA + JA$$
$$HMR = HGR + JR$$

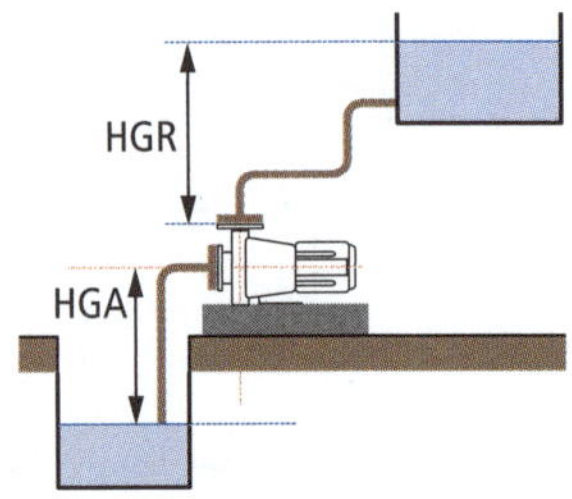

▲ Schéma de la pompe.

- **Grandeurs :**

HMT : hauteur manométrique totale
HMA : hauteur manométrique à l'aspiration
HGA : hauteur géométrique à l'aspiration
JA : pertes de charge à l'aspiration
HMR : hauteur manométrique au refoulement
HGR : hauteur géométrique au refoulement
JR : pertes de charge au refoulement

3 Conversion d'énergie électrique → énergie lumineuse

Relations	Grandeurs et notations
$E = \dfrac{\Phi}{S}$	E : éclairement (lux)
	Φ : flux lumineux (lm)
$I = \dfrac{\Phi}{\Omega}$	S : surface (m^2)
	P : puissance électrique (W)
$E = \dfrac{I \cos \upsilon}{d^2}$	I : intensité lumineuse en candela (cd)
	Ω : angle solide en stéradian (sr)
Efficacité lumineuse $= \dfrac{\Phi}{P}$	d : distance (m)
	$\Omega = 2\pi\,(1 - \cos \alpha)$

▲ Formules.

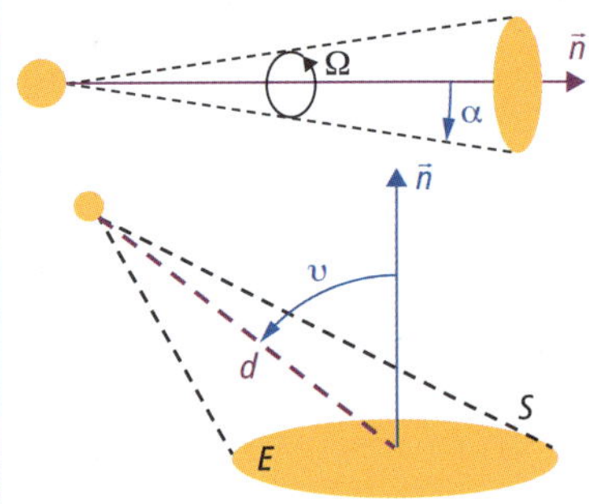

▲ Représentaion de la source lumineuse.

4 Conversion d'énergie lumineuse → énergie électrique

- **Les panneaux photovoltaïques**

La relation de l'énergie électrique est : $E_{élec} = I_r \times S \times \eta$

avec E_{elec} : énergie électrique (W · h) ; S : surface de la cellule (m^2) et I_r : irradiation solaire ($W \cdot h \cdot m^{-2}$).

- **Grandeurs :**

I_{sc} : courant de court-circuit
V_{oc} : tension à vide (circuit ouvert)
P_{mp} : puissance maximale
I_{mp} : courant à puissance maximale
V_{mp} : tension à puissance maximale

- **Le courant de court-circuit I_{sc} est proportionnel** à l'éclairement du panneau ($W \cdot m^{-2}$), la température du panneau influe sur la tension à vide V_{oc}.

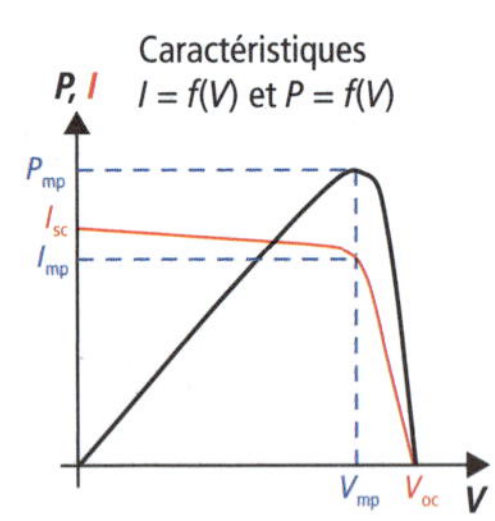

▲ Représentation de la puissance et du courant.

5 Conversions thermiques

• **La machine thermodynamique** permet un transfert de chaleur dans le sens contraire au sens naturel (source chaude vers source froide).

Exemples

Le réfrigérateur ; le climatiseur ; la pompe à chaleur…

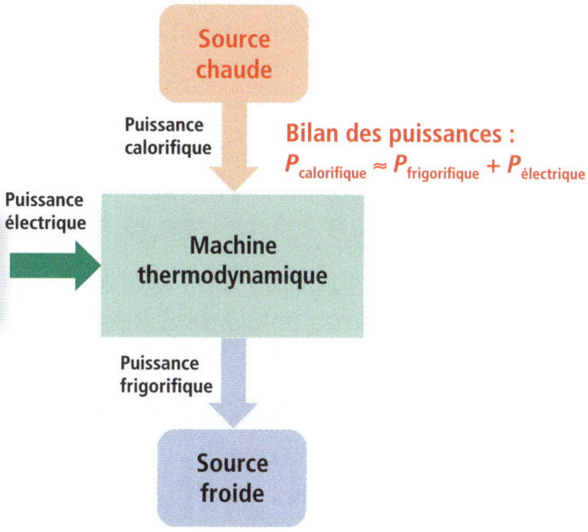

▲ Schéma du bilan de puissance.

Pour ce type de machine, on définit le coefficient de performance (COP) :

$$\text{COP} = \frac{\text{Puissance utile}}{\text{Puissance consommée}} = \frac{P_u}{P_{\text{électrique}}}$$

$$\text{COP}_{\text{froid}} = \frac{P_{\text{frigorifique}}}{P_{\text{électrique}}} \quad \text{et} \quad \text{COP}_{\text{chaud}} = \frac{P_{\text{calorifique}}}{P_{\text{électrique}}}$$

Exercices d'entraînement

Exercice 1 (15 min) EE

Corrigé p. 160

Grandeurs caractéristiques d'un spot LED

On désire éclairer un écran circulaire de surface $S = 2\ \text{m}^2$. On place perpendiculairement à celui-ci et à une distance d, un spot LED, dont les caractéristiques sont les suivantes :

$P_{elec} = 6{,}5$ W ; flux lumineux : 350 lm ; angle de diffusion : 36°.

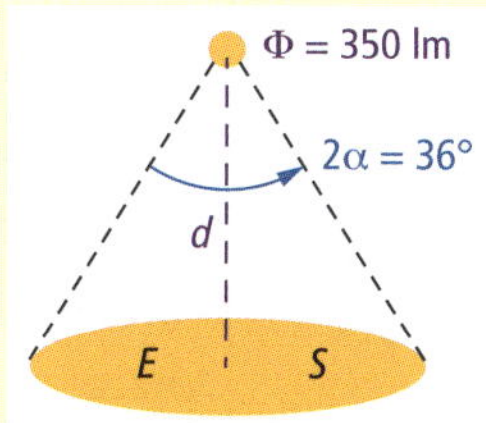

▲ Représentation de la projection de lumière.

Calculer :
- l'efficacité lumineuse du spot ;
- l'éclairement E en lux ;
- l'angle solide Ω ;
- l'intensité lumineuse I ;
- la distance à laquelle il faut le placer de l'écran.

Exercice 2 (10 min) ITEC SIN EE AC

Corrigé p. 160

Éclairement d'une ampoule halogène

Calculer l'éclairement mesuré à une distance $d = 2$ m d'une ampoule, qui émet dans toutes les directions, ayant une puissance $P = 70$ W et dont l'efficacité énergétique est de 20 $\text{lm}\cdot\text{W}^{-1}$.

Nota : l'angle solide Ω d'une sphère vaut 4π.

Exercice 3 (10 min) EE

Corrigé p. 160

Influence de l'inclinaison d'un spot sur l'éclairement reçu

Une lampe d'intensité lumineuse $I = 60$ cd éclaire une surface S située à une distance $d = 0{,}9$ m.

Les rayons lumineux font un angle de ϑ avec la normale à la surface.

Recopier et compléter le tableau ci-dessous.

ϑ (°)	0	20	40	60
E (lux)				

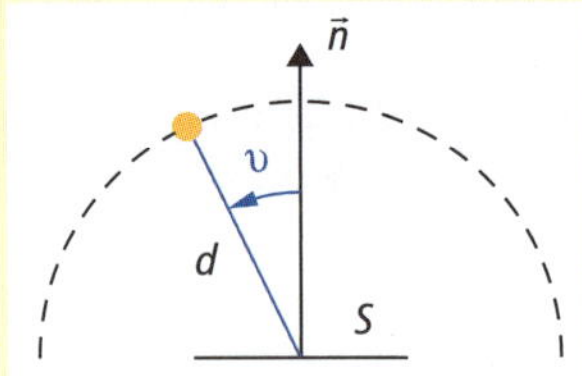

▲ Représentation de la projection de lumière.

Exercice 4 (10 min) ITEC SIN EE AC

Corrigé p. 160

Puissance et couple d'un moteur à courant continu

Un moteur à courant continu alimenté sous une tension $U = 240$ V consomme un courant $I = 10$ A et tourne à la vitesse $N = 1\,500$ trs·min^{-1}.

Si le rendement $\eta = 95$ %, calculer sa puissance utile P_u et en déduire son couple C.

Exercice 5 (15 min) EE

Corrigé p. 160

Arbre de puissance d'une machine à courant continu

Une machine à courant continu (à flux constant), dont la résistance d'induit vaut $R = 0{,}8\ \Omega$ est alimentée sous une tension $U = 100$ V. Elle absorbe un courant d'induit égal à $I = 8$ A à charge nominale et tourne à la vitesse $N = 2\,000$ trs·mn^{-1}.

Recopier et compléter l'arbre de puissance ci-dessous et déterminer le rendement η.

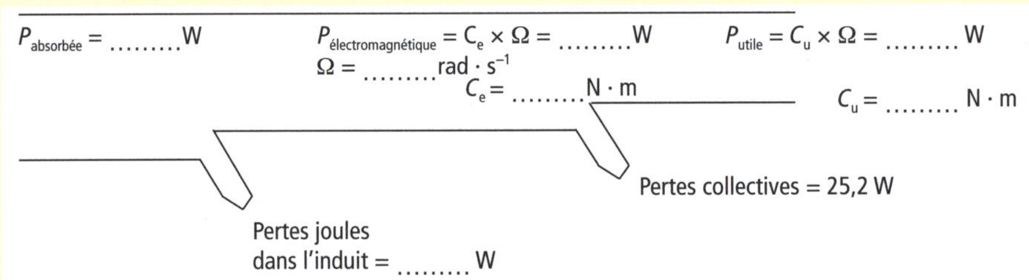

▲ Arbre de puissance.

Exercice 6 (15 min) EE

Corrigé p. 160

Lecture de tableau, exploitation de la caractéristique. Couple-vitesse d'un moteur asynchrone

Soit les caractéristiques d'un moteur asynchrone suivantes :

Réseau 400 V 50 Hz	**Puissance nominale**	P_N	kW	4
	Vitesse nominale	N_N	min^{-1}	2 915
	Couple nominal	C_N	N·m	13,4
	Intensité nominale	I_N	A	7,5
	Facteur de puissance (à différents taux de charge)	cos φ	4/4	0,91
			3/4	0,88
			2/4	0,8
	Rendement (%) (à différents taux de charge)	η	4/4	86,7
			3/4	87,8
			2/4	87,6
	Courant démarrage/courant nominal	$\frac{I_d}{I_n}$		7,8
	Couple démarrage/couple nominal	$\frac{C_d}{C_n}$		3,3
	Couple maximum/couple nominal	$\frac{C_M}{C_n}$		3,7

1. Pour ce moteur asynchrone, calculer la valeur du couple maximum C_M et la valeur du couple de démarrage C_D.

2. Pour un fonctionnement à pleine puissance, vérifier la valeur de l'intensité nominale I_N et calculer la valeur du glissement g.

3. Ce moteur entraîne une charge qui oppose un couple résistant constant $C_R = 6{,}7\ \text{N}\cdot\text{m}$, d'après la caractéristique du moteur, en déduire la valeur de la vitesse de rotation N_F.

4. Calculer alors la puissance mécanique P_M fournie par le moteur.

5. D'après les caractéristiques du moteur, calculer la puissance électrique P_A absorbée par ce moteur.

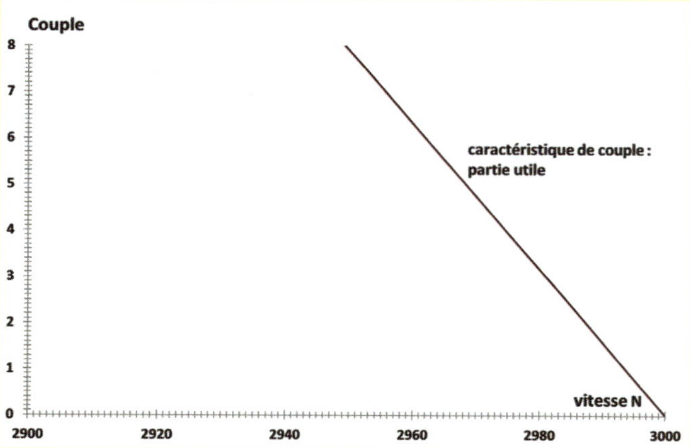

▲ Caractéristique du moteur.

Exercice 7 (15 min) ITEC SIN EE AC

Corrigé p. 161

Lecture et exploitation de graphique, production électrique d'une éolienne

On donne la distribution du vent pour le mois de février dans le graphique ci-dessous, sachant que la vitesse du vent minimale de production électrique est $v_{mini} = 14\ \text{km}\cdot\text{h}^{-1}$, calculer l'énergie électrique produite par une éolienne pour ce mois.

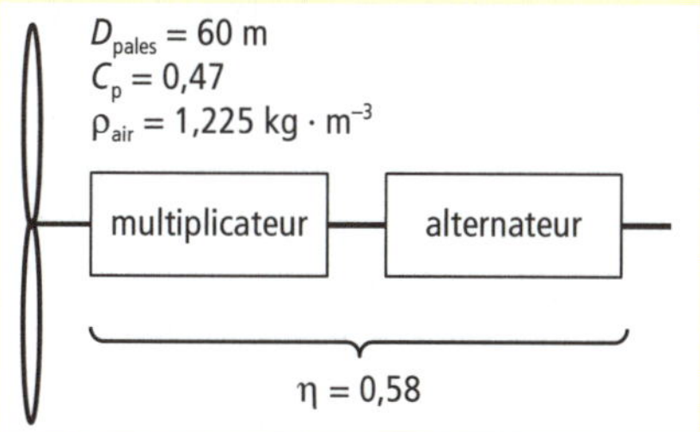

▲ Représentation du système éolien.

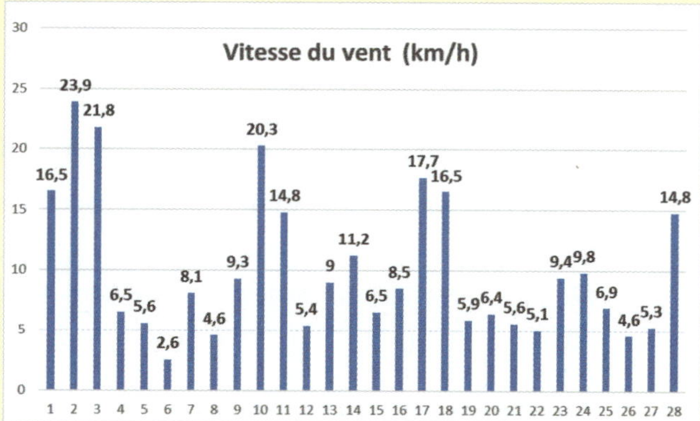

▲ Distribution du vent pour le mois de février.

Exercice 8 (10 min) ITEC SIN EE AC

Corrigé p. 161

Comparaison entre le potentiel hydrolien et le potentiel éolien

Une société envisage la faisabilité d'un projet hydrolien aux caractéristiques suivantes :
- diamètre du rotor : $D = 16$ m ;
- masse volumique de l'eau de mer : $\rho_{eau} = 1\,025\ \text{kg}\cdot\text{m}^{-3}$;
- vitesse maximum des courants marins : $V_{eau} = 6{,}5\ \text{km}\cdot\text{h}^{-1}$.

1. Calculer la puissance hydrolienne potentielle.

2. Comparer cette valeur avec celle d'une éolienne de même diamètre (avec $V_{air} = 39\ \text{km}\cdot\text{h}^{-1}$, $C_p = 0{,}5\ \text{N}\cdot\text{m}$ et $\rho_{air} = 1{,}2\ \text{kg}\cdot\text{m}^{-3}$).

Exercice 9 (5 min) ITEC SIN EE AC

Corrigé p. 161

Taux de charge d'une éolienne

On définit le taux de charge global d'une éolienne comme le rapport entre le nombre d'heures de fonctionnement à puissance nominale de l'éolienne et le nombre d'heures d'une année (8 760 heures/an en moyenne).

Soit une éolienne de puissance 2 MW qui a produit en 2019, 4 GW·h d'énergie électrique.

1. Calculer le nombre d'heures équivalent de fonctionnement à puissance nominale.
2. En déduire le taux de charge de l'éolienne.

Exercice 10 (5 min) ITEC SIN EE AC

Corrigé p. 161

Énergie électrique d'un panneau photovoltaïque

Calculer l'énergie électrique produite en une journée par un panneau solaire de 70 cm × 50 cm dont le rendement $\eta_{PV} = 18$ % s'il reçoit une irradiation moyenne journalière $I_r = 6\ 210$ Wh·m^{-2}.

Exercice 11 (10 min) EE

Corrigé p. 161

Dimensionnement de la surface d'un panneau photovoltaïque

On désire recharger, en une journée, par de l'énergie solaire photovoltaïque, une batterie de tension nominale $U_n = 12$ V et de capacité nominale $C_n = 45$ Ah qui s'est déchargée de 70 % de sa capacité. L'irradation moyenne journalière $I_r = 5\ 710$ Wh·m^{-2}.

Calculer la surface minimale du capteur solaire si son rendement est $\eta_{PV} = 15$ % et que le rendement de recharge $\eta_{rech} = 85$ %.

Exercice 12 (15 min) EE

Corrigé p. 162

Lecture et exploitation de graphique. Association de plusieurs panneaux photovoltaïques

1. Donner l'intérêt d'associer en série, puis en parallèle des générateurs.
2. À partir de la caractéristique $I = f(V_{\text{d'une cellule solaire}})$, donnée ci-dessous, tracer les caractéristiques $I = f(V)$ pour une association série puis parallèle de deux cellules identiques.

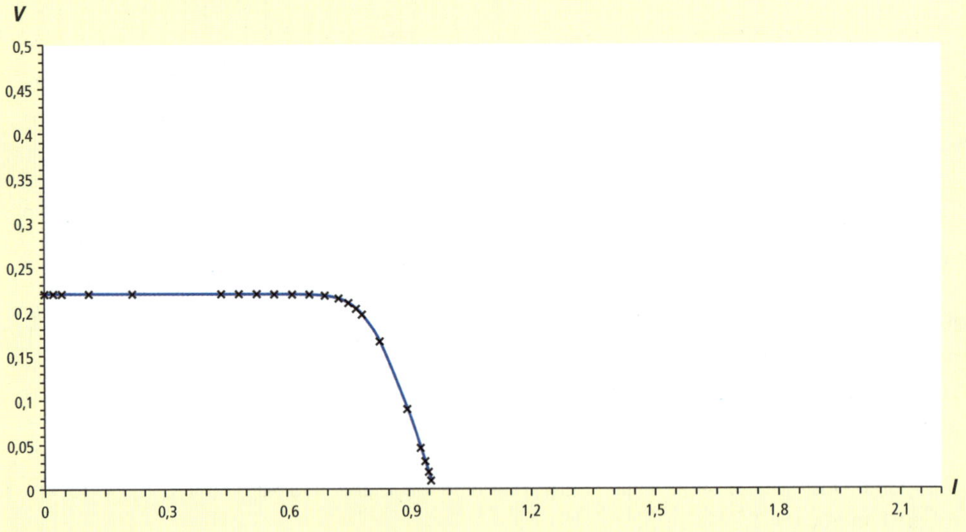

▲ Caractéristiques $I = f(V)$.

Exercice 13 (10 min) ITEC SIN EE AC

Corrigé p. 162

Puissances thermiques d'un ballon d'eau chaude

On considère un ballon d'eau chaude sanitaire électrique de volume $V = 50$ L, d'une surface d'échange S de 1,16 m^2 et revêtu d'un isolant d'une épaisseur de 25 mm. On désire élever la température de ce volume de $\theta_1 = 15$ °C à $\theta_2 = 60$ °C, en un temps $T = 1$ h 30.

1. Calculer la puissance de chauffe P_{ch}.

2. Calculer les pertes thermiques P_{th}.

3. En déduire la puissance totale P fournie par l'élément chauffant.

On donne $P = P_{ch} + P_{th} = \dfrac{mC_{eau}\Delta\theta}{860T} + \dfrac{KS\Delta\theta}{860}$ avec $\Delta\theta = \theta_2 - \theta_1$.

Puissance de chauffe P_{ch} (kW)	
Chaleur spécifique du liquide : C_p (kcal / kg × °C)	Température de départ : θ_1 (°C)
Température finale souhaitée: θ_2 (°C)	Temps de chauffe : T (h)
Masse du liquide à chauffer : m (kg)	$C_{eau} = 1$(en kcal/kg) $\times K$; $\rho_{eau} = 1\,000$ kg . m^{-3}
Pertes thermiques : P_{th} (kW)	
Surface d'échange du ballon : S (m^2)	Coefficient d'échange : K (kcal/h × m^2 × °C)

Coefficient d'échange K en fonction de l'épaisseur d'isolation			
Épaisseur d'isolant (mm)			
sans	25	50	100
9	1,7	1	0,55

▲ Extrait d'un document constructeur.

Exercice 14 (10 min) ITEC SIN EE AC

Corrigé p. 162

Bilan de puissance et calcul du COP d'une pompe à chaleur

On considère une pompe à chaleur (PAC) air-eau réversible dont les caractéristiques sont les suivantes :
- puissance calorifique : $P_{calo} = 8$ kW ;
- puissance frigorifique : $P_{frigo} = 6$ kW ;
- puissance absorbée $P_{élec} = 2,1$ KW.

1. Recopier et compléter le schéma ci-contre, puis calculer le COP$_{chaud}$ et le COP$_{froid}$ annoncés par le constructeur.

Elle est installée dans une habitation pour remplacer un ensemble de radiateurs électriques de puissance totale 8 kW. La consommation de chauffage durant la période hivernale de cette habitation est $E_{chauf} = 2\,864$ kWh.

2. En supposant que le COP$_{chaud} = 3,2$ en moyenne durant cette période, calculer la consommation électrique de la PAC, en déduire les économies réalisées (1 kWh coûte 0,15 €).

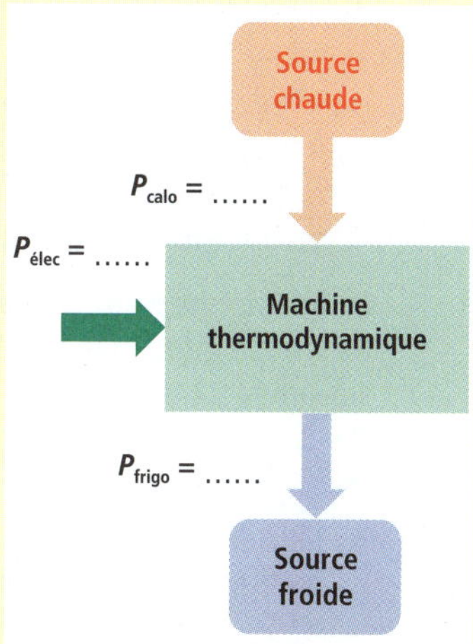

▲ Bilan de puissance.

Sujet du Bac

Épreuve écrite

Corrigés p. 162

Exercice EE

(10 points) **(40 min)**

Pompage solaire

Lecture de graphique, exploitation de tableaux, dimensionnement d'électropompe et de panneaux photovoltaïques

Pour satisfaire les besoins en eau d'un village isolé dans un pays en voie de développement, on envisage d'installer un réservoir ouvert alimenté par un système de pompage solaire (voir la figure ci-contre). La pompe est immergée. Le besoin en eau du village est de 10 m³ par jour.

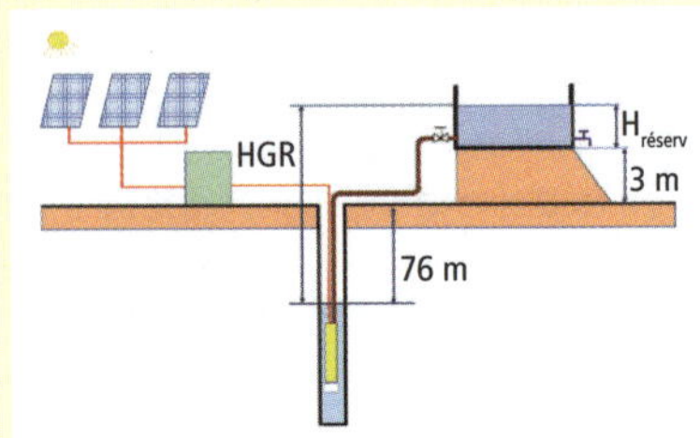

▲ Système de pompage solaire.

Dimensionnement de la bâche de stockage :

1. Sachant qu'on veut avoir deux jours de réserve en eau et que le taux d'évaporation d'eau est estimé à 10 %, calculer la capacité de stockage $V_{stockage}$ (m³).
2. Le réservoir est de forme cylindrique de diamètre $D = 3$ m, calculer la hauteur $H_{réser}$ de ce réservoir.

Dimensionnement du groupe moto-pompe :

3. Le circuit hydraulique est constitué d'un tuyau de longueur totale 95 m et de diamètre intérieur 60 mm. Sachant que le coefficient de pertes de charges linéïques $j = 22{,}3$ mmCE/m, calculer les pertes de charges linéaires. Les pertes de charges singulières étant négligeables, compléter le tableau ci-dessous et déterminer la hauteur manométrique totale (HMT).

	Hauteur géométrique (m)	**Pertes linéaires** (mCE)	**Total**
Aspiration			
Refoulement			
Hauteur manométrique totale (mCE)			

4. Calculer le débit le débit Q en m³/h et en m³/s du groupe moto-pompe si le temps de remplissage est $\Delta T = 6$ h.
   En déduire la puissance hydraulique P_{hyd} de la moto-pompe.
5. À partir des caractéristiques des pompes données ci-contre, choisir, en justifiant votre réponse, le groupe moto-pompe répondant aux besoins.

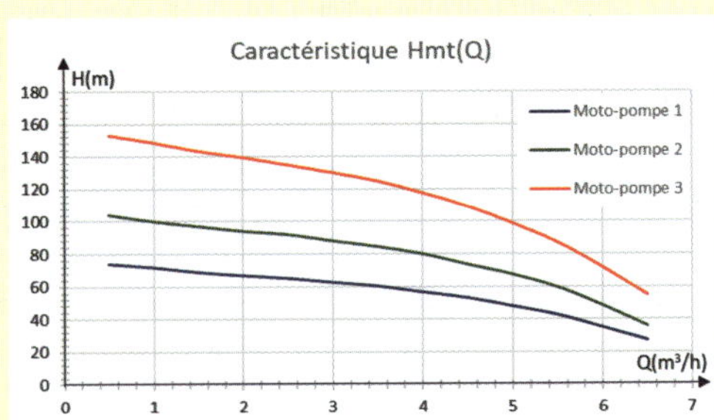

▲ Caractéristiques des pompes.

Dimensionnement du capteur photovoltaïque :

Le groupe moto-pompe retenu a les caractéristiques suivantes :

$Q = 3{,}67$ m³/h, l'énergie électrique volumique consommée $E_v = 536$ W·h/m³.

6. Calculer l'énergie électrique E_{utile} (W·h) nécessaire pour remplir le reservoir d'eau (on prendra $V_{stockage} = 22$ m³).

On a relevé l'irradiation journalière moyenne sur le site d'implantation des panneaux :

	Janv.	Févr.	Mars.	Avr.	Mai	Juin.	Juil.	Août	Sept.	Oct.	Nov.	Déc.
Ir_j (kW·h/m²)	5,556	5,374	6,401	7,641	7,440	7,420	7,482	7,068	6,830	6,027	5,773	5,462

7. Indiquer le mois à prendre en compte pour dimensionner les panneaux photovoltaïques. Pour la suite, on prendra une irradiation journalière Ir_j = 5 374 W·h/m².

8. La technologie des capteurs photovoltaïques retenus a un rendement η_{PV} = 16,5 %, calculer l'énergie électrique surfacique fournie E_{PV} (W·h/m²) par le capteur.

9. En déduire la surface S (m²) du capteur photovoltaïque.

10. Calculer alors $P_{crête}$, la puissance crête normalisée (irradiance = 1 000 W/m²).

11. On donne les caractéristiques d'un panneau solaire : P_C = 270 Wc ; V_{MPP} = 30,9 V ; I_{MPP} = 8,73 A. Calculer le nombre N de panneaux nécessaires.

12. Proposer une association de ces panneaux pour avoir $U_{MPP} \approx$ 90 V.

5 Techniques de transport, de stockage et de gestion de l'énergie

Les ressources énergétiques sont rarement disponibles aux lieux et aux instants d'utilisation, il faut donc stocker l'énergie, l'acheminer et la gérer de façon optimale en fonction du besoin.

1 Réseaux de transport et distribution de l'énergie et des fluides

A Transport et distribution de l'énergie électrique

• **Réseau alternatif sinusoïdal :**

	Puissance active P (W)	Puissance réactive Q (VAR)	Puissance apparente S (VA)
Monophasé	$P = V \times I \times \cos\varphi = V \times I \times F_p$	$Q = V \times I \times \sin\varphi$	$S = \sqrt{P^2 + Q^2} = V \times I$
Triphasé	$P = U \times I \times \sqrt{3} \times \cos\varphi$	$Q = U \times I \times \sqrt{3} \times \sin\varphi$	$S = \sqrt{P^2 + Q^2} = U \times I \times \sqrt{3}$

avec V : tension simple entre phase et neutre (réseau monophasé) (en V) ;
U : tension composée entre 2 phases (réseau triphasé) (en V) ;
I : intensité du courant (en A) ;
φ : angle de déphasage entre V et I ;
F_p = facteur de puissance = cos φ si la charge est linéaire.

• **Pour véhiculer l'énergie électrique,** on utilise des câbles qui peuvent contenir un ou plusieurs conducteurs et dont l'âme conductrice est soit en cuivre soit en aluminium, ils sont à l'origine des pertes Joules P_j et des chutes de tension ΔV.

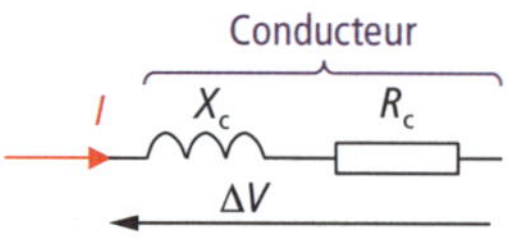

▲ Schéma du conducteur.

• **Un conducteur** de longueur L, de section s et de résistivité ρ génère une chute de tension V et des pertes par effet joule P_j.

$\Delta V = R_c \times I \times \cos\varphi + X_c \times I \times \sin\varphi$ $\quad P_j = R_c \times I^2$ avec $R_c = \rho\frac{L}{s}$.

• **Pour élever ou abaisser la tension,** on utilise des **transformateurs**. Pour un transformateur monophasé parfait, le rapport de transformation est :

$$m = \frac{N_2}{N_1} = \frac{U_2}{U_1} = \frac{I_1}{I_2}.$$

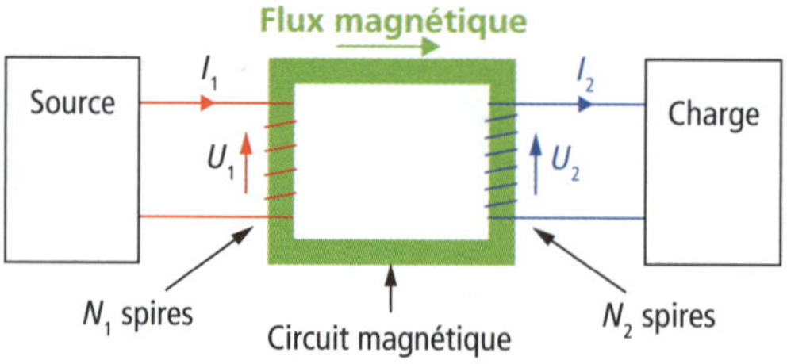

▲ Schéma de principe d'un transformateur.

B Transport et distribution de l'énergie fluidique

• **Pour transvaser les fluides,** on utilise des tuyaux, des raccords, des vannes, etc. Ils sont à l'origine d'une chute de la pression que l'on appelle **perte de charge**. Les pertes de charges sont de deux natures : régulières (proportionnelles à la longueur des tuyaux, conduits…) et singulières (dûes aux différents accessoires).

• **Pour le transport et la distribution de l'eau,** une autre unité de pression est utilisée : le mètre colonne d'eau (mCE) avec 1 mCE ≈ 10^4 Pa = 0,1 bar.

Pertes de charges régulières

$$J_r = j \times L = \lambda \times \frac{L}{D} \times \rho \times \frac{V^2}{2} \text{ (en Pa)}$$

$$J_r = j \times L = \lambda \times \frac{L}{D} \times \frac{V^2}{2g} \text{ (en mCE)}$$

Pertes de charges singulières

$$J_s = \zeta \times \rho \times \frac{V^2}{2} \text{ (en Pa)}$$

$$J_s = \zeta \times \frac{V^2}{2g} \text{ (en mCE)}$$

avec J_r : pertes de charges régulières (en Pa ou mCE) ;
j : pertes de charges linéiques (en Pa · m^{-1} ou en mCE · m^{-1}) ;
L : longueur de la conduite considérée (en m) ;
λ : coefficient de pertes de charge régulière (sans unité) ;
D : diamètre intérieur de la conduite (en m) ;
J_s : pertes de charges singulières (en Pa ou en mCE) ;
ζ : coefficient de pertes de charges singulières (sans unité) ;
$\rho\frac{V^2}{2}$: pression dynamique du fluide considéré (en Pa) ;
$\frac{V^2}{2g}$: pression dynamique du fluide considéré (en mCE).

2 Stockage de l'énergie

	Expressions	Grandeurs et notations
Énergie thermique (chaleur sensible)	$Q_s = m \times C_p \times \Delta T$	Q_s : chaleur sensible (J) ; m : masse (kg) C_p : capacité calorifique massique (J · kg^{-1} · K^{-1}) ΔT : écart de température (K ou °C) (exemple : ballon d'eau chaude sanitaire)
Énergie mécanique (ressort de traction)	$E = \frac{1}{2} \times k \times x^2$	E : énergie stockée dans le ressort (J) k : raideur du ressort (N · m^{-1}) x : allongement du ressort (m)
Énergie mécanique (ressort de torsion)	$E = \frac{1}{2} \times k' \times \theta^2$	E : énergie stockée dans le ressort (J) k' : raideur du ressort (N · m · rad^{-1}) θ : angle de torsion du ressort (rad)
Énergie électrochimique (batterie)	$E = Q \times U = I \times \Delta t \times U$ $Q = \text{pdd} \times C_n$	E : énergie électrique (Wh) Q : charge de la batterie (Ah) C_n : charge nominale de la batterrie (Ah) pdd : profondeur de décharge (pdd < 1), plus elle est faible, plus la durée de vie est importante.

	Expressions	Grandeurs et notations
Énergie potentielle (stations de transfert d'énergie par pompage)	$E = \rho \times g \times \Delta h \times V_{stk}$	E : énergie hydraulique stockée par pompage Δh : hauteur de stockage (m) V_{stk} : volume stocké (m^3) (stockage de l'énergie électrique sous forme d'énergie hydraulique dans le barrage d'une centrale hydroélectrique à l'aide d'une électropompe) ρ : masse volumique de l'eau ($kg \cdot m^{-3}$)
Énergie cinétique (volant d'inertie)	$E = \frac{1}{2} \times J \times \Omega^2$	J : moment d'inertie du volant ($kg \cdot m^2$) Ω : vitesse de rotation du volant ($rad \cdot s^{-1}$)
Énergie électrostatique (condensateur et supercondensateur)	$E = \frac{1}{2} \times C \times U^2$	C : capacité du condensateur en Farad (F) U : tension en volt (V)

3 Adaptation et modulation de l'énergie électrique

Type de conversion	Schémas	Formes d'ondes	Relations
Alternatif/continu (redresseur) 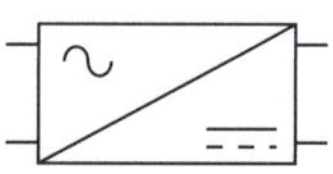	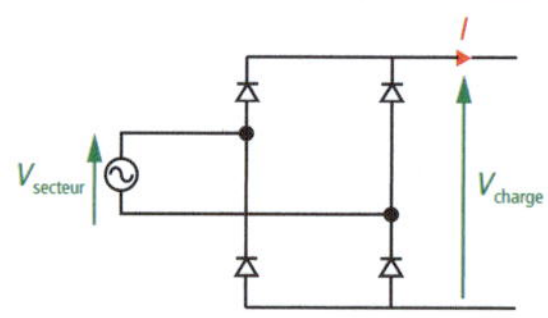	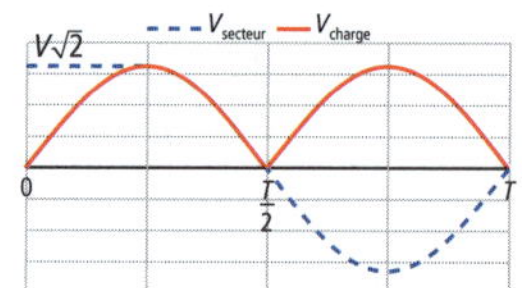	$V_{charge\_moy} = \frac{2V\sqrt{2}}{\pi}$
Continu/alternatif (onduleur) 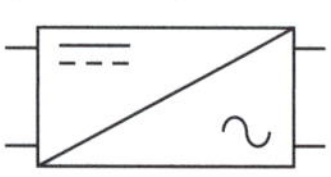	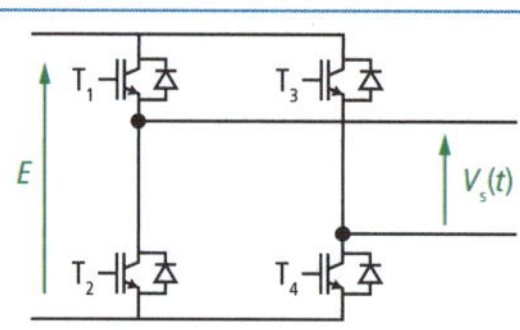	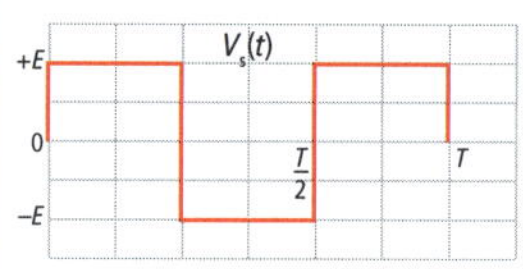	$V_{s_{moy}} = 0$ $V_{s_{eff}} = E$
Alternatif/alternatif (gradateur) 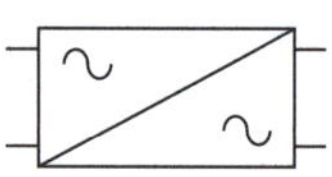	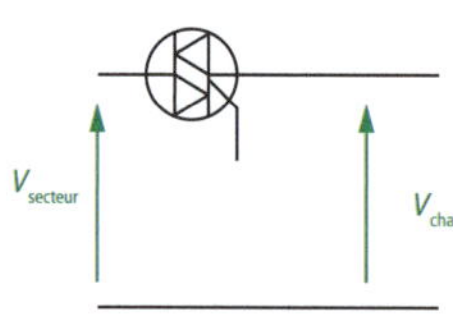	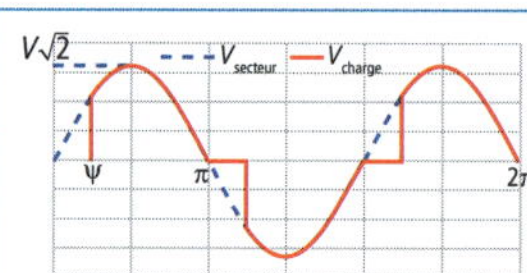 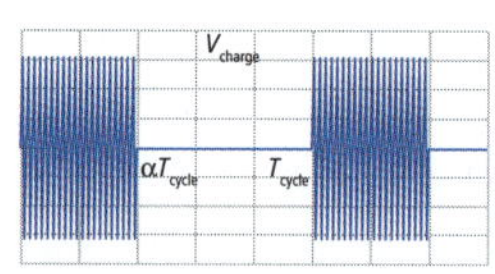	Application : éclairage $V_{charge} = V \times \sqrt{1 - \frac{\psi}{\pi} + \frac{\sin 2\psi}{2}}$ Application : chauffage $\alpha = \frac{\text{temps de fonctionnement}}{T_{cycle}}$ $V_{charge\_efficace} = V \times \sqrt{\alpha}$ $P_{charge\_moy} = \alpha P_{max}$
Continu/continu (hacheur) 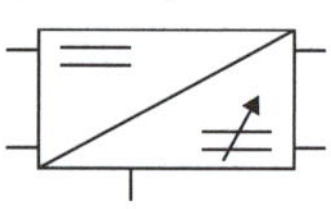	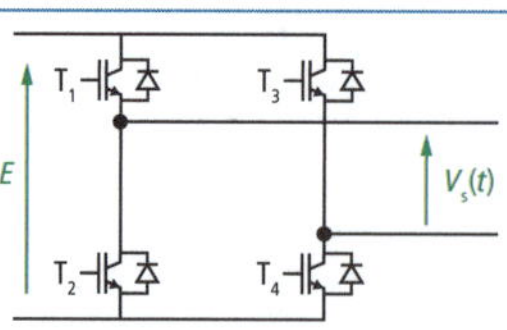	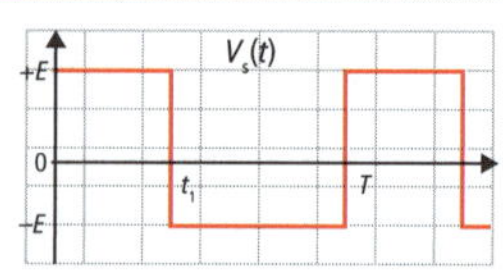	Commande bipolaire $\alpha = \frac{t_1}{T}$ $V_{s_{moy}} = (2\alpha - 1)E$
		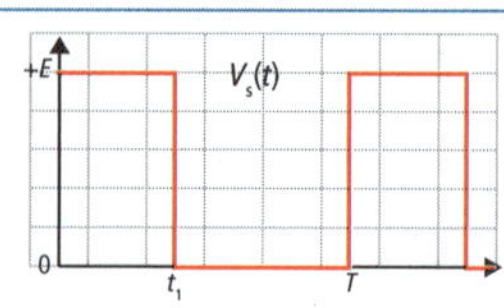	Commande unipolaire $\alpha = \frac{t_1}{T}$ $V_{s_{moy}} = \alpha E$

Exercices d'entraînement

Exercice 1 (10 min) EE

Corrigé p. 163

Chute de tension dans un câble monophasé

Un récepteur monophasé purement résistif alimenté sous une tension sinusoïdale de valeur efficace $V = 230$ V consomme une puissance $P = 2$ kW. Le câble qui alimente ce récepteur a une longueur $L = 25$ m et une section $s = 2{,}5$ mm² par conducteur.

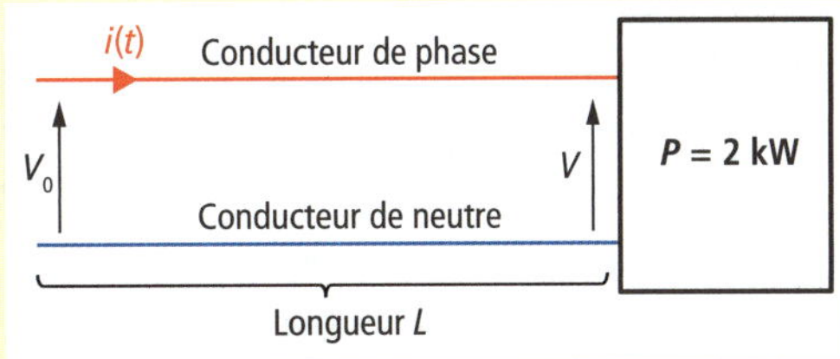

▲ Schéma du récepteur.

1. Calculer la valeur efficace I du courant consommé par la charge.

2. Calculer la résistance R_c de chaque conducteur (avec $\rho_{cu} = 22{,}5\ \text{m}\Omega\cdot\text{mm}^2\cdot\text{m}^{-1}$). En déduire la puissance dissipée par effet Joule dans ce câble.

3. Calculer la chute de tension dans le câble. En déduire la valeur efficace V_0.

Exercice 2 (10 min) EE

Corrigé p. 163

Lecture et exploitation de tableau, chute de tension dans un câble triphasé

Un câble triphasé BT type U1000R02V, de longueur $L = 200$ m, de section $s = 70$ mm², d'âme conductrice en cuivre et avec $\rho_{cu} = 22{,}5\ \text{m}\Omega\cdot\text{mm}^2\cdot\text{m}^{-1}$, alimente un circuit équilibré sous une tension $U = 400$ V, avec un courant $I = 160$ A et un facteur de puissance de $\cos\varphi = 0{,}85$.

1. Calculer la chute de tension relative $\dfrac{\Delta U}{U}$, on donne :

$U = \sqrt{3}(R_c I\cos\varphi + X_c I\sin\varphi)$ en considérant que

la réactance linéique $\lambda = \dfrac{X_c}{L} = 0{,}1\ \Omega\cdot\text{km}^{-1}$.

cos φ = 0,85											
câble	cuivre										
S (mm²)	1,5	2,5	4	6	10	16	25	35	50	70	95
In (A)											
1	0,5	0,4									
2	1,1	0,6	0,4								
3	1,5	1	0,6	0,4							
5	2,6	1,6	1	0,6	0,4						
10	5,2	3,2	2	1,4	0,8	0,5					
16	8,4	5	3,2	2,2	1,3	0,8	0,5				
20		6,3	4	2,6	1,6	1	0,6				
25		7,9	5	3,3	2	1,3	0,8	0,6			
32			6,3	4,2	2,6	1,6	1,1	0,8	0,5		
40			7,9	5,3	3,2	2,1	1,4	1	0,7	0,5	
50				6,7	4,1	2,5	1,6	1,2	0,9	0,6	0,5
63				8,4	5	3,2	2,1	1,5	1,1	0,8	0,6
70					5,6	3,5	2,3	1,7	1,3	0,9	0,7
80					6,4	4,1	2,6	1,9	1,4	1	0,8
100					8	5	3,3	2,4	1,7	1,3	1
125						4,4	4,1	3,1	2,2	1,6	1,3
160							5,3	3,9	2,8	2,1	1,6
200							6,4	4,9	3,5	2,6	2

▲ Tableau des valeurs des chutes de tension.

2. Le tableau ci-contre, donne la valeur chute de tension relative exprimée en % pour 100 m de câble.
Comparer la valeur donnée par le tableau avec celle trouvée précédemment.

Exercice 3 (15 min) EE

Corrigé p. 164

Exploitation de graphique, déphasage entre courant et tension en monophasé, puissance apparente, active et réactive

On donne le relevé (page suivante) du courant et de la tension pour un moteur monophasé.

1. Mesurer sur ce relevé la période T (ms) des signaux, en déduire la fréquence f (Hz).

2. Mesurer le temps de retard τ (ms) du courant par rapport à la tension, calculer ensuite le déphasage φ exprimé en degré : $\varphi = \dfrac{360\tau}{T}$.

3. Relever les amplitudes V_{max} et I_{max} de la tension et du courant, calculer ensuite les valeurs efficaces V et I $\left(\text{valeur efficace} = \dfrac{\text{valeur maximale}}{\sqrt{2}}\right)$.

4. À partir des résultats précédents, déduire les valeurs des puissances apparentes S, actives P et réactives Q. Le distributeur d'énergie exige que le facteur de puissance soit $F_p \geqslant 0{,}93$, le moteur respecte-t-il cette exigence ?

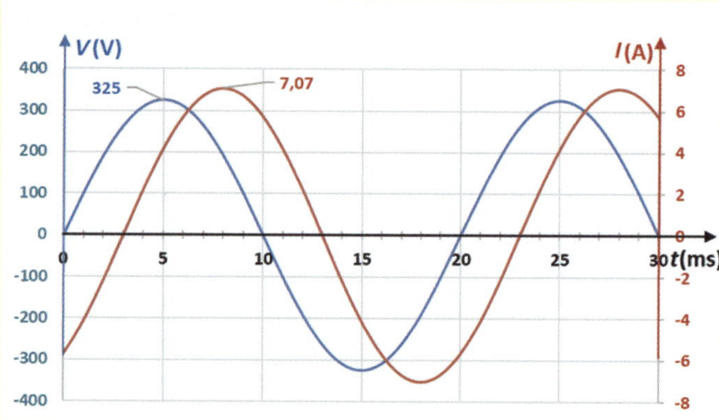

▲ Relevé du courant et de la tension.

Exercice 4 (5 min) ITEC SIN EE AC

Corrigé p. 164

Énergie emmagasinée dans un ressort

Les moteurs à barillet, notamment utilisés en horlogerie, sont mûs par des ressorts de torsion. La raideur k du ressort considéré étant égale à $k' = 4{,}5\ \text{N} \cdot \text{m} \cdot \text{rad}^{-1}$.

Calculer l'énergie stockée dans celui-ci, si on lui fait faire une rotation de 3 tours.

▲ Montre à barillet.

Exercice 5 (10 min) ITEC SIN EE AC

Corrigé p. 164

Lecture de tableau, production d'une centrale hydroélectrique

On donne, ci-contre, les caractéristiques de la centrale hydroélectrique de Montézic située dans le nord de l'Aveyron.

1. Calculer l'énergie stockée dans le barrage de la centrale.

2. Sachant que le rendement global de la chaîne de puissance est $\eta = 0{,}6$. Calculer le temps nécessaire pour vider complètement le réservoir pour un fonctionnement à puissance nominale.

Centrale hydroélectrique	
Type de centrale	Pompage – turbinage
Hauteur de chute	423 m
Nombre de turbines	4
Type de turbine	Francis réversible
Puissance installée	910 MW
Réservoir	
Volume	30 millions de m^3

▲ Caractéristiques de la centrale.

Exercice 6 (10 min) ITEC SIN EE AC

Corrigé p. 164

Lecture de tableau, capacité de stockage d'une batterie

La batterie secondaire d'un camping-car doit être capable d'alimenter un ensemble d'équipements de puissance totale 200 W pendant 5 h (sous une tension de 12 V).

Sachant que la durée de vie est de 500 cycles. Calculer la capacité nominale C_n minimale de la batterie.

Profondeur de décharge (en %)	Durée de vie (en cycle)
100	300
75	500
50	600
25	1400

Exercice 7 20 min EE

Corrigé p. 164

Conversion alternatif-alternatif, lecture et exploitation de courbes

Un dépôt de pain désirant proposer à sa clientèle du pain chaud à toute heure de la journée, s'équipe d'un four électrique d'appoint. Les caractéristiques électriques du four sont les suivantes :

- tension d'alimentation : $V = 230$ V monophasé de fréquence 50 Hz ;
- puissance nominale : $P_n = 2$ kW ;
- réglage de la puissance par gradateur à train d'ondes par pas de 5 % de P_n ;
- réglage de température : de 50 à 300°C.

On a relevé le courant et la tension à pleine puissance :

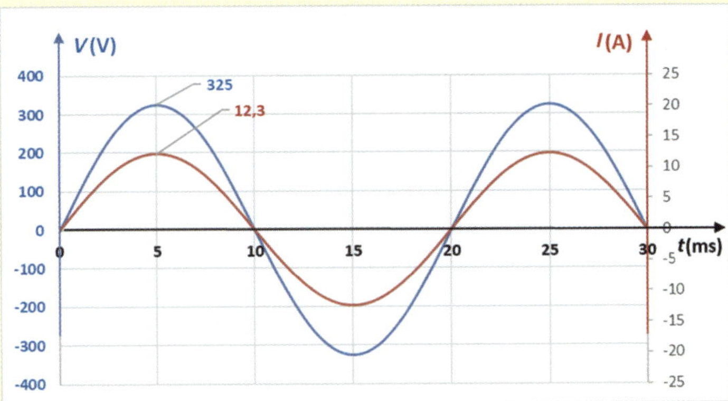

▲ Relevé du courant et de la tension.

1. Que peut-on dire du déphasage entre V et I ? Vérifier que la puissance réactive est nulle. Relever les amplitudes V_{max} et I_{max} de la tension et du courant, calculer ensuite les valeurs efficaces V et I $\left(\text{valeur efficace} = \dfrac{\text{valeur maximale}}{\sqrt{2}}\right)$.

2. À partir des résultats précédents, vérifier la valeur de la puissance maximale donnée par le constructeur.

3. Calculer la valeur de la résistance de chauffage R du four.

Pour maintenir les pains déjà cuits à une bonne température, on sélectionne la position « maintien », on a relevé la tension pour ce mode de fonctionnement :

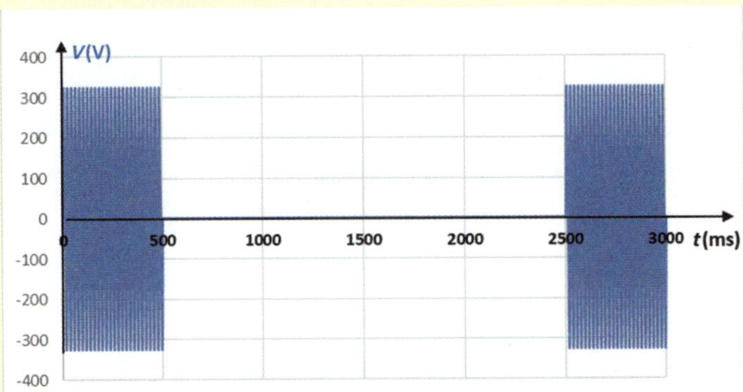

▲ Relevé de la tension en mode « maintient ».

4. Mesurer sur le graphe la période de fonctionnement du gradateur à train d'ondes T_{cycle}, le temps de conduction du gradateur $t_{on} = \alpha T_{cycle}$.

En déduire la valeur du rapport α et la valeur de la puissance de maintien $P_{maintien}$.

Exercice 8 (15 min) ITEC SIN EE AC

Corrigé p. 165

Lecture et exploitation de courbes, amélioration de performance énergétique

Une installation de pompage doit permettre de vider une cuve cylindrique de diamètre $D = 3$ m et de hauteur $h = 3{,}2$ m en un temps Δt de 7 h 30.

1. Calculer le débit Q de la pompe.

Afin de diminuer les coûts de fonctionnement, le priopriétaire a procédé à une modification du mode de réglage du débit. Auparavant le réglage se faisait par vannage, maintenant, on a installé un variateur de vitesse qui alimente le moteur de la pompe, ce qui permet de varier le débit de la pompe en variant la vitesse de rotation du moteur. La figure ci-contre montre l'évolution de la puissance électrique consommée par l'ensemble électropompe en fonction du débit Q pour les deux procédés de réglage.

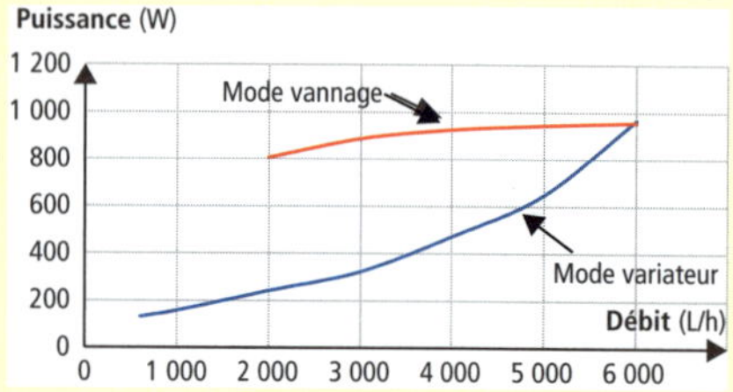

▲ Évolution de la puissance électrique consommée.

2. Justifier la pertinence de la solution retenue.

3. Calculer l'énergie consommée pour les deux cas.

Exercice 9 (15 min) EE

Corrigé p. 165

Dimensionnement de pompe, pertes de charges

Une pompe aspire l'eau d'un puits et la refoule dans un réservoir d'irrigation. L'installation est représentée par le schéma ci-dessous. Le débit de la pompe est $q_v = 80\ \text{m}^3 \cdot \text{h}^{-1}$.

Le circuit hydraulique est réalisé avec des tuyaux de diamètre intérieur 100 mm (pertes de charges linéïques $j = 0{,}134$ mCE $\cdot$ m^{-1}).

À l'aspiration, le circuit est constitué d'un tuyau de longueur 7 m, d'un filtre à crépine ($\zeta_1 = 8{,}4$), d'un clapet antiretour ($\zeta_2 = 0{,}23$) et d'un coude 90°($\zeta_3 = 0{,}3$). Au refoulement, il est constitué d'un tuyau de longueur 3 m, d'une vanne ($\zeta_4 = 0{,}12$) et de 3 coudes 90°($\zeta_3 = 0{,}3$).

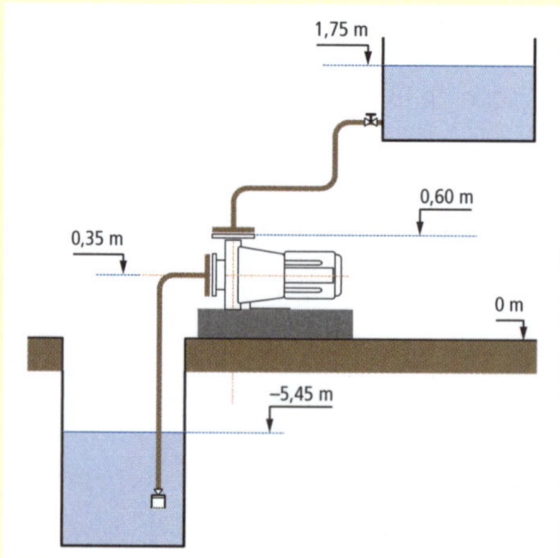

▲ Schéma de l'installation de pompage.

Calculer la hauteur manométrique totale et en déduire la puissance hydraulique fournie par la pompe.

Épreuve écrite

Corrigés p. 165

Exercice Commun (10 points) (35 min)

Motorisation d'un axe de magasin automatisé

Lecture et exploitations de graphique, quadrants de fonctionnement d'un moteur à courant continu

Un magasin automatisé permet une gestion optimisée du stock de marchandise. Lors d'une opération de maintenance, on a constaté une baisse de la cadence maximale et particulièrement de l'axe vertical. Sa motorisation est composée d'un moteur à courant continu à aimant permanent commandé par un hacheur 4 quadrants. On souhaite vérifier les performances du système, le constructeur annonce une vitesse maximale de déplacement de 0,5 $m \cdot s^{-1}$ soit une une vitesse de rotation du moteur N_{max} = 3 500 $tr \cdot min^{-1}$.

1. On donne le schéma de principe du hacheur à la **Figure 1**, U_{bus} est la tension du bus continu, T_1 à T_4 sont les interrupteurs statiques du hacheur, I_m et U_m sont respectivement le courant et la tension aux bornes du moteur.

a) Indiquer le signe de la tension U_m pour $T_1 - T_4$ fermés et $T_2 - T_3$ ouverts puis pour $T_2 - T_3$ fermés et $T_1 - T_4$ ouverts.

b) Compléter alors le chronogramme (**Figure 2**).

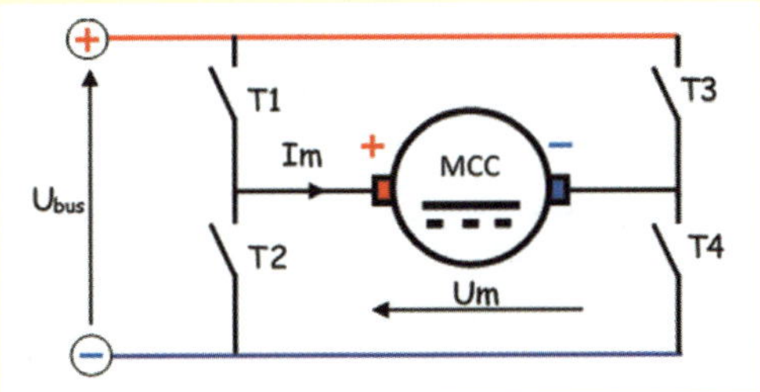

▲ Figure 1 : Schéma de principe.

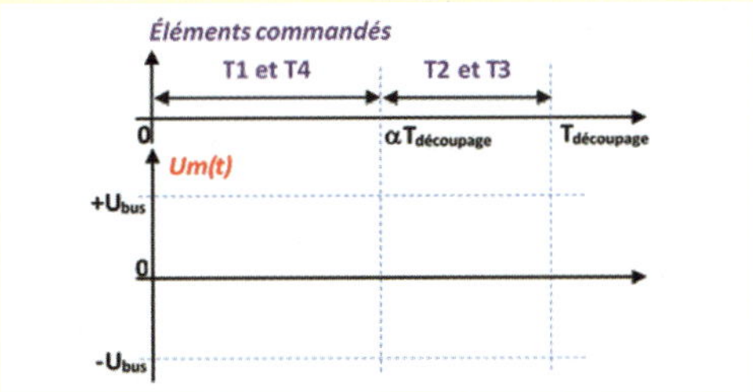

▲ Figure 2 : Chronogramme.

2. Identifier la nature de la commande du hacheur (unipolaire ou bipolaire).
En déduire l'expression de la valeur moyenne U_m de la tension $U_m(t)$.

3. On a relevé le courant et la tension aux bornes du moteur durant une phase de montée à vitesse maximale.

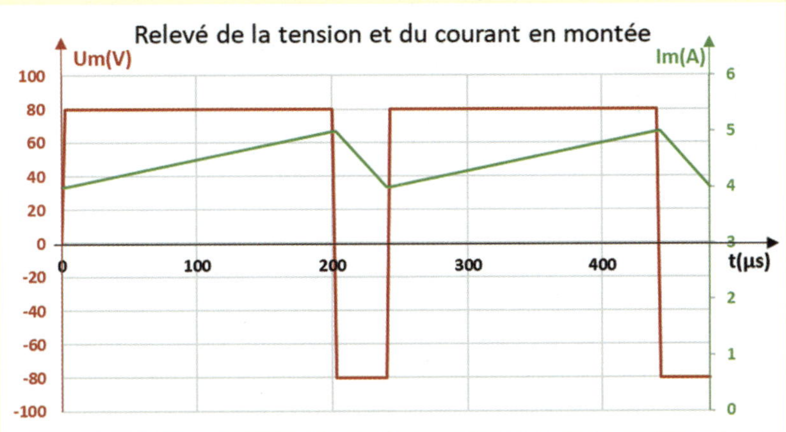

▲ Figure 3 : Courant et tension aux bornes du moteur.

À partir de ce relevé (**Figure 3**), déterminer les valeurs de U_{bus}, I_{max}, I_{min}, T_{cycle} et αT_{cycle}, puis calculer la fréquence de découpage $F_{découpage}$, les valeurs moyennes du courant I_m et de la tension U_m.

On donne : $I_m = \dfrac{I_{max} + I_{min}}{2}$.

4. On donne les équations du moteur à courant continu à aimant permanent en régime permanent
   $U_m = E + R \times I_m$;
   $E = \text{Ke} \times \Omega$ avec $\text{Ke} = 0{,}145$ V/rad·s^{-1}
   et $R = 0{,}56\ \Omega$.

   Calculer la f.e.m. E et en déduire la vitesse Ω (rad·s^{-1}) puis N (tr·min^{-1}).
5. Comparer la vitesse de rotation mesurée et celle donnée par le constructeur.
6. Sur quel paramètre doit-on agir pour obtenir $N = N_{max}$?
7. Après modification du paramètre, on a relevé l'évolution de couple et de la vitesse du moteur pour un cycle de montée-descente (**Figure 4**).
   Indiquer pour chaque phase (① à ⑥) le signe de la puissance mécanique (puissance utile).
   Justifier l'emploi d'un hacheur 4 quadrants.

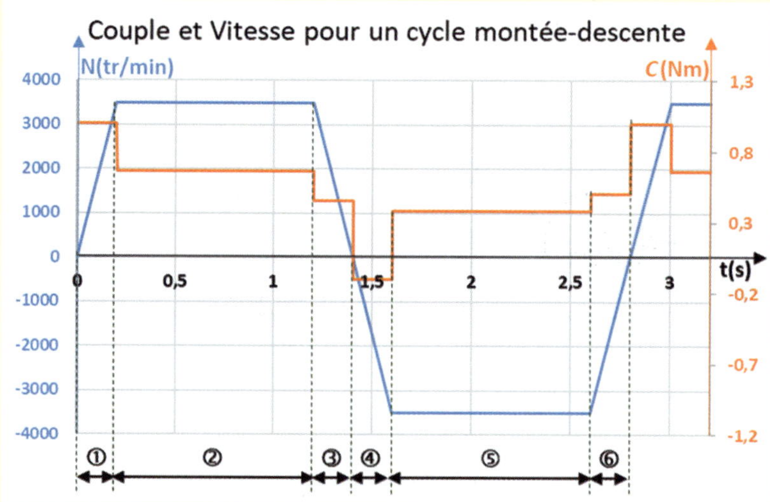

▲ Figure 4 : Évolution couple et vitesse moteur.

6 Comportement des matériaux

1 Introduction

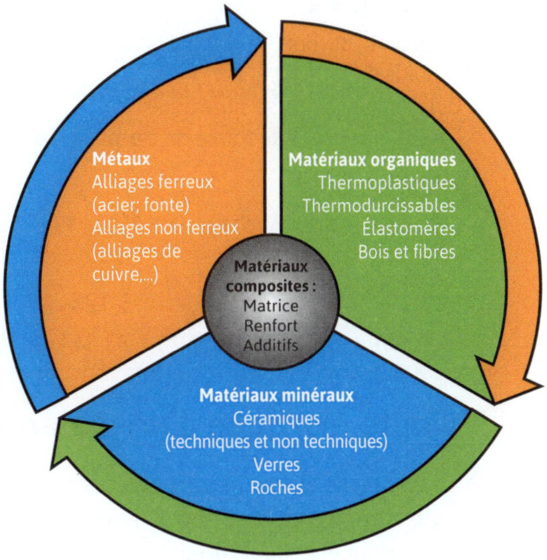

▲ Les quatre grandes familles de matériaux.

Un matériau est une matière d'origine naturelle ou artificielle servant à réaliser un produit. On distingue quatre grandes familles de matériaux.

Les matériaux métalliques : métaux ou alliages de métaux issus de l'extraction de minerais ferreux et non ferreux.

> **Exemples**
>
> Fer et carbone pour les aciers et fontes, bauxite pour les alliages d'aluminium.

Les matériaux organiques : d'origine naturelle (cuir, bois, papier, caoutchouc) ou synthétisé à partir du pétrole (matières plastiques). Les matières plastiques sont regroupées en :

- polymères thermoplastiques, qui se déforment en chauffant et sont recyclables ;
- polymères thermodurcissables obtenus par réaction de polymérisation souvent irréversible qui sont non recyclables ;
- élastomères et mousses (silicone, polyuréthane…) ;

Les matériaux minéraux : regroupent les roches, céramiques et verres. Ils permettent d'obtenir le **ciment** (mélange de poudre de chaux et de calcaire argileux durcissant à l'eau), le **béton** (mélange de sable, graviers, ciment et d'eau), les céramiques **traditionnelles** (silico-alumineux) ou **techniques** (associations métal-métalloïde) et le **verre** (mélange de sable, de carbonate et de chaux).

Les matériaux composites résultent de l'agglomération d'au moins deux matériaux de familles différentes, une matrice (polymère) et une structure de renfort (fibre en verre, kevlar, carbone, céramique…). Des additifs assurent l'adhérence entre les fibres du renfort et la matrice.

2 Comportement mécanique des matériaux

A Masse volumique, surfacique, linéique

Pour comparer des matériaux, définir des masses pour un usage donné, déterminer la flottabilité d'un corps dans l'eau, on a besoin des formules suivantes :

• **La masse volumique** est définie comme étant le rapport de la masse d'un objet par le volume qu'il occupe :

$$\rho = \frac{M}{V}$$ (M en kg et V en m^3).

• **La masse surfacique :** $\sigma = \frac{M}{S}$ (M en kg et S en m^2) utilisé pour des plaques.

• **La masse linéique :** $\mu = \dfrac{M}{L}$ (M en kg et L en m) utilisé pour des barres ou des fils.

Appliquer le cours

Un panneau de bois de longueur L = 250 cm, de largeur l =125 cm et d'épaisseur e = 18 mm à un poids de 13,1 kg.

1. Déterminer sa masse surfacique.

2. Déterminer la masse totale de ces planches pour réaliser le plancher d'une pièce de 20 m².

Solution

1. Calcul de la surface : $S = L \times l = 250 \times 125 = 31\ 250\ \text{cm}^2 = 3{,}125\ \text{m}^2$.

Calcul de la masse surfacique : $\sigma = \dfrac{13{,}1}{3{,}125} = 4{,}192\ \text{kg} \cdot \text{m}^{-2}$.

2. Masse $m = \sigma \times S = 4{,}192 \times 20 = 83{,}84$ kg.

B Limite élastique d'un matériau

• Pour comparer les matériaux et leurs performances, on réalise un **essai de rupture en traction**. On tire lentement (avec une force N) sur une éprouvette (de longueur L et de section S_0) fabriquée dans le matériau à tester. L'éprouvette s'allonge d'une longueur ΔL. On continue l'essai jusqu'à la rupture de l'éprouvette (essai destructif). On obtient la courbe ci-après qui peut varier selon les matériaux :

– en abscisse les valeurs de l'allongement unitaire relatif (allongement de chaque tranche d'éprouvette d'une longueur de 1 mm) :

$$\varepsilon_x = \frac{\Delta L}{L} \quad (L \text{ en mm}).$$

– en ordonnée la contrainte normale : $\sigma = \dfrac{N}{S_0}$

N est la composante **N**ormale de la force de cohésion en newton (N), S_0 est la section initiale de l'éprouvette en mm² (ou m²).

Dans la zone du segment [OA], la déformation est proportionnelle à la contrainte ; lors de la suppression de la charge l'éprouvette reprend sa forme et sa dimension d'origine : c'est le **domaine élastique**.

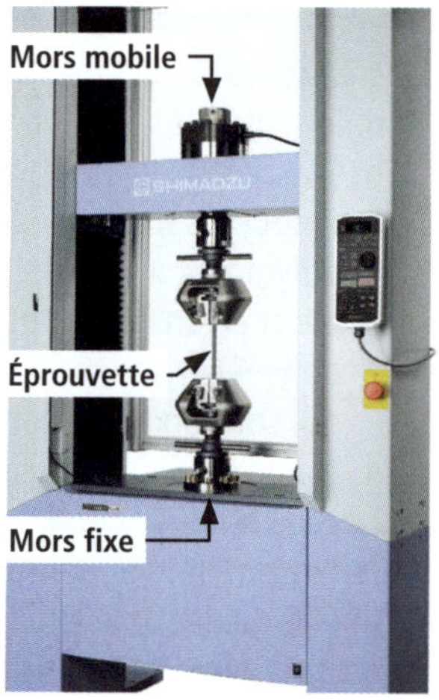

© *Shimadzu France*

▲ Machine d'essai de traction.

• **La résistance élastique** ou limite élastique notée R_e (en mégaPascal) est la valeur de contrainte maximale que l'éprouvette peut supporter en restant dans le domaine élastique.

• **La loi de Hooke :** $\sigma = E \cdot \varepsilon_x$ traduit la proportionnalité entre contraintes et déformations dans la zone élastique, avec E (en mégaPascal) le **module de Young** ou module d'élasticité longitudinal qui caractérise la raideur du matériau.

Remarque

La contrainte normale représente la force appliquée perpendiculairement à la section (donc selon l'axe de l'éprouvette) sur chaque mm² de la section de l'éprouvette. Elle est en mégaPascal [MPa] (homogène à une pression).

• Les formules précédentes ne peuvent s'appliquer qu'à des **poutres** (pièces de forme allongées proches d'une éprouvette) sans accident de forme (trou, fissure), dans un matériau **homogène** (même densité en tout point), **isotrope** (mêmes propriétés mécaniques en tout point et selon toutes les directions) et dans le cadre d'application d'efforts statiques (ou très lente à accélération nulle).

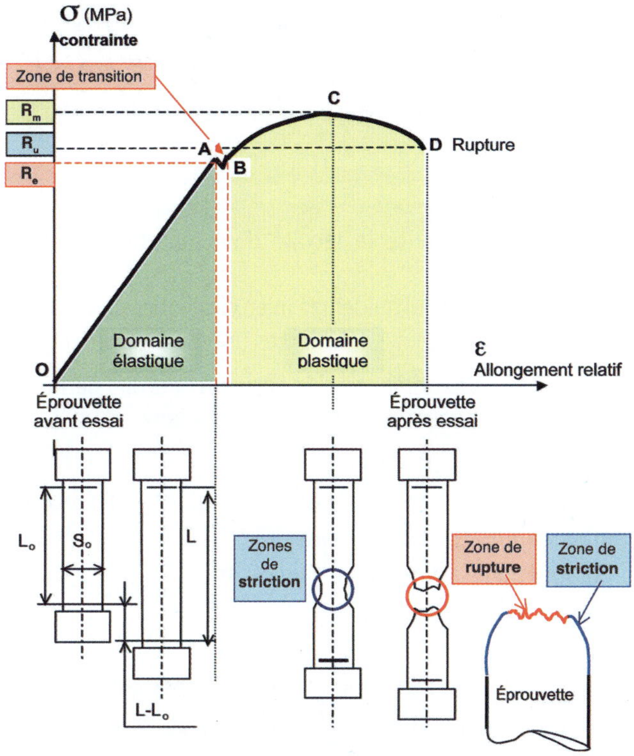

▲ Courbe d'essai de traction.

C Critère de résistance à la traction

Pour qu'une pièce résiste, il faut que la contrainte appliquée à la pièce σ **soit inférieure à la limite élastique du matériau :** $\sigma < \frac{R_e}{C_s}$, C_s étant le coefficient de sécurité permettant d'avoir de la marge afin de ne pas dépasser le domaine élastique ($C_s > 1$). Il permet de prendre en compte la différence entre le calcul théorique et l'application réelle dans le cas de surcharges non prévues.

3 Comportement électrique des matériaux

A Résistivité et effet Joule

• **La résistivité** représente la capacité d'un matériau à s'opposer à la circulation du courant électrique.

La résistance R, en ohm (Ω), d'un câble s'exprime en fonction de sa longueur L, en mètres (m), de l'aire de sa section S, en mètre carré (m²), et de sa résistivité ρ, en ohm par mètre ($\Omega \cdot m^{-1}$), qui est fonction du matériau choisi pour constituer le câble :

$$R = \rho \frac{L}{S}$$

• **L'effet Joule** est utilisé pour convertir de l'énergie électrique en énergie thermique. Il est aussi responsable des pertes énergétiques dans les câbles lors du transport de l'électricité.

La puissance dissipée par effet Joule P_J, en Watt (W) s'exprime par : $P_J = R \times I^2$.

où R, en ohm (Ω), est la résistance du câble traversé par un courant électrique I, en ampère (A).

B Perméabilité magnétique

• **La perméabilité magnétique** caractérise la faculté d'un matériau à modifier un champ magnétique.
Les matériaux ferromagnétiques sont ceux qui guident le mieux les lignes de champs, c'est pourquoi ils sont utilisés dans la conception des machines tournantes (moteurs et générateurs électriques).

• La perméabilité d'un matériau s'exprime par le produit de la perméabilité du vide ($\mu_0 = 4\pi \times 10^{-7}\,H \cdot m^{-1}$) et de la perméabilité relative des matériaux :

$$\mu = \mu_0 \times \mu_r.$$

En fonction de leur perméabilité relative, on peut classer les matériaux en 3 catégories :
- $\mu_r < 1$: matériaux diamagnétiques (carbone, cuivre, …) ;
- $\mu_r > 1$: matériaux paramagnétiques (dioxygène, aluminium, …) ;
- $\mu_r \gg 1$: matériaux ferromagnétiques (cobalt, fer, nickel, …).

4 Comportement thermique des matériaux

A Température de fusion

• **La température de fusion T_f**, en kelvin (K) ou en degrés Celsius (°C), correspond à la température à partir de laquelle un matériau passe de l'état solide à l'état liquide.
Proche de T_f un matériau se ramollit et lorsqu'il est très froid il devient cassant ; ceci a un impact direct sur la résistance mécanique d'un matériau.

> **Remarque**
> Un matériau est dit **réfractaire** s'il possède une température de fusion élevée (briques des foyers de cheminée).

• **Un traitement ignifuge** sur un matériau permet d'accroître sa propriété de résistance à la chaleur.

B Conduire la chaleur ou isoler : la conductivité thermique

• **La conductivité thermique λ**, correspond à la capacité d'un matériau à **conduire la chaleur**. Ainsi, le métal a une conductivité thermique élevée à l'inverse du bois. Si l'on met une barre métallique dans un feu et que l'on tient l'extrémité, au bout de quelques minutes on se brûle la main. Au contraire, avec une barre de bois, l'extrémité prendra feu sans que l'on se brûle.
- Si λ est élevée, le matériau conduira bien la chaleur mais sera un mauvais isolant ;
- Si λ est faible, le matériau conduira mal la chaleur mais sera un bon isolant.

• **La résistance thermique globale** d'une paroi, notée R_{therm} (en $m^2 \cdot °C \cdot W^{-1}$), est l'inverse de la conductivité.

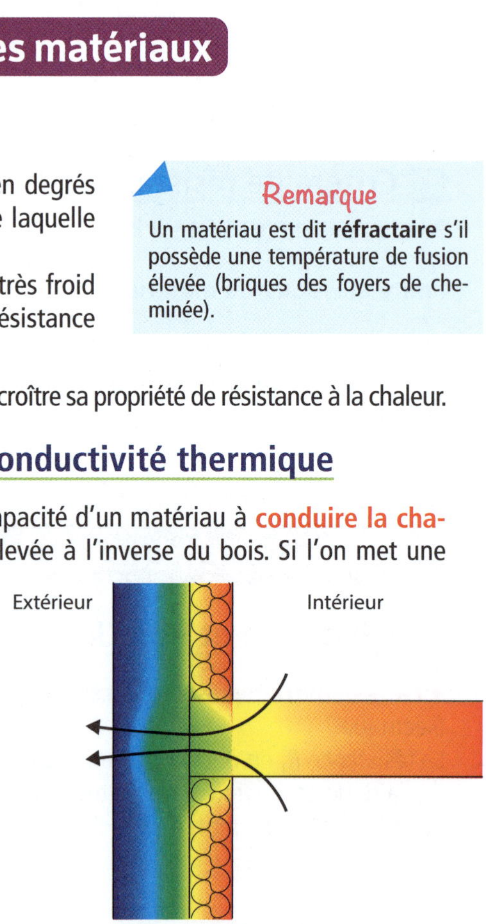

▲ Principe du pont thermique.

• **Les déperditions thermiques D** d'une pièce se produisent à travers les parois (pertes surfaciques), par ponts thermiques (voir page précédente) et par renouvellement d'air :

$$D = D_{surf} + D_{pont\_Th} + D_{renouvelle\_air}$$

• **La déperdition surfacique** d'une paroi $D_{surf} = \dfrac{\text{Surface de la paroi}}{R_{therm}}(\theta_i - \theta_e)$ en watt (W).

C Stocker la chaleur : la chaleur massique

• **La chaleur massique**, ou capacité calorifique massique, se note c_p, en joule par kelvin par kilogramme ($J \cdot K^{-1} \cdot kg^{-1}$), est l'énergie qu'il faut apporter à un kilogramme de matériau pour élever sa température d'un degré.

- **Si c_p est élevée,** le matériau a une grande inertie thermique, il chauffe lentement mais se refroidit lentement.
- **Si c_p est faible,** le matériau a une faible inertie thermique, il chauffe rapidement mais se refroidit rapidement.

Cette propriété thermique est utilisée pour transporter la chaleur (l'eau, qui a une chaleur massique importante, est utilisée comme liquide caloporteur dans les installations de chauffage).

D Dilatation/contraction

• **Le coefficient de dilatation linéaire α** (alpha) donne la variation relative de longueur en fonction de la variation de température. Pour les faibles variations de température (α est en $m \cdot m^{-1} \cdot K^{-1}$) :

$$\frac{\Delta L}{L_0} = \alpha \Delta T$$

$$L = L_0(1 + \alpha \Delta T)$$

Unités
ΔL : variation de longueur en mètre (m)
L_0 : longueur initiale en mètre (m)
L : longueur finale après dilatation en mètre (m)
ΔT : variation de température en kelvin ou °Celsius (K ou °C)

• Sous l'effet de la **chaleur**, un matériau se **dilate**, ses dimensions augmentent.

• Sous l'effet du **froid**, un matériau se **rétracte**, ses dimensions diminuent.

E Transmission de la chaleur

• **La conduction**
La conduction thermique est un mode de transfert de chaleur provoqué par une différence de température sans déplacement de matière. La conduction est favorisée par les matériaux ayant une bonne conductivité thermique. Limiter la conduction à travers une paroi permet d'obtenir une bonne isolation.

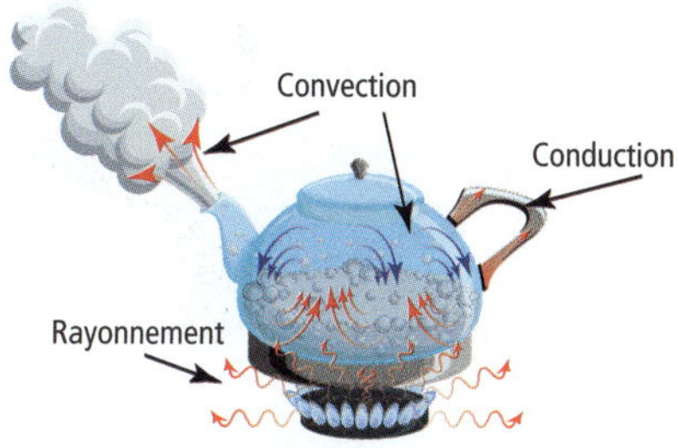

▲ Transferts de chaleur.

• **La convection**
C'est un mode de propagation de la chaleur propre aux fluides ou aux gaz. Les molécules directement au contact d'un corps de température plus élevée s'échauffent.

• **Le rayonnement**
C'est une émission d'énergie rayonnante entre deux corps de températures différentes.
Le transport de cette énergie ne nécessite aucun support matériel. C'est de cette manière que le Soleil transfère sa chaleur jusque sur la Terre.

Exercices d'entraînement

Exercice 1 (5 min) AC ITEC EE SIN

Corrigé p. 166

Une plaque métallique a une masse surfacique : $\sigma = 15\,\text{kg} \cdot \text{m}^{-2}$.
Sachant que cette plaque a une forme rectangulaire de longueur 30 cm et de largeur 17 cm, calculer l'aire puis la masse (en kg) de cette plaque.

Exercice 2 (5 min) AC ITEC EE SIN

Corrigé p. 166

Une dalle en béton léger de masse volumique $\rho_{\text{béton}} = 2\,000\ \text{kg} \cdot \text{m}^{-3}$, de forme parallépipédique de 10 m sur 5 m d'épaisseur 15 cm est nécessaire à la création d'un bâtiment.

a) Calculer le volume de la dalle.

b) Calculez la masse (en kg) de la dalle.

c) En déduire le poids de la dalle (on prendra $g = 10\,\text{m} \cdot \text{s}^{-2}$).

Exercice 3 (5 min) AC ITEC EE SIN

Corrigé p. 167

La simulation logicielle du comportement d'une pièce en polyamide (PA type 6) de limite élastique $R_e = 1{,}036 \times 10^8\,\text{Pa}$, a permis de déterminer la valeur de la contrainte maximale
$\sigma_{max} = 2{,}583 \times 10^6\,\text{N} \cdot \text{m}^{-2}$.

a) Conclure sur la capacité de la pièce à résister à la charge.

b) Déterminer la valeur du coefficient de sécurité.

Exercice 4 (10 min) AC ITEC EE SIN

Corrigé p. 167

Orientation des fibres en Impression 3D

On cherche à comparer le comportement en traction d'éprouvettes imprimées en 3D par dépôt de fil fondu en fonction de l'orientation des couches. Le fil peut être déposé dans le sens longitudinal (bleu) ou transversal de l'**éprouvette** (rouge), à plat ou sur le côté (champ).

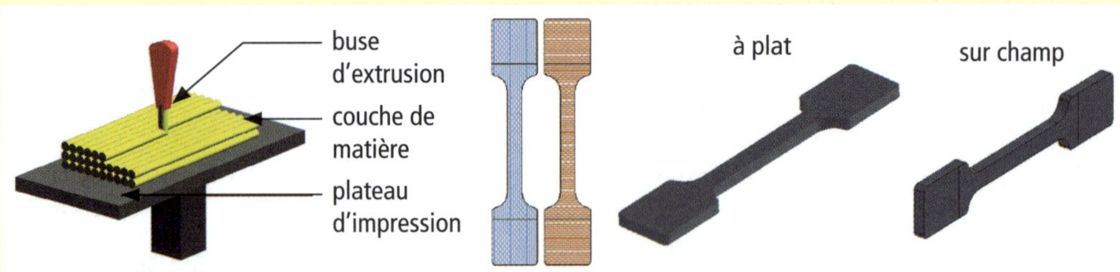

Les courbes ci-après sont le résultat d'essais de traction pratiqués sur des éprouvettes imprimées longitudinalement à plat (**éprouvettes 1** et **2**) ou sur champ (**éprouvettes 3** et **4**).

1. Relever les valeurs des contraintes maximales de traction sur les éprouvettes.

2. En déduire quelle orientation d'éprouvette permet d'obtenir la plus grande résistance mécanique.

3. Relever les valeurs d'allongements relatifs à rupture et en déduire un avantage de l'impression sur champ.

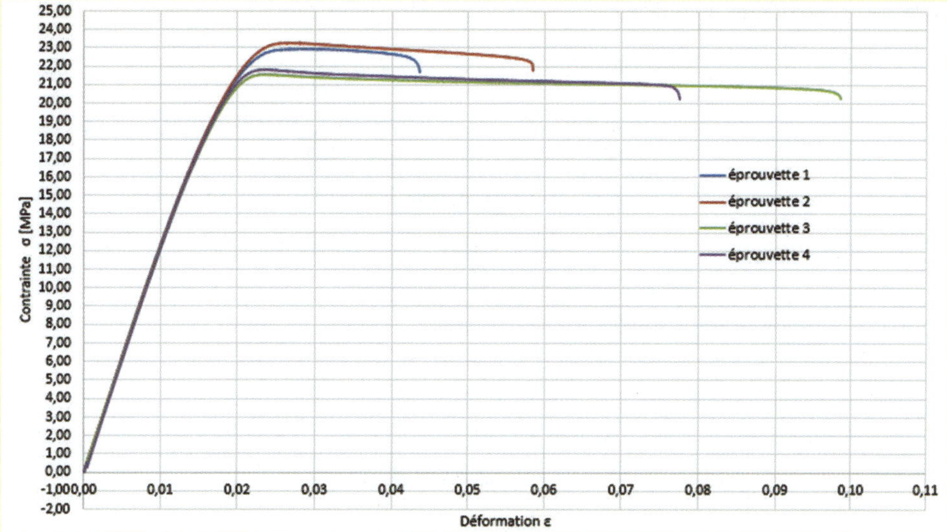

▲ Essai de traction sur éprouvettes imprimées 3D.

Exercice 5 (5 min) AC ITEC EE SIN

Corrigé p. 167

Une caisse de 500 kg est soulevée par un treuil électrique par l'intermédiaire d'un câble assimilable à une poutre de 7 mm de diamètre de module de Young $E = 200\ 000$ MPa.
On néglige le poids propre du câble et ses effets devant le poids de la caisse.

1. Déterminer la contrainte normale de traction dans le câble (on prendra $g = 9{,}81\ \text{m}\cdot\text{s}^{-2}$).

2. Calculer l'allongement du câble de longueur initiale $L_0 = 3$ m.

Exercice 6 (10 min) AC ITEC EE SIN

Corrigé p. 167

Matériaux pour rames d'aviron

L'aviron est constitué de la **poignée** que tient le rameur, du **manche**, long tube de bois, de **métal**, ou de fibre de verre et d'une partie élargie qui prendra appui sur l'eau : la **palette.**

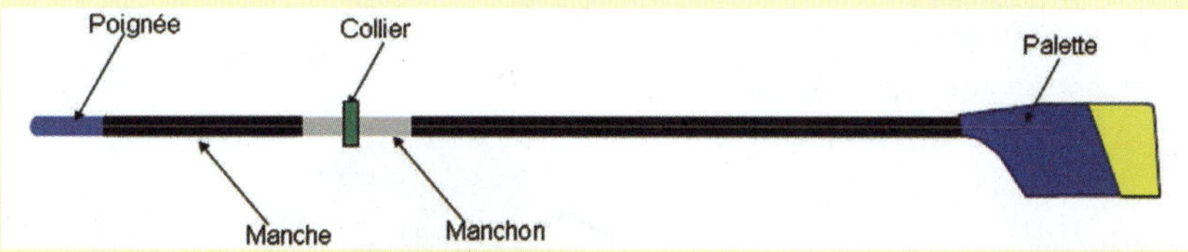

On teste la flexibilité de l'aviron selon le schéma suivant :

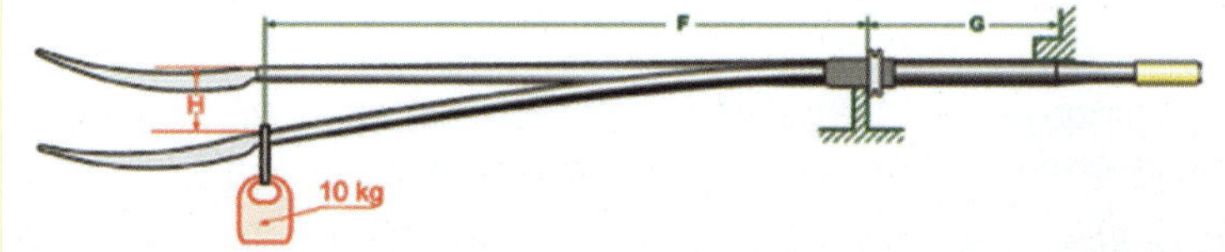

Les propriétés du matériau qui interviennent lors de l'utilisation sont la résistance aux chocs, le module d'Young (représentant la rigidité) et la masse volumique (impactant la masse de l'aviron). On cherche, dans un premier temps, le meilleur rapport masse / rigidité.

L'indice de performance à maximiser est ici : Indice rigidité/masse $= \dfrac{\sqrt{E}}{\rho}$.

Pour classer les solutions, on utilise le diagramme d'Ashby ci-dessous :

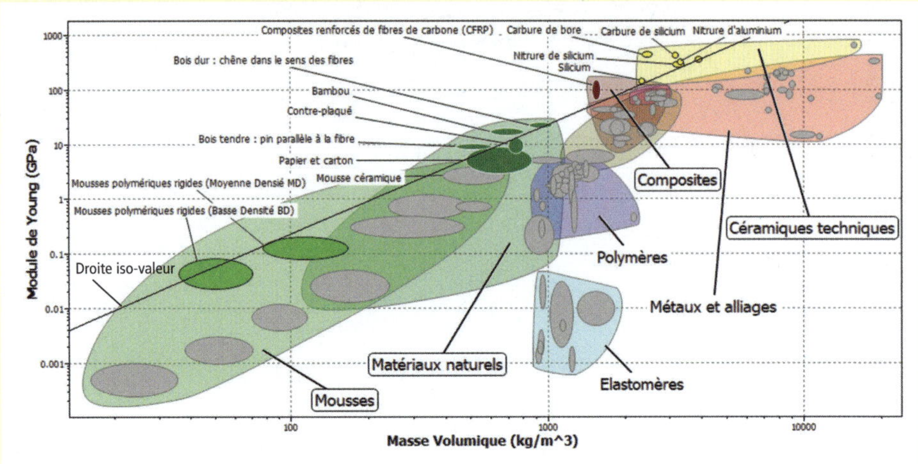

▲ Diagramme d'Ashby.

Les droites de pente 2 sont des iso-valeurs de l'indice de performance IP.

1. Justifier le tracé de la droite d'iso-valeur.

2. Choisir de manière argumentée un matériau pour réaliser l'aviron.

Exercice 7 (30 min) AC ITEC EE SIN

Corrigé p. 167

Victor 6000 est un véhicule téléopéré de grande profondeur dédiée à la recherche scientifique dans le domaine de l'océanographie.
Le véhicule est alimenté depuis la surface par un câble électro-porteur de 9 000 m de longueur et de diamètre 20,65 mm.

Caractéristiques du câble :
- masse linéique $\mu = 1\,395\ \text{kg}\cdot\text{Km}^{-1}$;
- masse linéique équivalente dans l'eau : $\mu_e = 1\,085\ \text{kg}\cdot\text{Km}^{-1}$;
- charge maximale admissible 240 200 daN.

L'alimentation est réalisée par 6 câbles conducteurs, à 19 brins de 0,44 mm de diamètres.

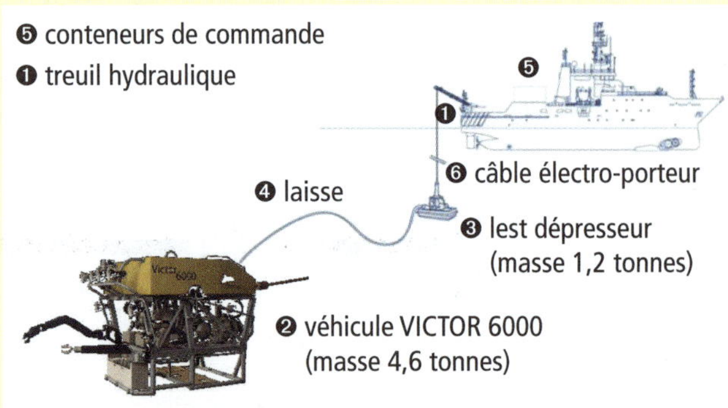

▲ Schéma de la liaison.

Données

$g = 9{,}81\ \text{m}\cdot\text{s}^{-2}$

masse volumique de l'eau :
$\rho_{eau} = 1\,027\ \text{kg}\cdot\text{m}^{-3}$

1. Calculer, en appliquant le théorème d'Archimède, la masse des 9 000 m de câble dans l'eau de mer.

2. En déduire le poids du câble.

3. En utilisant la masse linéique équivalente, calculer le poids du câble en considérant qu'il est totalement immergé dans l'eau de mer.

Les dimensions ($L \times l \times H$) du Victor 6000 sont : 3,1 × 1,8 × 2,1 m
celles du Lest dépresseur : 1,5 × 0,8 × 0,5 m.

4. En supposant que seul le 1/3 supérieur du module Victor est plein et en appliquant le théorème d'Archimède calculer le poids du module Victor et celui du Lest lorsqu'il sont entièrement immergés.

5. Déterminer si la résistance du câble est suffisante pour permettre la remontée du module Victor, du Lest dépresseur ainsi que du câble électro-porteur.

6. Calculer la section de cuivre d'une phase.

7. Calculer la résistance d'une phase (on prendra pour la résistivité du câble : $\rho = 20 \times 10^{-3}\ \Omega \cdot mm^2 \cdot m^{-1}$).

8. Vérifier votre calcul avec les données constructeur.

Exercice 8 (20 min) AC ITEC EE SIN

Corrigé p. 168

Les opérateurs doivent monter et circuler sur les toits des stations fixes pour effectuer des opérations de maintenance sur les têtes de prélèvement.

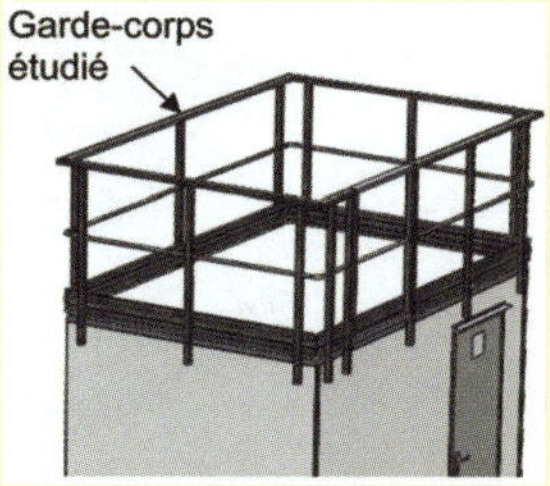

▲ Schéma des garde-corps.

La réglementation impose que des garde-corps soient installés pour éviter les chutes.
Cette étude est limitée au garde-corps arrière de longueur $L = 3$ m.

Exigences de dimensionnement du garde-corps arrière :
- résister à une charge linéique horizontale de 300 $N \cdot m^{-1}$ répartie sur la lisse supérieure (main courante) ;
- masse < 20 kg ;
- coefficient de sécurité $C_s = 2$.

Les montants verticaux du garde-corps sont soumis à une sollicitation mécanique de flexion simple.
Cette sollicitation crée dans la pièce une zone de traction et une zone de compression.
On souhaite étudier la résistance mécanique du garde-corps en alliage d'aluminium de limite d'élasticité $R_e = 150\,000\,000\ N \cdot m^{-2}$.

1. Établir la valeur de la limite élastique en MPa.
La valeur de la contrainte normale maximale est $\sigma_{max} = 67{,}45$ MPa.

2. Vérifier si la condition de résistance satisfait l'exigence du cahier des charges.

Sujet du Bac

Épreuve écrite

Corrigés p. 168

Exercice Commun

(10 points) **(1 h)**

Tour de surveillance incendie

Le confort de vie dans la cabine dépend du maintien de la plage de températures intérieures souhaitées quelle que soit l'heure de la journée. Pour limiter le refroidissement nocturne une bonne isolation thermique de la cabine est nécessaire.

Températures minimales :

- extérieure 12,9°C
- intérieure de 15°C.

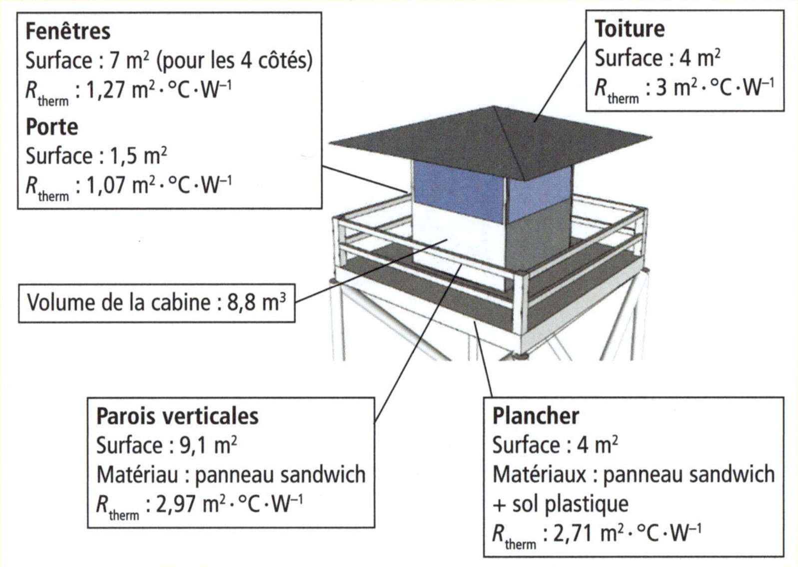

Les déperditions surfaciques D_{surf} (en W) sont calculées avec la formule :

$$D_{surf} = \frac{\text{Surface de la paroi}}{R_{therm}} \times (\theta_i - \theta_e)$$

avec θ_i : température intérieure (en °C) et θ_e : température extérieure (en °C).

Les déperditions linéaires D_{li} (pont thermique non traité) sont évaluées à 20 % des déperditions surfaciques.

La déperdition par renouvellement d'air D_{ra} (en W) est calculée par la formule :

$$D_{ra} = 0{,}34 Q_v \times (\theta_i - \theta_e)$$

avec : Q_v = 25 % du volume du bâtiment renouvelé en une heure
θ_i : température intérieure et θ_e : température extérieure.

Les déperditions globales D_{glob} de la cabine sont calculées par addition des déperditions.
Le cahier des charges de la cabine définit que la température intérieure ne doit pas descendre sous 15°C.

1. Déterminer les déperditions (ou pertes) thermiques globales de la vigie.
2. Conclure quant à la nécessité d'un apport thermique supplémentaire.

Pour compenser les déperditions thermiques de la vigie, on choisit de mettre en place un apport d'énergie thermique complémentaire par l'ajout d'un mur trombe.

Le rayonnement solaire (A) est valorisé par effet de serre, en disposant un vitrage devant une plaque métallique noire.

La plaque stocke et émet sa chaleur dans la zone (B).

Des ouvertures hautes et basses réalisées dans le mur, sont créées afin de générer une circulation d'air entre la lame d'air et la cabine à chauffer (C).

L'air chauffé dans la lame d'air pénètre par les ouvertures hautes dans la pièce. Il se refroidit au contact de l'air du local et, une fois rafraîchi, revient par les ouvertures basses dans la lame d'air.

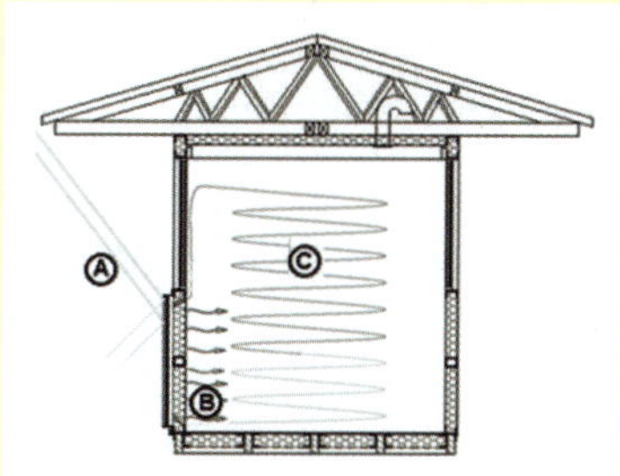

▲ Figure 2. Schéma de la vigie.

3. Identifier, sur la **Figure 2**, la nature des types d'échanges thermiques en (B) et en (C) au sein du mur trombe.

Quand la température intérieure de la cabine descend sous les 15 °C, la vigie ouvre les ouvertures hautes et basses du mur trombe à t = 25 min. Une simulation du modèle de comportement de la cabine a permis d'obtenir la courbe d'évolution de la température intérieure en fonction du temps ci-dessous :

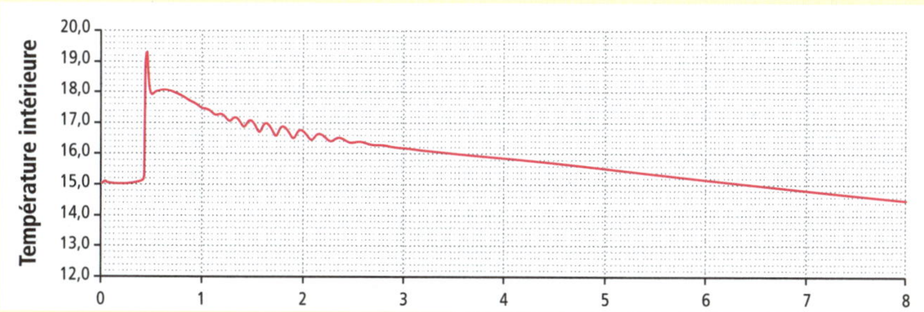

▲ Figure 3. Échelle du temps en heure.

4. Expliquer les raisons de la variation de température constatée dans le graphe ci-dessus.
La simulation permet-elle de valider le cahier des charges ?

7 Comportement des systèmes mécaniques

Étudier le comportement cinématique des mécanismes permet d'établir des lois d'entrée / sortie des mouvements du solide étudié et donc de prédire la vitesse de sortie de son mécanisme nécessaire lors de la conception d'un produit.

1 Caractériser le mouvement

• **Les mouvements rendus possibles par le contact entre deux solides** peuvent être représentés dans **un repère orthonormé** placé en un point judicieux de la liaison.

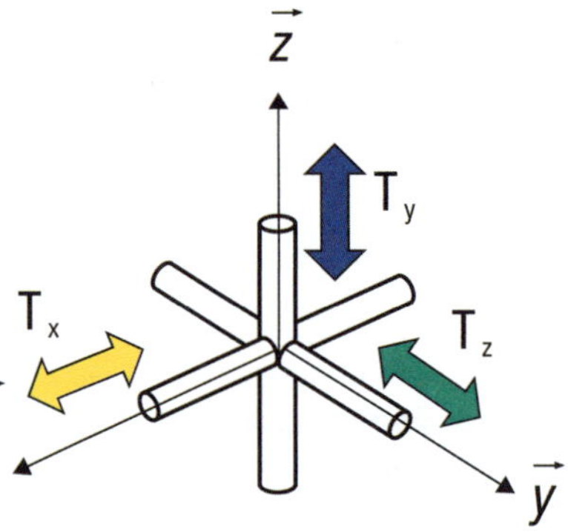

On note sur ces schémas :
3 **mouvements de translation T_x, T_y et T_z.**

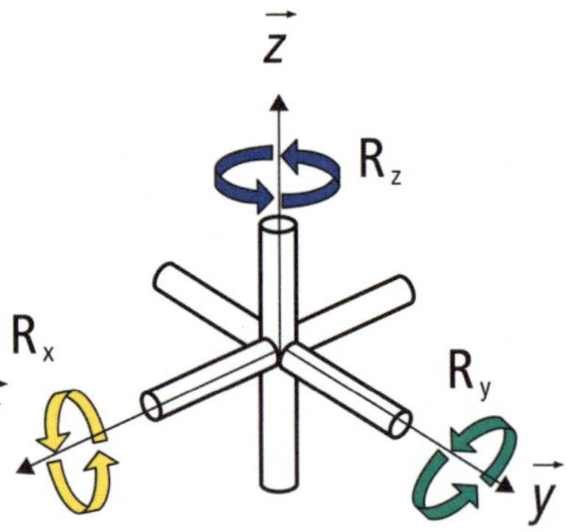

3 **mouvements de rotation R_x, R_y et R_z.**

▲ Représentation du repère orthonormé sur un solide.

• **Le degrés de liberté** est le nombre de mouvements de translations et de rotations rendus **possibles** par la liaison.

• **Le degrés de liaison** est le nombre de mouvements de translations et de rotations rendus **impossibles** par la liaison.

- **Tableau des différentes liaisons :**

Mouvements possibles	Exemples	Symboles	
		Représentation plane	Perspective
Liaison encastrement (ou fixe)			
0 degré de liberté 0 translation 0 rotation		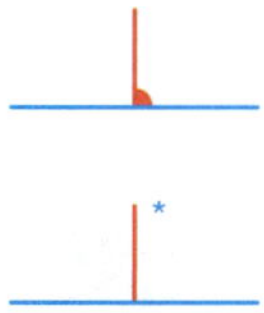 * S'il n'y a pas d'ambiguïté	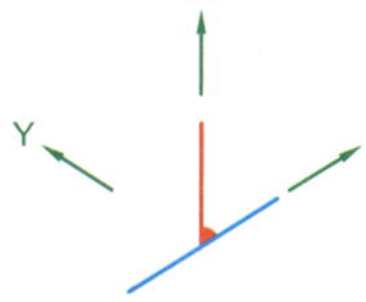
Liaison Pivot			
1 degré de liberté 0 translation 1 rotation R_x 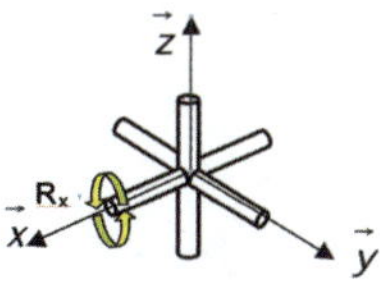	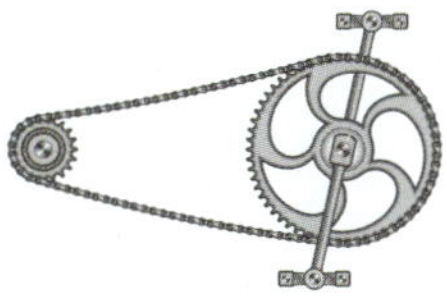	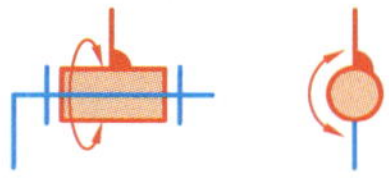 Symbole admissible 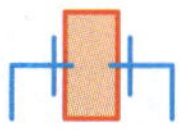	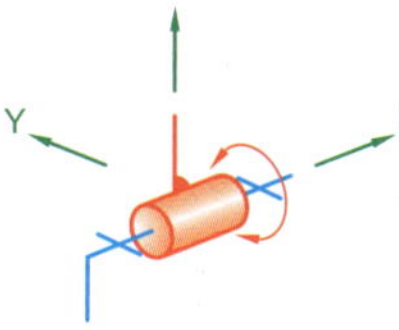
Liaison Glissière			
1 degré de liberté 1 translation Tx 0 rotation 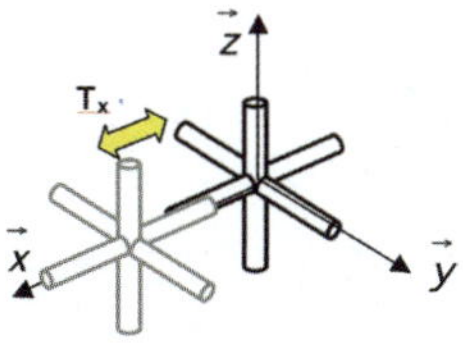		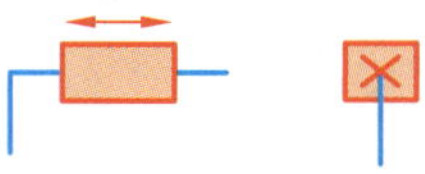 Symboles admissibles 	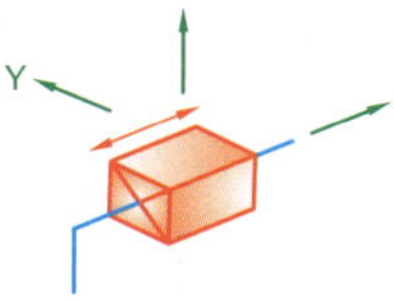
Liaison Hélicoïdale			
1 degré de liberté 1 translation et 1 rotation conjuguées $T_x = p \cdot R_x$ p : pas de l'hélice 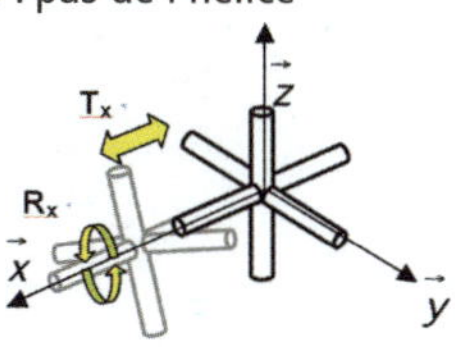		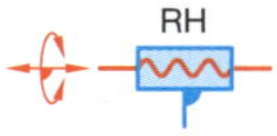 Symbole admissible  RH : hélice à droite LH : hélice à gauche	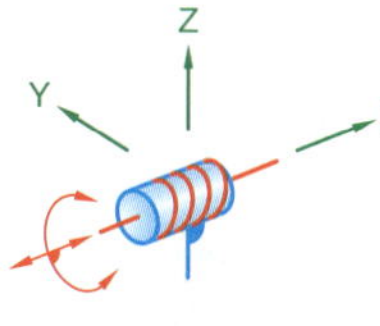

<table>
<tr><th rowspan="2">Mouvements possibles</th><th rowspan="2">Exemples</th><th colspan="2">Symboles</th></tr>
<tr><th>Représentation plane</th><th>Perspective</th></tr>
<tr><td colspan="4">Liaison Pivot-glissant</td></tr>
<tr><td>2 degrés de liberté

1 translation T_x et
1 rotation R_x
indépendantes
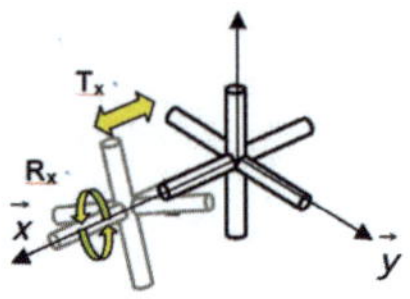</td><td></td><td>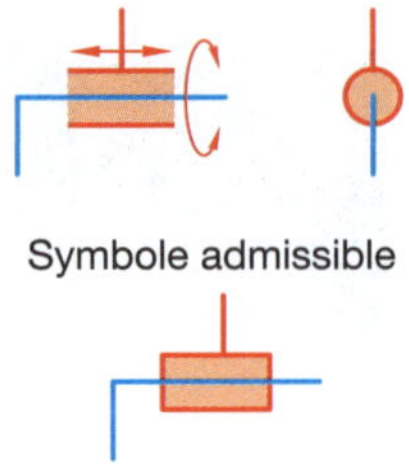</td><td>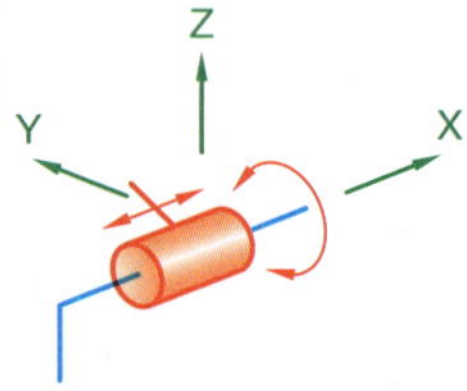</td></tr>
<tr><td colspan="4">Liaison Rotule à doigt (Sphérique à doigt)</td></tr>
<tr><td>2 degrés de liberté

0 translation
2 rotations R_y, R_z
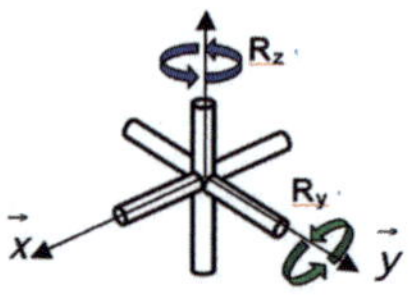</td><td></td><td></td><td>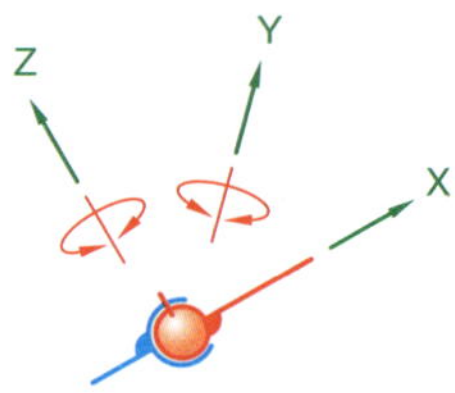</td></tr>
<tr><td colspan="4">Liaison Rotule ou sphérique</td></tr>
<tr><td>3 degrés de liberté

0 translation
3 rotations R_x, R_y, R_z
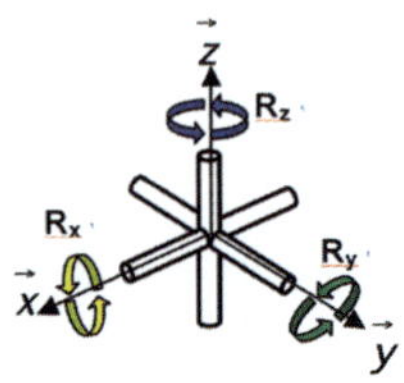</td><td></td><td></td><td>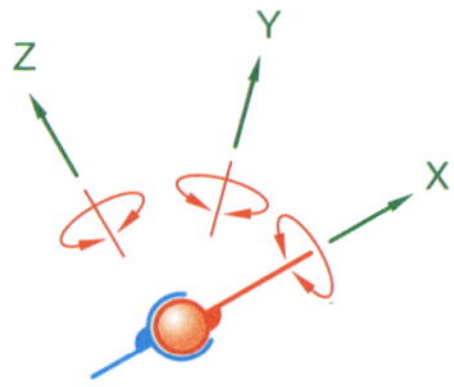</td></tr>
<tr><td colspan="4">Liaison Appui-plan</td></tr>
<tr><td>3 degrés de liberté

2 translations T_x, T_y
1 rotation R_z
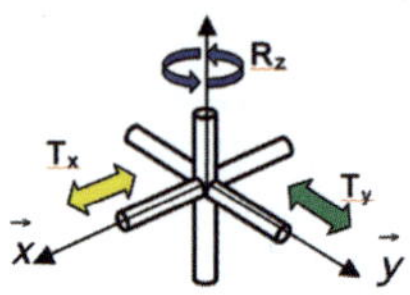</td><td></td><td></td><td>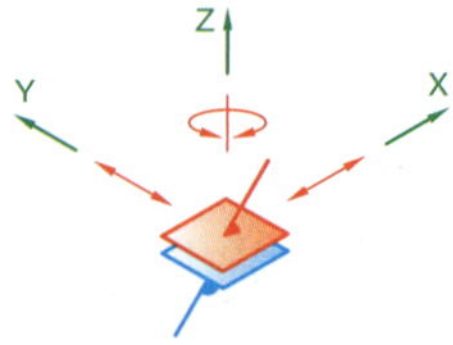</td></tr>
</table>

Mouvements possibles	Exemples	Symboles	
		Représentation plane	Perspective
Liaison Sphère-cylindre (linéaire-annulaire)			
4 degrés de liberté 1 translation T_x 3 rotations R_x, R_y, R_z 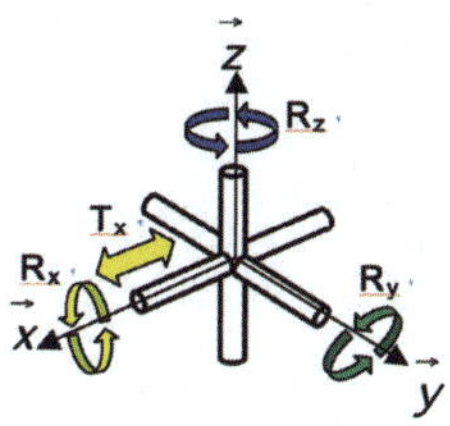		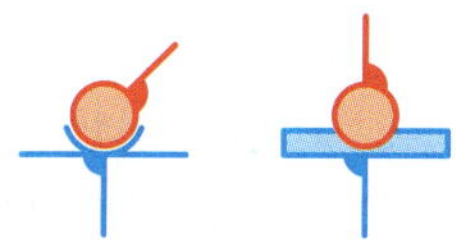	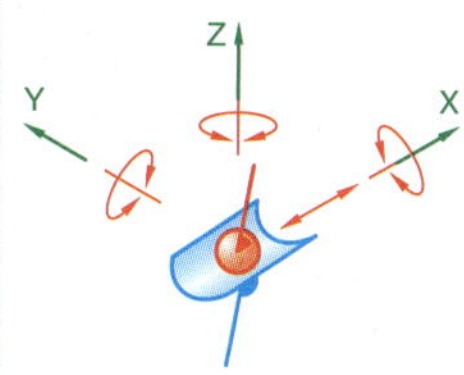
Liaison Linéaire-rectiligne			
4 degrés de liberté 2 translations T_x, T_y 2 rotations R_x, R_z 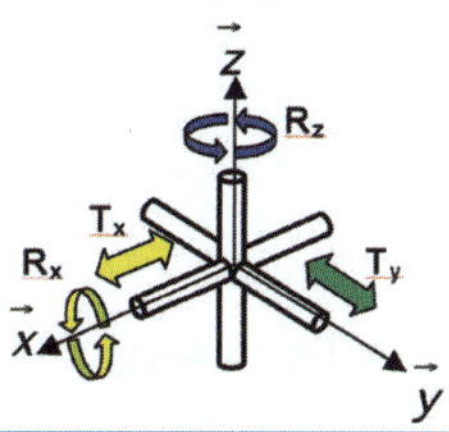		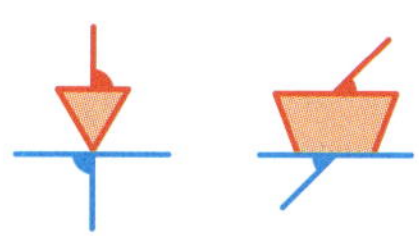	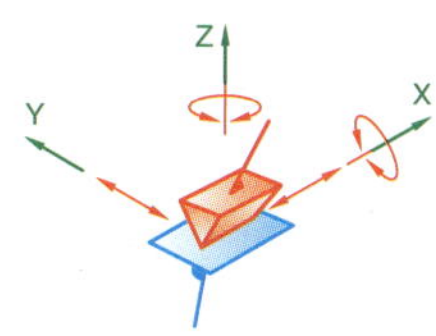
Liaison Sphère-plan (Ponctuelle)			
5 degrés de liberté 2 translations T_x, T_y 3 rotations R_x, R_y, R_z 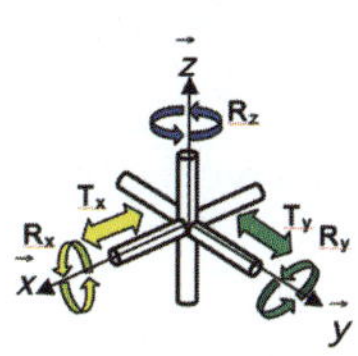		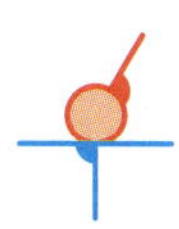	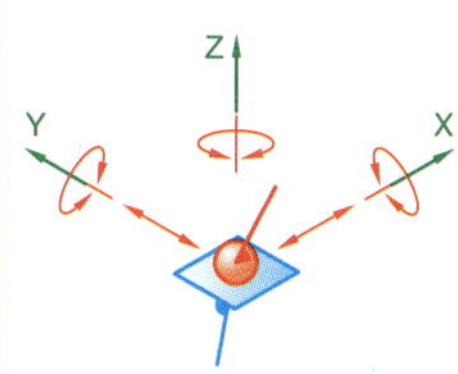

▲ Schématèque mécanique : liaisons usuelles de 2 solides.

2 Modéliser un mécanisme

• **Un graphe de liaisons** permet de représenter l'organisation du mécanisme en sous-ensembles cinématiquement liés (ensemble de pièces n'ayant pas de mouvement relatif entre-elles).

• **Un schéma cinématique minimal** permet de représenter, sous forme graphique, l'agencement des liaisons entre les sous-ensembles cinématiquement liés. Il est réalisé à partir des schémas des liaisons mécaniques élémentaires.
Le schéma cinématique montre les possibilités de mouvements relatifs entre les sous-ensembles cinématiquement liés.

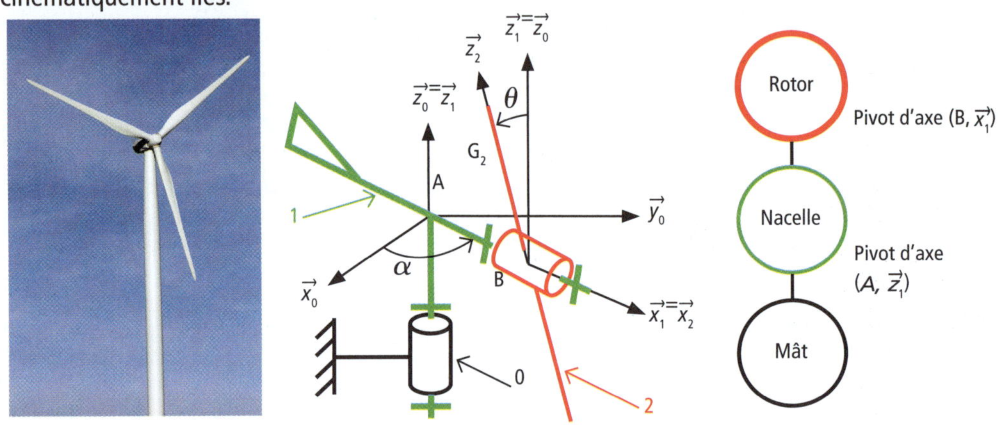

▲ Schéma cinématique et graphe de liaison d'une éolienne.

• **Les classes d'équivalence cinématique** sont des groupements de pièces solidaires les unes des autres, c'est-à-dire sans mouvement relatif, pendant la phase de fonctionnement considérée.

3 Mouvement d'un solide

• **La trajectoire** est l'ensemble des positions successives d'un point en déplacement au cours du temps par rapport à une référence.

• **Le mouvement** décrit les positions successives de toute la pièce, c'est-à-dire un ensemble de point reliés par des longueurs constantes (pièce solide) ;

Exemple

Les pales d'un hélicoptère birotor contrarotatif tournent en sens opposé et se croisent trois fois par tour. Un point situé sur une pale décrit une trajectoire circulaire.

Mouvement de rotation d'un solide autour d'un axe fixe	Mouvement de translation rectiligne d'un solide
	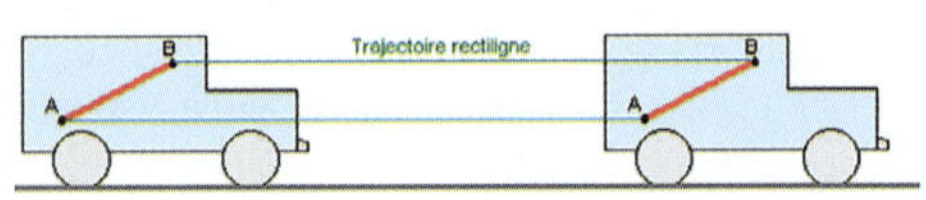
Les trajectoires de tous les points de la pièce sont des cercles concentriques ; le centre commun est le centre de rotation de la pièce.	Les trajectoires de tous les points de la pièce sont des droites parallèles entre elles.

• **La position d'un point** M d'un solide par rapport à un repère $(R(O\,;\vec{x}_0, \vec{y}_0, \vec{z}_0)$ est représentée par un vecteur position :

$$\overrightarrow{OM}(t) = \begin{pmatrix} x(t) \\ y(t) \\ z(t) \end{pmatrix} \Big/ R$$

• **Le vecteur vitesse** $\overrightarrow{v_{M,S/R}(t)}$ d'un point M est la variation de sa position par rapport au temps.

$$\overrightarrow{v_{M,S/R}(t)} = \frac{d\overrightarrow{OM}(t)}{dt} \Big/ R$$

• **Le vecteur accélération** $\overrightarrow{A_{M,S/R}(t)}$ d'un point M est la variation de la vitesse par rapport au temps.

$$\overrightarrow{A_{M,S/R}(t)} = \frac{d\overrightarrow{v_{M,S/R}(t)}}{dt}$$

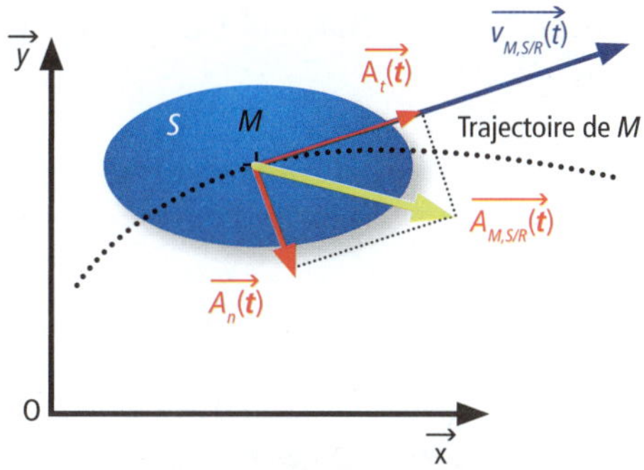

▲ Représentation graphique des vecteurs.

Le vecteur vitesse : $\overrightarrow{v_{M,S/R}(t)}$ est à tout instant, **tangent** à la trajectoire de M dans R.

4 Solide en translation

• **La translation** décrit la position d'un solide dans l'espace. Un solide est en translation si tout segment joignant deux de ces points reste parallèle à lui-même au cours du mouvement.
Les vecteurs vitesses linéaires de tous les points constituant le solide sont égaux (en direction, sens et norme).

Exemple

Une caméra motorisée sur rails, destinée à filmer des épreuves d'athlétisme du 100 m, est positionnée parallèlement à la piste et suit les coureurs lors de leur évolution.

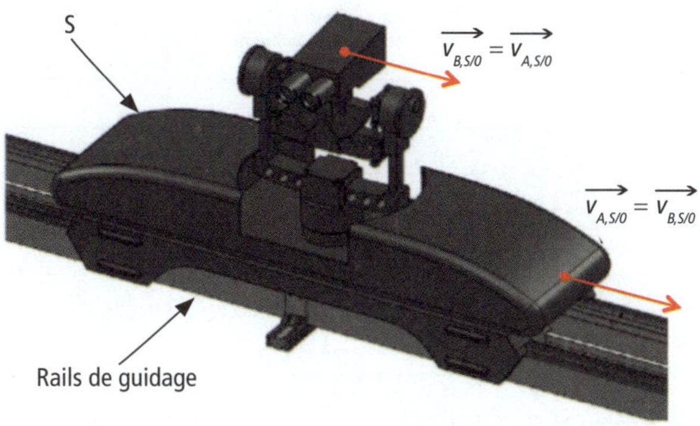

• Le graphe ci-après présente **la loi de vitesse** de type trapézoïdal, du solide S, du déplacement horizontal de la caméra lors d'une course :

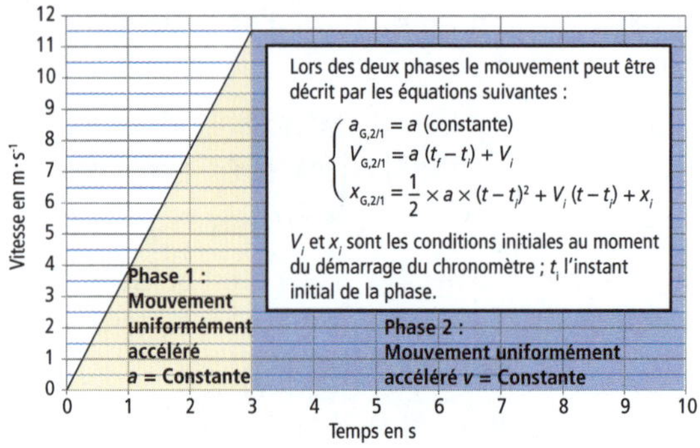

5 Solide en rotation

• **La rotation** décrit l'orientation d'un solide dans l›espace. Un solide est en rotation si au moins un de ses points est fixe, c'est-à-dire à une vitesse linéaire nulle.
Les vecteurs vitesses linéaires varient de façon linéaire avec l'éloignement au centre de rotation. La vitesse linéaire du centre de rotation est nulle.

Exemple

Le Shelter est un conteneur technique permettant de protéger le personnel militaire dont les faces latérales se déploient afin de fournir un sol continu, sans marche.

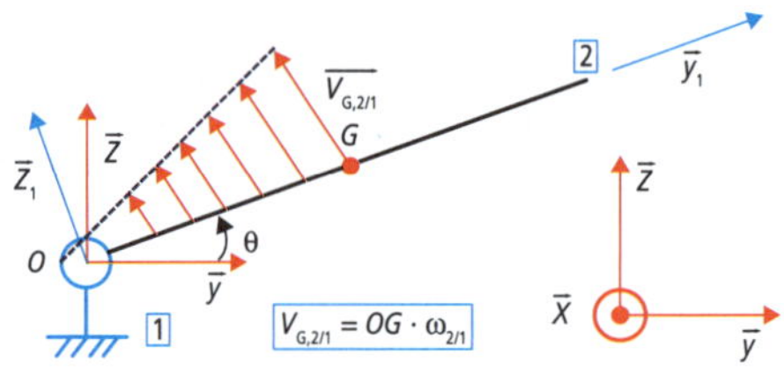

• **La loi de vitesse,** de type trapézoïdal, de l'ensemble (P) pour la phase de fermeture est donnée ci-dessous :

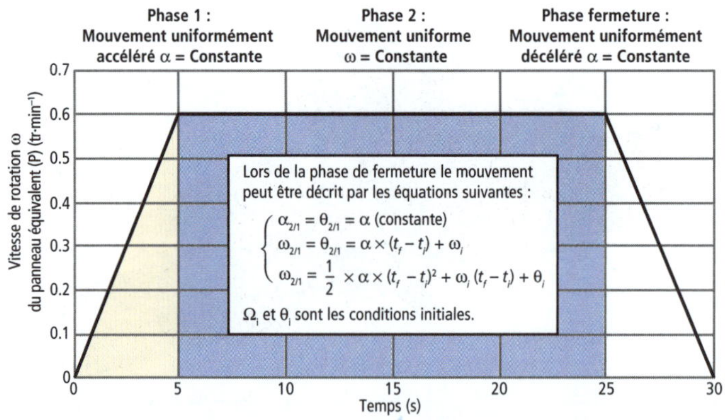

▲ Graphe de vitesse lors de la phase de fermeture.

La courbe représentative de θ(*t*) permettra de vérifier l'exigence de rotation de 90°.

• Dans ce type de mouvement, on peut établir à partir de la **relation de Varignon** (relation vectorielle), l'expression de la vitesse linéaire *V* d'un point du solide en fonction de sa vitesse angulaire ω est : $V = R\omega$ *R* étant la distance entre le point considéré et le centre de rotation en mètre.

6 Lecture et interprétation d'un torseur cinématique

Pour regrouper les caractéristiques cinématiques d'un solide S en mouvement par rapport à *R*, on utilise un **torseur cinématique** qui se présente comme suit :
La première colonne représente les 3 composantes du vecteur vitesse de rotations $\overrightarrow{\Omega_{S/R}}$ du solide autour des trois axes du repère servant de référence.
La seconde colonne représente les 3 composantes du vecteur vitesse linéaire $\overrightarrow{V_{M/R}}$ du point *M* choisi.

Exemple

Projecteur de scène

Un projecteur de lumière motorisé permet l'orientation du faisceau lumineux par rotation suivant deux axes de rotation $\vec{x}_1$ et $\vec{z}_1$.
On peut donc écrire les vecteurs vitesses de rotations entre solides.
Le torseur cinématique s'écrit donc :

$$\{\vartheta_{S/R}\} = \begin{Bmatrix} \omega_1 & 0 \\ \omega_2 & 0 \\ 0 & 0 \end{Bmatrix}_{R(a_1,\, a_2,\, a_3)}$$

▲ Projecteur.

7 Loi entrée-sortie

• **Un mécanisme** est une association de plusieurs pièces liées entre elles par des contacts physiques. Le mécanisme est utilisé pour créer une relation entre les paramètres d'entrée et de sortie appelée **loi entrée/sortie** (mouvements, efforts).

Exemple de paramètres

Les paramètres pour décrire une **rotation** sont le couple et la vitesse angulaire, ceux pour décrire une **translation** sont la force et la vitesse linéaire.

• **Le rapport de transmission** *R* caractérise la loi entrée/sortie :

$$R = \frac{\text{Vitesse de sortie}}{\text{Vitesse d'entrée}}.$$

Il peut être constant, quand il ne dépend pas de la position du mécanisme, et à ce moment, être exprimé en fonction du temps ou de la position ou de la vitesse d'entrée.

Définitions

• **Une transmission** conserve la nature du mouvement d'entrée.
• **Une transformation** modifie la nature du mouvement d'entrée.

A Transmission par engrenages

Le mouvement d'entrée est une rotation.
Un engrenage se compose d'un pignon (roue dentée de plus petit diamètre) et d'une roue.

• **La fréquence de rotation** de sortie est proportionnelle à la fréquence de rotation d'entrée :

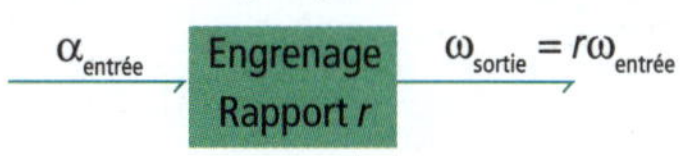

$$r = \frac{N_{sortie}}{N_{entrée}} = \frac{\omega_{sortie}}{\omega_{entrée}} = \pm \frac{Z_e}{Z_s}$$

avec N_{sortie} et $N_{entrée}$ en tr.min^{-1} ;
$\omega_{entrée}$: vitesse de rotation de l'entrée (en rad.s^{-1}) ;
ω_{sortie} : vitesse de rotation de la sortie (en rad.s^{-1}) ;
Z_e : nombre de dents à l'entrée ;
Z_s : nombre de dents à la sortie.

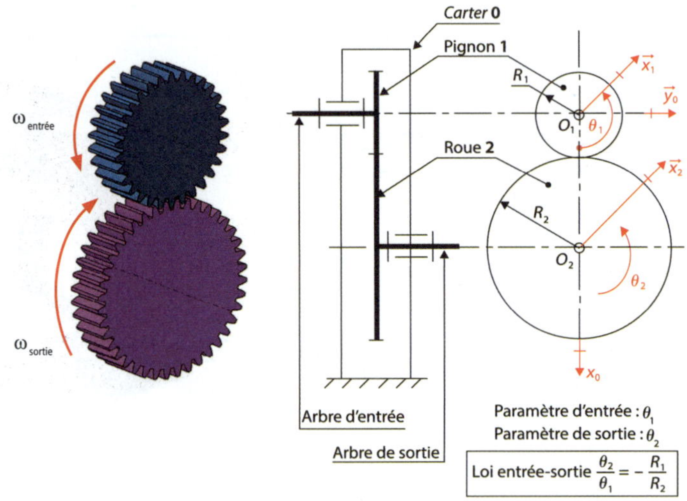

▲ Schéma d'une transmission par engrenages.

• Interprétation des résultats possibles :

– Un rapport $r < 0$ indique l'inversion du sens de rotation entre l'entrée et la sortie.
– Un $r < 1$ indique que l'engrenage fonctionne en réducteur de vitesse (on augmente alors le couple en sortie).
– Un $r > 1$ indique que l'engrenage fonctionne en multiplicateur de vitesse (comme pour un vélo ou une éolienne par exemple).

Exemple

Transmission du drone Parrot®

Le réducteur à engrenage droit est composé d'un pignon de 8 dents monté sur l'axe moteur et d'une roue dentée, de 69 dents, montée sur l'axe de l'hélice.

Le rapport de transmission du réducteur est alors : $r = \frac{N_{hélice}}{N_{moteur}} = \frac{Z_{moteur}}{Z_{roue}} = \frac{8}{69}$.

On peut alors en déduire la fréquence de rotation de l'hélice pour une fréquence de rotation du moteur $N_{moteur} = 28\,000$ tr.min^{-1} :

$$N_{hélice} = r \times N_{moteur} = \frac{8}{69} \times 28\,000 = 3\,246 \text{ tr.min}^{-1}.$$

B Transformation par pignon crémaillère

Avec une rotation en entrée et une translation en sortie.

$\omega_{entrée}$ → **Pignon crémaillère Rapport r** → $V_{sortie} = r\omega_{entrée}$

avec ω_e : vitesse de rotation de l'entrée (en rad.s^{-1}) ;
V_s : vitesse de translation de la sortie (en m.s^{-1}) ;
r : rayon du pignon (en m).

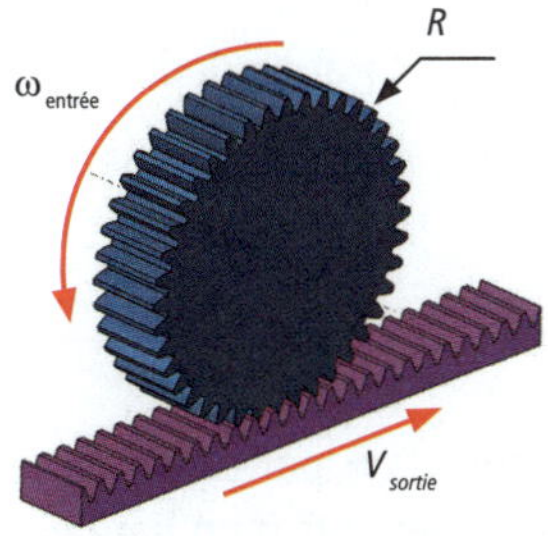

Exercices d'entraînement

Exercice 1 (30 min) ITEC

Corrigé p. 169

Le Robucar est un véhicule automatique, électrique et autonome destiné à réaliser des transports dangereux ou des opérations de déminage.

Au repos, le véhicule possède une garde au sol de 180 mm soumis au poids de sa charge maximale, soit 6 400 N, la garde au sol est alors de 80 mm.

On souhaite déterminer la course de la suspension oléopneumatique (12a + 12b) nécessaire pour passer de la position haute à la position basse.

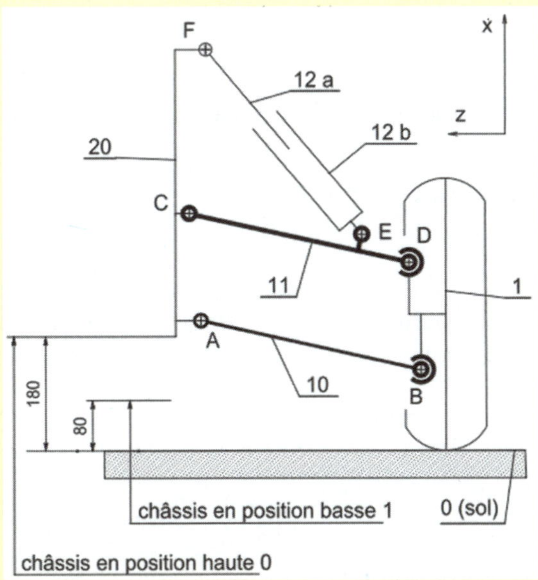

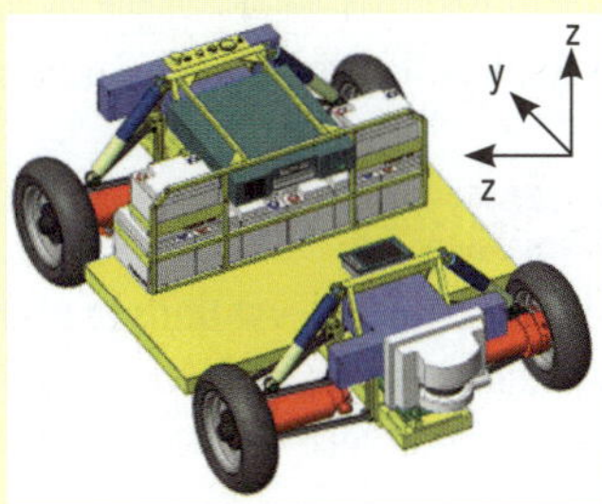

▲ Modèle cinématique du véhicule.

Les liaisons en A, C et B, D sont respectivement des liaisons de type pivot et rotule.
On considère que la roue 1 est fixe (articulations B et D fixes par rapport au sol) et que le reste du mécanisme (10, 11, 12, 20) est mobile par rapport à cette roue 1.

1. Définir la nature des mouvements de 10/1, de 11/1, de 12b/11, 12a/12b et de 12a/20.

2. En déduire les trajectoires des points suivants : $T_{A10/1}$, $T_{C11/1}$, $T_{E11/1}$ et $T_{F12a/12b}$. Tracer ces trajectoires.

3. Par une construction graphique, déterminer et tracer la nouvelle position du châssis 20 en position basse. En déduire les nouvelles positions des points A, C et F notées A_1, C_1 et F_1.

4. Tracer la nouvelle position de la biellette 11 et en déduire la nouvelle position du point E notée E_1.

5. Déterminer la course de la suspension oléopneumatique 12.

Exercice 2 (20 min) ITEC

Corrigé p. 170

Simulateur de tempête

Le simulateur représente une animation d'un parc d'attraction permettant de faire ressentir aux passagers, situés dans la cabine, les mouvements d'un bateau lors d'une tempête.

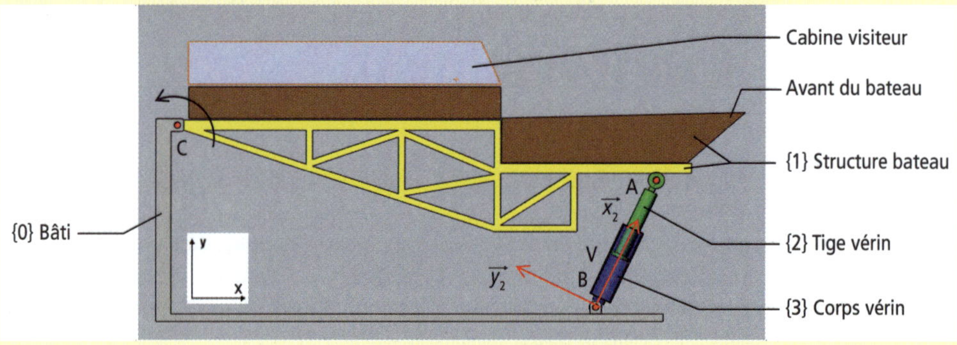

▲ Schéma du simulateur.

La houle est un mouvement oscillatoire des couches superficielles de l'eau. Les bateaux subissent le mouvement des vagues en oscillant autour d'axes liés à la coque.

1. Réaliser le graphe des liaisons.

2. Pour chaque liaison, réaliser un tableau à deux colonnes en indiquant par 0 ou 1 les degrés de liberté possibles.

3. Réaliser le schéma cinématique plan du mécanisme dans le plan $(C, \vec{x}, \vec{y})$.

Exercice 3 (20 min) ITEC

Corrigé p. 170

La grue **Louma2**, est utilisée pour les tournages de productions à très gros budgets. Munie d'un bras rigide modulaire, de 2,40 m à 9,75 mètres de long à partir du point de pivot, elle permet des mouvements de caméra de grande amplitude.

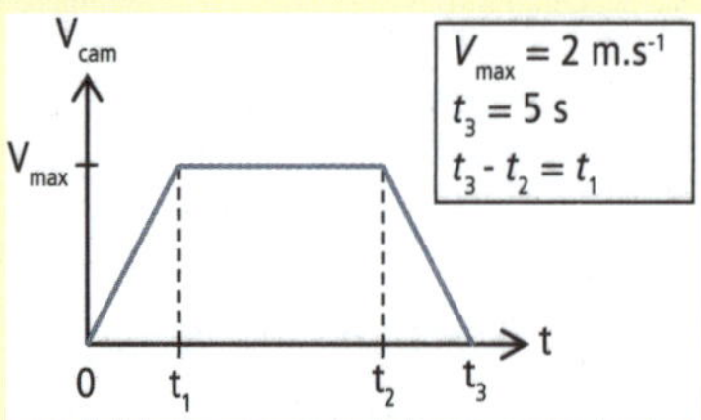

▲ Schéma cinématique de la chaîne de transmission de puissance.

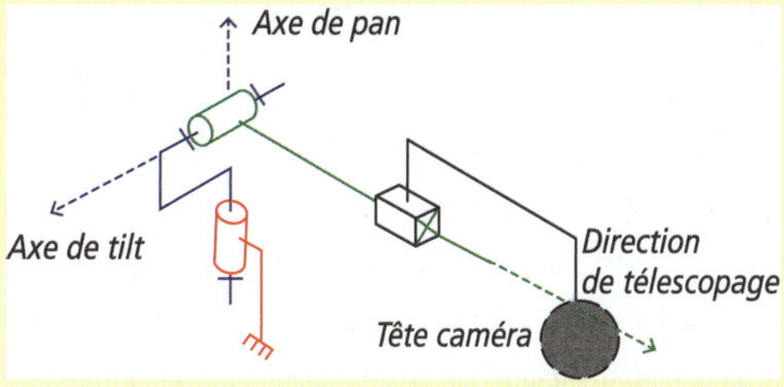

▲ Profil de vitesse de la caméra (télescopage complet).

Il est possible de réaliser un mouvement de sortie (ou de rentrée) du télescope en 5 s.
Le télescopage possède un débattement de 7,35 m (de 2,40 à 9,75 m).

1. Identifier la nature du mouvement dans chaque phase de télescopage.

2. Déterminer l'expression de la distance totale parcourue pendant le télescopage en fonction de t_2.

3. Déduire de l'expression précédente les valeurs de t_2 puis de t_1.

4. Déterminer l'expression de l'accélération $a_{\text{caméra}}$ de la caméra pendant la phase d'accélération. Faire le calcul.

Exercice 4 (20 min) ITEC

Corrigé p. 170

Le robot autonome DINO permet le désherbage mécanique, appelée binage, de la couche superficielle du sol autour des plantes cultivées à l'aide d'un soc, lame métallique passée à quelques centimètres sous la surface du sol.
Pour assurer le positionnement des socs au plus près des plants sans les détériorer, un vérin électrique latéral permet de déplacer rapidement et précisément le porte-outils par rapport au châssis du robot.

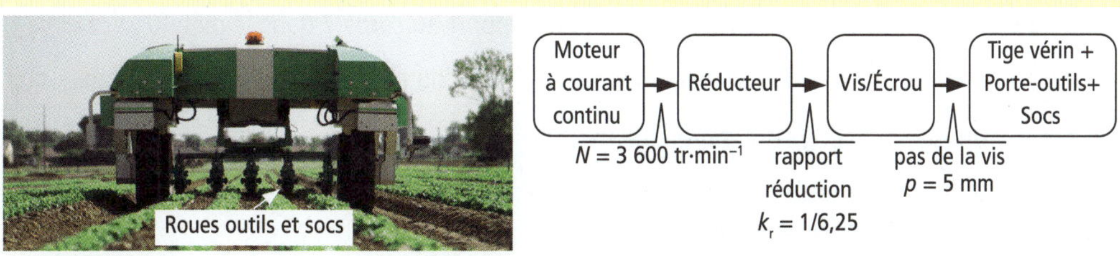

© Naïo Technologies

▲ Chaîne d'énergie du déplacement latéral rapide par le vérin électrique.

On suppose que le moteur tourne à la vitesse de rotation nominale constante.

1. Déterminer la fréquence de rotation (en tr.min^{-1}) en sortie du réducteur.

En déduire la vitesse en sortie du réducteur ω_{red} (en rad.s^{-1})

2. Déterminer la vitesse de translation de la tige du vérin.

Exercice 5 (30 min) ITEC *Corrigé p. 171*

Le SEAREV est un prototype de système électrique autonome de récupération de l'énergie des vagues. Il est composé d'une coque étanche, d'une roue pendulaire dont la partie inférieure est lestée avec du béton, de vérins hydrauliques liés à la roue pendulaire qui chargent des accumulateurs à haute pression qui livrent leur énergie à des moteurs hydrauliques entraînant des générateurs d'électricité. Sous l'action de la houle et des vagues, le SEAREV se met à osciller, entraînant à son tour un mouvement de va-et-vient de la roue pendulaire.

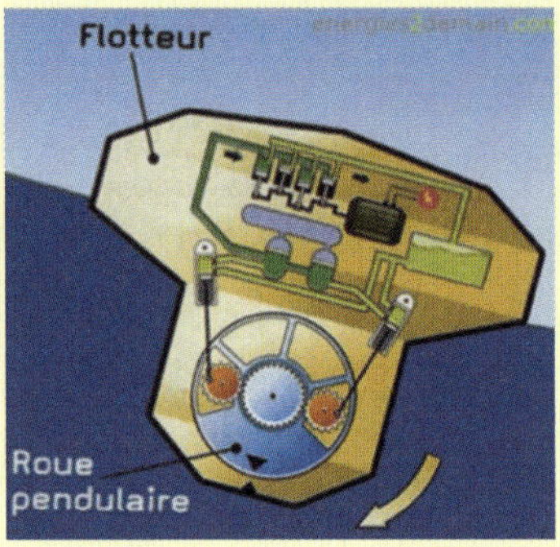

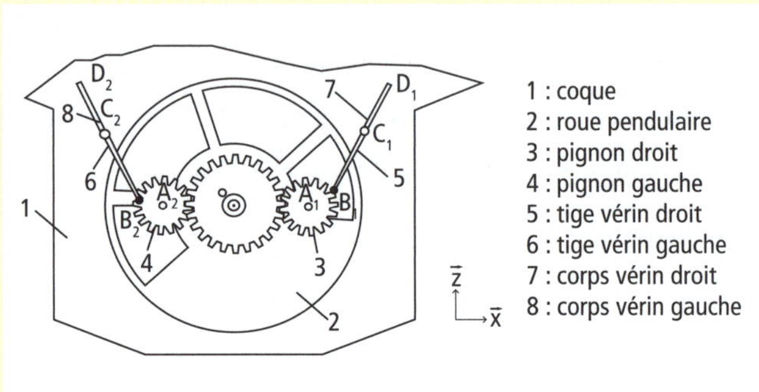

Les liaisons en *A*, *B* et *D* sont des liaisons « pivot » de direction commune .
Les liaisons en *C* des pivots glissants de direction (*BD*).
On note $Z_2 = 30$ et $Z_3 = 16$ le nombre de dents des roues dentées 2 et 3.

1. Réaliser le graphe de liaisons.

2. En considérant la coque fixe dans cette étude, réaliser le schéma cinématique de la partie mécanique du système (de la roue pendulaire jusqu'aux vérins hydrauliques).

3. Indiquer la nature des mouvements des pièces 2, 3, et 7 par rapport au bâti 1.

4. Indiquer la nature du mouvement de la tige 5 par rapport au corps 7 dans le plan $(0 ; \vec{x}, \vec{z})$.

5. Calculer le rapport $\frac{\omega_{3/1}}{\omega_{2/1}}$ de l'engrenage pour le côté droit du mécanisme. Justifier le terme « multiplicateur » utilisé pour ce type d'engrenage.

6. Justifier l'utilité de ce multiplicateur par rapport au déroulement des cycles de refoulement de l'huile des vérins (utilisés comme pompes).

Sujet du Bac

Épreuve écrite

Corrigés p. 171

Exercice Commun (10 points) (1 h)

Vérin Spiralift

Le Vérin Spiralift de monte-orchestre permet d'adapter les volumes de scène de salles de spectacles à de multiples configurations artistiques. La rigidité de sa colonne d'élévation permet de se passer de guidage en translation dans le mécanisme de levée.

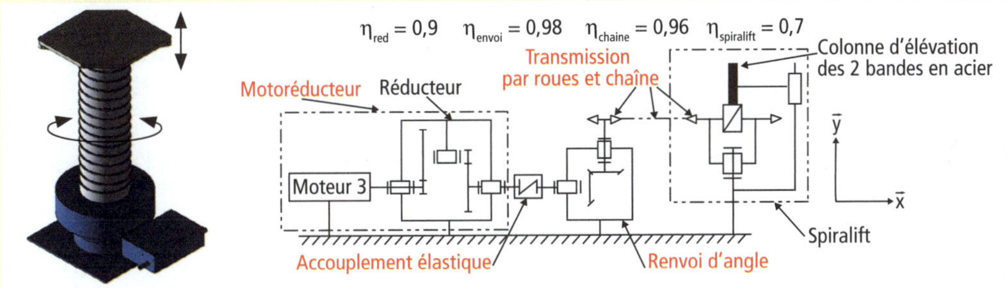

▲ Chaîne cinématique du monte orchestre limitée à la représentation d'un seul Spiralif.

À partir du schéma cinématique :

1. Déterminer le mouvement de la colonne rendu possible par la liaison colonne/bâti.

2. Le système Spiralift est-il un mécanisme de transmission ou de transformation du mouvement ? Quelle est la nature de son mouvement d'entrée ? Par quelle liaison cela est-il rendu possible ?

3. La vitesse de levée de la scène est $v = 0,05\ m.s^{-1}$. Le niveau le plus bas et le niveau le plus haut du monte-orchestre sont séparés d'une distance de 5 950 mm. En supposant que le déplacement se fasse à vitesse constante, calculer le temps nécessaire au monte-orchestre pour parcourir cette distance.
Vérifier que le temps maximum de levée de 3 minutes maximum sur la hauteur totale est respecté.

4. Le pas p du Spiralift est de $52,9\ mm.tr^{-1}$.
Déterminer l'expression puis la valeur de la fréquence de rotation $N_{Spiralift}$ (en $tr.s^{-1}$ puis en $tr.min^{-1}$) de roue d'entraînement du Spiralift en fonction de la vitesse de levée (en $m.s^{-1}$) et du pas du Spiralift (en $mm.tr^{-1}$).

5. On note $Z_{pignon} = 21$ et $Z_{Roue} = 54$.
Déterminer le rapport de réduction de vitesse de l'ensemble pignons/chaîne.

6. Déterminer la fréquence de rotation N_{Motred} (en $tr.min^{-1}$) de l'arbre en sortie du motoréducteur

7. Le rapport de réduction du réducteur est $r_{red} = \frac{1}{9,6}$.
Déterminer la vitesse de rotation N_{Moteur} (en $tr.min^{-1}$) de l'arbre en sortie du moteur.

8. La charge à soulever est $F = 230\ 000$ N.
Déterminer la puissance utile de levée en translation du monte orchestre ($P_{Mont\ orche}$).

9. Déterminer le rendement total $\eta_{Chaine\ cinem}$ de la chaîne cinématique située après le motoréducteur.

10. Déterminer la puissance $P_{2Motred}$ ramenée sur l'arbre de sortie des deux motoréducteurs.

11. Sachant que les Spiralift sont commandés par 2 motoréducteurs synchronisés et que le rendement du réducteur est $\eta_{red} = 0,9$. Déterminer la puissance P_{Moteur} nécessaire à la sortie d'un seul des moteurs.

12. Les caractéristiques du moteur sont les suivantes : fréquence nominale moteur : 1 460 $tr.min^{-1}$, puissance moteur : 11 kW.
Conclure vis-à-vis du dimensionnement des motoréducteurs d'entraînement du monte-orchestre.

8 Comportement mécanique des structures

1 Étude statique d'un groupe solide ou d'une partie solide

A Isoler un système matériel

• **Isoler un système matériel** ou une partie d'un système, c'est définir une **frontière** entre le système (ou une partie) et son environnement extérieur puis, faire le bilan de toutes les actions mécaniques qui lui sont appliquées.

• **Le graphe de structure** peut être utilisé pour visualiser la frontière de ce que l'on étudie, on parle d'**isolement d'un système** ou d'une partie.

Exemple
Pour étudier le buggy volant *SkyRunner*, on isole :
– le buggy entier pour déterminer les dimensions des câbles de suspente ;
– une pièce, comme l'hélice pour vérifier les capacités de vol du véhicule ;
– une pale pour étudier sa résistance aux actions aérodynamiques.

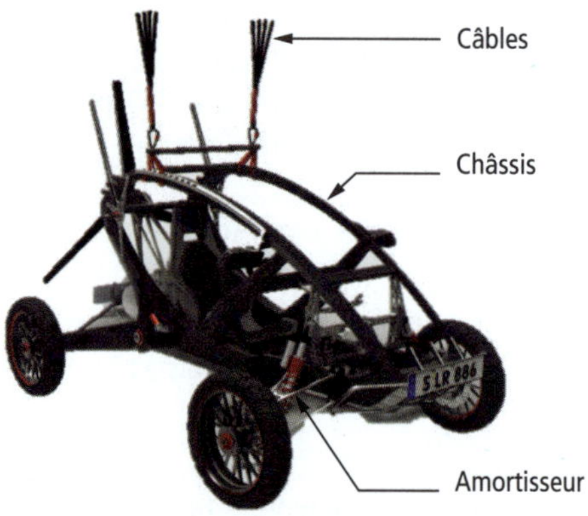

▲ Isolement du buggy entier.

▲ Isolement de l'hélice.

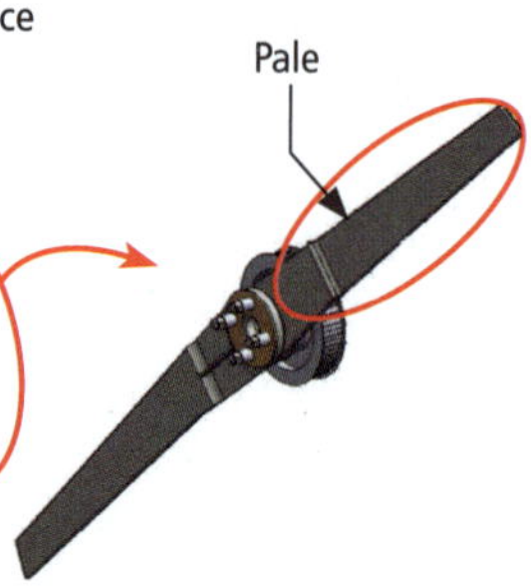

▲ Isolement de la pale..

B Bilan des actions mécaniques

• **Faire le bilan des actions mécaniques,** c'est recenser toutes les actions qui agissent sur le système isolé :
– les actions de contact ;
– les actions à distance.

• Si la frontière d'isolement coupe une liaison mécanique, l'action mécanique transmissible par la liaison est une action mécanique extérieure exercée sur le système.

Exemple

Cabine d'une tour d'observation d'incendie en forêt fixée sur un pylône métallique

L'isolement de la cabine permet de faire le bilan des actions extérieures auxquelles elle est soumise :

– l'action due au vent sur la cabine $\vec{F}_{\text{vent/cabine}}$;

– le poids de la cabine $\vec{P}_{\text{cabine}}$;

– l'action transmissible par la liaison pylône/cabine : $\vec{O}_{\text{p/c}}$.

▲ Tour d'observation en forêt.

▲ La cabine isolée.

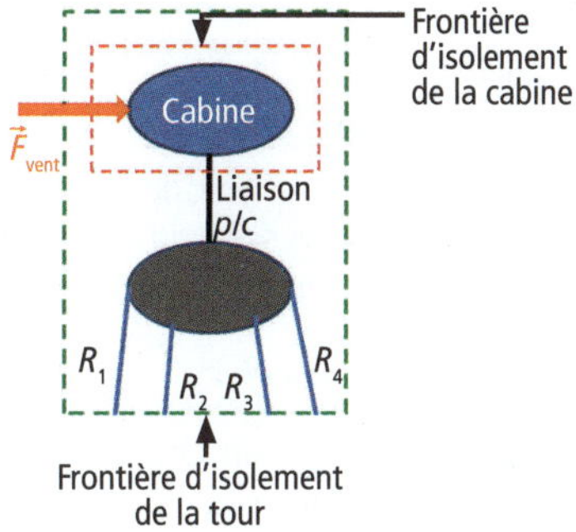

▲ Le graphe de structure.

2 Principe fondamental de la statique (PFS)

• **La statique** correspond à **l'étude de l'équilibre des corps.**

• **Un système matériel (S) isolé est en équilibre** par rapport à un repère $R(0\,;\vec{x}\,,\vec{y}\,,\vec{z})$ si, au cours du temps, les coordonnées de chaque point de (S) sont constantes dans le repère $R(0\,;\vec{x}\,,\vec{y}\,,\vec{z})$.

• **Énoncé du PFS :**

Si un système matériel (S) est en équilibre par rapport à un repère $R(0\,;\vec{x}\,,\vec{y}\,,\vec{z})$, la somme des actions mécaniques extérieures appliquées sur (S) est nulle.

Le PFS se décompose en deux théorèmes :

• **Théorème de la résultante**

Si un système matériel (S) est en équilibre par rapport à un repère $R(0\,;\vec{x}\,,\vec{y}\,,\vec{z})$, la somme des forces mécaniques extérieures appliquées sur (S) est nulle.

Traduction vectorielle : $\sum \vec{F}_{\text{ext/S}} = \vec{0}$.

Traduction graphique : les vecteurs forces forment un polygone fermé lorsqu'on les ajoute.

- **Théorème du moment résultant**

Si un système matériel (S) est en équilibre par rapport à un repère $R(0\,;\vec{x}\,,\vec{y}\,,\vec{z})$, la somme des moments, en un point I, des forces mécaniques extérieures appliquées sur (S) est nulle.

Traduction vectorielle : $\sum \overrightarrow{M_{I(\overrightarrow{F_{ext/S}})}} = \vec{0}$.

Tous les moments doivent être exprimés en un même point I.

Traduction graphique : les vecteurs forces sont concourants en un même point I.

Appliquer le cours

Établir le PFS du buggy volant.

- **On isole la tige d'amortisseur du buggy.**

La tige du vérin hydraulique de poussée est soumise à deux forces : la force de poussée du fluide sur la tige côté piston $\vec{F}_{\text{fluide/tige}}$ et la force de l'essieu sur la tige $\vec{F}_{\text{essieu/tige}}$.

$\vec{F}_{\text{fluide/tige}} + \vec{F}_{\text{essieu/tige}} = \vec{0}$ d'où $\vec{F}_{\text{fluide/tige}} = -\vec{F}_{\text{essieu/tige}}$.

Dans le cas d'un solide en équilibre soumis à deux forces : les deux forces sont donc égales et opposées.

- **On isole le buggy entier.** Le poids du véhicule chargé est $\vec{P}_{\text{total}}$ appliqué en G.

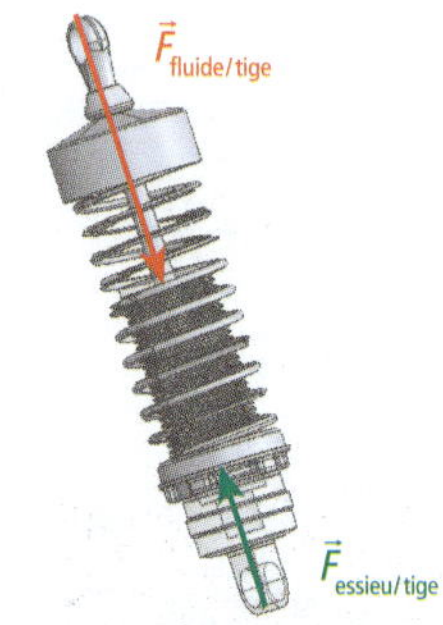

▲ Forces sur tige isolée d'un vérin.

Déterminer les actions de contact du sol sur les roues avant en M et sur les roues arrière en N.

Solution

Le véhicule est au repos, en équilibre sur le sol plat. Le plan $(G\,;\vec{x}\,,\vec{y})$ est un plan de symétrie géométrique et de chargement. Les actions en M et N ne sont pas équivalentes car le moteur est situé à l'arrière.

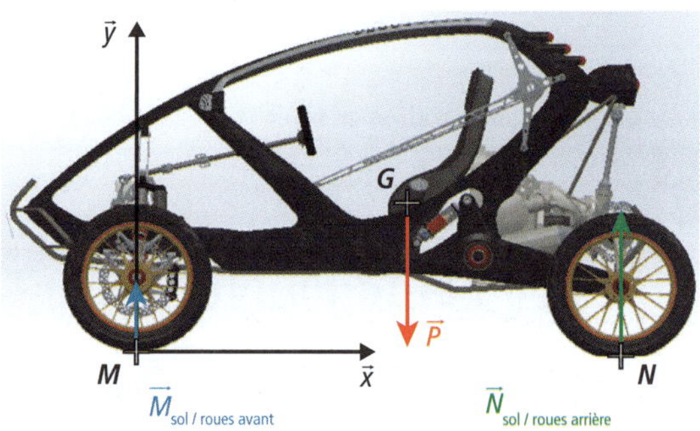

▲ Buggy en équilibre sur le sol.

étape **1** Bilan des actions mécaniques extérieures :

Actions	Le poids du véhicule chargé appliqué en G, son centre de masse	Action de contact du sol sur les 2 roues avant (modèle liaison ponctuelle au point M)	Action de contact du sol sur les 2 roues arrière (modèle liaison ponctuelle au point N)
Caractéristiques	$\vec{P}\begin{pmatrix}0\\-P\\0\end{pmatrix}$ avec $\lVert\vec{P}\rVert = mg$	$\overrightarrow{M}_{\text{sol / roues avant}}\begin{pmatrix}0\\M_{\text{sol / roues avant}}\\0\end{pmatrix}$	$\vec{N}_{\text{sol / roues arrière}}\begin{pmatrix}0\\N_{\text{sol / roues arrière}}\\0\end{pmatrix}$
Coordonnées des points dans le repère $(M\,;\vec{x}\,,\vec{y}\,,\vec{z})$	**Point G**	**Point M**	**Point N**
	$G\begin{pmatrix}x_G\\y_G\\0\end{pmatrix}$	$M\begin{pmatrix}0\\0\\0\end{pmatrix}$	$N\begin{pmatrix}x_N\\0\\0\end{pmatrix}$

Le buggy est un solide soumis à trois forces parallèles.

La résolution se fait en utilisant le théorème du moment résultant puis le théorème de la résultante.

étape 2 Application du théorème du moment résultant au point M :

$\overrightarrow{\mathcal{M}}_{M(\vec{M}_{\text{sol / roues avant}})} + \overrightarrow{\mathcal{M}}_{M(\vec{N}_{\text{sol / roues arrière}})} + \overrightarrow{\mathcal{M}}_{M(\vec{P})} = \vec{0}$ Projection de cette équation vectorielle sur l'axe $(M\vec{z})$

$$0 + N_{\text{sol / roues arrière}} \times x_N - P \times x_G = 0$$

soit $N_{\text{sol / roues arrière}} = P \times \dfrac{x_G}{x_N}$ ①

étape 3 Application du théorème de la résultante :

$$\vec{M}_{\text{sol / roues avant}} + \vec{P} + \vec{N}_{\text{sol / roues arrière}} = \vec{0}.$$

Projection de cette équation vectorielle sur l'axe $(M\,y)$:

$$M_{\text{sol / roues avant}} - P + N_{\text{sol / roues arrière}} = 0$$

soit $M_{\text{sol / roues avant}} = P - N_{\text{sol / roues arrière}}$ ②

d'où en utilisant l'équation ① $M_{\text{sol / roues avant}} = P\left(1 + \dfrac{x_G}{x_N}\right)$.

Appliquer le cours

Donner le PFS d'une pince de robot sous-marin et l'équilibre statique du doigt de la pince lors du serrage d'un objet.

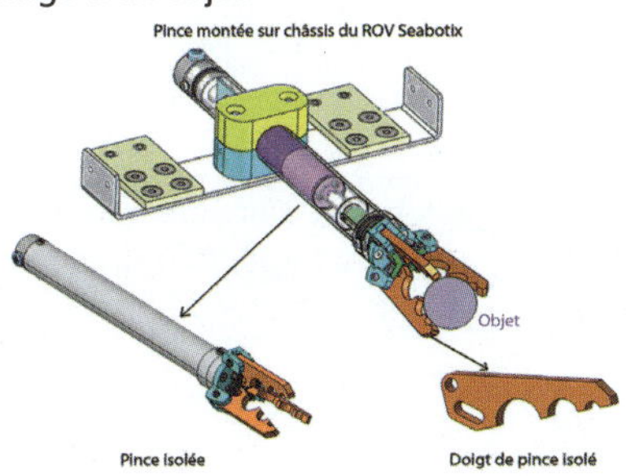

▲ Isolement de différentes parties de la pince.

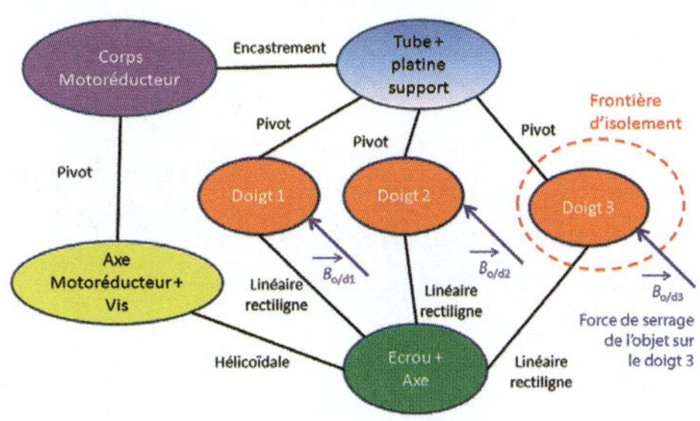

▲ Isolement d'un doigt sur le graphe de structure.

Solution

étape 1 Bilan des actions mécaniques extérieures -Modélisation pour résolution graphique

Action de serrage de l'objet sur le doigt en B déterminée par une étude préliminaire	Action de contact de l'axe sur le doigt (modèle liaison ponctuelle au point A)	Action de contact de la platine sur le doigt (modèle liaison pivot au point O)
$\vec{B}_{o/d}\begin{pmatrix}0\\B_{o/d}\\0\end{pmatrix}$ avec $\lVert\vec{B}_{o/d}\rVert = 22$ N direction connue sens connu norme connue	$\vec{A}_{a/d}\begin{pmatrix}X_A\\Y_A\\0\end{pmatrix}$ tels que $\dfrac{Y_A}{X_A} = \tan 55°$ direction connue sens inconnu norme inconnue	$\vec{O}_{p/d}\begin{pmatrix}X_O\\Y_O\\0\end{pmatrix}$ direction inconnue sens inconnu norme inconnue
Point B	Point A	Point O

C'est un cas d'un solide soumis à trois forces non parallèles : les trois forces sont concourantes en un même point C, la dynamique des forces est fermée.

étape 2 Résolution graphique

- Tracer les directions connues : la direction de $\vec{B}_{o/d}$ passant par B ① puis de $\vec{A}_{a/d}$ passant par A ② ; pour obtenir le point C, point de concourt des deux directions précédentes ③ ;
- Tracer $\vec{O}_{p/d}$ passant par les points C et O ④ ;
- Tracer de la somme des trois vecteurs force en commençant par $\vec{B}_{o/d}$ car sa norme est connue ; puis reporter les directions de $\vec{A}_{a/d}$ et de $\vec{O}_{p/d}$ et tracer les vecteurs force de $\vec{A}_{a/d}$ et $\vec{O}_{p/d}$ ⑤ ; mesurer la norme de chaque vecteur force ;
- Tracer $\vec{A}_{a/d}$ au point A puis $\vec{O}_{p/d}$ au point O.

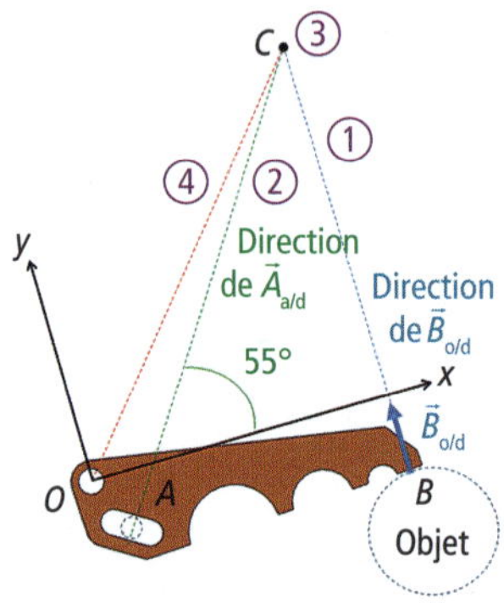

▲ Doigt de pince isolé.

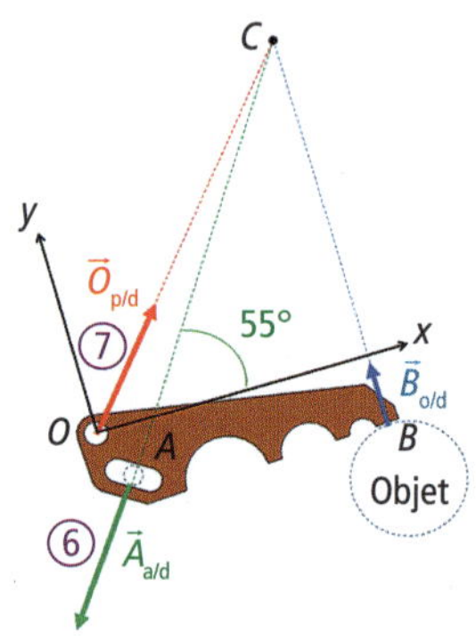

▲ Concourance des forces.

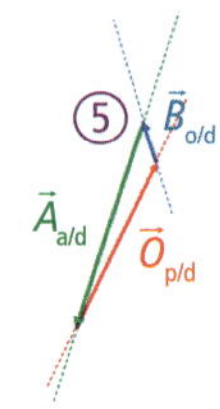

▲ Dynamique fermé.

étape 3 Résultats par la méthode graphique ou donnés par un logiciel :

Action de serrage de l'objet sur le doigt en B	Action de contact de l'axe sur le doigt (modèle de liaison ponctuelle au point A)	Action de contact de la platine sur le doigt (modèle de liaison pivot au point O)
$\vec{B}_{o/d}\begin{pmatrix}0\\22\\0\end{pmatrix}$ avec $\|\vec{B}_{o/d}\| = 22$ N	$\vec{A}_{a/d}\begin{pmatrix}-67\\96\\0\end{pmatrix}$ avec $\|\vec{A}_{a/d}\| = 117$ N	$\vec{O}_{p/d}\begin{pmatrix}67\\74\\0\end{pmatrix}$ avec $\|\vec{O}_{p/d}\| = 100$ N

3 Résistance des matériaux

A Hypothèses en Résistance des Matériaux (R.d.M.)

- **Les matériaux qui constituent les éléments de structures** sont considérés homogènes et isotropes.

Exemple
Les pièces pleines en alliages métalliques ou plastiques seront considérées homogènes et isotropes.
Les matériaux fibrés comme le bois ou certains matériaux composites ne respectent pas cette hypothèse.

Remarque
Un matériau homogène a la même composition et la même structure en tout point.
Un matériau isotrope a, en tout point, les mêmes propriétés mécaniques dans toutes les directions.

• **Les formes des pièces étudiés en R.d.M. sont des « Poutres ».**
La longueur de la courbe doit être 8 à 10 fois plus grande que les dimensions transversales. Sa section peut varier mais de façon lente et progressive.

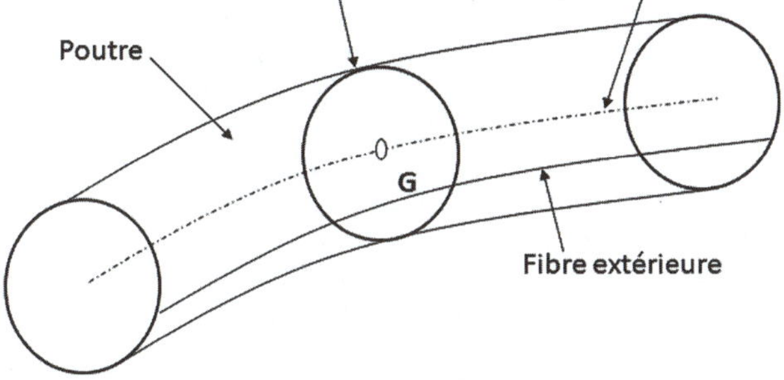

▲ Éléments de définition d'une poutre.

Définitions

Poutre : volume engendré par une surface plane dont le centre G décrit une courbe plane appelée « fibre moyenne ».

Remarque

La surface plane (S) est aussi appelée « section droite (S) » est perpendiculaire à la fibre moyenne.

Exemple

Le manche d'une pagaie de diamètre $D = 30$ mm et de longueur $L = 170$ mm peut être considéré comme une poutre $\frac{L}{D} \approx 5,7$.

Le doigt de la pince du robot sous-marin ne peut être considéré comme une poutre : $L = 65$ mm ; $H = 22$ mm ; $E = 5$ mm.

• **Hypothèse de Navier-Bernoulli :** les déformations sont petites (ainsi, les sections planes normales aux fibres avant déformation demeurent planes et normales aux fibres après déformation). Sur la figure ci-dessous, le distance AA' est très petite.

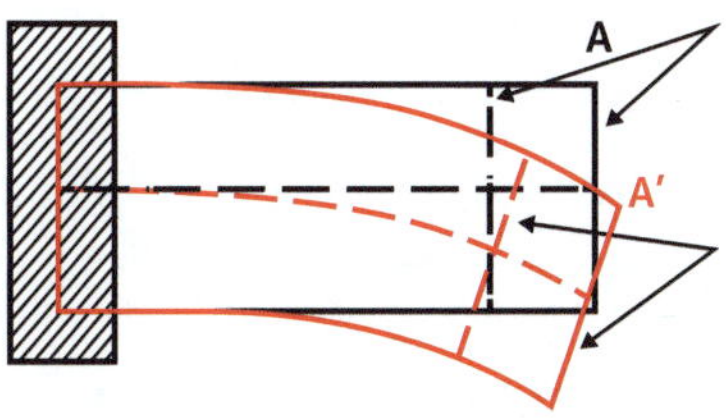

▲ Petites déformations des sections planes.

• **Hypothèse de Saint-Venant :** les résultats sont valables loin des efforts et des charges concentrées.
Avec cette méthode, on ne peut déterminer les déformations situées sous les zones d'application des efforts.

B Actions mécaniques intérieures - Sollicitations simples

• **Dans une poutre soumise à un chargement extérieur,** il existe des efforts intérieurs dits des **efforts de cohésion**, ils assurent l'équilibre de toutes les parties qui composent la poutre.

• **Pour valider les dimensions d'une poutre,** on doit déterminer les efforts intérieurs à la poutre qui dépendent du chargement extérieur. Ils sont définis dans une section (S) de centre G repérée par la position $OG = x$.

On étudie un tronçon de poutre. Il existe six actions de cohésions et à chaque action correspond une sollicitation.

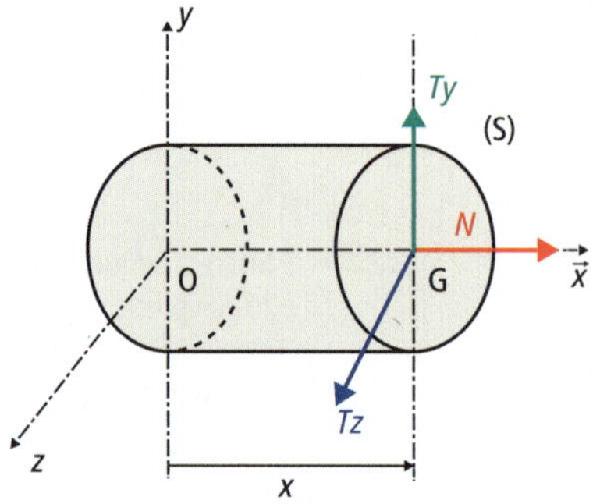

▲ Forces de cohésion.

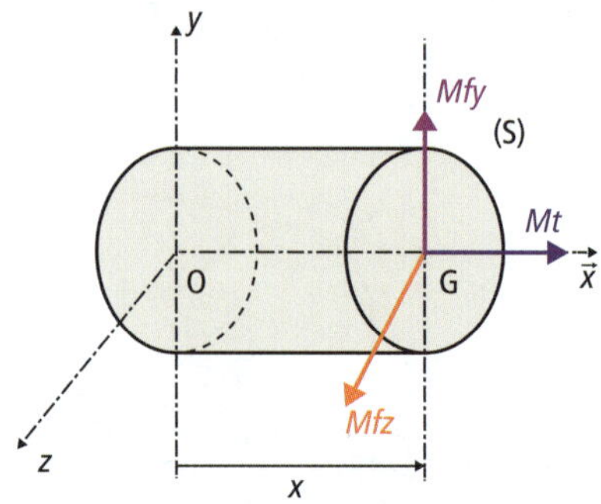

▲ Moments de cohésion.

Effort de cohésion	Type	Direction	Sollicitation simple associée
N : effort normal	Force	$(O\vec{x})$	Traction ou compression
Ty : effort tranchant selon *y*	Force	$(O\vec{y})$	Cisaillement
Tz : effort tranchant selon *z*	Force	$(O\vec{z})$	Cisaillement
Mt : Moment de torsion	Moment	$(O\vec{x})$	Torsion autour de $(O\vec{x})$
Mfy : Moment de flexion selon *y*	Moment	$(O\vec{y})$	Flexion autour de $(O\vec{y})$
Mfz : Moment de flexion selon *z*	Moment	$(O\vec{z})$	Flexion autour de $(O\vec{z})$

• Sollicitations de traction-compression et de flexion simple :

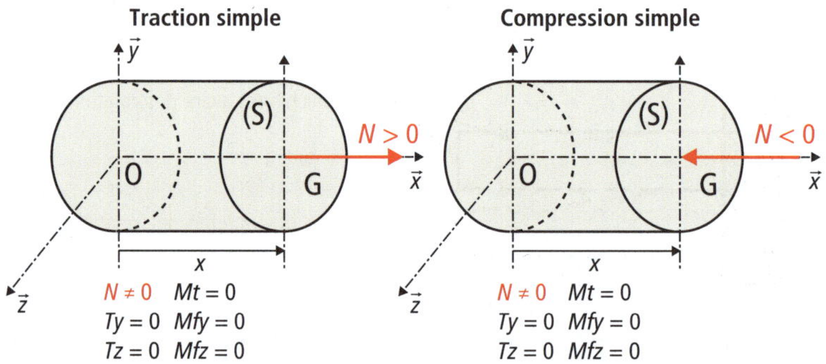

▲ Traction-compression.

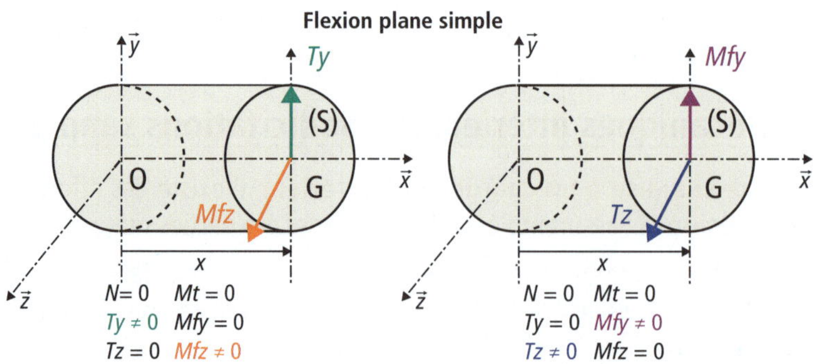

▲ Flexion plane simple.

Exemple 1

Tige de l'amortisseur du buggy

La tige en équilibre est soumise à deux forces opposées de direction ($O\vec{x}$). L'effort de cohésion, qui dépend du chargement est donc de direction ($O\vec{x}$) : c'est un effort normal *N*. Suivant que la tige pousse ou tire l'objet, elle est sollicitée soit en traction soit en compression.

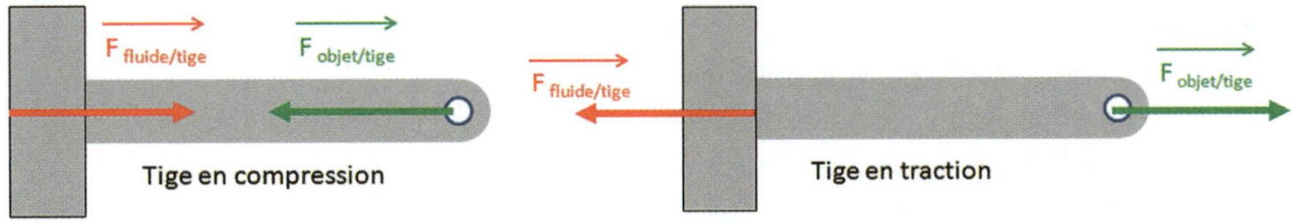

▲ Forces sur une tige d'amortisseur.

Exemple 2

Poutre de châssis du buggy sur deux appuis soumis à une charge *P*

Une poutre du châssis, sur deux appuis soumis à une charge *P*, est soumise à des forces perpendiculaires à la ligne moyenne générant de l'effort tranchant *Ty* et un moment de flexion *Mfz*, entraînant des sollicitations de cisaillement et de flexion.

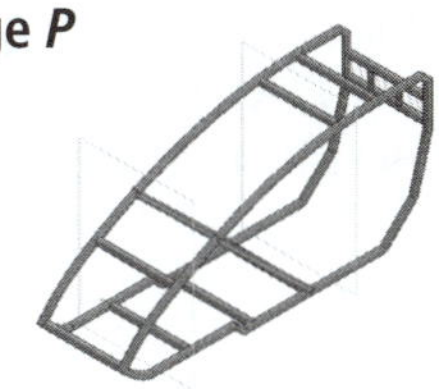

▲ Châssis

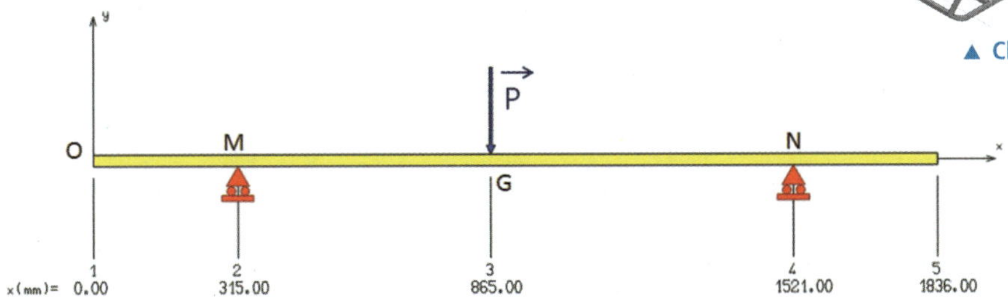

▲ Modèle de poutre de châssis du buggy sur deux appuis soumis à une charge *P*.

C Contrainte et déformation

- **La contrainte normale σ** représente la densité surfacique *N* des efforts sur une section *S* donnée :

$$\sigma = \frac{N}{S}$$

avec σ en mégapascal (MPa) ou en newton par millimètre carré ($N \cdot mm^{-2}$) ; *N* : effort normal en newton (N) et *S* en millimètre carré (mm^2).

- **La déformation ε** est l'allongement relatif d'un élément par rapport à sa longueur initiale :

$$\varepsilon = \frac{\Delta L}{L_0}$$

L_0 : longueur initiale de la poutre en mm ;
L_f : longueur finale de la poutre en mm ;
ΔL : allongement de la poutre en mm avec $\Delta L = L_f - L_0$.

Définitions

Contrainte : force exercée par les autres parties de la poutre par unité de surface (homogène à une pression).

Déformation : quantité sans dimension qui indique dans quelles proportions les liaisons interatomiques (à l'échelle microscopique) et la structure elle-même (l'objet, à l'échelle macroscopique) ont été déformées.

- **Loi de Hooke de comportement élastique :**

Dans la zone élastique du matériau seulement (voir chapitre 6) :

$$\sigma = E \times \varepsilon$$

E : module de Young du matériau en MPa.

Application du cours

Déformation unitaire subie par une poutre métallique

Soit une poutre de 5 m de long qui s'étire de 2 mm sous l'action d'une charge de 150 kN. Déterminer sa déformation ε.

Solution

$$\varepsilon = \frac{\Delta L}{L_0} = \frac{0,002}{5} = 0,0004 = 4 \times 10^{-4}.$$

- Pour rester dans le domaine élastique du matériau, **la contrainte maximale σ_{max}** dans la poutre (l'élément de structure) doit rester inférieure à la **limite élastique R_e** du matériau minorée par un **coefficient de sécurité c_s** :

$$\sigma_{max} < \frac{R_e}{c_s}$$

avec σ_{max} en MPa, R_e en MPa et c_s sans unité.
En construction mécanique, on prend généralement $1,5 \leqslant c_s \leqslant 5$.
En génie civil, on prend généralement $c_s \geqslant 10$.

Si la condition de résistance n'est pas vérifiée, l'élément peut se déformer de façon permanente (entrée dans la zone plastique - voir chapitre 6) voire se rompre si la **limite de rupture R_r** est atteinte.

Application du cours

Tige de vérin sollicitée en traction

Quel effort normal maximal N_{max} peut admettre une tige de vérin de diamètre $D = 10$ mm en acier tel que $R_e = 380$ MPa, si on souhaite un coefficient de sécurité $c_s = 5$?

Solution

$$\sigma_{max} = \frac{N_{max}}{S} < \frac{R_e}{c_s} \text{ d'où } N_{max} < \frac{R_e \times S}{c_s} \text{ avec } S = \frac{\pi D^2}{4} \text{ ; } N_{max} = 5\,970 \text{ N.}$$

- **Contraintes en traction-compression et flexion**

Pour une poutre de section constante sollicitée :

Sollicitation	Traction	Compression	Flexion
Effort de cohésion	Effort normal : N	Effort normal : N	Moment de flexion : Mfz
Caractéristique de la section	Surface : S	Surface : S	Moment quadratique : I_{Gz}
Type de contrainte	Normale au plan de section : σ	Normale au plan de section : σ	Normale au plan de section : σ
Expression de la contrainte	$\sigma_t = \frac{N}{S}$ avec $N > 0$	$\sigma_c = \frac{N}{S}$ avec $N < 0$	$\sigma_f = \frac{Mfz \times y}{I_{Gz}}$

Sollicitation	Traction	Compression	Flexion
Répartition des contraintes dans une section droite	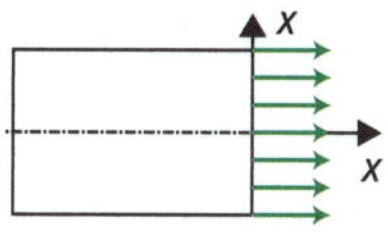	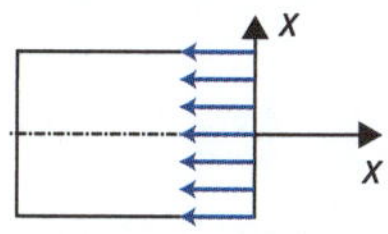	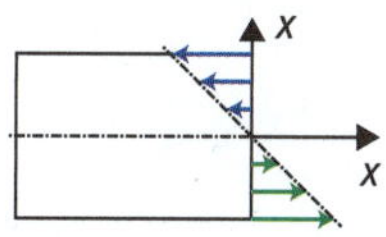
Condition de résistance	$\sigma_{max} < \frac{R_e}{C_s}$	$\sigma_{max} < \frac{R_e}{C_s}$	$\sigma_{max} < \frac{R_e}{C_s}$
Limite élastique utilisée	Limite élastique : R_e	Limite élastique : R_e	Limite élastique : R_e

Unités usuelles : N : N (Newton) ; Mfz : N·m ; S : mm² ; I_{Gz} : mm⁴ ; σ, R_e : MPa (ou N·mm⁻²)
c_s : coefficient de sécurité.

▲ Expressions et répartitions des contraintes normales suivant le type de sollicitation.

• **On impose un critère de déformation maximale admissible** car l'élément peut résister mais avoir une déformation trop importante (manque de rigidité) ainsi on limite la déformation.

– En **traction-compression** l'allongement de la poutre doit rester inférieur à un allongement admissible :

$$\Delta L < \Delta L_{max}.$$

– En **flexion** la flèche doit rester inférieure à une valeur maximale de déformation admissible. Sa valeur et sa position dépendent des charges appliquées et des liaisons de la poutre avec la structure fixe.

$$y_{max} < y_{admissible}.$$

Définition

La **flèche** est la distance y, mesurée selon l'axe $(O\vec{y})$, entre un point de la poutre chargée et l'axe $(O\vec{x})$ de la fibre moyenne.

Exemple

Le châssis d'un véhicule comprend deux longues poutres longitudinales de section rectangulaire creuse de dimension $h = 60$ mm, $b = 40$ mm, $e = 2$ mm.
Le concepteur a fixé la déformation admissible $y_{admissible} = 3$ mm.
Si on applique un effort de 3 200 N en $x = 865$ mm, la flèche maximale est $y_{max} = 2{,}854$ mm et reste inférieure à $y_{admissible} = 3$ mm.

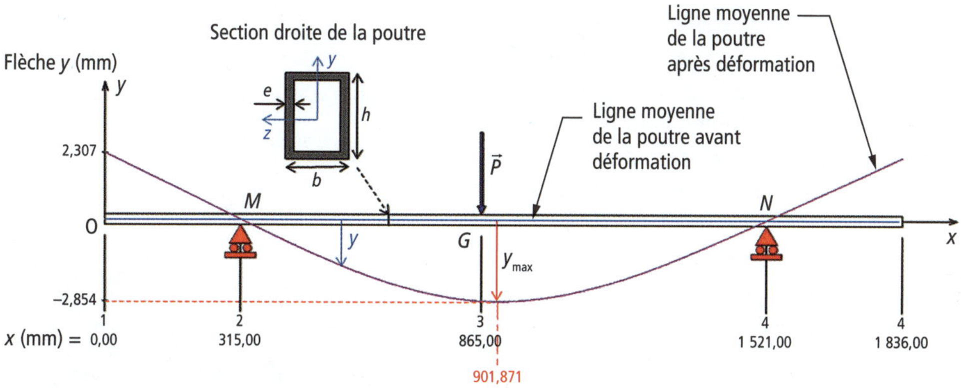

▲ Déformation d'une poutre du châssis sur deux appuis obtenus par logiciel de R.d.M.

Exercices d'entraînement

Exercice 1 (10 min) ITEC AC

Corrigé p. 172

Tramway aérien du Complexo do Alemão au nord de Rio de Janeiro

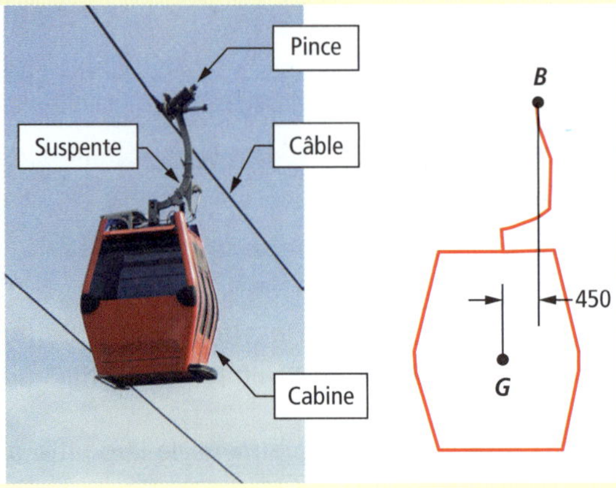

▲ Schémas du tramway aérien

On souhaite vérifier pour assurer la sécurité des passagers que la suspente de cabine résiste à la charge totale suspendue.

Données

- problème dans le plan $(\overrightarrow{XY})$;
- masse de la cabine $m_{\text{cabine}} = 720$ kg. Le poids de la suspente est négligé ;
- nombre maximum de passagers : 10 de masse moyenne $m_{\text{passager}} = 80$ kg ;
- accélération de la pesanteur : $g = 9{,}81\ \text{m}\cdot\text{s}^{-2}$.

1. Déterminer les composantes des torseurs d'actions mécaniques {T Poids $_{\text{cabine + passagers}}$}.
2. Isoler l'ensemble {Cabine + Suspente} et, en appliquant, le PFS déterminer $\vec{T}_{\text{pince} \to \text{suspente}}$.

Exercice 2 (20 min) ITEC AC

Corrigé p. 172

Vérification de l'effort dans les ressorts à gaz

Le système Figure 1 est un lève-kart électrique de 130 kg permettant à une seule personne de charger, transporter et décharger des karts de compétition tout en jouant le rôle d'établi de fortune.

Après avoir accroché le kart Figure 2 sur le bras arrière (en J), on actionne le vérin électrique qui fait tourner le bras arrière autour de l'axe de la roue arrière (en A).

Le bras avant entre en contact avec le kart (en E) et le soulève. Le kart ne touche alors, plus le sol.

La rotation des deux bras continue jusqu'au moment où le vérin et les ressorts à gaz arrivent en fin de course, le kart est alors en position haute sur le lève-kart.

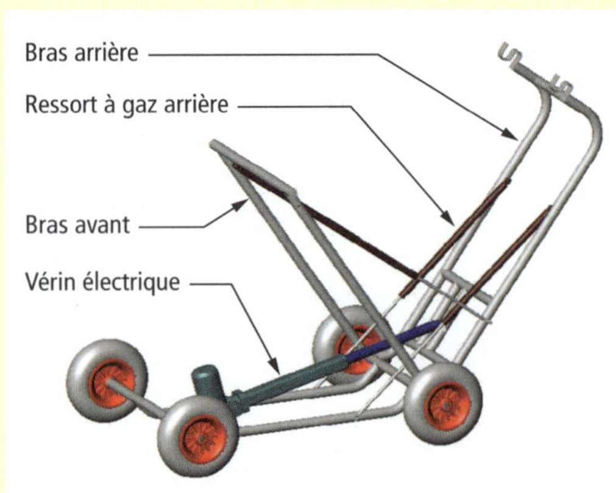

▲ Figure 1. Système lève-kart

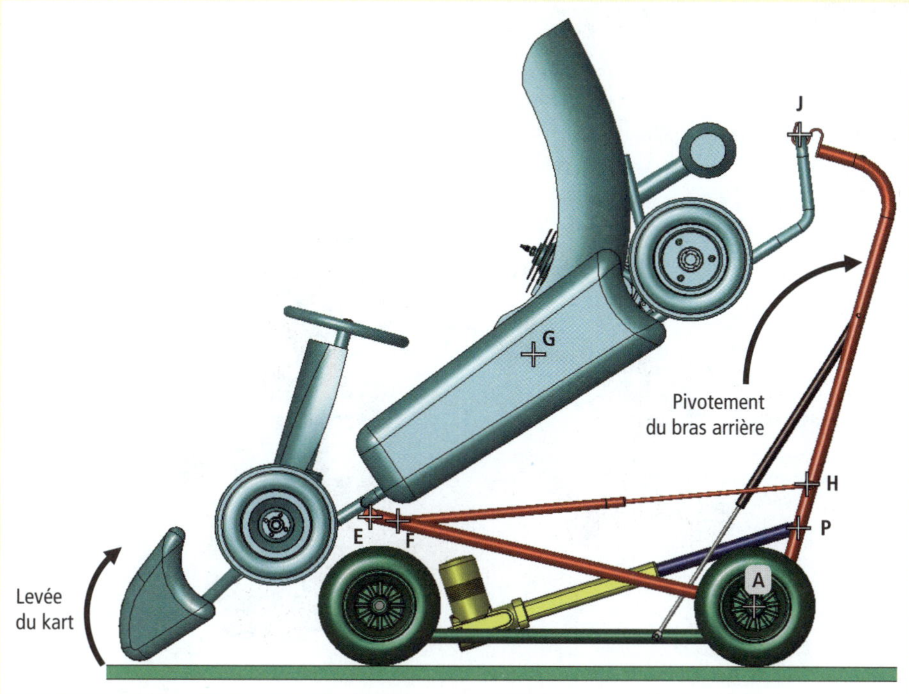

▲ Figure 2. Système du lève-kart vu de profil dans le plan d'étude.

Hypothèses :

- le mécanisme admet un plan de symétrie pour la géométrie et les efforts.
- toutes les liaisons sont supposées parfaites (le frottement est négligeable).
- le poids du kart sera modélisé au point *G*, centre de gravité.
- le poids des pièces est négligeable au regard du poids du kart.
- on étudie le mécanisme dans la position la plus défavorable à l'instant où le contact entre le pare-chocs avant et le sol est rompu.
- la liaison en *E* est assimilée à une liaison ponctuelle, les autres liaisons sont des pivots.
- les ressorts à gaz risquent une détérioration lorsqu'ils sont soumis, en butée, à une action mécanique supérieure à 2 500 N.

1. Calculer le poids du kart ($g = 10\ \text{m} \cdot \text{s}^{-2}$).

2. Faire le bilan des actions mécaniques agissant sur le kart et, en appliquant le PFS, déterminer complètement les actions mécaniques en *E* et *J*.

3. Faire le bilan des actions mécaniques agissant sur les ressorts du bras avant (axe *FH* sur la **Figure 2**) lorsqu'il est (en butée pendant la phase de levée) et, en appliquant le PFS, en déduire les directions des forces en *F* et *H*.

4. Faire le bilan des actions mécaniques agissant sur le bras avant **Figure 3** et, en appliquant le PFS, en déduire graphiquement la valeur de l'action en *F*.

5. Comparer la valeur déterminée à la valeur maximale que les vérins à gaz peuvent supporter et conclure.

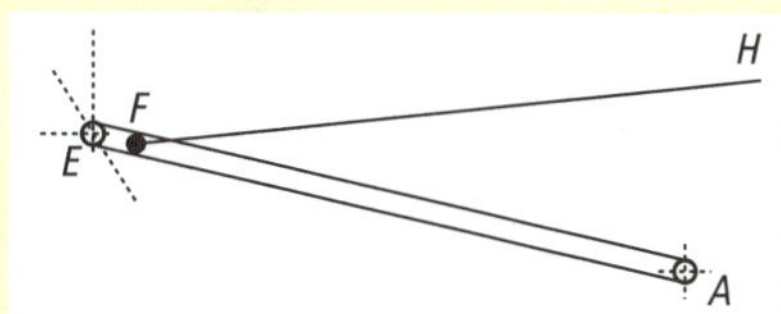

▲ Figure 3. Bras avant.

Exercice 3 (15 min) ITEC AC

Corrigé p. 174

La grue Louma2, est utilisée pour les tournages de productions à très gros budgets. Munie d'un bras rigide modulaire, de 2,40 m à 9,75 m de long à partir du point de pivot, elle permet des mouvements de caméra de grande amplitude.

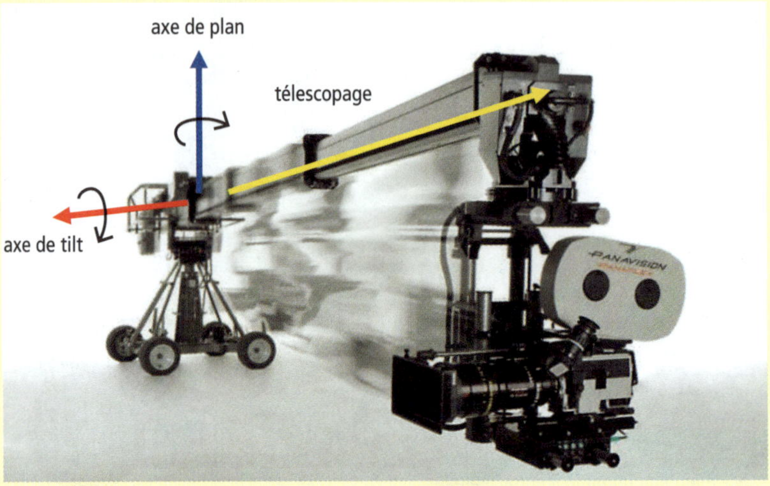

©loumasystems

▲ Figure 1. Grue pour caméra.

Les caractéristiques des éléments mobiles sont les suivantes :

Solide	Masse	Longueur
Tronçon fixe	M_0 = 0,8 tonne	4 m
Tronçon T_1	M_1 = 70 kg	3,88 m
Tronçon T_2	M_2 = 60 kg	3,88 m
Tronçon T_3	M_3 = 50 kg	3,88 m
Caméra et tête caméra	M_{cam} = 110 kg	
Contrepoids	M_{ctp} *à déterminer*	

Les dimensions principales, bras sorti :

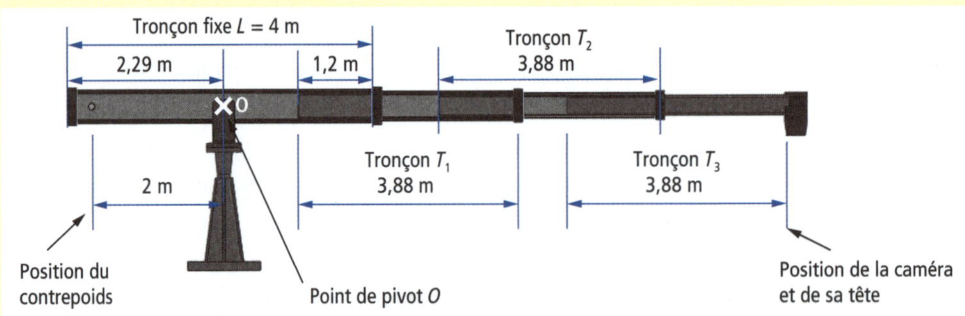

▲ Figure 2. Schéma des tronçons.

1. Déterminer les valeurs des poids de chaque élément mobile et leurs points d'application.

2. En appliquant le PFS, déterminer la valeur de la masse du contrepoids à utiliser pour empêcher la grue de basculer autour de O.

En position rentrée, chaque tronçon est rentré de 3,6 m dans le précédent (soit un déplacement de 2,4 m par rapport à la position sortie).

3. Déterminer la valeur du déplacement correspondant du contrepoids vers le point de pivot pour maintenir l'équilibre de la flèche.

4. Justifier le rapport de réduction de 0,78 entre le déplacement du contrepoids et le déplacement du tronçon T_1.

Exercice 4 (15 min) ITEC AC

Corrigé p. 175

L'étrave de déneigement CGM10 est composée de deux volets disposés en « V » qui permettent de dégager les routes en évacuant sur les côtés une grande quantité de neige.
La **Figure 2** modélise un des mécanismes servant à actionner les volets (7) de l'étrave
Les barres (8) et (9) constituent un mécanisme à compas actionné par le vérin (10)+(11).
Les liaisons en H, J, K, L et M sont considérées comme des liaisons pivots d'axe *y*.

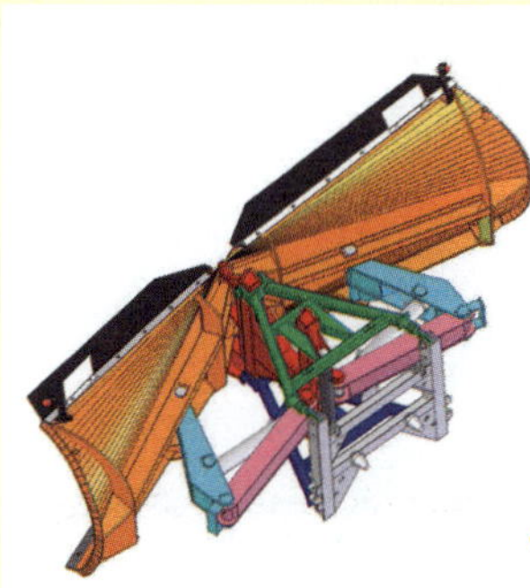

▲ Figure 1. Étrave

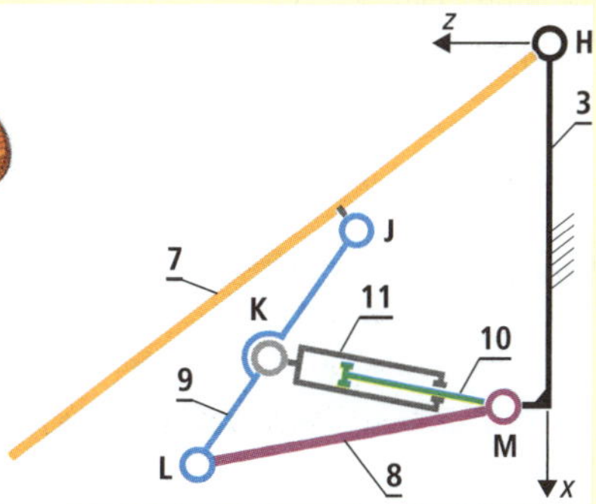

▲ Figure 2. Schéma du système

Les actions mécaniques agissant sur une des barres (côté pointe (8)) peuvent être définies suivant le schéma **Figure 3** (les formes de la barre (8) sont précisées **Figure 4**).

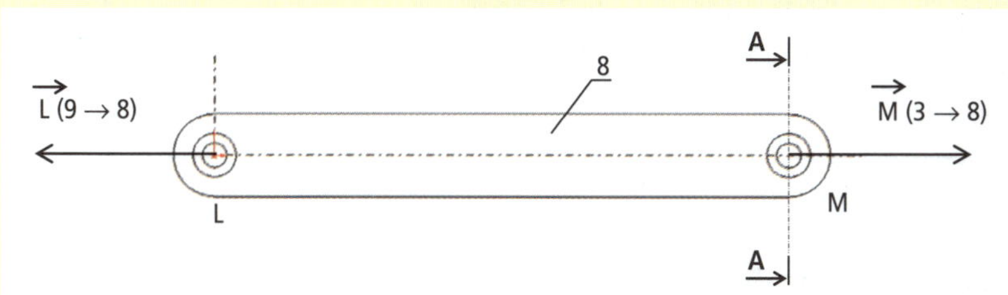

▲ Figure 3. Schéma des actions mécaniques

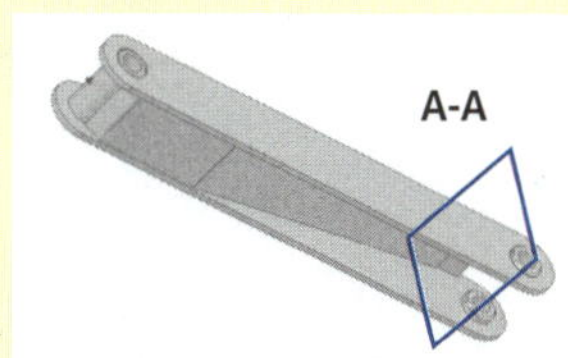

▲ Figure 4. Forme de la barre

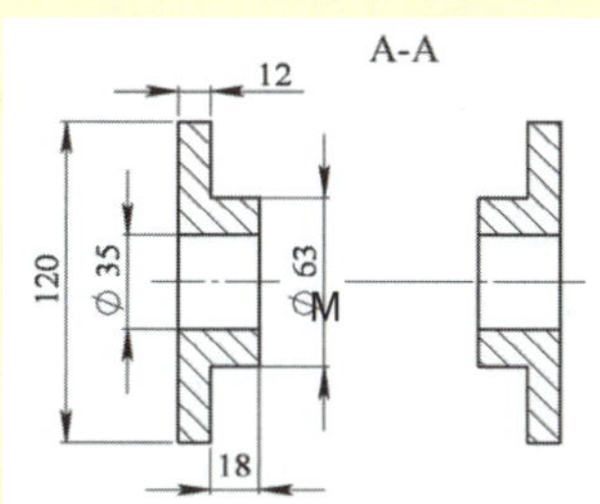

▲ Figure 5. Schéma des actions mécaniques

1. Identifier la nature de la sollicitation existant dans la barre.
L'effort maximal supporté par la barre est de 84 000 N.
La section S la plus sollicitée de la barre (8) est celle qui passe par le point M, ses dimensions sont données sur la coupe (A-A) **Figure 5**. Elle est réalisée en deux parties soudées entre elles et est considérées comme une seule pièce vérifiant les hypothèses de la résistance des matériaux.

2. Déterminer la valeur de la surface de la section S.

3. Calculer, pour l'effort maximal, la contrainte normale σ_{max} théorique existant dans la section A-A.
Un logiciel de simulation par éléments finis permet de déterminer que la contrainte normale maximale à l'extrémité de la barre est de $\sigma_{logiciel} = 60$ MPa.

4. Comparer les deux valeurs obtenues et justifier leur écart.

Le coefficient de sécurité c_s que l'on souhaite adopter pour la barre est de 6.

5. Calculer la valeur de la limite élastique du matériau utilisé pour réaliser la barre (8) permettant de rester dans le domaine élastique.

Exercice 5 (15 min) ITEC AC

Corrigé p. 175

Hangar Solar Impulse 2

▲ **Figure 1. Hangar**

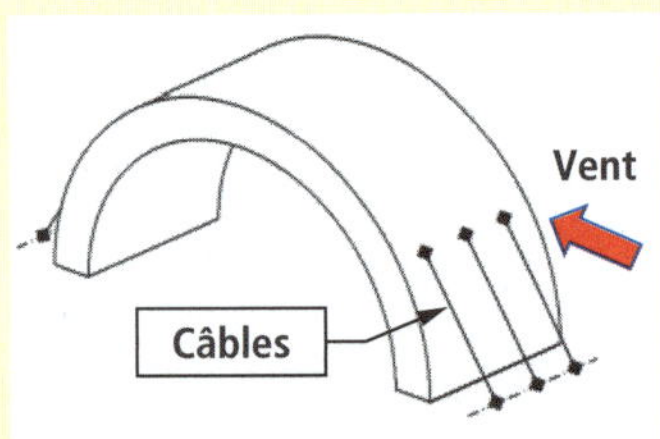

▲ **Figure 2. Schéma de la structure.**

Lors des étapes de son tour du monde, l'avion solaire Solar Impulse 2 a été abrité par un hangar gonflable, construit à partir d'un matériau textile et maintenu au sol à l'aide de câbles souples en acier inoxydable, fixés dans le sol bituminé ou en béton.
Le vent exerce sur chaque module une force résultante de 45 200 N. À la limite du basculement du module les câbles anti-soulèvement exercent à eux tous une force selon la direction des câbles de $N_{max} = 10\,100$ N.
Les câbles en acier inoxydable retenus pour empêcher le soulèvement ont 4 mm de diamètre, une section S de 7,6 mm^2 pour une limite élastique R_e de 1 560 MPa.

1. Déterminer la contrainte de traction exercée dans un câble.
2. Déterminer le coefficient de sécurité c_s des câbles, vis-à-vis de la limite élastique.
3. Conclure quant au choix des câbles.

Exercice 6 (15 min) ITEC SIN EE AC

Corrigé p. 175

Palais des sports de Rouen

La base de la structure du palais des sports est réalisée à partir de poteaux en béton armé et de fermes principales en treillis pour supporter la couverture.

On cherche à valider les dimensions des barres 1 de longueur $L = 5\ 700$ mm qui sont soumises à un effort de traction $N = 1\ 750$ kN. L'allongement admissible est limité à 7 mm.

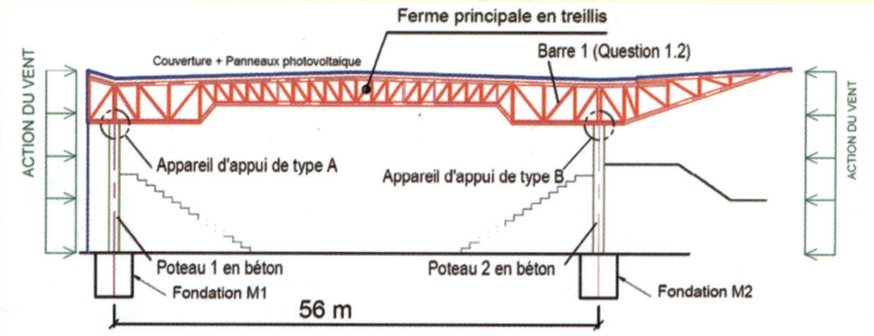

▲ Figure 1. Vue en coupe du palais des sports.

PROFILÉ Dimensions extérieures	Nuance acier Module de Young : $E = 210\ 000\ \text{N}\cdot\text{mm}^{-2}$	Limite d'élasticité R_e ($\text{N}\cdot\text{mm}^{-2}$)	Épaisseur (mm)	Aire de la section A (cm^2)	Masse linéique ($\text{kg}\cdot\text{m}^{-1}$)
180 × 180	S235	235	10	64,91	51
	S355	355	10	64,91	51
200 × 200	S235	235	10	72,91	57,2
	S355	355	10	72,91	57,2
250 × 250	S235	235	10	92,91	72,9
	S355	355	10	92,91	72,9

1. Déterminer la contrainte normale σ pour chaque profilé proposé.
2. Déterminer l'allongement pour chaque profilé proposé.
3. Justifier le choix d'un profilé vis-à-vis des contraintes exprimées.

Sujet du Bac

Épreuve écrite

Corrigé p. 176

Exercice ITEC AC (10 points) (30 min)

Simulateur de vol PilotTrainer

Le pilote prend place dans un berceau mobile autour de deux axes (axe de roulis $(O\vec{x})$ et axe de tangage $(O\vec{y})$). C'est l'action du pilote sur le manche, qui provoque les diverses rotations et qui permet de simuler des situations de pilotage réelles.

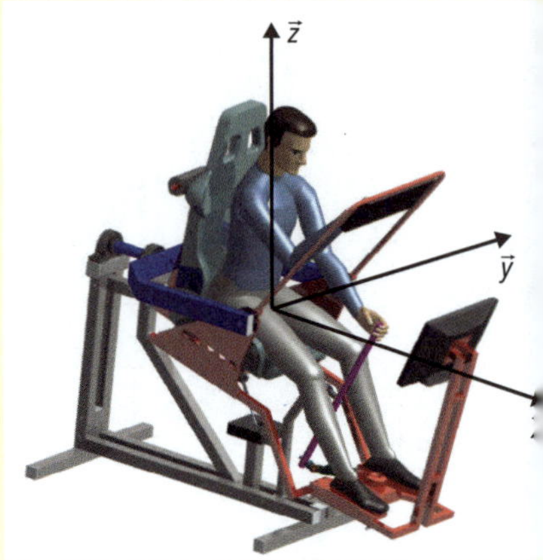

▲ Figure 1. Représentation des axes sur le berceau mobile.

On cherche à vérifier la résistance mécanique de la fourche aux efforts qui lui sont appliqués.

- Le matériau de l'axe de la fourche est le 20MnV6 pour lequel $E = 210\ 000$ MPa et $R_e = 410$ MPa.
- Le poids $\vec{P}$ de l'ensemble {berceau + pilote} a pour intensité 157 daN.
- La contrainte tangentielle sera négligée dans toute l'étude.

On se propose d'utiliser le modèle simplifié Figure 2 assimilant l'axe de pivot de la fourche, entre I et L, à une poutre d'axe $(J\vec{x})$.

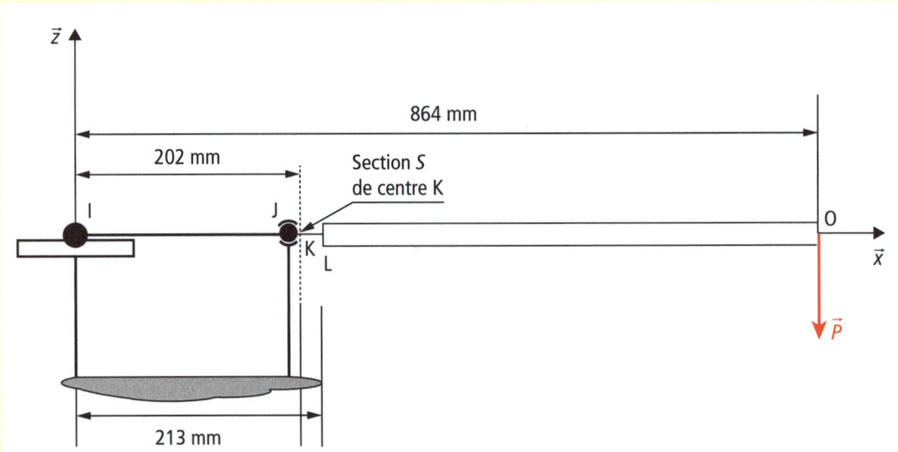

▲ Figure 2. Modèle simplifié.

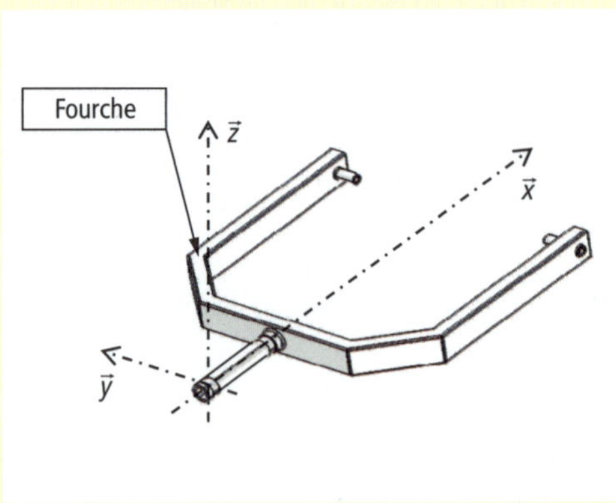

▲ Figure 3. Représentation de la fourche.

Le torseur de cohésion au centre K de la section S d'abscisse $x = 213$ mm est :

$$_K\{\tau_{cohesion}\}_R = \left\{ \begin{array}{cc} 0 & 0 \\ 0 & 1022\,070 \\ -1570 & 0 \end{array} \right\}_{K\ R}$$

Résultante en newton (N) et Moment en N · mm.

1. Justifier, par le calcul, la valeur du moment en K exercé par la charge $\vec{P}$.

2. Identifier la nature des sollicitations mécaniques.
Le moment quadratique, par rapport à l'axe $(K\vec{y})$, de la section S est $I_{K\vec{y}} = 150\,000$ mm^4.
La cote de la fibre la plus éloignée de la fibre neutre vaut :

$$y_{max} = 22{,}5 \text{ mm.}$$

L'expression de la contrainte normale est :

$$\sigma_{max} = \frac{Mf_y}{I_{K\vec{y}}} \times y_{max}.$$

3. Déterminer la valeur théorique de la contrainte normale maximale de flexion $\sigma_{max\_théorique}$ dans la section S.

Une étude annexe a permis de déterminer que la contrainte maximale réelle $\sigma_{max\_réel} = 322$ MPa.

4. Comparer les deux valeurs obtenues et justifier leur écart.

Le cahier des charges fonctionnel impose, pour ce type d'appareil, un coefficient de sécurité minimal de $c_s = 1{,}5$.

5. Calculer le coefficient de sécurité c_s dans cette section S.

6. Conclure quant au respect du cahier des charges fonctionnel et proposer des solutions éventuelles en cas de non-respect de celui-ci.

9 L'information analogique

Le plus souvent, l'information est traitée pour passer du domaine analogique au domaine numérique : c'est la **numérisation**. Le traitement est alors plus aisé car il permet de manipuler une quantité finie de valeurs.

Exemple

Dans une salle de concert, il peut être difficile d'entendre un saxophone. Le microphone permet de capter le son de l'instrument et le signal porteur de l'information peut alors être amplifié pour tout le public.
On a transformé le signal analogique en information numérique en récupérant les caractéristiques temporelles et fréquentielles.

• **L'acquisition d'une information (tension ou courant) analogique**, qu'elle soit issue d'un capteur ou d'une structure électronique possède des caractéristiques :
– temporelles (période, rapport cyclique, déphasage) ;
– fréquentielle (fréquence, bande passante) ou d'amplitude (tension ou courant avec les paramètres d'amplitude, de valeur moyenne, valeur efficace ou valeur crête à crête).

1 Définitions

• **Un signal analogique** est continu ou variable dans le temps et peut prendre une infinité de valeurs.

Exemples

un microphone délivre un signal analogique variable dans le temps.
Une pile électrique délivre un signal analogique continu dans le temps.

• **Un signal numérique** renvoie des valeurs discrètes, soit un enchaînement de 0 et de 1.

Exemple

Un lecteur de code-barres délivre un signal numérique.

• **Un signal logique** ne peut prendre que deux valeurs (signal binaire) : 0 ou 1, vrai ou faux, haut ou bas…

Exemple

Un bouton poussoir délivre un signal logique.

2 Caractéristiques d'un signal

• **Les caractéristiques d'un signal** peuvent s'étudier dans deux domaines (temporel et spectral). La note « La » d'un instrument possède dans le domaine spectral, le même fondamental (fréquence) mais des harmoniques (fréquences secondaires) différentes.

On distingue bien le « La » d'un piano du « La » d'une guitare. La perception physiologique est différente. Dans le domaine temporel, les formes d'ondes seront elles aussi différentes.
Cette approche peut s'appliquer à l'analyse de signaux de vibration provenant d'un moteur.

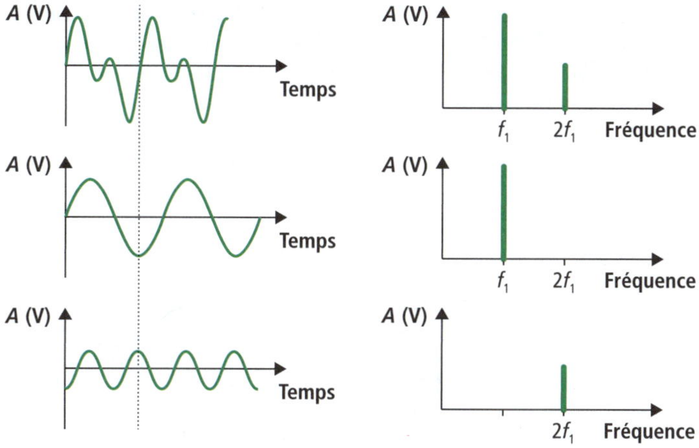

▲ Graphiques d'amplitudes et spectres de fréquence.

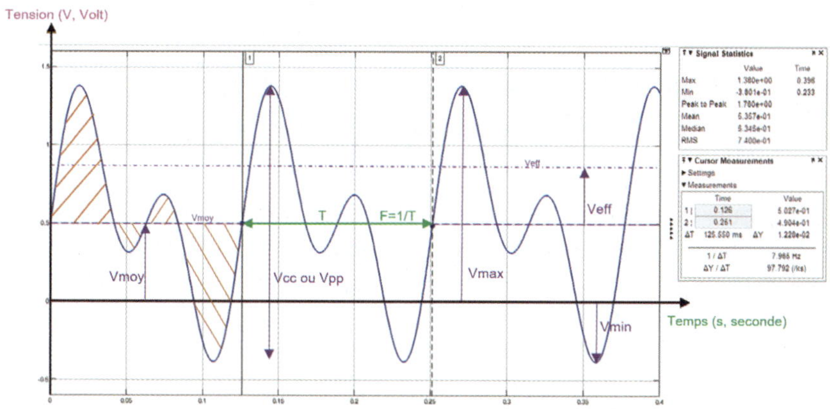

▲ Paramètres d'un signal électrique.

3 Mesurer et observer les signaux

• **Pour mesurer une tension** (en volt), on utilise un voltmètre placé en parallèle (aux deux bornes d'un éléments) dans un circuit électrique.

• **Pour mesurer une intensité** (en ampère), on utilise un ampèremètre placé en série dans un circuit.

• L'observation d'une tension s'effectue à l'aide d'un **oscilloscope**. Cet appareil permet de visualiser les paramètres d'**amplitudes**, de **temps** et de **fréquence**. Il permet de capturer une séquence d'information (**trame numérique**) ou un signal fugitif non périodique.

• **Un oscilloscope permet de relever des oscillogrammes,** c'est-à-dire un graphe de tension en fonction du temps. Le quadrillage représente verticalement les tensions et horizontalement le temps.

$f = \frac{1}{T}$ avec f fréquence en Hertz (Hz), et T période en seconde (s).

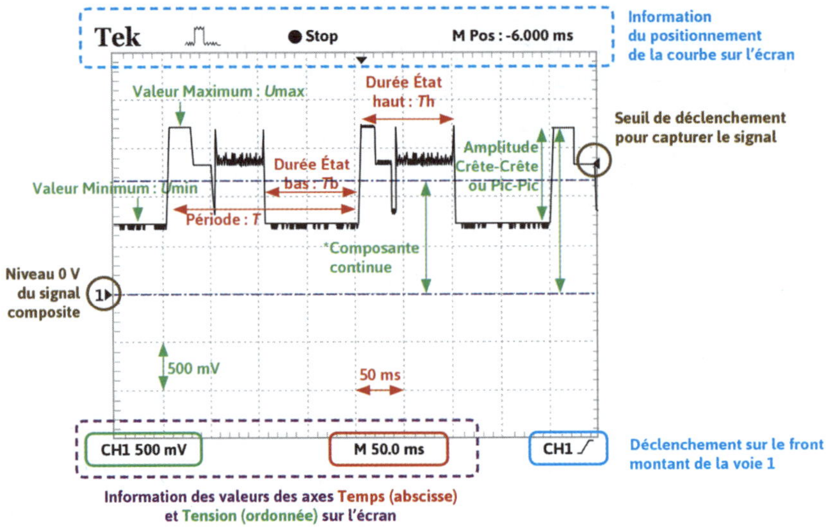

▲ Observation des signaux sur un oscillogramme.

On retrouve, les valeurs liées au temps, en rouge et celles liées à la tension en vert. Les calibres de temps et de tension sont situés au bas de l'oscillogramme.

4 Calculs d'erreurs d'un appareil de mesures et protocoles de mesures

• **Pour valider puis qualifier un sous-ensemble ou un produit** avant son intégration, il est nécessaire de savoir si les mesures et les écarts observés sont valides. Dès lors que l'on veut mesurer un signal, on introduit un appareil de mesure qui va perturber le signal. Il faut alors savoir :
– si cette perturbation est acceptable ;
– s'il faut utiliser un autre appareil ;
– s'il faut réaliser la mesure différemment.
Si on ne tient pas compte des caractéristiques des appareils de mesures, les interprétations risquent d'être erronées. On ne peut pas faire totalement confiance à la valeur affichée sur un appareil.

Exemple

Le multimètre numérique peut combiner en un seul appareil : un sonomètre, un luxmètre, un humidimètre et un thermomètre.
Il est capable d'afficher des valeurs de 4 digits sur 4 000 points. Dans sa fonction voltmètre, le changement de calibre est automatique (0,2 V ; 2 V ; 20 V ; 200 V ; 600 V). La valeur mesurée se trouve donc toujours dans la bonne gamme (une valeur de 12,82 V impliquera un calibre de 20 V, une tension de 650 mV, un calibre de 2 V).

1 d ou 1 digit (c'est-à-dire le dernier chiffre sur l'affichage) est de $\frac{1}{4\,000}$. Sur la gamme 250 V cela correspond à :

$1\text{d} = \frac{250}{4\,000} = 62{,}5\,\text{mV}$.

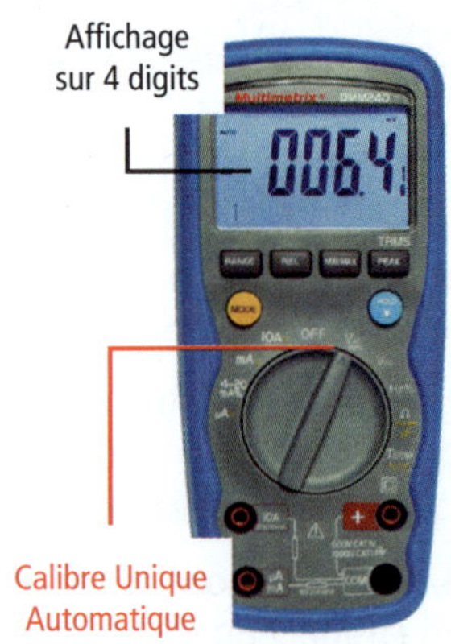

- Sur les appareils de mesures, la précision est très souvent exprimée sous la forme d'un pourcentage de la valeur mesurée ± une valeur des poids des digits (d).

Voltmètre (tension AC / DC)		Température (Type K : thermocouple)	
Gamme de mesure	400 mV à 250 V	Gamme de mesure	−20°C à 1300 °C
Précision de base	± (1 % + 4 d)	Précision de base	± (3 % + 3°C)

Luxmètre		Humidité	
Gamme de mesure	4 000 à 40 000 Lux	Gamme de mesure	−33 % à 99 % H.R.
Précision de base	± (5 % + 10 d)	Précision de base	± (3 % + 5 % H.R.)

- **Calcul de la précision :**

Précision = ± (% de lecture + Nombre de digit).

- **La résolution** (nombre de digit), est la plus petite variation de la grandeur à mesurer qui puisse être détectée par l'instrument. La résolution d'un digit (d) est définie par la relation :

$$\text{Résolution}_d = \frac{\text{Calibre (ou étendue de mesure)}}{\text{Nombre de points}}$$ exprimée en volt (V).

> **Exemple**
> Sur le calibre 200 mV pour un voltmètre 2 000 points, on pourra détecter des variations de 100 µV, alors qu'avec un 6 000 points, on pourra déceler des variations de 33,3 µV.

- **Le calibrage** est l'intervention dans l'appareil de mesure dans le but d'améliorer son réglage pour qu'il puisse satisfaire les précisions exigées par le client. Cette opération est très coûteuse.

- **L'étalonnage** consiste à établir un relevé de mesures à partir d'une source étalonnée (à 100 µV ou 10 µV de précision pour un voltmètre), sur la gamme souhaitée. La mesure obtenue peut alors être corrigée en la comparant à la courbe de référence étalonnée.

- **Pour les capteurs**, leur fabrication engendre des erreurs dues à leur conception et leur réalisation, on peut les résumer avec leurs caractéristiques en fonction de leur justesse, leur fidélité et leur précision.

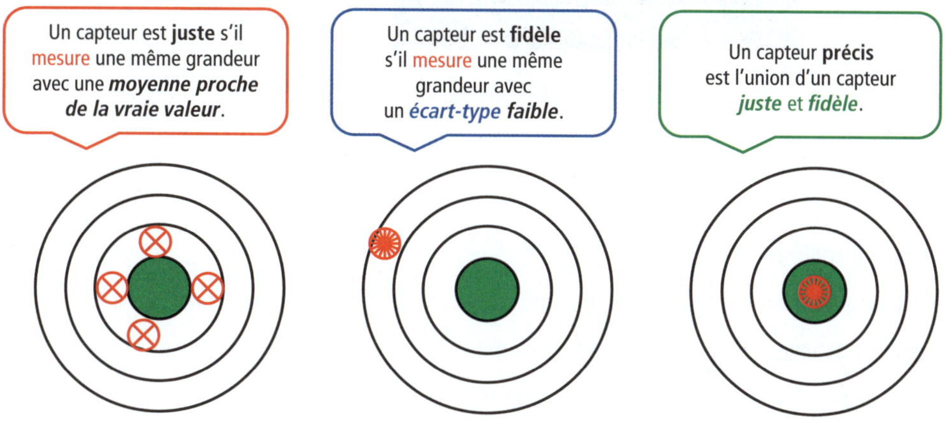

• **Il est parfois nécessaire d'exprimer les erreurs.** Pour cela, on peut utiliser deux façons :
– **l'erreur relative** : c'est le rapport de l'erreur de mesure à une valeur vraie. Une erreur relative s'exprime généralement en pourcentage de la grandeur mesurée.

$$\textbf{Erreur relative (en \%)} = 100 \times \frac{\textbf{Erreur absolue}}{\textbf{Mesure}} \quad \textbf{soit } e_r = \frac{e}{X}.$$

– **l'erreur absolue** : c'est le résultat d'un mesurage moins la valeur vraie. Une erreur absolue s'exprime dans l'unité de la mesure.

$$\textbf{Erreur Absolue} = \textbf{(Erreur Relative} \times \textbf{Mesure) soit } e = x - X.$$

Exercices d'entraînement

Exercice 1 (10 min) ITEC SIN EE AC

Corrigé p. 176

Lecture et exploitation d'oscillogrammes – Les informations liées à la tension

Le calibre de la base de temps est donné en seconde, alors que le calibre tension est donné en volt. Chaque carreau ou division correspond à leurs valeurs respectives (ici 1 carreau vertical correspond à 500 mV et 1 carreau horizontal correspond à 500 µs).

Le niveau 0 V du signal est repéré par une flèche horizontale à gauche indiquant le numéro de la voie de l'oscilloscope.

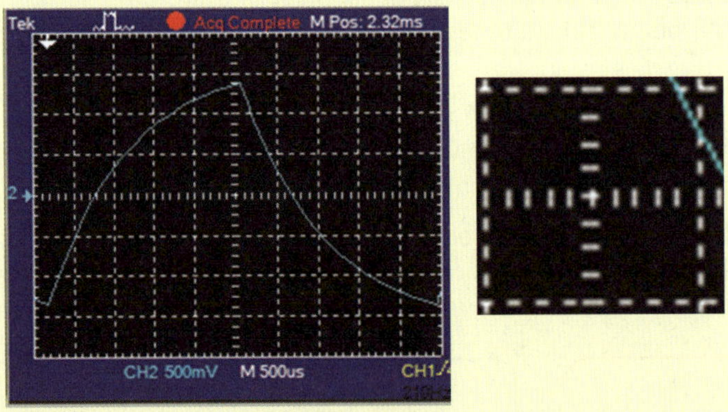

▲ Capture du signal sur l'oscillogramme.

1. En repérant le niveau 0 V du signal, indiquer si la tension est unidirectionnelle (uniquement positive ou négative) ou bidirectionnelle (alternative, lorsque le signal possède une partie positive et négative).

2. Relever le calibre tension.

3. Combien une division (carreau) de tension comporte-t-elle de sous-division ?

4. Quelle est la valeur d'une division en tension ?

5. En déduire la valeur minimale V_{min} du signal observée.

6. En déduire la valeur maximale V_{max} de la tension observée.

Exercice 2 (10 min) ITEC SIN EE AC

Corrigé p. 177

Lecture et exploitation d'oscillogrammes – Les informations liées au temps

Soit l'oscillogramme suivant :

1. Relever le calibre de la base de temps.
2. Combien une division (carreau) de la base de temps comporte-t-elle de sous division ?
3. Quelle est la valeur d'une division en temps ?
4. Compter le nombre de carreau exact sur une période.
5. En déduire la valeur de la période (en seconde, s).
6. En appliquant la formule liant la période à la fréquence, calculer la fréquence en Hz (Hertz).

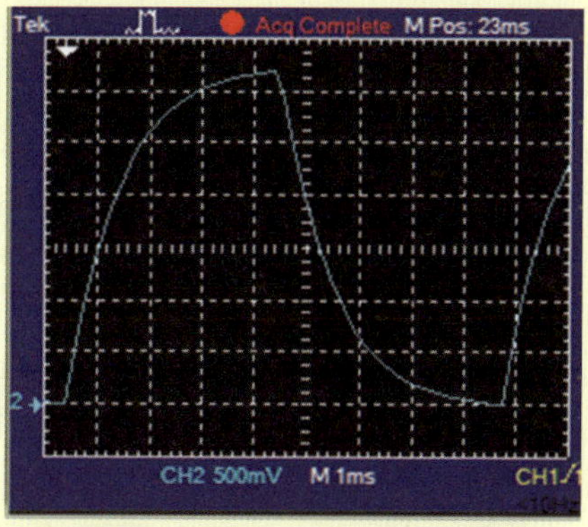

▲ Capture du signal sur l'oscillogramme.

Exercice 3 (20 min) ITEC SIN EE AC

Corrigé p. 177

Information temporelle d'un capteur de véhicule

Soit le captage de la position et de la vitesse d'un moteur ci-contre :

1. Relever sur le signal CKPS, le temps entre deux dents du volant moteur (on pourra faire la mesure sur plusieurs périodes).
2. Entourer la zone de la position PMH « Point Moteur Haut » correspondant aux dents manquantes.
3. Combien de dents manque-t-il ?
4. En supposant que le volant moteur comprend 60 dents, calculer la vitesse de rotation en Hz pour un tour du moteur.
5. En déduire la vitesse de rotation du moteur en $tr \cdot s^{-1}$ puis en $tr \cdot min^{-1}$.

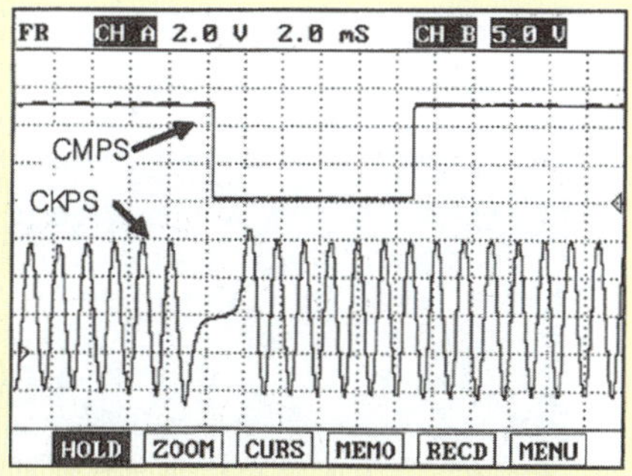

▲ Captage des signaux sur l'oscillogramme.

Exercice 4 (25 min) ITEC SIN EE AC

Corrigé p. 177

Une sonde pour contrôler la pollution

La sonde Lambda permet de :

– garantir un mélange air/carburant idéal ;
– garantir des conditions de fonctionnement optimales pour le catalyseur ;
– réduire les émissions toxiques ;
– réduire la consommation de carburant du véhicule.

Plus le catalyseur vieillit et plus le signal de la sonde aval (sonde Lambda de régulation) se rapprochera du signal de la sonde amont (sonde Lambda de diagnostic).

1. Relever sur la **Figure 2**, les valeurs de tension minimum et maximum atteignables par la sonde lambda.

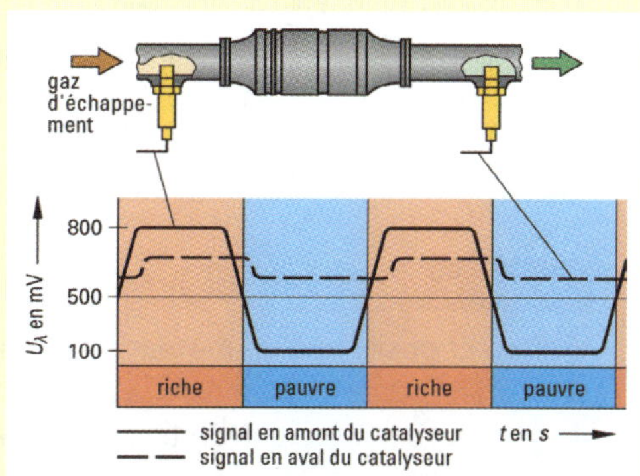

▲ Figure 1. Schéma de la sonde.

2. Quel est le moyen d'identifier un pot catalytique en fin de vie ayant besoin d'être changé ?

3. À partir de la Figure 2, relever les deux tensions appartenant aux valeurs limite de la zone Lambda.

4. Quelle est la signification de cette fenêtre Lambda ?

5. Exprimer, en pourcentage, la plage limite de fonctionnement en fonction de la plage maximale de fonctionnement.

6. Proposer un protocole d'observation permettant de conclure au changement du pot catalytique.

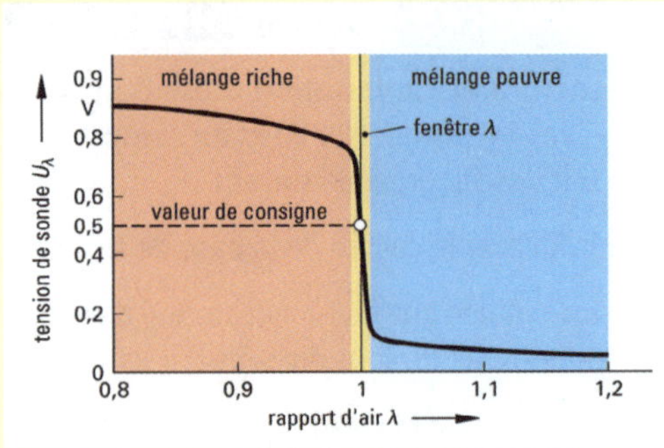

▲ Figure 2. Caractéristique du fonctionnement de la sonde Lambda.

Exercice 5 (15 min) ITEC SIN EE AC

Corrigé p. 177

Acquisition d'un signal Tout Ou Rien (TOR) image de la vitesse du vent

Dans une station météo, une noria est un ensemble de godets en rotation permettant de recueillir la vitesse du vent. Cet ensemble est couplé à un ILS (interrupteur placé devant un aimant). À chaque rotation l'ensemble électronique délivre une impulsion. Une impulsion est donc produite à chaque révolution.

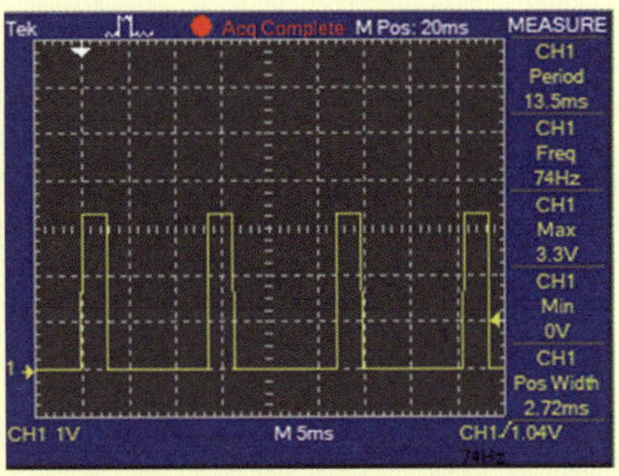

▲ Relevés des impulsions sur l'oscillogramme.

▲ Station météo.

À partir des relevés de l'oscillogramme :

1. Déterminer les tensions des niveaux haut et bas de la tension relevée.

2. Relever la période en s (seconde).

3. En déduire la fréquence de rotation en Hz (Hertz).

4. Sachant que l'on relève une impulsion par tour, calculer la vitesse de rotation en $tr \cdot min^{-1}$ (tour par minute : vitesse angulaire).

5. Déterminer la caractéristique du signal porteur de l'information.

Exercice 6 (30 min) SIN

Corrigé p. 178

Vitesse et position d'un moteur à courant continu

Une société est spécialisée dans la conception des moteurs dans le secteur industriel et spatial. Un de ces moteurs à courant continu associé à son encodeur a été embarqué sur le rover *Curiosity*. L'encodeur délivre 1 000 impulsions par tour.

▲ Encodeur.

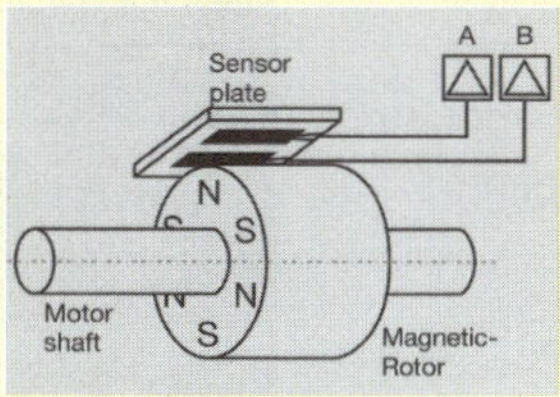

▲ Figure 1. Schéma de l'encodeur.

▲ Rover *Curiosity*.

Le sous-ensemble encodeur permet d'avoir une information précise sur la vitesse et le sens de rotation, ainsi que la position angulaire du rotor. Ce dispositif permet de connaître à tout moment la position d'une roue, d'un bras de manipulation ou tout autre pièces solidaires du rotor. L'encodeur délivre un nombre d'impulsions déterminé par tour.

(vert)	0B	Capteur	Phase B
(orange)	0A	Capteur	Phase A
(jaune)	Vcc	Alimentation positive	5 V
(rouge)	GND	Alimentation négative	0 V
(blanc)	M-	Alimentation négative du moteur CC	0 V
(noir)	M+	Alimentation positive du moteur CC	12 V

▲ Figure 2. Tableau de description des broches

Les broches de l'encodeur (situé sur la partie arrière du moteur à courant continu) délivrent deux tensions A et B décalées dans le temps, en quadrature de phase.

Si une période du signal A représente : 2π soit 360° alors le décalage temporel du signal B représente ici 90°.

Ici le signal A débute avant le signal B, le signal A est en avance de phase sur le signal B. Le moteur tourne dans le sens des aiguilles d'une montre (à droite). Dans le cas contraire, le moteur tournera dans l'autre sens.

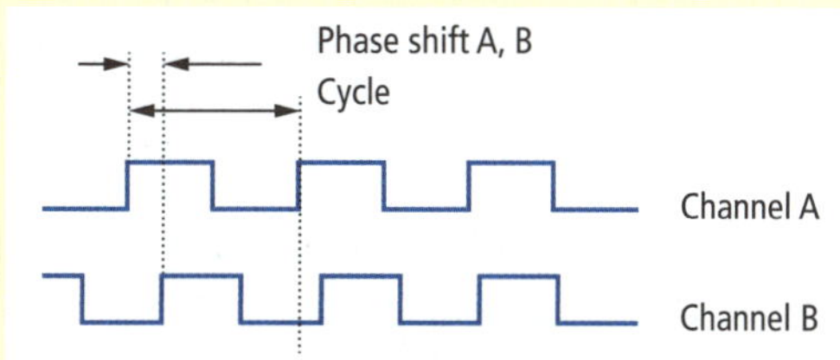

▲ Figure 3. Déphasages des signaux.

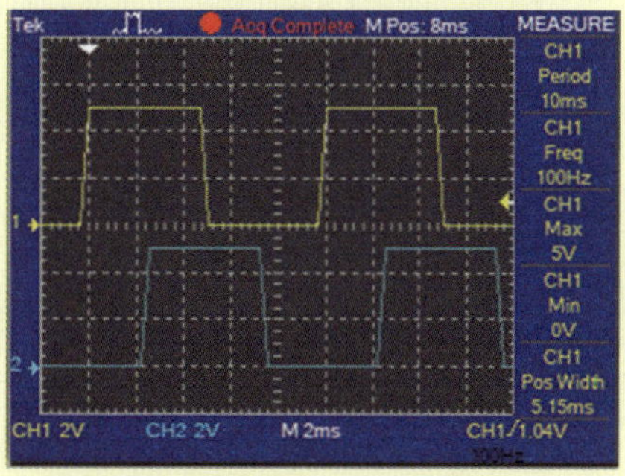

▲ Figure 4. Relevés des informations sur l'oscillogramme

1. À partir du tableau de description des broches (**Figure 2**), relever les tensions d'alimentation du moteur à courant continu et du circuit électronique de l'encodeur.
Que peut-on dire de ces deux tensions ?

2. On souhaite analyser les informations contenues dans l'oscillogramme suivant :

a) Relever (**Figure 4**) les niveaux de tension de la phase A (voie 1) et de laphase B (voie 2), correspondent-elles à la tension d'alimentation de l'encodeur ?

b) Montrer que les deux signaux sont en quadrature de phase.

c) À partir de l'oscillogramme (**Figure 4**), donner la phase en avance sur l'autre.

d) En déduire le sens de rotation.

e) Donner la fréquence du signal.

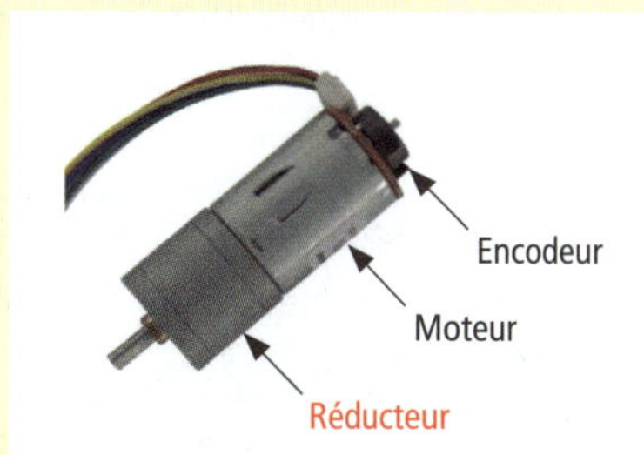

▲ Réducteur.

La période fait apparaître 5 divisions :

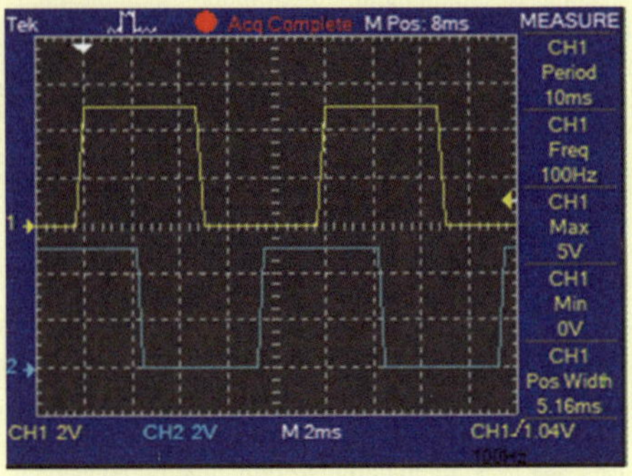

▲ **Figure 5. Relevés des informations sur l'oscillogramme.**

f) En considérant que l'encodeur délivre 48 impulsions par tour, donner la précision angulaire P en degré (°) de l'ensemble moteur-encodeur.

g) Soit la fréquence de 100 Hz et 48 impulsions par tour. Déterminer la durée en ms (millisecondes) pour faire un tour.

h) Déterminer la vitesse de rotation N en $tr \cdot min^{-1}$ (tour par minute).

3. À ce même moteur disposant d'un encodeur, on lui associe un réducteur (formé d'engrenages) pour obtenir un ensemble Encodeur + Moteur + Réducteur :
Déterminer la vitesse de rotation N_r de l'ensemble si le rapport de réduction est de 48.

4. À partir de l'oscillogramme **Figure 5** pris sur le même dispositif. Déterminer le sens de rotation. Justifier.

Exercice 7 (30 min) ITEC SIN EE AC

Corrigé p. 178

Évaluation des erreurs des capteurs

1. Évaluer les erreurs relatives et absolues des mesures du tableau suivant :

Mesure	Erreur relative	Erreur absolue
10 m	1 %	
5 bar		0,1 bar
20 °C	0,1 %	
105 $m^3.h^{-1}$		0,525 $m^3.h^{-1}$

2. On relève, dans la documentation d'un constructeur de capteurs d'humidité, les éléments suivants :

Capteur	*Accuracy*	Sensitivity
HIH-4000	± 3,5 % RH	31,483 mV/ % RH

▲ **Informations sur le capteur d'humidité.**

a) Si la dynamique d'entrée du CAN du microcontrôleur assurant la numérisation est de 0 V à 3,3 V, calculer les valeurs minimum et maximum des humidités mesurables.

b) Calculer, en volt (V), les erreurs commises et indiquer dans chaque cas en %, les erreurs maxima commises.

Exercice 8 (30 min) ITEC SIN EE AC

Corrigé p. 179

Protocole de mesure – Choisir un appareil – Analyser les écarts de mesures

Vous êtes en cours de développement de votre projet qui doit conduire à un prototypage de votre maquette. Afin de valider un sous-ensemble de votre structure, vous décidez de réaliser des relevés de mesures avant de passer à la réalisation de l'étape suivante.
Vous décidez d'émuler un capteur de précision à l'aide d'un montage potentiométrique. Vous utilisez pour cela un potentiomètre de précision, multi-tours (10 tours, $RV = 10\ k\Omega$). La tension de sortie V_s

aura alors pour expression $V_s = \alpha V_{cc}$, avec $0 \leqslant \alpha \leqslant 1$. Si $V_{cc} = 5$ V alors V_s pourra prendre toutes les valeurs de 0 V à 5 V. Ce montage pourra aisément émuler la tension de sortie du capteur de pression MPX5100 dans toutes les conditions d'utilisation.

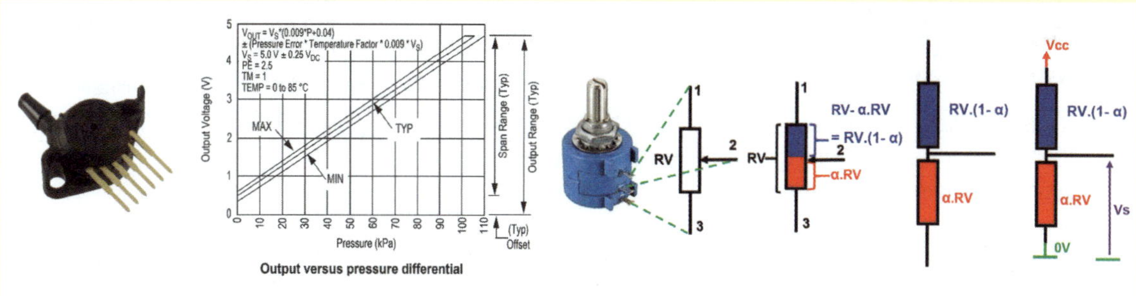

▲ Capteur de pression MPX5100.

Vous disposez des appareils suivants pour contrôler la tension à injecter dans le convertisseur analogique numérique du microcontrôleur.

	Voltmètre : tension AC/DC	Nombre de points	Nombre de digit	Gamme de mesure	Précision de base	Coût approximatif de l'appareil
①	1	4 000	3 3/4	400 mV à 250 V	**± (1 % + 4 d)**	60 €
②	2	50 000	5	500 mV à 100 V	**0,03 % + 5 d**	400 €
③	3	2 000 000	6 1/2	1 000 V	**0,0020 % + 0,0005 % calibre**	1000 €

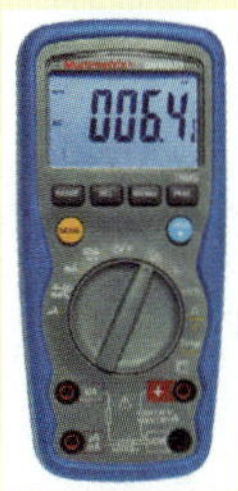

①

②

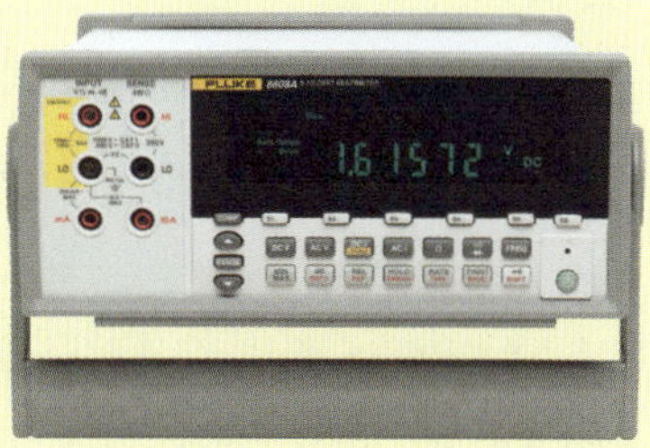

③

▲ Appareils de mesure et leurs données.

1. Calculer pour chacun des trois appareils la résolution correspondant à 1 digit dans la gamme de mesure en question (ici calibre : 2 V).

2. En considérant que l'alimentation est parfaite, on souhaite émuler une tension injectée de 1,6 V, correspondant à une pression de 30 kPa.

Évaluer pour chacun des trois voltmètres l'erreur commise. On note le calibre 10 V pour l'appareil ③.

3. La numérisation du CAN interne au microcontrôleur a pour résolution $q = 3{,}22$ mV, indiquer le ou les appareils ne participant pas à un protocole adéquat.

Justifier votre réponse.

4. Soit une source d'alimentation quasi parfaite (avec une précision de 0,01 %) et du multimètre ①. Indiquer une procédure préalable à mettre en œuvre pour utiliser de manière précise le multimètre.

Sujet du Bac

Épreuve écrite

Corrigés p. 179

Exercice Commun (10 points) (40 min)

Bassin de rétention de Bezons

En cas de forte pluie, les eaux polluées, collectées sur la ville de Bezons se rejettent directement dans la Seine. Ce phénomène se produit en moyenne une quinzaine de fois par an.

Grâce au bassin de rétention d'une capacité d'environ 10 000 m³, ces eaux sont stockées temporairement avant d'être renvoyées vers la station d'épuration pour être traitées.

L'objectif est de s'assurer que les niveaux mesurés d'eau dans le bassin et la colonne de chasse sont fiables afin de garantir le bon déroulement du cycle de remplissage, vidange et rinçage.

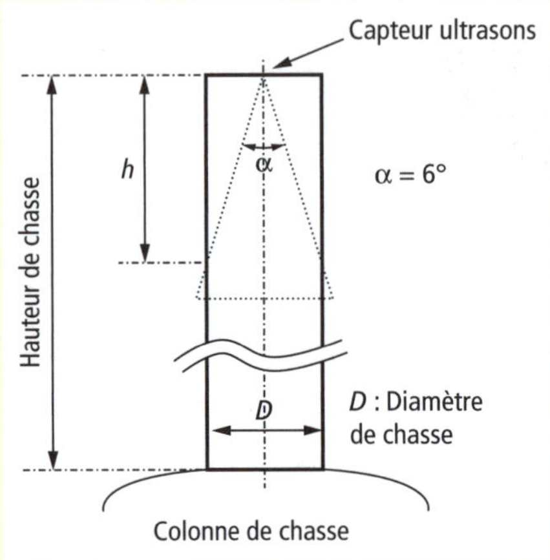

Questions

1. Donner le principe de la mesure d'une distance par capteur en illustrant votre réponse par un croquis.
2. Déterminer, sur l'oscillogramme ci-après, la valeur de la distance entre le capteur et la surface de l'eau (l'émetteur et le récepteur se situe dans le même boîtier).

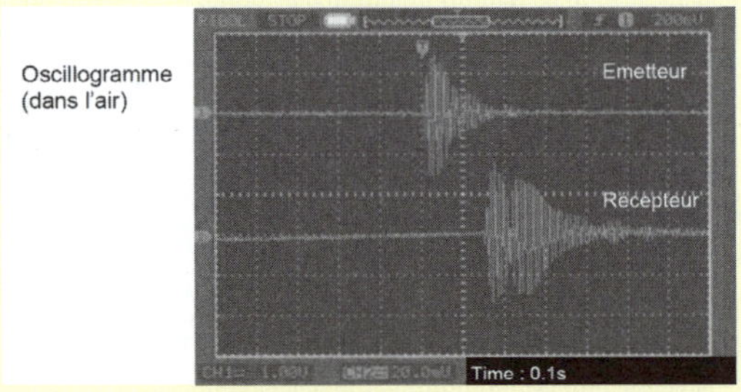

▲ Signaux reçus de l'émetteur et du récepteur

3. Justifier le fait que l'émission ne puisse pas être en continu.

On désire éliminer les échos contre la paroi verticale dans la colonne de chasse et montrer que ceci n'est pas possible avec le capteur à ultrasons.

4. Déterminer l'expression littérale de la distance h (distance entre le capteur et le point d'impact de l'onde sur la paroi verticale) en fonction de l'angle d'ouverture du capteur et de la géométrie de la chasse.

10 Traitement et transmission numérique de l'information

Le traitement numérique de l'information met en œuvre des opérations (logiques et arithmétiques). Ces opérations s'effectuent *via* des programmes de calcul et de pilotage.

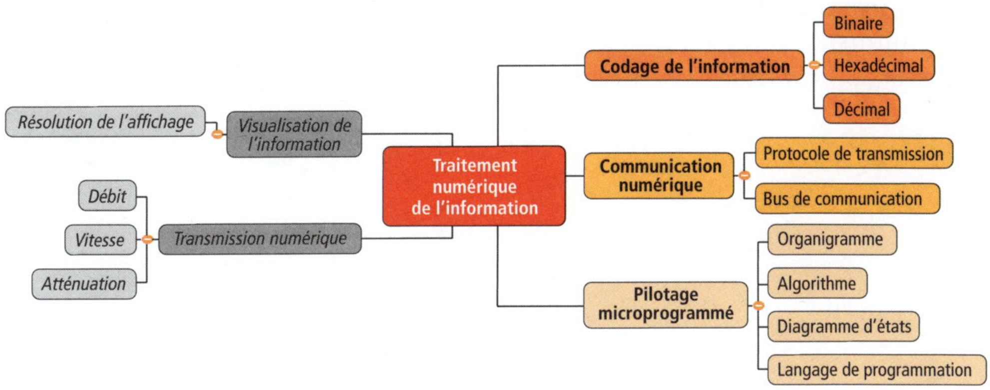

▲ Les différents traitements numériques de l'information.

1 Décodage de l'information

A Changement de base de numération

• Le travail s'effectue sur les trois bases de numération : le **décimal**, le **binaire** et l'**hexadécimal**. Il s'agit de passer d'une base à l'autre par une technique de décomposition en utilisant éventuellement une table de correspondance.

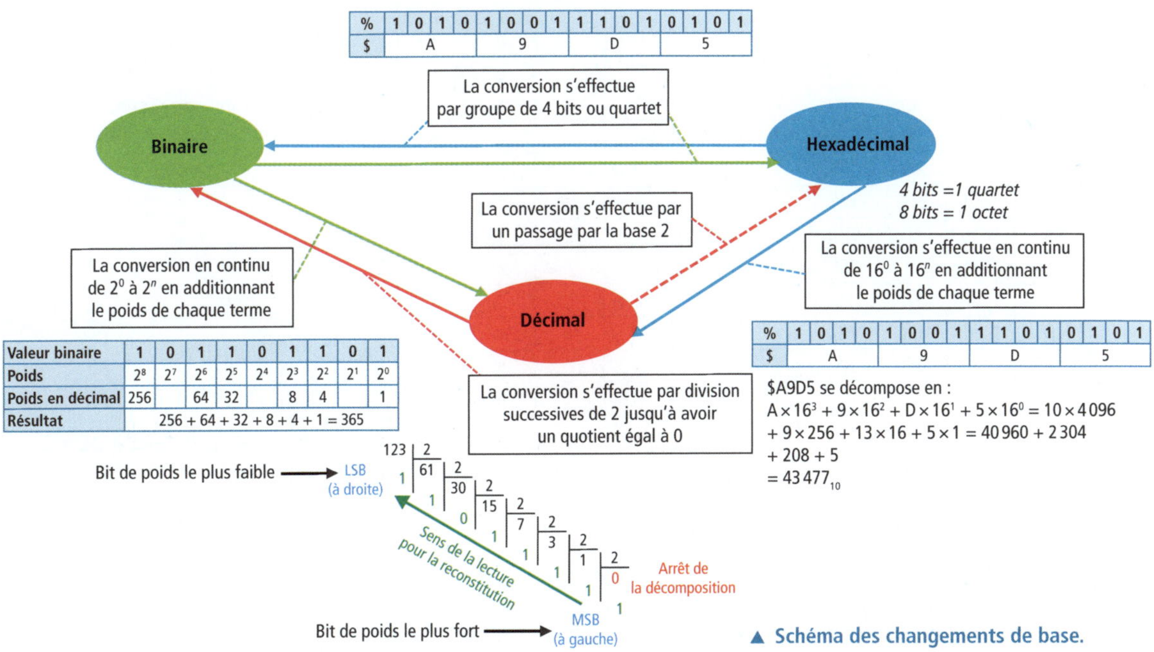

▲ Schéma des changements de base.

- On note :
– la valeur **hexadécimale** A9D5 en base 16 :
  $A9D5_{(16)}$
  ou $A9D5_{(h)}$
  ou $A9D5
  ou 0x(A9D5) ;
– la valeur **binaire** 1010100111010101 en base 2 :
  $1010100111010101_{(b)}$
  ou $1010100111010101_{(2)}$
  ou %1010100111010101 ;
– la valeur **décimal** 123 en base 10 :
  123
  ou $123_{(10)}$;

Base 16	Base 2	Base 10
0	0000	0
1	0001	1
2	0010	2
3	0011	3
4	0100	4
5	0101	5
6	0110	6
7	0111	7
8	1000	8
9	1001	9
A	1010	10
B	1011	11
C	1100	12
D	1101	13
E	1110	14
F	1111	15

▲ Table de correspondance.

B Correspondance des caractères – La table ASCII

LSB	MSB	0 000	1 001	2 010	3 011	4 100	5 101	6 110	7 111
0	0000	NUL	DLE	SP	0	@	P	`	p
1	0001	SOH	DC1	I	1	A	Q	a	q
2	0010	STX	DC2	"	2	B	R	b	r
3	0011	ETX	DC3	#	3	C	S	c	s
4	0100	EOT	DC4	$	4	D	T	d	t
5	0101	ENQ	NAK	%	5	E	U	e	u
6	0110	ACK	SYN	&	6	F	V	f	v
7	0111	BEL	ETB	'	7	G	W	g	w
8	1000	BS	CAN	(	8	H	X	h	x
9	1001	HT	EM	)	9	I	Y	i	y
A	1010	LF	SUB	*	:	J	Z	j	z
B	1011	VT	ESC	+	;	K	[	k	}
C	1100	FF	FS	,	<	L	\	l	|
D	1101	CR	GS	-	=	M	]	m	{
E	1110	SO	RS	.	>	N	^	n	~
F	1111	SI	US	/	?	O	_	o	DEL

Remarque
ASCII = *American Standard Code for Information Interchange*.

- **Le code ASCII permet de coder chaque caractère alphanumérique** y compris les caractères de contrôle comme le retour à la ligne (LF). Ce code est composé de 7 bits.

Exemple
Le caractère « D » s'écrit : 100 0100. Le caractère « 5 » s'écrit 011 0101.
Le caractère de contrôle « entrer » (CR) s'écrit : 000 1101.

2 Communication numérique

• **La communication numérique** entre deux entités, circuits intégrés, modules, ou sous-ensembles s'effectue *via* un protocole de communication.

• **Le protocole de communication** correspond à la façon dont les données seront transmises. Elles sont à la fois matérielles (architecture de câblage) et logicielles (champs et ordre de transmission des données). Elles répondent à des standards et des normes.

• Les communications numériques peuvent s'établir de point à point (entre deux entités qui peuvent être à leur tour émetteur ou récepteur).

Exemple

C'est le cas du protocole RS232.

▲ Câblage d'un module GPS et réception de la trame NMEA par un microcontrôleur.

Le microcontrôleur reçoit les caractères de position sur sa broche de réception *R*x et peut envoyer des données de configuration au module GPS. C'est une connexion point à point (ici simplifiée).

• On peut associer sur le même bus (paire de conducteurs) des éléments possédant leur propre identité, capables d'échanger des données et de devenir maîtres ou esclaves des échanges.

Exemple

C'est le cas des bus I²C, CanBus, SPI.

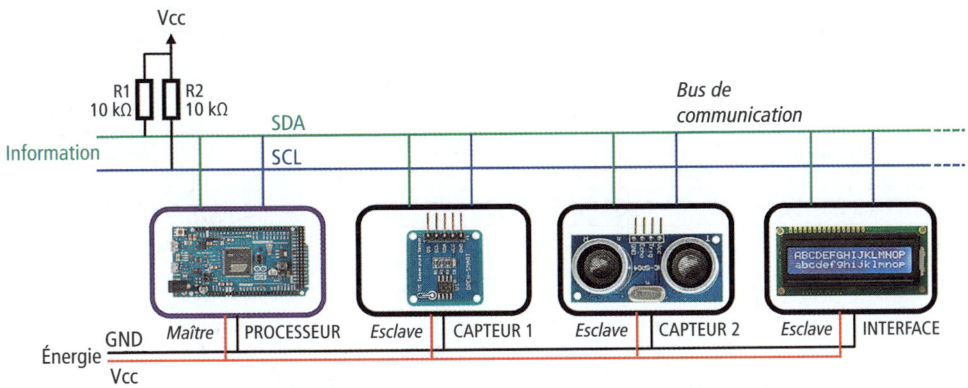

▲ Synoptique d'un bus de communication de données série I²C.

Le bus I²C permet de connecter plusieurs processeurs maîtres et plusieurs circuits capteur ou interface esclaves. Les éléments interconnectés sur deux lignes SDA (Données) et SCL (Horloge) permettent d'échanger les données synchronisées par l'horloge (communication synchrone).

A Décodage des trames numériques

• **Une trame** contient des **données** véhiculées sur un bus de communication. Elle est :
– précédée de l'**en-tête** (bits ou octets) ;
– suivie de bits ou d'octets de **contrôle** servant d'encapsulation pour assurer l'intégrité du message (donnée).

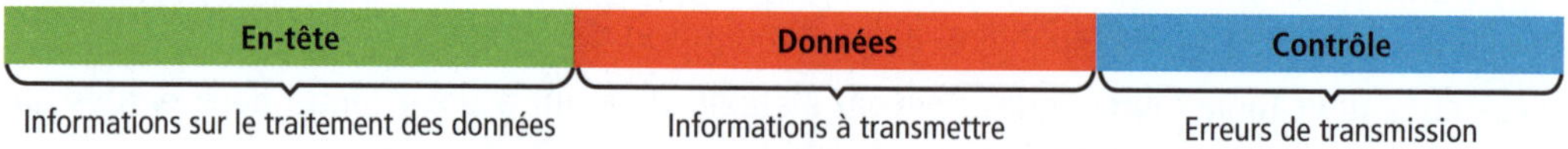

▲ Trame.

• **Le décodage d'une trame** consiste à identifier le champ de données et appliquer le décodage de l'information pour en extraire de la valeur en binaire la valeur hexadécimale ou décimale. Dans ce cas, la communication véhicule les bits les uns derrière les autres, pour former un message. On parle alors de **communication série**.

B Débit d'un canal de transmission

• **Le débit binaire *D*** est la quantité d'information émises par unité de temps par une source (en bit par seconde ou bps) :

$$D = \frac{1}{T_{bit}}.$$

On peut évaluer le débit en connaissant la quantité de bits à transmettre et la durée d'émission de la source :

$$D = \frac{N_{octet} \times 8}{T_{transmission}}.$$

avec N_{octet} : le nombre d'octet à transmettre et $T_{transmission}$: la durée de transmission en seconde (s).

C Liaison série asynchrone RS232

• **Lors de la réception des données** de positionnement, le module GPS transmet toutes les secondes une chaîne de caractères :

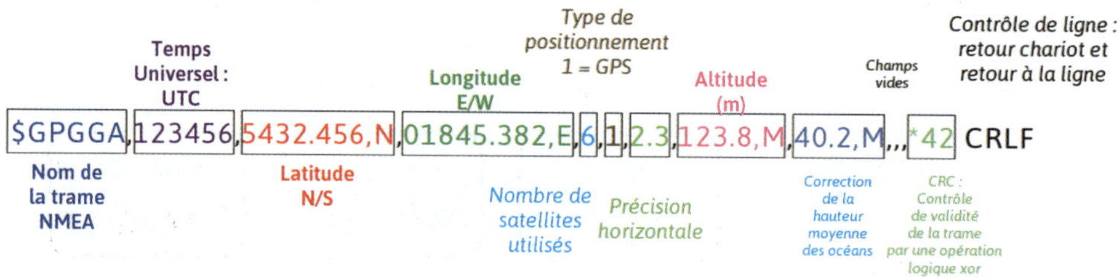

▲ Description des champs de la trame.

• **Le protocole de transmission RS232** prévoit une tension de ligne au repos, au niveau logique haut, « 1 ».

étape 1 La trame débute par un bit de *Start* au niveau bas « 0 ».

étape 2 Le message est alors transmis sur 7 ou 8 bits en *LSB first*, c'est-à-dire le bit de poids le plus faible en premier.

étape 3 La fin de l'encapsulation peut s'effectuer avec un bit d'intégrité de trame ou bit de « Parité » (présent ou pas) et un ou deux bits de *Stop*.

étape 4 La ligne se remet normalement au « Repos » avec un niveau logique « 1 ».

étape 5 Il n'y a pas d'horloge entre l'émetteur et le récepteur, ils doivent se synchroniser à l'avance sur une vitesse en bit·s^{-1} définie par la norme (600, 1 200, 4 800, 9 600, 19 200, 57 600, 115 200).

Exemple

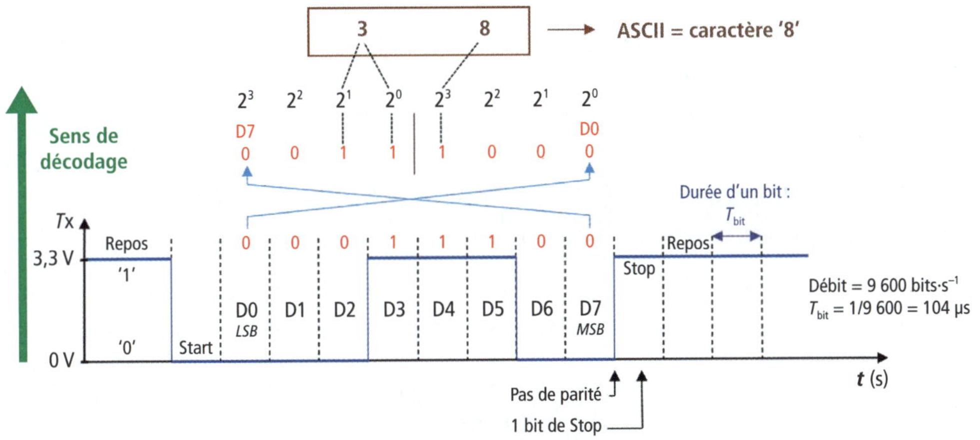

▲ Trame de communication et décodage de la trame.

D Liaison série synchrone I²C

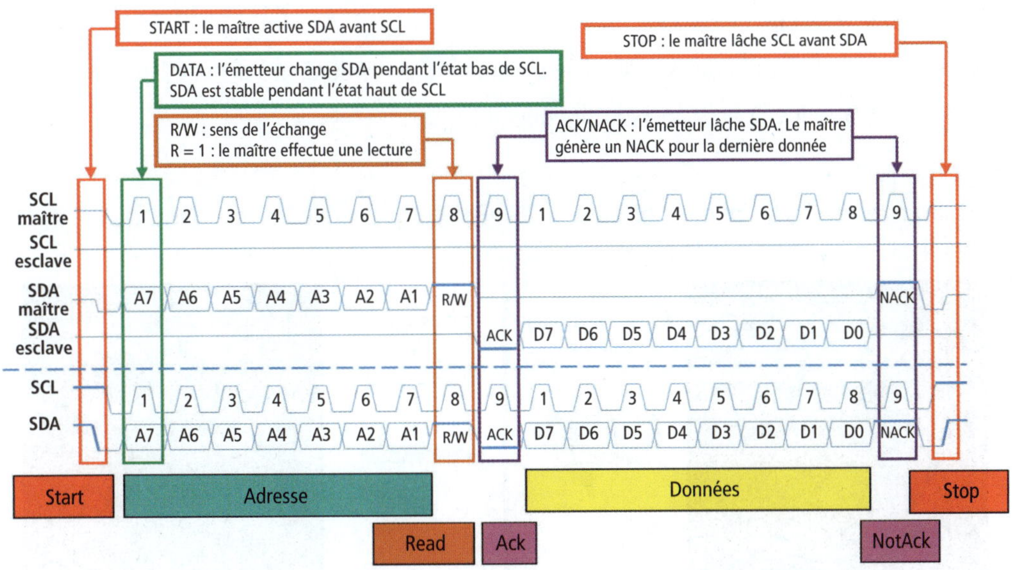

▲ Chronogramme de lecture d'une donnée d'un capteur via le protocole I²C.

Dans le cas du bus I²C, la donnée est encapsulée.

étape 1 Après le déclenchement de la trame (*Start*), l'émetteur (maître) envoie sur le bus (SDA) l'adresse du circuit concernée par la requête, puis le mode d'opération qu'il souhaite faire (*Read* : Lecture d'une donnée dans un capteur).

étape 2 Le récepteur, ici en mode esclave, répond par un acquittement (*Ack* : *Acknowledgment* = Acquittement).

étape 3 Le maître (microcontrôleur) contrôle les échanges et peut ensuite lire la donnée fournie par l'esclave (le capteur).

étape 4 Il s'en suit la clôture de la trame par un relâchement de l'occupation du bus des deux lignes SDA (Données) et SCL (Horloge) puis un *Stop*.

À noter que chaque bit est synchronisé par l'horloge (communication synchrone).

3 Transmission des informations numériques

• **Les transmissions des informations sans fil,** les obstacles (parois et structures) causent des atténuations limitant le signal reçu et donc le débit de transmission. L'absorption des ondes d'une paroi est donnée par :

$$R_{(\text{dB})} = 10 \log_{10}\left(\frac{P_e}{P_r}\right),$$

avec P_e, P_r : puissances émise et reçue.

De manière générale, lors de la transmission radio en espace libre, l'atténuation est régie par la loi :

$$A_0 = 32{,}4 + 20 \log_{10}(f) + 20 \log_{10}(d),$$

avec A_0 en dB, d en km, f en MHz.

• La puissance émise et la puissance reçue s'expriment en W ou en dBm, avec 1 mW = 0 dBm.

• Une cloison atténue la puissance du signal wifi reçu.

Exemple

Ici la perte est de 59 dBm − 24 dBm = 35 dBm ce qui engendre une perte de débit de 96 Mb·s^{-1} − 72 Mb·s^{-1} = 24 Mb·s^{-1}.

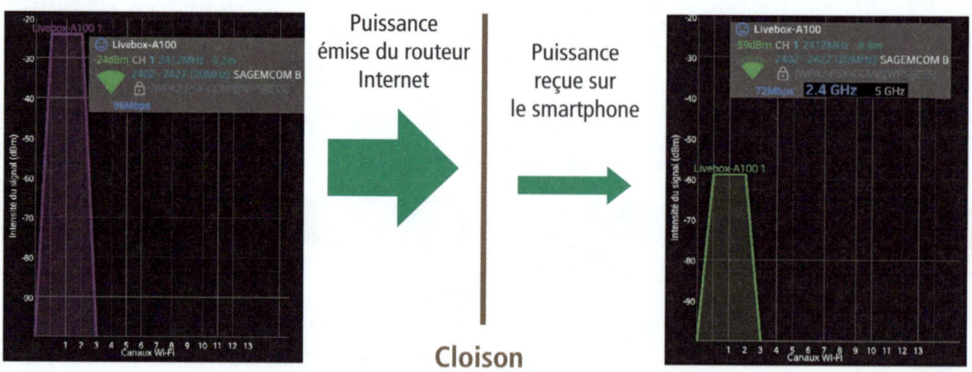

▲ Schéma de l'atténuation du signal.

• **Un bilan de puissance** peut s'établir en additionnant les gains, g, et les pertes, a, (dB, dBm) de la source au récepteur.

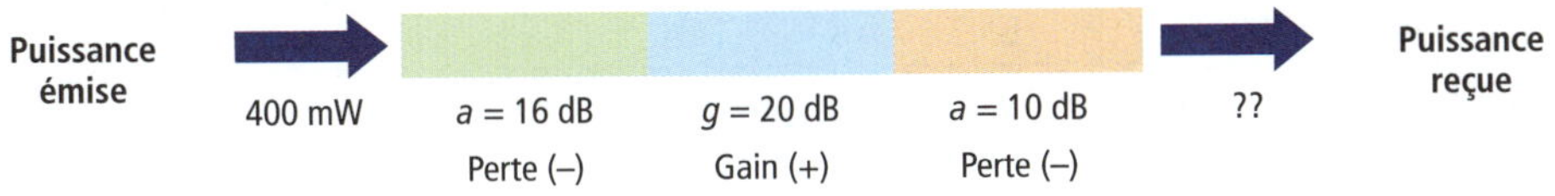

▲ Schéma du bilan de puissance.

Exercices d'entraînement

Exercice 1 (40 min) AC ITEC EE SIN

Corrigé p. 180

Changement de base

1. Convertir les valeurs binaires suivantes en décimal.
$A = 0111001_{(2)}$; $B = 10110011_{(2)}$; $C = 010110_{(2)}$; $D = 11101111_{(2)}$; $E = 1111010_{(2)}$.

2. Convertir ces mêmes valeurs en hexadécimal.

3. Convertir les valeurs décimales suivantes en binaire.
$S = 35$; $T = 220$; $U = 425$; $V = 1024$; $W = 1968$; $X = 2048$; $Y = 4096$; $Z = 20000$.

4. Convertir les valeurs binaires suivantes non signées en valeurs hexadécimales.
(Non signées signifie valeurs positives comprises entre 0 et 65 535 en décimal ou de $0000 à $FFFF).
$a = 10111101_{(2)}$; $b = 11110011_{(2)}$; $c = 1100011110110011_{(2)}$;
$d = 0111\,0010\,1110\,1111_{(2)}$; $e = 1111001_{(2)}$.

Exercice 2 (10 min) AC ITEC EE SIN

Corrigé p. 181

Affichage des caractères ASCII

Un circuit micro-programmé (microcontrôleur) transmet des caractères en hexadécimal vers un afficheur LCD.

LSB \ MSB		0 000	1 001	2 010	3 011	4 100	5 101	6 110	7 111
0	0000	NUL	DLE	SP	0	@	P	`	p
1	0001	SOH	DC1	!	1	A	Q	a	q
2	0010	STX	DC2	"	2	B	R	b	r
3	0011	ETX	DC3	#	3	C	S	c	s
4	0100	EOT	DC4	$	4	D	T	d	t
5	0101	ENQ	NAK	%	5	E	U	e	u
6	0110	ACK	SYN	&	6	F	V	f	v
7	0111	BEL	ETB	'	7	G	W	g	w
8	1000	BS	CAN	(	8	H	X	h	x
9	1001	HT	EM	)	9	I	Y	i	y
A	1010	LF	SUB	*	:	J	Z	j	z
B	1011	VT	ESC	+	;	K	[	k	}
C	1100	FF	FS	,	<	L	\	l	|
D	1101	CR	GS	-	=	M	]	m	{
E	1110	SO	RS	.	>	N	^	n	~
F	1111	SI	US	/	?	O	_	o	DEL

▲ Extrait de la table ASCII.

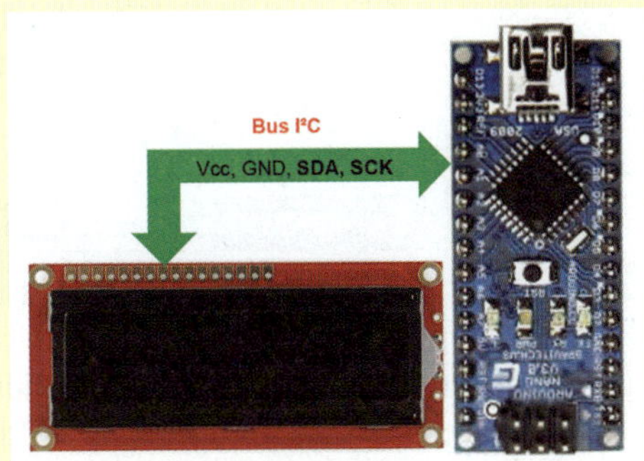

▲ Microcontrôleur.

À partir de la table des correspondances ASCII, établir en binaire puis en hexadécimal la chaîne de caractère correspondant à « Bonjour ».

Message à transmettre	B	o	n	j	o	u	r
Valeur binaire (%)							
Valeur hexadécimale (0x__)							

Exercice 3 (15 min) AC ITEC EE SIN

Corrigé p. 182

Transmission série de l'information

Un message numérique sans encapsulation est transmis en série *MSB first* (bit de poids le plus fort en premier) :

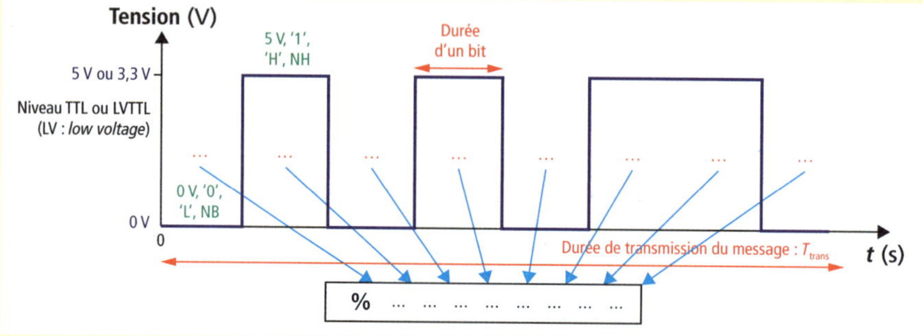

▲ Signal transmis.

1. Compléter les pointillés par les valeurs « 0 » ou « 1 » et former le mot binaire.
2. Convertir la valeur binaire obtenue en hexadécimale.
3. En utilisant la table ASCII, en déduire le caractère transmis.
4. On considère que la durée d'un bit est de 104 µs, calculer alors la durée de la trame T_{trans}.
5. En déduire le débit binaire en $bit \cdot s^{-1}$.
6. Avec ce débit, calculer le temps T_m pour remplir une carte mémoire de 8 Gigaoctets (en considérant $1\,Go = 1 \times 10^9$ octets).
7. Ce temps semble-t-il important au regard des vitesses de transmission et de stockage des produits nomades ?

Exercice 4 (40 min) SIN

Corrigé p. 182

Protocole et débit de transmission – Décodage d'une trame de liaison série RS232

Les bouées maritimes scientifiques apportent des informations essentielles pour l'étude climatique. Les données recueillies sont datées à l'aide d'un module GPS qui transmet ses trames de caractères toutes les secondes vers l'unité de traitement de l'information à bord.

Un enregistreur numérique de données est embarqué pour relever les données des capteurs scientifiques (climatique et halieutique) à bord. Ces données sont datées par une trame GPS. L'enregistreur stocke 8 voies dans un fichier toutes les minutes avec un en-tête contenant la trame GPS. Chaque donnée est composée de 16 bits soit 2 octets.

Les 8 voies sont échantillonnées individuellement à 1 kHz. Une page de données équivaut à une minute de données enregistrées.

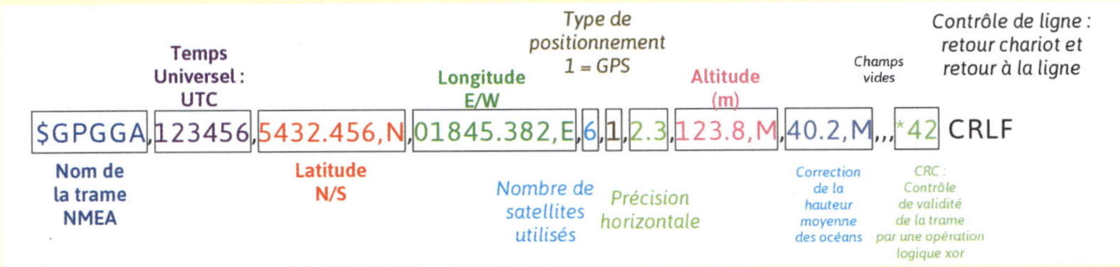

▲ Description des champs de la trame.

On souhaite décoder une des trames transmises à 9 600 bits·s^{-1} avec 8 bits de données, sans parité et 1 bit de stop.

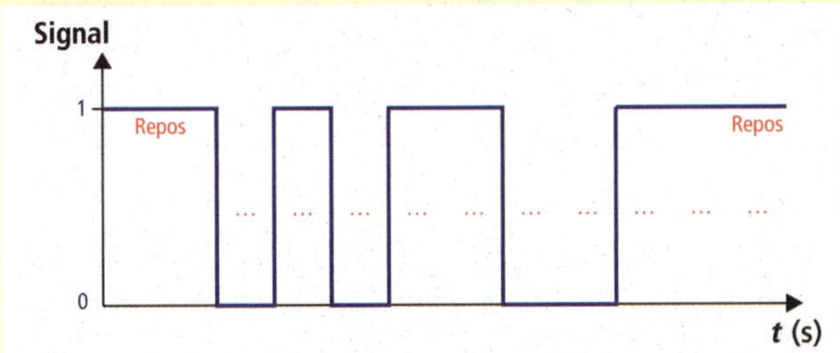

▲ Trame de communication.

1. Placer sur le chronogramme les bits *Start*, *Stop* et les bits du message de D0 à D6.
2. Reconstituer le message *M* sur 8 bits de D06 à D0 en binaire.
3. Établir la conversion pour exprimer le message *M* en hexadécimal.
4. En vous aidant de la table ASCII, déterminer le caractère envoyé.
5. Déterminer le nombre de bits contenus dans une trame (Encapsulation + Données).
6. En considérant qu'une trame GPS comporte 67 caractères et que ces derniers sont stockés en mémoire sur une carte de type micro SD à la vitesse de 9 600 bits·s^{-1}, déterminer le temps de transmission d'une trame du GPS.
7. À partir des données de l'enregistreur numérique à bord de la bouée maritime, déterminer la quantité de donnée, Q, en octets, engendrée par la numérisation des 8 voies provenant des capteurs pendant une page d'enregistrement.
8. La transmission des 67 caractères du module GPS engendre la perte de données sciences. Déterminer la quantité de données perdue, Q_p, durant la transmission de la trame GPS.
9. Proposer une solution pour minimiser la perte due à la transmission de l'en-tête, justifier par un calcul.

Exercice 5 (12 min) SIN

Corrigé p. 183

Décodage d'une trame I²C

Les éléments d'une documentation constructeur donnent les champs de lecture des données d'un capteur. On repère le champ de données encapsulé par des champs d'en-tête et de contrôle.

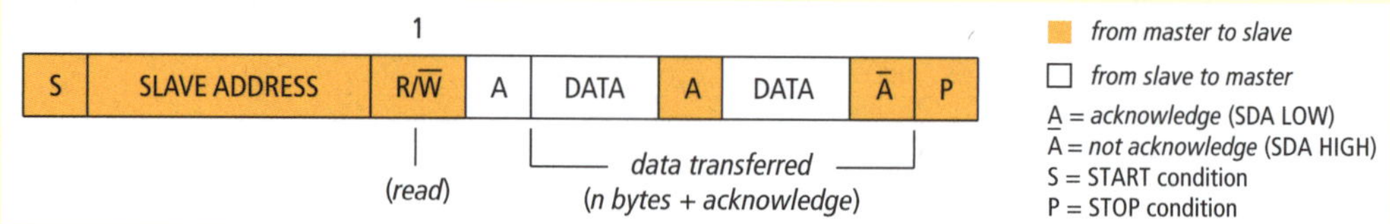

▲ Champs de lecture de données.

1. À partir de l'oscillogramme suivant, encadrer sur le signal SDA (Voie 2) les champs : *Start*, Données, *Read* et *Ack*.

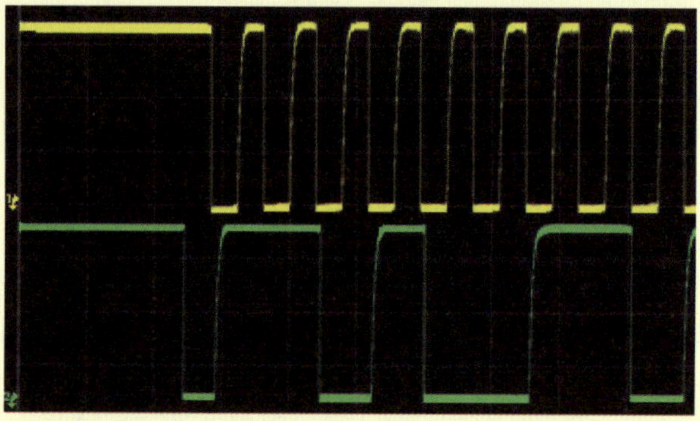

▲ Signaux enregistrés sur l'oscillogramme.

2. Déterminer en binaire l'adresse du circuit auquel le circuit maître s'adresse.

3. Convertir l'adresse en hexadécimale.

Exercice 6 (10 min) AC SIN

Corrigé p. 184

Atténuation dans les transmissions des informations numériques

1. On souhaite évaluer l'atténuation radio d'une émission wifi. En appliquant la relation d'absorption, déterminer la valeur de l'absorption, R, de la paroi du schéma ci-dessous :

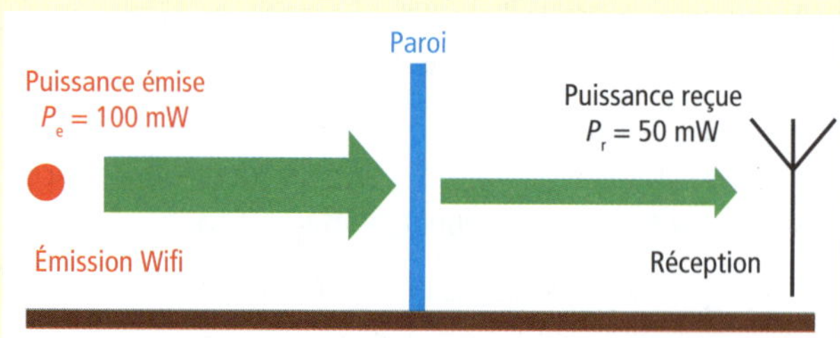

▲ Schéma du chemin du signal.

Atténuation en dB en fonction des matériaux		
Matériaux	**2,4 GHz**	**5,8 GHz**
Cloison intérieure	4	5
Verre simple	3	8
Double vitrage	13	20
Porte blindée	19	32

2. En déduire la fréquence utilisée et le type de paroi.

3. La fréquence porteuse de 5,8 GHz permet d'avoir un débit de communication plus important. Indiquer son principal défaut.

Exercice 7 (10 min) AC ITEC EE SIN

Corrigé p. 184

Atténuation dans les transmissions des informations numériques

On souhaite évaluer la qualité de réception dans un ensemble de bureaux séparés par deux cloisons en double vitrage.

Le bureau *A* dispose d'un point d'accès wifi dont la puissance d'émission est de 20 dBm, au point *B* se trouve un autre utilisateur de cette même borne wifi. On classe la qualité de réception de la façon suivante :

– 40 à – 77 dBm : Excellent – 78 à – 86 dBm : Bon,
– 87 à – 92 dBm : Faible < – 93 dBm : Nulle

Atténuation en dBm en fonction des matériaux		
Matériaux	**2,4 GHz**	**5,8 GHz**
Plaque de plâtre	3	4
Cloison intérieure	4	5
Cloison de cabine	5	9
Porte en bois	4	7
Mur de brique < 14 cm	6	10
Mur en béton < 10 cm	9	13
Mur en béton > 25 cm	15	25
Mur en béton armé	18	30
Dalle en béton armé	23	35
Verre simple (non teinté)	3	8
Double vitrage	13	20
Porte blindée	19	32

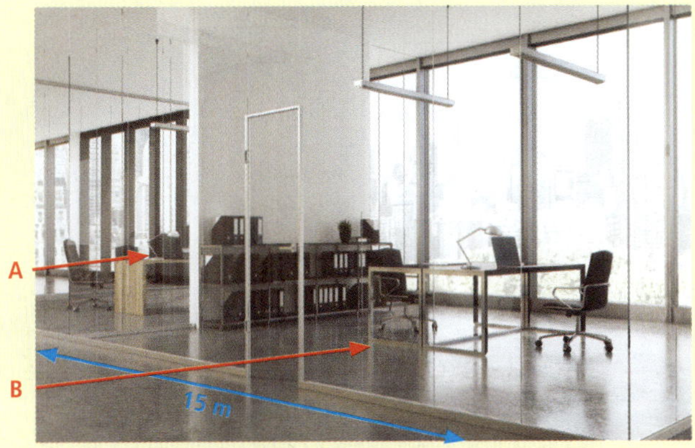

1. Calculer l'atténuation, en espace libre, sur 15 m pour les deux fréquences (2,4 GHz et 5,8 GHz), reporter les résultats dans le tableau et conclure quant aux critères de réception.

Désignation des pertes	2,4 GHz	5,8 GHz
Source d'émission en dBm	20	20
15 m d'air		
Double vitrage		
Bilan		
Conclusion : (Excellent, Bon, Faible, Nulle)		

2. Conclure quant au bilan obtenu.

Sujet du Bac

Épreuve écrite

Corrigés p. 184

Exercice **Commun** **(10 points)** **(1 h)**

Tramway de Reims

Lors du fonctionnement de la rame, le conducteur et le centre de maintenance sont informés en permanence des conditions de fonctionnement des organes principaux (climatisation, éclairage, moteurs, freins, etc.). Une supervision embarquée permet la surveillance et l'enregistrement des paramètres dans chacune des cabines de pilotage.

On donne ci-après le schéma synoptique de la supervision embarquée.

▲ Schéma synoptique.

Le bus CAN *(Control Area Network)* est un bus de communication série, principalement conçu pour mettre en réseau diverses cartes électroniques.
Il est utilisé dans divers moyens de transport (dont les tramways) pour faire dialoguer les divers systèmes de contrôle ou de commande.

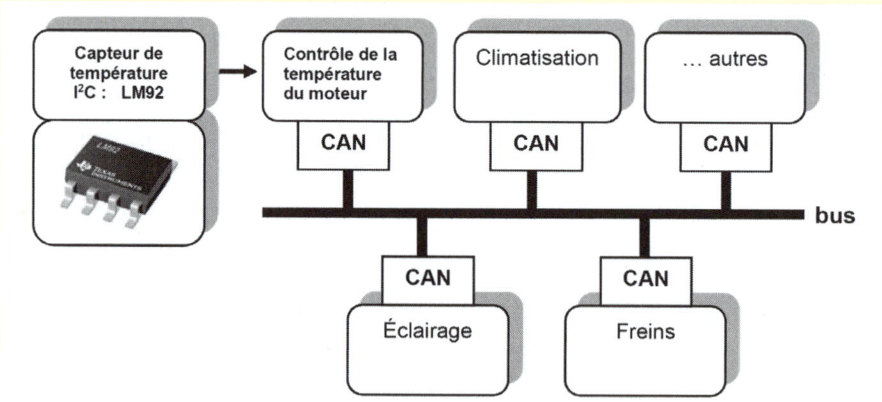

▲ Bus CAN.

La transmission des données est effectuée sur une paire filaire différentielle.
La transmission des bits sur le bus CAN se fait en mode bande de base suivant un codage NRZ (*non return to zéro*).
Le bit à l'état 1 est représenté par un état +V et le bit à l'état 0 est représenté par un état –V.

Questions

1. Compléter la trame par les niveaux logiques correspondants.

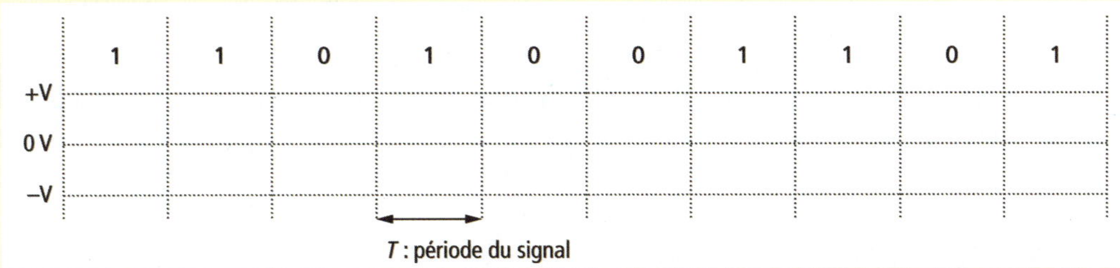

2. Déterminer le débit en bit·s^{-1} de la transmission sachant que la période du signal T = 2 µs.

3. Afin d'éviter d'éventuelles erreurs de transmission (détection de coupure de ligne) le bus CAN utilise la méthode du « *bit-stuffing* » (changement d'état au bout de cinq bits identiques consécutifs). Cette méthode consiste, dès que l'on a émis 5 bits de même polarité sur le bus, à insérer un bit de polarité contraire pour casser des chaînes trop importantes de bits identiques. On obtient ainsi dans le message un plus grand nombre de transitions ce qui permet de faciliter la synchronisation entre l'émission et la réception.
Compléter le diagramme ci-dessous en respectant la méthode du « *bit-stuffing* ».

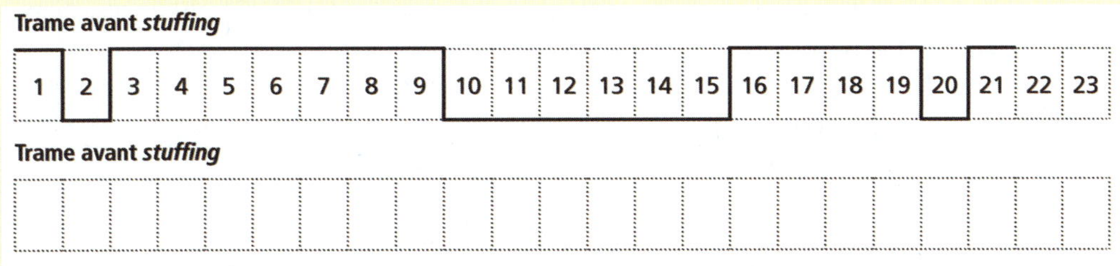

4. Conclure sur la performance de la solution technique choisie pour informer des conditions de fonctionnement en toute sécurité.

11 Algorithmique et organigramme

Les objets connectés comme les dispositifs microprogrammés nécessitent l'implantation d'un programme pour les piloter.

1 Organigramme et algorithme

- **L'architecture et la conception des programmes informatiques** reposent sur une description structurée. Cette dernière peut être élaborée à l'aide d'outils ou de langages de descriptions.
Parmi ces outils, les **organigrammes** (ou algorigrammes) et les **algorithmes** (aussi appelés « pseudocodes ») obéissent à une codification décrivant le processus à réaliser.
Les organigrammes et les algorithmes sont étroitement liés, on peut passer de l'un à l'autre. Une fois établi, l'organigramme ou l'algorithme peut être transcrit en **langage de programmation**.

- **L'organigramme** est un mode de représentation graphique constitué de symboles. Il se lit par défaut du haut vers le bas.

Exemple

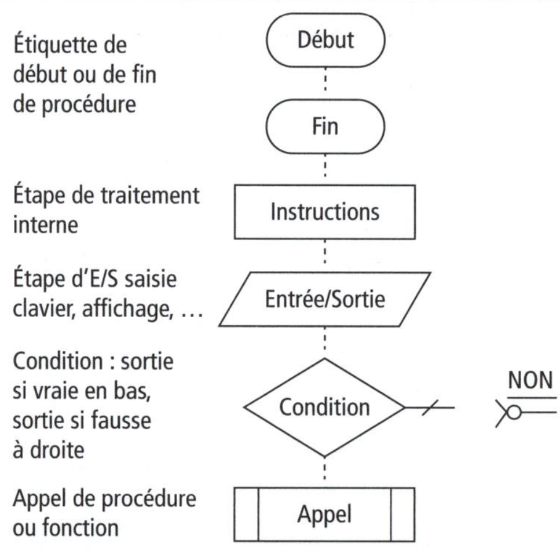

▲ Symboles pour l'élaboration d'organigrammes.

- **L'algorithme** est un mode de représentation textuelle. Il est parfaitement adapté aux langages évolués car il utilise aussi des mots-clés pour symboliser les structures fondamentales.

Exemple

```
Programme NomDeProgramme ;
Début
        Instruction
        Instruction
        ...
Fin
```

▲ Structure d'un algorithme.

Remarque
Écrire un algorithme en langage Python : voir chapitre 1 en Mathématiques p. 191.

2 Structures conditionnelles ou tests

A Formalisation : algorithme et organigramme

Types de structures	Algorithme	Organigramme

Début – Fin – Commentaires	`DÉBUT`
	.
	.
	.
	`FIN`
		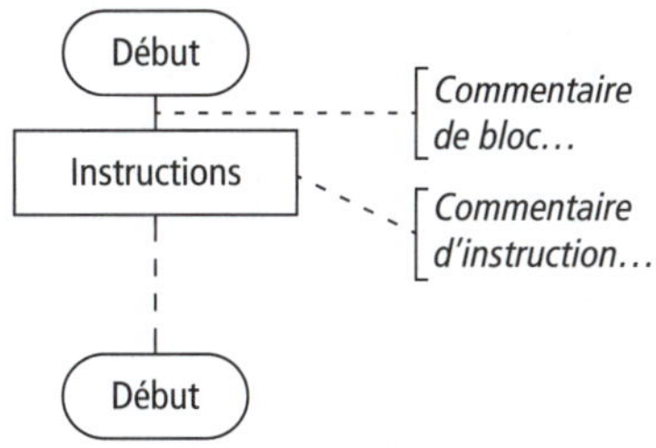

Alternative	`SI (Condition) ALORS`
	`    Instructions`
	`FINSI`
		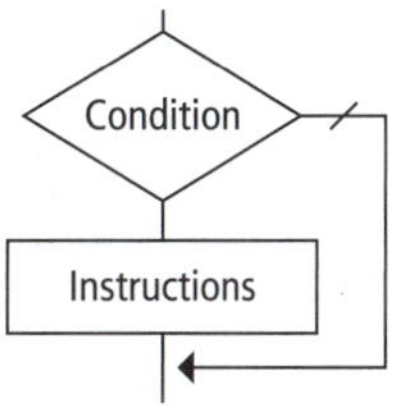

Alternative complète	`SI (Condition) ALORS`
	`    Instructions_1`
	`SINON`
	`    Instructions_2`
	`FINSI`
		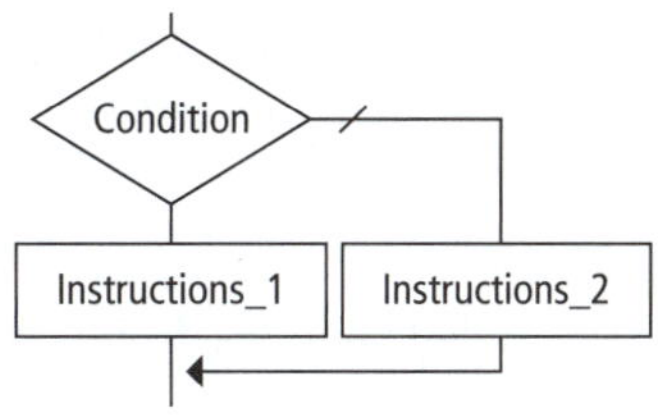

• **Dans les structures conditionnelles,** les **conditions** ont pour résultat une sortie logique et binaire, soit « Vraie » = 1 soit « Faux » = 0, symbolisée dans le cas de la sortie « Faux » par : « le symbole / » ou « 0 » ou « NON ».

B Conditions composées

Les **conditions** peuvent être composées de plusieurs conditions combinées avec les opérateurs logiques : **ET, OU, NON.**

Exemple

On peut écrire les conditions suivantes :

```
Si (a < 0) ET (b > 3) alors
Si NON (a = b) alors
Si (a > 0) OU (b = 1) alors
```

3 Structures répétitives

A Formalisation : algorithme et organigramme

Types de structures	Algorithme	Organigramme
Itération à condition initiale	TANT QUE (Condition) FAIRE Instructions FINTQ	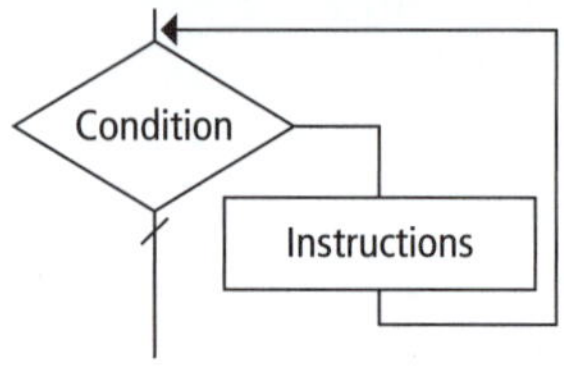
Itération à condition finale	REPETER Instructions JUSQU'À CE QUE (Condition)	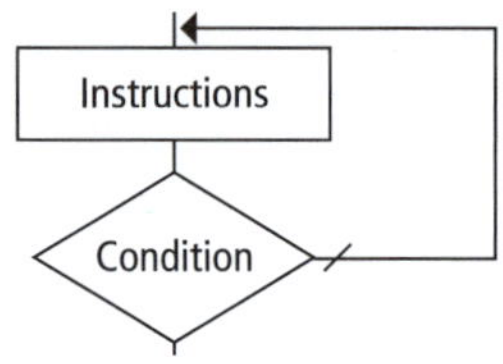
Nombre d'itération connue à l'avance	POUR i DE valeur_inf À valeur_max FAIRE Instructions FINP	(voir ci-dessous).

B Contrôle des boucles d'itérations

• **Pour contrôler les boucles** c'est-à-dire connaître le nombre de passage dans la boucle (ou nombre d'itérations), on utilise une variable de boucle « i ».

Exemple

Dans ces deux boucles, i s'incrémente jusqu'à la valeur finale souhaitée.

```
Sous-Programme Boucle_1 ;
 i ← Valeur_initiale
TANT QUE (i <= Valeur_finale) FAIRE
   Traitement ;
   i ← i + 1
FINTQ
```

```
Sous-Programme Boucle_2 ;
POUR i de Valeur_initiale
JUSQU'À Valeur_finale FAIRE
   Traitement ;
FINP
```

▲ Algorithmes.

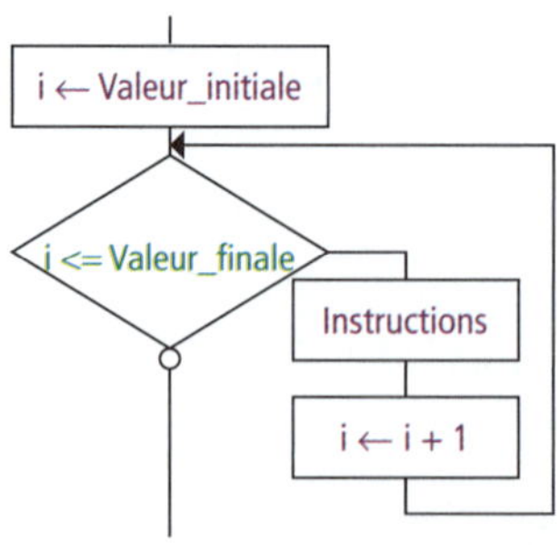

▲ Organigramme des deux boucles.

Note

Le symbole d'affectation ← (recevoir) et différent du symbole <= (inférieur ou égal).

• **Un sous-programme** est un programme court aussi appelé **fonction**. On peut lui attribuer ou non des paramètres (valeurs des variables d'entrée). Le sous-programme est appelé dans le programme principal et renvoie un résultat. Un bon programme principal ne fait appel qu'à des sous-programmes.

4 L'implémentation

• **Pour réaliser un projet,** il faut suivre le processus suivant :

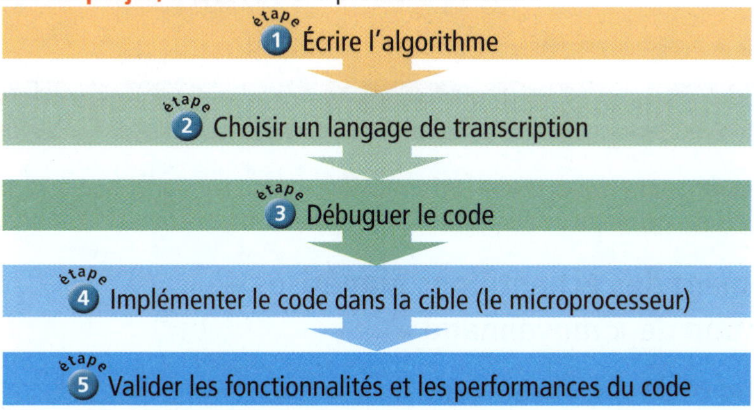

• **L'implémentation** est donc la transcription d'un algorithme en langage de programmation. C'est le téléchargement du code exécutable dans la cible (microprocesseur).

> **Exemple**
> L'utilisation d'un algorithme exécutant une moyenne arithmétique sur des éléments numériques permet d'améliorer une mesure en s'approchant de la valeur vraie en minimisant les mesures entachées d'erreurs aléatoires. La formule de récurrence $S[n]$ peut se traduire par un organigramme ou un algorithme, qui peut à son tour se traduire dans un langage de programmation, ci-dessous en langage C.

étape 1 La formule de récurrence :

$$S[n] = \frac{1}{M}\sum_{j=0}^{M-1} e[n+j] \text{ (avec ici } M = 3\text{).}$$

étape 2 L'organigramme :

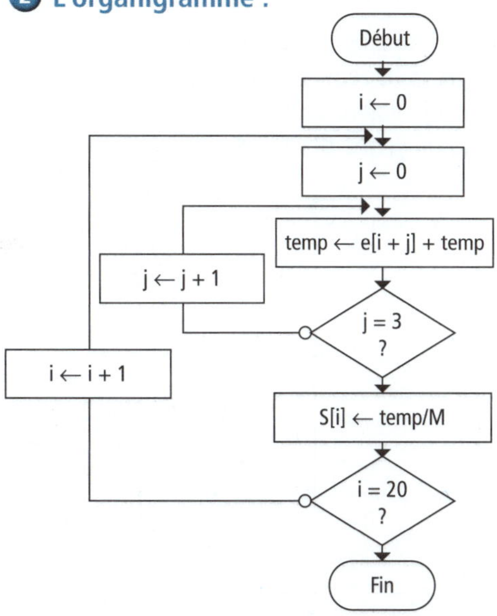

étape 3 Code en langage C :

```
for (i=0; i<20; i++)
{
    for (j=0; j<3; j++)
    {
    temp=(e[i+j]+temp);
    }
    s[i]=temp/M;
}
```

Étape 4 Le lissage de la courbe :

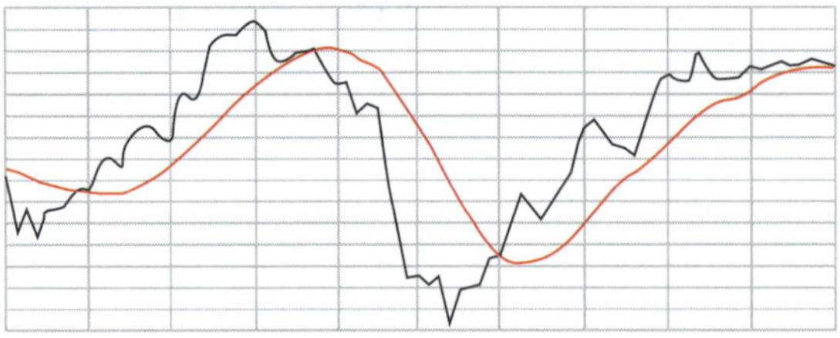

▲ Application du filtrage.

5 Algorithme de traitement numérique de l'information

• **Le traitement numérique d'une information,** tel qu'un signal capté et numérisé par un microcontrôleur, permet d'améliorer la qualité de cette information.

A Traitement des échantillons numérisés – Opération de « moyennage »

• **Dans une opération de « moyennage »,** par exemple, le calcul de la moyenne d'échantillons au fil de l'eau ou par bloc permet de lisser des fluctuations indésirables.
C'est aussi un moyen pour **améliorer la précision des mesures** et pour **minimiser les écarts entre le réel et les spécifications attendues** par le cahier des charges.

> **Exemple**
>
> Pour améliorer la précision de positionnement d'un GPS, on peut acquérir la même valeur de position pendant un certain temps et faire une moyenne. Cela améliore la précision, comparée à une valeur instantanée.

• Le traitement numérique des données à l'aide d'une opération de moyennage est l'une des rares opérations qui permet d'améliorer les performances et les résultats et ainsi atteindre les objectifs du cahier des charges. C'est une opération arithmétique simple et efficace. Elle correspond à un filtrage d'ordre 1.

• Faire une opération de « moyennage » sur des valeurs discrètes, c'est faire un **filtrage numérique**. Elle peut se réaliser par bloc (ici de trois échantillons).
E_n est la valeur d'un échantillon.
S_n la moyenne des échantillons.

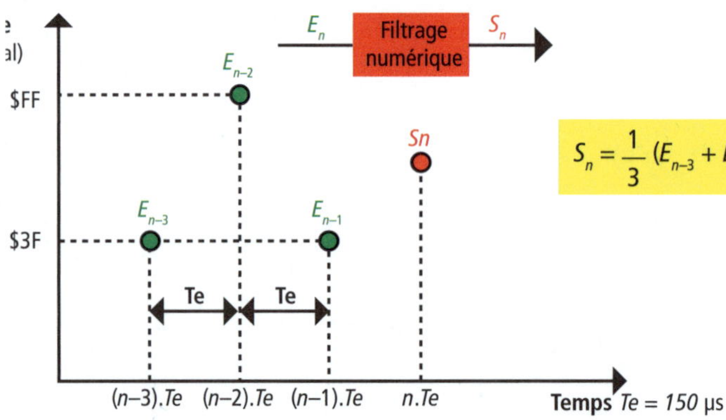

$$S_n = \frac{1}{3}(E_{n-3} + E_{n-2} + E_{n-1})$$

▲ Graphe 1. Moyenne glissante sur 3 éléments discrets.

• Le filtrage numérique peut aussi se réaliser par valeur glissante :

étape 1 La moyenne est effectuée à l'aide de trois échantillons à l'entrée E_{n-1}, E_{n-2} et E_{n-3}.

étape 2 À chaque entrée d'un échantillon, une valeur S_n en sortie est calculée.

• Le « moyennage » est très utilisé dans le traitement numérique du signal, il permet de lisser les variations rapides du signal d'entrée.

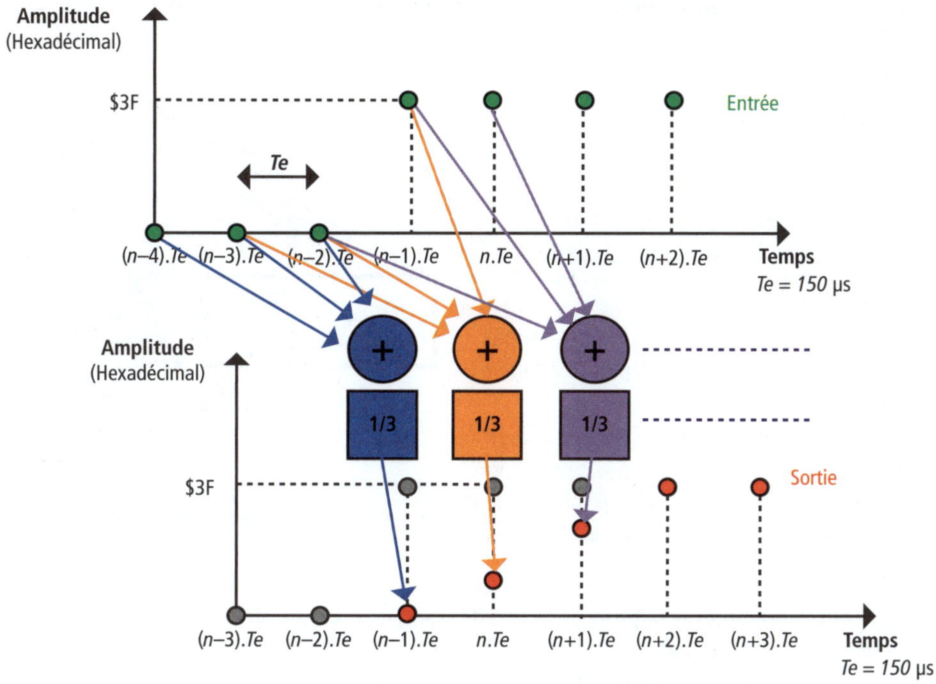

▲ Graphe 1. Signal d'entrée échantillonné
Graphe 2. Opération de filtrage (moyenne sur 3 échantillons).

Le Graphe 1 montre le stimuli d'entrée de l'algorithme dans la cible et le Graphe 2 est le résultat, il est obtenu par l'application de l'algorithme de moyennage, ce qui revient à faire un lissage et donc à atténuer les mesures aléatoires ne correspondant pas à la mesure vraie.

Exercices d'entraînement

Exercice 1 (10 min) ITEC SIN EE AC *Corrigé p. 185*

Correspondance entre algorithme et organigramme

Soit les algorithmes suivants :

```
Programme Algo 1 ;
Début
    SI (Condition-1) ALORS
        Instructions_A ;
        SINON
            SI (Condition-2) ALORS
                Instructions_A ;
                SINON
                    Instructions_B ;
            FINSI
    FINSI
Fin
```

```
Programme Algo 2 ;
Début
    SI (Condition-1) ALORS
            SI (Condition-2) ALORS
                    Instructions_A ;
                SINON
                    Instructions_B ;
            FINSI
        SINON
            Instructions_B ;
    FINSI
Fin
```

1. Réaliser les deux organigrammes sans simplification.

2. Réaliser les simplifications des conditions et réaliser les organigrammes.

Exercice 2 (10 min) ITEC SIN EE AC

Corrigé p. 186

Correspondance entre algorithme et organigramme

On souhaite gérer l'automatisation d'un chauffe-eau solaire à circulation forcée.

On considère les paramètres suivants :
Tc : température du capteur ;
Tb : température du ballon d'eau ;
Se : seuil d'enclenchement du circulateur ;
Sd : seuil de déclenchement du circulateur ;

Fonctionnement souhaité :

Le circulateur est mis en marche, si *Tc* est supérieur à $Tb + Se$, il est arrêté lorsque *Tc* devient inférieur ou égal à $Tb + Sd$.

Le régime permanent est donc établi quand *Tc* est compris entre $Tb + Sd$ et $Tb + Se$, ce qui correspond à la condition nécessaire pour que le capteur solaire puisse transmettre de l'énergie au ballon d'eau chaude.

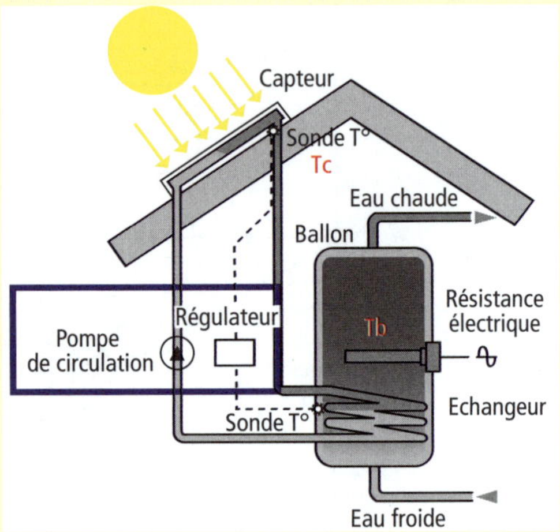

▲ Schéma du chauffe-eau.

Compléter l'organigramme de la procédure afin de traduire ces contraintes de régulation (les seuils sont supposés fixes et connus).

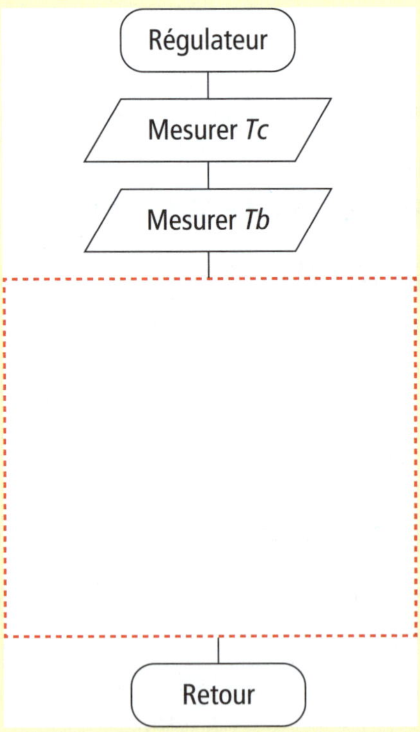

Exercice 3 (25 min) SIN Corrigé p. 186

Contrôler le temps

Le contrôle du temps est un élément essentiel en programmation. On doit à tout instant savoir quelle sera la prochaine étape qui devra être exécutée.

On souhaite mettre en application cette exigence pour contrôler la durée d'un état haut et d'un état bas d'un signal binaire.

Faire clignoter une LED, à la manière d'un flash, nécessite la construction d'un signal de commande ayant par exemple une durée d'allumage de 15 % sur une période de 1 s.

La durée de l'état haut devra alors représenter 15 % de la période $T = 1$ s.

Réaliser une temporisation (T_H ou T_L), consiste à compter le nombre de cycle machine (ici $T_{cycle} = 1$ µs) jusqu'à atteindre le temps nécessaire.

Pour cela, on utilise un compteur (variable i ou j) pour contrôler le passage dans la boucle d'itérations.

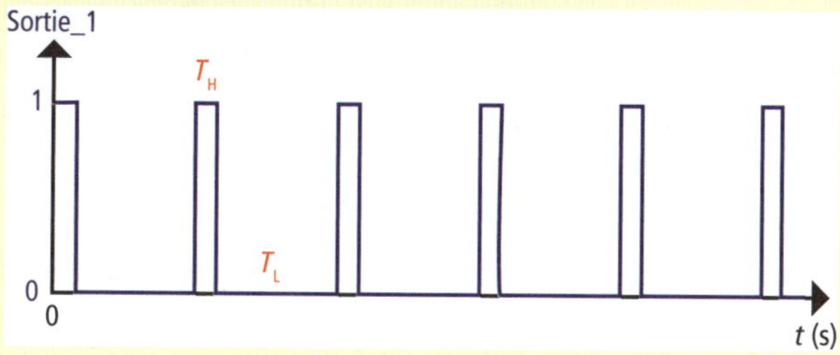

1. Déterminer les valeurs de la durée de l'état haut T_H et de l'état bas T_L.

2. On considère que l'exécution de chaque opération (test, instructions) équivaut à un temps d'exécution de 1 µs.
Calculer le nombre d'itérations s sachant qu'une itération est équivalente à deux opérations.

3. En utilisant le contrôle de boucle, écrire les sous-programmes **Tempo_H** et **Tempo_L** de l'organigramme pour faire clignoter la LED D1.

4. Élaborer l'organigramme complet permettant de faire clignoter la LED D1.

5. En déduire l'algorithme du programme complet.

Sujet du Bac — Épreuve écrite

Corrigés p. 188

Exercice SIN (10 points) (30 min)

Robot de reconnaissance et de surveillance tout-terrain

Une entreprise française souhaite étendre sa gamme de produits robotisés en proposant un robot capable de réaliser des opérations d'inspection des conduites de ventilation. Ce robot doit être capable d'inspecter des canalisations, des gaines mais aussi tout type d'obstacles que l'on peut rencontrer dans un bâtiment. Ces capacités de franchissement doivent permettre d'élargir son champ d'application à des opérations de reconnaissance et de surveillance.

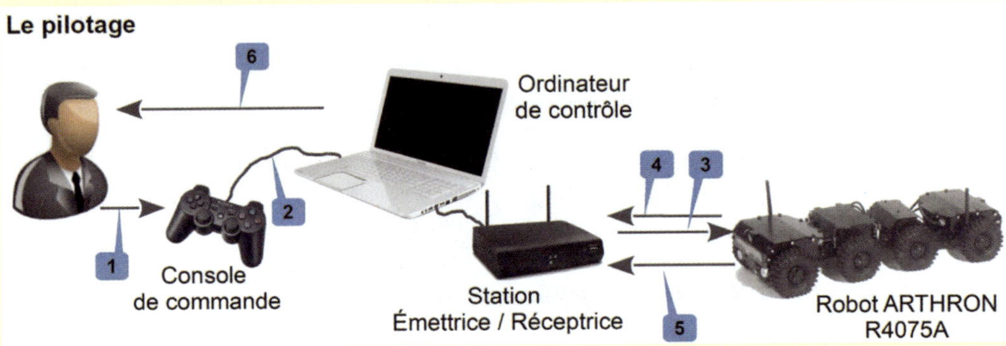

▲ Figure 1. Éléments permettant le pilotage et le flux d'informations

1. Consignes de mouvements de l'utilisateur
2. Contrôle de commande utilisateur
3. Trame de commande émettrice
4. Informations de position 3D et de servitude (autonomie batterie) renvoyée par le robot
5. Émission du flux vidéo de la caméra embarquée
6. Information de l'IHM

Pour commander la tension du moteur, on utilise une commande à modulation de largeur d'impulsion dite commande MLI. Ce signal MLI permet d'alimenter le moteur de propulsion avec une tension dont la valeur moyenne est proportionnelle à α (**Figure 2**).

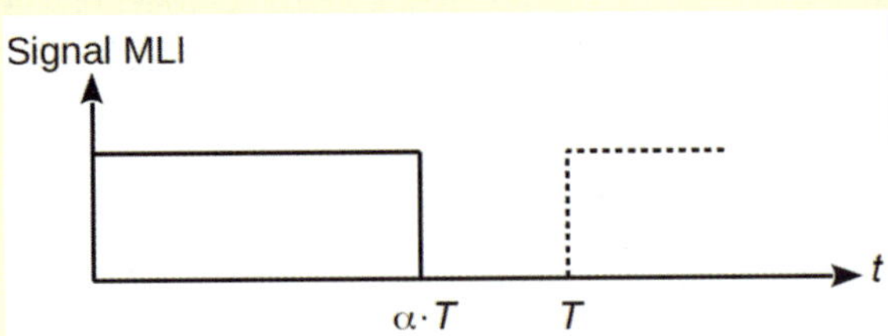

▲ Figure 2. Signal de commande MLI du moto-réducteur de propulsion.

Les différentes vitesses de déplacement sont obtenues à partir d'un organigramme représenté **Figure 3**. Cet algorigramme fait appel à deux entrées « lire consigne vitesse » et « établir commande MLI » :

– « lire consigne vitesse » correspond à la variable *consigne vitesse* de type entier ;

– « établir commande MLI » permet d'élaborer un signal carré (**Figure 2**) dont le rapport cyclique α varie proportionnellement à la variable X et prend les valeurs suivantes en fonction de la consigne de commande :

Consigne	Valeur de X
0 %	0
33 %	337
66 %	675
100 %	1 023

Compléter l'organigramme en remplissant les symboles avec les valeurs de la variable *X* et les valeurs de *consigne vitesse*.

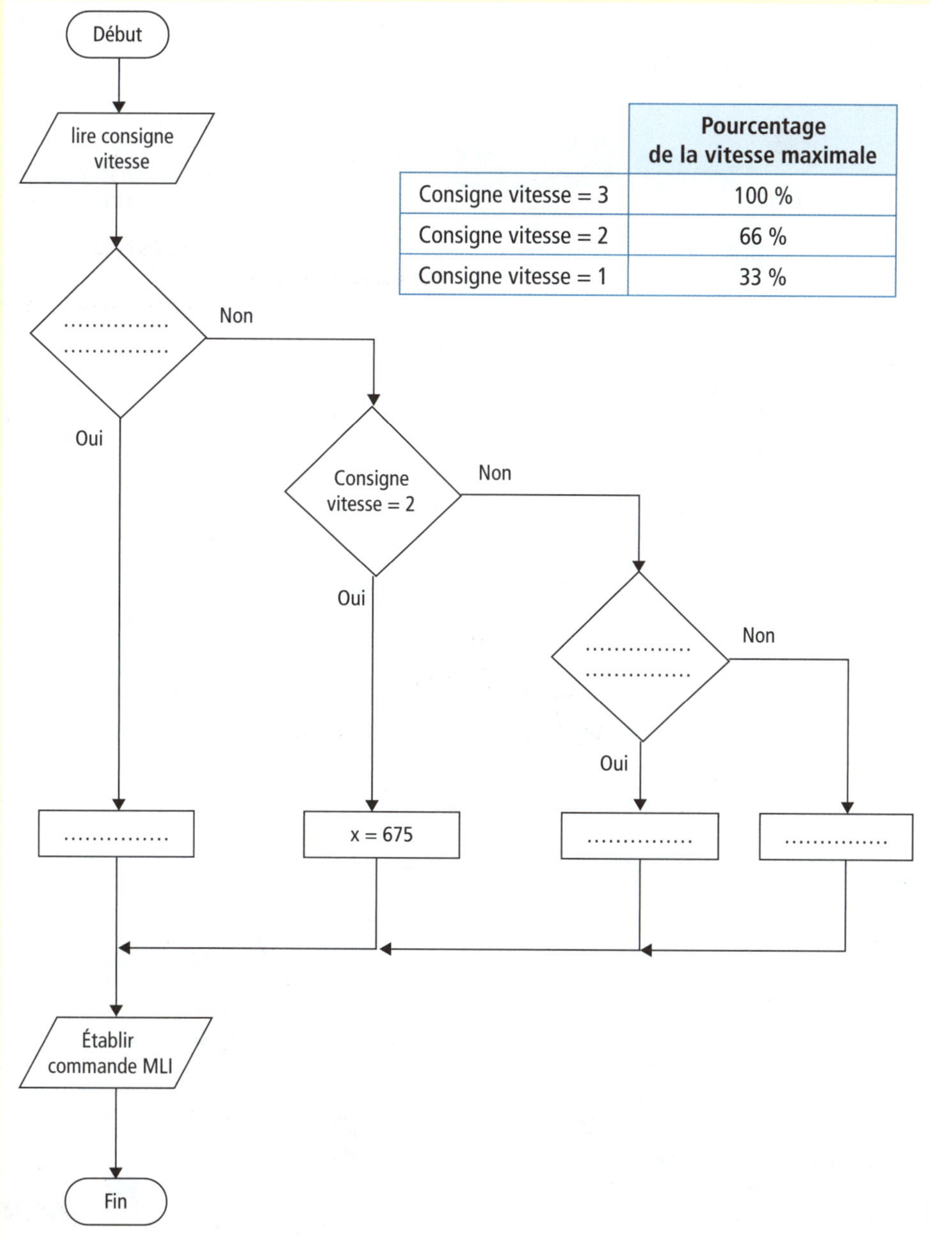

	Pourcentage de la vitesse maximale
Consigne vitesse = 3	100 %
Consigne vitesse = 2	66 %
Consigne vitesse = 1	33 %

▲ Figure 3. Organigramme.

12 Les réseaux

Même si tous les éléments constituant les réseaux sont importants, il est primordial de comprendre comment les données sont organisées et transmises. Une fois l'architecture des éléments établie, leur rôle matériel et logiciel sera associé à la donnée transmise.

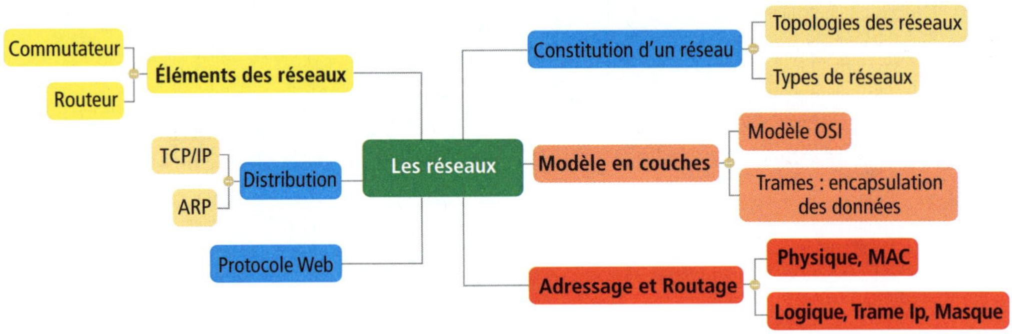

1 Constitution des réseaux

• **La topologie d'un réseau** est la connexion des différents éléments (émetteurs ou receveurs) d'information comme un ordinateur, une tablette, une imprimante ou tout autre objet communicant.

• On retrouve le plus couramment les topologies suivantes :

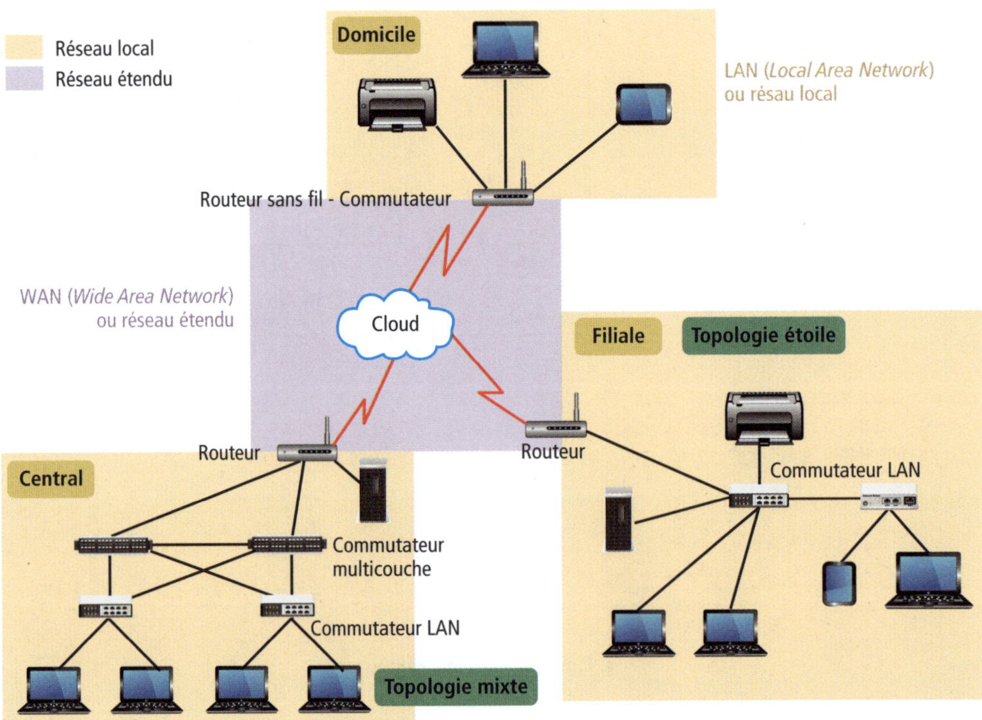

• **Pour déterminer le chemin** que doivent emprunter les messages à travers le réseau, les périphériques intermédiaires (commutateur, routeur, etc.) utilisent l'adresse du périphérique final de destination ainsi que les informations concernant les interconnexions réseau.

• **Le commutateur** (ou switch) est l'élément principal d'un sous-réseau. Les hôtes du sous-réseau l'utilisent via le protocole ARP qui permet de s'échanger les adresses MAC dans le sous-réseau.

2 Modèle en couche et encapsulation des données

• **Le modèle en couche** fait correspondre des fonctions opérationnelles à des actions conduisant à chaque étape de l'encapsulation des champs de la trame Ethernet. Ce modèle est particulièrement utile lors de la mise au point ou la recherche de pannes car il assure la liaison entre le matériel (physique) et le logiciel (application).

	Modèle OSI	Modèle TCP/IP	Pile de protocoles	sens				Données de l'email		
7	Application	Application	Protocole http (*HyperText Transfer Protocol*)	↓	Données			Email (par exemple)		
6	Présentation									
5	Session				Segment			Donnée	Donnée	Donnée
4	Transport	Transport	Protocol TCP (*Transmission Control Protocol*)						Paquet	Donnée
3	Réseau	Internet	Protocol Internet (IP)		Paquet			En-tête réseau	En-tête transport	Donnée
2	Liaison de données	Accès réseau	Ethernet		Trame	En-tête de trame	En-tête réseau	En-tête transport	Donnée	Fin de trame
1	Physique				Bit	11000101000000111001010100 1				
Encapsulation Trame Ethernet :						Ethernet	IP	TCP	Données	Fin Trame

▲ Représentations des fonctions et des actions : envoi d'un email.

• **Les différents protocoles :**

HTTP (S) : protocole d'application qui régit la manière dont un serveur web et un client web interagissent.

TCP : protocole de transport qui assure la segmentation du message http et s'assure de la bonne réception des données via des contrôles-acquittement.

IP (*Internet protocol*) : protocole qui permet l'échange entre les machines hôtes grâce à des adresses qui leur sont propres.

Ethernet : protocoles d'accès au réseau le plus répandu.

A Adresse MAC et adresse IP

• **L'adresse MAC** est l'adresse physique d'un équipement communiquant, elle est unique et ne change jamais. Elle permet d'identifier le fabricant de l'appareil. Elle s'écrit avec 12 caractères alphanumériques.

Exemple

Identification du constructeur	Numéro de la carte réseau
B5-7D-94	DD-CD-48

• **L'adresse IP** permet d'identifier un appareil de connexion sur internet. Elle peut changer selon l'endroit d'où l'on se connecte. Elle est exprimée en décimal.
Une adresse IP peut être privée (cas d'un réseau local) ou publique c'est alors l'IP du routeur qui est en liaison avec le réseau public.
En mode DHCP, c'est le routeur (ou le serveur dédié) qui attribue l'adresse IP locale aux éléments de son réseau local.

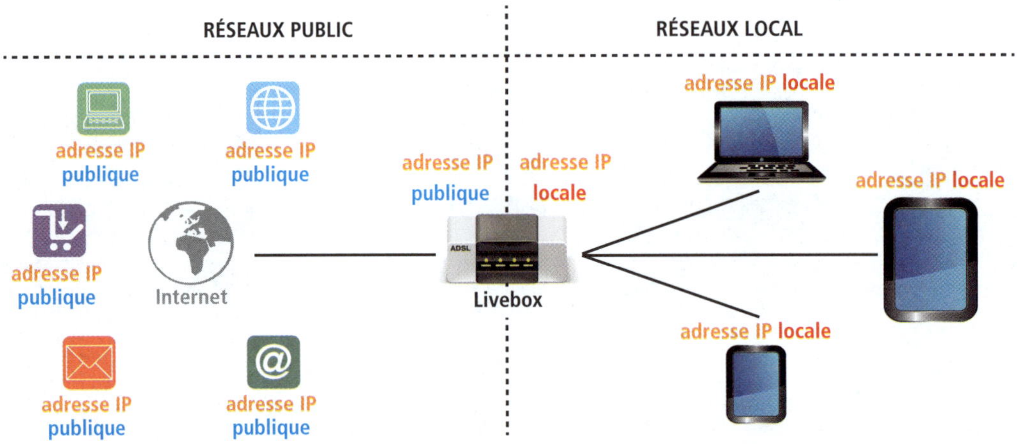

▲ Schéma des liaisons entre les adresses.

• Le champ de l'adresse MAC (de la carte réseau) est transmis après encapsulation dans la trame Ethernet.

• **Les adresses privées** ne sont visibles que dans le réseau local. Elles ne sont pas visibles ou accessibles via une adresse internet.

• **Les plages d'adresses** sont les étendues d'adresse auxquelles on peut attribuer des équipements connectés. C'est une méthode d'attribution des mêmes adresses dans des réseaux locaux différents qui ne communiquent pas, pour économiser le nombre d'adresses.
Une plage à un début (première plage d'adresse) et une fin (dernière plage d'adresse). Dans cette étendue, on peut numéroter distinctement tous les équipements connectés.

Exemple

Deux adresses IP identiques appartenant à la même classe peuvent se trouver dans un très grand nombre de réseaux locaux distincts sans pour autant créer de conflit.
Cela permet de faire une économie dans la gestion des adresses.

- Les classes d'adresse IP sont des regroupements d'adresse qui permettent l'optimisation du cheminement des paquets dans les réseaux.

Exemple

Plage d'adresses et classes des IP privées.

Plage de début	Plage de fin	Classe	Masque sous-réseau par défaut
10.0.0.0	10.255.255.255 /8	A	255.0.0.0
172.16.0.0	172.31.255.255 /16	B	255.255.0.0
192.168.0.0	192.168.255.255 /24	C	255.255.255.0
224.0.0.0	239.255.255.255	D	(utilisée en multicast : visio conférence)
240.0.0.0	255.255.255.255	E	(utilisée pour expérimentations)

B Configuration des adresses dans un réseau local

Méthode de détermination du masque de sous-réseau

- La lecture d'une adresse IP seule ne permet pas d'avoir les informations sur le réseau et son hôte. **Le masque de sous-réseau** permet de séparer ces deux identificateurs à l'aide d'une opération logique binaire. Les adresses IP ou de masque sont le plus souvent exprimées en décimal.

Exemple

Soit une machine d'adresse IP 192.168.2.5, on lui associe le masque de sous-réseau 255.255.255.0.
Les trois premiers octets du masque sont à 1, donc la partie réseau de l'adresse est :

192.168.2 . 5

5 est ce qui permet d'identifier la machine au sein d'un réseau et ce qui donne le nombre de machine pouvant appartenir à ce réseau.

- **L'opération, avec un ET logique bit à bit réalisé avec des 1,** fait apparaître l'adresse IP et masque le numéro de l'hôte (machine dans le réseau) :

&	192.168.2.5	11000000	10101000	00000010	00000101	IP
	255.255.255.0	11111111	11111111	11111111	00000000	Masque
	=	11000000	10101000	00000010	00000000	
	Identificateur	Réseau			Hôte	

L'identificateur est la partie commune à toutes les machines d'un même réseau local.

Rappel

L'opération logique & bit à bit :

0 & 0 = 0
0 & 1 = 0
1 & 0 = 0
1 & 1 = 1

- **L'opération avec un ET logique bit à bit réalisé avec des 0** masque l'adresse IP et fait apparaître le numéro de l'hôte :

&	192.168.2.5	11000000	10101000	00000010	00000101	IP
	0.0.0.255	00000000	00000000	00000000	11111111	Masque
	=	00000000	00000000	00000000	00000101	
	Identificateur	Réseau			Hôte	

Constitution en sous-réseau et nombre d'hôtes

Un administrateur gère un réseau 192.44.78.0/24 et souhaite le décomposer en quatre sous-réseaux.

> **Remarque**
> /24 est une forme plus courte pour représenter le masque.
> 192.44.78.0/24 revient à écrire 192.44.78.0/255.255.255.0

Méthode :

Il réserve les **deux premiers bits de l'identifiant machine-hôte** pour identifier ses nouveaux sous-réseaux.

Toute adresse IP d'un même sous-réseau aura donc **24 bits en commun** ainsi que les **deux premiers bits** identifiant le sous-réseau.

Le masque de sous-réseau aura en valeur binaire :

11111111.11111111.11111111.11000000

Ce qui donne en décimal : **255.255.255.192**

Puisque les bits à 1 du masque suivant **11111111.11111111.11111111.11000000** n'altèrent pas les bits de l'adresse IP, alors les bits du masque de sous-réseaux seront identiques donc :

192.44.78.00XXXXXX ou 192.44.78.01XXXXXX ou 192.44.78.10XXXXXX ou 192.44.78.11XXXXXX

Seule la partie variable **XXXXXXXX** permettra de définir les sous-réseaux. Elle est constituée de 6 bits. Soit 2^6 adresses disponibles pour les machines de ce réseau.

Adresse du réseau	8 bits de poids faible du masque de sous-réseau	Adresse de début de sous-réseau	Adresse de fin de sous-réseau	Format d'écriture
192.44.78.__	0 0 0 0 0 0 0 0	192.44.78.**0**		**192.44.78.0/26**
	0 0 1 1 1 1 1 1		192.44.78.**63**	
	0 1 0 0 0 0 0 0	192.44.78.**64**		**192.44.78.64/26**
	0 1 1 1 1 1 1 1		192.44.78.**127**	
	1 0 0 0 0 0 0 0	192.44.78.**128**		**192.44.78.128/26**
	1 0 1 1 1 1 1 1		192.44.78.**191**	
	1 1 0 0 0 0 0 0	192.44.78.**192**		**192.44.78.192/26**
	1 1 1 1 1 1 1 1		192.44.78.**255**	

- **Le CIDR** (*Classless InterDomain Routing*) est une manière de ne plus tenir compte des classes.

CIDR	Bits disponibles	Masque de sous-réseau	Nombre d'hôtes par sous-réseau
/8	24	**255.0.0.0**	$2^{24} - 2 = 16\,777\,214$
/16	16	**255.255.0.0**	$2^{16} - 2 = 65534$
/24	8	**255.255.255.0**	$2^{8} - 2 = 254$
/26	6	**255.255.255.192**	$2^{6} - 2 = 62$

/8 signifie 8 bits à 1, les (32 – 8) 24 suivants à 0 ; /24 signifie 24 bits à 1, les 8 suivants à 0.

B Adressage et routage des données

- **Une adresse Broadcast** (ou **adresse de diffusion**) est une adresse réservée compréhensible par les hôtes avec laquelle un émetteur dialogue simultanément avec tous les équipements qui lui sont connectés. Dans une adresse Broadcast, tous les bits de l'hôte sont placés sur la valeur binaire 1.
- **Une adresse monodiffusion** (ou **adresse monocast**) est l'adresse IP propre à l'équipement hôte avec laquelle l'émetteur échange de manière individuelle.

Exemple

Un hôte avec l'adresse IPv4 192.168.1.5 demande une page web au serveur dont l'adresse IPv4 de monodiffusion est 192.168.1.200.
Pour qu'un paquet monodiffusion soit envoyé et reçu, une adresse IP de destination doit figurer dans l'en-tête du paquet IP. Une adresse MAC de destination correspondante doit également être présente dans l'en-tête de la trame Ethernet. Les adresses IP et MAC se combinent pour transmettre les données à un hôte de destination spécifique.

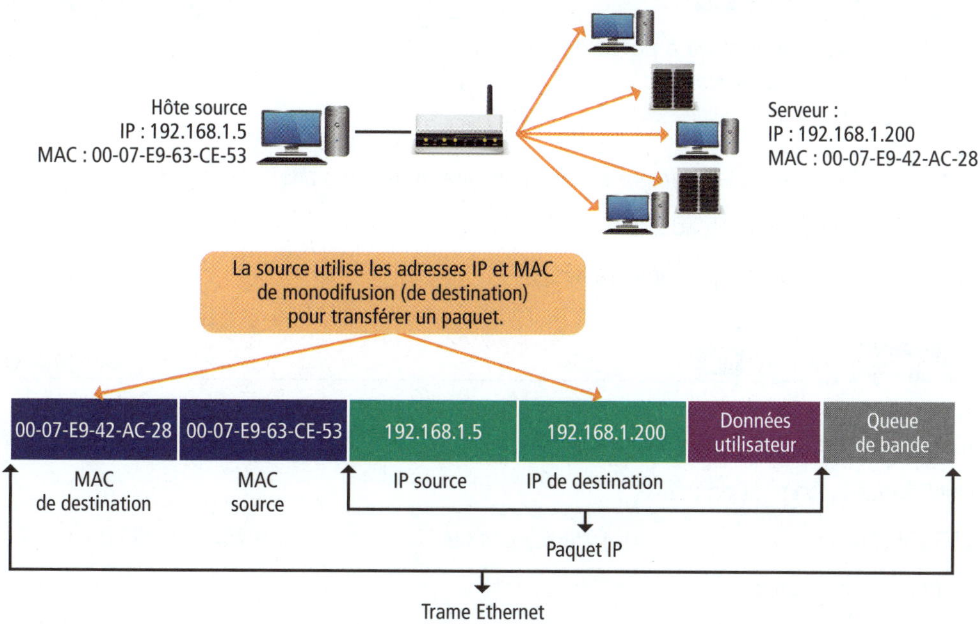

▲ Échange en monodiffusion.

Exercices d'entraînement

Exercice 1 (10 min) SIN *Corrigé p. 188*

Adresse du réseau
Soit l'adresse 77.45.234.56/17.

1. Déterminer le masque sous la forme décimale.
2. Donner l'adresse réseau.
3. Donner l'adresse de diffusion (broadcast).

Exercice 2 (5 min) SIN

Corrigé p. 188

Adresse IP ou adresse MAC

Dire pour chaque adresse, s'il s'agit d'une adresse IP ou d'une adresse MAC.

a) 10.1.2.2 b) C4:85:08:B2:36:03 c) 192.168.1.0

d) 70-1A-04-5F-9B-3B e) 92.153.171.186 f) 123.45.6.7

Exercice 3 (10 min) SIN

Corrigé p. 189

Définition des classes et masque de sous-réseau

Donner la classe et le masque de sous-réseau des adresses IP suivantes :

a) 38.100.6.24 b) 193.205.9.43 c) 141.10.3.88

Exercice 4 (15 min) SIN

Corrigé p. 189

Caractéristiques d'un réseau à partir de son adresse IP

Pour chacun des réseaux suivants :

a) 10.68.2.1 / 15 b) 10.68.2.1 / 255.255.192.0

1. Déterminer l'adresse IP, la première adresse machine, la dernière adresse machine.
2. Déterminer l'adresse de broadcast.
3. En déduire le nombre d'hôtes adressables.

Exercice 5 (10 min) SIN

Corrigé p. 189

Masque de sous-réseau d'une structure

Une entreprise comporte 350 équipements informatiques connectés reliés dans un réseau.

1. Quel(s) masque(s) peut-on utiliser ?

a) 255.255.0.0 b) 255.255.248.0 c) 255.255.255.0

2. Justifier votre réponse.

Exercice 6 (20 min) SIN

Corrigé p. 189

Débit de transmission

Soit la transmission en wifi de la trame Ethernet suivante :

80 00 20 7A 3F 3E	80 00 20 20 3A AE	08 00	IP, ARP, etc.	00 20 20 3A
Adresse MAC Destination	**Adresse MAC Source**	**EtherType**	**Donnée**	**CRC *Cheksum***
En-tête MAC (14 octets)			46 – 1 500 octets	4 octets
Trame Ethernet de Type II (64 à 1 518 octets)				

IEEE 802.11g est une des normes wifi. Elle est ici le support de transmission. Cette norme spécifie un mode de transmission de données par liaison sans fil à des débits allant jusqu'à 54 Mbits/s dans la bande de fréquences des 2,4 GHz.

1. Donner l'adresse MAC de l'émetteur.
2. Calculer, en octets, la longueur maximum de la trame Ethernet.
3. Donner la fréquence radio de la transmission wifi.
4. Donner le débit de la transmission.
5. Déterminer le temps pour transmettre une trame Ethernet.

Exercice 7 (50 min) ITEC SIN EE AC

Corrigé p. 189

Afin de développer son offre ludique du quartier, l'agglomération de Montpellier a inauguré son aquarium *Mare Nostrum*.

Cet équipement pédagogique et ludique permet de divertir et de sensibiliser à la préservation de la biodiversité marine, dans la droite lignée de la politique de développement durable de Montpellier Agglomération.

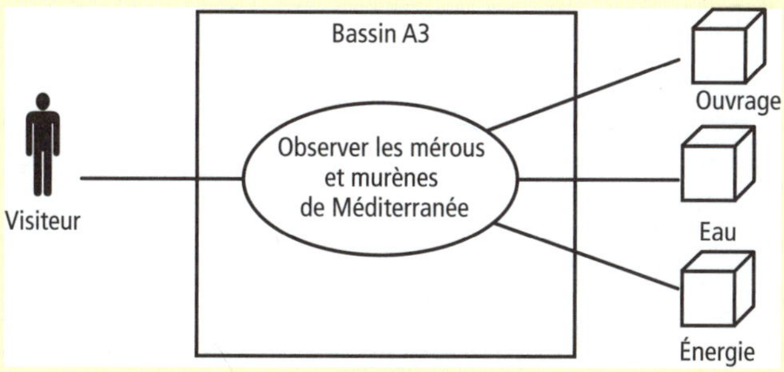

▲ Document 1.

Dès son ouverture en 2007, l'aquarium *Mare Nostrum* de Montpellier Agglomération s'est associé à l'Ifremer.

On souhaite étudier le réseau informatique contrôlant la gestion des bassins de l'aquarium.

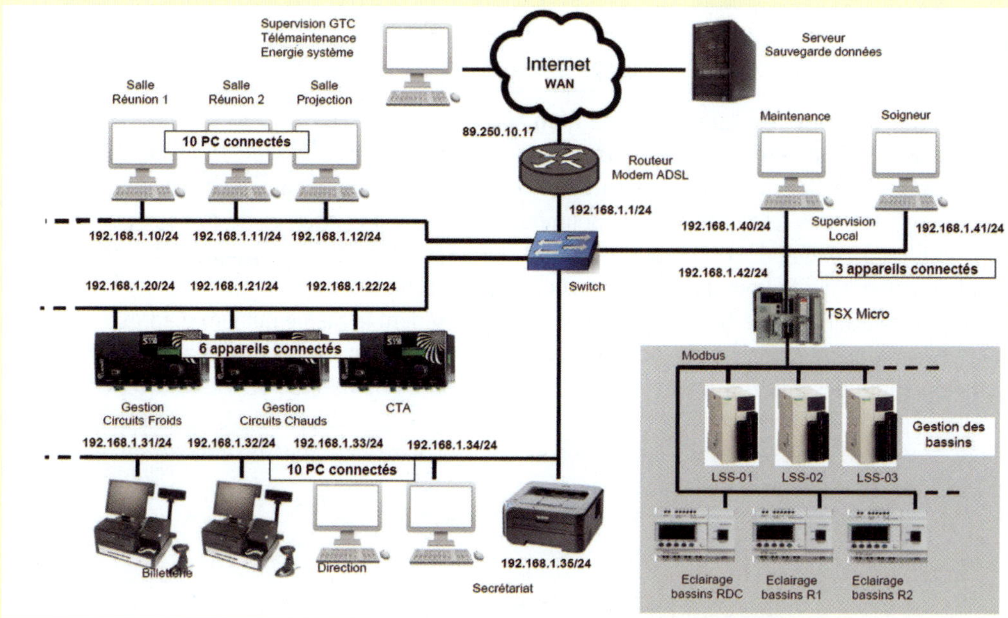

▲ Document 2. Structure du réseau informatique de l'aquarium.

1. Adressage en classe

Durant les premières années d'internet, l'assignation des adresses aux réseaux finaux consistait à octroyer le premier octet de l'adresse au réseau, c'est-à-dire que 256 réseaux de 16 millions d'adresses étaient possibles. Devant la limitation qu'impose ce modèle, le document IEN 461 propose de modifier la façon dont les adresses sont assignées.

Ces différentes classes ont chacune leurs spécificités en termes de répartition du nombre d'octets servant à identifier le réseau ou les ordinateurs connectés à ce réseau :

– Une adresse IP de classe A dispose d'une partie Net ID ne comportant qu'un seul octet,
– Une adresse IP de classe B dispose d'une partie Net ID comportant deux octets,
– Une adresse IP de classe C dispose d'une partie Net ID comportant trois octets.

Afin d'identifier à quelle classe appartient une adresse IP, il faut examiner les premiers bits de l'adresse.

Classe A :

Une adresse IP de classe A dispose d'un seul octet pour identifier le réseau et de trois octets pour identifier les machines sur ce réseau. Un réseau de classe A peut comporter jusqu'à 2^{3x8} –2 postes, soit 2^{24} –2, soit plus de 16 millions de terminaux.

Classe B :

Une adresse IP de classe B dispose de deux octets pour identifier le réseau et de deux octets pour identifier les machines sur ce réseau. Un réseau de classe B peut comporter jusqu'à 2^{3x8} –2 postes, soit 2^{16} –2, soit 65 534 terminaux.

Classe C :

Une adresse IP de classe C dispose de trois octets pour identifier le réseau et d'un seul octet pour identifier les machines sur ce réseau. Un réseau de classe C peut comporter jusqu'à 2^{8} –2 postes (adresse du réseau et adresse de diffusion), soit 254 terminaux.

Résumé

Classe	Bits de départ	Plage de début	Plage de fin	Notation CIDR	Masque
Classe A	0	0.0.0.0	127.255.255.255	/8	255.0.0.0
Classe B	10	128.0.0.0	191.255.255.255	/16	255.255.0.0
Classe C	110	192.0.0.0	223.255.255.255	/24	255.255.255.0

2. Masque de sous-réseau et adresse d'un réseau

Le masque de sous-réseau (*subnet mask*) permet de segmenter un réseau en plusieurs sous-réseaux. On utilise alors une partie des bits de l'adresse d'hôte pour identifier des sous-réseaux.

L'adressage de sous-réseau permet de définir des organisations internes de réseaux qui ne sont pas visibles à l'extérieur de l'organisation. Cet adressage permet par exemple l'utilisation d'un routeur externe qui fournit alors une seule connexion internet.

Toutes les machines appartenant à un sous-réseau possèdent le même numéro d'adresse réseau. On utilise le même principe que pour le masque par défaut sur l'octet de la partie hôte auquel on va prendre des bits. Ainsi, le masque de sous-réseau d'une adresse de classe B commencera toujours par 255.255.xx.xx

Pour connaître l'adresse du sous-réseau auquel une machine appartient, on effectue en réalité un ET logique entre l'adresse de la machine et le masque.

Exemple

Recherche de l'adresse d'un réseau à partir de l'adresse IP d'une machine et de la valeur du masque.

Adresse : 200.100.40.33 →	11001000 . 01100100 . 00101000 . 00100001
Masque : 255.255.255.224 →	11111111 . 11111111 . 11111111 . 11100000
Opération ET	11001000 . 01100100 . 00101000 . 00100000

→ La machine appartient au sous-réseau : 200.100.40.32

▲ Document 3 : Réseaux informatiques.

L'aquarium est doté d'un réseau informatique et d'un accès à internet permettant une gestion à distance de tout le système technique.

Cet environnement informatique permet de :
– détecter des défauts de fonctionnement du système de manière à répondre rapidement aux besoins de santé et de confort de la faune marine ;
– limiter au maximum les déplacements des techniciens et ainsi de participer à la diminution d'émission de CO_2 en signalant les dysfonctionnements par SMS.

Le schéma représentatif du réseau informatique est donné sur le Document 2.

La supervision GTC comprend un poste local et un poste de télémaintenance déporté sur internet.

La transmission des données est effectuée sous le protocole Ethernet TCP/IP.

Les équipements internes à l'aquarium doivent communiquer avec le superviseur sur internet.

Étant souvent en dehors de leur local, les soigneurs demandent au service de maintenance d'avoir accès aux différentes informations et alarmes des bassins (température, PH, défaut pompe de brassage…) sur une tablette, à n'importe quel endroit de l'aquarium. Ils souhaitent aussi pouvoir naviguer sur l'internet et échanger par mail depuis n'importe quel endroit du bâtiment.

Pour répondre à ce besoin, il est nécessaire de connaître l'organisation et le paramétrage du réseau informatique de l'aquarium (voir Document 2).

1. (**Documents 1, 2 et 3**)
Relever l'adresse publique qui lui permet de communiquer avec le superviseur sur l'internet ainsi que l'adresse privée qui lui permet de communiquer avec le matériel de l'aquarium.

2. (**Documents 2 et 3**)
Justifier le rôle du routeur modem ADSL dans la structure de ce réseau informatique.

3. (**Documents 2 et 3**)
Pour répondre aux besoins des soigneurs, il est nécessaire d'augmenter le nombre d'équipements communicants du réseau. On souhaite vérifier la possibilité de rajouter des points d'accès.
Donner, pour la partie LAN, le masque et l'adresse du réseau de l'aquarium.
Justifier, dans la situation décrite, que tous les matériels (ordinateurs, imprimantes…) de ce réseau informatique LAN peuvent communiquer entre eux.
Indiquer le nombre de matériels connectés à ce réseau.

4. (**Documents 2 et 3**)
Proposer en la justifiant une solution technologique de communication afin de répondre aux attentes des soigneurs.
Indiquer le nombre de tablettes pouvant être connectées simultanément sur ce réseau.
Quel autre usage de ce réseau pourrait être développé pour renforcer l'attractivité de l'aquarium ? Argumenter votre point de vue.

Sujet du Bac

Épreuve écrite

Corrigés p. 190

Exercice 1 Commun (10 points) (35 min)

Le Futuroscope est un parc de loisirs français à thème technologique, scientifique, d'anticipation et ludique, dont les attractions mélangent approches sensorielles et les projections d'images.

Le parc est composé de 22 pavillons, bâtiments principalement composés de métal, de verre semi-réfléchissant et de matériaux composites. Leurs formes géométriques (sphère, cube, cylindre…) ou minérales (goutte d'eau, cristal…) donnent aux pavillons un style à la fois moderne et intemporel.

Situé dans le département de la Vienne à 10 kilomètres au nord de Poitiers, le parc est entouré d'une technopole comprenant des universités, des grandes écoles, des laboratoires de recherche, des entreprises et des lieux d'hébergement.

En 2015, le Futuroscope est le 3e parc de loisirs français en ce qui concerne la fréquentation annuelle avec 1,87 million de visiteurs, et le 2e en fréquentation totale avec près de 50 millions de visiteurs depuis son ouverture en 1987.

Les automates TSX offrent, à partir du module de communication SCY 21601, l'échange d'informations en liaison série RS-485 avec le grand écran composé de 10 écrans défilants.

Le grand écran fournissant les informations des files d'attente de tous les pavillons est situé à 400 m du pavillon Kinémax. La liaison RS-485 est une liaison série qui permet un débit élevé sur une distance importante jusqu'à 1 200 m.

Pour simplifier le schéma ci-dessous, tous les automates n'ont pas été représentés.

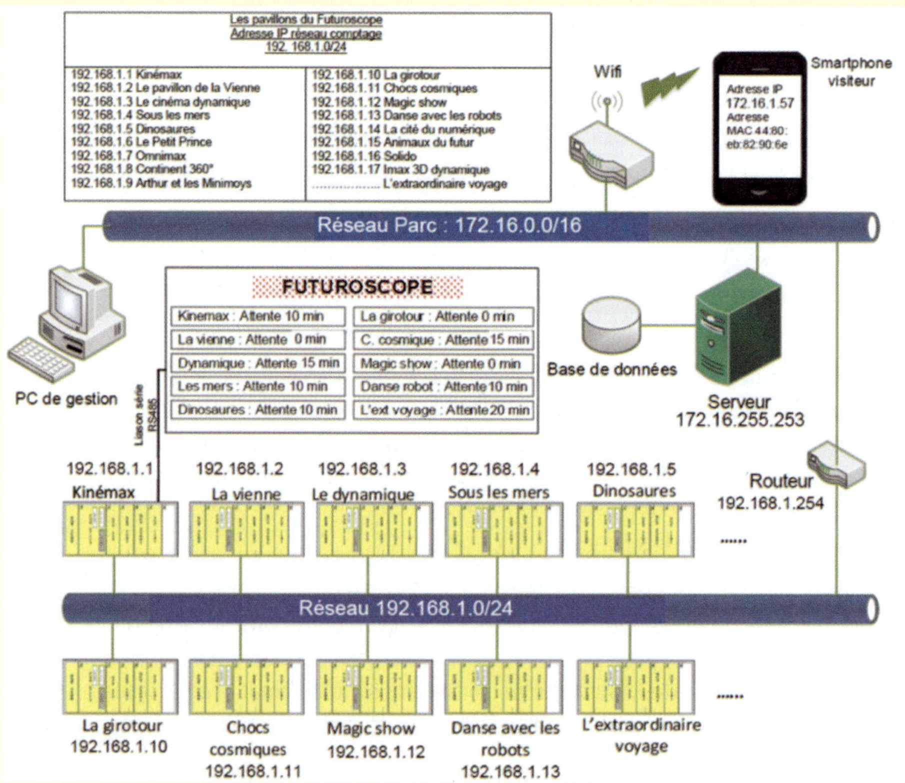

Mise en réseau de l'ensemble des pavillons

L'objectif est de vérifier qu'il est nécessaire de mettre tous les pavillons en réseau afin de diffuser toutes les informations des temps d'attente sur les 5 grands écrans répartis dans le parc.

Une adresse IP se décompose en deux parties : la NetID (partie réseau) et la HostID (partie hôtes).

Questions

1. Identifier la partie NetID et HostID à partir de l'adresse IP de l'attraction « *Danse avec les robots* » et des informations fournies.

Chacune des 18 attractions du parc possède un automate de gestion de comptage.

2. Justifier simplement que tous les automates appartiennent au même réseau.
3. Indiquer la plage d'adresses IP disponibles du réseau et attribuer une adresse IP libre pour la carte réseau de l'automate de « *L'extraordinaire voyage* ».
   Les visiteurs peuvent se connecter au réseau wifi du parc afin d'obtenir toutes les informations sur les durées des files d'attente. Lors d'une connexion sur le réseau wifi du parc, le serveur attribue automatiquement une adresse IP au smartphone du visiteur.

On veut vérifier que le réseau wifi peut supporter la connexion de tous les visiteurs simultanément, même les jours d'affluence maximum.

4. Relever l'adresse IP attribuée au smartphone et vérifier que celui-ci peut communiquer avec le réseau wifi du parc.

Le parc reçoit au maximum 18 000 visiteurs par jour.

5. Calculer le nombre d'hôtes pouvant se connecter à ce réseau wifi et vérifier si cela est suffisant.
6. Au regard de la partie que vous venez de traiter, citer d'autres solutions techniques qui auraient pu être mises en œuvre dans le parc pour optimiser les flux de visiteurs.

Sujet du Bac

Le Grand oral

QUESTION 1 Pourquoi le prototypage rapide, la fabrication additive et l'impression 3D sont-ils des processus de production vertueux en terme environnemental. Quels sont les enjeux sur la production de biens et de services ?

PREMIÈRE PARTIE Votre exposé 10 min

Les raisons de mon choix 2 min

- J'ai choisi ce thème car la production locale des biens est un enjeu majeur de nos sociétés, elle concerne des besoins sociétaux actuels dans un contexte de mondialisation.
- J'ai choisi de montrer sur un exemple concret de réalisation technique en quoi l'impression 3D permet d'alléger les solutions de liaisons (gain énergétique), diminuer les temps de production (gain de productivité) et permettre une production locale avec des moyens unifiés.

Mon développement 7 min

- J'ai réalisé un bilan environnemental (matière et énergie) à solutions techniques équivalentes sur les phases de vie du produit pour évaluer la validité environnementale de la solution par fabrication additive.
- La fabrication additive a permis des gains importants en matière en allégeant les structures. Elle a rendu possible une solution technologique inaccessible à des moyens conventionnels de production.
- L'impression 3D permet de produire localement, diminue les effets du transport mais est gourmande en énergie. Elle est de plus productrice d'emploi à qualification élevée.

Ma réponse à la question 1 min

Je peux conclure que la mise en œuvre de mon étude à travers la réalisation du projet en classe m'a permis de valider les exigences exprimées dans le cahier des charges et de répondre aux questions sociétale et environnementale de mon étude.

DEUXIÈME PARTIE Échange avec le jury 10 min

Questions possibles du jury

- De quelle manière la productivité impacte-t-elle l'environnement ?
- Comment avez-vous évalué les performances de votre solution ? Pouvez-vous expliciter et quantifier vos résultats et justifier vos écarts avec vos objectifs ?
- Quel est le lien entre la maîtrise des solutions de production et le développement durable ?
- Quelles différences y a-t-il entre les différents procédés de fabrication additive ?
- Comment s'inscrit l'impression 3D dans la chaîne numérique ?

QUESTION 2 En quoi la maîtrise des performances énergétiques peuvent-elles répondre à une amélioration de la productivité ?

Cette question aborde l'enseignement spécifique SIN

PREMIÈRE PARTIE Votre exposé 10 min

Les raisons de mon choix 2 min

- J'ai choisi cette problématique de l'amélioration des performances énergétiques car elle répond aux exigences du développement durable. Enjeu majeur de nos sociétés, il touche au besoin élémentaire de l'approvisionnement en nourriture.

- J'ai axé mon étude sur l'élaboration d'une chaîne d'information d'un dispositif microprogrammé pour améliorer les performances énergétiques d'une serre horticole en contrôlant les paramètres informationnels. Dans un système MEI (Matière Énergie Information), le traitement informationnel participe à l'optimisation de la commande énergétique.

Mon développement 7 min

- Le traitement de l'information permet d'identifier les paramètres sur lesquels on peut jouer pour corriger une tendance. Le captage de la température assurée de manière optimale dans l'ensemble de la serre produit une loi de commande de la partie opérative (chauffage) via une régulation de température. Le maintien de la température interne du local dans la gamme prévue permet d'avoir une meilleure croissance des produits et donc une productivité accrue.
- Mon projet en spécialité m'a permis de développer, concevoir, choisir les capteurs et la cible microprogrammée les plus performants technologiquement et sur l'aspect économique.
- J'ai élaboré un programme de traitement numérique du signal avec une opération de moyennage pour minimiser les écarts entre le modèle numérique et les attendus et pour implémenter le programme optimisé dans la cible (carte Arduino).

Ma réponse à la question 1 min

La mise en œuvre de mon étude m'a permis de valider les performances exigées dans le cahier des charges et de répondre aux questions sociétale et environnementale de mon étude.

DEUXIÈME PARTIE Échange avec le jury 10 min

Questions possibles du jury

- De quelle manière la productivité impacte-t-elle l'environnement ?
- Quel est le lien entre la maîtrise des performances énergétiques et le développement durable ?
- Pouvez-vous justifier vos choix technologiques et vos protocoles expérimentaux ?
- Quels sont les paramètres du logiciel élaboré qui ont permis la réduction des écarts entre le modèle numérique et les attendus du cahier des charges ?
- Les résultats obtenus sont-ils satisfaisants au regard de vos objectifs ?

QUESTION 3 Comment les énergies renouvelables peuvent-elles améliorer le confort des gîtes de haute montagne ?

Cette question aborde l'enseignement spécifique EE.

PREMIÈRE PARTIE Votre exposé 10 min

Les raisons de mon choix 2 min

- Je suis sensible aux problèmes du développement durable.
- J'ai déjà fréquenté des gîtes de haute montagne lors de randonnées pendant les vacances d'été.
- J'utilise régulièrement des équipements électriques de faibles puissances et je suis confronté(e) au problème de la recharge.

Mon développement 7 min

- Les gîtes de haute montagne sont souvent isolés du réseau électrique. Ils servent de refuge pour les randonneurs qui peuvent trouver en ces lieux un endroit pour se reposer ou pour passer la nuit, mais le confort y est très rudimentaire.
- Pour améliorer l'accueil des utilisateurs, il est nécessaire de disposer de l'énergie électrique (éclairage, recharge de smartphone, de petits équipements électriques...).
- L'utilisation d'un groupe électrogène pour produire l'énergie électrique n'est pas une solution satisfaisante, car d'une part elle nécessite un ravitaillement régulier en carburant et d'autre part la combustion du carburant dégage des gaz à effet de serre.

- La production d'électricité à partir des sources d'énergies renouvelables est une solution pertinente pour ce type d'endroit car elle permet de préserver l'environnement.
- L'utilisation de panneaux photovoltaïques convient aux gîtes dans la mesure où ils sont essentiellement fréquentés l'été. Cependant l'énergie solaire est intermittente, il est donc nécessaire de stocker l'énergie électrique produite car elle est souvent consommée quand il n'y a pas de soleil.
- La production de l'énergie électrique peut-être structurée autour d'un panneau photovoltaïque associé à une batterie pour le stockage de l'énergie. Un régulateur permet de contrôler la charge et la décharge de la batterie. Un onduleur permet de convertir la tension continue de la batterie en tension alternative.

Ma réponse à la question 1 min

L'utilisation de l'énergie solaire photovoltaïque pour produire de l'électricité permet d'améliorer le confort des gîtes de haute montagne. Ce qui rend ces lieux accessibles à un plus grand nombre de randonneurs et contribue localement au développement touristique.

DEUXIÈME PARTIE Échange avec le jury 10 min

Questions possibles du jury

- Quelles sont les sources d'énergies renouvelables que l'on peut utiliser en haute montagne ?
- Quelles sont les différentes technologies des panneaux photovoltaïques ?
- Quels sont les différents moyens technologiques de stockage de l'énergie électrique ?
- Quels sont les critères à prendre en considération pour choisir les différents éléments de la chaîne des puissances ?

QUESTION 4 En quoi la rénovation d'un pavillon meulière de 1920 contribue à lutter contre le dérèglement climatique ?

Cette question aborde l'enseignement spécifique AC.

PREMIÈRE PARTIE Votre exposé 10 min

Les raisons de mon choix 2 min

- J'ai choisi ce thème car l'amélioration des performances énergétiques de l'habitat est au cœur de ma spécialité AC : allier les contraintes techniques aux matériaux respectueux de l'environnement.
- La cause principale du réchauffement climatique est liée aux activités de l'homme : combustion du charbon, du pétrole et du gaz pour le chauffage, l'éclairage et l'électricité.
- J'ai axé mon travail sur la recherche des paramètres les plus importants pour rendre cette rénovation la plus efficace possible tout en justifiant la réglementation RT 2020.

Mon développement 7 min

- L'isolation de la partie existante sera renforcée par une couche d'isolation extérieure couverte d'un bardage en bois.
- La partie nouvelle sera composée de briques isolantes, d'un bardage en bois, d'une forte épaisseur de ouate de cellulose pour la toiture, d'un plancher sur radier isolant.
- Les surfaces vitrées représenteront plus d'1/6e de la surface habitable comme l'exige la réglementation RT 2012 (accords internationaux sur le climat).
- La couverture de l'extension sera composée de panneaux solaires thermiques et photovoltaïques.
- Il faudra évaluer les besoins énergétiques de la construction.

Ma réponse à la question 1 min

Les paramètres sur lesquels agir sont multiples et participent chacun à améliorer les performances du bâtiment. Il faut pouvoir bien évaluer les besoins et les apports de chaque solution et les matériaux compatibles avec le développement durable.

DEUXIÈME PARTIE Échange avec le jury (10 min)

Questions possibles du jury

- Qu'est-ce qui différencie les panneaux solaires thermiques des panneaux photovoltaïques ?
- L'utilisation du bois est-elle éco-compatible ?
- Quelles sont les règlementations thermiques à respecter ? Quelle est la différence entre la RT2012 et la RT2020 ?
- Comment évaluer les besoins énergétiques ?
- Comment évaluer les apports de chaque solution proposée ? Par exemple, si les panneaux solaires permettent une production annuelle estimée à environ 500 kW.h, est-ce suffisant par rapport au prix de l'installation ?

Grille d'évaluation indicative de l'épreuve orale :

Ci-dessous tous les points qui seront étudiés pour constituer votre note :

	Qualité orale de l'épreuve	Qualité de la prise de parole en continu	Qualité des connaissances	Qualité de l'interaction	Qualité et construction de l'argumentation
Très insuffisant	Difficilement audible sur l'ensemble de la prestation. Le candidat ne parvient pas à capter l'attention.	Énoncés courts, ponctués de pauses et de faux démarrages ou énoncés longs à la syntaxe mal maîtrisée.	Connaissances imprécises, incapacité à répondre aux questions, même avec une aide et des relances.	Réponses courtes ou rares. La communication repose principalement sur les évaluateurs.	Pas de compréhension du sujet, discours non argumenté et décousu.
Insuffisant	La voix devient plus audible et intelligible au fil de l'épreuve mais demeure monocorde. Vocabulaire limité ou approximatif.	Discours assez clair mais vocabulaire limité et énoncés schématiques.	Connaissance réelle, mais difficulté à les mobiliser en situation à l'occasion des questions du jury.	L'entretien permet une amorce d'échange. L'interaction reste limitée.	Début de démonstration mais raisonnement lacunaire. Discours insuffisamment structuré.
Satisfaisant	Quelques variations dans l'utilisation de la voix ; prise de parole affirmée. Il utilise un lexique adapté. Le candidat parvient à susciter l'intérêt.	Discours articulé pertinent, énoncés bien construits.	Connaissances précises, une capacité à les mobiliser en réponses aux questions du jury avec éventuellement quelques relances.	Répond, contribue, réagit. Se reprend, reformule en s'aidant des propositions du jury.	Démonstration construite et appuyée sur des arguments précis et pertinents.
Très satisfaisant	La voix soutient efficacement le discours. Qualité prosodique marquée (débit, fluidité, variations et nuances pertinentes). Le candidat est pleinement engagé dans sa parole. Il utilise un vocabulaire riche et précis.	Discours fluide, efficace, tirant pleinement profit du temps et développant ses propositions.	Connaissances maîtrisées, les réponses aux questions du jury témoignent d'une capacité à mobiliser ces connaissances à bon escient et à les exposer clairement.	S'engage dans sa parole, réagit de façon pertinente. Prend l'initiative dans l'échange. Exploite judicieusement les éléments fournis par la situation d'interaction.	Maîtrise des enjeux du sujet, capacité à conduire et exprimer une argumentation personnelle, bien construite et raisonnée.

CHAPITRE 1

(Énoncés p. 17)

1 1.

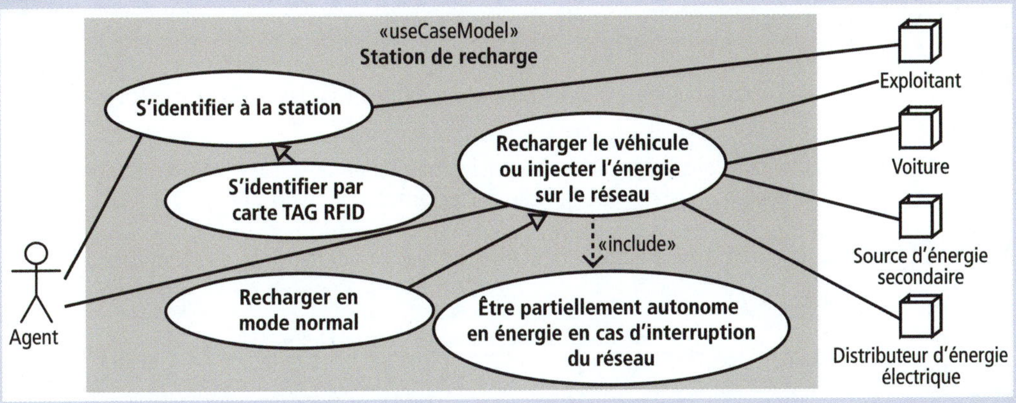

2. L'accès sera protégé par un plot escamotable.

3. Pour s'identifier à la station, l'utilisateur doit présenter un tag (badge) et appartenir à la base de données de l'exploitation de station.

4. Les exigences requises pour gérer la demande d'énergie sont :
– recueillir le niveau de charge des batteries,
– piloter le soutirage ou l'injection de l'énergie,
– piloter le délestage,
– compter l'énergie.

5. Des panneaux photovoltaïques sont utilisés pour compléter l'apport en énergie.

6. Le rôle du « *smart meter* » permet de compter l'énergie tout en permettant une meilleure utilisation du réseau en choisissant le meilleur tarif et en jouant sur les heures de consommation.

2 1. Bague de réglage : réguler ;
Piston principal : mesurer ;
Piston doseur : doser ;
Homogénéiseur : mélanger.

2. Ibd complété :

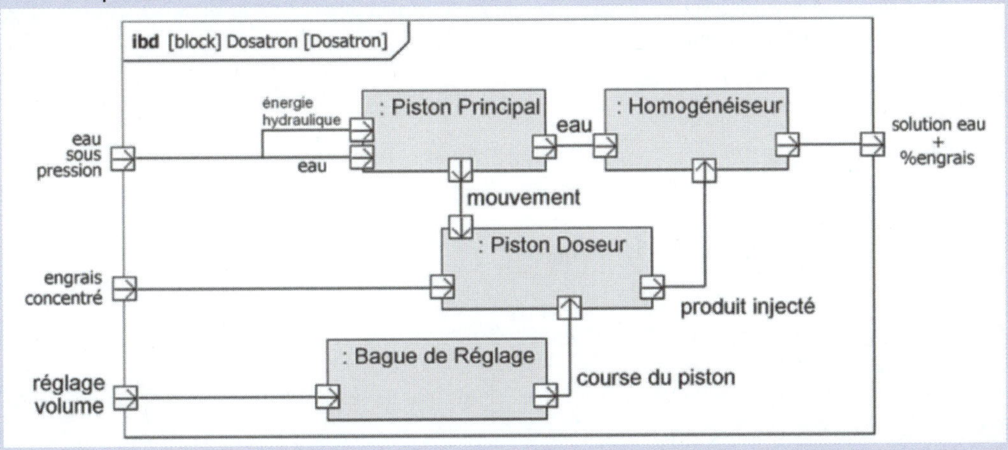

 (Énoncés p. 25)

1 1. La consommation directe d'énergie s'élèvera à $150 \times 3 \times 300 \times 4 = 540$ kWh.

2. L'énergie grise est la somme des énergies consommées dans chaque phase.
Il faudrait ajouter aux phases de production et d'utilisation, l'énergie nécessaire à son conditionnement, son transport et son recyclage :

$E_{grise} = 3\,000 + 540 = 3\,540$ kWh $= 12\,744$ MJ. (1 kWh = 3,6 MJ)

2 1. Plus la taille de l'écran augmente plus l'empreinte carbone et sur les ressources matières utilisées augmentent.

2. Les effets des GES ne sont pas proportionnels car la progression ne suit pas une régression linéaire (droite). Les effets augmentent plus vite que la taille des écrans.

3 1. En fin de vie une partie de la matière peut être recyclée et permet donc d'économiser du CO_2.

2. L'empreinte carbone par an :

$$EC = \sum \text{masses des phases de vie} = \frac{60{,}8 + 2{,}5 + 2{,}5 + 3{,}2 + 4{,}7 + 31{,}3 - 3{,}4}{5} = 20{,}3 \text{ kg eq } CO_2\text{/UF/an.}$$

4 1., 2. et 3. voir tableau.

	%	Masse (en tonnes)	Énergie nécessaire à la fabrication	CO_2 dégagé lors de la fabrication du matériau
CFRP	50	80	$286 \times 80 \times 10^3 = \mathbf{22{,}88 \times 10^6}$ **MJ**	$23{,}4 \times 80 \times 10^3 = 1\,872$ t
Alliages d'alu	20	32	$203 \times 32 \times 10^3 = \mathbf{6{,}496 \times 10^6}$ **MJ**	$12{,}8 \times 32 \times 10^3 = 256$ t
Alliages de titane	15	24	$900 \times 24 \times 10^3 = \mathbf{21{,}6 \times 10^6}$ **MJ**	$56 \times 24 \times 10^3 = 840$ t
Aciers allié	10	16	$38 \times 16 \times 10^3 = \mathbf{0{,}608 \times 10^6}$ **MJ**	$2 \times 16 \times 10^3 = 32$ t
Total				3 **000 t**

5 1. $E = masse_{PPE} \times E_{\text{énergie massique}} = 40 \times 10^{-3} \times 8 = 0{,}32$ MJ.

2. $EC_{CO_2} = masse_{PPE} \times d_{\text{densité } CO_2} = 40 \times 10^{-3} \times 2{,}1 = 0{,}084$ kg de CO_2.

3. Le PPE composé de polypropylène uniquement est 100 % recyclable.

6 1. Chaque armature pèse 632 grammes. L'énergie minimale nécessaire à la production d'un kilogramme de PE est de 28 600 $\text{kWh} \cdot \text{t}^{-1}$ donc l'énergie nécessaire à la production des armatures vaut :

$E_{armatures} = 2 \times masse \times E_{\text{énergie massique}} = 2632 \times 10^{-6} \times 28600 = 36$ kWh.

2. Le processus de fabrication du PE à partir de matière vierge rejette 0,899 kt de gaz à effet de serre (GES) pour 1 000 t de PE produites.

$$m_{CO_2} = 2 \times 632 \times 10^{-6} \times \frac{0{,}899 \times 1000}{1000} = 2 \times (632 \times 0{,}899) \times 10^{-6} \approx 1\,136 \times 10^{-3} \text{ kg de GES.}$$

3. La collecte et le transporte vers le centre de tri génère des émissions de GES à raison de 0,072 kt de CO_2 fossile par 1 000 t de PE, auxquelles s'ajoutent les émissions du procédé de recyclage lui-même soit 0,122 kt de CO_2 fossile par 1 000 t de PE.

$$m_{CO_2} = 2 \times 632 \times 10^{-6} \times \frac{(0{,}072 + 0{,}122) \times 1000}{1000} = 2 \times (632 \times 0{,}194) \times 10^{-6} \approx 245 \times 10^{-3} \text{ kg de GES.}$$

4. Produire les armatures coûte 1 130 g de GES.
Recycler les armatures coûte 245 g de GES.
Il est donc cinq fois moins polluant de les recycler plutôt que de les produire à partir de matières premières.

7 **1.** Phase de vie la plus polluante :
Cas Alliage 1060 : phase d'acquisition des ressources matières sur tous les indicateurs.
Cas ABS : phase d'acquisition des ressources matières sur tous les indicateurs.

2. La solution utilisant l'ABS est moins polluante sur tous les indicateurs.
Il faudrait nuancer les résultats en comparant la durée de vie estimée des deux solutions (la solution carter Alu à des chances de durer plus longtemps, il faudrait alors ramener les résultats à l'unité fonctionnelle).

SUJET DU BAC

(Énoncé p. 28)

1. Tous les critères de l'ACV fibres de lin sont inférieurs à ceux de l'ACV fibres de verre sauf un : l'eutrophisation. Les fibres de verre sont donc largement plus impactantes pour l'environnement.

2. L'eutrophisation reste élevée car le lin est produit par culture agricole. Cela nécessite donc l'apport de produits (engrais notamment) qui génèrent, à la longue, un excès d'azote dans les milieux aquatiques.

3. Le volume chargement vaut $V = 92 \text{ m}^3$, la masse volumique du PSE non compacté vaut $\rho_{nc} = 16 \text{ kg/m}^3$.

La masse de PSE non compacté transportable est $M_{\text{PSE NC}} = V \times \rho = 92 \times \dfrac{16}{1\,000} = 1{,}472$ t.

4. La masse utile de chargement est $M_{\text{PSE BC}} = 24$ t, la masse volumique du PSE est $\rho_{bc} = 300 \text{ kg/m}^3$.

Le volume de chargement est alors : $V_{\text{PSE BC}} = \dfrac{M_{\text{PSE NC}}}{\rho_{bc}} = 24 \times \dfrac{103}{300} = 80 \text{ m}^3$.

5. Il est donc plus avantageux de transporter le polystyrène sous forme compactée (+ de masse pour – de volume).

6. Impact du transport de collecte :
– impact trajet centre de tri vers recycleur $= \dfrac{400 \times 24 \times 0{,}012\,5}{50} = 2{,}4 \text{ t}_{ep}$.

– impact trajet recycleur vers site de fabrication $= \dfrac{650 \times 20 \times 0{,}012\,5}{50} = 3{,}25 \text{ t}_{ep}$.
– impact total $= 5{,}65 \text{ t}_{ep}$.

7. La planche Glazboard :
– utilise des fibres de lin pour la peau ce qui est moins impactant ;
– occasionne un transport du PSE sous forme compactée ce qui est aussi moins impactant.
La planche Glazboard prend en compte les contraintes environnementales ce qui permet de satisfaire les exigences de conception.

CHAPITRE 3

(Énoncés p. 33)

1 L'énergie consommée vaut : $E = P \times \Delta t$ avec $P = 1\,500$ W ; $\Delta t = 3$ h 40 min.
$\Delta t = 3 \times 3\,600 + 40 \times 60 = 13\,200$ s donc $E = 1\,500 \times 13\,200 = 19{,}8$ MJ $= 5{,}5$ kWh.

2 **1.** Pour soulever la charge, le treuil fournit un effort vertical vers le haut qui s'oppose au poids.

$F = m \times g = 300 \times 9{,}81 = 2\,943$ N, la vitesse est verticale vers le haut donc $\alpha = (\widehat{\vec{F},\vec{V}}) = 0$.
$P_{\text{méca}} = m \times g \times V \times \cos\alpha = 300 \times 9{,}81 \times 0{,}3 \times 1 = 882{,}9$ W.

2. La durée de l'action est de : $\Delta t = \dfrac{h}{V} = \dfrac{4{,}5}{0{,}3} = 15$ s, l'énergie nécessaire pour soulever la charge est donc de :
$E_{\text{méca}} = P_{\text{méca}} \times \Delta t = 882{,}9 \times 15 = 13{,}2$ kJ.

3 **1.** La puissance mécanique fournie par le moteur est $P_{\text{méca}} = C \times \Omega$, avec $C = 250$ Nm et $\Omega = \dfrac{2\pi N}{60} = \dfrac{2\pi \times 5\,000}{60} = 523{,}6 \text{ rad}\cdot\text{s}^{-1} \Rightarrow P_{\text{méca}} = C \times \Omega = 250 \times 523{,}6 = 130{,}9$ kW.

2. Le rendement est égal à : $\eta = \dfrac{P_{\text{méca}}}{P_{\text{élec}}}$. La puissance aborbée vaut donc : $P_{\text{élec}} = \dfrac{P_{\text{méca}}}{\eta} = \dfrac{130{,}9}{0{,}95} = 137{,}8$ kW.

4 **1.** La puissance hydraulique vaut : $P_{hyd} = q_v \times \Delta p$ avec $q_v = 120\ m^3 \cdot h^{-1} = \dfrac{120}{3\,600} = 0{,}03333\ m^3 \cdot s^{-1}$;

$\Delta p = 4{,}3$ bars $= 4{,}3 \times 10^5 Pa \Rightarrow P_{hyd} = q_v \times \Delta p = 0{,}0333 \times 4{,}3 \times 10^5 = 14{,}33$ kW.

2. Le rendement de la pompe $\eta_{pomp} = \dfrac{P_{hyd}}{P_{méca}}$;

La puissance mécanique vaut donc : $P_{méca} = \dfrac{P_{hyd}}{\eta_{pomp}} = \dfrac{14{,}33}{0{,}6} = 23{,}88$ kW ;

3. Le rendement du moteur $\eta_{mot} = \dfrac{P_{méca}}{P_{élec}}$

La puissance électrique vaut donc : $P_{élec} = \dfrac{P_{méca}}{\eta_{mot}} = \dfrac{23{,}88}{0{,}89} = 26{,}84$ kW.

4.

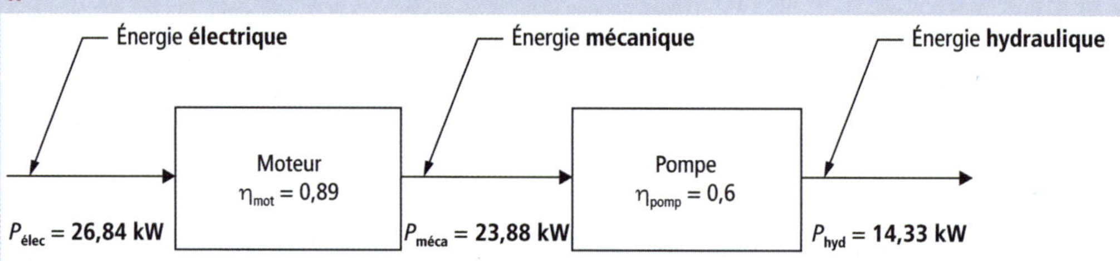

Le rendement vaut : $\eta_{glob} = \eta_{mot} \times \eta_{pomp} = 0{,}89 \times 0{,}6 = 0{,}534$.

Autre méthode : $\eta_{glob} = \dfrac{P_{hyd}}{P_{élec}} = \dfrac{14{,}33}{26{,}84} = 0{,}534$.

5 La puissance fluidique des courants marins à l'entrée de l'hélice $P_{fluid} = \dfrac{1}{2} A \rho V^3$ avec A, l'aire balayée par l'hélice $A = \pi \times R^2 = \pi \times 6^2 = 113{,}1\ m^2$; $\rho = 1\ 029\ kg/m^3$ masse volumique de l'eau de mer et $V = 2{,}5\ m \cdot s^{-1}$ la vitesse des courants.

$$P_{fluid} = \frac{1}{2} A \rho V^3 = \frac{1}{2} \times 113{,}1 \times 1029 \times 2{,}5^3 = 909{,}2 \text{ kW}.$$

6 **1.** La puissance électrique absorbée est $P = U \times I = 7{,}4 \times 1{,}3 = 9{,}62$ W.

2. L'autonomie $\Delta t = 28$ min$= 28 \times 60 = 1\ 680$ s ;
L'énergie fournie par la batterie est $E = P \times \Delta t = 9{,}62 \times 1\ 680 = 16{,}16$ kJ.

7 La puissance apparente vaut : $S = U \times I = 230 \times 12{,}5 = 2\ 875$ VA.
La puissance active vaut : $P = U \times I \times F_p = 230 \times 12{,}5 \times 0{,}93 = 2\ 674$ W.

8 La puissance thermique fournie par la chaudière vaut :
$P_{therm} = C_{peau} \times \Delta T \times q_m$ avec $q_m = q_v \times \rho_{eau}$

$q_m = q_v \times \rho_{eau} = 4{,}2 \times 10^3\ kg \cdot h^{-1} = \dfrac{4\,200}{3\,600} = 1{,}166\ kg \cdot s^{-1}$;
$\Delta T = T_1 - T_2 = 65 - 59 = 6$ °C.
$P_{therm} = C_{peau} \times \Delta T \times q_m = 4{,}18 \times 6 \times 1{,}166 = 29{,}26$ kW.

Remarque

ΔT peut être exprimée en °C ou en K :
$T_1 = 65 + 273{,}15 = 338{,}15$ K ;
$T_2 = 59 + 273{,}15 = 332{,}15$ K ;
$\Delta T = T_1 - T_2 = 338{,}15 - 332{,}15 = 6°$ C.

9 **1.** Pour un panneau, la surface vaut : $S_p = 72 \times 0{,}125 \times 0{,}125 = 1{,}125$ m² ; au total on a alors : $S_{total} = 768 \times 1{,}125 = 864$ m².

2. Énergie électrique : $E = \eta_{mono} \times Irr \times S_{total}$

	Jan.	Fev.	Mar.	Avr.	Mai	Juin	Juil.	Août	Sept.	Oct.	Nov.	Déc.
Irr (kWh/m²)	56,72	89,91	128,3	144,4	156,1	132,4	175,9	194,4	133,5	118,2	82,5	65,6
Énergie électrique (MWh)	7,35	11,65	16,63	18,71	20,23	17,16	22,79	25,20	17,30	15,32	10,69	8,50

$E_{année} = 7{,}35 + 11{,}65 + 16{,}63 + 18{,}71 + 20{,}23 + 17{,}16 + 22{,}79 + 25{,}20 + 17{,}30 + 15{,}32 + 10{,}69 + 8{,}50$
$E_{année} = 191{,}53$ MWh
Revenu annuel = 191,53 × 50 = 9 576,60 €.

10 **1.** L'aire *A* balayée par les pales est un disque de diamètre 90 m soit un rayon : $R = 45$ m ; $A = \pi \times R^2 = \pi \times 45^2 = 6\,361{,}7$ m².

2.

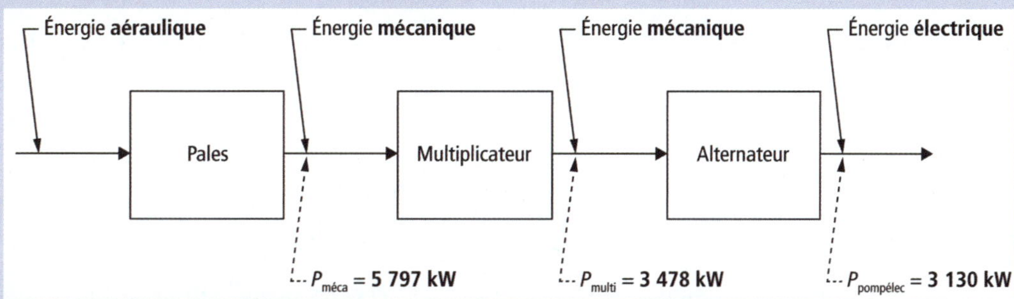

3. La puissance mécanique fournie par les pales est :

$$P_{méca} = \frac{1}{2} C_p A \rho V^3 = \frac{1}{2} \times 0{,}45 \times 1{,}2 \times 6\,361{,}7 \times 15^3 = 5\,797 \text{ kW}$$

$P_{multi} = \eta_{multi} P_{méca} = 0{,}6 \times 5\,797 = 3\,478$ kW
$P_{élec} = \eta_{alt} P_{multi} = 0{,}9 \times 3\,478 = 3\,130$ kW

La puissance totale du parc : $P_{parc} = 14 \times P_{élec} = 14 \times 3\,130 = 43\,820$ kW = 43,82 MW.

4. L'énergie produite par le parc est $E_{parc} = P_{parc} \times \Delta t$, avec 1 500 h ≤ Δt ≤ 3 500 h
$\Rightarrow E_{parc\_min} = 43{,}82 \times 1\,500 = 65\,730$ MWh = 65,73 GWh
$\Rightarrow E_{parc\_max} = 43{,}82 \times 3\,500 = 153\,370$ MWh = 153,37 GWh = 0,15337 TWh.

5. La centrale nucléaire de Nogent-sur-Seine produit 17,13 TWh que l'on compare à E_{parc_max}.

$\dfrac{E_{centr\_nucl}}{E_{parc\_max}} = \dfrac{17{,}13}{0{,}153\,37} \approx 112$; On en déduit que, dans le cas le plus favorable de la production éolienne, il faudrait 112 parcs de 14 éoliennes pour remplacer la centrale nucléaire.

11 **1.** $V(\text{m·s}^{-1}) = \dfrac{V(\text{km·s}^{-1})}{3{,}6}$; $F_{aérodynamique} = \dfrac{1}{2}\rho V^2 C_x S_f$ avec $\rho = 1{,}2$ kg/m³
$C_x = 0{,}7$ et $S_f = 6{,}96$ m² ;
$F_{roulement} = C_r m g$ avec $C_{r\_bus} = 0{,}0062$ et $m = 19{,}1$ tonnes = 19 100 kg
$P_{aérodynamique} = F_{aérodynamique} V$ et $P_{roulement} = F_{roulement} V$

On obtient enfin : $P_{totale} = P_{aérodynamique} + P_{roulement}$.

	8 h – 9 h	9 h – 10 h	10 h – 14 h	14 h – 16 h	16 h – 18 h
Vitesse ($m \cdot s^{-1}$)	2,78	4,17	5,55	4,17	2,78
$F_{aérodynamique}$ (N)	22,56	50,75	90,22	50,75	22,56
$P_{aérodynamique}$ (W)	62,65	211,46	501,23	211,46	62,65
$F_{roulement}$ (N)	1 161,7				
$P_{roulement}$ (W)	3 226,9	4 840,4	6 453,9	4 840,4	3 226,9
$P_{mécanique\_totale}$ (W)	3 289,6	5 051,9	6 955,1	5 051,9	3 289,6
$P_{électrique}$ (W)	4 795,3	7 364,3	10 138,7	7 364,3	4 795,3
$E_{électrique}$ (Wh)	4 795,3	7 364,3	40 554,7	14 728,5	9 590,7
$E_{électrique\_totale}$ (Wh)	77 033,4				

2. Lors de l'essai, distance $= \sum V \times \Delta t = 10 \times 1 + 15 \times 1 + 20 \times 4 + 15 \times 2 + 10 \times 2 = 155$ km.

3. *Volume de gazole = consommation × distance* = 0,3 × 155 = 46,5 litres

4. Énergie fossile consommée $E_{gazole} = PC_{gazole} \times Volume = 38\ 080 \times 46{,}5 = 1\ 770\ 720$ kJ = 491 867 Wh.

5. Rejet de CO_2 pour le bus diesel : 2,6 × 46,5 = 120,9 kg CO_2.
Rejet de CO_2 pour le bus électrique : 0,053 × 77,033 = 4,08 kg CO_2.

6. Le bus électrique consomme 77 kWh contre 491,9 kWh pour le bus diesel. De plus, il rejette 30 fois moins d'équivalent CO_2 et même aucune émission sur son parcours en ville.

12 **1.** La fenêtre est assimilée à l'association en série des résistances thermiques de chaque composant.

Fenêtre simple vitrage :

$$R_{verre} = \frac{e}{\lambda} = \frac{0{,}01}{1{,}15} = 0{,}00869\ m^2 \cdot K \cdot W^{-1}$$

$R_{fenêt\_SV} = R_{si} + R_{verre} + R_{se} = 0{,}13 + 0{,}00869 + 0{,}04$
$R_{fenêt\_SV} = 0{,}1787\ m^2 \cdot K/W$

$$U_{fenêt\_SV} = \frac{1}{R_{fenêt\_SV}} = \frac{1}{0{,}1787} = 5{,}6\ W \cdot m^{-2} \cdot K^{-1}$$

$H_{fenêt\_SV} = U_{fenêt\_SV} \times A = 5{,}6 \times 15 = 84\ W \cdot K^{-1}$
$P_{fenêt\_SV} = H_{fenêt\_SV} \cdot (T_i - T_e) = 84 \times (19 - 5) = 1\ 176\ W.$

Fenêtre double vitrage :

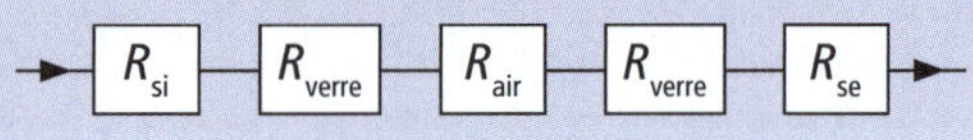

$$R_{verre} = \frac{e}{\lambda} = \frac{0{,}005}{1{,}15} = 0{,}00434\ m^2 \cdot K \cdot W^{-1}$$

$R_{fenêt\_DV} = R_{si} + 2 \times R_{verre} + R_{air} + R_{se}$
$R_{fenêt\_DV} = 0{,}13 + 2 \times 0{,}00434 + 0{,}14 + 0{,}04$
$R_{fenêt\_DV} = 0{,}3187\ m^2 \cdot K/W$

$$U_{fenêt\_DV} = \frac{1}{R_{fenêt\_DV}} = \frac{1}{0{,}3187} = 3{,}14\ W \cdot m^{-2} \cdot K^{-1}$$

$H_{fenêt\_DV} = U_{fenêt\_DV} \times A = 3{,}14 \times 15 = 47{,}1\ W \cdot K^{-1}$
$P_{fenêt\_DV} = H_{fenêt\_DV} \times (T_i - T_e) = 47{,}1 \times (19 - 5)$
$P_{fenêt\_DV} = 659{,}4\ W.$

2. *Énergie dissipée = puissance dissipée* × Δt
$E_{fenêt\_SV} = P_{fenêt\_SV} \times \Delta t = 1\ 176 \times 150 \times 24 = 4\ 233{,}6$ kWh
$E_{fenêt\_DV} = P_{fenêt\_DV} \times \Delta t = 659{,}4 \times 150 \times 24 = 2\ 373{,}8$ kWh
Économie d'énergie $= E_{fenêt\_SV} - E_{fenêt\_DV} = 4\ 233{,}6 - 2\ 373{,}8 = 1\ 859{,}8$ kWh
Gain $= (E_{fenêt\_SV} - E_{fenêt\_DV}) \times 0{,}145 = 1\ 859{,}8 \times 0{,}145 = 269{,}67$ €.

13 **1.** La puissance hydraulique à l'entrée de chaque turbine est :
$P_{hydraulique} = \Delta p \times q_v = \rho \times g \times \Delta h \times q_v = 10^3 \times 9{,}81 \times 90 \times 860 = 759{,}3$ MW

2. $P_{élec} = \eta_{global} \times P_{hydraulique} = 0{,}93 \times 759{,}3 = 706{,}1$ MW

$P_{\text{élec\_tot}} = 26 \times P_{\text{élec}} = 26 \times 706{,}1 = 18{,}36$ GW

3. $E_{\text{hydraulique}} = \rho \times g \times \Delta h \times V_{\text{volume}} = \rho \times g \times \Delta h \times 0{,}5 \times V_{\text{sto}}$

$E_{\text{hydraulique}} = 10^3 \times 9{,}81 \times 90 \times 0{,}5 \times 39{,}3 \times 10^9 = 1\ 735$ joules

$E_{\text{élec\_tot}} = \eta_{\text{global}} \times E_{\text{hydraulique}} = 0{,}93 \times 1735 = 1\ 613{,}55$ TWh

4. Autonomie $= \dfrac{E_{\text{élec\_tot}}}{P_{\text{élec\_tot}}} = \dfrac{1613{,}55}{0{,}7061} = 2\ 285 \text{ h} \approx 95$ jours.

SUJET DU BAC

(Énoncé p. 38)

1. Le besoin d'éclairer sur des périodes où il n'y a pas d'ensoleillement (pas de production photovoltaïque), nécessite de stocker l'énergie.

2. La solution est mobile, facile à installer (aucun raccordement), la production d'énergie est propre et silencieuse (confort des visiteurs).

3. Les ampoules LED ont la meilleure efficacité énergétique, ce qui permet de réduire la taille de la batterie pour le stockage de l'énergie, de plus, elles peuvent être alimentées en basse tension continue.

4. Chaîne des puissances :

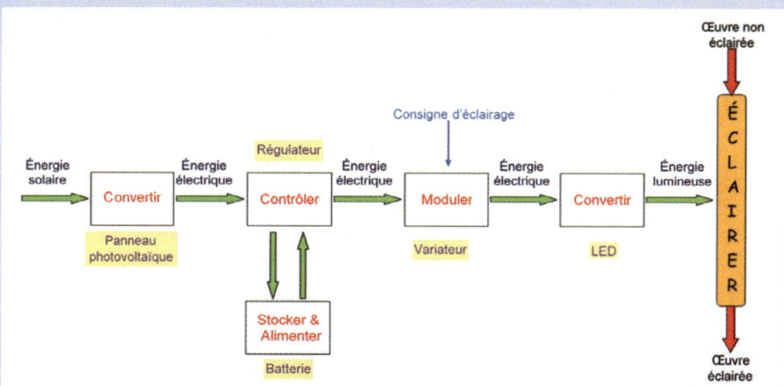

5. a)

Composant	Courant consommé (A)	Plage de fonctionnement	Énergie (Wh) $E = U \times I \times \Delta t$
LED	$I = \dfrac{P}{U} = \dfrac{2 \times 10}{12} = 1{,}67$	18 h-23 h	$E = 2 \times 10 \times 5 = 100$
Microcontrôleur et capteurs	0,2		$E = 0{,}2 \times 12 \times 5 = 12$
		Total	112

b) $E_{\text{batt}} = \dfrac{\text{Energie}_{\text{consommée}}}{\eta_{\text{reg}}} = \dfrac{112}{0{,}98} = 114{,}3 \text{ W} \cdot \text{h}.$

c) $E_{\text{batt}} = U_{\text{batt}} \times p_{\text{dd}} \times C_n \Rightarrow C_n = \dfrac{E_{\text{batt}}}{P_{\text{dd}} \times U_{\text{batt}}} = \dfrac{114{,}3}{0{,}7 \times 12} = 13{,}6$ Ah.

6. a) Le mois d'avril est le plus défavorable. *Irradiation* $_{\text{avril}}$ =151,49 kWh/m².

b) $\text{Irradiation}_{\text{journalière moyenne}} = \dfrac{\text{Irradiation avril}}{30} = 5\,050 \text{ W} \cdot \text{h} \cdot \text{m}^{-2}.$

c) L'énergie fournie par le panneau vaut : $E_{\text{PV}} = \dfrac{E_{\text{batterie}}}{\eta_{\text{charge}}} = \eta \dfrac{U_{\text{batterie}} \times P_{\text{dd}} \times C_{\text{batterie}}}{\eta_{\text{charge}}} = \dfrac{12 \times 0{,}7 \times 14}{0{,}8}$

$E_{\text{PV}} = 117{,}6 \text{ W} \cdot \text{h}$;

d) $E_{PV} = S_{PV}\eta_{PV}I_{R\,journalier} \Rightarrow S_{PV} = \dfrac{E_{PV}}{\eta_{PV}I_{R\,journalier}} = \dfrac{117{,}6}{0{,}15 \times 5\,050} = 0{,}155\ m^2.$

e) Dans les conditions de test : $I_{rr\_cst} = 1000\ W/m^2$

$P_{crête} = I_{rr\_cst} \times S_{PV} \times \eta_{PV} = 1\,000 \times 0{,}155 \times 0{,}15 = 23{,}2\ Wc.$

CHAPITRE 4

(Énoncés p. 43)

1 $E = \dfrac{\Phi}{S} = \dfrac{350}{2} = 175\ lux \quad \Omega = 2\pi\left(1 - \cos\dfrac{\gamma}{2}\right) = 2\pi(1 - \cos 18) = 0{,}307\,5\ sr.$

$I = \dfrac{\Phi}{\Omega} = \dfrac{350}{0{,}307\,5} = 1138\ cd \quad D = \sqrt{\dfrac{I}{E}} = \sqrt{\dfrac{1138}{175}} = 2{,}55\ m.$

efficacité énergétique $= \dfrac{350}{6{,}5} = 54\ lm \cdot W^{-1}.$

2

$E = \dfrac{I\cos\upsilon}{d^2} \quad I = \dfrac{\phi}{\Omega} = \dfrac{P \times \text{efficacité lumineuse}}{\Omega} \quad E = \dfrac{P \times \text{efficacité lumineuse}}{\Omega \times D^2} = \dfrac{70 \times 20}{4 \times 2^2} = 27{,}85\ lux.$

3 $E = \dfrac{I\cos\upsilon}{d^2}$ avec $I = 60$ cd et $d = 0{,}9$ m.

ϑ (°)	0	20	40	60
***E* (lux)**	74	69,6	56,7	37

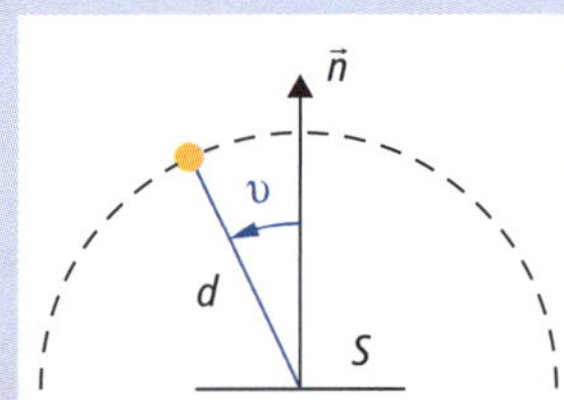

4 $P_{absorbée} = P_{élec} = U \times I = 240 \times 10 = 2\,400\ W$

$P_{méca} = P_{utile} = \eta \times P_{absorbée} = 0{,}95 \times 2\,400 = 2\,280\ W$

$\Omega = \dfrac{2\pi \times N}{60} = \dfrac{2\pi \times 1500}{60} = 157\ rad \cdot s^{-1} \Rightarrow C = \dfrac{P_{utile}}{\Omega} = \dfrac{2\,280}{157} = 14{,}5\ Nm.$

5

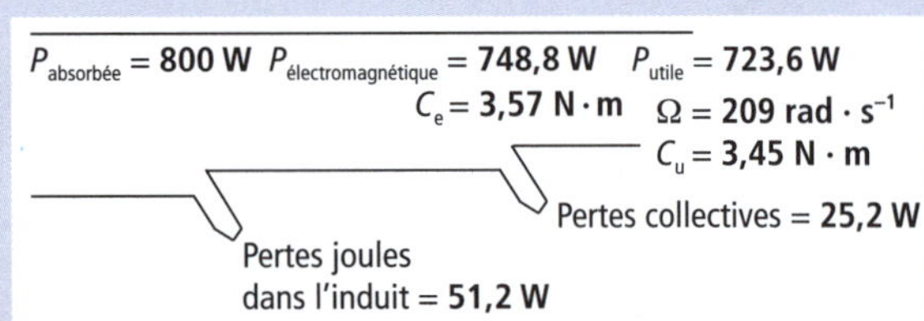

$P_{absorbée} = UI = 100 \times 8 = 800\ W$

Pertes joules dans l'induit :

$P_{Jinduit} = R \times I^2 = 0{,}8 \times 8^2 = 51{,}2\ W$

$P_{électromagnétique} = P_{absorbée} - P_{Jinduit} = 800 - 51{,}2 = 748{,}8\ W$

$P_{utile} = P_{électromagnétique} - P_{collectives} = 748{,}8 - 25{,}2 = 723{,}6\ W$

$\Omega = \dfrac{2\pi \times N}{60} = \dfrac{2\pi \times 3\,000}{60} = 209{,}4\ rad \cdot s^{-1}$

$C_u = \dfrac{P_{utile}}{\Omega} = \dfrac{723{,}6}{209{,}4} = 3{,}45\ Nm\ ;\ C_e = \dfrac{P_{électromagnétique}}{\Omega} = \dfrac{748{,}8}{209{,}4} = 3{,}57\ Nm.$

$\eta = \dfrac{P_{utile}}{P_{absorbée}} = \dfrac{723{,}6}{800} = 90{,}4\ \%.$

6 **1.** $C_M = 3{,}7 \times C_N = 3{,}7 \times 13{,}4 = 49{,}6\ Nm$

$C_D = 3{,}3 \times C_N = 3{,}3 \times 13{,}4 = 44{,}2\ Nm.$

2. $P_{élec} = \dfrac{P_N}{\eta_{4/4}} = \dfrac{4\,000}{0{,}867} = 4\,614\ W.$

$P_{élec} = \sqrt{3} \times U \times I_N \times \cos\varphi_{4/4} \rightarrow I_N = \dfrac{P_{élec}}{\sqrt{3} \times U \times \cos\varphi_{4/4}} = \dfrac{4\,614}{\sqrt{3} \times 400 \times 0{,}91}$ soit $I_N = 732\ A \approx 7{,}5\ A$,

on retrouve la valeur donnée par le constructeur.

Le glissement $g = \frac{N_S - N_N}{N_S} = \frac{3\,000 - 2\,915}{3\,000}$ soit $g = 2{,}83$ %.

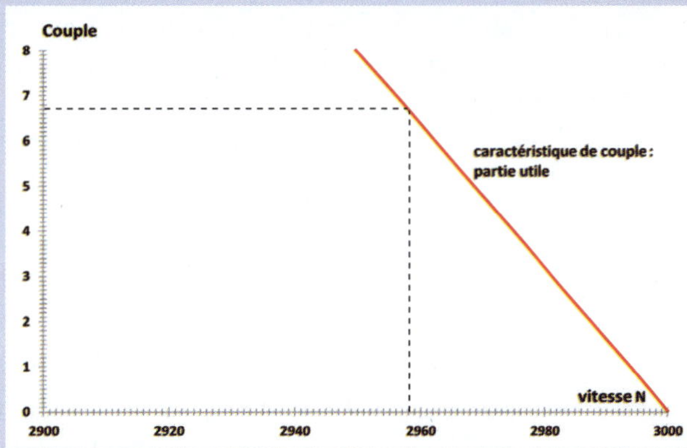

3. $C_R = 6{,}7$ Nm $\Rightarrow N_F = 2\,958$ trs·mn^{-1}

4. $P_M = C_R \Omega_N = 6{,}7 \times \frac{2 \times 2\,958}{60} = 2\,075$ W.

$\frac{P_M}{P_N} = \frac{2\,075}{4\,000} \approx \frac{1}{2} \Rightarrow \eta_{\frac{2}{4}} = 87{,}6$ %.

5. $P_A = \frac{P_M}{\eta_{\frac{2}{4}}} = \frac{2\,075}{0{,}876} = 2\,369$ W

7 Les vitesses de vent qui permettent une production d'énergie électrique sont celles des jours j_1, j_2, j_3, j_{10}, j_{11} ; j_{17}, j_{18} et j_{28}.

$P_{\text{éol}} = \frac{1}{2} A \rho V^3$; $P_{\text{méca}} = C_p \times P_{\text{éol}}$; $P_{\text{élec}} = \eta \times P_{\text{méca}}$; $E_{\text{élec}} = P_{\text{élec}} \times \Delta t$; $\upsilon = \frac{V}{3{,}6}$.

$E_{\text{élec}} = P_{\text{éol}} \times C_p \times \eta \times \Delta t = \frac{1}{2} A \times \rho_{\text{air}} \times V^3 \times C_p \times \eta \times \Delta t$ avec $A = \frac{\pi D_{\text{pales}}^2}{4} = \frac{\pi \times 60^2}{4} = 2\,827{,}4$ m^2 et $t = 24$ h.

$$E_{\text{élec}} = \frac{1}{2}\left(\frac{V_1^3 + V_2^3 + V_3^3 + V_{10}^3 + V_{11}^3 + V_{17}^3 + V_{18}^3 + V_{28}^3}{3{,}6^3}\right) \times A \times \rho_{\text{air}} \times C_p \times \eta \times \Delta t\ ;$$

$$E_{\text{élec}} = \frac{1}{2}\left(\frac{16{,}5^3 + 23{,}9^3 + 21{,}8^3 + 20{,}3^3 + 14{,}8^3 + 17{,}7^3 + 16{,}5^3 + 14{,}8^3}{3{,}6^3}\right) \times 2\,827{,}4 \times 1{,}225 \times 0{,}47 \times 0{,}58 \times 24$$

$E_{\text{élec}} = 12{,}965$ MW·h.

8 $P_{\text{potentielle}} = \frac{1}{2} A \times \rho V^3$ avec $A = \frac{\pi \times D^2}{4}$.

Hydrolienne	Éolienne
$P = 0{,}5 \times \frac{\pi \times 16^2}{4} \times 1025 \times \left(\frac{6{,}5}{3{,}6}\right)^3 = 606{,}535$ kW	$P = 0{,}5 \times \frac{\pi \times 16^2}{4} \times 1{,}2 \times \left(\frac{39}{3{,}6}\right)^3 = 153{,}379$ kW

La production hydrolienne est plus intéressante mais elle est techniquement plus difficile à mettre en œuvre.

9 **1.** Le nombre d'heures équivalent vaut $H_{\text{eq}} = \frac{\text{énergie produite}}{\text{puissance nominale}} = \frac{4 \times 10^9}{2 \times 10^6} = 2\,000$ h.

2. Le taux de charge est donc de $\tau = \frac{H_{\text{eq}}}{H_{\text{année}}} = \frac{2\,000}{8\,760} = 22{,}83$ %.

10 $S = 0{,}7 \times 0{,}5 = 0{,}35$ m^2 donc :

$E_{\text{élec}} = \text{irradiation} \times S \times \eta_{PV} = 6\,210 \times 0{,}35 \times 0{,}18 = 391{,}2$ W·h.

11 Énergie nécessaire pour recharger la batterie :

$E_{\text{recharge}} = \frac{U_n \times C_n \times \text{pdd}}{\eta_{\text{rech}}} = \frac{12 \times 45 \times 0{,}7}{0{,}85} = 444{,}7$ W·h

$E_{\text{recharge}} = \text{irradiation} \times S \times \eta_{PV} \Rightarrow S = \frac{E_{\text{recharge}}}{\text{irradiation} \times \eta_{PV}} = \frac{444{,}7}{5\,710 \times 0{,}15} = 0{,}519$ m^2.

12 1. L'intérêt d'associer en série des générateurs est d'augmenter la tension fournie et l'intérêt d'associer en parallèle des générateurs est d'augmenter le courant débité.

2. Association en série (en rouge) : pour un courant I donné on double la tension V.
Association en parallèle (en vert) : pour une tension V donnée on double le courant I.

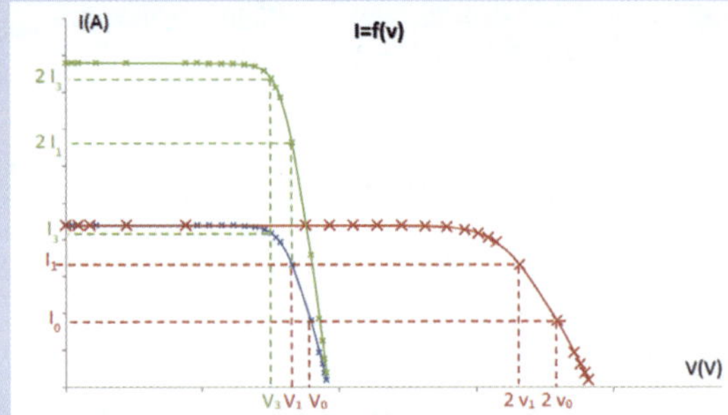

13 1. $P_{ch} = \dfrac{mC_{eau}\Delta\theta}{860T} = \dfrac{V\rho C_{eau}\Delta\theta}{860T} = \dfrac{50 \times 10^{-3} \times 1000 \times (60-15)}{860 \times 1{,}5} = 1{,}7$ kW.

2. $P_{th} = \dfrac{KS}{860} = \dfrac{1{,}7 \times 1{,}16 \times 45}{860} = 0{,}1$ kW.

3. $P = P_{ch} + P_{th} = 1{,}8$ kW.

14 $COP_{froid} = \dfrac{P_{frigorifique}}{P_{électrique}} = \dfrac{6}{2{,}1} = 2{,}86$;

$COP_{chaud} = \dfrac{P_{calorifique}}{P_{électrique}} = \dfrac{8}{2{,}1} = 3{,}8$;

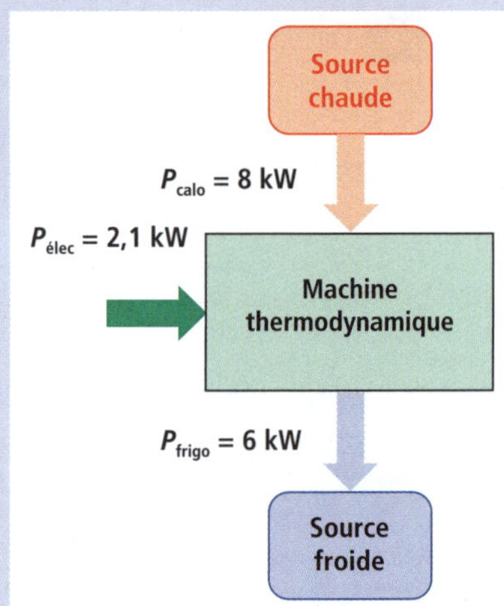

Les valeurs du COP dépendent de l'écart de température entre le local à chauffer et l'extérieur. De ce fait, les valeurs annoncées par le constructeur ne sont pas toujours valables.

On a : $COP_{chaud} = \dfrac{E_{chauf}}{E_{PAC}}$ soit $E_{PAC} = \dfrac{E_{chauf}}{COP_{chaud}} = \dfrac{2\,864}{3{,}2} = 895$ kWh.

$E_{économie} = (E_{chauf} - E_{PAC}) \times 0{,}15 = (2\,864 - 895) \times 0{,}15 = 295{,}35$ €.

SUJET DU BAC (Énoncé p. 48)

1. Sans tenir compte de l'évaporation, le volume d'eau nécessaire pour 2 jours est $V = 2 \times 10 = 20$ m^3, en tenant compte de 10 % d'évaporation $V_{stockage} = 22$ m^3.

2. Volume d'un cylindre $V_{stockage} = H_{réser} \times \dfrac{\pi D^2}{4} \Rightarrow H_{réser} = \dfrac{4 \times V_{stockage}}{\pi D^2} = \dfrac{4 \times 22}{\pi \times 3^2} = 3{,}1$ m.

3.

	Hauteur géométrique (m)	**Pertes linéaires** (mCE)	**Total**
Aspiration	0	0	0
Refoulement	76 + 3 + 3,1 = 82,1	J × LR = 0,0223 × 95 = 2,1 mCE	82,1 + 2,1 = 84,2 mCE
		Hauteur manométrique totale HMT (mCE)	84,2 mCE

4. Le débit $Q = \dfrac{V_{stockage}}{T} = \dfrac{22}{6} = 3{,}67$ m · h^{-1} = $1{,}02 \times 10^{-3}$ m^3 · s^{-1}.

$P_{hyd} = \rho \times g \times HMT \times Q = 1\,000 \times 9{,}81 \times 84{,}1 \times 1{,}02 \times 10^{-3} = 842$ W.

5. On positionne sur le graphique le point de fonctionnement HMT = 84 mCE et $Q = 3,67\ \text{m}^3 \cdot \text{h}^{-1}$ et on observe la courbe qui se rapproche le plus de ce point.

Le groupe moto-pompe 2 répond à notre besoin.

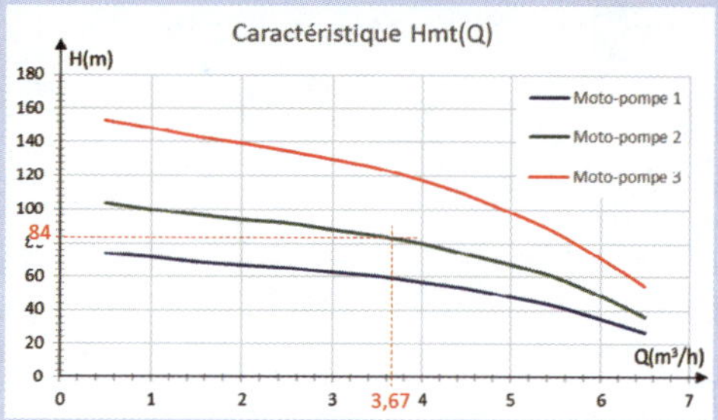

6. $E_{\text{utile}} = E_{\text{v}} \times V_{\text{stockage}} = 536 \times 22 = 11\ 792\ \text{Wh}$.

7. Pour dimensionner les panneaux photovoltaïques, il faut prendre en compte le mois le plus défavorable soit, ici, le mois de février.

8. $E_{\text{PV}} = Ir_{\text{j}} \times \eta_{\text{PV}} = 5\ 374 \times 0,165 = 886,7\ \text{Wh/m}^2$.

9. $E_{\text{utile}} = E_{\text{PV}} \times S \Rightarrow S = \dfrac{E_{\text{utile}}}{E_{\text{PV}}} = \dfrac{11792}{886,7} = 13,3\ \text{m}^2$.

10. $P_{\text{c}} = \textit{irradiance} \times \eta_{\text{PV}} \times S = 1\ 000 \times 0,165 \times 13,3 = 2\ 195\ \text{Wc}$.

11. $N \geqslant \dfrac{P_{\text{crête}}}{P_{\text{c}}} = \dfrac{2195}{270} = 8,1$ soit $N = 9$ panneaux.

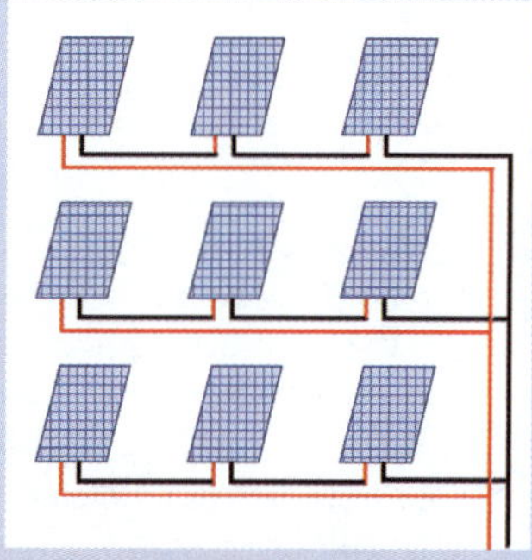

12. Pour obtenir $U_{\text{MPP}} \approx 90\ \text{V}$, il faut associer trois panneaux en série, on obtient ainsi trois panneaux en série et trois panneaux en parallèle.

CHAPITRE 5

(Énoncés p. 53)

1 **1.** La charge est résistive donc pas de déphasage entre V et I soit $\varphi = 0$ et $\cos\varphi = 1$

$P = V \times I \times \cos\varphi = V \times I \Rightarrow I = \dfrac{P}{V} = \dfrac{2\ 000}{230} = 8,7\ \text{A}$.

2. $R_{\text{c}} = \rho \times \dfrac{L}{S} = 22,5 \times \dfrac{25}{2,5} = 225\ \text{m}\Omega = 0,225\ \Omega$. Le câble contient deux conducteurs donc les pertes joules sont :

$P_{\text{j}} = 2 \times R_{\text{c}} \times I^2 = 2 \times 0,225 \times 8,7^2 = 34\ \text{W}$.

3. Au niveau de chaque conducteur la chute de tension est $\Delta V = R_{\text{c}} \times I \times \cos\varphi + X_{\text{c}} I_{\text{c}} \times \omega \times I \times \sin\varphi$, avec $\varphi = 0$ soit $\Delta V = RI = 0,225 \times 8,7 \Rightarrow \Delta V = 1,95\ \text{V}$;

d'après la loi des mailles $V_0 = V + 2V = 230 + 2 \times 1,95 = 233,9\ \text{V}$.

2 **1.** $R_{\text{c}} = \rho \dfrac{L}{S} = 22,5 \times \dfrac{200}{70} = 64,3\ \text{m}\Omega = 0,064\ 3\ \Omega$;

$\lambda = \dfrac{X_{\text{c}}}{\text{L}} = 0,1\ \Omega/\text{km} = 0,1\ \text{m}\Omega/\text{m}$

soit $X_{\text{c}} = \lambda \times L = 0,1 \times 200 = 20\ \text{m}\Omega = 0,02\ \Omega$.

$\cos\varphi = 0,85 \Rightarrow \varphi = 31,8° \Rightarrow \sin\varphi = 0,527$.

$\Delta U = \sqrt{3}(R_{\text{c}} I \cos\varphi + X_{\text{c}} I \sin\varphi)$,

$\Delta U = \sqrt{3}(0,064\ 3 \times 160 \times 0,85 + 0,020 \times 160 \times 0,527) = 18\ \text{V}$

$\Rightarrow \dfrac{\Delta U}{U} = \dfrac{18}{400} = 4,5\ \%$.

cos φ = 0,85											
câble	cuivre										
S (mm²)	1,5	2,5	4	6	10	16	25	35	50	70	95
In (A)											
1	0,5	0,4									
2	1,1	0,6	0,4								
3	1,5	1	0,6	0,4							
5	2,6	1,6	1	0,6	0,4						
10	5,2	3,2	2	1,4	0,8	0,5					
16	8,4	5	3,2	2,2	1,3	0,8	0,5				
20		6,3	4	2,6	1,6	1	0,6				
25		7,9	5	3,3	2	1,3	0,8	0,6			
32			6,3	4,2	2,6	1,6	1,1	0,8	0,5		
40			7,9	5,3	3,2	2,1	1,4	1	0,7	0,5	
50				6,7	4,1	2,5	1,6	1,2	0,9	0,6	0,5
63				8,4	5	3,2	2,1	1,5	1,1	0,8	0,6
70					5,6	3,5	2,3	1,7	1,3	0,9	0,7
80					6,4	4,1	2,6	1,9	1,4	1	0,8
100					8	5	3,3	2,4	1,7	1,3	1
125						4,4	4,1	3,1	2,2	1,6	1,3
160							5,3	3,9	[illegible]	2,1	1,6
200							6,4	4,9	3,5	2,6	2

2. Dans le tableau pour un conducteur en cuivre ($s = 70\ \text{mm}^2$ et $I = 160\ \text{A}$) on trouve une chute de 2,1 % pour 100 m,

soit $\dfrac{\Delta U}{U} = \dfrac{2,1}{100} \times 200 = 4,2\ \%$. Les résultats coïncident.

3 1. On a $T = 20$ ms $= 0{,}02$ s

donc $f = \frac{1}{T} = \frac{1}{0{,}02} = 50$ Hz.

2. $\tau = 3$ ms $= 0{,}03$ s

donc $\varphi = \frac{360\tau}{T} = \frac{360 \times 0{,}03}{0{,}02} = 54°$

3. $V_{max} = 325$ V

donc $V = \frac{V_{max}}{\sqrt{2}} = \frac{325}{\sqrt{2}} = 230$ V

$I_{max} = 7{,}07$ A

donc $I = \frac{I_{max}}{\sqrt{2}} = \frac{7{,}07}{\sqrt{2}} = 5$ A.

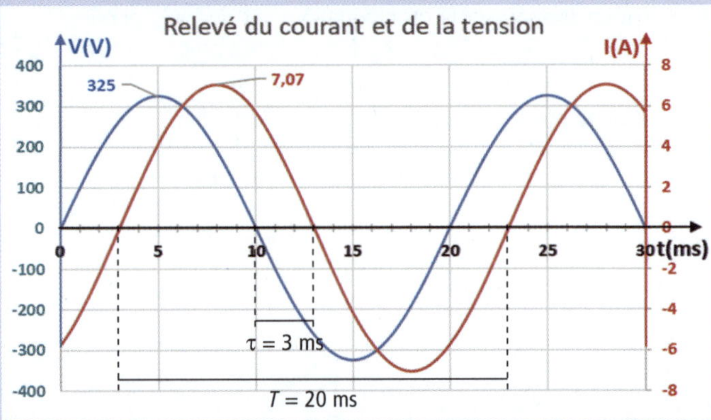

4. On en déduit :
$S = V \times I = 230 \times 5 = 1\,150$ VA
$P = V \times I \times \cos\varphi = 230 \times 5 \times \cos(54°) = 676$ W
$Q = V \times I \times \sin\varphi = 230 \times 5 \times \sin(54°) = 930$ VAR
$F_p = \cos\varphi = \cos(54°) = 0{,}59 < 0{,}93$ donc le moteur ne respecte pas l'exigence du distributeur d'énergie, pour remédier au problème, il faudrait installer un condensateur de rephasage qui permettrait de relever le facteur de puissance.

4 L'énergie emmagasinée dans le ressort est : $E = \frac{1}{2} \times k' \times \theta^2$ avec $\theta = 3 \times 2\pi$;

$E = \frac{1}{2} \times 4{,}5 \times (3 \times 2\pi)^2 = 799$ J.

5 1. L'énergie stockée dans le barrage est $E = \rho g h V_{stk} = 1\,000 \times 9{,}81 \times 423 \times 30 \times 10^6$

$E = 124{,}5$ TJ $= \frac{124{,}5 \times 10^{12}}{3\,600} = 34{,}58$ GWh.

2. $\eta = \frac{E_{électrique}}{E_{stockée}} = \frac{P_{électrique} \times \Delta t}{E_{stockée}}$

soit $\Delta t = \frac{\eta \times E_{stockée}}{P_{électrique}} = \frac{0{,}6 \times 34{,}58 \times 10^9}{910 \times 10^6} = 22{,}8$ h soit 22 heures et 48 min.

6 Pour une durée de vie de 500 cycles, la profondeur de décharge maximale est *pdd* = 75 %.
L'énergie consommée vaut : $E = P \times \Delta t = 200 \times 5 = 1000$ Wh ; $E = Q \times U$

soit $Q = \frac{E}{U} = \frac{1000}{12} = 83{,}33$ Ah ; la capacité minimale est $C_n = \frac{Q}{pdd} = \frac{83{,}33}{0{,}75} = 111$ Ah.

7 1. On remarque que la tension et le courant sont en phase (le récepteur est purement résistif) $\Rightarrow \varphi = 0 \Rightarrow \cos\varphi = 1$ et $\sin\varphi = 0$, soit $Q = V \times I \times \sin\varphi = 0$.

2. $V_{max} = 325$ V

donc $V = \frac{V_{max}}{\sqrt{2}} = \frac{325}{\sqrt{2}} = 230$ V

$I_{max} = 12{,}3$ A donc $I = \frac{I_{max}}{\sqrt{2}} = \frac{12{,}3}{\sqrt{2}} = 8{,}7$ A

$P_n = V \times I \times \cos\varphi = 230 \times 8{,}7 \times 1 = 2\,001$ W, on retrouve la valeur donnée par le constructeur.

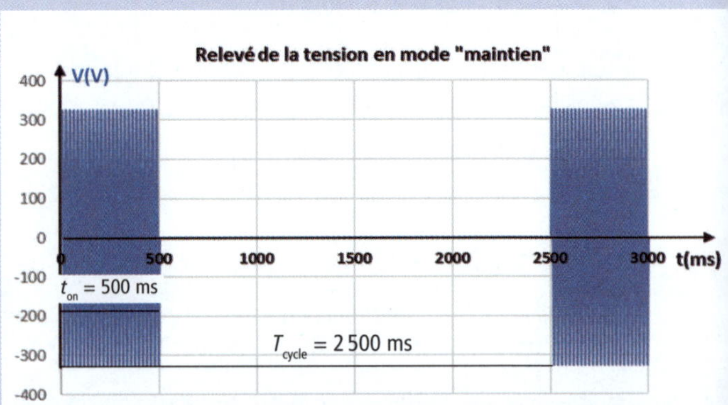

3. $R = \frac{V}{I} = \frac{230}{8{,}7} = 26{,}4\ \Omega$;

4. $t_{on} = 500$ ms et $T_{cycle} = 2\,500$ ms $\Rightarrow \alpha = \dfrac{t_{on}}{T_{cycle}} = \dfrac{500}{2\,500} = 0{,}2$ d'où $P_{maintien} = \alpha \times P_n = 0{,}2 \times 2 = 0{,}4$ kW.

8 1. Le volume de la cuve : $V = \pi \times \dfrac{D^2}{4} \times h = \pi \times \dfrac{3^2}{4} \times 3{,}2 = 22{,}62$ m³

$Q = \dfrac{V}{\Delta t} = \dfrac{22{,}62}{7{,}5} = 3{,}016\ m^3 \cdot h^{-1} = 3\,016\ l \cdot h^{-1}$.

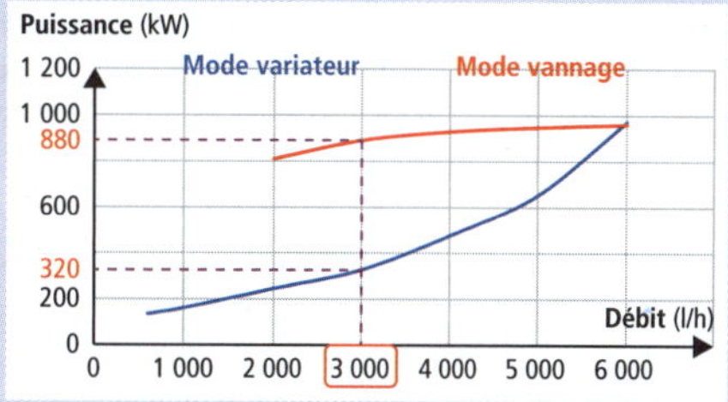

2. Le graphe montre que pour un débit de 3 000 $l \cdot h^{-1}$, la puissance absorbée en mode variateur est plus faible qu'en mode vannage.

3. Donc pour une même action de pompage, le coût de la facturation de l'énergie sera moindre.

	Mode vannage	Mode variateur
Énergie : $E = P \times \Delta t$	$E = 880 \times 7{,}5$ $E = 6\,600$ Wh	$E = 320 \times 7{,}5$ $E = 2400$ Wh

Soit une économie $\Delta E = 4\,200$ Wh par action de pompage.

9 Pour déterminer la valeur de HMT, on doit calculer les différentes pertes de charges linéaires et singulières à l'aspiration comme au refoulement. Au préalable, il faut calculer la vitesse d'écoulement de l'eau.

$q_v = \dfrac{80}{3\,600} = 0{,}0222\ m^3 \cdot s^{-1}$.

$q_v = V \times S \Rightarrow V = \dfrac{q_v}{S} = \dfrac{q_v}{\pi \times \dfrac{D^2}{4}} = \dfrac{0{,}0222}{\pi \times \dfrac{0{,}1^2}{4}} = 2{,}83\ m \cdot s^{-1}$.

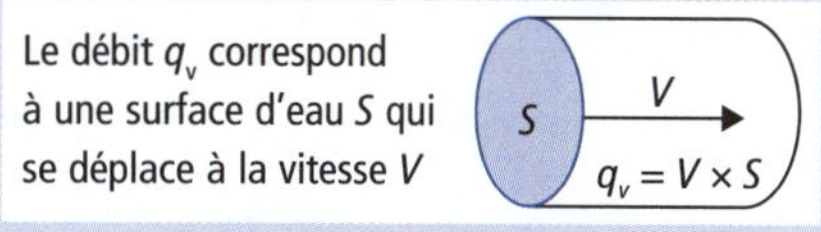

▲ Schéma du parcours de l'eau

$j_{sa} = (\zeta_1 + \zeta_2 + \zeta_3) \times \dfrac{V^2}{2g} = (8{,}4 + 0{,}23 + 0{,}3)\dfrac{2{,}83^2}{2 \times 9{,}81} = 3{,}65$ mCE

Hauteur géométrique à l'aspiration HGA = 0,35 – (–5,45) = 5,8 m.
HMA = HGA + $j \times$ LA + j_{sa} = 5,8 + 0,134 × 7 + 3,65 = 10,39 mCE

$j_{sr} = (3\zeta_3 + \zeta_4) \times \dfrac{V^2}{2g} = (3 \times 0{,}3 + 0{,}12) \times \dfrac{2{,}83^2}{2 \times 9{,}81} = 0{,}42$ mCE

Hauteur géométrique au refoulement HGR = 1,75 – 0,35 = 1,4 m
HMR = HGR + $j \times$ LR + j_{sr} = 1,4 + 0,134 × 3 + 0,42 = 2,22 mCE
HMT = HMA + HMR ;
HMT = 10,39 + 2,22 = 12,61 mCE
$P_{hyd} = \rho \times g \times HMT \times q_v = 1\,000 \times 9{,}81 \times 12{,}61 \times 0{,}0222 = 2{,}75$ kW

SUJET DU BAC

(Énoncé p. 57)

1. a) Pour $T_1 = T_4 = 1$, $U_m = +U_{bus}$ et pour $T_2 = T_3 = 0$, $U_m = -U_{bus}$

b)

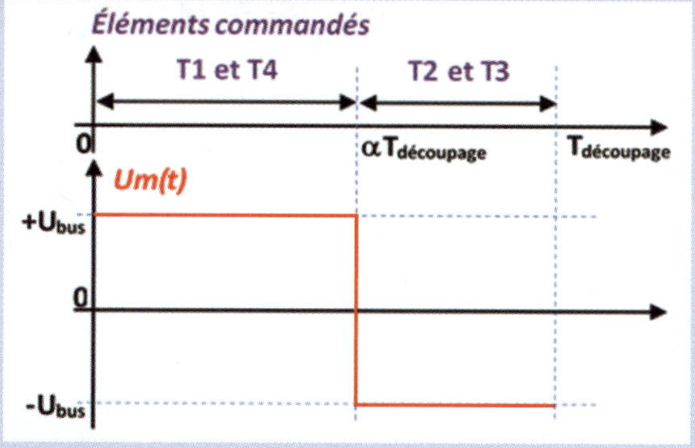

2. $U_m(t)$ est soit positive, soit négative, donc la commande du hacheur est bipolaire. On a donc la valeur moyenne $U_m = (2\alpha - 1)U_{bus}$.

3. $T_{découpage} = 240\ \mu s \Rightarrow$

$$F_{découpage} = \frac{1}{T_{découpage}} = \frac{1}{240 \times 10^{-6}} = 4{,}17\ kHz\ ;$$

$\alpha T_{découpage} = 200\ \mu s \Rightarrow$

$$\alpha = \frac{\alpha T_{découpage}}{T_{découpage}} = \frac{200\ \mu s}{240\ \mu s} = 0{,}833\ ;$$

$U_{bus} = 80\ V\ ;\ I_{max} = 5\ A\ ;\ I_{min} = 4\ A$

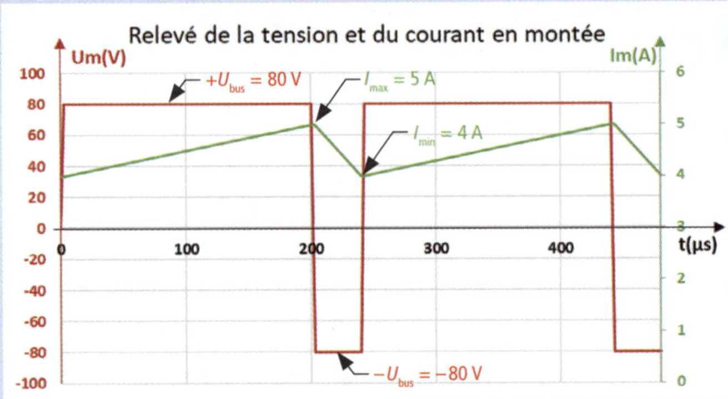

$$U_{moy} = (2\alpha - 1)U_{bus} = (2 \times 0{,}833 - 1) \times 80 = 53{,}3\ V\ ;\ I_m = \frac{I_{max} + I_{min}}{2} = \frac{5+4}{2} = 4{,}5\ A.$$

4. $U_m = E + R \times I_m \Rightarrow E = U_m - R \times I_m = 53{,}3 - 0{,}56 \times 4{,}5 \Rightarrow E = 50{,}8\ V$

$$E = K_e \times \Omega \Rightarrow \Omega = \frac{E}{K_e} = \frac{50{,}8}{0{,}145} = 350{,}3\ rad \cdot s^{-1} \Rightarrow N = \frac{\Omega \times 60}{2\pi} = \frac{350 \times 60}{2\pi} = 3\ 347\ tr \cdot min^{-1}.$$

5. La vitesse relevée est plus petite que la vitesse maximale donnée par le constructeur.

6. Pour obtenir $N = N_{max} = 3\ 500\ tr \cdot min^{-1}$, il faut augmenter la valeur du rapport α.

Pour $N = 3\ 500\ tr \cdot min^{-1}$, $\Omega = \frac{2\pi N}{60} = \frac{2\pi \times 3\ 500}{60} = 366\ rad \cdot s^{-1}$; $E = K_e \times \Omega = 0{,}145 \times 366 = 53{,}1\ V$;

$$U_m = E + R \times I_m = 53{,}1 + 0{,}56 \times 4{,}5 = 55{,}6\ V\ ;\ U_m = (2\alpha - 1)U_{bus} \Rightarrow 2\alpha - 1 = \frac{U_m}{U_{bus}} \Rightarrow 2\alpha = 1 + \frac{U_m}{U_{bus}}$$

$$\Rightarrow \alpha = 0{,}5 + \frac{U_m}{2 \times U_{bus}} = 0{,}5 + \frac{55{,}6}{2 \times 80}\ \text{soit}\ \alpha = 0{,}85.$$

7. Le couple et la vitesse changent de signe, cela signifie que le courant (proportionnel au couple) ainsi que la tension (quasi proportionnelle à la vitesse) changent également de signe, cela signifie que le modulateur d'énergie (hacheur) doit être réversible en courant et en tension donc, le hacheur doit être 4 quadrants.

Phases	①	②	③	④	⑤	⑥
Vitesse	>0	>0	>0	<0	<0	<0
Couple	>0	>0	>0	<0	>0	>0
Puissance	>0	>0	>0	>0	<0	<0

CHAPITRE 6

(Énoncés p. 64)

1 En convertissant les données en unité S.I. (mètre pour les longueurs), on calcule l'aire de la plaque :

$A = L \times l = 17 \times 10^{-2} \times 30 \times 10^{-2} = 51 \times 10^{-3}\ m^2$.

$Masse = A \times \sigma = 15 \times 51 \times 10^{-3} = 0{,}765\ kg$.

2 **a)** $Volume = (5 \times 10) \times 0{,}15 = 7{,}5\ m^3$.

b) $Masse = Volume \times \rho_{béton} = 7{,}5 \times 2\ 000 = 15\ 000\ kg$.

c) $Poids = Masse \times g = 15\ 000 \times 10 = 150\ 000\ N$.

3 a) 10^8 Pa = 100 MPa. La contrainte maximale vaut donc $\sigma_{max} = 2{,}583$ MPa.
La limite d'élasticité du matériau qui vaut $R_e = 1{,}036 \times 10^8\ \text{Nm}^{-2} = 103{,}6$ MPa .
La contrainte maximale est donc très inférieure à la limite d'élasticité du matériau $\sigma < R_e$.
La dent résistera donc *a priori* sans problème à la charge.

b) Le coefficient de sécurité vaut : $C_S = \dfrac{\text{limite d'élasticité matériau}}{\text{contrainte maximale}} = \dfrac{R_e}{\sigma_{max}} = \dfrac{103{,}6}{2{,}583} = 40{,}1.$

Un coefficient courant varie entre 1 et 10. La pièce semble donc surdimensionnée.

4 1. $\sigma_{max\_éprouvette1} = 23$ MPa ; $\sigma_{max\_éprouvette2} = 23{,}2$ MPa ;

$\sigma_{max\_éprouvette3} = 21{,}1$ MPa ; $\sigma_{max\_éprouvette4} = 21{,}8$ MPa.

2. C'est le sens à plat qui est le plus résistant les contraintes maximales des éprouvettes 1 et 2 sont supérieures à celle des éprouvettes 3 et 4.

3. $\varepsilon_{rupt\_éprouvette1} = 0{,}044$; $\varepsilon_{rupt\_éprouvette2} = 0{,}058$;

$\varepsilon_{rupt\_éprouvette3} = 0{,}098$; $\varepsilon_{rupt\_éprouvette4} = 0{,}076$.

On peut en conclure que dans le sens d'impression sur champ, les éprouvettes ont une meilleure capacité à se déformer sans se rompre : la ductilité.

5 1. Calcul de la charge : $N = Mg = 500 \times 9{,}81 = 4\,905$ N.

Calcul de la section du fil $S = \pi \times \left(\dfrac{d}{2}\right)^2 = \pi \times (3{,}5)^2 \approx 38{,}48\ \text{mm}^2$.

Calcul de la contrainte normale dans le câble : $\sigma = \dfrac{N}{S_0} = \dfrac{4\,905}{\pi \times (3{,}5)^2} \approx 127{,}45$ MPa.

2. Calcul de l'allongement unitaire relatif, de la loi de Hooke, on déduit $\varepsilon_x = \dfrac{\sigma}{E} = \dfrac{127{,}45}{200\,000} = 6{,}37 \times 10^{-4}$.
Pour déterminer l'allongement, on utilise : $\varepsilon_x = \dfrac{\Delta L}{L}$ dont on déduit :

$\Delta L = \varepsilon_x L = 6{,}37 \times 10^{-4} \times 3 = 0{,}0019$ m soit un allongement du câble de 2 mm environ.

6 1. Les solutions qui apparaissent comme les meilleures sont les suivantes :
- Céramiques techniques
- Matériaux naturels (bois)
- Mousses polymères
- Composites à matrice polymère et renforts de fibres de carbone

2. Les céramiques techniques souvent utilisées pour de petites pièces électroniques sont trop fragiles, trop chères et parfois toxiques (si elles s'usent et forment des poudres), elles doivent donc être éliminées.
Les mousses seules sont à exclure car elles peuvent se gorger d'eau ce qui serait gênant pour la pratique.
On garde donc *a priori* les mousses, le bois et les composites CFRP.
On écarte les bois très légers (balsa) car la rame doit pouvoir être enfoncée dans l'eau pour pouvoir ramer.
Les trois familles restantes pourront être utilisées en complément et devront être protégées par des vernis (pour l'étanchéité et la résistance à l'eau salée et des U.V.). On pourra utiliser un composite CFRP creux avec de la mousse à l'intérieur, du bois pour le manche et une pelle en CFRP, etc.

7 1. $M = \dfrac{\text{poids du câble dans l'air} - \text{poids de l'eau déplacée}}{g}$

$$M = \frac{(1\,395 \times 9{,}81 \times 9) - \left(\pi \times \dfrac{0{,}020\,65^2}{4}\right) \times 9{,}81 \times 9\,000 \times 1\,027}{9{,}81} = 9\,460 \text{ kg.}$$

2. Poids du câble : $P_{cable} = Mg = 9\,460 \times 9{,}81 = 92\,796$ N.

3. Poids du câble en considérant qu'il est totalement immergé dans l'eau de mer :
$P_{cable} = \mu_e L_{ong} \times g = 1\,085 \times 9 \times 9{,}81 = 95\,795$ N.

4. Poids du module Victor et celui du Lest entièrement immergés :

P_{victor} = poids dans l'air – poids de l'eau déplacée

$P_{victor} = (4\,600 \times 9,81) - (3,1 \times 1,8 \times 2,1) \times 9,81 \times \frac{1\,027}{3} = 5\,773$ N.

$P_{Lest} = (1\,200 \times 9,81) - (1,5 \times 0,8 \times 0,5) \times 9,81 \times 1\,027 = 5\,727$ N.

5. On se place dans le cas le plus défavorable et on cumule le poids de chaque élément en négligeant celui de la laisse.

$P_{cable} + M_{victor}g + M_{Lest}g = 95\,795 + (5\,773 + 5\,727) \times 9,81 = 107\,295$ N.

La charge maximale admissible 240 200 N.

Le câble est donc surdimensionné ce qui permet de compenser la non prise en compte du poids de la laisse.

6. Section de cuivre d'une phase : $S = nb\_brins \times S_{brin} = \frac{19 \times \pi \times 0,44^2}{4 \times 2} = 5,778$ mm^2.

7. Résistance d'une phase : $R = \rho\frac{L}{S} = 20 \times \frac{9}{5,778} = 31,15$.

Données constructeur 6,5 $\Omega \cdot \text{km}^{-1}$ d'où $R_{cons} = \frac{6,5 \times 9}{2} = 29,25$ Ohms.

8 1. Valeur de la limite élastique en MPa : $R_e = 150\,000\,000$ $\text{N} \cdot \text{m}^{-2}$= 150 MPa.

2. Le critère de résistance est $\sigma < \frac{R_e}{s}$

$\frac{R_e}{s} = \frac{150}{2} = 75$ MPa or $\sigma = 67,45$ MPa ; le critère de résistance $\sigma < \frac{R_e}{s}$ est donc respecté.

SUJET DU BAC

(Énoncé p. 68)

1. Calcul de la différence de température : $\theta_i - \theta_e = 15 - 12,9 = 2,1$°C.

Calcul des déperditions surfaciques par paroi $D_{surf} = \frac{\text{Surface de la paroi}}{R_{therm}} \times (\theta_i - \theta_e)$:

Paroi	Surface (en m^2)	R_{therm}	Déperdition surfacique D_{Surf} par paroi (en W)
Toiture	4	3	(4 / 3) × 2,1 = 2,8
Fenêtres	7	1,27	(7 / 1,27) × 2,1 = 11,6
Porte	1,5	1,07	(1,5 / 1,07) × 2,1 = 3
Parois verticales	9,1	2,97	(9,1 / 2,97) × 2,1 = 6,4
Plancher	4	2,71	(4 / 2,71) × 2,1 = 3,1
Total des déperditions surfaciques D_{surf} =			26 ,9 W

Calcul des déperditions linéiques D_{li} évaluées à 20 % des déperditions surfaciques :

$$D_{li} = 20\,\% \times 26,9 = 5,4$$

Total des déperditions linéaires D_{li} = 5,4 W.

Calcul des déperditions par renouvellement d'air D_{ra} : $D_{ra} = 0,34Q_v \times (\theta_i - \theta_e)$

$$D_{ra} = 0,34 \times 25\,\% \times 8,8 \times 2,1 = 1,6$$

Total des déperditions par renouvellement d'air D_{ra} = 1,6 W.

Calcul des déperditions globales D_{glob} de la cabine : $D_{glob} = D_{surf} + D_{li} + D_{ra}$

$$D_{glob} = 26{,}9 + 5{,}4 + 1{,}6 = 33{,}9$$

Total des déperditions de la cabine $D_{glob} = 33{,}9$ W.

2. Les déperditions par les parois les ponts thermiques et le renouvellement de l'air n'étant pas nulles, il n'est pas possible de maintenir une température minimale intérieure de 15°C. Une source de chaleur est nécessaire si l'on veut compenser les déperditions.

3. B : rayonnement. C : convection naturelle.

4. Sur la simulation, la montée en température correspond à l'ouverture du mur trombe. La température diminue ensuite progressivement et ne descend sous 15 °C qu'après plus de 6 h. Le cahier des charges n'est pas respecté puisque la température n'est pas maintenue.

CHAPITRE 7

(Énoncés p. 79)

1 **1.** Les mouvements des pièces sont déterminés à partir des liaisons entre les classes d'équivalence.
Entre 10 et 1, la liaison est un pivot de centre *B* donc le mouvement de 10/1 est une rotation autour de $(B\vec{y})$.
Entre 11 et 1, la liaison est un pivot de centre *D* donc le mouvement de 11/1 est une rotation autour de $(D\vec{y})$.
Entre 12b et 11, la liaison est un pivot de centre *E* donc le mouvement de 12b/11 est une rotation autour de $(E\vec{y})$.
Entre 12a et 12b, la liaison est un pivot glissant d'axe (*EF*) donc le mouvement de 12a/12b est une translation selon (*EF*).
Entre 12a et 20, la liaison est un pivot de centre *F* donc le mouvement de 12a/20 est une rotation autour de $(F\vec{y})$.

2. Lorsque le mouvement est une rotation, les trajectoires des points du solide sont des cercles :
$T_{A10/1}$: cercle de centre *B* et de rayon *AB*.
$T_{C11/1}$: cercle de centre *D* et de rayon *DC*.
$T_{E11/1}$: cercle de centre *D* et de rayon *DE*.
Lorsque le mouvement est une translation rectiligne, les trajectoires des points du solide sont des droites :
$T_{F12a/12b}$: droite *EF*.

3. En passant de la position Haute à la position basse le point *A* descend de 100 mm selon l'axe *x*.
Le point *A*1 se trouve donc à l'intersection entre une droite horizontale distante du sol de 80 mm et la trajectoire $T_{A10/1}$.
La distance *AC* est constante *A*1*C*1 = *AC* donc le point *C* se trouve à donc à l'intersection entre une droite horizontale distante de *A*1 de la valeur *AC* et la trajectoire $T_{C11/1}$.
Tout le châssis 20 descend de 100 mm donc le point *F* aussi. De plus, *F*1*C*1 = *FC*.
Le point *F*1 se trouve à donc à l'intersection entre une droite horizontale distante de *C*1 de la valeur *FC* et du cercle de centre *C*1 de rayon *FC*.

4. La distance *EC* est constante *E*1*C*1 = *EC*. La distance *ED* est constante *E*1*D* = *ED*.
Le point *E*1 se trouve à donc à l'intersection entre deux cercles, celui de centre *C*1 de rayon *EC* et celui de centre *D* et de rayon *DC*.

5. Le nouvel axe de la suspension est *E*1*F*1.
Par mesure des deux longueurs et calcul de la différence, on détermine la course à l'échelle 1 :
Course = *EF* – *E*1*F*1 = 60 mm.

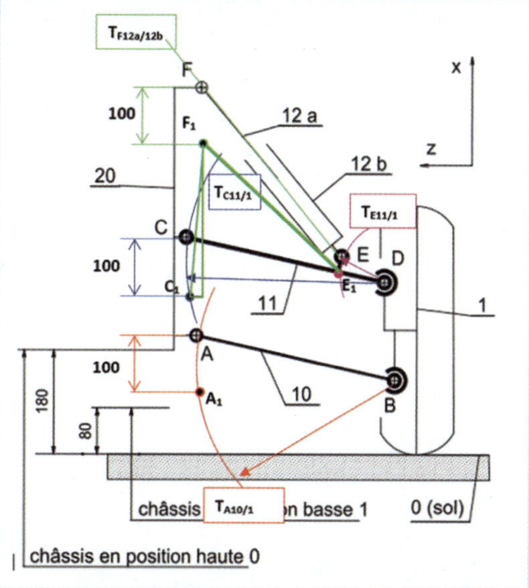

2 **1.** Graphe des liaisons :

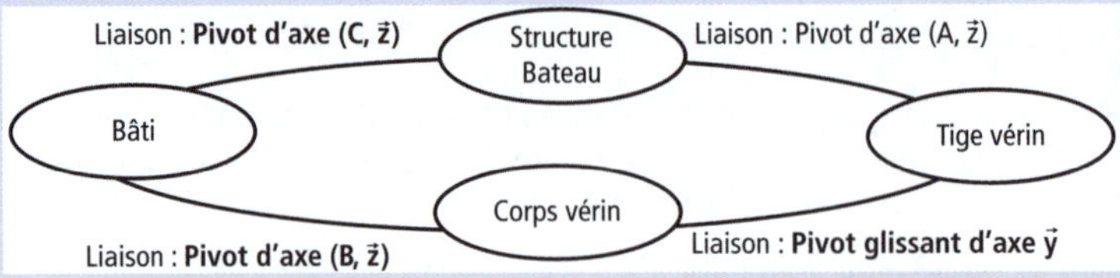

2.

Liaison en *A* (structure/tige)	
0	0
0	0
0	1

Liaison en *B* (corps bâti)	
0	0
0	0
0	1

Liaison en *C* (structure/tige)	
0	0
0	0
0	1

Liaison en *V* (structure/tige) dans le repère $R_2(B, \vec{x_2}, \vec{y_2})$	
1	1
0	0
0	0

3. Schéma cinématique plan du mécanisme dans le plan $(O, \vec{x}, \vec{y})$:

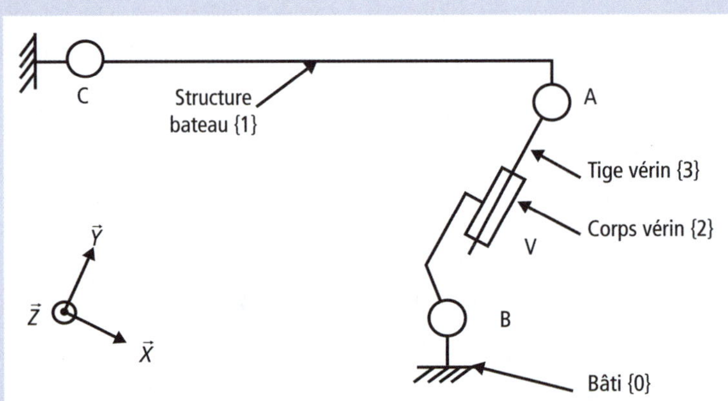

3 **1.** De 0 à t_1, le mouvement est une translation rectiligne uniformément accélérée.
De t_1 à t_2, le mouvement est une translation rectiligne uniforme.
De t_2 à t_3, le mouvement est une translation rectiligne uniformément décélérée.

2. La distance parcourue entre l'instant initial (à $t = 0$) et l'instant final (à $t = t_3$) se déduit en intégrant la vitesse entre 0 et t_3. Cela correspond à l'aire sous la courbe *V* caméra (*t*).

$d = \frac{1}{2} \times t_1 \ V_{max} + (t_2 - t_1) \times V_{max} + \frac{1}{2}(t_3 - t_2) \ V_{max}$ or $t_3 - t_2 = t_1$

d'où $d = [\frac{1}{2} \times (t_1 - t_2 + t_3) + (t_2 - t_1)] \times V_{max}$ donc $d = t_2 \times V_{max}$.

3. De l'expression précédente, on tire : $t_2 = \frac{d}{V_{max}}$; $t_2 = \frac{7{,}35}{2} = 3{,}67$ s.

Par hypothèse $t_1 = t_3 - t_2$; $t_1 = 5 - 3{,}67 = 1{,}33$ s.

4. L'expression de l'accélération se déduit de la pente de la courbe des vitesses.

$a_{caméra} = \frac{V_{max}}{t_1} = \frac{2}{1.33} = 1,51 \text{ m.s}^{-2}$.

4 **1.** $N_{red} = N_{mot} k_r = \frac{3\,600}{6.25} = 576 \text{ tr} \cdot \text{min}^{-1}$

$\omega_{re} = \frac{\pi \omega N_{red}}{30} = \frac{\pi \times 576}{30} = 60{,}32 \text{ rad} \cdot \text{s}^{-1}$.

2. $\upsilon = \frac{p \omega N_{red}}{2\pi} = p \times N$

$\upsilon = 5 \times 576 = 2\,880 \text{ mm} \cdot \text{min}^{-1} = 48 \text{ mm} \cdot \text{s}^{-1}$

5 **1.** Graphe des liaisons :

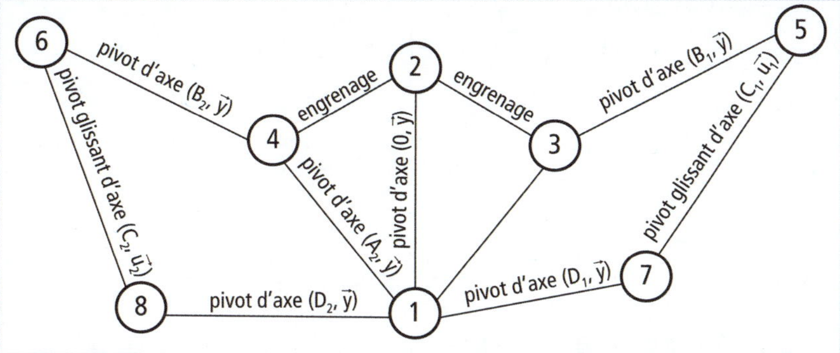

2. Schéma cinématique :

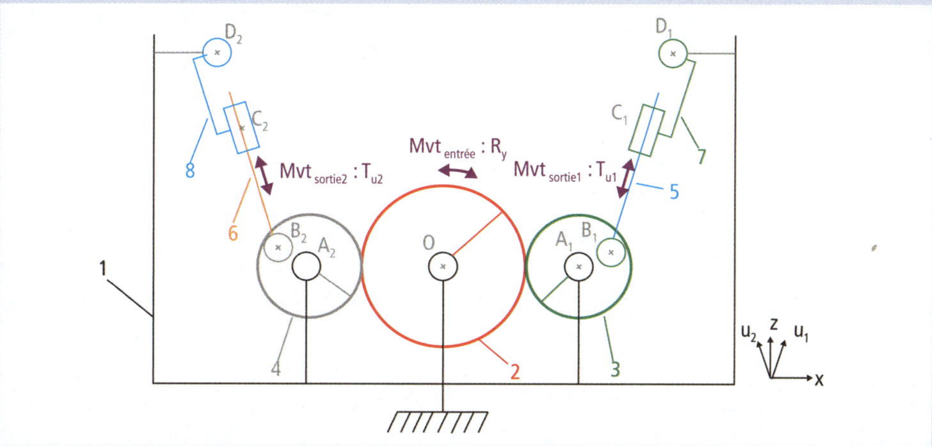

3. Les mouvements des pièces 2, 3, et 7 par rapport au bâti sont tous des rotations d'axes respectifs $(O\vec{y})$, $(A_1\vec{y})$ et $(B_1\vec{y})$.

4. Le mouvement de la tige 5 par rapport au corps 7 dans le plan $(0\,;\vec{x},\vec{z})$ est une translation d'axe (B_1D_1).

5. Le rapport entre la vitesse de sortie et la vitesse d'entrée de l'engrenage 2-3 : $\dfrac{\omega_{3/1}}{\omega_{2/1}} = \dfrac{Z_2}{Z_3} = \dfrac{30}{16} = 1{,}875$.

Le terme multiplicateur est utilisé car on augmente la vitesse de rotation, à l'inverse d'un réducteur.

6. Le multiplicateur permet d'augmenter la vitesse de rotation de la roue pendulaire pour augmenter le nombre de cycles effectués par les vérins et donc par la pompe, ce qui va générer plus d'énergie hydraulique dans les accumulateurs sans affecter de trop le rendement (le rendement d'un engrenage est proche de 0,98).

SUJET DU BAC

(Énoncé p. 83)

1. Mouvement de la colonne est une translation verticale rendue possible par la liaison glissière entre la colonne et le bâti.

2. Le système Spiralift est un mécanisme de transformation de mouvement qui permet de passer d'une rotation du pignon d'entrée à une translation de la colonne.
La liaison permettant la transformation du mouvement est la Liaison hélicoïdale suivant l'axe vertical.

3. Comme $v = \dfrac{d}{t}$ alors $t = \dfrac{d}{v}$ soit $\dfrac{5{,}950}{0{,}05} = 119$ s ;
Le temps de levée étant de 1 min et 59 secondes, il est bien inférieur aux 3 minutes maximum imposées dans le cahier des charges.

4. Pas Spiralift = 52,9 mm.tr^{-1} ; V = 0,05 m.s^{-1} = 50 mm.s^{-1} ;

$$N_{\text{Spiralift}} = \frac{V}{\text{pas}} = \frac{50}{52{,}9} = 0{,}945 \text{ tr.s}^{-1}.$$

Vitesse de rotation $N_{\text{Spiralift}} = 0{,}945 \times 60 = 56{,}7 \text{ tr.min}^{-1}$;

5. $r = \frac{Z_{\text{pignon}}}{Z_{\text{rouse}}} = \frac{21}{54} = 0{,}39$;

6. Vitesse de rotation N_{Motred} de l'arbre en sortie du motoréducteur :

$$N_{\text{motred}} = \frac{N_{\text{Mont orche}}}{r} = \frac{56{,}7}{0{,}39} = 145{,}4 \text{ tr.min}^{-1} ;$$

7. Vitesse de rotation $N_{\text{Moteur}} = \frac{N_{\text{motred}}}{r_{\text{red}}} = 145{,}4 \times 9{,}6 = 1\ 396 \text{ tr.min}^{-1}$.

8. $P_{\text{Mont orche}} = F \times v = 230\ 000 \times 0{,}05 = 11\ 500$ W.

9. $\eta_{\text{Chaîne cinem}} = 0{,}7 \times 0{,}96 \times 0{,}98 = 0{,}66$.

10. $P_{\text{2Motred}} = \frac{P_{\text{Mont orche}}}{\eta_{\text{Chaîne cinem}}} = \frac{11\ 500}{0{,}66} = 17\ 425$ W ;

11. $$P_{\text{Motred}} = \frac{\frac{P_{\text{2Motred}}}{2}}{0{,}9} = \frac{\frac{17\ 500}{2}}{0{,}9} = \frac{8\ 712{,}5}{0{,}9} = 9\ 680 \text{ W} ;$$

12. La puissance en sortie de réducteur (11 kW) est donc supérieure à celle nécessaire (9,7 kW). La vitesse nécessaire en sortie de moteur 1 396 tr.min^{-1} est plus faible que sa vitesse nominale 1 460 tr.min^{-1}. Les motoréducteurs choisis correspondent bien aux données imposées par le cahier des charges.

CHAPITRE 8

(Énoncés p. 94)

1

1. {T Poids $_{\text{cabine + passagers}}$} $\{T_{\text{poids}}\} = {}_G\begin{Bmatrix} 0 & 0 \\ -14\,911\text{N} & 0 \\ 0 & 0 \end{Bmatrix}_{(\vec{X},\vec{Y},\vec{Z})}$	Action mécanique de la pesanteur verticale vers le bas donc sur $\vec{Y}$ $P = M \times g = ((776 - 30 - 26) + (10 \times 80)) \times 9{,}81$ $= 14\ 911$ N
2. $\{T_{\text{pince} \to \text{suspente}}\} = {}_B\begin{Bmatrix} 0 & 0 \\ 14\,911\text{N} & 0 \\ 0 & 6\,710 \text{ Nm} \end{Bmatrix}_{(\vec{X},\vec{Y},\vec{Z})}$	PFS : $\{T_{\text{poids}}\} + \{T_{\text{pince} \to \text{suspente}}\} = \{0\}$ Résultantes égales et opposées Équation des moments sur $\vec{Z}$: $M_{B\ (\text{poids})} + M_{B\ (\text{pince} \to \text{suspente})} = 0$ $M_{B\ (\text{pince} \to \text{suspente})} = 14\ 911 \times 0{,}45 = 6\ 710$ Nm.

2 **1.** Calcul du poids du kart : $P = mg = 130 \times 10 = 1\ 300$ N.

2. Détermination des actions mécaniques aux points E et J. Le système est soumis à 3 forces, on opte pour une résolution graphique. On choisira une échelle adaptée pour représenter les tracés des forces.

3.

Action mécanique	Point d'application	Direction / sens	Intensité (en N)
$\overrightarrow{\text{Pesanteur/kart}}$	*P*	↓	1 300 (calculée en 1.)
$\overrightarrow{\text{E3/kart}}$	*E*	↖ ⊥ au plan	600 (déterminée graphiquement, voir ci–après)
$\overrightarrow{\text{J2/kart}}$	*J*	↗	840 (déterminée graphiquement, voir ci–après)

▲ Tableau bilan des actions mécaniques appliquées au kart.

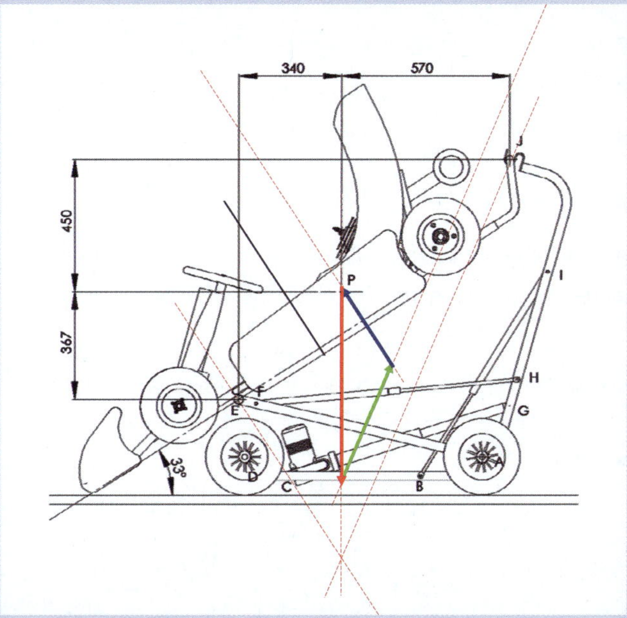

À partir des deux directions connues, on en déduit la 3e.
On écrit les valeurs trouvées et on compléte le tableau ci-avant avec E3/Kart = 600 N ; J2/Kart = 840 N.

Isolement du ressort à gaz : on a alors un solide soumis à 2 forces et la direction des forces est la droite (*FH*).

4. Isolement du bras avant :

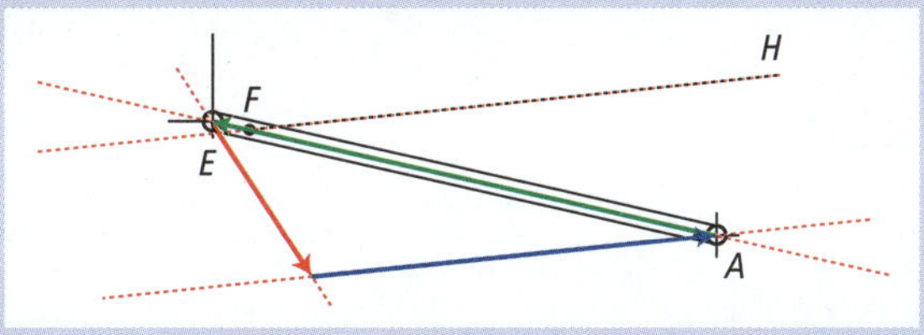

Action mécanique	Point d'application	Direction / Sens	Intensité (en N)
$\overrightarrow{E\ Kart/3}$	E	↘	600 (calculée en 2.)
$\overrightarrow{F\ Rag/3}$	F	↗	1 380 (déterminée graphiquement)
$\overrightarrow{A\ 1/3}$	A	↖	1 740 (déterminée graphiquement)

▲ Tableau bilan des actions mécaniques appliquées au bras avant du lève-kart.

5. L'effort auquel est soumis le ressort à gaz est acceptable car il est inférieur à 2 500 N.

3 1. G_{ctp} le centre de gravité du contrepoids ; $OG_{ctp} = 2$ m

G_0, le centre de gravité du tronçon fixe ; $-OG_0 = 0{,}29$ m

G_1, le centre de gravité du tronçon T_1 ; $OG_1 = 0{,}51 + \frac{3{,}88}{2} = 2{,}45$ m

G_2, le centre de gravité du tronçon T_2 ; $OG_2 = 0{,}51 + 3{,}88 - 1{,}2 + \frac{3{,}88}{2} = 5{,}13$ m

G_3, le centre de gravité du tronçon T_3 ; $OG_3 = 0{,}51 + 3{,}88 - 1{,}2 + 3{,}88 - 1{,}2 + \frac{3{,}88}{2} = 7{,}81$ m

G_{cam}, le centre de gravité de la caméra et de la tête caméra.

$OG_{cam} = 0{,}51 + 3{,}88 - 1{,}2 + 3{,}88 - 1{,}2 + 3{,}88 = 9{,}75$ m.

2. Le centre de gravité de l'ensemble doit appartenir à la droite verticale passant par O donc d'après le PFS, à l'équilibre, la somme des moments en O est nulle :

$$-M_{ctp}\,OG_{ctp} - M_0\,OG_0 + M_1\,OG_1 + M_2\,OG_2 + M_3\,OG_3 + M_{cam}\,OG_{cam} = 0$$

$$M_{ctp} = \frac{-M_0OG_0 + M_1OG_1 + M_2OG_2 + M_3OG_3 + M_{cam}OG_{cam}}{OG_{ctp}}$$

$$M_{ctp} = \frac{-800 \times 0{,}29 + 70 \times 2{,}45 + 60 \times 5{,}13 + 50 \times 7{,}81 + 110 \times 9{,}75}{2} = 855\,\text{kg}.$$

Le contrepoids a une masse de 855 kg.

3. Les centres de gravité sont maintenant placés à :
OG_{ctp} à déterminer
$OG_0 = 0{,}29$ m
$OG_1 = 2{,}45 - 2{,}4 = 0{,}05$ m
$OG_2 = 5{,}13 - 2 \times 2{,}4 = 0{,}33$ m
$OG_3 = 7{,}81 - 3 \times 2{,}4 = 0{,}61$ m
$OG_{cam} = 9{,}75 - 3 \times 2{,}4 = 2{,}55$ m

$$OG_{ctp} = \frac{-M_0OG_0 + M_1OG_1 + M_2OG_2 + M_3OG_3 + M_{cam}OG_{cam}}{M_{ctp}}$$

$$OG_{ctp} = \frac{-800 \times 0{,}29 + 70 \times 0{,}05 + 60 \times 0{,}33 + 50 \times 0{,}61 + 110 \times 2{,}55}{855} = 0{,}12\text{ m}.$$

Le contrepoids se déplace vers le point de pivot de 0,12 m.

4. Le contrepoids s'est déplacé de 2 – 0,12 = 1,88 m alors que le tronçon T_1 s'est déplacé de 2,4 m.

Le rapport entre les 2 est donc de $\frac{1,88}{2,4} = 0,78$.

4 **1.** La sollicitation est une traction simple.

2. La section sollicitée a pour valeur : $S = 2 \times [((63 - 35) \times 18) + ((120 - 35) \times 12)] = 3\,048\ \text{mm}^2$.

3. La contrainte normale théorique vaut : $\sigma_{max} = \frac{N}{S} = \frac{84\,000}{3\,048} = 27,56$ MPa.

4. La valeur théorique calculée est de 27,56 MPa, elle est inférieure de moitié par rapport à celle obtenue par le logiciel de simulation.
Cet écart est justifié par le non–respect des hypothèses de validité de la RDM (variation brusque d'épaisseur, angles vifs,...), il apparaît donc un phénomène de concentration de contrainte.

5. La limite élastique vaut : $R_{e\ min} = \sigma_{logiciel} \times c_s = 60 \times 6 = 360$ MPa.

Ceci peut correspondre à un acier S355 par exemple.

5 **1.** La contrainte de traction exercée dans un câble vaut :

$$\sigma_{max} = \frac{N_{max}}{S} = \frac{10,1}{3 \times 7,60} = 443 \text{ MPa (ou N} \cdot \text{mm}^{-2}\text{)}.$$

2. Le coefficient de sécurité vaut : $c_s = \frac{R_e}{\sigma_{max}} = \frac{1560}{443} = 3,52$.

3. Les câbles peuvent empêcher le soulèvement. Ils sont 3,5 fois « surdimensionnés ».

6 **1.** Soit la contrainte normale : $\sigma = \frac{N}{A}$ (voir résultats pour chaque profilé dans le tableau ci-après).

Exemple de calcul pour le profilé : $\sigma = \frac{N}{A} = \frac{1750\,000}{6\,491} = 269,6\ \text{N} \cdot \text{mm}^{-2}$

2. Soit l'allongement : $\Delta L = \frac{N \times L}{A \times E}$ (voir résultats pour chaque profilé dans le tableau ci-après).

Exemple de calcul pour le profilé : $\Delta L = \frac{N \times L}{A \times E} = \frac{1750\,000 \times 5\,700}{6\,491 \times 210\,000} = 7,32$ mm.

Attention
Convertir l'effort *N* en newton et l'aire *A* de la section en mm².

Tableau de résultats :

PROFILÉ	Nuance acier					
Dimensions extérieures	**Module de Young : E = 210 000 N·mm⁻²**	**Limite d'élasticité R_e** (N·mm⁻²)	**Aire de la section A** (cm²)	**Masse linéique** (kg·m⁻¹)	**Contrainte de traction** (N·mm⁻²)	**Allongement de la barre ΔL** (mm)
180 × 180	S235	235	64,91	51	269,6	7,32
	S355	355	64,91	51	269,6	7,32
200 × 200	S235	235	72,91	57,2	240,1	6,52
	S355	355	72,91	57,2	240,1	6,52
250 × 250	S235	235	92,91	72,9	188,4	5,12
	S355	355	92,91	72,9	188,4	5,12

3. Choix du profilé :

Profilés à éliminer en raison de contraintes supérieures aux contraintes admissibles $\sigma > R_e$:

- 180 × 180 (S235) : $235\ N \cdot mm^{-2} < 269{,}6\ N \cdot mm^{-2}$.
- 200 × 200 (S235) : $235\ N \cdot mm^{-2} < 240{,}1\ N \cdot mm^{-2}$.

Profilés à éliminer sur le plan des allongements :

- 180 × 180 (S235 et S355) : 7,32 mm > 7 mm.

Parmi les profilés restants qui conviennent tant en résistance qu'en allongement, on choisira le plus léger soit le 200 × 200 (S355) dont la masse linéique est de $57{,}2\ kg \cdot m^{-1}$.

SUJET DU BAC (Énoncé p. 100)

1. Le moment est porté par l'axe y : $\|\overrightarrow{\mathcal{M}}_{K,\overline{P}}\| = \|\overrightarrow{P}\| \times OK = 1570 \times (864 - 213) = 1\,022\,070\ N \cdot mm$.

2. Il y a des sollicitations de cisaillement et de flexion simple. Le cisaillement est négligé par hypothèse pour la suite.

3. La contrainte normale maximale théorique vaut :

$$\sigma_{max\_théorique} = \frac{Mf_y}{I_{K\overline{y}}} \times y_{max} = \frac{1\,022\,070 \times 22{,}5}{150\,000} = 153{,}32\ MPa.$$

4. La contrainte normale maximale réelle vaut : $\sigma_{max\ réel} = 2{,}1 \times \sigma_{max\_théorique}$

La variation de section de la fourche au niveau de la section S provoque une concentration de contrainte. Cet accident de forme n'est pas pris en compte par la résistance des matériaux pour le calcul de la contrainte théorique.

5. Le coefficient de sécurité vaut : $c_s = \dfrac{R_e}{\sigma_{max\ réel}} = \dfrac{410}{322} = 1{,}27.$

6. Le coefficient de sécurité obtenu n'est pas satisfaisant.
Les solutions sont, par exemple, de choisir un matériau différent ayant un R_e plus important ou de modifier les dimensions (diamètre extérieur et/ou épaisseur du tube).

CHAPITRE 9 (Énoncés p. 106)

1 **1.** Ici, la tension se situe de part et d'autre du niveau 0 V. La tension est bidirectionnelle (il faut se repérer à la flèche 2 qui indique le 0).

2. Le calibre tension est réglé sur 500 mV.

3. Une division de tension sur un oscillogramme comporte 4 sous divisions.

4. Une division correspond à 500 mV.

5. La valeur minimale se situe à 2 divisions + 3 sous-divisions en dessous du zéro (du signal 2) et donc négatif.
4 sous-divisions = 1 division = – 500 mV

3 sous-divisions $= \dfrac{3 \times (-500\ mV)}{4} = -\,0{,}375\ V$

2 divisions + 3 sous-divisions = –1 – 0,375 = –1,375 V ; $V_{min} = -\,1{,}375\ V$.

6. La valeur maximum du signal se situe à 2 divisions + 3 sous-divisions au-dessus du zéro volt. De la même manière :

1 division = 500 mV et 3 sous-divisions $= \dfrac{500\ mV \times 3}{4}$.

La valeur maximale est de $V_{max} = +1{,}375\ V$.

2 1. Le calibre de la base de temps est réglé sur 1 ms.

2. Chaque division ou chaque carreau de la base de temps contient 5 sous-divisions.

3. Une division correspond à 1 ms.

4. Une période comporte 8 divisions et 2 sous-divisions soit exactement 8,4 carreaux.

5. La période est égale à : $T = 8 \times 1\,\text{ms} + \dfrac{2 \times 1\text{ ms}}{5}$. La période est égale à $T = 8{,}4$ ms.

6. On utilise la relation qui lie la fréquence à la période :
$T = \dfrac{1}{f}$ donc $f = \dfrac{1}{T}$ avec f en Hertz (Hz) et T en seconde (s). $f = \dfrac{1}{8{,}4 \times 10^{-3}}$; $f = 119\,\text{Hz}$.

3 1. Il est préférable pour des raisons de précision de faire des mesures sur plusieurs périodes et de diviser par le nombre de périodes pour trouver une valeur plus précise de la période T. On peut choisir 13 périodes qui correspondent à 8,5 divisions (carreaux).

1 division = 2 ms ; 8,5 divisions = 17 ms. $T = \dfrac{17 \times 10^{-3}}{13}$, $T = 1{,}31\,\text{ms}$.

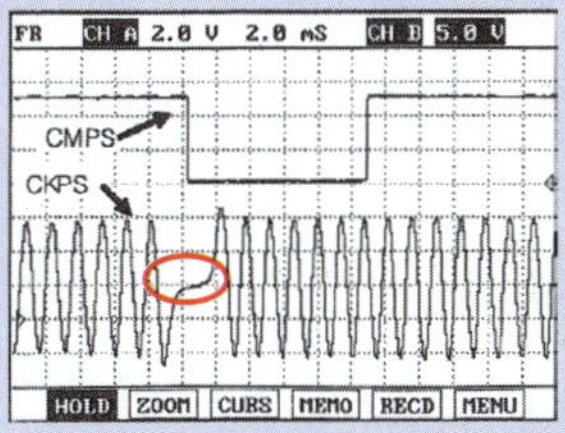

2. (Capture ci-contre)

3. Il manque 2 dents.

4. La règle de proportionnalité s'applique :
60 dents ⟶ 1 tour
1 dent ⟶ 1,31 ms
Donc : 60 dents ⟶ 78,6 ms

$$f = \frac{1}{78{,}6 \times 10^{-3}}\ ;\ f = 12{,}7\,\text{Hz}.$$

5. On peut écrire que $f = 12{,}7\,\text{Hz}$ correspond à la vitesse moteur : $V_m = 12{,}7\ \text{tr}\cdot\text{s}^{-1}$

Conversion de cette valeur en $\text{tr}\cdot\text{min}^{-1}$: $V_m = 60 \times 12{,}7$; $V_m = 763\ \text{tr}\cdot\text{min}^{-1}$.

4 1. Les valeurs extrêmes atteignables par les sondes Lambda sur la caractéristique sont :
$V_{max} = 0{,}86$ V et $V_{min} = 0{,}08$ V.

2. Plus le catalyseur vieillit et plus l'amplitude du signal amont se rapproche du signal de la sonde Lambda placée en aval du catalyseur. Il faut changer le pot catalytique quand les signaux prélevés par chaque sonde Lambda sont quasi identiques. Le pot catalytique ne joue alors plus son rôle.

3. La zone Lambda est étroite, centrée autour de $\lambda = 1$.
On relève les valeurs limites qui sont 0,1 V et 0,8 V (zone jaune). $0{,}8\text{ V} \geqslant U\lambda \geqslant 0{,}1\text{ V}$.

4. La zone Lambda délimite les zones de fonctionnement pour un mélange de carburant riche ≥ 0,8 V et pauvre ⩽ 0,1 V. Tant que nous nous trouvons dans cette zone Lambda le pot catalytique joue son rôle.

5. La plage totale s'étend de 0,08 V à 0,86 V soit 0,86 – 0,08 = 0,78 V.
Tandis que la plage Lambda s'étend 0,1 V à 0,8 V soit 0,8 – 0,1 = 0,7 V.
Le rapport des deux valeurs permet d'exprimer la plage de fonctionnement en pourcentage, soit $V_\lambda = \dfrac{0{,}7}{0{,}78} = 0{,}897$ exprimé en pourcentage $V\lambda = 0{,}897 \times 100 = 90\ \%$.

$V\lambda$ représente 90 % de la plage extrême que peut produire la sonde.

6. Tant que les valeurs mesurées sont dans la zone Lambda, on considère que le pot catalyseur est en bon état de marche. Quand les mesures sortent de cette plage, on le change.

5 1. En s'aidant du calibre des tensions (1 V par division, en bas à gauche), on relève un niveau bas aligné sur le zéro volt (flèche 1) et on relève 3,3 V pour le niveau haut. Le signal possède deux niveaux 0 V et 3,3 V.

2. Le signal est périodique. Le calibre temporel indique 5 ms/div.
Trois périodes occupent 8 divisions (horizontale) et 0,1 sous division.
Soit :

$$3T = 8 \times 5 \times 10^{-3} + 0{,}1 \times 5 \times 10^{-3} ; T = \frac{8 \times 5 \times 10^{-3} + 0{,}1 \times 5 \times 10^{-3}}{3} ; T = 13{,}5\,\text{ms}.$$

3. Relation entre fréquence et période : $T = \frac{1}{f}$ donc $f = \frac{1}{T}$ avec f en Hertz (Hz) et T en seconde (s)

$f = \frac{1}{13{,}5 \times 10^{-3}}$, il vient $f = 74\,\text{Hz}$.

4. Si on relève une impulsion par tour et que la fréquence de rotation est de 74 Hz, cela veut dire que l'on a 74 rotations (ou tours) en 1 seconde.
En une minute : $N = 74 \times 60$; $N = 4\,440\ \text{tr} \cdot \text{min}^{-1}$.

5. C'est la fréquence (liée à la période) qui délivre, de la façon la plus lisible, l'information recherchée à savoir la vitesse du vent.

6 **1.** La tension d'alimentation du codeur est de 5 V tandis que celle du moteur est de 12 V.

2. a) Les deux tensions prennent les valeurs 0 V et 5 V, ce qui correspond bien à la tension d'alimentation du capteur.

b) Les signaux ont la même fréquence et donc la même période, ils peuvent être comparés. Ils sont décalés dans le temps l'un par rapport à l'autre. Le signal B arrive ¼ de période après le signal A. Il est bien en quadrature de phase (déphasé de 90°, car une période correspond à 360°).

c) On constate que la phase A est en avance sur la phase B, elle débute son cycle de période avant le signal de la phase B.

d) D'après les éléments donnés dans l'énoncé, le moteur tourne dans le sens des aiguilles d'une montre (dit sens horaire).

e) $T = 5 \times 2 \times 10^{-3} ; T = 10 \times 10^{-3} ; T = 10\,\text{ms}$.

$f = \frac{1}{T} ; f = \frac{1}{10 \times 10^{-3}}$. La fréquence du signal est égale à $f = 100\,\text{Hz}$.

f) Un tour correspond à 360°, cela donne : $P = \frac{360}{48}$. La précision sera de $P = 7{,}5°$.

g) Chaque impulsion produit une période, or $T = 10$ ms.
Avec 48 impulsions pour un tour, on a : $T = 48 \times 10 \times 10^{-3} ; T = 480 \times 10^{-3}\,\text{s} ; T = 480\,\text{ms}$.

h) La règle de proportionnalité s'applique :
1 tr → 480 ms = 0,480 s
N tr → 60 s

$0{,}480 \times N = 60 \times 1$

$N = \frac{60}{0{,}480}$; $N = 125\ \text{tr} \cdot \text{min}^{-1}$.

3. Le réducteur permet de réduire la vitesse de rotation du rotor en sortie de réducteur d'un facteur 48.

La nouvelle vitesse de rotation N_r sera alors de : $N_r = \frac{125}{48}$; $N_r = 2{,}6\ \text{tr} \cdot \text{min}^{-1}$.

4. Sur cet oscillogramme, on constate que la phase B (voie 2) est la première à débuter son cycle correspondant à une période. D'après les indications données dans l'énoncé, la phase B est en avance sur la phase A. Donc, le moteur tourne dans le sens contraire des aiguilles d'une montre soit à gauche.

7 **1.** On applique la relation suivante : Erreur absolue = Erreur relative × Mesure

On peut alors en déduire : $\frac{\text{Erreur absolue}}{\text{Erreur relative}} = \text{Mesure}$; $\frac{\text{Erreur absolue}}{\text{Mesure}} = \text{Erreur relative}$

Mesure	Erreur relative	Erreur absolue
10 m	1 %	**0,1 m**
5 bar	**2 %**	0,1 bar
20 °C	0,1 %	**0,02 °C**
105 m³.h⁻¹	**0,5 %**	0,525 m³·h⁻¹

2. a) La règle de proportionnalité s'applique :

0 % d'humidité ↔ 31,483 mV

100 % d'humidité ↔ 100 × 31,483 mV = 3148,3 mV = 3,15 V.

b) La précision (*accuracy*) est de ± 3,5 %, ce qui donne pour les résultats suivants :

Humidité	Valeur de sortie du capteur	Erreur maximum pouvant être commise (précision en %)	Valeur min	Valeur Max
0 %	31,48 mV	± 3,5	**30,4 mV**	**32,6 mV**
100 %	3,15 V	± 3,5	**3,04 mV**	**3,26 mV**

8 **1.** Le calcul de la valeur d'un digit dépend du calibre ou de la gamme de mesure et du nombre de points de l'appareil. Dans notre cas, la calibre est de 2 V et correspond à la gamme de mesure. On aura en appliquant la relation : $\text{Valeur du digit} = \dfrac{\text{Calibre}}{\text{Nombre de points}}$

Numéro d'appareil	Multimètre	Nombre de points	Résolution
1	FI 210MP	4 000	**500** µV
2	Agilent U1251A	50 000	**40** µV
3	Agilent 34401A	2 000 000	**1** µV

2. L'erreur commise par ces appareils de mesures est donnée par la précision de base.

Numéro d'appareil	Multimètre	Précision de base	Résolution pour un digit	Erreur globale
1	FI 210MP	± (1% + 4d)	**500** µV	$1{,}6 \times 0{,}01 + 4 \times 500 \times 10^{-6} = 18$ mV
2	Agilent U1251A	0,03 % + 5d	**40** µV	$1{,}6 \times 0{,}0003 + 5 \times 40 \times 10^{-6} = 248$ µV
3	Agilent 34401A	0,0020 % + 0,0005 % calibre	-	$1{,}6 \times 0{,}000020 + 10 \times 0{,}000005 = 82$ µV

3. Les appareils n°2 et n°3 ont une erreur inférieure au quantum du convertisseur analogique numérique (q = 3,22 mV) et conviennent parfaitement bien à un protocole de mesure de la chaîne d'information.

$\dfrac{\text{Erreur globale}}{\text{Valeur du quantum}} = \dfrac{18 \times 10^{-3}}{3{,}22 \times 10^{-3}} = 5{,}6$; Erreur globale = $5{,}6 \times q$.

4. La procédure consiste à établir une courbe d'étalonnage dans la gamme de mesure utilisée par le multimètre. Les mesures ainsi obtenues pourront être ajustées en ajoutant ou en retranchant l'écart de mesure.

SUJET DU BAC

(Énoncé p. 112)

1. L'émetteur délivre une fréquence avec une récurrence qui doit présenter des moments de silence.
La mesure de distance est proportionnelle au retard entre le début d'émission et la réception.
Ici, on mesure l'aller et le retour de l'onde $d = \dfrac{c \times t}{2}$ (c : vitesse du son). Dans le cas où le récepteur est en face de l'émetteur $d = c \times t$.

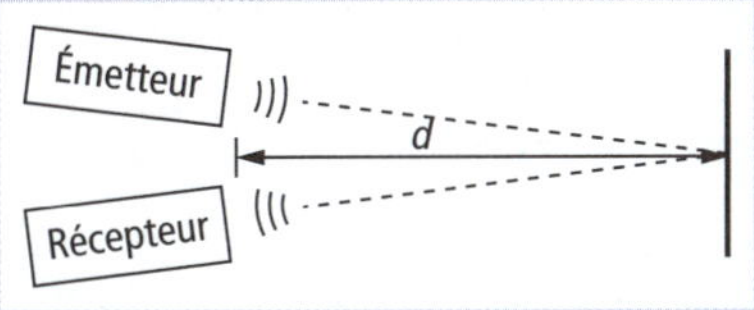

2. La durée entre le début d'émission et la réception vaut $1{,}5c \times 0{,}1 = 0{,}15$ s d'où :

$d = \dfrac{330 \times 0{,}15}{2} = 24{,}75$ m, c'est un dispositif à réflexion.

3. Si l'émission était continue, on ne pourrait faire la mesure qu'une seule fois à la mise en marche du capteur.

4. Sur le plan, le cône d'émission-réception représente un double triangle rectangle.
Si on considère la moitié du cône sur un plan, on peut appliquer les relations suivantes :

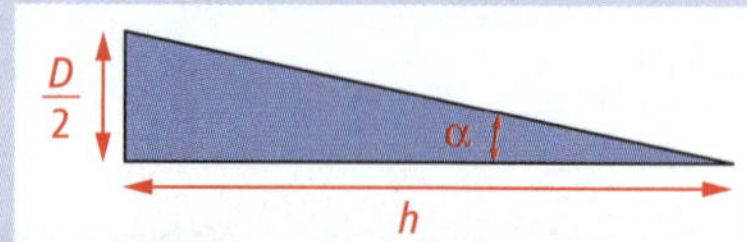

$\dfrac{D}{2} = h \times \tan\left(\dfrac{\alpha}{2}\right)$; $\dfrac{D}{2} = \dfrac{0{,}8}{2}$; $h = \dfrac{0{,}4}{\tan(3)}$; $h = 6$ m.

Ce capteur n'est pas approprié pour la mesure dans la colonne de chasse car le cône d'émission du capteur est trop ouvert.

CHAPITRE 10

(Énoncés p. 119)

1 **1.** Pour la conversion du binaire en décimal, il faut affecter le poids de chaque bit de la droite vers la gauche 2^0 à 2^n.

$A = 0111001_{(2)}$
$A = 0111001_{(2)} = 0 \times 2^6 + 1 \times 2^5 + 1 \times 2^4 + 1 \times 2^3 + 0 \times 2^2 + 0 \times 2^1 + 1 \times 2^0 = 32 + 16 + 8 + 1 = 57$

De la même façon, on effectuera les mêmes opérations :

Poids	2^7	2^6	2^5	2^4	2^3	2^2	2^1	2^0	Résultats en décimal
Valeur en décimal	128	64	32	16	8	4	2	1	= 255
$B = 10110011_{(2)}$	1	0	1	1	0	0	1	1	= 128 + 32 + 16 + 2 + 1 = **179**
$C = 010110_{(2)}$			0	1	0	1	1	0	= 16 + 4 + 2 = **22**
$D = 11101111_{(2)}$	1	1	1	0	1	1	1	1	= 128 + 64 + 32 + 8 + 4 + 2 + 1 = **239**
$E = 1111010_{(2)}$		1	1	1	1	0	1	0	= 64 + 32 + 16 + 8 + 2 = **122**

2. Pour la conversion du binaire en hexadécimal, on procède le traitement par quartet (4 bits). Chaque quartet trouve sa valeur hexadécimale dans la table de correspondance.

$A = 0111001_{(2)}$
$A = 011\ 1001_{(2)} = 0 \times 2^2 + 1 \times 2^1 + 1 \times 2^0$ $\qquad 1 \times 2^3 + 0 \times 2^2 + 0 \times 2^1 + 1 \times 2^0$

3 $\qquad$ 9

$A = (39)_{(16)} = (39)_h = 0x39 = \$39$

Poids	23	22	21	2^0	23	22	21	20	Résultats en hexadécimal
Valeur en décimal	8	4	2	1	8	4	2	1	$(\ )_{(16)}$, $(\ )_{(h)}$, 0x, \$
$B = 10110011_{(2)}$	1	0	1	1	0	0	1	1	**B 3**
$C = 010110_{(2)}$			0	1	0	1	1	0	**1 6**
$D = 11101111_{(2)}$	1	1	1	0	1	1	1	1	**E F**
$E = 1111010_{(2)}$		1	1	1	1	0	1	0	**7 A**

3.

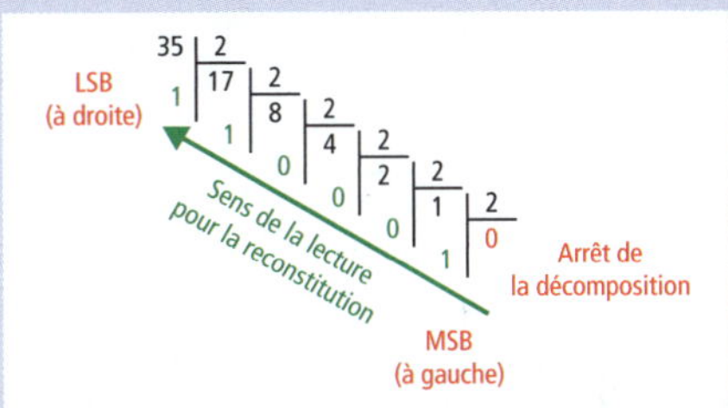

Remarque

Pour la conversion du décimal au binaire, on procède par divisions successives par deux jusqu'à obtenir un quotient égal à zéro. La reconstitution s'effectue du bit MSB au bit LSB.

$S = 35 = 100011_{(2)} = \%\ 100011$

De la même manière :

Valeur décimale	Valeur en binaire $()_{(16)}$, ()
T = 220	11011100
U = 425	110101001
V= 1024	10000000000
W = 1968	11110110000
X= 2048	100000000000
Y= 4096	1000000000000
Z = 20000	100111000100000

4. Pour la conversion du binaire en hexadécimal, il faut utiliser le traitement par quartet (4 bits). Chaque quartet trouve sa valeur hexadécimale dans la table de correspondance.

$c = 1100\ 0111\ 1011\ 0011_{(2)}$

$c = 1 \times 2^3 + 1 \times 2^2 + 0 \times 2^1 + 0 \times 2^0 + \quad 0 \times 2^3 + 1 \times 2^2 + 1 \times 2^1 + 1 \times 2^0$

$1 \times 2^3 + 0 \times 2^2 + 1 \times 2^1 + 1 \times 2^0 \quad 0 \times 2^3 + 0 \times 2^2 + 1 \times 2^1 + 1 \times 2^0$

$c = (\text{C7B3})_{(16)} = (\text{C7B3})_h = 0x\text{C7B3} = \$\text{C7B3}$

Valeur binaire	Valeur en hexadécimal $()_{(16)}$, $()_{(h)}$, 0*x*, $
a = 10111101	$ BD
b = 11110011	$ F3
c = 1100 0111 1011 0011	$C7B3
d = 0111 0010 1110 1111	$72EF
d = 1111001	$79

2 On établit pour chaque caractère le code binaire en associant la partie MSB suivie de quartet LSB.
Pour le caractère 'B', on a : 100 suivi de 0010 ce qui donne : %1000010.
En appliquant la règle de conversion du binaire à l'hexadécimal (on procède par paquet de 4 bits) :

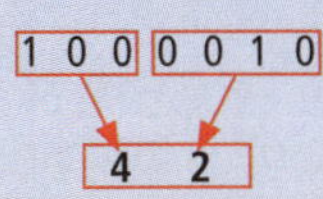

= 0x42

Message à transmettre	B	o	n	j	o	u	r
Valeur binaire (%)	100 0010	110 1111	110 1110	110 1010	110 1111	111 0101	111 0010
Valeur hexadécimale (0x__)	42	6F	6E	6A	6F	75	72

3 **1.** Valeur des bits du chronogramme :

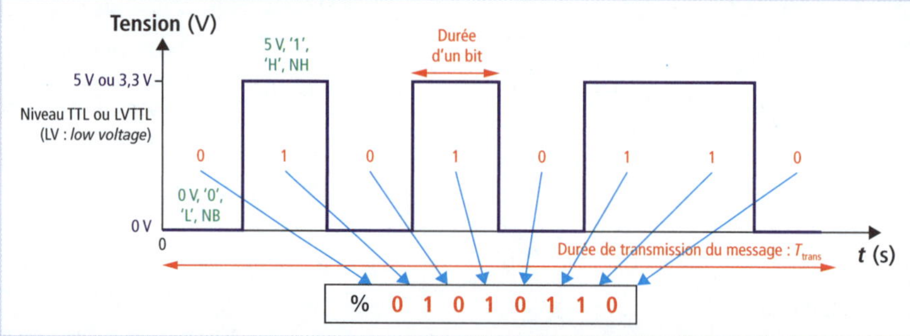

2. La conversion de la valeur binaire en hexadécimale est : % 0101 0110 = $ 56.

3. En utilisant la table ASCII, on trouve qu'il s'agit du caractère : 'V'.

4. Si la durée d'un bit est de 104 µs, alors la durée de la trame : $T_{trans} = 8 \times 104 \times 10^{-6} = 832$ µs.

5. Le débit binaire est donné par l'expression : $D = \frac{1}{T_{bit}}$. Donc $D = \frac{1}{104 \times 10^{-6}} = 9\,600 \text{ bit}\cdot\text{s}^{-1}$.

6. Un espace mémoire de 8 Go correspond à 8×10^9 octets $= 8 \times 10^9 \times 8$ bits.

On aura donc :

$$T_m = \frac{8 \times 10^9 \times 8}{9\,600} = 6{,}66 \times 10^6 \text{ s}, T_m = \frac{6{,}66 \times 10^6}{60} = 111 \times 10^3 \text{ min}, T_m = \frac{111 \times 10^3}{60}, T_m = 1\,852 \text{ h}.$$

7. Transférer des données pour remplir un espace mémoire de 8 Go en 1 852 h est un temps excessivement long comparé aux techniques existantes. On est capable de transférer en mémoire SD les informations d'une image de 12 Go prise par un appareil photo numérique en moins d'une seconde.

4 **1.** Identification des bits sur la trame :

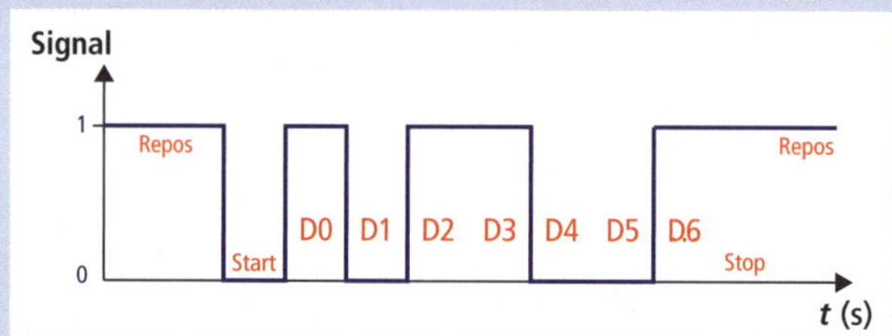

2. La reconstitution du message, transmis en LSB first nous donne la valeur suivante en binaire :

Position bit	D6	D5	D4	D3	D2	D1	D0
Valeur bit	1	0	0	1	1	0	1
Valeur en binaire	% 1001101						

3. Conversion de la valeur binaire en hexadécimale :

Position bit	D6	D5	D4	D3	D2	D1	D0
Valeur bit	1	0	0	1	1	0	1
Poids des bits	2^2	2^1	2^0	2^3	2^2	2^1	2^0
Poids des bits en décimal	4			8	4		1
Valeur hexadécimal ($)	**4**			**D**			

4. En utilisant la table de correspondance de la table ASCII, on trouve que : %1001101 = $4D = 'M'.

5. Pour déterminer le nombre de bits dans une trame complète, il faut additionner les 7 bits du message et 2 bits d'encapsulation (Start et Stop), soit 9 bits en tout.

6. Calcul de la durée de transmission d'une trame GPS : $1\ \text{Trame}_{GPS} = 9$ bits.

La durée de transmission d'une trame avec un débit de 9 600 bit/s est de :

$\text{Transmission}_{\text{caractère}} = \dfrac{9}{9\,600} = 937{,}5\ \mu s$; $\text{Transmission}_{\text{trame}} = 67 \times 937{,}5 \times 10^{-6}$;

$\text{Transmission}_{\text{trame}} = 62{,}8$ ms.

7. Les données à notre disposition sont : 8 voies, Échantillonnage = 1 kHz, 1 échantillon = 2 octets, 1 page de données = 1 mn.

$Q = 8 \times 1 \times 10^3 \times 2 \times 60$; $Q = 960$ ko.

8. La durée de transmission de la trame GPS est de 62,8 ms alors que la quantité de données échantillonnée durant une seconde est de :

$$Q_{1s} = 8 \times 1 \times 10^3 \times 2 = 16 \text{ ko}$$

On aura alors une perte de :

$$Q_p = 16 \times 10^3 \times 62{,}8 \times 10^{-3}$$

$$Q_p = 1 \text{ ko.}$$

9. On peut augmenter la vitesse de transmission jusqu'à 115 200 bit·s^{-1}, ce qui donnerait un temps de transmission d'une trame de 67 caractères GPS :

$\text{Transmission}_{\text{caractère}} = \dfrac{9}{115\,200} = 78{,}1\ \mu s$; $\text{Transmission}_{\text{trame}} = 67 \times 78{,}1 \times 10^{-6} = 5{,}2$ ms.

5 1. Bits sur l'oscillogramme :

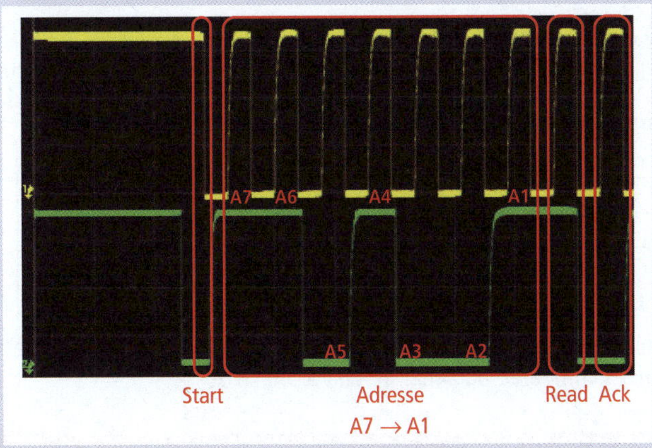

2. Adresse du circuit auquel le circuit maître s'adresse.

Adresse	A7	A6	A5	A4	A3	A2	A1
Valeur binaire	1	1	0	1	0	0	1

Adresse = % 1101001

3. Adresse en hexadécimale : Adresse = % 1101001 = % 110 1001 → $ 6 9.

6 **1.** Tout obstacle (ici la paroi) constitue une atténuation du signal radio émis. Le calcul de l'absorption (Atténuation) de la paroi s'effectue *via* la relation :

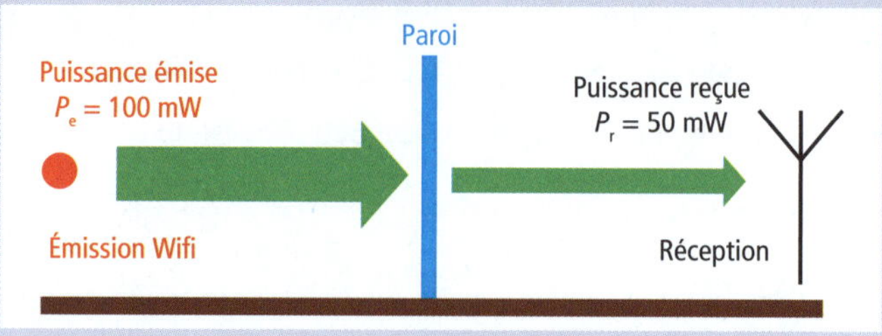

$$R_{(db)} = 10 \times \log_{10}\left(\frac{P_e}{P_r}\right)$$

Dans notre cas à l'émission $P_e = 100$ mW et $P_r = 50$ mW.

$$R_{(db)} = 10 \times \log_{10}\left(\frac{100 \times 10^{-3}}{50 \times 10^{-3}}\right) R_{(dB)} = 3 \text{ dB.}$$

2. Le tableau des atténuations en fonction des matériaux et des fréquences d'émission du wifi nous montre que l'on est dans le cas suivant :
– Fréquence de 2,4 GHz ; – Cloison en verre simple.

3. Si le canal de 5,8 GHz permet d'avoir de fort débit comparativement avec une fréquence de 2,4 GHz, le tableau nous montre une perte significative due aux obstacles. Cette fréquence est à privilégier en espace libre sans obstacles.

7 **1.** L'atténuation en espace libre (sans obstacle) est donnée par la relation :

$A_0 = 32{,}4 + 20 \times \log_{10}(f) + 20 \log_{10}(d)$, avec A_0 en dB, d en km, f en MHz.

$A_0 = 32{,}4 + 20 \times \log_{10}(2{,}4 \times 10^3) + 20 \times \log_{10}(15 \times 10^{-3}) = -63{,}5$ dB pour 2,4 GHz

$A_0 = 32{,}4 + 20 \times \log_{10}(5{,}8 \times 10^3) + 20 \times \log_{10}(15 \times 10^{-3}) = -71{,}2$ dB pour 5,8 GHz.

Désignation des pertes	2,4 GHz	5,8 GHz
Source d'émission en dBm	20	20
15 m d'air	– 63,5 dB	– 71,2 dB
Double vitrage	– 13 × 2 = – 26 dBm	– 20 × 2 = – 40 dBm
Bilan	**– 69,5 dBm**	**– 91,2 dBm**
Conclusion : (Excellent, Bon, Faible, Nulle)	**Excellent**	**Faible**

2. Avec un bilan excellent, la transmission 2,4 GHz délivre moins de débit mais permet une plus longue propagation des données comparée au canal de wifi à 5,8 GHz.

SUJET DU BAC

(Énoncé p. 124)

1. Le bit à l'état 1 est représenté par un état +V et le bit à l'état 0 est représenté par un état –V.

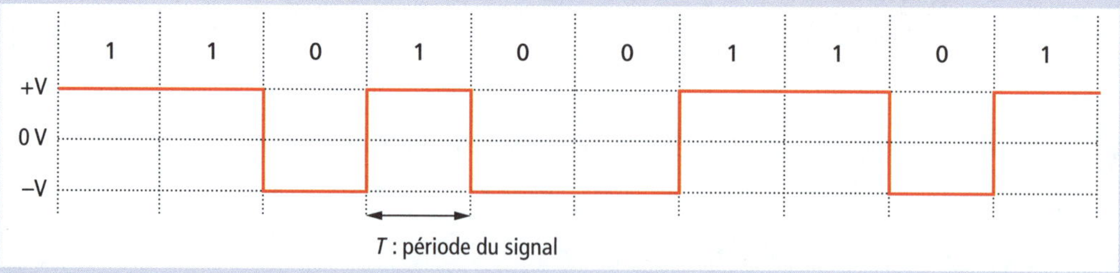

2. La durée d'un bit est de $T = 2$ µs. On peut calculer le débit binaire $D = \frac{1}{T_{bit}}$.

$$D = \frac{1}{2 \times 10^{-6}} = 500 \times 10^3 = 500 \text{ kbit} \cdot \text{s}^{-1}.$$

3. Diagramme en respectant la méthode du « *bit-stuffing* » :

Trame avant *stuffing*

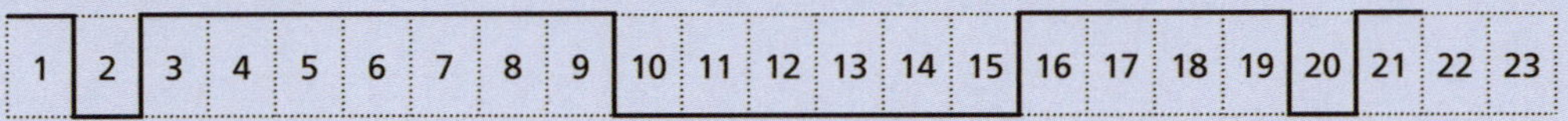

Trame avant *stuffing*

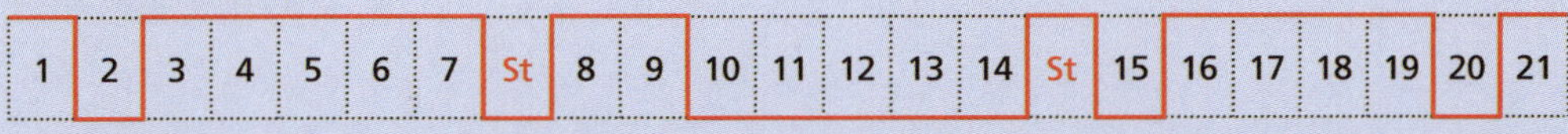

4. La transmission sécurisée par bit de *stuffing*, renforce la sécurité de transmission et assure efficacement la surveillance du fonctionnement du moteur.

CHAPITRE 11

(Énoncés p. 131)

1 **1.** Organigrammes sans simplification :

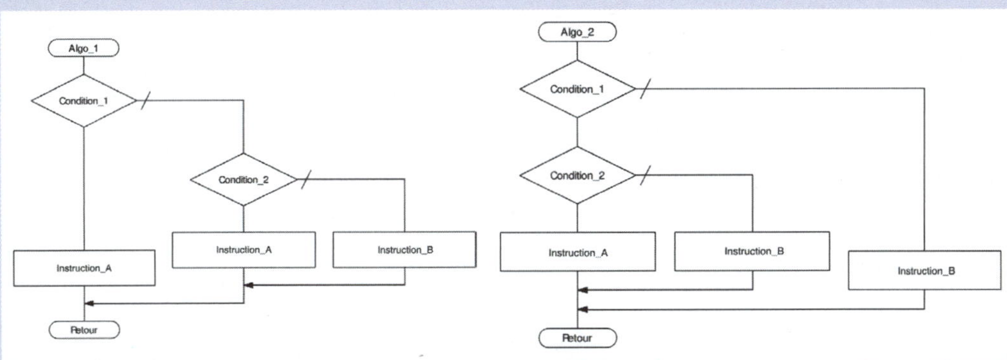

2. Organigrammes avec simplification :

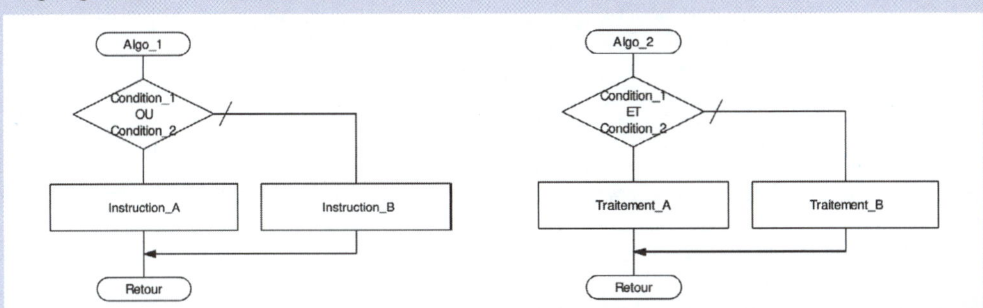

2

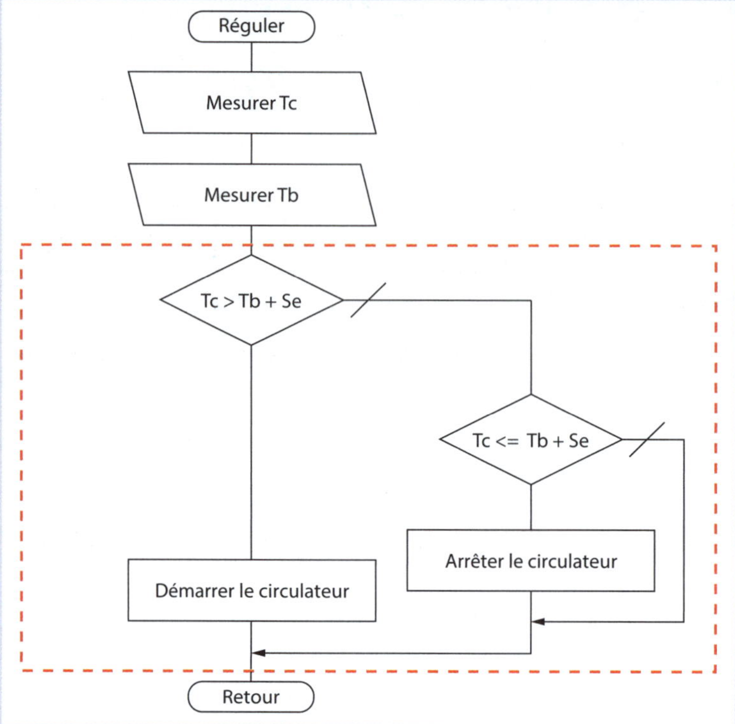

3 **1.** Calcul des temps haut et bas du signal « Sortie_1 » :

$T_H = 0{,}15 \times T = 0{,}15 \times 1 = 150$ ms ;

$T_L = 1 - 0{,}15 = 850$ ms ;

$T_H = 150$ ms et $T_L = 850$ ms.

2. Une itération comprend 2 opérations soit 2 µs.
Un temps de 150 ms s'épuisera en :

$$T_H = \frac{150 \times 10^{-3}}{2 \times 10^{-6}} = 75 \times 10^3 = 75\,000 \text{ itérations}.$$

Un temps de 850 ms s'épuisera en :

$$T_L = \frac{850 \times 10^{-3}}{2 \times 10^{-6}} = 425 \times 10^3 = 425\,000 \text{ itérations}.$$

3. L'initialisation des variables des temporisations pour chaque sous–programme prendra les valeurs suivantes :
Sous– programme Tempo_H : i = 75 000
Sous–programme Tempo_L : j = 425 000
• Élaboration des sous–programmes Tempo_H et Tempo_L :
Les sous–programmes peuvent être construits avec la structure conditionnelle *Tant que… Faire* ou bien avec la structure conditionnelle *Répéter… Jusqu'à ce que ….*

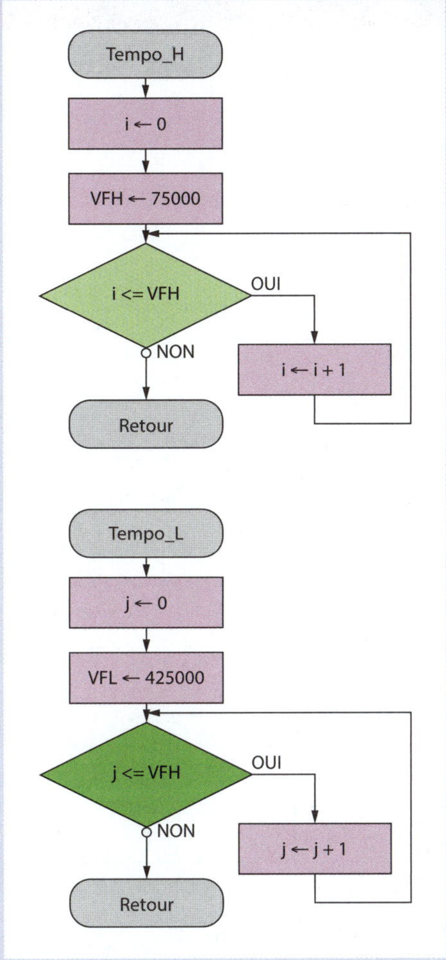

4. et **5.** Soit l'organigramme et l'algorithme ci–dessous.
L'organigramme et l'algorithme sont élaborés dans une structure de boucle sans fin afin de rendre périodique le signal en sortie de la broche 1 (Sortie_1).

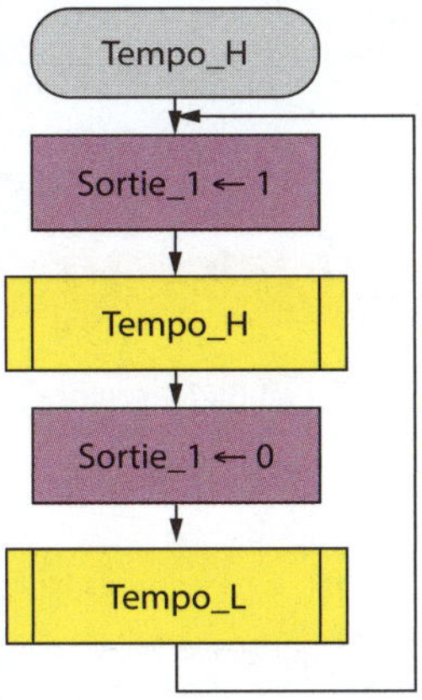


```
Programme LED_FLASH ;
DEBUTPROG
TANT QUE (1 > 0) FAIRE
  Sortie_1 ← 1 ;
    i ← 0 ;
    VFH ← 75000 ;
    TANT QUE (i <= VFH) FAIRE
        i ← i + 1 ;
    FINTQ
    Sortie_1 ← 0 ;
    j ← 0 ;
    VFL ← 425000 ;
    TANT QUE (j <= VFL) FAIRE
          j ← j + 1 ;
        FINTQ
    FINTQ
FINPROG
```

SUJET DU BAC

(Énoncé p. 134)

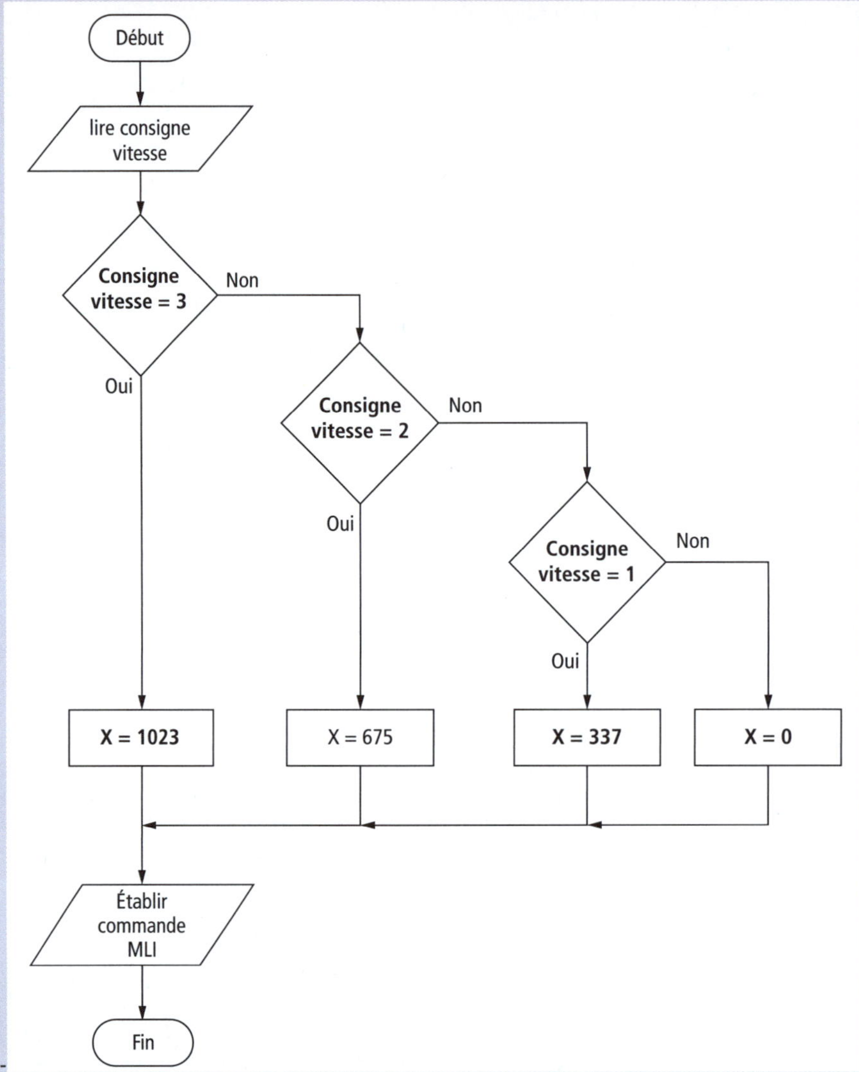

CHAPITRE 12

(Énoncés p. 141)

1 1. Le masque de l'adresse 77.45.234.56/17 est 255.255.128.0 (17 premiers bits à 1).

2. L'adresse réseau est : 77.45.128.0.

3. L'adresse de diffusion est : 77.45.255.255.

2 a) 10.1.2.2 : adresse IP

b) C4:85:08:B2:36:03 : adresse MAC

c) 192.168.1.0 : adresse IP

d) 70–1A–04–5F–9B–3B : adresse MAC

e) 92.153.171.186 : adresse IP

f) 123.45.6.7 : adresse IP

3

Adresse IP	Classe	Masque de sous–réseau
a) 38.100.6.24	A	255.0.0.0
b) 193.205.9.43	C	255.255.255.0
c) 141.10.3.88	B	255.255.0.0

4 1., 2. et 3. voir tableau ci-dessous.

a) 10.68.2.1/15	Adresse IP (Net ID) :	10.68.0.0
	Première adresse :	10.68.0.1
	Dernière adresse disponible :	10.69.255.254
	Adresse de broadcast:	10.69.255.255
	Nombre d'hôtes adressables :	$2^{17} - 2 = 131\,070$ hôtes adressables
b) 10.68.2.1/255.255.192.0	Adresse IP (Net ID) :	10.68.0.0
	Première adresse :	10.68.0.1
	Dernière adresse disponible :	10.68.63.254
	Adresse de broadcast:	10.68.63.255
	Nombre d'hôtes adressables :	$2^{14} - 2 = 16\,382$ hôtes adressables

5 1.

Numéro de masque	Valide	Non valide
a) 255.255.0.0	×	
b) 255.255.248.0	×	
c) 255.255.255.0		×

2. $2^8 = 256$ et $2^8 = 512$, donc s'il faut réserver au minimum 9 bits pour les machines, il restera $32 - 9 = 23$ bits pour le réseau. Les masques qui conviennent doivent avoir au maximun 23 bits à « 1 ». Les 2 premières réponses conviennent.

6 1. L'adresse MAC de la source est : 80 00 20 20 3A AE.

2. La longueur de la trame Ethernet est de 14 + 1 500 + 4 = 1 518 octets.

3. La fréquence radio est de 2,4 GHz.

4. La norme 802.11g permet une transmission des données jusqu'à 54 Mbit/s.

5. Pour déterminer le temps de transmission T_{trans}, il faut ramener certaines unités exprimées en octet, en bit, puisque le débit est exprimé en bit·s⁻¹.
Nombre de bit d'une trame :
Nbr_{bit} = longueur de la trame × 8 bits = 1518 × 8 = 12144 bits.

$$\text{débit (en bit·s}^{-1}) = \frac{Nbr_{bit} \text{ (en bit)}}{T_{trans} \text{ (en s)}} \Leftrightarrow T_{trans} = \frac{Nbr_{bit}}{\text{débit}},$$

$$T_{trans} = \frac{\text{Quantité d'information}}{\text{temps}} \text{ donc } T_{trans} = \frac{12144}{54 \times 10^6} = 224{,}9 \times 10^{-6} = 224{,}9 \ \mu\text{s}.$$

7 1. La fonction du bassin A3 de l'aquarium « *Mare Nostrum* » est de contrôler à distance les différents paramètres du bassin.
Les adresse publiques et privées sont séparées par le routeur - Model ADSL.

Le superviseur se trouve sur le réseau internet, le réseau global utilise l'adresse publique 89.250.10.17. Le matériel de l'aquarium se trouve quant à lui après le routeur – Modem ADSL. Il est dans un réseau privé son adresse qui lui permet de communiquer est : 192.168.1.1.

2. Le réseau public (internet) et le réseau privé (architecture réseau de l'aquarium) sont séparés par le routeur modem ADSL. Le rôle du routeur est d'assurer la liaison passerelle entre les deux types de réseaux. Les équipements connectés de l'aquarium peuvent alors accéder au réseau public internet.

3. Le LAN (*Local area network*) constitue l'architecture réseau des bassins de l'aquarium. On remarque sur le synoptique du document 2, que les adresses ont pour terminaison /24. Cela signifie que le masque de sous-réseau est composé de 24 bits positionnés à « 1 ». Le masque de sous-réseau a donc pour valeur 255.255.255.0.
La structure locale du réseau informatique fait apparaître les adresses commençant par : 192.168.1.x.
Tous les équipements communicants (ordinateurs, imprimantes, ...) peuvent communiquer entre eux, car tous ces équipements possèdent le même masque de sous-réseau (255.255.255.0). En notation CIDR (*Classless Inter-Domain Routing*), les adresses disposent de la terminaison /24. L'adresse du réseau local s'obtient en faisant un ET logique entre l'adresse 192.168.1.x & 255.255.255.0. On obtient alors 192.168.1.0.
Le nombre d'équipement connecté s'obtient par la lecture des équipements communicants connectés dans le document 2 :
Total = 10 PC connectés + 6 appareils connectés + 10 PC connectés + 1 imprimante (192.168.1.35/24) + 3 appareils connectés + 1 (passerelle du routeur)
Total = 31 machines.

4. Pour permettre aux soigneurs de se connecter avec des tablettes numériques, il faudrait avoir un accès sans fil, wifi et donc implanter un routeur wifi dans le réseau local de l'aquarium.
L'adressage en classe du réseau local de l'aquarium appartient à la classe C (notation CIDR : /24). Ce type de réseau permet de connecter 254 machines communicantes.
Il reste donc la possibilité de connecter : 254 – 31 = 223 tablettes numériques.
Les visiteurs sont sensibles au temps d'attente dans les files et aux informations qu'ils peuvent recevoir. Pour développer et renforcer l'attractivité de l'aquarium, il est possible d'équiper le réseau d'un serveur récoltant la fréquentation du public et ainsi proposer une application pour smartphone qui donne les délais d'attente par attraction et un lien vers le site.

SUJET DU BAC *(Énoncé p. 146)*

1. Le tableau fait apparaître l'adresse suivante pour *Danse avec les robots* : 192.168.1.13, les 8 derniers bits constituant la partie de l'hôte.
NetID (192.168.1.0 ou 192.168.1) **ET** HostID (.13).

2. Toutes les machines ont la même adresse réseau (NetID) et commencent par 192.168.1 avec un masque sous–réseau identique.

3. La plage d'adresse IP disponible va de 18 à 253 **OU** 1 à 254.
On peut attribuer une adresse IP libre pour la carte de l'automate de « *L'extraordinaire voyage* » allant de 18 à 253.

4. L'adresse IP attribuée au smartphone est : 172.16.1.57.
Net ID identique 172.16 ou même adresse réseau.

5. Nombre d'hôtes pouvant se connecter à ce réseau wifi : $2^{16} - 2$ ou $2^{16} - 5$.
Nombres d'hôte (65 531 ou 65 534) > à 18 000 visiteurs par jour.

6. On peut citer par exemple :
– mise à disposition d'informations
– affichages d'informations
– gestion du trajet
– pré-réservation
– application dédiée
– si réponse intelligente

Mathématiques

et spécialité
Physique-Chimie et Mathématiques

COMPRENDRE EN VIDÉO Retrouvez tous nos tutos vidéos sur notre chaîne YouTube « Objectif Bac Hachette ».

MATHS

Présentation des épreuves du Bac

1 Mathématiques

A Le contrôle continu

• La moyenne de mathématique obtenue sur l'ensemble de l'année de terminale compte pour le contrôle continu avec un coefficient 3 (comme en classe de 1re).

• Les évaluations sont élaborées par chaque enseignant de mathématiques et se passent en cours ou lors d'épreuves plus conséquentes.

• Les exercices proposés dans ce livre ont été pensés pour préparer au mieux le lecteur à ces évaluations ponctuelles.

• Par ailleurs les exemples de sujets des pages 316 et 317 ont été constitués en se référant à ceux de la banque nationale de sujets (education.gouv.fr/reussir-au-lycee/bns).

2 Spécialité Physique-Chimie et Mathématiques

B L'épreuve finale

Épreuve écrite
Durée : 3 heures
Coefficient : 16

• Le sujet comporte de **trois à cinq exercices indépendants** les uns des autres.

• L'un au moins des exercices :
– propose l'**étude d'une situation où les mathématiques et la physique-chimie interagissent et se complètent** pour apporter chacune son éclairage.
– comporte une partie d'**évaluation des compétences expérimentales**, d'instrumentation et de mesures, adaptée aux contraintes de l'épreuve écrite. Ils peuvent contenir des documents à analyser ou des données expérimentales à exploiter.

• Les autres exercices permettent d'évaluer les connaissances et les compétences propres à chacune des disciplines.

• Le sujet précise si l'usage de la calculatrice est autorisé.

• L'épreuve est notée sur **20 points** : 6 points pour les compétences propres aux mathématiques et 14 points pour celles propres à la physique-chimie.

3 Le Grand oral

Toutes les informations, présentation de l'épreuve et conseils en **page 5** de cet ouvrage.

1 Algorithmique et programmation

1 Les outils

A Python

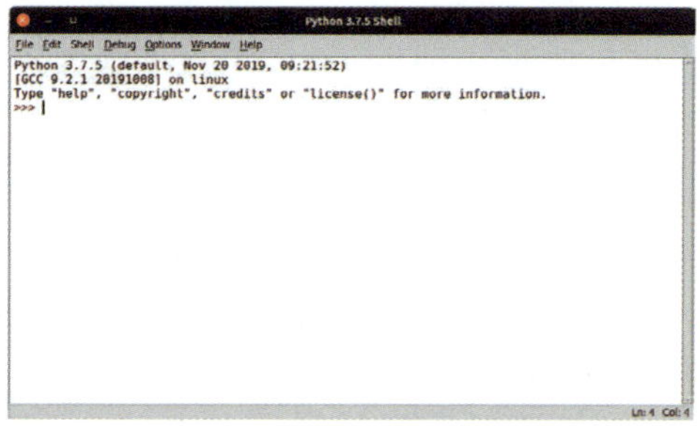

Le langage de programmation Python peut être utilisé de plusieurs façons.

- En l'installant sur un ordinateur à partir de l'adresse : python.org/downloads/
On saisit et exécute ensuite les programmes que l'on écrira à l'aide du logiciel IDLE.

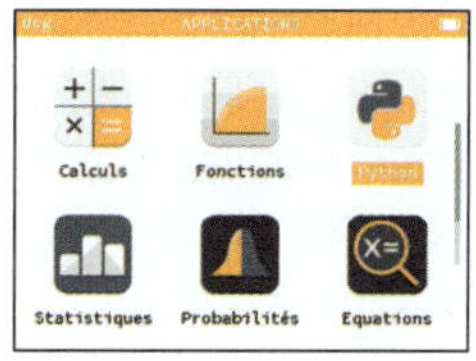

- En écrivant et exécutant les programmes sur des sites web dédiés : trinket.io/ ou repl.it/languages/python3.
- À partir de la calculatrice Numworks en se rendant dans le menu Python.

B TI 82 ou TI 83

Pour écrire un programme sur une calculatrice Texas Instruments, il faut tout d'abord le créer en appuyant sur la touche prgm et en choisissant NOUV. Une fois le nom entré, les instructions sont saisies en appuyant à nouveau sur la touche prgm et en naviguant dans les menus. Les variables sont saisies en appuyant sur la touche alpha et en choisissant la lettre voulue ensuite sur le clavier.
Pour obtenir les différents symboles de comparaison =, ≠, >, <, ≥ et ≤, ou encore les connecteurs logiques et, ou, on utilisera la touche 2nde suivie de maths.
On navigue ensuite dans les menus.
Pour exécuter le programme, il suffit de le quitter : 2nde mode (la sauvegarde est automatique).
On appuie à nouveau sur la touche prgm et on choisit le programme par son nom.
On appuie alors deux fois sur entrer.
Pour modifier un programme, il suffit de retourner dans le menu programme et de choisir EDIT.

C CASIO graph 35+

Pour écrire un programme sur la calculatrice CASIO graph 35+, il faut choisir dans le menu l'entrée PRGM.
S'affiche alors la liste des programmes déjà créés. Appuyer sur la touche F3 pour choisir NEW et créer un nouveau programme. On entre alors le nom du fichier.
Pour saisir les instructions, on utilise les touches SHIFT et ensuite les touches F1, F2, etc.
Pour quitter l'éditeur, il suffit d'appuyer sur la touche MENU.
Pour exécuter un programme, on retourne dans le menu PRGM et on choisit EXE à l'aide de la touche F1.
Pour modifier un programme, on choisit EDIT avec la touche F2.

2 Manipulation des variables

A Affectation

Pour faire des calculs, les ordinateurs et les calculatrices doivent mémoriser les données. On utilise pour cela des variables qui portent un nom et une valeur. Le fait d'attribuer une valeur à une variable s'appelle **l'affectation**.

Pour affecter, par exemple, la valeur 2 à une variable *a* :

Algorithmique	Python	TI	CASIO
$a \leftarrow 2$	`a = 2`	2→A	2→A

B Opération sur les variables

Soient *a* et *b* deux variables, l'addition, la soustraction, la multiplication et la division s'écrivent respectivement : `a+b`, `a-b`, `a*b` (`a×b` sous Casio) et `a/b` (`a÷b` sous Casio) dans tous les langages étudiés.

Pour calculer, par exemple, le cube d'une variable *a* :

Algorithmique	Python	TI	CASIO
a^3	`a**3`	A^3	A^3

C Affichage et saisie

Pour afficher le contenu d'une variable *x* à l'écran, on utilise en fonction du langage :

Algorithmique	Python	TI	CASIO
Afficher *x*	`print(x)`	Disp X	X◢

Remarque

Sur les calculatrices les instructions Disp et ◢ s'obtiennent en naviguant dans les menus.

Pour demander à l'utilisateur de saisir lui-même la valeur d'une variable *n* :

Algorithmique	Python	TI	CASIO

Saisir *n*	Si *n* est un entier :
	`n = int(input())`
	Si *n* n'est pas un entier :
	`n = float(input())`
		Input N
		ou
		Prompt N
			?→N

D Nombres aléatoires

Chaque ordinateur ou calculatrice peut générer des nombres aléatoires.

Il en existe de deux types : les nombres aléatoires décimaux compris entre 0 et 1 et les entiers aléatoires compris entre deux bornes (par exemple entre 1 et 6 comme avec un dé).

Nombre aléatoire entre 0 et 1			
Algorithmique	**Python**	**TI**	**CASIO**
$a \leftarrow$ Nombre aléatoire	`from random import*` `a = random()`	NbreAléat→A	Ran#→A

Entier aléatoire entre 1 et 6			
Algorithmique	**Python**	**TI**	**CASIO**
$a \leftarrow$ entier aléatoire entre 1 et 6	`from random import*` `a = randint(1,6)`	NbreAléatEnt(1,6)→A	Int(Ran#×6+1)→A

E Les listes (Python)

Pour définir une liste de nombres en Python, il suffit d'écrire la liste entre crochets et de séparer les nombres la composant par des virgules.

Ex. : Liste contenant quatre éléments, entiers et décimaux :

```
L = [0,2.5,6,5]
```

Pour obtenir un élément de la liste, il suffit d'écrire `L[0]` pour le premier terme ou `L[1]` pour le deuxième, etc.

L'instruction ci-contre affiche le deuxième élément de la liste `L` :

```
print(L[1])
```

Pour obtenir le nombre d'éléments d'une liste, on saisit :

```
len(L)
```

L'instruction ci-contre affiche le dernier terme de la liste :

```
print(L[len(L)-1])
```

Pour ajouter un élément à la fin d'une liste, on utilise l'instruction **append**. L'exemple suivant définit une liste et ajoute le nombre 3 ensuite. La liste est alors égale à `[15,8,4,3]`.

```
L = [15,8,4]
L.append(3)
```


3 Tests – Structures conditionnelles

A Si alors

Tous les langages de programmation permettent de tester si une condition est vérifiée ou non et d'exécuter des instructions le cas échéant.

L'algorithme ci-contre permet de modifier la valeur de la variable a si elle est supérieure à 10.

Après exécution de cet algorithme, la variable a vaut 40.

$a \leftarrow 20$
Si $a \geq 10$ alors
  $a \leftarrow 2 \times a$
Fin de Si

Voici la traduction de cet algorithme suivant le langage :

Python	TI	CASIO
a = 20 if a >= 10: a = 2*a	20→A If A≥10 Then 2*A→A End	20→A If A≥10 Then 2×A→A IfEnd

Remarque

Les espaces laissés au début des lignes du programme s'appellent **l'indentation** du code.

Il est essentiel de les respecter en Python pour que le programme puisse s'exécuter.

Appliquer le cours

Déterminer la valeur de la variable y après exécution pour chacun des algorithmes ci-dessous.

$y \leftarrow 5$
$y \leftarrow 3 \times y + 7$
Si $y < 21$ alors
  $y = y + 15$
Fin de Si

Algorithme 1

$y \leftarrow 4$
$y \leftarrow 3 \times y + 7$
Si $y < 21$ alors
  $y = y + 15$
Fin de Si

Algorithme 2

Solution

Pour l'algorithme 1 : la première instruction donne $y = 5$.

Après exécution de la deuxième $y = 3 \times 5 + 7 = 22$.

Ainsi la condition n'est pas vérifiée dans l'instruction « si $y < 21$ alors », ce qui suit n'est donc pas exécuté. La variable y vaut alors 22.

Pour l'algorithme 2 : après les deux premières instructions y vaut 19. Ainsi la condition est vérifiée dans l'instruction « si $y < 21$ alors », ce qui suit est donc exécuté, et la valeur finale de y vaut $19 + 15 = 34$.

B Si alors sinon

L'instruction « si alors » peut être enrichie en la faisant suivre d'un « sinon » dans le cas où la condition n'est pas vérifiée.
Par exemple, l'algorithme ci-dessous, ainsi que ses traductions, affiche le nombre 52 à l'écran.

Algorithme	Python	TI	Casio

$n \leftarrow 26$
$m \leftarrow 3 \times n - 76$
Si $n \neq m$ alors
$n = n \times 2$
Sinon
$n = n/6$
Fin de Si
Afficher n
	`n = 26`
	`m = 3*n-76`
	`if n != m:`
	`  n = n*2`
	`else:`
	`  n = n/6`
	`print(n)`
		`26→N`
		`3*N-76→M`
		`If N ≠ M`
		`Then`
		`N*2→N`
		`Else`
		`N/6→N`
		`End`
		`Disp N`
			`26→N`
			`3×N-76→M`
			`If N ≠ M`
			`Then N×2→N`
			`Else N/6→N`
			`IfEnd`
			`N◢`

4 Boucles bornées

Les boucles bornées, appelées **boucles « Pour »** ou encore **boucles « `for` »**, permettent de répéter un certain nombre de fois des instructions.

Ex. : l'algorithme ci-contre affiche à l'écran tous les nombres entiers de 0 jusqu'à 10.
Ainsi, l'instruction comprise entre les lignes « **Pour** » et « **Fin de boucle Pour** » (ici « **Afficher *i*** ») sera exécutée une première fois lorsque la variable *i* sera égale à 0, puis lorsque *i* sera égale à 1, et ainsi de suite jusqu'à ce que *i* soit égale à 10.

```
Pour i allant de 0 jusqu'à 10, faire :
  Afficher i
Fin de boucle Pour
```

Ex. : L'algorithme suivant simule 1 000 lancers d'un dé à 6 faces, compte et affiche le nombre de faces 6 obtenues.
La variable *n* permet de compter le nombre de faces 6 au fur et à mesure des lancers.
Elle est donc initialisée à 0 au début de l'algorithme.
La boucle « **Pour** » est ici composée de plusieurs instructions : la première est la génération d'un entier aléatoire compris entre 1 et 6 que l'on affecte à la variable *d*.
Les suivantes composent un test pour savoir si *d* vaut 6 ou non.
Si effectivement la variable *d* vaut 6, on augmente la variable *n* de 1.

Algorithme	Python	TI	Casio

$n \leftarrow 0$
Pour *i* allant de 1 jusqu'à 1 000, faire :
$d \leftarrow$ entier aléatoire entre 1 et 6
Si $d = 6$ alors
$n \leftarrow n + 1$
Fin de Si
Fin de boucle Pour
Afficher n
	`from random import*`
	`n = 0`
	`for i in range(1,1001):`
	`  d = randint(1,6)`
	`    if d == 6:`
	`      n = n+1`
	`print(n)`
		`0→N`
		`For(I,1,1000)`
		`NbreAleatEnt(1,6)`
		`→D`
		`If D=6`
		`Then`
		`N+1→N`
		`End`
		`End`
		`Disp N`
			`0→N`
			`For I→1 To 1000`
			`Int(Ran#*6+1)→D`
			`If D=6`
			`Then N+1→N`
			`IfEnd`
			`Next`
			`N◢`

Remarques

- L'instruction $n \leftarrow n + 1$ permet de faire augmenter la valeur de la variable n de 1.
Cette action s'appelle **l'incrémentation.**
- L'instruction `range(1,1001)` crée la liste de tous les nombres entiers de 1 jusqu'à 1 000.
De même, si on avait voulu programmer une boucle « **Pour** » avec i qui va de 0 jusqu'à 20, on aurait dû écrire `for i in range(0,21)`.
- On trouve deux« **`End`** » dans le programme TI car le premier clôture le « **`If`** » et le deuxième le « **`For`** ».

5 Boucles non bornées

Les boucles non bornées, appelées **boucles « Tant que »** ou encore **boucles « `while` »**, permettent de répéter un ensemble d'instructions tant qu'une condition est vérifiée.

Ex. : l'algorithme suivant regarde si la variable a est strictement inférieure à 100 et le cas échéant a devient égale à son double puis cette nouvelle valeur est affichée à l'écran.
On retourne alors à la ligne du « **Tant que** » et on exécute à nouveau les mêmes instructions tant que a sera strictement inférieur à 100.
On sort de la boucle lorsque $a \geq 100$.

Algorithme	Python	TI	Casio

$a \leftarrow 1$
Tant que $a < 100$, faire :
  $a \leftarrow a \times 2$
  Afficher a
Fin de boucle Tant que
	`a = 1`
	`while a < 100:`
	  `a = a*2`
	  `print(a)`
		`1→A`
		`While A < 100`
		`A*2→A`
		`Disp A`
		`End`
			`1→A`
			`While A < 100`
			`A×2→A`
			`A◢`
			`EndWhile`

Après exécution, on obtient à l'écran la suite de nombres : 2, 4, 8, 16, 32, 64 et 128.
En effet, une fois que `a=128` la condition n'est plus respectée et on sort de la boucle.

Ex. : La valeur d'une voiture est de 15 000 €. Celle-ci baisse chaque année de 5 %. L'algorithme suivant permet de savoir dans combien d'année au minimum ce bien ne vaudra plus que 12 000 €.

Remarque

Boucle infinie : dans l'algorithme précédent, si la valeur initiale de a avait été 0 alors la boucle « Tant que » aurait continué indéfiniment. En effet, à chaque étape a vaut 0 et la condition reste toujours vérifiée.

Algorithme	Python	TI	Casio

$a \leftarrow 15\,000$
$n \leftarrow 0$
Tant que $a < 12\,000$, faire :
  $a \leftarrow a \times 0{,}95$
  $n \leftarrow n + 1$
Fin de boucle Tant que
Afficher n
	`a = 15000`
	`n = 0`
	`while a > 12000:`
	  `a = a*0.95`
	  `n = n+1`
	`print(n)`
		`15000→A`
		`0→N`
		`While A > 12000`
		`A*0.95→A`
		`N+1→N`
		`End`
		`Disp N`
			`15000→A`
			`N→0`
			`While A > 12000`
			`A×0.95→A`
			`N+1→N`
			`EndWhile`
			`N◢`

Automatisme

L'instruction $a \leftarrow a \times 0{,}95$ vient du fait qu'une diminution de 5 % correspond à un coefficient multiplicateur de 0,95.

Après exécution, cet algorithme permet de vérifier qu'au bout de 5 années la valeur de la voiture sera pour la première fois inférieure à 12 000 €.

Ex. : L'algorithme ci-contre permet de trouver le premier multiple de 7 supérieur à 100 000.

$n \leftarrow 0$
Tant que $n < 100\,000$, faire
  $n \leftarrow n + 7$
Fin de boucle Tant que
Afficher n

6 Fonctions (Python)

• **Le langage Python permet de définir des objets que l'on appelle fonctions** et qui pourront être appelés et utilisés plusieurs fois au sein d'un même programme.
Une fonction Python porte un nom, dépend d'un, ou de plusieurs paramètres, et renvoie, généralement, un résultat à la fin de son exécution.

• Le programme ci-contre définit une fonction que l'on décide d'appeler `moyenne`, qui prend deux paramètres `a` et `b` et qui retourne la moyenne arithmétique entre ces deux nombres.

```
def moyenne(a,b):
  return (a+b)/2
```

Si on exécute ce programme rien ne s'affiche. La fonction a juste été définie et non utilisée.
Complétons donc cet algorithme en demandant d'exécuter deux fois notre fonction `moyenne` et d'afficher les résultats 11 et 5,5.

```
def moyenne(a,b):
  return (a+b)/2
print(moyenne(10,12))
print(moyenne(-13,24))
```

Ex. : Voici un algorithme qui définit une fonction prenant en paramètre une liste de nombres et qui renvoie sa moyenne. On affiche les résultats fournis par la fonction appelée sur deux listes différentes.

Résultats affichés par l'algorithme : `11` et `100,15`

Remarque
L'instruction `len(L)` retourne le nombre d'éléments de la liste `L`.

```
def moyenneListe(L):
  s = 0
  for i in range(0,len(L)):
    s = s+L[i]
  return s/len(L)

A = [5,12,14,8,20,7]
print(moyenneListe(A))
B = [145.1,189.1,52.6,13.8]
print(moyenneListe(B))
```

Ex. : On définit une fonction qui calcule la somme des $n+1$ premiers termes d'une suite géométrique de raison q et de premier terme u_0.

Résultat affiché par l'algorithme : 32 001,249 721 3

```
def sommeGeo(n,q,u0):
  s = 0
  for i in range(0,n+1):
    s = s+u0*q**i
  return s
print(sommeGeo(20,1.1,500))
```

Ex. : On définit la fonction f telle que pour réel x, $f(x) = e^{-x^2} + 1$. Pour pouvoir utiliser la fonction `exponentielle` de Python, il faut charger le module **`math`**.

Résultat affiché par l'algorithme : 1,367 879 441 17.

```
from math import*
def f(x):
  return exp(-x**2)+1
print(f(1))
```

Ex. : L'algorithme ci-contre permet de déterminer le taux d'évolution entre deux valeurs a et b.

Résultats affichés par l'algorithme : 0,25 et –0,4.

```
def taux(a,b):
  return (b-a)/a
print(taux(200,250))
print(taux(50,30))
```

7 Mémento

Opérations arithmétiques	Algorithme	Python	TI	CASIO
Ajouter *a* et *b*	$a + b$	a+b	A+B	A+B
Soustraire *b* de *a*	$a - b$	a-b	A-B	A-B
Multiplier *a* par *b*	$a \times b$	a*b	A*B	A×B
Diviser *a* par *b*	a / b	a/b	A/B	A÷B
Élever à la puissance *n*	a^n	a**n	A^N	A^N
Tests	**Algorithme**	**Python**	**TI**	**CASIO**
a strictement inférieur à *b*	$a < b$	a < b	A<B	A<B
a inférieur à *b*	$a \leq b$	a <= b	A≤B	A≤B
a strictement supérieur à *b*	$a > b$	a > b	A>B	A>B
a supérieur à *b*	$a \geq b$	a >= b	A≥B	A≥B
a est égale à *b*	$a = b$	a == b	A=B	A=B
a n'est pas égale à *b*	$a \neq b$	a != b	A≠B	A≠B
et	et	and	et	and
ou	ou	or	ou	or

Variables	Algorithme	Python	TI	CASIO
Affecter à *a* le nombre 13	$a \leftarrow 13$	a = 13	13→A	13→A
Afficher la valeur de *a*	Afficher *a*	print(a)	Disp A	A◢
Demander la valeur de *a* à l'utilisateur	Saisir *a*	a = int(input()) ou a = float(input())	Input a	?→A

Conditionnelles/ Boucles	Algorithme	Python	TI	CASIO

Exécuter des instructions en fonction des résultats d'un test	Si *condition* alors
	Instructions1
	Sinon
	Instructions2
		if *condition*:
		Instructions1
		else:
		Instructions2
			If *condition*
			Then
			Instructions1
			Else
			Instructions2
			End
				If *condition*
				Then
				Instructions1
				Else
				Instructions2
				IfEnd

Exécuter des instructions pour une variable *i* allant de 1 à 10	Pour *i* allant de 1 jusqu'à 10, faire : *Instructions* Fin de Pour	for i in range(1,10): *Instructions*	For(I,1,10) *Instructions* End	For 1→I To 10 *Instructions* Next
Exécuter en boucle des instructions tant qu'une condition est vérifiée.	Tant que *condition* *Instructions* Fin de Tant que	while *condition*: *Instructions*	While *condition* *Instructions* End	While *condition* *Instructions* EndWhile

MATHS

2 Suites

1 Suites arithmétiques

A Définitions

• **Une suite est dite arithmétique** si chaque terme s'obtient en ajoutant au précédent un même nombre appelé **raison** (noté r en général) soit si : $\boldsymbol{u_{n+1} = u_n + r}$.

Ex. : Pour la suite arithmétique (u_n) de premier terme $u_0 = 12$ et de raison 5, on a :

$$u_1 = 17, u_2 = 22, u_3 = 27, u_4 = 32, \ldots$$

• **Terme général de la suite :**

Si (u_n) est une suite arithmétique de 1er terme u_0 (respectivement u_1) et de raison r alors :

$$\boldsymbol{u_n = u_0 + nr} \quad \textbf{respectivement} \quad \boldsymbol{u_n = u_1 + (n-1)r}.$$

B Propriété fondamentale

Soient u_{p-1}, u_p, u_{p+1} trois termes consécutifs de la suite arithmétique (u_n). On a : $\boldsymbol{\dfrac{u_{p-1} + u_{p+1}}{2} = u_p}$.

Appliquer le cours

Soit (v_n) une suite telle que $v_{10} = 18$, $v_{11} = 156$ et $v_{12} = 298$.
La suite (v_n) est-elle arithmétique ?

Solution

$\dfrac{v_{10} + v_{12}}{2} = \dfrac{18 + 298}{2} = \dfrac{316}{2} = 158 \neq v_{11}$.
La suite (v_n) n'est donc pas arithmétique.

• **La moyenne arithmétique** de deux nombres réels a et b est le nombre : $\boldsymbol{\dfrac{a+b}{2}}$.

Ainsi, si on considère trois termes consécutifs d'une suite arithmétique, le terme du milieu est la moyenne arithmétique des deux termes qui l'encadrent.

C Théorème

La somme S de termes consécutifs d'une suite arithmétique est donnée par :

$$\boldsymbol{S = \text{nombre de termes} \times \frac{\text{premier terme} + \text{dernier terme}}{2}}.$$

Appliquer le cours

Déterminer, en fonction de n, la somme des n premiers nombres pairs.
On remarquera que l'on est en présence de la suite arithmétique de premier terme $u_0 = 0$ et de raison $r = 2$.

Solution

Le n[ième] terme de la suite est u_{n-1} et $u_{n-1} = u_0 + (n-1) \times r$ $= 0 + (n-1) \times 2 = 2(n-1)$ et on a

$$\sum_{k=0}^{n-1} u_k = n \times \frac{u_0 + u_{n-1}}{2} = n \times \frac{0 + 2(n-1)}{2}$$
$$= n \times (n-1).$$

2 Suites géométriques

COMPRENDRE EN VIDÉO — *Calculer des termes d'une suite géométrique.*

A Définitions

• **Une suite est dite géométrique** si chaque terme s'obtient en multipliant le précédent par un même nombre appelé **raison** (noté q en général) soit si : $\boldsymbol{u_{n+1} = u_n \times q}$.

Ex. : Pour la suite géométrique (u_n) de premier terme $u_0 = 3$ et de raison 2, on a :

$$u_1 = 6, u_2 = 12, u_3 = 24, u_4 = 48, \dots$$

• **Terme général de la suite :**
Si (u_n) est une suite géométrique de 1er terme u_0 (respectivement u_1) et de raison q alors :

$$\boldsymbol{u_n = u_0 \times q^n} \text{ respectivement } \boldsymbol{u_n = u_1 \times q^{n-1}}.$$

B Propriété fondamentale

Soient u_{p-1}, u_p, u_{p+1} trois termes consécutifs de la suite géométrique (u_n). On a : $\boldsymbol{u_{p-1} \times u_{p+1} = u_p^2}$.

Appliquer le cours

Soit (v_n) une suite telle que $v_5 = 4$, $v_6 = 28$ et $v_7 = 186$.
La suite (v_n) est-elle géométrique ?

Solution

$v_5 \times v_7 = 4 \times 186 = 744 \neq v_6^2 = 784$.
La suite (v_n) n'est donc pas géométrique.

• **La moyenne géométrique** de deux nombres réels strictement positifs a et b est le nombre : $\boldsymbol{\sqrt{a \times b}}$.

Ainsi, si on considère trois termes positifs et consécutifs d'une suite géométrique, le terme du milieu est la moyenne géométrique des deux termes qui l'encadrent.

C Théorème

La somme S de termes consécutifs d'une suite géométrique de raison q, est donnée par :

• Si $q \neq 1$: $\boldsymbol{S = \text{premier terme} \times \dfrac{1 - q^{\text{nombre de termes}}}{1 - q}}$.

• Si $q = 1$: $\boldsymbol{S = \text{premier terme} \times \text{nombre de termes}}$.

Appliquer le cours

La légende rapporte que l'inventeur du jeu d'échecs demanda comme récompense à l'empereur de Chine de placer un grain de blé sur la première case d'un échiquier puis de doubler en passant d'une case à l'autre et ce jusqu'à la 64e et dernière case.
1. Combien faudra-t-il de grains, en tout pour satisfaire sa demande ?
2. Calculer, au milliard de tonnes près, le poids total de blé nécessaire sachant qu'il faut à peu près 15 grains de blé pour faire un gramme.

Solution

1. On est en présence de la suite géométrique de premier terme $u_1 = 1$ et de raison $q = 2$.
On a : $\displaystyle\sum_{k=1}^{64} u_k = u_1 \times \frac{1 - q^{64}}{1 - q} = 1 \times \frac{1 - 2^{64}}{1 - 2}$
$= 2^{64} - 1 \approx 1{,}844\,674\,407 \times 10^{19}$ grains.
2. Le poids total nécessaire est de :
$\dfrac{2^{64} - 1}{15} \approx 1{,}229\,782\,938 \times 10^{18}$ grammes soit
à peu près 1 230 milliards de tonnes c'est-à-dire plus de 1622 années de production mondiale.

Exercices d'entraînement

Exercice 1 ★

Corrigé p. 324

1. Soient les nombres réels $a = 20$ et $b = 40$. Déterminer la moyenne arithmétique m et la moyenne géométrique g de a et b.

2. Déterminer la raison de la suite arithmétique (u_n) telle que $u_0 = a$ et $u_1 = m$.
Que vaut u_2 ?

3. Déterminer la raison de la suite géométrique (v_n) telle que $v_0 = a$ et $v_1 = g$.
Que vaut v_2 ?

Exercice 2 ★

Corrigé p. 324

Soit (u_n) la suite arithmétique de raison 3 et de 1er terme $u_0 = 5$.

1. Calculer u_1, u_2 et u_8.

2. Exprimer u_n en fonction de n.

3. Calculer $\sum_{i=0}^{n} u_i$.

Exercice 3 ★

Corrigé p. 324

Soit (w_n) la suite géométrique de raison q positive, telle que $w_0 = 2$ et $w_2 = 2{,}88$.

1. Déterminer la valeur de w_1.

2. En déduire la valeur de q et exprimer w_n en fonction de n.

3. Calculer $\sum_{k=1}^{n} w_k$.

Exercice 4 ★★

Corrigé p. 324

Soit (u_n) la suite arithmétique de raison 100 et de 1er terme $u_0 = 1\,000$.
Soit (v_n) la suite géométrique de raison 1,1 et de 1er terme $v_0 = 10$.
Après exécution du programme Python ci-contre, le résultat 71 est affiché.
Expliquer le résultat.

```
u = 1000
v = 10
n = 0
while v <= u:
  n =n+1
  u = u+100
  v = v*1.1
print(n)
```

Exercice 5 ★★★

Corrigé p. 324

Une commune met à la disposition de ses habitants une déchetterie pour les gravats.
Ce service est gratuit pour les particuliers mais payant pour les professionnels.
Ces derniers doivent payer 30 euros la première tonne, 40 euros la deuxième, 50 euros la troisième et ainsi de suite en ajoutant à chaque fois 10 euros par tonne supplémentaire.
On appelle u_n le prix de la ne tonne de gravats.

1. Quelle est la nature de la suite (u_n) ?

2. Pour tout entier $n \geqslant 1$, donner l'expression de u_n en fonction de n.

3. Quel est le prix de la 8e tonne de gravats ? De 8 tonnes de gravats ?

4. Retrouver les résultats précédents à l'aide d'une calculatrice TI et d'un programme Python.

5. Donner, en fonction de n, le prix P_n de n tonnes de gravats.
En déduire le nombre de tonnes de gravats que l'on peut évacuer pour 1 500 euros.
On remarquera que :

$$n^2 + 5n - 300 = (n - 15)(n + 20).$$

Exercice 6 ★★★

Corrigé p. 325

Isolation acoustique

La sono d'une discothèque émet un son dont l'intensité est de 120 décibels.
La loi impose au propriétaire une isolation phonique pour protéger le voisinage.
Une plaque d'isolation phonique absorbe 5 % de l'intensité du son.
On appelle I_n l'intensité du son après la pose de n plaques.

Partie I

1. Quelle est l'intensité du son si on place une plaque puis deux plaques ?

2. Que peut-on dire de la suite (I_n) ?

3. Donner I_n en fonction de n.

4. Combien doit-on placer de plaques pour que l'intensité du son soit inférieure à 60 décibels ? On vérifiera le résultat avec un tableur.

Partie II

La première plaque d'isolation avec sa pose revient à 100 euros et pour des raisons techniques, le prix augmente à chaque fois de 2 % pour les suivantes.
Soit P_n le prix à payer pour l'achat et la pose de n plaques d'isolation.

1. Que peut-on dire de la suite (P_n) ?

2. Donner P_n en fonction de n.

3. Que devra débourser, au centime près, le propriétaire pour avoir moins de 60 décibels ?

4. Retrouver le résultat précédent à l'aide d'un programme Python et d'une calculatrice TI.

Exercice 7 ★★★ Corrigé p. 326

Au cours des dilutions successives de substances chimiques, on observe que la concentration C_n d'une substance à l'issue de la n^e dilution vérifie : $C_n = 0{,}1C_{n-1} + 0{,}000\,9$.
La concentration C_0 de la substance avant dilution, est égale 2 mol $\times$ l^{-1}.

1. Calculer C_1 et C_2.
La suite (C_n) est-elle géométrique ?

2. On considère la suite (K_n) définie par :

$$K_n = C_n - 0{,}001.$$

a) Montrer que la suite (K_n) est une suite géométrique dont on donnera le 1er terme et la raison.

b) Exprimer K_n en fonction de n, puis C_n en fonction de n.

c) Quelle est, à 10^{-3} près, la concentration de la substance à la 10e dilution ?

Exercice 8 ★★★ Corrigé p. 326

L'iode 131 est un produit radioactif utilisé en médecine.
Il peut cependant être dangereux lorsqu'on le reçoit en grande quantité.
On considère un échantillon d'une population de noyaux d'iode 131 comportant 10^6 noyaux au début de l'observation.
On sait que le nombre de noyaux diminue chaque jour de 8,3 %.
On note u_n le nombre de noyaux de cet échantillon au bout de n jours. On a donc $u_0 = 10^6$.

	A	B	C	D
1	1000000			
2	917000			
3	840889			
4	771095			
5	707094			
6	648405			
7	594588			
8	545237			

On réalise sur tableur une feuille de calcul qui détermine l'évolution du nombre de noyaux. Les valeurs de la colonne A sont arrondies à l'entier.

1. Donner la formule saisie dans la cellule A2 de la feuille de calcul ci-dessus pour compléter le tableau par « recopie vers le bas ».

2. Donner la valeur obtenue dans la cellule A3.

3. Exprimer u_{n+1} en fonction de u_n.
En déduire la nature de la suite (u_n).

4. Exprimer u_n en fonction de n.

5. Déterminer à partir de combien de jours la population de noyaux aura diminué au moins de moitié.
Cette durée s'appelle la demi-vie de l'iode 131.

6. On considère le programme Python :

```
n = 0
u = 1000000
while u > 500000:
  n = n+1
  u = u*0.917
print(n)
```

a) À quoi correspond la valeur affichée par ce programme ?

b) Après exécution, quel résultat est affiché par ce programme ?

c) Pour le Césium 137, le nombre de noyaux diminue chaque année de 2,3 %.

Quelles modifications faut-il apporter à l'algorithme précédent pour trouver la demi-vie du Césium 137 sachant que la population au départ est de 10^8 noyaux ?

3 Études de fonctions

Maths et Spécialité Maths

1 Utilisation de la dérivation

COMPRENDRE EN VIDÉO — *Étude d'une fonction.*

On rappelle dans ce paragraphe les résultats importants de la classe de 1re.

A Tangente

Soient f une fonction **définie et dérivable** sur un intervalle I, f' sa dérivée et $a \in I$.
On note $\mathscr{C}_f$ la courbe représentative de f dans un repère du plan.

- **Le coefficient directeur de la tangente** à $\mathscr{C}_f$ au point d'abscisse a est **le nombre dérivé $f'(a)$**.
- **Une équation de la tangente** à $\mathscr{C}_f$ au point d'abscisse a est : $\boldsymbol{y = f'(a)(x - a) + f(a)}$.

Ex. : Soit f la fonction définie pour tout réel x par : $f(x) = x^2$.
On a $f'(x) = 2x$ et une équation de la tangente à $\mathscr{C}_f$ au point d'abscisse 1 est :
$y = f'(1)(x - 1) + f(1) \Leftrightarrow y = 2(x - 1) + 1 \Leftrightarrow y = 2x - 1$.

COMPRENDRE EN VIDÉO — *Lecture graphique de f′(a).*

COMPRENDRE EN VIDÉO — *Déterminer l'équation d'une tangente.*

B Sens de variation

Soit f une fonction **définie et dérivable** sur un intervalle I.

- Si pour tout $x \in I$, **$f'(x) \geqslant 0$**, alors **f est croissante sur I**.
- Si pour tout $x \in I$, **$f'(x) \leqslant 0$**, alors **f est décroissante sur I**.
- Si pour tout $x \in I$, **$f'(x) = 0$**, alors **f est constante sur I**.

Ex. :
Pour $f(x) = x^2 + 1$, on a : $f'(x) = 2x$.
Pour tout $x \leqslant 0$, $f'(x) \leqslant 0$ et pour tout $x \geqslant 0$, $f'(x) \geqslant 0$.
On obtient alors le tableau ci-contre :

x	$-\infty$		0		$+\infty$
$f'(x)$		$-$	0	$+$	
$f(x)$		↘	1	↗	

C Tableau des dérivées

Fonctions	Dérivées
c (constante)	0
x	1
$ax + b$	a
x^2	$2x$
x^3	$3x^2$
x^n, $n \in \mathbb{N}^*$	nx^{n-1}
$\frac{1}{x}$, $x \neq 0$	$-\frac{1}{x^2}$
$\frac{1}{x^n}$, $x \neq 0$ et $n \in \mathbb{N}^*$	$-\frac{n}{x^{n+1}}$
$\cos(x)$	$-\sin(x)$
$\sin(x)$	$\cos(x)$
e^x	e^x

Fonctions	Dérivées
$\ln(x)$, $x > 0$	$\frac{1}{x}$
$u + v$	$u' + v'$
ku, $k \in \mathbb{R}$	ku'
$u \times v$	$u'v + uv'$
$\frac{1}{v}$, $v \neq 0$	$-\frac{v'}{v^2}$
$\frac{u}{v}$, $v \neq 0$	$\frac{u'v - uv'}{v^2}$
$f(ax + b)$	$af'(ax + b)$
$\cos(\omega t + \varphi)$	$-\omega \sin(\omega t + \varphi)$
$\sin(\omega t + \varphi)$	$\omega \cos(\omega t + \varphi)$

2 Composition de fonctions

A Définition

Soient E, F et G trois ensembles, u une fonction de E vers F et v une fonction de F vers G.

$$\begin{array}{ccccc} E & \xrightarrow{u} & F & \xrightarrow{v} & G \\ x & \mapsto & u(x) & \mapsto & v(u(x)) \end{array}$$

La composée de la fonction u suivie de la fonction v est la fonction de E vers G notée $v \circ u$ (on lit v rond u) et on a :

$$\boldsymbol{(v \circ u)(x) = v(u(x))}$$

Ex. :
Soient u et v les fonctions définies sur $\mathbb{R}$ par :

$$u(x) = x^2 \text{ et } v(x) = x + 1.$$

On a alors :
$(v \circ u)(x) = v(u(x)) = v(x^2) = x^2 + 1$ et
$(u \circ v)(x) = u(v(x)) = u(x + 1) = (x + 1)^2 = x^2 + 2x + 1.$

> **Remarque**
> Dans cet exemple, on a : $u \circ v \neq v \circ u$ mais il existe des cas où $u \circ v = v \circ u$.

B Théorème

Si la fonction $v \circ u$ est **dérivable** sur un intervalle I : $\boldsymbol{(v \circ u)' = u' \times (v' \circ u)}$.

C'est-à-dire, pour tout réel $x \in I$: $(v \circ u)'(x) = u'(x) \times v'(u(x))$.

Ex. : Soit f la fonction définie pour tout réel x par : $f(x) = \sin(3x^2)$.
On a : $f = v \circ u$, avec pour tout réel x, $u(x) = 3x^2$ et $v(x) = \sin(x)$.
Comme $u'(x) = 6x$ et $v'(x) = \cos(x)$, on a : $f'(x) = u'(x) \times v'(u(x)) = 6x\cos(3x^2)$.

C Tableau de dérivation

En appliquant le théorème précédent, on obtient le tableau suivant :

Fonctions	Dérivées
$u^n, n \in \mathbb{N}^*$	$nu' \times u^{n-1}$
$\frac{1}{u^n}, n \in \mathbb{N}^*$ et $u \neq 0$	$-\frac{nu'}{u^{n+1}}$
$\cos(u)$	$-u'\sin(u)$
$\sin(u)$	$u'\cos(u)$
e^u	$u'e^u$
$\ln(u), u > 0$	$\frac{u'}{u}$

COMPRENDRE EN VIDÉO — *Calcul de la dérivée d'une fonction.*

Ex. : Soit g la fonction définie pour tout réel t par : $g(t) = \ln(1 + t^2)$.
On a : $g = \ln(u)$ avec $u(t) = 1 + t^2$ et $u'(t) = 2t$.

Par suite, $g'(t) = \dfrac{u'(t)}{u(t)} = \dfrac{2t}{1 + t^2}$.

3 Primitives des fonctions usuelles

Le tableau ci-dessous rappelle les formules de la classe de 1re et donne celles obtenues à l'aide de la dérivation des fonctions composées.
Pour toute fonction f, on note F une de ces primitives.
Les nombres a, b et c sont des réels et n désigne **un entier naturel**.

Fonctions	Primitives
a	$ax + c$
x	$\frac{x^2}{2} + c$
x^2	$\frac{x^3}{3} + c$
x^n	$\frac{x^{n+1}}{n+1} + c$
$\frac{1}{x}, x > 0$	$\ln(x) + c$
e^x	$e^x + c$

Fonctions	Primitives
$\frac{1}{x^2}, x \neq 0$	$-\frac{1}{x} + c$
$\frac{1}{x^n}, n > 1$	$-\frac{1}{(n-1)x^{n-1}} + c$
$u'u$	$\frac{u^2}{2} + c$
$u'u^n, n \geqslant 1$	$\frac{u^{n+1}}{n+1} + c$
$\frac{u'}{u}, u > 0$	$\ln(u) + c$
$\frac{u'}{u^2}, u \neq 0$	$-\frac{1}{u} + c$

Fonctions	Primitives
$\frac{u'}{u^n}, n > 1$	$-\frac{1}{(n-1)u^{n-1}} + c$
$u'e^u$	$e^u + c$
$u'\cos(u)$	$\sin(u) + c$
$u'\sin(u)$	$-\cos(u) + c$
$f(ax+b)$, $a \neq 0$	$\frac{1}{a}F(ax+b) + c$

c est une constante

Appliquer le cours

Soit f la fonction définie pour tout réel x par :
$$f(x) = e^{3x+1}.$$
Déterminer les primitives de f.

Solution

En appliquant la formule de la dernière ligne de ce tableau, on en déduit que :

$F(x) = \frac{1}{3}e^{3x+1}$ est une primitive de f sur $\mathbb{R}$.

Toutes les primitives de f sur $\mathbb{R}$ sont en fait de la forme : $x \mapsto \frac{1}{3}e^{3x+1} + c$, avec $c \in \mathbb{R}$.

4 Calcul de limites

- Soit f la fonction définie pour tout réel x par : $f(x) = x^2$.

Le nombre $f(x)$ peut être aussi grand que l'on veut pour tout nombre x suffisamment grand.
Par exemple, $f(x) > 10^{10}$, pour tout $x > 10^5$.
On traduit cette situation en disant que la limite de $f(x)$ en $+\infty$ est $+\infty$, et on note :
$$\lim_{x \to +\infty} f(x) = +\infty.$$

- Soit g la fonction définie pour tout réel $x \neq 0$ par :
$$g(x) = \frac{1}{x}.$$

Le nombre $g(x)$ sera aussi proche que l'on veut de 0 pour tout nombre x suffisamment grand.
On dit alors que la limite de $g(x)$ en $+\infty$ est 0, et on note :
$$\lim_{x \to +\infty} g(x) = 0.$$

A Limites en l'infini

Soit a un nombre réel **non nul** et n un entier naturel **non nul**.
On rappelle que $2n$ est un nombre pair et $2n+1$ un nombre impair.

$f(x)$	x^2	x^{2n}	$ax^{2n}, a > 0$	$ax^{2n}, a < 0$	x^3	x^{2n+1}	$ax^{2n+1}, a > 0$	$ax^{2n+1}, a < 0$
$\lim\limits_{x \to +\infty} f(x)$	$+\infty$	$+\infty$	$+\infty$	$-\infty$	$+\infty$	$+\infty$	$+\infty$	$-\infty$
$\lim\limits_{x \to -\infty} f(x)$	$+\infty$	$+\infty$	$+\infty$	$-\infty$	$-\infty$	$-\infty$	$-\infty$	$+\infty$

De plus : $\lim\limits_{x \to +\infty} \dfrac{1}{x^n} = 0$ et $\lim\limits_{x \to -\infty} \dfrac{1}{x^n} = 0$.

En particulier : $\lim\limits_{x \to +\infty} \dfrac{1}{x} = 0$ et $\lim\limits_{x \to -\infty} \dfrac{1}{x} = 0$.

B Théorème

La limite en $-\infty$ ou $+\infty$ d'une fonction polynôme est égale à la limite de son terme de plus haut degré.

Ex. : Soit $p(x) = 3x^2 - 100x - 8$.

On a alors : $\lim\limits_{x \to +\infty} p(x) = \lim\limits_{x \to +\infty} (3x^2 - 100x - 8) = \lim\limits_{x \to +\infty} 3x^2 = +\infty$.

Exercices d'entraînement

Exercice 1 ★ Corrigé p. 326

Pour chacune des questions suivantes déterminer $(f \circ g)(x)$ et $(g \circ f)(x)$:

1. $f(x) = 3x - 2$ et $g(x) = \cos(x)$.
2. $f(x) = \dfrac{x+1}{x-1}$ et $g(x) = \ln(x)$.
3. $f(x) = e^{-x}$ et $g(x) = x^2$.

Exercice 2 ★ Corrigé p. 326

Soient u et v les fonctions définies sur $\mathbb{R}$ par :

$$u(x) = x^2 \text{ et } v(x) = 2x + 1.$$

Pour quelles valeurs de x a-t-on ?

$$(u \circ v)(x) = (v \circ u)(x).$$

Exercice 3 ★★ Corrigé p. 326

Pour chacune des fonctions f ci-dessous, déterminer deux fonctions u et v pour que $f = v \circ u$:

1. $f(x) = \cos^2(x) - 3\cos(x) + 1$.
2. $f(x) = \dfrac{\ln(x) - 3}{\ln(x) + 1}$.
3. $f(x) = (x^2 + x + 3)^8$.

Exercice 4 ★★ Corrigé p. 326

Déterminer les limites suivantes :

1. $\lim\limits_{x \to +\infty} (1 - 2x)$.
2. $\lim\limits_{x \to +\infty} (x^2 - 3x + 1)$.
3. $\lim\limits_{x \to -\infty} (-x^3 + x + 5)$.
4. $\lim\limits_{x \to -\infty} \dfrac{1}{x^4}$.
5. $\lim\limits_{x \to +\infty} \dfrac{x-1}{x^3}$.

Exercice 5 ★★ Corrigé p. 327

Déterminer les dérivées des fonctions f données ci-dessous sur leur ensemble I :

1. $f(x) = e^{1-x^2}$, $I = \mathbb{R}$.
2. $f(x) = \dfrac{\ln(x)}{x}$, $I =]0\,;+\infty[$.
3. $f(x) = xe^{-x}$, $I = \mathbb{R}$.
4. $f(t) = \sin^2\left(\pi t + \dfrac{\pi}{4}\right)$, $I = \mathbb{R}$.

Exercice 6 ★★ Corrigé p. 327

Déterminer une primitive F des fonctions f données ci-dessous sur l'ensemble donné I :

1. $f(x) = x\cos(x^2)$, $I = \mathbb{R}$.
2. $f(x) = e^{0,1x-2}$, $I = \mathbb{R}$.
3. $f(x) = \dfrac{5}{2x+3}$, $I = [0\,;+\infty[$.
4. $f(x) = \cos(x)\sin(x)$, $I = \mathbb{R}$.
5. $f(x) = e^x(e^x+1)^2$, $I = \mathbb{R}$.

Exercice 7 ★★ Corrigé p. 327

La puissance p, en kW, délivrée par une éolienne en fonction de la vitesse v de rotation des pales, en tours par minute, est donnée pour $v \in [0\,;600]$ par :

$$p(v) = \frac{1}{10^{13}}(-0,5v^2 + 400v)^3.$$

1. Déterminer $p'(v)$.
2. Donner les variations de p sur l'intervalle $[0\,;600]$.
3. Pour quelle vitesse de rotation la puissance délivrée par cette éolienne est-elle maximale ? La calculer.

Exercice 8 ★★ Corrigé p. 327

Soit h la fonction définie sur $\mathbb{R}$ par :

$$h(t) = t\,e^{-0,5t^2+1}.$$

On note $\mathscr{C}_h$ sa courbe représentative.

1. Montrer que pour tout réel t :

$$h'(t) = (1-t)(1+t)e^{-0,5t^2+1}.$$

2. Donner le sens de variation de h sur $\mathbb{R}$.
3. Déterminer une équation de la tangente à $\mathscr{C}_h$ au point d'abscisse 2.

Exercice 9 ★★★ Corrigé p. 328

On réchauffe un liquide dans un récipient. L'évolution de sa température, en °C, au cours du temps, en minutes, est donnée par le graphique ci-dessous :

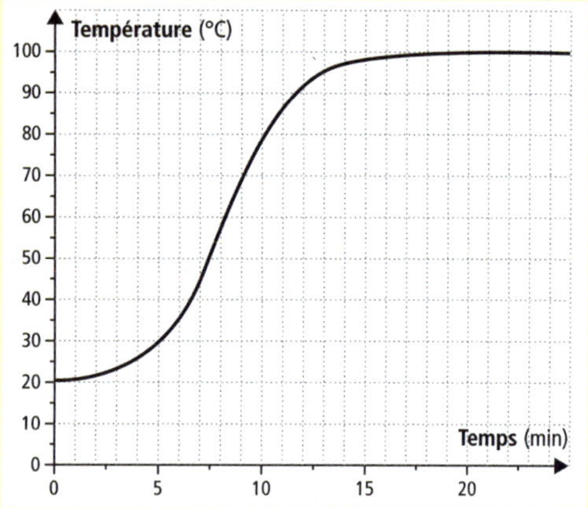

Partie A

1. Quelle est la température du liquide au bout de 6 min 30 s ?
2. À quel instant, exprimé en minutes et secondes, le liquide a-t-il une température de 90 °C ?
3. Déterminer l'instant où la vitesse d'évolution de la température est la plus importante.

Partie B

La température f du liquide, en °C, en fonction du temps t, en minutes, pour $t \in [0\,;25]$ est donnée par :

$$f(t) = \frac{80}{1+e^{-0,6t+5}} + 20.$$

1. Déterminer $f'(t)$ et donner une valeur approchée à 10^{-1} de $f'(8)$. Interpréter ce résultat.
2. Montrer que pour tout réel t :

$$\frac{80}{1+e^{-0,6t+5}} = 80\frac{e^{0,6t-5}}{e^{0,6t-5}+1}.$$

3. En déduire une primitive F de f sur $[0\,;25]$.
4. Déterminer, à 10^{-1} près, la température moyenne du liquide sur $[0\,;25]$.

Exercice 10 ★★★ Corrigé p. 328

Dans un jeu vidéo de tennis, le joueur, pour déclencher un service, appuie sur la touche X du jeu.

Il a alors 800 ms pour appuyer à nouveau sur cette touche pour frapper la balle, sinon le service est raté. La vitesse v de la balle, en km/h, en fonction de l'instant $t \in [0 ; 800]$, en ms, où le joueur appuie pour la seconde fois sur la touche X est donnée par :

$$v(t) = 0{,}009(\ln(-0{,}01t^2 + 9t + 1))^5.$$

À quel instant faut-il appuyer sur la touche X pour que la balle atteigne la plus grande vitesse possible ?

Quelle est alors, au km/h près, la vitesse de la balle ?

On admettra que pour tout $t \in [0 ; 800]$:

$$-0{,}01t^2 + 9t + 1 > 0.$$

Exercice 11 ★★★ Corrigé p. 329

On s'intéresse à la puissance délivrée par un moteur, en kW, en fonction de son régime, en tours par minute.

Partie A

Après mesures, on obtient la courbe suivante :

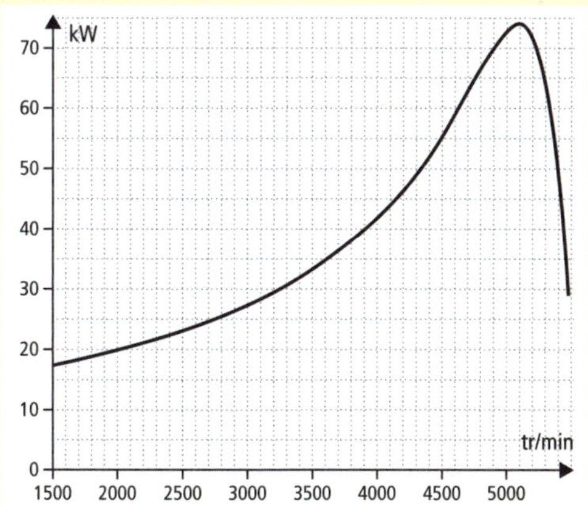

1. Déterminer la puissance délivrée par le moteur à 2 000 tr/min.

2. Quel doit être le régime moteur pour que la puissance soit de 40 kW ?

3. Ce moteur est dit dans une plage d'efficacité lorsqu'il délivre entre 40 et 70 kW et qu'il n'est pas en surrégime (supérieur à 5 000 tr/min).

À quel intervalle de régime moteur cette plage correspond-elle ?

Partie B

Soient f et u les fonctions définies sur $\mathbb{R}$ par :

$$f(x) = -145\frac{x}{x^2+1} \text{ et } u(x) = \frac{x-5600}{500}.$$

1. Montrer que pour tout réel x :

$$f'(x) = -145\frac{(1-x)(1+x)}{(x^2+1)^2}.$$

2. La puissance p du moteur, en kW, en fonction du nombre de tours par minute $x \in [1\,500 ; 5400]$ est définie par : $p(x) = (f \circ u)(x)$.

Le graphique de la fonction p est celui donné dans la partie A.

a) Démontrer que :

$$p'(x) = -0{,}29\frac{(1-u(x))(1+u(x))}{(u^2(x)+1)^2}.$$

b) On admet que la puissance moteur est maximale lorsque $p'(x) = 0$.

Déterminer le régime moteur correspondant ainsi que la puissance maximale alors délivrée.

4 Fonctions exponentielles de base a Logarithme décimal

1 Introduction

Soit la suite géométrique (u_n), de premier terme $u_0 = 1$ et de raison $q = 1{,}2$.
Pour tout entier n, $u_n = 1{,}2^n$.
On construit le nuage de points $(n\,;u_n)$ pour $n = 0, 1, \dots, 10$.
On décide aussi dans la formule $1{,}2^n$ de remplacer n par des valeurs négatives $-1, -2, \dots, -6$, et on obtient le graphique ci-dessous :

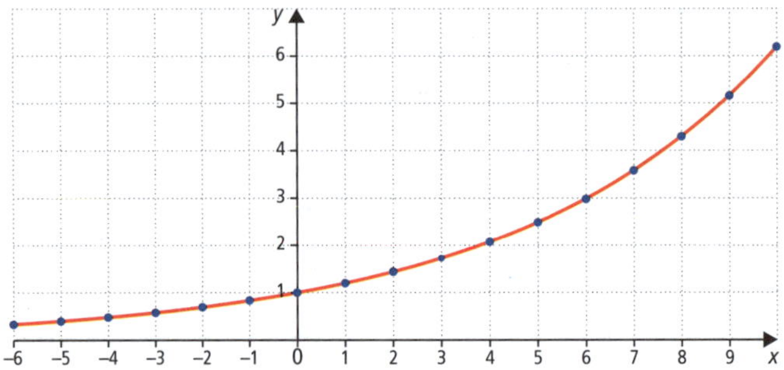

On remarque qu'une courbe « lisse » peut passer par tous les points de ce nuage, et qu'elle représente alors une fonction continue et dérivable.
La formule $u_n = 1{,}2^n$ est alors prolongée par celle de la fonction f définie sur $\mathbb{R}$, par $f(x) = 1{,}2^x$.
La courbe de cette fonction (en rouge) passe parfaitement par les points du nuage précédent.

2 Fonctions exponentielles

A Définition

Soit a un nombre réel **strictement positif**.
On admet qu'il existe une fonction f, définie sur $\mathbb{R}$, prolongeant la suite géométrique (a^n).
Pour tout réel x, on a : $f(x) = a^x$.
Cette fonction s'appelle **fonction exponentielle de base a**.

B Sens de variation

- Si $0 < a < 1$, la fonction $x \mapsto a^x$ est strictement décroissante sur $\mathbb{R}$.

- Si $a > 1$, la fonction $x \mapsto a^x$ est strictement croissante sur $\mathbb{R}$.

- Si $a = 1$, la fonction $x \mapsto a^x$ est constante sur $\mathbb{R}$, égale à 1.

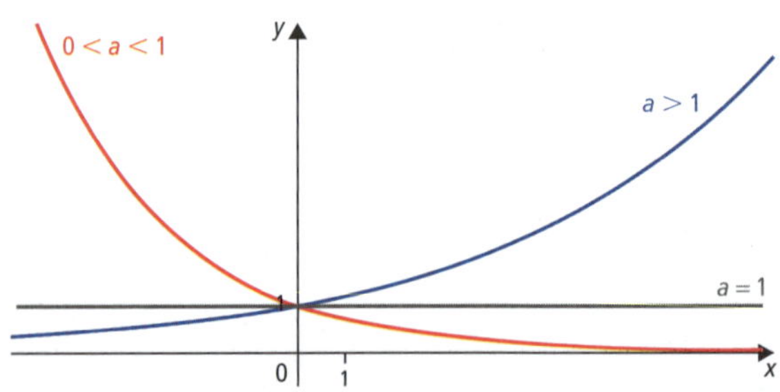

Ex. : La fonction f définie sur $\mathbb{R}$ par : $f(x) = 0{,}99^x$ est strictement décroissante sur $\mathbb{R}$.

C Conséquences

Soient a un nombre réel **strictement positif** et k un nombre réel **non nul**.
Soit f la fonction définie sur $\mathbb{R}$ par : $f(x) = ka^x$.

- Si $k > 0$, alors la fonction f a le même sens de variation que la fonction $x \mapsto a^x$.
- Si $k < 0$, alors la fonction f a le sens de variation contraire de la fonction $x \mapsto a^x$.

Ex. :
- La fonction g définie sur $\mathbb{R}$ par : $g(x) = -3 \times 0{,}8^x$ est strictement croissante sur $\mathbb{R}$.
- La fonction h définie sur $\mathbb{R}$ par : $h(t) = 2{,}5 \times 1{,}12^t$ est strictement croissante sur $\mathbb{R}$.

D Propriétés

Soient a et b des réels **strictement positifs**, et x et y des nombres réels.

- $a^0 = 1$
- $a^1 = a$
- $a^{-x} = \dfrac{1}{a^x}$
- $a^x \times a^y = a^{x+y}$
- $(a^x)^y = a^{xy}$
- $(ab)^x = a^x \times b^x$
- $\left(\dfrac{a}{b}\right)^x = \dfrac{a^x}{b^x}$
- $\dfrac{a^x}{a^y} = a^{x-y}$

E Théorème

Soient a et b des réels **strictement positifs**, et n un entier naturel **non nul**.

On a : $a^n = b \Leftrightarrow a = \sqrt[n]{b}$.

Pour tout réel **positif** x et tout entier naturel **non nul** n, on note : $\sqrt[n]{x} = x^{\frac{1}{n}}$.

Ex. : L'équation $x^5 = 3$ a pour solution : $x = \sqrt[5]{3} = 3^{\frac{1}{5}}$.

3 Logarithme décimal

A Introduction

La fonction $x \mapsto 10^x$ est **strictement croissante** sur $\mathbb{R}$.
On a donc la propriété suivante :

Si b est un réel **strictement positif**, l'équation $10^x = b$ admet **une unique solution** sur $\mathbb{R}$.

On l'appelle **logarithme décimal** de b et on la note **log(*b*)**.

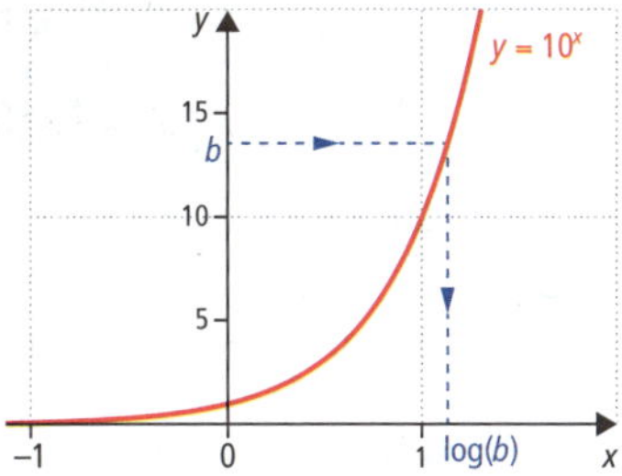

B Conséquences

- Soit $b > 0$, on a : $10^{\log(b)} = b$.
- $10^0 = 1$ et donc $\log(1) = 0$.
- $10^1 = 10$ et donc $\log(10) = 1$.
- $\log(100) = \log(10^2) = 2$; $\log(1\,000) = \log(10^3) = 3$; etc.

C Définition

La fonction logarithme décimal est la fonction qui, à tout nombre réel x **strictement positif**, associe son logarithme décimal, c'est-à-dire la fonction : $x \mapsto \log(x)$.

D Sens de variation

La fonction logarithme décimal est **strictement croissante** sur $]0\,;+\infty[$.

C'est-à-dire, pour tout réel a et b **strictement positifs**, on a : $a \leqslant b \Leftrightarrow \log(a) \leqslant \log(b)$.

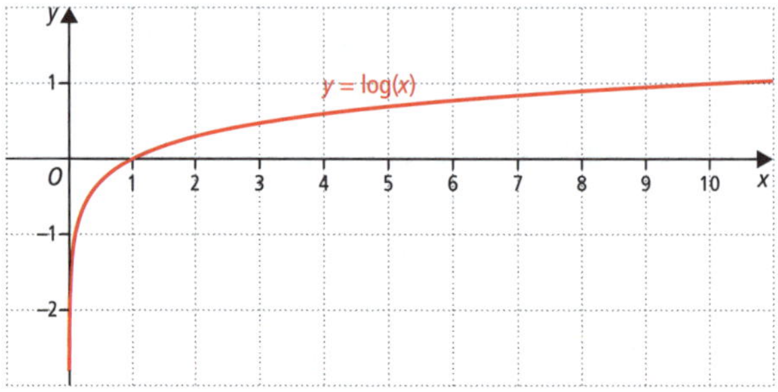

E Conséquences

Soit a un nombre réel **strictement positif**.
Comme $\log(1) = 0$, on en déduit que :

- **si $0 < a \leqslant 1$ alors $\log(a) \leqslant 0$**
- **si $a \geqslant 1$ alors $\log(a) \geqslant 0$.**

F Propriétés

Soient a et b deux réels **strictement positifs**, et n **un entier naturel**.

- $\log(ab) = \log(a) + \log(b)$
- $\log\left(\dfrac{1}{b}\right) = -\log(b)$
- $\log\left(\dfrac{a}{b}\right) = \log(a) - \log(b)$
- $\log(a^n) = n\log(a)$
- $a = \log(b) \Leftrightarrow b = 10^a$

Ex. : • $\log(6) = \log(2 \times 3) = \log(2) + \log(3)$.

• $\log\left(\dfrac{1}{3}\right) = \log(1) - \log(3) = -\log(3)$ car $\log(1) = 0$.

• $\log(49) = \log(7^2) = 2\log(7)$.

• $\log(0{,}001) = \log(10^{-3}) = -3\log(10) = -3$ car $\log(10) = 1$.

• $\log(x) = 2 \Leftrightarrow x = 10^2 = 100$.

Exercices d'entraînement

Exercice 1 ★ Corrigé p. 329

Résoudre dans $\mathbb{R}$ les équations :

1. $3^x = 2\,187$.

Que peut-on en déduire ?

2. $x\sqrt{x} = 8$.

Exercice 2 ★★ Corrigé p. 329

Soit (u_n) la suite géométrique de premier terme $u_1 = 3$ et de raison $q = 2$.

Déterminer n sachant que $\sum_{i=1}^{n} u_i = 3\,069$.

Exercice 3 ★★ Corrigé p. 329

Déterminer le plus grand entier n tel que $1{,}2^n \leqslant 3$.

Exercice 4 ★★ Corrigé p. 330

Soit (u_n) la suite géométrique de premier terme $u_0 = 225$ et de raison $q = 0{,}975$.

Déterminer le premier entier n tel que $u_n \leqslant 45$.

Exercice 5 ★★ Corrigé p. 330

Le carbone 14 est un isotope radioactif du carbone présent dans les organismes vivants. Lorsqu'un organisme meurt, la proportion de carbone 14 présent dans celui-ci diminue.

La proportion de carbone 14 dans un fragment d'os évolue, par rapport à la quantité de carbone 14 à la mort de l'organisme.

Cette proportion évolue en fonction du temps t, exprimé en siècles, et suit la formule :

$$p(t) = (0{,}987\,6)^t.$$

À la mort de l'organisme, on a : $p(0) = 1$.

1. Quelle sera la proportion de carbone 14, à 10^{-3} près, dans ce fragment d'os au bout de 200 ans ?

2. Après combien d'années la proportion de carbone 14 sera-t-elle de 50 % ?

Exercice 6 ★★ Corrigé p. 330

Le pH d'une solution est donné par la formule :

$$pH = -\log[H_3O^+],$$

où $[H_3O^+]$ est la concentration d'ions hydronium exprimée en moles par litre.

1. La concentration en H_3O^+ d'une solution aqueuse est de $3{,}60 \times 10^{-3}\,\text{mol} \times \text{l}^{-1}$.

Cette solution est-elle acide ou basique ?

2. Le pH d'une solution aqueuse est 7,30.

Donner la concentration en H_3O^+ de cette solution.

Exercice 7 ★★★ Corrigé p. 330

La scintigraphie est une technique d'exploration du corps humain qui permet de diagnostiquer des maladies. Lors d'une scintigraphie de la glande thyroïde, on injecte une dose d'iode dans le corps d'un patient.

Cette dose se fixe sur la glande thyroïde de ce patient puis se désintègre au cours du temps.

Le graphique ci-dessous représente le nombre de noyaux d'iode, exprimé en milliards, restant fixés sur la glande thyroïde en fonction du temps.

Pour tout instant t, en heures, on admet que $N(t)$ représente le nombre de noyaux, en milliards, restant fixés sur la glande thyroïde au temps t.

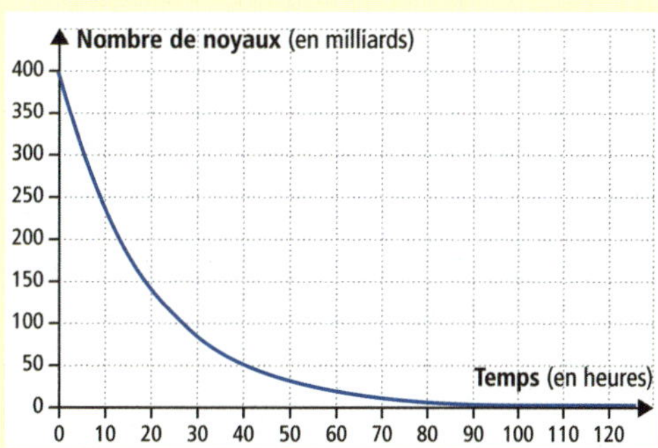

1. En utilisant le graphique indiquer :

a) Le nombre de noyaux injectés initialement.

b) Le nombre minimal d'heures à attendre pour qu'il ne reste que la moitié des noyaux injectés.

On considère la fonction N définie sur l'intervalle $[0\,;100]$ par : $N(t) = 400 \times 0{,}95^t$.

La courbe donnée est la représentation graphique de la fonction N dans un repère orthogonal.

2. Déterminer le sens de variation de N sur $[0\,;100]$.

3. a) Résoudre l'inéquation : $N(t) < 40$.

b) On considère que le produit injecté a été éliminé de l'organisme lorsqu'il reste moins de 10 % de la quantité injectée initialement.

Déterminer au bout de combien de temps on peut considérer que le produit a été éliminé de l'organisme.

On exprimera cette quantité en jours et en heures, arrondie à l'heure près.

Exercice 8 ★★★

Corrigé p. 330

Le niveau d'intensité sonore d'un son L, en dB, et son intensité physique I, en $W \cdot m^{-2}$, sont reliés par la formule : $L = 10\log(I) + 120$.

1. Un avion au décollage produit un son d'une intensité physique de $100\ W \cdot m^{-2}$.

Quel est le niveau d'intensité sonore en dB ?

2. Un niveau sonore de 100 dB est considéré dangereux pour l'oreille d'un être humain normal.

À quelle intensité physique ce niveau correspond-il ?

3. On double l'intensité physique d'un son.

De combien est alors augmenté le niveau d'intensité sonore ?

4. Deux instruments de musique jouent ensemble respectivement à 70,0 dB et à 80,0 dB.

Quel est le niveau d'intensité sonore ?

Exercice 9 ★★

Corrigé p. 330

Des plaques d'isolation sonore permettent de diminuer le niveau sonore d'un certain pourcentage t inconnu.

On place dans une pièce, contre les murs, cinq de ces plaques de telle sorte qu'un niveau sonore initial de 80 dB soit atténué jusqu'à 60 dB.

Déterminer, à 10^{-2} près, le pourcentage t de diminution du niveau sonore que permet d'obtenir une de ces plaques.

Exercice 10 ★★★

Corrigé p. 331

On place un capital C_0 à intérêts composés.

1. a) Donner en fonction de i, le capital acquis au bout d'une année si le taux d'intérêt annuel est i.

b) Donner en fonction de t, le capital acquis au bout d'une année si le taux d'intérêt mensuel est t.

c) En exprimant que le capital acquis est le même, montrer que $1 + i = (1 + t)^{12}$.

2. En déduire à 10^{-2} près :

a) Le taux annuel équivalent à un taux mensuel de 1 %.

b) Le taux mensuel équivalent à un taux annuel de 12 %.

Exercice 11 ★★★

Corrigé p. 331

On étudie l'évolution, en fonction du temps, d'une population de levures présentes dans un milieu liquide.

On admet que le nombre N de levures de l'échantillon en fonction du temps t en heures est donné par :

$$N(t) = \frac{1280}{1 + 26{,}7 \times 0{,}439^t}.$$

1. Déterminer le nombre initial de levures, à l'unité près, puis au bout de 1 h 15 min.

2. Au bout de combien de temps (en heures et minutes) le nombre de levures dépassera-t-il 1 200 ?

3. Quel est le taux t_m d'évolution horaire moyen du nombre de levures entre la 10e et 20e heure ?

Que peut-on en déduire pour l'évolution du nombre de levures dans ce milieu ?

Exercice 12 ★★★

Corrigé p. 331

En 1975, Gordon Earle Moore, ingénieur américain, énonce une loi qui peut être décrite en disant que le nombre de transistors présents dans les microprocesseurs double tous les deux ans.

1. Montrer que la fonction définie par $N(t) = 2^{\frac{t}{2}}$, où t est le temps en années, satisfait à ce critère de doublement tous les deux ans.

2. Déterminer t_0 tel que $N(t + t_0) = 100N(t)$.

On donnera t_0 en années et en mois, au mois près et conclure.

Exercice 13 ★★★

Corrigé p. 331

Soit un dipôle D comportant en série une bobine, un condensateur et un conducteur ohmique de résistance R.

On impose aux bornes de ce dipôle une tension sinusoïdale $u(t) = U\sqrt{2}\cos(\omega t)$.

Si U_R est la tension aux bornes du conducteur ohmique, on appelle gain la grandeur G, exprimée en décibels (dB), définie par :

$$G = 20\log\left(\frac{U_R}{U}\right).$$

L'ensemble des fréquences pour lesquelles $G > -3$ constitue la bande passante à 3 dB.

Montrer que la condition $G > -3$ est pratiquement équivalente à $U_R > \frac{U}{\sqrt{2}}$.

MATHS

5 Fonction exponentielle de base e Logarithme népérien

Spécialité Maths

1 Fonction exponentielle de base e

A Définition

Parmi toutes les fonctions exponentielles $x \mapsto a^x$ avec $a > 0$, il en existe **une et une seule** dont la représentation graphique dans un repère du plan admet une tangente en 0 de pente égale à 1.

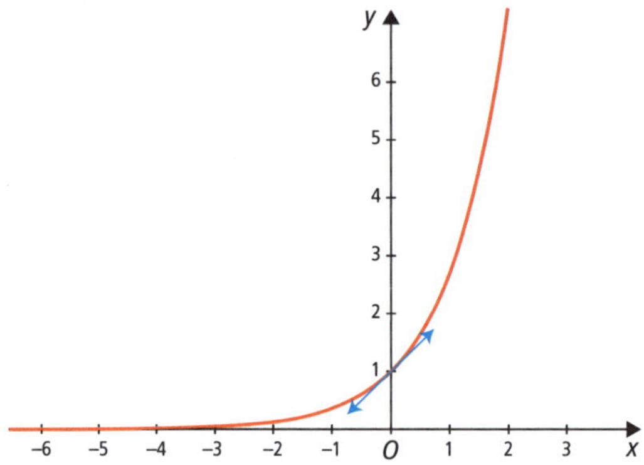

C'est **la fonction exponentielle de base e** avec $e \approx 2{,}718$.
Comme $e > 1$, la fonction exponentielle de base e est **strictement croissante** sur $\mathbb{R}$.

B Propriétés

La fonction exponentielle de base e vérifie toutes les propriétés des fonctions exponentielles.

$$e^0 = 1$$

et pour tous réels a et b, on a :

$$e^{-a} = \frac{1}{e^a} \; ; \; e^a \times e^b = e^{a+b} \; ; \; (e^a)^b = e^{ab} \text{ et } \frac{e^a}{e^b} = e^{a-b}.$$

C Dérivées

- Soit f la fonction exponentielle de base e.
Pour tout réel x, $f(x) = e^x$ et on a : $f'(x) = e^x$.
- Soient k un nombre réel et g la fonction définie pour tout réel x par : $g(x) = e^{kx}$.
On a : $g'(x) = ke^{kx}$.
On note : $(e^x)' = e^x$ et $(e^{kx})' = ke^{kx}$.

D Limites

$$\lim_{x \to -\infty} e^x = 0 \; ; \; \lim_{x \to +\infty} e^x = +\infty \text{ et } \lim_{x \to +\infty} e^{-x} = \lim_{x \to +\infty} \frac{1}{e^x} = 0.$$

E Théorèmes des croissances comparées

Soit n un entier naturel non nul.

$$\lim_{x \to -\infty} x^n e^x = 0 \; ; \; \lim_{x \to +\infty} \frac{e^x}{x^n} = +\infty \text{ et } \lim_{x \to +\infty} x^n e^{-x} = 0.$$

2 Fonction logarithme népérien

A Introduction

Soit a un réel **strictement positif**.
L'équation $e^x = a$ admet **une solution unique** sur $\mathbb{R}$ appelée **logarithme népérien** de a.
On la note $\ln(a)$ et on a : $e^{\ln(a)} = a$.

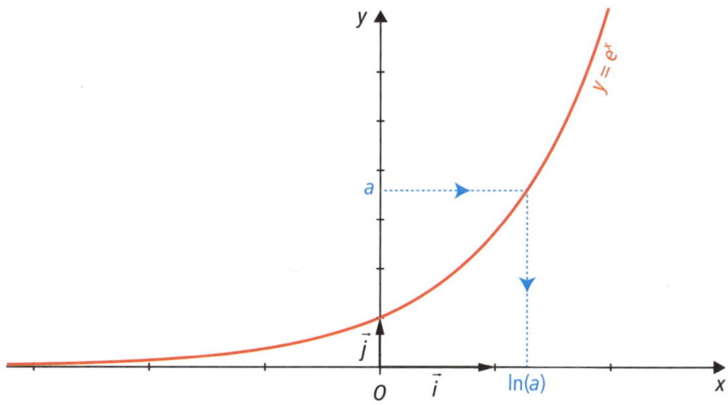

B Définition

La fonction logarithme népérien, notée ln, est la fonction qui à tout réel $\boldsymbol{x > 0}$ lui associe son logarithme népérien $\ln(x)$. On a donc $\ln :]0\,;+\infty[\to \mathbb{R}$

$$x \mapsto y = \ln(x)$$

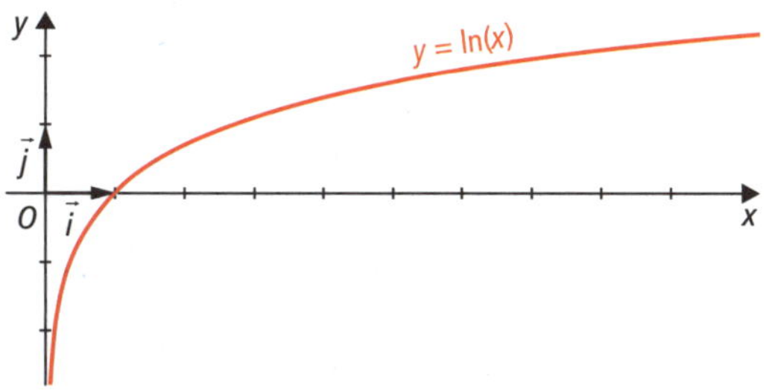

C Propriétés

- **La fonction ln** est **strictement croissante** sur $]0\,;+\infty[$.
- **$\ln(1) = 0$; $\ln(e) = 1$** et pour tous réels a, b et x **strictement positifs**, on a :

> • $\ln(ab) = \ln(a) + \ln(b)$ • $\ln\left(\frac{1}{b}\right) = -\ln(b)$ • $\ln\left(\frac{a}{b}\right) = \ln(a) - \ln(b)$
>
> • $\ln(a^n) = n\ln(a)$ • $\ln(a^x) = x\ln(a)$

En particulier, on a : $\ln(\sqrt{a}) = \ln\left(a^{\frac{1}{2}}\right) = \frac{1}{2}\ln(a)$ et $\ln(e^x) = x$.

Remarque
Pour tout réel x strictement positif, on a :
$$\log(x) = \frac{\ln(x)}{\ln(10)}.$$

D Dérivée

Pour tout réel x **strictement positif** : $\boldsymbol{(\ln(x))' = \frac{1}{x}}$.

Comme $(\ln(x))' = \frac{1}{x} > 0$, on retrouve que la fonction ln est strictement croissante sur $]0\,;+\infty[$.

E Limites

$$\lim_{x \to 0^+} \ln(x) = -\infty \text{ et } \lim_{x \to +\infty} \ln(x) = +\infty.$$

F Théorèmes des croissances comparées

Soit n un entier naturel non nul.

- $\lim_{x \to 0^+} x\ln(x) = 0$
- $\lim_{x \to +\infty} \dfrac{\ln(x)}{x^n} = 0$
- $\lim_{x \to +\infty} \dfrac{x^n}{\ln(x)} = +\infty.$

Exercices d'entraînement

Exercice 1 ★

Corrigé p. 332

Résoudre les équations et inéquations suivantes :

1. $e^{0,01t} = 5$
2. $e^x = -1$
3. $\ln(x) = -10$
4. $\ln(2t) = 4$
5. $e^{-3x} > 10$
6. $\ln(0,2x) < 3$

Exercice 2 ★

Corrigé p. 332

Déterminer les limites en $+\infty$ des fonctions suivantes :

1. $f(x) = x^2e^x$
2. $f(x) = \dfrac{x^2 - 2x + 3}{e^x}$
3. $f(x) = x^3 - e^{-x}$
4. $f(x) = (1 - x^3)\ln(x)$

Exercice 3 ★★

Corrigé p. 332

Soit f la fonction définie sur $]0\,;+\infty[$ par :

$$f(x) = \frac{\ln(x)}{x}$$

1. Montrer que pour tout $x > 0, f'(x) = \dfrac{1 - \ln(x)}{x^2}$.
2. Donner les variations de f sur $]0\,;+\infty[$.
3. En déduire la valeur maximale de f sur $]0\,;+\infty[$.
4. En remarquant que $f(x) = \dfrac{1}{x} \times \ln(x)$, déterminer une primitive de f sur $]0\,;+\infty[$.

Exercice 4 ★★

Corrigé p. 332

Soit h la fonction définie sur $\mathbb{R}$ par :

$$h(x) = (x^2 - x - 1)e^x.$$

1. Montrer que pour tout réel x :
$$h'(x) = (x - 1)(x + 2)e^x.$$
2. Donner les variations de h sur $\mathbb{R}$.

Exercice 5 ★★

Corrigé p. 333

Le but de cet exercice est de démontrer que pour tout réel $x > 0$: $\ln(x) \leqslant x - 1$.
On pose, pour tout $x \in]0\,;+\infty[$

$$f(x) = \ln(x) - x + 1.$$

1. Démontrer que pour tout $x > 0, f'(x) = \dfrac{1 - x}{x}$.
2. Déterminer les variations de f sur $]0\,;+\infty[$.
3. Quel est le maximum de f sur $]0\,;+\infty[$?

Conclure.

Exercice 6 ★★

Corrigé p. 333

Soit g la fonction définie sur $]0\,;+\infty[$ par :

$$g(t) = 3 - 2t^2 - \ln(t).$$

1. Montrer que pour tout $t > 0, g'(t) = -\dfrac{4t^2 + 1}{t}$.
2. Justifier alors que pour tout $t > 0, g'(t) < 0$.
3. Déterminer $\lim_{t \to 0} g(t)$ et $\lim_{t \to +\infty} g(t)$.
4. Donner le tableau de variations de g sur $]0\,;+\infty[$.

Exercice 7 ★★ Corrigé p. 333

Soit f la fonction définie pour tout réel t par :

$$f(t) = e^{5-t} + t.$$

1. En remarquant que $e^{5-t} = e^5 \times e^{-t}$, déterminer $\lim\limits_{t \to +\infty} f(t)$.

2. Déterminer $f'(t)$ pour tout réel t.

3. Résoudre l'inéquation $f'(t) \geqslant 0$.

4. Dresser alors le tableau de variations de f sur $\mathbb{R}$.

5. En déduire le signe de f.

6. Que permet de faire l'algorithme ci-dessous ?

```
from math import*
t = 5
while e**(5-t)+t < 7:
  t = t+0.01
print(t)
```

Exercice 8 ★★★ Corrigé p. 333

On élève des pucerons dans un vivarium.
L'effectif de la population en milliers, au bout de t jours, est donné par :

$$p(t) = 2{,}12e^{0{,}05t}.$$

1. Déterminer l'effectif de la population initiale, puis celui au bout de 5 jours.

2. Au bout de combien de jours la population aura-t-elle triplé, si cette croissance se maintient ?

3. Montrer que pour tout $t \geqslant 0$,
$$p(t+1) = e^{0{,}05}p(t).$$

4. En déduire, à 10^{-1} près, le taux d'évolution journalier en pourcentage.

5. On estime que le vivarium ne peut contenir plus de 10 000 pucerons.

Au bout de combien de jours cette limite sera-t-elle atteinte ?

Exercice 9 ★★★ Corrigé p. 334

La hauteur h d'un spécimen d'arbre, exprimée en mètres, en fonction du diamètre d du tronc, exprimé en centimètres, est modélisée, pour $d \in [2\,;50]$, par la formule :

$$h(d) = 10\ln\left(\frac{20d}{d+20}\right).$$

1. Déterminer la hauteur, au centimètre près, d'un arbre dont le diamètre du tronc est de 10 cm.

2. Quel est le diamètre, à 10^{-2} près, d'un arbre dont la hauteur est de 20 m ?

3. Montrer que pour tout $d \in [2\,;50]$:
$$h(d) = 10(\ln(20) + \ln(d) - \ln(d+20)).$$

4. En déduire que $h'(d) = \dfrac{200}{d(d+20)}$.

5. Déterminer le sens de variation de h sur $[2\,;50]$.

Exercice 10 ★★★ Corrigé p. 334

Une entreprise produit et vend des batteries ion-lithium. La production hebdomadaire maximale est de 4 000 unités.
Chaque batterie est vendue 28 euros.
Soit x le nombre de batteries, en centaines, produites par semaine.
Le coût de production, exprimé en centaines d'euros, est alors de :

$$C(x) = 80e^{0{,}07x}.$$

On estime que toute la production de l'usine est vendue.

1. Justifier que le nombre x de centaines de batteries produites par semaine vérifie : $x \in [0\,;40]$.

2. Quel est, à l'euro près, le coût de production pour 300 batteries ?
Quelle est la recette réalisée ?
L'entreprise est-elle bénéficiaire ?

3. Expliquer pourquoi, pour x centaines de batteries produites, la recette R, exprimée en centaines d'euros, vaut $R(x) = 28x$.

4. On note B le bénéfice réalisé par l'entreprise durant une semaine.
On a alors : $B(x) = R(x) - C(x)$.

a) Dresser le tableau de variations de B sur $[0\,;40]$.

b) Déterminer le nombre de batteries hebdomadaire à produire pour que le bénéfice soit maximal. Quel est son montant à l'euro près ?

Exercice 11 ★★★

Corrigé p. 335

Le nombre $N(t)$ (en millions) de noyaux d'un élément radioactif présents dans un échantillon à l'instant t (en années) vérifie :

$$N(t) = N_0 e^{-\lambda t}$$

où N_0 est le nombre initial d'éléments radioactifs et $\lambda > 0$.

Partie A

On possède un échantillon qui contient, à l'instant $t = 0$, huit millions de noyaux de plutonium 241.

On donne la courbe d'évolution du nombre de noyaux au cours du temps (en années).

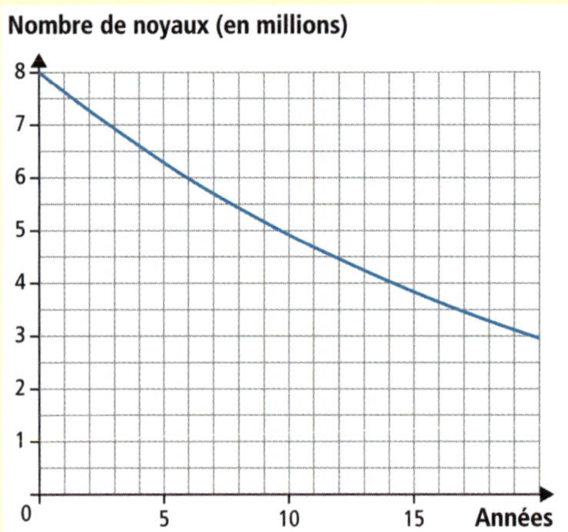

1. Déterminer graphiquement le nombre d'années pour qu'il ne reste que 50 % de la quantité initiale de plutonium 241.

2. Déterminer graphiquement le nombre de noyaux présents dans l'échantillon après 17 années.

3. En utilisant la formule $N(t) = N_0 e^{-\lambda t}$, avec $N_0 = 8$ et la réponse précédente, déterminer la valeur de λ à 10^{-4} près.

Partie B

On considère maintenant un élément radioactif quelconque dont l'évolution du nombre de noyaux N suit $N(t) = N_0 e^{-\lambda t}$.

On appelle demi-vie la durée nécessaire pour que le nombre de noyaux soit divisé par deux. On la note $t_{0,5}$.

1. Montrer que $t_{0,5} = \dfrac{\ln(2)}{\lambda}$.

2. Montrer que pour tout $t \geqslant 0$, $\dfrac{N(t + t_{0,5})}{N(t)} = \dfrac{1}{2}$.

3. Le plutonium 238 a une demi-vie de 88 ans.

a) Déterminer la valeur de λ à 10^{-4} près.

b) Au bout de combien de temps un échantillon contenant cet élément a-t-il perdu 95 % de ses noyaux radioactifs ?

6 Intégration

1 Aire sous une courbe

A L'intégrale

• Soit f une fonction **continue et positive** sur un intervalle $[a\ ;b]$. On note $\mathscr{C}_f$ sa courbe représentative dans un repère orthogonal $(O\ ;\vec{i}\ ;\vec{j})$.

L'intégrale de a à b de f est l'aire A du domaine colorié du plan compris entre les droites d'équations $x = a$ et $x = b$, la courbe $\mathscr{C}_f$ et l'axe (Ox). On écrit :

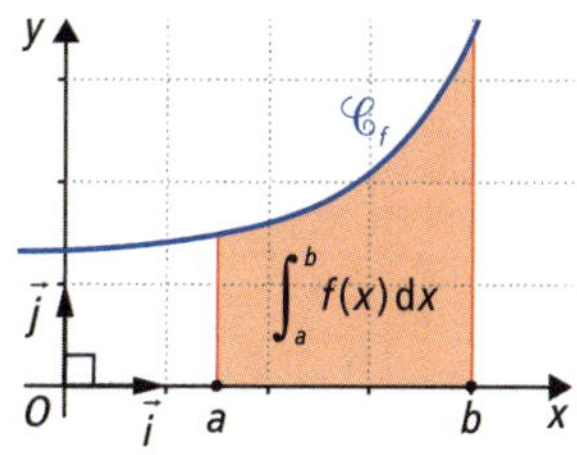

$$A = \int_a^b f(x)\mathrm{d}x.$$

B Remarques

• La variable d'intégration est dite muette. Les deux écritures suivantes sont équivalentes :

$$\int_a^b f(x)\mathrm{d}x = \int_a^b f(t)\mathrm{d}t.$$

• On a : $\int_a^a f(x)\mathrm{d}x = 0$.

• Les aires s'expriment en **unités d'aire** (u.a).

• Si le **rectangle unité** (c'est-à-dire le rectangle ayant pour sommets les points O, I, K et J du repère) a pour dimensions 3 cm et 2 cm, 1 unité d'aire mesure alors $3 \times 2 = 6$ cm^2.

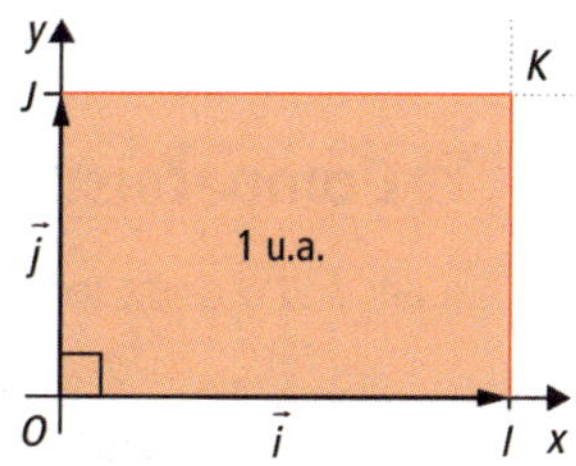

Appliquer le cours

Soit la courbe représentative de la fonction $f : x \mapsto x + 1$ (qui est une droite).
Calculer l'aire du domaine colorié et déterminer la valeur de $\int_0^1 (x+1)\mathrm{d}x$,

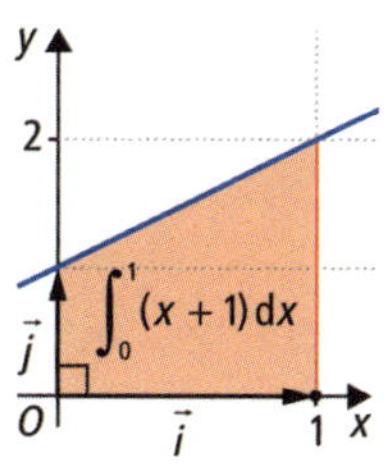

Solution

L'aire cherchée est celle d'un trapèze, dont les bases mesurent 1 et 2, et la hauteur 1.

$$\int_0^1 (x+1)\mathrm{d}x = \frac{(1+2)\times 1}{2} = \frac{3}{2} \text{ u.a.}$$

On remarque, sur le graphique, que le domaine est bien constitué d'un rectangle unité complet et d'un demi-rectangle unité.

• Soit f une fonction **continue** sur un intervalle $[a\ ;b]$.
Le nombre réel $\int_a^b f(x)\mathrm{d}x$ est la somme des aires du domaine du plan comptées positivement lorsque $\mathscr{C}_f$ est au-dessus de (Ox), et négativement lorsque $\mathscr{C}_f$ est au-dessous de (Ox).

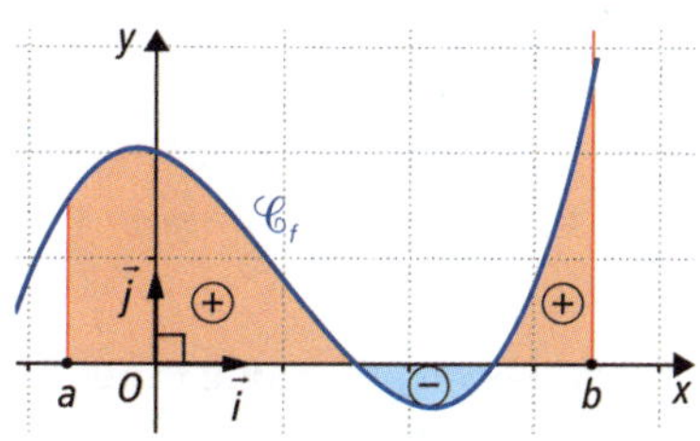

2 Propriétés

A Relation de Chasles

Soient f une fonction continue sur un intervalle I de $\mathbb{R}$ et a, b et c des éléments de I.
On a alors :

$$\int_a^b f(x)\mathrm{d}x + \int_b^c f(x)\mathrm{d}x = \int_a^c f(x)\mathrm{d}x.$$

B Linéarité

Soient $f : [a\,;b] \to \mathbb{R}$ et $g : [a\,;b] \to \mathbb{R}$ deux fonctions continues sur $[a\,;b]$ et $\lambda \in \mathbb{R}$.

$$\int_a^b (f(x) + g(x))\mathrm{d}x = \int_a^b f(x)\mathrm{d}x + \int_a^b g(x)\mathrm{d}x.$$

$$\int_a^b (\lambda f)(x)\mathrm{d}x = \lambda \int_a^b f(x)\mathrm{d}x.$$

C Positivité

Soit f une fonction continue sur un intervalle $[a\,;b]$.

Si pour tout $x \in [a\,;b]$, $f(x) \geqslant 0$, alors : $\int_a^b f(x)\mathrm{d}x \geqslant 0$.

D Comparaison

Soient f et g deux fonctions continues sur un intervalle $[a\,;b]$.

Si pour tout $x \in [a\,;b]$, $f(x) \leqslant g(x)$, alors : $\int_a^b f(x)\mathrm{d}x \leqslant \int_a^b g(x)\mathrm{d}x$.

3 Aire entre deux courbes

Soient f et g deux fonctions continues dont les courbes, notées $\mathscr{C}_f$ et $\mathscr{C}_g$ sont représentées ci-dessous :

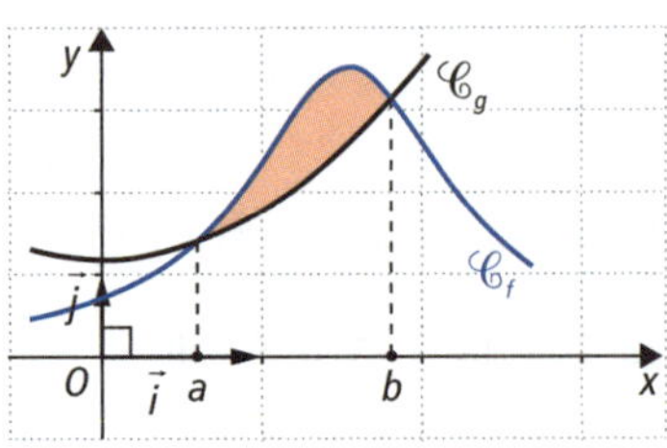

L'aire du domaine colorié est égale à : $\int_a^b (f(x) - g(x))\mathrm{d}x.$

4 Valeur moyenne

Définition

La valeur moyenne de f sur $[a\,;b]$, notée f_{moy}, est donnée par le nombre réel :

$$f_{\text{moy}} = \frac{1}{b-a}\int_a^b f(x)\mathrm{d}x.$$

5 Intégration et primitives

Rappel

Soit f une fonction **continue** sur un intervalle $[a\,;b]$.
Une primitive de f est une fonction F telle que $F' = f$.

Ex. : $F(x) = \frac{1}{2}x^2$ est **une primitive** de $f(x) = x$ sur $[a\,;b]$.

A Théorème 1

Soit f une fonction **continue** sur un intervalle $[a\,;b]$.

La fonction F définie par : $F(x) = \int_a^x f(t)\mathrm{d}t$ est dérivable sur $[a\,;b]$ et a pour dérivée f.

B Théorème 2

La fonction F définie par : $F(x) = \int_a^x f(t)\mathrm{d}t$ est la primitive de f qui s'annule en $x = a$.

C Théorème 3

Soient f une fonction continue sur $[a\,;b]$ et F une primitive de f.
Alors :

$$\int_a^b f(x)\mathrm{d}x = F(b) - F(a).$$

Ex. : $F(x) = \frac{1}{2}x^2 + x$ est **une primitive** de $f(x) = x + 1$.

$$\int_0^1 (x+1)\mathrm{d}x = F(1) - F(0) = \frac{1}{2} + 1 - 0 = \frac{3}{2}.$$

On retrouve bien le résultat obtenu par le calcul de l'exemple page 221.

Ex. : $\int_1^2 x^2\,\mathrm{d}x = \left[\frac{1}{3}x^3\right]_1^2 = \frac{2^3}{3} - \frac{1^3}{3} = \frac{8}{3} - \frac{1}{3} = \frac{7}{3}.$

Remarque

On a la notation suivante :
$[F(x)]_a^b = F(b) - F(a).$

Exercices d'entraînement

Exercice 1 ★ *Corrigé p. 335*

Calculer les intégrales suivantes :

$I = \int_{-1}^{2} (2x - 3)\mathrm{d}x$; $J = \int_{1}^{e} \frac{1}{x}\mathrm{d}x$; $K = \int_{0}^{1} e^{5t}\,\mathrm{d}t$.

Exercice 2 ★★ *Corrigé p. 335*

Soient f et g les fonctions définies sur $[0,1 ; 1,1]$ par :

$$f(x) = \frac{1}{5x} \text{ et } g(x) = -x^2 + \frac{1}{5}x + 1.$$

On note $\mathscr{C}_f$ et $\mathscr{C}_g$ les courbes représentatives de ces fonctions dans le repère ci-dessous.

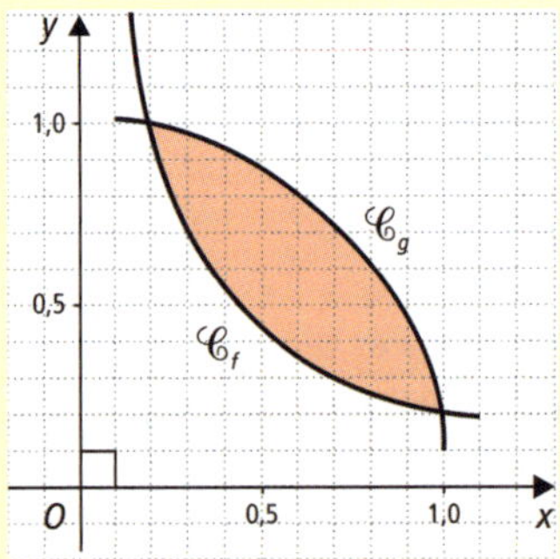

On constate que ces courbes sont sécantes en deux points.
On s'intéresse à l'aire A du domaine colorié délimité par les deux courbes sur $[0,2 ; 1]$.

1. Vérifier que ces courbes sont sécantes en $x = 0,2$ et $x = 1$.

2. Exprimer l'aire A à l'aide d'une intégrale.

3. Parmi les trois encadrements ci-dessous, un seul est correct, lequel ?
$0 \leqslant A \leqslant 0,08$; $0,1 \leqslant A \leqslant 0,3$;
$0,7 \leqslant A \leqslant 0,9$.
On donnera un argument graphique.

4. Pour tout réel $x \in [0,1; 1,1]$, on pose :
$h(x) = g(x) - f(x)$.

a) En remarquant que $f(x) = \frac{1}{5} \times \frac{1}{x}$, déterminer une primitive de la fonction f sur $[0,1 ; 1,1]$.

b) En déduire une primitive de la fonction h sur $[0,1; 1,1]$.

c) Déterminer alors la valeur de l'intégrale $\int_{0,2}^{1} h(x)\mathrm{d}x$ à 10^{-4} près.

d) Sachant que l'unité choisie sur l'axe des abscisses est de 5 cm et sur l'axe des ordonnées de 5 cm, déterminer la valeur de A en cm^2.
On donnera le résultat au mm^2 près.

Exercice 3 ★★★ *Corrigé p. 336*

Soit f la fonction définie sur $\left[0 ; \frac{7\pi}{6}\right]$ par : $f(x) = \sin(x)$ et $\mathscr{C}$ sa courbe représentative dans un repère orthogonal d'unités 1 cm sur l'axe (Ox) et 2 cm sur l'axe (Oy).

On donne la figure suivante :

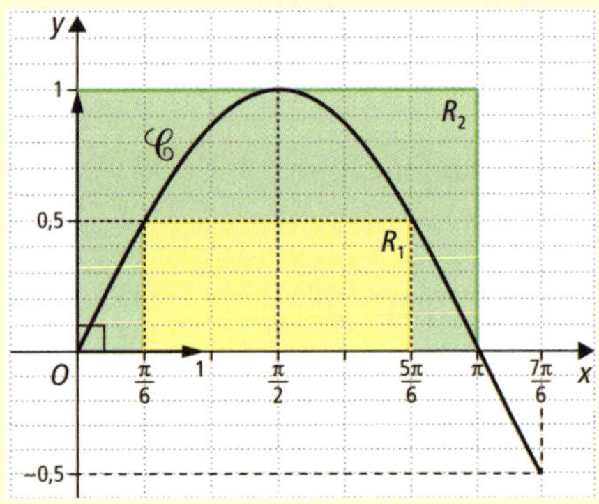

Partie A

On considère la fonction F définie sur $\left[0 ; \frac{7\pi}{6}\right]$ par : $F(x) = \int_{0}^{x} f(t)\mathrm{d}t$.

1. Que vaut $F(0)$?

2. Donner le signe de $F(x)$ sur $[0 ; \pi]$.

3. Comparer $F(\pi)$ et $F\left(\frac{7\pi}{6}\right)$.

4. Calculer les aires des rectangles R_1 (en jaune) et R_2 (en vert).
En déduire que $\frac{\pi}{3} \leqslant F(\pi) \leqslant \pi$.

5. Que représente f pour F ?

6. En déduire les variations de F sur $\left[0 ; \frac{7\pi}{6}\right]$.

Partie B

1. Calculer l'aire A_1, en unités d'aire, puis en cm², du domaine du plan compris entre les droites d'équations $x = 0$ et $x = \pi$, la courbe $\mathscr{C}$ et l'axe (Ox).

2. Vérifier le résultat de la Partie A question 4.

3. Calculer l'aire A_2, en unités d'aire, puis en cm², du domaine du plan compris entre les droites d'équations $x = \pi$ et $x = \frac{7\pi}{6}$, la courbe $\mathscr{C}$ et l'axe (Ox).

4. a) Déduire des questions précédentes :

$$\int_0^{\frac{7\pi}{6}} f(t)\,\mathrm{d}t.$$

b) Retrouver le résultat précédent en faisant le calcul de l'intégrale.

Exercice 4 ★★ Corrigé p. 336

La nouvelle voiture électrique ZOE développe une puissance de 100 kW, soit 135 cv.

Au démarrage, sa puissance passe de 0 à 100 kW en 20 secondes.

La puissance p en fonction du temps t est donnée par $p(t) = 10^4 t$.

Quelle est l'énergie développée pendant cette phase de démarrage ?

Exercice 5 ★★ Corrigé p. 337

Le directeur d'une usine de dessalement d'eau de mer a relevé la consommation électrique totale sur une journée type de 24 heures.

Si p est la puissance instantanée (en kW) et t le temps (en heures), on a :

$0 \leqslant t < 8$, $p(t) = 1\,900$;

$8 \leqslant t < 14$, $p(t) = 100(2t + 3)$;

$14 \leqslant t < 24$, $p(t) = -20(6t - 239)$.

1. Représenter la fonction p.

2. Déterminer, en kWh et en joules, l'énergie mise en jeu pendant ces 24 heures.

3. Retrouver le résultat précédent en utilisant la courbe représentative de p.

4. Calculer la puissance moyenne consommée.

Exercice 6 ★★ Corrigé p. 337

On considère un circuit parcouru par un courant alternatif sinusoïdal d'intensité :

$$i(t) = I\sin(\omega t),$$

où I est l'intensité maximale et ω la pulsation. $i(t)$ est en ampères et t est en secondes.

1. Quelle est la période T du courant i ?

2. Calculer l'intensité moyenne :

a) Sur une période ;

b) Sur une alternance (demi-période).

3. Calculer l'intensité efficace sur une période :

$$I_{\text{eff}} = \sqrt{\frac{1}{T}\int_0^T i^2(t)\,\mathrm{d}t}.$$

Exercice 7 ★★★ Corrigé p. 338

On considère la fonction f définie sur $\mathbb{R}$ par :

$$f(x) = (x + 2)\mathrm{e}^{-x}.$$

On note $\mathscr{C}$ sa courbe représentative dans un repère orthogonal.

On note D le domaine compris entre l'axe des abscisses, la courbe $\mathscr{C}$ et les droites d'équation $x = 0$ et $x = 1$.

On approche l'aire du domaine D en calculant une somme d'aires de rectangles.

1. Dans cette question, on découpe l'intervalle [0 ; 1] en quatre intervalles de même longueur :

- Sur l'intervalle [0 ; 0,25], on construit un rectangle de hauteur $f(0)$;
- Sur l'intervalle [0,25 ; 0,5] on construit un rectangle de hauteur $f(0{,}25)$;
- Sur l'intervalle [0,5 ; 0,75], on construit un rectangle de hauteur $f(0{,}5)$;
- Sur l'intervalle [0,75 ; 1], on construit un rectangle de hauteur $f(0{,}75)$.

Cette construction est illustrée ci-dessous :

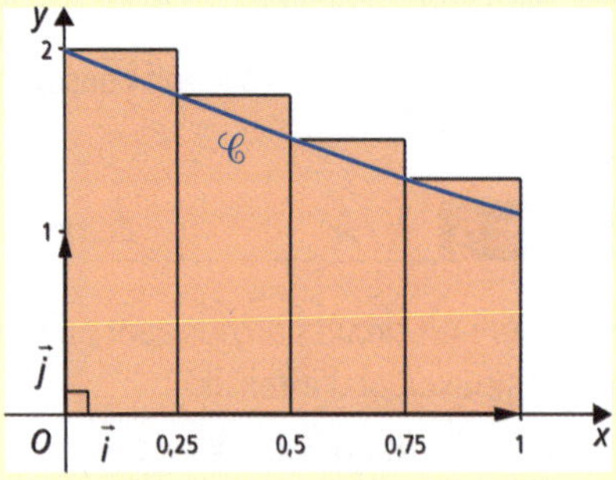

Le programme Python suivant permet d'obtenir une valeur approchée de l'aire du domaine D en ajoutant les aires des quatre rectangles précédents :

```
from math import exp
def f(x):
  return (x+2)*exp(-x)
s = 0
for k in range(0,4):
  s = s+0.25*f(k/4)
print(s)
```

Donner, en explicitant les calculs, une valeur approchée à 10^{-3} près du résultat affiché par ce programme.

2. Dans cette question, n est un nombre entier strictement supérieur à 1.
On découpe l'intervalle [0 ; 1] en n intervalles de même longueur.
Sur chacun de ces intervalles, on construit un rectangle comme en 1.
Modifier le programme pour qu'il définisse une fonction **`rectangles`** qui retourne la somme des aires des n rectangles ainsi construits.

3. Soit g la fonction définie sur $\mathbb{R}$ par :

$$g(x) = (-x - 3)e^{-x}.$$

a) Montrer que g est une primitive de la fonction f sur $\mathbb{R}$.

b) Calculer l'aire A du domaine D, exprimée en unités d'aire.

c) Donner une valeur approchée à 10^{-3} près de l'erreur commise en remplaçant A par la valeur approchée trouvée au moyen de l'algorithme de la question **1.**, c'est-à-dire l'écart entre ces deux valeurs.

7 Équations différentielles

Spécialité Maths

MATHS

1 Généralités

A Définition

Soit f une fonction définie sur un intervalle I.

Une équation différentielle est une équation qui met en relation la variable, la fonction f, la dérivée de la fonction f, ainsi qu'éventuellement ses dérivées d'ordre supérieur.

> **Rappel**
> L'ordre est le nombre de fois pour lequel une fonction a été dérivée. C'est le degré de dérivation d'une fonction.

B Remarques

- On peut dire qu'une équation différentielle est une équation où l'inconnue est une fonction.
- Généralement l'inconnue d'une équation différentielle est notée y, sa dérivée y', sa dérivée seconde y'', etc. (ou encore y, $\frac{dy}{dx}$, $\frac{d^2y}{dx^2}$, …).

Ex. : Les deux équations ci-dessous sont des équations différentielles.

- $f' = f$, on peut aussi écrire $y' = y$ ou $\frac{dy}{dx} = y$.
- $2x\,f''(x) - (f(x))^2 = 1$, on peut aussi écrire $2xy'' - y^2 = 1$ ou $2x\frac{d^2y}{dx^2} - y^2 = 1$.

C Définition

Soit n un entier naturel.

Une équation différentielle d'ordre n est une équation différentielle où la dérivée de plus grand ordre est n.

Ex. :
- $2y - xy' = 0$ est une équation différentielle du **premier ordre**.
- Pour $\omega \in \mathbb{R}$, $y'' + \omega^2 y = 0$ est une équation différentielle d'**ordre 2**.

D Résolution

Toute fonction f qui vérifie une équation différentielle est appelée **solution** de cette équation.
Résoudre une équation différentielle, c'est déterminer **toutes les fonctions solutions**.

Ex. : La fonction f définie sur $\mathbb{R}$ par : $f(x) = e^{2x}$ est une solution de l'équation différentielle $y' = 2y$.
En effet, $f'(x) = 2e^{2x} = 2f(x)$. Cependant, ce n'est pas la seule solution.
En effet, la fonction g définie sur $\mathbb{R}$ par : $g(x) = 10e^{2x}$ est également une solution de cette équation différentielle car $g'(x) = 10 \times 2e^{2x} = 2 \times 10e^{2x} = 2g(x)$.

E Condition initiale

Soit une équation différentielle d'ordre n d'inconnue y définie sur un intervalle I et $x_0 \in I$.
La donnée de $y(x_0)$, ou d'une des dérivées de y en x_0 (par exemple $y'(x_0)$, ou $y''(x_0)$ ou encore $y^{(n)}(x_0)$), s'appelle **condition initiale**.

Ex. : La fonction h définie sur $\mathbb{R}$ par : $h(x) = 5e^{2x}$ est la solution de l'équation $y' = 2y$ vérifiant la condition initiale $y(0) = 5$ car $h(0) = 5e^{2\times 0} = 5e^0 = 5$.

2 Équations différentielles $y' = ay$

A Définition

L'équation différentielle (*E*) : $y' = ay$, où a est un nombre réel, **avec $a \neq 0$, est une équation différentielle du premier ordre**.

On l'appelle aussi **équation homogène**.

B Théorèmes

• Les solutions de l'équation différentielle $y' = ay$, avec $a \neq 0$, sont les fonctions définies sur $\mathbb{R}$ par :

$y = ke^{ax}$ où k est une constante arbitraire.

• **Il existe une solution unique** de l'équation différentielle $y' = ay$, avec $a \neq 0$, qui vérifie une condition initiale donnée, par exemple : $y(x_0) = y_0$.

Cette condition initiale permet de déterminer la constante k de $y = ke^{ax}$.

Appliquer le cours

Considérons l'équation différentielle $y' = 4y$.
Déterminer la solution vérifiant $y(-1) = 1$.

Solution

Les solutions de cette équation sont toutes les fonctions $y = ke^{4x}$, avec $k \in \mathbb{R}$.

Si on cherche en particulier la solution vérifiant la condition initiale $y(-1) = 1$, on a :

$$k\,e^{4\times(-1)} = 1 \Leftrightarrow k\,e^{-4} = 1 \Leftrightarrow k = \frac{1}{e^{-4}} = e^4.$$

L'unique solution de l'équation $y' = 4y$ vérifiant $y(-1) = 1$ est donc : $y = e^4 \times e^{4x} = e^{4(x+1)}$.

3 Équations différentielles $y' = ay + b$

A Définition

L'équation différentielle (*E*) : $y' = ay + b$, où a et b sont des nombres réels, avec **$a \neq 0$, est une équation différentielle du premier ordre.**

On dit que c'est une équation différentielle **avec second membre**.

B Théorèmes

• Les solutions de l'équation différentielle $y' = ay + b$, avec $a \neq 0$, sont les fonctions définies sur $\mathbb{R}$ par : **$y = ke^{ax} - \dfrac{b}{a}$ où k est une constante arbitraire.**

• **Il existe une solution unique** de l'équation différentielle $y' = ay + b$, avec $a \neq 0$, qui vérifie une condition initiale donnée, par exemple : $y(x_0) = y_0$.

Cette condition initiale permet de déterminer la constante k de $y = ke^{ax} - \dfrac{b}{a}$.

Appliquer le cours

Considérons l'équation différentielle $y' = 3y + 2$.
Déterminer la solution vérifiant $y(0) = 1$.

Solution

Les solutions de cette équation sont toutes les fonctions $y = ke^{3x} - \dfrac{2}{3}$, avec $k \in \mathbb{R}$.

Si on cherche en particulier la solution vérifiant la condition initiale $y(0) = 1$, on a :

$$ke^{3\times 0} - \frac{2}{3} = 1 \Leftrightarrow ke^0 = 1 + \frac{2}{3} \Leftrightarrow k = \frac{5}{3} \text{ car } e^0 = 1.$$

L'unique solution de l'équation $y' = 3y + 2$ vérifiant $y(0) = 1$, est donc : $y = \dfrac{5}{3}e^{3x} - \dfrac{2}{3} = \dfrac{1}{3}(5e^{3x} - 2)$.

Exercices d'entraînement

Exercice 1 ★

Corrigé p. 338

Soit la fonction f définie sur $\mathbb{R}$ par :

$$f(x) = x^3 + x + 1.$$

Montrer que f est solution de l'équation différentielle $(E) : xy' - 3y + 3 = -2x$.

Exercice 2 ★★

Corrigé p. 338

Soit f la fonction définie sur $\mathbb{R}$ par :

$$f(x) = \sqrt{3}\sin(2x) - \cos(2x).$$

1. Démontrer que f est solution de l'équation différentielle (E) :

$$\frac{d^2y}{dx^2} + 4y = 0.$$

2. Vérifier que $f(0) = -1$ et $f'(0) = 2\sqrt{3}$.

3. Montrer que : $f(x) = 2\sin\left(2x - \frac{\pi}{6}\right)$.

4. Quelle est la valeur moyenne de f sur $\left[0 ; \frac{\pi}{6}\right]$?

Exercice 3 ★

Corrigé p. 338

Soit (E) l'équation différentielle : $y' = -\ln(3)y$.

1. Résoudre (E).

2. Déterminer la solution vérifiant $y(1) = -5$.

Exercice 4 ★

Corrigé p. 338

Soit (E) l'équation différentielle : $y' = -y + 9$.

1. Résoudre (E).

2. Déterminer la solution vérifiant $y(-1) = 2$.

Exercice 5 ★★

Corrigé p. 339

1. Résoudre l'équation différentielle :

$$5y' + 2y = 4.$$

2. Déterminer la solution f qui vérifie $f(5) = 3$.

3. Déterminer la solution g dont la courbe représentative $\mathscr{C}$ admet au point d'abscisse 0 une tangente de coefficient directeur -1.

Exercice 6 ★★★

Corrigé p. 339

La température θ, en degré Celsius, du lubrifiant d'un moteur varie en fonction du temps t, en heures.

Elle est solution de l'équation différentielle (E) :

$$\theta' + 0{,}1\theta = 3.$$

1. Résoudre (E).

2. Déterminer la solution sachant qu'à l'instant $t = 0$, la température du lubrifiant est de 20 °C.

3. Quelle est, à 10^{-2} près, la température moyenne entre la 5e et la 10e heure ?

4. Déterminer $\lim\limits_{t \to +\infty} \theta(t)$ et interpréter cette limite.

Exercice 7 ★★★

Corrigé p. 339

On sait que $\Delta M(t)$, la masse d'un corps radioactif qui se désintègre pendant un intervalle de temps de longueur Δt à partir d'un instant t, est proportionnelle à la masse $M(t)$ du corps à l'instant t.

On peut donc écrire $\frac{\Delta M(t)}{\Delta t} = -\lambda M(t)$ où λ est la constante radioactive strictement positive caractéristique du noyau étudié.

La constante radioactive λ représente la probabilité de désintégration, par unité de temps, d'un noyau radioactif.

Elle est indépendante du temps, c'est-à-dire de « l'âge » de l'échantillon.

C'est une propriété physique du nucléide radioactif considéré.

Comme, en général, il y a un très grand nombre de noyaux, on considère que la fonction M est une fonction continue et dérivable.

En faisant tendre Δt vers 0, la relation $\frac{\Delta M(t)}{\Delta t} = -\lambda M(t)$ peut s'écrire $\frac{dM(t)}{dt} = -\lambda M(t)$ ou encore $M'(t) = -\lambda M(t)$.

La fonction M est donc solution de l'équation différentielle (E) : $M'(t) = -\lambda M(t)$.

L'uranium 235 est un élément radioactif.
Tout échantillon d'uranium 235 a sa masse M qui diminue régulièrement, par désintégration, en fonction du temps t (exprimé en années).
Cette masse $M(t)$, exprimée en kg, est solution de l'équation différentielle (E) :

$$M'(t) = -\lambda M(t), \text{ où } \lambda = 9{,}846 \times 10^{-10}.$$

1. Résoudre (E).

2. a) Sachant qu'à l'instant $t = 0$, la masse de l'échantillon est de 100 kg, exprimer $M(t)$ en fonction de t.

b) Déterminer, au million d'années près, dans combien d'années la masse de l'échantillon aura été divisée par 2.

Exercice 8 ★★★ *Corrigé p. 339*

On dissout 100 grammes d'un certain produit chimique dans l'eau.

Sa vitesse de dissolution est proportionnelle à la quantité restante de produit $q(t)$, en grammes, en fonction du temps t, en heures.
Il existe donc un réel λ tel que $q'(t) = -\lambda q(t)$.

1. Démontrer que $\lambda = \frac{\ln(2)}{2}$ sachant que 2 heures plus tard, il reste 50 grammes de produit.

2. Dans combien de temps, restera-t-il 10 grammes de produit dans l'eau ?
On donnera le résultat en heures et en minutes, à la minute près.

Exercice 9 ★★★ *Corrigé p. 339*

La population P d'un pays augmente en fonction du temps t en années.

On admet que l'accroissement de cette population P est proportionnel à cette population.

1. Montrer que P vérifie une équation différentielle du type : $P' = kP$ où k est une constante.

2. Résoudre cette équation différentielle.

3. Déterminer k, en valeur exacte, sachant que l'on a constaté que cette population augmente de 25 % tous les 30 ans.

4. Dans combien de temps la population aura-t-elle doublé ?

On donnera le résultat à une année près par excès.

Exercice 10 ★★★ *Corrigé p. 340*

On considère l'équation différentielle (E) :

$$y' = 1 + 0{,}05y^2.$$

On ne sait pas la résoudre mais on admet qu'elle possède une unique solution f vérifiant $f(0) = 0$.
On note C la courbe représentative de la fonction f dans un repère du plan.
Le but de l'exercice est de déterminer une valeur approchée de $f(1)$.

1. Déterminer à l'aide de (E), la valeur de $f'(0)$.

2. Donner une équation de la tangente T_0 à $\mathscr{C}$ au point d'abscisse $x = 0$.

3. Déterminer l'ordonnée y_1 du point d'abscisse $x = 0{,}1$ de T_0.

4. Expliquer pourquoi y_1 peut être considéré comme une valeur approchée de $f(0{,}1)$.
On pourra utiliser la notion d'approximation affine.

5. En admettant que $f(0{,}1) = y_1$, déterminer une équation de la tangente T_1 à $\mathscr{C}$ au point d'abscisse $x = 0{,}1$.
En déduire une valeur approchée de $f(0{,}2)$.

6. Le programme Python ci-dessous affiche, à 10^{-3} près, le résultat 1,014.
Comment interpréter cette valeur ?

```
f = 0
for i in range(0,10):
  f = (1+0.05*f**2)*0.1+f
print(f)
```

7. Proposer une amélioration de ce programme en justifiant ce choix.

8 Probabilités conditionnelles

Dans ce chapitre, on considère un univers Ω muni d'une probabilité P.

Rappel

$\overline{A}$ est l'évènement contraire de A, l'évènement $A \cap B$ est l'intersection entre les évènements A et B, et $A \cup B$ leur réunion. On a alors : $P(A \cup B) = P(A) + P(B) - P(A \cap B)$ et $P(\overline{A}) = 1 - P(A)$.

MATHS

1 Probabilités conditionnelles

A Définition

Soit A un évènement tel que $\boldsymbol{P(A) \neq 0}$.

La probabilité de B sachant A, notée $P_A(B)$ ou $P(B/A)$, est définie par :

$$P_A(B) = \frac{P(A \cap B)}{P(A)}.$$

$P_A(B)$ peut également se lire : « Probabilité de B sachant que A s'est réalisé ».

B Propriété

Soient A et B deux évènements tels que $\boldsymbol{P(A) \neq 0}$ **et** $\boldsymbol{P(B) \neq 0}$.

On a : $$P(A \cap B) = P_A(B) \times P(A) = P_B(A) \times P(B).$$

Ex. : Le tableau ci-contre présente la répartition des salariés d'une entreprise en fonction du type d'emploi et du mode de locomotion utilisé pour se rendre sur le lieu de travail.
On rencontre au hasard un employé de cette entreprise.
On considère les évènements :

	Voiture	Autre	Total
Ouvriers	20	140	**160**
Cadres	28	12	**40**
Total	**48**	**152**	**200**

O : « L'employé est un ouvrier » et V : « L'employé se rend en voiture sur son lieu de travail ».

On a : $$P(O) = \frac{160}{200} = 0{,}8 \text{ et } P(O \cap V) = \frac{20}{200} = 0{,}1.$$

Par suite, la probabilité qu'un employé vienne en voiture sachant que c'est un ouvrier est égale à :

$$P_O(V) = \frac{P(O \cap V)}{P(O)} = \frac{0{,}1}{0{,}8} = 0{,}125.$$

On peut retrouver ce résultat à partir du tableau : $P_O(V) = \frac{20}{160} = 0{,}125$.

C Remarques

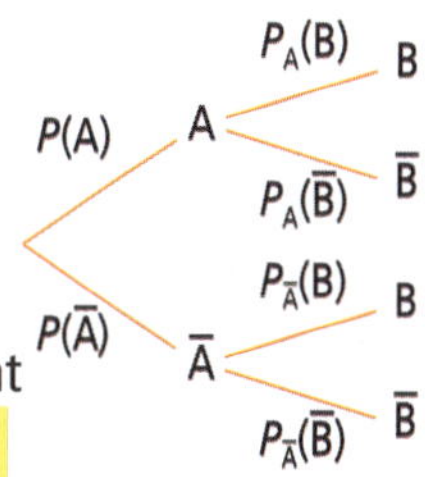

- Les probabilités conditionnelles peuvent s'illustrer à l'aide d'un arbre pondéré.
- La probabilité sur la branche menant de l'évènement A à B est $P_A(B)$.
- Pour obtenir $P(A \cap B)$, on multiplie la probabilité située sur la branche allant vers A par celle située sur la branche qui va de A vers B : $\boldsymbol{P(A \cap B) = P(A) \times P_A(B)}$.

2 Formule des probabilités totales

A Partition

On dit que les ensembles $A_1, A_2, \ldots, A_n$ forment **une partition** de l'univers Ω si et seulement si :

- les ensembles $A_1, A_2, \ldots, A_n$ sont tous non vides soit : $\forall i,\ A_i \neq \varnothing$;
- les ensembles $A_1, A_2, \ldots, A_n$ sont disjoints deux à deux soit : $\forall i,\ \forall j$, si $i \neq j$, $A_i \cap A_j = \varnothing$;
- la réunion des ensembles $A_1, A_2, \ldots, A_n$ donne Ω soit : $A_1 \cup A_2 \cup \ldots \cup A_n = \Omega$.

B Formule des probabilités totales

Soit $A_1, A_2, \ldots, A_n$ une partition de Ω.

Pour tout évènement B de Ω, on a :

$$P(B) = P(A_1 \cap B) + P(A_2 \cap B) + \cdots + P(A_n \cap B)$$

et $$P(B) = P(A_1) \times P_{A_1}(B) + P(A_2) \times P_{A_2}(B) + \cdots + P(A_n) \times P_{A_n}(B).$$

Cas particulier important

Si A est un évènement de Ω tel que $P(A) \neq 0$ **et** $P(A) \neq 1$, alors A et $\overline{A}$ forment une partition de Ω.

Pour tout évènement B de Ω, on a :

$$P(B) = P(A \cap B) + P(\overline{A} \cap B) \text{ et } P(B) = P(A) \times P_A(B) + P(\overline{A}) \times P_{\overline{A}}(B).$$

Appliquer le cours

Un laboratoire met au point un test rapide de dépistage d'une maladie identifiable par une prise de sang. Le laboratoire publie les données suivantes obtenues à l'issue d'études cliniques :

- La population étudiée comporte 50 % d'individus malades.
- Si un individu est malade, le test est positif dans 99 % des cas.
- Si un individu n'est pas malade, le test est positif dans 0,1 % des cas.

L'OMS (Organisation Mondiale de la Santé) estime qu'un test est fiable si sa valeur prédictive, c'est-à-dire la probabilité qu'un individu soit malade sachant que le test est positif, est supérieure à 0,999 9.

On choisit un individu au hasard parmi la population étudiée et on considère les évènements :

M : « l'individu est malade » et T : « le test est positif ».

Déterminer si le test est fiable ?

Solution

On illustre la situation à l'aide d'un arbre pondéré :

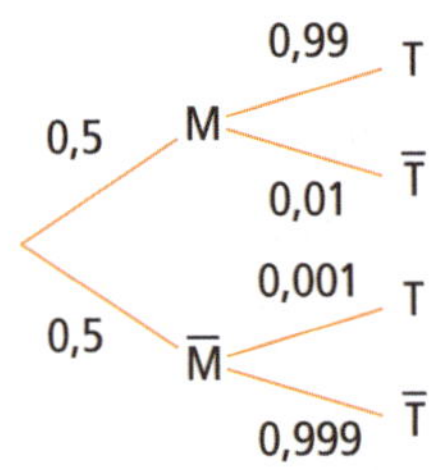

D'après la formule des probabilités totales :

$$P(T) = P(M) \times P_M(T) + P(\overline{M}) \times P_{\overline{M}}(T)$$
$$= 0{,}5 \times 0{,}99 + 0{,}5 \times 0{,}001 = 0{,}495\,5.$$

$$P(T \cap M) = P(M) \times P_M(T) = 0{,}5 \times 0{,}99 = 0{,}495.$$

Par suite, $P_T(M) = \dfrac{P(T \cap M)}{P(T)} = \dfrac{0{,}495}{0{,}495\,5} \approx 0{,}999\,0.$

D'après les critères de l'OMS, le test n'est donc pas fiable car $0{,}999\,0 < 0{,}999\,9$.

3 Indépendance

Soient A et B deux évènements de probabilités **non nulles**.

A Définition

L'évènement B est **indépendant** de l'évènement A si et seulement si $P_A(B) = P(B)$.

B Remarque

Intuitivement l'évènement B est indépendant de l'évènement A si la connaissance de A ne modifie pas la probabilité de B.

C Théorèmes

- Si B est indépendant de A, alors A est indépendant de B et donc on dira que A et B sont indépendants.
- Si A et B sont indépendants, alors $\overline{A}$ et B, A et $\overline{B}$, $\overline{A}$ et $\overline{B}$ sont indépendants.
- A et B sont indépendants si et seulement si : $P(A \cap B) = P(A) \times P(B)$.

Appliquer le cours

Une certaine année, 65 % des élèves de terminale d'un lycée étaient en filière générale, les autres en filière technologique.
Parmi les élèves de terminale générale, 90,1 % ont réussi le baccalauréat, tandis que 84,5 % des élèves de terminale technologique ont obtenu leur diplôme.
On choisit un élève au hasard parmi les élèves de terminale de ce lycée.
On définit les évènements suivants :
B : « l'élève a obtenu le baccalauréat » et
T : « l'élève était en terminale technologique ».
Déterminer si les évènements B et T sont indépendants.

Solution

On construit un arbre pondéré illustrant la situation :

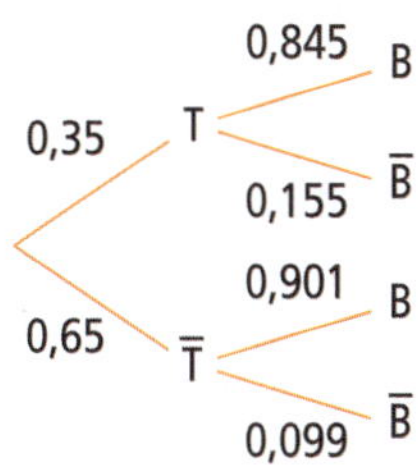

On compare alors $P(B)$ et $P_T(B)$.
On sait que :
$P_T(B) = 0,845$
et d'après la formule des probabilités totales :

$$P(B) = P(T) \times P_T(B) + P(\overline{T}) \times P_{\overline{T}}(B)$$
$$= 0,35 \times 0,845 + 0,65 \times 0,901 = 0,881\,4.$$

Comme $P_T(B) \neq P(B)$, on peut alors affirmer que les évènements B et T ne sont pas indépendants.

Exercices d'entraînement

Exercice 1 ★
Corrigé p. 340

Soient A et B deux évènements indépendants tels que :

$$P(\text{A}) = 0{,}3 \text{ et } P(\text{B}) = 0{,}5.$$

Déterminer $P(\text{A} \cap \text{B})$.

Exercice 2 ★
Corrigé p. 340

Soient A et B deux évènements indépendants tels que :

$$P(\text{A} \cap \text{B}) = 0{,}09 \text{ et } P(\text{A}) = 0{,}12.$$

Déterminer $P(\text{B})$.

Exercice 3 ★
Corrigé p. 340

Une urne contient 12 boules numérotées de 1 à 12.
On en tire une au hasard, et on considère les événements :
- A : « La boule porte un numéro pair » ;
- B : « La boule porte un numéro multiple de 3 ».

Les évènements A et B sont-ils indépendants ?

Exercice 4 ★★
Corrigé p. 341

Dans une usine d'électronique deux chaînes de fabrication, notées c_1 et c_2, produisent un composant pouvant présenter un défaut. On effectue un contrôle qualité sur un lot de composants dont les résultats sont présentés dans le tableau ci-dessous :

	c_1	c_2	Total
Composants avec défaut		80	
Composants sans défaut	950		1 870
Total	1 000		

On prélève au hasard un composant électronique de ce lot et on s'intéresse aux évènements suivants :
- D : « Le composant présente un défaut » ;
- C_1 : « Le composant a été produit par la chaîne 1 ».

1. Compléter le tableau.
2. Les évènements C_1 et D sont-ils indépendants ?

Exercice 5 ★★★
Corrigé p. 341

Avant de lancer une nouvelle campagne de sensibilisation, une association humanitaire a étudié comment se sont répartis, en fonction de leur âge, les 400 donneurs de la campagne précédente, ceux-ci étant soit des donneurs occasionnels, soit des donneurs réguliers.
- On compte 70 % de donneurs occasionnels.
- Parmi les donneurs occasionnels, 30 % ont entre 20 et 34 ans.
- Un tiers des donneurs réguliers a entre 35 et 59 ans.
- Parmi les 198 donneurs âgés de plus de 60 ans, 23 % sont des donneurs réguliers.

1. Compléter le tableau ci-dessous.

On arrondira les résultats à l'entier le plus proche.

	Donneurs occasionnels	**Donneurs réguliers**	**Total**
Entre 20 et 34 ans			
Entre 35 et 59 ans			
Plus de 60 ans			
Total			

2. L'association a établi un fichier de ses donneurs.
On prélève au hasard une de ces fiches.
On considère les évènements suivants :
- R : « La fiche choisie est celle d'un donneur régulier » et $\overline{\text{R}}$ l'évènement contraire.
- A : « La fiche choisie est celle d'un donneur âgé de 20 à 34 ans » ;
- B : « La fiche choisie est celle d'un donneur âgé de 35 à 59 ans » ;

• C : « La fiche choisie est celle d'un donneur âgé de plus de 60 ans ».

a) Calculer $P(\mathrm{B})$.

b) Quelle est la probabilité qu'il s'agisse de la fiche d'un donneur régulier âgé de plus de 60 ans ?

3. On considère $P_{\mathrm{C}}(\overline{\mathrm{R}})$.

a) Exprimer cette probabilité par une phrase.

b) La calculer, au millième près.

c) Les évènements C et R sont-ils indépendants ?

Exercice 6 ★★★

Corrigé p. 341

Une usine fabrique en grande quantité des plaques de cuivre.

Chacune des plaques fabriquées est susceptible de présenter deux défauts : une épaisseur trop importante ou une présence de fissures.

On prélève une plaque au hasard dans la production de cette usine, et on considère les évènements suivants :

• D_1 : « La plaque a une épaisseur trop importante » ;

• D_2 : « La plaque possède des fissures ».

On suppose que les évènements D_1 et D_2 sont indépendants.

On admet que $P(\mathrm{D}_1) = 0{,}03$ et $P(\mathrm{D}_2) = 0{,}01$.

Déterminer les probabilités des évènements suivants :

1. La plaque présente les deux défauts.

2. La plaque présente au moins un des deux défauts.

3. La plaque ne présente aucun des deux défauts.

Exercice 7 ★★★

Corrigé p. 341

Un *food truck*, ouvert le midi et le soir, propose deux types de formules : la formule Burger et la formule Wok.

Le gérant a remarqué que 75 % de ses ventes ont lieu le midi.

Le quart des ventes du midi correspondent à la formule Burger, alors que 40 % des ventes du soir correspondent à la formule Wok.

Le gérant se constitue un fichier en notant, pour chaque vente, la formule choisie et le moment de cette vente (midi ou soir).

On prélève une fiche de façon équiprobable.

On définit les quatre évènements suivants :

• M : « La fiche correspond à une vente du midi » ;

• S : « La fiche correspond à une vente du soir » ;

• W : « La fiche correspond à une formule Wok » ;

• B : « La fiche correspond à une formule Burger ».

1. Compléter l'arbre pondéré ci-dessous :

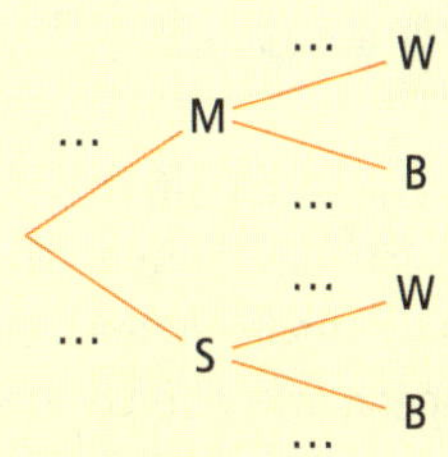

2. Calculer la probabilité de l'évènement $\mathrm{M} \cap \mathrm{W}$.

Interpréter ce résultat dans le contexte de l'exercice.

3. Montrer que la probabilité que la fiche choisie corresponde à une formule Burger est égale à 0,337 5.

4. On a prélevé une fiche correspondant à la formule Burger.

Quelle est la probabilité, à 10^{-4} près, que la vente ait eu lieu le soir ?

5. Les évènements B et M sont-ils indépendants ?

Exercice 8 ★★★

Corrigé p. 341

Dans une municipalité, une étude démographique affirme que les personnes de moins de 20 ans représentent 20 % de la population.

Parmi ces personnes de moins de 20 ans, 51 % sont des hommes.

Le pourcentage d'hommes de plus de 20 ans est de 40,8 %.

On choisit au hasard un individu de cette population et on définit les évènements suivants :

- A : « L'individu a moins de 20 ans » ;
- B : « L'individu est une femme ».

1. Compléter l'arbre pondéré ci-dessous :

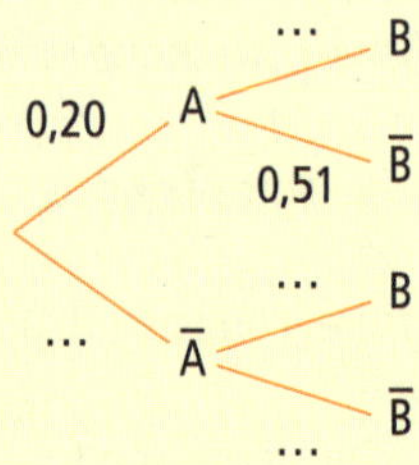

2. Les évènements A et B sont-ils indépendants ?

Exercice 9 ★★★

Corrigé p. 342

Un avion est équipé d'un moteur central et de deux moteurs latéraux, un par aile.
Chaque moteur peut tomber en panne de manière indépendante, et on estime que la probabilité que le moteur central tombe en panne est de 0,001 et celle qu'un des deux autres moteurs tombe en panne est de 0,02.

Ce trimoteur peut voler si le moteur central ou les deux moteurs d'ailes fonctionnent.

On considère les évènements suivants :

- C : « Le moteur central fonctionne » ;
- A_1 : « Le moteur de l'aile 1 fonctionne » ;
- A_2 : « Le moteur de l'aile 2 fonctionne ».

On modélise la situation à l'aide de l'arbre pondéré ci-dessous :

1. Compléter l'arbre de probabilités suivant :

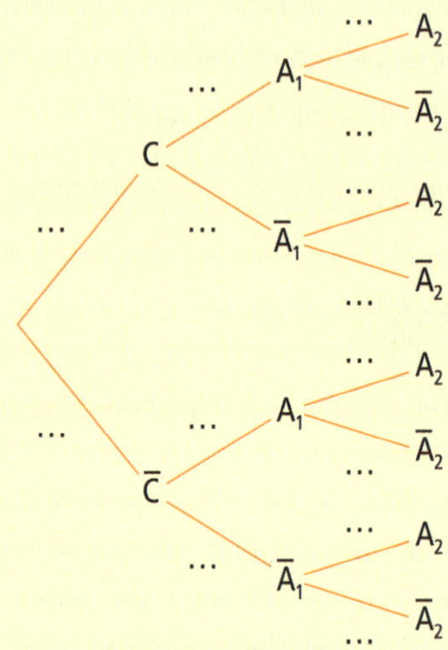

2. Déterminer la probabilité que le moteur central soit en panne et que les deux autres moteurs ne le soient pas.

3. Déterminer la probabilité que l'avion puisse voler.

9 Variables aléatoires discrètes finies Loi binomiale

1 Variable aléatoire discrète finie

A Définitions

Soit Ω un univers associé à une expérience aléatoire.

• **Une variable aléatoire** X est une fonction définie sur Ω et à valeurs dans $\mathbb{R}$.
On note $x_1, x_2, \ldots, x_n$ les valeurs prises par X.

• **La loi de probabilité** de la variable aléatoire X est la fonction qui à chaque x_i associe le nombre $p_i = P(X = x_i)$.
On peut résumer cela dans un tableau :

x_i	x_1	x_2	…	x_n
$P(X = x_i)$	p_1	p_2		p_n

On a : $\sum_{i=1}^{n} p_i = 1$.

Ex. : Un jeu d'argent consiste à lancer un dé équilibré à six faces. Si on obtient la face 6, on gagne 10 euros, si on obtient la face 1, on perd 5 euros, et pour les autres faces on perd 2 euros.
On note X la variable aléatoire correspondant au gain après un lancer du dé.
L'expérience aléatoire est le lancer du dé.
On a : $\Omega = \{1, 2, 3, 4, 5, 6\}$. Comme le dé est équilibré, il y a équiprobabilité et donc :

$P(\{1\}) = P(\{2\}) = P(\{3\}) = P(\{4\}) = P(\{5\}) = P(\{6\}) = \frac{1}{6}$.

La variable aléatoire X prend comme valeurs : -5, -2 et 10.

$P(X = -5) = P(\{1\}) = \frac{1}{6}$; $P(X = -2) = P(\{2, 3, 4, 5\}) = \frac{4}{6}$ et $P(X = 10) = P(\{6\}) = \frac{1}{6}$.

La loi de probabilité de la variable aléatoire X peut être résumée dans un tableau :

Gain x_i	-5	-2	10
$P(X = x_i)$	$\frac{1}{6}$	$\frac{4}{6}$	$\frac{1}{6}$

On vérifie que : $\sum_{i=1}^{n} p_i = \frac{1}{6} + \frac{4}{6} + \frac{1}{6} = \frac{6}{6} = 1$.

• **Remarque :** Soit k un entier naturel. L'évènement $\{X \leqslant k\}$ correspond à la réunion de tous les évènements élémentaires $\{X = i\}$ avec $i \leqslant k$.
Dans l'exemple précédent, on a : $P(X \leqslant 0) = P(X = -5) + P(X = -2) = \frac{1}{6} + \frac{4}{6} = \frac{5}{6}$.
De même, on peut définir les évènements : $\{X < k\}$, $\{X \geqslant k\}$ et $\{X > k\}$.
On a, par exemple : $P(X > k) = 1 - P(X \leqslant k)$ car $\{X \leqslant k\}$ est l'évènement contraire de $\{X > k\}$.

B Définition de l'espérance d'une variable aléatoire discrète finie

Soit X une variable aléatoire prenant n valeurs $x_1, x_2, \ldots, x_n$.
L'espérance de la variable aléatoire X, notée $E(X)$, est la moyenne arithmétique des valeurs x_i pondérées par leur probabilité $P(X = x_i)$:

$$E(X) = \sum_{i=1}^{n} x_i P(X = x_i).$$

MATHS

Ex. : En reprenant le jeu d'argent précédent, nous avons :

$$E(X) = -5 \times \frac{1}{6} - 2 \times \frac{4}{6} + 10 \times \frac{1}{6} = -\frac{1}{2}$$

Il n'est pas intéressant de jouer à ce jeu, car en moyenne, on perd 50 centimes d'euro par partie.

2 Loi binomiale

A Définition d'une épreuve de Bernoulli

Une épreuve de Bernoulli de paramètre p, avec $p \in [0\ ;\ 1]$, est une expérience aléatoire qui n'a que deux issues possibles, l'une appelée « succès », qui a pour probabilité p, et l'autre appelée « échec », qui a pour probabilité $1 - p$.

Ex. : On possède une pièce de monnaie truquée telle que la probabilité d'obtenir pile est de 0,8. Le fait de lancer cette pièce de monnaie et de regarder si on obtient pile ou non est une épreuve de Bernoulli de paramètre 0,8.

B Définition du coefficient binomial

Soient n et k deux entiers naturels avec k compris entre 0 et n. On considère une épreuve de Bernoulli que l'on répète n fois et on représente la situation par un arbre.

Le coefficient binomial $\binom{n}{k}$ est défini comme le nombre de chemins dans l'arbre conduisant à k succès.

Ex. : On lance trois fois la pièce de monnaie précédente et on s'intéresse à la variable aléatoire X qui compte le nombre de piles obtenus. On modélise la situation par l'arbre pondéré ci-dessous :

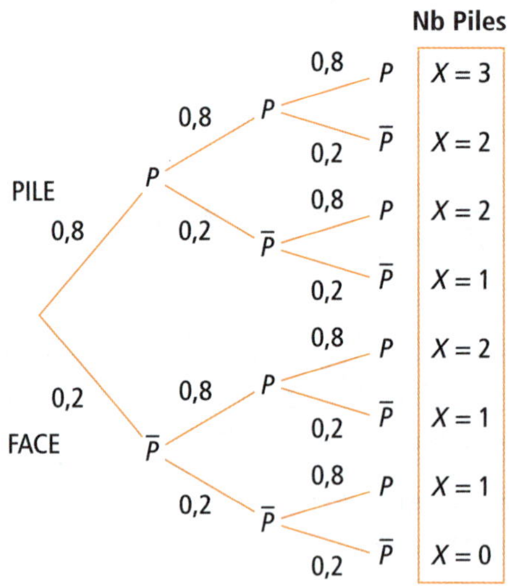

Coefficient binomial selon les cas

Un seul chemin mène à aucun succès et donc : $\binom{3}{0} = 1$.

Trois chemins mènent à un seul succès et donc : $\binom{3}{1} = 3$.

Trois chemins mènent à deux succès et donc : $\binom{3}{2} = 3$.

Un seul chemin mène à trois succès et donc : $\binom{3}{3} = 1$.

On remarque que : $\binom{3}{0} = \binom{3}{3} = 1$ et $\binom{3}{1} = \binom{3}{2} = 3$.

On en déduit la loi de probabilité de la variable aléatoire X. X peut prendre comme valeurs : 0, 1, 2 ou 3 et on a les probabilités correspondantes.

Par exemple :

$$P(X = 2) = \binom{3}{2} \times 0{,}8^2 \times 0{,}2^1 = 3 \times 0{,}8^2 \times 0{,}2 = 0{,}384.$$

• **Remarque :** Les coefficients binomiaux peuvent s'obtenir à l'aide du **triangle de Pascal**. Dans la première colonne, tous les coefficients binomiaux valent 1.
Chacun des termes d'une ligne est obtenue en additionnant le terme de la ligne immédiatement au-dessus avec celui juste à gauche de ce dernier.

n \ k	0	1	2	3	4	5
0	1					
1	1	1				
2	1	2	1			
3	1	3	3	1		
4	1	4	6	4	1	
5	1	5	10	10	5	1

Ici, par exemple, le 6 dans l'encadrement est obtenu en faisant 3 + 3 dans la ligne précédente.

Pour avoir $\binom{4}{3}$, on lit le coefficient situé ligne n° 4 et colonne n° 3.

On trouve $\binom{4}{3} = 4$. On a aussi $\binom{5}{2} = \binom{5}{3} = 10$.

• **Propriétés**

Soient n et k deux entiers naturels non nuls, avec k compris entre 1 et n.
On a :

$$\binom{n}{0} = \binom{n}{n} = 1 \; ; \; \binom{n}{k} = \binom{n}{n-k} \text{ et } \binom{n}{k} = \binom{n-1}{k} + \binom{n-1}{k-1}.$$

C Définition d'une loi binomiale

Soient n un entier naturel non nul et p un nombre réel de l'intervalle [0 ; 1].
On répète n expériences de Bernoulli, **identiques et indépendantes**.
La loi de probabilité de la variable aléatoire qui compte le nombre de succès parmi les n expériences, s'appelle **loi binomiale** de paramètres n et p. On la note $\mathcal{B}(n\,;p)$.

Ex. : Dans l'exemple précédent de la pièce de monnaie truquée lancée trois fois, la variable aléatoire X suit la loi binomiale de paramètres 3 et 0,8. On note $X \approx \mathcal{B}(3\,;0{,}8)$.

• **Théorème**

Soient n un entier naturel non nul et $p \in [0\,;1]$.
Si X est la variable aléatoire suivant la loi binomiale de paramètres n et p, pour tout entier naturel $k \leqslant n$, on a :

$$P(X=k) = \binom{n}{k} p^k (1-p)^{n-k}.$$

Ex. : On lance 5 fois de suite la pièce de monnaie truquée précédente (la probabilité d'obtenir pile étant de 0,8).
La variable aléatoire Y qui compte le nombre de piles suit la loi binomiale de paramètres 5 et 0,8 et :

$$P(Y=3) = \binom{5}{3} \times 0{,}8^3 \times 0{,}2^2 = 10 \times 0{,}8^3 \times 0{,}2^2 = 0{,}204\,8.$$

• **Remarque** : Soit X une variable aléatoire suivant une loi binomiale.
La plupart des calculatrices permettent de calculer $P(X=a)$, $P(X \leqslant a)$ et $P(a \leqslant X \leqslant b)$, pour a et b donnés.

Ex. : Pour la TI83, dans `2nd DISTR`, on a : `binompdf` pour $P(X=a)$ et `binomcdf` pour $P(X \leqslant a)$.

• **Théorème**

Soient n un entier naturel non nul et $p \in [0\,;1]$.
Si la variable aléatoire X suit la loi binomiale $\mathcal{B}(n\,;p)$, alors **l'espérance de $X = E(X) = np$.**

Ex. : La variable aléatoire Y qui suit la loi binomiale $\mathcal{B}(5\,;0{,}8)$ a pour espérance :

$$E(Y) = 5 \times 0{,}8 = 4.$$

Ce résultat peut être interprété en disant que sur 5 lancers de cette pièce, on obtient en moyenne 4 piles.

Exercices d'entraînement

Exercice 1 ★

Corrigé p. 342

La loi de probabilité d'une variable aléatoire X est donnée par le tableau ci-dessous :

x_i	0	1	2	4
$P(X = x_i)$	0,35		0,20	0,20

1. Compléter le tableau.
2. Calculer l'espérance de X.
3. Déterminer $P(X \leqslant 2)$ et $P(X > 3)$.

Exercice 2 ★★

Corrigé p. 342

Pour un jeu de grattage à 5 €, 15 millions de tickets peuvent être émis par la Française des Jeux. Les différents lots sont répartis ainsi :

Nombre de lots	Gain du lots en €
3	500 000
3	100 000
5	15 000
10	5 000
1 000	1 000
3 000	500
112 500	100
375 002	20
1 772 496	10
1 500 000	5
11 235 981	0

Tous les billets sont vendus.

1. Calculer la recette de la Française des Jeux.
2. Quelle est la somme totale redistribuée aux joueurs ?
3. Calculer, à 10^{-3} près, la probabilité de gagner le montant maximum et la probabilité de ne rien gagner.
4. On note X la variable aléatoire égale au gain du joueur.

Calculer l'espérance de X. Interpréter le résultat.

Exercice 3 ★★

Corrigé p. 342

Une variable aléatoire X suit la loi binomiale de paramètres 10 et 0,3.

Calculer $E(X)$ et déterminer, à 10^{-3} près, à l'aide de la calculatrice :

$P(X = 5)$; $P(X \leqslant 7)$; $P(X < 6)$; $P(X \geqslant 4)$ et $P(2 \leqslant X \leqslant 5)$.

Exercice 4 ★★

Corrigé p. 343

Un candidat passe un concours qui comporte un questionnaire à choix multiples noté sur 16. Ce Q.C.M a 8 questions indépendantes.

Pour chaque question, il y a 4 réponses possibles dont une seule est correcte et le candidat répond au hasard.

Chaque réponse juste rapporte 2 points.

Soit X la variable aléatoire qui compte le nombre de réponses exactes.

1. Quelle est la loi de probabilité de X ?
2. Quel est le nombre moyen de réponses exactes ?
3. À l'aide du triangle de Pascal, déterminer tous les coefficients binomiaux pour $n = 8$.
4. En utilisant les résultats précédents, calculer, à 10^{-6} près, les probabilités des évènements :

a) A : Le candidat a 16 au Q.C.M ;

b) B : Le candidat a 0 au Q.C.M ;

c) C : Le candidat a 4 au Q.C.M.

Exercice 5 ★★

Corrigé p. 343

Une usine fabrique en grande quantité des puces GPS pour la téléphonie mobile.

On admet que 97 % des pièces produites sont conformes.

On note X la variable aléatoire qui, à tout échantillon de 80 pièces prises au hasard dans la production, associe le nombre de pièces non conformes.

La production est assez importante pour qu'on puisse assimiler tout échantillon de 80 pièces à un échantillon aléatoire prélevé avec remise.

1. Justifier que la variable aléatoire X suit une loi binomiale dont on déterminera les paramètres.

2. Déterminer l'espérance de X.
Interpréter le résultat.

3. Calculer, à 10^{-6} près, les probabilités des évènements suivants :

a) A : on a exactement cinq pièces non conformes ;

b) B : on a au moins une pièce non conforme ;

c) C : on a au plus trois pièces non conformes.

Exercice 6 ★★ Corrigé p. 343

On considère le programme Python ci-dessous.

```
from random import*
s = 0
for i in range(0,60):
    r = randint(1,10)
    if r == 10:
        s = s+1
```

1. Que fait ce programme ?

2. Quelle est la probabilité, à 10^{-3} près, que la valeur de la variable s à la fin du programme soit comprise entre 4 et 7 inclus ?

Exercice 7 ★★★ Corrigé p. 343

Une compagnie aérienne dispose d'un avion de 574 places.
Les comportements des passagers sont indépendants les uns des autres et la probabilité qu'un passager soit présent à l'embarquement est de 0,95.

1. On suppose dans cette question que la compagnie a vendu exactement 574 places et on nomme X la variable aléatoire égale au nombre de passagers qui embarquent parmi les 574 possibles.

a) Quelle loi de probabilité suit X ?
On précisera ses paramètres.

b) Quelle est l'espérance de X ?
Interpréter le résultat.

c) La compagnie estime que les bénéfices sont satisfaisants s'il y a plus de 540 passagers sur un vol.
Quelle est, à 10^{-3} près, la probabilité que les bénéfices ne soient pas satisfaisants ?

2. Pour maximiser les bénéfices, la compagnie décide de vendre sur chaque vol 595 billets.
On note Y la variable aléatoire égale au nombre de passagers qui embarquent parmi les 595 possibles.
Déterminer le risque de surbooking, c'est-à-dire la probabilité qu'il y ait plus de passagers que de places disponibles.
On donnera le résultat en pourcentage avec une décimale.

10 Séries statistiques à deux variables

1 Séries statistiques à deux variables

- Sur une même **population**, on peut étudier plusieurs **caractères quantitatifs**.

Ex. : Sur la production d'une usine fabriquant des **tiges en acier**, on s'intéresse à la **teneur en carbone** de chaque tige et à la **charge de rupture** de celle-ci.
Ou encore, dans une classe, on recueille les **poids** et les **tailles** des **élèves**.

- Le but est de déterminer s'il peut exister un lien entre les deux caractères étudiés.

A Définition

Soient x et y deux caractères quantitatifs d'une population.
À chaque individu de la population, on associe un couple $(x_i\,;y_i)$ où x_i et y_i sont des valeurs prises par les caractères x et y.
Une série statistique à deux variables est l'ensemble de tous ces couples.

Ex. : Une usine produit des tiges en acier.
Voici les résultats des tests obtenus en laboratoire concernant la charge de rupture y_i en kilogramme, en fonction de la teneur en carbone x_i en pourcentage.

x_i	0,60	0,62	0,64	0,66	0,68	0,70	0,74
y_i	71	75	74	79	79	87	95

B Nuage de points

Soit une série statistique à deux variables x et y prenant respectivement les valeurs $x_1, x_2, \ldots, x_n$ et $y_1, y_2, \ldots, y_n$. Le plan étant muni d'un repère, on associe au couple $(x_i\,;y_i)$, de la série statistique double, le point $M_i\,(x_i\,;y_i)$.
Le nuage de points est l'ensemble des points M_i obtenus qui représentent la série statistique.

Ex. : On construit le nuage de points associé à la série statistique précédente dans le repère ci-contre où l'on numérote l'axe des abscisses à partir de 0,55 et l'axe des ordonnées à partir de 50.

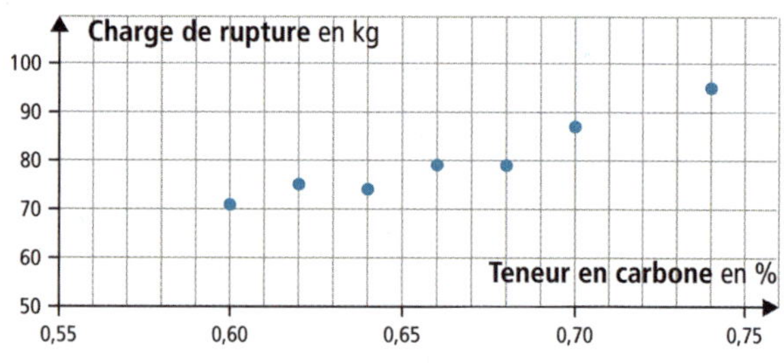

C Point moyen

Soit une série statistique à deux variables x et y prenant respectivement les valeurs $x_1, x_2, \ldots, x_n$ et $y_1, y_2, \ldots, y_n$.
Le point moyen du nuage statistique est le point $G(\overline{x}\,;\overline{y})$ où $\overline{x}$ est la moyenne arithmétique des x_i et $\overline{y}$ la moyenne arithmétique des y_i.

Ex. : Toujours dans l'exemple de la charge de rupture des tiges en aciers en fonction de la teneur en carbone, on a :

$$\overline{x} = \frac{0{,}60 + 0{,}62 + \cdots + 0{,}74}{7} \approx 0{,}66 \text{ et } \overline{y} = \frac{71 + 75 + \cdots + 95}{7} = 80.$$

Le point moyen G a pour coordonnées (0,66 ; 80).

2 Ajustement affine

A Définition

Étant donnés une série statistique double et son nuage de points, on peut chercher une fonction f dont la courbe représentative $\mathscr{C}$ passe « le plus près possible » des points du nuage.
Le problème de l'ajustement consiste à déterminer cette fonction f.
L'ajustement est dit affine lorsque le graphe $\mathscr{C}$ de cette fonction est une droite.

B Ajustement au jugé

Si les points du nuage statistique d'une série double semblent alignés, on peut tracer une droite d'ajustement affine au jugé, c'est-à-dire, visuellement au plus proche des points du nuage.

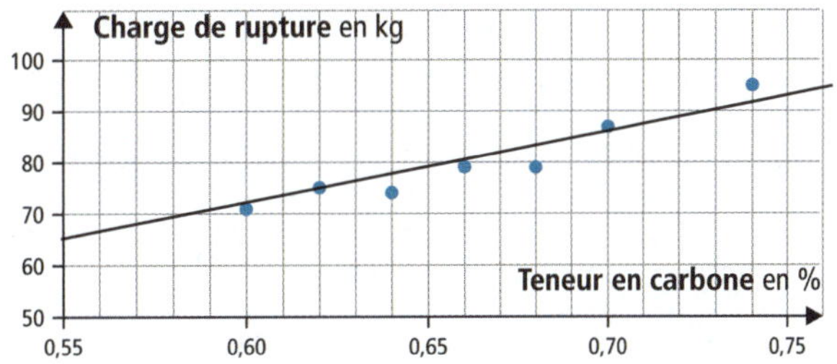

Ex. : On construit dans le repère précédent une droite passant au plus près des points.
Il y a une infinité de choix et donc cette droite n'est pas unique.

Remarque

Un ajustement permet d'obtenir des estimations pour des données manquantes d'une série statistique.
Avec la droite d'ajustement construite dans le graphique précédent, on peut estimer par lecture graphique que pour une teneur en carbone de 0,58, la charge de rupture est d'environ 70 kg.

C Moindres carrés

On considère une série statistique double et son nuage de points $M_i(x_i\,;y_i)$ avec i compris entre 1 et n.
Soit une droite D d'équation $y = ax + b$. À chaque point $M_i(x_i\,;y_i)$ du nuage de points, on associe le point $P_i(x_i\,;ax_i + b)$ d'abscisse x_i de la droite D.
Pour chaque i, on calcule les carrés des distances (P_iM_i), et on les ajoute pour obtenir E :

$$E = \sum_{i=1}^{n}(P_iM_i)^2 = \sum_{i=1}^{n}\big(y_i - (ax_i + b)\big)^2.$$

La méthode des moindres carrés consiste à déterminer les valeurs de a et b pour que la somme E soit la plus petite possible.

D Théorème

On démontre et on admettra que la droite obtenue par la méthode des moindres carrés a pour équation $y = ax + b$ avec :

$$a = \frac{\sum_{i=1}^{n}(x_i - \overline{x})(y_i - \overline{y})}{\sum_{i=1}^{n}(x_i - \overline{x})^2}$$ **et** $b = \overline{y} - a\overline{x}$ **, où** $\overline{x}$ **et** $\overline{y}$ **sont les moyennes respectives des** x_i **et** y_i**.**

E Remarques

- La droite des moindres carrés passe par le point moyen $G(\bar{x}\,;\bar{y})$ du nuage de points.
- Une équation de la droite des moindres carrés peut s'obtenir à l'aide d'une calculatrice ou d'un tableur.

Ex. : À l'aide d'une calculatrice, on obtient, en entrant les valeurs de la série statistique, une équation de la droite d'ajustement affine obtenue par la méthode des moindres carrés.
Toujours dans exemple de l'usine, cette droite a, en arrondissant les coefficients à 10^{-2} près, pour équation : $y = 166{,}39x - 30{,}30$.
Ce qui nous permet de voir que, pour une teneur en carbone de 58 % soit 0,58, la charge de rupture est à peu près de 66,21 kg car $166{,}39 \times 0{,}58 - 30{,}30 \approx 66{,}21$.
Réciproquement, pour obtenir une charge de rupture de 100 kg, la teneur en carbone x est à peu près de 78 % car $100 = 166{,}39x - 30{,}30 \Leftrightarrow 166{,}39x = 130{,}30 \Leftrightarrow x = \dfrac{130{,}30}{166{,}39} \approx 0{,}78$.

Appliquer le cours

Un circuit électrique permet d'observer les variations de la tension U (en V) aux bornes d'une lampe quand on augmente l'intensité I (en mA) du courant.
On a relevé les résultats suivants :

I	36	51	81	100	132	155
U	0,1	0,2	0,5	0,8	1,5	2

Une représentation graphique permet de constater que le nuage de points ne peut être ajusté par une droite.
On pose $x = \ln(I)$ et $y = \ln(U)$.
Tous les résultats des questions seront donnés avec une décimale.
1. Dresser le tableau des valeurs prises par x et y.
2. Déterminer une équation de la droite d'ajustement de y en x par la méthode des moindres carrés.
3. En déduire les constantes k_1 et k_2 telles que $U = k_1 \times 10^{-5}\, I^{k_2}$
4. Quelle tension peut-on prévoir pour une intensité de 250 mA ?

Solution

1. On obtient le tableau suivant :

x	3,6	3,9	4,4	4,6	4,9	5,0
y	- 2,3	- 1,6	- 0,7	- 0,2	0,4	0,7

2. Si on construit le nouveau nuage statistique, on constate que les points du nuage sont pratiquement alignés et donc on peut procéder à un ajustement affine de y en x.
À l'aide d'une calculatrice, on obtient :
$y = 2{,}1x - 9{,}8$.
3. Par suite, $\ln(U) = 2{,}1\ \ln(I) - 9{,}8$
$\Leftrightarrow U = e^{2{,}1\ln(I) - 9{,}8} = e^{2{,}1\ln(I)} \times e^{-9{,}8}$
$\Leftrightarrow U = e^{\ln(I^{2{,}1})} \times e^{-9{,}8} = e^{-9{,}8} \times I^{2{,}1}$
$\Leftrightarrow U \approx 5{,}5 \times 10^{-5}\, I^{2{,}1}$.
On a utilisé que :
$e^{a+b} = e^a \times e^b$
$\alpha\ln(a) = \ln(a^\alpha)$ et $e^{\ln(a)} = a$ si $a > 0$.
4. On remplace I par 250 dans l'équation déterminée en 3.
On obtient :
$U \approx 5{,}5 \times 10^{-5} \times 250^{2{,}1} \approx 6{,}0$ V.

Remarque

Dans l'exercice précédent, on peut aussi poser $x = \log(I)$ et $y = \log(U)$.
On obtient alors : $y = 2{,}2x - 4{,}5$ et donc $U = 10^{-4{,}5} I^{2{,}2}$, soit $U \approx 3{,}2 \times 10^{-5} I^{2{,}2}$.
La différence des relations obtenues sont dues aux erreurs d'arrondis.
Cependant, on retrouve bien le même résultat à la question 4.

Exercices d'entraînement

Exercice 1 ★

Corrigé p. 344

Le thermostat intérieur d'une maison, chauffée au gaz, a été programmé pour obtenir une température constante.
La consommation journalière C en gaz (en kWh), en fonction de l'écart de température t (en °C) entre cette température et la température extérieure, est donnée dans le tableau suivant :

Écart de température t (°C)	Consommation de gaz C (kWh)
15	250
16,5	255
17	268
18	285
19	292
19,5	304
20	311
20,5	319
21	320
22	338

1. Construire dans un repère le nuage de points associé à cette série statistique.

2. Donner les coordonnées du point moyen G de cette série.

3. Peut-on envisager un ajustement affine ?

4. Déterminer une équation de la droite d'ajustement obtenue par la méthode des moindres carrés.
Les coefficients seront arrondis au millième.

5. Pour la suite, on prendra, comme droite d'ajustement, la droite d'équation :

$$C = 13{,}29t + 43{,}75.$$

a) Tracer cette droite dans le repère.

b) Donner, à l'aide de cet ajustement, une estimation, à 10^{-2} près, de la consommation de gaz pour un écart de température avec l'extérieur de 14 °C.

c) Grâce à ce modèle, estimer, à 10^{-2} près, l'écart de température avec l'extérieur pour une consommation journalière de 356 kWh.

Exercice 2 ★

Corrigé p. 344

L'agence internationale de l'énergie a publié en 2018 l'évolution de la production d'électricité photovoltaïque en France :

Années	Rang de l'année x_i	Production (GWh) p_i
2006	0	12
2007	1	18
2008	2	42
2009	3	174
2010	4	620
2011	5	2 078
2012	6	4 016
2013	7	4 735
2014	8	5 913
2015	9	7 262
2016	10	8 160
2017	11	9 200
2018	12	10 200

1. Vérifier qu'à partir de 2010, on peut envisager un ajustement affine pour la série statistique $(x_i\,;p_i)$.

2. Déterminer alors une équation de la droite d'ajustement obtenue par la méthode des moindres carrés dans cette situation.
On arrondira les coefficients à 10^{-1} près.

3. Selon ce modèle, à partir de quelle année la production dépassera-t-elle 30 000 GWh ?

Exercice 3 ★★

Corrigé p. 344

On a relevé, sur route sèche, les distances de freinage d_F (en m) d'un véhicule en fonction de sa vitesse v (en km/h) :

v	30	50	70	110	120	130
d_F	5	13	25	60	72	93

1. Représenter le nuage statistique et expliquer pourquoi un ajustement affine n'est pas envisageable ici.

2. Comme la forme du nuage de points semble être parabolique, on étudie plutôt le nuage de points associé à $V = v^2$.

Compléter le tableau ci-dessous :

V	900					
d_F	5	13	25	60	72	93

3. Représenter le nuage de points associé à la série $(V\,;d_F)$.
Peut-on envisager un ajustement affine ?

4. Donner à 10^{-4} près, une équation de la droite d'ajustement de d_F en V par la méthode des moindres carrées, puis une relation entre d_F et v.

5. En déduire une estimation de la distance de freinage, au mètre près, d'un véhicule roulant à 150 km/h.

Exercice 4 ★★★

Corrigé p. 345

Le tableau ci-dessous donne l'évolution de la population globale de l'Allemagne de 1958 à 2017.

Années	Rang de l'année x_i	Population y_i (en millions)
1958	0	71,5
1963	5	74,4
1968	10	77
1975	17	78,7
1992	34	81
1998	40	82,1
2006	48	82,3
2010	52	81,8
2017	59	82,8

1. Expliquer pourquoi un ajustement affine n'est pas envisageable ici.

2. Le nuage de points présente une forme logarithmique.
On étudie alors le nuage de points $(x_i\,;z_i)$ avec $z_i = 6^{\frac{y_i}{100}}$.

Compléter, en arrondissant à 10^{-3}, le tableau ci-dessous :

x_i	$z_i = 6^{\frac{y_i}{100}}$
0	3,601
5	
10	
17	
34	
40	
48	
52	
59	

3. Peut-on envisager un ajustement affine pour le nuage de points associés à la série $(x_i\,;z_i)$?

4. Donner, à 10^{-4} près, une équation de la droite d'ajustement affine obtenue par la méthode des moindres carrés.

On l'exprimera sous la forme $z = ax + b$.
En déduire l'expression y du nombre d'habitants, en fonction du rang x des années.

5. Selon ce modèle, quelle était la population globale de l'Allemagne en 1985 ?

6. L'algorithme ci-dessous, après exécution, affiche 102.
Comment interpréter ce résultat dans le contexte de l'exercice ?

```
from math import*
def y(x):
  return (100/log10(6))*log10(
0.0123*x+3.7704)
x = 59
while y(x)<90:
  x = x+1
print(x)
```

Exercice 5 ★★★

Corrigé p. 345

Une usine a décidé depuis 2005 de réduire sa production de déchets non recyclables.
On note, dans le tableau ci-dessous, y_n la production de déchet non recyclables de l'année $2005 + n$, exprimée en tonnes, et on construit le nuage de points associé à la série $(n\ ;\ y_n)$.

Années	n	y_n
2005	0	25,3
2006	1	15,2
2007	2	9,8
2008	3	7,4
2009	4	6,3
2010	5	5,4
2011	6	5

Années	n	y_n
2012	7	4,5
2013	8	4,8
2014	9	4,2
2015	10	4,3
2016	11	3,7
2017	12	3,1
2018	13	2,9

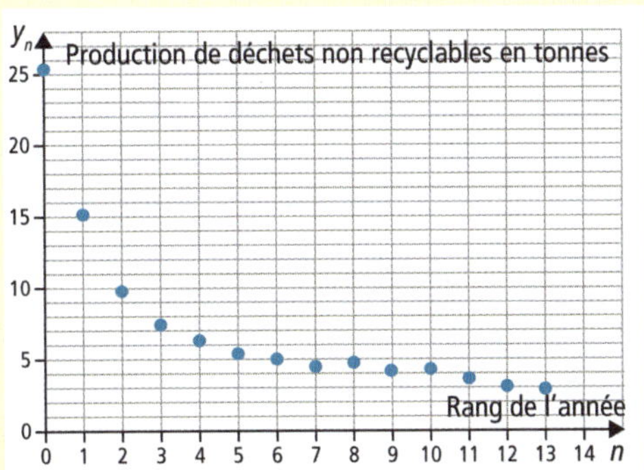

La forme du nuage n'étant pas allongée, on considère la série $(n\ ;\ z_n)$ avec $z_n = \log(4y_n)$.

1. Justifier que l'on peut envisager un ajustement affine pour la série $(n\ ;\ z_n)$.
On arrondira les z_n, à 10^{-3} près.

2. Déterminer une équation de la droite d'ajustement affine pour cette série obtenue par la méthode des moindres carrés.
On l'exprimera sous la forme $z = an + b$, avec a et b arrondis à 10^{-3} près.

3. À partir de quelle année cette usine pourra, selon ce modèle, produire moins de deux tonnes de déchets non recyclables ?

MATHS

11 Nombres complexes

Spécialité Maths

1 Rappels

A Forme algébrique

- Pour tout nombre complexe z, il existe un couple unique de nombres réels $(a\,;b)$ tel que :

$$z = a + ib \text{ avec } i^2 = -1.$$

C'est **la forme algébrique** de z.
On dit aussi forme cartésienne ou rectangulaire (pour les calculatrices).

- Les nombres réels a et b s'appellent respectivement **partie réelle** et **partie imaginaire** de z.

On note : $$a = \text{Re}(z) \text{ et } b = \text{Im}(z).$$

- **Le conjugué** de $z = a + ib$, noté $\overline{z}$, est défini par : $\overline{z} = a - ib$.

On a : $$z\overline{z} = a^2 + b^2.$$

B Représentation graphique

On munit le plan d'un repère orthonormé $(O, \vec{u}, \vec{v})$.

- À tout nombre complexe $z = a + ib$, on peut associer de manière unique le point $M(a\,;b)$.

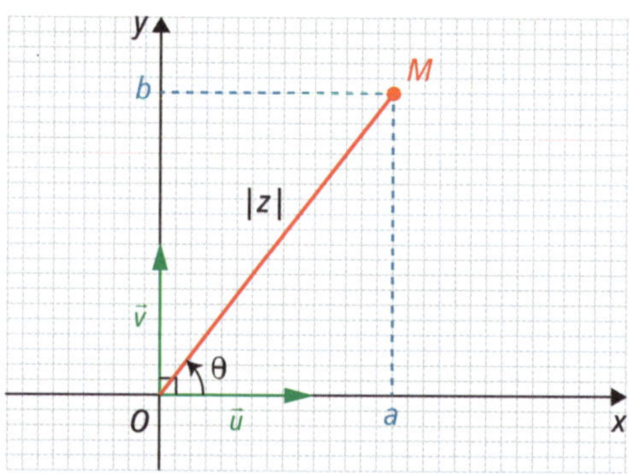

On dit que M est **l'image** de z ou que z est **l'affixe** de M ou du vecteur $\overrightarrow{OM}$.

- Si z est l'affixe de M et z' l'affixe de M', alors le vecteur $\overrightarrow{MM'}$ a pour affixe $z' - z$.

C Forme trigonométrique

- Pour tout nombre complexe z **non nul**, il existe un unique couple de réels $(r\,;\theta)$ avec $r > 0$ et $\theta \in]-\pi\,;\pi]$, tel que :

$$z = r(\cos\theta + i\sin\theta).$$

C'est la **forme trigonométrique** de z. On note $z = [r\,;\theta]$.

- Soit $M(a\,;b)$ le point d'affixe $z = a + ib$.
- r est **le module** de z : $r = |z| = OM = \sqrt{a^2 + b^2}$.
- θ est **un argument** de z : **$\theta = \arg(z)$ = mesure de l'angle $(\vec{u}, \overrightarrow{OM})$ si z est non nul.**

> **Remarque**
> Tout nombre complexe z non nul, possède une infinité d'arguments, tous égaux à 2π près.
> Il en existe un et un seul sur $]-\pi\,;\pi]$.

Appliquer le cours

Soit $z = 1 - i\sqrt{3}$.
Donner z sous forme trigonométrique.

Solution

On détermine d'abord le module de z.

$|z| = OM = \sqrt{1^2 + (-\sqrt{3})^2} = \sqrt{1+3} = \sqrt{4} = 2.$

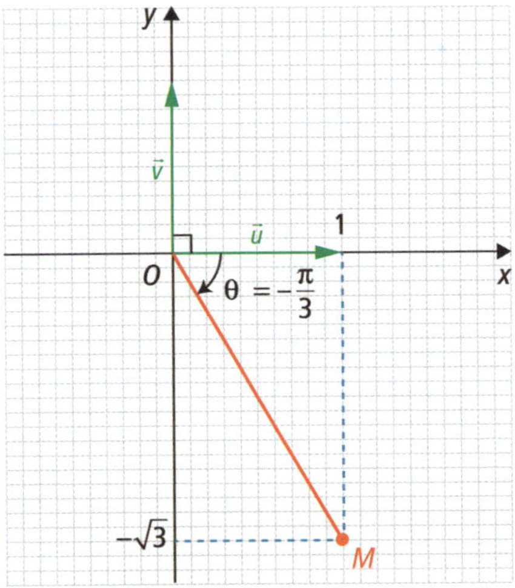

On note $\theta = \arg(z)$,

$\cos(\theta) = \frac{\mathrm{Re}(z)}{|z|} = \frac{1}{2}$

et $\sin(\theta) = \frac{\mathrm{Im}(z)}{|z|} = -\frac{\sqrt{3}}{2}$.

On a : $\theta = -\frac{\pi}{3}$ car $-\frac{\pi}{3} \in]-\pi\ ;\ \pi]$, et :

$$z = 2\left(\cos\left(-\frac{\pi}{3}\right) + i\sin\left(-\frac{\pi}{3}\right)\right)$$

$$= 2\left(\cos\left(\frac{\pi}{3}\right) - i\sin\left(\frac{\pi}{3}\right)\right) = \left[2\ ;-\frac{\pi}{3}\right].$$

Rappel

$\cos\left(-\frac{\pi}{3}\right) = \cos\left(\frac{\pi}{3}\right)$ et $\sin\left(-\frac{\pi}{3}\right) = -\sin\left(\frac{\pi}{3}\right)$.

D Propriétés

Soient z et z' deux nombres complexes **non nuls**.

- $|z \times z'| = |z| \times |z'|$
- $\left|\frac{z}{z'}\right| = \frac{|z|}{|z'|}$
- **$\arg(z \times z') = \arg(z) + \arg(z')[2\pi]$**
- **$\arg\left(\frac{z}{z'}\right) = \arg(z) - \arg(z')[2\pi]$**

2 Forme exponentielle

COMPRENDRE EN VIDÉO

Écrire un nombre complexe sans forme exponentielle.

A Exponentielle complexe

Pour tout nombre réel θ, on a : $e^{i\theta} = \cos(\theta) + i\sin(\theta)$.

C'est **la notation d'Euler**.

Ex. : • $e^{i\times 0} = e^0 = \cos(0) + i\sin(0) = 1 + i \times 0 = 1 + 0 = 1.$

• $e^{i\pi/2} = \cos\left(\frac{\pi}{2}\right) + i\sin\left(\frac{\pi}{2}\right) = 0 + i \times 1 = 0 + i = i.$

Info !

Leonhard Euler (1707 – 1783), est un mathématicien et physicien suisse.

B Théorème

On sait que pour tout nombre complexe z **non nul**, $z = r(\cos\theta + i\sin\theta)$, avec $r > 0$ et $\theta \in]-\pi\ ;\ \pi]$, est la forme trigonométrique de z.

On peut donc écrire : $z = re^{i\theta}$.

C'est **la forme exponentielle** de z.

Ex. : Pour $z = 1 - i\sqrt{3}$, nous avions $|z| = 2$ et $\arg(z) = -\dfrac{\pi}{3}$ et donc : $z = 2e^{-i\pi/3}$.

C Propriétés

Pour tous nombres réels θ et θ', pour tout **entier relatif** n :

- $|e^{i\theta}| = 1$
- $\arg(e^{i\theta}) = \theta$
- $\dfrac{1}{e^{i\theta}} = e^{-i\theta}$
- $\overline{e^{i\theta}} = e^{-i\theta}$
- $e^{i\theta} \times e^{i\theta'} = e^{i(\theta+\theta')}$
- $\dfrac{e^{i\theta}}{e^{i\theta'}} = e^{i(\theta-\theta')}$
- $(e^{i\theta})^n = e^{ni\theta}$

D Conséquences

Soit θ un nombre réel.

- $\cos(\theta) = \dfrac{e^{i\theta} + e^{-i\theta}}{2}$
- $\sin(\theta) = \dfrac{e^{i\theta} - e^{-i\theta}}{2i}$
- $\cos^2(\theta) + \sin^2(\theta) = 1$.

3 Formules de trigonométrie

A Formules d'addition

Soient a et b deux nombres réels.

- $\cos(a + b) = \cos(a)\cos(b) - \sin(a)\sin(b)$
- $\cos(a - b) = \cos(a)\cos(b) + \sin(a)\sin(b)$
- $\sin(a + b) = \sin(a)\cos(b) + \sin(b)\cos(a)$
- $\sin(a - b) = \sin(a)\cos(b) - \sin(b)\cos(a)$

B Formules de duplication

Soit a un nombre réel.

- $\cos(2a) = 2\cos^2(a) - 1 = 1 - 2\sin^2(a)$
- $\sin(2a) = 2\sin(a)\cos(a)$

C Formules de linéarisation

Soit a un nombre réel.

- $\cos^2(a) = \dfrac{1 + \cos(2a)}{2}$
- $\sin^2(a) = \dfrac{1 - \cos(2a)}{2}$

4 Équations dans $\mathbb{C}$

A Équation du premier degré

Pour résoudre une équation du premier degré dans $\mathbb{C}$, on procède exactement de la même façon que dans $\mathbb{R}$.
C'est-à-dire que l'on cherche à isoler l'inconnue dans l'un des deux membres de l'équation.

Ex. : $3(z + 2i) = 2iz - 3 \Leftrightarrow 3z + 6i = 2iz - 3$
$\Leftrightarrow 3z - 2iz = -3 - 6i \Leftrightarrow (3 - 2i)z = -3 - 6i \Leftrightarrow z = \dfrac{-3-6i}{3-2i}$

$$\Leftrightarrow z = \frac{-3-6i}{3-2i} \times \frac{3+2i}{3+2i} = \frac{(-3-6i)(3+2i)}{(3-2i)(3+2i)} = \frac{-9-6i-18i-12i^2}{9+4}$$

$$= \frac{-9-24i+12}{13} = \frac{3-24i}{13} = \frac{3}{13} - \frac{24}{13}i.$$

L'équation $3(z + 2i) = 2iz - 3$ admet une solution unique : $z = \dfrac{3}{13} - \dfrac{24}{13}i$.

B Équations $z^2 = a$ avec $a \in \mathbb{R}$

Soit a un nombre réel.

- Si $a = 0$, l'équation $z^2 = a$ admet **une seule solution réelle :** $\boldsymbol{z = 0}$
- Si $a \geqslant 0$, l'équation $z^2 = a$ admet **deux solutions réelles :** $\boldsymbol{z = -\sqrt{a}}$ et $\boldsymbol{z = \sqrt{a}}$.
- Si $a < 0$, l'équation $z^2 = a$ admet **deux solutions imaginaires pures :** $\boldsymbol{z = -i\sqrt{-a}}$ et $\boldsymbol{z = i\sqrt{-a}}$.

Ex. : L'équation $z^2 = -2 \Leftrightarrow z^2 = 2i^2$ admet comme solutions : $z = -i\sqrt{2}$ et $z = i\sqrt{2}$.

5 Application à la géométrie

A Translation

Soit $z_0 \in \mathbb{C}$.
La transformation du plan complexe qui à tout point M d'affixe z associe le point M' d'affixe $\boldsymbol{z' = z + z_0}$ est **la translation** de vecteur d'affixe z_0.

Preuve. Si $z' = z + z_0$, alors $z' - z = z_0$, c'est-à-dire : $z_{\overrightarrow{MM'}} = z_0$.
L'affixe du vecteur $\overrightarrow{MM'}$ vaut bien z_0.

B Rotation de centre O

Soit $\theta \in \mathbb{R}$.
La transformation du plan complexe qui à tout point M d'affixe z associe le point M' d'affixe $\boldsymbol{z' = e^{i\theta}z}$ est **la rotation** de centre O et d'angle θ.

Preuve. $OM' = |z' - z_O| = |e^{i\theta}z - 0| = |e^{i\theta}z| = |e^{i\theta}| \times |z| = 1 \times |z| = OM$.
Les points M et M' sont bien sur un même cercle de centre O.
De plus, $\arg(z') = \arg(e^{i\theta}z) = \arg(e^{i\theta}) + \arg(z) = \theta + \arg(z)$.

Ainsi, on a : mesure $(\widehat{\overrightarrow{OM}, \overrightarrow{OM'}}) = \theta$.

C Homothétie de centre O

Soit $k \in \mathbb{R}$.

La transformation du plan complexe qui à tout point M d'affixe z associe le point M' d'affixe $z' = kz$ est **l'homothétie** de centre O et de rapport k.

Preuve. $z_{\overrightarrow{OM'}} = z' = kz = kz_{\overrightarrow{OM}}$.

Ainsi, on a : $\overrightarrow{OM'} = k\overrightarrow{OM}$.

Exercices d'entraînement

Exercice 1 ★

Corrigé p. 345

Donner la forme algébrique des nombres complexes ci-dessous :

- $z_1 = e^{i\pi}$
- $z_2 = e^{-i\frac{\pi}{3}}$
- $z_3 = 2e^{i\frac{3\pi}{4}}$
- $z_4 = 10e^{i\frac{\pi}{6}}$
- $z_5 = e^{i\frac{7\pi}{12}}e^{-i\frac{\pi}{3}}$
- $z_6 = \left(e^{-i\frac{5\pi}{36}}\right)^6$

Exercice 2 ★

Corrigé p. 346

Écrire sous forme exponentielle les nombres complexes suivants :

- $z_1 = 5 - 5i$
- $z_2 = -\sqrt{3} + 3i$
- $z_3 = \dfrac{z_1}{z_2}$
- $z_4 = (1 + i)^{10}$

Exercice 3 ★

Corrigé p. 346

1. En utilisant la formule $\cos(x) = \dfrac{e^{ix} + e^{-ix}}{2}$, démontrer que $\cos^2(x) = \dfrac{1}{2} + \dfrac{1}{2}\cos(2x)$.

2. Déterminer alors $\displaystyle\int_{-\pi}^{\pi} \cos^2(x)\,dx$.

Exercice 4 ★

Corrigé p. 346

1. Montrer que pour tout réel t :
$$4\cos\left(2\pi t + \frac{\pi}{4}\right) = 2\sqrt{2}\cos(2\pi t) - 2\sqrt{2}\sin(2\pi t).$$

2. Montrer que pour tout réel t :
$$2\sin\left(5\pi t - \frac{2\pi}{3}\right) = -\sin(5\pi t) - \sqrt{3}\cos(5\pi t).$$

Exercice 5 ★★

Corrigé p. 347

On considère le nombre complexe $z = \sqrt{6} - 3\sqrt{2}i$ et la fonction u définie sur $\mathbb{R}$ par :
$$u(t) = \sqrt{6}\cos(30\pi t) - 3\sqrt{2}\sin(30\pi t).$$

1. Écrire z sous forme exponentielle.

2. En déduire les valeurs des réels A et φ tels que : $u(t) = A(\cos(\varphi)\cos(30\pi t) - \sin(\varphi)\sin(30\pi t))$.

3. Écrire $u(t)$ à l'aide d'un seul cosinus.

Exercice 6 ★★

Corrigé p. 347

Un signal sinusoïdal s est représenté par :
$$s(t) = S_{eff}\sqrt{2}\sin(\omega t + \varphi),$$
où S_{eff} est la valeur efficace du signal, ω la pulsation, en rad·s^{-1} et φ la phase à l'origine, en rad.
On rappelle que $\omega = 2\pi f$, où f est la fréquence du signal, en Hz.

1. La tension électrique délivrée en France est un signal sinusoïdal u de valeur efficace 230 V et de fréquence 50 Hz.
Exprimer $u(t)$ à l'aide de la formule précédente en prenant $\varphi = 0$.

2. Un signal sinusoïdal s est donné par :
$$s(t) = 3\sin(100\pi t) + 3\cos(100\pi t).$$
Déterminer les valeurs S_{eff}, ω et φ associées à ce signal.

Exercice 7 ★★

Corrigé p. 347

Résoudre les équations suivantes en écrivant les solutions sous forme algébrique :

1. $(3 - i)z = 2$

2. $(3 - 2i)z = 3 + 5iz + 2i$

3. $z^2 = 27$

4. $z^2 = -18$

5. $3z^2 + 7 = 0$

Exercice 8 ★★

Corrigé p. 347

Le plan complexe est muni d'un repère orthonormé direct $(O,\vec{u},\vec{v})$.

Soit A le point d'affixe $z_A = 2e^{i\frac{\pi}{3}}$.

On note f la transformation du plan qui à tout point M d'affixe z associe le point M' d'affixe $z' = iz$.

Soit g l'homothétie de centre O et de rapport $\frac{5}{4}$.

1. Soit B le point défini par $f(A)$.
Écrire z_B, l'affixe de B, sous forme exponentielle.

2. Soit C le point défini par $g(B)$.
Écrire z_C, l'affixe de C, sous forme exponentielle.

3. Quelle est la nature du triangle OAC ?

Exercice 9 ★★★

Corrigé p. 348

Le plan complexe est rapporté à un repère orthonormal direct $(O,\vec{u},\vec{v})$.

1. On considère l'équation (E) d'inconnue z :

$$(2 - i)z = 2 - 6i.$$

a) Résoudre dans $\mathbb{C}$ l'équation (E).
On notera z_1 la solution de (E) que l'on écrira sous forme algébrique.

b) Déterminer la forme exponentielle de z_1.

c) Soit z_2 le nombre complexe défini par :

$$z_2 = e^{-i\frac{\pi}{2}} \times z_1.$$

Déterminer les formes exponentielle et algébrique de z_2.

2. Soit A, B et C les points du plan d'affixes respectives : $z_A = 2 - 2i$, $z_B = -2 - 2i$ et $z_C = -4i$.

a) Calculer le produit scalaire $\overrightarrow{CA} \cdot \overrightarrow{CB}$.

b) Déterminer la nature du triangle ABC.

Exercice 10 ★★★

Corrigé p. 348

On considère les nombres complexes z_1, z_2 et z_3 définis par :

$$z_1 = 1 + i\sqrt{3} \;;\; z_2 = e^{-i\frac{\pi}{4}} \text{ et } z_3 = e^{i\frac{\pi}{12}}.$$

1. Déterminer l'écriture exponentielle de z_1.

2. Déterminer l'écriture algébrique de z_2.

3. Démontrer que : $z_1 \times z_2 = 2z_3$.

4. En déduire :

a) L'écriture algébrique de z_3.

b) $\cos\left(\frac{\pi}{12}\right)$ et $\sin\left(\frac{\pi}{12}\right)$.

Exercice 11 ★★

Corrigé p. 348

Dans le plan complexe muni d'un repère orthonormé direct $(O,\vec{u},\vec{v})$, on considère les points A, B et C d'affixes $z_A = 2 + 4i$; $z_B = 1 + i$ et $z_C = \frac{1}{3} - i$.

Les points A, B et C sont-ils alignés ?
Justifier la réponse.

Exercice 12 ★★

Corrigé p. 348

Dans le plan complexe muni d'un repère orthonormé direct $(O,\vec{u},\vec{v})$, on considère les points A et B d'affixes $z_A = \frac{3}{2} + \frac{\sqrt{3}}{2}i$ et $z_B = 3\sqrt{6} + 3\sqrt{2}i$.

1. Démontrer que les points O, A et B sont alignés.

2. En déduire que B est l'image de A par une homothétie de centre O dont on déterminera le rapport.

Exercice 13 ★★★

Corrigé p. 349

Dans le plan complexe muni d'un repère orthonormé direct $(O,\vec{u},\vec{v})$, on considère les points A, B et C d'affixes respectives : $a = 4$; $b = 1 + i\sqrt{3}$ et $c = 1 - i\sqrt{3}$.

1. Montrer que le triangle ABC est équilatéral.

2. On note K le point d'affixe $k = -\sqrt{3} + i$.
On appelle F l'image de K par la rotation de centre O et d'angle $\frac{\pi}{3}$ et G l'image de K par la translation de vecteur $\overrightarrow{OB}$.

a) Déterminer les affixes f et g des points F et G.

b) Démontrer que (OC) et (OF) sont perpendiculaires.

c) Soit H le point tel que $COFH$ soit un parallélogramme.
Déterminer l'affixe h de H.

d) Que peut-on dire de plus du parallélogramme $COFH$?

Exercice 14 ★★

Corrigé p. 349

Dans le plan complexe muni d'un repère orthonormé direct $(O,\vec{u},\vec{v})$, on représente les extrémités des pales d'une éolienne par le point A de coordonnées (0 ; 3) et par les points B et C d'affixes respectives : $z_B = \frac{3\sqrt{3}}{2} - \frac{3}{2}\mathrm{i}$ et $z_C = 3\mathrm{e}^{-\mathrm{i}\frac{5\pi}{6}}$.

1. Soit z_A l'affixe du point A.

a) Donner la forme algébrique de z_A.

b) Donner la forme exponentielle de z_A.

2. Déterminer la forme exponentielle de z_B.

3. L'hélice tourne d'un angle de $\frac{\pi}{2}$ radians dans le sens contraire des aiguilles d'une montre.
Les points A, B et C sont transformés respectivement en A', B' et C'.
Déterminer la forme exponentielle de $z_{C'}$.

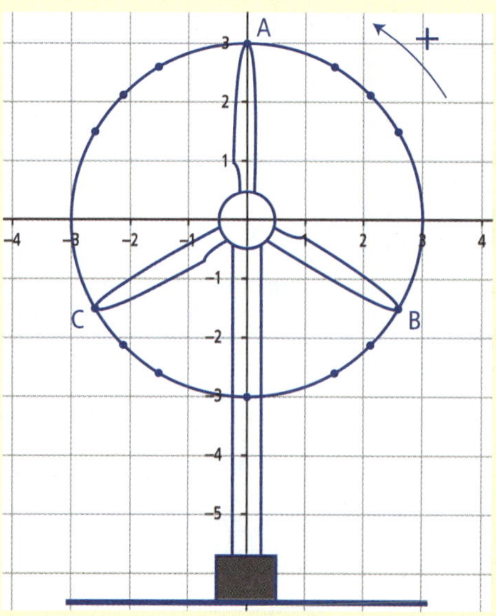

Exercice 15 ★★★

Corrigé p. 349

Le plan complexe est muni d'un repère orthonormé direct $(O,\vec{u},\vec{v})$.
On considère les points A et B d'affixes respectives : $z_A = 2 - 2\sqrt{3}\,\mathrm{i}$ et $z_B = \mathrm{e}^{\mathrm{i}\frac{\pi}{2}} z_A$.

On considère de plus la transformation f du plan, qui a tout point M d'affixe z associe le point M' d'affixe $z' = 3z$.

1. Écrire z_A sous forme exponentielle et z_B sous forme algébrique.

2. Quelle est la nature du triangle OAB ?
Déterminer son aire.

3. Soient A' et B' les images respectives des points A et B par f.

a) Déterminer les formes algébriques de $z_{A'}$ et $z_{B'}$.

b) Quelle est l'aire du triangle $OA'B'$?

Exercice 16 ★★★

Corrigé p. 349

Le plan complexe est muni d'une repère orthonormé direct $(O,\vec{u},\vec{v})$.

On considère l'équation (E) :

$$(z - \mathrm{i})(z + 3\mathrm{i}) = 2\mathrm{i}z - 5.$$

On note f la rotation du plan de centre O et d'angle $-\frac{3\pi}{4}$ rad.

1. Déterminer les solutions z_1 et z_2 de (E), z_1 étant celle dont la partie imaginaire est positive.

2. Placer dans le repère les points $A(z_1)$ et $B(z_2)$.

3. On définit les points C et D par $C = f(A)$ et $D = f(B)$.

On note z_C et z_D leurs affixes respectives.

a) Placer les points C et D en expliquant la méthode de construction.

b) Déterminer la forme algébrique de z_C et z_D.

c) Quelle est la nature du quadrilatère $ACBD$?

1 Mesures et incertitudes

Le résultat d'une mesure physique est toujours donné avec son unité et le nombre de chiffres significatifs pertinents, et, quand c'est possible, l'incertitude associée à sa détermination. Cette incertitude donne une information sur l'intervalle dans lequel se trouve probablement la vraie valeur.

1 Nombre de chiffres significatifs d'un résultat

On mesure la longueur et la largeur d'une feuille de papier avec deux règles de précisions différentes, on obtient longueur $L = 29{,}7$ cm et largeur $l = 21$ cm.

Ex. : on calcule le périmètre et la surface de la feuille, comment savoir le nombre de chiffres significatifs à garder ?

Calculer la surface de la feuille : $S = L \times l$

Application numérique : **multiplication**

$L \times l = 623{,}7$ cm²

on garde deux chiffres significatifs comme dans la donnée **la moins précise** (21 cm)

$S = 6{,}2 \times 10^2$ cm²

Calculer le périmètre de la feuille : $P = 2 \times (L + l)$

Application numérique : **addition**

$2 \times (L + l) = 101{,}4$ cm

le dernier chiffre est celui de la donnée **la moins précise** (chiffre des unités du cm)

$P = 101$ cm

2 Incertitudes de mesures : type A ou type B ?

A Présentation du résultat d'une mesure, taux de confiance

- **On calcule l'incertitude-type** notée ΔX ;
- **Pour avoir un taux de confiance de 95 %** (cas usuel) :
on multiplie cette incertitude-type ΔX par 2 ;
- **Présentation finale du résultat :**

$$X = X_{estimée} \pm 2 \times \Delta X \quad \text{ou} \quad X_{estimée} - 2 \times \Delta X \leqslant X \leqslant X_{estimée} + 2 \times \Delta X.$$

B Incertitudes de type A

On réalise une **série de mesures.**

Incertitude de **type A** : méthode statistique n mesures réalisées

→ Calcul de la valeur moyenne de X → $X_{estimée}$

→ Calcul de l'écart-type σ avec un tableur → Incertitude-type $\Delta X = \frac{\sigma}{\sqrt{n}}$

→ **Incertitude-type ΔX avec un seul chiffre significatif**

Ex. :

Par titrage, les 20 élèves d'une classe ont trouvé pour une concentration 20 valeurs en mol · L^{-1} : $3,42 \times 10^{-2}$; $3,48 \times 10^{-2}$; …

→ $Moy_c = \frac{3,42 \times 10^{-2} + 3,48 \times 10^{-2} + \ldots}{20} = 3,423 \times 10^{-2}$ → $C_{estimée} = 3,423 \times 10^{-2}$ mol · L^{-1}

→ $\sigma = \mathbf{0,067 \times 10^{-2}}$ → $\Delta C = \frac{0,067 \times 10^{-2}}{\sqrt{20}} = 0,015 \times 10^{-2}$ mol · L^{-1}

→ **Incertitude-type**
$\Delta C = 0,02 \times 10^{-2}$ mol · L^{-1}
(un seul chiffre significatif)

Le résultat de la mesure avec un taux de confiance de 95 % est :
$C = 3,42 \times 10^{-2} \pm 2 \times 0,02 \times 10^{-2}$ mol · L^{-1}
soit **$C = 3,42 \times 10^{-2} \pm 0,04 \times 10^{-2}$ mol · L^{-1}.**

C Incertitudes de type B

On effectue **une seule mesure**. On dispose des informations techniques données par le fabricant de l'appareil de mesure pour déterminer l'incertitude sur la mesure.

Incertitude de **type B** : une seule mesure réalisée

↓

Prise en compte des incertitudes des appareils de mesure

↓

Calcul de a et de l'incertitude-type qui vaut $\frac{a}{\sqrt{3}}$

↓

Incertitude-type ΔX avec un seul chiffre significatif

Ex. :

Mesure d'une tension avec un voltmètre numérique : $U = 6{,}05$ V

↓

Indications sur le voltmètre :
Précisions, toutes gammes :
± 0,5 % de la valeur affichée + 1 digit

- Incertitude **relative** : on multiplie la valeur affichée par $\frac{0{,}5}{100}$
- Le digit à ajouter correspond au dernier chiffre exprimé de la mesure 0,01 V ici

↓

$a = 0{,}005 \times 6{,}05 + 0{,}01 = 0{,}040$ V

Incertitude-type $= \frac{a}{\sqrt{3}} = 0{,}023$

↓

Incertitude-type $\Delta U = 0{,}02$ V

Le résultat de la mesure de la tension avec un taux de confiance de 95 % est : $\boldsymbol{U = 6{,}05 \pm 2 \times 0{,}02}$ **V**
soit $\boldsymbol{U = 6{,}05 \pm 0{,}04}$ **V**

3 Comparer son résultat à une valeur de référence

La mesure est satisfaisante si son intervalle de confiance à 95 % englobe la valeur de référence. Sinon, il s'agit probablement d'une erreur dans le protocole de mesure.

> **Remarque**
> La valeur de référence correspond à la valeur attendue.

Ex. : on note m le résultat de la mesure.

Valeur de référence : 30

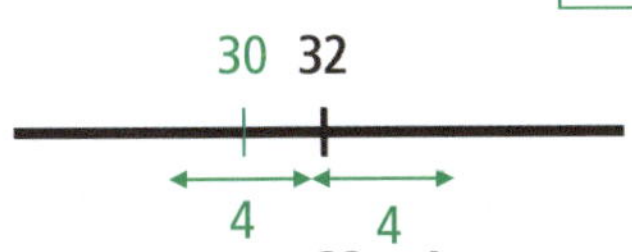

$m = 32 \pm 4$
Mesure satisfaisante

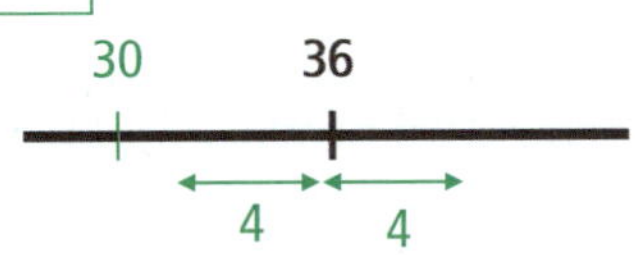

$m = 36 \pm 4$
Mesure refusée (erreur systématique probable, méthode à revoir)

2 Énergie et enjeux

La demande mondiale en énergie est de plus en plus importante : les enjeux énergétiques sont primordiaux pour les générations futures.

1 Différentes formes d'énergie

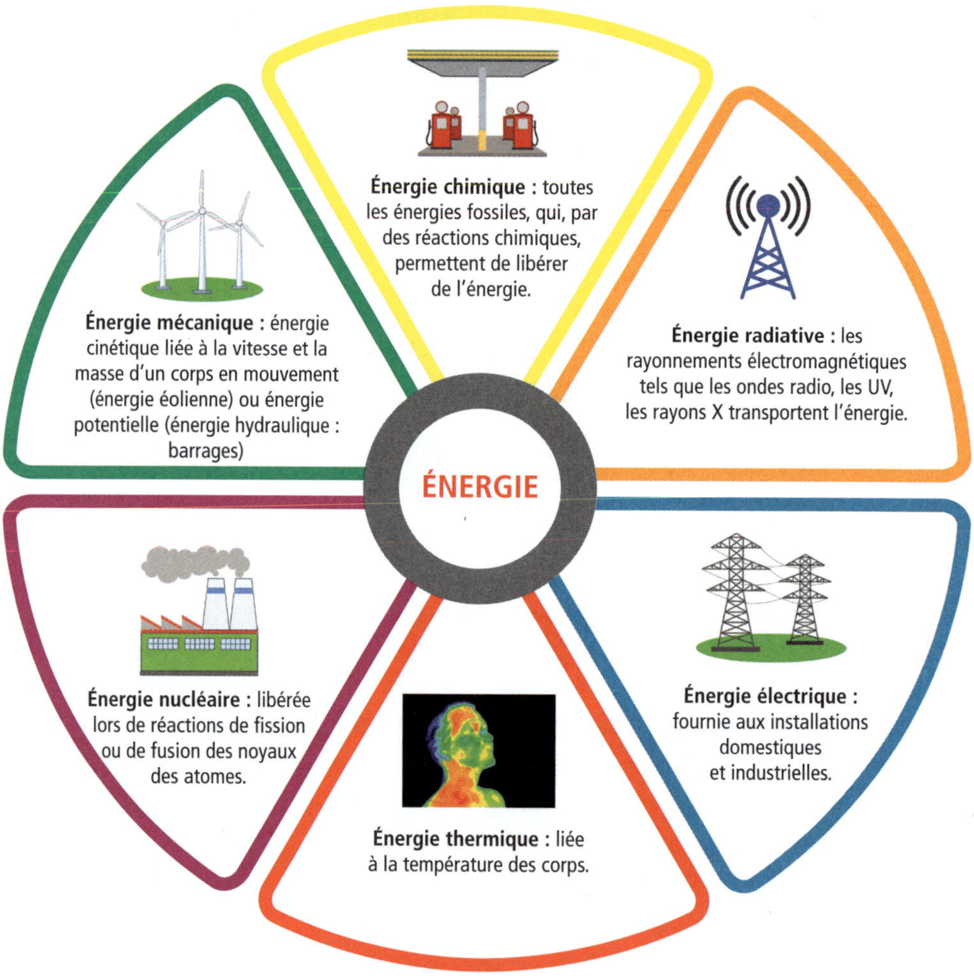

- **Quelques unités d'énergie**
  - Unité du système international : le joule (J)
  - Le wattheure (Wh) : 1 Wh = 3 600 J
  - La calorie (cal) : 1 cal = 4,18 J
  - La tonne d'équivalent pétrole (tep) : 1 tep = 41,9 GJ
- L'approvisionnement actuel en énergie se répartit en deux grandes classes : les énergies renouvelables ou non renouvelables.

2 Puissances

A Puissance moyenne P_{moy}

• **L'énergie E** mise en jeu par un système pendant un intervalle de temps Δt est liée à la puissance moyenne P_{moy} par la relation :

$$E = P_{moy} \times \Delta t \Leftrightarrow P_{moy} = \frac{E}{\Delta t}$$

Unités
P_{moy} en watt (W)
E en joule (J)
Δt en seconde (s)

• **Puissance instantanée $p(t)$** : la puissance développée par un système n'est pas forcément constante, il est nécessaire alors de connaître sa puissance instantanée $p(t)$.

Relation entre puissance instantanée $p(t)$ et puissance moyenne P_{moy}
On fait tendre l'intervalle de temps Δt vers une valeur de plus en plus petite.

$$p(t) = \lim_{\Delta t \to 0} P_{moy}$$

Relation entre puissance instantanée $p(t)$ et énergie E
Pour un petit intervalle de temps noté dt :
– l'énergie mise en jeu est dE ;
– la puissance instantanée est **la dérivée de l'énergie par rapport au temps**.

$$p(t) = \frac{dE}{dt}$$

Comment calculer l'énergie mise en jeu par un système pendant une durée Δt à partir de la courbe $p(t)$?

– Si la puissance est constante : $p(t) = P$
On a $E = P \times \Delta t$.

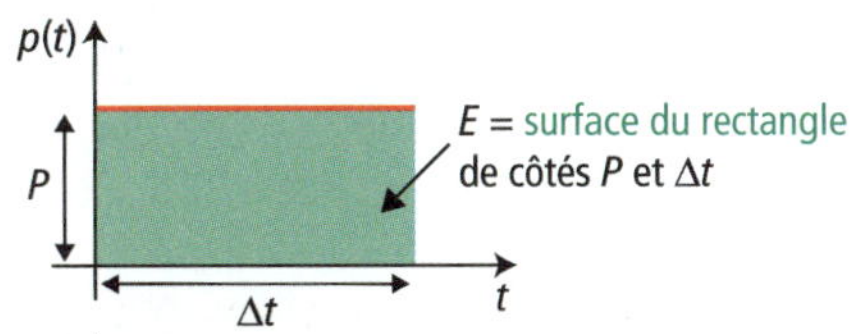

– Si la puissance varie au cours du temps : l'énergie mise en jeu est **l'aire sous la courbe** $p(t)$. Elle est calculée à l'aide d'une intégrale :

$$Ep = \int_0^{\Delta t} p(t)dt.$$

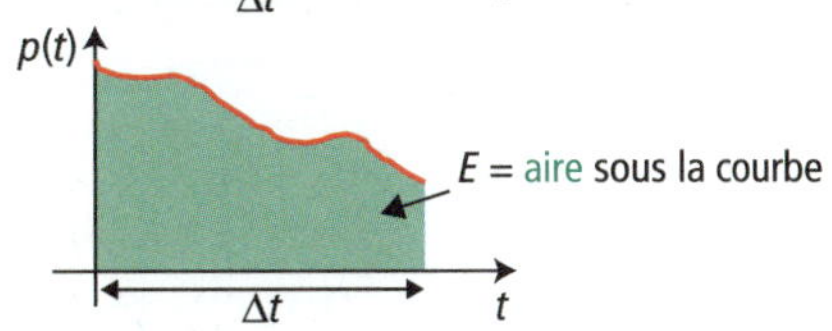

Méthode Calculer une énergie mise en jeu

Lors du démarrage d'un véhicule, la puissance fournie par le moteur passe de 0 à 81 kW en 10 secondes.
La puissance instantanée en fonction du temps est donnée par la loi $p(t) = 8{,}1 \times 10^3\, t$.
Calculer l'énergie mise en jeu lors de cette phase de démarrage.

On calcule l'intégrale :

$$E = \int_0^{\Delta t} p(t)\,dt = \int_0^{10} 8{,}1 \times 10^3 \times t\,dt = \left[8{,}1 \times 10^3 \times \frac{t^2}{2}\right]_0^{10} = 405 \text{ kJ}.$$

Maths
Voir les calculs d'intégrales dans le chapitre 6 p. 219.

• On peut obtenir une valeur approchée de l'énergie mise en jeu en utilisant la méthode des rectangles pour calculer l'intégrale.

- **Durée de fonctionnement d'un système autonome** : on l'estime en comparant l'**énergie mise en jeu** à l'**énergie disponible**.

> **Remarque**
> L'énergie mise en jeu ne peut pas excéder l'énergie disponible dans le système !

B Conversions d'énergie

- **L'énergie se transforme** d'une forme à une autre.

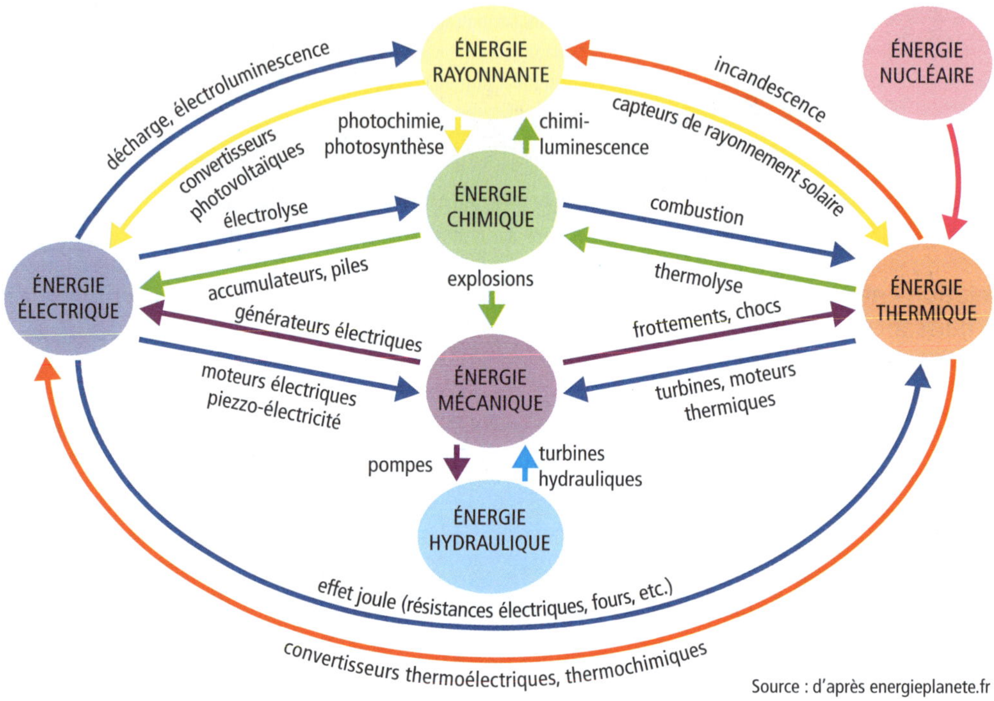

Source : d'après energieplanete.fr

▲ Chaînes énergétiques.

- **Rendement d'un convertisseur d'énergie :**

$$R = \frac{P_u}{P_a}$$

Puissance utile (P_u) ; Puissance absorbée (P_a)

Unités
- R en %
- P_u en watt (W)
- P_a en watt (W)

> **Remarque**
> Les pertes sont inévitables (frottements mécaniques, effet Joule, pertes thermiques) donc $P_u < P_a$: $R < 1$.

Méthode Exploiter une valeur de rendement

Un moteur électrique délivre une puissance utile à l'arbre du moteur égale à 1,5 kW. Sachant que son rendement est de 76 % en déduire la puissance électrique consommée.

La puissance consommée par le moteur correspond à la puissance absorbée, on a donc :

$$P_a = \frac{P_u}{R} = \frac{1\,500}{0{,}76} = 1974 \text{ W} \approx 2{,}0 \times 10^3 \text{ W} = 2 \text{ kW}.$$

- Un convertisseur est dit **réversible** lorsque l'énergie peut transiter dans les deux sens (source ⟶ récepteur ou récepteur ⟶ source) de manière naturelle ou commandée.

Ex. : Dans certains véhicules hybrides électriques :

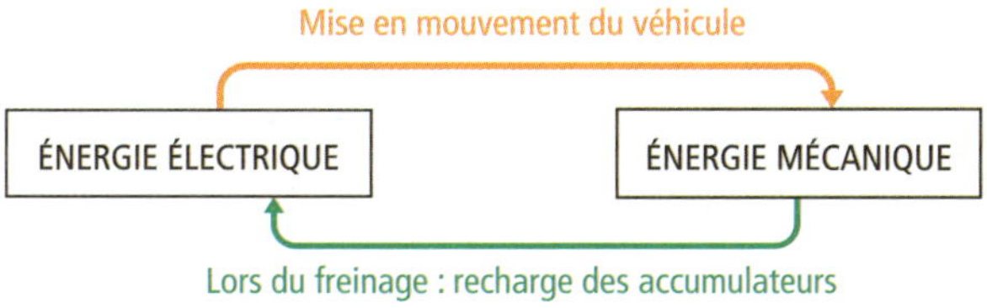

▲ Chaînes énergétiques d'un véhicule hybride électrique.

Exercices d'entraînement

Exercice 1 ★ (10 min) *Corrigé p. 350*

Rendement d'un panneau solaire

Un module photovoltaïque comprend un grand nombre de cellules qui convertissent une partie de l'énergie rayonnante du Soleil qu'elles reçoivent en énergie électrique. Pour un ensoleillement optimal, la puissance transférée par le soleil au niveau du sol est de 700 W par mètre carré de surface éclairée.

Sachant que la puissance délivrée par ce module photovoltaïque d'une surface de 2 000 cm^2 est de 20 W, calculer son rendement.

Exercice 2 ★ (10 min) *Corrigé p. 350*

Rendement d'une centrale hydraulique

Une centrale hydraulique utilise l'énergie cinétique d'une chute d'eau pour faire tourner une turbine. Un alternateur utilise l'énergie mécanique fournie par la turbine pour produire l'énergie électrique.

1. Schématiser la chaîne énergétique de la centrale.

2. Exprimer les rendements de la turbine et de l'alternateur en fonction des diverses puissances mises en jeu dans la chaîne énergétique.

3. Le rendement de la turbine est de 60 %, celui de l'alternateur de 80 %. En déduire le rendement global de la conversion d'énergie opérée par la centrale hydraulique.

4. Une petite centrale hydraulique délivre une puissance de 10 MW. Calculer la puissance absorbée par la turbine.

Exercice 3 ★★★ (40 min) *Corrigé p. 350*

Calcul d'énergie

On donne *figure 1* la courbe représentant la puissance consommée, sur une journée de 24 heures, par le groupe frigorifique qui permet la climatisation d'un hôpital. On modélise cette courbe par le graphique de la *figure 2*.

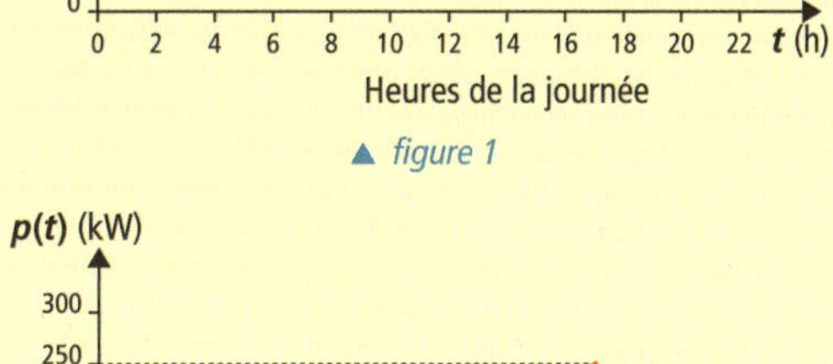

▲ *figure 1*

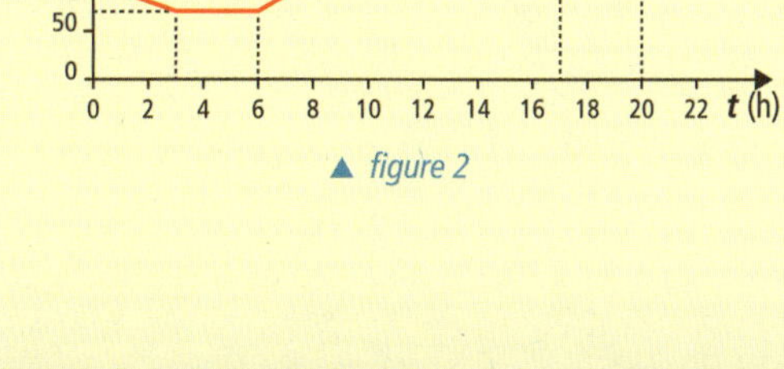

▲ *figure 2*

1. Rappeler l'expression liant la puissance instantanée, l'énergie et le temps.

2. Calculer à l'aide du graphique (*figure 2*) l'énergie mise en jeu par ce groupe frigorifique pendant 24 h. Donner le résultat en kWh puis en Joule.

3. On donne les équations mathématiques des différentes portions de courbe (t en heure). Retrouver par un calcul d'intégrale le résultat de la question 1.

$0 < t < 3 : p(t) = -10t + 100$

$3 < t < 6 : p(t) = 70$

$6 < t < 17 : p(t) = 16{,}4(t - 6) + 70$

$17 < t < 20 : p(t) = -50(t - 17) + 250$

$20 < t < 24 : p(t) = 100$

4. Calculer la puissance moyenne consommée par le groupe frigorifique.

Exercice 4 ★★ (20 min) *Corrigé p. 351*

Autonomie d'un véhicule

Une automobile se déplace à vitesse constante $v = 80\ \text{km}\cdot\text{h}^{-1}$ sur une route horizontale. Sa consommation est de 7,2 L aux 100 km. Le moteur fournit une puissance mécanique $P_m = 23$ chevaux.

La combustion d'un litre d'essence produit une énergie égale à $3{,}2 \times 10^7$ J.

1. Calculer la puissance mécanique fournie par le moteur en watt.

2. Calculer la puissance de combustion.

3. Calculer le rendement de ce moteur.

4. Le réservoir du véhicule a une capacité de 50 L, quelle est l'autonomie de l'automobile en km puis en heure si tous les paramètres restent constants ?

Donnée

Valeur du cheval-vapeur : 1 ch = 735 W.

3 Énergie électrique

Spécialité Physique-Chimie

La tension délivrée par les distributeurs d'énergie électrique est une tension sinusoïdale de fréquence 50 Hz d'où l'importance de bien connaître le comportement des installations électriques en régime sinusoïdal.

1 Régime sinusoïdal

A Expression des grandeurs électriques $u(t)$ et $i(t)$

- **Avec les amplitudes :**

$$u(t) = U_m \cos(\omega t + \varphi) \qquad i(t) = I_m \cos(\omega t)$$

ω : pulsation (s^{-1})
φ : phase à l'origine (en radian)
U_m : valeur maximale (ou amplitude) de la tension en volt.
I_m : valeur maximale (ou amplitude) de l'intensité en ampère.

$\omega = 2\pi f$: f fréquence du signal en Hz
$= \frac{2\pi}{T}$: T période du signal en s.

- Sur cet oscillogramme d'une tension, on peut lire l'**amplitude** du signal et sa période.
- **Avec les grandeurs efficaces :**

$$u(t) = U_{eff}\sqrt{2}\cos(\omega t + \varphi) \qquad i(t) = I_{eff}\sqrt{2}\cos(\omega t)$$

tension efficace U_{eff} (V) :

$$U_{eff} = \frac{U_m}{\sqrt{2}}$$

intensité efficace I_{eff} (A) :

$$I_{eff} = \frac{I_m}{\sqrt{2}}$$

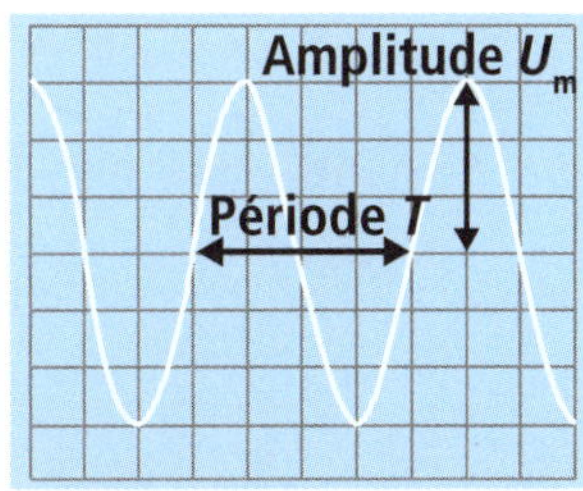

▲ **Oscillogramme d'une tension.**
Sensibilité horizontale : 5 ms · div^{-1}
Sensibilité verticale : 2 V · div^{-1}

- **Les grandeurs efficaces** sont les grandeurs mesurées avec des **multimètres**.

B Méthode complexe en physique

- À toute grandeur sinusoïdale $s(t) = S_m\cos(\omega t + \varphi)$, on associe une **grandeur complexe $\underline{s}$** telle que :

$$\underline{s} = S_m e^{j(\omega t + \varphi)}.$$

- $\underline{s}$ est un outil mathématique permettant l'étude plus aisée d'un problème en régime sinusoïdal.

Ex. : on additionne deux tensions $u_1(t)$ et $u_2(t)$ de même fréquence (même pulsation), on veut écrire le résultat sous la forme $u(t) = U_m\cos(\omega t + \varphi)$

Astuce

Le nombre i tel que $i^2 = -1$ est noté j en physique pour éviter de le confondre avec l'intensité électrique.

Maths

Voir les complexes dans le chapitre 11 p. 246.

$u(t) = u_1(t) + u_2(t) = U_{m1}\cos(\omega t + \varphi_1) + U_{m2}\cos(\omega t + \varphi_2)$ → Passage en notation complexe →

$$\underline{u} = \underline{u_1} + \underline{u_2} = U_{m1}e^{j(\omega t+\varphi_1)} + U_{m2}e^{j(\omega t+\varphi_2)} = (U_{m1}e^{j\varphi_1} + U_{m2}e^{j\varphi_2}) \times e^{j(\omega t)}$$

↓ Compétence maths

$U_m e^{j\varphi}$

↓

$$\underline{u} = U_m e^{j\varphi} \times e^{j(\omega t)} = U_m e^{j(\omega t+\varphi)}$$

← Passage en notation réelle ←

$$u(t) = U_m\cos(\omega t + \varphi)$$

MAIS : comment trouver φ ? Calculs de trigonométrie trop longs…

2 Puissances en régime sinusoïdal

A Définitions

• On considère un dipôle D soumis à une tension $u(t)$ et traversé par un courant d'intensité $i(t)$ avec la convention d'orientation récepteur. Puissance instantanée reçue par le dipôle :

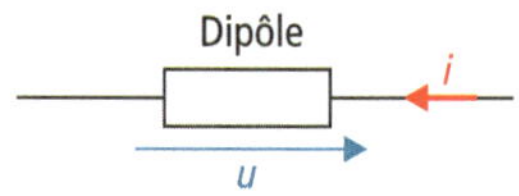

$$p(t) = u(t) \times i(t)$$

si $p(t) > 0$: le dipôle **reçoit** de l'énergie → C'est un **récepteur**

si $p(t) < 0$: le dipôle **fournit** de l'énergie → C'est un **générateur**

• La **puissance moyenne** P reçue par le dipôle (ou puissance active) est définie par :

$$P = \frac{1}{T}\int_{t_0}^{t_0+T} p(t)\,dt$$

Unités
P en watt (W)
T en seconde (s)

Appareil de mesure : le wattmètre

• La **puissance apparente** S reçue par le dipôle est définie par :

$$S = U_{eff} \times I_{eff}$$

Unités
S en voltampère (VA)
U_{eff} en volt (V)
I_{eff} en ampère (A)

• Le **facteur de puissance** est le rapport entre la puissance active et la puissance apparente :

$$k = \frac{P}{S}$$

Unités
k grandeur sans dimension
$k < 1$
P en watt (W)
S en voltampère (VA)

Méthode Calculer le facteur de puissance d'un récepteur

Un moteur consomme une puissance active de 1,5 kW. Sachant qu'il est alimenté avec une tension efficace de 220 V et parcouru par un courant d'intensité efficace de 5 A, calculer le facteur de puissance du moteur.

La puissance apparente est $S = U_{eff} \times I_{eff} = 220 \times 5 = 1100$ VA pour une puissance active de 1 500 W. Le facteur de puissance vaut donc $k = \frac{1\,100}{1\,500} = 0{,}73$.

B Cas du régime sinusoïdal

Dipôle en régime sinusoïdal :

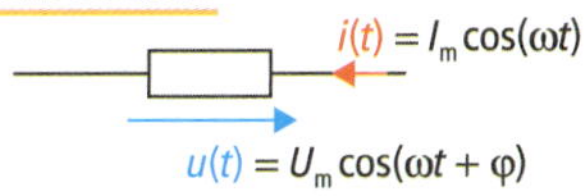

Remarque
Pour un dipôle résistif (lampe, résistance, radiateur électrique…) $k = 1$.

- Comme $U_{eff} = \frac{U_m}{\sqrt{2}}$ et $I_{eff} = \frac{I_m}{\sqrt{2}}$ on obtient les valeurs suivantes :

Puissance active	Puissance apparente	Facteur de puissance
$P = U_{eff} \times I_{eff} \times \cos\varphi$	$S = U_{eff} \times I_{eff}$	$k = \frac{P}{S} = \cos\varphi$

- Avec les nombres complexes :

– la puissance complexe $\underline{p}$ vaut :

$$\underline{p} = U_{eff} \times I_{eff} \times e^{j\varphi} \quad \leftarrow \cos\varphi + j\sin\varphi$$

– sa partie réelle est la puissance moyenne P.

$$\underline{p} = \boxed{U_{eff} \times I_{eff} \times \cos\varphi} + j \times \boxed{U_{eff} \times I_{eff} \times \sin\varphi}$$

Partie réelle P — Puissance moyenne ; Partie imaginaire Q — Puissance réactive

3 Transport de l'énergie électrique

A Schéma de principe

Une fois produite, l'énergie électrique est transportée, répartie dans les différents territoires puis distribuée.

Après production, la tension est **augmentée par un transformateur** pour le transport longue distance (THT) puis **après répartition** (distances moyennes, HT), selon l'utilisation, la tension est **abaissée par des transformateurs** successifs jusqu'à 220 V (BT) pour les installations domestiques ou plus pour des installations industrielles (MT).

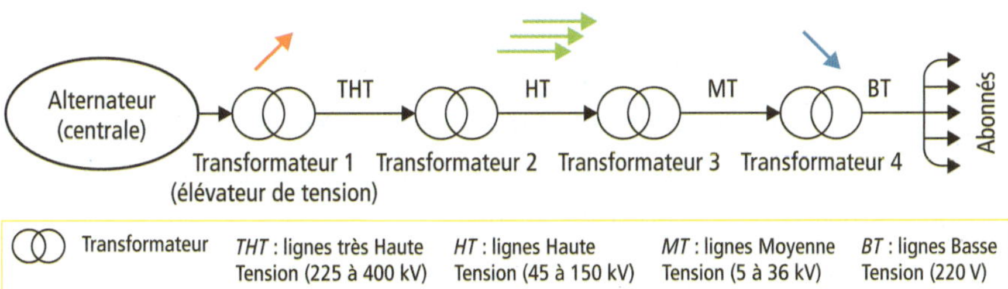

▲ Schéma de l'organisation du transport d'énergie.

B Facteur de puissance et pertes en ligne

• **Les pertes d'énergie** lors du transport d'électricité sont dues essentiellement à l'**effet Joule** dans les lignes.

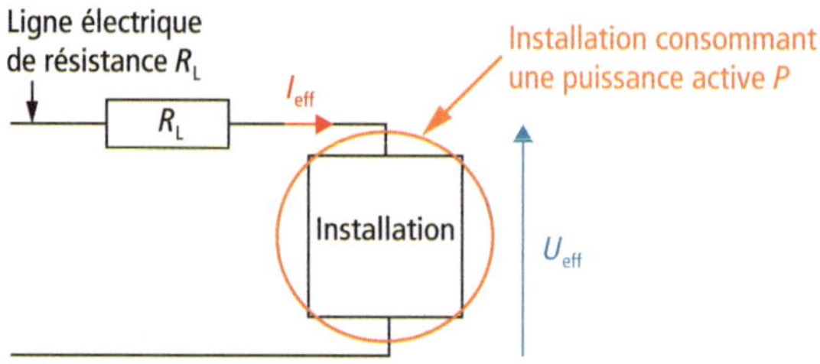

▲ Alimentation d'une installation.

• Pertes par effet Joule dans les lignes :

$$P_J = R_L I_{eff}^2$$

Dans le cas du régime sinusoïdal, on peut écrire avec les relations précédentes (facteur de puissance égal à cos φ) :

$$P_J = R_L \frac{P^2}{U_{eff}^2 \times k^2} = R_L \frac{P^2}{U_{eff}^2 \times \cos\varphi^2}$$

• Les pertes en ligne (pour le distributeur) **sont d'autant plus importantes que le facteur de puissance k est faible et que la tension U_{eff} est faible.**

• Conséquence : l'électricité est donc transportée sur les longues distances en **haute ou très haute tension** pour limiter les pertes énergétiques. L'augmentation de la tension est assurée par des transformateurs. À l'approche du lieu d'utilisation, d'autres transformateurs diminuent la tension.

• Les distributeurs imposent une valeur minimale du facteur de puissance pour limiter les pertes en ligne.

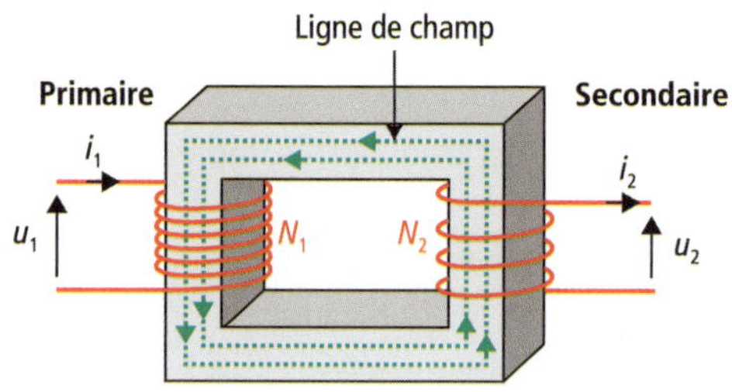

$$\frac{u_2}{u_1} = \frac{N_2}{N_1}$$

$N_2 > N_1$: augmentation de tension.
$N_2 < N_1$: diminution de tension.
$N_2 = N_1$: isolation galvanique (transformateur de sécurité).

▲ Principe de fonctionnement d'un transformateur.

4 Risque électrique

A Protection des individus

• **Le corps humain conduit l'électricité**, le passage du courant à travers l'organisme s'appelle l'électrisation.
La gravité du choc électrique dépend de :

- l'intensité du courant qui circule dans le corps ;
- la tension appliquée entre 2 points du corps ;
- la durée de passage du courant ;
- la résistance du corps qui varie en fonction de l'humidité et de l'épaisseur de la peau.

• **Pour se protéger :**

- prise de courant avec un fil de terre ;
- équipement de l'installation par des disjoncteurs différentiels ;
- alimentation en Très Basse Tension (6,12 ou 24 V) des appareils ;
- isolation de l'appareil contre les contacts indirects.

Effets du courant électrique alternatif en fonction de son intensité sur l'organisme humain

- 0,5 mA : perception cutanée
- 5 mA : secousse électrique
- 10 mA : contracture entraînant une incapacité à lâcher prise
- 25 mA : tétanisation des muscles respiratoires (asphyxie au-delà de 3 min)
- 40 mA pendant 5 secondes : fibrillation ventriculaire
- 50 mA pendant 1 seconde : fibrillation ventriculaire
- 2 000 mA : inhibition des centres nerveux

Source : INRS

B Protection des matériels

Un courant trop intense dans une ligne électrique peut conduire à une **détérioration et à un incendie.** Pour protéger de ces risques, une installation électrique comporte des fusibles (fusion d'un fil métallique et coupure du circuit : à changer après la recherche de panne) et des disjoncteurs (désenclenchement si dépassement du seuil d'intensité : à réenclencher après la recherche de panne).

Exercices d'entraînement

Exercice 1 ★ (10 min) Corrigé p. 351

Exploiter un oscillogramme

On enregistre une tension sinusoïdale de la forme $u(t) = U_m \cos(\omega t + \varphi)$ aux bornes d'un dipôle grâce à un oscilloscope. L'oscillogramme obtenu est donné ci-dessous.

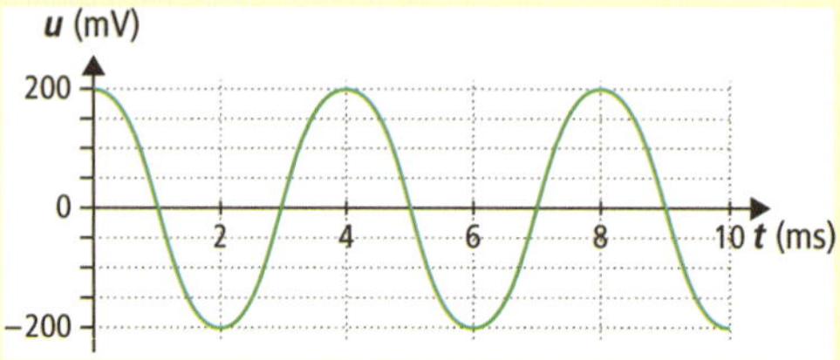

1. Déterminer la période T du signal et son amplitude U_m.
2. En déduire la valeur de la pulsation du signal.
3. Déterminer la phase à l'origine.
4. En déduire l'expression numérique de $u(t)$.
5. Quelle est la grandeur complexe associée à la tension $u(t)$?

Exercice 2 ★ (5 min) Corrigé p. 351

Transformateur

La mesure des valeurs efficaces des tensions primaire et secondaire d'un transformateur parfait a donné : $U_1 = 230$ V, $U_2 = 24$ V.
Calculer le rapport de transformation ainsi que le nombre de spires du secondaire si $N_1 = 1\,030$.

Exercice 3 ★★ (20 min) Corrigé p. 352

Utiliser la méthode complexe

Un moteur est modélisé par un conducteur ohmique R en série avec une bobine d'inductance L. L'intensité du courant qui traverse ce moteur en régime sinusoïdal est $i(t) = I_m \cos(\omega t)$. La fréquence d'alimentation du moteur est de 50 Hz.

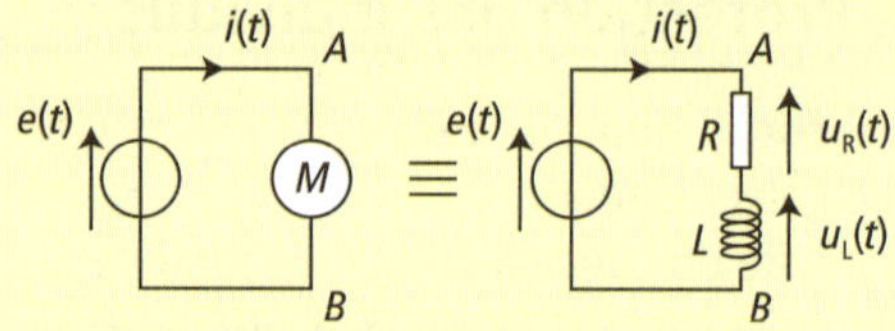

1. Exprimer la tension aux bornes de la résistance.
2. Sachant que la tension aux bornes de la bobine d'inductance L est $L\omega I_m \cos\left(\omega t + \dfrac{\pi}{2}\right)$, quelle est la tension aux bornes du moteur ?
3. Écrire la tension aux bornes de la résistance et la tension aux bornes de la bobine à l'aide de la notation complexe.

On associe à la tension électrique aux bornes du moteur $u(t)$ une grandeur complexe notée $\underline{u} = U_m \exp j(\omega t + \varphi)$.

4. En déduire la valeur de U_m en fonction de R, L, ω et I_m.

Exercice 4 ★★ (20 min) Corrigé p. 352

Facteur de puissance

Une installation électrique est alimentée par une tension sinusoïdale de fréquence $f = 50$ Hz et sous une tension efficace $U_{eff} = 220$ V. Elle consomme une puissance active de 10 kW. La valeur efficace de l'intensité qui circule dans le circuit est $I_{eff} = 80$ A.

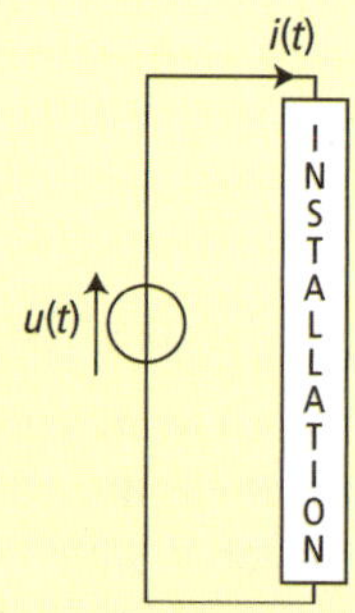

1. Indiquer sur le schéma les grandeurs qui ont été mesurées et placer les instruments de mesure utiles à cette mesure.
2. Calculer la puissance apparente reçue par l'installation.
3. En déduire la valeur du facteur de puissance.
4. La valeur du facteur de puissance imposée par le distributeur est de 0,9. On place un condensateur en dérivation sur l'installation électrique pour relever la valeur du facteur de puissance à 0,9. Représenter le condensateur sur le schéma et en

déduire la valeur de l'intensité efficace qui circule après cette modification.

Exercice 5 ★★★ (30 min) Corrigé p. 352

Pertes en ligne

Une installation électrique monophasée 230 V / 50 Hz comporte :

- dix ampoules de 75 W chacune ;
- un radiateur électrique de 1,9 kW ;
- trois moteurs électriques identiques absorbant chacun une puissance moyenne de 1,5 kW avec un facteur de puissance de 0,80.

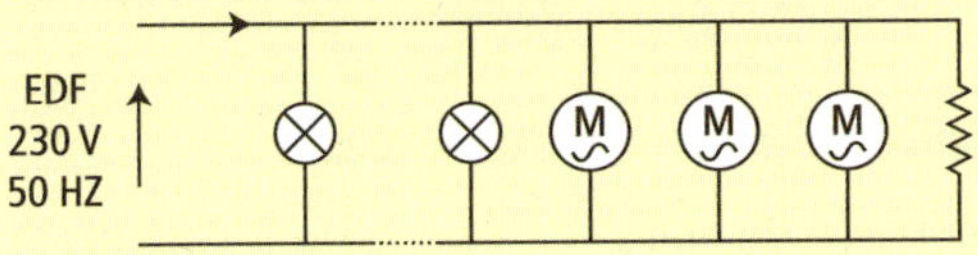

Ces récepteurs sont montés en parallèle et fonctionnent tous simultanément. La puissance active de l'installation est la somme des puissances actives de chaque élément.

1. Calculer la puissance active de l'installation.

2. Calculer l'intensité efficace du courant qui circule dans chaque branche de l'installation.

3. En déduire l'intensité du courant qui circule dans la ligne ainsi que le facteur de puissance de l'installation électrique.

4. Quelle est l'énergie perdue en 24 h dans une ligne électrique dont la valeur de la résistance est $R_L = 15$ mΩ ?

Exercice 6 ★★ (20 min) Corrigé p. 352

Risque électrique

Dans les cahiers techniques d'une société distributeur de matériels électriques, on trouve le tableau suivant mettant en relation les différents facteurs intervenant lors d'un choc électrique.

Tension de contact U_c (V)	Résistance du corps (peau sèche) R (Ω)	Courant passant par le corps humain I_n (mA)	Durée de passage maximale t_n (s)
50	1725	29	≤ 5
75	1625	46	0,60
100	1600	62	0,40
150		97	0,28
230	1500	153	0,17
300	1480	203	0,12
400	1450		0,07
500	1430	350	0,04

1. Comment varie la résistance du corps humain lorsque la tension augmente ?

2. Dans un local sec, quelle est l'intensité du courant qui traverse le corps humain soumis à une tension de 50 V ?

3. Quelle relation lie U_c, R et I_n ?

4. Déduire de la relation précédente la valeur de R pour $U_c = 150$ V.

5. On dispose de deux disjoncteurs différentiels dont les caractéristiques techniques sont les suivantes :
n° 1 : courant de fuite 30 mA, temps de coupure du courant 1 000 ms.
n° 2 : courant de fuite 300 mA, temps de coupure du courant 30 ms.
Quel disjoncteur permet d'assurer la sécurité des personnes dans le cas d'une peau sèche et d'une tension de 500 V ?

4 Énergie interne

L'efficacité énergétique, l'isolation des logements, les nouveaux matériaux de construction, les bâtiments à énergie positive sont des problématiques au cœur desquelles on trouve les transferts thermiques.

1 Énergie interne et température d'un système

- **L'énergie interne U** d'un système résulte des interactions entre molécules et de l'agitation thermique.
- Plus la température d'un corps est élevée, plus son énergie interne est élevée.
- Lorsque la température d'un corps en phase condensée de masse m (liquide ou solide) passe de la température T_1 à la température T_2, son énergie interne U varie. Cette **variation d'énergie interne ΔU** est due à un **échange d'énergie thermique, notée Q**, entre le corps et l'extérieur.

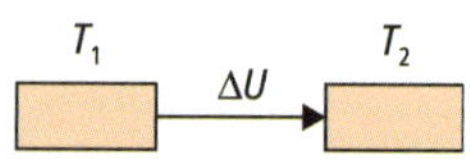

Corps (liquide ou solide) de masse m

Capacité thermique massique du corps (c)

$$\Delta U = Q = m \times c \times \underbrace{(T_2 - T_1)}_{\Delta T}$$

Unités
ΔU en joule (J)
ΔT en kelvin (K) ou degré Celcius (°C)
m en kilogramme (kg)
c en joule par kilogramme et par kelvin ($J \cdot kg^{-1} \cdot K^{-1}$)

2 Flux thermique

- Lorsqu'une paroi S est soumise à une différence de température, il se produit naturellement un **transfert thermique Q** du côté le plus chaud vers le côté le plus froid.

$$Q = \text{énergie}$$

Unités
Q en joule (J)

- Le **flux thermique** Φ_{th} est la puissance thermique traversant la paroi de surface S.

$$\Phi_{th} = \frac{Q}{\Delta t}$$

Unités
Φ_{th} en watt (W)
Q en joule (J)
Δt en seconde (s)

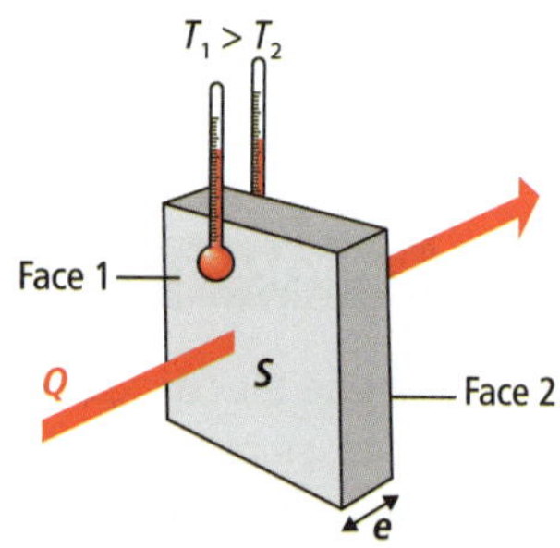

▲ Transfert thermique par conduction à travers une paroi d'épaisseur e et de surface S.

Remarque
Φ_{th} est une puissance on peut aussi le noter P_{th}.

3 Résistance thermique R_{th}

• Lorsque les températures de chaque côté de la paroi sont constantes au cours du temps, le flux thermique Φ_{th} s'exprime aussi par :

$$\Phi_{th} = \frac{T_1 - T_2}{R_{th}} \text{ (avec } T_1 > T_2\text{)}$$

Unités
Φ_{th} en watt (W)
T_1 et T_2 en kelvin (K) ou degré Celsius (°C)
R_{th} en kelvin par watt ($K \cdot W^{-1}$)

• **Pour une paroi plane, R_{th}** dépend de la conductivité thermique λ du matériau, de son épaisseur e et de sa surface S traversée.

$$R_{th} = \frac{e}{\lambda \times S}$$

Unités
R_{th} en kelvin par watt ($K \cdot W^{-1}$)
e en mètre (m)
λ en watt par mètre et par kelvin ($W \cdot m^{-1} \cdot K^{-1}$)
S en mètre carré (m^2)

• **Propriété :** Lorsque plusieurs parois sont accolées, la résistance thermique totale $R_{th.tot}$ de la paroi obtenue est égale à la somme des résistances thermiques de chaque paroi :

$$R_{th.tot} = R_{th1} + R_{th2} + R_{th3} + \ldots$$

Méthode Calculer le flux thermique à travers une paroi

La température intérieure d'une maison est maintenue grâce à un système de climatisation à 21 °C alors que la température extérieure est de 38 °C.

Indiquer le sens du transfert thermique et calculer le flux thermique à travers un mur de 5 m de large sur 2,5 m de haut et d'épaisseur 40 cm. Le mur est en brique creuse ($\lambda = 0{,}12\ W \cdot m^{-1} \cdot K^{-1}$).

étape 1 On calcule d'abord la résistance thermique du mur :

$$R_{th} = \frac{e}{\lambda \times S} = \frac{0{,}4}{0{,}12 \times 5 \times 2{,}5} = 0{,}27\ K \cdot W^{-1}.$$

étape 2 Puis, on en déduit le flux à travers le mur : il va du chaud vers le froid donc de l'extérieur de la maison vers l'intérieur. $\Phi_{th} = \frac{38 - 21}{0{,}27} = 63\ W.$

4 Limiter les transferts thermiques

• $\Phi_{th} = \frac{T_1 - T_2}{R_{th}}$, donc si $T_1 - T_2$ est constant alors si R_{th} augmente, Φ_{th} diminue : on en déduit qu'une paroi à grande résistance thermique R_{th} est donc un bon isolant thermique.

• Les solutions pour augmenter la résistance thermique d'une paroi sont : augmenter son épaisseur e ; utiliser un matériau de conductivité thermique λ plus grande ; multiplier les couches et accoler les parois.

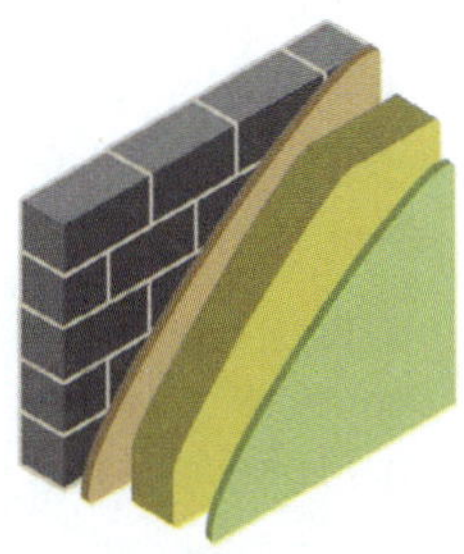

▲ Principe de l'isolation thermique d'un mur.

Exercices d'entraînement

Exercice 1 ★ (15 min) Corrigé p. 353

Isolation toiture

On souhaite dimensionner le système de chauffage d'un bâtiment d'une surface au sol de 100 m². Il dispose d'un toit plat (sur toute sa surface) isolé avec un matériau de résistance thermique égale à $R_{th} = 7,5 \times 10^{-2}$ K·W⁻¹.

Par un jour d'hiver, la température extérieure vaut −4 °C et la température intérieure est maintenue à 20 °C.

1. Indiquer le sens du transfert thermique à travers le toit.

2. Calculer le flux thermique à travers le toit.

3. Comment devrait évoluer la température à l'intérieur de la maison en l'absence de système de chauffage ? Que dire alors de l'énergie interne de l'intérieur de la maison ?

4. Quelle doit être la puissance du chauffage pour maintenir la température intérieure constante ? Est-ce suffisant ?

Exercice 2 ★ (15 min) Corrigé p. 353

Structure bois ou béton ?

On souhaite comparer les pertes thermiques dans un bâtiment à structure en bois et dans un bâtiment à structure en béton.

Données

Conductivités thermiques :
$\lambda_{bois} = 0,1$ W·K⁻¹·m⁻¹ et $\lambda_{béton} = 1$ W·K⁻¹·m⁻¹.

1. Calculer la résistance thermique d'une poutrelle de béton de surface 1 m² et d'épaisseur 15 cm.

2. Calculer la résistance thermique d'une pièce de charpente en bois de surface 1 m² et d'épaisseur 15 cm.

3. Pour une même différence de température entre les deux extrémités, quel est le matériau qui entraîne le plus de pertes thermiques ?

4. Interpréter l'image représentant la vue d'un bâtiment à l'aide d'une caméra thermique.

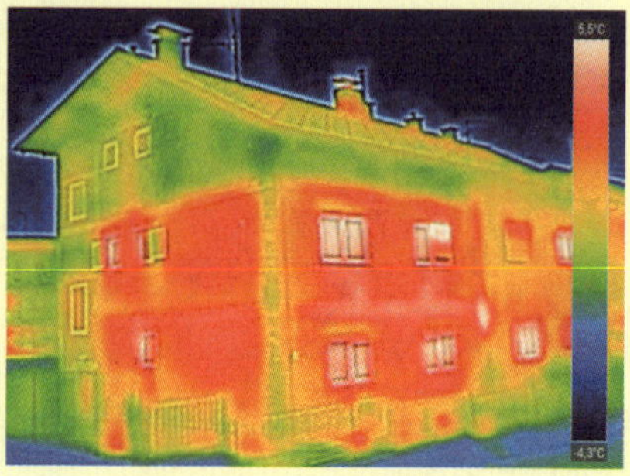

Exercice 3 ★★ (20 min) Corrigé p. 353

Isolation thermique d'une habitation

Un bâtiment mal isolé d'une surface de 100 mètres carrés consomme pour son chauffage une énergie de 12 000 kWh par an. La répartition des pertes de chaleur est donnée sur le document ci-dessous.

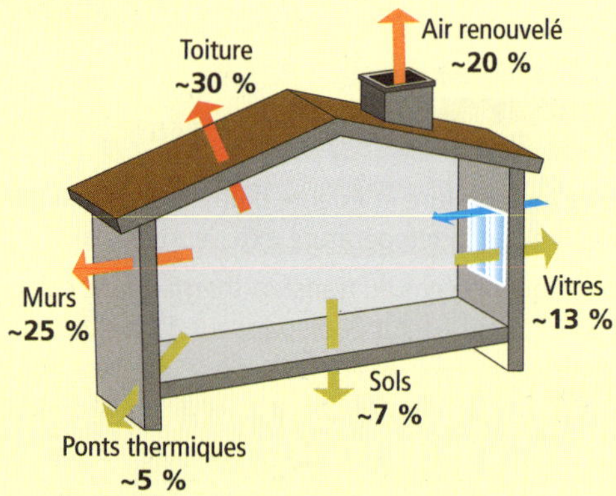

▲ Pertes de chaleur d'une maison individuelle mal isolée.

1. Sachant que le chauffage est mis en route 7 mois dans l'année, calculer la puissance moyenne du chauffage de l'habitation.

2. L'énergie apportée par le système de chauffage compense les pertes thermiques. Évaluer la puissance thermique à travers le toit et à travers les murs de la maison.

3. Calculer la résistance thermique du toit, puis des murs en considérant qu'avec un écart de température de 10 °C, le flux thermique observé est le flux thermique moyen.

4. Quelle solution peut-on envisager pour diminuer la puissance thermique à travers les murs ?

Exercice 4 ★★★ (25 min) Corrigé p. 353

Double vitrage

Le salon d'une maison comporte une baie vitrée (simple vitrage, épaisseur de vitre 2 mm) de dimension 3 m par 2 m. On cherche à évaluer l'avantage, en terme d'énergie, de la remplacer par une baie en double vitrage.

1. Calculer la résistance thermique de la baie vitrée.

2. L'intérieur de la pièce est à la température $T_1 = 19$ °C, l'extérieur à $T_2 = 0$ °C, en déduire le flux thermique à travers la vitre Φ_{thV}.

3. On remplace les vitres simples par du double vitrage : deux vitres de 2 mm séparées par une couche d'air d'épaisseur $e' = 4$ mm.

Calculer la résistance thermique $R_{th,DV}$ du double vitrage.

4. En déduire le flux thermique $\Phi_{th,DV}$ à travers le double vitrage dans les mêmes conditions que dans la question 2.

5. Calculer le rapport entre $\Phi_{th,V}$ et $\Phi_{th,DV}$. Conclure.

Données

Conductivités thermiques :

du verre $\lambda_{verre} = 0{,}78$ W·K^{-1}·m^{-1} ;

de l'air $\lambda_{air} = 0{,}026$ W·K^{-1}·m^{-1}.

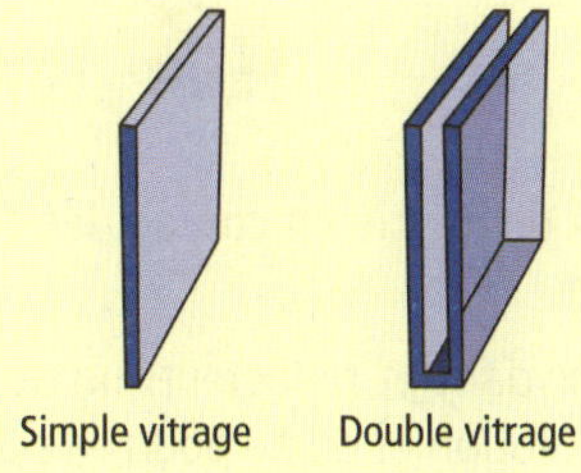

Exercice 5 ★★ (15 min) Corrigé p. 354

Pertes thermiques

Le mur extérieur d'une maison est constitué d'une paroi en brique et d'une fenêtre simple vitrage. Il mesure 6 mètres de hauteur, 10 mètres de longueur et 20 centimètres d'épaisseur. La fenêtre est d'une surface de 2 m^2. Le régime est supposé stationnaire.

1. La conductivité thermique de la brique est de $\lambda = 0.67$ W.m^{-1}.K^{-1}.

Calculer la résistance thermique $R_{thbrique}$ de la paroi en brique du mur et le flux thermique Φ à travers cette paroi lorsque la température extérieure est de 0 °C, celle de la maison étant maintenue à 20°C.

2. On donne la résistance thermique de la fenêtre qui est égale à $R_{thfen} = 4 \times 10^{-3}$ K.W^{-1}.

En déduire le flux thermique à travers la fenêtre dans les mêmes conditions que celles de la question 1.

3. Quelle est la puissance thermique totale traversant ce mur ?

4. Calculer le pourcentage des pertes à travers la fenêtre.

5. Faire des propositions qui permettraient de diminuer les pertes thermiques à travers cette paroi.

5 Transformation chimique et transfert d'énergie

Spécialité Physique-Chimie

Une transformation chimique peut donner lieu à un transfert énergétique avec le milieu extérieur : c'est notamment le cas des réactions d'oxydo-réduction, dans les piles ou accumulateurs (production d'énergie électrique), et des combustions (libération de chaleur).

1 Conversion énergie chimique – énergie électrique

A Piles

• **Une réaction d'oxydo-réduction spontanée**, dans une pile, permet la circulation d'électrons et génère un courant électrique. Une pile est usée quand l'un des réactifs est épuisé.

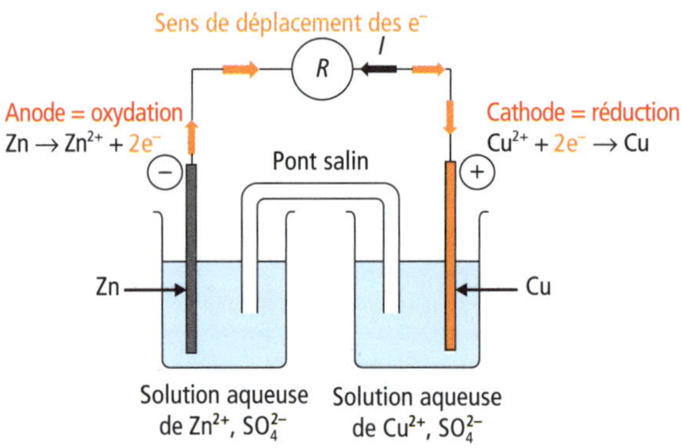

▲ Pile DANIELL.
$Cu^{2+}(aq) + Zn(s) \longrightarrow Cu(s) + Zn^{2+}(aq)$

Conseils

Pour déterminer la polarité : Les électrons vont du pôle – (anode) vers le pôle + (cathode) dans le circuit extérieur.

Pour retenir les noms des pôles : Anode commence par une voyelle comme dans Oxydation, alors que Cathode commence par une consonne comme dans Réduction

COMPRENDRE EN VIDÉO — *La pile Daniell.*

• **Le rôle du pont salin** (solution ionique, conductrice) est de mettre en contact les deux compartiments de la pile et de permettre le passage du courant.

• **Pourquoi deux compartiments ?** Les deux réactifs (oxydant et réducteur) ne doivent pas être en contact, sinon la réaction spontanée aurait lieu en solution et on ne pourrait pas récupérer l'énergie sous forme d'énergie électrique.

Méthode Relier le nombre de mole de réactifs et le nombre de mole d'électrons

Dans la pile Daniell, déterminer la quantité d'électrons (en mole) qui circule quand 1 gramme de Zn(s) est consommé.

Donnée : $M_{Zn} = 65{,}4\ g \cdot mol^{-1}$.

étape 1 On calcule la quantité de matière de Zn(s) : $n_{Zn} = \frac{m_{Zn}}{M_{Zn}}$ soit $n_{Zn} = \frac{1}{65{,}4} = 0{,}015$ mol.

étape 2 Quand 1 mole de Zn est oxydée, 2 moles d'électrons circulent d'après l'équation $Zn \longrightarrow Zn^{+2} + 2e^-$ donc $n_{e^-} = 0{,}03$ mol.

B Accumulateurs

Un accumulateur, quand il se décharge, fonctionne comme une pile. Mais contrairement à la pile, c'est un dispositif **réversible** et il peut être **rechargé** : de l'énergie est fournie au système chimique pour réaliser une réaction d'oxydo-réduction **non spontanée**.

C Piles à combustibles

Une pile à combustible est constituée de deux électrodes séparées par un **électrolyte** (qui peut être une solution ionique ou une membrane échangeuse d'ions). La pile à combustible H_2/O_2 est alimentée en continu en dihydrogène et en dioxygène. Tant qu'on l'alimente en réactifs $H_2(g)$ et $O_2(g)$, la pile peut fonctionner !

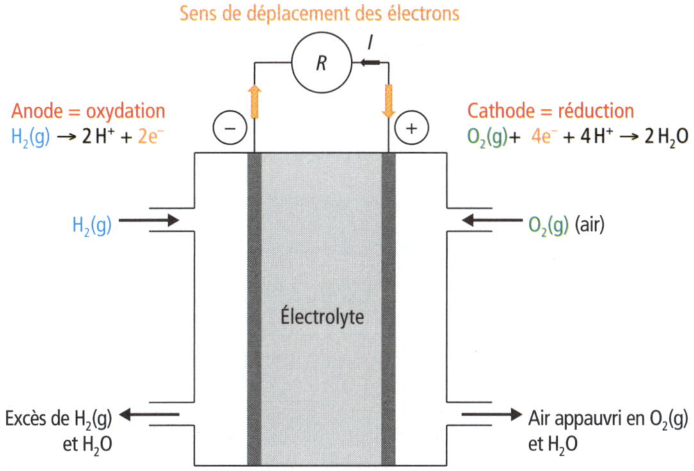

▲ Schéma d'une pile à combustible H_2/O_2.

Remarque
Il existe d'autres piles à combustible, par exemple la pile au méthanol.

D Aspect énergétique : capacité et énergie stockée

• Définition

La capacité Q d'une pile est la quantité d'électricité que peut fournir une pile ou un accumulateur. C'est le produit du nombre de mole d'électrons n_{e^-} par la charge d'une mole d'électrons $N_A \times e$.

La capacité est souvent exprimée en ampère-heure (Ah) : **1 Ah = 3 600 C.**

	Unités
$Q = n_{e^-} \times N_A \times e$	Q en coulomb (C) n_{e^-} en mole (mol) N_A (constante d'Avogadro) en mol^{-1} e en coulomb (C)

• La masse de réactif limitant permet de calculer sa quantité de matière puis le nombre de mole maximal d'électrons qui peut circuler.

Méthode **Déterminer la capacité d'une pile connaissant le réactif limitant**

Déterminer la capacité de la pile Daniell décrite précédemment, contenant 1 gramme de zinc solide (réactif limitant).

Données : $N_A = 6{,}02 \times 10^{23}$ mol^{-1} ; $e = 1{,}6 \times 10^{-19}$ C.

étape 1 On a calculé $n_{e^-} = 0{,}03$ mol.

étape 2 Dans 1 mole d'électron, il y a N_A électrons de charge e donc $Q = n_{e^-} \times N_A \times e$ soit $Q = 2\,890$ C.

• **L'énergie *W*** stockée dans un accumulateur ou dans une pile est égale à la charge électrique ***Q*** multipliée par la tension à vide ***E*** (aussi appelée force électromotrice).

$W = E \times Q$	**Unités** *W* en joule (J) *E* en volt (V) *Q* en coulomb (C)

W est souvent exprimée en wattheure (Wh) : il faut alors convertir *Q* en ampèreheure (Ah) et multiplier par la tension à vide *E* exprimée en volt (V).

2 Bilan énergétique d'une combustion complète

• **La combustion** est une réaction chimique d'oxydation exothermique, entre un comburant (le dioxygène) et un combustible (un alcane par exemple). Elle est **complète** si la totalité du combustible est oxydée. La combustion complète d'un alcane produit du **dioxyde de carbone** CO_2 et de l'**eau**.

• **Le Pouvoir Calorifique Inférieur (PCI)** d'un combustible mesure la **quantité d'énergie libérée** par la combustion complète de l'unité de combustible, souvent exprimé en kJ·kg^{-1}, l'eau étant formée à l'état de gaz. Le Pouvoir Calorifique Supérieur (PCS) sert à mesurer la quantité d'énergie qui serait libérée si l'eau était formée à l'état liquide.

Ex. : Ordre de grandeur du PCI pour l'essence : 45 MJ·kg^{-1} donc 45×10^6 J·kg^{-1}.
L'essence est un combustible constitué d'alcanes et de cycloalcanes, d'alcènes et d'hydrocarbures aromatiques.

• **Dans le cas de la combustion d'un alcane C_nH_{2n+2}**, le PCI est associé à l'équation-bilan suivante : $C_nH_{2n+2} + \frac{1}{2}(3n+1)\ O_2(g) \rightarrow n\,CO_2(g) + (n+1)H_2O(g)$.

Méthode **Déterminer la quantité de CO_2 libérée lors de la combustion d'un alcane**

Calculer la masse de CO_2 libérée lors de la combustion de 1 kg de méthane CH_4

Données : masses molaires : C : 12 g·mol^{-1} ; H : 1 g·mol^{-1} ; O : 16 g·mol^{-1}

étape 1 Pour le méthane $n = 1$ donc on libère 1 mole de CO_2 pour 1 mole de méthane consommé :

$$CH_4 + 2O_2(g) \rightarrow CO_2(g) + 2\,H_2O(g)$$

étape 2 On calcule la quantité de matière de méthane utilisé : $n_{CH_4} = \frac{m_{CH_4}}{M_{CH_4}}$ soit $n_{CH_4} = \frac{10^3}{16} = 62{,}5$ moles

étape 3 $n_{CH_4} = n_{CO_2}$ d'après l'équation bilan donc :

$$m_{CO_2} = n_{CO_2} \times M_{CO_2} \text{ soit } m_{CO_2} = 62{,}5 \times 44 = 2\,750 \text{ g soit } 2{,}75 \text{ kg.}$$

Exercices d'entraînement

Exercice 1 ★ (5 min) Corrigé p. 354

Dans une pile Leclanché, le dioxyde de manganèse $MnO_2(s)$ est réduit et le Zn(s) est oxydé.

1. Écrire l'équation de la réaction d'oxydo-réduction spontanée qui se produit quand la pile débite.

2. $MnO_2(s)$ se trouve-t-il à l'anode ou à la cathode ? Justifier.

3. Quelle est la polarité de l'électrode en zinc ?

Données

Couples d'oxydo-réduction à considérer :

- $MnO_2(s)/Mn^{2+}(aq)$:
  $MnO_2(s) + 4H^+(aq) + 2e^- = Mn^{2+}(aq) + 2H_2O$.
- $Zn^{2+}(aq)/Zn(s)$: $Zn^{2+}(aq) + 2e^- = Zn(s)$.

Exercice 2 ★★ (20 min) Corrigé p. 354

L'accumulateur au plomb

Lors de la charge de cet accumulateur, le même réactif $PbSO_4$ s'oxyde à l'anode et se réduit à la cathode.

1. Quel couple faut-il considérer à l'anode et à la cathode ?

2. Écrire l'équation de la réaction se produisant lors de la charge de l'accumulateur.

3. Quelle solution ionique, conductrice, peut-on employer pour séparer les compartiments ?

Lors de la décharge de l'accumulateur, la réaction qui se produit est exactement l'inverse de celle lors de la charge.

4. Calculer la masse de $PbO_2(s)$ consommée lors d'un démarrage sachant que le démarreur a besoin d'une intensité i = 150 A pendant 4,0 secondes.

5. En déduire la masse de $PbSO_4(s)$ formée.

Données

- Masses molaires : PbO_2 : 239 $g\cdot mol^{-1}$;
  $PbSO_4$: 303 $g\cdot mol^{-1}$;
- $e = 1,6\ 10^{-19} \times C$; $N_A = 6,02 \times 10^{23}\ mol^{-1}$;
- Couple $PbSO_4(s)/Pb(s)$:
  $PbSO_4(s) + 2e^- = Pb(s) + SO_4^{2-}(aq)$.
- Couple $PbO_2(s)/PbSO_4(s)$:
  $PbO_2(s) + 4H^+ + SO_4^{2-}(aq) + 2e^- = PbSO_4(s) + 2H_2O$.

Exercice 3 ★ (10 min) Corrigé p. 354

Étude d'une pile à combustible

1. Écrire l'équation bilan de la réaction qui se produit dans une pile à combustible H_2/O_2. Quel est l'intérêt de ce type de système ? Citer un inconvénient. D'où provient le dioxygène ?

2. Un véhicule fonctionnant avec une pile à combustible, alternative aux batteries classiques, consomme 1,5 kg de dihydrogène pour parcourir 200 km.

a) Quelle quantité de matière de dihydrogène est nécessaire pour parcourir 200 km ?

b) Sachant que dans les conditions usuelles de température et de pression, le volume molaire d'un gaz est $V_m = 24\ L\cdot mol^{-1}$, calculer le volume de dihydrogène nécessaire pour parcourir 200 km. Que penser de cette valeur ?

Données

- Couples à considérer :
  $2H^+(aq) + 2e^- = H_2(g)$;
  $O_2(g) + 4e^- + 4H^+(aq) = 2H_2O$;
- Masse molaire de H : 1 $g\cdot mol^{-1}$.

Exercice 4 ★★ (20 min) Corrigé p. 354

Capacité d'une pile

Dans une pile au lithium, il se produit la réaction suivante (les espèces en solution sont notées avec l'indice « sol », le solvant ne pouvant être l'eau).

$MnO_2(s) + H^+(sol) + Li(s) \rightarrow Li^+(sol) + MnO(OH)(s)$.

La masse de l'électrode en lithium est de 2,0 g.

1. Pourquoi l'eau ne peut-elle pas être utilisée comme solvant ?

2. Déterminer la quantité de matière de Li disponible, ainsi que la quantité de matière d'électrons que la pile peut transférer.

3. En déduire la quantité d'électricité Q (exprimée en C puis en Ah) que la pile peut fournir.

4. Déterminer la capacité massique C_m, c'est-à-dire la quantité maximale d'électricité que peut débiter la pile par kilogramme de lithium.

5. Comparer ce résultat à la capacité massique d'autres piles : au cadmium (480 $Ah \cdot kg^{-1}$), au zinc (500 $Ah \cdot kg^{-1}$) ou à l'argent (820 $Ah \cdot kg^{-1}$).

6. On admet que lors du fonctionnement de la pile, le réactif limitant est le lithium.

Calculer l'autonomie de la pile, c'est-à-dire la durée t pendant laquelle la pile peut fonctionner, en considérant qu'elle délivre un courant $I = 0,1$ mA.

Donnée

Masse molaire du lithium : 6,9 $g \cdot mol^{-1}$.

Exercice 5 ★ (10 min) *Corrigé p. 355*

Énergie d'une pile Leclanché

On considère une pile Leclanché plate de 1,5 V pouvant débiter une intensité $I = 5$ mA pendant une durée $t = 220$ heures.
Les couples d'oxydo-réduction mis en jeu sont : $MnO_2(s)/MnO(OH)(s)$ et $Zn^{2+}(aq)/Zn(s)$

1. Écrire les demi-équations électroniques des deux couples considérés.

2. Sachant que le zinc est oxydé, écrire l'équation bilan de la réaction de fonctionnement de la pile.

Quel réactif se trouve à la borne positive ?

3. Déterminer la capacité de cette pile, en C et en Ah.

4. Déterminer l'énergie stockée, en J et en Wh.

Donnée

Masses molaires : Mn : 55 $g \cdot mol^{-1}$;
O : 16 $g \cdot mol^{-1}$; Zn : 65,4 $g \cdot mol^{-1}$.

Exercice 6 ★ (5 min) *Corrigé p. 355*

Consommation d'une ambulance

On considère une ambulance à moteur diesel, dont la dépense énergétique est de 40 MJ sur un trajet de 20 km.
Le PCI du gazole utilisé est de 43 $MJ \cdot kg^{-1}$.
La masse volumique ρ du gazole est 0,84 $kg \cdot L^{-1}$.

1. Calculer la masse de carburant brûlé sur ce parcours.

2. En déduire le volume de carburant utilisé et la consommation de l'ambulance en litre pour 100 km.

Exercice 7 ★★★ (20 min) *Corrigé p. 355*

Production de CO_2 par un avion

1. On assimile le kérosène au décane, alcane pour lequel $n = 10$.

Écrire la formule brute du décane puis l'équation bilan de la réaction de combustion complète du décane.

2. La consommation d'un Boeing 737, avion moyen-courrier, est de 6000 $L \cdot h^{-1}$.

On veut déterminer la masse de dioxyde de carbone produite en $tonne \cdot h^{-1}$, en supposant la combustion complète.

a) Déterminer la masse puis la quantité de matière de décane consommées en 1 heure.

b) En déduire la quantité de matière puis la masse de dioxyde de carbone produites pendant une heure.

Données

- Masse volumique du kérosène :
  $\rho = 0,77$ $kg \cdot L^{-1}$;
- Masses molaires : C : 12 $g \cdot mol^{-1}$;
  H : 1 $g \cdot mol^{-1}$; O : 16 $g \cdot mol^{-1}$.

6 Mouvements, forces et énergie mécanique

Spécialité Physique-Chimie

PHYSIQUE-CHIMIE

La plupart des objets qui nous entourent sont en mouvement. Les causes qui les produisent sont les forces que ces objets subissent.

1 Référentiel

• Lorsque l'on décrit le mouvement d'un système, il faut toujours préciser le **référentiel**, c'est-à-dire l'observateur dont on adopte le point de vue.

• **Quel référentiel choisir ?**
– Si on étudie le mouvement d'objets de la vie courante ⇒ **référentiel terrestre**.
– Si on étudie les mouvements des satellites de la Terre ⇒ **référentiel géocentrique.**

2 Mouvement rectiligne

• **Le mouvement d'un point mobile *M*** est **rectiligne** si sa trajectoire est une **droite**.

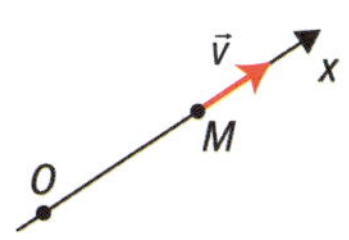

▲ Mouvement rectiligne.

• Lorsqu'un point *M* se déplace sur une trajectoire rectiligne dans un référentiel *R* et parcourt une distance *L* entre les dates t_1 et t_2, sa **vitesse moyenne** est :

$$v_{moy} = \frac{L}{t_2 - t_1}.$$

• Si l'axe (*Ox*) qui porte la trajectoire a pour vecteur unitaire $\vec{i}$, alors les **vecteurs vitesse et accélération** ont pour expression :

$$\vec{v} = v \times \vec{i} \quad \text{et} \quad \vec{a} = a \times \vec{i}.$$

• La **vitesse instantanée** du point *M* est définie par $v = \lim_{(t_2 - t_1) \to 0} v_{moy}$.

• Les expressions de la **vitesse et l'accélération** sont, dans ce cas :

$$v = \frac{dx}{dt} \quad \text{et} \quad a = \frac{dv}{dt}.$$

• Si on connaît la position du système au cours du temps, on peut tracer la courbe $x(t)$ puis $v(t)$ (courbe de la fonction dérivée par rapport au temps de x) et $a(t)$ (courbe de la fonction dérivée par rapport au temps de v).

Maths

La dérivée en un point correspond à la pente de la tangente à la courbe en ce point. Voir chapitre 3 p. 202.

Ex. : Cas d'un mouvement rectiligne uniformément accéléré selon (Ox)

Chronophotographie du mouvement	Représentation graphique de la coordonnée *x* en fonction du temps	Représentation graphique de la vitesse *v* en fonction du temps	Représentation graphique de l'accélération *a* en fonction du temps
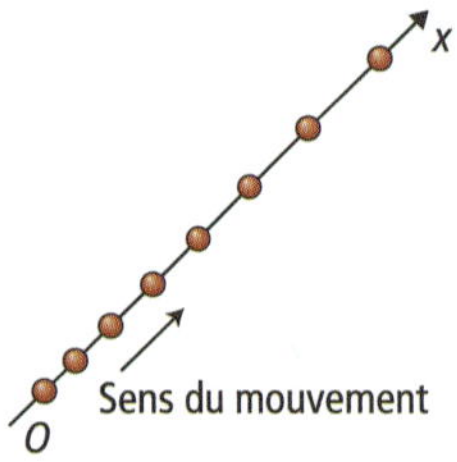 Sens du mouvement	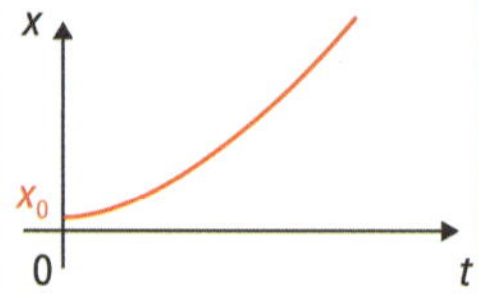 Pointage $x(t)$	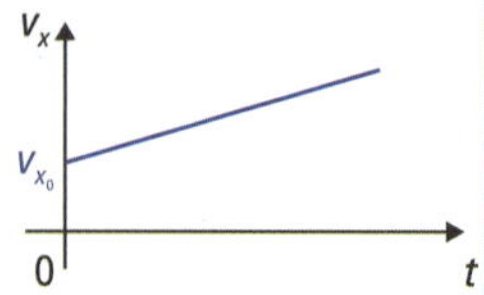 $v = \dfrac{dx}{dt}$	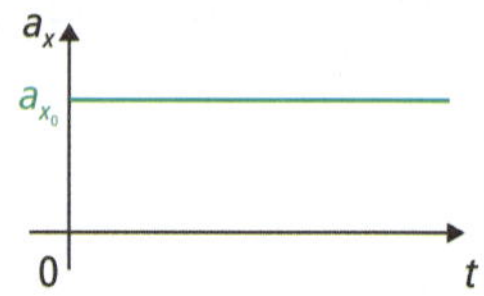 $a = \dfrac{dv}{dt}$

3 Mouvement de rotation*

• Soit un solide en rotation dans un référentiel donné. Les points du solide décrivent des cercles qui ne sont pas tous identiques : cela dépend de la distance R de chacun de ces points à l'axe de rotation.

Pendant l'intervalle de temps Δt :
– la distance parcourue par le point A est différente de celle parcourue par le point B
 ⇒ la vitesse linéaire v de A est différente de celle de B ;
– l'angle balayé est identique pour les deux points
 ⇒ leurs vitesses angulaires ω sont égales.

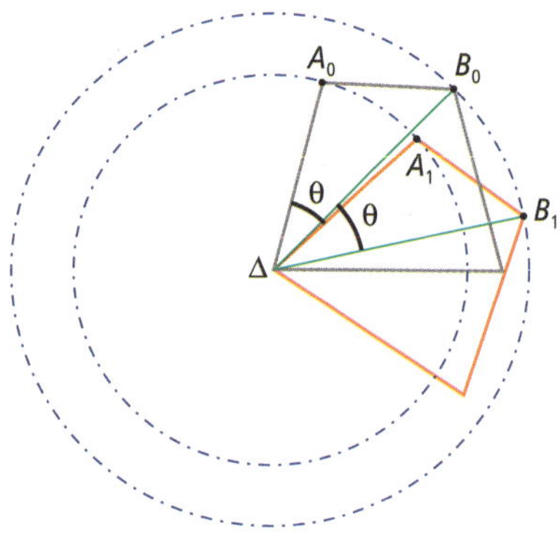

▲ Solide en rotation autour d'un axe Δ.
A_0 est la position de A à l'instant t_0
A_1 est la position de A à t_1.
$t_1 - t_0 = \Delta t$.

• **La relation entre la vitesse v linéaire et la vitesse angulaire ω** est :

$v = R \times \omega$	**Unités** v en mètre par seconde ($m \cdot s^{-1}$) R en mètre (m) ω en rad. s^{-1}

Méthode Calculer une vitesse linéaire

Le solide tourne à une vitesse angulaire de 2 rad. s^{-1}. Le point A est situé à 3 cm de l'axe Δ et le point B à 4 cm de l'axe Δ. Calculer les vitesses linéaires de A et de B.

La vitesse linéaire du point A est $v_A = 3 \times 10^{-2} \times 2 = 6 \times 10^{-2}\ m \cdot s^{-1} = 6\ cm \cdot s^{-1}$
alors que celle du point B est $v_B = 4 \times 10^{-2} \times 2 = 8 \times 10^{-2}\ m \cdot s^{-1} = 8\ cm \cdot s^{-1}$.

Attention

Pour une vitesse angulaire donnée en tour $\cdot s^{-1}$, il faut, pour calculer la vitesse linéaire, la convertir en rad. s^{-1} en multipliant par 2π (1 tour : 2π radians).

* Ce paragraphe ne pourra pas faire l'objet d'une question à l'épreuve écrite du Bac.

4 Actions mécaniques

A Inventaire des forces

• Une **action mécanique est modélisée par une force**, une force est représentée par un vecteur : l'origine du vecteur est le point d'application de la force, sa direction et son sens sont les mêmes que ceux de la force.

• **On appelle résultante des forces la somme de toutes les forces** qui s'appliquent au système.

B Quelques actions mécaniques sur un solide

• **Le poids :** pour un système de masse m : $\vec{P} = m \times \vec{g}$
où $\vec{g}$ est le champ de pesanteur.

• Son point d'application est situé au centre d'inertie du système, il est orienté selon la verticale, du haut vers le bas.

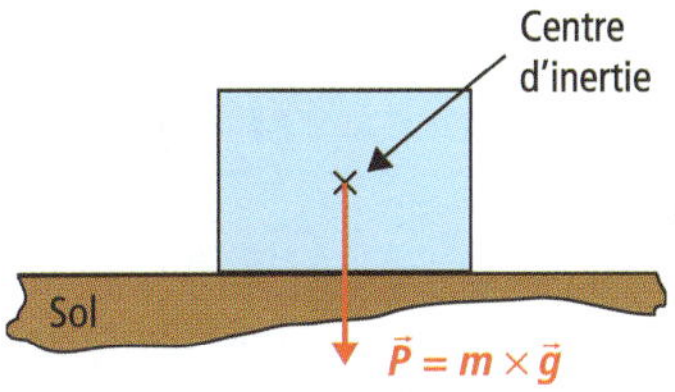

• **Force de contact entre solides :** lorsqu'un système solide S est au contact d'un autre solide Z, le solide Z exerce une action mécanique sur le système appelée réaction du support et notée $\vec{R}$.

$\vec{R}$ en l'absence de frottements	$\vec{R}$ en présence de frottements
Point d'application sur la surface de contact.	Point d'application sur la surface de contact.
Direction perpendiculaire à la surface de contact.	Direction inclinée par rapport à la normale à la surface de contact.
Orientée du support vers l'objet.	Orientée du support vers l'objet.
$\vec{R} = \vec{R}_N$ 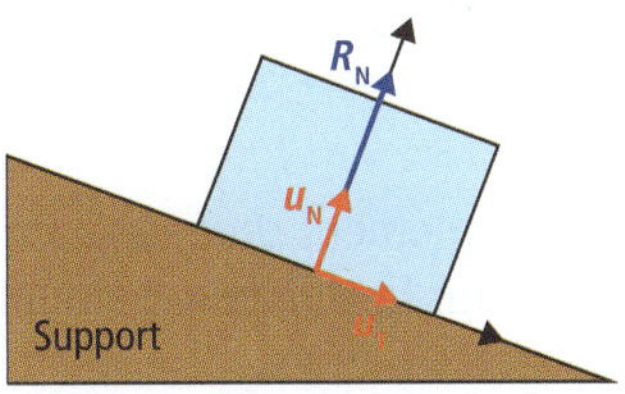	$\vec{R} = \vec{R}_N + \vec{R}_T$ $\vec{R}_T$ correspond aux frottements. 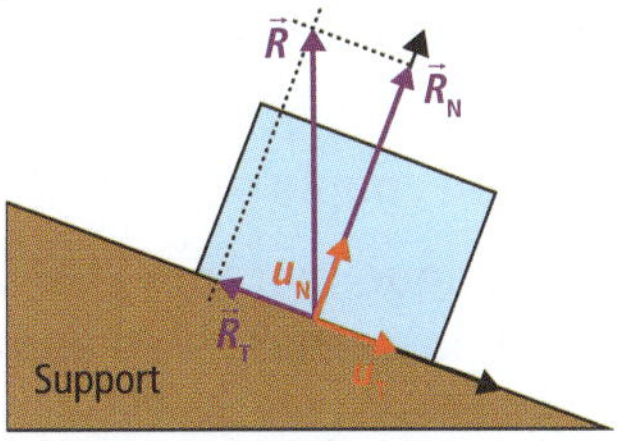

• **Force de frottement entre un solide et un fluide :** lorsqu'un solide est en mouvement dans un fluide, il subit une force de résistance $\vec{f}$ de la part du fluide. C'est une force de frottement qui s'oppose au déplacement du solide et qui est de **sens opposé à la vitesse**. Pour de faibles vitesses, $f = h \times v$, pour des vitesses élevées $f = h \times v^2$.
h est un coefficient qui dépend du solide et du fluide.

• **Force de rappel élastique :** lorsqu'un système est accroché à un ressort de constante de raideur k, le ressort exerce une action mécanique sur le système appelée **force de rappel élastique** et notée $\vec{T}$. Dans le cas d'une déformation modérée, on a :

$\vec{T} = -k(\ell - \ell_0)\vec{u}_x$. ℓ est la longueur du ressort. ℓ_0 est la longueur à vide.

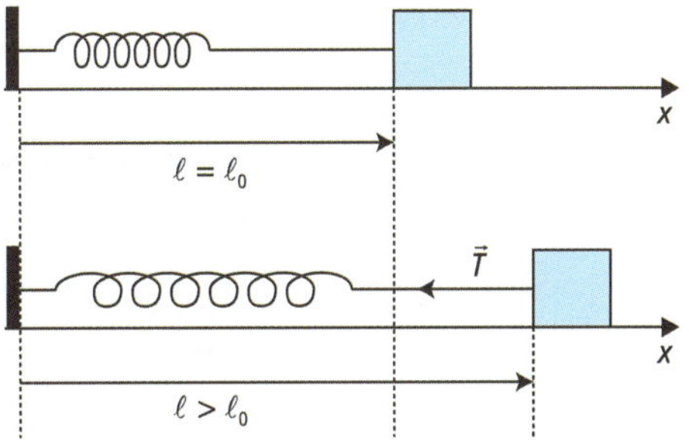

C Effet sur la rotation d'un solide*

• Lorsqu'une force est exercée sur un solide susceptible d'être mis en rotation autour d'un axe, on peut observer deux situations :
– la force n'a aucun effet sur la rotation ;
– la force a un effet sur la rotation.

• **Définition :** le moment d'une force $\vec{F}$ par rapport à un axe Δ est une grandeur scalaire, notée $M_{\Delta}(\vec{F})$, qui caractérise la capacité de cette force à faire tourner le solide autour de cet axe. Pour le calculer, on utilise d, la distance entre la droite d'action de la force, et F son intensité. d s'appelle **le bras de levier**.
On a :

$$M_{\Delta}(\vec{F}) = F \times d$$

Unités
M_{Δ} en newton-mètre (N · m)
F en newton (N)
d en mètre (m)

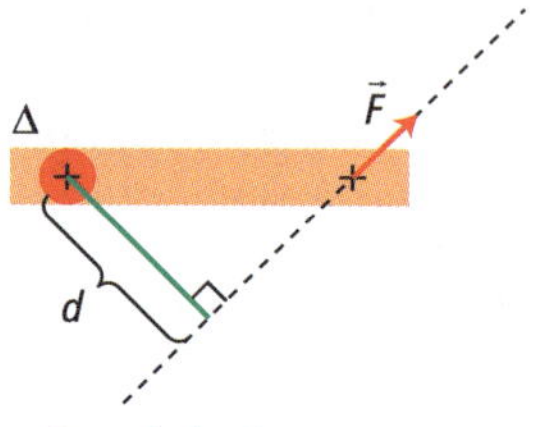

▲ Bras de levier.

• Une force dont le moment par rapport à l'axe est nul n'a aucun effet sur la rotation d'un solide (force dont la droite d'action coupe l'axe ou dont la droite d'action est parallèle à l'axe).

• La capacité d'une force à faire tourner un solide est d'autant plus grande :
– que la distance d est grande ;
– que l'intensité de cette force est grande.

D Cas d'un couple de forces*

• **Un couple de forces** est un ensemble de deux forces (schéma ci-contre) ayant des droites d'action distinctes et parallèles, des sens opposés et des valeurs égales $F_1 = F_2 = F$.

• Le couple tend à produire une rotation dans un sens donné. On indique par une flèche courbe le sens de rotation.

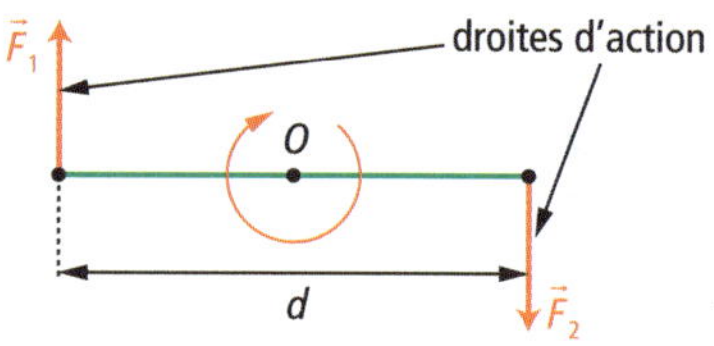

▲ Couple de forces.

• **Le moment du couple** s'écrit $M_{\Delta}(\text{couple}) = F \times d$.

• **La caractéristique mécanique d'un moteur** représente le moment du couple en fonction de la fréquence de rotation. Si l'on connaît la caractéristique pour la charge, on trouve le point de fonctionnement en cherchant l'intersection entre les 2 caractéristiques.

• **Le point de fonctionnement** correspond à la situation où le couple moteur compense exactement le couple résistant de la charge.

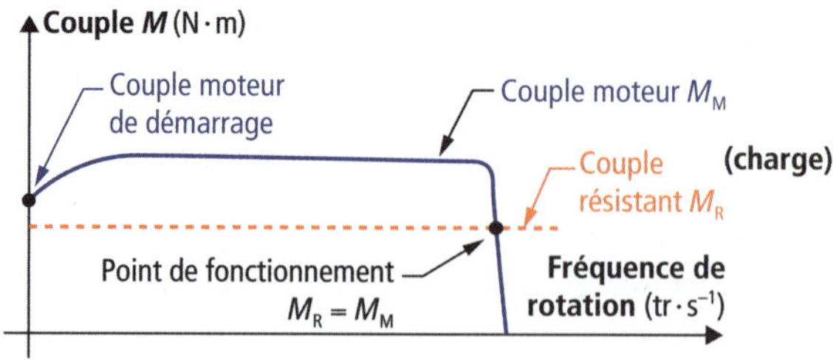

▲ Représentation du point de fonctionnement.

* Ces deux paragraphes ne pourront pas faire l'objet d'une question à l'épreuve écrite du Bac.

5 Principe fondamental de la dynamique

• Dans un référentiel terrestre, **la résultante $\vec{F}$ des forces appliquées à un solide** de masse m et l'accélération $\vec{a}$ de son centre de gravité, sont liés par la relation :

$\vec{F} = m \times \vec{a}$	**Unités** F en newton (N) m en kilogramme (kg) a en mètre par seconde carré ($m \cdot s^{-2}$)

Maths
Connaissant l'accélération dans le cas d'un mouvement rectiligne, on peut trouver la vitesse et la position du mobile par intégrations successives. Voir chapitre 6 p. 219

• L'accélération d'un système permet de trouver la résultante des forces et la résultante des forces appliquées à un système permet de trouver l'accélération.

6 Transfert d'énergie par travail

A Travail d'une force constante

• **Le travail d'une force constante $\vec{F}$** lors du déplacement de A à B de son point d'application est :

$W_{AB} = \vec{F} \cdot \overrightarrow{AB}$	**Unités** W_{AB} en joule (J) F en newton (N) AB en mètre (m)

• Cas usuels :

$\alpha = 0$ $\cos\alpha = 1$		$W_{AB}(\vec{F}) = F \times AB > 0$
$0° < \alpha < 90°$ $\cos\alpha > 0$	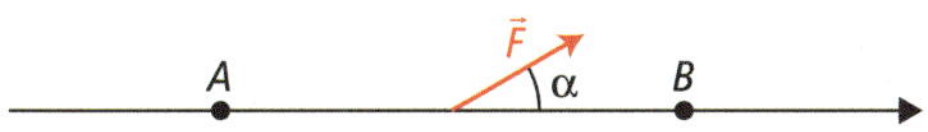	$W_{AB}(\vec{F}) = F \times AB \times \cos\alpha > 0$
$\alpha = 90°$ $\cos\alpha = 0$	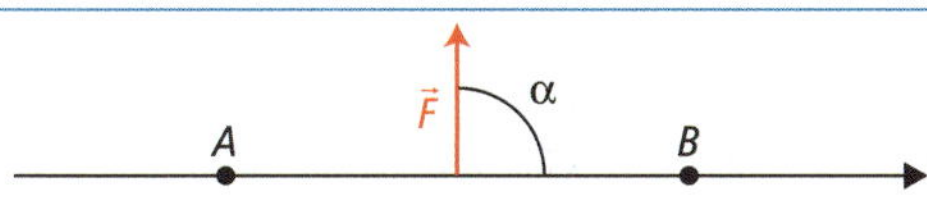	$W_{AB}(\vec{F}) = 0$
$90° < \alpha < 180°$ $\cos\alpha < 0$	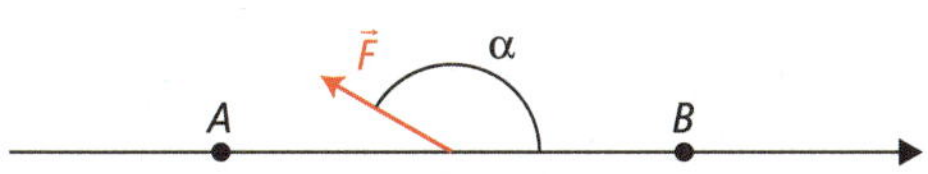	$W_{AB}(\vec{F}) = F \times AB \times \cos\alpha < 0$
$\alpha = 180°$ $\cos\alpha = -1$	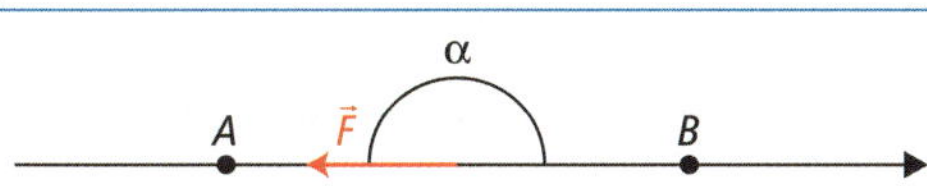	$W_{AB}(\vec{F}) = -F \times AB < 0$

B Énergie cinétique

Pour un solide de masse m en mouvement de translation et dont le centre d'inertie se déplace à la vitesse $\vec{v}$, son **énergie cinétique E_c** est : $E_c = \frac{1}{2}mv^2$.

C Théorème de l'énergie cinétique

Dans un référentiel terrestre, la **variation d'énergie cinétique ΔE_c** d'un solide entre 2 instants est égal au travail des forces $W(\vec{F})$ qui lui sont appliquées : $W(\vec{F}) = \Delta E_c$.

Exercices d'entraînement

Exercice 1 ★ (5 min) Corrigé p. 355

Chute libre

Une balle de masse m et de centre de gravité G est lâchée d'une hauteur H sans vitesse initiale. L'axe Oz est orienté vers le bas, son origine est prise à l'endroit où la balle est lâchée. L'évolution de $z(t)$ est donnée par $z(t) = \frac{1}{2}gt^2 + H$ où g est l'intensité du champ de pesanteur.

1. Déterminer l'expression de la vitesse au cours du temps.

2. Déterminer l'expression de l'accélération au cours du temps.

3. Choisir parmi les qualificatifs suivants pour le mouvement étudié : rectiligne uniforme, rectiligne uniformément accéléré ou rectiligne uniformément freiné.

Exercice 2 ★ (10 min) Corrigé p. 355

Mouvement de rotation

Un lave-linge effectue un essorage à 1 000 tour·min^{-1}. Le tambour a un diamètre de 80 cm.

1. Calculer la vitesse angulaire de rotation du tambour.

2. Calculer la vitesse linéaire d'un point situé sur le contour du tambour de la machine à laver.

Exercice 3 ★★ (15 min) Corrigé p. 355

Résultante des forces

Un livre de masse $m = 500$ g est posé sur une table inclinée d'un angle $\alpha = 10°$ par rapport à l'horizontale. Le livre ne glisse pas et reste en équilibre.

1. Quelles sont les forces s'exerçant sur le livre en équilibre ?

2. Déterminer les caractéristiques de la réaction de support exercée par la table sur le livre ($\vec{R}_N$ et $\vec{R}_T$).

Donnée :

$g = 9{,}8$ m·s^{-1}.

Exercice 4 ★★ (10 min) Corrigé p. 355

Fermez la porte !

La figure ci-dessous représente la vue de dessus d'une porte.

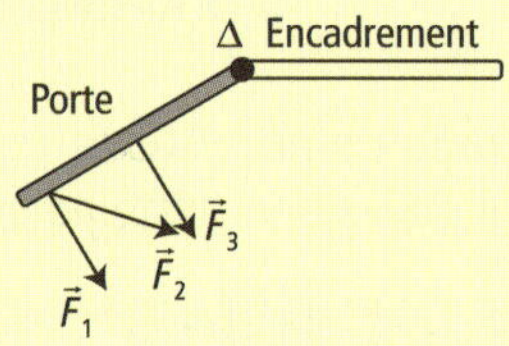

1. Pour chaque force, représenter le bras de levier par rapport à l'axe Δ.

2. Les forces étant toutes de même intensité, déduire quelle force a le moment par rapport à Δ le plus élevé.

3. Conclure quant à la force qui permet l'ouverture la plus efficace de la porte.

Exercice 5 ★★★ (20 min) Corrigé p. 356

Sport d'hiver

Un skieur (masse 80 kg) aborde une portion de piste plane et horizontale avec une vitesse de 4,5 m·s^{-1}. L'ensemble des forces de frottements exercées par la neige sur les skis et par l'air sur le skieur est équivalent à une force unique $\vec{f}$ supposée constante et opposée au mouvement.

1. Quelle est la résultante des forces qui s'applique au skieur ?

2. Donner l'expression du travail de la force de frottement lorsque le skieur se déplace d'une distance d.

3. Sachant que le skieur s'arrête au bout de 10 m, déterminer la valeur de l'intensité de la force de frottement $\vec{f}$.

Exercice 6 ★★★ (20 min) *Corrigé p. 356*

Étude d'un avion en vol

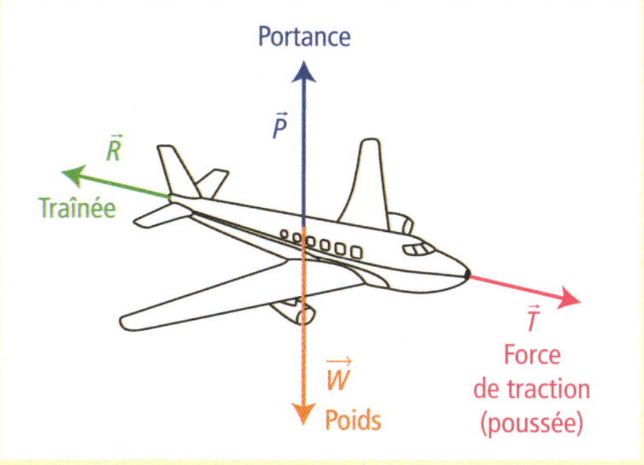

Un avion en vol est soumis à 4 forces (voir figure) : son poids, la portance, la traînée et la force de traction exercée par les réacteurs (poussée).

1. Calculer la résultante des forces lorsque l'avion vole à sa vitesse de croisière.

2. En supposant que la force de traînée soit proportionnelle au carré de la vitesse, déterminer le coefficient de proportionnalité.

3. La poussée des réacteurs est portée à sa valeur maximale de 45 kN, en déduire l'accélération de l'avion à l'instant où le pilote met les gaz.

4. En supposant que la variation de l'intensité de la force de traînée soit négligeable sur les 30 premières secondes, déterminer la variation de vitesse de l'avion obtenue après 30 secondes de poussée maximale.

Données

Caractéristiques d'un jet d'affaire triréacteur :
- Altitude de croisière : 41 000 pieds ;
- Masse moyenne : 17 tonnes ;
- Poussée des réacteurs en vitesse de croisière : 36 kN ;
- Vitesse de croisière : 900 km·h^{-1}.

PHYSIQUE-CHIMIE

7 Éléments de statique des fluides

Spécialité Physique-Chimie

Les fluides (gaz et liquides) sont omniprésents dans notre environnement. Lorsque l'on étudie leur comportement au repos, on parle de statique des fluides.

1 Force pressante

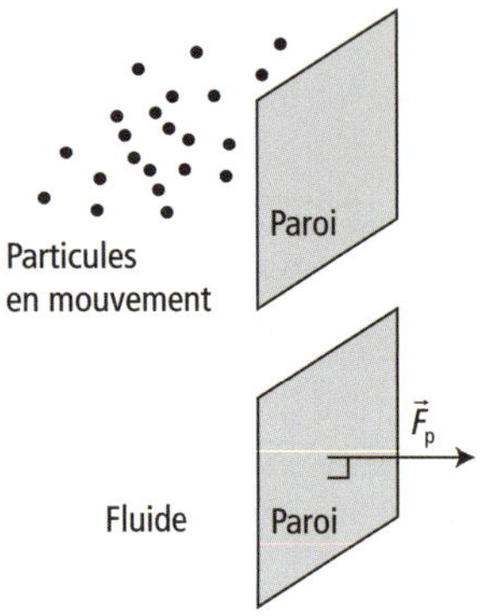

• **Un fluide est constitué de particules microscopiques en mouvement** permanent et désordonné.
Quand on place un solide au contact d'un fluide, ces particules microscopiques exercent sur la paroi du solide un grand nombre de forces microscopiques. La résultante de ces micro-forces sur toute la surface de contact est appelée **force pressante, notée $\vec{F}_p$.**

• **La force pressante $\vec{F}_p$** est perpendiculaire à la surface de contact et dirigée du fluide vers la surface.

• **La pression p** exercée par le fluide au niveau d'une surface plane S vaut :

$$p = \frac{\|\vec{F}_p\|}{S}$$

Unités
p en pascal (Pa)
$\|\vec{F}_p\|$ en newton (N)
S en mètre-carré (m^2)

• Quelques unités de pression :
1 bar = 10^5 Pa ;
1 psi = 6 980 Pa (psi : *Pound Per Square Inch*) ;
1 bar = 750 mmHg (millimètre de mercure).

2 Pression absolue et pression relative

Pour mesurer la pression, on utilise un manomètre. Il existe deux types de manomètres :

Manomètre mesurant la pression p appelé **pression absolue**	Manomètre mesurant une différence de pression Δp appelée **pression relative**, mesurée par rapport à la pression atmosphérique : $\Delta p = p_{absolue} - p_{atm}$ ($p_{atm} \approx 1$ bar = 10^5 Pa).

Un baromètre mesure la pression atmosphérique, c'est une mesure de pression absolue.

Un manomètre différentiel mesure une pression relative. Une pression relative de 0 Pa dans un fluide signifie que la pression absolue dans le fluide est la même que la pression atmosphérique.

Méthode Différencier pression absolue et pression relative

Un constructeur automobile préconise pour la pression des pneumatiques avant du véhicule « une pression de 2,2 bars pour conduite sur autoroute ».
Sachant que l'indication donnée est une pression relative, donner la pression de l'air à l'intérieur du pneumatique.

On a : $\Delta p = p_{pneu} - p_{atm}$ donc :

$$p_{pneu} = p_{atm} + \Delta p \text{ soit } p_{pneu} = 1 + 2{,}2 = 3{,}2 \text{ bars.}$$

3 Principe fondamental de l'hydrostatique

- Dans un fluide incompressible au repos, **la pression p_M en un point M dépend de l'altitude** de ce point.
- **Principe fondamental de l'hydrostatique** : en tout point $M(z)$ du fluide :

$$p_M + \rho \times g \times z_M = \text{constante}$$

Unités
p_M en pascal (Pa)
ρ en kilogramme par mètre-cube ($kg \cdot m^{-3}$)
g en mètre par seconde-carré ($m \cdot s^{-2}$)
z_M en mètre (m)

ρ est la masse volumique et g l'accélération de la pesanteur.

COMPRENDRE EN VIDÉO *Pression d'un liquide au repos*

- Soit A et B deux points du fluide au repos :

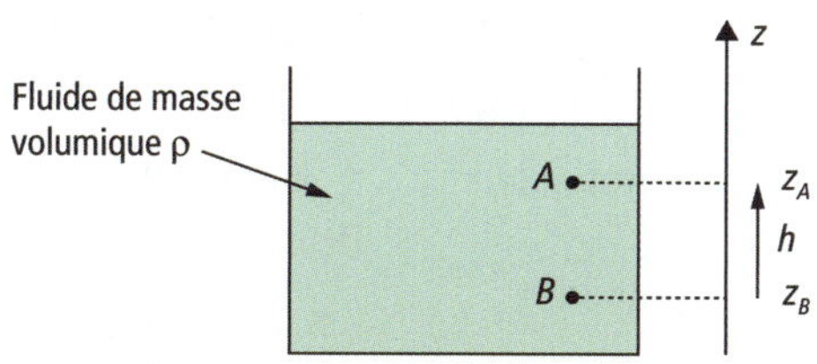

$$p_A + \rho \times g \times z_A = p_B + \rho \times g \times z_B$$
$$p_B - p_A = \rho \times g \times (z_A - z_B) = \rho \times g \times h$$

Méthode Exploiter le principe fondamental de l'hydrostatique

Calculer la différence de pression qui existe entre 2 points A et B séparés d'une distance verticale $h = 15$ cm et situés dans l'eau.

Données :
- Masse volumique de l'eau : $\rho_{eau} = 1{,}0 \text{ kg} \cdot L^{-1}$;
- Accélération de la pesanteur : $g = 9{,}8 \text{ m} \cdot s^{-2}$.

étape 1 Il faut vérifier que les grandeurs sont dans la bonne unité : la masse volumique doit être en $kg \cdot m^{-3}$ donc $\rho_{eau} = 1\,000 \text{ kg} \cdot m^{-3}$ et la différence d'altitude en mètre soit $h = 0{,}15$ m.

étape 2 On calcule ensuite $\Delta p = \rho_{eau} \times g \times h = 1\,000 \times 9{,}8 \times 0{,}15 = 1\,470$ Pa.

Exercices d'entraînement

Exercice 1 ★★ (10 min) Corrigé p. 356

Force pressante et pression

1. Évaluer la force pressante exercée par l'air environnant sur 1 cm^2 de la peau.

2. Quelle serait la pression si la même force était exercée sur une surface de 1 mm^2 ?

3. Expliquer le principe de la presse hydraulique représenté ci-dessous.

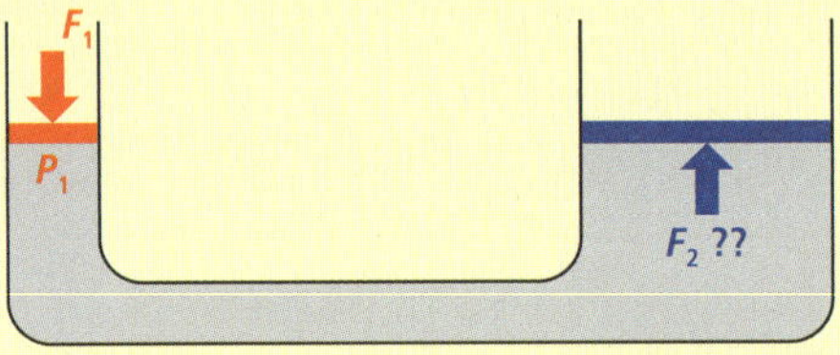

Donnée

$p_{atm} = 1$ bar $= 10^5$ Pa

Exercice 2 ★ (10 min) Corrigé p. 356

Plongée

1. Un plongeur effectue un palier de décompression avant sa remontée à une profondeur de 15 m.
Déterminer la pression relative à cet endroit.

2. Quelle est la valeur de la pression absolue qu'il subit de la part de l'eau ?

Données

- $p_{atm} = 1$ bar ;
- $g = 9{,}8 \text{ m} \cdot \text{s}^{-2}$;
- $\rho_{eau} = 1\,000 \text{ kg} \cdot \text{m}^{-3}$;
- 1 bar $= 10^5$ Pa.

Exercice 3 ★ (10 min) Corrigé p. 357

Histoire d'unité

L'unité de pression mmHg est apparue avec les baromètres à colonne de mercure qui ne sont plus utilisés en raison de la toxicité du mercure.

1. Rappeler le principe fondamental de l'hydrostatique.

2. Une colonne est remplie de mercure liquide au repos.

Quelle doit être la différence de hauteur entre 2 points A et B pour que la différence de pression Δp entre ces deux points soit égale à la pression atmosphérique ?

3. Justifier la conversion 1 bar = 750 mmHg.

Données

- $\rho_{Hg} = 13\,600 \text{ kg} \cdot \text{m}^{-3}$;
- $p_{atm} = 1{,}013 \times 10^5$ Pa ;
- Accélération de la pesanteur $g = 9{,}8 \text{ m} \cdot \text{s}^{-2}$.

8 Énergie et rayonnement

1 Modèle corpusculaire de la lumière

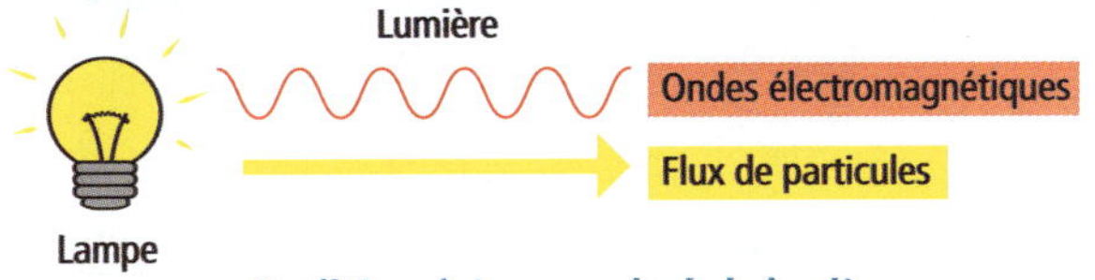

▲ Dualité onde/corpuscule de la lumière.

Deux descriptions de la lumière : dualité onde-corpuscule

- ondulatoire → **Lumière = onde électromagnétique de longueur d'onde $\lambda = \frac{c}{f}$** comprise entre 400 et 800 nm → Interprétation des phénomènes de **diffraction** et d'**interférences**
- corpusculaire → **Lumière = flux de particules** appelés **photons d'énergie ε** → Interprétation de **l'effet photoélectrique**

• **Un photon est une particule** non chargée, de masse nulle qui se déplace à la vitesse de la lumière. L'énergie de la lumière est transportée par ces photons (grains d'énergie).

• **L'énergie ε d'un photon** est égale au produit de la constante de Planck h par la fréquence de l'onde *f* (égale au rapport de la célérité de la lumière dans le vide sur la longueur d'onde λ).

$$\varepsilon = h \times f \Leftrightarrow \varepsilon = h \times \frac{c}{\lambda}$$

Unités
- ε en joule (J)
- *c* en mètre par seconde ($m \cdot s^{-1}$)
- h en joule-seconde (J · s)
- *f* en hertz (Hz)
- λ en mètre (m)

Méthode Calculer l'énergie d'un photon

Calculer l'énergie d'un photon d'une radiation lumineuse de longueur d'onde λ = 600 nm.

Données :
- $c = 3 \times 10^8$ $m \cdot s^{-1}$ et $h = 6{,}63 \times 10^{-34}$ J · s.

L'énergie du photon vaut :

$$\varepsilon = h \times f = 6{,}63 \times 10^{-34} \times \frac{3 \times 10^8}{600 \times 10^{-9}} = 3{,}3 \times 10^{-19} \text{ J.}$$

2 Échanges d'énergie

COMPRENDRE EN VIDÉO — *Transfert d'énergie.*

• **La lumière interagit avec la matière**. Cette interaction se caractérise au niveau microscopique par un **échange d'énergie** entre les photons de la lumière et les atomes de la matière.
⇒ Il y a **conservation de l'énergie**.

- Un atome ne peut exister que dans des états bien définis, chaque état étant caractérisé par un niveau d'énergie.

Lorsqu'un photon est **absorbé** par un atome : l'énergie de l'atome **augmente** d'une valeur égale à l'énergie du photon.

Lorsqu'un photon est **émis** par un atome : l'énergie de l'atome **diminue** d'une valeur égale à l'énergie du photon.

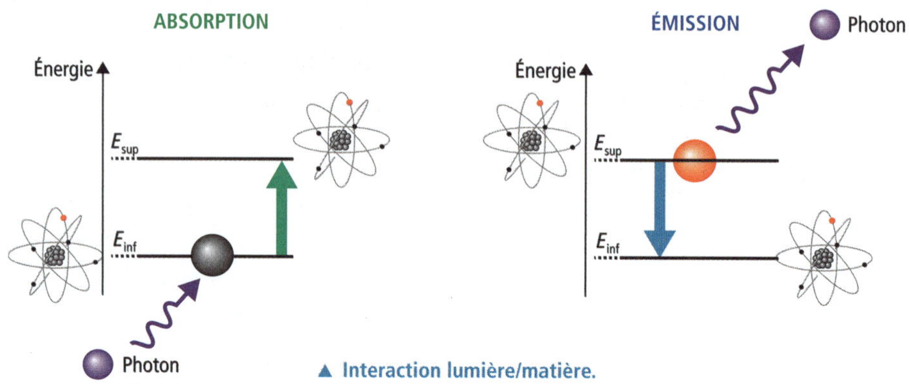

▲ Interaction lumière/matière.

- **La conservation de l'énergie** lors de l'interaction lumière-matière s'écrit :

$$\Delta E = E_{sup} - E_{inf} = h \times f$$

ΔE est la variation d'énergie de l'atome et $h \times f$ l'énergie du photon **absorbé** ou **émis**.

3 Conversion photovoltaïque et photothermique

A Chaînes énergétiques

- Une **cellule photovoltaïque** permet la conversion :

énergie rayonnée par le soleil ⟶ énergie électrique

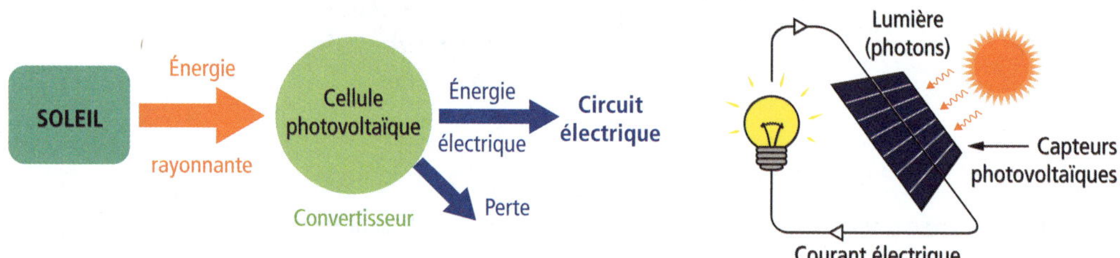

▲ Chaîne énergétique d'une cellule photovoltaïque.

- Un **panneau solaire thermique** permet la conversion :

énergie rayonnée par le soleil ⟶ énergie thermique (la température, donc l'énergie interne, d'un fluide caloporteur augmente)

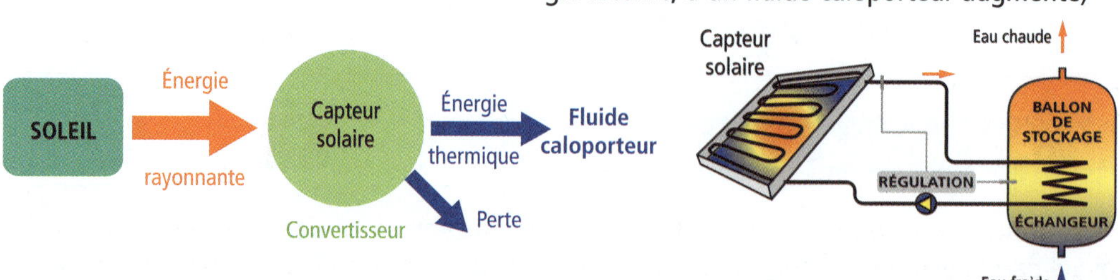

▲ Chaîne énergétique d'un panneau solaire thermique.

B Caractéristique tension-courant d'un panneau photovoltaïque

• **On représente l'intensité dans le circuit** en fonction de la tension aux bornes de la cellule photovoltaïque :

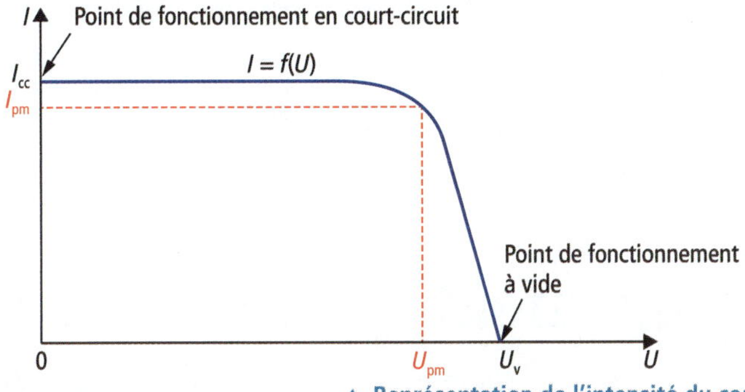

▲ Représentation de l'intensité du courant.

COMPRENDRE EN VIDÉO
Caractéristique d'un panneau photovoltaïque.

Rappel de 1re

L'irradiance ou éclairement P_{surf} est la puissance lumineuse reçue par unité de surface, elle s'exprime en $W \cdot m^{-2}$.

• **Plus l'irradiance** est élevée, plus I_{cc} est grand. Cependant, la tension à vide varie très peu lorsque l'irradiance varie.

• **Le point de fonctionnement** permettant d'obtenir une puissance maximale P_{max} de la part de la cellule photovoltaïque est de coordonnées (U_{pm}, I_{pm}).

Méthode — Identifier le point de fonctionnement

En supposant qu'un module photovoltaïque de caractéristique tension-courant donnée ci-dessous soit branché sur une charge modélisée par une résistance $R = 5\ \Omega$, déterminer graphiquement son point de fonctionnement pour une irradiance de $800\ W \cdot m^{-2}$.

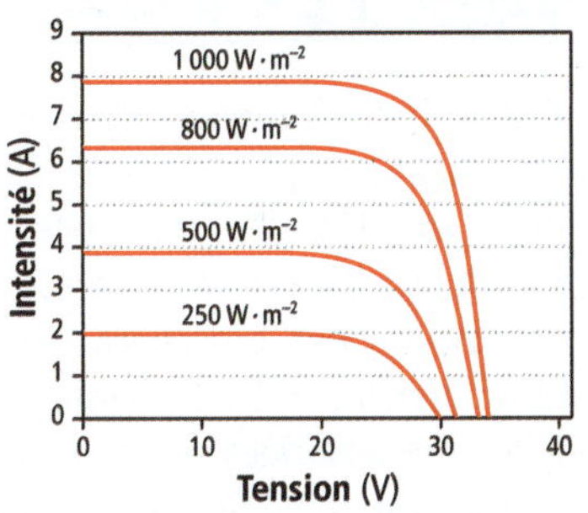

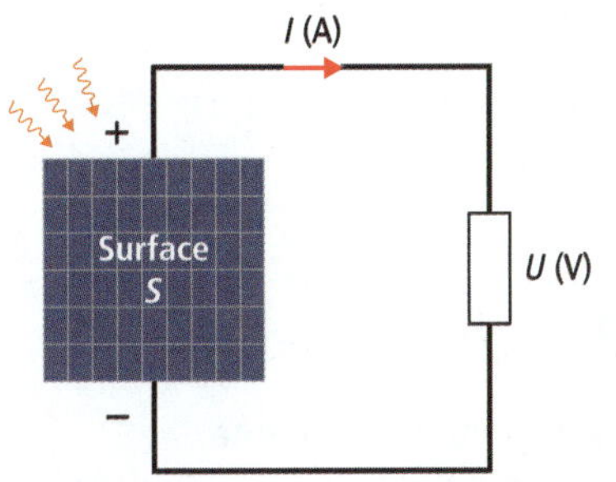

étape 1 On connaît la relation courant-tension pour la résistance : $U = R \times I$. Il faut superposer la courbe $I = f(U)$ sur la caractéristique du module photovoltaïque et chercher le point d'intersection : on obtient le point de fonctionnement.

étape 2 On trouve $I = 5{,}5$ A et $U = 27{,}5$ V.
Dans ce cas, le point de fonctionnement ne correspond pas au point de fonctionnement à puissance maximale qui est légèrement au-dessus de 6 A.

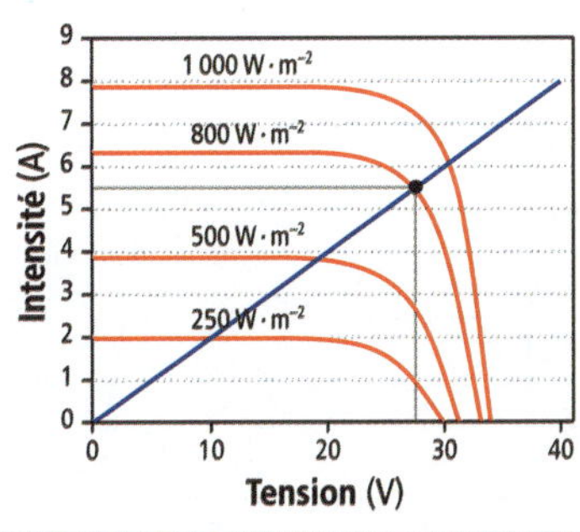

C Rendement de conversion

La puissance absorbée dans le cas des panneaux photovoltaïques ou des panneaux solaires thermiques est proportionnelle à leur **surface S**.

Cas de la conversion photovoltaïque

$$R_{max} = \frac{P_{max}}{P_{surf} \times S}$$

Cas de la conversion photothermique

$$R = \frac{P_{thermique}}{P_{surf} \times S}$$

P_{surf} : Irradiance (ou éclairement)

Exercices d'entraînement

Exercice 1 ★ (10 min) *Corrigé p. 357*

Énergie et photons

Les cellules photovoltaïques fonctionnent principalement avec des radiations autour du vert $\lambda_1 = 510$ nm et du bleu $\lambda_2 = 440$ nm.

1. Déterminer les fréquences de chaque onde lumineuse.

2. Calculer les énergies en joule puis en électronvolt (eV) des photons associés à chaque radiation.

Données

- $c = 3{,}00 \times 10^{8}$ m·s^{-1} ; $h = 6{,}63 \times 10^{-34}$ J·s ; 1 eV $= 1{,}6 \times 10^{-19}$ J.

Exercice 2 ★ (10 min) *Corrigé p. 357*

Chargeur solaire pour smartphone

On donne la caractéristique, pour un éclairement de 800 W·m^{-2}, d'un panneau photovoltaïque de surface 300 mm × 150 mm utilisé dans un chargeur solaire pour smartphone.

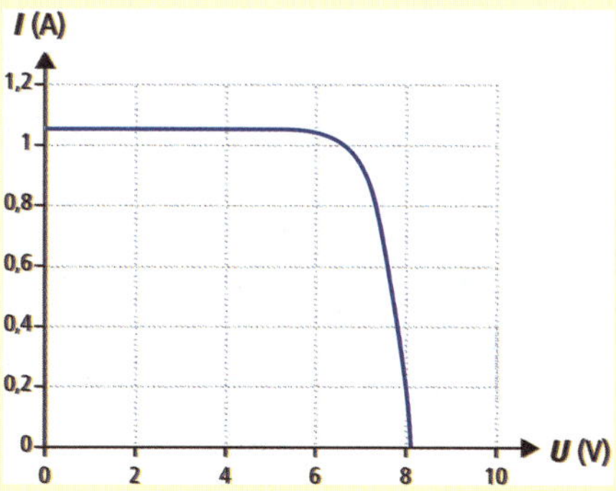

1. Placer le point de fonctionnement correspondant à l'intensité de court-circuit (A), le point de fonctionnement correspondant au circuit ouvert (B) et celui correspondant à la puissance électrique maximale (C).

2. En déduire la puissance électrique maximale que peut délivrer ce panneau.

3. Calculer le rendement maximal de ce panneau.

Exercice 3 ★★ (20 min) *Corrigé p. 357*

Étude d'un panneau solaire

Un panneau solaire a une puissance maximale de 100 W sous une irradiance de P_L = 1 000 W·m^{-2}. Il est constitué de cellules photovoltaïques branchées à la fois en série et en dérivation. Dans chaque branche les cellules sont associées en série, et les différentes branches sont montées en dérivation.

La tension aux bornes du panneau vaut 40 V et chaque cellule délivre une tension de 0,5 V et un courant de 500 mA.

1. Quel est le nombre de cellules dans une branche ?

2. Quelle est l'intensité du courant débitée par le panneau ? En déduire le nombre de branches du panneau.

3. Déterminer le nombre total de cellules du panneau.

4. Chaque cellule est un carré de 5,0 cm de côté. Calculer son rendement énergétique.

9 Changements d'état

Spécialité Physique-Chimie

1 États de la matière

La matière existe sous trois états : solide, liquide et gaz. L'étude du passage d'un état à l'autre est l'étude des changements d'état.

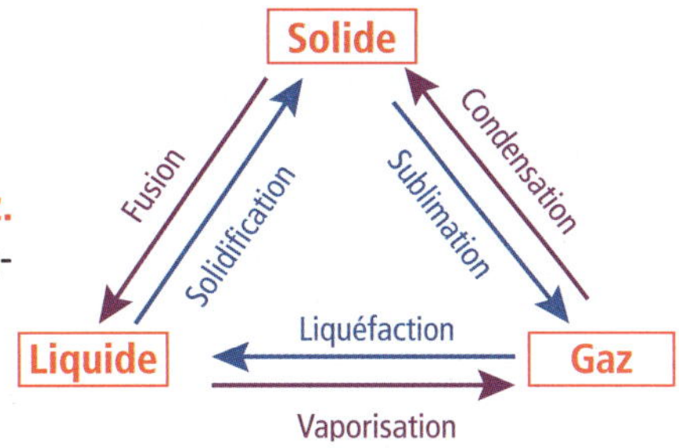

▲ Les changements d'état.

2 Aspect microscopique

• **Lors du passage de l'état solide à l'état liquide puis à l'état gazeux**, il y a **rupture** progressive des **interactions entre molécules**.

• **Le cas de l'eau** : à l'état solide, les molécules d'eau sont ordonnées les unes par rapport aux autres et liées entre elles par de nombreuses **liaisons hydrogène** responsables de la cohésion de la glace. À l'état liquide, ces liaisons hydrogène sont moins nombreuses, les molécules d'eau peuvent se déplacer les unes par rapport aux autres. À l'état gazeux, ces liaisons intermoléculaires ont disparu.

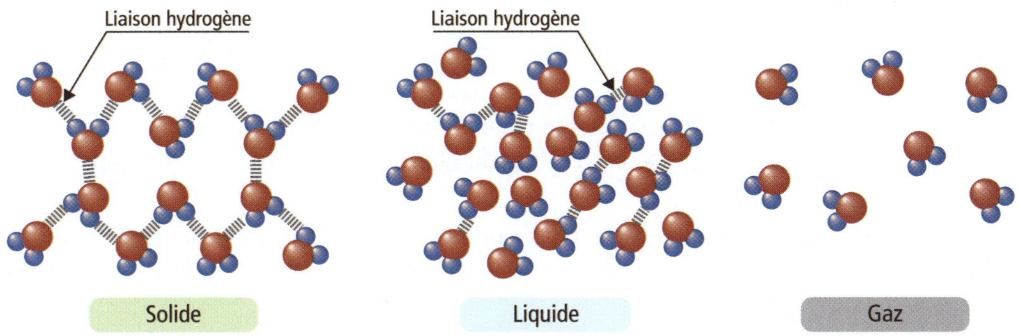

▲ Les 3 états physiques de l'eau.

3 Diagramme d'état (*P*, *T*)

Ce sont les conditions de température et de pression qui déterminent l'état physique sous lequel se trouve un corps pur : on utilise alors un diagramme d'état (*P*, *T*). Dans ce diagramme, il y a **un domaine** pour **chaque état physique**. Il y a **une courbe** pour **chaque changement d'état**.
Ex. : Si l'on part d'un corps à l'état solide dans les conditions du point *A* et que l'on augmente la température en maintenant la pression constante jusqu'au point *B* : il y aura fusion du corps lors de la transformation physique (traversée de la courbe de fusion).
Au point *T* (point triple), les trois états de la matière coexistent.
Au delà du point *C* (point critique), on ne distingue plus le liquide du gaz.

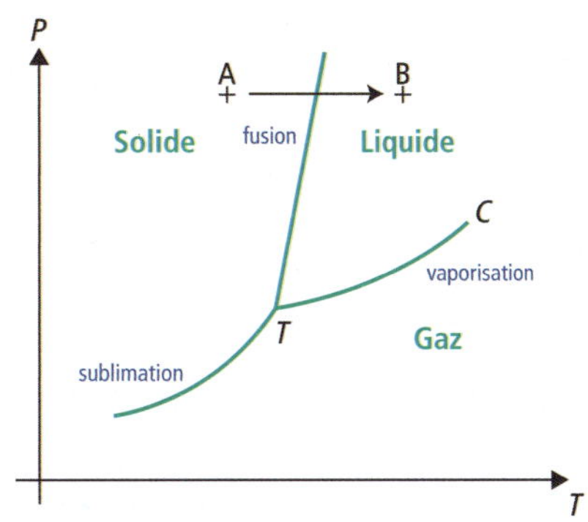

▲ Diagramme d'état du corps pur.

PHYSIQUE-CHIMIE

4 Aspect énergétique

• **Pour passer de l'état solide à l'état liquide ou gazeux**, ou pour passer de l'état liquide à l'état gazeux, il faut rompre des liaisons : il faut apporter de l'énergie au corps pur.

• **Pour un changement de température, l'énergie notée Q** mise en jeu lorsqu'une masse m d'un corps pur en phase condensée (liquide ou solide) passe de la température T_1 à la température T_2 est :

$$Q = m \times c \times (T_2 - T_1) = m \times c \times (\theta_2 - \theta_1)$$

Unités
Q en joules (J)
m en kilogramme (kg)
c en joule par kilogramme par kelvin ($J \cdot kg^{-1} \cdot K^{-1}$)
T en Kelvin (K)
θ en degrés Celsius (°C)

Remarque
La température absolue T en K est liée à la température θ en °C par :
$T = \theta + 273$

• c est **la capacité thermique massique** du corps pur dans l'état physique considéré, elle s'exprime en $J \cdot kg^{-1} \cdot K^{-1}$.

• **Pour un changement d'état, l'énergie notée Q** mise en jeu lorsqu'une masse m d'un corps pur passe d'un état à un autre est :

Nature du changement d'état	Vaporisation	Fusion	Sublimation
Expression de Q	$Q = m \times l_{vap}$	$Q = m \times l_{fus}$	$Q = m \times l_{sub}$

l_{vap}, l_{fus}, l_{sub} sont des énergies massiques de changement d'état, elles s'expriment en $J \cdot kg^{-1}$ et correspondent à l'énergie mise en jeu lors du changement d'état d'un kilogramme de corps pur.

• **L'énergie mise en jeu** dans le cas d'une **condensation**, d'une **solidification** ou d'une **liquéfaction** est la même que la transformation inverse mais c'est de l'énergie qui est dégagée par le système.

Méthode Faire un bilan d'énergie thermique

Calculer l'énergie mise en jeu pour transformer, sous pression atmosphérique, une masse m de 2 kg d'eau à l'état solide à –5 °C en eau liquide à 20 °C. La température de fusion de la glace est 0 °C sous la pression atmosphérique.

Données :

- Capacité thermique massique de l'eau liquide : $c_{eau} = 4{,}2\ kJ \cdot kg^{-1}. K^{-1}$;
- Capacité thermique massique de la glace : $c_{glace} = 2{,}1\ kJ \cdot kg^{-1} \cdot K^{-1}$;
- Énergie massique de fusion de la glace à 0 °C : $l_{fus} = 333\ kJ \cdot kg^{-1}$.

On décompose la transformation en trois transformations successives : réchauffement de la glace jusqu'à 0 °C, fusion de la glace, réchauffement de l'eau obtenue jusqu'à la température finale.

Solide, –5 °C → Solide, 0 °C → Liquide, 0 °C → Liquide, 20 °C

$$Q = m \times c_{glace} \times (T_{fus} - T_{initiale}) + m \times l_{fus} + m \times c_{eau} \times (T_{final} - T_{fus})$$

$$Q = 2 \times 2{,}1 \times (273 - 268) + 2 \times 333 + 2 \times 4{,}2 \times (293 - 273) = 855\ kJ.$$

Exercices d'entraînement

Exercice 1 ★ (5 min) *Corrigé p. 357*

L'eau

On fournit le diagramme d'état de l'eau ci-contre.

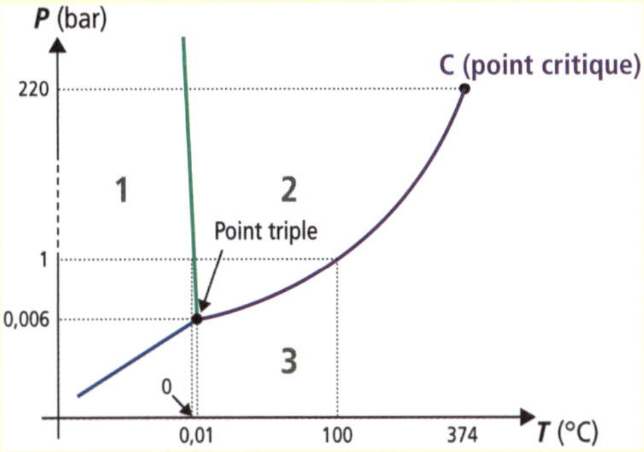

1. Compléter le diagramme en indiquant les états physiques de l'eau dans les domaines 1, 2 et 3.

2. À quoi correspond le point triple ?

3. Dans quel état physique se trouve l'eau à une pression de 1 bar et une température de 50 °C ? Placer le point correspondant sur le diagramme.

Exercice 2 ★★ (10 min) *Corrigé p. 357*

Le dioxyde de carbone

On donne ci-dessous le diagramme d'état du dioxyde de carbone, de formule chimique CO_2.

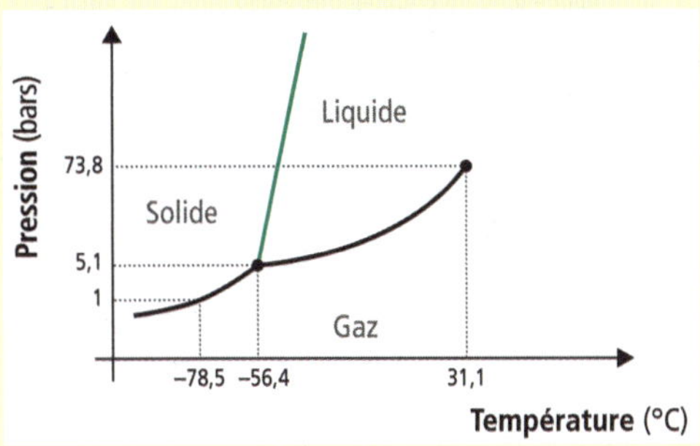

1. On recueille du dioxyde de carbone sous une pression de 1 bar, à 20 °C. Déterminer l'état physique du CO_2 (noté 1).

2. On diminue la température du CO_2 recueilli en maintenant la pression à 1 bar. Que se passe-t-il ?

3. Que faut-il réaliser comme transformation physique simple pour obtenir du CO_2 liquide à partir de l'état 1 ?

Exercice 3 ★★★ (25 min) *Corrigé p.358*

Aspect énergétique

On fait chauffer 0,5 L d'eau, initialement prise à 20 °C, dans une casserole au moyen d'une plaque électrique de puissance $P = 2\,000$ W. La pression est de 1 bar.

1. En considérant que 85 % de l'énergie délivrée par la plaque électrique est transférée à l'eau, déterminer si celle-ci sera portée à ébullition au bout de 5 minutes.

2. Calculer l'énergie nécessaire pour faire passer la totalité de l'eau (initialement à 20 °C) à l'état de vapeur

3. Combien de temps faut-il pour réaliser cette transformation ?

Données

- Capacité thermique massique de l'eau : $c_{eau} = 4{,}18\ \text{kJ}\cdot\text{kg}^{-1}\cdot\text{K}^{-1}$;
- Énergie massique de vaporisation à 100 °C : $l_{vap} = 2{,}26 \times 10^6\ \text{J}\cdot\text{kg}^{-1}$;
- Température d'ébullition de l'eau sous pression de 1 bar : 100 °C ;
- Masse volumique de l'eau : $\rho_{eau} = 1{,}00\ \text{kg}\cdot\text{L}^{-1}$.

PHYSIQUE-CHIMIE

10 Radioactivité

Certains éléments sont naturellement radioactifs car non stables, d'autres sont créés afin d'être utilisés pour des utilisations médicales, nucléaires, militaires...ce sont des éléments radioactifs artificiels.

1 Les différents types de radioactivité

COMPRENDRE EN VIDÉO *Équation de désintégration nucléaire.*

• Certains noyaux (**noyau père**) ont la particularité d'être instables, ils se désintègrent en donnant de nouveaux noyaux (**noyau fils**).

	Radioactivité α	Radioactivité β^-	Radioactivité β^+
Particule émise	Noyau d'Hélium ou particule α	Électron ou particule β^-	Positon ou particule β^+
	${}^{4}_{2}He$	${}^{0}_{-1}e$	${}^{0}_{+1}e$
Équation générale	${}^{A}_{Z}X \rightarrow {}^{A-4}_{Z-2}Y^* + {}^{4}_{2}He$	${}^{A}_{Z}X \rightarrow {}^{A}_{Z+1}Y^* + {}^{0}_{-1}e$	${}^{A}_{Z}X \rightarrow {}^{A}_{Z-1}Y^* + {}^{0}_{+1}e$
Exemple	${}^{238}_{92}U \rightarrow {}^{234}_{90}Th + {}^{4}_{2}He$	${}^{192}_{77}Ir \rightarrow {}^{192}_{78}Pt + {}^{0}_{-1}e$	${}^{18}_{9}F \rightarrow {}^{18}_{8}O + {}^{0}_{+1}e$

• Lors des désintégrations radioactives les noyaux fils sont dans un état excité (*). Lors de leur désexcitation, il y a émission d'un rayonnement électromagnétique γ de très grande énergie. Les longueurs d'onde de tels rayonnements sont inférieures à 10^{-4} nm.

2 Loi de décroissance radioactive

A Activité

• **L'activité, notée A, d'une source radioactive** est égale au nombre de désintégrations par seconde. Elle s'exprime en becquerels (Bq). Elle est proportionnelle au nombre de noyaux radioactifs présents.

• **Loi de décroissance radioactive** (loi exponentielle) :

$$N(t) = N(0) \cdot \exp\left(\frac{-t}{\tau}\right)$$

τ est une constante homogène à un temps.
N(t) est le nombre de noyaux radioactifs à l'instant t.

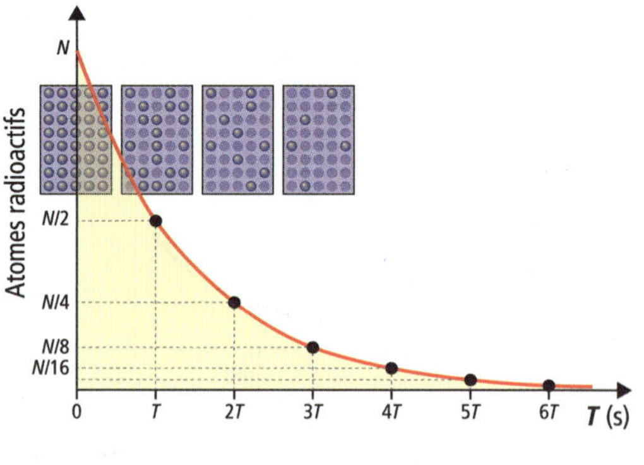

▲ Décroissance radioactive.

B Demi-vie de l'élément

La durée au bout de laquelle l'activité d'une source radioactive est divisée par 2 est appelée **demi-vie de l'élément, notée T**.
Comme A est proportionnelle à N ($A = k \cdot N$), c'est aussi la durée au bout de laquelle le nombre de noyaux radioactifs est divisé par deux.

$$\frac{A(T+t)}{A(t)} = \frac{N(T+t)}{N(t)} = \frac{1}{2} \text{ si } \frac{\exp\left(-\frac{T+t}{\tau}\right)}{\exp\left(\frac{-t}{\tau}\right)} = \exp\left(\frac{-T}{\tau}\right) = \frac{1}{2} \text{ donc } T = \tau \cdot \ln 2$$

→ élément radioactif **naturel** → demi-vie **très grande** → ^{235}U : T = 703 800 000 ans

→ élément radioactif **artificiel** → demi-vie **très courte** → ^{123}I : T = 13 heures
⇒ utilisé en imagerie médicale

Maths
Utiliser la fonction logarithme népérien et la fonction exponentielle
Voir chapitre 5 p. 198

3 Réactions nucléaires

- On distingue les réactions de :

FUSION

Deux noyaux légers fusionnent pour donner **un noyau plus lourd** (qui peut se désintégrer à son tour pour donner des fragments différents des 2 noyaux initiaux).
Dans les étoiles par exemple on a :

$$^{2}_{1}H + ^{3}_{1}H \rightarrow ^{4}_{2}He + \text{neutron}$$

FISSION

Un noyau lourd et fragile se casse **en noyaux plus légers** après la capture d'un neutron.
Dans un réacteur nucléaire par exemple on a :

$$\text{Neutron} + ^{235}_{92}U \rightarrow ^{140}_{54}Xe + ^{94}_{38}Sr + 2 \text{ neutrons} + \gamma$$

Lors d'une réaction nucléaire :
- il y a conservation du nombre de nucléons (A) et conservation de la charge (Z)
- **il n'y a pas conservation de la masse** : on constate une **perte de masse Δm** → se traduit par une énergie libérée $E = \Delta m \times c^2$ (d'après la relation d'Einstein)

- À propos des unités :
  - unité atomique (u) 1 u = 1,66054 × 10^{-27} kg ;
  - électronvolt (eV) 1eV = 1,6 × 10^{-19} J ;
  - 1 MeV = 10^6 eV.

- **Perte de masse :**

$$\Delta m = \sum \textit{masses initiales} - \sum \textit{masses finales}$$

- **Énergie libérée :**

$$E = \left(\sum \textit{masses initiales} - \sum \textit{masses finales}\right) \times c^2$$

Méthode Calculer l'énergie libérée

Calculer l'énergie libérée lors de la réaction de fusion $^{2}_{1}H + ^{3}_{1}H \rightarrow ^{4}_{2}He + n$.

Données

- Masses : $^{2}_{1}H$: 2,014102 u ; $^{3}_{1}H$: 3,016049 u ; $^{4}_{2}He$: 4,002602u ; n : 1,008665 u.

E = (2,014102 + 3,016049 − 4,002602 − 1,008665) × 1,66054 × 10^{-27} × $(3 \times 10^8)^2$ = 2,82 × 10^{-12} J
Soit E = 17,6 MeV.

Exercices d'entraînement

Exercice 1 ★ (5 min) *Corrigé p. 358*

Quelle est cette radioactivité ?

Pour chaque équation de désintégration radioactive, indiquer de quel type de radioactivité il s'agit.

1. $^{40}_{19}K \rightarrow {}^{40}_{20}Ca + {}^{0}_{-1}e$
2. $^{140}_{55}Cs \rightarrow {}^{140}_{56}X + {}^{0}_{-1}e$
3. $^{238}_{94}Pu \rightarrow {}^{234}_{92}U + {}^{4}_{2}He$
4. $^{15}_{8}O \rightarrow {}^{15}_{7}N + {}^{0}_{+1}e$

Exercice 2 ★ (5 min) *Corrigé p. 358*

Fission ou fusion ?

Pour chaque équation de réaction, indiquer s'il s'agit d'une réaction de fission ou de fusion.

1. $^{239}_{94}Pu + {}^{1}_{0}n \rightarrow {}^{134}_{54}Xe + {}^{103}_{40}Zr + 3\,{}^{1}_{0}n + \gamma$
2. $^{233}_{92}U + {}^{1}_{0}n \rightarrow {}^{137}_{54}Xe + {}^{94}_{38}Sr + 3\,{}^{1}_{0}n + \gamma$
3. $^{2}_{1}H + {}^{3}_{1}H \rightarrow {}^{4}_{2}He + {}^{1}_{0}n$
4. $^{8}_{4}Be + {}^{4}_{2}He \rightarrow {}^{12}_{6}C + \gamma$
5. $^{1}_{1}H + {}^{1}_{1}H \rightarrow {}^{2}_{1}H + {}^{0}_{1}e$

Exercice 3 ★★ (15 min) *Corrigé p. 358*

Demi-vie

On s'intéresse à la radioactivité du « béryllium 8 » qui se forme lors de la fusion de 2 noyaux d'hélium. Soit $N(t)$ le nombre de noyaux de « béryllium 8 » présents dans l'échantillon à l'instant t, et N_0 celui à l'instant $t_0 = 0$ s.

1. On donne la loi de décroissance radioactive utilisant la constante radioactive λ :

$$N(t) = N(0) \cdot \exp(-\lambda t)$$

La constante radioactive de ce noyau vaut : $1 \times 10^{16}\ s^{-1}$.

Démontrer que la relation entre la demi-vie $t_{1/2}$ et la constante radioactive λ est : $t_{1/2} = \dfrac{\ln 2}{\lambda}$.

2. Calculer le temps de demi-vie $t_{1/2}$ du « béryllium 8 ».

3. En déduire le rapport $\dfrac{N(t_1)}{N_0}$ à l'instant de date $t_1 = 1{,}4 \times 10^{-16}$ s.

Exercice 4 ★★ (20 min) *Corrigé p. 358*

Désintégration du Radon

L'air contient du radon 222 en quantité plus ou moins importante. Ce gaz radioactif naturel est issu des roches contenant de l'uranium et du radium.

Le radon se forme par désintégration du radium selon l'équation de réaction nucléaire suivante :

$$^{226}_{88}Ra \rightarrow {}^{222}_{86}Rn + {}^{4}_{2}He$$

1. Quel est le type de radioactivité correspondant à cette réaction de désintégration ?

2. Calculer la perte de masse lors de cette réaction, l'exprimer en unité de masse atomique u.

3. Établir l'expression de l'énergie libérée lors de la réaction en fonction de m_{Ra}, m_{Rn} et m_{He}, masses respectives des noyaux de radium, de radon et d'hélium.

4. Calculer cette énergie en MeV.

Noms du noyau ou de la particule	Symboles	Masses (en u)
Radon	$^{222}_{86}Rn$	221,970
Radium	$^{226}_{88}Ra$	225,977
Hélium	$^{4}_{2}He$	4,001
Neutron	$^{1}_{0}n$	1,009
Proton	$^{1}_{1}p$	1,007
Électron	$^{0}_{-1}e$	$5{,}49 \times 10^{-4}$

Données

- $1\,u = 1{,}66054 \times 10^{-27}$ kg ;
- $C = 3 \times 10^{8}\ m.s^{-1}$;
- $1\ eV = 1{,}6 \times 10^{-19}$ J.

Exercice 5 ★★ (20 min) *Corrigé p. 359*

Fusion dans le soleil

On considère la réaction suivante :

$$4\,^{1}_{1}H \rightarrow \,^{4}_{2}He + 2\,^{0}_{1}e + 2\gamma.$$

Données

- Masses des noyaux, en unité de masse atomique :
- $^{1}_{1}H$: 1,0073 u ;
- $^{4}_{2}He$: 4,0026 u ;
- $^{0}_{1}e$: 0,0006 u.
- 1 u correspond à une énergie de 935 MeV.

1. Calculer la perte de masse correspondant à cette fusion.

2. En déduire une valeur, en MeV, de l'énergie libérée lors de cette fusion.

Puis, en déduire l'énergie libérée par nucléon. On choisira, parmi les estimations suivantes, la réponse correcte :

0,6 MeV   6 MeV   60 MeV

3. Le soleil transforme, chaque seconde, 720 millions de tonnes d'hydrogène en hélium 4.
Estimer la perte de masse subie, chaque seconde, par le soleil.

11 Réactions acide-base

L'acidification des océans est une des conséquences environnementales liée à l'augmentation du dioxyde de carbone CO_2 dans l'atmosphère. Comment cette acidité est-elle définie ? Comment la mesurer pour contrôler son évolution ?

1 Couple acido-basique

- **Acide** : espèce susceptible de **céder** un proton H^+. **Ex. :** $CH_3COOH(aq)$ acide éthanoïque.
- **Base** : espèce susceptible de **capter** un proton H^+. **Ex. :** $CH_3COO^-(aq)$ ion éthanoate.

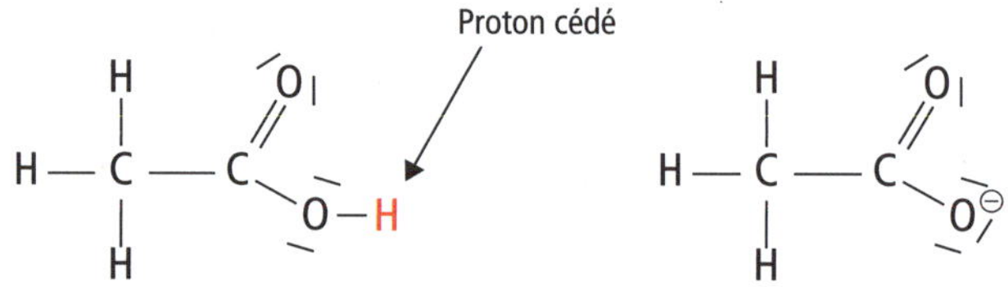

▲ Formules de Lewis de l'acide éthanoïque et de sa base conjuguée.

- $CH_3COOH(aq)$ / $CH_3COO^-(aq)$ est un **couple acide-base conjugué** :

$$CH_3COOH(aq) \rightleftharpoons CH_3COO^-(aq) + H^+$$
$$\text{acide} \rightleftharpoons \text{base} + \text{proton}$$

2 Le pH d'une solution aqueuse

A Définition du pH

- Placé dans de l'eau, **un acide peut échanger un proton avec l'eau** considérée comme une base (couple : $H_3O^+(aq)$ / H_2O). La réaction s'écrit, dans le cas d'un acide noté AH(aq) :

$$AH(aq) + H_2O \rightleftharpoons A^-(aq) + H_3O^+(aq).$$

Le pH de la solution obtenue permet de mesurer le caractère plus ou moins limité de cet échange. Il est défini comme l'opposé du logarithme décimal de la concentration en ions H_3O^+, exprimée en $mol \cdot L^{-1}$.

$$\mathbf{pH = -log([H_3O^+]) \quad \Leftrightarrow \quad [H_3O^+] = 10^{-pH}}$$

Ex. : le pH d'un vinaigre est de 2,8. On peut en déduire la concentration en ions oxonium H_3O^+ : $[H_3O^+] = 10^{-2,8} = 1,6 \times 10^{-3}\ mol \cdot L^{-1}$.

- Selon la valeur du pH la solution est dite **acide**, **basique** ou **neutre**.

Ex. : Le pH de l'eau pure est de 7,0. Mais en pratique l'eau n'est jamais pure, son pH est légèrement acide suite à la dissolution de gaz, comme le CO_2.

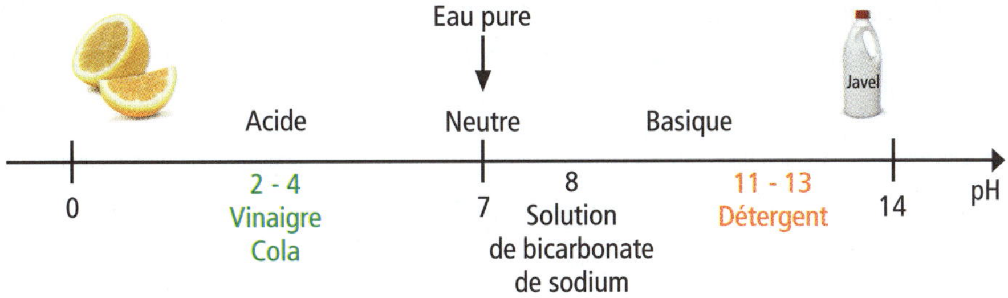

▲ Échelle de pH.

• **Certains acides sont dits forts :** la réaction avec l'eau est **totale**.

Ex. : acide nitrique HNO_3, acide chlorhydrique HCl.

$$HCl + H_2O \rightarrow Cl^-(aq) + H_3O^+(aq).$$

La concentration en ions $H_3O^+(aq)$ dans la solution est égale à la concentration initiale C_i de l'acide fort.

$$[H_3O^+] = C_i.$$

Méthode **Le pH d'une solution d'un acide fort**

Calculer le pH d'une solution obtenue en introduisant 2×10^{-3} moles d'acide chlorhydrique dans 250 mL d'eau.

étape 1 L'acide chlorhydrique est un acide fort donc il est totalement dissocié. On a donc 2×10^{-3} moles d'ions H_3O^+ dans 250 mL d'eau.

étape 2 La concentration en ions H_3O^+ est $[H_3O^+] = \dfrac{2 \times 10^{-3}}{0,25} = 0,008 \text{ mol} \cdot \text{L}^{-1}$.

étape 3 $pH = -\log(0,008)$ soit $pH = 2,1$.

Maths

Utiliser la fonction logarithme décimal.
Voir chapitre 4 p. 208

B Variation du pH lors d'une dilution d'une solution d'acide fort

• **Comment réaliser la dilution d'une solution mère d'acide fort au laboratoire ?**

On utilise une fiole jaugée et une pipette jaugée (ou graduée selon le matériel disponible). La solution diluée est appelée solution fille.

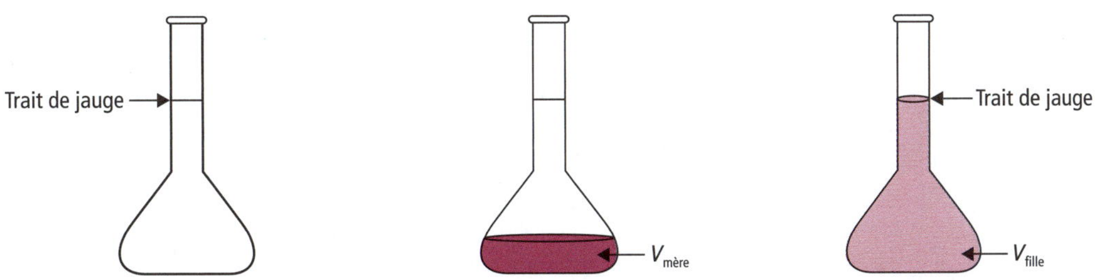

On choisit une fiole jaugée qui pourra contenir le volume V_{fille}.

On introduit le volume $V_{mère}$ mesuré précisément à la pipette jaugée.

On ajoute de l'eau distillée, on agite et on complète au trait de jauge avec l'eau distillée.

▲ Schéma de la dilution.

- **Comment calculer le volume $V_{mère}$ à utiliser ?**

Au cours d'une dilution, il y a **conservation de la quantité de matière** de l'acide fort : on peut ainsi calculer la concentration en acide d'une solution fille à partir de la concentration de la solution mère et des différents volumes.

$$C_{fille} \times V_{fille} = C_{mère} \times V_{mère}$$

- C_{fille} : Concentration solution fille (solution finale)
- V_{fille} : Volume solution fille
- $C_{mère}$: Concentration solution mère (solution initiale)
- $V_{mère}$: Volume solution mère

Méthode Le pH d'une solution diluée

Calculer le pH d'une solution obtenue en mélangeant 1 mL d'une solution mère d'acide chlorhydrique à 10^{-2} mol·L^{-1} et 24 mL d'eau.

étape 1 On calcule le volume de la solution fille $V_{fille} = 1 + 24 = 25$ mL.

étape 2 On en déduit la concentration de la solution fille $C_{fille} = \dfrac{10^{-2} \times 1}{25} = 4 \times 10^{-4}$ mol·L^{-1}.

étape 3 Connaissant la concentration en ions H_3O^+, on calcule le pH : pH $= -\log(4 \times 10^{-4}) = 3{,}4$.

Comme la concentration en H_3O^+(aq) diminue par dilution, **le pH augmente par dilution**.

On le vérifie dans la méthode précédente : le pH de la solution mère est pH $= -\log(10^{-2}) = 2{,}0$ alors qu'il est de 3,4 dans la solution fille, le pH a bien augmenté par dilution.

3 Réaction entre un acide et une base

- Lors d'une réaction acido-basique, **un proton H^+ est transféré** de l'acide AH d'un couple vers la base B^- d'un autre couple. On écrit cette réaction : $AH + B^- \rightleftharpoons A^- + BH$.

Ex. :

L'acide fluorhydrique HF(aq) est l'acide du couple HF(aq)/F^-(aq)

L'ion borate BO_2^-(aq) est la base du couple HBO_2(aq)/BO_2^-(aq)

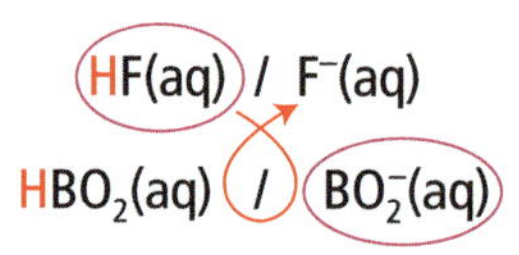

La réaction acido-basique entre l'acide fluorhydrique et l'ion borate s'écrit :

$$HF(aq) + BO_2^-(aq) \rightleftharpoons F^-(aq) + HBO_2(aq)$$

Exercices d'entraînement

Exercice 1 ★ (5 min) Corrigé p. 359

1. Classer ces espèces par couple acido-basique, en identifiant l'acide et la base. Écrire les couples sous la forme acide/base. Une même espèce peut appartenir à deux couples.

NH_3(aq) ; ClOH(aq) ; NH_4^+(aq) ; CO_3^{2-}(aq) ; H_2CO_3(aq) ; H_2O ; HO^-(aq) ; ClO^-(aq) ; H_3O^+(aq) ; HCO_3^-(aq)

2. Commenter ces exemples : les acides portent-ils toujours une charge ? et les bases ?

Exercice 2 ★★ (10 min) Corrigé p. 359

On dissout $6{,}0 \times 10^{-2}$ g d'acide éthanoïque dans 500 mL d'eau. Quand l'équilibre est établi, on mesure un pH de 3,7.

1. Écrire l'équation de la réaction acido-basique qui se produit entre l'acide éthanoïque CH_3COOH(aq) et l'eau. Le couple acide-base à considérer pour l'acide éthanoïque est CH_3COOH(aq)/ CH_3COO^-(aq).

2. Calculer la concentration en ions H_3O^+(aq) de la solution. D'après l'équation de la réaction acido-basique, quelle est la relation entre la concentration en ion éthanoate CH_3COO^-(aq) et en ions H_3O^+(aq) ?

3. En déduire les concentrations en ion éthanoate et en acide éthanoïque à l'équilibre.

Donnée

- Masse molaire de l'acide éthanoïque : $M = 60{,}0\ \text{g} \cdot \text{mol}^{-1}$.

Exercice 3 ★★ (10 min) Corrigé p. 359

Le bicarbonate de sodium, un antiacide

Un médicament qualifié « d'antiacide » agit sur le surplus d'acidité de l'estomac afin de maintenir le pH entre 1 et 2. Un tel médicament est généralement constitué d'hydrogénocarbonate de sodium $NaHCO_3$ solide, qui se dissout totalement dans l'eau pour donner les ions sodium et hydrogénocarbonate.

1. Déterminer les concentrations limites en H_3O^+(aq) dans l'estomac correspondant aux pH cités.

2. L'ion hydrogénocarbonate est une base. Écrire la formule de son acide conjugué. Écrire l'équation de la réaction qui se produit au niveau de l'estomac et qui permet d'expliquer l'action du médicament. Comment varie le pH ?

Exercice 4 ★★ (15 min) Corrigé p. 359

1. Comment se comporte un acide fort dans l'eau ? Calculer le pH d'une solution S_1 d'acide chlorhydrique (acide fort) à 10^{-2} mol · L^{-1}.

2. Dans une fiole jaugée de 10 mL, on introduit 1,0 mL de la solution S_1 et on complète au trait de jauge avec de l'eau distillée. Calculer la concentration en H_3O^+ de cette solution S_2 et le nouveau pH.

3. Comment varie le pH lors de la dilution d'une solution d'acide fort ?

Exercice 5 ★★★ (30 min) Corrigé p. 359

Certains gaz comme le dioxyde de carbone ou le trioxyde de soufre peuvent se dissoudre dans l'eau de pluie et conduisent à l'acidifier. En effet, en s'hydratant, le dioxyde de carbone donne l'acide carbonique H_2CO_3(aq).

1. Vérifier qu'il s'agit bien d'une hydratation dans le cas de l'acide carbonique en écrivant l'équation bilan. Donner de même la formule de l'acide formé par hydratation du trioxyde de soufre gazeux.

2. Quelle est la formule de la base conjuguée de l'acide carbonique H_2CO_3(aq) ? Justifier le caractère acide des pluies en écrivant l'équilibre acido-basique qui se produit quand l'acide carbonique réagit avec l'eau.

3. L'acide carbonique peut également réagir avec le carbonate de sodium $CaCO_3$(s), solide

ionique qui entre dans la composition des coquilles d'animaux marins.

a) L'ion carbonate CO_3^{2-}(aq) est une base ; écrire le couple acido-basique correspondant.

b) Écrire la réaction acido-basique pouvant se produire entre l'acide carbonique et les ions carbonate.

c) Proposer une équation bilan pour la réaction entre le solide ionique $CaCO_3$ et l'acide carbonique sachant que des ions Ca^{2+} sont libérés.

d) Quelle est la conséquence première de l'acidification des océans ?

Exercice 6 ★★ (20 min) *Corrigé p. 360*

On étudie un nettoyant chimique à base d'acide phosphorique H_3PO_4. Sa fiche technique est donnée ci-dessous.

1. Nommer la famille des espèces chimiques capables de céder un proton H^+.

2. Sur une échelle de pH graduée de 0 à 14, indiquer dans quel intervalle se situe une solution acide, une solution basique, une solution neutre. Positionner le produit de nettoyage dans l'un de ces intervalles.

3. Détailler le protocole expérimental à suivre pour préparer un volume de 250,0 mL de solution diluée à 20 % en volume (ou au 1/5e) de nettoyant. Donner le matériel de laboratoire utilisé parmi la liste ci-dessous et les volumes mis en œuvre.

4. Indiquer comment évolue la concentration des ions H_3O^+(aq) si l'on ajoute de l'eau à la solution pure initiale. Dans quel sens évolue le pH ?

5. L'acide phosphorique fait partie du couple acide/base $H_3PO_4/H_2PO_4^-$. Écrire l'équation modélisant la réaction acido-basique entre l'acide phosphorique et l'eau qui appartient au couple acide/base H_3O^+(aq)/H_2O.

Pissette	Éprouvette graduée	Fiole jaugée	Erlenmeyer	Ampoule à décanter	Pipette jaugée	Ballon	Bécher	Pipette graduée	Burette graduée

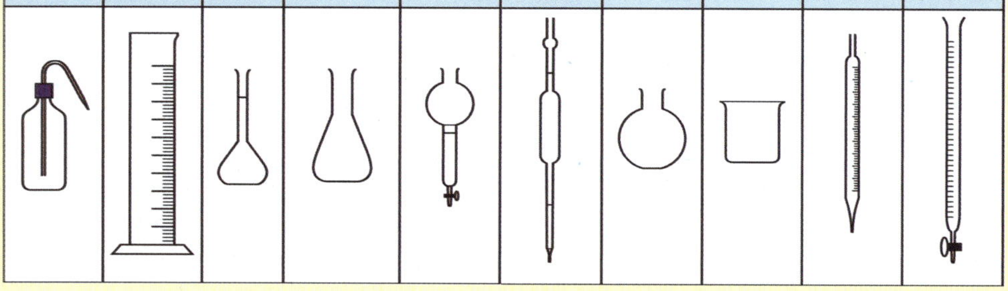

▲ Liste de matériel de laboratoire.

CARACTÉRISTIQUES CHIMIQUES :
Aspect : liquide incolore
pH à l'état pur : < 1
Densité à 20 °C : 1,11 ± 0,005
Contient : acide phosphorique ;
Classe C = CORROSIF. Tensio-actifs non ioniques.

MODE D'UTILISATION :
S'emploie par trempage ou circulation.
Diluer dans de l'eau de 10 à 20 % selon le degré d'entartrage et le support à traiter.
Après le détartrage, neutraliser avec BIO NEUTRAL.
Rincer à l'eau potable.
Pour le sol, utiliser dilué de 10 à 50 % selon le support et le degré d'entartrage.

▲ Fiche technique de l'acide phosphorique.

12 Ondes et traitement de signal

Les ondes sont présentes partout dans notre environnement : wifi, téléphones portables, radio, TV, etc. Elles sont à la base de la transmission des informations.

1 Notion d'onde

• **Une onde** est une perturbation qui se propage dans un milieu sans déplacement de matière (à grande échelle). C'est l'un des mécanismes fondamentaux de la physique qui permet le **transport d'énergie**.

Deux types d'ondes :

- **Ondes mécaniques :** Se propagent dans un milieu matériel, elles sont dues au déplacement local des constituants de ce milieu
  - **Ex. :** Ondes sonores, houle, ondes sismiques
- **Ondes électromagnétiques :** N'ont pas besoin de milieu matériel pour se propager, peuvent se propager dans le vide
  - **Ex. :** Lumière, rayonnements UV, IR, X, ondes radios

2 Signal périodique

• **Une onde est dite périodique** lorsque la perturbation se reproduit identique à elle-même à intervalles de temps égaux *T*. *T* est **la période temporelle**.

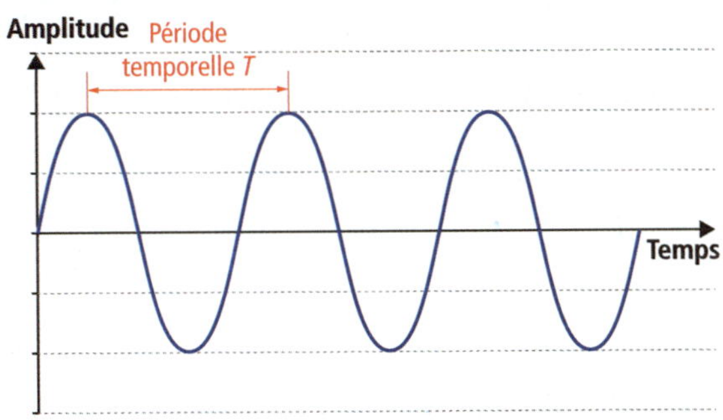

▲ Onde sinusoïdale.

• La forme du signal peut être simple (sinusoïdale) ou plus complexe mais dans tous les cas, **un signal périodique peut s'écrire comme une somme de signaux sinusoïdaux et d'un signal continu**.

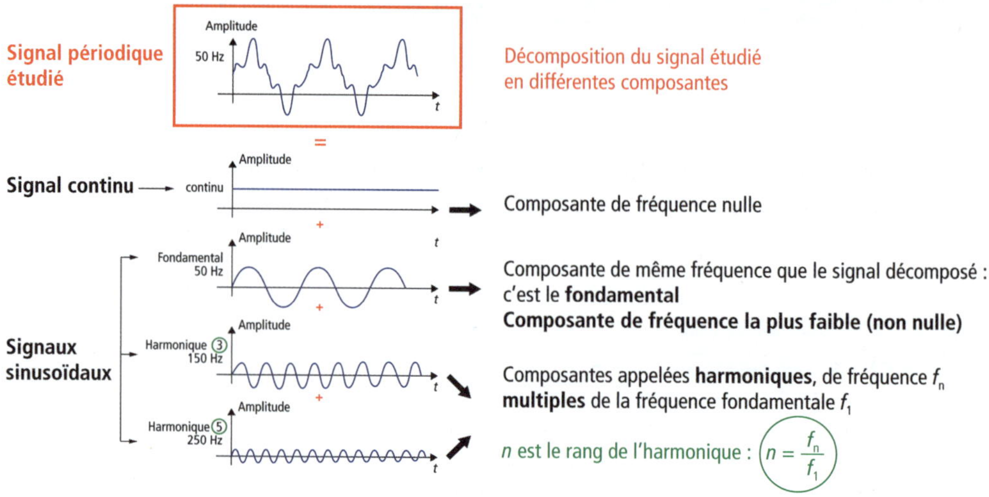

- **Le spectre d'amplitude** d'un signal périodique (ou spectre en fréquence) est la représentation graphique de l'amplitude de chaque composante sinusoïdale en fonction de la fréquence.

Méthode Exploiter un spectre d'amplitude

On donne ci-contre le spectre d'amplitude (en unité arbitraire, u.a.) d'un signal périodique.

Donner la valeur absolue de la composante continue de ce signal, la fréquence et l'amplitude du fondamental ainsi que le nombre d'harmoniques.

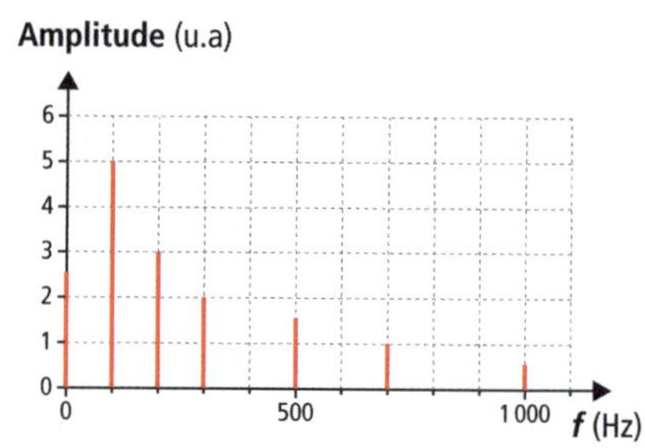

La composante continue est de fréquence nulle : on lit 2,5 pour son amplitude.
Le fondamental correspond à la fréquence la plus faible soit 100 Hz avec une amplitude de 5.
On peut observer 5 harmoniques (de rangs $n = 2, 3, 5, 7$ et 10).

3 Onde électromagnétique dans les communications

- **La célérité** des ondes qui se propagent dans le vide vaut : $c = 3 \times 10^8$ m·s^{-1}.
- Une onde électromagnétique sinusoïdale est caractérisée par sa fréquence. La fréquence f (et son inverse la période T), la vitesse de propagation c et la longueur d'onde λ dans le vide sont liées par la relation :

$$\lambda = c \times T = \frac{c}{f}$$

Unités
λ en mètre (m)
c en mètre par seconde (m·s^{-1})
T en seconde (s)
f en hertz (Hz)

COMPRENDRE EN VIDÉO *Les ondes électromagnétiques.*

- En fonction de la valeur de cette fréquence, l'onde électromagnétique appartient à des domaines différents. **Plus la fréquence de l'onde est élevée, plus son énergie est grande.**

- En communication, les principales ondes utilisées sont :
– les ondes lumineuses : transmission de l'information à travers une fibre optique ;
– les rayonnements IR : transmission d'information à faible distance (télécommande).
– les ondes radio : transmission d'information pour une grande quantité d'applications :

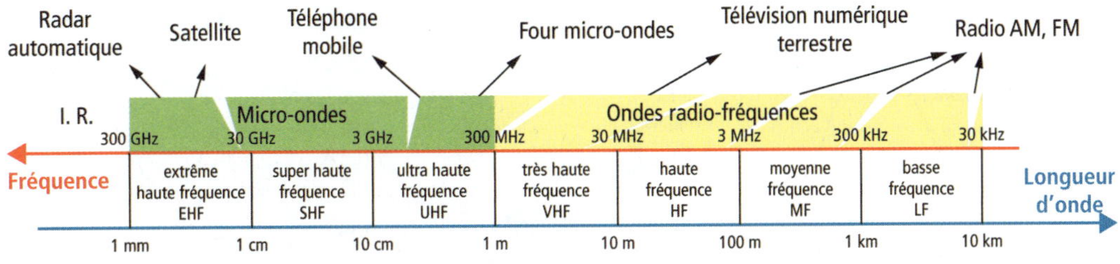

▲ Spectre électromagnétique pour les télécommunications.

Méthode Retrouver la nature du rayonnement électromagnétique utilisé

Une onde électromagnétique de fréquence $f = 90$ MHz est utilisée par une station radio. Déterminer la longueur d'onde associée ainsi que la période de l'onde. D'après le document ci-dessus, de quel type d'onde électromagnétique s'agit-il ?

On a $T = \frac{1}{f} = 1{,}1 \times 10^{-8}$ s et $\lambda = \frac{3 \times 10^8}{90 \times 10^6} = 3{,}3$ m.

Il s'agit d'ondes radio-fréquences dans le domaine VHF.

4 Transmission

- **Transmission d'un signal**

Dans un signal périodique, il peut être intéressant de sélectionner seulement une partie des composantes afin de récupérer l'information portée par cette part du signal.

Ex. : on réalise un filtrage du signal afin de sélectionner uniquement les composantes désirées.

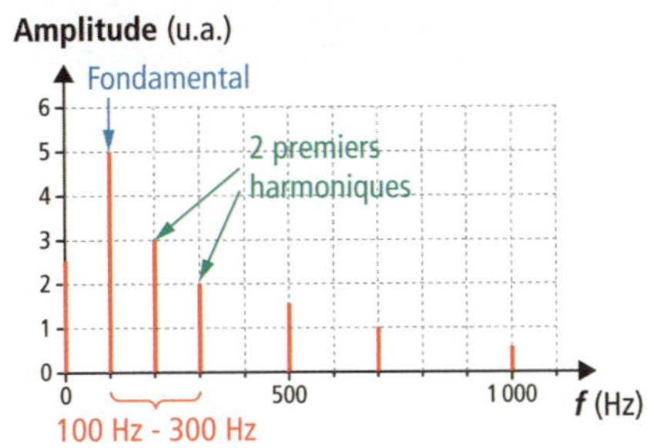

On souhaite transmettre uniquement le fondamental et les 2 premiers harmoniques de ce signal.
⇒ **intervalle de fréquence à sélectionner et à transmettre : entre 100 Hz et 300 Hz**

- **Transmission d'une information**

Pour transmettre une information, il faut un **émetteur**, un **canal de transmission** et un **récepteur**.

Le canal de transmission peut avoir un guide physique (fibre optique, câble électrique,…) ou ne pas en avoir (ondes radio, IR, …). Ce canal est choisi en fonction de plusieurs paramètres : type d'information, débit, distance…

La modulation d'un signal est très souvent utilisée car elle permet la transmission de plusieurs informations par le même canal sur de longues distances sans trop de bruit (parasitage).
La modulation utilise deux signaux : un de **basse fréquence** (signal modulant) qui contient l'information et **l'autre de haute fréquence** (appelé signal porteur) dont l'un des paramètres varie en fonction du signal modulant.

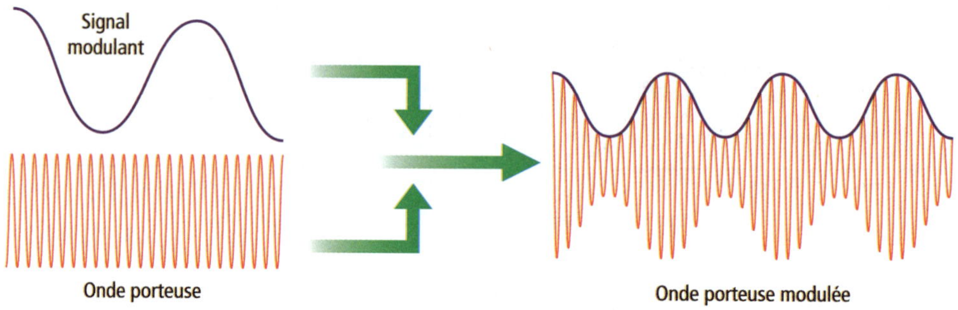

▲ Modulation d'amplitude : l'enveloppe de la porteuse prend la forme du signal modulant.

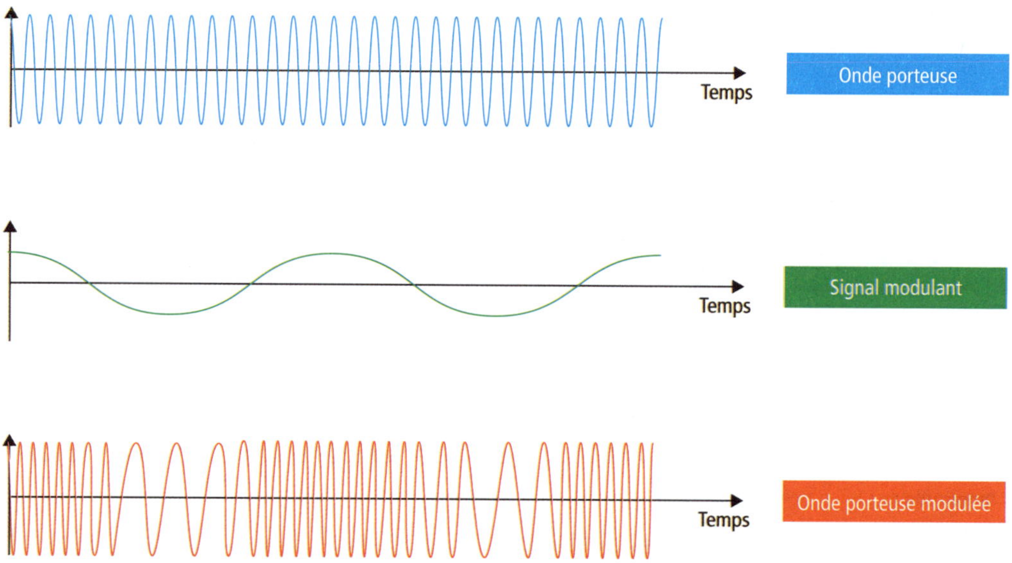

▲ Modulation de fréquence : la fréquence de l'onde porteuse varie en fonction du signal modulant.

• Taille des antennes

Pour envoyer ou recevoir des informations par ondes radio, il faut utiliser des antennes.
La taille optimale d'une antenne est égale à la longueur d'onde de l'onde envoyée ou reçue. On peut utiliser des sous-multiples de cette longueur mais dans ce cas l'émission/réception est moins efficace.

Exercices d'entraînement

Exercice 1 ★ (10 min) Corrigé p. 360

Ondes et télécommandes

Deux télécommandes produisent des signaux électromagnétiques dont les longueurs d'ondes sont respectivement 890 nm et 1 cm.

1. De quelles ondes s'agit-il ?
2. Quelle est la célérité d'une onde électromagnétique dans l'air ?
3. Calculer les fréquences f et les périodes T de ces signaux.
4. Quelle est l'onde la plus énergétique ?

Exercice 2 ★ (5 min) Corrigé p. 360

Analyse d'un spectre en amplitude

On donne ci-après le spectre en amplitude d'un signal carré :

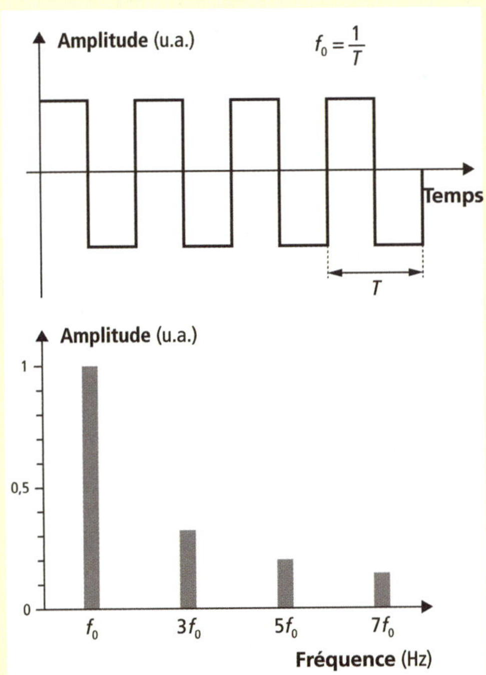

1. Quelle est la fréquence fondamentale ?
2. Donner l'amplitude du cinquième harmonique.
3. Le signal comporte-t-il une composante continue ?

Exercice 3 ★★ (15 min) Corrigé p. 360

Spectre d'amplitude

On considère le signal dont l'amplitude en fonction du temps est représentée sur la figure ci-dessous :

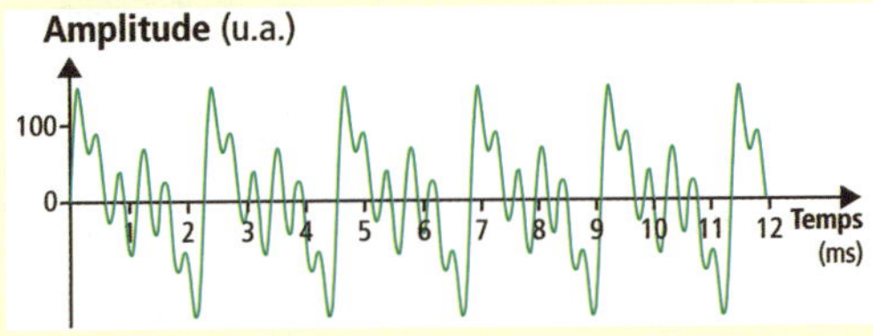

1. Déterminer la fréquence du signal.
2. On donne ci-après les composantes sinusoïdales qui permettent d'obtenir le signal périodique lorsqu'elles sont sommées.

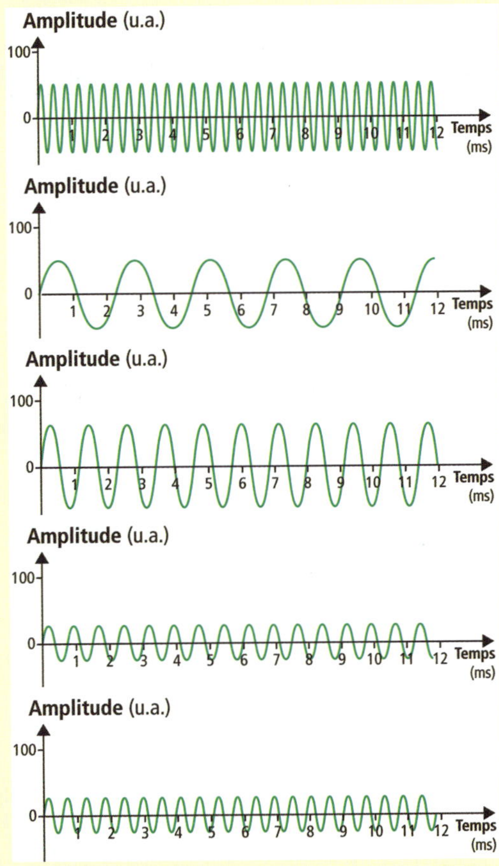

En déduire le spectre d'amplitude correspondant.

3. Quel est l'harmonique de plus grande amplitude ?

Exercice 4 ★★ (15 min) *Corrigé p. 360*

Bande FM/AM

Les radios permettent d'écouter des stations qui émettent soit dans la bande AM, soit dans la bande FM. La transmission d'information s'appuie dans les deux cas sur la modulation d'un signal : la bande AM utilise la Modulation d'Amplitude, la bande FM la Modulation de Fréquence.

1. Attribuer à chacun des signaux modulés ci-après (cas A et cas B) une appartenance à l'une des bandes.

2. La porteuse du signal FM d'une station radio a une fréquence $f = 90$ MHz. Calculer la longueur d'onde de la porteuse. En déduire la taille optimale d'une antenne permettant la réception de la station radio.

3. Cette antenne est-elle adaptée à la réception optimale d'une émission de radio provenant d'une station de la bande AM de fréquence 1 700 kHz de porteuse ?

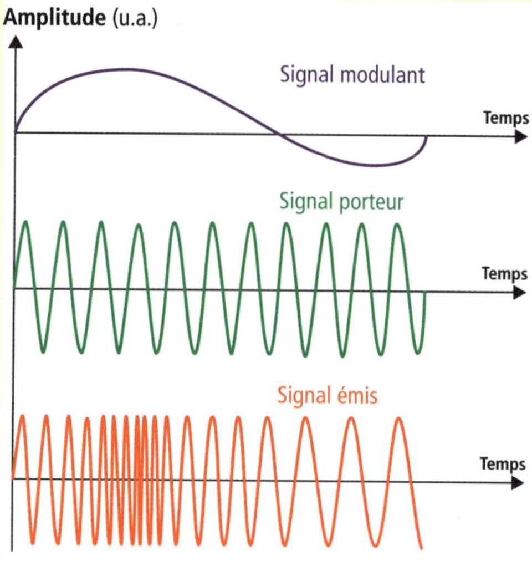

Cas A

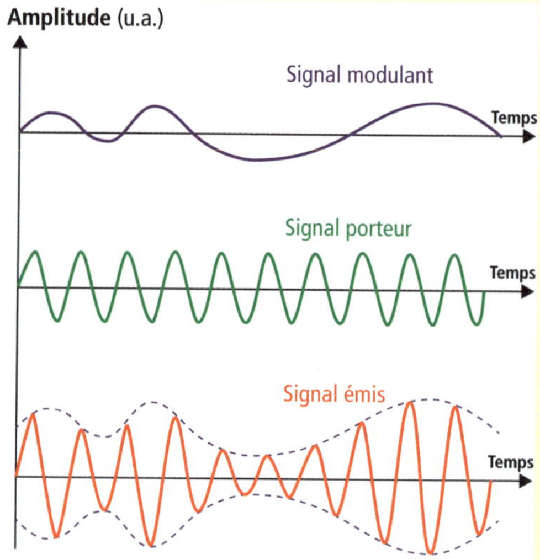

Cas B

13 Ondes sonores

1 Caractéristiques des ondes sonores

• **Les ondes acoustiques** se propagent dans un milieu matériel, elles ne se propagent pas dans le vide : ce sont des ondes mécaniques.

• **La vitesse de propagation** des ondes sonores dans l'air, à 20 °C, est de 340 m·s^{-1}.

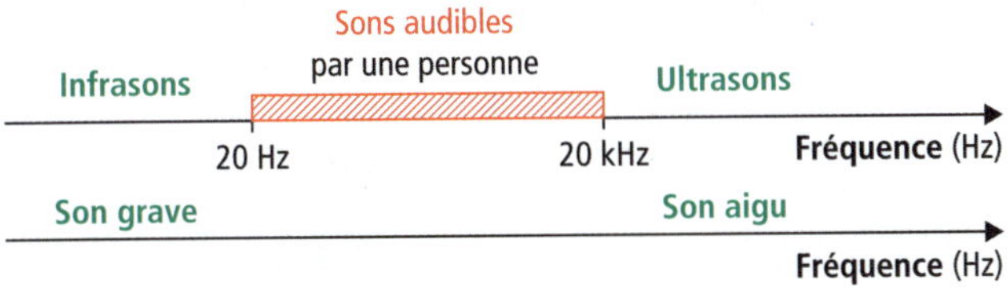

2 Analyse d'un son

• **Un son pur** est constitué d'une onde sonore sinusoïdale, c'est par exemple le son émis par un diapason.

Ex. : le la_3 440 Hz.

• **La plupart des sons ne sont pas purs, on les qualifie de complexes** : on peut les analyser et observer leur spectre en fréquence.

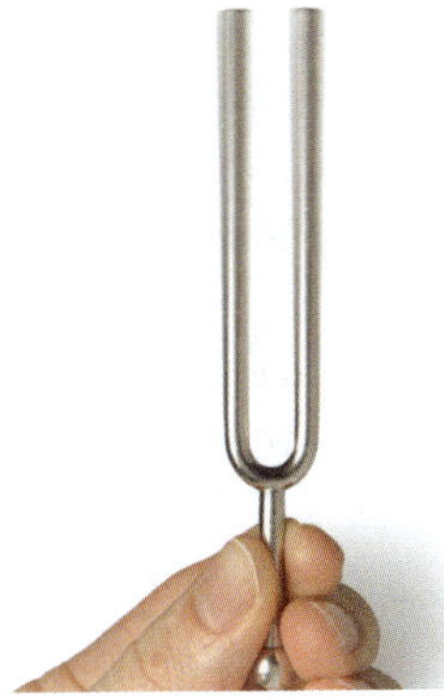

▲ Diapason

Ex. : Une même note pour deux instruments différents

	Oscillogrammes	Spectres fréquentiels
Violon	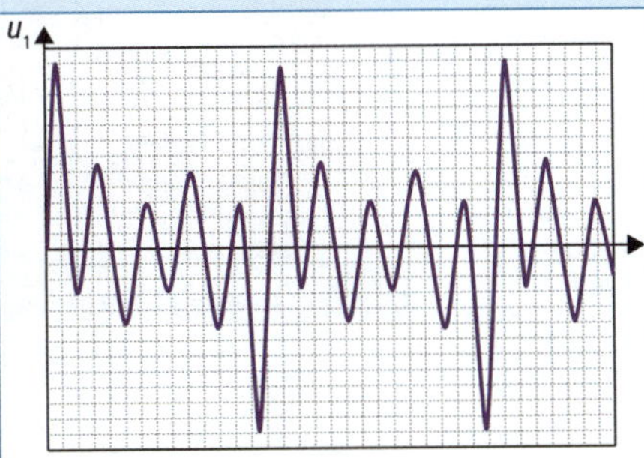 Enregistrement 1	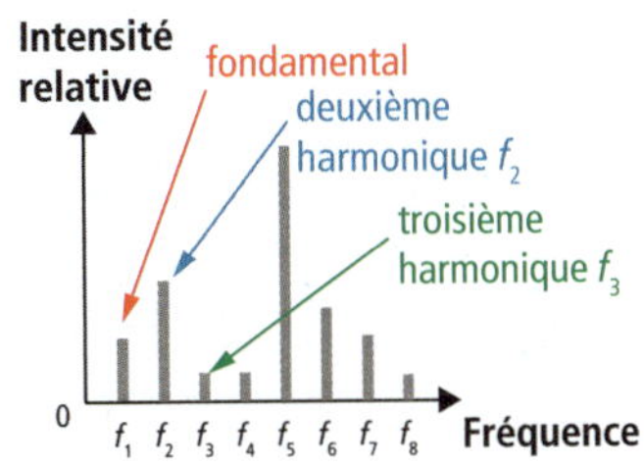 Spectre 1
Diapason	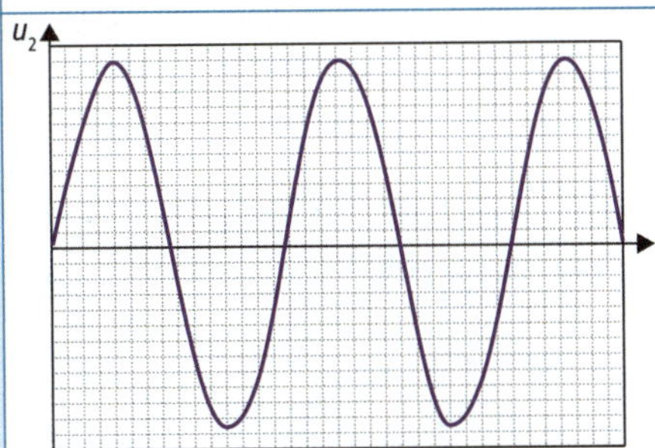 Enregistrement 2	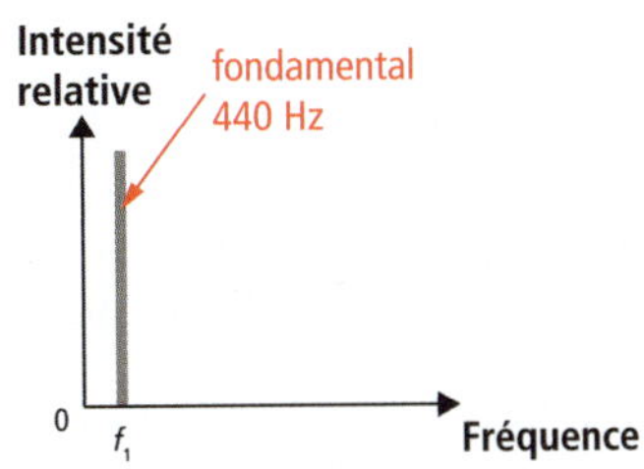 Spectre 2

La plus faible des fréquences correspond au **fondamental** ou **premier harmonique** f_1 : c'est la fréquence du son. Les autres fréquences correspondent aux **harmoniques**

(deuxième harmonique : $2f_1$, troisième harmonique : $3f_1$...).

• Pour une même note (donc une même fréquence f_1) jouée par deux instruments différents, le son diffère car **la répartition en amplitude des différents harmoniques diffère** : c'est le **timbre du son**.

3 Intensité acoustique

• **L'intensité acoustique** I (ou intensité sonore) est la **valeur moyenne** temporelle de la **puissance transportée** par l'onde sonore par unité de surface : elle caractérise l'intensité du signal reçu par l'oreille. Elle s'exprime en $W \cdot m^{-2}$.

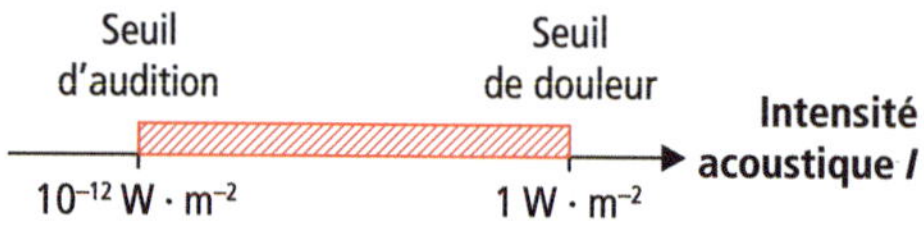

▲ Représentation de l'intensité acoustique.

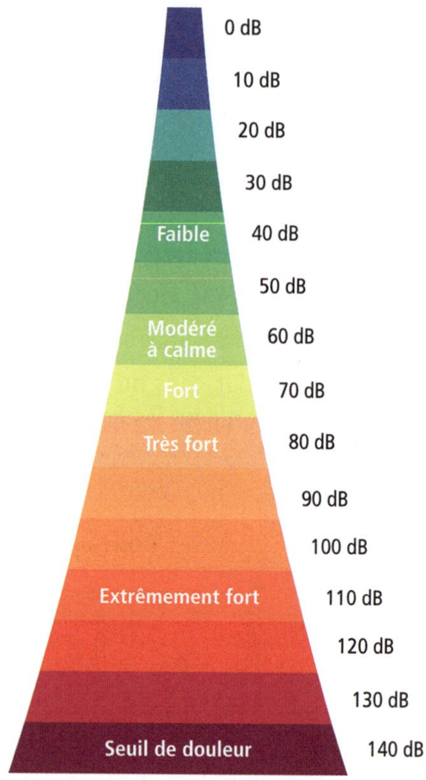

▲ Échelle acoustique.

On utilise également l'échelle de niveau sonore L :

$$L = 10\log\left(\frac{I}{I_0}\right)$$

Unités
L en décibel (dB)
I en watt par mètre carré ($W \cdot m^{-2}$)
$I_0 = 10^{-12}\ W \cdot m^{-2}$

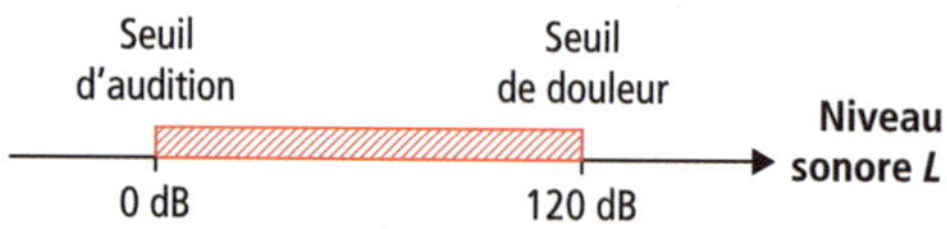

▲ Représentation du niveau sonore

• Lorsque plusieurs sons sont émis simultanément, les intensités sonores s'ajoutent mais les niveaux sonores, eux, ne s'ajoutent pas.

Méthode Calculer un niveau sonore

Déterminer le niveau sonore correspondant à une intensité acoustique :
$I = 5 \times 10^{-4}\ W \cdot m^{-2}$.

Le niveau d'intensité sonore correspondant est $L = 10 \log\left(\frac{5 \times 10^{-4}}{10^{-12}}\right) = 87$ dB.
Cela correspond à un son intense.

Maths
Utiliser la fonction logarithme décimal.
Voir chapitre 4 p. 208

4 Transmission et absorption des ondes sonores

• Lorsqu'une onde sonore passe d'un milieu homogène à un autre : une partie de l'onde est **transmise**, une partie est **réfléchie** et le reste est **absorbé**.

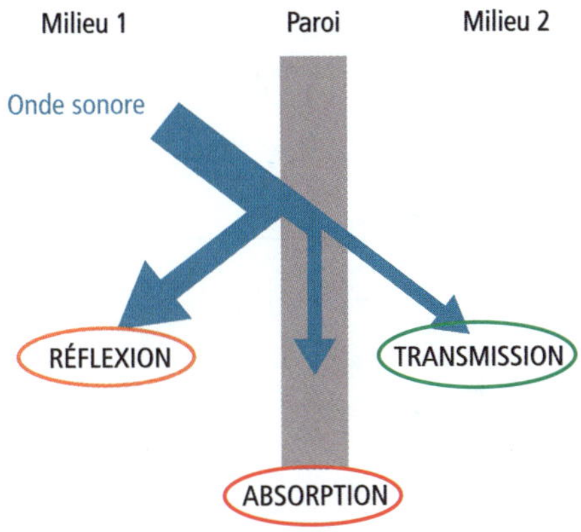

▲ Le son à travers une paroi.

On peut jouer sur les caractéristiques du matériau de la paroi pour l'isolation d'une pièce en augmentant l'absorption des ondes sonores. On améliore ainsi le confort acoustique de l'habitat.

Exercices d'entraînement

Exercice 1 ★ (5 min) *Corrigé p. 361*

Comparaison de 2 sons

On dispose de deux cordes de guitare, une en acier et une en nylon. On enregistre les sons émis par ces cordes. Les analyses spectrales de chacun de ces sons sont données ci-dessous.

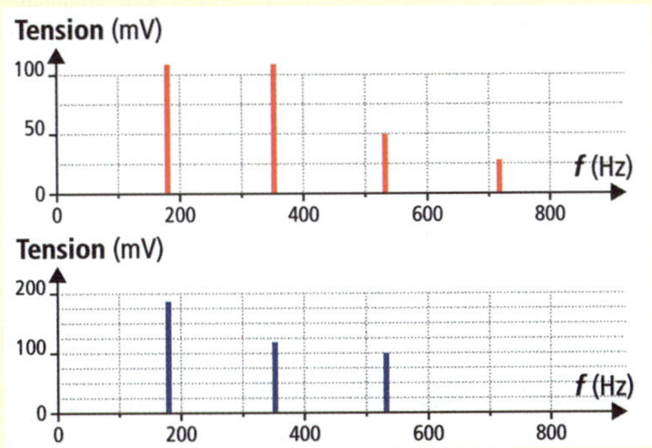

1. Les sons produits correspondent-ils à une même note jouée ?
2. Les sons produits ont-ils le même timbre ?

Exercice 2 ★★ (20 min)

Corrigé p. 361

Analyse d'un son

On donne ci-après l'enregistrement sonore et l'analyse spectrale d'une note jouée par un tuyau d'orgue.

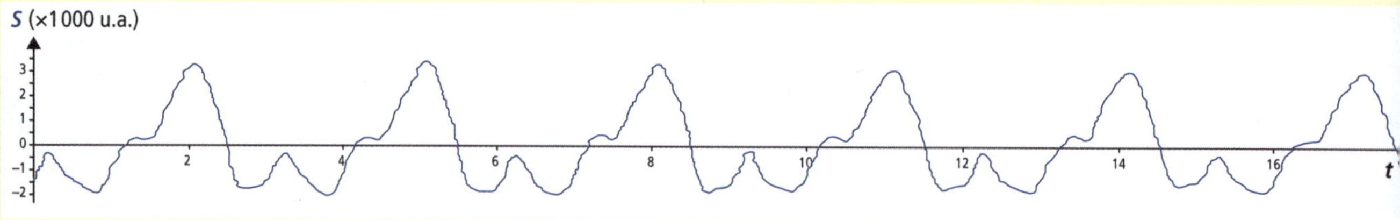

▲ Document 1 – Enregistrement sonore de la note jouée par le tuyau d'orgue étudié à 20 °C

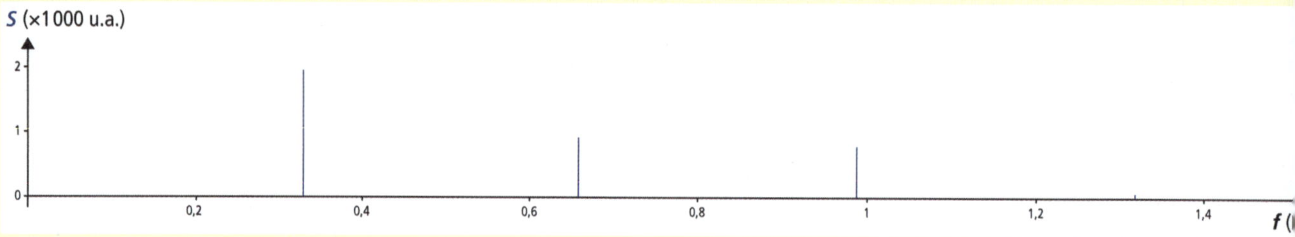

▲ Document 2 – Analyse spectrale de la note jouée par le tuyau d'orgue étudié à 20 °C

1. En exploitant le document 1, déterminer la fréquence de la note jouée.
2. Vérifier si l'analyse spectrale du son est cohérente avec la réponse à la question 1.
3. Quels sont les harmoniques qui apparaissent sur l'analyse spectrale ?
4. Si la température augmente, le son produit est plus aigu.

Indiquer comment évolue la fréquence de la note jouée dans le cas d'une augmentation de température.

Exercice 3 ★★ (15 min)

Corrigé p. 361

Superposition de bruits

Un bureau est équipé d'une imprimante et d'un ventilateur en cas de grosse chaleur. Lorsque l'imprimante fonctionne, on mesure un niveau d'intensité sonore au niveau du poste de travail de 60 dB. Lorsque le ventilateur fonctionne, le niveau sonore mesuré est de 50 dB.

Données

Le niveau d'intensité sonore est défini par :

- $L = 10\log\left(\frac{I}{I_0}\right)$ avec $I_0 = 10^{-12}$ W · m^{-2}.

1. Déterminer l'intensité acoustique correspondant à l'imprimante en fonctionnement.
2. Déterminer l'intensité acoustique correspondant au ventilateur en fonctionnement.
3. En déduire le niveau sonore au niveau du poste de travail lorsque le ventilateur et l'imprimante fonctionnent simultanément.

Exercice 4 ★★★ (20 min)

Corrigé p. 361

Absorption des sons

Pour quantifier l'efficacité de bouchons d'oreilles visant à atténuer l'intensité du bruit ambiant, on utilise des courbes fournies par un fabricant concernant deux types de bouchons : bouchons moulés et bouchons en mousse.

L'atténuation est exprimée en dBA et se calcule en utilisant l'expression $A = 10\log\left(\frac{I_i}{I_t}\right)$ où I_t est l'intensité acoustique transmise à travers le bouchon (qui correspond à l'intensité acoustique qui arrive au tympan) et I_i est l'intensité acoustique à l'extérieur.

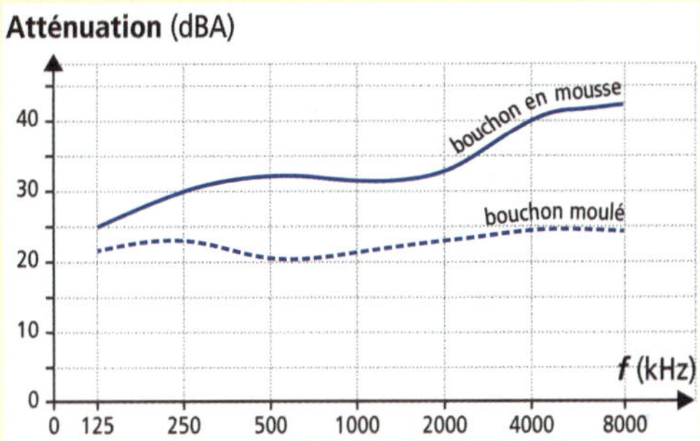

▲ Courbes d'atténuation.

1. Quel est le type de bouchons qui absorbe le mieux les sons ?

2. Que peut-on dire du son perçu par une personne qui est équipée de bouchons en mousse ?

3. Même question dans le cas des bouchons moulés.

4. Un individu travaille dans un environnement bruyant dont le niveau sonore a été mesuré pour des sons de fréquence de 2 000 Hz à $L = 95$ dB.

Déterminer si le port de bouchons en mousse lui permet d'éviter le seuil des 85 dB d'exposition qui est nocif pour l'oreille humaine en cas d'exposition prolongée.

Données

Le niveau d'intensité sonore est défini par :

$L = 10\log\left(\frac{I}{I_0}\right)$ avec $I_0 = 10^{-12}\ \text{W}\cdot\text{m}^{-2}$.

Contrôle continu

Épreuve de Mathématiques

Corrigés p. 362

Partie 1 (20 min)

Automatismes — Sans calculatrice (5 points)

Pour chaque question, on donnera une réponse sans justification.

1. Dans un lycée, 30 % des élèves sont en classe de terminale.
Parmi eux, 2 % ont le permis de conduire.
Quel est le pourcentage d'élèves de ce lycée qui sont en terminale et qui ont le permis de conduire ?

2. Le prix d'un produit a été multiplié par $\frac{2}{3}$ puis par $\frac{6}{5}$.
De quel pourcentage le prix a-t-il baissé ?

3. Si $V = \pi R^2 h$ alors $R = ?$

4. Résoudre dans $\mathbb{R}$ l'équation : $9x^2 - 64 = 0$.

5. Factoriser : $(3 - x)^2 - (x - 3)(5x + 7)$.

6. Résoudre dans $\mathbb{R}$ l'inéquation : $x^2 > 4$.

Soit f la fonction définie sur $\mathbb{R}$ par : $f(x) = x^3 - 3x + 4$.
On note $\mathscr{C}$ sa courbe représentative dans un repère orthonormé.

Les questions qui suivent portent sur cette fonction.

7. Déterminer, pour tout réel x, $f'(x)$.

8. Déterminer le coefficient directeur de la tangente à $\mathscr{C}$ au point d'abscisse -1.

9. Donner une équation de la tangente à $\mathscr{C}$ au point d'abscisse 0.

10. Sur quel ensemble la fonction est-elle décroissante ?

Partie 2 (1 h 40)

Cette partie est composée de trois exercices indépendants.

Exercice 1 — Calculatrice autorisée (5 points)

Une société produit des levures. Dans une cuve contenant un milieu nutritif, ainsi que 500 g de levures, la masse de levures augmente de 30 % par jour. Chaque jour, on doit remplacer le milieu nutritif de la cuve. Cette opération engendre une perte de 90 g de levures.
On note u_n la masse en grammes de levures le jour numéro n. On a alors $u_0 = 500$.

1. Quelle est la masse de levures produite après un jour puis après deux jours ?

2. On admettra que, pour tout entier n, $u_{n+1} = 1{,}3u_n - 90$.
Soit (v_n) la suite définie pour tout entier n par : $v_n = u_n - 300$.

a) Montrer que la suite (v_n) est géométrique.
On précisera sa raison ainsi que son premier terme.

b) Donner l'expression de v_n, puis de u_n, en fonction de n.

c) Au bout de combien de jours la production dépassera-t-elle 50 kg ?

Exercice 2 Calculatrice autorisée (5 points)

Une entreprise fabrique des tiges métalliques de 50 cm à l'aide de deux chaînes de production *A* et *B*.
Une tige est vendable seulement si sa longueur est comprise entre 49,8 cm et 50,2 cm.
Une étude de fonctionnement des chaînes de production a établi les résultats suivants :
- la chaîne de production *A* fournit 60 % des tiges ;
- la proportion de tiges invendables de la chaîne *A* est de 5 % ;
- la proportion de tiges invendables de la chaîne *B* est de 12 % .

On choisit une tige au hasard dans la production d'une journée donnée et on définit les évènements suivants :
A : « la tige a été produite par la chaîne *A* » ;
V : « la tige est vendable ».

1. Construire un arbre de probabilité illustrant la situation.

2. Quelle est la probabilité que la tige soit produite par la chaîne *A* et qu'elle soit vendable ?

3. Déterminer la probabilité que la tige soit vendable.

4. La tige choisie est vendable. Quelle est la probabilité qu'elle ait été produite par la chaîne *B* ?
On donnera le résultat à 10^{-2} près.

Exercice 3 Calculatrice autorisée (5 points)

On injecte une dose de médicament chez un patient malade.
La quantité de médicament (exprimée en cm³) présente dans le sang du patient au bout d'un temps t (exprimé en heures) est donnée par la fonction q définie pour tout réel $t \in [0\ ;\ 36]$ par :

$$q(t) = 2{,}2 \times (0{,}91)^t.$$

On donne ci-dessous la courbe représentative $\mathscr{C}$ de la fonction q sur l'intervalle [0 ; 12].
On donne les points $M(0\ ;\ 2)$ et $N(8\ ;\ 1)$. La droite (MN) est tangente à $\mathscr{C}$ en A.

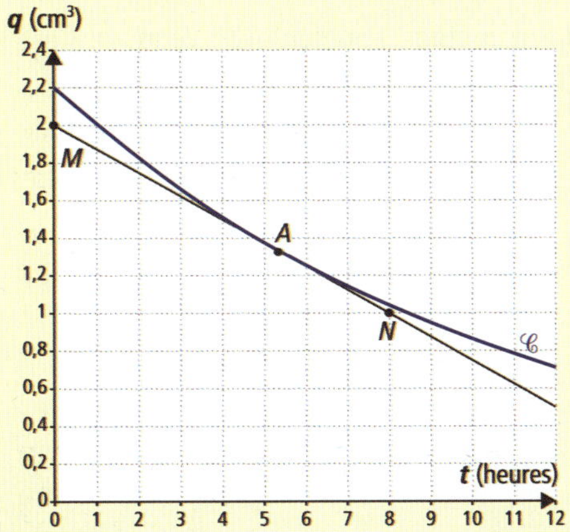

▲ Quantité de médicaments dans le sang toutes les heures.

1. Déterminer, par le calcul, la quantité de médicament injectée à l'instant $t = 0$, puis, à 10^{-3} prés, la quantité présente au bout de 30 minutes.

2. Déterminer, à l'aide du graphique, le coefficient directeur de la droite (MN).
Interpréter le résultat par rapport à l'évolution de la quantité de médicament dans le sang du patient.

3. Déterminer $\dfrac{q(t+1)}{q(t)}$. Interpréter le résultat.

4. Résoudre l'inéquation $q(t) < 0{,}2$.

5. On estime que le médicament ne fait plus effet lorsque sa quantité dans le sang du patient est inférieure à 0,2 cm³.
Au bout de combien d'heures et de minutes cela se produit-il pour le patient ?
On donnera le résultat à la minute près.

Sujet du Bac

Épreuve de Physique-Chimie et Mathématiques

Corrigés p. 364

Épreuve écrite 3 h

Exercice 1 — Mathématiques (3 points) (30 min)

Magnitude apparente d'un astre

La magnitude apparente d'un astre M mesure la luminosité de cet astre et elle est donnée par la formule :

$$M = -2{,}5\log\left(\frac{E}{E_0}\right).$$

où E est l'éclat apparent d'un astre et E_0 l'éclat d'un astre de référence.

En général, l'astre de référence est l'étoile Véga qui, vue de l'hémisphère nord de la Terre, est la deuxième étoile la plus brillante du ciel. Plus la magnitude est petite, plus l'astre est lumineux.

1. Quelle est la magnitude apparente de Véga ?
2. Quelle est, à 10^{-2} près, la magnitude apparente de la pleine Lune sachant que son éclat apparent est égal à 64 000 E_0 ?
3. Quel est, en fonction de E_0, l'éclat du Soleil sachant qu'il a une magnitude apparente de $-26{,}7$?
4. Depuis la Terre, l'astre le moins lumineux visible à l'œil nu, a une magnitude apparente de 6,7. Quel est, en fonction de E_0, l'éclat de cet astre ?
5. Montrer que la magnitude apparente d'un astre, qui a un éclat supérieur à celui de Véga, est négative.
6. Que peut-on dire de la magnitude apparente d'un astre qui a un éclat inférieur à celui de Véga ?
7. Déterminer, à 10^{-2} près, la magnitude apparente de Vénus qui est la planète la plus brillante sachant que son éclat est de $69{,}2E_0$.
8. Montrer que, si l'éclat d'un astre est multiplié par 100, sa magnitude diminue de 5.
9. Soient M et M' les magnitudes apparentes respectives de deux astres d'éclats respectifs E et E'.
   On suppose que $E < E'$.
   Comparer M et M'. Que peut-on en conclure ?

Exercice 2 — Physique-Chimie (4 points) (40 min)

L'acidification des océans

Les océans deviennent de plus en plus acides, ils absorbent 30 % du CO_2 produit depuis 1750.

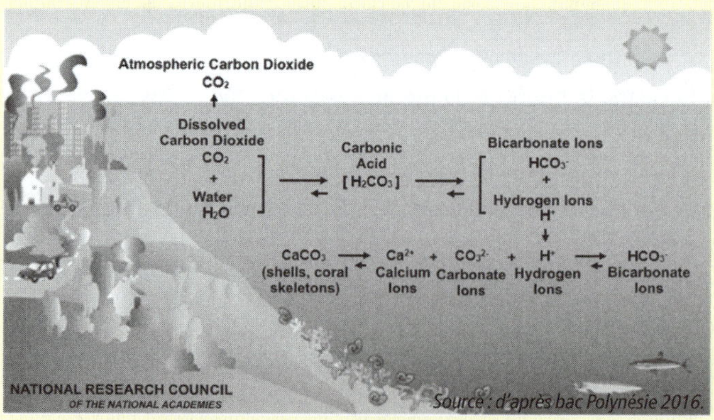

▲ Document 1 : acidification des océans.
(Traduction : *shells* → coquillages, *coral skeletons* → squelettes de corails)

1. À l'aide de vos connaissances, citer deux causes responsables de l'augmentation de l'émission de dioxyde de carbone CO_2 dans l'atmosphère ces dernières années.
La dissolution dans l'eau du dioxyde de carbone gazeux entraîne, d'abord, la formation d'acide carbonique $H_2CO_3(aq)$ qui se transforme, ensuite, en ions hydrogénocarbonate $HCO_3^-(aq)$ selon l'équation : $H_2CO_3(aq) \rightleftharpoons HCO_3^-(aq) + H^+(aq)$
On précise que les ions hydrogénocarbonate sont communément appelés ions « bicarbonate ».
2. En vous appuyant sur la définition d'un acide, justifier que la molécule $H_2CO_3(aq)$ est bien une espèce acide.
On donne le couple acide / base de l'eau $H_3O^+(aq)$ / H_2O.
3. Écrire la demi-équation acido-basique traduisant la transformation de l'eau H_2O en ions oxonium $H_3O^+(aq)$.
4. En déduire l'équation bilan de la réaction entre l'acide carbonique $H_2CO_3(aq)$ et l'eau H_2O.
5. Pourquoi parle-t-on d'acidification des océans ? Une réponse argumentée de quelques lignes (maximum 10 lignes) est demandée dans laquelle devront apparaître les notions suivantes : pH, concentration, dissolution, $H_3O^+(aq)$ ou $H^+(aq)$, CO_2.
6. En utilisant le **Document 1**, citer une des conséquences sur la faune de cette acidification des océans.

Pour réaliser un dosage un technicien a besoin de préparer 50,0 mL d'une solution S de soude $Na^+(aq)$, $OH^-(aq)$ de concentration $C = 0{,}002 \text{ mol} \cdot L^{-1}$.
Il dispose pour cela au laboratoire d'une solution de soude $S_{\text{mère}}$ de concentration $C_{\text{mère}} = 0{,}010$ mol.L^{-1}.

7. Vérifier que le volume de solution de soude $S_{\text{mère}}$ à prélever vaut $V_{\text{mère}} = 10{,}0$ mL.
8. Proposer un protocole détaillé pour réaliser cette dilution. Préciser notamment la verrerie à utiliser, en utilisant le **Document 2**.

Pissette	Éprouvette graduée	Fiole jaugée	Erlenmeyer	Ampoule à décanter	Pipette jaugée	Ballon	Bécher	Pipette graduée	Burette graduée

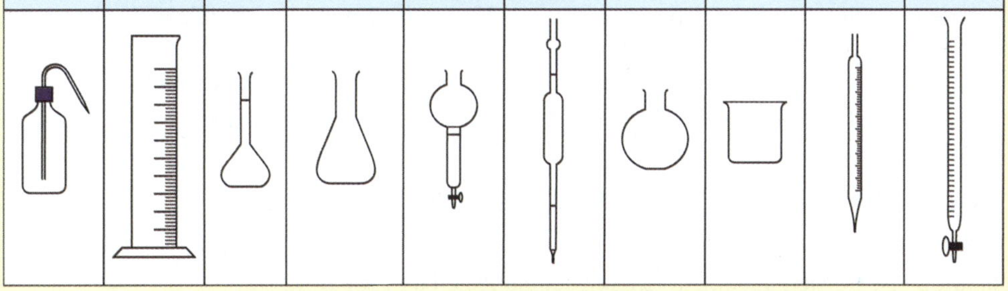

▲ Document 2 : verrerie usuelle du laboratoire de chimie.

9. Une solution de soude encore plus concentrée que $S_{\text{mère}}$ porte le pictogramme de sécurité suivant :

Corrosif

Indiquer l'équipement nécessaire pour manipuler cette solution au laboratoire.

Exercice 3 Physique-Chimie (6 points) (50 min)

Solar Impulse 2

L'avion solaire Solar Impulse 2 a atterri jeudi 23 juin 2016 à Séville, après avoir décollé de New York le lundi 20 juin 2016, réussissant ainsi sa première traversée de l'Atlantique.
Dans cet exercice, on se propose d'étudier deux aspects du vol transatlantique de Solar Impulse 2.

Les documents nécessaires à la résolution de l'exercice sont regroupés en fin d'énoncé.

▲ Solar Impulse 2.

La performance des panneaux solaires de Solar Impulse 2

1. Déterminer la longueur d'onde des photons pour lesquels la réponse spectrale du semi-conducteur est optimale.
2. À quel domaine des ondes électromagnétiques appartiennent-ils ? Justifier.
3. Déterminer la longueur d'onde maximale permettant le passage d'un électron de la bande de valence à la bande de conduction. Cette valeur est-elle cohérente avec le Document 1 ? Justifier.

Données

- $c = 3{,}0 \times 10^{8}\ \mathrm{m \cdot s^{-1}}$;
- $h = 6{,}6 \times 10^{-34}\ \mathrm{J \cdot s}$ (constante de Planck) ;
- $1\ \mathrm{eV} = 1{,}6 \times 10^{-19}\ \mathrm{J}$.

4. Les mesures effectuées ont permis de montrer que l'énergie électrique disponible à la sortie des panneaux solaires était de l'ordre de 370 kWh pour 14 heures vol de jour. Calculer la puissance électrique fournie par les panneaux solaires.

Donnée

$1\ \mathrm{kWh} = 3\,600\ \mathrm{kJ}$.

5. Pendant les 14 heures de vol de jour, la puissance surfacique moyenne du rayonnement solaire (irradiance) réellement disponible est de $450\ \mathrm{W.m^{-2}}$.
En déduire le rendement des panneaux solaires utilisés par Solar Impulse 2. Commenter.

Le vol de croisière

6. En vol de croisière, la trajectoire de Solar Impulse 2 est parfaitement horizontale et sa vitesse est constante et égale à $90\ \mathrm{km.h^{-1}}$.
Calculer son accélération et la résultante des forces qui s'appliquent sur Solar Impulse 2.
7. Représenter sur le schéma du Document 5, les 4 forces correspondant à une situation de vol de croisière.
8. En déduire la valeur des coefficients de portance C_z et de traînée C_x.

Données

- à l'altitude de croisière (9 km), la masse volumique de l'air vaut : $\rho = 0{,}45\ \mathrm{kg \cdot m^{-3}}$
- accélération de la pesanteur $g = 10\ \mathrm{m \cdot s^{-2}}$

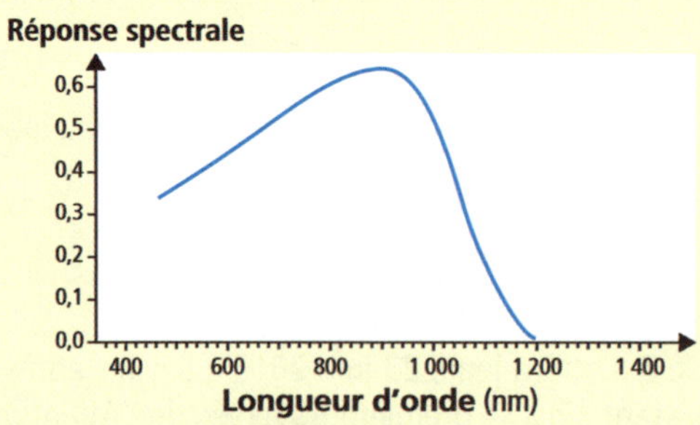

▲ Document 1 : Réponse spectrale du semi-conducteur constituant les panneaux photovoltaïque de Solar Impulse 2.

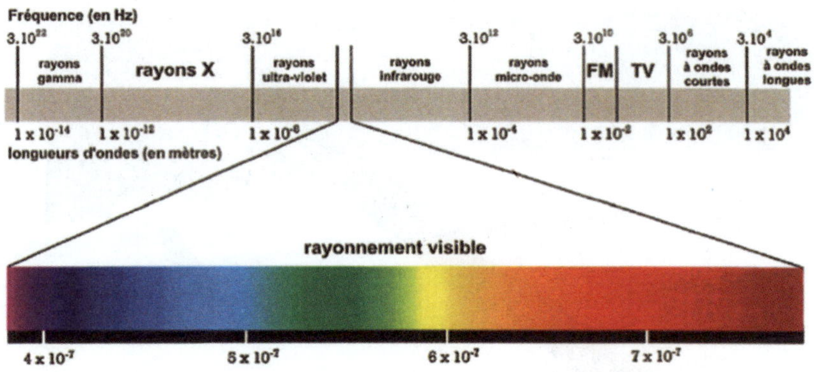

▲ Document 2 : Spectre électromagnétique.

Pour les électrons d'un cristal de silicium (semi-conducteur présent dans les cellules photovoltaïques), il existe deux bandes d'énergie appelées l'une bande de conduction et l'autre bande de valence. Ces deux bandes sont séparées par une bande interdite inaccessible aux électrons.

Si l'énergie d'un photon incident est supérieure au gap (E_g = 1,06 eV), alors l'électron passe de la bande de valence à la bande de conduction et génère un courant électrique

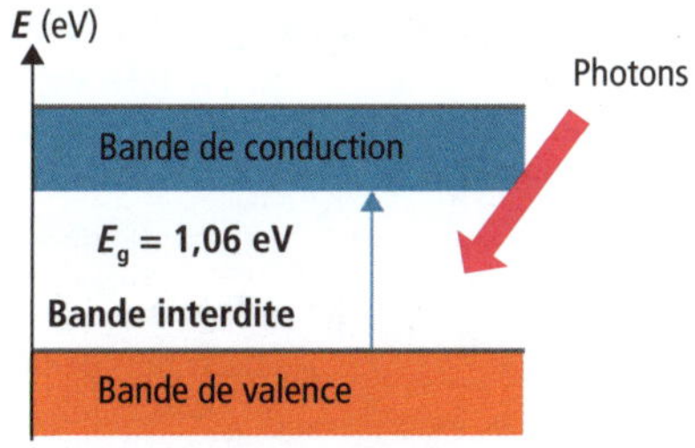

Diagramme énergétique

▲ Document 3 : Conduction dans les semi-conducteurs.

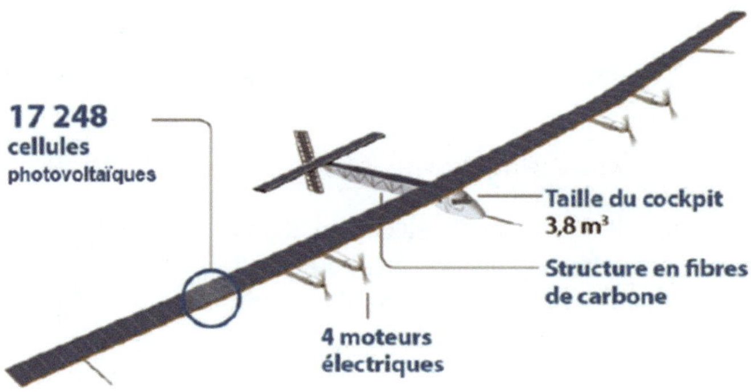

- Envergure : 73 m
- Longueur : 22,40 m
- Masse totale : 2 300 kg
- Surface des panneaux : 270 m²

▲ Document 4 : Caractéristiques techniques de Solar Impulse 2.

Dans le référentiel terrestre supposé galiléen, l'avion est soumis essentiellement à l'action de quatre forces :

- le poids de l'avion : $P = m \times g$ avec $m = 2\ 300$ kg
- la portance, générée par l'écoulement de l'air autour de l'avion, perpendiculaire à la direction du mouvement et orientée vers le haut ;
- la traînée, générée également par l'écoulement de l'air autour de l'avion, dans la même direction que le mouvement mais de sens contraire ;
- la traction exercée par l'air sur les hélices (représentée sur le schéma).

$$F_{\text{portance}} = \frac{1}{2}\rho \times v^2 \times S \times C_z \qquad\qquad F_{\text{traînée}} = \frac{1}{2}\rho \times v^2 \times S \times C_x$$

ρ : masse volumique de l'air en $kg \cdot m^{-3}$;
v : vitesse de déplacement en $m \cdot s^{-1}$;
C_x : coefficient de traînée (sans unité).
S : surface des ailes en m^2 ;
C_z : coefficient de portance (sans unité).

Puissance mécanique dans le cas d'un mouvement rectiligne uniforme :

$$P = F \times v \qquad P \text{ en W, } F \text{ en N, } v \text{ en } m \cdot s^{-1}$$

Pour rappel, le groupe motopropulseur est constitué de quatre moteurs électriques fournissant chacun 13,0 kW.

▲ **Document 5 : Les forces principales s'exerçant sur Solar Impulse 2.**

Exercice 4 Mathématiques et Physique-Chimie (4 points) (40 min)

Le facteur de puissance de l'installation électrique d'une usine qui contient de nombreux moteurs doit être corrigé. La méthode la plus simple pour réaliser cette opération est de rajouter en parallèle de l'installation électrique un condensateur de capacité $C = 1{,}5$ mF.

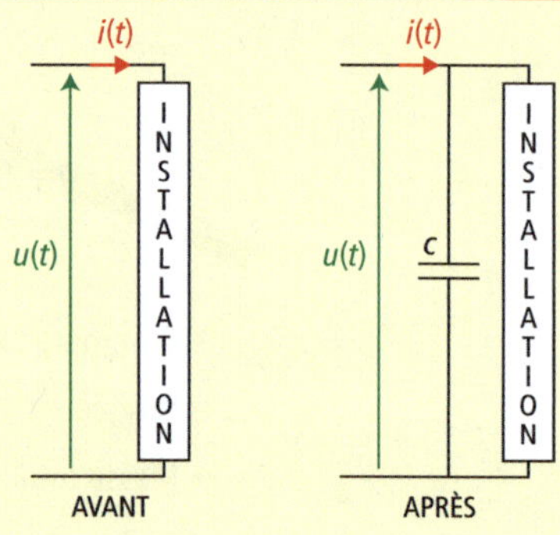

L'installation est alimentée par une tension de fréquence $f = \dfrac{\omega}{2\pi} = 50$ Hz dont l'expression est :

$$u(t) = U_m \cos(\omega t), \text{ avec } t \text{ et } U_m \text{ des réels positifs.}$$

Avant correction, la puissance moyenne reçue par l'installation est $P_{moy} = 70$ kW et la puissance apparente $S = 100$ kW.

1. Calculer le facteur de puissance de l'installation avant qu'il ne soit relevé avec le condensateur.

2. Donner un inconvénient majeur à une valeur trop faible du facteur de puissance.

3. En présence du condensateur, l'intensité délivrée par le réseau électrique est :

$$i(t) = i_c(t) + i_u(t)$$

où $i_c(t)$ est l'intensité qui circule dans la branche du condensateur et $i_u(t)$ est l'intensité qui circule dans l'installation électrique.

On donne, en ampères, $i_c(t) = 100\sqrt{2}\cos\left(\omega t - \frac{\pi}{2}\right)$ et $i_u(t) = 450\sqrt{2}\cos\left(\omega t + \frac{\pi}{4}\right)$.

a) Quelles sont les amplitudes de $i_c(t)$ et $i_u(t)$?

b) Quelles sont les amplitudes complexes $\underline{I}_c$ et $\underline{I}_u$ associées à i_c et i_u ?

4. a) Donner les formes algébriques des intensités complexes $\underline{I}_c$, $\underline{I}_u$ puis de $\underline{I} = \underline{I}_c + \underline{I}_u$.

b) En déduire la valeur exacte, puis une valeur approchée au dixième de l'intensité I.

> **Remarque**
> Le nombre i tel que $i^2 = -1$ sera noté j pour éviter de le confondre avec l'intensité électrique.

c) En notant $\varphi = \arg(I)$ la phase de i, déterminer à l'aide de la calculatrice une valeur approchée de φ en radians au millième près, puis en degrés au dixième de degrés près.

d) En déduire $i(t)$ en fonction de t.
On utilisera les valeurs approchées obtenues à la question précédente.

5. La représentation de Fresnel, ingénieur et physicien français (1788-1827), permet de représenter une grandeur sinusoïdale par un vecteur.

À toute grandeur sinusoïdale s de la forme $s(t) = s_m\cos(\omega t + \varphi)$, on associe dans un repère du plan complexe le vecteur d'affixe $s_m e^{j\varphi}$.

On se place dans un repère orthonormé $(O, \vec{u}, \vec{v})$ du plan complexe d'échelle 1 cm pour 50 unités.

a) Faire une figure en plaçant les représentations de Fresnel de i_c et i_u.
On notera respectivement $\vec{v}_1$ et $\vec{v}_2$ ces deux vecteurs.

b) Construire le vecteur $\vec{w} = \vec{v}_1 + \vec{v}_2$.

c) On admet que le signal i a pour représentation de Fresnel le vecteur $\vec{w}$.
Vérifier à l'aide d'une règle et d'un rapporteur les valeurs de I et φ.

6. Calculer la valeur du facteur de puissance de l'installation ainsi corrigée. Conclure.

Exercice 5 — Mathématiques (3 points) (20 min)

Un véhicule lancé à une vitesse donnée sur une route horizontale, sans accélération, a sa vitesse V qui évolue en fonction du temps t, sous l'effet des diverses forces de frottement, suivant l'équation différentielle (E) : $V'(t) = -\lambda V(t)$ où λ est une constante positive.
Le temps t est en secondes et la vitesse $V(t)$ est en mètres par seconde.

1. En utilisant l'équation différentielle (E), expliquer pourquoi la fonction V est décroissante.

2. Résoudre l'équation différentielle (E).

3. Sachant que $V(0) = 72$ km/h, exprimer donc $V(t)$ en fonction de λ et de t.

4. Déterminer $\lim\limits_{t \to +\infty} V(t)$.

CORRIGÉS

Mathématiques

CHAPITRE 2 (Énoncés p. 202)

1 **1.** $m = \dfrac{20+40}{2} = 30$ et

$g = \sqrt{20 \times 40} = \sqrt{400 \times 2} = 20\sqrt{2} \approx 28{,}28.$

2. $u_0 = 20$, $u_1 = 30$ et donc la raison de (u_n) est 10 et $u_2 = 30 + 10 = 40 = b$.

3. $v_0 = 20$ et $v_1 = 20\sqrt{2}$.

La raison vaut donc $\dfrac{v_1}{v_0} = \dfrac{20\sqrt{2}}{20} = \sqrt{2}$.

Ainsi :
$v_2 = v_1 \times \sqrt{2} = 20\sqrt{2} \times \sqrt{2} = 20 \times 2 = 40 = b.$

Remarque

On peut démontrer que pour deux nombres donnés, strictement positifs, la moyenne arithmétique est plus grande que la moyenne géométrique.

2 **1.** $u_1 = u_0 + 3 = 5 + 3 = 8.$
$u_2 = u_0 + 2 \times 3 = 5 + 6 = 11.$
$u_8 = u_0 + 8 \times 3 = 5 + 24 = 29.$

2. $u_n = u_0 + 3 \times n = 5 + 3n.$

3. La somme est composée de $n + 1$ termes, de u_0 jusqu'à u_n. On a donc :

$$\sum_{i=0}^{n} u_i = (n+1)\frac{u_0 + u_n}{2} = (n+1)\frac{5+5+3n}{2} = \frac{(n+1)(3n+10)}{2}.$$

3 **1.** On a : $w_1^2 = w_0 \times w_2 = 2 \times 2{,}88 = 5{,}76$.
Puisque la raison de la suite ainsi que son premier terme sont positifs, on a alors $w_1 \geqslant 0$ et $w_1 = \sqrt{5{,}76} = 2{,}4$.

2. On a $w_1 = w_0 \times q$ et donc $2{,}4 = 2 \times q$
$\Leftrightarrow q = \dfrac{2{,}4}{2} = 1{,}2.$

Ainsi : $w_n = w_0 \times q^n = 2 \times (1{,}2)^n$.

3. La somme est composée de n termes, de w_1 jusqu'à w_n. Ainsi :

$$\sum_{k=1}^{n} w_k = w_1 \times \frac{1-q^n}{1-q} = 2{,}4 \times \frac{1-1{,}2^n}{1-1{,}2}$$
$$= \frac{2{,}4}{-0{,}2}(1-1{,}2^n) = -12(1-1{,}2^n) = 12(1{,}2^n - 1).$$

4 Le programme permet de calculer au fur et à mesure de l'exécution de la boucle `while`, les termes des suites (u_n) et (v_n).
La boucle s'arrête lorsque pour la première fois v_n est supérieur à u_n.
C'est donc v_{71} le premier qui est supérieur à u_{71}.
On remarquera ici que $u_n = 1\,000 + 100n$ et $v_n = 10\,(1{,}1)^n$.
$v_n \geqslant u_n \Leftrightarrow 10 \times (1{,}1)^n \geqslant 1\,000 + 100n.$
Cette inéquation est difficile à résoudre algébriquement. Un programme ou un tableur étaient donc essentiels.

5 **1.** La suite (u_n) est la suite arithmétique de 1er terme $u_1 = 30$ et de raison $r = 10$ car on passe d'un terme au suivant en ajoutant un nombre constant (ici 10).

2. D'après la formule donnant le terme général d'une suite arithmétique, on a :
$u_n = u_1 + 10(n-1) = 30 + 10n - 10 = 10n + 20.$

3. On a $u_8 = u_1 + 7r = 30 + 7 \times 10 = 30 + 70 = 100$ euros.

$P_8 = u_1 + u_2 + \ldots + u_8 = \dfrac{8(u_1 + u_8)}{2} = 4(30 + 100) = 4 \times 130 = 520$ euros.

4. Terme général

Python	TI

`def u(n):`
`    u = 30`
`    for i in range(1,n):`
`        u = u+10`
`    return u`
`print(u(8))`
	`PROGRAM :`
	`:8→N`
	`:30→U`
	`:For(I,1,N)`
	`:U+10→U`
	`:End`
	`:Disp U`

On obtient : $u(8) = 100$.

Somme des termes

Python	TI

`def s(n):`
`    u = 30`
`    s = 30`
`    for i in range(1,n):`
`        u = u+10`
`        s = s+u`
`    return s`
`print(s(8))`
	`PROGRAM :`
	`:8→N`
	`:30→U`
	`:30→S`
	`:For(I,1,N)`
	`:U+10→U`
	`:S+U→S`
	`:End`
	`:Disp S`

On obtient : $s(8) = 520$.

5. $P_n = u_1 + u_2 + \ldots + u_n = \dfrac{n(u_1 + u_n)}{2}$

$= \dfrac{n(30 + 10n + 20)}{2} = \dfrac{n(10n + 50)}{2}$

$= \dfrac{10n(n+5)}{2} = 5n(n+5).$

On peut vérifier que :
$P_8 = 5 \times 8(8+5) = 40 \times 13 = 520.$

On cherche l'entier n tel que $5n(n + 5) = 1\,500$ soit $n(n + 5) = 300$.

$n(n + 5) = 300 \Leftrightarrow n^2 + 5n - 300 = 0$
$\Leftrightarrow (n - 15)(n + 20) = 0 \Leftrightarrow (n = 15$ ou $n = -20)$.

Seule la solution 15 convient car l'autre solution est négative.

Pour 1 500 euros, on peut donc évacuer 15 tonnes de gravats.

On peut vérifier ce résultat en utilisant le programme Python en calculant s(15).

On obtient $s(15) = 1\,500$.

6 Partie I

1. Si on place une plaque d'isolation, l'intensité I_1 du son a baissé de 5 % et donc
$I_1 = 120 - 0{,}05 \times 120 = 120 \times (1 - 0{,}05)$
$= 120 \times 0{,}95 = 114$ dB.

Automatisme

On passe de la formule soustractive « diminuer de 5 % » à la formule multiplicative « multiplier par 0,95 ».

Si on place une deuxième plaque, l'intensité I_2 du son est de $114 \times 0{,}95 = 108{,}3$ dB.
On a aussi $I_2 = 120 \times (0{,}95)^2 = 108{,}3$ dB.

2. On passe d'un terme quelconque de la suite (I_n) au suivant en multipliant par 0,95.
La suite (I_n) est donc la suite géométrique de 1er terme $I_0 = 120$ et de raison $q = 0{,}95$.

3. On a $I_n = I_0 \times q^n = 120 \times (0{,}95)^n$.

4. On cherche n tel que $I_n < 60$.

$I_n < 60 \Leftrightarrow 120 \times (0{,}95)^n < 60 \Leftrightarrow (0{,}95)^n < \dfrac{60}{120}$

$\Leftrightarrow (0{,}95)^n < 0{,}5$

$\Leftrightarrow n\log(0{,}95) < \log(0{,}5)$ car la fonction log est croissante sur $\mathbb{R}^{+*}$.

$\Leftrightarrow n > \dfrac{\log(0{,}5)}{\log(0{,}95)}$.

On a changé le sens de l'inéquation car on a divisé par log(0,95) qui est négatif.

$\dfrac{\log(0{,}5)}{\log(0{,}95)} \approx 13{,}51$ et donc il faut placer au moins 14 plaques pour avoir moins de 60 décibels.

Dans le tableur ci-dessous, on saisit dans la cellule A2 la formule « =A1*0,95 » que l'on tire vers le bas.
La cellule A15 est la première dont la valeur est inférieure à 60.
Puisque la diminution liée à la première plaque est obtenue en A2, il faut bien 14 plaques.

	A	B	C	D
1	120			
2	114			
3	108,3			
4	102,885			
5	97,74075			
6	92,8537125			
7	88,21102687			
8	83,80047553			
9	79,61045175			
10	75,62992916			
11	71,84843270			
12	68,25601107			
13	64,84321051			
14	61,60104999			
15	58,52099749			

Partie II

1. La suite (P_n) est la somme des n premiers termes de la suite géométrique de 1er terme $P_1 = 100$ et de raison $q' = 1{,}02$.

Automatisme

On passe de la formule additive « augmenter de 2 % » à la formule multiplicative « multiplier par 1,02 ».

2. On a :

$P_n = u_1 \times \dfrac{1 - q'^n}{1 - q'}$

$= 100 \times \dfrac{1 - 1{,}02^n}{1 - 1{,}02}$

$= 100 \times \dfrac{1{,}02^n - 1}{0{,}02}$

$= 5000 \times (1{,}02^n - 1).$

3. Par suite, le propriétaire devra débourser 1 597,39 euros qui correspond à P_{14}.

4. Somme des termes

Python	TI

`def p(n):`
`    u = 100`
`    p = 100`
`    for i in range(1,n):`
`        u = u*1.02`
`        p = p+u`
`    return p`
`print(p(14))`
	`PROGRAM :`
	`:14→N`
	`:100→U`
	`:100→P`
	`:For(I,1,N)`
	`:U*1.02→U`
	`:P+U→P`
	`:End`
	`:Disp P`

On obtient : $p(14) = 1\,597,39$.

7 **1.** $C_1 = 0,1 \times 2 + 0,0009 = 0,2009 \text{ mol} \times l^{-1}$.
$C_2 = 0,1 \times C_1 + 0,0009 = 0,02099 \text{ mol} \times l^{-1}$.
De plus :
$C_0 \times C_2 = 0,041\,98 \neq C_1^2 \approx 0,040\,36$.
La suite (C_n) n'est donc pas géométrique.

2. a) $K_{n+1} = C_{n+1} - 0,001$
$= 0,1C_n + 0,0009 - 0,001 = 0,1C_n - 0,0001$
$= 0,1(C_n - 0,001) = 0,1K_n$.
La suite (K_n) est donc géométrique de raison 0,1 et de 1er terme $K_0 = C_0 - 0,001 = 1,999$.

b) On a alors $K_n = 1,999 \times (0,1)^n$.
Or, $K_n = C_n - 0,001$ donc $C_n = K_n + 0,001$,
et $C_n = 1,999 \times (0,1)^n + 0,001$.

c) $C_{10} = 1,999 \times (0,1)^{10} + 0,001$
$\approx 0,001 \text{ mol} \times l^{-1}$.

8 **1.** Une diminution de 8,3 % correspond à un coefficient multiplicateur de 0,917. Ainsi, la formule à saisir dans A2 est : « = A1*0,917 ».

2. En A3 nous avons « = A2*0,917 ».
On obtient donc $917\,000 \times 0,917 = 840\,889$.

3. $u_{n+1} = 0,917u_n$. La suite (u_n) est donc géométrique de raison 0,917.

4. $u_n = u_0 \times (0,917)^n = 10^6 \times (0,917)^n$.

5. On cherche à résoudre : $u_n \leqslant 500\,000$,
soit $10^6 \times (0,917)^n \leqslant 5 \times 10^5$

$$\Leftrightarrow (0,917)^n \leqslant \frac{5 \times 10^5}{10^6}$$

$$\Leftrightarrow (0,917)^n \leqslant 0,5 \Leftrightarrow \log[(0,917)^n] \leqslant \log(0,5)$$

$$\Leftrightarrow n\log(0,917) \leqslant \log(0,5) \Leftrightarrow n \geqslant \frac{\log(0,5)}{\log(0,917)}.$$

Le sens de l'inégalité est modifié car log(0,917) est négatif.

Comme $\frac{\log(0,5)}{\log(0,917)} \approx 8,0$, la population de noyaux aura diminué de moitié à partir de 8 jours.

6. a) Cet algorithme permet de déterminer le premier rang n où la valeur de u_n est inférieure à 500 000. Il affiche donc la demi-vie de l'échantillon.

b) D'après la question 5, le résultat affiché est 8.

c) Il faut modifier la valeur initiale de u qui est ici 10^8, la condition d'arrêt de la boucle et la raison de la suite qui devient 0,977, car une diminution de 2,3 % correspondant à un coefficient multiplicateur de 0, 977.

```
n = 0
u = 100000000
while u > 50000000:
    n = n+1
    u = u*0.977
print(n)
```

CHAPITRE 3 (Énoncés p. 207)

1 **1.** $(f \circ g)(x) = f(g(x)) = f(\cos(x))$
$= 3\cos(x) - 2$;
$(g \circ f)(x) = g(f(x)) = g(3x - 2) = \cos(3x - 2)$.

2. $(f \circ g)(x) = f(g(x)) = f(\ln(x)) = \frac{\ln(x) + 1}{\ln(x) - 1}$;

$(g \circ f)(x) = g(f(x)) = g\left(\frac{x+1}{x-1}\right) = \ln\left(\frac{x+1}{x-1}\right)$.

3. $(f \circ g)(x) = f(g(x)) = f(x^2) = e^{-x^2}$;
$(g \circ f)(x) = g(f(x)) = g(e^{-x}) = (e^{-x})^2 = e^{-2x}$.

2 $(u \circ v)(x) = u(v(x)) = u(2x + 1) = (2x + 1)^2$
$= 4x^2 + 4x + 1$;
$(v \circ u)(x) = v(u(x)) = v(x^2) = 2x^2 + 1$.
$(u \circ v)(x) = (v \circ u)(x) \Leftrightarrow 4x^2 + 4x + 1 = 2x^2 + 1$
$\Leftrightarrow 2x^2 + 4x = 0 \Leftrightarrow 2x(x + 2) = 0$
$\Leftrightarrow (x = 0 \text{ ou } x = -2)$.
$S = \{-2 ; 0\}$.

3 **1.** $u(x) = \cos(x)$ et $v(x) = x^2 - 3x + 1$.

2. $u(x) = \ln(x)$ et $v(x) = \frac{x-3}{x+1}$.

3. $u(x) = x^2 + x + 3$ et $v(x) = x^8$.

4 **1.** $\lim_{x \to +\infty} (1 - 2x) = \lim_{x \to +\infty} (-2x) = -\infty$.

2. $\lim_{x \to +\infty} (x^2 - 3x + 1) = \lim_{x \to +\infty} x^2 = +\infty$.

3. $\lim_{x \to -\infty} (-x^3 + x + 5) = \lim_{x \to -\infty} (-x^3) = +\infty$.

4. $\lim_{x \to -\infty} \frac{1}{x^4} = 0$.

5. $\lim_{x \to +\infty} \frac{x-1}{x^3} = \lim_{x \to +\infty} \left(\frac{x}{x^3} - \frac{1}{x^3}\right) = \lim_{x \to +\infty} \left(\frac{1}{x^2} - \frac{1}{x^3}\right)$
$= 0 - 0 = 0$.

5 **1.** f est de la forme e^u avec $u(x) = 1 - x^2$.
On a : $u'(x) = -2x$.
Par suite : $f'(x) = u'(x)e^{u(x)} = -2xe^{1-x^2}$.

2. f est de la forme $\dfrac{u}{v}$ avec $u(x) = \ln(x)$ et $v(x) = x$.
On a : $u'(x) = \dfrac{1}{x}$ et $v'(x) = 1$.
Par suite :
$$f'(x) = \frac{u'(x)v(x) - u(x)v'(x)}{v^2(x)} = \frac{1 - \ln(x)}{x^2}.$$

3. f est de la forme $u \times v$ avec $u(x) = x$ et $v(x) = e^{-x}$.
On a : $u'(x) = 1$, et pour calculer $v'(x)$ on utilise la formule $(e^w)' = w'e^w$, avec $w(x) = -x$ et $w'(x) = -1$.
Par suite :
$$f'(x) = u'(x)v(x) + u(x)v'(x)$$
$$= 1 \times e^{-x} + x \times (-1)e^{-x} = (1 - x)e^{-x}.$$

4. f est de la forme u^2 avec $u(t) = \sin\left(\pi t + \dfrac{\pi}{4}\right)$.
On a : $u'(t) = \pi\cos\left(\pi t + \dfrac{\pi}{4}\right)$ et alors :
$$f'(t) = 2u'(t)u(t)$$
$$= 2 \times \pi\cos\left(\pi t + \frac{\pi}{4}\right)\sin\left(\pi t + \frac{\pi}{4}\right)$$
$$= \pi\sin\left(2\pi t + \frac{\pi}{2}\right) = \pi\cos(2\pi t) \text{ car}$$

$2\sin(a)\cos(a) = \sin(2a)$ et $\sin\left(T + \dfrac{\pi}{2}\right) = \cos(T)$.

6 **1.** On pose $u(x) = x^2$.
On a : $u'(x) = 2x$, et alors f est de la forme $\dfrac{1}{2}u'\cos(u)$.
Par suite : $F(x) = \dfrac{1}{2}\sin(u(x)) = \dfrac{1}{2}\sin(x^2)$.

2. On pose $u(x) = 0{,}1x - 2$.
On a : $u'(x) = 0{,}1$ et alors
$$f(x) = 10 \times 0{,}1e^{u(x)} = 10u'(x)e^{u(x)}.$$
Par suite : $F(x) = 10e^{u(x)} = 10e^{0{,}1x-2}$.

3. On pose $u(x) = 2x + 3$.
On a : $u'(x) = 2$ et alors
$$f(x) = \frac{5}{2x + 3} = \frac{5}{2} \times \frac{u'(x)}{u(x)}.$$
Par suite : $F(x) = \dfrac{5}{2}\ln(u(x)) = \dfrac{5}{2}\ln(2x + 3)$.

4. On pose $u(x) = \sin(x)$.
On a : $u'(x) = \cos(x)$ et alors $f(x) = u'(x)u(x)$.
Par suite : $F(x) = \dfrac{u^2(x)}{2} = \dfrac{1}{2}\sin^2(x)$.

Remarque

On aurait pu aussi prendre $u(x) = \cos(x)$.

5. On pose $u(x) = e^x + 1$.
On a : $u'(x) = e^x$ et alors $f(x) = u'(x)u^2(x)$.
Par suite : $F(x) = \dfrac{u^3(x)}{3} = \dfrac{1}{3}(e^x + 1)^3$.

7 **1.** La fonction p est de la forme $p = \dfrac{1}{10^{13}}u^3$ avec $u(v) = -0{,}5v^2 + 400v$ et $u'(v) = -v + 400$.
Par suite :
$$p'(v) = \frac{1}{10^{13}} \times 3 \times u'(v)\,u^2(v)$$
$$= \frac{3}{10^{13}}(-v + 400)(-0{,}5v^2 + 400v)^2.$$

2. On détermine tout d'abord le signe de $p'(v)$.
On a : $(-0{,}5v^2 + 400v)^2 \geqslant 0$ et donc $p'(v)$ est du signe de $(-v + 400)$.
Or, $-v + 400 \geqslant 0 \Leftrightarrow -v \geqslant -400 \Leftrightarrow v \leqslant 400$.
On obtient alors les variations suivantes pour p :

v	0		400		600
$p'(v)$		+	0	−	
$p(v)$		↗		↘	

3. D'après les variations de p, on voit que lorsque la vitesse de rotation est de 400 tours par minute, la puissance est maximale.
Elle est alors de $p(400) = 51{,}2$ kW.

8 **1.** La fonction h est de la forme $u \times v$ avec $u(t) = t$ et $v(t) = e^{-0{,}5t^2+1}$.
On a : $u'(t) = 1$ et $v'(t) = -te^{-0{,}5t^2+1}$, en utilisant la formule $(e^w)' = w'e^w$.
Par suite : $h'(t) = u'(t)v(t) + u(t)v'(t)$
$= 1 \times e^{-0{,}5t^2+1} + t \times (-t)e^{-0{,}5t^2+1}$
$= (1 - t^2)e^{-0{,}5t^2+1} = (1 - t)(1 + t)e^{-0{,}5t^2+1}$.

Automatisme

On a utilisé ici l'identité remarquable :
$a^2 - b^2 = (a - b)(a + b)$ avec $a = 1$ et $b = t$.

2. Pour donner le sens de variation de h, on détermine tout d'abord le signe de h'.
Or, $h'(t) = (1 - t)(1 + t)e^{-0{,}5t^2+1}$, et pour tout réel t, on a $e^{-0{,}5t^2+1} > 0$.
Ainsi, il reste à déterminer les signes de $1 - t$ et $1 + t$, qui s'annulent respectivement en $t = 1$ et $t = -1$.
On a alors le tableau de signes suivant :

t	$-\infty$		-1		1		$+\infty$
$1 - t$		+		+	0	−	
$1 + t$		−	0	+		+	
$h'(t)$		−	0	+	0	−	

MATHS

h est décroissante sur $]-\infty\,;-1]$ et sur $[1\,;+\infty[$;
h est croissante sur $[-1\,;1]$.

3. Une équation de la tangente à $\mathscr{C}_h$ en 2 est :
$y = h'(2)(t-2)+h(2)$
$\Leftrightarrow y = -3e^{-1}(t-2)+2e^{-1}$
$\Leftrightarrow y = -e^{-1}(3t-8)$.

9 Partie A

1. 6 min 30 s correspondent à 6,5 minutes.
Graphiquement, on lit 40 °C (en violet sur le graphique).

2. Au bout de 11,6 min, soit 11 min 36 s, la température est de 90 °C (en bleu sur le graphique).

3. On rappelle que la vitesse est donnée par la dérivée de la fonction.
L'instant où la vitesse d'évolution de la température est la plus élevée se trouve où la tangente à la courbe est la plus proche de la verticale.
On la trace en rouge sur le graphique.
Cette vitesse maximale est atteinte au bout de 8 min.

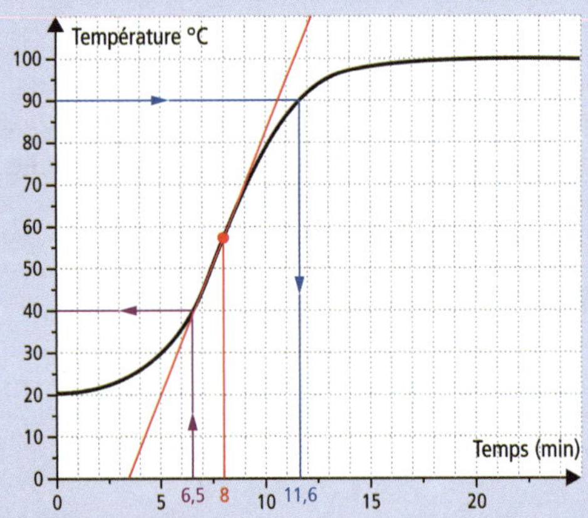

Partie B

1. f est de la forme $\dfrac{80}{u}+20$ avec
$u(t) = 1+e^{-0,6t+5}$ et $u'(t) = -0,6e^{-0,6t+5}$.
Par suite :

$$f'(t) = \frac{-80u'(t)}{u^2(t)}+0 = \frac{-80\times(-0,6)e^{-0,6t+5}}{(1+e^{-0,6t+5})^2}$$
$$= \frac{48e^{-0,6t+5}}{(1+e^{-0,6t+5})^2}.$$

On a alors : $f'(8)\approx 11,9$.
La vitesse maximale d'évolution de la température du liquide à l'instant $t = 8$ min est de 11,9 °C par minute.

2. On multiplie le numérateur et le dénominateur de $\dfrac{80}{1+e^{-0,6t+5}}$ par $e^{0,6t-5}$.

$$\frac{80}{1+e^{-0,6t+5}} = \frac{80e^{0,6t-5}}{(1+e^{-0,6t+5})e^{0,6t-5}}$$
$$= \frac{80e^{0,6t-5}}{e^{0,6t-5}+e^0} = \frac{80e^{0,6t-5}}{e^{0,6t-5}+1}.$$

3. D'après la question précédente, on a :

$$f(t) = \frac{80e^{0,6t-5}}{e^{0,6t-5}+1}+20.$$

On pose $u(t) = e^{0,6t-5}+1$.
On a : $u'(t) = 0,6e^{0,6t-5}$ et alors :

$$f(t) = \frac{80\dfrac{u'(t)}{0,6}}{u(t)}+20 = \frac{80}{0,6}\frac{u'(t)}{u(t)}+20$$
$$= \frac{400}{3}\frac{u'(t)}{u(t)}+20.$$

Comme $u(t)>0$, on a :

$$F(t) = \frac{400}{3}\ln(u(t))+20t = \frac{400}{3}\ln(e^{0,6t-5}+1)+20t.$$

4. La température moyenne t_{moy} du liquide sur l'intervalle $[0\,;25]$ est :

$$t_{moy} = \frac{1}{25-0}\int_0^{25} f(t)\,dt = \frac{1}{25}[F(t)]_0^{25}$$
$$= \frac{1}{25}(F(25)-F(0))\approx 73,3\text{ °C}.$$

10

Pour savoir quand appuyer sur la touche pour atteindre la plus grande vitesse, il nous faut déterminer les variations de la fonction v.
Pour cela, on détermine $v'(t)$ pour $t\in[0\,;800]$.
La fonction v est de la forme $0,009u^5$ avec
$u(t) = \ln(-0,01t^2+9t+1)$.
Pour déterminer $u'(t)$, on utilise la formule :
$(\ln(w))' = \dfrac{w'}{w}$ avec $w(t) = -0,01t^2+9t+1$ et
$w'(t) = -0,02t+9$.
Par suite : $u'(t) = \dfrac{-0,02t+9}{-0,01t^2+9t+1}$ et alors :

$$v'(t) = 0,009\times 5u'(t)u^4(t)$$
$$= 0,045\times\frac{-0,02t+9}{-0,01t^2+9t+1}(\ln(-0,01t^2+9t+1))^4.$$

On a : $(\ln(-0,01t^2+9t+1))^4\geqslant 0$ en tant que puissance paire.
$v'(t)$ est du signe de $-0,02t+9$.
Or, $-0,02t+9>0 \Leftrightarrow -0,02t>-9$
$\Leftrightarrow t<\dfrac{9}{0,02} = 450$.

On obtient alors les variations suivantes pour v :

t	0		450		800
$v'(t)$		+	0	−	
$v(t)$		↗		↘	

La vitesse maximale est donc atteinte lorsque le joueur appuie sur la touche à l'instant $t = 450$ ms. Celle-ci vaut : $v(450) \approx 230$ km/h.

11 Partie A

1. On lit en rouge sur le graphique : 20 kW.

2. On lit en violet sur le graphique : 3 900 tr/min.

3. L'intervalle cherché est [3 900 ; 4 900], (en violet et vert sur le graphique).
On se restreint à la partie gauche de la courbe car à la droite du pic de puissance le moteur est en surrégime.

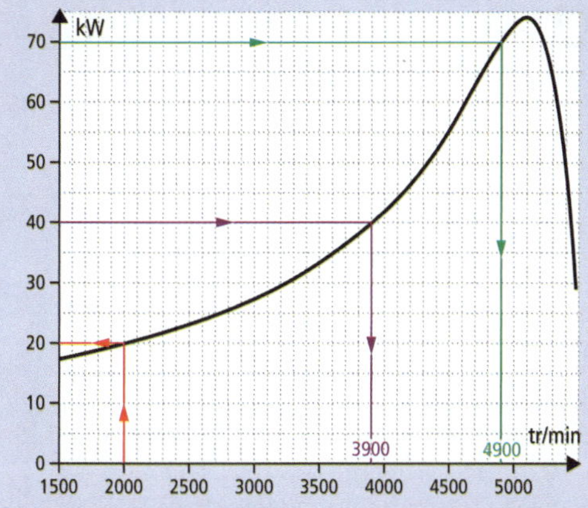

Partie B

1. La fonction f est de la forme $-145 \times \dfrac{u}{v}$ avec :
$u(x) = x$ et $v(x) = x^2 + 1$.
On a : $u'(x) = 1$ et $v'(x) = 2x$.

Par suite : $f'(x) = -145\dfrac{u'(x)v(x) - u(x)v'(x)}{v^2(x)}$

$= -145\dfrac{(x^2+1) - x \times 2x}{(x^2+1)^2}$

$= -145\dfrac{(x^2+1-2x^2)}{(x^2+1)^2} = -145\dfrac{(1-x^2)}{(x^2+1)^2}$.

On a bien : $f'(x) = -145\dfrac{(1-x)(1+x)}{(x^2+1)^2}$.

2. a) $p = f \circ u$ et donc $p'(x) = u'(x)f'(u(x))$.
Or, $u(x) = \dfrac{x-5600}{500}$ et $u'(x) = \dfrac{1}{500}$.
Par suite :

$p'(x) = \dfrac{1}{500} \times (-145) \times \dfrac{(1-u(x))(1+u(x))}{(u^2(x)+1)^2}$

$= -0{,}29 \times \dfrac{(1-u(x))(1+u(x))}{(u^2(x)+1)^2}$.

b) $p'(x) = 0 \Leftrightarrow 1 - u(x) = 0$ ou $1 + u(x) = 0$
$\Leftrightarrow u(x) = 1$ ou $u(x) = -1$

$\Leftrightarrow \dfrac{x-5600}{500} = 1$ ou $\dfrac{x-5600}{500} = -1$

$\Leftrightarrow x - 5\,600 = 500$ ou $x - 5600 = -500$
$\Leftrightarrow x = 6\,100$ ou $x = 5\,100$.
Or, $x \in [1\,500 ; 5400]$ et donc $x = 5\,100$.
Ce moteur développe donc une puissance maximale pour un régime moteur de 5 100 tr/min.
Elle vaut alors $p(5\,100) = 72{,}5$ kW.

CHAPITRE 4 (Énoncés p. 213)

1 **1.** $3^x = 2\,187 \Leftrightarrow \log(3^x) = \log(2\,187)$

$\Leftrightarrow x\log(3) = \log(2\,187)$

$\Leftrightarrow x = \dfrac{\log(2\,187)}{\log(3)} = 7$ et donc $S = \{7\}$.

On en déduit que $3^7 = 2\,187$.

2. $x\sqrt{x} = x \times x^{\frac{1}{2}} = x^{1+\frac{1}{2}} = x^{\frac{3}{2}}$.

$x\sqrt{x} = 8 \Leftrightarrow x^{\frac{3}{2}} = 8 \Leftrightarrow x = 8^{\frac{2}{3}}$ car $\dfrac{1}{3/2} = \dfrac{2}{3}$

$x = (2^3)^{\frac{2}{3}} = 2^{3 \times \frac{2}{3}} = 2^2 = 4$ et donc $S = \{4\}$.

> **Automatisme**
> $x^q = a \Leftrightarrow x = a^{\frac{1}{q}}$

2 $\sum_{i=1}^{n} u_i = u_1 \times \dfrac{1-q^n}{1-q} = 3 \times \dfrac{1-2^n}{1-2} = 3(2^n - 1)$
$= 3\,069$

$\Leftrightarrow 2^n - 1 = 1\,023 \Leftrightarrow 2^n = 1\,024$

$\Leftrightarrow n\log(2) = \log(1\,024) \Leftrightarrow n = \dfrac{\log(1\,024)}{\log(2)} = 10$.

3 On utilise la croissance de la fonction log sur $]0 ; +\infty[$.
$1{,}2^n \leqslant 3 \Leftrightarrow \log(1{,}2^n) \leqslant \log(3)$

$\Leftrightarrow n\log(1{,}2) \leqslant \log(3) \Leftrightarrow n \leqslant \dfrac{\log(3)}{\log(1{,}2)}$.

On n'a pas changé le sens de l'inéquation car on a divisé par log(1,2) qui est positif.

> **Automatisme**
> On peut multiplier ou diviser les deux membres d'une inéquation par un nombre non nul.
> • Si ce nombre est positif, on ne change pas le sens de l'inéquation ;
> • Si ce nombre est négatif, on change le sens de l'inéquation.

$\dfrac{\log(3)}{\log(1{,}2)} \approx 6{,}03$ et donc le plus grand entier n tel que $1{,}2^n \leqslant 3$ est $n = 6$.

4 Pour tout entier n, on a :

$$u_n = u_0 \times q^n = 225 \times 0{,}975^n.$$

On doit résoudre l'inéquation $u_n \leqslant 45$.

$u_n \leqslant 45 \Leftrightarrow 225 \times 0{,}975^n \leqslant 45$

$\Leftrightarrow 0{,}975^n \leqslant \dfrac{45}{225} \Leftrightarrow 0{,}975^n \leqslant 0{,}2$

$\Leftrightarrow \log(0{,}975^n) \leqslant \log(0{,}2)$

$\Leftrightarrow n\log(0{,}975) \leqslant \log(0{,}2)$

$\Leftrightarrow n \geqslant \dfrac{\log(0{,}2)}{\log(0{,}975)}.$

On a utilisé la croissance de la fonction log sur $]0\,;+\infty[$ et que $\log(a^n) = n\log(a)$ si $a > 0$.

On a changé le sens de l'inéquation car on a divisé par log(0,975) qui est négatif.

Le premier entier n tel que donc $u_n \leqslant 45$ est 64 car $\dfrac{\log(0{,}2)}{\log(0{,}975)} \approx 63{,}6$.

5 **1.** Le temps t étant exprimé en siècles, il nous faut ici calculer $p(2)$.

$p(2) = (0{,}987\,6)^2 \approx 0{,}975$ soit 97,5 %.

2. On résout l'équation : $p(t) = 0{,}5$.

$p(t) = 0{,}5 \Leftrightarrow (0{,}987\,6)^t = 0{,}5$

$\Leftrightarrow \log((0{,}987\,6)^t) = \log(0{,}5)$

$\Leftrightarrow t\log(0{,}987\,6) = \log(0{,}5)$

$\Leftrightarrow t = \dfrac{\log(0{,}5)}{\log(0{,}987\,6)}.$

$\dfrac{\log(0{,}5)}{\log(0{,}987\,6)} \approx 55{,}55$ et donc ce sera après 5 555 années que la proportion de carbone 14 sera de 50 %.

6 **1.** Pour répondre à la question il nous faut calculer le pH de la solution.

$\text{pH} = -\log(3{,}60 \times 10^{-3}) \approx 2{,}44.$

La solution est donc acide puisque son pH est inférieur à 7.

2. $\text{pH} = -\log[H_3O^+] \Leftrightarrow -\log[H_3O^+] = 7{,}30$

$\Leftrightarrow \log[H_3O^+] = -7{,}30 \Leftrightarrow [H_3O^+] = 10^{-7{,}30}$

$\Leftrightarrow [H_3O^+] \approx 5{,}01 \times 10^{-8}$ mol × l^{-1}.

7 **1. a)** Sur le graphique, on lit que le nombre initial de noyaux injectés est de 400 milliards.

b) On regarde sur le graphique quand le nombre de noyaux devient inférieur à 200 milliards.
On lit qu'il faut attendre approximativement 13 heures.

2. On a : $0{,}95 \in [0\,;1[$ et $400 > 0$ et donc la fonction N est strictement décroissante sur $[0\,;100]$.

3. a) $N(t) < 40 \Leftrightarrow 400 \times (0{,}95)^t < 40$

$\Leftrightarrow (0{,}95)^t < \dfrac{40}{400} \Leftrightarrow (0{,}95)^t < 0{,}1$

$\Leftrightarrow \log((0{,}95)^t) < \log(0{,}1)$

$\Leftrightarrow t\log(0{,}95) < -1 \Leftrightarrow t > -\dfrac{1}{\log(0{,}95)}.$

On a donc $S = \left]-\dfrac{1}{\log(0{,}95)}\,;+\infty\right[$.

b) 10 % de la quantité initiale injectée représente $400 \times 0{,}1 = 40$ milliards de noyaux.

La durée cherchée s'obtient en utilisant **a)**.

Il faut donc attendre $-\dfrac{1}{\log(0{,}95)}$ heures soit à peu près 1 jour et 21 heures car $-\dfrac{1}{\log(0{,}95)} \approx 44{,}89$.

8 **1.** $L = 10\log(100) + 120 = 140$ dB car $\log(100) = \log(10^2) = 2\log(10) = 2$.

L'intensité sonore d'un avion au décollage est de 140 dB.

2. On résout l'équation $10\log(I) + 120 = 100$.

$10\log(I) + 120 = 100 \Leftrightarrow 10\log(I) = -20$

$\Leftrightarrow \log(I) = -2 \Leftrightarrow I = 10^{-2}\ \text{W}\cdot\text{m}^{-2}.$

3. L'intensité physique passe de I à $2I$.

Notons L' le nouveau niveau sonore.

On a donc :

$L' = 10\log(2I) + 120 = 10(\log(2) + \log(I)) + 120$

$= 10\log(2) + 10\log(I) + 120 = 10\log(2) + L.$

Le niveau sonore a donc augmenté de $10\log(2)$ dB soit à peu près 3 dB.

4. Il faut tout d'abord déterminer l'intensité physique de chacun des deux instruments de musique que l'on note I_1 et I_2.

$10\log(I_1) + 120 = 70 \Leftrightarrow 10\log(I_1) = -50$

$\Leftrightarrow \log(I_1) = -5$ et $I_1 = 10^{-5}\ \text{W}\cdot\text{m}^{-2}$.

$10\log(I_2) + 120 = 80 \Leftrightarrow 10\log(I_2) = -40$

$\Leftrightarrow \log(I_2) = -4$ et $I_2 = 10^{-4}\ \text{W}\cdot\text{m}^{-2}$.

L'intensité physique globale est donc égale à :

$$I_1 + I_2 = 1{,}1 \times 10^{-4}\ \text{W}\cdot\text{m}^{-2}.$$

Ce qui donne un niveau sonore de :

$$10\log(1{,}1 \times 10^{-4}) + 120 \approx 80{,}4\ \text{dB}.$$

9 Lorsque le son traverse une plaque, le niveau sonore est multiplié par $1 - t$.

Ainsi, après avoir traversé les cinq plaques, il est multiplié par $(1 - t)^5$.

Puisque le niveau sonore passe de 80 dB à 60 dB, on a :

$80(1-t)^5 = 60 \Leftrightarrow (1-t)^5 = \dfrac{60}{80}$

$\Leftrightarrow (1-t)^5 = \dfrac{3}{4} \Leftrightarrow 1 - t = \left(\dfrac{3}{4}\right)^{\frac{1}{5}}$

$\Leftrightarrow t = 1 - \left(\dfrac{3}{4}\right)^{\frac{1}{5}} \approx 0{,}055\,9.$

Une plaque d'isolation permet donc une diminution de 5,59 % du niveau sonore.

10 **1. a)** $C = C_0 + C_0 i = C_0(1+i)$.

b) Comme dans une année, il y a 12 mois, on a $C = C_0(1+t)^{12}$.

c) On doit avoir $C_0(1+i) = C_0(1+t)^{12}$, soit en simplifiant par C_0 : $1+i = (1+t)^{12}$.

2. a) Si $t = 1$ %, $1+i = (1+t)^{12}$ donne
$1+i = (1{,}01)^{12} \Leftrightarrow i = (1{,}01)^{12} - 1$.
À l'aide d'une calculatrice, on obtient $i \approx 0{,}126\,8$ et donc le taux annuel équivalent à un taux mensuel de 1 % est de 12,68 %.

b) $1+i = (1+t)^{12} \Leftrightarrow 1+t = (1+i)^{\frac{1}{12}}$

$\Leftrightarrow t = (1+i)^{\frac{1}{12}} - 1$.

Pour $i = 12$ %, $t = (1{,}12)^{\frac{1}{12}} - 1$.
À l'aide d'une calculatrice, on obtient $t \approx 0{,}009\,5$ et donc le taux mensuel équivalent à un taux annuel de 12 % est de 0,95 %.

11 **1.** Nombre initial de levures :

$$N(0) = \frac{1\,280}{1+26{,}7\times 0{,}439^0} = \frac{1\,280}{27{,}7} \approx 46 \text{ levures.}$$

$t = 1$ h 15 min $= 1{,}25$ h, et on a :

$$N(1{,}25) = \frac{1\,280}{1+26{,}7\times 0{,}439^{1{,}25}} \approx 121 \text{ levures.}$$

2. On résout ici l'inéquation : $N(t) \geqslant 1\,200$.

$$\Leftrightarrow 1280 \geqslant 1200(1+26{,}7\times 0{,}439^t)$$
$$\Leftrightarrow 1280 \geqslant 1200 + 32\,040 \times 0{,}439^t$$
$$\Leftrightarrow 80 \geqslant 32\,040 \times 0{,}439^t$$
$$\Leftrightarrow 0{,}439^t \leqslant \frac{80}{32040} \Leftrightarrow 0{,}439^t \leqslant \frac{2}{801}$$
$$\Leftrightarrow \log(0{,}439^t) \leqslant \log\left(\frac{2}{801}\right)$$
$$\Leftrightarrow t\log(0{,}439) \leqslant \log\left(\frac{2}{801}\right)$$
$$\Leftrightarrow t \geqslant \frac{\log\left(\frac{2}{801}\right)}{\log(0{,}439)}.$$

On a changé le sens de l'inéquation car on a divisé par log(0,439) qui est négatif.

$$\frac{\log\left(\frac{2}{801}\right)}{\log(0{,}439)} \approx 7{,}28 \text{ h}$$

soit approximativement 7 h 17 min car on a : $0{,}28 \text{ h} \times 60 = 16{,}8$ min.

3. Nombre de levures au bout de 10 h :
$N(10) \approx 1\,271$ levures.
Nombre de levures au bout de 20 h :
$N(20) \approx 1\,280$ levures.

En notant t_m le taux d'évolution horaire moyen entre la 10e et 20e heure, le coefficient multiplicateur associé est : $1 + t_m$, et donc on a :

$$1\,271(1+t_m)^{10} = 1\,280$$
$$\Leftrightarrow (1+t_m)^{10} = \frac{1\,280}{1\,271}$$
$$\Leftrightarrow 1+t_m = \left(\frac{1\,280}{1\,271}\right)^{\frac{1}{10}}$$
$$\Leftrightarrow t_m = \left(\frac{1\,280}{1\,271}\right)^{\frac{1}{10}} - 1 \approx 0{,}0007$$

et donc $t_m \approx 0{,}07$ %.

Le taux d'évolution moyen entre la 10e et la 20e heure est très faible, ce qui veut dire que la population de levures n'évolue quasiment plus.

12 **1.** $N(t+2) = 2^{\frac{t+2}{2}} = 2^{\frac{t}{2}+1} = 2^{\frac{t}{2}} \times 2^1 = 2 \times 2^{\frac{t}{2}}$
$= 2N(t)$.

On a utilisé la propriété : $a^{x+y} = a^x \times a^y$ si $a > 0$.
$N(t)$ double donc bien tous les deux ans.

2. On cherche t_0 tel que $N(t+t_0) = 100N(t)$.

$$N(t+t_0) = 100N(t) \Leftrightarrow 2^{\frac{t+t_0}{2}} = 100 \times 2^{\frac{t}{2}}$$
$$\Leftrightarrow 2^{\frac{t}{2}} \times 2^{\frac{t_0}{2}} = 100 \times 2^{\frac{t}{2}}$$
$$\Leftrightarrow 2^{\frac{t_0}{2}} = 100 \Leftrightarrow \log\left(2^{\frac{t_0}{2}}\right) = \log(100)$$
$$\Leftrightarrow \frac{t_0}{2}\log(2) = \ln(10^2) = 2\log(10) = 2$$
$$\Leftrightarrow t_0 = \frac{4}{\log(2)}.$$

On a : $\frac{4}{\log(2)} \approx 13{,}29$.

Le nombre de composants pour les ordinateurs sera multiplié par 100 tous les 13 ans et 3 mois car 13,29 ans = 13 ans et 0,29 ans qui correspond à $0{,}29 \times 12 \approx 3{,}48$ mois.

Remarque

La loi de Moore n'est pas une loi de la physique mais une conjecture, vérifiée empiriquement par le marché de l'informatique jusque dans les années 2010.
En février 2016, *l'International Technology Roadmap for Semiconductors* (ITRS) annonce la fin de la loi de Moore, le rythme lié à la miniaturisation des transistors n'étant plus tenable.

13 On a : $G > -3 \Leftrightarrow G = 20\log\left(\frac{U_R}{U}\right) > -3$

$$\Leftrightarrow \log\left(\frac{U_R}{U}\right) > -0{,}15 \Leftrightarrow \frac{U_R}{U} > 10^{-0{,}15}$$
$$\Leftrightarrow U_R > 10^{-0{,}15}U \text{ car } U > 0 \Leftrightarrow U_R > \frac{U}{10^{0{,}15}}.$$

À l'aide d'une calculatrice, on trouve : $10^{0,15} \approx 1,413$ et comme $\sqrt{2} \approx 1,414$, on peut écrire :

$$\frac{U}{10^{0,15}} > \frac{U}{\sqrt{2}} \text{ et } \frac{U}{10^{0,15}} \approx \frac{U}{\sqrt{2}}.$$

La condition $G > -3$ est donc bien pratiquement équivalente à $U_R > \frac{U}{\sqrt{2}}$.

CHAPITRE 5

(Énoncés p. 218)

1 **1.** $e^{0,01t} = 5 \Leftrightarrow \ln(e^{0,01t}) = \ln(5)$

$\Leftrightarrow 0,01t = \ln(5) \Leftrightarrow t = \frac{\ln(5)}{0,01} \Leftrightarrow t = 100\ln(5)$.

$S = \{100\ln(5)\}$.

2. L'équation $e^x = -1$ n'a pas de solution car pour tout réel x, $e^x > 0$. $S = \varnothing$.

3. $\ln(x) = -10 \Leftrightarrow e^{\ln(x)} = e^{-10} \Leftrightarrow x = e^{-10}$.
$S = \{e^{-10}\}$.

4. $\ln(2t) = 4 \Leftrightarrow e^{\ln(2t)} = e^4 \Leftrightarrow 2t = e^4 \Leftrightarrow t = \frac{1}{2}e^4$.

$S = \left\{\frac{1}{2}e^4\right\}$.

5. $e^{-3x} \geqslant 10 \Leftrightarrow \ln(e^{-3x}) \geqslant \ln(10)$

$\Leftrightarrow -3x \geqslant \ln(10) \Leftrightarrow x \leqslant -\frac{\ln(10)}{3}$.

$S = \left]-\infty\,; -\frac{\ln(10)}{3}\right]$.

On a utilisé la croissance de la fonction ln sur]0 ; +∞[et on a changé le sens de l'inéquation car on a divisé par −3 qui est négatif.

6. $\ln(0,2x) < 3 \Leftrightarrow e^{\ln(0,2x)} < e^3 \Leftrightarrow 0,2x < e^3$

$\Leftrightarrow x < \frac{e^3}{0,2} \Leftrightarrow x < 5e^3$. $S =]0\,; 5e^3[$.

On a utilisé la croissance de la fonction exp sur $\mathbb{R}$.

2 **1.** $\lim\limits_{x \to +\infty} x^2 = +\infty$ et $\lim\limits_{x \to +\infty} e^x = +\infty$.

Ainsi par produit de limites : $\lim\limits_{x \to +\infty} x^2e^x = +\infty$.

2. $f(x) = \frac{x^2 - 2x + 3}{e^x} = (x^2 - 2x + 3)e^{-x}$
$= x^2e^{-x} - 2xe^{-x} + 3e^{-x}$.

$\lim\limits_{x \to +\infty} x^2e^{-x} = 0$; $\lim\limits_{x \to +\infty} xe^{-x} = 0$ et $\lim\limits_{x \to +\infty} e^{-x} = 0$.

Ainsi par somme de limites : $\lim\limits_{x \to +\infty} \frac{x^2 - 2x + 3}{e^x} = 0$.

3. $\lim\limits_{x \to +\infty} x^3 = +\infty$ et $\lim\limits_{x \to +\infty} e^{-x} = 0$.

Ainsi par somme de limites : $\lim\limits_{x \to +\infty} (x^3 - e^{-x}) = +\infty$.

4. $\lim\limits_{x \to +\infty} \ln(x) = +\infty$ et $\lim\limits_{x \to +\infty} (1 - x^3) = -\infty$.

Ainsi par produit de limites :

$$\lim_{x \to +\infty} (1 - x^3)\ln(x) = -\infty.$$

3 **1.** La fonction f est de la forme $\frac{u}{v}$ avec $u(x) = \ln(x)$ et $v(x) = x$.

On a : $u'(x) = \frac{1}{x}$ et $v'(x) = 1$.
Par suite,

$$f'(x) = \frac{u'(x)v(x) - u(x)v'(x)}{v^2(x)} = \frac{\frac{1}{x} \times x - \ln(x) \times 1}{x^2}$$
$$= \frac{1 - \ln(x)}{x^2}.$$

2. On étudie le signe de $f'(x)$.
Le dénominateur x^2 étant strictement positif, $f'(x)$ est donc du signe de son numérateur $1 - \ln(x)$.
$1 - \ln(x) \geqslant 0 \Leftrightarrow 1 \geqslant \ln(x) \Leftrightarrow e^1 \geqslant e^{\ln(x)} \Leftrightarrow e \geqslant x$,
car la fonction exponentielle est strictement croissante sur R.
On obtient donc le tableau suivant :

x	0		e		$+\infty$
$f'(x)$	‖	+	0	−	
$f(x)$	‖	↗		↘	

3. D'après les variations de f, sa valeur maximale est $f(e) = \frac{\ln(e)}{e} = \frac{1}{e}$ car $\ln(e) = 1$.

4. On a : $(\ln(x))' = \frac{1}{x}$ et donc f est de la forme $u'u$ avec $u(x) = \ln(x)$.
La fonction F, définie pour tout réel $x > 0$ par : $F(x) = \frac{1}{2}u^2(x) = \frac{1}{2}\ln^2(x) = \frac{1}{2}(\ln(x))^2$ est donc une primitive de f sur $]0\,; +\infty[$.

4 **1.** La fonction h est de la forme uv avec $u(x) = x^2 - x - 1$ et $v(x) = e^x$.
On a : $u'(x) = 2x - 1$ et $v'(x) = e^x$.
Par suite, $h'(x) = u'(x)v(x) + v'(x)u(x)$
$= (2x - 1)e^x + e^x(x^2 - x - 1)$
$= (2x - 1 + x^2 - x - 1)e^x$
$= (x^2 + x - 2)e^x$.
Or, $(x - 1)(x + 2) = x^2 + 2x - x - 2 = x^2 + x - 2$,
et donc $h'(x) = (x - 1)(x + 2)e^x$.

2. Pour tout réel $x > 0$, $e^x > 0$, et donc $h'(x)$ est du signe de $(x - 1)(x + 2)$ qui est un polynôme du second degré qui s'annule pour $x = -2$ et $x = 1$.

En appliquant la règle du signe d'un trinôme du second degré, on obtient le tableau suivant :

x	$-\infty$		-2		1		$+\infty$
$h'(x)$		+	0	−	0	+	
$h(x)$		↗		↘		↗	

5 **1.** $f'(x) = \frac{1}{x} - 1 = \frac{1-x}{x}$.

2. Comme $x > 0$, $f'(x)$ est du signe de $1 - x$.

x	0		1		$+\infty$
$f'(x)$	‖	+	0	−	
$f(x)$	‖	↗		↘	

3. La valeur maximale de f sur $]0\,;+\infty[$ est donc $f(1) = \ln(1) - 1 + 1 = 0$ car $\ln(1) = 0$.
Ainsi, pour tout $x > 0$, $f(x) \leqslant 0$ c'est-à-dire : $\ln(x) - x + 1 \leqslant 0$ et donc $\ln(x) \leqslant x - 1$.

Remarque

On peut vérifier le résultat précédent en représentant dans le même repère la fonction ln et la droite d'équation $y = x - 1$.

6 **1.** $g'(t) = 0 - 4t - \frac{1}{t} = -4t - \frac{1}{t} = -\frac{4t^2+1}{t}$.

2. $4t^2 + 1 > 0$ et comme $t > 0$, $\frac{4t^2+1}{t} > 0$ et donc $g'(t) < 0$.

3. $\lim\limits_{t \to 0} (3 - 2t^2) = 3$ et $\lim\limits_{t \to 0} -\ln(t) = +\infty$ et donc $\lim\limits_{t \to 0} g(t) = +\infty$.
$\lim\limits_{t \to +\infty} (3 - 2t^2) = -\infty$ et $\lim\limits_{t \to +\infty} -\ln(t) = -\infty$ et donc $\lim\limits_{t \to +\infty} g(t) = -\infty$.

4. On obtient le tableau de variations suivant :

t	0		$+\infty$
$g'(t)$	‖	−	
$g(t)$	‖ $+\infty$	↘	$-\infty$

7 **1.** $\lim\limits_{t \to +\infty} e^{-t} = 0$ et donc $\lim\limits_{t \to +\infty} (e^5 \times e^{-t}) = 0$.
Par suite,
$\lim\limits_{t \to +\infty} f(t) = \lim\limits_{t \to +\infty} (e^5 \times e^{-t} + t) = 0 + \infty = +\infty$.

2. On rappelle que $(e^u)' = u'e^u$ et donc $(e^{5-t})' = -e^{5-t}$ avec $u(t) = 5 - t$ et $u'(t) = -1$.
Par suite, $f'(t) = -e^{5-t} + 1$.

3. $f'(t) \geqslant 0 \Leftrightarrow -e^{5-t} + 1 \geqslant 0 \Leftrightarrow e^{5-t} \leqslant 1$
$\Leftrightarrow \ln(e^{5-t}) \leqslant \ln(1) \Leftrightarrow 5 - t \leqslant 0 \Leftrightarrow t \geqslant 5$.

On a utilisé que la fonction ln est strictement croissante et que $\ln(1) = 0$.

4. On obtient le tableau de variations suivant :

t	$-\infty$		5		$+\infty$
$f'(t)$		−	0	+	
$f(t)$		↘		↗	

5. La valeur minimale de f est :
$f(5) = e^{5-5} + 5 = e^0 + 5 = 1 + 5 = 6$ car $e^0 = 1$.
Ainsi, pour tout réel t, $f(t) \geqslant 6 > 0$.
La fonction f est donc strictement positive sur $\mathbb{R}$.

6. La variable t est initialisée à 5 et dans la boucle `while` on teste à chaque fois si $f(t)$ est inférieure à 7.
Si c'est le cas, t augmente de 0,01.
La fonction f étant strictement croissante sur $[5\,;+\infty[$, $f(5) = 6$ et $\lim\limits_{t \to +\infty} f(t) = +\infty$, la boucle `while` finira par s'arrêter.
Lorsque ce sera le cas, on aura $f(t) \geqslant 7$.
Ainsi, la valeur de t affichée permet de trouver un encadrement à 10^{-2} de la solution de l'équation $f(t) = 7$.
Après exécution, on obtient que cette solution est comprise entre 6,84 et 6,85.

8 **1.** La population initiale est donnée par $p(0)$ et $p(0) = 2{,}12e^{0{,}05 \times 0} = 2{,}12e^0 = 2{,}12$ milliers de pucerons, soit 2 120 pucerons.
Au bout de 5 jours :
$p(5) = 2{,}12e^{0{,}05 \times 5} = 2{,}12e^{0{,}25} \approx 2{,}722$ milliers de pucerons, soit 2 722 pucerons.

2. La population aura triplé lorsqu'elle sera de 6,36 milliers de pucerons.
On cherche donc t tel que $p(t) = 6{,}36$ c'est-à-dire :
$p(t) = 2{,}12e^{0{,}05t} = 3 \times 2{,}12$
$\Leftrightarrow e^{0{,}05t} = 3 \Leftrightarrow \ln(e^{0{,}05t}) = \ln(3) \Leftrightarrow 0{,}05t = \ln(3)$
$\Leftrightarrow t = \frac{\ln(3)}{0{,}05} = 20\ln(3) \approx 21{,}97$, soit à peu près 22 jours.

3. $p(t+1) = 2{,}12e^{0{,}05(t+1)} = 2{,}12e^{0{,}05t+0{,}05}$
$= 2{,}12e^{0{,}05t} \times e^{0{,}05} = e^{0{,}05}p(t)$.
On rappelle que : $e^{a+b} = e^a \times e^b$.

4. La quantité $\dfrac{p(t+1)}{p(t)}$ représente le coefficient multiplicateur associé à l'évolution du nombre de pucerons d'un jour à l'autre.
Or, $p(t+1) = e^{0,05}p(t)$, et donc
$$\frac{p(t+1)}{p(t)} = e^{0,05} \approx 1,051.$$
Le taux d'évolution est donc approximativement de 5,1 %.

5. On résout l'inéquation $p(t) \geqslant 10$:

$2,12e^{0,05t} \geqslant 10 \Leftrightarrow e^{0,05t} \geqslant \dfrac{10}{2,12}$

$\Leftrightarrow \ln(e^{0,05t}) \geqslant \ln\left(\dfrac{10}{2,12}\right) \Leftrightarrow 0,05t \geqslant \ln\left(\dfrac{10}{2,12}\right)$

$\Leftrightarrow t \geqslant \dfrac{\ln\left(\dfrac{10}{2,12}\right)}{0,05} = 20\ln\left(\dfrac{10}{2,12}\right).$

On a utilisé que la fonction ln est strictement croissante sur $]0 ; +\infty[$.

Or, $20\ln\left(\dfrac{10}{2,12}\right) \approx 31,02$, c'est donc entre 31 et 32 jours que la population limite sera atteinte.

9 **1.** $h(10) = 10\ln\left(\dfrac{200}{30}\right) = 10\ln\left(\dfrac{20}{3}\right) \approx 18,97$ m.

2. On cherche d tel que $h(d) = 20$:

$10\ln\left(\dfrac{20d}{d+20}\right) = 20 \Leftrightarrow \ln\left(\dfrac{20d}{d+20}\right) = 2$

$\Leftrightarrow e^{\ln\left(\frac{20d}{d+20}\right)} = e^2 \Leftrightarrow \dfrac{20d}{d+20} = e^2$

$\Leftrightarrow 20d = (d+20)e^2 \Leftrightarrow 20d = de^2 + 20e^2$

$\Leftrightarrow (20 - e^2)d = 20e^2 \Leftrightarrow d = \dfrac{20e^2}{20 - e^2} \approx 11,72$ cm.

3. On utilise les formules :

$\ln(ab) = \ln(a) + \ln(b)$ et $\ln\left(\dfrac{a}{b}\right) = \ln(a) - \ln(b)$.

$h(d) = 10\ln\left(\dfrac{20d}{d+20}\right) = 10(\ln(20d) - \ln(d+20))$

$= 10(\ln(20) + \ln(d) - \ln(d+20)).$

4. On utilise la formule $(\ln(u))' = \dfrac{u'}{u}$.

$h'(d) = 10\left(0 + \dfrac{1}{d} - \dfrac{1}{d+20}\right)$

$= 10 \times \dfrac{d+20-d}{d(d+20)} = \dfrac{200}{d(d+20)}.$

5. On a : $d \in [2 ; 50]$, et donc $d > 0$ et $d + 20 > 0$.
Ainsi, pour $d \in [2 ; 50]$, $h'(d) = \dfrac{200}{d(d+20)} > 0$ et on peut affirmer que la fonction h est strictement croissante sur $[2 ; 50]$.

10 **1.** La production hebdomadaire étant de 4 000 unités, et x étant exprimé en centaines, on en déduit que la production maximale est de $\dfrac{4\,000}{100} = 40$ et donc $x \in [0 ; 40]$.

2. Pour 300 batteries produites, $x = 3$ et le coût est donc de : $C(3) = 80e^{0,07\times 3} = 80e^{0,21} \approx 98,694$ centaines d'euros, soit 9 869 euros en arrondissant à l'euro près.
Le prix unitaire étant de 28 euros, la recette est de $300 \times 28 = 8\,400$ euros.
Ainsi, pour une production de 300 batteries, le bilan est de : $8\,400 - 9\,869 = -1\,469$ euros, soit une perte de 1 469 euros.

3. x centaines de batteries vendues rapportent $28 \times x \times 100$ euros.
Or, la recette est exprimée en centaines d'euros, et donc celle-ci vérifie bien $R(x) = 28x$.

4. a) On détermine tout d'abord l'expression de $B'(x)$, pour ensuite étudier son signe.
Pour dériver $e^{0,07x}$, on utilise la formule $(e^u)' = u'e^u$, avec $u(x) = 0,07x$ et $u'(x) = 0,07$.
Par suite, comme $B(x) = 28x - 80e^{0,07x}$
$B'(x) = 28 - 80 \times 0,07e^{0,07x} = 28 - 5,6e^{0,07x}$.
$B'(x) \geqslant 0 \Leftrightarrow 28 - 5,6e^{0,07x} \geqslant 0$

$\Leftrightarrow 28 \geqslant 5,6e^{0,07x} \Leftrightarrow e^{0,07x} \leqslant \dfrac{28}{5,6} \Leftrightarrow e^{0,07x} \leqslant 5$

$\Leftrightarrow \ln(e^{0,07x}) \leqslant \ln(5) \Leftrightarrow 0,07x \leqslant \ln(5)$

$\Leftrightarrow x \leqslant \dfrac{\ln(5)}{0,07}.$

On a utilisé la croissance de la fonction ln sur $]0 ; +\infty[$.

On obtient le tableau de variations suivant :

x	0	$\dfrac{\ln(5)}{0,07}$	40
$B'(x)$	$+$	0	$-$
$B(x)$	↗		↘

b) D'après le tableau de variations, le bénéfice est maximal lorsque $x = \dfrac{\ln(5)}{0,07} \approx 22,992$ centaines de batteries, soit 2 299 unités.
Le bénéfice correspondant est de :
$B\left(\dfrac{\ln(5)}{0,07}\right) \approx 243,775$ centaines d'euros, soit 24 378 euros.

11 **Partie A**

1. La quantité initiale étant de 8 millions, on cherche donc la durée pour atteindre 4 millions. Sur le graphique (en rouge) on trouve à peu près : 14,3 années.

2. Le nombre de noyaux présents dans l'échantillon après 17 années (en vert) est de 3,5 millions.

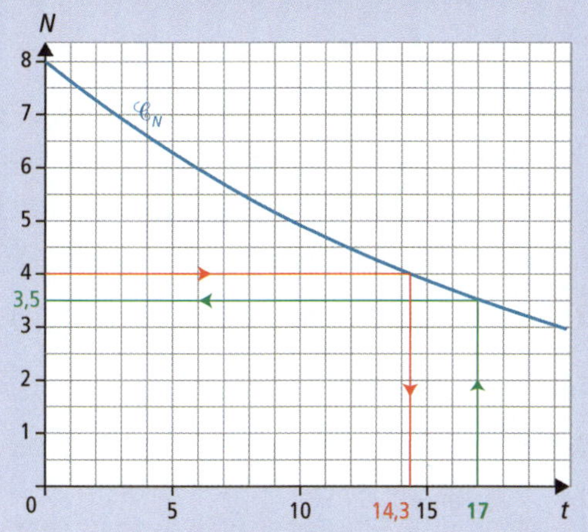

3. La formule $N(t) = N_0 e^{-\lambda t}$, avec $N_0 = 8$ et $N(17) = 3{,}5$ nous donne :

$8e^{-17\lambda} = 3{,}5 \Leftrightarrow e^{-17\lambda} = \dfrac{3{,}5}{8}$

$\Leftrightarrow \ln(e^{-17\lambda}) = \ln\left(\dfrac{3{,}5}{8}\right) \Leftrightarrow -17\lambda = \ln\left(\dfrac{3{,}5}{8}\right)$

$\Leftrightarrow \lambda = -\dfrac{\ln\left(\dfrac{3{,}5}{8}\right)}{17} \approx 0{,}048\,6.$

Partie B

1. $t_{0,5}$ vérifie $N(t_{0,5}) = \dfrac{N_0}{2} \Leftrightarrow N_0 e^{-\lambda t_{0,5}} = \dfrac{N_0}{2}$

$\Leftrightarrow e^{-\lambda t_{0,5}} = \dfrac{1}{2} \Leftrightarrow \ln(e^{-\lambda t_{0,5}}) = \ln\left(\dfrac{1}{2}\right)$

$\Leftrightarrow -\lambda t_{0,5} = \ln\left(\dfrac{1}{2}\right) = -\ln(2) \Leftrightarrow t_{0,5} = \dfrac{\ln(2)}{\lambda}.$

2. $\dfrac{N(t + t_{0,5})}{N(t)} = \dfrac{N_0 e^{-\lambda(t + t_{0,5})}}{N_0 e^{-\lambda t}} = \dfrac{e^{-\lambda(t + t_{0,5})}}{e^{-\lambda t}}$

$= \dfrac{e^{-\lambda t - \lambda t_{0,5}}}{e^{-\lambda t}} = e^{-\lambda t - \lambda t_{0,5}} \times e^{\lambda t} = e^{-\lambda t - \lambda t_{0,5} + \lambda t}$

$= e^{-\lambda t_{0,5}} = e^{-\lambda \times \frac{\ln(2)}{\lambda}} = e^{-\ln(2)}$

$= \dfrac{1}{e^{\ln(2)}} = \dfrac{1}{2}.$

3. a) On a : $t_{0,5} = 88$ et donc $\dfrac{\ln(2)}{\lambda} = 88$

$\Leftrightarrow \lambda = \dfrac{\ln(2)}{88}$, soit $\lambda \approx 0{,}007\,9$.

b) L'évolution du nombre de noyaux dans l'échantillon vérifie donc : $N(t) = N_0 e^{-0{,}007\,9t}$.

On cherche t tel que la quantité soit de $0{,}05N_0$ (ce qui représente une diminution de 95 %).

$N(t) \leqslant 0{,}05N_0 \Leftrightarrow N_0 e^{-0{,}007\,9t} \leqslant 0{,}05N_0$

$\Leftrightarrow e^{-0{,}007\,9t} \leqslant 0{,}05 \Leftrightarrow \ln(e^{-0{,}007\,9t}) \leqslant \ln(0{,}05)$

$-0{,}007\,9t \leqslant \ln(0{,}05) \Leftrightarrow t \geqslant -\dfrac{\ln(0{,}05)}{0{,}007\,9}.$

Or, $-\dfrac{\ln(0{,}05)}{0{,}007\,9} \approx 379{,}2.$

On a utilisé la croissance de la fonction ln sur $]0\,;+\infty[$.

On a changé le sens de l'inéquation car on a divisé les deux termes par un nombre négatif.

Il faudra donc attendre 379,2 années pour que la quantité de plutonium 238 ait diminué de 95 %.

CHAPITRE 6

(Énoncés p. 224)

1 $I = \displaystyle\int_{-1}^{2} (2x - 3)\,dx = \left[x^2 - 3x\right]_{-1}^{2}$

$= 2^2 - 3 \times 2 - \left((-1)^2 - 3 \times (-1)\right)$

$= -2 - 4 = -6.$

$J = \displaystyle\int_1^e \frac{1}{x}\,dx = [\ln(x)]_1^e = \ln(e) - \ln(1) = 1 - 0 = 1.$

$K = \displaystyle\int_0^1 e^{5t}\,dt = \left[\frac{1}{5}e^{5t}\right]_0^1 = \frac{1}{5}(e^5 - e^0) = \frac{1}{5}(e^5 - 1).$

2 **1.** À l'aide d'une calculatrice, on obtient $f(0{,}2) = g(0{,}2) = 1$.

Comme $f(0{,}2) = g(0{,}2)$, les courbes sont bien sécantes en $x = 0{,}2$.

De plus, $f(1) = g(1) = 0{,}2$ et donc les courbes sont aussi sécantes en $x = 1$.

2. $A = \displaystyle\int_{0,2}^{1} \left(g(x) - f(x)\right)dx$, car le domaine est défini sur $[0{,}2\,;1]$ et que $\mathscr{C}_g$ est au-dessus de $\mathscr{C}_f$.

3. Le rectangle unité est composé de 100 petits carreaux, chacun de ceux-ci mesure donc 0,01 u.a. On peut dénombrer plus de 9 de ces carreaux à l'intérieur du domaine colorié et donc $0{,}09 \leqslant A$ et le premier encadrement $0 \leqslant A \leqslant 0{,}08$ est faux.

Par ailleurs, en considérant le plus petit rectangle passant par les points d'intersection des courbes, on observe qu'il contient entièrement le domaine et que son aire est de $0{,}8 \times 0{,}8 = 0{,}64$.

Par suite, l'aire du domaine est inférieure à 0,64 et le troisième encadrement, $0{,}7 \leqslant A \leqslant 0{,}9$, est donc faux.

On en déduit que : $0{,}1 \leqslant A \leqslant 0{,}3$.

Ceci signifie qu'il y a entre 10 et 30 petits carreaux contenus dans le domaine.

4. a) Une primitive de $x \mapsto \frac{1}{x}$ est $x \mapsto \ln(x)$ et donc la fonction F définie sur [0,1 ; 1,1] par :
$F(x) = \frac{1}{5}\ln(x)$, est une primitive de f.

b) $h(x) = -x^2 + \frac{1}{5}x + 1 - \frac{1}{5x}$ et donc la fonction H définie sur [0,1 ; 1,1] par :

$$H(x) = -\frac{x^3}{3} + \frac{1}{5} \times \frac{x^2}{2} + x - \frac{1}{5}\ln(x)$$
$$= -\frac{x^3}{3} + \frac{x^2}{10} + x - \frac{1}{5}\ln(x),$$

est une primitive de h.

c) $\int_{0,2}^{1} h(x)\mathrm{d}x = [H(x)]_{0,2}^{1} = H(1) - H(0,2) \approx 0,243\,4$

d) D'après c), nous savons que $A \approx 0,243\,4$.
On vérifie que : $0,1 \leqslant A \leqslant 0,3$.
Or, une unité d'aire mesure $5 \times 5 = 25$ cm².
On a donc $A \approx 0,243\,3 \times 25 \approx 6,09$ cm².

3 Partie A

1. $F(0) = \int_0^0 f(t)\mathrm{d}t = 0$.

2. Sur $[0 ; \pi]$, $f(x) \geqslant 0$ et donc $F(x) \geq 0$ (voir cours).

3. D'après la relation de Chasles :

$$F\left(\frac{7\pi}{6}\right) = \int_0^{\pi} f(t)\mathrm{d}t + \int_{\pi}^{\frac{7\pi}{6}} f(t)\mathrm{d}t$$
$$= F(\pi) + \int_{\pi}^{\frac{7\pi}{6}} f(t)\mathrm{d}t.$$

Or, sur $\left[\pi ; \frac{7\pi}{6}\right]$ la fonction f est négative et donc $\int_{\pi}^{\frac{7\pi}{6}} f(t)\mathrm{d}t < 0$.

Par suite, $F\left(\frac{7\pi}{6}\right) < F(\pi)$.

4. Le rectangle R_1 a pour longueur $\frac{5\pi}{6} - \frac{\pi}{6} = \frac{2\pi}{3}$ et pour largeur $\sin\left(\frac{\pi}{6}\right) = \sin\left(\frac{5\pi}{6}\right) = \frac{1}{2}$.

Son aire est égale à $\frac{2\pi}{3} \times \frac{1}{2} = \frac{\pi}{3}$ u.a.
Le rectangle R_2 a pour longueur $\pi - 0 = \pi$ et pour largeur $1 - 0 = 1$.
Son aire est égale à $\pi \times 1 = \pi$ u.a.
$F(\pi) = \int_0^{\pi} f(t)\mathrm{d}t$ est l'aire du domaine du plan compris entre les droites d'équations $x = 0$ et $x = \pi$, la courbe $\mathscr{C}$ et l'axe (Ox).
Cette aire est comprise entre l'aire de R_1 et l'aire de R_2 et donc on a : $\frac{\pi}{3} \leqslant F(\pi) \leqslant \pi$.

5. Comme F est une primitive de f sur $\left[0 ; \frac{7\pi}{6}\right]$, f est la dérivée de F.

6. f est positive sur $[0 ; \pi]$ et donc F est croissante sur $[0 ; \pi]$;
f est négative sur $\left[\pi ; \frac{7\pi}{6}\right]$ et donc F est décroissante sur $\left[\pi ; \frac{7\pi}{6}\right]$.

Partie B

1. Une primitive de $\sin(x)$ est $-\cos(x)$.

$$A_1 = \int_0^{\pi} f(t)\mathrm{d}t = F(\pi) = [-\cos(x)]_0^{\pi} = -[\cos(x)]_0^{\pi}$$
$$= -\cos(\pi) + \cos(0)) = 1 + 1 = 2 \text{ u.a} = 4 \text{ cm}^2$$

car 1 u.a $= 1 \times 2 = 2$ cm² et $\cos(\pi) = -1$ et $\cos(0) = 1$.

2. Comme $\frac{\pi}{3} \approx 1,047$; $\pi \approx 3,142$ et $F(\pi) = 2$, on a bien $\frac{\pi}{3} \leqslant F(\pi) \leqslant \pi$.

3. Comme $\mathscr{C}$ est en-dessous de l'axe (Ox) sur $\left[\pi ; \frac{7\pi}{6}\right]$, on a :

$$A_2 = -\int_{\pi}^{\frac{7\pi}{6}} f(t)\mathrm{d}t = -[-\cos(x)]_{\pi}^{\frac{7\pi}{6}} = [\cos(x)]_{\pi}^{\frac{7\pi}{6}}$$
$$= \cos\left(\frac{7\pi}{6}\right) - \cos(\pi)$$
$$= -\frac{\sqrt{3}}{2} + 1 = \left(1 - \frac{\sqrt{3}}{2}\right) \text{u.a} = (2 - \sqrt{3}) \text{ cm}^2.$$

On rappelle que $\cos\left(\frac{7\pi}{6}\right) = -\frac{\sqrt{3}}{2}$ et $\cos(\pi) = -1$.

4. a) $$\int_0^{\frac{7\pi}{6}} f(t)\mathrm{d}t = \int_0^{\pi} f(t)\mathrm{d}t + \int_{\pi}^{\frac{7\pi}{6}} f(t)\mathrm{d}t = A_1 - A_2$$
$$= 2 - \left(1 - \frac{\sqrt{3}}{2}\right) = 1 + \frac{\sqrt{3}}{2}.$$

b) $$\int_0^{\frac{7\pi}{6}} f(t)\mathrm{d}t = [-\cos(x)]_0^{\frac{7\pi}{6}} = -[\cos(x)]_0^{\frac{7\pi}{6}}$$
$$= -\left(\cos\left(\frac{7\pi}{6}\right) - \cos(0)\right) = \cos(0) - \cos\left(\frac{7\pi}{6}\right)$$
$$= 1 + \frac{\sqrt{3}}{2}.$$

On retrouve bien le même résultat.

4 L'énergie E développée pendant cette phase de démarrage est donnée par :

$$E = \int_0^{20} 10^4 t\,\mathrm{d}t = 10^4 \int_0^{20} t\,\mathrm{d}t = 10^4 \left[\frac{1}{2}t^2\right]_0^{20}$$
$$= 5 \times 10^3 [t^2]_0^{20} = 5 \times 10^3 (20^2 - 0^2)$$
$$= 2 \times 10^6 \text{ joules, soit } 2\,000 \text{ kJ.}$$

5 **1.** On obtient la courbe suivante :

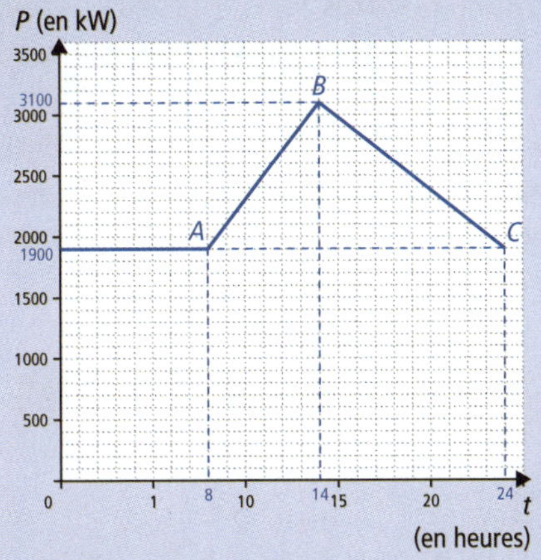

2. L'énergie mise en jeu E est donnée par l'intégrale $\int_0^{24} p(t)\,\mathrm{d}t$.

$$\int_0^{24} p(t)\,\mathrm{d}t = \int_0^{8} 1\,900\,\mathrm{d}t + \int_8^{14} 100(2t+3)\,\mathrm{d}t$$

$$+ \int_{14}^{24} -20(6t-239)\,\mathrm{d}t$$

$$= 1\,900 \int_0^{8} 1\,\mathrm{d}t + 100 \int_8^{14} (2t+3)\,\mathrm{d}t$$

$$-20 \int_{14}^{24} (6t-239)\,\mathrm{d}t$$

$$= 1\,900[t]_0^8 + 100[t^2+3t]_8^{14} - 20[3t^2-239t]_{14}^{24}$$

$$= 1\,900(8-0) + 100[(14^2+3\times 14)-(8^2+3\times 8)]$$

$$-20[(3\times 24^2 - 239\times 24)-(3\times 14^2 - 239\times 14)]$$

$$= 1\,900\times 8 + 100\times(238-88)$$
$$-20\times(-4\,008+2\,758)$$

$$= 15\,200 + 15\,000 + 25\,000 = 55\,200 \text{ kWh},$$

soit $55\,200 \times 3{,}6\times 10^6 = 1{,}987\,2\times 10^{11}$ Joules.

3. L'intégrale qui donne E est égale à l'aire du domaine situé entre la courbe, l'axe des abscisses, l'axe des ordonnées et la droite d'équation $t = 24$. Cette aire est la somme des aires d'un rectangle et de deux trapèzes rectangles.
Elle est aussi égale à la somme des aires d'un rectangle, de dimensions 1 900 et 24, et du triangle ABC, de base : $24-8=16$ et de hauteur $3\,100-1\,900=1\,200$.
On a donc :

$$E = 1\,900\times 24 + \frac{16\times 1\,200}{2} = 45\,600 + 9\,600$$

$$= 55\,200 \text{ kWh}.$$

On retrouve bien le même résultat.

4.) La puissance moyenne consommée est égale à : $P_{moy} = \dfrac{55\,200}{24} = 2\,300$ kW.

6 **1.** $T = \dfrac{2\pi}{\omega}$, où T est en secondes.

2. a) Sur une. période :

$$I_{moy} = \frac{1}{T}\int_0^T i(t)\,dt = \frac{1}{T}\int_0^T I\sin(\omega t)\,dt$$

$$= \frac{I}{T}\int_0^T \sin(\omega t)\,dt = \frac{I}{T}\left[-\frac{1}{\omega}\cos(\omega t)\right]_0^T$$

$$= -\frac{I}{\omega T}[\cos(\omega T) - \cos(0)]$$

$$= -\frac{I}{\omega T}[\cos(2\pi) - \cos(0)] = 0$$

car $\omega T = 2\pi$ et $\cos(2\pi) = \cos(0) = 1$.

L'intensité moyenne sur une période est donc nulle.

b) Sur une alternance :

$$I_{moy} = \frac{1}{\frac{T}{2}}\int_0^{\frac{T}{2}} i(t)\,dt = \frac{2}{T}\int_0^{\frac{T}{2}} I\sin(\omega t)\,dt$$

$$= \frac{2I}{T}\int_0^{\frac{T}{2}} \sin(\omega t)\,dt = \frac{2I}{T}\left[-\frac{1}{\omega}\cos(\omega t)\right]_0^{\frac{T}{2}}$$

$$= -\frac{2I}{\omega T}\left[\cos\left(\omega\frac{T}{2}\right) - \cos(0)\right]$$

$$= -\frac{2I}{\omega T}[\cos(\pi) - \cos(0)] = \frac{2I}{\pi}$$

car $\omega T = 2\pi$, $\cos(\pi) = -1$ et $\cos(0) = 1$.

L'intensité moyenne sur une alternance est donc égale à $\dfrac{2I}{\pi}$.

3. $$(I_{\text{eff}})^2 = \frac{1}{T}\int_0^T i^2(t)\,dt = \frac{1}{T}\int_0^T I^2\sin^2(\omega t)\,dt$$

$$= \frac{I^2}{T}\int_0^T \sin^2(\omega t)\,dt = \frac{I^2}{T}\int_0^T \frac{1}{2}[1-\cos(2\omega t)]\,dt$$

$$= \frac{I^2}{2T}\left[t - \frac{1}{2\omega}\sin(2\omega t)\right]_0^T$$

$$= \frac{I^2}{2T}\left[\left(T - \frac{1}{2\omega}\sin(2\omega T)\right) - \left(0 - \frac{1}{2\omega}\sin(0)\right)\right]$$

$$= \frac{I^2}{2}$$

car $\sin(2\omega T) = \sin(4\pi) = 0$ et $\sin(0) = 0$.

$$I_{\text{eff}} = \sqrt{\frac{1}{T}\int_0^T i^2(t)\,\mathrm{d}t} = \sqrt{\frac{I^2}{2}} = \frac{I}{\sqrt{2}}.$$

L'intensité efficace sur une période est donc égale à : $\dfrac{I}{\sqrt{2}}$.

On a utilisé la formule de linéarisation :

$$\sin^2(a) = \frac{1}{2}[1-\cos(2a)].$$

7 **1.** Il nous faut calculer les aires des quatre rectangles et les ajouter.
On obtient :

$$0{,}25 \times f(0) + 0{,}25 \times f(0{,}25) + 0{,}25 \times f(0{,}5) + 0{,}25 \times f(0{,}75)$$
$$\approx 0{,}25 \times 2 + 0{,}25 \times 1{,}752 + 0{,}25 \times 1{,}516 + 0{,}25 \times 1{,}299 \approx 1{,}642.$$

2. La largeur de chacun des rectangles n'est plus ici de $\frac{1}{4}$ mais de $\frac{1}{n}$.

De plus, il n'y a plus 4 rectangles mais n.
La boucle for doit donc aller de 0 jusqu'à $n - 1$.
Le programme devient alors :

```
from math import exp
def f(x):
  return (x+2)*exp(-x)
def rectangle(n):
  s = 0
  for k in range(0,n):
    s = s+f(k/n)/n
  return(s)
```

3. a) La fonction g est de la forme $u \times v$ avec :
- $u(x) = -x - 3$ et $u'(x) = -1$
- $v(x) = e^{-x}$ et $v'(x) = -e^{-x}$

Par suite, pour tout réel x, on a :
$$g'(x) = u'(x)v(x) + u(x)v'(x)$$
$$= -1 \times e^{-x} + (-x - 3) \times (-e^{-x})$$
$$= e^{-x}(-1 + x + 3) = (x + 2)e^{-x} = f(x).$$
La fonction g est donc bien une primitive de f sur $\mathbb{R}$.

b) $A = \int_0^1 f(x)\mathrm{d}x = [g(x)]_0^1 = g(1) - g(0)$
$= (-1 - 3)e^{-1} - (0 - 3)e^0 = (-4e^{-1} + 3)$ u.a.

c) L'erreur commise est de : $1{,}642 - A \approx 0{,}114$ u.a.

CHAPITRE 7 (Énoncés p. 229)

1 On a : $f'(x) = 3x^2 + 1$.
$$xf'(x) - 3f(x) + 3 = x(3x^2 + 1) - 3(x^3 + x + 1) + 3$$
$$= 3x^3 + x - 3x^3 - 3x - 3 + 3 = -2x.$$
La fonction f est donc bien solution de (E).

2 **1.** On pose $y = \sqrt{3}\sin(2x) - \cos(2x)$.
On rappelle que :

$(\sin u)' = u'\cos u$ et $(\cos u)' = -u'\sin u$.

On a : $y' = 2\sqrt{3}\cos(2x) + 2\sin(2x)$
et $y'' = -4\sqrt{3}\sin(2x) + 4\cos(2x)$.

On reporte dans (E) :
$$-4\sqrt{3}\sin(2x) + 4\cos(2x) + 4(\sqrt{3}\sin(2x) - \cos(2x))$$
$$= -4\sqrt{3}\sin(2x) + 4\cos(2x) + 4\sqrt{3}\sin(2x) - 4\cos(2x)$$
$$= 0.$$
La fonction f est donc bien solution de l'équation (E).

2. On rappelle que : $\sin(0) = 0$ et $\cos(0) = 1$.
On a : $f(0) = \sqrt{3}\sin(0) - \cos(0) = -1$
et $f'(0) = 2\sqrt{3}\cos(0) + 2\sin(0) = 2\sqrt{3}$.

3. On rappelle que :

$\sin(a - b) = \sin(a)\cos(b) - \sin(b)\cos(a)$

et $\sin\left(\frac{\pi}{6}\right) = \frac{1}{2}$ et $\cos\left(\frac{\pi}{6}\right) = \frac{\sqrt{3}}{2}$.

$$2\sin\left(2x - \frac{\pi}{6}\right) = 2\left(\sin(2x)\cos\left(\frac{\pi}{6}\right) - \sin\left(\frac{\pi}{6}\right)\cos(2x)\right)$$
$$= 2\left(\sin(2x)\frac{\sqrt{3}}{2} - \frac{1}{2}\cos(2x)\right)$$
$$= \sqrt{3}\sin(2x) - \cos(2x) = f(x).$$

4. La valeur moyenne de f sur $\left[0\,;\frac{\pi}{6}\right]$ est égale à :
$$\frac{1}{\frac{\pi}{6}}\int_0^{\frac{\pi}{6}} f(x)\mathrm{d}x = \frac{6}{\pi}\int_0^{\frac{\pi}{6}} 2\sin\left(2x - \frac{\pi}{6}\right)\mathrm{d}x$$
$$= \frac{6}{\pi}\left[-\cos\left(2x - \frac{\pi}{6}\right)\right]_0^{\frac{\pi}{6}} \text{ car } \int u' \sin u = -\cos u$$
$$= -\frac{6}{\pi}\left(\cos\left(\frac{\pi}{3} - \frac{\pi}{6}\right) - \cos\left(0 - \frac{\pi}{6}\right)\right)$$
$$= -\frac{6}{\pi}\left(\cos\left(\frac{\pi}{6}\right) - \cos\left(-\frac{\pi}{6}\right)\right) = 0$$
car $\cos(-\theta) = \cos(\theta)$.

3 **1.** L'équation est de la forme $y' = ay$ avec $a = -\ln(3)$.
Les solutions s'écrivent :
$$y(x) = ke^{-\ln(3)x} = k\frac{1}{e^{\ln(3)x}} = \frac{k}{3^x}, \text{ avec } k \in \mathbb{R}.$$
On rappelle que : $e^{\ln(3)x} = (e^{\ln(3)})^x = 3^x$ car $e^{\ln(\alpha)} = \alpha$.

2. $y(1) = -5 \Leftrightarrow \frac{k}{3} = -5 \Leftrightarrow k = -15$.

La solution est donc :
$$y(x) = -\frac{15}{3^x} = -\frac{5}{3^{x-1}} = -5 \times 3^{1-x}.$$

4 **1.** L'équation est de la forme $y' = ay + b$ avec $a = -1$ et $b = 9$.
Les solutions s'écrivent :
$$y(x) = ke^{-x} - \frac{9}{-1} = ke^{-x} + 9, \text{ avec } k \in \mathbb{R}.$$

2. $y(-1)=2 \Leftrightarrow ke^{-(-1)}+9=2 \Leftrightarrow ke^{1}=-7$

$$\Leftrightarrow k=-\frac{7}{e} \Leftrightarrow k=-7e^{-1}.$$

La solution est donc :

$$y(x)=-7e^{-1}\times e^{-x}+9=-7e^{-(x+1)}+9.$$

5 **1.** $5y'+2y=4 \Leftrightarrow y'=-\frac{2}{5}y+\frac{4}{5}$.

L'équation s'écrit donc $y'=ay+b$ avec $a=-\frac{2}{5}$ et $b=\frac{4}{5}$.

Les solutions sont de la forme :

$$y(x)=k e^{-\frac{2}{5}x}-\frac{\frac{4}{5}}{-\frac{2}{5}}=ke^{-\frac{2}{5}x}+2, \text{ avec } k\in\mathbb{R}.$$

2. $ke^{-\frac{2}{5}\times 5}+2=3 \Leftrightarrow ke^{-2}=1 \Leftrightarrow k=\frac{1}{e^{-2}}=e^{2}$.

Par suite, $f(x)=e^{2}\times e^{-\frac{2}{5}x}+2=e^{2(1-\frac{1}{5}x)}+2$.

3. Le coefficient directeur de la tangente en 0 étant égal à -1, on a : $g'(0)=-1$.

$g(x)=ke^{-\frac{2}{5}x}+2$ et donc $g'(x)=-\frac{2}{5}ke^{-\frac{2}{5}x}$.

$$g'(0)=-1 \Leftrightarrow -\frac{2}{5}ke^{-\frac{2}{5}\times 0}=-1 \Leftrightarrow -\frac{2}{5}ke^{0}=-1$$
$$\Leftrightarrow k=\frac{5}{2}.$$

Par suite, $g(x)=\frac{5}{2}e^{-\frac{2}{5}x}+2$.

6 **1.** $\theta'+0{,}1\theta=3 \Leftrightarrow \theta'=-0{,}1\theta+3$.

L'équation est donc de la forme $y'=ay+b$ avec $a=-0{,}1$ et $b=3$.

Les solutions s'écrivent :

$$\theta(t)=ke^{-0{,}1t}-\frac{3}{-0{,}1}=ke^{-0{,}1t}+30, \text{ avec } k\in\mathbb{R}.$$

2. $\theta(0)=20 \Leftrightarrow ke^{-0{,}1\times 0}+30=20 \Leftrightarrow ke^{0}=-10$
$\Leftrightarrow k=-10.$

Par suite, $\theta(t)=-10e^{-0{,}1t}+30=-10(e^{-0{,}1t}-3)$.

3. $$\theta_{moy}=\frac{1}{10-5}\int_{5}^{10}\theta(t)dt=\frac{1}{5}\int_{5}^{10}-10(e^{-0{,}1t}-3)dt$$

$$=-2\int_{5}^{10}(e^{-0{,}1t}-3)dt=-2\left[\frac{1}{-0{,}1}e^{-0{,}1t}-3t\right]_{5}^{10}$$

$$=-2[-10e^{-0{,}1t}-3t]_{5}^{10}$$
$$=-2[-10e^{-1}-30-(-10e^{-0{,}5}-15)]$$
$$=10(2e^{-1}-2e^{-0{,}5}+3)\approx 25{,}23.$$

La température moyenne entre la 5ᵉ et la 10ᵉ heure est donc à peu près égale à 25,23 °C.

4. On a : $\lim\limits_{t\to+\infty} e^{-0{,}1t}=0$, et donc :

$$\lim_{t\to+\infty}\theta(t)=\lim_{t\to+\infty}(-10e^{-0{,}1t}+30)=30.$$

À partir d'un certain temps la température du lubrifiant se stabilisera autour de 30 °C.

7 **1.** L'équation (E) est de la forme $y'=ay$ avec $a=-\lambda$, ainsi, les solutions de (E) sont les fonctions M définies par : $M(t)=ke^{-\lambda t}$, avec $k\in\mathbb{R}$.

2. a) $M(0)=100 \Leftrightarrow ke^{-\lambda\times 0}=100 \Leftrightarrow ke^{0}=100$
$\Leftrightarrow k=100$ car $e^{0}=1$.

Par suite, $M(t)=100e^{-\lambda t}$.

b) On cherche ici à résoudre $M(t)=50$.

$100\,e^{-\lambda t}=50 \Leftrightarrow e^{-\lambda t}=0{,}5 \Leftrightarrow -\lambda t=\ln(0{,}5)$

$$\Leftrightarrow t=-\frac{\ln(0{,}5)}{\lambda}=\frac{\ln(2)}{\lambda}$$

car $\ln(0{,}5)=\ln\left(\frac{1}{2}\right)=-\ln(2)$.

En remplaçant λ par $9{,}846\times 10^{-10}$ on obtient $t\approx 7{,}040\times 10^{8}$, soit environ 704 millions d'années. On dit que la demi-vie de l'uranium 235 est de 704 millions d'années.

8 **1.** L'équation différentielle est de la forme $q'=aq$ avec $a=-\lambda$.
Les solutions s'écrivent : $q(t)=ke^{-\lambda t}$ avec $k\in\mathbb{R}$.

On sait que $q(0)=100$ et $q(2)=50$.

$q(0)=100 \Leftrightarrow ke^{-\lambda\times 0}=ke^{0}=k=100$ car $e^{0}=1$ et donc $q(t)=100e^{-\lambda t}$.

$q(2)=50 \Leftrightarrow 100e^{-\lambda\times 2}=100e^{-2\lambda}=50$.

$$100e^{-2\lambda}=50 \Leftrightarrow e^{-2\lambda}=\frac{1}{2} \Leftrightarrow -2\lambda=\ln\left(\frac{1}{2}\right)$$

$$\Leftrightarrow \lambda=-\frac{1}{2}\ln\left(\frac{1}{2}\right)=\frac{\ln(2)}{2} \text{ car } \ln\left(\frac{1}{a}\right)=-\ln(a).$$

On a donc $q(t)=100e^{-\frac{\ln(2)}{2}t}$.

2. On cherche t tel que : $q(t)=10$.

$$q(t)=100\,e^{-\frac{\ln(2)}{2}t}=10 \Leftrightarrow e^{-\frac{\ln(2)}{2}t}=\frac{1}{10}$$

$$\Leftrightarrow -\frac{\ln(2)}{2}t=\ln\left(\frac{1}{10}\right)=-\ln(10) \Leftrightarrow t=\frac{2\ln(10)}{\ln(2)}.$$

Il restera donc 10 grammes de produit dans approximativement 6 heures et 39 minutes car $\frac{2\ln(10)}{\ln(2)}\approx 6{,}64$.

9 **1.** L'accroissement de la population est donnée par la dérivée P' de P.

Comme l'accroissement de la population P d'un pays est proportionnel à cette population, il existe une constante k telle que $P'=kP$.

2. C'est une équation différentielle du premier ordre.
Les solutions sont les fonctions définies par : $P(t) = Ce^{kt}$, où C est une constante arbitraire.

3. On sait que la population augmente de 25 % tous les 30 ans et donc, on a :
$P(t + 30) = 1{,}25\,P(t)$.
On a alors : $Ce^{k(t+30)} = 1{,}25\,Ce^{kt}$
$\Leftrightarrow Ce^{kt} \times e^{30k} = 1{,}25\,Ce^{kt} \Leftrightarrow e^{30k} = 1{,}25$
$\Leftrightarrow 30k = \ln(1{,}25) \Leftrightarrow k = \dfrac{\ln(1{,}25)}{30}$.
On a utilisé la propriété : $e^{a+b} = e^a \times e^b$ et on a simplifié Ce^{kt} par car $Ce^{kt} \neq 0$.

4. On cherche le temps t_1 tel que : $P(t + t_1) = 2P(t)$.
On a alors : $Ce^{k(t+t_1)} = 2Ce^{kt} \Leftrightarrow Ce^{kt} \times e^{kt_1} = 2Ce^{kt}$
$\Leftrightarrow e^{kt_1} = 2 \Leftrightarrow kt_1 = \ln(2) \Leftrightarrow t_1 = \dfrac{\ln(2)}{k}$.
Comme : $k = \dfrac{\ln(1{,}25)}{30}$,
on a : $t_1 = \dfrac{\ln(2)}{\dfrac{\ln(1{,}25)}{30}} = \dfrac{30\ln(2)}{\ln(1{,}25)} \approx 93{,}19$.
La population aura doublé à partir de la 94e année.

10 **1.** Puisque f est solution de (E) :
$f'(0) = 1 + 0{,}05(f(0)^2) = 1 + 0{,}05 \times 0^2 = 1$.

2. Équation de T_0 :
$y = f'(0)\,(x - 0) + f(0) \Leftrightarrow y = 1 \times x + 0 \Leftrightarrow y = x$.

3. Il suffit de remplacer x par 0,1 dans l'équation de T_0 pour obtenir y_1 : $y_1 = 0{,}1$.

4. Autour du point d'abscisse 0 de $\mathscr{C}$, la tangente T_0 et $\mathscr{C}$ sont quasiment confondues.
Ainsi pour tout x proche de 0, $f(x) \approx x$.
On peut donc estimer que $f(0{,}1) \approx 0{,}1$.

5. Il faut tout d'abord calculer $f'(0{,}1)$.
Grâce à (E), on a :
$f'(0{,}1) = 1 + 0{,}05(f(0{,}1)^2) = 1 + 0{,}05 \times 0{,}1^2$
$= 1{,}0005$.
Équation de T_1 : $y = f'(0{,}1)(x - 0{,}1) + f(0{,}1)$
$\Leftrightarrow y = 1{,}0005(x - 0{,}1) + 0{,}1$
$\Leftrightarrow y = 1{,}0005x - 0{,}00005$.
Pour x proche de 0,1, $f(x) \approx 1{,}0005x - 0{,}00005$.
En estimant que 0,2 est proche de 0,1, on a : $f(0{,}2) \approx 1{,}0005 \times 0{,}2 - 0{,}00005 = 0{,}20005$.

6. Ce programme Python permet de poursuivre la méthode précédente, qui s'appelle la méthode d'Euler, en avançant de 0,1 en 0,1, et ce à 10 reprises, donc jusqu'à $x = 1$.
Le nombre « `(1+0.05*f**2)` » permet de calculer les nombres dérivées successifs en utilisant (E) ($y' = 1 + 0{,}05y^2$), et donc d'obtenir les coefficients directeurs des tangentes en $x = 0$, $x = 0{,}1$, $x = 0{,}2$, …, $x = 0{,}9$.
L'affectation « `f = (1+0.05*f**2)*0.1+f` » correspond à l'équation de la tangente en un des $x = 0$, $x = 0{,}1$, $x = 0{,}2$, …, $x = 0{,}9$, dans laquelle on remplace x par l'une des valeurs $x = 0{,}1$, $x = 0{,}2$, $x = 0{,}3$, …, $x = 1$, pour obtenir l'approximation suivante.
Le nombre 0,1 de « `f = (1+0.05*f**2)*0.1+f` » provient du fait que, dans l'équation de la tangente $y = f'(a)(x - a) + f(a)$, on remplace par exemple a par 0,4 et x alors par 0,5, ou encore, si $a = 0{,}8$ alors $x = 0{,}9$, etc.
$(x - a)$ vaut alors à chaque étape 0,1.
La variable f prend ainsi les valeurs successives des approximations de $f(0)$, $f(0{,}1)$, …, $f(1)$.
On peut donc estimer que : $f(1) \approx 1{,}014$.

7. Pour améliorer la méthode précédente, on peut diminuer le pas, et par conséquent augmenter le nombre d'étapes.
On peut choisir, par exemple, un pas de 0,001, ce qui fera passer le nombre d'étapes à 1 000.

```
f = 0
for i in range(0,1000):
  f = (1+0.05*f**2)*0.001+f
print(f)
```

Après exécution on obtient : $f(1) \approx 1{,}017$ à 10^{-3} près.

CHAPITRE 8 (*Énoncés p. 234*)

1 Les évènements A et B sont indépendants et donc :
$$P(A \cap B) = P(A) \times P(B) = 0{,}3 \times 0{,}5 = 0{,}15.$$

2 Les évènements A et B sont indépendants et donc : $P(A \cap B) = P(A) \times P(B)$.
On en déduit que $P(B) = \dfrac{P(A \cap B)}{P(A)} = \dfrac{0{,}09}{0{,}12} = 0{,}75$.

3 $\Omega = \{1 ; 2 ; 3 ; 4 ; 5 ; 6 ; 7 ; 8 ; 9 ; 10 ; 11 ; 12\}$.
Il y a équiprobabilité car la boule est tirée au hasard.
$A = \{2 ; 4 ; 6 ; 8 ; 10 ; 12\}$; $B = \{3 ; 6 ; 9 ; 12\}$ et $A \cap B = \{6 ; 12\}$.
On a alors : $P(A) = \dfrac{6}{12} = \dfrac{1}{2}$; $P(B) = \dfrac{4}{12} = \dfrac{1}{3}$
et $P(A \cap B) = \dfrac{2}{12} = \dfrac{1}{6}$.

$P(\text{A}) \times P(\text{B}) = \frac{1}{2} \times \frac{1}{3} = \frac{1}{6} = P(\text{A} \cap \text{B})$ et donc les évènements A et B sont indépendants.

4 **1.** On complète le tableau :

	C_1	C_2	Total
Composants avec défaut	50	80	130
Composants sans défaut	950	920	1 870
Total	1 000	1 000	2 000

2. On calcule $P(\text{D})$ et $P_{C_1}(\text{D})$ à partir du tableau :

$P(\text{D}) = \frac{130}{2\,000} = 0{,}065$; $P_{C_1}(\text{D}) = \frac{50}{1\,000} = 0{,}05$.

Comme $P(\text{D}) \neq P_{C_1}(\text{D})$, les évènements C_1 et D ne sont pas indépendants.

5 **1.** On obtient le tableau suivant :

	Donneurs occasionnels	Donneurs réguliers	Total
De 20 à 34 ans	84	34	118
De 35 à 59 ans	44	40	84
60 et plus	152	46	198
Total	280	120	400

2. a) $P(\text{B}) = \frac{44}{400} = 0{,}11$.

b) $P(\text{R} \cap \text{C}) = \frac{46}{400} = 0{,}115$.

3. a) $P_C(\overline{\text{R}})$ est la probabilité que la fiche choisie soit celle d'un donneur occasionnel sachant qu'elle est celle d'un donneur âgé de plus de 60 ans.

b) $P_C(\overline{\text{R}}) = \frac{152}{198} \approx 0{,}768$.

c) $P_C(\text{R}) = \frac{46}{198} \approx 0{,}232$.

On a aussi $P_C(\text{R}) = 1 - P_C(\overline{\text{R}}) \approx 1 - 0{,}768 = 0{,}232$.

$P(\text{R}) = \frac{120}{400} = 0{,}3$.

Les évènements C et R ne sont pas indépendants car $P_C(\text{R}) \neq P(\text{R})$.

6 **1.** Par hypothèse, on a :

$$P(\text{D}_1) = 0{,}03 \text{ et } P(\text{D}_2) = 0{,}01.$$

Les évènements D_1 et D_2 sont indépendants et donc :

$$P(\text{D}_1 \cap \text{D}_2) = P(\text{D}_1) \times P(\text{D}_2) = 0{,}03 \times 0{,}01 = 0{,}000\,3.$$

2. $P(\text{D}_1 \cup \text{D}_2) = P(\text{D}_1) + P(\text{D}_2) - P(\text{D}_1 \cap \text{D}_2) = 0{,}03 + 0{,}01 - 0{,}000\,3 = 0{,}039\,7$.

3. L'évènement « La plaque ne présente aucun des deux défauts » est l'évènement contraire de l'évènement « La plaque présente au moins un des deux défauts » et donc :

$$P(\overline{\text{D}_1 \cup \text{D}_2}) = 1 - P(\text{D}_1 \cup \text{D}_2) = 1 - 0{,}039\,7 = 0{,}960\,3.$$

7 **1.** On obtient l'arbre pondéré suivant :

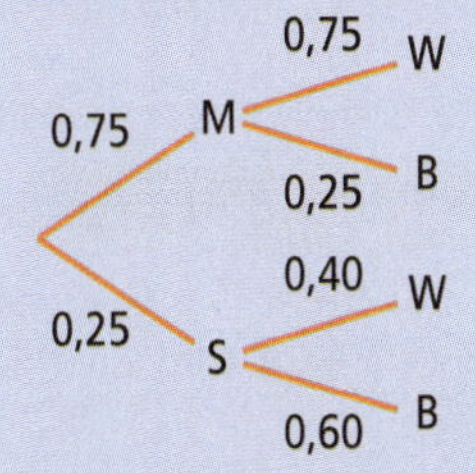

2. $P(\text{M} \cap \text{W}) = P(\text{M}) \times P_\text{M}(\text{W}) = 0{,}75 \times 0{,}75 = 0{,}562\,5$.

C'est la probabilité que la fiche choisie corresponde à une formule Wok prise à midi.

3. On utilise la formule des probabilités totales :

$P(\text{B}) = P(\text{M}) \times P_\text{M}(\text{B}) + P(\text{S}) \times P_\text{S}(\text{B})$

$= 0{,}75 \times 0{,}25 + 0{,}25 \times 0{,}60 = 0{,}337\,5$.

4. On doit calculer $P_\text{B}(\text{S})$.

$$P_\text{B}(\text{S}) = \frac{P(\text{S} \cap \text{B})}{P(\text{B})} = \frac{P(\text{S}) \times P_\text{S}(\text{B})}{P(\text{B})} = \frac{0{,}25 \times 0{,}60}{0{,}337\,5} \approx 0{,}444\,4.$$

5. $P_\text{M}(\text{B}) = 0{,}25$ et $P(\text{B}) = 0{,}337\,5$.

Comme $P_\text{M}(\text{B}) \neq P(\text{B})$, les évènements B et M ne sont pas indépendants.

8 **1.** • L'information « Parmi les personnes de moins de 20 ans, 51 % sont des hommes » se traduit par : $P_\text{A}(\overline{\text{B}}) = 0{,}51$.

On en déduit que :

$$P_\text{A}(\text{B}) = 1 - P_\text{A}(\overline{\text{B}}) = 1 - 0{,}51 = 0{,}49.$$

• L'information « Le pourcentage d'hommes de plus de 20 ans est de 40,8 % » se traduit par :

$$P(\overline{\text{A}} \cap \overline{\text{B}}) = 0{,}408.$$

De plus, comme $P(\text{A}) = 0{,}20$, on a :

$$P(\overline{\text{A}}) = 1 - P(\text{A}) = 1 - 0{,}20 = 0{,}80.$$

Par suite, $P_{\overline{\text{A}}}(\overline{\text{B}}) = \frac{P(\overline{\text{A}} \cap \overline{\text{B}})}{P(\overline{\text{A}})} = \frac{0{,}408}{0{,}80} = 0{,}51$.

On en déduit que :

$$P_{\overline{\text{A}}}(\text{B}) = 1 - P_{\overline{\text{A}}}(\overline{\text{B}}) = 1 - 0{,}51 = 0{,}49.$$

On peut alors compléter l'arbre pondéré :

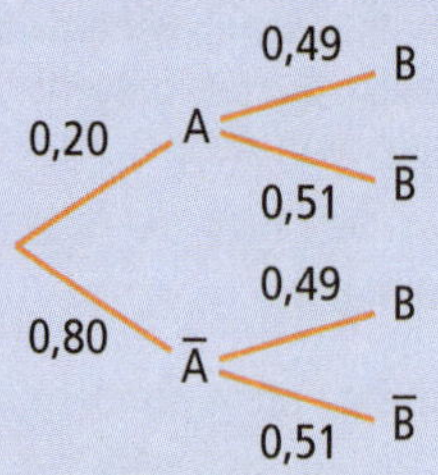

2. On utilise la formule des probabilités totales :

$P(B) = P(A) \times P_A(B) + P(\overline{A}) \times P_{\overline{A}}(B)$

$= 0,20 \times 0,49 + 0,80 \times 0,49 = 0,49.$

Les évènements A et B sont donc indépendants car $P_A(B) = P(B)$.

9 **1.** Les évènements étant indépendants, on retrouve dans l'arbre les probabilités données :

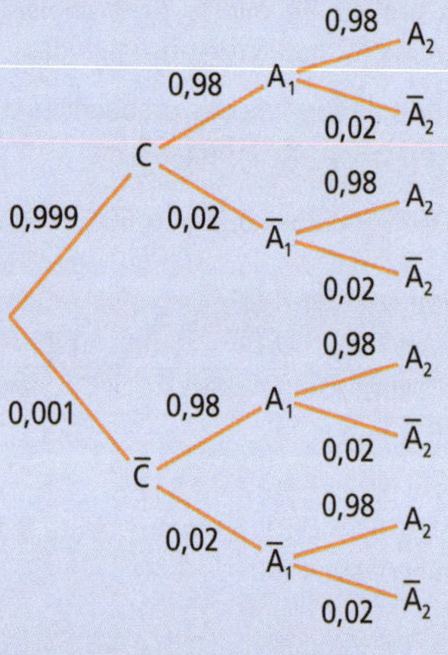

2. Par hypothèse, les moteurs peuvent tomber en panne de manière indépendante et donc les évènements $\overline{C}$, A_1 et A_2 sont indépendants.

Par suite, $P(\overline{C} \cap A_1 \cap A_2) = P(\overline{C}) \times P(A_1) \times P(A_2)$

$= 0,001 \times 0,98 \times 0,98 = 0,000\,960\,4.$

3. Pour calculer la probabilité que l'avion puisse voler, il est plus simple de passer par l'évènement contraire. On cherche donc la probabilité pour que l'avion ne puisse pas voler.

Pour les mêmes raisons qu'en 2., on a :

$P(\overline{C} \cap A_1 \cap \overline{A}_2) + P(\overline{C} \cap \overline{A}_1 \cap A_2) + P(\overline{C} \cap \overline{A}_1 \cap \overline{A}_2)$

$= 0,001 \times 0,98 \times 0,02 + 0,001 \times 0,02 \times 0,98$

$+ 0,001 \times 0,02 \times 0,02$

$= 0,000\,039\,6.$

Par suite, la probabilité que l'avion puisse voler est égale à :

$1 - 0,000\,039\,6 = 0,999\,960\,4.$

CHAPITRE 9

(*Énoncés p. 240*)

1 **1.** Comme la somme des probabilités doit être égale à 1, on a :

$P(X = 1) = 1 - 0,35 - 0,20 - 0,20 = 0,25.$

x_i	0	1	2	4
$P(X = x_i)$	0,35	0,25	0,20	0,20

2. $E(X) = 0 \times 0,35 + 1 \times 0,25 + 2 \times 0,20 + 4 \times 0,20 = 1,45.$

3. $P(X \leqslant 2) = P(X = 0) + P(X = 1) + P(X = 2)$
$= 0,35 + 0,25 + 0,20 = 0,80.$

On a aussi :
$P(X \leqslant 2) = 1 - P(X = 4) = 1 - 0,20 = 0,80.$

$P(X > 3) = P(X \geqslant 4) = P(X = 4) = 0,20.$

2 **1.** La recette est de $15 \times 5 = 75$ millions d'euros.

2. La somme totale redistribuée est égale à :
$3 \times 500\,000 + 3 \times 100\,000 + \cdots + 5 \times 1\,500\,000$
$+ 11\,235\,981 \times 0 = 48\,400\,000$ euros.

3. Probabilité de gagner le montant maximum :
$\dfrac{3}{15\,000\,000} = 2 \times 10^{-7} \approx 0$ à 10^{-3} près.

Probabilité de ne rien gagner : $\dfrac{11\,235\,981}{15\,000\,000} \approx 0,749.$

4. Pour obtenir la probabilité de gagner une certaine somme, on divise le nombre de lots correspondants par 15 000 000.

Pour calculer l'espérance de la variable aléatoire X, on multiplie chacune de ces probabilités par le gain associé et on additionne tous les produits obtenus. Cela revient à calculer :

$$\frac{\text{Somme totale redistribuée}}{\text{Nombre de lots}} = \frac{48\,400\,000}{15\,000\,000}.$$

On obtient : $E(X) \approx 3,23$ euros.

Ce résultat signifie qu'en moyenne un joueur perd $5 - 3,23 = 1,77$ euros par ticket acheté.

3 $E(X) = np = 10 \times 0,3 = 3.$

Pour les questions qui suivent, on utilise une calculatrice car le triangle de Pascal serait trop long à établir.

Pour la TI 83, on appuie sur 2nd DISTR puis on sélectionne :

Binompdf pour avoir $P(X = k)$ ou binomcdf pour avoir $P(X \leqslant k)$.

À l'aide d'une calculatrice, on obtient :
$P(X = 5) \approx 0,103.$
$P(X \leqslant 7) \approx 0,998.$

$P(X < 6) = P(X \leqslant 5) \approx 0{,}953.$
$P(X \geqslant 4) = 1 - P(X < 4) = 1 - P(X \leqslant 3) \approx 0{,}350.$
$P(2 \leqslant X \leqslant 5) = P(X \leqslant 5) - P(X \leqslant 1) \approx 0{,}803.$

4 **1.** X suit la loi binomiale de paramètres $n = 8$ et $p = \dfrac{1}{4} = 0{,}25$ car :

- Pour chaque question, il y a deux résultats possibles : la réponse du candidat est exacte (« succès ») ou la réponse du candidat n'est pas exacte (« échec ») ;
- Les 8 questions sont indépendantes ;
- La variable aléatoire X compte le nombre de « succès » sur les 8 réponses.

Autre rédaction possible :

Le fait de répondre juste ou faux à une question de ce Q.C.M est une épreuve de Bernoulli et on la répète 8 fois de suite de manière indépendante.

2. $E(X) = np = 8 \times 0{,}25 = 2.$
En moyenne, un candidat qui répond au hasard donnera 2 bonnes réponses.

3. Pour tout entier k compris entre 0 et 8 :

$P(X = k) = \binom{8}{k}(0{,}25)^k(0{,}75)^{8-k}.$

Comme n est « petit », pour déterminer $\binom{8}{k}$, on peut utiliser le triangle de Pascal.

On complètera celui du cours jusqu'à la ligne 8.
On obtient :
$\binom{8}{0} = 1$; $\binom{8}{1} = 8$; $\binom{8}{2} = 28$; $\binom{8}{3} = 56$; $\binom{8}{4} = 70$;
$\binom{8}{5} = 56$; $\binom{8}{6} = 28$; $\binom{8}{7} = 8$ et $\binom{8}{8} = 1$.

4. a) $P(A) = P(X = 8)$
$= \binom{8}{8}(0{,}25)^8(0{,}75)^0 = 1 \times (0{,}25)^8 \times 1 = (0{,}25)^8$
$\approx 0{,}000\,015$ à 10^{-6} près.

b) $P(B) = P(X = 0)$
$= \binom{8}{0}(0{,}25)^0(0{,}75)^8 = 1 \times 1 \times (0{,}75)^8 = (0{,}75)^8$
$\approx 0{,}100\,113$ à 10^{-6} près.

c) $P(C) = P(X = 2)$
$= \binom{8}{2}(0{,}25)^2(0{,}75)^6 = 28 \times (0{,}25)^2(0{,}75)^6$
$\approx 0{,}311\,462$ à 10^{-6} près.

5 **1.** X suit la loi binomiale de paramètres $n = 80$ et $p = 1 - 0{,}97 = 0{,}03$ car :

- Pour chaque pièce, il y a deux résultats possibles : la pièce est non conforme (« succès ») ou la pièce est conforme (« échec ») ;
- Les 80 pièces sont indépendantes ;
- La variable aléatoire X compte le nombre de « succès » sur les 80 pièces.

2. $E(X) = np = 80 \times 0{,}03 = 2{,}4.$
En moyenne, sur un échantillon de 80 pièces, il y en a 2,4 de non conformes.

3. À la calculatrice et en arrondissant à 10^{-6} près, on a :

a) $P(A) = P(X = 5) \approx 0{,}059\,487.$

b) $P(B) = P(X \geqslant 1) = 1 - P(X < 1) = 1 - P(X = 0)$ $\approx 0{,}912\,554.$

c) $P(C) = P(X \leqslant 3) \approx 0{,}780\,667.$

6 **1.** L'instruction « `r = randint(1,10)` » permet d'affecter à la variable r un entier aléatoire entre 1 et 10.
Et l'instruction suivante incrémente la variable s de 1 si r est égal à 10.
2. Le fait de regarder si un entier aléatoire compris entre 1 et 10 est égal à 10 ou non est une épreuve de Bernoulli.
L'instruction « `for i in range(0,60) :` » fait que cette épreuve de Bernoulli est répétée 60 fois de manière indépendante.
Ainsi, la variable s suit la loi binomiale de paramètres $n = 60$ et $p = 0{,}1$.
Le calcul de $P(4 \leqslant s \leqslant 7)$ à l'aide d'une calculatrice donne : 0,614.

7 **1. a)** Le fait qu'un passager se présente ou non à l'embarquement est une épreuve de Bernoulli.
Elle est répétée 574 fois de manière indépendante.
Ainsi, X suit la loi binomiale de paramètres 574 et 0,95.
On peut aussi citer les trois conditions pour qu'une variable aléatoire suive une loi binomiale.

b) $E(X) = 574 \times 0{,}95 = 545{,}3.$
C'est-à-dire, qu'en moyenne, il y a 545 passagers sur un vol.

c) À l'aide d'une calculatrice on obtient :
$$P(X \leqslant 540) \approx 0{,}178.$$

2. La variable aléatoire Y suit la loi binomiale de paramètres 595 et 0,95.
On cherche à déterminer $P(Y \geqslant 575)$.
On obtient, à la calculatrice :
$P(Y \geqslant 575) = 1 - P(Y < 575) = 1 - P(Y \leqslant 574)$ $\approx 0{,}035.$
Ce qui représente un risque de surbooking de 3,5 %.

CHAPITRE 10 (*Énoncés p. 245*)

1 **1.** Pour des raisons de lisibilité, on place l'origine du repère en (14 ; 200).

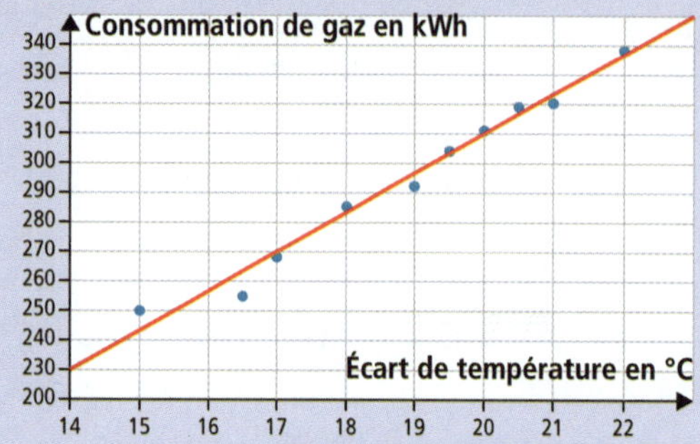

2. À la calculatrice on obtient les coordonnées du point moyen : G (18,85 ; 294,2).

3. Les points du nuage sont relativement alignés et donc on peut envisager un ajustement affine.

4. À l'aide de la calculatrice on obtient :

$$C = 13{,}287t + 43{,}747.$$

5. a) Voir en **1.**

b) On remplace t par 14 dans l'équation :
$C = 13{,}29 \times 14 + 43{,}75 = 229{,}81$ kWh.

c) On cherche t pour $C = 356$.

$356 = 13{,}29t + 43{,}75 \Leftrightarrow 13{,}29t = 356 - 43{,}75$

$\Leftrightarrow 13{,}29t = 312{,}25$

$\Leftrightarrow t = \dfrac{312{,}25}{13{,}29} \approx 23{,}50$ °C.

2 **1.** Observons le nuage de points construit dans un repère du plan.

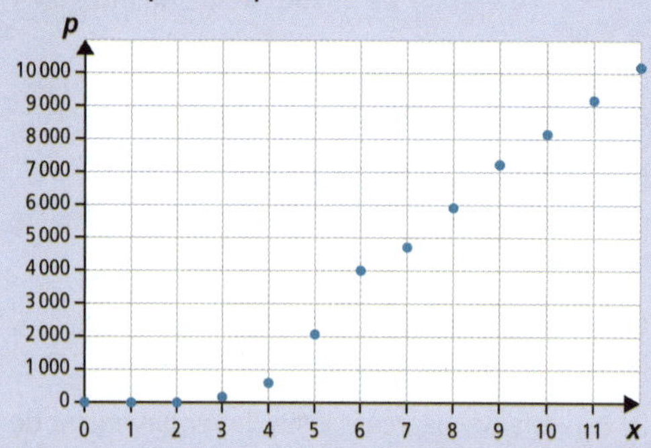

À partir de l'année de rang 4, soit en 2010, on peut remarquer que les points du nuage sont relativement alignés pour envisager un ajustement affine.

2. À la calculatrice on obtient l'équation suivante : $p = 1\,175{,}0x - 3\,601{,}9$.

3. On résout l'inéquation : $p > 30\,000$.

$p > 30000 \Leftrightarrow 1175{,}0x - 3601{,}9 > 30000$

$\Leftrightarrow 1175{,}0x > 30\,000 + 3\,601{,}9$

$\Leftrightarrow 1175{,}0x > 33\,601{,}9$

$\Leftrightarrow x > \dfrac{33\,601{,}9}{1175{,}0}$.

Comme $\dfrac{33\,601{,}9}{1175{,}0} \approx 28{,}6$, ce sera donc à partir de l'année de rang 29 que la production dépassera 30 000 GWh, soit à partir de 2035.

3 **1.** On représente le nuage statistique :

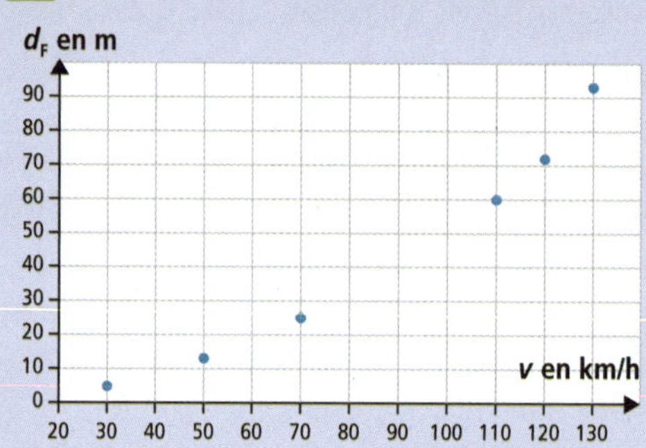

Un ajustement affine n'est pas envisageable car le nuage de points ne présente pas une forme linéaire, mais plutôt parabolique.

2. On complète le tableau en élevant au carré la valeur de v correspondante.

V	900	2 500	4 900	12 100	14 400	16 900
d_F	5	13	25	60	72	93

3. On construit le nouveau nuage de points.

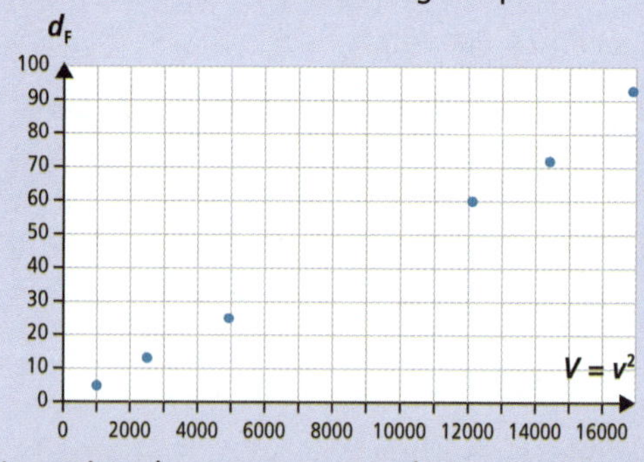

Les points de ce nuage sont relativement alignés et donc on peut envisager un ajustement affine.

4. À l'aide de la calculatrice on obtient :
$d_F(V) = 0{,}005\,3V - 0{,}710\,6$ et donc :
$d_F(v) = 0{,}005\,3v^2 - 0{,}710\,6$.

5. $d_F(150) = 0{,}0053 \times 150^2 - 0{,}7106 \approx 119$ m.

4 **1.** Observons le nuage de points associé à la série $(x_i\,;y_i)$ dans le repère ci-dessous :

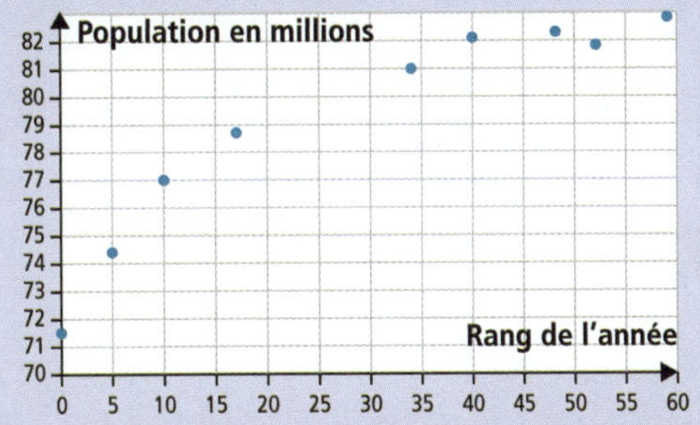

Le nuage statistique ne présente pas une forme linéaire et donc on ne peut pas envisager un ajustement affine.

2. On complète le tableau à l'aide d'une calculatrice.

x_i	$z_i = 6^{\frac{y_i}{100}}$
0	3,601
5	3,793
10	3,974
17	4,096
34	4,269

x_i	$z_i = 6^{\frac{y_i}{100}}$
40	4,354
48	4,369
52	4,330
59	4,409

3. On représente le nouveau nuage sur une calculatrice et on remarque que les points sont relativement alignés.
On peut donc envisager un ajustement affine.

4. À l'aide d'une calculatrice on obtient l'équation suivante : $z = 0{,}012\,3x + 3{,}770\,4$.

De plus, $z = 6^{\frac{y}{100}} \Leftrightarrow \log(z) = \log(6^{\frac{y}{100}})$

$\Leftrightarrow \log(z) = \dfrac{y}{100}\log(6) \Leftrightarrow 100\log(z) = y\log(6)$

$\Leftrightarrow y = \dfrac{100}{\log(6)}\log(z)$

$\Leftrightarrow y = \dfrac{100}{\log(6)}\log(0{,}012\,3x + 3{,}770\,4)$.

5. Comme $1985 - 1958 = 27$, l'année 1985 est l'année de rang 27.
Selon le modèle précédent, le nombre global d'habitants en Allemagne en 1985 est de :

$\dfrac{100}{\log(6)}\log(0{,}012\,3 \times 27 + 3{,}770\,4) \approx 78{,}8$ millions d'habitants.

6. L'algorithme définit la fonction logarithme décimal, puis la fonction y qui permet de calculer la population allemande pour l'année de rang x à partir du modèle de l'exercice.

La boucle `while` permet de tester si la population pour l'année de rang x est inférieure à 90 millions, et le cas échéant x est incrémenté de 1. Ainsi le résultat 102 nous dit que selon le modèle, la population allemande dépassera 90 millions d'habitants pour l'année de rang 102, soit en 2060.

5 **1.** On détermine la série $(n\,;z_n)$ en arrondissant les z_n à 10^{-3} :

n	$z_n = \log(4y_n)$
0	2,005
1	1,784
2	1,593
3	1,471
4	1,401
5	1,334
6	1,301

n	$z_n = \log(4y_n)$
7	1,255
8	1,283
9	1,225
10	1,236
11	1,170
12	1,093
13	1,064

On trace le nuage sur une calculatrice et on remarque que les points sont relativement alignés. On peut donc envisager un ajustement affine.

2. À l'aide d'une calculatrice on obtient l'équation suivante : $z = -0{,}058n + 1{,}749$.

3. Comme $z = \log(4y)$, on a :
$\log(4y) = -0{,}058n + 1{,}749 \Leftrightarrow 4y = 10^{-0{,}058n+1{,}749}$

$\Leftrightarrow y = \dfrac{1}{4} \times 10^{-0{,}058n + 1{,}749}$.

On résout alors l'inéquation : $y < 2$:

$y < 2 \Leftrightarrow \dfrac{1}{4} \times 10^{-0{,}058n + 1{,}749} < 2$

$\Leftrightarrow 10^{-0{,}058n + 1{,}749} < 8$

$\Leftrightarrow -0{,}058n + 1{,}749 < \log(8)$

$\Leftrightarrow -0{,}058n < \log(8) - 1{,}749$

$\Leftrightarrow n > \dfrac{1{,}749 - \log(8)}{0{,}058}$.

$\dfrac{1{,}749 - \log(8)}{0{,}058} \approx 14{,}6$ et donc c'est l'année de rang 15, soit en 2020, que la production de déchets non recyclables sera inférieure à deux tonnes.

CHAPITRE 11 *(Énoncés p. 252)*

1 • $z_1 = e^{i\pi} = \cos(\pi) + i\sin(\pi) = -1 + i \times 0 = -1$.

• $z_2 = e^{-i\frac{\pi}{3}} = \cos\left(-\dfrac{\pi}{3}\right) + i\sin\left(-\dfrac{\pi}{3}\right) = \dfrac{1}{2} - i\dfrac{\sqrt{3}}{2}$.

• $z_3 = 2e^{i\frac{3\pi}{4}} = 2\left(\cos\left(\dfrac{3\pi}{4}\right) + i\sin\left(\dfrac{3\pi}{4}\right)\right)$

$= 2\left(-\dfrac{\sqrt{2}}{2} + i\dfrac{\sqrt{2}}{2}\right) = -\sqrt{2} + i\sqrt{2}$.

• $z_4 = 10e^{i\frac{\pi}{6}} = 10\left(\cos\left(\frac{\pi}{6}\right) + i\sin\left(\frac{\pi}{6}\right)\right)$

$= 10\left(\frac{\sqrt{3}}{2} + i \times \frac{1}{2}\right) = 5\sqrt{3} + 5i.$

• $z_5 = e^{i\frac{7\pi}{12}}e^{-i\frac{\pi}{3}} = e^{i\left(\frac{7\pi}{12} - \frac{\pi}{3}\right)}.$

Or, $\frac{7\pi}{12} - \frac{\pi}{3} = \frac{7\pi}{12} - \frac{4\pi}{12} = \frac{3\pi}{12} = \frac{\pi}{4}.$

D'où : $z_5 = e^{i\frac{\pi}{4}} = \cos\left(\frac{\pi}{4}\right) + i\sin\left(\frac{\pi}{4}\right) = \frac{\sqrt{2}}{2} + i\frac{\sqrt{2}}{2}.$

• $z_6 = \left(e^{-i\frac{5\pi}{36}}\right)^6 = e^{6\times\left(-i\frac{5\pi}{36}\right)} = e^{-i\frac{5\pi}{6}}$

$= \cos\left(-\frac{5\pi}{6}\right) + i\sin\left(-\frac{5\pi}{6}\right) = -\frac{\sqrt{3}}{2} - \frac{1}{2}i.$

2 • $|z_1| = \sqrt{5^2 + (-5)^2} = \sqrt{50} = \sqrt{25 \times 2}$
$= 5\sqrt{2}.$

On pose $\theta_1 = \arg(z_1)$ et on a :

$\cos(\theta_1) = \frac{5}{5\sqrt{2}} = \frac{1}{\sqrt{2}} = \frac{\sqrt{2}}{2}$

et $\sin(\theta_1) = \frac{-5}{5\sqrt{2}} = -\frac{\sqrt{2}}{2}.$

$\theta_1 = -\frac{\pi}{4}$, et $z_1 = 5\sqrt{2}e^{-i\frac{\pi}{4}}.$

• $|z_2| = \sqrt{(-\sqrt{3})^2 + 3^2} = \sqrt{12} = \sqrt{4 \times 3} = 2\sqrt{3}.$

On pose $\theta_2 = \arg(z_2)$ et on a :

$\cos(\theta_2) = \frac{-\sqrt{3}}{2\sqrt{3}} = -\frac{1}{2}$

et $\sin(\theta_2) = \frac{3}{2\sqrt{3}} = \frac{\sqrt{3} \times \sqrt{3}}{2\sqrt{3}} = \frac{\sqrt{3}}{2}.$

$\theta_2 = \frac{2\pi}{3}$, et $z_2 = 2\sqrt{3}e^{i\frac{2\pi}{3}}.$

• $|z_3| = \left|\frac{z_1}{z_2}\right| = \frac{|z_1|}{|z_2|} = \frac{5\sqrt{2}}{2\sqrt{3}} = \frac{5\sqrt{2} \times \sqrt{3}}{2\sqrt{3} \times \sqrt{3}} = \frac{5\sqrt{6}}{6}.$

$\arg(z_3) = \arg\left(\frac{z_1}{z_2}\right) = \arg(z_1) - \arg(z_2) = -\frac{\pi}{4} - \frac{2\pi}{3}$

$= -\frac{3\pi}{12} - \frac{8\pi}{12} = -\frac{11\pi}{12}.$

Par suite, on a : $z_3 = \frac{5\sqrt{6}}{6}e^{-i\frac{11\pi}{12}}.$

• Pour pouvoir écrire $z_4 = (1+i)^{10}$ sous forme exponentielle, on détermine tout d'abord la forme exponentielle de $z = 1 + i$.

$|z| = |1+i| = \sqrt{1^2 + 1^2} = \sqrt{2}.$

On pose $\theta = \arg(z)$ et on a :

$\cos(\theta) = \frac{1}{\sqrt{2}} = \frac{\sqrt{2}}{2}$ et $\sin(\theta) = \frac{1}{\sqrt{2}} = \frac{\sqrt{2}}{2}.$

$\theta = \frac{\pi}{4}$ et $z = \sqrt{2}e^{i\frac{\pi}{4}}.$

On a donc :

$z_4 = \left(\sqrt{2}e^{i\frac{\pi}{4}}\right)^{10} = (\sqrt{2})^{10}\left(e^{i\frac{\pi}{4}}\right)^{10}$

$= 32e^{10i\frac{\pi}{4}} = 32e^{i\frac{5\pi}{2}} = 32e^{i\frac{\pi}{2}}$

car $\frac{5\pi}{2} = 2\pi + \frac{\pi}{2}.$

Remarque
$z_4 = 32\,i.$

3 **1.** $\cos^2(x) = \left(\frac{e^{ix} + e^{-ix}}{2}\right)^2 = \frac{(e^{ix} + e^{-ix})^2}{4}$

$= \frac{(e^{ix})^2 + 2e^{ix}e^{-ix} + (e^{-ix})^2}{4} = \frac{e^{2ix} + 2e^{i(x-x)} + e^{-2ix}}{4}$

$= \frac{e^{2ix} + e^{-2ix} + 2e^0}{4} = \frac{2\cos(2x) + 2}{4}$

$= \frac{1}{2} + \frac{1}{2}\cos(2x).$

2. Pour déterminer $\int_{-\pi}^{\pi} \cos^2(x)\,dx$, on cherche une primitive de $\cos^2(x)$.

$\cos^2(x) = \frac{1}{2} + \frac{1}{2}\cos(2x)$ et donc : $\frac{x}{2} + \frac{1}{4}\sin(2x)$ est une primitive de $\cos^2(x)$.

Par suite :

$\int_{-\pi}^{\pi} \cos^2(x)\,dx = \left[\frac{x}{2} + \frac{1}{4}\sin(2x)\right]_{-\pi}^{\pi}$

$= \frac{\pi}{2} + \frac{1}{4}\sin(2\pi) - \left(-\frac{\pi}{2} + \frac{1}{4}\sin(-2\pi)\right)$

$= \frac{\pi}{2} + 0 + \frac{\pi}{2} - 0 = \pi.$

4 **1.** On utilise la formule :

$\cos(a + b) = \cos(a)\cos(b) - \sin(a)\sin(b)$.

On pose $A = 4\cos\left(2\pi t + \frac{\pi}{4}\right).$

$A = 4\left(\cos(2\pi t)\cos\left(\frac{\pi}{4}\right) - \sin(2\pi t)\sin\left(\frac{\pi}{4}\right)\right)$

$= 4\left(\cos(2\pi t)\frac{\sqrt{2}}{2} - \sin(2\pi t)\frac{\sqrt{2}}{2}\right)$

$= 2\sqrt{2}\cos(2\pi t) - 2\sqrt{2}\sin(2\pi t).$

2. On utilise la formule :

$\sin(a - b) = \sin(a)\cos(b) - \sin(b)\cos(a)$.

On pose $B = 2\sin\left(5\pi t - \frac{2\pi}{3}\right).$

$B = 2\left(\sin(5\pi t)\cos\left(\frac{2\pi}{3}\right) - \sin\left(\frac{2\pi}{3}\right)\cos(5\pi t)\right)$

$= 2\left(-\sin(5\pi t)\frac{1}{2} - \frac{\sqrt{3}}{2}\cos(5\pi t)\right)$

$= -\sin(5\pi t) - \sqrt{3}\cos(5\pi t).$

5 **1.** $|z| = \sqrt{(\sqrt{6})^2 + (-3\sqrt{2})^2} = \sqrt{6+18}$
$= \sqrt{24} = 2\sqrt{6}$.
On pose $\theta = \arg(z)$ et on a :

$\cos(\theta) = \dfrac{\sqrt{6}}{2\sqrt{6}} = \dfrac{1}{2}$ et

$\sin(\theta) = \dfrac{-3\sqrt{2}}{2\sqrt{6}} = -\dfrac{3\sqrt{2}}{2\sqrt{2}\times\sqrt{3}} = -\dfrac{3}{2\sqrt{3}} = -\dfrac{\sqrt{3}}{2}$.

$\theta = -\dfrac{\pi}{3}$, et $z = 2\sqrt{6}e^{-i\frac{\pi}{3}}$.

2. On remarque que les coefficients, $\sqrt{6}$ et $-3\sqrt{2}$, de $u(t)$ sont les mêmes que ceux de z et donc on met $2\sqrt{6}$ en facteur dans $u(t)$.

$u(t) = \sqrt{6}\cos(30\pi t) - 3\sqrt{2}\sin(30\pi t)$

$= 2\sqrt{6}\left(\dfrac{\sqrt{6}}{2\sqrt{6}}\cos(30\pi t) - \dfrac{3\sqrt{2}}{2\sqrt{6}}\sin(30\pi t)\right)$

$= 2\sqrt{6}\left(\dfrac{1}{2}\cos(30\pi t) - \dfrac{\sqrt{3}}{2}\sin(30\pi t)\right)$

$= 2\sqrt{6}\left(\cos\left(\dfrac{\pi}{3}\right)\cos(30\pi t) - \sin\left(\dfrac{\pi}{3}\right)\sin(30\pi t)\right)$

$= A(\cos(\varphi)\cos(30\pi t) - \sin(\varphi)\sin(30\pi t))$

avec $A = 2\sqrt{6}$ et $\varphi = \dfrac{\pi}{3}$.

3. On utilise la formule :

$\cos(a+b) = \cos(a)\cos(b) - \sin(a)\sin(b)$,

avec $a = \varphi$ et $b = 30\pi t$.

$u(t) = A\cos(\varphi + 30\pi t) = 2\sqrt{6}\cos\left(30\pi t + \dfrac{\pi}{3}\right)$.

6 **1.** $u_{eff} = 230$ et $\omega = 2\pi f = 2\pi \times 50 = 100\pi$.
On a donc : $u(t) = 230\sqrt{2}\sin(100\pi t)$.

2. En s'inspirant de la méthode l'exercice précédent, on met $\sqrt{3^2+3^2} = 3\sqrt{2}$ en facteur dans $s(t) = 3\sin(100\pi t) + 3\cos(100\pi t)$.

$s(t) = 3\sqrt{2}\left(\dfrac{3}{3\sqrt{2}}\sin(100\pi t) + \dfrac{3}{3\sqrt{2}}\cos(100\pi t)\right)$

$= 3\sqrt{2}\left(\dfrac{1}{\sqrt{2}}\sin(100\pi t) + \dfrac{1}{\sqrt{2}}\cos(100\pi t)\right)$

$= 3\sqrt{2}\left(\dfrac{\sqrt{2}}{2}\sin(100\pi t) + \dfrac{\sqrt{2}}{2}\cos(100\pi t)\right)$

$= 3\sqrt{2}\left(\cos\left(\dfrac{\pi}{4}\right)\sin(100\pi t) + \sin\left(\dfrac{\pi}{4}\right)\cos(100\pi t)\right)$.

En utilisant la formule :

$\sin(a+b) = \sin(a)\cos(b) + \sin(b)\cos(a)$, on a :

$s(t) = 3\sqrt{2}\sin\left(100\pi t + \dfrac{\pi}{4}\right)$.

Par suite, on a : $S_{eff} = 3$, $\omega = 100\pi$ et $\varphi = \dfrac{\pi}{4}$.

7 **1.** $(3-i)z = 2 \Leftrightarrow z = \dfrac{2}{3-i}$.

$\dfrac{2}{3-i} = \dfrac{2(3+i)}{(3-i)(3+i)} = \dfrac{6+2i}{3^2+1^2} = \dfrac{6+2i}{10}$

$= \dfrac{6}{10} + \dfrac{2}{10}i = \dfrac{3}{5} + \dfrac{1}{5}i$ et donc $S = \left\{\dfrac{3}{5} + \dfrac{1}{5}i\right\}$.

2. $(3-2i)z = 3 + 5iz + 2i \Leftrightarrow (3-7i)z = 3+2i$

$\Leftrightarrow z = \dfrac{3+2i}{3-7i}$.

$\dfrac{3+2i}{3-7i} = \dfrac{(3+2i)(3+7i)}{(3-7i)(3+7i)} = \dfrac{-5+27i}{9+49} = -\dfrac{5}{58} + \dfrac{27}{58}i$

et donc $S = \left\{-\dfrac{5}{58} + \dfrac{27}{58}i\right\}$.

3. $z^2 = 27 \Leftrightarrow z = -\sqrt{27}$ ou $z = \sqrt{27}$

$\Leftrightarrow z = -3\sqrt{3}$ ou $z = 3\sqrt{3}$

et donc $S = \{-3\sqrt{3}\ ;\ 3\sqrt{3}\}$.

4. $z^2 = -18 \Leftrightarrow z^2 = 18i^2$

$\Leftrightarrow z = -\sqrt{18}i$ ou $z = \sqrt{18}i$

$\Leftrightarrow z = -3\sqrt{2}i$ ou $z = 3\sqrt{2}i$

et donc $S = \{-3\sqrt{2}i\ ;\ 3\sqrt{2}i\}$.

5. $3z^2 + 7 = 0 \Leftrightarrow 3z^2 = -7 \Leftrightarrow z^2 = -\dfrac{7}{3}$

$\Leftrightarrow z^2 = \dfrac{7}{3}i^2 \Leftrightarrow z = -\sqrt{\dfrac{7}{3}}i$ ou $z = \sqrt{\dfrac{7}{3}}i$.

$\sqrt{\dfrac{7}{3}} = \dfrac{\sqrt{7}}{\sqrt{3}} = \dfrac{\sqrt{7}\times\sqrt{3}}{\sqrt{3}\times\sqrt{3}} = \dfrac{\sqrt{21}}{3}$

et donc $S = \left\{-\dfrac{\sqrt{21}}{3}i\ ;\ \dfrac{\sqrt{21}}{3}i\right\}$.

8 Pour les transformations, on remplacera les points par leurs affixes.

1. $z_B = f(z_A) = iz_A = i \times 2e^{i\frac{\pi}{3}}$.

$i = e^{i\frac{\pi}{2}}$ et donc :

$z_B = 2e^{i\frac{\pi}{2}}e^{i\frac{\pi}{3}} = 2e^{i\left(\frac{\pi}{2}+\frac{\pi}{3}\right)} = 2e^{i\left(\frac{3\pi}{6}+\frac{2\pi}{6}\right)} = 2e^{i\frac{5\pi}{6}}$.

2. $z_C = g(z_B) = \dfrac{5}{4}z_B = \dfrac{5}{4}\times 2e^{i\frac{5\pi}{6}} = \dfrac{5}{2}e^{i\frac{5\pi}{6}}$.

3. La transformation f est la rotation de centre O et d'angle $\dfrac{\pi}{2}$ car $i = e^{i\frac{\pi}{2}}$.

Par suite, le triangle OAB est isocèle et rectangle en O.
Comme le point C est l'image de B dans l'homothétie de centre O, les points O, B et C sont alignés et le triangle OAC est donc également rectangle en O.

Le triangle OAC n'est pas isocèle car les côtés adjacents à l'angle droit n'ont pas les mêmes longueurs :

$$OC = \frac{5}{4}OB = \frac{5}{4}OA \neq OA.$$

On peut faire une figure pour vérifier le résultat.

9 **1. a)** $(2-\mathrm{i})z = 2-6\mathrm{i} \Leftrightarrow z = \dfrac{2-6\mathrm{i}}{2-\mathrm{i}}$.

$\dfrac{2-6\mathrm{i}}{2-\mathrm{i}} = \dfrac{(2-6\mathrm{i})(2+\mathrm{i})}{(2-\mathrm{i})(2+\mathrm{i})} = \dfrac{10-10\mathrm{i}}{4+1}$

$= \dfrac{10}{5} - \dfrac{10}{5}\mathrm{i} = 2-2\mathrm{i}$ et donc $S = \{2-2\mathrm{i}\}$.

Par suite : $z_1 = 2-2\mathrm{i}$.

b) $|z_1| = \sqrt{2^2+(-2)^2} = \sqrt{8} = 2\sqrt{2}$.

On note $\theta_1 = \arg(z_1)$ et on a :

$\cos(\theta_1) = \dfrac{2}{2\sqrt{2}} = \dfrac{1}{\sqrt{2}} = \dfrac{\sqrt{2}}{2}$ et

$\sin(\theta_1) = -\dfrac{2}{2\sqrt{2}} = -\dfrac{1}{\sqrt{2}} = -\dfrac{\sqrt{2}}{2}$.

$\theta_1 = -\dfrac{\pi}{4}$ et $z_1 = 2\sqrt{2}\mathrm{e}^{-\mathrm{i}\frac{\pi}{4}}$.

c) $z_2 = \mathrm{e}^{-\mathrm{i}\frac{\pi}{2}} \times z_1 = \mathrm{e}^{-\mathrm{i}\frac{\pi}{2}} \times 2\sqrt{2}\mathrm{e}^{-\mathrm{i}\frac{\pi}{4}}$

$= 2\sqrt{2}\mathrm{e}^{\mathrm{i}\left(-\frac{\pi}{2}-\frac{\pi}{4}\right)} = 2\sqrt{2}\mathrm{e}^{\mathrm{i}\left(-\frac{2\pi}{4}-\frac{\pi}{4}\right)} = 2\sqrt{2}\mathrm{e}^{-\mathrm{i}\frac{3\pi}{4}}$.

On en déduit la forme algébrique de z_2 :

$z_2 = 2\sqrt{2}\left(\cos\left(-\dfrac{3\pi}{4}\right) + \mathrm{i}\sin\left(-\dfrac{3\pi}{4}\right)\right)$

$= 2\sqrt{2}\left(-\dfrac{\sqrt{2}}{2} - \dfrac{\sqrt{2}}{2}\mathrm{i}\right) = -2-2\mathrm{i}$.

2. a) $z_{\overrightarrow{CA}} = z_A - z_C = 2-2\mathrm{i}-(-4\mathrm{i}) = 2+2\mathrm{i}$.

$z_{\overrightarrow{CB}} = z_B - z_C = -2-2\mathrm{i}-(-4\mathrm{i}) = -2+2\mathrm{i}$.

Les coordonnées de ces vecteurs sont donc :

$$\overrightarrow{CA}(2\,;2) \text{ et } \overrightarrow{CB}(-2\,;2)$$

et $\overrightarrow{CA}\cdot\overrightarrow{CB} = 2\times(-2)+2\times 2 = 0$.

b) D'après la question précédente nous savons que les vecteurs $\overrightarrow{CA}$ et $\overrightarrow{CB}$ sont orthogonaux et donc le triangle ABC est rectangle en C.

Par ailleurs :

$CA = |z_A - z_C| = |2+2\mathrm{i}| = 2\sqrt{2}$;

$CB = |z_B - z_C| = |-2+2\mathrm{i}| = 2\sqrt{2}$ et donc $CA = CB$.

Le triangle ABC est donc rectangle en C et isocèle.

On peut faire une figure pour vérifier le résultat.

10 **1.** $|z_1| = \sqrt{1^2+(\sqrt{3})^2} = \sqrt{4} = 2$.

On note $\theta_1 = \arg(z_1)$ et on a :

$\cos(\theta_1) = \dfrac{1}{2}$ et $\sin(\theta_1) = \dfrac{\sqrt{3}}{2}$.

$\theta_1 = \dfrac{\pi}{3}$ et $z_1 = 2\mathrm{e}^{\mathrm{i}\frac{\pi}{3}}$.

2. $z_2 = \cos\left(-\dfrac{\pi}{4}\right) + \mathrm{i}\sin\left(-\dfrac{\pi}{4}\right) = \dfrac{\sqrt{2}}{2} - \dfrac{\sqrt{2}}{2}\mathrm{i}$.

3. $z_1 \times z_2 = 2\mathrm{e}^{\mathrm{i}\frac{\pi}{3}}\mathrm{e}^{-\mathrm{i}\frac{\pi}{4}} = 2\mathrm{e}^{\mathrm{i}\left(\frac{\pi}{3}-\frac{\pi}{4}\right)} = 2\mathrm{e}^{\mathrm{i}\left(\frac{4\pi}{12}-\frac{3\pi}{12}\right)}$

$= 2\mathrm{e}^{\mathrm{i}\frac{\pi}{12}} = 2z_3$.

4. a) $z_3 = \dfrac{1}{2}z_1 \times z_2 = \dfrac{\sqrt{2}}{4}(1+\mathrm{i}\sqrt{3})(1-\mathrm{i})$

$= \dfrac{\sqrt{2}}{4}(1-\mathrm{i}+\mathrm{i}\sqrt{3}-\sqrt{3}\mathrm{i}^2)$

$= \dfrac{\sqrt{2}}{4}\left(1+\sqrt{3}+(\sqrt{3}-1)\mathrm{i}\right)$ car $\mathrm{i}^2 = -1$.

$= \dfrac{\sqrt{2}+\sqrt{6}}{4} + \left(\dfrac{\sqrt{6}-\sqrt{2}}{4}\right)\mathrm{i}$.

b) Puisque $z_3 = \mathrm{e}^{\mathrm{i}\frac{\pi}{12}}$, on a :

$\mathrm{Re}(z_3) = \cos\left(\dfrac{\pi}{12}\right)$ et $\mathrm{Im}(z_3) = \sin\left(\dfrac{\pi}{12}\right)$.

D'après la question précédente on a donc :

$\cos\left(\dfrac{\pi}{12}\right) = \dfrac{\sqrt{2}+\sqrt{6}}{4}$ et $\sin\left(\dfrac{\pi}{12}\right) = \dfrac{\sqrt{6}-\sqrt{2}}{4}$.

11 Pour répondre à la question on regarde si les vecteurs $\overrightarrow{AB}$ et $\overrightarrow{AC}$ sont colinéaires.

$z_{\overrightarrow{AB}} = z_B - z_A = 1+\mathrm{i}-(2+4\mathrm{i}) = -1-3\mathrm{i}$.

$z_{\overrightarrow{AC}} = z_C - z_A = \dfrac{1}{3}-\mathrm{i}-(2+4\mathrm{i}) = -\dfrac{5}{3}-5\mathrm{i}$.

Comme $z_{\overrightarrow{AC}} = \dfrac{5}{3}z_{\overrightarrow{AB}}$, les vecteurs $\overrightarrow{AB}$ et $\overrightarrow{AC}$ sont colinéaires et donc les points A, B et C sont alignés.

12 **1.** On cherche k tel que $\overrightarrow{OB} = k\,\overrightarrow{OA}$.

$z_{\overrightarrow{OA}} = z_A = \dfrac{3}{2} + \dfrac{\sqrt{3}}{2}\mathrm{i}$ et $z_{\overrightarrow{OB}} = z_B = 3\sqrt{6}+3\sqrt{2}\mathrm{i}$.

On a alors : $3\sqrt{6} = \dfrac{3}{2}k$ et $3\sqrt{2} = \dfrac{\sqrt{3}}{2}k$.

$3\sqrt{6} = \dfrac{3}{2}k \Leftrightarrow k = \dfrac{3\sqrt{6}}{\frac{3}{2}} = 3\sqrt{6}\times\dfrac{2}{3} = 2\sqrt{6}$.

On vérifie que :

$\dfrac{\sqrt{3}}{2}k = \dfrac{\sqrt{3}}{2}\times 2\sqrt{6} = \sqrt{3}\times\sqrt{6} = \sqrt{18} = 3\sqrt{2}$.

Par suite, $\overrightarrow{OB} = 2\sqrt{6}\,\overrightarrow{OA}$, les vecteurs $\overrightarrow{OA}$ et $\overrightarrow{OB}$ sont colinéaires et donc les points O, A et B sont alignés.

2. L'égalité $\overrightarrow{OB} = 2\sqrt{6}\,\overrightarrow{OA}$ nous permet d'affirmer que B est l'image de A dans l'homothétie de centre O et de rapport $2\sqrt{6}$.

13 **1.** $AB = |b - a| = |1 + i\sqrt{3} - 4|$
$= |-3 + i\sqrt{3}| = \sqrt{(-3)^2 + (\sqrt{3})^2} = \sqrt{12} = 2\sqrt{3}$.
$AC = |c - a| = |1 - i\sqrt{3} - 4| = |-3 - i\sqrt{3}|$
$= \sqrt{(-3)^2 + (-\sqrt{3})^2} = \sqrt{12} = 2\sqrt{3}$.
$BC = |c - b| = |1 - i\sqrt{3} - (1 + i\sqrt{3})|$
$= |-2i\sqrt{3}| = 2\sqrt{3}$.
Le triangle ABC est équilatéral car $AB = AC = BC$.

2. a) $f = e^{i\frac{\pi}{3}}k = \left(\frac{1}{2} + \frac{\sqrt{3}}{2}i\right)(-\sqrt{3} + i)$
$= -\frac{\sqrt{3}}{2} + \frac{1}{2}i - \frac{3}{2}i - \frac{\sqrt{3}}{2} = -\sqrt{3} - i$.
$g = k + z_{\overrightarrow{OB}} = -\sqrt{3} + i + z_B = -\sqrt{3} + i + 1 + i\sqrt{3}$
$= 1 - \sqrt{3} + (1 + \sqrt{3})i$.

b) $z_{\overrightarrow{OC}} = z_C = 1 - i\sqrt{3}$.
Les coordonnées de $\overrightarrow{OC}$ sont $(1\,;\ -\sqrt{3})$.
$z_{\overrightarrow{OF}} = z_F = f = -\sqrt{3} - i$.
Les coordonnées de $\overrightarrow{OF}$ sont $(-\sqrt{3}\,;\,-1)$.
$\overrightarrow{OC} \cdot \overrightarrow{OF} = 1 \times (-\sqrt{3}) + \left(-\sqrt{3} \times (-1)\right)$
$= -\sqrt{3} + \sqrt{3} = 0$.
Les vecteurs $\overrightarrow{OC}$ et $\overrightarrow{OF}$ sont orthogonaux et donc les droites (OC) et (OF) sont perpendiculaires.

c) Si $COFH$ est un parallélogramme, on a : $\overrightarrow{CO} = \overrightarrow{HF}$ et donc :
$z_{\overrightarrow{HF}} = z_{\overrightarrow{CO}} \Leftrightarrow f - h = -c$
$\Leftrightarrow -\sqrt{3} - i - h = -1 + i\sqrt{3}$
$\Leftrightarrow h = 1 - \sqrt{3} - (1 + \sqrt{3})i$.

d) D'après les deux questions précédentes $COFH$ est un parallélogramme avec un angle droit.
C'est donc un rectangle.
De plus, on a $OC = OF$ car :
$OC = |z_C| = |1 - i\sqrt{3}| = \sqrt{1^2 + (-\sqrt{3})^2} = \sqrt{4} = 2$
et
$OF = |z_F| = |-\sqrt{3} - i| = \sqrt{(-\sqrt{3})^2 + (-1)^2} = \sqrt{4} = 2$.

En conclusion : $COFH$ est un carré.
On peut vérifier le résultat en faisant une figure.

14 **1. a)** $z_A = 0 + 3i = 3i$.

b) On sait que $i = e^{i\frac{\pi}{2}}$ et donc $z_A = 3e^{i\frac{\pi}{2}}$.

2. $|z_B| = \sqrt{\left(\frac{3\sqrt{3}}{2}\right)^2 + \left(-\frac{3}{2}\right)^2} = \sqrt{\frac{27}{4} + \frac{9}{4}}$
$= \sqrt{\frac{36}{4}} = \sqrt{9} = 3$.

On note $\theta = \arg(z_B)$ et on a :
$\cos(\theta) = \frac{\frac{3\sqrt{3}}{2}}{3} = \frac{\sqrt{3}}{2}$ et $\sin(\theta) = \frac{-\frac{3}{2}}{3} = -\frac{1}{2}$.
$\theta = -\frac{\pi}{6}$ et $z_B = 3e^{-i\frac{\pi}{6}}$.

3. Effectuer une rotation de centre O et d'angle $\frac{\pi}{2}$ revient à multiplier les affixes par $e^{i\frac{\pi}{2}}$.
On a donc :
$z_{C'} = e^{i\frac{\pi}{2}}z_C = e^{i\frac{\pi}{2}} \times 3e^{-i\frac{5\pi}{6}} = 3e^{i\left(\frac{\pi}{2} - \frac{5\pi}{6}\right)} = 3e^{i\left(\frac{3\pi}{6} - \frac{5\pi}{6}\right)}$
$= 3e^{-i\frac{2\pi}{6}} = 3e^{-i\frac{\pi}{3}}$.

15 **1.** $|z_A| = \sqrt{2^2 + (-2\sqrt{3})^2} = \sqrt{4 + 12} = \sqrt{16}$
$= 4$.
On note $\theta = \arg(z_A)$ et on a :
$\cos(\theta) = \frac{2}{4} = \frac{1}{2}$ et $\sin(\theta) = \frac{-2\sqrt{3}}{4} = -\frac{\sqrt{3}}{2}$.
$\theta = -\frac{\pi}{3}$ et $z_A = 4e^{-i\frac{\pi}{3}}$.
$z_B = e^{i\frac{\pi}{2}}z_A = i(2 - 2\sqrt{3}i) = 2i - 2\sqrt{3}i^2$
$= 2\sqrt{3} + 2i$.

2. Puisque $z_B = e^{i\frac{\pi}{2}}z_A$, B est l'image de A dans la rotation de centre O et d'angle $\frac{\pi}{2}$.
Le triangle OAB est donc rectangle isocèle de sommet O.
$\mathcal{A}_{OAB} = \frac{OA \times OB}{2}$.
$OA = OB = |z_A| = 4$.
Par suite, $\mathcal{A}_{OAB} = \frac{4 \times 4}{2} = 8$ unités d'aire.

3. a) $z_{A'} = f(z_A) = 3(2 - 2\sqrt{3}i) = 6 - 6\sqrt{3}i$.
$z_{B'} = f(z_B) = 3(2\sqrt{3} + 2i) = 6\sqrt{3} + 6i$.

b) La transformation f est l'homothétie de centre O et de rapport 3.
L'image du point O étant lui-même, l'image du triangle OAB par f est le triangle $OA'B'$.
Par suite, $\mathcal{A}_{OA'B'} = 3^2 \times \mathcal{A}_{OAB} = 9 \times 8 = 72$ unités d'aire.
On aurait pu aussi calculer cette aire en utilisant OA' et OB'.

16 **1.** $(z - i)(z + 3i) = 2iz - 5$
$\Leftrightarrow z^2 + 3iz - iz - 3i^2 = 2iz - 5$
$\Leftrightarrow z^2 + 3iz - iz + 3 = 2iz - 5$
$\Leftrightarrow z^2 = -8$.

L'équation possède donc deux solutions :
$z_1 = \sqrt{8}\,i = 2\sqrt{2}\,i$ et $z_2 = -2\sqrt{2}\,i$.

2. Voir la figure à la fin de l'exercice.

3. a) On a : $\frac{3\pi}{4} = \frac{\pi}{2} + \frac{\pi}{4}$.

De plus un angle de $\frac{\pi}{4}$ se construit en traçant une diagonale dans un des carreaux du graphique.
Donc pour construire C on tourne dans un premier temps de $\frac{\pi}{2}$ puis de $\frac{\pi}{4}$ dans le sens des aiguilles d'une montre et ce jusqu'à la diagonale construite en bleu.
Par ailleurs $OA = OC$ et donc C et A sont sur un même cercle de centre O.
On procède de même pour construire D.

b) $e^{-i\frac{3\pi}{4}} = \cos\left(-\frac{3\pi}{4}\right) + i\sin\left(-\frac{3\pi}{4}\right)$

$= -\frac{\sqrt{2}}{2} - \frac{\sqrt{2}}{2}i$.

D'après la formule d'une rotation de centre O et d'angle $-\frac{3\pi}{4}$, on a :

$z_C = e^{-i\frac{3\pi}{4}} \times z_A = \left(-\frac{\sqrt{2}}{2} - \frac{\sqrt{2}}{2}i\right) \times 2\sqrt{2}\,i$

$= -2i - 2i^2 = 2 - 2i$.

$z_B = -z_A$ et donc $z_D = -z_C = -2 + 2i$.

c) On a : $OA = OB = OC = OD$.
Les diagonales de $ACBD$ se coupent en leur milieu, c'est donc un parallélogramme.
De plus, les points A, B, C et D sont situés sur le cercle de centre O et de rayon OA.
$[CD]$ est un diamètre, le triangle ACD est inscrit dans un demi-cercle et donc l'angle en A est droit.
On peut alors conclure que $ACBD$ est un rectangle.

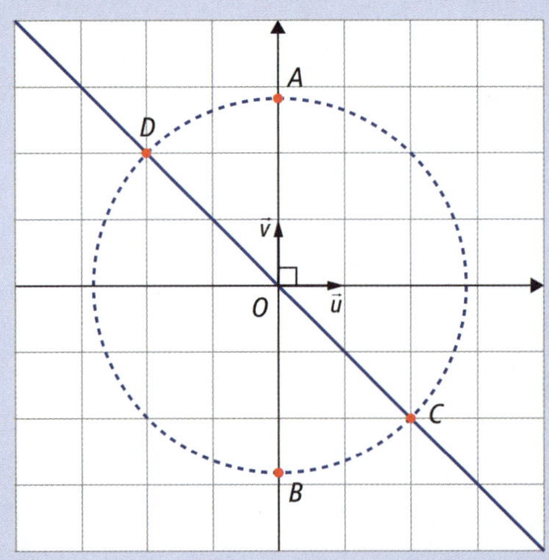

Physique-Chimie

CHAPITRE 2 (Énoncés p. 261)

1 **1.** La donnée sur l'ensoleillement permet de calculer la puissance absorbée par le panneau solaire :

$$P_{abs} = 700 \times 0,2 = 140 \text{ W}.$$

Par définition du rendement, on a :

$$R = \frac{P_u}{P_a} = \frac{20}{140} = 14\ \%.$$

Remarque

Il faut convertir la surface en mètre carré.

2 **1.** Chaîne énergétique de la centrale :

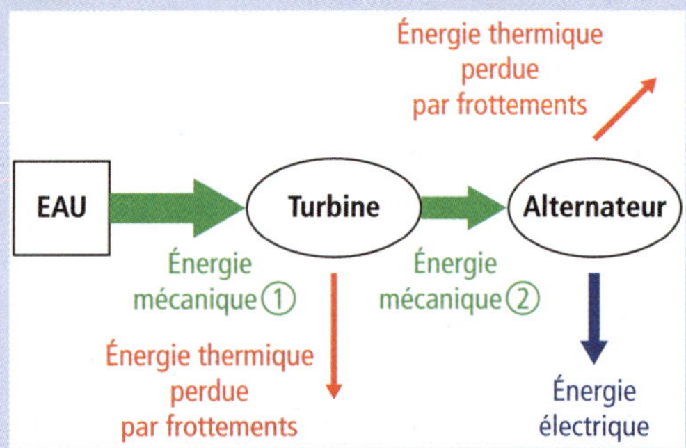

2. Par définition, on a :

$$R_{turbine} = \frac{P_{méca2}}{P_{méca1}} \text{ et } R_{alternateur} = \frac{P_{élec}}{P_{méca2}}.$$

3. La puissance utile de la centrale correspond à la puissance électrique qu'elle délivre, la puissance absorbée est la puissance mécanique absorbée par la turbine soit $P_{méca1}$.
Le rendement global est donc :

$$R_{global} = \frac{P_{élect}}{P_{méca1}} = \frac{P_{méca2}}{P_{méca1}} \times \frac{P_{élec}}{P_{méca2}} = 0,6 \times 0,8$$
$$= 48\ \%.$$

4. La puissance absorbée par la turbine est

$$P_{méca1} = \frac{P_{élec}}{R_{global}} = \frac{10}{0,48} = 20,8 \text{ MW}.$$

3 **1.** La puissance instantanée est définie par :

$$p(t) = \frac{dE}{dt}.$$

2. On sait que l'énergie mise en jeu par le système correspond à l'aire sous la courbe de la puissance en fonction du temps. Il est possible de déterminer cette surface grâce à la courbe en calculant les surfaces de rectangles ou de triangles rectangles.

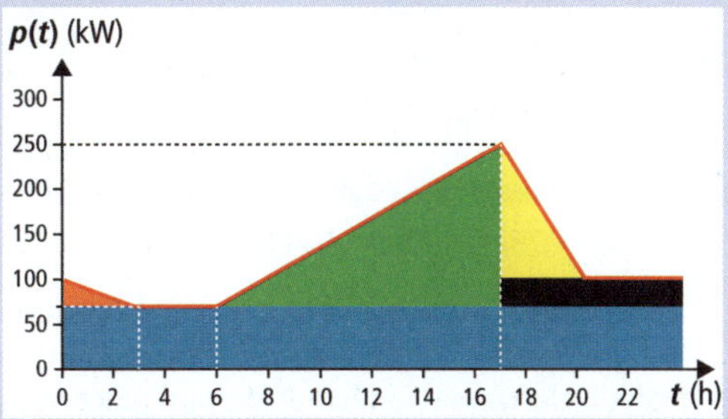

On obtient :

$$E = \left(70 \times 24 + 7 \times 30 + \frac{3 \times 30}{2} + \frac{11 \times 180}{2} + \frac{3 \times 150}{2}\right)$$

$= 3{,}2 \times 10^3$ kWh.

3. Mathématiquement, on peut calculer l'énergie mise en jeu par une intégrale que l'on peut scinder sur les différentes parties de la courbe :

$$E = \int_0^{24} p(t)\mathrm{d}t$$

On rappelle que :

$$E = \int_0^{\Delta t} (at + b)\,\mathrm{d}t = \left[a\frac{t^2}{2} + bt\right]_0^{\Delta t}$$

d'où :

$$\int_0^3 (-10t + 100)\mathrm{d}t = \left[-10\frac{t^2}{2} + 100t\right]_0^3 = 255 \text{ kWh.}$$

$$\int_3^6 70\,\mathrm{d}t = [70t]_3^6 = 210 \text{ kWh.}$$

$$\int_6^{17} (16{,}4(t-6) + 70)\,\mathrm{d}t = \left[16{,}4\frac{t^2}{2} + (70 - 6 \times 16{,}4)t\right]_6^{17} = 1\,760 \text{ kWh.}$$

$$\int_{17}^{20} (-50(t-17) + 250)\,\mathrm{d}t = \left[-50\frac{t^2}{2} + (250 + 17 \times 50)t\right]_{17}^{20} = 525 \text{ kWh.}$$

$$\int_{20}^{24} 100\,\mathrm{d}t = [100t]_{20}^{24} = 400 \text{ kWh.}$$

On obtient en sommant toutes les énergie obtenues, l'énergie mise en jeu pendant 24 h :

$E_{tot} = 3{,}2 \times 10^3$ kWh. Les 2 valeurs correspondent.

4. La puissance moyenne consommée est :

$$P_{moy} = \frac{E}{\Delta t} = \frac{3{,}2 \times 10^3}{24} = 1{,}3 \times 10^2 \text{ kW.}$$

4 **1.** La puissance mécanique fournie est :

$$P_{meca} = 23 \times 735 = 16{,}9 \text{ kW.}$$

2. Dans un premier temps, on calcule l'énergie de combustion mise en jeu en une heure. Le véhicule a parcouru 80 km, il a donc consommé :

$$\frac{80}{100} \times 7{,}2 = 5{,}8 \text{ L de carburant.}$$

L'énergie dégagée par la combustion est donc :

$$E = 5{,}8 \times 3{,}2 \times 10^7 = 1{,}9 \times 10^8 \text{ J.}$$

La puissance de combustion est donc :

$$P_{comb} = \frac{E}{\Delta t} = \frac{1{,}9 \times 10^8}{3\,600} = 52 \text{ kW.}$$

3. Le rendement du moteur est donc :

$$R = \frac{16{,}9}{52} = 33\ \%.$$

4. Si la consommation reste constante, l'autonomie du véhicule est de $\frac{50}{7{,}2} \times 100 = 694$ km.

La vitesse étant de 80 km/h, on peut calculer le temps nécessaire au parcours des 694 km :

$$\frac{694}{80} = 8{,}7 \text{ heures.}$$

CHAPITRE 3 (*Énoncés p. 268*)

1 **1.** On mesure la période du signal entre deux maxima par exemple, on trouve dans ce cas $T = 4$ ms. On lit directement l'amplitude de la tension qui correspond à la valeur maximale de la tension soit $U_m = 200$ mV.

2. La relation entre la période T et la pulsation ω est $\omega = \frac{2\pi}{T}$ soit $\omega = \frac{2\pi}{4 \times 10^{-3}} = 1\,571\ \text{s}^{-1}$.

3. À $t = 0$ s, on lit la valeur de u sur l'oscillogramme : on trouve 200 mV soit U_m. Comme $u(t) = U_m\cos(\omega t + \varphi)$, on a $u(0) = U_m\cos(\varphi)$ donc $\cos(\varphi) = 1$ donc $\varphi = 0$.

4. L'expression numérique de $u(t)$ est alors : $u(t) = 0{,}200\cos(1\,571t)$ en volts.

5. La grandeur complexe associée est :

$$\underline{u} = 0{,}200\mathrm{e}^{\mathrm{j}(1\,571t)}.$$

2 La tension passe de 230 V à 24 V, le rapport de transformation est donc $R = \frac{24}{230} = 0{,}10$.

Comme $R = \frac{U_2}{U_1} = \frac{N_2}{N_1}$ donc $N_2 = N_1 \times \frac{U_2}{U_1}$, on en déduit :

$$N_2 = 1\,030 \times \frac{24}{230} \approx 107 \text{ spires.}$$

3 **1.** En convention récepteur, on a :

$$u(t) = Ri(t) = RI_m \cos(\omega t).$$

2. En appliquant l'additivité des tensions, on obtient $u = u_R + u_L$ soit :

$$u(t) = RI_m \cos(\omega t) + L\omega I_m \cos\left(\omega t + \frac{\pi}{2}\right).$$

3. En utilisant la méthode complexe, on peut exprimer les grandeurs complexes associées à chacune des tensions :

$$\underline{u}_R = RI_m \exp(j\omega t) \text{ et } \underline{u}_L = L\omega I_m \exp\left[j\left(\omega t + \frac{\pi}{2}\right)\right].$$

4. La relation donnée à la question 2 est valable avec les grandeurs complexes donc :

$$\underline{u} = RI_m \exp(j\omega t) + L\omega I_m \exp\left[j\left(\omega t + \frac{\pi}{2}\right)\right]$$

$$= \left[RI_m + L\omega I_m \exp\left(\frac{j\pi}{2}\right)\right]\exp(j\omega t)$$

Or $\exp\left(\frac{j\pi}{2}\right) = j$ d'où $\underline{u} = (RI_m + jL\omega I_m)\exp(j\omega t)$.

Comme U_m est le module de $\underline{u}$, on en déduit que

$$U_m = I_m\sqrt{R^2 + (L\omega)^2}.$$

4 **1.** La tension efficace est mesurée grâce au voltmètre placé en dérivation sur l'installation. L'intensité efficace est mesurée grâce à l'ampèremètre placé en série dans le circuit (*Cf.* schéma).

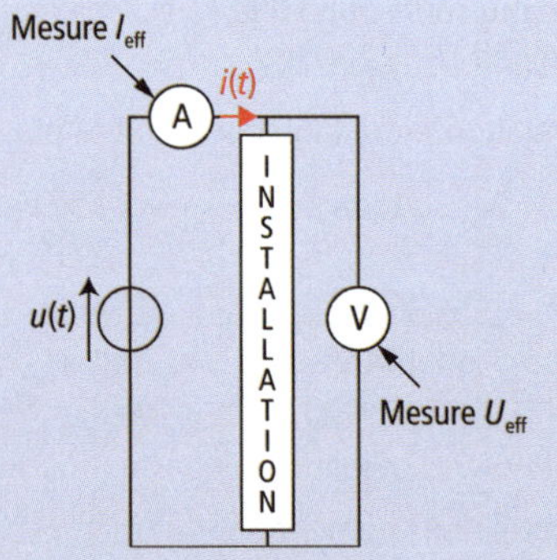

2. La puissance apparente vaut :

$$S = U_{eff} \times I_{eff} = 220 \times 80 = 17\,600 \text{ VA}.$$

3. Le facteur de puissance vaut donc :

$$k = \frac{10\,000}{17\,600} = 0{,}57.$$

4. Il suffit de placer le condensateur à la place du voltmètre sur le schéma précédent. Le facteur de puissance est égal à 0,9, on peut donc calculer la puissance apparente correspondante :

$$S = \frac{P}{k} = \frac{10\,000}{0{,}9} = 11{,}1 \times 10^3 \text{ VA}.$$

Donc $I_{eff} = \frac{S}{U_{eff}} = \frac{11{,}1 \times 10^3}{220} = 50{,}5$ A.

5 **1.** La puissance active de l'installation est :

$$P = 10 \times 75 + 1\,900 + 3 \times 1\,500 = 7\,150 \text{ W}.$$

2. L'intensité efficace est obtenue avec la relation $P = U_{eff} \times I_{eff} \cos\varphi$. Pour les résistances et le radiateur électrique, le facteur de puissance vaut 1 car ce sont des dipôles purement résistifs. On obtient :

$$I_{eff}(\text{lampe}) = \frac{P}{U_{eff}} = \frac{75}{220} = 0{,}34 \text{ A}$$

$$I_{eff}(\text{radiateur}) = \frac{P}{U_{eff}} = \frac{1900}{220} = 8{,}6 \text{ A}$$

$$I_{eff}(\text{moteur}) = \frac{P}{U_{eff}}\,k = \frac{1\,500}{220 \times 0{,}8} = 8{,}5 \text{ A}.$$

3. La loi des nœuds permet de calculer le courant débité dans la ligne électrique :

$$I_{eff}(\text{ligne}) = 10\,I_{eff}(\text{lampe}) + I_{eff}(\text{radiateur}) + 3\,I_{eff}(\text{moteur}) = 37{,}5 \text{ A}.$$

On peut calculer :

$$S = 230 \times 37{,}5 = 8\,625 \text{ VA}$$

d'où : $k = \frac{P}{S} = \frac{7\,150}{8\,625} = 0{,}83.$

4. Sachant que $P_J = R_L \times I_{eff}^2$ on obtient :

$$P_J = 15 \times 10^{-3} \times (37{,}5)^2 = 21{,}1 \text{ W}.$$

L'énergie dissipée par effet Joule en 24 h est donc :

$$E = P \times \Delta t = 21{,}1 \times 24 \times 3\,600 = 1{,}8 \text{ MJ}.$$

6 **1.** D'après le tableau, la résistance du corps humain diminue lorsque la tension augmente.

2. Dans un local sec, pour une tension de 50 V, on peut lire que $I_n = 29$ mA.

3. Si on effectue pour chaque ligne $\frac{R}{I_n}$, on obtient U_c. La relation est donc semblable à celle d'un conducteur ohmique $U_c = R \times I_n$.

4. Pour une tension de 150 V, on peut donc calculer $R = \frac{U_c}{I_n} = 1\,546\ \Omega$.

5. Pour une tension de 500 V, la durée de passage maximale d'un courant de 350 mA est de 40 ms. Le disjoncteur 2 permettra la coupure du circuit électrique au bout de 30 ms.

CHAPITRE 4 (Énoncés p. 272)

1 **1.** Le transfert thermique se fait du chaud vers le froid donc de l'intérieur vers l'extérieur.

2. On utilise la relation entre flux thermique, différence de température et résistance thermique :

$$\Phi_{th} = \frac{T_1 - T_2}{R_{th}} = \frac{20-(-4)}{7{,}5\times10^{-2}} = 320 \text{ W.}$$

3. En l'absence de système de chauffage la température intérieure diminue puisque de l'énergie part de l'intérieur vers l'extérieur. L'énergie interne de l'intérieur de la maison diminuerait aussi.

4. Pour maintenir la température constante, il faut que le chauffage compense exactement les pertes thermiques donc $\Phi_{chauffage} = \Phi_{th} = 320$ W. Ce ne sera probablement pas suffisant car il faut tenir compte des pertes thermiques au sol, au niveau des murs, des fenêtres, etc.

2 **1.** On calcule la résistance thermique en utilisant la relation $R_{th} = \frac{e}{\lambda \times S}$.

$$R_{th,\,beton} = \frac{0{,}15}{1\times1} = 0{,}15 \text{ K}\cdot\text{W}^{-1}.$$

2. De même, $R_{th,bois} = \frac{0{,}15}{0{,}1\times1} = 1{,}5 \text{ K}\cdot\text{W}^{-1}$.

3. Pour une différence de température identique, c'est le matériau dont la résistance thermique est la plus élevée qui entraîne le flux thermique le plus faible : la structure en béton est donc moins bonne d'un point de vue des fuites thermiques.

4. La caméra thermique permet de visualiser les zones d'une façade (dans le cas du document fourni) de température les plus élevées (rouge). C'est au niveau de ces zones que le flux thermique est le plus important. On peut donc ainsi remédier à un problème de mauvaise isolation en ciblant les endroits à traiter.

3 **1.** La consommation annuelle est donc en réalité une consommation sur 7 mois (environ 210 jours). La puissance moyenne du chauffage est :

$$\Phi_{chauf} = \frac{Q}{\Delta t} = \frac{12\,000\times10^3}{7\times30\times24} = 2\,380 \text{ W.}$$

2. On en déduit qu'en moyenne les pertes thermiques à travers le toit représentent 30 % de la totalité des pertes soit 715 W. Pour les murs la proportion est de 25 % soit un flux thermique à travers les murs de 595 W.

3. Si pour un écart de 10 °C, la puissance thermique est égale à la puissance thermique moyenne, on obtient : $R_{th} = \frac{T_1 - T_2}{\Phi_{th}} = \frac{10}{\Phi_{th}}$.
On obtient :

$$R_{th,toit} = \frac{10}{715} = 1{,}3\times10^{-2} \text{ K}\cdot\text{W}^{-1}$$

$$R_{th,mur} = \frac{10}{595} = 1{,}7\times10^{-2} \text{ K}\cdot\text{W}^{-1}.$$

4. Pour diminuer le flux thermique à travers les murs, il faut augmenter la résistance thermique. C'est possible en superposant au mur des couches de divers matériaux isolants : la résistance thermique résultante sera donc la somme de toutes les résistances thermiques et par conséquent sera plus grande que celle du mur non isolé.

4 **1.** On calcule la résistance thermique en utilisant la relation $R_{th} = \frac{e}{\lambda \times S}$.

$$R_{th,\,vitre} = \frac{2\times10^{-3}}{0{,}78\times3\times2} = 4{,}3\times10^{-4} \text{ K}\cdot\text{W}^{-1}.$$

2. On utilise la relation entre flux thermique, différence de température et résistance thermique :

$$\Phi_{thV} = \frac{T_1 - T_2}{R_{th,\,vitre}} = \frac{19-0}{4{,}3\times10^{-4}} = 44 \text{ kW.}$$

3. Le double vitrage peut donc s'interpréter comme une paroi composée de trois couches : 1 couche de verre, 1 couche d'air, 1 couche de verre.
La résistance thermique du double vitrage est donc :

$$R_{th,DV} = R_{th,\,vitre} + R_{th,\,air} + R_{th,\,vitre}.$$

Pour la couche d'air, on obtient :

$$R_{th,air} = \frac{4\times10^{-3}}{0{,}026\times3\times2} = 2{,}6\times10^{-2} \text{ K}\cdot\text{W}^{-1}.$$

On obtient pour le double vitrage :

$$R_{th,DV} = 2\times4{,}3\times10^{-4} + 2{,}6\times10^{-2}$$
$$= 2{,}7\times10^{-2} \text{ K}\cdot\text{W}^{-1}.$$

4. On en déduit le flux thermique à travers le double vitrage :

$$\Phi_{th,DV} = \frac{T_1 - T_2}{R_{th,DV}} = \frac{19-0}{2{,}7\times10^{-2}} = 700 \text{ W.}$$

5. En calculant le rapport $\frac{\Phi_{th,V}}{\Phi_{th,DV}} = \frac{44\,000}{700} = 63$, on voit que le flux thermique est 63 fois plus grand à travers le simple vitrage qu'à travers le double vitrage ! C'est donc très efficace pour diminuer les pertes thermiques.

5 1. On calcule la résistance thermique en utilisant la relation : $R_{th} = \frac{e}{\lambda S}$.

$$R_{thbrique} = \frac{20 \times 10^{-2}}{0,67 \times (6 \times 10 - 2)} = 5,1 \times 10^{-3}\ K \cdot W^{-1}.$$

Puis, on utilise la relation entre flux thermique, différence de température et résistance thermique :

$$\Phi_{thbrique} = \frac{T_1 - T_2}{R_{thbrique}} = \frac{20 - 0}{5,1 \times 10^{-3}} = 3,9\ kW.$$

2. On calcule le flux thermique à travers la fenêtre avec la même formule soit :

$$\Phi_{thten} = \frac{T_1 - T_2}{R_{thten}} = \frac{20 - 0}{4 \times 10^{-3}} = 5\ kW.$$

3. La puissance thermique traversant ce mur est égale à la somme des deux puissances thermiques calculées précédemment. On obtient :

$$\Phi_{thtotal} = \Phi_{thbrique} + \Phi_{thten} = 8,9\ kW.$$

4. Le pourcentage des pertes à travers la fenêtre est donc :

$$\frac{\Phi_{thten}}{\Phi_{thtotal}} = \frac{5}{8,9} = 0,56.$$

Cela signifie que 56 % des pertes thermiques ont lieu à travers la fenêtre.

5. Il faut en priorité isoler au niveau de la fenêtre car, comparativement, la surface de celle-ci est faible par rapport à la surface de la paroi en brique. Un double vitrage permettrait de diminuer ces pertes.
On peut aussi superposer un isolant thermique au niveau de la paroi de brique afin d'augmenter sa résistance thermique ce qui aura pour effet de diminuer $\Phi_{thbrique}$.

CHAPITRE 5 (*Énoncés p. 277*)

1 1. La réaction s'écrit :

$$MnO_2(s) + 4\,H^+(aq) + Zn(s) \longrightarrow Zn^{2+}(aq) + Mn^{2+}(aq) + 2\,H_2O.$$

2. $MnO_2(s)$ est réduit en Mn^{2+}, il est donc à la cathode.

3. L'électrode en zinc constitue l'anode : il y a oxydation, les électrons sont libérés pour aller vers l'autre électrode : il s'agit du pôle négatif.

2 1. À la cathode $PbSO_4(s)$ se réduit, il capte des électrons :

$$PbSO_4(s) + 2\,e^- \longrightarrow Pb(s) + SO_4^{2-}(aq)$$

À l'anode, $PbSO_4(s)$ s'oxyde, il cède des électrons :

$$PbSO_4(s) + 2\,H_2O \longrightarrow PbO_2(s) + 4\,H^+(aq) + SO_4^{2-}(aq) + 2\,e^-$$

2. La réaction bilan s'écrit :

$$2\,PbSO_4(s) + 2\,H_2O \longrightarrow Pb(s) + 2\,SO_4^{2-}(aq) + PbO_2(s) + 4\,H^+.$$

3. On peut utiliser une solution ionique constituée d'ions H^+ et SO_4^{2-}, comme une solution concentrée d'acide sulfurique par exemple.

4. La charge qui circule est $Q = I \times t = 600$ C. Cela correspond à un nombre d'électrons $\frac{600}{1,6 \times 10^{-19}} = 3,75 \times 10^{21}$ et à un nombre de mole d'électrons $\frac{3,75 \times 10^{21}}{6,02 \times 10^{23}} = 6,2 \times 10^{-3}$ mol. Il y a 2 moles d'électrons qui circulent par mole de PbO_2 consommé donc $n(PbO_2) = 3,1 \times 10^{-3}$ mol. Cela correspond à une masse :

$$m_{PbO_2} = 3,1 \times 10^{-3} \times 239 = 0,74\ g.$$

5. Pour 1 mole de PbO_2 consommée, on forme 2 moles de $PbSO_4(s)$ donc une masse de $3,1 \times 10^{-3} \times 2 \times 303 = 1,88$ g.

3 1. $2\,H_2(g) + O_2(g) \longrightarrow 2\,H_2O$. Intérêt : le produit formé, l'eau, est non polluant. Inconvénient : l'encombrement, il faut stocker $H_2(g)$. $O_2(g)$ provient tout simplement de l'air.

2. a) $n_{H_2} = \frac{m_{H_2}}{M(H_2)} = \frac{1,5 \times 10^3}{2} = 750$ moles.

b) $V_{H_2} = n_{H_2} \times V_m = 750 \times 24 = 18 \times 10^3$ L soit 18 m³. Ce volume est trop important pour être embarqué dans le véhicule dans les conditions usuelles $P = 1$ bar et $t = 20$ °C !

4 1. Le lithium est un alcalin qui réagit violemment avec l'eau en la réduisant.

2. $n_{Li} = \frac{m_{Li}}{M_{Li}} = \frac{2,0}{6,9} = 0,29$ mol. Par oxydation d'une mole de Li circule 1 mole d'électrons : $n_{e^-} = 0,29$ mol.

3. $Q = n_{e^-} \times N \times e = 0,29 \times 6,02 \times 10^{23} \times 1,6 \times 10^{-19} = 28 \times 10^3$ C.

Comme 1 Ah = 3 600 C, on trouve :

$$Q = \frac{28 \times 10^3}{3600} = 7,8\ Ah.$$

4. $C_m = \frac{7,8}{2 \times 10^{-3}} = 3\,900\ Ah \cdot kg^{-1}$.

5. La capacité massique d'une pile au lithium est très supérieure à celle des piles courantes (cela est dû à la faible masse molaire du lithium).

6. $I = \frac{Q}{t}$ donc $t = \frac{7{,}8}{0{,}1 \times 10^{-3}} = 78 \times 10^3$ heures ce qui fait à peu près 9 ans.

5 **1.** $Zn^{2+} + 2e^- \rightleftharpoons Zn(s)$

$MnO_2(s) + H^+(aq) + e^- \rightleftharpoons MnO(OH)(s)$

2. $2\,MnO_2(s) + 2\,H^+(aq) + Zn(s) \rightarrow Zn^{2+}(aq) + 2\,MnO(OH)(s)$.

Du côté du zinc, il y a libération d'électrons : c'est la borne – (anode). Donc MnO_2 se trouve à l'autre borne, à la borne +.

3. $Q = I \times t = 5 \times 10^{-3} \times 220 \times 3\,600 = 3\,960$ C ce qui fait $Q = \frac{3\,960}{3\,600} = 1{,}1$ Ah.

4. $W = Q \times E = 3\,960 \times 1{,}5 = 5\,940$ J ce qui fait $W = \frac{5\,940}{3\,600} = 1{,}65$ Wh.

6 **1.** $m_{gazole} = \frac{40}{43} = 0{,}93$ kg.

2. $V_{gazole} = \frac{m_{gazole}}{\rho} = 1{,}1$ L pour 20 km soit une consommation de 5,5 L aux 100 km.

7 **1.** Formule brute de l'alcane avec $n = 10$: $C_{10}H_{22}$:

$$C_{10}H_{22} + \frac{31}{2}O_2(g) \rightarrow 10\,CO_2(g) + 11\,H_2O(g).$$

2. a) $m_{decane} = \rho \times V_{decane} = 4{,}62 \times 10^3$ kg pendant une heure (donc $4{,}62 \times 10^6$ g).

$$n_{decane} = \frac{m_{decane}}{M_{decane}} = \frac{4{,}62 \times 10^6}{142} = 32{,}5 \times 10^3 \text{ moles.}$$

b) 1 mole de décane produit 10 moles de CO_2 donc pendant une heure de vol, l'avion produit $10 \times 32{,}5 \times 10^3 = 325 \times 10^3$ moles de CO_2.

Cela correspond à une masse

$m_{CO_2} = 325 \times 10^3 \times (12 + 2 \times 16) = 14{,}3 \times 10^6$ g

soit 14,3 tonnes par heure.

CHAPITRE 6 (Énoncés p. 284)

1 **1.** La vitesse est obtenue par la dérivée de la position par rapport au temps soit :

$$v = \frac{dz}{dt} = g \times t.$$

2. L'accélération est obtenue par la dérivée de la vitesse par rapport au temps soit :

$$a = \frac{dv}{dt} = g.$$

3. L'accélération est constante et la vitesse augmente au cours du temps : le mouvement est rectiligne uniformément accéléré.

2 **1.** On convertit la vitesse de rotation en s^{-1} :

$$\omega = 1\,000 \times 2 \times \frac{\pi}{60} = 105 \text{ rad. s}^{-1}.$$

2. La relation entre vitesse angulaire et vitesse linéaire donne :

$$v = R \times \omega = 0{,}40 \times 105 = 42 \text{ m}\cdot\text{s}^{-1}.$$

3 **1.** Le livre est soumis à son poids $\vec{P} = m \times \vec{g}$ et à la réaction du support (ici la table). Le livre étant à l'équilibre la résultante des forces est nulle : $\vec{P} + \vec{R} = \vec{0}$.

On en déduit que ces 2 forces ont même intensité ($P = m \times g = R = 0{,}5 \times 9{,}8 = 4{,}9$ N) et sont verticales de direction opposée.

2. Schématisons les forces en décomposant la réaction $\vec{R} = \vec{R}_N + \vec{R}_T$. L'angle en A du triangle BAH étant égal à α, on obtient grâce aux relations dans le triangle rectangle $\sin\alpha = \frac{R_T}{R}$ d'où

$$R_T = R \times \sin\alpha = 0{,}85 \text{ N.}$$

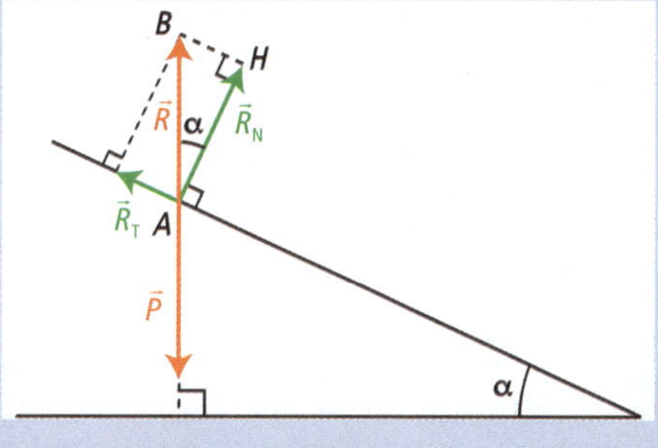

et $R_N = R \times \cos\alpha = 4{,}8$ N.

4 **1.** On cherche la distance entre la droite d'action de la force et l'axe Δ.

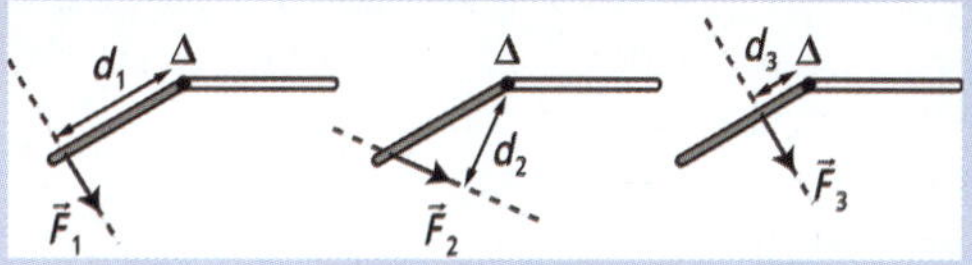

2. Comme $M = F \times d$ et que les forces ont toutes même intensité, la force qui a le moment le plus élevé est celle qui a le bras de levier (d) le plus grand : Il s'agit de la force F_1.

3. Plus le moment est grand et plus l'effet sur la rotation du solide est important donc c'est la force F_1 qui permettra une ouverture la plus efficace de la porte.

5 **1.** Le système étudié est le skieur dans le référentiel terrestre. Il est soumis à son poids ($\vec{P} = m \times \vec{g}$), à la réaction du sol composée de la réaction normale $\vec{R}_N$ et la réaction tangentielle qui s'identifie à la force de frottement $\vec{f}$.
La résultante vaut donc $\vec{F} = \vec{P} + \vec{f} + \vec{R}_N$.

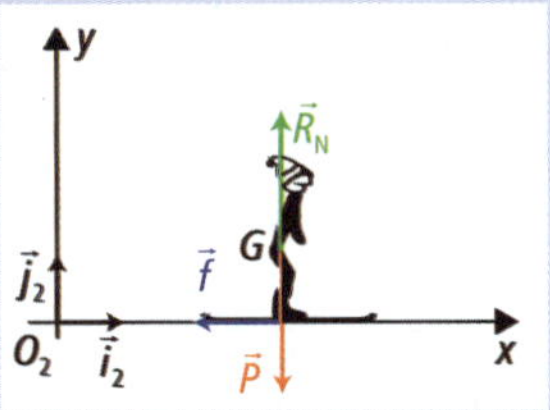

2. Le travail de la force de frottement, supposée constante et opposée au déplacement, lors d'un déplacement d'une distance d est $W_{\vec{f}} = -f \times d$.

3. Dans le référentiel terrestre, la variation d'énergie cinétique s'identifie au travail des forces extérieures. On a $\Delta E_c = \frac{1}{2}mv_f^2 - \frac{1}{2}mv_i^2 = -\frac{1}{2}mv_i^2$, car à l'état final le skieur est arrêté.
Les travaux du poids et de la réaction normale sont nuls car ces forces sont orthogonales au déplacement. Ainsi le travail de la résultante s'identifie au travail de la force de frottement $\vec{f}$.

On obtient $-\frac{1}{2}mv_i^2 = -f \times d$ d'où $f = \dfrac{\frac{1}{2}mv_i^2}{d}$

$$f = \frac{\frac{1}{2} \times 80 \times 4{,}5^2}{10} = 81 \text{ N}.$$

6 **1.** Considérons l'avion dans le référentiel terrestre. En vol de croisière, le vecteur vitesse $\vec{v}$ de l'avion est constant, son vecteur accélération $\vec{a}$ est donc nul. D'après le principe fondamental de la dynamique $\vec{F} = m \times \vec{a}$, donc la résultante des forces appliquées à l'avion est nulle.

2. $\vec{F} = \vec{0}$, cela implique que la portance compense exactement le poids et la poussée compense exactement la force de traînée.
Donc $R = T = 36$ kN.
L'énoncé précise que la traînée est proportionnelle au carré de la vitesse donc $T = k \times v^2$.

$$k = \frac{T}{v^2} = \frac{36\,000}{\left(\frac{900\,000}{3\,600}\right)^2} = 0{,}576 \text{ kg} \cdot \text{m}^{-1}.$$

3. En supposant que la vitesse n'ait pas encore varié, la traînée vaut encore à cet instant 36 kN. Comme elle s'oppose à la poussée, on obtient que la résultante des forces à cet instant vaut 9 kN.

D'après le principe fondamental de la dynamique, l'accélération de l'avion est alors $a = \dfrac{T - R}{m}$.
Le mouvement est rectiligne, l'accélération vaut :

$$a = \frac{9000}{17000} = 0{,}53 \text{ m} \cdot \text{s}^{-2}.$$

4. Si l'on considère la traînée constante pendant les 30 secondes, cela implique que l'accélération est constante. Comme $a = \dfrac{dv}{dt}$, on obtient par intégration $v(t) - v(t_0) = a(t - t_0)$.
$v(t) - v(t_0) = 0{,}53 \times 30 = 16 \text{ m} \cdot \text{s}^{-1} = 57 \text{ km} \cdot \text{h}^{-1}$.

Remarque
En réalité l'accélération diminue légèrement durant ces 30 secondes car la traînée augmente avec la vitesse.

CHAPITRE 7 (*Énoncés p. 288*)

1 **1.** On utilise la définition de la pression et son lien avec la force pressante. Attention à bien mettre les grandeurs dans les bonnes unités, ainsi 1 cm² = 10^{-4} m².
$F_p = p \times S$ donc l'intensité de la force pressante qui s'applique sur 1 cm² est :

$$F_p = 10^5 \times 10^{-4} = 10 \text{ N}.$$

2. Si cette même force était exercée sur une surface S' de 1 mm², on obtiendrait une pression :

$$p = \frac{F_p}{S'} = \frac{10}{10^{-6}} = 10^7 \text{ Pa soit 100 bar.}$$

3. En exerçant une force F_1 sur une petite surface (surface rouge), on peut obtenir des valeurs de pression importante. La pression se retrouve alors exercée au niveau d'une surface plus grande (surface bleue) et la force F_2 qui s'exerce est alors d'autant plus grande que le rapport entre les surfaces l'est.

2 **1.** La pression à la surface libre vaut la pression atmosphérique. D'après le principe fondamental de l'hydrostatique, $\Delta p = p_{-15m} - p_{surface} = p_{-15m} - p_{atm} = \rho \times g \times h = 1{,}47 \times 10^5$ Pa : c'est la pression relative.

2. La pression absolue est :

$$p_{-15m} = p_{atm} + \rho_{eau} \times g \times h = 2{,}47 \times 10^5 \text{ Pa}.$$

Remarque
Il faut convertir la pression en Pascal.

3 **1.** Voir Cours.

2. La hauteur h entre les 2 points est :

$$h = \frac{\Delta p}{\rho_{Hg} \times g} = \frac{1{,}013 \times 10^5}{13{,}6 \times 10^3 \times 9{,}8} = 0{,}760 \text{ m.}$$

3. Cela signifie que 760 mm de Hg correspondent à une différence de pression de $1{,}013 \times 10^5$ Pa soit 1,013 bar.
1 bar correspond donc à $\frac{760}{1{,}013} = 750$ mmHg.

Remarque
La tension artérielle mesurée en médecine est donnée en centimètre de mercure (cmHg).

CHAPITRE 8 *(Énoncés p. 292)*

1 **1.** La fréquence de chaque onde est :

$$f_1 = \frac{c}{\lambda_1} = \frac{3 \times 10^8}{510 \times 10^{-9}} = 5{,}9 \times 10^{14} \text{ Hz}$$

et $$f_2 = \frac{c}{\lambda_2} = \frac{3 \times 10^8}{440 \times 10^{-9}} = 6{,}8 \times 10^{14} \text{ Hz.}$$

2. Les énergies en joule de chaque photon sont :
$E_1 = h \times f_1 = 6{,}63 \times 10^{-34} \times 5{,}9 \times 10^{14}$
$= 3{,}9 \times 10^{-19}$ J soit 2,4 eV.
$E_2 = h \times f_2 = 6{,}63 \times 10^{-34} \times 6{,}8 \times 10^{14}$
$= 4{,}5 \times 10^{-19}$ J soit 2,8 eV.

2 **1.**

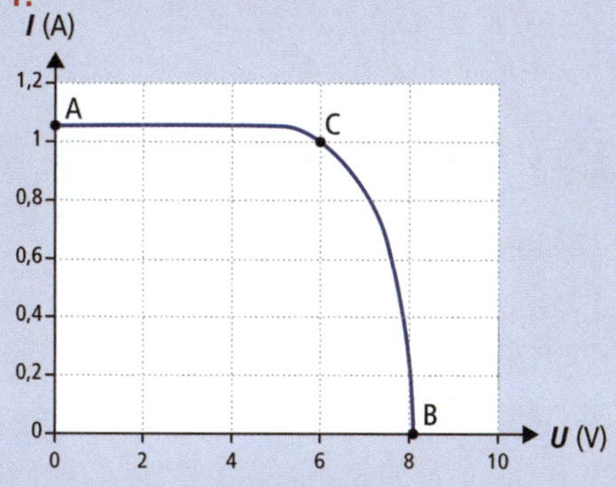

2. En regardant les coordonnées du point C, on obtient C (6,0 V ; 1 A) soit :

$$P_{max} = U_c \times I_c = 6{,}0 \text{ W.}$$

3. Le rendement énergétique du panneau sous un éclairement de 800 W·m^{-2} est donc :

$$R_{max} = \frac{P_{max}}{P_{surf} \times S} = \frac{6{,}0}{800 \times 0{,}3 \times 0{,}15} = 0{,}17$$
$$= 17\ \%.$$

3 **1.** La tension aux bornes du panneau étant de 40 V, il faut 80 cellules (délivrant chacune 0,5 V) pour obtenir cette tension : en série les tensions s'ajoutent.

2. Comme $P_{max} = 100$ W et $P = U_{max} \times I_{max}$, on en déduit $I_{max} = \frac{P_{max}}{U_{max}} = 2{,}5$ A. Chaque branche est parcourue par un courant d'intensité 0,5 A. Pour obtenir 2,5 A, il faut donc que 5 branches se réunissent.

3. Il y a donc $5 \times 80 = 400$ cellules.

4. La surface totale du panneau est donc 400 fois la surface d'une cellule.
Le rendement énergétique du panneau sous un éclairement de 1 000 W·m^{-2} est donc :

$$R_{max} = \frac{P_{max}}{P_{surf} \times S} = \frac{100}{1000 \times 400 \times (0{,}05)^2} = 0{,}1$$
$$= 10\ \%.$$

CHAPITRE 9 *(Énoncés p. 295)*

1 **1.** État solide : 1, état liquide : 2 et état vapeur : 3.

2. Au point triple, les trois états de la matière coexistent.

3. On place le point sur l'horizontale $p = 1$ bar, à peu près au milieu des points d'intersection avec les courbes de fusion et de vaporisation : l'eau se trouve à l'état liquide.

2 **1.** On place le point figuratif 1 du CO_2 sur le diagramme d'état, ce point se situe dans le domaine du gaz.

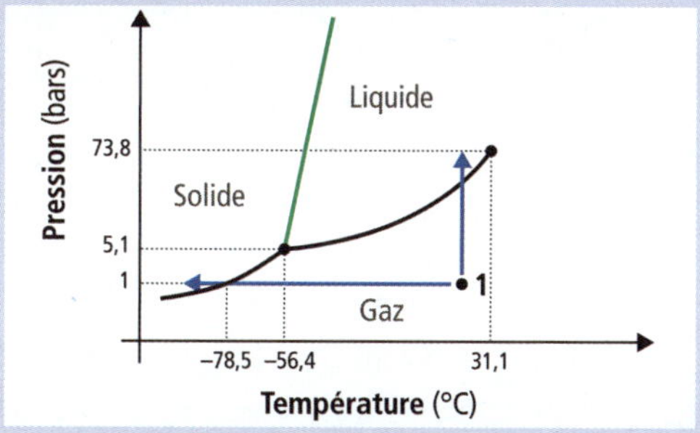

2. On réalise une transformation physique à pression constante, en diminuant la température : cela se matérialise sur le diagramme par une droite horizontale. Cette droite coupe la courbe de sublimation à –78,5 °C. Ainsi, si on diminue la température sous une pression de 1 bar, le dioxyde de carbone va se solidifier pour une température atteinte inférieure à –78,5 °C.

3. On pourrait augmenter la pression en maintenant la température à 25 °C : ceci permettrait de « traverser » la courbe de vaporisation dans le sens gaz ⟶ liquide.

3 1. Calculons l'énergie reçue par l'eau en 5 minutes :

$$E = \frac{85}{100} \times 2\,000 \times 5 \times 60 = 0{,}51 \times 10^6 \text{ J} = 510 \text{ kJ}.$$

Pour que l'eau commence à bouillir, il faut qu'elle atteigne la température de 100 °C. L'eau doit donc recevoir une énergie :

$$E' = m \times c_{eau} \times (\theta_{final} - \theta_{initial})$$
$$= 0{,}5 \times 4{,}18 \times 10^3 \times (100 - 20)$$
$$= 167 \text{ kJ}.$$

L'eau atteindra donc la température d'ébullition avant 5 minutes car $E > E'$.

2. Pour que toute l'eau ait été transformée en vapeur, il faut, en plus de l'énergie nécessaire pour la porter à 100 °C, apporter l'énergie nécessaire au changement d'état.

$E'' = m \times c_{eau} \times (\theta_{final} - \theta_{initial}) + m \times l_{vap}$.

Le calcul donne $E'' = 1{,}3 \times 10^3$ kJ.

3. On a l'énergie apportée à l'eau par la plaque qui vaut $E'' = \frac{85}{100} \times P \times t$

donc $t = \frac{100}{85 \times P} E'' = \frac{1{,}3 \times 10^6}{0{,}85 \times 2\,000} = 765$ s.

Il faut donc 765 secondes soit 12 minutes et 45 secondes pour vaporiser entièrement l'eau.

CHAPITRE 10 (Énoncés p. 298)

1 Il y a émission d'un électron ($^{0}_{-1}e$) lors d'une désintégration β^-, d'un positon ($^{0}_{+1}e$) lors d'une émission β^+ et d'une particule α (noyau d'Hélium $^{4}_{2}He$) lors d'une désintégration α.

1 et 2 sont des émissions β^-, 3 est une émission α et 4 une émission β^+.

2 Il y a fission lorsqu'un noyau lourd se casse en 2 noyaux plus légers après capture d'un neutron, c'est le cas des équations 1 et 2.

Il y a fusion lorsque 2 noyaux légers fusionnent pour donner un noyau plus lourd, c'est le cas des équations 3, 4 et 5.

3 1. Par définition, $N(t_{1/2}) = \frac{N_0}{2}$ soit d'après la loi de décroissance radioactive :

$$N(t_{1/2}) = N_0 \cdot e^{-\lambda \cdot t_{1/2}} = \frac{N_0}{2}.$$

D'où $e^{-\lambda \times t_{1/2}} = \frac{1}{2}$ puis $-\lambda \times t_{1/2} = \ln 1 - \ln 2$ soit $t_{1/2} = \frac{\ln 2}{\lambda}$.

2. $t_{1/2} = \frac{0{,}7}{1 \times 10^{16}} = 7 \times 10^{-17}$ s.

3. On remarque que $t_1 = 2t_{1/2}$. Au bout d'une durée égale à deux temps de demi-vie, il reste un quart des noyaux initialement présents.

Soit $N(t_1) = \frac{N_0}{4}$ donc $\frac{N(t_1)}{N_0} = \frac{1}{4}$.

On peut retrouver ce résultat à l'aide de la loi de décroissance radioactive ou graphiquement :

$$\frac{N(t_1)}{N_0} = \exp(-\lambda \times t_1).$$

D'après 1., $\lambda = \frac{\ln 2}{t_{1/2}}$, alors $\frac{N(t_1)}{N_0} = \exp\left(\frac{-\ln 2}{t_{1/2}} \times t_1\right)$,

comme $t_1 = 2t_{1/2}$, alors $\frac{N(t_1)}{N_0} = \exp\left(\frac{-\ln 2}{t_{1/2}} \times 2t_{1/2}\right)$

$\frac{N(t_1)}{N_0} = \exp(-\ln 2 \times 2)$ or $-\ln 2 = \ln 1 - \ln 2 = \ln\frac{1}{2}$

$\frac{N(t_1)}{N_0} = \exp\left(2\ln\frac{1}{2}\right)$ or $2\ln\frac{1}{2} = \ln\left(\frac{1}{2}\right)^2$

soit $\frac{N(t_1)}{N_0} = \exp\left(\ln\left(\frac{1}{2}\right)^2\right)$

d'où $\frac{N(t_1)}{N_0} = \left(\frac{1}{2}\right)^2 = \frac{1}{4}$.

4 1. Cette désintégration est du type α. En effet, elle s'accompagne de l'émission d'un noyau d'hélium également appelé particule α.

2. Défaut de masse :

$$\Delta m = m_{Ra} - (m_{Rn} + m_{He})$$
$$= 225{,}977 \text{ u} - (4{,}001 \text{ u} + 221{,}970 \text{ u})$$
$$= 0{,}006 \text{ u}.$$

3. $E_{lib} = \Delta m \times c^2$ où E_{lib} énergie libérée en J, Δm défaut de masse lors de la réaction nucléaire en kg et c célérité de la lumière dans le vide.

$E_{lib} = 0{,}006 \times 1{,}66054 \times 10^{-27} \times (3 \times 10^8)^2$
$= 8{,}97 \times 10^{-13}$ J.

4. Pour convertir cette énergie en eV, on utilise la conversion 1 eV : $1{,}6 \times 10^{-19}$ J. On obtient :

$$E_{\text{lib(eV)}} = \frac{E_{\text{lib}}}{1{,}6 \times 10^{-19}} = 5{,}6 \times 10^{6} \text{ eV} = 5{,}6 \text{ MeV.}$$

5 **1.** Perte de masse = masse intiale – masse finale = $4\ m(^1_1\text{H}) - m(^4_2\text{He}) - 2\ m(^0_1\text{e})$

$\Delta m = 4 \times 1{,}0073 - 4{,}0026 - 2 \times 0{,}0006$
$= 0{,}0254$ u.

2. Pour la fusion de 4 nucléons (ici 4 protons), il y a une perte de masse de 0,0254 u.
L'énoncé indique « 1 u correspond à une énergie de 935 MeV ».
Les 4 nucléons perdent une énergie :

$$E = 0{,}0254 \times 935 = 23{,}7 \text{ MeV.}$$

On peut dire que chaque nucléon perd une énergie de $\frac{23{,}7}{4} \approx 6$ MeV.

3.

Masse d'hydrogène consommée lors de la fusion de $4\ ^1_1\text{H}$: $4 \times m(^1_1\text{H}) = 4 \times 1{,}0073 = 4{,}0292$ u.	Perte de masse lors de cette réaction : 0,0254 u.
Masse d'hydrogène consommée chaque seconde dans le Soleil : 720 millions de tonnes.	Perte de masse chaque seconde dans le Soleil : *M* millions de tonnes.

Par proportionnalité : $M \times 4{,}0292 = 720 \times 0{,}0254$

$$M = \frac{720 \times 0{,}0254}{4{,}0292} = 4{,}54 \times 10^{6} \text{ tonnes}$$
$$\approx 4{,}5 \text{ millions de tonnes} = 4\,500\,000 \text{ tonnes.}$$

Chapitre 11 (*Énoncés p. 303*)

1 **1.** $NH_4^+(aq) / NH_3(aq)$; $ClOH(aq) / ClO^-(aq)$; $HCO_3^-(aq) / CO_3^{2-}(aq)$; $H_2CO_3(aq) / HCO_3^-(aq)$; $H_2O / HO^-(aq)$; $H_3O^+(aq) / H_2O$.

2. Sur ces différents exemples, les acides peuvent porter une charge positive, une charge négative ou ne pas porter de charge du tout, les bases citées ici portent une charge négative ou pas de charge.

2 **1.** $CH_3COOH(aq) + H_2O \rightleftharpoons CH_3COO^-(aq) + H_3O^+(aq)$.

2. $[H_3O^+] = 10^{-pH} = 10^{-3,7}$
soit $[H_3O^+] = 2{,}0 \times 10^{-4}$ mol·L^{-1}.

$[CH_3COO^-] = [H_3O^+]$ car il se forme autant de moles de H_3O^+ que de moles de CH_3COO^- d'après l'équation bilan.

3. La quantité de matière initiale de l'acide éthanoïque introduit est de $n = \frac{6{,}0 \times 10^{-2}}{60}$ $= 1{,}0 \times 10^{-3}$ mol donc la concentration initiale est :

$$C_i = \frac{n}{V} = \frac{10^{-3}}{0{,}5} = 2{,}0 \times 10^{-3} \text{ mol·L}^{-1}.$$

Comme la réaction a produit $2{,}0 \times 10^{-4}$ mol·L^{-1} mole de CH_3COO^-, il a été consommé $2{,}0 \times 10^{-4}$ mol·L^{-1} mole de CH_3COOH, il reste $2{,}0 \times 10^{-3} - 2{,}0 \times 10^{-4} = 1{,}8 \times 10^{-3}$ mol·L^{-1} mole de CH_3COOH.

3 **1.** $10^{-2} < [H_3O^+] < 10^{-1}$ mol·L^{-1}.

2. L'acide conjugué est l'acide carbonique $H_2CO_3(aq)$. La base $HCO_3^-(aq)$ réagit avec les ions $H_3O^+(aq)$ de l'estomac :
$HCO_3^-(aq) + H_3O^+(aq) \rightleftharpoons H_2CO_3(aq) + H_2O$.
La concentration des ions $H_3O^+(aq)$ diminue : le pH augmente.

4 **1.** Un acide fort se dissocie totalement dans l'eau. La concentration en ions H_3O^+ est donc celle de l'acide de départ. pH = $-\log(10^{-2}) = 2$.

2. Par dilution, il y a conservation de la quantité de matière : $C_{\text{fille}} \times V_{\text{fille}} = C_{\text{mère}} \times V_{\text{mère}}$.
Donc ici : $C_{\text{fille}} \times 10 = 10^{-2} \times 1$ ce qui donne :

$C_{\text{fille}} = 10^{-3}$ mol·L^{-1} et pH = $-\log(10^{-3}) = 3$.

3. Quand on dilue la solution d'acide fort, le pH augmente.

5 **1.** Hydratation = addition d'eau :
$CO_2(g) + H_2O \rightarrow H_2CO_3(aq)$ et
$SO_3(g) + H_2O \rightarrow H_2SO_4(aq)$.
Le trioxyde de soufre conduit à l'acide sulfurique $H_2SO_4(aq)$.

2. La base conjuguée est l'ion hydrogénocarbonate $HCO_3^-(aq)$.

$$H_2CO_3(aq) + H_2O \rightleftharpoons HCO_3^-(aq) + H_3O^+(aq).$$

Il y a production de H_3O^+ : l'eau de pluie est acide.

3. a) $HCO_3^-(aq) / CO_3^{2-}(aq)$.

b) $H_2CO_3(aq) + CO_3^{2-}(aq) \rightleftharpoons HCO_3^-(aq) + HCO_3^-(aq)$
soit :

$$H_2CO_3(aq) + CO_3^{2-}(aq) \rightleftharpoons 2\ HCO_3^-(aq).$$

c) $H_2CO_3(aq) + CaCO_3(s) \rightleftharpoons 2\ HCO_3^-(aq) + Ca^{2+}(aq)$.

d) Il y a dissolution des coquilles de crustacés.

6 1. Un donneur de proton est un acide.

2. pH < 7 : acide ; pH = 7 : neutre ; pH > 7 : basique.

Le produit de nettoyage est un acide, il se situe dans la zone de pH < 7.

3. Dilution à 20 % en volume : on raisonne sur un volume de solution finale de 100 mL. On prélève un volume $V = 20$ mL de nettoyant et on complète à l'eau distillée jusqu'à obtenir $V_{total} = 100$ mL. Ici $V_{total} = 250$ mL donc on prélève $2{,}5 \times 20 = 50$ mL de nettoyant. Verrerie utilisée : pipette jaugée de 50 mL, fiole jaugée de 250 mL, pissette d'eau distillée pour compléter au trait de jauge.

4. Quand on dilue la solution d'acide, la concentration en ions $H_3O^+(aq)$ diminue donc le pH augmente (car $pH = -\log([H_3O^+])$ et la fonction logarithme est une fonction croissante).

5. $H_3PO_4(aq) + H_2O \rightleftharpoons H_2PO_4^-(aq) + H_3O^+(aq)$: c'est l'eau qui capte le proton libéré par l'acide phosphorique.

CHAPITRE 12 (*Énoncés p. 309*)

1 1. On place les longueurs d'onde sur le spectre : 890 nm est un rayonnement infrarouge, le signal de longueur d'onde 1 cm est dans le domaine des micro-ondes.

2. La célérité d'une onde électromagnétique dans l'air est très proche de celle dans le vide à savoir $c = 3 \times 10^8\ m \cdot s^{-1}$.

3. À l'aide des relations $\lambda = c \times T$ et $T = \frac{1}{f}$, on calcule les grandeurs demandées :

Longueur d'onde (m)	Période (s)	Fréquence (Hz)
890×10^{-9}	$3{,}0 \times 10^{-15}$	$3{,}4 \times 10^{14}$
1×10^{-2}	$3{,}3 \times 10^{-11}$	3×10^{10}

4. Plus la fréquence est élevée, plus l'onde transporte de l'énergie : c'est donc la radiation infrarouge qui est la plus énergétique.

2 1. La fréquence fondamentale correspond à la plus faible des fréquences (non nulle), il s'agit ici de f_0.

2. Le cinquième harmonique est défini par $\frac{f_5}{f_0} = 5$, donc pour une fréquence de $5f_0$. On mesure son amplitude sur le spectre en amplitude $A_5 = 0{,}2$.

3. Le signal ne comporte pas de composante continue.

3 1. On mesure plusieurs périodes sur le signal.

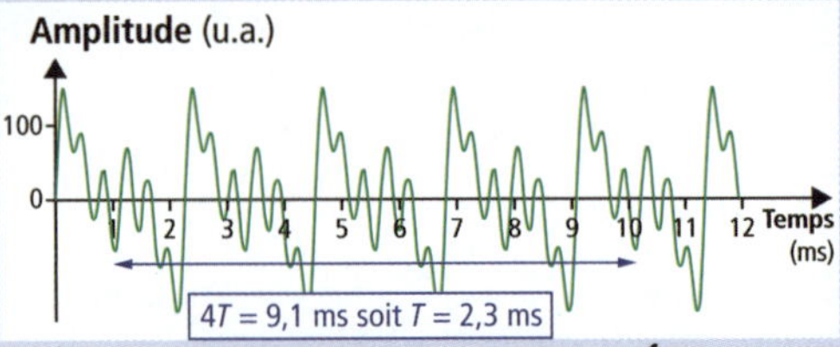

On obtient la fréquence du signal $f = \frac{1}{T} = 440$ Hz

2. Pour chaque composante sinusoïdale, on mesure la période et l'amplitude. On en déduit la fréquence de chaque composante ce qui permet de tracer le spectre en amplitude.

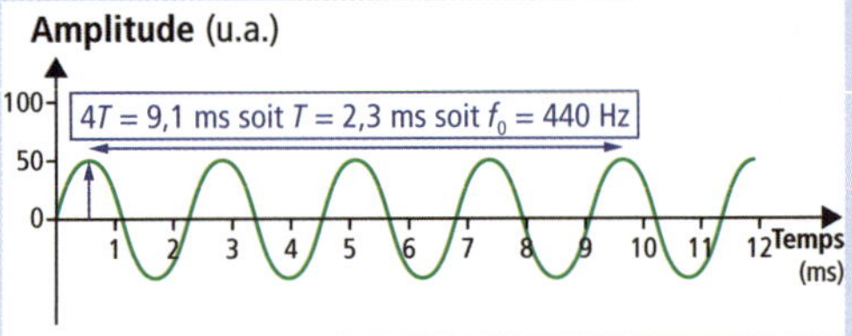

C'est la fréquence la plus faible, c'est donc la fréquence fondamentale.

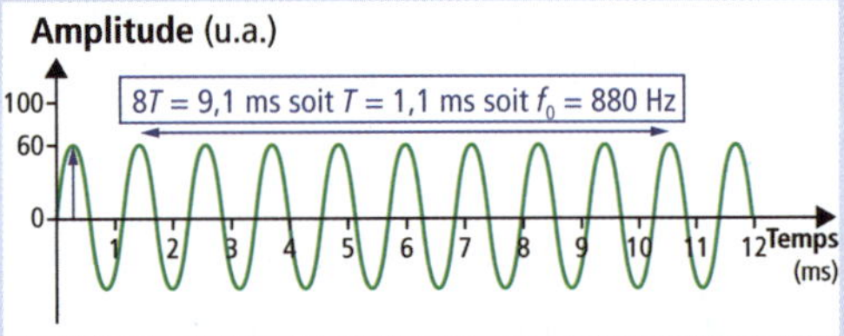

On trouve pour les autres composantes :
$f_3 = 1\,320$ Hz amplitude 25.
$f_4 = 1\,760$ Hz amplitude 25.
$f_6 = 2\,640$ Hz amplitude 50.
Le spectre en amplitude est donc :

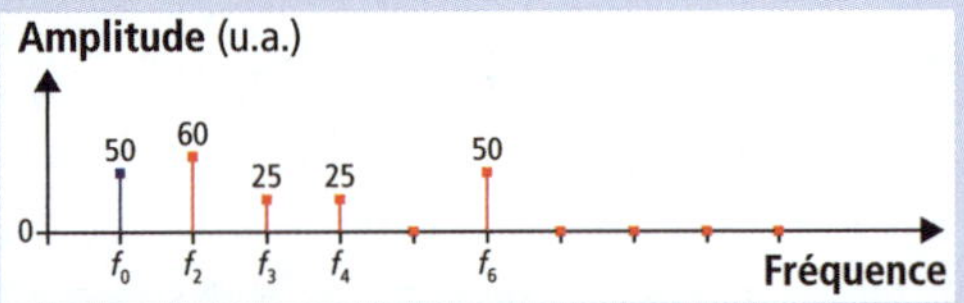

3. L'harmonique de plus grande amplitude est f_2.

4 1. Le cas A correspond à une modulation de fréquence car on constate que la période (donc la fréquence) du signal émis varie au cours du temps. Le cas B correspond à une modulation d'amplitude.

2. Pour 90 MHz on obtient pour la por-

teuse une longueur d'onde de 3,3 m ($\lambda = \dfrac{3 \times 10^8}{90 \times 10^6} = 3{,}3$ m). C'est la valeur optimale de la taille d'une antenne permettant la réception de la station de radio.

3. Pour 1 700 kHz on obtient pour la porteuse une longueur d'onde de 176 m. La réception ne sera donc pas optimale avec une antenne de 3,3 m…

CHAPITRE 13 *(Énoncés p. 313)*

1 **1.** On constate que la fréquence fondamentale est la même sur les deux enregistrements : la note jouée par les deux cordes est donc la même.

2. Les sons produits n'ont pas le même timbre car les amplitudes des harmoniques ne sont pas identiques.

2 **1.** Pour améliorer la précision de la mesure, on détermine la durée de plusieurs périodes pour en déduire la période puis la fréquence du son.
(La figure n'est pas à l'échelle)

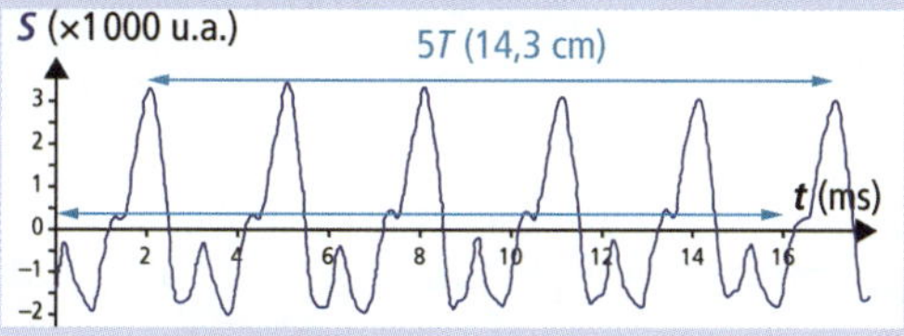

15,2 cm → 16 ms = 16×10^{-3} s
14,3 cm → $5T$

On obtient :

$$5T = \frac{16 \times 10^{-3} \times 14{,}3}{15{,}2}$$

$$T = \frac{16 \times 10^{-3} \times 14{,}3}{5 \times 15{,}2}$$

$$f = \frac{1}{T}$$

$$f = \frac{5 \times 15{,}2}{16 \times 10^{-3} \times 14{,}3} = \mathbf{332\ Hz}$$

2. Il faut vérifier sur l'analyse spectrale que la fréquence fondamentale est bien la même que celle mesurée sur l'enregistrement sonore.
(La figure n'est pas à l'échelle)

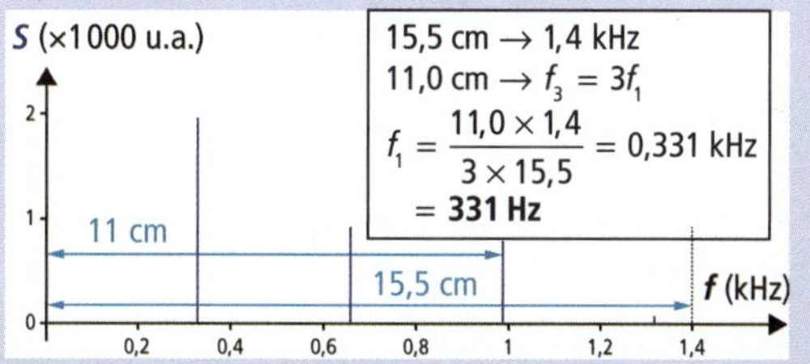

L'écart relatif entre les 2 valeurs est faible : les deux documents sont cohérents.

3. Sur l'analyse spectrale, les harmoniques sont régulièrement espacés, on peut voir $f_2 = 2f_1$, $f_3 = 3f_1$ et $f_4 = 4f_1$.

4. Lorsque la température augmente, le son devient plus aigu, cela signifie que la fréquence de la note augmente.

3 **1.** En exploitant la relation qui définit le niveau sonore, on obtient :

$$\frac{I}{I_0} = 10^{L/10} \text{ soit } I = I_0 10^{L/10}.$$

Pour l'imprimante, on obtient :

$$I(\text{imprimante}) = 10^{-12} \times 10^{6} = 10^{-6}\ \text{W}\cdot\text{m}^{-2}.$$

2. De même pour le ventilateur :

$$I(\text{ventilateur}) = 10^{-12} \times 10^{5} = 10^{-7}\ \text{W}\cdot\text{m}^{-2}.$$

3. Comme les intensités sonores s'ajoutent, l'intensité acoustique résultant du fonctionnement simultané des appareils est :

$$I_{tot} = I(\text{imprimante}) + I(\text{ventilateur}) = 10^{-6} + 10^{-7} = 1{,}1 \times 10^{-6}\ \text{W}\cdot\text{m}^{-2}.$$

On peut alors calculer le niveau sonore résultant :

$$L = 10 \log\left(\frac{I_{tot}}{I_0}\right) = 60{,}4\ \text{dB}.$$

> **Remarque**
> Les niveaux sonores ne s'ajoutent pas !

4 **1.** D'après la définition de l'atténuation, on voit que plus le rapport $\dfrac{I_i}{I_t}$ est grand, plus l'atténuation est grande. Si le milieu absorbe bien les sons, l'intensité acoustique transmise sera faible et le rapport $\dfrac{I_i}{I_t}$ sera grand.

On en déduit que les bouchons en mousse absorbent mieux les sons que les bouchons moulés quelle que soit la fréquence du son car leur courbe est au-dessus de celle des bouchons moulés.

2. D'après la courbe, l'atténuation est plus forte pour les domaines de fréquence élevés (son aigus) que pour les domaines de fréquence bas (sons graves). Les sons graves seront moins atténués que les sons aigus : le son perçu sera plus sourd.

3. Dans le cas des bouchons moulés, l'atténuation est à peu près identique quelle que soit la fréquence. Le son est donc atténué dans sa globalité, il est fidèle au son extérieur mais avec une intensité acoustique moindre.

4. Pour un niveau sonore de 95 dB, on peut calculer l'intensité acoustique correspondante.

$$\frac{I_i}{I_0} = 10^{L/10} \text{ soit } I_i = I_0 10^{L/10}.$$

$I_i = 10^{-12} \times 10^{9,5} = 10^{-2,5}\ \text{W}\cdot\text{m}^{-2}$.

On lit sur le graphe l'atténuation à 2 000 Hz, $A = 32$ dB. En exploitant la relation entre A et les intensités acoustiques, on a :

$$\frac{I_i}{I_t} = 10^{A/10}.$$

Cette relation permet de calculer l'intensité acoustique qui arrive dans l'oreille après traversée du bouchon :

$$I_t = \frac{10^{-2,5}}{10^{3,2}} = 10^{-5,7}\ \text{W}\cdot\text{m}^{-2}.$$

Enfin, il suffit de calculer le niveau sonore perçu au niveau de l'oreille avec cette intensité acoustique :

$$L = 10\log\left(\frac{I_t}{I_0}\right) = 10\log\left(\frac{10^{-5,7}}{10^{-12}}\right) = 10\log(10^{6,3})$$
$$= 63 \text{ dB}.$$

Cette personne ne court donc pas de risque concernant son exposition au bruit.

Contrôle continu de Mathématiques

(Énoncés p. 316)

Partie 1

1. Réponse : 0,6 %.
Explications :
$0,30 \times 0,02 = 0,006$, soit 0,6 %.

2. Réponse : 20 %.
Explications :
Le coefficient multiplicateur est égal à :

$$\frac{2}{3} \times \frac{6}{5} = \frac{2 \times 6}{3 \times 5} = \frac{4}{5} = 0,8.$$

On a donc une baisse de 20 %.

3. Réponse : $\sqrt{\dfrac{V}{\pi h}}$.

Explications :

$$V = \pi R^2 h \Leftrightarrow R^2 = \frac{V}{\pi h} \Leftrightarrow R = \sqrt{\frac{V}{\pi h}}$$

car R est positif.

4. Réponse : $S = \left\{-\dfrac{8}{3} ; \dfrac{8}{3}\right\}$.

Explications :
$9x^2 - 64 = (3x)^2 - 8^2 = (3x - 8)(3x + 8)$.
$9x^2 - 64 = 0 \Leftrightarrow (3x - 8)(3x + 8) = 0$
$\Leftrightarrow (3x - 8 = 0)$ ou $(3x + 8 = 0)$
$\Leftrightarrow x = \dfrac{8}{3}$ ou $x = -\dfrac{8}{3}$.

On a utilisé l'identité remarquable :

$$a^2 - b^2 = (a - b)(a + b).$$

5. Réponse : $-2(x - 3)(2x + 5)$.

Explications :
$(3 - x)^2 - (x - 3)(5x + 7)$
$= (x - 3)^2 - (x - 3)(5x + 7)$
$= (x - 3)\,[(x - 3) - (5x + 7)]$
$= (x - 3)\,(x - 3 - 5x - 7)$
$= (x - 3)\,(-4x - 10) = -2(x - 3)\,(2x + 5)$.

On a utilisé que : $(a)^2 = (-a)^2$.

6. Réponse : $S = -\infty ; -2[\cup]2 ; +\infty[$.
Explications :
$x^2 > 4 \Leftrightarrow x^2 - 4 > 0$.

Le trinôme du second degré $x^2 - 4$ admet comme racines -2 et $+2$ et comme le coefficient de x^2 est positif, $x^2 - 4$ est positif sur $]-\infty ; -2[\cup]2 ; +\infty[$ et négatif sur $]-2 ; 2[$.

On rappelle que le trinôme du second degré $ax^2 + bx + c$, avec $a \neq 0$, est du signe de a à l'extérieur des racines et du signe de $-a$ à l'intérieur des racines.

7. Réponse : $f'(x) = 3x^2 - 3 = 3(x^2 - 1)$.

Explications :
On utilise les formules de dérivation.

8. Réponse : $f'(-1) = 0$.

Explications :
Le coefficient directeur de la tangente à $\mathscr{C}$ au point d'abscisse a est égal à $f'(a)$.
Dans notre cas, $f'(x) = 3(x^2 - 1)$ et
$f'(-1) = 3((-1)^2 - 1) = 3(1 - 1) = 0$.

9. Réponse : $y = -3x + 4$.

Explications :
La tangente à $\mathscr{C}$ au point d'abscisse a a pour équation : $y = f'(a)(x - a) + f(a)$.

Dans notre cas,
$f'(x) = 3(x^2 - 1)$ et $f'(0) = 3(0^2 - 1) = -3$.

$f(x) = x^3 - 3x + 4$ et $f(0) = 0^3 - 3 \times 0 + 4 = 4$.

Par suite, la tangente à $\mathscr{C}$ au point d'abscisse 0 a pour équation : $y = -3(x - 0) + 4 = -3x + 4$.

10. Réponse : $[-1 ; 1]$.

Explications :
Une fonction est décroissante sur un intervalle I si et seulement si $f'(x) \leqslant 0$ sur I.
Dans notre cas,
$f'(x) = 3(x^2 - 1)$ et $f'(x) \leqslant 0$ sur $[-1 ; 1]$.

Partie 2

1 **1.** La masse de levures produite après un jour est donnée par u_1.

On sait que d'un jour à l'autre, la masse de levures augmente de 30 % et donc on a un coefficient multiplicateur de 1,3, mais chaque jour, on a une perte de 90 g de levures et donc :

$u_1 = 1{,}3u_0 - 90 = 1{,}3 \times 500 - 90 = 650 - 90$
$= 560$.

Après un jour, on aura 560 g de levures.
La masse de levure produite après deux jours est donnée par u_2.

On aura 638 g de levures car :
$u_2 = 1{,}3u_1 - 90 = 1{,}3 \times 560 - 90 = 728 - 90$
$= 638$.

Remarque

De façon plus générale, on démontre que :
$u_{n+1} = 1{,}3u_n - 90$.

2. a) $v_{n+1} = u_{n+1} - 300 = 1{,}3u_n - 90 - 300$

$1{,}3u_n - 390 = 1{,}3(u_n - 300) = 1{,}3v_n$.

La suite (v_n) est donc une suite géométrique de raison $q = 1{,}3$ car on passe d'un terme à l'autre en multipliant par un nombre constant (ici 1,3).
Le premier terme de la suite (v_n) est :
$v_0 = u_0 - 300 = 500 - 300 = 200$.

b) Par suite, $v_n = v_0 \times q^n = 200 \times (1{,}3)^n$.

Comme $v_n = u_n - 300 \Leftrightarrow u_n = v_n + 300$, on a :

$u_n = 200 \times (1{,}3)^n + 300$.

Remarque

On peut vérifier u_0.
$u_0 = 200 \times (1{,}3)^0 + 300 = 200 \times 1 + 300$
$= 200 + 300 = 500$.
On pourrait aussi vérifier u_1 et u_2.

c) On doit résoudre l'inéquation : $u_n > 50\,000$.

$u_n > 50\,000 \Leftrightarrow 200 \times (1{,}3)^n + 300 > 50\,000$

$\Leftrightarrow 200 \times (1{,}3)^n > 49\,700 \Leftrightarrow (1{,}3)^n > 248{,}5$

$\Leftrightarrow n\ln(1{,}3) > \ln(248{,}5) \Leftrightarrow n > \dfrac{\ln(248{,}5)}{\ln(1{,}3)}$.

On a utilisé que la fonction ln est strictement croissante sur $]0 ; +\infty[$ et que $\ln(a)^n = n\ln(a)$ si $a > 0$.

On n'a pas changé le sens de l'inéquation car on a divisé par ln(1,3) qui est positif.

Comme $\dfrac{\ln(248{,}5)}{\ln(1{,}3)} \approx 21{,}02$, c'est au bout de 22 jours que la production dépassera les 50 kg.

2 **1.** On obtient l'arbre pondéré suivant :

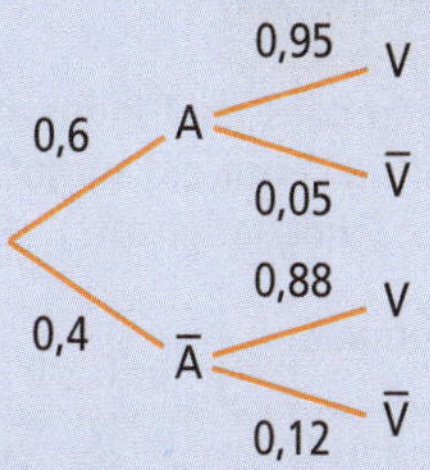

2. On utilise l'arbre pondéré :
$P(A \cap V) = P(A) \times P_A(V) = 0{,}6 \times 0{,}95 = 0{,}57$.

3. On utilise la formule des probabilités totales :
$P(V) = P(A) \times P_A(V) + P(B) \times P_B(V)$, ou $B = \bar{A}$
$= 0{,}6 \times 0{,}95 + 0{,}4 \times 0{,}88 = 0{,}922$.

4. On doit calculer $P_B(V)$.

$P_B(V) = \dfrac{P(B \cap V)}{P(V)} = \dfrac{P(B) \times P_B(V)}{P(V)} = \dfrac{0{,}4 \times 0{,}88}{0{,}922}$
$\approx 0{,}38$.

3 **1.** On a :
$q(0) = 2{,}2 \times (0{,}91)^0 = 2{,}2 \times 1 = 2{,}2$ cm^3

et $q(0{,}5) = 2{,}2 \times (0{,}91)^{0{,}5} \approx 2{,}099$ cm^3.

2. Le coefficient directeur de la droite (MN) est égal à : $\dfrac{y_N - y_M}{x_N - x_M} = \dfrac{1 - 2}{8 - 0} = -\dfrac{1}{8} = -0{,}125$.

Par lecture graphique, l'abscisse du point A est approximativement égale à 5,3.
Comme la droite (MN) est tangente à $\mathscr{C}$ en A, le coefficient directeur de la droite (MN) donne la vitesse au point A.
On peut donc dire, qu'à l'instant $t = 5{,}3$ heures, soit 5 heures et 18 minutes, la quantité de médicament q décroit avec une vitesse de 0,125cm^3 / h.

MATHS
PHYSIQUE-CHIMIE

3. $\dfrac{q(t+1)}{q(t)} = \dfrac{2{,}2 \times (0{,}91)^{t+1}}{2{,}2 \times (0{,}91)^{t}} = 0{,}91.$

Comme 0,91 = 1 − 0,09, le résultat précédent indique que la quantité de médicament dans le sang du patient décroit de 9 % par heure.

4. $q(t) < 0{,}2 \Leftrightarrow 2{,}2 \times (0{,}91)^t < 0{,}2$

$\Leftrightarrow (0{,}91)^t < \dfrac{0{,}2}{2{,}2}$

$\Leftrightarrow (0{,}91)^t < \dfrac{1}{11} \Leftrightarrow t\ln(0{,}91) < \ln\left(\dfrac{1}{11}\right)$

$\Leftrightarrow t\ln(0{,}91) < -\ln(11) \Leftrightarrow t > -\dfrac{\ln(11)}{\ln(0{,}91)}.$

On a utilisé que la fonction ln est strictement croissante sur $]0\,;+\infty[$, que $\ln(a)^n = n\ln(a)$ et $\ln\left(\dfrac{1}{a}\right) = -\ln(a)$ si $a > 0$.

On a changé le sens de l'inéquation car on a divisé par ln(0,91) qui est négatif.

En conclusion, l'inéquation $q(t) < 0{,}2$ a comme ensemble solution $S = \left]-\dfrac{\ln(11)}{\ln(0{,}91)}\,;+\infty\right[$.

5. Comme $-\dfrac{\ln(11)}{\ln(0{,}91)} \approx 25{,}425$, c'est à peu près au bout de 25 heures et 26 minutes que le médicament ne fera plus d'effet.

On a : 0,425 heure = 0,425 × 60 = 25,5 ≈ 26 minutes.

Sujet du Bac
Épreuve de Physique-Chimie et Mathématiques

(Énoncés p. 318)

1 **1.** Magnitude apparente de Véga :

$$M = -2{,}5\log\left(\frac{E}{E_0}\right) = -2{,}5\log\left(\frac{E_0}{E_0}\right) = -2{,}5\log(1) = 0.$$

2. Magnitude apparente de la pleine Lune :

$$M = -2{,}5\log\left(\frac{E}{E_0}\right) = -2{,}5\log\left(\frac{64\,000E_0}{E_0}\right) = -2{,}5\log(64\,000) \approx -12{,}02.$$

3. Éclat du Soleil :

$$-2{,}5\log\left(\frac{E}{E_0}\right) = -26{,}7$$

$$\Leftrightarrow \log\left(\frac{E}{E_0}\right) = \frac{26{,}7}{2{,}5} = 10{,}68$$

$$\Leftrightarrow \frac{E}{E_0} = 10^{10{,}68}$$

et donc $E = 10^{10{,}68}E_0$.

4. Éclat de l'astre le moins lumineux :

$$-2{,}5\log\left(\frac{E}{E_0}\right) = 6{,}7$$

$$\Leftrightarrow \log\left(\frac{E}{E_0}\right) = -\frac{6{,}7}{2{,}5} = -2{,}68$$

$$\Leftrightarrow \frac{E}{E_0} = 10^{-2{,}68}$$

et donc $E = 10^{-2{,}68}E_0$.

> **Remarque**
> Le télescope spatial Hubble permet de photographier des astres d'une magnitude de 30 si on fait 18 heures de pose.

5. Si $E > E_0$, $\dfrac{E}{E_0} > 1$, $\log\left(\dfrac{E}{E_0}\right) > 0$ et donc

$$M = -2{,}5\log\left(\frac{E}{E_0}\right) < 0.$$

La magnitude apparente d'un astre qui a un éclat supérieur à celui de Véga est bien négative.

6. Si $E < E_0$, $\dfrac{E}{E_0} < 1$, $\log\left(\dfrac{E}{E_0}\right) < 0$ et donc

$$M = -2{,}5\log\left(\frac{E}{E_0}\right) > 0.$$

La magnitude apparente d'un astre qui a un éclat inférieur à celui de Véga est positive.

7. Magnitude apparente de Vénus :

$$M = -2{,}5\log\left(\frac{E}{E_0}\right) = -2{,}5\log\left(\frac{69{,}2E_0}{E_0}\right) = -2{,}5\log(69{,}2) \approx -4{,}60.$$

8. Soient M la magnitude apparente d'un astre qui a un éclat E et M' celle d'un astre qui a un éclat de $100E$.

$$M' = -2{,}5\log\left(\frac{100E}{E_0}\right) = -2{,}5\log\left(\frac{E}{E_0}\times 100\right)$$
$$= -2{,}5\left(\log\left(\frac{E}{E_0}\right) + \log(100)\right)$$
$$= -2{,}5\left(\log\left(\frac{E}{E_0}\right) + 2\right)$$

car $\log(100) = \log(10^2) = 2\log(10) = 2 \times 1 = 2$

$$M' = -2{,}5\log\left(\frac{E}{E_0}\right) - 5 = M - 5.$$

9. $E < E' \Rightarrow \frac{E}{E_0} < \frac{E'}{E_0} \Rightarrow \log\left(\frac{E}{E_0}\right) < \log\left(\frac{E'}{E_0}\right)$

car la fonction log est strictement croisssante.

Par suite, $-2{,}5\log\left(\frac{E}{E_0}\right) > -2{,}5\log\left(\frac{E'}{E_0}\right)$ et donc $M > M'$.

On a changé le sens de l'inéquation car on a multiplié les deux membres de cette inéquation par un nombre négatif (–2,5).

On en déduit que la fonction magnitude est une fonction décroissante.

Cela signifie que plus un astre a un faible éclat plus sa magnitude est forte.

2 **1.** Les émissions de CO_2 dans l'atmosphère proviennent essentiellement de la combustion de combustibles fossiles. Leur augmentation ces dernières années est liée à l'augmentation des activités industrielles (grandes consommatrices d'énergie) et à l'augmentation de l'activité dans le domaine du transport (transport des marchandises et des personnes).

2. Un acide est une espèce susceptible de céder un proton H^+. C'est bien le cas de $H_2CO_3(aq)$ d'après la demi-équation donnée.

3. $H_2O(l) + H^+ \rightleftharpoons H_3O^+(aq)$

Remarque

On peut rencontrer les deux notations suivantes pour traduire ce transfert :

$H_2O(l) + H^+ = H_3O^+(aq)$

ou $H_2O(l) + H^+ \rightleftharpoons H_3O^+(aq)$

4. On combine les deux demi-équations pour faire disparaître $H^+(aq)$, transféré entre l'acide $H_2CO_3(aq)$ et la base $H_2O(l)$:

$H_2CO_3(aq) = HCO_3^-(aq) + \cancel{H^+}$

$H_2O + \cancel{H^+} = H_3O^+(aq)$

$H_2CO_3(aq) + H_2O \rightleftharpoons HCO_3^-(aq) + H_3O^+(aq)$

5. Il est conseillé de souligner les mots-clés devant apparaître dans la réponse.

L'augmentation de la concentration en dioxyde de carbone dans l'air conduit, par dissolution dans l'eau, à l'augmentation de la concentration en acide carbonique $H_2CO_3(aq)$ dans l'eau. D'après l'équation établie en **4.**, cela conduit à l'augmentation de la concentration en $H_3O^+(aq)$. Or plus la concentration en $H_3O^+(aq)$ est élevée, plus le pH est faible et le milieu acide. On relie ainsi l'acidification des océans à l'augmentation des émissions de CO_2 atmosphérique.

6. La coquille des crustacés, composée de carbonate de calcium $CaCO_3(s)$, se dissout en milieu acide, fragilisant ainsi les espèces.

7. La relation entre les concentrations des solutions mère et fille et leurs volumes est :

$$C_{fille} \times V_{fille} = C_{mère} \times V_{mère}$$

Donc ici : $0{,}002 \times 50{,}0 = 0{,}010 \times V_{mère}$ avec $V_{mère}$ exprimée en mL.

L'application numérique donne

$$V_{mère} = \frac{0{,}002 \times 50{,}0}{0{,}010} = 10{,}0 \text{ mL}.$$

8. Pour faire une dilution, on utilise une fiole jaugée dont le volume est égal à celui de la solution à préparer (solution fille), donc ici on prend une fiole jaugée de 50,0 mL.

On prélève le volume de 10,0 mL à l'aide d'une pipette jaugée (instrument de verrerie de précision), on introduit ces 10,0 mL dans la fiole jaugée. On ajoute de l'eau distillée avec la pissette jusqu'à mi-hauteur environ, on homogénéise en retournant la fiole jaugée plusieurs fois puis on complète au trait de jauge toujours avec de l'eau distillée.

9. On rappelle que le port des lunettes de sécurité ainsi que d'une blouse est obligatoire dans le laboratoire quel que soit le produit manipulé. Il convient ici d'utiliser en plus des gants, la soude concentrée utilisée étant corrosive, elle ne doit pas entrer en contact avec la peau.

3 **1.** Le **Document 1** permet de lire la valeur de la longueur d'onde des photons pour lesquels la réponse est optimale : $\lambda_{opt} = 900$ nm.

2. On constate que $\lambda_{max} > 8 \times 10^{-7}$ m = 800 nm, il s'agit d'un rayonnement infra-rouge.

3. Pour qu'un électron passe de la bande de valence à la bande de conduction, il faut apporter à l'aide d'un photon une énergie minimale de 1,06 eV. On cherche la valeur de la longueur d'onde associée à un photon d'énergie 1,06 eV :

$E = h \times f$ et $\lambda = c \times T = \frac{c}{f}$ soit $E = \frac{hc}{\lambda}$.

On peut alors calculer la longueur d'onde limite :

$$\lambda_{max} = \frac{hc}{E} = \frac{6{,}6 \times 10^{-34} \times 3{,}0 \times 10^{8}}{1{,}06 \times 1{,}6 \times 10^{-19}} = 1{,}2 \times 10^{-6}\ \text{m} = 1200\ \text{nm}.$$

Ainsi pour $E > 1{,}06$ eV, on obtient $\lambda < 1\,200$ nm. Ce résultat est bien cohérent avec le **Document 1**. Sur celui-ci, on constate qu'au-delà de 1 200 nm la réponse des panneaux solaires est nulle ce qui correspond au fait que l'énergie apportée par des photons dont la longueur d'onde associée est supérieure à 1 200 nm ne peut pas faire passer d'électrons de la bande de valence vers la bande de conduction.

4. On peut calculer la puissance moyenne délivrée par les panneaux solaires connaissant l'énergie E délivrée en 14 h :

$$P = \frac{E}{\Delta t} = \frac{370 \times 3\,600 \times 10^{3}}{14 \times 3\,600} = 2{,}64 \times 10^{4}\ \text{W}.$$

5. On peut alors calculer le rendement des panneaux solaires de l'avion :

$$r = \frac{P}{P_{solaire} \times S} = \frac{2{,}64 \times 10^{4}}{450 \times 270} = 0{,}22 \text{ soit } 22\ \%.$$

Ces panneaux sont très performants car les panneaux solaires « classiques » ont des rendements de l'ordre de 10 %.

6. En vol de croisière (trajectoire rectiligne et horizontale), la valeur de la vitesse est constante donc $a = \frac{dv}{dt} = 0$. Le mouvement est uniforme.

D'après la seconde loi de Newton, on a $\vec{F} = m \times \vec{a}$.

On en conclut que la résultante des forces appliquées à l'avion pendant son vol de croisière est nulle.

7. Il y a 2 forces horizontales et 2 forces verticales. Elle se compensent donc 2 à 2 car la résultante des forces est nulle. Le schéma est le suivant :

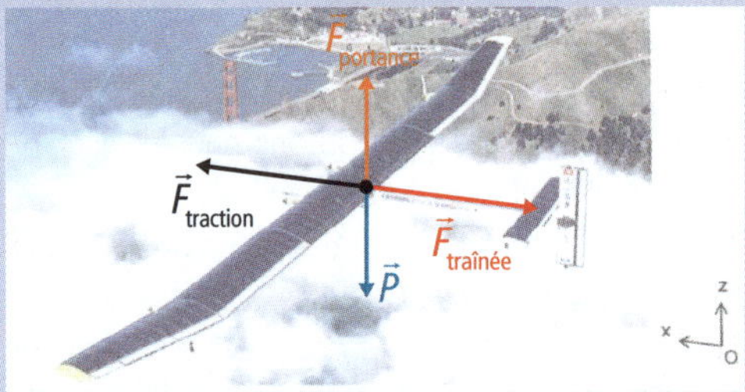

8. On a donc :

$$F_{portance} = \frac{1}{2}\rho v^2 S C_z = P = mg.$$

D'où

$$C_z = \frac{2mg}{\rho v^2 S} = \frac{2 \times 2\,300 \times 10}{0{,}45 \times \left(\frac{90\,000}{3\,600}\right)^2 \times 270} = 0{,}61.$$

Et $F_{traînée} = \frac{1}{2}\rho v^2 S C_x = F_{traction} = \frac{P_{moteurs}}{v} = \frac{4P}{v}$.

D'où

$$C_x = \frac{8P}{\rho v^3 S} = \frac{8 \times 13 \times 10^{3}}{0{,}45 \times \left(\frac{90\,000}{3\,600}\right)^3 \times 270} = 0{,}05.$$

4 **1.** Par définition, le facteur de puissance est le rapport entre la puissance moyenne et la puissance apparente soit : $k = \frac{P}{S} = 0{,}70$.

2. Un facteur de puissance trop faible entraîne des pertes en lignes importantes par effet Joule : ce coût est répercuté par le distributeur dans le prix de l'abonnement.

3. a) Les amplitudes de $i_c(t)$ et $i_u(t)$ sont respectivement de $100\sqrt{2}$ A et $450\sqrt{2}$ A.

b) Les amplitudes complexes associées sont :

$\underline{I}_c = 100\sqrt{2}e^{-j\frac{\pi}{2}}$ et $\underline{I}_u = 450\sqrt{2}e^{j\frac{\pi}{4}}$.

4. a) On sait que :

$e^{-j\frac{\pi}{2}} = -j$ et $e^{j\frac{\pi}{4}} = \frac{\sqrt{2}}{2} + j\frac{\sqrt{2}}{2}$.

Par suite :

$\underline{I}_c = 100\sqrt{2}e^{-j\frac{\pi}{2}} = -100\sqrt{2}\,j$ et

$$\underline{I}_u = 450\sqrt{2}e^{j\frac{\pi}{4}} = 450\sqrt{2}\left(\frac{\sqrt{2}}{2} + j\frac{\sqrt{2}}{2}\right) = 450 + 450j$$

$$\underline{I} = \underline{I}_c + \underline{I}_u = -100\sqrt{2}\,j + 450 + 450j = 450 + (450 - 100\sqrt{2})j.$$

b) $I = |\underline{I}| = \sqrt{450^2 + (450 - 100\sqrt{2})^2}$

$= \sqrt{202\,500 + 202\,500 - 2 \times 45\,000\sqrt{2} + 20\,000}$

$= \sqrt{425\,000 - 90\,000\sqrt{2}} \approx 545{,}6$ A.

c) À l'aide de l'instruction `argument()` ou `angle()` (en fonction des calculatrices), on obtient :

$\varphi \approx 0{,}601$ rad soit $\varphi \approx 34{,}4°$.

d) Pour tout réel $t \geqslant 0$, on a :

$$i(t) = 545{,}6\cos(\omega t + 0{,}601).$$

5. a) et **b)** On obtient la figure suivante :

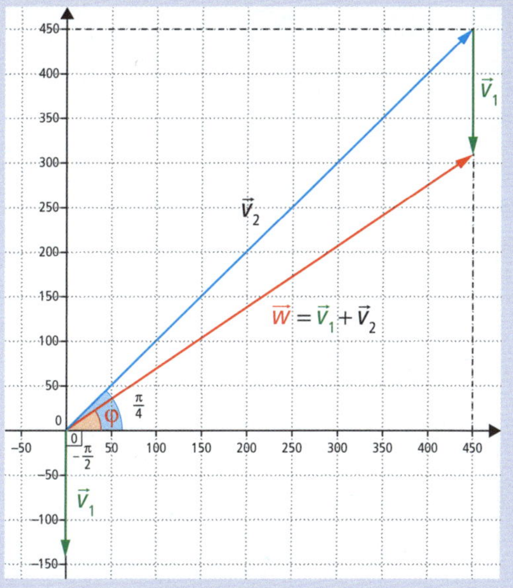

(la figure n'est pas à l'échelle)

c) À l'aide d'une règle, on mesure la norme du vecteur $\vec{w}$ et on lit approximativement 10,9 cm.

Comme l'échelle est de 1 cm pour 50 unités, $10{,}9 \times 50 = 545$ est bien une valeur approchée de l'intensité calculée.
À l'aide d'un rapporteur, l'angle φ du graphique mesure 34° qui est également proche de la valeur de l'argument calculée.

6. On obtient une phase à l'origine pour l'intensité du courant $i(t)$ égale à $\varphi = 34{,}4°$.
Le déphasage entre $i(t)$ et $u(t)$ est donc égal à 34,4°.

En régime sinusoïdal, le facteur de puissance est égal à $\cos\varphi$.
On obtient $\cos\varphi = 0{,}83 > 0{,}70$.
Le facteur de puissance a donc bien été augmenté, les pertes en lignes sont plus faibles.

5 **1.** On sait que V et λ sont positifs et comme $V'(t) = -\lambda V(t)$, $V'(t)$ est négative et donc la fonction V est décroissante.
Ce résultat est logique car la vitesse va décroître. On a une décélération qui est une accélération négative.

2. L'équation différentielle est de la forme $V' = aV$ avec $a = -\lambda$.
Les solutions de (E) sont les fonctions :
$V(t) = ke^{-\lambda t}$ avec $k \in \mathbb{R}$.

3. On transforme les km/h en m/s :
$72 \text{ km/h} = \dfrac{72 \times 1\,000}{3\,600} = 20 \text{ m/s}$.
$V(0) = 20 \Leftrightarrow ke^{-\lambda \times 0} = ke^0 = k = 20$.
On a donc $V(t) = 20e^{-\lambda t}$.

4. Lorsque t tend vers $+\infty$, $-\lambda t$ tend vers $-\infty$ car $\lambda > 0$ et donc $\lim\limits_{t \to +\infty} V(t) = 0$.

On rappelle que $\lim\limits_{x \to -\infty} e^x = 0$.

Remarque

Il est normal que sans accélération et à cause des frottements, la vitesse qui est décroissante, tende vers 0. Le véhicule va finir par s'immobiliser après « un certain temps ».

Philosophie

COMPRENDRE EN VIDÉO Retrouvez tous nos tutos vidéos sur notre chaîne YouTube « Objectif BAC Hachette ».

COURS

Les notions

BAC

PHILOSOPHIE

Présentation de l'épreuve du Bac

Épreuve écrite
Durée : 4 heures.
Coefficient : 4

Lors de l'épreuve écrite, **trois sujets vous sont proposés au choix : deux sujets de dissertation** et **un sujet d'explication de texte** (avec des questions).

1 La méthode de la dissertation

Disserter, c'est réfléchir de façon ordonnée à partir d'une question faisant problème, en confrontant plusieurs réponses possibles. Votre dissertation doit comporter :

• **Une introduction**, qui doit faire apparaître, dans l'ordre :
– une **définition** de la (ou des) notion(s) en jeu dans le sujet proposé ;
– un **paradoxe** opposant les différentes réponses possibles et les justifiant ;
– le **problème** résumant ce paradoxe (par une question en « …ou bien ») ;
– l'**annonce du plan** sous forme de questions qui doit établir une progression.

• **Un développement de plusieurs parties**, proposant les **différentes réponses** possibles à la question posée, ainsi que la réponse permettant de **résoudre leur opposition**.

• **Des transitions entre chaque partie**, qui doivent faire le bilan de la partie achevée, et annoncer la suivante sous forme de question.

• **Une conclusion**, qui a un rôle de synthèse : reprenez, dans l'ordre, les différentes parties.

2 La méthode de l'explication de texte

Deux options vous sont proposées :

• **Option 1 :** vous devez répondre à une série de questions. Faites bien ce que chacune d'entre elles demande, car elles amènent à faire quelque chose de différent.

Partie A – éléments d'analyse : « Expliquez »
Ici, il faut développer des analyses précises des passages du texte en question (résumer une idée et expliquer en définissant les mots importants, prendre des exemples au besoin…).

Partie B – éléments de synthèse : « Dégagez… »
Dans cette partie, vous devrez dégager l'idée directrice/la thèse de l'auteur : c'est l'idée qui conduit tout le texte, ce que veut montrer l'auteur. Rattachez cette idée à une notion du programme et au problème posé.
On pourra vous demander quelles sont les étapes du raisonnement de l'auteur : ce sont les arguments qui structurent le texte dans sa progression logique, et répondent à la question « que fait l'auteur ? ». Dans votre réponse, évitez de faire de la paraphrase et de dire « l'auteur dit que… ».

Partie C – Commentaire
On vous pose une question de compréhension, accompagnée de 2 ou 3 autres questions auxquelles vous pouvez répondre dans l'ordre, comme si elles constituaient des parties ou paragraphes permettant de répondre de façon progressive à la question de départ.

• **Option 2 :** vous n'avez pas de question vous permettant de réaliser l'explication. Cependant, vous pouvez structurer votre travail à partir des questions posées dans l'option 1, en commençant par énoncer le problème, puis l'idée principale et les étapes de l'argumentation. Veillez à respecter l'ordre du texte dans l'explication des passages sélectionnés pour respecter la progression du texte.

1 Les perspectives

- Les notions au programme sont présentées en lien avec **trois perspectives : l'existence humaine et la culture ; la morale et la politique ; la connaissance.** Il s'agit de réfléchir sur les notions en elles-mêmes, tout en étant capable de les relier à certains aspects fondamentaux de l'être humain. Une *perspective* est l'action de regarder « à travers » ou « par le biais de ».
- Les perspectives sont des **manières d'orienter** (sans diriger) **les problématiques** relatives à chaque notion, en les rattachant à tel ou tel aspect de l'être humain (l'existence, la culture, la morale, la politique, la connaissance).
- Chaque notion, de près ou de loin, renvoie à ces perspectives, car celles-ci représentent les **différents problèmes posés par la réflexion philosophique**, qui se veut réflexion sur l'homme. Ainsi, notions et perspectives peuvent toujours être mises en lien d'une manière ou d'une autre, comme dans une croisée de regards sur l'homme. Malgré tout, certains liens (entre notions et perspectives) sont plus naturels que d'autres.
- Plus précisément, les notions renvoient davantage à des « objets » d'étude, les perspectives à des « regards » portés sur elles. Par exemple, l'art (« objet » humain) peut s'envisager sous le regard de l'existence, de la culture, de la morale, de la politique et aussi de la connaissance. De ce fait, l'analyse de la notion en elle-même nous amène à l'envisager sous un certain angle. Par exemple, réfléchir précisément sur l'art comme création esthétique nous conduit à réfléchir sur ce qu'apporte l'art à l'existence ou à la culture.
À l'inverse, réfléchir de manière large à une perspective nous porte aussi à nous interroger plus précisément sur telle ou telle notion. Par exemple, se demander jusqu'où peut aller la connaissance humaine en général nous fait nous interroger sur le rôle possible de l'art dans sa capacité à saisir certains aspects de la réalité.
- Il y a donc un **mouvement naturel de va-et-vient** allant des notions aux perspectives d'une part, et des perspectives aux notions d'autre part.

Outils

On trouvera dans chaque chapitre, pour chaque notion étudiée, ce lien avec les perspectives ainsi que des exemples de questions ou sujets de dissertation illustrant précisément ces liens.

1 L'existence humaine et la culture

- Cette perspective combine et distingue **deux** grandes **dimensions** de l'être humain :

– sa dimension **personnelle et existentielle**,

– sa dimension **sociale** et en partie déterminée par des **règles** de vie en commun.

Les différentes notions du programme peuvent ainsi s'articuler de près ou de loin avec cette double perspective, selon qu'on les envisage sous cet angle. Par exemple, il est clair que la notion de liberté peut être interrogée sous ce biais car se demander jusqu'où notre liberté est effective suppose que l'on ait en vue les contraintes culturelles qui peut-être limitent nos possibilités existentielles.

• **L'existence humaine** renvoie au fait que l'homme existe d'une manière distincte de celle de l'animal ou des choses. Il existe au sens où il « est », mais de manière dynamique, dans un mouvement de sortie hors de soi (sens de *ex* en latin signifiant « hors de » et de *sistere* signifiant « se tenir »). Si les animaux ou les choses « existent » aussi, c'est dans un sens plus limité, au sens où ils « sont » là. L'homme, lui, dans son existence, se projette en avant de lui-même en se représentant son existence. Il se voit exister et oriente lui-même son existence par sa **conscience** et sa liberté. Il **choisit** donc en partie son existence. Dans cette perspective, ce que pense et fait l'homme a une certaine orientation **personnelle**, une visée « existentielle », un sens particulier censé permettre à l'homme une réalisation de soi, épanouissante et heureuse. L'existence humaine se distingue ainsi et en ce sens du concept de « vie » : autant la vie renvoie à la dimension biologique de l'homme comme être vivant, autant l'existence renvoie à une dimension personnelle et ouverte. Le problème que pose cette dimension existentielle est de savoir jusqu'où l'homme est ainsi capable d'orienter lui-même son existence et ce, de façon harmonieuse et librement choisie. Cette dimension existentielle de l'homme doit subir en effet certaines influences et se confronter à différents obstacles qui limitent ses possibilités. D'autre part, l'idée d'une existence librement choisie et orientée suppose une responsabilité et un engagement de soi parfois lourds à porter, et dont on peut vouloir se décharger en invoquant une existence subie ou conditionnée. On se demande alors quels sont les facteurs qui interviennent pour ouvrir les possibilités existentielles de l'homme, ou au contraire les limiter.

• **La culture** renvoie quant à elle, en plus de la dimension existentielle de l'homme, au fait que l'homme vit en **société**, avec des **règles** de vie en commun qui le **transforment** et le façonnent. Cette dimension culturelle le distingue ainsi des choses « naturelles » qui elles ne se modifient pas par des règles inventées, artificielles. L'homme, lui, modifie la nature (le monde extérieur) et sa propre nature (ce qu'il est au départ). Là aussi, ce que pense et fait l'homme prend une dimension spécifique et soulève divers problèmes, liés justement à ce caractère « non naturel », modifié et réglé socialement. Que vaut exactement la culture humaine, améliore-t-elle l'existence humaine et peut-elle se concilier avec l'exigence d'une existence personnelle, libre et authentique ? Par ailleurs, les règles de transformation que la culture fait subir à la nature et à l'homme sont-elles bénéfiques ? Ne faut-il pas leur imposer certaines limites et lesquelles ?

> **Attention !**
> Le sens philosophique donné au terme de *culture* ne se réduit pas au sens habituel qui désigne simplement une accumulation de connaissances.

• Ici, les notions liées de près à cette double perspective sont par exemple la liberté, le bonheur, la conscience, l'inconscient, le temps, la nature, l'art, le travail, la technique, la religion. Mais rien n'empêche d'envisager la vérité dans sa dimension existentielle par exemple.

2 La morale et la politique

• Cette perspective combine deux aspects de l'être humain qui renvoient plutôt à la **pratique** humaine, aux formes que prennent les actions de l'homme dans une dimension notamment collective, impliquant la prise en compte d'autrui ou d'un groupe.

• L'action humaine peut prendre une forme **morale** en lien avec des valeurs censées définir le bien et le mal, et une forme **politique** en lien avec la vie en société, au sein d'un État (gouvernement). Les notions au programme peuvent donc là aussi être envisagées sous ce biais, avec les problèmes que posent ces deux dimensions.

• **La morale** soulève en effet le problème de savoir ce que sont exactement ces valeurs censées rendre compte du bien et du mal (par exemple, sont-elles particulières, acquises, ou bien au contraire universelles et innées ?). On peut aussi se demander jusqu'où l'homme est capable de moralité, quelles sont les facultés à l'œuvre dans l'action morale (la conscience, la raison…) et quels sont les obstacles à la moralité (le désir par exemple, ou l'inconscient). L'action morale suppose également un effort de volonté qui peut sembler s'opposer à la liberté (la morale semble limiter nos désirs) mais qui en même temps la présuppose (l'action morale semble en effet relever d'un choix, d'un engagement volontaire). Ici, on comprend que la notion de liberté prend une place centrale dans cette perspective qui interroge notre capacité à agir « bien » par nous-mêmes.

- **La politique** soulève quant à elle le problème de savoir quel serait le modèle de vie en société et quel type de gouvernement privilégier. On peut se demander ce que l'homme gagne à vivre en société, sous un gouvernement, et quels seraient les obstacles à une vie sociale harmonieuse. En un mot, comment faire en sorte que la vie en société soit la plus avantageuse et la plus harmonieuse ? Sous cet aspect, l'homme semble à la fois perdre certains avantages et en regagner d'autres, et l'on doit se poser la question de l'efficacité et des buts de l'action politique : vise-t-elle à imposer un certain pouvoir en exerçant une contrainte plus ou moins juste, ou bien vise-t-elle à rendre les citoyens libres et heureux grâce à des lois justes ?
- Les notions en lien direct avec ces perspectives sont par exemple la liberté, le bonheur, l'État, la justice, la vérité. Mais rien n'empêche de réfléchir à la dimension morale et politique de l'art par exemple, ou encore d'envisager la conscience dans sa dimension morale.

3 La connaissance

- **La connaissance** enfin témoigne de l'aspiration de l'homme à se **représenter objectivement** la réalité et de son aspiration à la **vérité**. Là encore, de nombreux problèmes se posent quant à la possibilité même d'accéder à cette connaissance. Il s'agit en effet d'acquérir un véritable savoir, garanti par un certain niveau de certitude et portant sur des aspects fondamentaux de la réalité. La connaissance semble ainsi obéir à des exigences spécifiques et sévères. Quels seraient alors les moyens de répondre à une telle exigence et n'y aurait-il pas de nombreux obstacles ? Les **sciences** sont-elles en ce sens un modèle de connaissance ou bien en existe-t-il d'autres ?
- Ici, on comprend que dans cette perspective, **certaines notions sont centrales**, notamment **la vérité et la science**, qui renvoient explicitement à cette dimension de connaissance qui marque l'être humain. En s'interrogeant sur la connaissance de l'homme, on ne peut que se questionner sur ses capacités à parvenir à la vérité et sur l'importance que représente la science dans cette quête. Pour autant, d'autres notions peuvent être convoquées, comme l'art, la culture, ou encore l'inconscient. À l'inverse, la vérité et la science peuvent être interrogées à travers d'autres perspectives, comme la morale ou la politique.

4 Conclusion

On constate ainsi, à travers ces différentes perspectives, que certaines notions semblent directement impliquées dans leur étude, et qu'en ce sens certaines notions « renvoient » explicitement à **telle ou telle perspective** plus qu'à telle autre. Pour autant, ces mêmes notions peuvent aussi s'envisager à partir des **autres perspectives**. De la même façon, certaines perspectives « appellent » directement telle ou telle notion, mais aussi indirectement telle autre.

2 L'art

Voir aussi : la nature (p. 384), la technique (p. 391), la vérité (p. 394)

L'art est le domaine de la création d'œuvres destinées à la **contemplation.** Cette création n'implique-t-elle pas une faculté spécifique ? Peut-on juger de sa valeur, si elle repose sur la beauté ? Enfin, si l'art ajoute des œuvres à la réalité, est-ce pour nous en détourner ou pour nous la faire mieux appréhender ?

Art et « beaux-arts » — **Peut-on juger de la beauté ?** — **Art et réalité**

Alain (1868-1951) Artiste et artisan

Kant (1724-1804) La beauté comme satisfaction universelle

Platon (427-347 av. J.-C.) L'art nous éloigne de la réalité.

Hegel (1770-1831) L'art comme manifestation de l'esprit

Bergson (1859-1941) L'artiste, révélateur de réalité

1 Art et « beaux-arts »

A L'art comme « savoir-faire »

Le mot *art* désigne, au sens premier, « toute activité impliquant un **savoir-faire**, des règles, de l'**habileté** ». De ce point de vue, il n'y a pas lieu de distinguer un « artiste » d'un artisan, une œuvre d'art pouvant être considérée comme un **objet bien réalisé** d'un point de vue **« technique »**. C'est ce qui semble offrir, en outre, un critère assez objectif pour juger de la qualité d'une œuvre.

B L'art comme « génie »

• Toutefois, si l'on parle de **« beaux-arts »**, c'est que l'on reconnaît bien la spécificité d'un domaine « artistique » par rapport à l'artisanat. Les œuvres de l'**artiste** sont faites pour la contemplation ; la **beauté** est donc leur finalité essentielle. L'**artisan** vise plutôt à fabriquer des objets destinés à être **utilisés** ou **consommés**.

• Cette distinction doit être encore affinée, car il arrive bien à des artisans d'avoir comme visée essentielle la beauté, sous la forme d'objets décoratifs. Alain propose donc une définition plus subtile : l'artisan produit une œuvre dont il a entièrement le projet par avance, alors que **l'artiste découvre son œuvre** au cours de sa réalisation. Dans le premier cas, il y a simple **« fabrication »**, dans le second, véritable **« création »**. Cette dimension créative et imprévisible, qui définit l'art au sens strict, met en valeur le rôle du « génie », comme ce qui vient inspirer l'artiste.

À voir

***Amadeus*, film de Milos Forman (1984).** L'histoire d'Amadeus (c'est-à-dire Mozart), racontée par son rival Salieri, jaloux et fasciné par ce génie qu'il n'a pas.

Mot-clé

Génie : **don** réservé à de rares hommes de recevoir des idées **originales**. C'est une chose qui **ne peut pas s'acquérir**, ni même **se contrôler** ou **s'expliquer**. D'où l'ambiguïté de cette notion : est-elle un hommage à la singularité de l'artiste ou une façon d'amoindrir son mérite ?

2 Peut-on juger de la beauté ?

A Subjectivité du goût

Si les œuvres d'art visent la beauté, c'est sur cette qualité qu'elles doivent être jugées. Cependant, la beauté n'est pas une qualité présente dans les œuvres elles-mêmes. Nous disons bien que « *c'est* beau », mais pour traduire le **plaisir** que nous éprouvons *en nous-même*. Le **« goût »** par lequel nous jugeons de la beauté est donc **subjectif**.

À voir

***Le Goût des autres*, film d'Agnès Jaoui (2000).** L'histoire d'un chef d'entreprise, apparemment sans goût ni culture, mais qui, en tombant amoureux, s'ouvre également au monde de l'art et à la peinture.

B Une satisfaction universalisable

- Kant remarque que nous attendons pourtant que ce plaisir soit **partagé avec autrui**. L'existence de **« chefs-d'œuvre »** nous incite aussi à penser qu'une entente est possible, même en matière de beauté. Cette entente donne ainsi une dimension morale à l'art, en nous invitant au respect (de l'œuvre et d'autrui).
- Pour cela, nous devons nous assurer que nous sommes bien dans une relation purement **« esthétique »** avec l'objet que nous jugeons. Notre jugement doit être **« désintéressé »** (comme dans le domaine moral), c'est-à-dire qu'il doit répondre à la question « S'agit-il d'une belle représentation ? », et non « S'agit-il de la représentation d'une chose qui nous fait plaisir ? ». Cela permet à la satisfaction esthétique d'être **universalisable**, tout en étant subjective.

3 Art et réalité

A L'art comme éloignement de la réalité

- L'existence de l'art peut se voir comme le besoin d'**échapper à la réalité**, en créant comme un « autre monde ». L'art est une forme de **« divertissement »** au sens où l'entend Pascal.
- Platon montre que, même quand l'art s'attache à **imiter la réalité** de la façon la plus fidèle, il ne fait pourtant que nous en éloigner. Selon son analyse, les choses qui nous entourent ne sont déjà elles-mêmes que des « copies » dégradées d'« Idées » parfaites. L'objet représenté par l'artiste n'est donc jamais mieux que **« la copie d'une copie »**. Ainsi, l'artiste n'est pour Platon qu'un faiseur d'illusions et n'a pas sa place au sein de la Cité. Il ne peut avoir de fonction politique (éduquer les citoyens, les rendre meilleurs).

B L'art comme révélateur de réalité

- Il semble pourtant bien que l'on puisse dire qu'il y a **une « vérité »** dans les œuvres d'art, qui nous les rend plus « touchantes » que les objets qu'elles représentent. Hegel explique que le véritable artiste ne se pose jamais en simple imitateur de la réalité. Il fait apparaître un **contenu spirituel**, en dégageant quelque chose d'essentiel et d'universel à travers les objets particuliers qu'il représente. C'est ce contenu que l'on associe communément à l'idée de « message ».

Citation-clé

« Les manifestations de l'art renferment une réalité plus haute et une existence plus vraie que l'existence courante. »
Georg W. F. Hegel, *Esthétique*, 1835 (posthume).

PHILOSOPHIE

• Nous avons besoin des artistes pour cela, car leur don tient aussi à la **sensibilité particulière** de leur perception. Pour Bergson, cette sensibilité vient paradoxalement de leur rapport « **distrait** » à la réalité, qui leur permet de la percevoir autrement que sous l'angle habituel de l'utilité. L'art ne nous tire donc à l'écart de la réalité que pour mieux nous y faire retourner.

C L'art « engagé »

Il existe aussi une fonction directement politique de l'œuvre d'art, qu'on trouve dans des œuvres dites « **engagées** ». Ici, la dimension esthétique (plaire par sa beauté) vise autre chose et aspire notamment à dénoncer des injustices ou à critiquer directement l'État.

L'art selon les trois perspectives

L'ART – L'existence humaine et la culture

• S'interroger sur le rapport entre l'art et l'existence (personnelle) ou sur le rapport entre l'art et la culture, c'est se demander notamment ce que nous apporte l'art ou encore d'où viennent les capacités créatrices de l'artiste.

• On doit ainsi comprendre la dimension créatrice de l'art, la différence entre savoir-faire et génie **[1. A et B]**. Cela interroge aussi la **valeur esthétique et universelle** de l'œuvre d'art **[2. A et B]** ainsi que son action révélatrice **[3. B]**.

Exemples de questions

• *A-t-on besoin de l'art ?* → Le « on » a ici un sens à la fois personnel et social. On se demande si l'art répond à quelque chose de vital ou d'essentiel, ou bien s'il faut associer la création artistique à une démarche libre, n'obéissant à aucune nécessité, relevant notamment de la contemplation esthétique.

• *La sensibilité aux œuvres d'art demande-t-elle à être éduquée ?* → On interroge les conditions qui rendent possible et accessible à tous le goût esthétique, notamment le rôle de l'éducation et de la culture.

L'ART – La morale et la politique

Dans la perspective de l'action morale et politique, on peut s'interroger plus particulièrement sur la **finalité des œuvres d'art**, les idées qu'elles expriment et les actions ou engagements qu'elles appellent. On se demande ainsi si l'artiste a pour but de nous inciter à agir plus moralement (ou au contraire à nous détourner de la morale), si ses œuvres sont porteuses d'un « message » politique, ou bien si l'art n'a qu'une vocation esthétique, contemplative **[1. B, 2. B, 3. C]**.

Exemples de questions

• *Une société peut-elle se passer d'artistes ?* → On interroge la place/le rôle politique de l'artiste, sa fonction sociale ; mais aussi la fonction utilitaire et esthétique de l'art en posant la question du goût : en quoi peut-il rassembler les individus d'une société autour d'une satisfaction esthétique partagée ?

• *Peut-on interdire une œuvre d'art ?* → On se demande si on a le droit de limiter la liberté créatrice au nom de certaines valeurs morales ou politiques notamment, ou bien si au contraire l'art ne doit pas permettre justement la remise en question des valeurs en ayant un rôle transgressif.

L'ART – La connaissance

Dans cette perspective, on interroge le **rapport entre l'art (les œuvres) et la réalité**, pour se demander si la représentation du réel par l'art vise une certaine vérité ou si au contraire elle ne fait qu'exprimer la perception de l'artiste **[3. A et B]**.

Exemples de questions

• *L'art nous permet-il de mieux connaître la réalité ?* → On se demande quel est le rapport entre l'œuvre d'art et les objets ou le monde qu'elle représente : s'agit-il pour l'art de déformer la réalité ou bien de la représenter le plus objectivement possible ?

• *L'art nous éloigne-t-il des choses ?* → On se demande également si l'art nous rend la réalité plus accessible, ou au contraire, moins accessible, tant au niveau de la perception que de la connaissance.

3 La justice

Voir aussi : la liberté (p. 380)

La **justice** (du latin *jus*, « le droit ») désigne une **valeur morale** renvoyant à la notion d'« égalité » et à l'idée de « respect des droits de chacun ». Cette valeur morale est censée provenir de nous-mêmes, de notre moralité intérieure. Mais elle est en même temps inséparable de la notion de droit (du latin *directus*, « sans courbure ») qui comprend l'**ensemble des lois** qui régissent une société. La question est donc de savoir comment rendre les hommes justes, tant par une obligation morale intérieure que par une contrainte extérieure relevant des lois, sachant que ces deux fondements peuvent s'avérer fragiles et incertains.

Droit naturel et droit positif — **La justice des lois** — **Le rôle de la morale**

Rousseau (1712-1778)	Thomas d'Aquin (1225-1274)	Hobbes (1588-1679)	Platon (427-347 av. J.-C.)	Aristote (384-322 av. J.-C.)	Spinoza (1632-1677)
Le modèle du droit naturel	Les quatre fondements du droit	Nécessité des lois	Valeur des lois	Égalité et équité	Comprendre les lois pour obéir

1 Droit naturel et droit positif

A Critique du droit positif

On peut reprocher aux lois d'être injustes, parce qu'inventées par des hommes eux-mêmes incapables de justice. Les **lois humaines** peuvent en effet paraître **arbitraires, inégalitaires**. Il faudrait alors chercher un autre fondement que le droit positif.

> **Mot-clé**
> **Droit positif :** ensemble des règles applicables dans un espace juridique déterminé.

C'est la position incarnée par le personnage d'**Antigone de Sophocle** : face à la loi de son oncle Créon qui interdit d'offrir à son frère une sépulture (pour le punir d'avoir trahi sa cité), Antigone oppose la justice divine qui exige que tout mort soit enterré.

B Le modèle du droit naturel

- On peut croire aussi que la **justice** peut s'établir de façon **naturelle**. Pour **Rousseau**, les hommes à l'état de nature auraient un principe inné de justice : la **pitié**. Ce sentiment leur permettrait de se nuire le moins possible.

> **Citation-clé**
> *« Les fruits sont à tous et la terre n'est à personne. »*
> Jean-Jacques Rousseau, *Discours sur l'origine et les fondements de l'inégalité parmi les hommes*, 1755.

- De même, pour **Rousseau**, la nature fait que la propriété privée est injuste : la terre est naturellement la propriété de tous.

C Les différents fondements du droit et de la justice

Ainsi on peut plus largement distinguer **plusieurs catégories de droits**, comme le fait **saint Thomas d'Aquin** : un droit naturel (issu de la nature), un droit positif (issu des lois humaines), un droit divin (issu de Dieu) et un droit positif révélé (issu des textes sacrés). Une telle distinction permet d'examiner une même situation de façon différente, et le vol dit « de nécessité » (voler de la nourriture pour se nourrir, par exemple) peut ainsi être accepté comme juste selon le droit naturel et le droit divin, même si, au regard du droit positif, il est injuste.

2 La justice des lois

A Critique du droit naturel

- Pourtant, le droit naturel montre aussi certaines limites. Ainsi, il peut facilement être confondu avec le droit du plus fort, comme le suggère **Hobbes**, pour qui le droit naturel est celui qu'ont les hommes ***« sur toutes choses et même*** [...] ***sur le corps des autres »*** et pour qui l'homme naturel est ***« un loup pour l'homme »***.
- Ainsi, poser que les hommes seraient en eux-mêmes capables de justice (selon une moralité naturelle ou « divine »), c'est oublier que beaucoup d'hommes sont également incapables d'appliquer cette moralité. La force des désirs l'emporte souvent sur l'exigence de justice, *« nous voyons le meilleur et faisons le pire »* (Spinoza).

B La nécessité et la valeur des lois

On peut donc poser la nécessité des lois, du droit positif, pour **contraindre les hommes à être justes** et limiter leur agressivité naturelle. Pour **Platon**, le mal et l'injustice s'expliquent ainsi par l'ignorance et non pas par la volonté d'être injuste. Le rôle des hommes politiques est de faire connaître ce qu'est la justice.

> **Rappel**
>
> **La prosopopée des lois :** dans le *Criton* de Platon, discours que tiendraient les lois, personnifiées, si elles apprenaient le désir de Socrate de fuir sa cité, pour échapper à sa condamnation à mort. Socrate leur fait dire combien il leur doit d'être l'homme qu'il est : seules les lois permettent aux hommes de dominer leur nature sensible et irrationnelle.

C Égalité et équité

Certes, les lois ont le défaut d'être **trop générales**. La notion d'« égalité », qui sert de fondement à la justice, ne peut pas toujours rendre compte de la différence des individus. C'est pourquoi, selon **Aristote**, il faut que les lois puissent être assouplies par le juge et les faire reposer sur la notion d'« équité », à savoir sur la justesse, la proportion, pour qu'elles puissent **s'adapter aux cas particuliers**.

3 Le rôle de la morale

A Limites de l'obéissance aux lois

On peut, toutefois, se demander s'il ne faut pas, pour être juste intérieurement, autre chose qu'être en conformité avec les lois. En effet, celles-ci peuvent être injustes et dans ce cas, seule la **morale de chacun** ou d'individus exceptionnels peut dénoncer l'injustice des lois et tenter de les redresser. Mais encore, il ne suffit pas d'obéir à une loi juste pour être juste. Notre justice ne serait que contrainte et artificielle.

> **À voir**
>
> ***La Haine*, film de Mathieu Kassovitz (1995)** retrace le désir de vengeance d'un jeune de la cité, Vinz, qui, suite à une bavure policière, veut tuer un policier.

B Comprendre les lois

Pour **Spinoza**, il faut savoir pourquoi on obéit à une loi. Certains n'obéissent que par crainte de la sanction. Or, pour être intérieurement juste, vertueux, il faut que l'homme obéisse aux lois ***« parce qu'il connaît la vraie raison des lois et leur nécessité »*** *(Traité théologico-politique)*. Il doit donc **obéir volontairement** à la loi. C'est suggérer qu'en plus des lois, du droit, l'homme a en lui un sens moral, capable d'orienter ses actions en vue du bien, du juste.

C Le rôle de l'éducation et la notion de « droits de l'homme »

- Si la justice passe ainsi autant par l'obéissance à des lois extérieures que par un sens intérieur de la justice, il faut peut-être également acquérir ce **sens moral** (ou bien le développer s'il est en partie inné) et tel est le rôle de l'éducation et de la culture.
- Par ailleurs, pour que chaque société (quelle que soit sa culture) puisse progresser en matière d'égalité et d'équité, peut-être faut-il alors s'entendre sur des **droits fondamentaux**, ceux de tout homme et de toute femme, en vertu de leur dignité de personne humaine. Cette entente sur des droits universels applicables dans toute société est la vocation des « droits de l'homme ».

La justice selon les trois perspectives

LA JUSTICE – L'existence humaine et la culture

La notion de justice peut être reliée à la question de savoir comment orienter son existence en tant qu'homme, notamment selon quel sens ou quelle valeur. Tel est le rôle des lois que d'empêcher la violence et l'inégalité en conciliant toutes les aspirations possibles de l'homme **[2]**. La question de la justice peut aussi prendre un sens social plus large, en interrogeant la capacité de chaque culture à atteindre cette forme de perfectionnement moral : toutes les pratiques culturelles se valent-elles sur le plan de la justice ? **[3. C]**

Exemple de question

- ***Peut-on être à la fois juste et heureux ?*** → La question porte sur la capacité de l'homme à concilier des exigences en apparence contradictoires, celle qui consiste à satisfaire ses désirs égoïstes et individuels, et celle visant à respecter les désirs des autres individus.

LA JUSTICE – La morale et la politique

La notion de justice convoque directement la morale et la politique. Il s'agit précisément d'une valeur morale relevant de la conscience ou de la raison de chacun **[1]** et en même temps d'une exigence politique dépendant des lois, du droit **[2]**. La question est alors de savoir comment chacun de ces deux fondements de la justice opère séparément et comment ils peuvent se compléter **[3]**.

Exemple de question

- ***Suffit-il d'obéir aux lois pour être juste ?*** → Cette question porte précisément sur le rôle nécessaire des lois pour établir une société juste, mais aussi sur le rôle complémentaire de la morale pour faire en sorte que l'on soit juste intérieurement par notre propre volonté, et non pas seulement de manière contrainte et superficielle en obéissant simplement aux lois.

LA JUSTICE – La connaissance

La notion de justice peut être interrogée dans son lien avec la connaissance, le savoir. On peut ainsi se demander si le sens de la justice est inné et naturel **[1]** ou bien s'il faut l'acquérir **[2]**. Dans ce sens, cela voudrait dire qu'il faudrait savoir ce qu'est être juste pour devenir juste.

Exemple de question

- ***Peut-on vouloir être injuste ?*** → On se demande si le fait de savoir ce qui est juste est compatible avec la volonté d'aller contre ce que l'on sait. On se demande si un homme injuste est volontairement injuste, s'il sait vraiment ce qu'il fait, ou bien s'il est injuste involontairement, par ignorance.

4 La liberté

La liberté (du latin *liber*, « qui n'est pas esclave », par opposition à *servus*) semble désigner le fait de n'être soumis à **aucune contrainte** qui viendrait **entraver nos désirs**. Être libre, ce serait pouvoir faire tout ce que l'on souhaite. Pour autant, cette conception n'est-elle pas **illusoire** ? N'est-ce pas être esclave de ses désirs ? La *liberté* n'est-elle pas alors synonyme de **volonté**, de *choix* ?

Liberté et désir — **Liberté et libre arbitre** — **Liberté et morale**

Platon	Descartes	Spinoza	Kant	Sartre
(427-347 av. J.-C.)	**(1596-1650)**	**(1632-1677)**	**(1724-1804)**	**(1905-1980)**
Socrate contre Calliclès	La volonté éclairée par la connaissance	La *« nécessité comprise »*	La liberté comme postulat	Le fardeau de la liberté

1 Liberté et désir

A La liberté comme licence

- Une première conception de la liberté consiste à la faire reposer sur la capacité à satisfaire ses désirs sans entrave. Telle est la conception du personnage de **Platon**, Calliclès, pour qui l'**homme libre** est celui qui, comme le **tyran**, a tout pouvoir sur les autres hommes et obtient d'eux tout ce qu'il désire sans obstacle.
- Cette liberté s'obtient par le laisser-aller des désirs et **repose sur la force**. En ce sens, toute contrainte est comprise comme un obstacle à sa réalisation. Ces contraintes, sous forme de règles, seraient inventées par des hommes faibles, eux-mêmes incapables de satisfaire leurs désirs. Selon Calliclès, il serait **contraire à la nature** que les tyrans et les fils de rois se soumettent à ces règles, eux qui ont eu la chance de naître forts et libres.

B Liberté et mesure

Toutefois, comme le montre **Socrate** critiquant Calliclès, le désir ainsi abandonné à la démesure rend l'homme **esclave** au lieu de le rendre libre. Le tyran est dépendant de son désir de pouvoir, et sa liberté est menacée sans cesse par plus fort que lui. Pour Socrate, seul l'homme **tempérant**, aux désirs modérés, maîtrise ses désirs au point de ne pas en être esclave.

> **Mot-clé**
> **Licence** (du latin *licet*, « il est permis ») : la liberté conçue comme capacité, pouvoir de satisfaire tous ses désirs sans aucune limite.

2 Liberté et libre arbitre

A Le modèle du libre arbitre

• On peut, toutefois, suggérer avec **Descartes** que la liberté se mesure surtout à l'exercice de la **volonté**, dans sa capacité à **choisir** entre deux choses indépendamment de toute contrainte extérieure, à *« pouvoir faire une chose ou ne la faire pas » (Méditations métaphysiques)*. On appelle **« libre arbitre »** un tel pouvoir de se décider par sa seule volonté, sans être influencé par autrui ou par ses désirs.

• Cette liberté aurait différents degrés. Pour Descartes, le plus bas degré serait la **liberté d'indifférence** (choisir au hasard) et le plus haut degré serait la **volonté éclairée** par la connaissance (choisir en sachant pourquoi).

B Critique du libre arbitre

Pour autant, selon **Spinoza**, le libre arbitre est une **illusion** ; une telle volonté n'existe pas. L'homme se croit libre de décider par lui-même quelque chose, alors qu'**il obéit toujours, en réalité, à un désir** ou à un état de son corps qui le pousse à faire telle ou telle chose. L'homme ivre, par exemple, croit parler parce qu'il l'a choisi, alors que c'est son corps ivre qui le pousse à parler. Il n'est donc pas libre de parler. La seule liberté possible, pour Spinoza, consiste alors à comprendre ce à quoi nous obéissons, ce qui nous détermine, pour ainsi être en accord avec notre nature : c'est l'idée de ***« nécessité comprise »***.

Citation-clé

« Les hommes se croient libres parce qu'ils sont conscients de leurs actions mais ignorants des causes par lesquelles ils sont déterminés. »

Baruch de Spinoza, *Éthique*, 1677 (posthume).

3 Liberté et morale

A La liberté comme postulat

Sur le plan moral, on est obligé de poser que la liberté existe. Sinon, on ne peut plus exiger de l'homme qu'il agisse bien, qu'il soit capable de **choisir entre le bien et le mal**. **Kant** fait ainsi de la liberté un postulat, c'est-à-dire un objet de croyance. L'homme doit être supposé libre pour que l'action morale, à savoir le choix du bien, ait un sens. Pour Kant, l'homme **fait l'expérience de cette liberté dans le remords** : celui qui a mal agi a le sentiment qu'il pouvait bien agir ; il n'arrive pas à excuser sa faute parce qu'il sent qu'il était libre de choisir le bien au lieu du mal.

À voir

***Orange mécanique*, film de Stanley Kubrick (1971).** Alex, passionné par Beethoven et en même temps par l'ultra-violence qu'il associe à un idéal de liberté, est arrêté et mis en prison.
Alex est contraint de suivre un programme mis au point par des médecins pour guérir de son mal et devenir « bon ». Mais la question se pose de savoir ce que vaut cette morale imposée par un « traitement », ne provenant pas de la volonté du sujet.

B La liberté comme fardeau

La liberté serait à ce point réelle que **Sartre** en fait un poids pour l'homme, lequel se trouve toujours confronté à faire des choix qui ne reposent que sur sa liberté et qui le rendent donc **responsable de tout et de tous.** Refuser cette liberté, c'est être de **mauvaise foi**, c'est chercher des excuses à ses actes pour ne pas s'en sentir responsable. C'est dire par exemple « ce n'est pas de ma faute », « je n'ai pas voulu cela », « je suis comme ça », pour attribuer ses actions à autre chose qu'à sa propre volonté. Pour Sartre, même si l'on subit certaines situations que l'on n'a pas choisies (par exemple tomber malade), à l'intérieur de ces situations, notre liberté reste entière car nous pouvons choisir notre « manière d'être » (manière d'être malade par exemple).

4 Liberté et politique

A Les lois comme contraintes à la liberté

Sur le plan politique, les **lois**, en limitant nos désirs, peuvent sembler **contraires à l'exercice de la liberté individuelle**. Elles nous empêchent de faire ce que bon nous semble. Pour le sophiste **Calliclès**, les lois qui visent à limiter les désirs pour permettre une vie juste, pour empêcher que certains aient plus que d'autres, sont un **obstacle à la liberté**. Seul le tyran dans ce cas est libre car il peut imposer ses désirs à tous et soumettre tout le monde à ses désirs.

B Les lois comme conditions de liberté

Mais l'on peut poser à l'inverse que, **sans lois, la liberté devient impossible**, chaque liberté s'exerçant contre une autre liberté. Pour **Hobbes**, dans Le *Léviathan*, la **liberté naturelle** que chacun peut avoir dans un état de nature sans lois est **infinie mais incertaine**, sans cesse menacée par les autres. Au contraire, dans un État où existent des lois, la liberté devient certes réduite mais elle est garantie par le fait que personne n'a le droit d'en user contre autrui.

C La volonté générale

Plus encore, on peut supposer que dans un État où le peuple est lui-même l'auteur des lois auxquelles il obéit, alors la liberté reste entière, chacun voulant la même chose, à savoir le **bien commun**. Dans ce cas, la liberté n'est plus le fait de laisser aller ses désirs sans nuire à autrui, elle devient l'expression de ce que **Rousseau** nomme la *« volonté générale »*, où il s'agit de viser non plus son intérêt personnel, mais ce que l'ensemble des citoyens peut vouloir de mieux pour la vie en commun. Ce type d'État où *« chacun, s'unissant à tous, n'obéisse pourtant qu'à lui-même et reste aussi libre qu'auparavant »* (Rousseau, *Du contrat social*) est incarné par la **démocratie**.

La liberté selon les trois perspectives

LA LIBERTÉ – L'existence humaine et la culture

La liberté peut être considérée comme propre à l'homme et comme expression de sa dimension consciente : parce qu'il a conscience de lui-même, l'être humain est capable de faire des **choix**, d'orienter son existence selon ses **désirs**. En même temps, il apparaît que ses choix sont limités voire empêchés par toutes sortes de contraintes et de règles (sociales, culturelles, morales) auxquelles il doit obéir [**1. A, 3. A**]. Par ailleurs, les désirs peuvent apparaître comme une source de dépendance [**1. B, 3. B**]. On se demande alors quel rôle jouent ces contraintes et si elles ne peuvent pas aussi aider l'homme à maîtriser ses désirs, à faire de meilleurs choix, plus fondés sur la raison et sur la volonté [**2. A, 3. B et 4. C**]. On se demande aussi si l'homme ne reste pas libre au sein même de ces contraintes [**2. B**].

Exemples de questions

- *Suis-je plus ou moins libre ?* → On se demande si la liberté, censée être absolue, n'est pas plutôt relative, s'il n'y a pas à distinguer des degrés ou niveaux et ce qui pourrait les conditionner.
- *Peut-on se libérer de sa culture ?* → La question interroge le rôle des règles imposées par la culture : sont-elles des obstacles que l'on pourrait dépasser ou bien sont-elles insurmontables, ancrées en nous ? Est-ce légitime de vouloir s'en affranchir ou au contraire contribuent-elles à nous rendre plus aptes à nous servir de notre volonté et à faire de vrais choix en nous rendant plus civilisés, moins soumis à nos instincts ?

LA LIBERTÉ – La morale et la politique

Sur le plan moral, on peut penser également, dans un premier temps, que les règles morales sont des obstacles à la liberté, car elles contrarient les désirs en imposant des valeurs, des devoirs [**1. A**]. Pour autant, en se montrant capable de ne pas céder à ses désirs pour vouloir agir moralement, l'homme gagne peut-être une forme plus élevée de liberté, qui le rend **responsable** et méritant [**3. A**], même si cette responsabilité peut lui peser [**2. B**]. Sur le plan **politique**, la liberté ne désigne pas tant le pouvoir de faire ce que bon nous semble que le **droit** de faire tout ce qui ne nuit pas à autrui [**4**].

Exemples de questions

- *L'obligation morale est-elle un obstacle à la liberté ?* → On interroge le rôle à la fois limitatif et porteur des valeurs morales qui, tout en limitant nos désirs, nous permettent de nous en libérer pour agir selon notre volonté, dans l'effort d'accomplir de bonnes actions.
- *L'État est-il l'ennemi de la liberté ?* → On doit ici se demander si l'État nous empêche d'être libres, en nous imposant des lois, ou bien si, au contraire, il ne nous permet pas d'harmoniser nos libertés et de nous affranchir de nos désirs égoïstes. Mais à quelles conditions, dans quel type d'État ?

LA LIBERTÉ – La connaissance

Sur le plan de la connaissance, on se demande si celle-ci entrave ou, au contraire, conditionne la liberté [**2. A**].

Exemple de question

- *Suis-je d'autant plus libre que je suis plus conscient ?* → La liberté est interrogée dans son rapport avec la connaissance de soi et du monde extérieur. On se demande si le fait de savoir nous limite dans nos choix ou au contraire nous en rend plus maîtres.

5 La nature

Voir aussi : la liberté (p. 380), la technique (p. 391)

La « nature » (du latin *natus* signifiant « né ») désigne à la fois le **monde physique** (du grec *phusein* : pousser, croître) et **biologique** (vivant), mais aussi ce qui est **originel**, non modifié, non artificiel, et enfin ce qui est **propre à quelque chose** (son essence). En quoi le monde physique se distingue-t-il du monde « humain » (monde de la culture, monde artificiel, fabriqué par l'homme) et quelle place donner à la nature dans notre monde « humain » ? Quel rôle joue la nature chez l'homme si l'homme a véritablement une nature, s'il est un être « naturel » ?

Maîtrise et domination de la nature — **Nature et culture** — **Respect de la nature**

Descartes (1596-1650)	Rousseau (1712-1778)	Lévi-Strauss (1908-2009)	Heidegger (1889-1976)	Jonas (1903-1993)
« Nous rendre comme maîtres et possesseurs de la nature »	La perfectibilité	La prohibition de l'inceste	*« L'Arraisonnement »*	*« Le Principe responsabilité »*

1 Nature et culture

A L'homme et l'animal

• L'homme est souvent comparé à l'animal pour suggérer qu'il est un animal différent des autres. Cela souligne à la fois son **appartenance à la nature** (au fait d'obéir à des lois physiques et biologiques déterminées) et sa **spécificité** (sa différence par rapport à la nature). En disant que l'homme est un *« animal politique »* ou un *« animal raisonnable »* (Aristote) ou encore un *« animal qui a besoin d'un maître »* (Kant), on suggère que l'homme a des points communs avec l'animal et des différences. Il appartient donc à la nature tout en occupant une place à part.

• L'être qui apparaît alors, d'après l'analyse de Rousseau dans le *Second Discours*, est un animal comparable aux autres, qui se distingue pourtant d'eux par deux facultés spécifiques : le **« libre arbitre »** et la **« perfectibilité »**. En effet, l'homme ne semble pas défini par des instincts fixes, comme l'animal : *« un animal est, au bout de quelques mois, ce qu'il sera toute sa vie, et son espèce, au bout de mille ans, ce qu'elle était la première année de ces mille ans »*. L'homme au contraire est un être qui peut échapper aux contraintes naturelles fixes et déterminées imposées par les lois physiques.

Mot-clé

Perfectibilité : ce terme signifie que l'homme n'est pas un être « achevé » (*perfectus*, en latin) mais, au contraire, un être capable de changer. Cette faculté est équivoque, selon Rousseau, car, en s'écartant de la nature, l'homme prend le risque de « se pervertir ».

B L'idée de « nature humaine »

Pourtant, ces différences entre l'homme et la nature ne permettent pas d'affirmer que l'homme « a » une nature, puisque précisément ce qui le caractérise, c'est sa capacité à se libérer des contraintes fixes imposées aux autres êtres naturels. Par ailleurs, ces caractéristiques ne sont pas « innées » mais « acquises ». Les cas d'« enfants sauvages » montrent que l'homme ne développe ses facultés les plus caractéristiques (bipédie, langage, conscience de soi, raison…) que sous la condition de rencontrer un environnement culturel et humain. Seul, isolé très tôt dans la nature, l'homme ne s'humanise pas, il reste un *« moindre animal »* (L. Malson, *Les Enfants sauvages*). Dans cette mesure, l'idée de **« nature humaine »**, entendue comme ensemble de qualités présentes naturellement en l'homme, se trouve remise en cause. La **culture** apparaît donc comme l'**élément indispensable** de l'acquisition de ce qui fait notre humanité et comme expression de notre différence par rapport à la nature.

> **À voir**
>
> ***L'Enfant sauvage*, film de François Truffaut (1970).** L'histoire d'un enfant abandonné très tôt dans la nature, qui a grandi sans contact humain, qu'un médecin recueille et tente d'éduquer.

C Critique de la culture et des cultures

• Toutefois, cette prédominance de la culture signifie que l'homme est un être qui cherche à se modifier et à modifier la nature. Cette transformation prend des formes variées selon les différentes cultures, et certaines règles ou pratiques peuvent sembler condamnables : on peut les trouver **inhumaines**, « barbares », soit parce qu'elles semblent laisser l'homme à un état sauvage, soit parce qu'elles le transforment trop et mal (exemples de l'anthropophagie, de l'excision…).

• Pourtant, pour l'ethnologue **Claude Lévi-Strauss**, toute culture fait apparaître la même règle, à savoir la *« prohibition de l'inceste »*. Cette règle à la fois universelle (présente dans chaque culture) et particulière (variant en fonction des différentes cultures) montre la manière dont l'homme intervient sur la nature (alliance sexuelle) pour la modifier et créer un **état social**. Pour **Lévi-Strauss**, l'existence de cette règle dans toutes les cultures sans exception, montre que toute culture est autant culture qu'une autre. Le constat de l'existence de pratiques « inhumaines » relève selon lui de ***« l'ethnocentrisme »***, du fait de juger et condamner une autre culture en se prenant comme modèle. Pour lui, il faut faire preuve de ***« relativisme culturel »*** en acceptant que toutes les pratiques se valent et que toute culture est imparfaite.

> **Citation-clé**
>
> *« Le barbare, c'est d'abord l'homme qui croit à la barbarie. »*
>
> Claude Lévi-Strauss, *Race et Histoire*, 1952.

2 La nature et la technique

A La maîtrise de la nature

• Les modifications que l'homme fait subir aux lois naturelles peuvent s'appliquer au monde extérieur (monde physique) et à lui-même, en vue de réaliser un certain **progrès**. Il peut vouloir **améliorer la nature** en y introduisant des règles et des changements afin de la parfaire ou de s'en protéger. La **technique** (outils et machines) vise un tel perfectionnement.

• Pour **Descartes**, c'est la science qui doit permettre ainsi de rendre les hommes *« comme maîtres et possesseurs de la nature »*, en lui faisant connaître ses lois. On doit en effet à la connaissance et à la technique les nombreux progrès réalisés par l'homme pour lutter contre les maladies, les catastrophes naturelles, le vieillissement, etc.

• Rousseau reconnaît aussi que l'homme a inventé l'outil afin de **s'adapter à une nature changeante et hostile** : *« la différence de terrains, de climats, de saisons* [...] *put les [les hommes] forcer à en mettre dans leurs manières de vivre* [...] *Ils s'inventèrent la ligne et l'hameçon ».*

• Pour autant, cette maîtrise peut dégénérer en **domination**, comme le suggère aussi **Rousseau** pour qui le progrès technique vire en **décadence morale** : l'homme devenu supérieur aux animaux grâce aux outils, s'en réjouit et, par orgueil, cherche à dominer à la fois les animaux et les hommes.

B Le respect de la nature

• Pourtant, la nature semble inspirer d'elle-même un certain **respect**, dont les poètes romantiques notamment témoignent en louant sa beauté et en la comparant à l'art, dans sa dimension créatrice. Kant aussi place les beautés naturelles au-dessus des beautés artistiques.

• Par ailleurs, avec les retombées écologiques de cette volonté de maîtrise, de nombreux cris d'alarme sont lancés. **Heidegger**, dans ses réflexions sur la technique, dénonce *« l'Arraisonnement »* que l'homme fait subir à la nature en cherchant à la soumettre aux règles rationnelles de productivité et de rentabilité. En traitant la nature comme une chose à « utiliser », l'homme épuise les ressources.

• **Hans Jonas**, dans son ouvrage *Le Principe responsabilité*, défend l'idée que l'homme doit se montrer **soucieux de la nature** non seulement pour lui-même mais pour les générations futures. C'est semble-t-il à la **morale** (valeurs posant ce qui est juste et bien) et à la **politique** (lois, droit) de poser un devoir de respect envers la nature.

• La notion moderne d'**environnement** traduit ce souci de voir l'homme comme une partie de la nature et non plus comme un être à part. Les débats de société sur la **bioéthique**, sur la menace climatique et sur les droits des animaux s'inscrivent dans cette démarche invitant à la prise de conscience et à l'action concrète en faveur de la nature.

La nature selon les trois perspectives

LA NATURE – L'existence humaine et la culture

Le lien entre la notion de nature et les notions d'existence humaine et de culture est le plus évident. On ne peut que se demander quelle place l'homme doit accorder à la nature dans son existence individuelle et sociale, marquée par la liberté et par les règles de la culture **[1. B, 2]**. Par ailleurs, la question de la nature humaine est directement posée par la notion même d'existence, qui suggère que l'homme doit son existence à lui-même, à sa liberté, et non pas à une nature toute faite **[1. A]**.

Exemples de questions

• ***La culture doit-elle éloigner l'homme de la nature ?*** → La question interroge le rapport que l'homme doit établir avec le monde physique et vivant. La culture semble avoir pour but d'éloigner l'homme du monde naturel mais on peut aussi poser des limites à cela car l'homme reste tout de même un être issu de la nature et vivant au sein de la nature.

• ***L'homme est-il un être naturel ?*** → On se demande si l'homme a en lui une nature, des caractéristiques innées, et s'il contient aussi des éléments naturels, propres au monde physique et vivant, comme par exemple des instincts. On cherche à savoir ce que son existence doit à la culture, à la transformation, si quelque chose résiste à cette transformation et si l'homme ne doit pas son existence aussi à la nature qu'il utilise pour vivre.

LA NATURE – La morale et la politique

On peut s'interroger aussi sur la manière dont la morale et la politique peuvent encadrer le rapport entre l'homme et la nature afin de permettre à la fois un progrès technique et économique (utiliser la nature et s'en protéger) et un respect de celle-ci. Il s'agit de poser des droits de la nature et des devoirs de l'homme envers elle afin d'une part de garantir la survie de l'homme à long terme, et, d'autre part, de veiller à respecter la nature pour elle-même, pour sa variété et sa beauté **[2]**.

Exemple de question

• ***Doit-on respecter tout être vivant ?*** → Cette question interroge la place du respect à accorder aux êtres vivants issus de la nature, sachant que l'homme a besoin de les utiliser et de s'en protéger, mais que, par ailleurs, le vivant inspire un certain respect, par son existence même et sa beauté.

LA NATURE – La connaissance

On peut aussi interroger le rapport entre la nature et la connaissance (notamment la science), en se demandant ce que la connaissance de la nature (physique, biologie, médecine) doit permettre à l'homme de faire. Ses connaissances lui donnent-elles le droit de disposer librement de la nature, ou bien au contraire doivent-elles l'inviter à plus de mesure, de prudence et de respect ? Est-ce la connaissance qui peut poser ces limites ou bien faut-il en appeler à la morale et au droit **[2]** ?

Exemple de question

• ***Faut-il connaître la nature pour la respecter ?*** → On se demande si la connaissance scientifique de la nature est nécessaire à son respect, au fait de s'interdire certains usages destructeurs. D'autres moyens ne suffisent-ils pas pour inspirer ce sentiment, venant de la conscience ou raison de chacun, ou imposés par des lois ?

PHILOSOPHIE

6 La religion

Voir aussi : la vérité (p. 394)

La religion est un ensemble de croyances et de pratiques autour de choses « sacrées », qui réunissent des hommes en une même communauté. Le sens étymologique (*religare* en latin signifiant « relier ») suggère que la religion permet à l'homme d'être relié d'une part à une autre réalité (transcendante) et d'autre part à d'autres hommes (au sein d'une communauté). S'agit-il d'un **phénomène contraire à notre dignité et à nos intérêts** d'êtres doués de raison ou bien d'une **dimension légitime de notre humanité** ? À quelles conditions la religion est-elle bénéfique sur un plan à la fois existentiel, moral et social ?

Critique de la religion — **Légitimité de la religion**

Freud (1856-1939) La religion est une *« illusion »*

Marx (1818-1883) Nécessité d'*« abolir la religion »*

Pascal (1623-1662) Le *« cœur »* et la *« raison »*

Durkheim (1858-1917) *« Une chose éminemment sociale »*

Locke (1632-1704) Les bornes de la foi légitime

1 Critique de la religion

A Paradoxe de la foi

La croyance religieuse ou « foi » est faite de **« dogmes »**, c'est-à-dire d'idées qui ne s'offrent pas à la critique et auxquelles il faut **adhérer sans exiger de preuve**. La valeur de la foi se mesure ainsi à la capacité à croire avec la plus grande fermeté là où ni l'expérience ni la logique ne peuvent fournir de garantie, et même parfois en allant contre elles. D'où le **paradoxe de la foi** : comment expliquer qu'il y ait une telle certitude là où précisément les raisons de croire manquent ? Cette certitude n'explique-t-elle pas la tendance de la religion à dériver en fanatisme (du latin *fanaticus*, « inspiré, enthousiaste ») ?

B La religion comme *« illusion »*

Selon Freud, la force des idées religieuses vient de ce qu'elles ne s'adressent pas à la raison de l'homme, mais plutôt à ses **passions**, ses **craintes et** ses **désirs**. L'existence d'un Dieu paternel et juste, par exemple, satisfait un des souhaits les plus chers de l'humanité, en lui offrant une **représentation rassurante de l'existence**. Si les hommes tiennent tant à leurs religions, c'est qu'elles constituent un **« trésor » d'illusions**.

C Nécessité d'*« abolir la religion »*

• Pour se montrer à la hauteur de leur nature d'êtres raisonnables, les hommes doivent renoncer à la religion. **Marx** montre qu'il s'agit même d'une véritable **nécessité politique**. En effet, en posant l'existence d'un *« autre monde »*, la religion justifie les souffrances « terrestres » et dissuade d'y remédier. Tout progrès social nécessaire à **garantir un *« bonheur réel »*** doit donc passer d'abord par *« l'abolition de la religion »*.

> **Citation-clé**
> *« La religion est l'opium du peuple. »*
> Karl Marx, *Introduction à la Critique de la philosophie du droit de Hegel*, 1843.

• Par ailleurs, on ne peut que constater la difficulté qu'ont les différentes religions de cohabiter au sein d'une même société. Si une religion rassemble des hommes en son sein, elle les sépare de ceux d'une autre religion et peut les mettre en conflit (intolérance religieuse, guerres de religion).

2 Légitimité de la religion

A Le *« cœur »* et la *« raison »*

N'est-il pas prétentieux de faire de la raison l'autorité ultime en matière de vérité ? Ne doit-elle pas reconnaître ses **propres limites** ? Par exemple, nous ne pouvons pas prouver, en cet instant, que nous ne rêvons pas et nous en sommes pourtant intimement sûrs. De même, il existe en mathématiques des principes indémontrables – les axiomes – que l'on pose au fondement de toute démonstration. **Pascal** en conclut qu'il y a des vérités qui ne peuvent qu'être **senties intuitivement**, par ce qu'il appelle ***« le cœur »***. C'est sur lui que repose donc la foi, sous la forme d'une **« révélation »**. La religion permettrait ainsi une forme d'élévation spirituelle par laquelle l'homme donnerait un certain sens à son existence. Pour Pascal, la croyance en Dieu est une réponse et une solution à l'angoisse de la mort et à la prise de conscience de notre dimension *« finie »*, *« misérable »*, de notre petitesse dans l'univers.

> **Mot-clé**
> **Révélation :** façon dont une divinité ferait elle-même connaître certaines vérités impossibles à découvrir par la « lumière naturelle », c'est-à-dire par la seule raison.

PHILOSOPHIE

B La religion comme besoin social

Comme on ne connaît aucune société sans religion, on peut penser qu'il doit y avoir un rapport nécessaire entre les deux. **Durkheim** voit d'ailleurs le phénomène religieux comme une émanation naturelle de la société. Réunis, les individus sentent la présence d'**une *« force »* qui les dépasse**. C'est de là que naissent les idées religieuses, si bien que, par leurs cultes, les hommes vénèrent, en réalité, la communauté qu'ils forment. C'est pourquoi **toute société implique une dimension religieuse**, par exemple par des **cérémonies** qui entretiennent régulièrement le lien social ou par la définition du caractère « sacré » de certains objets (drapeau, hymne…).

> **À voir**
> ***Les Innocentes*, film d'Anne Fontaine (2016).** À la fin de la Seconde Guerre mondiale, l'histoire de jeunes filles polonaises dans un couvent de bénédictines, dont certaines, enceintes après avoir été violées par des soldats soviétiques, doivent accoucher dans le secret.

C Conditions de légitimité

• On peut donc reconnaître à la religion sa légitimité. Il faut toutefois poser certaines conditions. En effet, en admettant la légitimité de croyances extérieures au domaine de la raison, on risque de justifier aussi bien la religion que ses formes dévoyées – la **superstition** et le **fanatisme**. Pour éviter cela, **Locke** propose de bien distinguer les idées qui vont **« contre la raison »** de celles qui sont **« au-dessus de la raison »**. Par suite, une croyance n'est digne de l'homme que si la raison ne peut pas en établir l'absurdité. Cette croyance peut alors, à bon droit, relever de la « liberté de conscience ».

• À l'égard de la société, toute pratique religieuse doit être permise dans la mesure où elle **ne porte pas atteinte au bon ordre de la vie collective**, c'est-à-dire aux intérêts et à la liberté de chacun. À ce titre, le rôle de l'État doit être de garantir le respect de la **laïcité**, en s'abstenant lui-même de toute prise de position et en veillant à ce que la liberté de conscience de chaque homme, croyant ou non, ne soit pas menacée.

• Enfin, on peut **évaluer la légitimité d'une croyance à sa valeur humaine**. Dans la mesure où elle a pour effet d'amener l'homme à exprimer et développer ses facultés intellectuelles, morales et esthétiques, on peut dire qu'elle trouve toute sa place au sein du processus de culture. À l'inverse, il faudrait combattre toute forme de croyance qui « n'élèverait » pas l'homme et entraverait son accomplissement.

La religion selon les trois perspectives

LA RELIGION – L'existence humaine et la culture

La religion peut être pensée dans sa dimension existentielle et culturelle si l'on envisage ses effets à la fois au niveau personnel et au niveau collectif. La fonction de « lien » qu'établit la croyance religieuse a en effet deux orientations, l'une qui permet une certaine élévation spirituelle avec une réalité transcendante dépassant ce que l'on peut atteindre par la raison [**2. A**], l'autre qui permet un lien horizontal avec d'autres hommes au sein d'une communauté (fonction sociale) [**2. B**]. En même temps, cette fonction peut être contestée [**1. B, C**]. Il faut donc poser des conditions pour que ces aspects positifs soit effectifs [**2. C**].

Exemple de question

• *Les religions empêchent-elles les hommes de s'entendre ?* → On se demande si l'existence de différentes religions au sein des différentes cultures ne remet pas en question le lien social, l'unité de la vie en société. Il s'agit donc de chercher à quelles conditions la pluralité des religions peut éviter de séparer les hommes et comment elle pourrait avoir un effet unificateur.

LA RELIGION – La morale et la politique

La religion a aussi une dimension morale et des enjeux politiques. Elle permet à l'homme d'avoir certaines valeurs morales (le Bien, le Mal) qui peuvent guider ses actions [**2. fin C**]. Elle permet aussi de structurer la vie sociale [**2. B**]. Pour autant, cette fonction morale et politique peut être remise en question. La croyance en des valeurs peut dériver en fanatisme [**1. A, 2. C**] ou en soumission politique [**1. C**] et suppose certaines conditions pour éviter ces effets pervers [**2. C**].

Exemple de question

• *Une société peut-elle se passer de religion ?* → La question porte sur la nécessité de la religion au sein d'une société, sur sa fonction sociale – relier les individus – et politique – garantir un certain ordre ou le respect entre les individus. C'est donc se demander ce qui pourrait remplacer la religion dans sa fonction unificatrice et structurante.

LA RELIGION – La connaissance

Enfin, la religion peut être pensée en lien avec la connaissance, la raison et la vérité. On se demande en effet si la religion apporte à l'homme certaines vérités (sur le sens de son existence, sur la mort) [**2. A**] ou bien si au contraire elle ne l'en éloigne pas [**1. A**]. Là encore, la croyance religieuse doit être soumise à certaines conditions pour que sa fonction spirituelle soit effective [**2. C**].

Exemple de question

• *La religion s'oppose-t-elle à la raison ?* → Cette question classique permet d'interroger la dimension à la fois rationnelle et irrationnelle de la religion sur le plan de la connaissance, ainsi que sa dimension à la fois raisonnable et déraisonnable sur le plan moral.

7 La technique

Voir aussi : la liberté (p. 380)

La **technique** (du grec *technè*, « production, fabrication, métier, procédé, habileté ») désigne l'ensemble des **moyens** créés et employés pour accomplir une fin utilitaire, souvent en lien avec le travail. Plus largement, la technique renvoie à l'ensemble des **outils** (manuels, intellectuels) ou machines inventées par les hommes, **créés artificiellement**. Elle est directement un effet de la **culture**, comprise comme activité de transformation de la nature. La technique représente pour l'homme et la nature un moyen d'**épanouissement** ou bien faut-il la voir comme une **menace** ?

Des moyens d'épanouissement… **…ou une menace pour notre humanité ?**

Platon (427-347 av. J.-C.)
Dimension « prométhéenne » de la technique

Aristote (384-322 av. J.-C.)
La main, outil des outils

Rousseau (1712-1778)
Progrès technique et décadence morale

Heidegger (1889-1976)
Un rapport appauvrissant au réel

1 Des moyens d'épanouissement

A Dimension « prométhéenne » de la technique

Selon le mythe exposé dans le *Protagoras* de **Platon**, l'homme est, à l'origine, **l'être le plus démuni et le plus faible**. En offrant aux hommes le don d'invention technique volé aux dieux, **Prométhée** renverse la situation. Les outils et les savoir-faire dont l'homme se dote à volonté lui permettent non seulement de survivre, mais aussi d'exploiter la nature à son profit, pour **accroître ses satisfactions et sa liberté**.

B La main et l'outil

Aristote, critiquant Platon, va plus loin dans cette analyse de l'homme inventeur de la technique. Pour lui, l'homme sans outil n'est pas démuni, bien au contraire, il est doté du **meilleur des outils, la main**. Selon Aristote, la nature a donné justement à l'homme *« l'outil qui tient lieu des autres »*, pour servir son intelligence. Ainsi, l'homme, grâce à la main, peut inventer et tenir un très grand nombre d'outils, alors que l'animal est limité à un seul. Ici, on comprend que la technique humaine, symbolisée par la main, ne se sépare pas de la nature, mais en est le produit et le prolongement. Par ailleurs, elle augmente la liberté humaine par l'éventail des possibilités d'actions qu'elle crée.

2 Une menace pour notre humanité

A Progrès technique et décadence morale

Certes le progrès technique semble découler naturellement des efforts faits par l'homme pour survivre dans une nature hostile. Mais il peut apparaître aussi comme une manière pour l'homme d'accroître sa **supériorité** et sa **domination** sur la nature ainsi que sur les autres hommes. C'est l'analyse que fait **Rousseau** du progrès technique pour mettre en cause l'orgueil humain et les effets pervers de sa « *perfectibilité* ». Il souligne également la dépendance entraînée par l'utilisation des outils, et ainsi la perte de **liberté** occasionnée par l'habitude d'une existence facilitée.

B Les dangers de la technique

- L'évolution des techniques représente un progrès dans les moyens offerts aux hommes, encore plus évident avec la **« technologie »**, l'articulation étroite des sciences et de la technique. Ce **« progrès »** est cependant très **équivoque**, dans la mesure où il s'offre **indifféremment à toutes les fins**, y compris les pires passions des hommes. Il mène ainsi à des **menaces** sur l'environnement comme sur l'existence de notre espèce.

> **À voir**
>
> ***Demain*, le film documentaire de Cyril Dion (2016)** présente les enjeux environnementaux et sociaux liés au réchauffement climatique et plus largement à la technologie.

- **Heidegger** pointe un danger plus grave encore, car plus subtil. Nos succès dans l'appropriation de la nature nous amènent à **ne plus voir le monde que comme un « fonds »** fait pour être exploité. De façon insidieuse, la technique devient ainsi autre chose qu'un ensemble de moyens : une forme de rapport « agressif » et réducteur à la réalité, qui entraîne un **appauvrissement de notre essence** d'êtres pensants.

3 Remèdes

- Il semble nécessaire d'encadrer l'évolution technique par des lois, qui appellent d'abord à une **réflexion éthique inédite**. Dans la mesure où la technique remet en cause les limites fixées par la nature, l'homme se retrouve devant la responsabilité de devoir lui-même les définir. **Hans Jonas** ajoute que cette **responsabilité** doit même, à présent, s'étendre à des êtres qui n'existent pourtant pas encore : les « générations futures ».

> **Citation-clé**
>
> *« Agis de façon que les effets de ton action soient compatibles avec la permanence d'une vie authentiquement humaine sur Terre. »*
>
> Hans Jonas, *Le Principe Responsabilité*, 1979.

- Pour ne pas tomber dans ce qu'**Heidegger** appelle *« l'oubli de l'Être »*, il faut cultiver des formes de rapport au monde plus « sereines » que celle de la technique. L'**art**, la **philosophie** ou encore la **religion** en donnent l'exemple, dans la mesure où ce sont autant de moyens de **se rapporter à la réalité sans chercher à l'exploiter**.
- Ainsi, les remèdes au danger potentiel de la technique passent à la fois par la **connaissance**, par une **exigence morale de respect**, et par la mise en œuvre de **moyens politiques**.

La technique selon les trois perspectives

LA TECHNIQUE – L'existence humaine et la culture

La technique est directement en lien avec des questions **existentielles** ou relatives à la **culture**. Elle est en effet l'expression directe de la culture comme transformation de la nature et on se demande jusqu'où elle améliore l'existence des hommes. Elle peut également être questionnée dans ses effets sur la conscience et sur la liberté **[1 et 2]**.

Exemple de question

• *Le progrès technique transforme-t-il les hommes ?* ➜ On se demande si le développement technique censé agir sur la nature pour la transformer positivement n'a pas aussi un effet sur les hommes et lequel.

LA TECHNIQUE – La morale et la politique

De même, on ne peut que questionner les effets moraux de la technique ainsi que la responsabilité politique impliquée dans ces effets. L'usage d'outils rend-il les hommes meilleurs, plus « humains », plus respectueux, ou les rend-il au contraire moins « humains », moins respectueux, plus égoïstes, plus indifférents… ? Que peuvent faire les lois pour empêcher les effets néfastes du progrès technique ? **[2 et 3]**

Exemple de question

• *Faut-il limiter le progrès technique ?* ➜ La question porte sur le paradoxe de la technique, censée se développer et progresser pour améliorer l'existence des hommes, mais dont les effets se révèlent inverses ; il convient de se demander sur quels critères limiter ou empêcher l'utilisation de certaines techniques, et quel rôle accorder à la fois à la morale et à la politique pour fixer ces critères.

LA TECHNIQUE – La connaissance

Enfin, on peut questionner le rapport entre connaissance et technique, ou entre science et technique. On se demande jusqu'où la fabrication et l'utilisation d'outils rendent les hommes plus intelligents, plus performants sur le plan de la connaissance et de la réflexion. Là encore, les effets semblent paradoxaux, voire contradictoires, et la question se pose de savoir si c'est la technique en elle-même qui doit être condamnée ou bien les hommes eux-mêmes dans l'usage qu'ils en font et dans les buts (finalité) qu'ils lui donnent **[1 et 2]**.

Exemple de question

• *Les techniques ne sont-elles qu'une application des sciences ?* ➜ On interroge le décalage possible entre la science, comme connaissance rationnelle théorique au service de la vérité, et la technique, comme application pratique au service d'un intérêt humain : certaines dérives ne sont-elles pas possibles dans l'utilisation des objets techniques ? Ne peuvent-ils pas servir des intérêts économiques, commerciaux, politiques ?

8 La vérité

Voir aussi : la religion (p. 388)

La vérité désigne, de façon classique, l'**adéquation de l'esprit à la chose**. C'est se représenter le réel tel qu'il est, de manière objective. On se demande, d'une part, si une telle conformité est accessible à l'homme et par quels moyens l'atteindre. On s'interroge, d'autre part, sur la valeur de la vérité : qu'apporte sa recherche ?

Difficultés que pose la vérité — **Les différentes formes de vérités** — **Valeur de la vérité**

Platon (427-347 av. J.-C.) Le monde des Idées

Descartes (1596-1650) Le modèle de l'évidence

Leibniz (1646-1716) Vérités de fait et vérités de raison

Kant (1724-1804) Le devoir de sincérité

1 Difficultés que pose la vérité

A Vérité et réalité

- La vérité est à distinguer de la simple réalité : c'est un discours ou une pensée sur la réalité. C'est avoir une représentation exacte, objective de la réalité, chercher un **accord** entre notre esprit et le réel.
- Plus encore, la vérité porterait sur l'**essence** des choses, sur ce qu'elles sont en elles-mêmes, au-delà de leur apparence. Elle a alors un caractère stable et universel.

B Caractère idéal de la vérité

C'est pourquoi, pour **Platon**, la vérité porte non pas sur la réalité sensible (ce que l'on voit, touche, etc.) mais sur une réalité « **intelligible** », accessible à la raison, et qui serait le **monde des Idées**, essences qui composent et ordonnent notre réalité. Ainsi, la vraie beauté, ce n'est pas une belle jeune fille ou une belle lyre, c'est l'Idée de beauté, c'est-à-dire ce par quoi toutes les choses belles le sont.

C Les obstacles à la recherche de la vérité

Une telle recherche suppose donc de vaincre les obstacles qui empêchent d'atteindre cette réalité intelligible. L'homme est, en effet, sujet à l'**erreur** (se tromper) ou à l'**illusion** (être victime de ses sens ou de ses désirs). Face à cette difficulté, il peut aussi préférer l'**ignorance** ou la simple **opinion** (pensée superficielle). Enfin, il peut vouloir se réfugier dans le **mensonge**, lorsque la vérité contrarie ses désirs ou ses intérêts.

À voir

***Music Box*, film de Costa-Gavras (1990).** L'histoire d'une avocate qui veut défendre son père accusé d'être un ancien nazi et poursuivi pour crime de guerre.

2 Les différentes formes de vérités

A Le modèle de l'évidence

Pour vaincre ces obstacles qui entravent la recherche de la vérité, on peut alors chercher, comme **Descartes**, à tout remettre en question, pour trouver une vérité indubitable. La proposition ***« Je pense, donc je suis »*** est, en ce sens, pour lui, le **modèle de la vérité**, en s'imposant comme **évidence** : penser, c'est être certain d'exister. La vérité relèverait ainsi d'une intuition intellectuelle.

> **Citation-clé**
> *« Les choses que nous concevons fort distinctement et fort clairement sont toutes vraies. »*
> René Descartes, *Discours de la méthode*, 1637.

B Vérités de fait ou de raison ?

Pourtant, comme le suggère **Leibniz**, il y a différentes vérités, selon les différents domaines de réalité : il y a ainsi des vérités de fait (« Il pleut »), dont le contraire est possible, et des vérités de raison ($2 + 2 = 4$), dont le contraire est impossible. Les vérités de fait supposent une certaine **expérience sensible**, et les vérités de raison sont données par la **raison seule**.

C Le modèle des sciences

On comprend que les sciences, qui reposent sur la rigueur du raisonnement et sur l'expérimentation, constituent un **modèle de vérité**. Elles proposent en effet des lois et des théories permettant de saisir des **rapports nécessaires et universels entre les choses** (par exemple la loi de la chute des corps pose que tous les corps tombent nécessairement).

3 Valeur de la vérité

A Vérité et devoir

- On peut donc s'interroger sur la valeur de la vérité. Les difficultés que pose sa recherche peuvent-elles, par exemple, autoriser le mensonge ? Pour **Kant**, le **devoir de sincérité** est un devoir sans condition : je ne suis jamais sûr, en mentant, de rendre mon action (même bonne) efficace. Plus largement, la recherche de la vérité rend l'homme meilleur, plus courageux, plus en accord avec sa dimension spirituelle. Elle a ainsi une vocation **morale**.

> **Rappel**
> Il est plus juste de parler d'un **devoir de « sincérité »** que de « vérité ». Il est en effet difficile d'être sûr de connaître la vérité. Ce que nous pouvons au moins garantir à autrui, c'est de dire ce que nous pensons être vrai. Nous n'avons qu'à interroger notre propre conscience.

- Pour **Descartes**, on peut hésiter entre l'illusion porteuse de joie ou la vérité accompagnée de tristesse. Selon lui, l'esprit humain place son « bien » dans la connaissance de la vérité et, par conséquent, même si celle-ci n'est pas toujours plaisante, l'homme en retire une plus grande satisfaction. L'illusion ou l'ignorance ne le contentent que superficiellement.

B Vérité et croyance

- De même, on peut poser que l'homme ne peut affirmer certaines vérités, lorsqu'elles portent sur des aspects du réel inaccessibles à l'expérience, comme Dieu. Mais, selon **Kant**, la morale exige de poser des objets de croyance, là où connaître est impossible. Croire en l'existence de Dieu est ainsi nécessaire pour croire en nos devoirs (on les pose comme issus de Dieu). Dieu fait l'objet d'une foi, qui pour le croyant acquiert le statut de **vérité subjective**.
- À ce niveau, c'est à l'État de garantir une liberté de croyance ou d'opinion, pour permettre à chacun d'avoir sa propre vérité. Pour autant, l'État peut aussi chercher à limiter et empêcher des croyances ou opinions néfastes à la vie en commun et contraires au respect de la personne humaine (on peut ainsi condamner quelqu'un pour des propos qui incitent à la haine et condamner par là même l'opinion qui les sous-tend).

• La diversité des cultures et des croyances rend également la vérité « relative », conditionnée par certains facteurs. C'est cette diversité qui fait dire à **Pascal** : *« Vérité en deçà des Pyrénées, erreur au-delà »*. Là encore, la croyance peut avoir valeur de vérité, elle peut avoir un **rôle social** (partager les mêmes croyances).

C Vérité et illusion

Plus radicalement pour **Nietzsche**, les vérités établies par les hommes, notamment dans le domaine des sciences ou même de la philosophie, ne sont qu'**illusions** : elles expriment le désir qu'ils ont de croire en un monde stable et ordonné par des lois, mais elles cachent un monde dont l'apparence, changeante et particulière, est l'unique réalité. Seul l'art permet de saisir cette réalité variable et éphémère, ainsi qu'un certain type de philosophie (notamment celle de **Nietzsche**, censée rompre avec le modèle platonicien.

La vérité selon les trois perspectives

LA VÉRITÉ – L'existence humaine et la culture

La notion de vérité est à articuler avec les questions existentielles car on se demande ce que sa recherche apporte à l'homme, tant elle peut s'avérer difficile, voire impossible, et parfois douloureuse [**1. C, 3. A**]. Par ailleurs, la pluralité des cultures pose aussi la question du rapport entre la vérité et les valeurs sociales, en interrogeant la dimension relative et subjective de certaines croyances admises comme vraies [**3. B**].

Exemples de questions

• *Peut-on ne pas vouloir rechercher la vérité ?* → On se demande ce qu'apporte la recherche de la vérité à l'homme, et si elle est toujours bénéfique ; on se demande aussi ce qui peut contrarier la volonté de l'homme dans sa quête de connaissance.

• *Toutes les opinions sont-elles tolérables ?* → On interroge la légitimité des opinions, c'est-à-dire de certaines pensées non réinterrogées, admises souvent comme vraies et pouvant l'être. Au nom de la liberté d'opinion, il semble qu'un devoir de tolérance s'impose en cas de désaccord. Pourtant, certaines limites apparaissent nécessaires au niveau moral.

LA VÉRITÉ – La morale et la politique

La vérité a un rapport avec la **morale** puisque l'on a en vue l'idée qu'il y a peut-être un devoir de vérité, contrebalancé par la tentation de défendre aussi un droit de mentir. De même, en se demandant ce que la recherche de la vérité apporte à l'homme, on s'interroge sur sa valeur morale [**2. A**]. On se demande également si l'**État** peut jouer un rôle dans la quête ou l'énoncé de la vérité [**3. B**].

Exemple de question

• *Toute vérité est-elle bonne à dire ?* → Cette question interroge l'énoncé de la vérité, et pose la question du droit de mentir. Il convient de rechercher des situations où le devoir de dire la vérité à autrui serait remis en question, et on se doit aussi de rechercher des conditions pour énoncer des vérités pénibles, douloureuses, terribles, que l'on ne peut taire.

LA VÉRITÉ – La connaissance

Enfin, la vérité est en lien direct avec les questions touchant à la connaissance puisqu'elle se définit comme connaissance objective. On se demande comment accéder à la vérité et si cet accès est possible. On se doit aussi d'interroger le modèle que représentent les sciences, pour savoir s'il n'y a pas des vérités d'un autre ordre (dans la religion, dans l'art, la philosophie…) [**2. C, 3. B et C**].

Exemple de question

• *N'y a-t-il de vérité que dans les sciences ?* → On attend une réflexion critique sur les sciences, en tant que modèles de vérité, pour interroger la possibilité d'établir des vérités dans d'autres domaines, tels que l'art ou la religion, ou encore la philosophie.

9 Les repères philosophiques

Comme le soulignent les programmes officiels : « *L'examen des notions et l'étude des œuvres sont précisés et enrichis par des repères que le professeur sollicite dans la conduite de son enseignement.* »

Afin de vous aider à les comprendre, voici quatre tableaux qui montrent que certains repères : s'opposent ; sont différents mais pas nécessairement opposés ; sont proches mais doivent être différenciés ; fonctionnent ensemble dans une progression.

1 Les repères qui s'opposent

Absolu : Qui ne varie pas en fonction de conditions.	**Relatif :** Qui varie en fonction de conditions.
Abstrait : Ce qui renvoie à des idées générales.	**Concret :** Ce qui renvoie à des choses particulières.
Analyse : Action de décomposer en éléments simples.	**Synthèse :** Action de rassembler en un tout.
Théorie : Ce qui renvoie au domaine de la pensée.	**Pratique :** Ce qui renvoie au domaine de l'action.
Essentiel : Propriété qui permet de définir un objet.	**Accidentel :** Propriété qui ne définit pas un objet.
Immédiat : Ce que l'on atteint directement.	**Médiat :** Ce que l'on atteint indirectement.
Impossible : Qui ne peut pas exister.	**Possible :** Ce qui n'existe pas mais peut exister.
Objectif : Ce qui ne tient compte que de l'objet, ce qui vaut de façon universelle.	**Subjectif :** Ce qui dépend d'un sujet, d'un point de vue particulier.
	Intersubjectif : Ce qui caractérise la relation entre deux sujets, deux consciences.
Public : Qui renvoie à la sphère collective, à l'espace partagé par le groupe social (lieux et espaces publics, biens de l'État).	**Privé :** Qui renvoie à la sphère personnelle, à l'espace de vie intime (vie privée, maison, famille, biens personnels).
Transcendant : Ce qui dépasse l'ordre naturel des choses accessibles par l'expérience.	**Immanent :** Ce qui est du même ordre que la réalité donnée dans l'expérience.

2 Les repères qui sont différents sans être nécessairement opposés

Croire : Tenir pour vrai de façon subjective.	**Savoir :** Tenir pour vrai de façon objective.
En acte : Ce qui est réalisé effectivement.	**En puissance :** Ce qui peut se réaliser mais qui ne l'est pas encore.
En fait : Ce qui existe dans les faits, sans être pour autant juste.	**En droit :** Ce qui devrait exister parce que juste, légitime d'un point de vue moral.
Exemple : Ce qui permet d'illustrer un énoncé général à l'aide d'un cas concret et particulier.	**Preuve :** Ce qui permet de vérifier l'accord d'un énoncé avec la réalité.
Formel : Ce qui concerne la valeur logique d'un raisonnement, la forme.	**Matériel :** Ce qui concerne le contenu d'un raisonnement, sa conformité avec la réalité.
Idéal : Ce qui existe en pensée et représente un modèle.	**Réel :** Ce qui existe dans les faits et peut être imparfait.
Intuitif : Ce qui peut être saisi de façon immédiate.	**Discursif :** Ce qui suppose les articulations d'un raisonnement, d'un discours.

Principe : Ce qui est premier, ce qui fonde.	**Cause :** Tout principe d'explication.	**Fin :** Explication par un but ou une intention.

3 Les repères qui sont proches mais qu'il faut distinguer

Expliquer : Chercher les causes, ce qui a rendu possible quelque chose.	**Comprendre :** Chercher les raisons, les buts, les motivations.
Légal : Ce qui est conforme à la loi, au droit positif.	**Légitime :** Ce qui est conforme à la morale, ce qui est juste en soi.
Obligation : Ce que l'on s'impose à soi-même librement.	**Contrainte :** Ce qui est imposé de façon extérieure.
Origine : Ce qui désigne le commencement ou les conditions d'apparition de quelque chose.	**Fondement :** Ce qui justifie l'existence de quelque chose d'un point de vue moral ou logique.
Persuader : Obtenir l'adhésion de quelqu'un à partir d'éléments subjectifs.	**Convaincre :** Obtenir l'adhésion de quelqu'un à partir d'éléments objectifs.
Ressemblance : Comparaison directe d'éléments.	**Analogie :** Comparaison indirecte portant sur des rapports.

4 Les repères qui fonctionnent ensemble dans une progression

<table>
<tr><td colspan="4">Concept : Se dit d'une idée générale et abstraite (« la » liberté, « le » temps).</td><td colspan="4">Image : Représentation concrète permettant de représenter un concept explicitement (l'image du fleuve pour représenter le temps).</td><td colspan="4">Métaphore : Image implicite et indirecte (les « ravages » du temps, « l'écoulement » du temps).</td></tr>
<tr><td colspan="6">Contingent : Ce qui existe et aurait pu ne pas exister.</td><td colspan="6">Nécessaire : Ce qui existe et qui ne pouvait pas ne pas exister.</td></tr>
<tr><td colspan="4">Genre : Le groupe général.</td><td colspan="4">Espèce : Le sous-groupe du genre.</td><td colspan="4">Individu : L'élément de l'espèce.</td></tr>
<tr><td colspan="4">Hypothèse : Proposition incertaine qu'on demande d'admettre (« si… »).</td><td colspan="4">Conséquence : Proposition découlant logiquement d'une autre proposition (« alors… »).</td><td colspan="4">Conclusion : Proposition finale découlant logiquement d'une série de propositions (« donc… »).</td></tr>
<tr><td colspan="4">Identité : Le fait d'être strictement le même.</td><td colspan="4">Égalité : Le fait d'être le même sous un certain rapport.</td><td colspan="4">Différence : Le fait de ne pas être le même.</td></tr>
<tr><td colspan="3">Universel : Ce qui vaut sans exception.</td><td colspan="3">Général : Ce qui vaut dans la plupart des cas.</td><td colspan="3">Particulier : Ce qui vaut dans certains cas.</td><td colspan="3">Singulier : Ce qui vaut dans un seul cas.</td></tr>
<tr><td colspan="4">Vrai : Se dit d'un énoncé (discours ou pensée) en accord avec le réel.</td><td colspan="4">Probable : Se dit d'un énoncé qui admet une forte possibilité d'être vrai.</td><td colspan="4">Certain : Se dit d'un énoncé dont l'accord avec le réel a été démontré ou prouvé.</td></tr>
</table>

Sujet du Bac — Épreuve de philosophie

SUJET I Dissertation

Corrigé p. 403

La laideur peut-elle intéresser l'artiste ?

Comment traiter le sujet

Notions

L'art, la nature, la vérité.

Remarques générales

Le sujet est assez classique, même si la notion de « laideur » peut sembler difficile à analyser (le terme *beauté* nous est plus familier). Ce qui est interrogé ici, c'est le rapport entre l'art et la beauté et en quel sens celui-ci peut viser autre chose que le beau.

Analyser les termes du sujet

- **La laideur :** la laideur désigne ce qui n'est pas beau. Pour autant, ce qui n'est vraiment pas beau n'est pas forcément laid. Il y aurait donc un intermédiaire entre le beau et le laid, quelque chose pouvant n'être ni beau ni laid, nous laissant indifférent sur le plan esthétique. La laideur désigne un manque cruel de beauté qui, du coup, nous interpelle et nous étonne : face à elle, nous sommes comme surpris par cette absence radicale, exceptionnelle, de beauté. Par ailleurs, la laideur semble pouvoir s'appliquer soit à l'apparence (visage, décor, vêtements…), soit à des formes d'intériorité (pensées, sentiments, parties du corps). Dans tous les cas, la laideur semble à la fois attirer le regard et nous repousser.
- **Peut-elle :** on interroge à la fois la possibilité, pour l'artiste, de s'intéresser à la laideur et la légitimité (valeur) d'un tel intérêt : jusqu'où est-il « bon » que l'artiste s'intéresse à la laideur ?
- **Intéresser :** la notion d'« intérêt » peut désigner le caractère « utile » d'une chose (d'un point de vue matériel, économique ou politique), et, en cela, l'intérêt nous rend « intéressé » (nous cherchons un « gain » possible) ; l'intérêt peut aussi renvoyer aux domaines de la culture et de la connaissance, et l'on s'intéresse alors à une chose non pas pour « y gagner » quelque chose, mais parce que la chose en elle-même a de la valeur et demande qu'on s'intéresse « à » elle.

Dégager une problématique

- Il semblerait que l'artiste s'intéresse à la beauté et que, par conséquent, il ne puisse s'intéresser à la laideur.
- Pour autant, certaines œuvres ne nous apparaissent-elles pas laides, et ce non pas parce que nous les trouverions personnellement laides, mais parce qu'elles se voudraient laides ? N'est-ce pas alors le signe que l'artiste, de fait, s'intéresse à la laideur ?
- Pourquoi un tel intérêt et est-il légitime ?

SUJET 2 Dissertation Corrigé p. 405

La culture nous rend-elle plus humain ?

Comment traiter le sujet

Perspectives

L'existence humaine et la culture.

Notions et repères

Notions : l'art, la justice, le langage, la liberté, la nature, la technique.
Repères : absolu/relatif – en acte/en puissance – essentiel/accidentel – universel/général/particulier/singulier.

Remarques générales

Même si la notion de « nature » n'apparaît pas elle-même dans la question, le sujet est bien une façon de l'interroger. En effet, réfléchir sur la « culture », c'est nécessairement réfléchir en même temps sur « la nature » puisque les deux notions se définissent l'une par rapport à l'autre. Cette réflexion est ici centrée sur l'homme qui est à la fois celui par qui la culture arrive, et aussi celui sur qui elle s'exerce.

Analyser les termes du sujet

- **La culture :** dans un premier sens, la culture désigne un *processus*, celui d'une transformation de la « nature ». Il peut s'agir de la modification du monde qui nous entoure (par l'agriculture, par exemple) mais aussi, par extension, de la modification que l'homme s'impose à lui-même à travers l'éducation en particulier. La culture évoque par suite tous les *domaines* par lesquels l'homme s'écarte d'un comportement seulement naturel, pour y ajouter une dimension « artificielle » : l'invention et l'utilisation de moyens techniques, la création d'œuvres d'art, l'instauration de valeurs et de règles morales, l'établissement de lois, etc. En principe, tout cela permet à l'homme de s'éloigner de son état « sauvage » pour se « civiliser », se « discipliner » ou encore même « s'humaniser ». Cela implique de voir la nature, ou du moins l'état naturel de l'homme, comme quelque chose d'imparfait qu'il faudrait améliorer, voire même comme quelque chose de mauvais qu'il faudrait corriger ou repousser. L'effet de la « culture », dans ses différentes dimensions, est-il nécessairement positif ?
- **humain :** l'adjectif peut avoir plusieurs sens. On peut d'abord qualifier « d'humain » tout ce qui correspond à l'homme, dans sa façon d'être et d'agir : mais dans ce cas, il est aussi « humain » de faire preuve de lâcheté ou de violence, que l'inverse. L'adjectif a alors une valeur purement « descriptive », sans enjeu particulier. Mais en général, on l'emploie plutôt dans un sens « normatif », plus exigeant : être « humain » ou manifester son « humanité », c'est faire preuve de *qualités* qui seraient *propres à notre espèce*. Il pourrait s'agir de capacités physiques comme la « bipédie », mais aussi de facultés comme le langage, l'invention technique, la créativité esthétique, etc. Dans un sens plus restreint encore, mais très fréquent, on assimile le fait d'être « humain » avec une certaine conduite morale, faite de compréhension et de bienveillance envers l'autre. C'est comme si c'était sous cette forme que notre qualité d'être « humain » se manifestait le mieux.

• **nous rend-elle plus :** la formulation de la question a quelque chose d'assez modeste. On ne demande pas si la culture « nous rend humain » de façon complète et à elle seule, mais seulement si elle y participe. Cela laisse entendre que l'humanité (le fait d'être « humain ») est quelque chose qui s'acquiert, progressivement, et selon un processus infini peut-être. La culture ne pourrait donc pas nous y faire parvenir entièrement ni rapidement. La formulation suggère aussi que notre humanité pourrait venir aussi d'autre chose que la culture, donc de la nature : ne serions-nous pas déjà humains « par nature », grâce à des qualités humaines naturelles ? En ce cas, le rôle de la culture consiste-t-il à développer ce que la nature offre déjà ? Ou bien à le compléter, voire à la corriger ? Enfin, ne pourrait-on pas envisager que la culture nous rende « moins humain », en nous faisant perdre des qualités naturellement présentes ?

Dégager une problématique

La question, ici, porte sur le rôle de la culture et sur la place qu'il faut lui réserver dans le fait même d'être humain, d'avoir des qualités spécifiques, distinctes des animaux notamment. Il semblerait que, si l'homme n'est pas vraiment humain par nature, s'il doit apprendre à développer ses caractéristiques propres ou les acquérir, alors la culture serait ce qui, précisément, apporte et développe en lui l'humanité, par l'éducation ou par les règles sociales. Mais on peut aussi se demander si la culture ne risque pas d'avoir des effets pervers dans ce processus même consistant à humaniser l'homme : ne peut-elle pas manquer son but, voire développer négativement des formes « d'inhumanité » ?

SUJET 3 L'explication de texte *Corrigé p. 408*

Expliquez le texte suivant :

C'est sans doute un mal que d'être plein de défauts ; mais c'est encore un plus grand mal d'en être plein et de ne les vouloir pas reconnaître, puisque c'est y ajouter encore celui d'une illusion volontaire. Nous ne voulons pas que les autres nous trompent ; nous ne trouvons pas juste qu'ils veuillent être estimés de nous plus qu'ils méritent : il n'est donc pas juste aussi que nous les trompions et que nous voulions qu'ils nous estiment plus que nous le méritons.

Ainsi, lorsqu'ils ne découvrent que des imperfections et des vices que nous avons en effet, il est visible qu'ils ne nous font point de tort, puisque ce ne sont pas eux qui sont en cause ; et qu'ils nous font un bien, puisqu'ils nous aident à nous délivrer d'un mal, qui est l'ignorance de ces imperfections. Nous ne devons pas être fâchés qu'ils les connaissent, et qu'ils nous méprisent, étant juste, qu'ils nous connaissent pour ce que nous sommes, et qu'ils nous méprisent si nous sommes méprisables.

Blaise PASCAL, *Les Pensées*

Rédaction de la copie : le candidat a le choix entre deux manières de rédiger l'explication de texte. Il peut :

– soit répondre dans l'ordre, de manière précise et développée, aux questions posées (option n° 1) ;

– soit suivre le développement de son choix (option n° 2).

Il indique son option de rédaction (option n° 1 ou option n° 2) au début de sa copie.

Questions de l'option n° 1

A – Éléments d'analyse

1. Expliquez « c'est encore un plus grand mal… puisque c'est y ajouter encore celui d'une illusion volontaire » (l. 1-3).
2. Expliquez la contradiction qu'il y aurait à ne pas vouloir « que les autres nous trompent » et vouloir les tromper nous-mêmes.
3. Que signifie « il est visible qu'ils ne nous font point de tort, puisque ce ne sont pas eux qui sont en cause » ?

B – Éléments de synthèse

1. Dégagez la thèse de l'auteur.
2. À quelle question répond le texte ?
3. Indiquez les étapes de son raisonnement.

C – Commentaire

1. En quoi la recherche de la vérité est-elle en soi un bien ?
2. Qu'est-ce qui peut rendre la recherche de la vérité douloureuse ou difficile ?
3. Ce qui est désagréable dans la recherche de la vérité ne peut-il être un bien ?

SUJET 4 L'explication de texte *Corrigés p. 410*

Expliquez le texte suivant :

Toute loi, avons-nous dit, vise l'intérêt commun des hommes, et c'est seulement dans cette mesure qu'elle acquiert force et valeur de loi. Dans la mesure, au contraire, où elle ne réalise pas ce but, elle perd sa force d'obligation (…). Or, il arrive fréquemment qu'une disposition légale utile à observer pour le bien public en général devienne, en certains cas, extrêmement nuisible. Car le législateur, ne pouvant envisager tous les cas particuliers, rédige la loi en fonction de ce qui se présente le plus souvent, portant son attention sur l'utilité commune. C'est pourquoi s'il surgit un cas où l'observation de telle loi soit préjudiciable au bien commun, celle-ci ne doit plus être observée.

Ainsi à supposer que dans une ville assiégée on promulgue la loi que les portes doivent demeurer closes, c'est évidemment utile au bien public, en règle générale ; mais s'il arrive que les ennemis poursuivent des citoyens dont dépend le salut de la cité, il serait très préjudiciable à cette ville de ne pas leur ouvrir ses portes. Et par conséquent dans une telle occurrence, il faudrait ouvrir les portes, malgré le terme de la loi, afin de sauvegarder l'intérêt général que le législateur a en vue.

Saint Thomas d'Aquin

Rédaction de la copie : le candidat a le choix entre deux manières de rédiger l'explication de texte. Il peut :
– soit répondre dans l'ordre, de manière précise et développée, aux questions posées (option n° 1) ;
– soit suivre le développement de son choix (option n° 2).
Il indique son option de rédaction (option n° 1 ou option n° 2) au début de sa copie.

Questions de l'option n° 1

A – Éléments d'analyse

1. Expliquez « toute loi vise l'intérêt commun des hommes ».
2. Que veut dire « elle acquiert force et valeur de loi » ?
3. Comment comprendre que le législateur « rédige la loi en fonction de ce qui se présente le plus souvent » ?

B – Éléments de synthèse

1. Quelle est la thèse du texte ?
2. À quelle question répond le texte ?
3. Indiquez quelles sont les étapes du raisonnement de l'auteur.

C – Commentaire

1. À quoi servent, de façon générale, les lois ?
2. Qu'est-ce qui peut autoriser que l'on transgresse les lois ?
3. N'y a-t-il pas toutefois un risque de dérive si l'on transgresse les lois et comment alors les éviter ?

Corrigé sujet I : plan détaillé de la dissertation

Énoncé p. 399

Les titres en couleur apparaissant dans ce corrigé ne doivent pas figurer dans votre devoir. Nous les avons insérés pour vous guider et vous aider à repérer la progression de la dissertation.

I Difficultés que pose l'intérêt que l'artiste porte à la laideur

1 L'artiste devrait rejeter la laideur

On pourrait tout d'abord penser que l'artiste ne devrait ni ne peut s'intéresser à la laideur et que son rôle est, au contraire, de représenter la beauté. La laideur viendrait, en effet, remettre en question l'idée d'un ordre et d'une harmonie des choses. C'est ce que suggère Platon, dans le livre X de *La République*, lorsqu'il condamne les poètes qui *« créent des fantômes, non des réalités »*. En montrant, par exemple, la laideur des dieux (qui se jalousent, se querellent et s'enivrent), les poètes, selon Platon, incitent les hommes à devenir eux-mêmes laids et les poussent aux vices. Il faut donc chasser les artistes qui montrent des choses laides.

2 Rôle de l'artiste : s'intéresser à la beauté

Le rôle de l'artiste consisterait, au contraire, à inciter les hommes à la vertu, en leur montrant plutôt la beauté. Pour Platon, il faut *« obliger les poètes à composer des fables qui tendent au même but : la vertu »* et il faut *« faire tout son possible pour que les fables soient les plus belles et les plus propres à enseigner la vertu »*. Plus largement, on peut penser qu'effectivement l'art est une manière de représenter tout ce que le monde, la nature et l'homme ont de « beau », c'est-à-dire de bon et d'ordonné, d'harmonieux.

3 Seule possibilité de s'intéresser à la laideur : vouloir la dénoncer

La seule manière alors pour l'artiste de s'intéresser à la laideur serait de la montrer pour la dénoncer, et pour que l'homme s'en détourne et rejoigne la beauté et la vertu. Ainsi, par exemple, chez Victor Hugo, les personnages « laids » (physiquement comme Quasimodo ou moralement comme les Thénardier) ne sont montrés que pour leur opposer des personnages « beaux » (Esméralda ou Jean Valjean). La laideur qui intéresse l'artiste doit donc être comprise comme un vice de forme, une faute humaine : ne sont laids que ceux qui méritent de l'être par leurs vices, par leur refus de suivre la vertu.

II Possibilité pour l'artiste de s'intéresser à la laideur pour elle-même

1 L'artiste peut vouloir montrer qu'il existe du laid et pas seulement de la beauté

Mais, si l'on pose que la laideur existe de fait et tout autant que la beauté, alors l'artiste ne peut pas se désintéresser de la laideur. L'artiste n'est-il pas celui qui cherche à représenter, à rendre visible ce que l'homme commun ne voit pas de lui-même, et donc à montrer aussi la laideur ? Ainsi, pour Aristote, *« il y a des dieux même dans la cuisine »* et la nature montre aussi bien des animaux bien constitués que des monstres difformes dont l'enfant s'émerveille. S'intéresser à la laideur en cherchant à la représenter serait une manière de revenir à la réalité telle qu'elle nous apparaît sous toutes ses formes.

2 Plus encore, il n'y aurait peut-être pas de beauté

Autre raison possible de s'intéresser à la laideur : elle serait peut-être l'essence même du réel, le fond des choses, tandis que la beauté ne serait qu'illusion. Peut-être n'y a-t-il dans le monde ni ordre, ni harmonie, ni stabilité, et peut-être tout n'est-il que pur chaos, comme le suggère Nietzsche pour qui *« nous avons l'art pour ne pas mourir de la vérité »* ? L'art nous délivrerait de l'illusion selon laquelle il existerait un *« arrière-monde »* soutenant notre monde visible. Un tel « autre » monde n'existerait pas.

3 L'artiste s'intéresse à la laideur pour en faire de la beauté

Alors, l'artiste, conscient de cette laideur fondamentale des choses et du monde, ne pourrait que s'intéresser à elle, pour montrer en quoi toutes nos illusions en découlent. En s'intéressant à la laideur, il nous dirait que c'est elle qui est derrière tout ce que nous masquons par une beauté artificielle et vaine. Tel est le projet des *Fleurs du mal*, par exemple, où Baudelaire, en créant des poèmes tels que « Une charogne », « Les Aveugles », cherche à créer de la beauté à partir de la laideur. Il est possible de faire un beau poème sur les laideurs du monde et des choses. Si « Une charogne » est un beau poème, c'est parce qu'il nous dit de belle façon ce qui fait toute la laideur de notre condition (l'inévitable putréfaction des corps).

III Limites à l'intérêt de l'artiste pour la laideur

1 Le devoir de condamner l'intérêt pour une certaine laideur

Toutefois, Nietzsche, en affublant Zola de l'expression *« la joie de puer »*, semble condamner une certaine forme de laideur : celle incarnée par une misère populaire et qui ne serait que pure complaisance pour une forme de décadence. La laideur d'un Lantier ou d'un Coupeau serait la laideur d'un laisser-aller, d'une oisiveté qui dégénère sans chercher à lutter contre elle-même. Dans l'art contemporain, on peut également critiquer certaines formes de complaisances pour la laideur : faut-il, en effet, se laisser aller à décrire le domaine de nos besoins animaux (comme le fait, par exemple, Wim Delvoye avec son œuvre *Cloaca*, qui est une machine à déféquer) ?

2 Comment distinguer alors différents types de laideurs ?

Si l'œuvre d'art doit, comme le suggère Heidegger, manifester, installer un monde, mettre en œuvre une vérité, n'autorise-t-elle pas alors certaines formes de laideurs qui seraient de tels événements ? De même, si l'artiste fait l'œuvre autant qu'il est fait par elle, ne peut-il s'intéresser à certaines laideurs qui, ici ou là, à telle ou telle époque, sont celles de notre monde et de nos attitudes ? Proust, à ce titre, ne dit-il pas la laideur des salons mondains, la laideur des sentiments engendrés par la guerre et l'affaire Dreyfus, la laideur de l'amour ? Et si, comme le dit Heidegger, *« la beauté est un mode d'éclosion de la vérité »*, alors la laideur faite œuvre, capable de faire éclore la vérité, est belle.

3 La laideur comme marque du génie

Plus encore, ne peut-on voir dans la beauté transfigurée en laideur la marque du génie de l'artiste, le témoignage de son « style », de son « coup d'œil », capable de défaire et de refaire, selon son propre goût, le modèle qui l'inspire ? Ainsi, le narrateur de *À la recherche du temps perdu* admire dans le peintre Elstir cette transfiguration même du modèle rendu presque laid :

Odette devient laide lorsqu'elle apparaît en Miss Sacripant. C'est que le peintre l'a enlaidie, débarrassée de ses fards et de ses masques.
Plus largement, comme le suggère Bergson, l'artiste est celui qui est capable de *« percevoir pour percevoir »*, percevoir *« pour rien, pour le plaisir »* : c'est dire qu'en débarrassant le monde de son caractère utilitaire, l'artiste saisit ce qui du monde est ordinairement laid, mais qui pour son œil est beau.

Corrigé sujet 2 : plan détaillé de la dissertation *Énoncé p. 400*

Les textes en couleur apparaissant dans ce corrigé ne doivent pas figurer votre devoir. Nous les avons insérés pour vous guider et vous aider à repérer la progression.

I L'homme tiendrait son humanité et son degré d'humanité de la culture

1 L'idée que l'homme naîtrait humain grâce à la nature

On pourrait, tout d'abord, penser que l'homme naît homme et qu'il doit son humanité à la nature. Celle-ci lui donnerait, dès le départ, de façon innée, toutes ses caractéristiques propres, sa spécificité. Cette idée peut se défendre d'un point de vue biologique, quand on considère que chaque homme, lorsqu'il naît, possède en lui, de par sa constitution biologique, ce qui fait de lui un être humain et non pas un être d'une autre espèce (chien ou chat) ou d'un autre ordre (objet inanimé). À ce niveau, chaque être humain naît « humain » et ne doit pas à la culture l'ensemble de ses propriétés physiques (bras, jambes, tête, mains, pieds, visage…). Il ne doit pas acquérir son corps biologique, ni procéder à une transformation extérieure pour l'obtenir.

Li'dée de ce pragraphe n'est exposée ici que pour être critiquée dans cette 1re partie : elle est trop « naïve » pour mériter une grande partie à elle seule.

2 Limites de cette idée et critique de la notion de « nature humaine »

Pour autant, à part cette détermination biologique, fixée par l'évolution et par l'hérédité, il apparaît que l'homme ne naît pas homme mais le devient par le biais de l'éducation et de la culture, au contact d'autrui. L'exemple des « enfants sauvages », comme Victor de l'Aveyron, témoigne de ce fait : abandonné très tôt dans la nature, un enfant ne devient pas naturellement humain, même si son corps biologique est certes celui d'un être humain. Il ne développe ni la bipédie, ni la sensibilité (perception) dont l'homme est capable, ni la conscience de soi, ni l'aptitude technique à fabriquer des outils, etc. Son corps, bien qu'humain sur le plan biologique, ne ressemble pas à celui d'un autre enfant de son âge, et « l'enfant sauvage » ne montre aucun sentiment ni ne témoigne d'aucun développement intellectuel spontané.

Le réalisateur François Truffaut a réalisé un célèbre film inspiré de l'histoire de Victor de l'Aveyron, « L'Enfant sauvage ».

3 Le rôle de la culture : rendre humain et plus humain

C'est donc dire que l'être humain ne serait, à l'état naturel, qu'un homme en puissance, doté simplement de facultés spécifiques, de potentialités ou « virtualités » (comme le suggère **Lucien Malson** dans *Les Enfants sauvages*, en 1964). **Rousseau** évoque la notion de « *perfectibilité* » pour suggérer l'aptitude propre à l'homme à se perfectionner. La culture aurait alors pour rôle de développer ces capacités propres, de les épanouir, comme le fait le médecin Jean Itard avec Victor : il le rend humain en l'aidant à développer tout ce qui caractérise un homme. Il com-

PHILOSOPHIE

mence par donner à son corps les aptitudes physiques qui sont celles d'un être humain, puis lui apprend à éprouver des sentiments et à développer ses aptitudes intellectuelles, techniques et artistiques, ainsi que le sens de la justice. Par ailleurs, on peut poser qu'à l'état naturel, l'homme serait limité à de simples besoins vitaux (manger, boire, dormir, se défendre) qu'il partagerait avec le vivant et qui, en ce sens, ne seraient pas spécifiquement humains : dans ce cas, la culture aurait pour but de rendre ces besoins « plus » humains, en les transformant, en les disciplinant (il faudrait apprendre à manger humainement, de manière non animale, en introduisant des règles, des façons de manger, par exemple).

> « L'homme en puissance »
> Voir le couple de repères « en acte/en puissance ».

II Mais la culture peut aussi avoir des effets pervers sur notre humanité

1 La culture peut ne pas nous rendre humain

La culture peut aussi rater son but et ne pas contribuer à développer nos facultés : une « mauvaise » éducation témoigne de ce genre d'échecs, et un enfant « mal élevé » incarne cette possibilité, pour la culture, de ne pas épanouir nos aptitudes spécifiques ou de ne pas discipliner nos besoins vitaux. Mal parler ou mal manger, par exemple, montre qu'une culture, ou qu'une éducation, peut ne pas parvenir à donner à un enfant toutes ses possibilités. L'éducation, grâce à laquelle il est pourtant censé apprendre des règles et des codes, semble rater sa vocation. Ici, la culture en tant que transmission de règles et de codes de conduite ne rend pas plus humain : elle n'apporte pas au langage humain le « plus » qu'il lui faut pour atteindre sa perfection, par exemple, ou bien elle laisse l'enfant rivé à la satisfaction anarchique de ses besoins (enfant capricieux, égoïste, égocentrique). De manière plus large, la culture peut prendre la forme de ce qu'on appelle une « sous-culture », développant non pas ce que l'homme a de plus humain en lui, mais ce qu'il aurait de bas, d'instinctif, de vicieux (les émissions de « télé-réalité », par exemple, qui sont réputées ne pas contribuer au développement intellectuel ni artistique).

2 Certaines pratiques culturelles peuvent sembler inhumaines

Par ailleurs, certaines pratiques (comme l'anthropophagie) témoignent aussi de ce que l'ethnologue **Claude Lévi-Strauss** considère comme une forme de résistance, une sorte d'inertie, de « *résidu d'iniquité* » faisant que l'humanisation échoue sur le plan moral. On pourrait croire que ces pratiques sont réservées à quelques cultures, dites « sauvages » ou « barbares ». Pourtant, en posant que « *le barbare est d'abord celui qui croit à la barbarie* », **Claude Lévi-Strauss** dénonce l'ethnocentrisme qui fait que l'on nomme « barbare » ce que l'on croit ne voir qu'ailleurs, à partir de sa propre culture (*Race et Histoire*). Pour lui, rien n'est barbare en soi ; toute culture est simplement imparfaite et aucune n'est parfaite. Certains Indiens sont anthropophages, tandis que nous nous plaisons à disséquer des cadavres dans des amphithéâtres de médecine : ces deux pratiques sont inhumaines au sens où elles semblent aller contre l'aptitude de l'homme à respecter le corps de son congénère, mais elles existent ici et ailleurs (*Tristes Tropiques*). C'est donc « la » culture, et non pas telle ou telle culture, qui rend inhumain, en inventant des pratiques qui vont à contresens de ce que l'homme a de différent par rapport à l'animal ou qui le laissent à un niveau d'humanité non développée.

> Toute citation doit être expliquée : elle n'a de valeur que si elle est intégrée au raisonnement.

3 La culture peut menacer ce qui, en l'homme, reste « naturel » et humain

Enfin, le fait même de transformer l'être humain au moyen de règles et de discipline peut se révéler contraire à celui de rendre « plus » humain, si ces règles se révèlent, notamment, répressives et contraires au libre épanouissement de ce qui nous rattache au monde naturel et qui constitue aussi une part de notre « humanité ». L'extrême discipline de la sexualité dans certaines formes de religion, par exemple, peut paraître inhumaine si l'on considère que la sexualité ne relève pas de la pure animalité. S'il convient, en effet, d'humaniser la dimension sexuelle de l'homme, peut-être ne convient-il pas de la réprimer à l'excès, sinon en « dénaturant » l'homme ? **Freud**, dans *Malaise dans la culture*, dénonce ainsi la répression qu'impose la culture en général à l'égard des instincts. Ici, la culture ne rend pas plus humain : elle « déshumanise ».

III Comment faire en sorte que la culture développe au mieux notre spécificité ?

1 Les critères d'une « bonne éducation »

On peut s'interroger sur la possibilité d'établir certains critères qui rendraient possibles une « bonne éducation » et donc une bonne façon de cultiver l'homme : comment faire en sorte que l'on rende l'homme (l'enfant en l'occurrence) le plus humain possible ? L'école semble, ici, incarner une telle vocation puisqu'elle s'attache, précisément, à développer les multiples aptitudes de chacun à devenir plus humain aussi bien dans ce que nous avons en commun avec les autres hommes que dans nos talents propres (personnels). Pour **Alain**, par exemple, un principe est de « *contrarier les goûts, d'abord et longtemps* » et de considérer chaque individu comme un « *génie universel* » (*Esquisses de l'homme*), capable de tout apprendre. En encourageant toutes les aptitudes (et non pas seulement certaines, plus faciles selon les dons et les goûts de chacun), on se donnerait ainsi les moyens de rendre l'homme « pleinement » humain, en ne négligeant aucune des capacités humaines.

> Comme souvent, l'enjeu de la dernière partie est d'essayer de résoudre les difficultés soulevées : ici, comment concilier la nécessité de la culture et le désir d'éviter une « dénaturation » ?

> Pour bien mettre en valeur l'idée exposée par Alain, il faut souligner le paradoxe qu'elle contient : aller à l'encontre des manifestations « naturelles », spontanées, pour bien éduquer.

2 Les critères moraux pour définir ce que serait le plus haut degré d'humanité

Par ailleurs, il est possible de se fixer aussi des critères d'ordre moral pour déterminer ce que peut signifier « plus humain ». Si la culture, à travers certaines pratiques, peut sembler inhumaine, c'est au sens où elle ne paraît pas permettre à l'homme de faire valoir sa dimension morale, sa capacité à respecter l'être humain, à se montrer sensible à la souffrance. S'entendre sur de tels critères permettrait, peut-être, de condamner ou sinon de questionner des pratiques cruelles ou irrespectueuses de la personne ou de l'animal (on peut penser à l'excision, à la peine de mort, ou encore à la corrida). De tels critères peuvent aussi aider à interdire certaines pratiques et mettre en place des lois afin de garantir cette interdiction. On peut penser ainsi qu'avec le temps, la culture rendra l'homme de plus en plus humain.

3 Le rôle de l'ethnologie et de la philosophie

Ici, ce qui permettrait à la culture de rendre « plus » humain, ce serait le fait de s'ouvrir aux autres cultures et de réfléchir sur la notion même de « culture ». Le voyage ethnographique, par exemple, comme l'a pratiqué **Claude Lévi-Strauss**, illustre une telle démarche visant à rendre compte de ce que la culture a d'humanisant dans toute sa diversité, tout en montrant aussi ses faiblesses et ses limites. La philosophie peut aussi permettre un travail de questionnement et de réflexion sur ce qu'est la culture et sur ce qu'elle doit être. En s'interrogeant sur la place de la nature dans la constitution de l'humain et en mettant en évidence le poids décisif de la culture, la philosophie peut ainsi contribuer à rendre la culture plus humanisante.

Corrigé sujet 3 : l'explication de texte

Énoncé p. 401

Option n° 1

A – Éléments d'analyse

1. Avoir des défauts, de caractère en particulier, n'est pas en soi le plus grave. C'est même courant, et on peut en être conscient et s'efforcer de les corriger. Mais **il se peut aussi qu'on cherche à dissimuler ces défauts, y compris à soi-même, en refusant de les reconnaître**. C'est sans doute le pire pour deux raisons. D'une part, cela équivaut à se mentir à soi-même, et à vivre dans l'illusion à propos de soi. L'ignorance ou l'illusion pourraient servir d'excuse, mais pas lorsqu'elle est volontaire : il s'agit alors de mauvaise foi. On ajoute un nouveau défaut. D'autre part, c'est se mettre dans l'impossibilité de s'améliorer, entretenir le défaut, s'enfermer dans ses défauts.

2. **Il serait contradictoire d'exiger des autres ce que l'on ne ferait pas soi-même** au sens où ce serait d'une part illogique et d'autre part immoral, mauvais sur le plan relationnel. Si nous demandons à autrui de ne pas nous cacher ses défauts, il faut se montrer capable de nous montrer aussi tels que nous sommes, sinon les relations sont inégales, bancales. Certains se donneraient du mal à se montrer sous leur vrai jour, parfois défavorable, alors que d'autres se plairaient à cacher leurs défauts. Les relations en seraient faussées et cela serait injuste. Il faut exiger la même transparence de tout le monde ou autoriser la même tromperie chez tout le monde.

3. On a souvent tendance à s'énerver face à ceux qui nous reprochent notre comportement ou notre caractère. Pourtant, comme le souligne Pascal, les autres « ne sont pas en cause » : ce n'est pas à eux que nous devons nous en prendre pour avoir remarqué nos défauts ; c'est plutôt à nous-mêmes, qui possédons ces défauts, que nous devons nous en prendre. C'est nous qui sommes la cause véritable du problème. Il serait même plus juste d'être reconnaissant à l'égard de ceux qui nous critiquent dans nos défauts. Ils peuvent ainsi contribuer à nous faire une juste idée de nous-mêmes, et nous donner l'occasion de nous améliorer. Une condition cependant, que précise le texte : qu'il s'agisse de défauts que nous possédons « en effet », c'est-à-dire réellement.

B – Éléments de synthèse

1. Ce que cherche à montrer l'auteur dans ce texte, c'est que **nous ne devons pas en vouloir aux autres de remarquer chez nous nos défauts, mais plutôt leur en être reconnaissant**. Il va même jusqu'à affirmer que nous ne devons pas leur reprocher de nous « mépriser » en raison de ces défauts, puisqu'il s'agit d'une *juste* estime de notre valeur. Par cette thèse, il répond ainsi au problème suivant : comment devons-nous réagir face à ceux qui nous reprochent nos défauts ? Ou encore : comment devons-nous accepter les critiques que l'on nous adresse ?

2. Le texte répond à la question de **savoir si la révélation de nos défauts par les autres est un mal ou un bien**. Il s'agit de savoir ce que nous apportent la connaissance de nos défauts et plus généralement **la connaissance de la vérité**, même lorsqu'elle est désagréable.

3. Le texte est construit à la manière d'une démonstration en deux temps. Dans le **premier paragraphe**, l'auteur **expose deux arguments, deux principes assez évidents**, qui préparent l'exposition de la thèse, plus originale, dans la deuxième partie. Pascal pose d'abord un argument d'ordre moral : le pire n'est pas tant d'avoir des défauts que de refuser de les reconnaître (lignes 1-3). Il y ajoute un argument d'ordre logique : en matière d'estime, nous ne devons pas exiger des autres ce que nous trouverions injuste qu'ils exigent de nous (lignes 3-6).
Le **second paragraphe** est la **conséquence** logique des idées exposées ci-dessus. L'auteur établit en effet d'abord l'idée selon laquelle nous devons être reconnaissant qu'on nous signale nos défauts (lignes 7-10) ; ensuite, que nous devons accepter d'être jugés à notre juste valeur, même si cela ne devait revenir qu'à relever chez nous des défauts qui nous rendraient « méprisables » (lignes 10-13).

C – Commentaire

1. Presque par définition, connaître la vérité semble plus avantageux. Savoir permet davantage de liberté et de pouvoir (comme la différence entre celui qui marche dans le noir et celui qui le fait dans la lumière). C'est une occasion de progresser. De plus, c'est aussi une condition de la confiance, une garantie nécessaire au lien social (sincérité). C'est ce qui donne à l'homme des connaissances, dans tous les domaines, et on peut penser que l'homme est naturellement en quête de vérité, de savoir.

2. On peut certes admettre que dans certains cas, au moins, il vaudrait mieux se taire, mentir, tromper. C'est poser que l'on pourrait avoir le droit, voire le devoir de mentir, ou qu'il vaudrait mieux pour nous être dans l'ignorance ou l'illusion.
La vérité peut en effet être vue comme ce qui peut « blesser », faire souffrir, elle contrarie certains désirs. Ainsi, par exemple, on pourrait vouloir protéger quelqu'un d'une nouvelle affligeante ou dangereuse pour lui. On peut aussi évoquer la raison d'État, consistant à mentir ou à cacher des informations au nom d'un bien supérieur : l'intérêt de la Nation, de la société dans son ensemble. Concernant la vérité sur soi, le fait de connaître ses défauts peut aussi être douloureux et on peut préférer se voiler la face, se croire meilleur et se montrer meilleur qu'on ne l'est.

3. Pour savoir si la vérité est bénéfique ou non, il faut réfléchir sur la notion de « bien ». Il faut distinguer ce qu'il est « bien » de faire au sens moral, et ce qui fait plaisir, ce qui est « agréable ».
Le mot « bon » peut désigner en ce sens autant un médicament qu'un bonbon. Ce qui est bien pour soi n'est pas forcément agréable, la vérité peut ainsi nous déplaire s'il s'agit de connaître nos défauts par les autres, mais cela peut nous aider à nous en délivrer et à devenir meilleur, moins « méprisable ». Dans ce cas, on devrait même remercier ceux qui nous aident à mieux nous connaître car ils contribuent à nous rendre « aimable », aussi bien aux yeux des autres qu'à nos propres yeux.
Il convient aussi d'évaluer les risques qu'il y aurait à ne pas dire la vérité. N'y a-t-il pas des dérives possibles ? Quelles limites se donner si tout est question de circonstances, de cas ?
On peut aussi faire un calcul du bonheur attendu en ne disant pas la vérité ou en ne connaissant pas la vérité : celle-ci ne risque-t-elle pas de ressortir ? Le bonheur attendu n'est-il pas fragile, instable, surtout s'il se fait au prix de la mauvaise foi (se mentir à soi-même) ? **Sans doute la vérité peut être désagréable dans l'instant, mais n'est-ce pas l'occasion de progresser ?**
Par ailleurs, n'est-on pas responsable de nos mensonges, de leurs conséquences incertaines – alors que l'on n'est pas responsable de la vérité puisqu'elle n'est pas notre invention ?

Option n° 2

Dans le cas où l'option 2 serait choisie, il est possible de structurer le travail d'explication à partir des éléments demandés dans l'option 1 dans un autre ordre, en commençant (par exemple) par énoncer le problème, puis l'idée principale et les étapes de l'argumentation, et en expliquant ensuite les passages les plus importants. Les éléments de la partie C peuvent servir de guide dans le choix des passages à expliquer. Il convient toutefois de respecter l'ordre du texte dans l'explication des passages choisis, pour respecter sa progression logique.

Corrigé sujet 4 : l'explication de texte *Énoncé p. 402*

Option n° 1

A – Éléments d'analyse

1. Quand l'auteur dit que « toute loi vise l'intérêt commun », il ne s'agit pas de ce qui est vrai *dans les faits*. Il arrive en effet souvent que des lois soient faites dans des intérêts particuliers seulement. Ce qu'il énonce, c'est plutôt **un principe ou un idéal que doit respecter toute loi pour être une véritable « loi »**. Cela ne signifie pas nécessairement qu'une loi doit mettre tous les hommes à égalité (dans l'intérêt commun, il peut être nécessaire d'accorder des avantages à certains hommes, par exemple un président). Enfin, il faut remarquer que **l'intérêt commun suppose souvent le sacrifice des intérêts particuliers** (une loi ne peut jamais contenter tous les hommes, il faut l'accepter quand on vit en société). Par intérêt commun, il faut entendre ce qui est « utile », profitable à la vie en commun (sécurité, santé, droits fondamentaux donnant accès au bonheur : travail, éducation, logement…).
2. On pense couramment que ce qui fait la « force » d'une loi, c'est la sanction qui l'accompagne. Le sentiment d'obligation que les hommes éprouvent à l'égard de la loi tient donc souvent à la peur, à une sorte de « menace » (amendes, privations, prison). C'est une mauvaise façon de voir les choses cependant. Pour l'auteur, **la vraie « force » des lois doit venir du fait qu'elles assurent l'utilité commune**. C'est ce dont les hommes devraient prendre conscience, car cela les amènerait à respecter la loi pour elle-même, pour sa véritable valeur.
3. Il n'est utile de faire des lois que pour des sujets qui concernent une grande majorité d'individus (sinon, on serait vite submergé de règlements divers et variés). De plus, dans sa forme, **une loi s'énonce comme un principe général. Elle ne peut pas prendre en compte tous les cas particuliers possibles que l'on peut rencontrer dans la réalité**. C'est par suite ce qui peut poser problème quand il s'agit d'appliquer la loi. D'où **l'importance des juges dans les tribunaux, qui doivent se faire les interprètes du véritable « esprit » de la loi**. Il s'agit pour eux de rester conforme à la loi (le but recherché par son rédacteur), tout en sachant **prendre un certain écart avec le texte de loi pour l'appliquer de façon intelligente et juste**.

B – Éléments de synthèse

1. Ici, Saint Thomas d'Aquin veut montrer que **la loi peut être transgressée dans certains cas exceptionnels, lorsqu'elle entre en contradiction avec le but qu'elle vise, à savoir le bien commun, l'intérêt général**. En effet, la loi est prévue pour un maximum de cas ou de situations, mais il arrive que des circonstances obligent à l'assouplir, voire à ne pas la respecter, pour sauvegarder le bien commun et l'intérêt général. Ce qui compte donc le plus, dans une loi, c'est de respecter son but, sa finalité, quitte à lui désobéir lorsque ce but risque de ne pas être atteint.

2. Le texte répond à la question de **savoir si l'on doit toujours obéir aux lois ou bien s'il n'y a pas des exceptions nous autorisant à les enfreindre**. Le problème est de savoir comment évaluer ces exceptions à leur juste mesure, comment savoir quand nous pouvons ne pas respecter les lois. Ne risque-t-on pas de confondre un droit (légitime) de transgression avec un désir (illégitime) de transgression ?

3. On peut distinguer trois étapes :

– **lignes 1 à 3 :** Saint Thomas d'Aquin commence par définir la loi en expliquant à quoi elle sert, à savoir être bénéfique à l'ensemble des citoyens, et en précisant que si elle ne sert pas ce but, elle n'a plus de valeur ni de force pour nous obliger à la respecter ;

– **lignes 4 à 9 :** Saint Thomas d'Aquin évoque ainsi l'existence de cas, de situations, où justement la loi ne peut pas atteindre son but, servir l'intérêt commun. Il explique cela par le fait que lorsque l'on crée une loi, on ne peut penser à tous les cas possibles, on a en vue la majorité des situations ;

– **lignes 10 à 15 :** Saint Thomas d'Aquin prend alors un exemple pour illustrer cette possibilité où le fait de respecter la loi serait nuisible au bien commun, le cas d'une ville menacée par des ennemis. Certes la loi interdisant d'ouvrir les portes de la ville empêcherait les ennemis d'entrer, mais si les sauveurs de la ville sont dehors, alors il faudrait leur ouvrir les portes.

C – Commentaire

1. Si les lois existent, c'est pour **permettre d'une part aux hommes de vivre ensemble, et d'autre part de vivre dans des rapports de justice**. Sans les lois, ce serait l'état de nature, la « loi du plus fort ». Or, comme le montre Hobbes, dans une telle situation les hommes ne peuvent même pas bénéficier des droits les plus élémentaires : pouvoir vivre, et en sécurité. Si on met en place des lois, c'est justement **pour que les hommes puissent vivre ensemble sans nuire les uns aux autres**. La condition est alors évidemment que chacun accepte de se soumettre aux lois communes, et non plus selon sa propre vision de ce qui pourrait être juste. En particulier, vivre en société, c'est accepter de ne plus « se faire justice soi-même », mais s'en remettre toujours à l'État et à ses lois. C'est d'autant plus vrai que les lois sont instituées par une autorité reconnue en principe comme légitime (le « souverain ») par l'ensemble du peuple.

2. Les lois instituées par les hommes peuvent apparaître comme contestables en certains cas. **Ce qui est légal** (c'est-à-dire permis par la loi), **n'est pas nécessairement légitime** (c'est-à-dire juste dans l'absolu). Saint Thomas d'Aquin en donnait déjà un exemple : **il arrive que des lois deviennent injustes dans certaines circonstances**. En effet, les lois sont par définition « générales », et elles ne prévoient donc pas tous les cas particuliers possibles. C'est notre raison ou notre conscience qui en ce cas semble mieux nous dire ce que nous devons faire pour bien agir, de façon juste.

On peut aussi évoquer l'exemple de lois manifestement injustes, car contraires aux intérêts du peuple, comme dans une tyrannie. Il y a aussi des cas où les lois sont même contraires aux principes des Droits de l'Homme : les lois « raciales », discriminatoires, comme il a pu en exister dans l'Histoire. Dans ce cas, on peut dire que c'est justement en entrant dans « l'illégalité » que l'on fait preuve de justice. Lorsque Rosa Parks, par exemple, s'est assise dans un bus à un endroit où les personnes à la peau noire n'avaient pas le droit de s'asseoir, elle a transgressé la loi : mais on peut pourtant dire qu'elle en avait le droit. La loi qu'elle enfreignait était en effet infondée, car contraire au principe de justice qui veut que chaque homme puisse disposer des mêmes droits. On peut aussi prendre l'exemple de gens qui donnent refuge à des clandestins, au nom d'un principe d'humanité (il est illégal de les aider, et cependant cela semble juste).

3. Si l'on dit que chacun a sa vision de la justice, les choses risquent de devenir vite chaotiques, les citoyens n'obéissant plus à des principes communs, mais seulement à leurs consciences particulières. D'autre part, cela risque d'enlever aux lois en général leur autorité et leur force : **si l'on en fait des règles qu'on peut « choisir » de respecter, ou de ne pas respecter, ce ne sont plus vraiment des lois.**

On peut donc dire que le droit de désobéir peut être reconnu en certains cas, mais qu'on ne peut pas en faire un principe courant.

Cela ne doit correspondre qu'à des situations vraiment exceptionnelles, où il est absolument impossible de faire autrement. On peut prendre le modèle de la « légitime défense », ou du « vol par nécessité » : en ces cas, la justice reconnaît que l'acte commis, même illégal, ne mérite pas d'être sanctionné. Mais il faut faire la preuve d'une absolue nécessité, la mise en danger de la vie en particulier, et que cela reste mesuré.

Pour la plupart des situations, il faut plutôt **envisager d'autres recours**, comme l'effort pour faire changer la loi par des voies politiques, et non par des actes directs de désobéissance qui risqueraient d'amener plus de désordre que de justice. Il est important aussi qu'il ne s'agisse pas simplement d'actes isolés, à l'initiative de chacun, un peu trop subjectifs. Une action a plus de valeur si elle est l'effet d'un groupe d'hommes, comme une association ou un syndicat.

Option n° 2

Dans le cas où l'option 2 serait choisie, il est possible de structurer le travail d'explication à partir des éléments demandés dans l'option 1 dans un autre ordre, en commençant (par exemple) par énoncer le problème, puis l'idée principale et les étapes de l'argumentation, et en expliquant ensuite les passages les plus importants. Les éléments de la partie C peuvent servir de guide dans le choix des passages à expliquer. Il convient toutefois de respecter l'ordre du texte dans l'explication des passages choisis, pour respecter sa progression logique.

Histoire-Géographie-EMC

HISTOIRE

GÉOGRAPHIE

EMC

THÈME 1

Question obligatoire

L'affirmation des totalitarismes et la guerre

Dans l'entre-deux-guerres se mettent en place en Europe des régimes totalitaires. En URSS et en Allemagne, ces régimes ont une idéologie différente mais des modes de fonctionnement similaires. La Seconde Guerre mondiale (1939-1945) est à la fois un conflit planétaire et une guerre d'anéantissement marquée par des violences extrêmes, conduisant au génocide des Juifs d'Europe. Dès 1940, la France, soumise à l'occupation, doit collaborer ou résister. En 1945, les bases d'un nouvel ordre mondial apparaissent.

◂ Image de propagande de l'URSS : « Grâce à notre bien-aimé Staline pour notre enfance heureuse ! »

Définition

Totalitarisme : régime dans lequel toute activité (sociale, professionnelle, politique, économique, publique ou privée) est soumise à un contrôle par l'État ou par un parti unique. L'exercice du pouvoir est fondé sur la terreur et l'embrigadement des masses.

1 Les totalitarismes

A L'URSS et la construction d'un État totalitaire

• **La dictature de Staline.** Dès 1924, Joseph Staline établit les bases d'un régime dictatorial fondé sur un **parti unique** (le parti communiste), la **suppression de la liberté d'expression** et l'**élimination des opposants** grâce à une police politique efficace, le NKVD. Les médias sont contrôlés et la propagande d'État met en avant le **culte de la personnalité** de Staline surnommé « le petit père des peuples ». La jeunesse est embrigadée dans le « komsomol » (organisation de la jeunesse communiste).

• **Violences et résistances.** Staline met en place un **régime de terreur**. Il n'admet aucune opposition au sein du parti communiste et organise de 1936 à 1938 les **procès de Moscou**. Les opposants comme Trotski sont exécutés ou déportés au **goulag** (18 millions de prisonniers). Staline veut également imposer la collectivisation des terres, créant ainsi les kolkhozes (fermes coopératives) et les sovkhozes (fermes d'État). Les paysans riches (les Koulaks) tentent de s'y opposer mais sont déportés. La production agricole est désorganisée, créant une effroyable famine (7 millions de morts).

Définition

Goulag : camp de travail forcé de l'Union soviétique.

B Hitler et le nazisme

> **Définition**
> **Gestapo :** police politique d'État allemande, chargée de traquer les opposants, les Juifs et les résistants.

• **Hitler au pouvoir.** Le parti national-socialiste (parti nazi), dirigé par Adolf Hitler, gagne les élections législatives de 1933 en Allemagne. Dès son accession au pouvoir, Hitler interdit les partis politiques et **suspend les libertés fondamentales.** Le parti nazi (**NSDAP**) cherche à encadrer la population (les jeunesses hitlériennes), établit une propagande intense et se dote d'une police politique, la **Gestapo**. Les opposants sont pourchassés et envoyés dans les camps de concentration, créés dès 1933.

• **Racisme et antisémitisme.** Hitler établit un régime raciste destiné à privilégier la « race aryenne » et à éliminer les « races inférieures ». Les nazis mènent une politique antisémite : en 1935, les **lois de Nuremberg** privent les Juifs de la citoyenneté allemande et leur interdisent de se marier avec des non-Juifs. Les postes dans l'administration leur sont interdits. Les Juifs sont victimes de nombreuses violences, notamment lors de **la nuit de cristal** (novembre 1938).

2 La Seconde Guerre mondiale

A Les protagonistes

• **Un conflit hors normes.** La Seconde Guerre mondiale qui débute en Europe en septembre 1939 est le conflit le plus important du XXe siècle. Il mobilise près de 100 millions de combattants issus d'une soixantaine de pays. Les pertes humaines sont considérables : on estime que cette guerre a fait plus de **50 millions de morts**, dont une majorité de civils.

• **L'Axe et les Alliés.** Les protagonistes se divisent en deux camps, **les puissances de l'Axe**, qui rassemblent principalement l'Allemagne, l'Italie et le Japon, et **les Alliés** avec la France et le Royaume-Uni puis les États-Unis, à partir de décembre 1941. C'est l'attaque de la flotte américaine par les Japonais à **Pearl Harbor** qui conduit les États-Unis de Franklin Delano Roosevelt à entrer en guerre. Malgré le pacte de non-agression signé à Moscou entre l'Allemagne et l'URSS le 23 août 1939, Hitler attaque l'URSS de Staline en juin 1941. Cette dernière rejoint alors également le camp des Alliés.

B Les théâtres des opérations

• **La guerre en Europe.** L'armée allemande envahit la Pologne en septembre 1939 et occupe de nombreux pays européens. Le Nord de la France est envahi en mai 1940. Malgré de multiples bombardements allemands, le Royaume-Uni refuse de capituler. La victoire soviétique à la **bataille de Stalingrad** (février 1943) est un tournant de la guerre. Petit à petit, les Alliés reprennent les territoires perdus. Les **débarquements** en Normandie le 6 juin 1944 et celui de Provence en août 1944 conduisent à la libération de l'Europe de l'Ouest. Le 8 mai 1945, l'Allemagne capitule.

> Après plusieurs victoires en Europe, Hitler, qui veut étendre l'espace vital de l'Allemagne, lance le **22 juin 1941 l'opération Barbarossa** contre l'URSS. Les armées allemandes sont défaites à **Stalingrad le 2 février 1943.**

• **La guerre en Asie.** Après Pearl Harbor, la **guerre du Pacifique** débute. Les États-Unis commencent la reconquête des îles du Pacifique (victoire américaine de Midway en juin 1942). La guerre en Asie s'achève avec les bombes atomiques américaines lancées sur les villes japonaises d'**Hiroshima et Nagasaki** les 6 et 9 août 1945.

3 1939-1945 : une guerre d'anéantissement

• **Le conflit le plus meurtrier de l'Histoire.** Les combats sont meurtriers mais les civils ne sont pas épargnés. Les belligérants bombardent massivement les villes de manière à démoraliser la population. Dans les territoires occupés par l'Allemagne règne la **terreur** : les résistants sont torturés par la **Gestapo**, fusillés ou déportés dans les camps de concentration allemands. Les SS et les **Einsatzgruppen** (groupes d'intervention de la police nazie) exterminent les Juifs, les tsiganes et les cadres communistes.

• **La Shoah, un crime contre l'humanité.** Hitler met en œuvre une politique raciste et antisémite. Les Juifs sont mis à l'écart dans les **ghettos**. Lors de la conférence de Wannsee (1942), les nazis mettent en place une politique visant leur extermination : c'est la « **solution finale** ». Des millions de personnes sont déportées dans les camps d'extermination (**exemple :** Auschwitz-Birkenau). On estime le **génocide** à 6 millions de Juifs et 220 000 tziganes qui sont morts dans les camps.

Définitions

Crime contre l'humanité : défini par le tribunal de Nuremberg en 1945, ce crime comprend le génocide, la déportation, la pratique d'actes inhumains, inspirés par des motifs politiques, philosophiques, raciaux ou religieux.

Génocide : extermination systématique et programmée d'un groupe humain en raison de ses origines ethniques ou religieuses.

À retenir

Camp de concentration : camp de détention où l'on enferme des gens qui sont considérés comme gênants pour le pouvoir. La plupart sont aussi des camps de travail forcé.

Camp d'extermination : camp qui a pour but de tuer en masse, sans jugement, les gens qui y sont amenés.

4 La France dans la guerre

A Vichy et la collaboration

• **La défaite.** La France déclare la guerre à l'Allemagne le 3 septembre 1939. Pendant 8 mois, c'est la « **drôle de guerre** » durant laquelle les armées se contentent de s'observer sans s'affronter. Le 10 mai 1940, l'Allemagne lance une attaque éclair dans le nord de la France. Les civils doivent fuir : c'est l'**exode**. Paris est occupée le 14 juin de la même année. Le maréchal Pétain, devenu chef du gouvernement, signe l'armistice le 22 juin 1940. La France se trouve coupée en deux par une ligne de démarcation qui sépare la zone occupée au nord et la « zone libre » au sud. La France, pillée par l'occupant, souffre de pénurie. Le rationnement s'installe, le « **marché noir** » se développe.

• **La France de Vichy.** Pétain met en place un régime autoritaire. Les élections, les partis politiques et les syndicats sont supprimés. Le 24 octobre 1940, Pétain rencontre Hitler à Montoire. Avec son ministre Laval, il « **entre dans la voie de la collaboration** ». La police française participe à l'arrestation et à la déportation des Juifs. La milice française lutte contre les **résistants**. À partir de 1943, le Service du travail obligatoire (STO) met de la main-d'œuvre française au service de l'Allemagne. Le régime de Vichy organise la « **Révolution nationale** » destinée à redresser la France. La devise du pays devient « **Travail, Famille, Patrie** ».

Définitions

Collaboration : soutien du gouvernement de Vichy aux autorités d'occupation nazies.

Résistance : ensemble des mouvements qui ont lutté contre Vichy et l'occupant nazi dans le but de libérer le territoire français.

B La Résistance

• **Résistance intérieure et extérieure.** Refusant la défaite, le général de Gaulle, réfugié à Londres, lance **l'appel à la résistance le 18 juin 1940**. Cet appel conduit à la création de la résistance extérieure : la « **France Libre** ». La Résistance s'accentue après 1942, à la suite de l'occupation de la zone libre par les Allemands et de l'intensification de la collaboration. À partir de 1943, la jeunesse française qui refuse le STO part dans des **maquis** de résistants.

• **L'unification de la Résistance et la libération de la France.** Dès 1943, De Gaulle confie à **Jean Moulin** la tâche d'unifier la Résistance. Celui-ci crée le Conseil National de la Résistance (le CNR) qui coordonne les Forces françaises de l'intérieur (**FFI**). La France est libérée progressivement (exemple : Paris, le 25 août 1944). La retraite des Allemands s'accompagne de massacres de civils (exemple : Oradour-sur-Glane, le 10 juin 1944). Dès 1944, le général de Gaulle dirige le **gouvernement provisoire de la République française (GPRF)**.

5 Un nouvel ordre international

A La création de l'ONU

• **Une nouvelle organisation internationale.** Dès 1941, dans la **Charte de l'Atlantique**, les États-Unis et le Royaume-Uni émettent l'idée de créer une nouvelle organisation internationale qui remplacerait définitivement la Société des Nations (SDN) qui est inefficace.

• **Les objectifs de l'ONU.** Fondée en juin 1945, l'**Organisation des Nations unies (ONU)** entend bâtir un monde nouveau, fondé sur la paix et la défense de valeurs démocratiques et universelles. Elle s'installe à New York en 1950, dans un contexte tendu de guerre froide.

B Les procès de Nuremberg et de Tokyo

• **Le procès de Nuremberg.** Le procès des responsables nazis se tient à Nuremberg du 20 novembre 1945 au 1er octobre 1946 devant le **Tribunal militaire international** (TMI). La notion de « crime contre l'humanité » est inventée pour qualifier pénalement la politique nazie de concentration et d'extermination. 10 des 22 accusés sont condamnés à mort.

• **Le procès de Tokyo.** Ce procès est l'équivalent du procès de Nuremberg pour l'Extrême-Orient. Le **Tribunal International Militaire pour l'Extrême-Orient** (TIMIEO) se réunit de mai 1946 à novembre 1948. Sur les 28 prévenus, 7 sont condamnés à la peine de mort dont le premier ministre japonais Tojo. En revanche, l'empereur Hirohito n'est pas inquiété.

HISTOIRE

Exercices d'entraînement

Contrôle continu

Corrigé p. 454

1 **Citez trois caractéristiques du totalitarisme.**

2 **À partir d'un exemple, définissez la notion de « génocide ».**

3 **Montrez, à l'aide de quelques chiffres, que la Seconde Guerre mondiale est un conflit hors norme.**

4 **Définissez les termes de « résistance » et de « collaboration ».**

THÈME 1 Sujets d'étude

1 La guerre d'anéantissement à l'Est et le génocide des Juifs

• **Afin d'agrandir son « espace vital »,** Hitler veut conquérir la Russie jusqu'à l'Oural et la mer Caspienne avant l'hiver 1941-1942. Le militaire chargé du plan Barbarossa est le maréchal von Brauchitsch (commandant en chef de la Wehrmacht). Après des mois de victoire, **les troupes allemandes sont arrêtées devant Moscou (hiver 1941), puis à Stalingrad (été 1942).** Les combats sont acharnés. Pourtant, l'armée allemande, épuisée, capitule en février 1943.

• **La guerre à l'Est est impitoyable.** L'Allemagne pille les pays slaves, ce qui entraîne des pénuries dramatiques. Une partie de la population meurt de faim. En URSS, l'armée allemande incendie les villages qui soutiennent les résistants et massacre les prisonniers de guerre soviétiques. Des unités de SS et des Einsatzgruppen exterminent les Juifs, les tziganes et les communistes. **Hitler a pour objectif d'éliminer les Juifs et de détruire le communisme.**

• **Un exemple, la Pologne.** Dès l'occupation de la Pologne, en 1939, les nazis mettent en place une machine de mort d'une effroyable efficacité, en enfermant la population juive dans des **ghettos**, comme à Varsovie, pour l'affamer puis, à partir de décembre 1941, en l'envoyant dans des **camps d'extermination**, à Treblinka, Sobibor ou Auschwitz-Birkenau. De 1941 à 1945, 3 millions de Juifs polonais ont été exterminés.

2 De Gaulle et la France libre

• **La défaite française de mai-juin 1940.** À partir du 10 mai 1940, les Allemands envahissent la France. L'avancée rapide des troupes allemandes conduit le maréchal Pétain à signer l'armistice à Rethondes le 22 juin. Mais, dès le 17, le général de Gaulle gagne Londres d'où il émet **l'appel du 18 juin**, à la radio anglaise de la BBC, appelant à continuer le combat. C'est la naissance de la France libre.

• **La mise en place de la France libre.** Avec le soutien de Churchill, De Gaulle fonde, à Londres, le **Comité de la France libre**. Le rejoignent des volontaires qui passent clandestinement en Angleterre suite à l'appel du 18 juin. En juillet 1940, ils sont environ 7 000. De Gaulle met en place des services secrets et un service de propagande sur la BBC, qui diffuse chaque jour des messages dans l'émission *Les Français parlent aux Français*.

• **De Gaulle et les colonies françaises.** De Gaulle essaie de rallier les colonies françaises à la cause de la Résistance. L'Afrique équatoriale française, entraînée par le gouverneur Félix Éboué, se joint à lui. Il en est de même du Tchad avec le colonel Leclerc. La Syrie et le Liban le rejoignent en juillet 1941, comme Madagascar et la Réunion en novembre 1942. Les différentes troupes vont former les **Forces Françaises Libres (FFL)**.

• **La France libre et les Alliés.** Dès mai 1943, le Conseil national de la Résistance reconnaît De Gaulle comme chef politique. Après le débarquement des Alliés en Afrique du Nord (novembre 1942), De Gaulle forme à Alger, en juin 1943, le Comité Français de Libération nationale (CFLN) dont il assure la présidence. À côté des gaullistes de la première heure siègent des hommes politiques de la Troisième République (dont Pierre Mendès France) ainsi que des communistes. Le 3 juin 1944, ce comité devient le **Gouvernement Provisoire de la République française (GPRF).** Les FFL deviennent l'Armée française de la Libération qui débarque avec les Alliés en 1944 (Normandie en juin ; Provence en août) pour libérer le territoire français.

Exercices d'entraînement

Contrôle continu

Sujet d'étude 1

Corrigé p. 454

Rafle dans le ghetto de Varsovie, en Pologne en 1943

1. **Identifiez les deux groupes de personnes et donnez la définition de « ghetto ».**
2. **Dites en quoi cette photographie est représentative de la guerre d'anéantissement à l'Est.**
3. **D'après vos connaissances, et en donnant un exemple, expliquez où sont emmenées les personnes « raflées ».**

Sujet d'étude 2

Corrigé p. 454

Charles de Gaulle : l'appel du 18 juin 1940

« Les chefs qui, depuis de nombreuses années, sont à la tête des armées françaises, ont formé un gouvernement. Ce gouvernement, alléguant la défaite de nos armées, s'est mis en rapport avec l'ennemi pour cesser le combat.

Certes, nous avons été, nous sommes submergés par la force mécanique, terrestre et aérienne de l'ennemi. Infiniment plus que leur nombre, ce sont les chars, les avions, la tactique des Allemands qui nous font reculer. Ce sont les chars, les avions, la tactique des Allemands qui ont surpris nos chefs au point de les amener là où ils en sont aujourd'hui. Mais le dernier mot est-il dit ? L'espérance doit-elle disparaître ? La défaite est-elle définitive ? Non !

Croyez-moi, moi qui vous parle en connaissance de cause et vous dis que rien n'est perdu pour la France. Les mêmes moyens qui nous ont vaincus peuvent faire venir un jour la victoire.

Car la France n'est pas seule ! Elle n'est pas seule ! Elle n'est pas seule ! Elle a un vaste Empire derrière elle. Elle peut faire bloc avec l'Empire britannique qui tient la mer et continue la lutte. Elle peut, comme l'Angleterre, utiliser sans limites l'immense industrie des États-Unis.

Cette guerre n'est pas limitée au territoire malheureux de notre pays. Cette guerre n'est pas tranchée par la bataille de France. Cette guerre est une guerre mondiale. Toutes les fautes, tous les retards, toutes les souffrances, n'empêchent pas qu'il y a, dans l'univers, tous les moyens pour écraser un jour nos ennemis. Foudroyés aujourd'hui par la force mécanique, nous pourrons vaincre dans l'avenir par une force mécanique supérieure. Le destin du monde est là.

Moi, général de Gaulle, actuellement à Londres, j'invite les officiers et les soldats français qui se trouvent en territoire britannique ou qui viendraient à s'y trouver, avec leurs armes ou sans leurs armes, j'invite les ingénieurs et les ouvriers spécialisés des industries d'armement qui se trouvent en territoire britannique ou qui viendraient à s'y trouver, à se mettre en rapport avec moi.

Quoi qu'il arrive, la Flamme de la Résistance française ne doit pas s'éteindre et ne s'éteindra pas.

Demain, comme aujourd'hui, je parlerai à la radio de Londres. »

1. **À l'aide du texte et de vos connaissances, dites à qui s'adresse ce message.**
2. **Que demande le général de Gaulle ?**
3. **Relevez une phrase qui montre l'engagement du personnage.**

THÈME 2

Question obligatoire
Le monde de 1945 à nos jours

Dès 1945, les relations entre l'URSS et les États-Unis se dégradent. Deux blocs s'opposent : **c'est la guerre froide** qui va durer de 1947 à 1991. À partir de la disparition de l'URSS en 1991, un nouvel ordre mondial se met en place, caractérisé par l'**hyperpuissance** des États-Unis. De nouvelles formes de conflits apparaissent alors comme les guerres civiles en Yougoslavie (1992-2001), le génocide au Rwanda, les affrontements au Moyen-Orient ou encore les attentats terroristes. La période de l'après-guerre (de 1945 aux années 1970) voit également la plupart des colonies des États européens devenir indépendantes et l'émergence d'un **Tiers-monde**. Dans le même temps, un projet européen se met en place afin de construire une paix durable.

1 La guerre froide et ses enjeux

A De l'apparition des blocs à la détente

• **Des différences idéologiques.** En 1947, le président américain Harry Truman propose aux pays européens une aide économique, le **plan Marshall**, pour les aider à se reconstruire. Il veut aussi contenir l'expansion du communisme : c'est le « ***containment*** ». Staline impose aux pays d'Europe de l'Est de suivre le modèle communiste (les démocraties populaires) qui repose sur la **propriété collective et un parti unique**. Les États-Unis et leurs alliés défendent le **libéralisme économique et la démocratie**. Le monde devient **bipolaire**.

Définitions

Guerre froide : période de tension entre les États-Unis et l'URSS (et leurs alliés) durant laquelle ces deux États ne s'affrontent pas directement. Elle est caractérisée par une **bipolarisation du monde** jusqu'en 1991.

Hyperpuissance : État qui dispose de la totalité des attributs de la puissance.

• **Les blocs et les crises majeures.** Les deux grandes puissances développent autour d'elles des alliances militaires : **l'OTAN** (Organisation du traité de l'Atlantique Nord) créée en 1949 pour le bloc occidental et le **Pacte de Varsovie** (1955) pour l'URSS et ses alliés. Des crises majeures opposent les deux camps jusqu'en 1962. On s'engage ensuite dans une période de **coexistence pacifique puis de détente (1962-1975)**.

Les crises majeures. La première crise concerne l'Allemagne, d'abord en 1948-1949 avec le blocus de Berlin-Ouest, puis en 1961 avec la construction du mur de Berlin. Les deux blocs s'affrontent également lors de la **guerre de Corée** (1950-1953) ou à propos de **Cuba** (1962).

La crise de Cuba. L'URSS installe sur l'île de Cuba des missiles visant la Floride (sud-est des États-Unis). L'aviation américaine les découvre et le président John F. Kennedy entame le blocus de Cuba. Le premier secrétaire du Parti communiste de l'Union soviétique (PCUS), Nikita Khrouchtchev, finit par céder : les missiles soviétiques sont démantelés.

B De la détente à la fin de la guerre froide

• **Les dernières tensions de la guerre froide.** Dans les années 1970, les tensions reprennent. Les États-Unis connaissent un échec retentissant lors de la **guerre du Vietnam** (1965-1973).

En 1975, les deux grands s'accordent pour limiter leur arsenal nucléaire (**accords d'Helsinki**). Dans les années 1980, Ronald Reagan (président des États-Unis de 1981 à 1989) accuse l'URSS d'être « **l'empire du mal** » et fait installer des missiles nucléaires en Allemagne de l'Ouest face aux missiles soviétiques déployés en Europe de l'Est.

• **L'effondrement du bloc soviétique.** En 1985, Mikhaïl Gorbatchev arrive au pouvoir en URSS. Il comprend la nécessité d'engager des réformes et négocie un **désarmement nucléaire** avec les États-Unis (traité de Washington, en 1987). Dans les **démocraties populaires**, la contestation contre l'URSS grandit. Le 9 novembre 1989, c'est la chute du mur de Berlin qui entraîne la réunification de l'Allemagne (1990). En 1991, l'Union soviétique disparaît : **c'est la fin de la guerre froide**.

Définition

Démocraties populaires : régimes communistes d'Europe de l'Est (Pologne, Hongrie, Allemagne de l'Est, etc.) qui appartiennent au bloc soviétique de 1947 à 1989.

2 La décolonisation et l'émergence du Tiers-monde

A Des colonies aux États indépendants

• **La décolonisation de l'Asie.** La **décolonisation commence en Asie** : en 1947, le Royaume-Uni accorde l'indépendance pacifiquement **à l'Inde ; en 1949, l'Indonésie l'obtient des Pays-Bas**. Les pays de l'Indochine française (Cambodge, Vietnam, Laos) deviennent indépendants en 1954 après huit ans de guerre (**défaite de l'armée française à Diên Biên Phu en mai 1954**).

Définition

Décolonisation : processus par lequel un pays jusque-là colonisé accède à l'indépendance.

• **La décolonisation en Afrique.** En mars 1956, **la Tunisie et le Maroc** deviennent aussi indépendants, mais la France refuse de décoloniser **l'Algérie**. La guerre d'Algérie oppose le Front de libération nationale (FLN) algérien à l'armée française. Le général de Gaulle, revenu au pouvoir en 1958, se prononce pour l'autodétermination du peuple algérien. À la suite des accords d'Évian en mars 1962, l'Algérie devient indépendante. En **Afrique noire**, la décolonisation est globalement pacifique. Les anciennes colonies françaises deviennent indépendantes dès 1960. Les colonies portugaises (Guinée-Bissau, Mozambique et Angola) n'obtiennent leur indépendance qu'au milieu des années 1970.

B L'émergence du Tiers-monde

• **La conférence de Bandung (en Indonésie).** En avril 1955, la conférence de Bandung réunit 29 pays anciennement colonisés et marque la naissance du **Tiers-monde**. Elle rassemble, entre autres, les dirigeants de l'Inde (Nehru), de l'Indonésie (Soekarno), de l'Égypte (Nasser) et de la Chine (Zhou Enlai) qui veulent poursuivre la décolonisation, notamment en Afrique. Les pays du Tiers-monde choisissent de ne prendre parti pour aucun des deux blocs dans le cadre de la guerre froide et deviennent les **pays non alignés**, réunis également lors de la **conférence de Belgrade** en 1961.

• **Sortir du sous-développement.** C'est l'enjeu majeur auquel sont confrontés les pays du Tiers-monde. En 1964, un groupe de 77 pays obtient la création de la **Conférence des Nations unies sur le commerce et le développement (CNUCED)** qui défend leurs intérêts à l'ONU. Une grande majorité des États européens conserve, cependant, des liens privilégiés avec leurs anciennes colonies (on parle de néocolonialisme).

3 Le monde après 1991

A Les relations internationales

• L'hyperpuissance des États-Unis remise en question. Avec l'effondrement de l'URSS en 1991, les États-Unis sont désormais la seule superpuissance mondiale. Ils deviennent les « **gendarmes du monde** » en multipliant les interventions militaires : en Irak (**première guerre du Golfe en 1990-1991**) ou **en Yougoslavie en 1995** sous l'égide de l'OTAN. Les **attentats du 11 septembre 2001**, perpétrés par **Al-Qaïda** principalement à New York, amènent les Américains à intervenir en Afghanistan pour chasser les talibans au pouvoir et détruire les bases d'Al-Qaïda. En 2003, les États-Unis de George W. Bush envahissent l'Irak de Saddam Hussein sans l'accord de l'ONU. On parle alors d'**unilatéralisme**.

Définitions

Unilatéralisme : terme qui désigne le choix d'un État de prendre ses décisions et d'agir seul, sans concertation avec ses alliés, ni négociation avec ses adversaires.

Multilatéralisme : action d'un État qui tient compte de ses alliés et/ou de l'ONU.

◀ Le 11 septembre 2001 : l'attaque des tours du *World Trade Center*

• Vers un nouvel ordre mondial. Dès 2000, on assiste à l'émergence de nouvelles puissances. **La Chine** devient la seconde puissance mondiale : elle dispose de l'arme atomique et est membre du Conseil de sécurité de l'ONU et du G20. L'**Union européenne** a du mal à peser dans les relations internationales. L'Inde, le Brésil et la Russie s'affirment : **le monde devient multipolaire**.

Définition

Monde multipolaire : situation géopolitique dans laquelle la puissance est partagée par plusieurs pôles.

B Les nouvelles formes de conflits

• Un monde instable. En Europe, la disparition de l'URSS entraîne des guerres civiles (**exemple : en Tchétchénie**). Le conflit en ex-Yougoslavie (1991-1995) est marqué par une **purification ethnique** organisée par les Serbes contre d'autres nationalités. Dès 2011, les populations de plusieurs pays du Maghreb et du Proche-Orient aspirent à se libérer de la dictature : c'est le « **printemps arabe** » (Tunisie, Libye, Égypte et Yémen). Le 24 février 2022, Vladimir Poutine lance une offensive militaire contre l'Ukraine, aidée militairement par l'UE et les États-Unis.

• Le terrorisme international. Les attentats du 11 septembre 2001 caractérisent une nouvelle forme de terrorisme. Al-Qaïda veut attaquer ou fragiliser l'Occident, « ennemi de l'Islam ».

Dès 2006, **Daech** cherche à s'implanter dans une zone située entre l'Irak et la Syrie. Les grandes puissances interviennent militairement pour éliminer cette menace. Les groupes islamistes revendiquent, de leurs côtés, des **attentats meurtriers** commis en Occident (États-Unis, Royaume-Uni, France, etc.).

4 Le projet européen et les étapes de sa réalisation

A Les premiers pas d'une Europe en construction

• **Les projets initiaux.** L'idée d'une Europe unie et solidaire renaît dès 1945 à partir de la volonté d'établir une paix durable. Les États-Unis encouragent le rapprochement entre les pays européens. Ainsi sont créés **l'OECE (Organisation européenne de coopération économique)** et le **Conseil de l'Europe** pour préserver la paix.

• **Monnet et Schuman.** Jean Monnet et Robert Schuman sont les principaux initiateurs français d'un rapprochement avec l'Allemagne. La **CECA (Communauté européenne du charbon et de l'acier)** est créée en 1951 autour de la France, l'Allemagne, l'Italie, la Belgique, les Pays-Bas et du Luxembourg. Ces pays coopèrent aussi dans l'agriculture (PAC) ou le commerce tout en gardant leur souveraineté.

> Définition
> **Construction européenne :** processus visant à mettre en place un espace de paix et de prospérité économique en Europe.

B De la CEE à l'UE

• **La Communauté économique européenne (1957-1992).** Le traité de Rome de 1957 crée un vaste marché commun (**Communauté économique européenne**). **L'Acte Unique** de 1986 garantit **la libre circulation des marchandises, des capitaux et des hommes**. La CEE devient la première puissance commerciale du monde. Dans les années 1970-1980, elle s'élargit au Royaume-Uni, à l'Irlande et au Danemark (1973), à la Grèce (1981), puis à l'Espagne et au Portugal (1986).

• **L'Union européenne. Le traité de Maastricht (1992)** crée l'Union européenne qui prévoit une **monnaie unique, l'Euro**, mis en circulation en 2002, et la mise en place d'une politique extérieure et de sécurité commune (PESC). Une citoyenneté européenne est instaurée, permettant à tous les citoyens de l'UE de voter aux élections municipales et européennes. L'UE s'élargit à 28 pays. En juin 2016, un référendum acte la sortie de l'UE du Royaume-Uni (Brexit) qui est effective depuis janvier 2021.

Exercices d'entraînement

Contrôle continu

Corrigé p. 454

1 **Citez trois crises de la guerre froide.**

2 **Datez et racontez brièvement la crise de Cuba.**

3 **Expliquez comment s'est faite la décolonisation en Afrique.**

4 **Citez les deux principaux acteurs français de la construction européenne après la Seconde Guerre mondiale.**

THÈME 2 Sujets d'étude

1 De Youri Gagarine à la guerre des étoiles

• **Une compétition entre les États-Unis et l'URSS.** La guerre froide est l'occasion d'une compétition entre les deux grandes puissances dans ce qu'on appelle **« la course à l'espace »**. C'est le moyen pour les deux grands d'affirmer leur supériorité sur le plan technologique. L'URSS envoie des satellites artificiels (**Spoutnik 1,** en octobre 1957), puis **la chienne Laïka** en novembre 1957. Les États-Unis lancent, à leur tour, des satellites pour les télécommunications et la météorologie.

• **De Gagarine à Armstrong.** Youri Gagarine est le premier homme à voyager dans l'espace, en avril 1961. Il effectue une rotation complète autour de la Terre. Les États-Unis répliquent en investissant dans le programme Apollo (1961). La planète assiste aux **premiers pas d'un homme sur la lune le 21 juillet 1969**. Neil Armstrong prononce alors ces célèbres paroles : « C'est un petit pas pour l'Homme mais un grand pas pour l'Humanité. »

• **La guerre des étoiles.** La compétition entre les États-Unis et l'URSS se poursuit avec des explorations de plus en plus lointaines (Mars, Mercure, Saturne, etc.). En 1983, le nouveau président Ronald Reagan relance la course aux armements. Il met en place le programme de « la guerre des étoiles ». Baptisé **« Initiative de défense stratégique (IDS) »**, il doit protéger les États-Unis contre les armes nucléaires soviétiques grâce à un « bouclier spatial ». Ce projet conduit l'URSS dans une course aux armements qui l'épuise financièrement. Les Soviétiques finissent par accepter de signer l'accord de Washington en 1987 qui prévoit la destruction des missiles nucléaires. C'est la fin de la course aux armements entre les deux grandes puissances.

2 Le 11 septembre 2001

• **Les États-Unis traumatisés.** Le 11 septembre 2001, 19 terroristes, membres du réseau Al-Qaïda, détournent quatre avions de lignes. Deux d'entre eux sont projetés contre les **tours du *World Trade Center* de Manhattan (New York)**. Un autre avion prend pour cible le Pentagone (département de la défense) à Washington. Le dernier avion s'écrase en Pennsylvanie. Ces attentats font près de 3 000 morts. C'est la première attaque terroriste d'envergure d'un groupe islamiste sur le sol des États-Unis. Après une décennie où l'hyperpuissance américaine a été incontestée, le 11 septembre 2001 révèle au monde entier leur vulnérabilité.

• **Des conséquences multiples.** Le soir-même de l'attaque des tours de Manhattan, le président américain George W. Bush annonce « un combat monumental du Bien contre le Mal ». Avec l'accord de l'ONU, les États-Unis envahissent en octobre 2001 l'**Afghanistan** pour détruire le groupe terroriste Al-Qaïda. Puis, avec une partie de leurs alliés, ils attaquent l'**Irak en 2003**, sans l'accord de l'ONU (unilatéralisme des États-Unis).

• **La fin de l'hégémonie américaine.** Les attentats du 11 septembre semblent marquer la fin de l'hégémonie des États-Unis de l'après-guerre froide. Jusqu'à cette date, rien ne semblait entraver leur **hyperpuissance**. Le terrorisme devient alors une préoccupation de l'ensemble des pays occidentaux. Activement recherché, le chef d'Al-Qaïda, Oussama Ben Laden, est tué en mai 2011 par un commando américain dans la maison où il se cachait au Pakistan.

Exercices d'entraînement

Contrôle continu

Sujet d'étude 1

Corrigé p. 454

Ronald Reagan et l'Initiative de défense stratégique (IDS)

J'étais entré en fonction[1] armé d'un solide préjugé contre l'accord tacite sur les missiles qui s'était instauré entre l'Union soviétique et nous. Je veux parler de la « politique de destruction mutuelle assurée » (MAD) fondée sur le principe de dissuasion qui garantissait la sécurité pour tous tant que chacun des deux camps possédait le pouvoir de détruire l'autre, grâce à ses missiles […]. Au début de mon premier mandat, je convoquai une réunion du conseil des chefs d'états-majors […] et leur dis ceci : pour chaque arme inventée, l'homme en a créé une autre destinée à se protéger de la première ; ne serait-il pas possible, en cette ère de technologie avancée, d'imaginer un système défensif capable d'intercepter les projectiles nucléaires […] ? Ainsi naquit l'IDS, et peu après, certains membres du Congrès et de la presse surnommèrent le projet « Star Wars », « la guerre des étoiles ». […]

Ronald Reagan, *Une vie américaine. Mémoires*, Éditions Jean-Claude Lattès, 1990.

1. Ronald Reagan fut président des États-Unis de 1981 à 1989.

La couverture du magazine américain *Time* d'avril 1983

Traduction : « Défendre la défense. Batailles budgétaires et guerres des étoiles »

1. **À l'aide du texte, expliquez en quoi consiste le projet du président Reagan.**
2. **Citez les différents arguments qu'avance Ronald Reagan pour le mettre en place.**
3. **À l'aide du document 2, montrez comment la couverture du magazine *Time* met en valeur le projet du président Reagan.**

Sujet d'étude 2

Corrigé p. 454

Les États-Unis contre le terrorisme

« Le 11 septembre, les ennemis de la liberté ont commis un acte de guerre contre notre pays. Les Américains ont connu des guerres, mais depuis 136 ans, ces guerres ont toujours eu lieu à l'étranger, à l'exception d'un certain dimanche en 1941[1] […]. Nous consacrerons toutes les ressources à notre disposition à la dislocation et à la défaite du réseau terroriste mondial. Les Américains ne doivent pas s'attendre à une seule bataille, mais à une longue campagne sans précédent. Elle pourra comprendre des frappes spectaculaires diffusées à la télévision et des opérations secrètes jusqu'à leur succès […]. Le monde civilisé se rallie aux côtés de l'Amérique. Il comprend que si ce terrorisme reste impuni, ses propres villes, ses propres citoyens pourraient subir le même sort. La terreur, si l'on n'y répond pas, est capable non seulement de détruire des immeubles, mais de menacer la stabilité de gouvernements légitimes. Et cela, nous ne le permettrons pas. […] »

George W. Bush (président des États-Unis de 2001 à 2009), discours devant le Congrès des États-Unis, 20 septembre 2001.

1. Attaque de Pearl Harbor (dans l'État américain d'Hawaï) par l'aviation japonaise.

1. **Expliquez la phrase soulignée.**
2. **Dites quelles sont, désormais, les cibles des États-Unis.**
3. **À l'aide du texte, précisez quelle riposte est envisagée par le président George W. Bush.**

HISTOIRE

THÈME 3 Question obligatoire La France depuis 1945 : politique et société

À la fin de la guerre de 1939-1945, la République est restaurée. Le gouvernement provisoire de la République française (GPRF) propose une série de réformes politiques et sociales. La décolonisation est également engagée en Asie et en Afrique. À partir de 1958, la Ve République apporte d'importantes réformes institutionnelles avec, notamment, un renforcement du pouvoir du président de la République. Sur le plan international, la France a du mal à maintenir son rang de grande puissance.

1 Les réformes politiques et sociales du GPRF

A La refondation républicaine

• **La mise en place du GPRF.** Le **général de Gaulle** préside le GPRF qui est principalement composé de résistants. Il a pour objectif de restaurer l'autorité de l'État. Le GPRF déclare nulles toutes les décisions prises par Vichy et est reconnu par les puissances étrangères comme gouvernement légitime de la France. Il envoie dans les régions libérées des commissaires de la République en charge de rétablir les libertés républicaines et l'autorité de l'État. Ils doivent restaurer les lois démocratiques, limiter les violences spontanées de l'épuration sauvage (femmes tondues, collaborateurs pendus sans jugement), assurer l'épuration légale (procès des collaborateurs).

• **Le retour de la République.** Une **assemblée**, élue en octobre 1945, est chargée d'élaborer une nouvelle Constitution. De Gaulle est reconduit à la tête du GPRF en novembre. Mais des divergences apparaissent entre le général, qui veut un pouvoir exécutif fort, et l'Assemblée, qui veut privilégier le pouvoir législatif. Elles conduisent à **la démission de De Gaulle** en janvier 1946.

> Définition
> **République :** forme de gouvernement reposant sur une Constitution et dont les représentants du peuple sont élus par celui-ci.

B L'instauration d'une démocratie sociale

• **Les principales réformes.** Le GPRF crée l'**ENA** (École normale d'administration) pour former les futurs hauts fonctionnaires. Cela vise à permettre l'accès aux hautes fonctions de l'administration aux plus méritants, indépendamment de leur origine sociale. Le GPRF met en place l'organisation de la Sécurité sociale par l'ordonnance du 19 octobre 1945 et les assurances sociales (accidents du travail, chômage, retraite) par plusieurs autres lois en 1946. Sur le plan social, le GPRF met en place des mesures qui protègent le citoyen : c'est **l'État-providence**. Sur le plan politique, De Gaulle accorde **le droit de vote aux femmes en 1944**. Celles-ci votent pour la première fois aux élections municipales et législatives de 1945.

> Définition
> **Démocratie :** forme d'organisation politique où le pouvoir est exercé par les citoyens qui peuvent le déléguer à des représentants.

• **La remise en route de l'économie.** Le GPRF réorganise l'économie du pays. L'énergie (EDF), les Charbonnages de France, le transport aérien (Air France), les banques, les assurances et l'automobile (Renault) sont **nationalisés**. Un **Commissariat général au plan** piloté par Jean Monnet définit les grandes orientations économiques.

2 La fin de l'empire colonial français

A Les tensions de l'après-guerre

• **L'affaiblissement de la métropole.** La guerre a remis en question la domination française dans ses propres colonies. La **IVe République**, enlisée dans un régime instable, n'a pas perçu la montée d'un **fort mouvement d'émancipation des peuples indigènes**. Dès la fin de la guerre, les dirigeants de la IVe République ont du mal à gérer la contestation dans les colonies.

• **L'échec de l'Union française.** En 1946, la IVe République met en place un nouveau cadre juridique : **l'Union française**. Les colonies deviennent des **Départements et Territoires d'outre-mer** (DOM-TOM). La France hésite entre l'assimilation qui implique l'égalité des droits des peuples colonisés et l'association qui débouche à terme sur l'**indépendance**.

B La décolonisation en Asie puis en Afrique

• **En Asie.** **L'Indochine** rassemble les provinces asiatiques qui faisaient partie de l'empire colonial français (Cambodge, Laos et Vietnam actuels). Ces territoires se soulèvent en 1945 car la France leur impose un régime économique et politique très dur. Le communiste **Hô Chi Minh** proclame la République démocratique du Vietnam et continue la lutte armée contre la France. Cette guerre d'Indochine est très meurtrière et se termine par la défaite française de **Diên Biên Phu** (mars 1954). La France signe les **accords de Genève** (juillet 1954).

• **En Afrique.** Face à la **montée des nationalismes en Tunisie et au Maroc** au début des années 1950, les autorités françaises acceptent **leur indépendance en 1956**. Revenu au pouvoir en 1958, le général de Gaulle appelle les territoires de l'Outre-mer français à devenir membres d'une **Communauté française**, préparant le chemin vers l'indépendance. Les pays d'Afrique noire et Madagascar deviennent indépendants en 1960. En **Algérie**, la France s'engage dans une guerre meurtrière qui prend fin avec l'indépendance du pays en 1962.

3 La Ve République et ses principales réformes institutionnelles

A Une modification de l'équilibre des pouvoirs

• **La constitution de 1958.** En octobre 1958, le général de Gaulle propose aux Français une nouvelle **Constitution** qui renforce le rôle du président de la République. Celle-ci, adoptée par **référendum**, permet la création de la Ve République.

• **Un régime semi-présidentiel.** Le président de la Ve République est doté de pouvoirs accrus. Il est le **chef de l'État et des armées**. Il nomme le Premier ministre et peut dissoudre l'Assemblée nationale. **L'article 16 de la Constitution** lui permet de prendre les pleins pouvoirs en cas de crise grave. Grâce à un nouveau référendum organisé en 1962, le président de la République est désormais élu au **suffrage universel direct**.

Définitions

Institutions : ensemble des structures politiques établies par la loi.

Régime politique : mode d'organisation d'un État et de la manière de le gouverner.

Affiche de septembre 1958, appelant les Français à voter « oui » au référendum sur la Constitution proposée par Charles de Gaulle

HISTOIRE

B Les autres réformes institutionnelles

• **Le quinquennat.** Sous la présidence de Jacques Chirac (1995-2007), la réforme constitutionnelle du 8 juillet 1999 établit la parité hommes/femmes pour l'accès aux mandats électoraux et aux fonctions électives. La loi du 2 octobre 2000 instaure le quinquennat comme durée du mandat présidentiel (passage à 5 ans au lieu de 7 ans précédemment). Les élections législatives ont lieu juste après l'élection présidentielle, ce qui réduit également les risques de « cohabitation » (le président de la République travaille avec un gouvernement et un premier ministre d'un parti opposé au sien).

• **La réforme de 2008.** Le Président ne peut désormais effectuer que deux mandats consécutifs. Il ne préside plus le Conseil supérieur de la magistrature (pour renforcer la séparation des pouvoirs avec l'ordre judiciaire). Les droits des citoyens sont renforcés par le référendum d'initiative populaire. Enfin, une loi de 2014 interdit, en partie, le cumul des mandats.

4 Les transformations de la société française depuis 1945

A Démographie et immigration

• **Les Trente Glorieuses.** Dès 1945, des **mesures** incitatives (allocations de maternité, impôt calculé selon le quotient familial) permettent une reprise très forte de la natalité : c'est le **baby-boom**. Parallèlement, la **mortalité baisse** grâce aux progrès médicaux : la population française passe de 40,5 millions en 1945 à 52 millions en 1973. Ces trente années de croissance économique engendrent un fort besoin de main-d'œuvre. L'expansion démographique ne suffisant pas, on a donc recours à l'**immigration**.

> **Définition**
> **Immigration :** fait de quitter son pays de naissance ou d'origine pour s'installer de façon durable ou définitive dans un autre pays.

• **La situation depuis 1973.** La crise économique liée aux chocs pétroliers de 1973 et 1979 fait **chuter brutalement la natalité** (seulement 720 000 naissances en 1976). La **population française vieillit**, ce qui compromet l'équilibre de la Sécurité sociale. De 1975 aux années 2010, l'immigration est principalement constituée de **migrants économiques**. À partir de 2010, l'immigration change de nature. La France accueille davantage de **réfugiés** qui fuient la guerre (Irak, Syrie). Se pose alors le problème de leur intégration dans l'économie et la société françaises.

B Les évolutions sociales

• **Une meilleure place pour les femmes dans la société.** **Le principe de l'égalité entre les sexes est inscrit dans la Constitution de 1946. Pourtant, les discriminations et les inégalités demeurent au travail** : une loi sur l'égalité professionnelle est votée en 1983. En politique, la loi sur la parité est votée en 2000. Les femmes députées, sénatrices ou ministres sont plus nombreuses. **Des progrès importants sont réalisés dans le domaine de la santé. En 1967, la loi Neuwirth autorise la contraception. En 1975, Simone Veil fait voter la loi légalisant l'interruption volontaire de grossesse.**

> **Définition**
> **Parité :** rapport d'égalité entre les hommes et les femmes.

• **De nouvelles lois sur les droits des personnes.** Depuis 1945, des mesures ont été prises dans le domaine de la famille. En 1965, le mari n'est plus considéré comme « le chef de famille » ; la femme peut exercer un métier et ouvrir un compte bancaire sans l'autorisation de son mari. En 1970, la notion d'« **autorité parentale** » se substitue à celle d'« autorité paternelle » du Code civil. En 1975 est votée la loi sur le **divorce « par consentement mutuel »**. Ce sera ensuite le pacte civil de solidarité (PACS) en 1999. Le 23 avril 2013, la France autorise le mariage civil des couples homosexuels.

5 L'évolution de la puissance française à l'échelle européenne et mondiale

A Une puissance en déclin depuis 1945

• **De 1945 aux années 1960 : le déclin de la France sur la scène internationale.** En 1945, la France est un pays vaincu et affaibli. Dans les colonies, des volontés d'indépendance se manifestent. Le pays a du mal à se faire reconnaître sur la scène internationale. Grâce au général de Gaulle, la France intègre le Conseil de sécurité de l'ONU en 1945. Le pays est sous tutelle américaine pour l'économie (plan Marshall, 1947) et la protection militaire (intégration dans l'OTAN, 1949). Entre 1945 et 1962, la France perd la totalité de son empire colonial.

> **Définition**
> **Puissance :** en géopolitique, capacité d'un État à exercer une influence dans différents domaines : militaire (*hard power*), économique, diplomatique ou culturel (*soft power*).

Le plan Marshall est un programme d'aide économique allouée par les États-Unis pour la reconstruction des pays européens. La France reçoit 2,8 milliards de dollars.

• **De Gaulle : « une certaine idée de la France ».** En 1958, le général de Gaulle refuse le déclin de la France dans le monde. Il tente de maintenir son influence dans les anciennes colonies (conservation des bases et interventions en Afrique noire). De Gaulle veut une politique de dissuasion nucléaire qui se traduit par la possession de l'arme atomique (1964). Il souhaite se démarquer des États-Unis : la France reconnaît la Chine en 1964 et se retire de l'OTAN en 1966. De Gaulle se rend la même année en URSS. Sur le plan culturel, la francophonie se développe.

B Le choix de l'Europe et un nouvel ordre mondial

• **La construction européenne.** La France joue depuis 1950 **un rôle moteur dans la construction européenne**. Longtemps, elle a privilégié une Europe des États à une Europe fédérale. Elle a encouragé des **élargissements** : le Royaume-Uni, les pays du Sud de l'Europe (la Grèce en 1981 puis l'Espagne et le Portugal en 1986).

> **Définition**
> **Zone économique exclusive (ZEE) :** espace marin s'étendant des côtes jusqu'à 200 miles marins – soit 370 km – dans lequel le pays riverain est souverain.

• **Un nouvel ordre mondial.** Depuis les années 1990, la France a du mal à conserver une **influence politique** : elle se rapproche des États-Unis et réintègre l'OTAN en 2009. Elle perd de l'influence en Afrique au profit des États-Unis et de la Chine. La France **recule dans l'économie mondiale**. Pourtant, elle dispose encore de certains atouts : grâce à l'Outre-mer, elle possède la seconde plus grande zone économique exclusive (ZEE) du monde, avec 11 millions de km². Le rôle culturel de la francophonie diminue par rapport à l'anglais.

HISTOIRE

Exercices d'entraînement

Contrôle continu

Corrigé p. 455

1 **Définissez le rôle du GPRF à la fin de la guerre.**

2 **Citez les deux formes de décolonisation en Afrique.**

3 **Justifiez cette affirmation en proposant deux arguments : « La Constitution de 1958 donne plus de pouvoirs au président de la République. »**

4 **Proposez une définition des termes « République » et « démocratie ».**

THÈME 3 Sujets d'étude

1 La guerre d'Algérie

• **La spécificité du statut de l'Algérie.** La guerre d'Algérie oppose les **nationalistes algériens** au pouvoir d'État français, de 1954 à 1962. L'Algérie a été conquise en 1830 et la France envoie des colons afin qu'ils s'y établissent définitivement (un million d'Européens y vivent en 1954). La **population musulmane** (9 millions d'habitants), en forte croissance démographique, est pauvre.

• **Les débuts de la guerre d'Algérie.**

Plusieurs formations composent le mouvement nationaliste algérien avant 1954 : on distingue l'**UDMA** (Union démocratique du manifeste du peuple algérien) fondée par Ferhat Abbas en 1946 et le **MTLD** (Mouvement pour le triomphe des libertés démocratiques) de Messali Hadj, qui réclame l'indépendance totale.

• **En 1954 est fondé le FLN** (Front de libération nationale) avec Ahmed Ben Bella. Face à l'insurrection déclenchée à la Toussaint 1954 par le FLN, Pierre Mendès France soutient les partisans de l'**Algérie française**. La France envoie des soldats **du contingent**. Les **Harkis** (musulmans favorables à la France) risquent leur vie. La torture est employée, des exécutions pratiquées des deux côtés.

• **Vers l'indépendance.** En mai 1958, le général de Gaulle laisse croire, dans un premier temps, qu'il va maintenir l'Algérie dans la France. Mais le FLN refuse la « **paix des braves** » et les partisans de l'Algérie française s'opposent aux réformes. De Gaulle fait entériner en 1961 par référendum une politique d'**autodétermination** qui conduit à l'indépendance.

• **La fin de huit années de guerre.** De Gaulle engage avec le FLN des négociations qui aboutissent aux **accords d'Évian** signés en mars 1962. L'indépendance de l'Algérie est approuvée massivement par référendum. Un million d'Européens fuient l'Algérie. Les Harkis évacués en France sont mal accueillis, ceux restés en Algérie sont massacrés. Cette guerre a laissé place à une « guerre des mémoires » douloureuse entre les deux pays, chacun cherchant à imposer sa vision d'un conflit qui a fait environ 250 000 morts algériens et 30 000 Français.

2 L'évolution de la place et des droits des femmes dans la société française

• **La conquête des droits civils.** L'ordonnance du 21 avril 1944 accorde aux femmes le **droit de vote**. L'égalité entre les sexes, reconnue dans la **Constitution de 1946, est réaffirmée dans celle de 1958**. En 1965, les femmes se voient accorder le droit d'ouvrir seules un compte bancaire. En 1971, l'**autorité parentale** se substitue à l'ancienne notion d'autorité paternelle.

• **La libération sexuelle.** Grâce à l'action de **groupes féministes**, les femmes obtiennent leur droit à l'autonomie, notamment sexuelle. Le **planning familial** (1960) permet d'aider les femmes pour la contraception, légalisée par la loi Neuwirth en 1967. En 1975, **la loi Veil sur l'interruption volontaire de grossesse** (IVG) est votée. Pourtant, les violences faites aux femmes perdurent malgré la loi du 3 août 2018 qui renforce la lutte contre les violences sexuelles et sexistes.

• **L'accès aux études et au travail.** En 1975, la loi Haby rend la mixité obligatoire à l'école. Les femmes entrent à l'ENA, à Polytechnique et peuvent faire carrière dans l'armée. Par le travail, elles gagnent leur autonomie financière. Mais elles occupent 80 % des contrats à temps partiel subis et gagnent en moyenne 20 % de moins que les hommes. Certaines femmes accèdent néanmoins à des emplois à très hautes responsabilités (grandes entreprises, haute administration…).

• **Les femmes et le monde politique.** En 1974, avec Valéry Giscard d'Estaing, 6 femmes entrent au gouvernement, dont Simone Veil. En mai 1981, François Mitterrand nomme pour la première fois une femme Premier ministre (Édith Cresson). Grâce à la loi sur la parité de juin 2000, le nombre de femmes dans les assemblées locales progresse. Néanmoins, elles sont sous-représentées à l'Assemblée nationale. En 2022, elles sont 215 sur 577 députés (37,26 %). Le gouvernement d'Élisabeth Borne (depuis juillet 2022) compte 20 femmes sur 41 ministres et secrétaires d'État.

Exercices d'entraînement

Contrôle continu

Sujet d'étude 1

Corrigé p. 455

Proclamation du FLN, le 1er novembre 1954

Le but d'un mouvement révolutionnaire étant de créer toutes les conditions d'une action libératrice, nous estimons que, sous ses aspects internes, le peuple est uni derrière le mot d'ordre d'indépendance et d'action […]

Notre programme politique

But : L'indépendance nationale par :

1) La restauration de l'État algérien souverain, démocratique et social dans le cadre des principes islamiques.

2) Le respect de toutes les libertés fondamentales sans distinction de race et de confession. […]

Moyens de lutte : […] Compte tenu des situations intérieure et extérieure, la continuation de la lutte par tous les moyens jusqu'à la réalisation de notre but. […] Algérien ! Nous t'invitons à méditer notre charte ci-dessus. Ton devoir est de t'y associer pour sauver notre pays et lui rendre sa liberté. Le Front de Libération nationale est ton front. Sa victoire est la tienne.

Extrait d'un tract distribué à Alger le 1er novembre 1954,
in Henri Alleg, *La Guerre d'Algérie*, Messidor-Temps actuel, 1981.

1. Citez le mouvement à l'origine de cette proclamation.

2. À l'aide du texte, précisez ce que veut ce mouvement.

3. Relevez dans le texte les moyens d'action de ce mouvement.

Sujet d'étude 2

Corrigé p. 455

Lucien Neuwirth présente son projet de loi autorisant la contraception en 1967.

Nous estimons que l'heure est désormais venue de passer de la maternité accidentelle et due souvent au seul hasard, à une maternité consciente et pleinement responsable. Ce n'est pas par le seul moyen d'une législation répressive […] que nous augmenterons le rythme des naissances. C'est, au contraire, en offrant à chacun la possibilité d'avoir des enfants quand il le désire, mais aussi la certitude de pouvoir les élever dignement. D'autre part, il est connu que 30 % des cas de stérilité proviennent de l'avortement. Ainsi, un nombre important de femmes que nous préserverons par la contraception seront capables de devenir mères alors que cette espérance leur était interdite […] La crainte, en ce qui concerne la contraception, vient du fait que beaucoup de parents redoutent un relâchement des mœurs ; ils redoutent en particulier que, la peur de la grossesse qui maintenait, bon gré mal gré, certaines jeunes filles dans la voie de la vertu ayant disparu, celles-ci se laissent aller à des expériences répréhensibles et que le mariage ne devienne qu'une expérience après d'autres.

Débat à l'Assemblée nationale, 1er juillet 1967.

1. À l'aide du texte, expliquez ce que propose Lucien Neuwirth aux députés.

2. Relevez ses principaux arguments.

3. Citez au moins quatre autres textes ou lois qui ont permis aux femmes d'accéder à une égalité de droit avec les hommes.

THÈME 1 Question obligatoire Mers et océans : vecteurs essentiels de la mondialisation

Les espaces maritimes occupent 361 millions de km², soit 71 % de la surface du globe. La maritimisation du monde constitue l'un des aspects majeurs de la mondialisation. La libéralisation progressive du commerce mondial a multiplié par quatre en quarante ans les tonnages circulant par voie maritime. Près de 50 000 navires transportant 10 milliards de tonnes de marchandises sillonnent les grandes routes maritimes qui empruntent des passages stratégiques (détroits et canaux transocéaniques). Les mers et les océans sont aussi des zones exploitées (pêche, pétrole, etc.) et des milieux fragiles, qu'il faut préserver. Ils sont donc devenus des enjeux stratégiques majeurs, de même que les littoraux.

1 La maritimisation du monde

A L'explosion des transports maritimes

• **Les flottes commerciales.** Plus de 80 % du commerce mondial circule par voie maritime. La croissance du trafic s'accompagne d'une baisse des coûts de transport grâce à des navires spécialisés (pétroliers, méthaniers – pour le gaz –) et des **porte-conteneurs** (produits manufacturés). Le conteneur est une grande boîte métallique de dimension standard. Les plus gros porte-conteneurs transportent plus de **20 000 EVP** (équivalent vingt pieds : unité de mesure des porte-conteneurs basée sur la longueur d'un conteneur de 20 pieds, soit environ 6,10 mètres). Les principales compagnies du transport maritime sont européennes – Maersk (Danemark), MSC (Suisse-Italie) et CMA-CGM (France) – ou asiatiques – COSCO (Chine), Evergreen (Taïwan), HMM (Corée du Sud).

> **Définitions**
>
> **Maritimisation :** part de plus en plus importante prise par les littoraux dans l'économie des pays riverains des mers et des océans.
>
> **Mondialisation :** processus d'intégration croissante des espaces et des hommes à l'échelle mondiale, résultant de l'extension du système capitaliste.

• **Les routes maritimes.** Les routes maritimes varient selon la nature des échanges (pétrole ou marchandises). Elles ont une importance croissante aujourd'hui et relient les grandes **façades portuaires**, en empruntant les **canaux transocéaniques** (Panama, Suez) ou les **détroits** (Malacca, Ormuz, Bab-el Mandeb, Gibraltar). Elles connectent surtout les pôles mondiaux d'Asie orientale, d'Amérique et d'Europe. Le **pétrole** demeure la marchandise la plus transportée, du Moyen-Orient surtout vers l'Asie, *via* les détroits d'Ormuz et de Malacca. Il existe également des routes maritimes du minerai de fer (depuis l'Australie et le Brésil), du charbon (depuis les États-Unis ou l'Afrique du Sud), des céréales (depuis les États-Unis et le Brésil). Les porte-conteneurs suivent principalement les routes Europe-Asie, par le détroit de Gibraltar et le canal de Suez, Asie-Amérique par le Pacifique et Amérique-Europe par l'Atlantique.

> **Définitions**
>
> **Canal transocéanique :** voie navigable artificielle qui relie deux mers ou océans (exemples : canal de Suez ou de Panama).
>
> **Détroit :** passage maritime étroit entre deux mers (exemples : détroit de Malacca ou de Gibraltar).
>
> **Route maritime :** itinéraire régulièrement suivi par les navires pour assurer le transport maritime à longue distance.

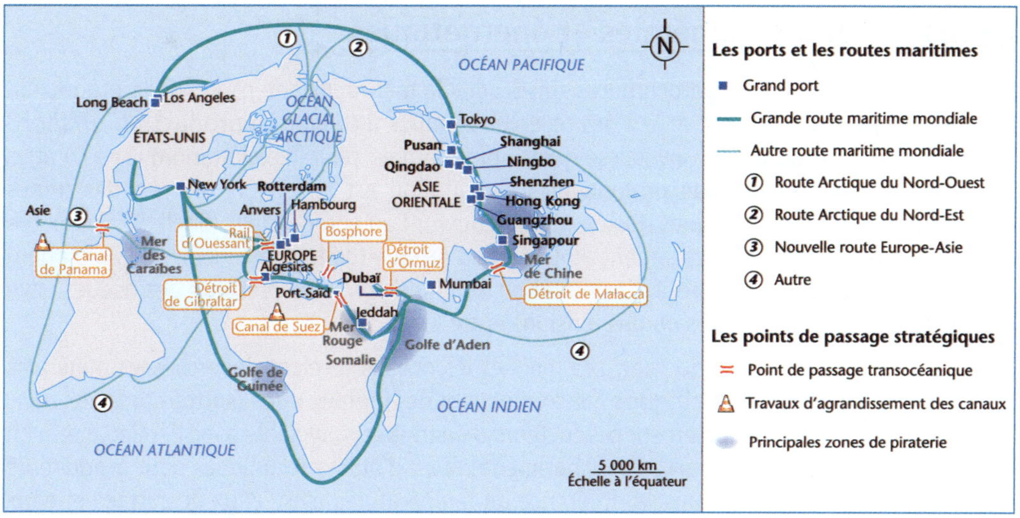

▲ Les transports maritimes

B La littoralisation des activités

• **Les façades maritimes.** La **maritimisation** du monde se traduit par la localisation des activités économiques sur les littoraux. Les façades les plus actives sont l'Asie du Sud-Est (15 des 20 premiers ports mondiaux), la *Northern Range* (Manche et mer du Nord en Europe) et les façades Est et Ouest d'Amérique du Nord. Sept des 10 premiers ports mondiaux sont chinois (voir la carte ci-dessus). Les ports desservent un arrière-pays : par exemple, Rotterdam (Pays-Bas) est la porte d'entrée des produits mondiaux en Europe. Aujourd'hui, 40 % de la population mondiale vit à moins de 60 km des côtes.

• **Les autres activités littorales.** Si les activités économiques littorales sont surtout liées aux échanges, les littoraux sont inégalement intégrés à la mondialisation. Certains sont devenus des espaces de tourisme (stations balnéaires, ports de plaisance). Ce sont aussi les lieux où aboutissent les **câbles sous-marins**, essentiels pour les télécommunications.

2 Les mers et les océans, des espaces productifs majeurs

A Les ressources alimentaires

• **Les ressources halieutiques.** La pêche est devenue une **activité industrielle** utilisant des navires usines. 150 millions de tonnes de poissons ont été pêchées en 2021 dont la moitié par les pays asiatiques (notamment par la Chine avec 20 millions de tonnes). Selon la FAO (Organisation des Nations unies pour l'alimentation et l'agriculture), les 3/4 des espèces sont menacées de **surpêche**.

• **L'aquaculture en forte croissance.** L'**aquaculture** représente environ la moitié du tonnage destiné à la consommation humaine. Elle est surtout développée en Asie où **la Chine assure, à elle seule, les 2/3 de la production mondiale**. D'autres pays tiennent une place importante comme le Japon, l'Indonésie et l'Inde. En Europe, la Norvège est réputée pour sa production de saumons.

> **Définition**
> **Aquaculture :** production animale ou végétale en milieu aquatique.

GÉOGRAPHIE

B Les ressources minérales et énergétiques

• **Les hydrocarbures.** Les hydrocarbures situés sous la mer représentent 1/3 de la production mondiale de pétrole et de gaz et 1/4 des réserves connues à ce jour. La **production *offshore*** (en mer) nécessite de lourds investissements (plateformes pour l'exploitation). Les forages atteignent souvent 2 000 m de profondeur. L'exploitation est aux mains de grandes firmes transnationales (FTN) américaines (Exxon Mobil, Chevron) ou européennes (Shell, BP, Total). Les grandes zones d'exploitation se situent au large de l'Afrique (golfe de Guinée), de l'Asie orientale, du Moyen-Orient ou du Brésil. L'exploitation du pétrole *offshore* présente des risques : elle peut générer des marées noires ou des tensions entre États.

• **Les autres ressources de la mer.** Les mers et les océans recèlent des richesses minérales comme les **nodules polymétalliques** qui contiennent des métaux rares (surtout présents dans l'océan Pacifique). Ils sont également producteurs d'énergie renouvelable avec l'éolien marin en Europe (Royaume-Uni, Danemark). On expérimente aussi d'autres techniques pour produire de l'électricité : l'énergie des vagues, la différence de températures entre eaux de surface et eaux profondes, etc.

3 De nouveaux enjeux géostratégiques pour les mers et les océans

A Des espaces convoités

• **Les zones économiques exclusives.** En 1982, les accords de Montego Bay (Jamaïque) ont établi les règles du droit de la mer. Un État riverain dispose d'une zone économique exclusive (ZEE) dans laquelle il peut exploiter les ressources de l'océan et du sous-sol (jusqu'à 200 milles marins de ses côtes, soit 370 km). La délimitation des ZEE est souvent **source de conflits**.

• **Des enjeux stratégiques et économiques.** Dans l'Arctique, pétrole et gaz attirent les convoitises des pays riverains. En Asie orientale, la Chine et les États voisins (Japon, Vietnam) se disputent de petits îlots (Spratleys et Paracels) situés sur la principale route maritime du monde et riches en ressources (pêche et pétrole).

B Des espaces dangereux

• **Piraterie et criminalité sur les mers.** La piraterie maritime, qui consiste à attaquer et à voler la cargaison des navires, s'est développée dans les années 1990 dans les « **zones grises** », c'est-à-dire mal contrôlées par les États. Elle est due aux marchandises de valeur circulant sur les océans et à la réduction des équipages. Les mers et océans sont aussi le théâtre de **multiples trafics** : drogues, migrations clandestines, armes, etc.

• **La surveillance des marines militaires.** Pour y remédier, les grandes nations (États-Unis, Chine, Japon, France, etc.) assurent la sécurité dans certaines zones sensibles (détroit de Malacca, golfe de Guinée ou au large du golfe d'Aden) en protégeant les porte-conteneurs et les pétroliers.

4 Les bouleversements environnementaux

A La pollution des mers et des océans

• **Des espaces menacés.** Les mers et les océans sont des **espaces fragiles** : les réserves de poissons diminuent à cause de la surpêche. L'exploitation du pétrole *offshore* et la densification du transport maritime augmentent **les risques de pollution**. En 2010, l'explosion de la plateforme pétrolière *Deepwater Horizon* a entraîné la mort de 11 personnes et le déversement de 4,9 millions de barils de pétrole brut dans les eaux du golfe du Mexique. La firme BP, propriétaire de la plateforme, a été condamnée à payer des milliards de dollars d'indemnisation.

• **De nouvelles formes de pollution.** Les 2/3 des 6 millions de tonnes de déchets qui polluent les mers et océans viennent de la terre (des fleuves, en particulier). On assiste aujourd'hui à un nouveau type de **pollution par le plastique**. La **plaque de déchets plastiques qui s'est formée dans le nord de l'océan Pacifique** s'étend sur une superficie égale à six fois la France et atteint par endroits 40 mètres de profondeur.

B Les mers et les océans, patrimoine de l'Humanité

• **Les activités humaines.** Elles mettent en danger les milieux maritimes car les mers et les océans sont des **régulateurs thermiques**. Le réchauffement climatique peut également avoir d'autres conséquences. La fonte de la banquise du pôle Nord ouvre déjà de **nouvelles routes maritimes** pendant une partie de l'année. Ainsi, le passage du Nord-Ouest, au nord du Canada, et celui du Nord-Est, le long des côtes russes, pourrait raccourcir les trajets des navires entre l'Asie et l'Europe.

• **Les conséquences sur les littoraux.** Avec le réchauffement climatique, le niveau des mers et des océans pourrait s'élever **de 20 à 80 cm d'ici à 2100**. Certaines petites îles du Pacifique ou de l'océan Indien sont menacées. Dans le Pacifique, cinq îles de l'archipel des Salomon ont déjà disparu et six autres sont en danger. Au Vanuatu, aux Maldives ou sur les îles Marshall, cette menace est aussi bien réelle. Il est donc urgent de **réduire les gaz à effet de serre** qui génèrent le réchauffement climatique.

GÉOGRAPHIE

Exercices d'entraînement

Contrôle continu

Corrigé p. 455

1 **Caractérisez le rôle des mers et des océans dans le commerce mondial.**

2 **Donnez la définition de « maritimisation ».**

3 **Citez deux détroits stratégiques et deux canaux transocéaniques et dites pourquoi ils sont importants pour le commerce mondial.**

4 **Justifiez l'affirmation suivante à l'aide d'un exemple précis : « Les mers et les océans sont des espaces fragiles qu'il faut absolument protéger. »**

THÈME 1 Sujets d'étude

1 Les réseaux de câbles sous-marins : des infrastructures essentielles de la mondialisation

• **1,4 million de km de câbles sous-marins.** En 2023, on compte près de **500 câbles sous-marins** pour une longueur totale atteignant plus d'1,5 million de km. Les câbles sous-marins sont devenus un enjeu majeur de la mondialisation de l'information. **99 % d'Internet et de la téléphonie ainsi que des milliards d'informations et d'opérations financières** utilisent chaque jour cette voie. On pose en moyenne 100 000 km de câbles sous-marins par an dans le monde.

• **Un réseau hiérarchisé.** Les câbles sous-marins relient les espaces les plus développés : **l'Amérique du Nord à l'Europe** (Atlantique Nord), **l'Asie-Pacifique et la côte Ouest des États-Unis** (Pacifique Nord). Ces réseaux s'appuient sur des îles ou des archipels (**ex. :** Hawaï ou les Philippines dans le Pacifique) qui servent de relais. La présence des câbles sous-marins et la densité des réseaux reflètent l'inégale insertion des territoires dans la mondialisation.

• **Les enjeux économiques.** **De grandes firmes multinationales** investissent dans la pose des câbles sous-marins : les Américains Level 3 ou Verizon ou le Français Orange. On voit apparaître sur ce marché le Chinois Huawei ou l'Indien Tata. En 2021, Meta (Facebook), Orange et Vodaphone se sont associés pour la pose d'un nouveau câble transatlantique appelé « Amitié », long de 6 800 Km et atterrissant près de Bordeaux.

• **Les enjeux géostratégiques.** La concentration des câbles sous-marins rend certains espaces particulièrement vulnérables. Ces câbles sont, en général, enfouis dans le sous-sol marin afin d'éviter qu'ils soient accrochés par les ancres ou les filets de pêche. Mais certaines portions posées au fond sont fragiles, en particulier au niveau des **stations d'atterrage, là où les câbles rejoignent** la terre. Ils peuvent ainsi devenir des cibles privilégiées pour des attaques terroristes.

2 Le détroit de Malacca : un point de passage majeur et stratégique

• **Un lieu de passage très fréquenté.** Le détroit de Malacca est un étroit couloir maritime, large de 20 à 74 km et long de 700 km, situé entre la Malaisie et l'île de Sumatra (en Indonésie). Il voit passer près d'**1/3 du commerce mondial**. Il est devenu l'une des routes navigables incontournables car il constitue le chemin le plus court entre l'océan Indien et l'océan Pacifique. Il permet de relier l'Europe de l'Ouest, le Moyen-Orient (pétrole, marchandises diverses) et l'Asie orientale. Un navire emprunte le détroit en moyenne toutes les huit minutes.

• **Un espace stratégique.** Le détroit de Malacca est essentiel pour la Chine et le Japon car il est la porte d'entrée des exportations mondiales vers ces pays. On parle souvent d'un « **corridor énergétique** » car plus des **2/3 des flux de pétrole et de gaz** y transitent. Un couloir international de navigation a donc été défini au sein du détroit alors que les pays riverains (Malaisie, Indonésie) craignent une remise en cause de leur souveraineté nationale.

• **La concurrence des ports du détroit.** Le détroit de Malacca abrite plusieurs grands ports à conteneurs d'Asie du Sud-Est. Singapour a longtemps capté l'essentiel des flux transocéaniques : c'est le deuxième port du monde pour les conteneurs et le troisième pour le trafic global. La Malaisie s'est dotée de nouvelles infrastructures portuaires : Port Klang et Tanjung Pelepas au sud du détroit font aujourd'hui partie des 20 premiers ports mondiaux.

• **La sécurisation du détroit.** Le détroit de Malacca, de par son étroitesse, est propice à la piraterie : ce phénomène, apparu vers la fin des années 1990, s'est intensifié jusqu'aux années 2010 mais s'est atténué aujourd'hui. Les pays riverains (Malaisie, Indonésie, Singapour) coopèrent pour lutter contre les attaques de navires. La sécurisation de cet espace essentiel au commerce mondial est aussi assurée par d'autres pays plus lointains (États-Unis, Japon, Chine, etc.).

Exercices d'entraînement

Contrôle continu

Sujet d'étude 1

Corrigé p. 455

Les GAFAM (Google, Apple, Facebook, Amazon, Microsoft) et les câbles sous-marins

[...] Google a annoncé un nouveau projet de câble sous-marin, appelé Equiano, qui reliera le Portugal à l'Afrique du Sud en passant par le Nigeria. [...] la première phase du projet est prévue d'être achevée en 2021. [...] c'est le quatrième projet de câble sous-marin privé de Google, après Dunant, qui reliera la France et les États-Unis à l'horizon 2020, Curie et Junior.

[...] 99 % des échanges intercontinentaux de données numériques transitent de nos jours par câble. Entre 2002 et 2016, le développement d'Internet a multiplié par plus de 266 le débit du trafic de données par câble, ce dernier passant de 100 Go/s à 26 600 Go/s. [...] les GAFAM, championnes du stockage de données Internet, n'ont pas attendu bien longtemps pour investir dans ce secteur-clé. Google, Facebook, Microsoft et Amazon sont ainsi propriétaires, copropriétaires ou investisseurs majeurs de plusieurs câbles sous-marins dans le monde. [...]

Tristan Gaudiaut, www.statista.com, 1er juillet 2019.

1. **Expliquez, à l'aide du texte, pourquoi les GAFAM s'intéressent aux câbles sous-marins.**
2. **Citez les pays ou continents reliés par ces nouveaux projets.**
3. **À l'aide du texte et de vos connaissances, dites pourquoi ces pays et continents sont choisis pour ces nouveaux projets.**

Sujet d'étude 2

Corrigé p. 455

Malacca : un détroit stratégique

Le détroit de Malacca a toujours été une question sensible. Le détroit, et plus spécialement le « virage » de Singapour, est la porte de l'Extrême-Orient. Entre la petite république insulaire et les îles voisines indonésiennes, le passage est étroit à l'image des détroits turcs. La particularité de Malacca/Singapour est le volume de marchandises en cause.

Le passage asiatique est fondamental pour les approvisionnements de l'Extrême-Orient. [La piraterie] est devenue très importante dans les années 90 pour exploser en 2000. Une vigoureuse prise en main de la question par Singapour, la Malaisie et l'Indonésie l'a réduite à une nuisance [...] mineure (pour l'industrie maritime) de banditisme local.

[...] Le tout petit passage du détroit de Philips face à Singapour sert au transit de 1/6 du transport maritime mondial. Le transit de pétrole en 15 ans est passé de 400 à 600 millions de tonnes. Encore plus que pour le Japon, le détroit est vital pour la Chine devenue la plus grande nation portuaire de notre monde globalisé.

Paul Tourret, « 20 ans de mutations des routes maritimes », ISEMAR, Note de synthèse, n° 190, mai 2017.

1. **À l'aide de vos connaissances et du texte, précisez où se trouve le détroit de Malacca.**
2. **Expliquez l'importance de ce détroit pour le commerce mondial.**
3. **La lutte contre la piraterie a-t-elle été efficace ? Justifiez votre réponse à l'aide de certains passages du texte.**

THÈME 2

Question obligatoire Dynamiques territoriales contrastées au sein de la mondialisation

La mondialisation accentue les différences territoriales, en renforçant les inégalités à toutes les échelles. Si elle a, dans un premier temps, favorisé la Triade (États-Unis, Japon, Europe de l'Ouest), elle a ensuite permis l'affirmation de nouveaux pôles (pays émergents). Mais il existe aussi des territoires marginalisés, peu intégrés aux échanges internationaux. La mondialisation modifie continuellement la hiérarchie des **centres de décision** mondiaux.

1 L'inégal accès des territoires à la mondialisation

A La mondialisation : un processus évolutif

• **De nouveaux territoires.** Dans les années 1980, **la Triade** réunit trois grands centres dominants : l'Amérique du Nord, l'Europe occidentale et le Japon. Mais, avec les délocalisations, on assiste à un transfert des activités économiques vers l'Asie (par exemple, en Chine et en Inde).

• **La NDIT.** **La nouvelle division internationale du travail (NDIT)** a conduit à une fragmentation géographique des entreprises : elles externalisent une partie de leur activité dans des pays disposant d'**avantages comparatifs**. Aujourd'hui, des territoires plus compétitifs apparaissent avec des coûts de main-d'œuvre plus bas et une législation du travail plus permissive (Bangladesh, Laos, etc.). **Le centre de gravité de la mondialisation se déplace**.

> **Définitions**
>
> **Avantage comparatif :** avantage détenu par une entreprise ou un pays (main-d'œuvre peu chère, facilités fiscales, proximité d'un marché, etc.) permettant une meilleure productivité.
>
> **Centre de décision :** ville où sont concentrées des fonctions de commandement (politiques, économiques, culturelles) qui lui donnent un rôle majeur dans le monde.

B Les stratégies des entreprises

• **Le rôle des firmes transnationales (FTN).** **Les FTN** sont des acteurs majeurs de la mondialisation. Leur stratégie impacte souvent le développement d'une région. Dès les années 1990, on assiste à une vague de **délocalisations** vers l'Asie, créant chômage et désindustrialisation dans les pays riches. On assiste aujourd'hui à une **relocalisation** de certaines entreprises vers l'Europe ou les États-Unis.

> **Ne pas confondre !**
>
> **Délocalisation :** transfert d'une activité dans un autre pays.
>
> **Relocalisation :** retour d'une activité dans le pays d'origine.

• **Le rattrapage de l'Asie.** **Les entreprises asiatiques** sont devenues aujourd'hui des leaders dans de nombreux secteurs : les groupes indiens Mittal et Tata dans l'acier et l'automobile, les chinois Lenovo dans l'informatique ou Oppo, Vivo et Xiaomi dans la téléphonie.

C Les freins à la mondialisation

• **La distance.** **Elle reste encore un facteur contraignant** : de nouvelles routes commerciales maritimes sont explorées (par l'**Arctique**) pour réduire les temps et les coûts du trajet entre l'Asie et l'Europe. Le réchauffement climatique rend ces nouveaux itinéraires assez prometteurs.

• **Le retour du protectionnisme.** Certains États pratiquent le **protectionnisme** en limitant les importations à l'aide de **droits de douane élevés aux frontières** et de **quotas d'importation** (exemple : la « guerre commerciale » entre les États-Unis et la Chine).

• **La protection de l'environnement.** La mondialisation doit tenir compte aujourd'hui de l'**urgence environnementale** : il convient d'économiser les ressources, de réduire les émissions de gaz à effet de serre et de préserver les océans et les forêts (**Amazonie**).

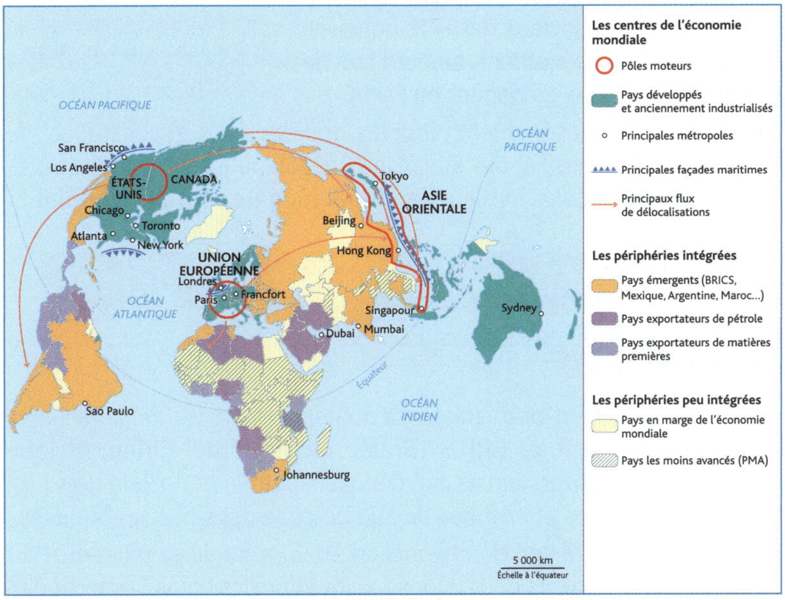

◄ L'inégale intégration des territoires dans la mondialisation

2 Les territoires dominants de la mondialisation

A À l'échelle des aires continentales et des États

• **Trois grandes aires continentales. L'Amérique du Nord, l'Europe et l'Asie orientale** dominent l'économie mondiale. Elles disposent de grandes capacités de production et d'innovation et abritent 80 % des FTN, contribuant ainsi aux **4/5 du PIB mondial**.

• **Les États.** Certains États jouent un rôle majeur : les États-Unis, la Chine, le Japon, l'Allemagne, etc. Ils s'intègrent souvent dans des **organisations supra-étatiques** telles que l'**Union européenne** ou l'**Accord Canada-États-Unis-Mexique** (ex-ALENA). La puissance de la Chine (2e rang mondial) fait aujourd'hui de l'Asie pacifique l'un des pôles majeurs de la mondialisation.

B À l'échelle infra-étatique

• **La littoralisation.** Les littoraux sont des **interfaces** privilégiées de la mondialisation. 40 % de la population mondiale vit à moins de 60 km des côtes. Les littoraux sont équipés de ports et de zones industrialo-portuaires, de zones franches et de **plateformes multimodales**. Ils sont également valorisés par le tourisme mais menacés par le changement climatique (Méditerranée, Antilles, Floride).

• **Les *hubs*.** La mondialisation entraîne la concentration des flux sur des ***hubs* logistiques aéroportuaires**, portuaires ou ferroviaires. Pour les aéroports européens, les passagers et les marchandises sont redistribués à partir de grands *hubs* aériens comme Francfort, Londres et Paris-Roissy-Charles-de-Gaulle.

Définitions

***Hubs* logistiques aéroportuaires :** aéroports où convergent et d'où repartent les marchandises.

Plateforme multimodale : lieu d'échanges impliquant un changement de mode de transport, de l'avion au train ou à la voiture pour les passagers, de l'avion au train ou au camion pour les marchandises, ou inversement.

C L'évolution des centres de décision

• **Les métropoles mondiales.** Elles constituent les principaux **centres de décision** et concentrent le pouvoir économique, financier et politique (gouvernements, sièges sociaux des FTN, bourses). À New York, Londres, Tokyo et Paris s'ajoutent aujourd'hui de grandes villes asiatiques comme Shanghai, Singapour ou Pékin.

> Définition
> **Métropole :** grande ville rassemblant des fonctions de commandement.

• **Les mégalopoles.** Certaines régions rassemblent plusieurs grandes villes et constituent de vastes **mégalopoles** (mégalopolis du Nord-Est des États-Unis, mégalopole européenne, mégalopole japonaise). Métropoles et mégalopoles forment l'**archipel mégalopolitain mondial**.

3 Une nouvelle place pour les puissances émergentes

A Une grande variété de pays

• **Des pays émergents.** Ceux-ci affichent une croissance soutenue mais les inégalités économiques et sociales restent fortes. Parmi les **BRICS (Brésil, Russie, Inde, Chine, Afrique du Sud)**, la Russie dispose d'importantes ressources énergétiques (pétrole et gaz), le Brésil est un grand exportateur de produits agricoles et l'Afrique du Sud possède des richesses minières.

• **La Chine et l'Inde.** La Chine (1,460 milliard d'habitants en 2023) a fondé sa puissance sur les **exportations de produits manufacturés** et développe aujourd'hui les nouvelles technologies. L'Inde (1,428 milliard d'habitants en 2023) mise sur les **services aux entreprises et sur une industrie conquérante**. Les autres pays émergents sont les MINT (Mexique, Indonésie, Nigeria, Turquie), le Maroc ou l'Argentine (qui disposent d'importantes ressources ou d'une main-d'œuvre peu chère).

B Des atouts non négligeables

• **Une main-d'œuvre abondante et des ressources naturelles.** La Chine et l'Inde disposent d'une **main-d'œuvre nombreuse**. Les pays émergents possèdent souvent des ressources naturelles abondantes : denrées agricoles au Brésil, **métaux rares** en Chine, pétrole au Venezuela, au Nigeria et au Moyen-Orient.

• **Des FTN performantes.** Les entreprises des pays émergents sont devenues des firmes de premier plan : Lenovo (Chine, dans l'informatique), Tata (Inde) a racheté Jaguar et Land Rover. Huawei et Alibaba (Chine) sont des leaders mondiaux de la téléphonie et du e-commerce.

C Une intégration limitée

• **Des progrès notables…** Le dynamisme des pays émergents s'est accompagné d'une spectaculaire **réduction de la pauvreté**. Une petite partie de la population s'est fortement enrichie : la Chine compte aujourd'hui plus de milliardaires que les États-Unis. Globalement, la population des pays émergents est moins pauvre. Le PIB par habitant du Brésil est passé de 1 400 dollars par an en 1981 à 8 900 en 2018, et 12 500 dollars en 2023.

• **… mais des handicaps demeurent.** On assiste aussi à un **creusement des inégalités**. Le **coefficient de Gini** de l'Inde est passé de 30,8 en 1994 à 50,2 en 2022, celui de la Chine de 25 en 1984 à 63 en 2022. La mondialisation entraîne des inégalités territoriales fortes : la Chine littorale est riche mais les 3/4 du pays restent pauvres. Au Brésil, le Sudeste est dynamique, mais le Nordeste est en retard.

> Définition
> **Coefficient de Gini :** indicateur d'inégalités de revenus, variant de 0 à 100. Il est de 0 dans une situation d'égalité parfaite. Il est égal à 100 dans la situation la plus inégalitaire.

4 Les territoires en marge de la mondialisation

A Les caractéristiques des territoires marginalisés

• **Des difficultés majeures.** Hormis quelques lieux complètement isolés (pôles Nord et Sud, déserts continentaux), aucun territoire n'échappe vraiment à la mondialisation. Pourtant, certains territoires sont **marginalisés** et peu intégrés : **l'Afrique** représente seulement 2 % du commerce mondial. Le PIB/habitant en Afrique est de 3 500 dollars contre 15 000 en moyenne mondiale.

• **Des territoires sous-équipés.** L'accès à l'eau potable est souvent défaillant, les écoles et les hôpitaux trop peu nombreux. Les écarts de richesse entre pays riches et pays pauvres se sont creusés : les 20 % les plus pauvres ne réalisent qu'1 % du PIB mondial.

B La marginalisation : des causes multiples

• **Des territoires à l'écart.** Certains pays sont mal desservis par les réseaux de communication (ex. : Afrique centrale). Par ailleurs, les conditions naturelles extrêmes demeurent encore un obstacle à l'intégration à l'espace mondialisé (pôle Nord et Antarctique).

• **Des territoires enclavés et peu sûrs.** Un grand nombre d'États sont **enclavés** (ex. : Niger, Tchad, Mali). Or, disposer d'un port ou être bien relié à celui-ci est une condition nécessaire pour les exportations. Par ailleurs, pour certains pays, l'instabilité politique et les **conflits** (ex. : guerres ethniques en Afrique) sont des obstacles majeurs aux investissements étrangers.

C La marginalisation à toutes les échelles

• **À l'échelle des continents et des États.** L'Afrique sahélienne, l'Amérique andine ou l'Asie centrale sont peu intégrées aux flux mondiaux. Au niveau des États, on compte **47 PMA** dont 33 en Afrique, qui se caractérisent par un PIB/habitant, un **IDH** faibles et une économie dépendant souvent des exportations de matières premières. Mais tous les pays, au Nord comme au Sud, comptent des territoires en marge : l'ouest de la Chine, l'Amazonie brésilienne ou le sud de l'Italie.

• **Aux échelles régionale et locale.** Partout dans le monde, l'opposition villes/campagnes demeure : les villes fournissent de l'emploi alors que les espaces ruraux sont plus pauvres et marginalisés. Au sein même des villes, les quartiers défavorisés (**bidonvilles** dans les PED) côtoient les quartiers riches. La mondialisation a ainsi comme conséquence d'augmenter les inégalités des territoires à toutes les échelles.

Exercices d'entraînement

Contrôle continu

Corrigé p. 456

1 Faites correspondre chaque terme de vocabulaire à la définition qui convient.

Centre de décision •	• Lieu d'échanges impliquant un changement de mode de transport.
Hub logistique aéroportuaire •	• Lieu où sont concentrées des fonctions de commandement (politiques, économiques, culturelles).
Plateforme multimodale •	• Aéroport où convergent et d'où repartent les marchandises.

2 Donnez les principales caractéristiques d'un pays émergent.

3 Citez quatre villes qui sont des centres de décision mondiaux.

4 Justifiez l'affirmation suivante à l'aide de deux exemples : « L'Afrique est un continent marginalisé. »

Sujets d'étude

1 New York, un centre de la mondialisation

• **Une mégapole dans une grande mégalopole.** L'agglomération new yorkaise compte 22 millions d'habitants : c'est une mégapole. Elle est, selon l'ONU, classée au **12e rang des agglomérations** en 2022. New York est au cœur de la **mégalopolis** du Nord-Est des États-Unis, une région urbanisée de 55 millions d'habitants.

• **Un pôle politique, économique et financier majeur.** New York accueille le siège de la principale organisation politique internationale : l'ONU. La ville dispose également des **fonctions de commandement économique et financier**. Manhattan abrite les **deux premières bourses mondiales** (New York Stock Exchange et Nasdaq), les banques les plus importantes du pays et un grand nombre de **FTN**. New York accueille aussi un technopôle (Silicon Alley).

• **Une capitale culturelle et touristique.** New York joue un rôle de premier plan dans le domaine culturel avec les comédies musicales de Broadway, ses nombreux musées, etc. La presse écrite et audiovisuelle (*New York Times*, CBS, NBC, etc.) y est concentrée de même que la mode et le marché de l'art (ventes aux enchères chez Christie's ou Sotheby's). New York est la première destination touristique des États-Unis (56 millions de visiteurs par an).

• **Un centre de décision bien relié au monde.** New York est un grand port mondial (Newark, Jersey City et Red Hook) sur l'Atlantique et également un *hub* aérien. Les aéroports J. F. Kennedy, La Guardia et Newark sont parmi les premiers des États-Unis en nombre de passagers internationaux.

2 L'aéroport de Paris-Roissy-Charles-de-Gaulle, un *hub* au cœur des échanges européens et mondiaux

• **Un *hub* de niveau mondial.** L'aéroport Paris-Roissy-Charles-de-Gaulle est un ***hub*** de première importance en France, en Europe et dans le monde. Ses **infrastructures** lui permettent de concentrer de nombreuses lignes internationales et d'assurer la redistribution des flux aériens vers les métropoles françaises et européennes. L'aéroport de Paris-Roissy-Charles-de-Gaulle dessert notamment toutes les capitales et les grandes villes mondiales ainsi que toutes les grandes métropoles régionales françaises.

• **Le *hub* de la compagnie Air France.** Depuis 1996, Paris-Roissy-Charles-de-Gaulle est le *hub* de la compagnie Air France. Il entre en concurrence avec Londres, Amsterdam et Francfort, *hubs* des principales compagnies européennes (British Airways, KLM et Lufthansa). On y compte en moyenne 1 300 vols par jour.

Paris-Roissy-Charles-de-Gaulle en chiffres (2022)
- 2e aéroport européen après Londres-Heathrow et 9e du monde.
- Nombre de passagers : 57,4 millions.
- Fret : 16e aéroport mondial (2,1 millions de tonnes).

Définition
Hub : lieu de concentration des flux (aériens, portuaires ou ferroviaires), avant que ceux-ci ne soient redistribués.

• **Une plateforme multimodale.** L'aéroport de Roissy est un des principaux aéroports pour le fret en Europe (11e rang mondial et 2e rang européen après Francfort, en 2019). Il représente 83 % du tonnage traité dans les aéroports français. Le géant américain du transport express par avion, FedEx, a choisi Roissy pour établir son *hub* principal en Europe.

• **Un aéroport bien connecté au territoire national et à l'Europe.** L'aéroport Paris-Roissy-Charles-de-Gaulle est bien relié aux régions françaises et européennes grâce à la connexion avec le réseau autoroutier (autoroute A1) et ferroviaire, et à la gare TGV située au cœur de l'aéroport. Le Réseau Express Régional permet de rejoindre le centre de Paris en 30 minutes.

Exercices d'entraînement

Contrôle continu

Sujet d'étude 1

Corrigé p. 456

New York, les fonctions d'une ville mondiale

L'intégration aux réseaux d'échange mondiaux
- Aéroport
- Port

L'intégration aux réseaux du savoir
- Technopôle
- Université

L'intégration à la mondialisation financière et économique
- Concentration de sièges sociaux FTN
- Place boursière

1. **Montrez, à l'aide de la carte, que New York est bien connectée au monde.**
2. **À l'aide de la carte et de vos connaissances, expliquez en quoi New York est une capitale financière mondiale.**
3. **En vous aidant de vos connaissances, dites en quoi les fonctions urbaines de New York font d'elle une ville mondiale.**

Sujet d'étude 2

Corrigé p. 456

Situé à 25 kilomètres au nord de Paris, Paris-Charles de Gaulle a accueilli 76,2 millions de passagers en 2019, ce qui en fait le 1er aéroport de France et le 2e en Europe. Paris-Charles de Gaulle dessert 328 destinations dans 119 pays. *Hub* de la compagnie nationale Air France et principal *hub* européen […], l'aéroport accueille la plus grande part des vols long-courriers au départ de Paris […]. Plus de 700 entreprises sont présentes sur la plateforme de Paris-Charles de Gaulle qui rassemble 90 190 emplois directs, tous secteurs d'activités confondues. […] la plateforme de Paris-Charles de Gaulle est idéalement localisée pour attirer le trafic de correspondance, qui alimente le trafic long-courrier, puisque Paris se trouve à moins de deux heures de vol de toutes les grandes villes d'Europe occidentale […]. L'aéroport héberge aussi les *hubs* de la Poste et de l'américain FedEx, lequel a récemment doublé ses capacités de traitement. Tous les principaux acteurs du fret aérien international sont installés au sud-ouest de la plateforme sur la cargo city, la plus grande zone cargo d'Europe avec 300 hectares d'un seul tenant. En transportant 2,1 millions de tonnes de fret et de courrier en 2019, Paris-Charles de Gaulle devance Francfort en tant que 1er aéroport d'Europe pour l'activité cargo. […] L'aéroport est accessible grâce à la proximité de l'autoroute A1, une gare TGV au cœur du Terminal 2, deux stations de RER, ainsi qu'une gare routière à Roissypôle près du Terminal 1 *via* des bus […]. Enfin, la ligne automatique CDG Val relie les trois grands terminaux de l'aéroport […]. Prévue pour la fin 2025, la liaison ferroviaire directe CDG EXPRESS permettra de rejoindre directement Paris intra-muros en 15 à 20 minutes […].

www.parisaeroport.fr, consulté en 2023.

1. **Quelle est la place de l'aéroport Paris-Charles de Gaulle dans le trafic passager européen ? Justifiez votre réponse.**
2. **Relevez des exemples justifiant que Paris-Charles de Gaulle est un hub qui s'inscrit dans la mondialisation.**
3. **Citez deux activités, autres que le trafic passager, présentes sur la plateforme de l'aéroport.**
4. **Quels aménagements font de Paris-Charles de Gaulle une plateforme multimodale ? Justifiez votre réponse à l'aide d'exemples tirés du document.**

Dans un contexte de mondialisation et d'instabilité croissante, la France entre en rivalité avec les autres pays. Elle doit donc continuer à s'affirmer en consolidant ses alliances. Le pays demeure une puissance économique (l'économie française est classée au 6e rang mondial), diplomatique, militaire et culturelle sur la scène européenne et mondiale. Sa présence sur tous les continents, sa participation aux grandes organisations internationales (Union européenne, ONU, OTAN, G7, G20, etc.) ainsi que ses représentants (firmes transnationales, organisations publiques, etc.) contribuent à renforcer son rayonnement et son attractivité. Ce rayonnement comme la concurrence internationale transforment son territoire à toutes les échelles.

1 Une puissance économique qui se maintient

A La balance commerciale de la France

• **Le 6e exportateur mondial.** La France se place au 6e rang (derrière la Chine, les États-Unis, l'Allemagne, le Japon et les Pays-Bas) pour les **flux commerciaux et financiers**. Elle **exporte** surtout du vin et du champagne, des avions, des automobiles, des produits chimiques et des parfums et cosmétiques. L'**Union européenne** représente 60 % de ses exportations. Elle est le 2e exportateur mondial de produits agro-alimentaires et le 4e dans le domaine de l'armement. Alors qu'elle représentait 6,5 % en 1980, la part de marché de la France dans le commerce mondial est, en 2022, d'environ 3 % sur les marchandises et de 3,5 % sur les services (tourisme, services aux entreprises). On compte plus de **180 000 entreprises françaises exportatrices** en 2022.

• **La dépendance aux importations.** La France reste très dépendante de son approvisionnement en **énergie** : pétrole (Moyen-Orient, Venezuela, Nigeria) ou gaz (Algérie, mer du Nord…). Elle importe également des produits industriels d'Europe et d'Asie. L'**Union européenne** domine largement les importations françaises (59 % du total). En 2022, le solde de la balance commerciale est déficitaire de 130 milliards d'euros, alors que la balance des services est excédentaire de 12 milliards d'euros.

B Une économie ouverte sur l'UE et le monde

• **La place des firmes transnationales françaises.** Les FTN françaises sont des acteurs majeurs de la mondialisation. Elles réalisent **60 % de leurs bénéfices hors de France**. Michelin exporte 60 % de sa production et compte pour 15 % du marché mondial du pneu. L'Oréal est présent dans 150 pays et détient 16 % du marché des cosmétiques. Carrefour emploie 396 000 salariés dans 33 pays et possède plus de 1 200 hypermarchés, dont les 4/5 sont à l'étranger. Danone est un des leaders mondiaux de l'agro-alimentaire. La France a choisi l'**échelle européenne** pour développer son aéronautique (Airbus) et l'industrie aérospatiale (EADS).

• **Les IDE sortants.** Malgré un léger ralentissement économique mondial, la France demeure le **3e investisseur mondial** derrière les États-Unis et la Chine. Elle compte 38 000 filiales à l'étranger, employant 5,7 millions de personnes. Ces filiales sont principalement situées dans l'**Union européenne** (Royaume-Uni, Allemagne) mais aussi aux États-Unis, en Chine et au Brésil. 63 % des filiales françaises implantées à l'étranger ont une activité de service dans le secteur du commerce, les services d'information et de communication et les activités financières. Elles contribuent au rayonnement de la France à l'étranger.

2 Le rayonnement mondial de la France

A La présence diplomatique et militaire

> **Définitions**
> **Influence :** action qu'exerce un pays dans le monde.
> **Rayonnement :** influence exercée par un pays, liée à son prestige.

• **La diplomatie française.** La France est classée 3e dans le monde pour le nombre de ses **ambassades** (160) derrière les États-Unis et la Chine. La diplomatie française a pour mission de protéger les intérêts du pays au-delà de ses frontières et de contribuer au rayonnement de celui-ci dans le monde. La France est également active dans les grandes organisations internationales : siège permanent au Conseil de sécurité de l'**ONU**, membre influent de l'OMC et du FMI, participation au **G20 et au G7**, etc. En Afrique, son influence diminue face à la concurrence des États-Unis et, plus récemment, de la Chine. Aujourd'hui, même si la France est un membre influent de la diplomatie européenne, l'UE a du mal à parler d'une seule voix.

• **Les forces militaires françaises.** Dans les années 1960, avec De Gaulle, la France a longtemps cherché à affirmer son indépendance vis-à-vis des États-Unis et de l'URSS. Après l'éclatement du bloc soviétique en 1991, elle a réintégré l'OTAN en 2009 tout en cherchant à maintenir une autonomie stratégique coûteuse : la France dispose de porte-avions et de sous-marins nucléaires, d'avions de combats (Mirage 2000 et Rafale) et d'une armée de **268 000 hommes** dont 15 000 stationnés en permanence à l'étranger. Les forces militaires françaises interviennent sous le mandat de l'ONU ou à la demande d'autres pays pour rétablir la paix (Afrique, Irak, Syrie, etc.). L'Union européenne ne dispose que d'une force militaire réduite (**l'Eurocorps**) qui intervient le plus souvent sous la bannière de l'ONU.

B Une présence linguistique et culturelle

• **La francophonie.** La présence française dans le monde s'appuie aussi sur les millions de personnes qui parlent la langue : elles se situent principalement en Europe (Luxembourg, Belgique wallonne, Suisse romande), en Afrique occidentale, au Maghreb et en Amérique du Nord (Québec, Louisiane). Le français est la cinquième langue la plus parlée au monde avec environ 321 millions de locuteurs, sur 112 pays et territoires.

• **La culture française à l'étranger.** L'art, la littérature et le cinéma sont des vecteurs importants de l'expression culturelle française à l'étranger. L'Institut français est devenu en 2011 l'opérateur unique de l'action culturelle française à l'étranger : il travaille en étroite relation avec le réseau culturel français à l'étranger qui compte 98 instituts français dans le monde entier. **Exemple :** en 2017 a été inauguré le Louvre d'Abu Dhabi (Émirats Arabes Unis). L'Alliance française constitue aujourd'hui le premier réseau culturel mondial, avec plus de 1 000 implantations dans 128 pays sur les cinq continents. Chaque année, plus de 500 000 personnes, de tous âges, viennent y apprendre la langue française. Par ailleurs, l'agence d'enseignement français à l'étranger (AEFE) est composé de 552 établissements scolaires répartis dans 139 pays. 370 000 élèves y sont scolarisés (1/3 de Français et 2/3 d'élèves étrangers).

3 La France, un territoire attractif

A Un pays ouvert au monde

• **Les capitaux étrangers en France.** Ce sont les entreprises de l'**Union européenne** qui investissent le plus (70 % des IDE) sur le territoire français, en particulier dans les régions frontalières. L'Allemagne est le premier investisseur européen en France, suivie par l'Italie, l'Espagne et le Royaume-Uni. La France est la dixième destination mondiale des flux d'IDE. Les filiales de groupes étrangers établis en France emploient 13 % des salariés français, contribuent à 20 % du chiffre d'affaires du pays et à 30 % des exportations. Les États-Unis assurent 1/5 des investissements étrangers, principalement dans les domaines pharmaceutique et médical, aéronautique et ferroviaire. On note, toutefois, une forte progression des investissements en provenance de Chine ou du Moyen-Orient.

> **Définition**
> **Attractivité :** capacité d'un territoire à attirer les hommes (flux migratoires ou tourisme), les investissements et les entreprises.

• **Les organisations internationales.** La France est soucieuse de conserver un rôle mondial en accueillant des organismes internationaux, tant européens que mondiaux. Dans le cadre de l'UE, le Parlement et la Cour européenne des droits de l'homme siègent à Strasbourg. L'autorité européenne des marchés financiers et l'agence spatiale européenne sont établies à Paris. À l'échelle mondiale, l'UNESCO (Organisation des Nations unies pour l'éducation, la science et la culture), et l'OCDE (Organisation de coopération et de développement économique) sont également implantées dans la capitale. Enfin, Interpol, qui est l'organisation internationale de police criminelle, a ses bureaux à Lyon.

B L'attractivité culturelle et touristique

• **Culture et sports.** La gastronomie française est réputée à travers le monde. Le repas gastronomique des Français est inscrit au patrimoine culturel immatériel de l'humanité. La mode et le luxe français, avec des marques de renom (Chanel, Hermès, Vuitton, etc.), sont devenus des piliers économiques et font vivre des milliers de salariés. Les groupes LVMH et Kering sont des leaders mondiaux du secteur. Mais la France revendique également l'organisation de manifestations sportives de portée mondiale. Paris a été choisie pour organiser les Jeux olympiques d'été en 2024. Le Tour de France cycliste, le grand prix de Formule 1, la course de moto du Bol d'Or ou le tournoi de tennis de Roland-Garros attirent des millions de spectateurs et téléspectateurs.

• **La première destination touristique mondiale.** Le tourisme est l'un des atouts majeurs de l'économie française. Avec un patrimoine riche et des aménagements variés (stations d'hiver ou balnéaires), le tourisme connaît une forte progression depuis les années 1950. En 2022, la France a accueilli plus de 90 millions de touristes internationaux. La France se place au 3e rang mondial en termes de recettes (environ 60 milliards d'euros). Le tourisme représente environ 7 % du PIB national et emploie plus de 2 millions de personnes. Les principaux sites touristiques français visités sont, dans l'ordre, Disneyland Paris, le musée du Louvre, le château de Versailles et la tour Eiffel. Les régions qui profitent le plus du tourisme international sont l'Île-de-France, la région Sud (ex-PACA) et la région Occitanie.

Exercices d'entraînement

Contrôle continu

Corrigé p. 456

1 **Citez trois caractéristiques du commerce extérieur français.**

2 **En vous appuyant sur un exemple, définissez la place de la France sur la scène mondiale dans le domaine culturel.**

3 **Caractérisez l'attractivité de la France dans le domaine économique.**

4 **Justifiez l'affirmation suivante en l'illustrant par des exemples : « La France est un grand pays touristique. »**

THÈME 3

Sujets d'étude

1 Le Centre Spatial Guyanais (Kourou) : coopérer pour s'affirmer à l'échelle mondiale

• **Une localisation privilégiée.** Situé à Kourou, dans le DROM (département et région d'outre-mer) de la Guyane, le **Centre Spatial Guyanais (CSG)** est la base de lancement choisie par l'Europe pour envoyer dans l'espace des satellites, principalement de télécommunication. Le CSG est situé à 5° de latitude nord, tout proche de l'équateur, ce qui permet une consommation moindre de carburant pour traverser l'atmosphère et mettre en orbite les satellites géostationnaires.

• **Une coopération entre plusieurs instances.** Mis en service en 1968, le site est aujourd'hui géré par trois instances : **le CNES (Centre national d'études spatiales) propriétaire du site de Kourou, l'agence spatiale européenne, qui est le principal financeur, et la société française Arianespace**. Celle-ci est chargée de la commercialisation et de l'exploitation des lanceurs Ariane (satellites de 9 à 20 tonnes) et des lanceurs Vega (satellites de 1,5 tonnes). Depuis 2007, Arianespace assure également le lancement des fusées russes Soyouz.

• **Le port spatial de l'Europe.** Le centre spatial guyanais génère sur place plus de 4600 emplois (avec les sous-traitants), soit 15 % de la population active de la Guyane. On estime qu'aujourd'hui **40 % des satellites mondiaux sont lancés à partir de Kourou**. De nombreux États européens contribuent au financement de l'agence spatiale européenne (dont la France pour 28 %). La fabrication des fusées Ariane est réalisée dans le cadre d'une véritable **coopération européenne** pour concurrencer les lanceurs russes, américains ou chinois. Les sociétés industrielles françaises conservent encore une part prépondérante dans la conception et la fabrication des lanceurs Ariane.

2 Disneyland Paris : un marqueur de l'intégration de la France dans la mondialisation

• **Le premier complexe touristique européen.** Disneyland Paris est un **parc d'attraction** situé à 30 km à l'est de Paris. Il accueille chaque année plus de 9 millions de visiteurs (plus de 10 millions en 2022), dont 56 % sont étrangers, la moitié venant d'Europe, et 44 % de France. Disneyland Paris s'est imposé comme la première destination touristique européenne et comme une source de rayonnement de la France à l'international. Le complexe contribue ainsi à hauteur de 7 % des recettes touristiques de la France.

• **Une réussite économique.** Créé en 1992, Disneyland Paris a accueilli 375 millions de touristes depuis sa création. Outre les Français, les visiteurs viennent essentiellement du Royaume-Uni (17 %) et d'Espagne (9 %). Les touristes issus de pays non européens constituent moins de 10 % du total. **Le site emploie plus de 16 000 salariés et génère plus de 50 000 emplois directs ou indirects**. L'implantation de Disneyland Paris à Marne-la-Vallée a eu un impact économique important pour toute la région Île-de-France.

• **Un choix d'implantation stratégique.** Après l'implantation de parcs à thèmes en Californie, en Floride et au Japon, la firme Walt Disney Company recherchait un lieu stratégique pour s'implanter en Europe. **C'est le site de la grande banlieue parisienne (Marne-la-Vallée-Chessy) qui a été choisi**. Le complexe touristique se situe à 30 minutes de l'aéroport international de Paris-Roissy-Charles-de-Gaulle. Il est également bien desservi par tous les modes de transport : la gare TGV située à proximité permet de rejoindre les principales villes françaises, mais aussi les grandes capitales européennes comme Londres, Bruxelles ou Amsterdam.

Exercices d'entraînement

Contrôle continu

Sujet d'étude 1

Corrigé p. 457

Le Centre spatial guyanais : une base pour l'Europe

Les missions du Centre spatial guyanais s'inscrivent dans les objectifs poursuivis par l'Europe en matière de transport spatial.

Garantir à l'Europe un accès indépendant à l'espace. En 1973, les pays membres de l'Agence spatiale européenne (ESA) entérinent la nécessité de disposer d'installations de lancement propres. La décision est alors prise de les construire au Centre spatial guyanais, alors propriété de la France placée sous la responsabilité du CNES. Opérationnel depuis 1968, le CSG est choisi comme lieu d'accueil du projet de lanceur européen, Ariane.

Occuper une place de premier plan sur le marché mondial des services de lancement. Pour permettre à l'Europe de maintenir sa place d'acteur majeur des services de lancements, l'Agence spatiale européenne met ses lanceurs et ses installations à disposition d'Arianespace. Créée par le CNES en 1980 pour répondre à la demande de lancements commerciaux, l'entreprise opère et commercialise les lancements d'Ariane, Soyouz et Vega depuis le CSG.

Faire travailler au CSG des entreprises européennes. Le Centre spatial guyanais est majoritairement financé par la totalité des 22 États-membres de l'ESA. […] Parmi les sociétés travaillant au sein de la base spatiale, plusieurs sont originaires de pays d'Europe autres que la France.

Mettre sur orbite des programmes européens. De nombreux programmes et satellites européens remarquables ont rejoint l'espace depuis le CSG. Parmi eux : Rosetta (2004), la 1re sonde à approcher puis placer un atterrisseur sur une comète ; Galileo, (11 lancements entre 2011 et 2021 depuis le CSG), le système de positionnement par satellite européen […] et Webb (2021), plus grand et plus puissant télescope spatial parti à la recherche des origines de l'Univers. Réalisé en coopération avec la NASA et l'Agence Spatiale Canadienne. […]

Site Internet du CSG, centrespatialguyanais.cnes.fr, consulté en 2022.

1. **À l'aide du texte, précisez en quoi le site de Kourou est si important pour l'Europe.**
2. **Dites quelle est son activité principale.**
3. **À l'aide de vos connaissances et du document, expliquez le rôle de Kourou dans le rayonnement de la France en Europe et dans le monde.**

Sujet d'étude 2

Corrigé p. 457

Disneyland Paris : un site touristique dans la mondialisation

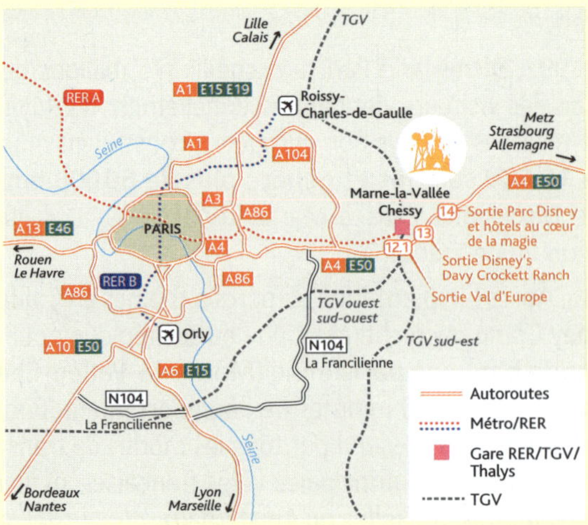

1. **Expliquez le choix de l'implantation de Disneyland Paris en Europe.**
2. **En utilisant la carte, dites quels sont les moyens de transport qui permettent d'accéder au site.**
3. **Pourquoi peut-on dire que Disneyland Paris est un marqueur de l'intégration de la France dans la mondialisation ?**

AXE 1 Fondements et expériences de la démocratie

Questionnement : quels sont les principes et les conditions de la démocratie ?

1 L'essentiel

- **Les origines historiques de la démocratie :** nous vivons aujourd'hui en France **en démocratie**. Ce régime est né à Athènes au Ve siècle avant J.-C. La démocratie est définie comme un régime où les citoyens exercent le pouvoir ou le délèguent à des représentants.
- **La souveraineté du peuple :** c'est l'un des fondements du régime démocratique. La **souveraineté populaire** caractérise le pouvoir détenu par le peuple, lui permettant de voter des lois, d'élire des représentants ou d'être élu.
- **La démocratie et les élections :** grâce aux campagnes électorales et à l'information dont il dispose sur les partis politiques, **le citoyen a la possibilité de s'exprimer** lors des différentes élections. On observe aujourd'hui en France un désengagement des citoyens, qui se caractérise par des taux d'abstention et de votes blancs élevés.
- **La laïcité :** c'est l'un des principes fortement ancrés dans la République française. L'État est donc tenu à un devoir de neutralité vis-à-vis de la religion ; il doit favoriser la liberté de conscience des citoyens qui sont libres de croire ou de ne pas croire.
- **Les autres régimes politiques :** si la démocratie garantit les libertés, il n'en est pas de même pour **les régimes autoritaires et totalitaires** ; le totalitarisme restreint voire supprime les libertés individuelles et collectives.
- **La protection des démocraties : les démocraties sont fragiles**. Elles peuvent être contestées de l'intérieur comme de l'extérieur. Les menaces qui pèsent sur elles peuvent amener les États à prendre des mesures d'exception (comme l'état d'urgence) pour garantir le fonctionnement démocratique et lutter contre le terrorisme.
- **La construction européenne et la démocratie : l'Union européenne** applique les principes démocratiques et possèdent des institutions politiques et judiciaires qui en défendent les valeurs.

2 Les notions à maîtriser

- **Autoritarisme :** pratique autoritaire du pouvoir. Se traduit notamment par la restriction des libertés politiques.
- **État de droit :** État dans lequel le droit s'impose à tous, y compris à l'État lui-même.
- **Laïcité :** conception et organisation de la société fondée sur la séparation des églises et de l'État. Le principe de la laïcité de l'État est posé par l'article 1er de la Constitution française de 1958.
- **Monarchie parlementaire :** démocratie dans laquelle le roi ou la reine n'exerce qu'un pouvoir symbolique.
- **Pouvoir exécutif :** pouvoir qui a pour mission de faire appliquer les lois sur le terrain.
- **Représentation parlementaire :** principe selon lequel les citoyens sont représentés par des députés qui votent les lois en leur nom.
- **République :** forme d'organisation politique dans laquelle les détenteurs du pouvoir l'exercent en vertu d'un mandat conféré par le corps social.
- **Séparation des pouvoirs :** principe selon lequel les pouvoirs législatif, exécutif et judiciaire ne peuvent être réunis entre les mains d'une seule personne.
- **Souveraineté du peuple :** situation dans laquelle le pouvoir est détenu par le peuple.
- **Totalitarisme :** régime politique où la société est totalement soumise au projet des dirigeants.

AXE 2 Repenser et faire vivre la démocratie

Questionnement : comment construire l'avenir de la démocratie dans un monde d'incertitudes ?

1 L'essentiel

• **Les conditions du débat démocratique :** aujourd'hui, les médias et les réseaux sociaux sont au cœur de la démocratie. Ils jouent un rôle déterminant dans le débat des citoyens. Les médias délivrent et analysent l'information ; avec Internet, de nouveaux enjeux apparaissent sur la fiabilité de l'information (« fake news »).

• **Démocratie, exemplarité et transparence :** des scandales politico-financiers ont été révélés par les médias ces dernières années. Ils ont mis à mal la démocratie, en la décrédibilisant aux yeux des citoyens. Un devoir de transparence et d'exemplarité des hommes et des femmes politiques est donc nécessaire.

• **Le citoyen et la politique sociale :** la démocratie accorde des droits aux salariés : le droit de grève, la liberté d'appartenir à un syndicat, le droit de manifester, etc. Les salariés sont des acteurs essentiels de la démocratie : ils sont représentés au sein des entreprises.

• **Les formes et les domaines de l'engagement :** il n'y a pas de démocratie sans engagement citoyen. L'engagement citoyen est indispensable et multiforme : politique, associatif, syndical, social, écologique, humanitaire, culturel, etc. Il rend la démocratie concrète et vivante.

• **Les nouvelles aspirations démocratiques :** de nos jours, la démocratie est surtout représentative : on élit un conseil municipal, un député ou le président de la République. Mais la démocratie représentative peut être conjuguée à d'autres pratiques (**exemple :** la démocratie semi-directe et participative en Suisse, ou le référendum d'initiative partagée).

• **Conscience démocratique et relations internationales :** toute démocratie repose sur des textes majeurs : la Déclaration des droits de l'homme et du citoyen de 1789, la Déclaration universelle des droits de l'homme de 1948, la Convention internationale des droits de l'enfant de 1989, etc. Ces textes fondateurs véhiculent des valeurs (liberté, égalité entre les citoyens, etc.).

2 Les notions à maîtriser

• **Citoyen :** acteur-clé de la démocratie disposant de libertés individuelles et collectives.

• **Citoyenneté :** pleine reconnaissance de l'état de citoyen à une personne.

• **Corruption :** détournement d'argent à son profit par une personne disposant d'un pouvoir de décision.

• **Crise de confiance :** situation dans laquelle les citoyens pensent que leurs dirigeants leur mentent ou les trompent.

• **Débat :** échanges d'idées sur un sujet.

• **Décision publique :** choix opéré par les décideurs, dans l'intérêt de tous.

• **Désinformation :** diffusion de nouvelles fausses afin de déstabiliser l'opinion.

• **Information :** nouvelle donnée obtenue sur une personne ou un événement.

• **Justice internationale :** justice visant au respect des principes démocratiques, pouvant même juger des chefs d'État.

• **Politiques publiques :** mesures qui s'appliquent à tous, à l'échelle d'un pays.

• **Représentation politique :** action de représenter les électeurs afin de défendre leurs intérêts.

• **Sphère privée à l'ère du numérique :** informations mises en ligne relatives à une seule personne.

• **Sphère publique à l'ère du numérique :** informations mises en ligne qui sont accessibles à tous.

Contrôle continu
Épreuve d'histoire-géographie

Corrigé p. 457

Première partie : questions (sur 10 points)

Questions d'histoire

1. Proposez une définition du totalitarisme.
2. Citez trois caractéristiques de la guerre froide.
3. Pour chacune des propositions suivantes, répondez par vrai ou faux. Si la réponse est fausse, corrigez la phrase.

a) La guerre d'Indochine se termine par la défaite française de Diên Biên Phu (mai 1954) et les accords d'Évian (mars 1962).	V	F
b) Par rapport à la Constitution de 1946, celle de 1958 donne plus de pouvoir au président de la République.	V	F
c) Les Trente Glorieuses sont caractérisées par une forte progression des naissances (*baby boom*), un fort ralentissement économique et un chômage élevé.	V	F

Questions de géographie

4. En vous appuyant sur un exemple, définissez le rôle des mers et des océans dans le commerce international.
5. Complétez le fond de carte joint (annexe n° 1) en <u>localisant</u> et <u>nommant</u> :
   – les trois grandes aires continentales qui dominent l'économie mondiale ;
   – quatre métropoles de rang mondial, centres de décision de la planète ;
   – deux pays émergents ;
   – le continent qui se trouve en marge des échanges mondiaux.
   Puis réalisez la légende de la carte.
6. Justifiez l'affirmation suivante en utilisant des chiffres et des exemples : « La France est un grand pays touristique. »

Annexe 1

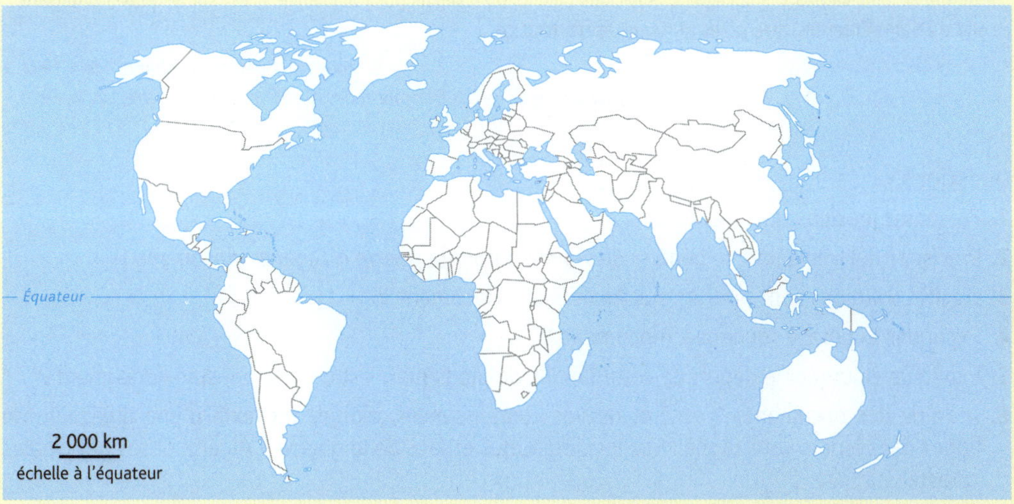

Deuxième partie : analyse de document(s) (sur 10 points)

Le candidat choisit l'un des deux sujets d'étude.

Sujet d'étude La guerre d'Algérie

Document 1 : Allocution radiotélévisée du général de Gaulle, le 16 septembre 1959

[...] On peut maintenant envisager le jour où les hommes et les femmes qui habitent l'Algérie seront en mesure de décider de leur destin, une fois pour toutes, librement, en connaissance de cause. Compte tenu de toutes les données, algériennes, nationales, et internationales, je considère comme nécessaire que ce recours à l'autodétermination soit, dès aujourd'hui, proclamé. [...] Mais le destin politique, qu'Algériennes et Algériens auront à choisir dans la paix, quel peut-il être ? Chacun sait que, théoriquement, il est possible d'en imaginer trois. [...] Ou bien la Sécession, où certains croient trouver l'indépendance. La France quitterait alors les Algériens qui exprimeraient la volonté de se séparer d'elle. [...] Ou bien la Francisation complète, telle qu'elle est impliquée dans l'égalité des droits. [...] Ou bien le Gouvernement des Algériens par les Algériens, appuyé sur l'aide de la France et en union étroite avec elle, pour l'économie, l'enseignement, la défense, les relations extérieures. Dans ce cas, le régime intérieur de l'Algérie devrait être de type fédéral.

Charles de Gaulle, président de la République française, *Discours et messages*, Tome III Avec le renouveau 1958-1962, Plon, 1975.

Document 2 : Témoignage sur l'exil d'une famille de pieds-noirs durant l'été 1962

Fuir le chaos [...]. Un matin, sans que rien [ne] se soit passé, <u>on annonça que la guerre était perdue et qu'il fallait partir</u>. C'est ce jour-là qu'il *[mon père]* a compris qu'il faisait partie des vaincus et qu'il fallait fuir. Il devra abandonner à jamais le théâtre de son inquiétude, à jamais. Car, lui avait-on fait comprendre, jamais il ne pourra revenir. [...] Il savait seulement qu'il devait laisser tout ça, là, en attente. Je crois qu'il n'était jamais venu à ma mère la force de penser qu'il était peut-être possible de vivre encore chez nous, avec les arabes. [...] Quand ils partirent définitivement de la villa, après avoir pris ce qu'ils pouvaient prendre, je suppose qu'ils ont fait un tour dans les vastes pièces de notre maison. [...] Ma mère a suggéré de laisser le gaz ouvert pour que tout s'embrase. Mon père ne l'a pas voulu. Ils sont descendus en ville, ils pensaient que c'était plus sûr, et ils se sont fait courser le 4 ou le 5 juillet par les arabes absorbés par l'ivresse de la vengeance. Mon père a voulu donner sa moto à son vieil ami Belbachir, qui pleurait. [...] D'immenses files d'attente devant la gare maritime, devant les agences de voyage, s'allongeaient depuis des jours sous le soleil écrasant. Les sirènes annonçaient sans arrêt les départs des bateaux. [...] Belbachir n'a pas pu dire : « Reste, ne t'en va pas ». [...] Après, je ne sais pas, ils sont partis pour la France. C'est sur le quai d'une gare, celle de Saint Quentin, que je les ai revus, après tout ça.

B. Stora et T. Quemeneur, *Algérie, 1954-1962. Lettres, carnets et récits des Français et des Algériens dans la guerre*, Librio, 2010.

<u>Questions</u>

1. Présentez les deux documents.
2. Précisez quel rôle a joué le général de Gaulle durant la guerre d'Algérie. (document 1)
3. Quelles solutions sont offertes aux Algériens ? (document 1)
4. Expliquez la phrase soulignée. (document 2)
5. Expliquez pourquoi le départ de cette famille de pieds-noirs est un traumatisme. (document 2)
6. À l'aide des documents 1 et 2 et de vos connaissances, rédigez un texte d'une quinzaine de lignes dans lequel vous rappellerez les différentes étapes de la guerre d'Algérie et ses principales caractéristiques.

Sujet d'étude L'évolution de la place et des droits des femmes dans la société française

Document : Le Manifeste des dix

Ayant en commun d'avoir eu ou d'exercer actuellement des responsabilités publiques, nous voulons, alors que se profile le prochain millénaire dans un monde incertain et une France inquiète, lancer cet appel pour l'égalité des chances et des droits entre hommes et femmes. [...] Si les femmes sont en effet citoyennes à l'égal des hommes par leur nombre dans l'électorat et le niveau de leur participation aux scrutins, cette parité ne se retrouve pas, loin s'en faut, dans la proportion d'élus. Cinquante ans après l'instauration du droit de vote des femmes en France, seulement 5 % d'entre elles sont sénateurs ou maires, 6 % députés ou conseillers généraux. Le scrutin proportionnel améliore sensiblement la représentation féminine, avec 12 % des conseillers régionaux et 30 % des parlementaires européens. Parmi 20 grands pays développés d'Europe et d'Amérique du Nord, le nôtre est bon dernier pour la représentation des femmes au Parlement, loin derrière les États scandinaves, l'Allemagne, l'Espagne. Si bien que, dans l'Union européenne, la France est la lanterne rouge pour la proportion de femmes élues. Ce n'est pas tout. Seuls 6 % des postes « laissés à la discrétion du gouvernement »[1] sont occupés par des femmes : 2,6 % des préfets, 2 % des ambassadeurs, 5,5 % des directeurs d'administration centrale. Sans parler des directions d'entreprises ou d'établissements publics. [...] Après les grandes avancées juridiques des années 70 et 80, il est évident que le mouvement vers l'égalité marque le pas, quand il n'y a pas régression. [Les femmes] savent ou pressentent qu'elles sont les premières touchées par les licenciements et le chômage, total ou partiel, et que les écarts de salaires persistent, sans parler de l'accès aux postes de décision. [...] Voici les mesures que nous proposons :

1 – Une politique volontariste des partis, du gouvernement et des associations féminines conjugués. Les pays nordiques montrent l'efficacité de cette attitude. Quand il le faut, ils n'hésitent pas à utiliser les quotas. [...]

2 – Limitation drastique[2] du cumul des mandats et des fonctions, pour un meilleur partage et exercice du pouvoir. [...]

3 – Financement des partis politiques en fonction du respect de la parité de leurs instances dirigeantes et de leurs élus.

4 – Nomination volontaire à des postes de responsabilité qui dépendent de l'État et du gouvernement, en se fondant sur un principe de parité.

5 – Adoption d'une législation sur le sexisme comparable à celle sur le racisme, permettant aux associations de droits de l'homme et de la femme ainsi qu'aux individus d'ester en justice[3] civilement ou pénalement.

6 – Et s'il faut modifier la Constitution pour introduire des discriminations positives, nous y sommes favorables, comme l'est, nous en sommes persuadées, la majorité de nos concitoyens.

7 – Alors, sur ce sujet, pourquoi pas un référendum ?

Michèle Barzach, Frédérique Bredin, Édith Cresson, Hélène Gisserot, Catherine Lalumière, Véronique Neiertz, Monique Pelletier, Yvette Roudy, Catherine Tasca, Simone Veil

L'Express, 6 juin 1996.

1. **À la discrétion du gouvernement** : à attribuer par le gouvernement.
2. **Drastique** : stricte.
3. **Ester en justice** : exercer une action en justice.

Questions

1. Présentez le document.
2. Quels éléments du texte montrent les inégalités entre les hommes et les femmes dans le domaine politique ?
3. Comparez la situation des femmes en France avec celles des femmes d'autres pays d'Europe ou d'Amérique du Nord.
4. Montrez, à l'aide du texte, que ces inégalités touchent aussi les femmes au travail.
5. À l'aide du document et de vos connaissances, montrez que ce texte illustre les difficultés liées à l'évolution de la place des femmes dans la société française depuis 1945.

HISTOIRE

Thème 1 • Totalitarismes et Seconde Guerre mondiale

Question obligatoire

(Énoncés p. 417)

1. On peut citer comme caractéristiques du totalitarisme **un parti unique** (parti communiste en URSS, parti nazi en Allemagne), **un régime de terreur** marqué par la poursuite des opposants en URSS (*via* les procès de Moscou), la suppression des libertés fondamentales en Allemagne et **le culte du chef** avec Staline et Hitler.

2. Le génocide est l'extermination systématique et programmée d'un groupe humain en raison de ses origines ethniques ou religieuses. On parle de génocide des Juifs par les nazis (6 millions de morts).

3. La Seconde Guerre mondiale est un conflit hors norme : il a mobilisé près de 100 millions de combattants issus d'une soixantaine de pays. Les pertes humaines ont été considérables : on estime que cette guerre a fait plus de 50 millions de morts, dont une majorité de civils.

4. La « Résistance » est l'ensemble des mouvements qui ont lutté contre le régime de Vichy et l'occupant nazi dans le but de libérer le territoire français. La « collaboration » a été menée par le régime de Vichy qui soutenait les autorités d'occupation nazies.

Sujets d'étude

(Énoncés p. 419)

SUJET 1

1. Les deux groupes de personnes sont les habitants Juifs du ghetto de Varsovie et les militaires nazis. Un ghetto était, pendant la Seconde Guerre mondiale, un espace où les populations juives étaient confinées et enfermées.

2. Cette photographie est représentative de la guerre d'anéantissement à l'Est car elle illustre la volonté des Allemands d'exterminer les Juifs polonais.

3. Les habitants du ghetto de Varsovie sont envoyés dans les camps d'extermination de Treblinka, Sobibor ou Auschwitz.

SUJET 2

1. Ce message s'adresse aux Français qui sont invités à résister. Charles de Gaulle veut que les Français gardent espoir et continuent la lutte contre l'Allemagne.

2. De Gaulle demande aux volontaires, qui n'acceptent pas la défaite, de le rejoindre à Londres.

3. La phrase qui montre l'engagement de De Gaulle est : « Quoi qu'il arrive, la Flamme de la Résistance française ne doit pas s'éteindre et ne s'éteindra pas. »

Thème 2 • Du monde bipolaire au monde multipolaire

Question obligatoire

(Énoncés p. 423)

1. On peut citer comme crises de la guerre froide le blocus de Berlin-Ouest (1948-49), la guerre de Corée (1950-53) et la guerre du Vietnam (1965-73).

2. La crise de Cuba a lieu en 1962. L'aviation américaine découvre les missiles nucléaires soviétiques installés sur l'île de Cuba, menaçant les États-Unis. Le président américain John F. Kennedy entame le blocus de Cuba. Le premier secrétaire du PCUS, Nikita Khrouchtchev, finit par céder : les missiles sont démantelés.

3. La décolonisation de l'Afrique noire s'est faite globalement pacifiquement. Si le Maroc et la Tunisie obtiennent leur indépendance en 1956, l'Algérie n'obtient la sienne qu'en 1962 avec les accords d'Évian, après huit ans de guerre.

4. Les deux principaux acteurs français de la construction européenne après la Seconde Guerre mondiale sont Jean Monnet et Robert Schuman.

Sujets d'étude

(Énoncés p. 425)

SUJET 1

1. Il s'agit du projet IDS (Initiative de défense stratégique) qui permet d'intercepter les missiles nucléaires menaçant les États-Unis.

2. Le dispositif de dissuasion nucléaire n'est plus suffisant pour garantir la sécurité des États-Unis. Le programme de « la guerre des étoiles » doit protéger plus efficacement les États-Unis contre les armes nucléaires soviétiques grâce à un « bouclier spatial ».

3. La couverture du magazine montre le visage déterminé du président Reagan ; elle affiche le titre « défendre la défense » pour obtenir les crédits nécessaires et met en scène l'image de la destruction d'un missile à partir d'un satellite.

SUJET 2

1. Le président Bush évoque les attentats du 11 septembre 2001 contre les tours du *World Trade Center* à New York. Il annonce la riposte des États-Unis.

2. Les cibles des États-Unis sont désormais les réseaux terroristes internationaux.

3. Le président Bush envisage des « frappes spectaculaires » médiatisées et des « opérations secrètes » contre les ennemis des États-Unis.

Thème 3 • La France de 1945 à nos jours : une démocratie

Question obligatoire (Énoncés p. 429)

1. Le rôle du GPRF à la fin de la guerre a été de restaurer l'autorité de l'État et de rétablir les libertés républicaines. Il était également chargé de faire redémarrer l'économie.

2. Il existe deux formes de décolonisation pour l'Afrique : une décolonisation pacifique pour le Maroc, la Tunisie et l'Afrique noire et une guerre d'indépendance pour l'Algérie (1954-1962).

3. « La Constitution de 1958 donne plus de pouvoirs au président de la République. » : le président de la République est le chef de l'État et des armées. Il nomme le Premier ministre et peut soumettre au référendum tout projet de loi. Il a également la capacité de dissoudre l'Assemblée nationale. L'article 16 de la Constitution lui permet enfin de prendre les pleins pouvoirs en cas de crise grave.

4. La République est une forme de gouvernement reposant sur une Constitution et dont les représentants du peuple sont élus par celui-ci.

La démocratie est une forme d'organisation politique où le pouvoir est exercé par les citoyens qui peuvent le déléguer à des représentants.

Sujets d'étude (Énoncés p. 431)

SUJET 1

1. Le FLN (Front de libération nationale, créé en 1954) est à l'origine de cette proclamation.

2. Ce mouvement lutte pour l'indépendance de l'Algérie. Il veut restaurer un État algérien « souverain, démocratique et social » et le « respect [des] libertés fondamentales ».

3. Le FLN invite tous les Algériens à lutter pour obtenir l'indépendance, « par tous les moyens » jusqu'à l'obtention de celle-ci.

SUJET 2

1. En 1967, Lucien Neuwirth propose aux députés de voter une loi qui autoriserait la contraception.

2. Selon lui, cette loi permettra de « passer d'une maternité accidentelle » à une « maternité consciente et pleinement responsable ». Cela devrait également diminuer les avortements illégaux qui génèrent des cas de stérilité.

3. On peut citer les lois suivantes qui ont permis aux femmes d'accéder à une égalité de droit avec les hommes :
- 1944 : l'ordonnance sur le droit de vote des femmes ;
- la Constitution de 1946 définissant les principes d'égalité entre les sexes ;
- 1975 : loi Haby sur la mixité à l'école ;
- 2000 : loi sur la parité en politique.

GÉOGRAPHIE

Thème 1 • Mers et océans : au cœur de la mondialisation

Question obligatoire (Énoncés p. 435)

1. Les mers et les océans jouent un rôle majeur dans le commerce mondial. 90 % des produits transportés le sont par voie maritime. La mondialisation du commerce par mer s'accompagne d'une baisse des coûts de transport et d'une augmentation des volumes transportés (porte-conteneurs géants transportant plus de 20 000 EVP).

2. La maritimisation est la part de plus en plus importante prise par les littoraux dans l'économie des pays riverains des mers et des océans.

3. On peut citer le détroit de Malacca, le détroit d'Ormuz, le canal de Panama et le canal de Suez. Ces passages stratégiques sont importants parce que les principales routes maritimes les empruntent (Asie-Europe, Moyen-Orient-Asie et Moyen-Orient-Europe).

4. « Les mers et les océans sont des espaces fragiles qu'il faut absolument protéger. » : les mers et les océans sont menacés par différents phénomènes. Les réserves de poissons diminuent à cause de la surpêche. L'exploitation du pétrole *offshore* et la densification du transport maritime augmentent les risques de pollution. On assiste, par ailleurs, aujourd'hui à un nouveau type de pollution : la pollution par le plastique. La plaque de déchets plastiques qui s'est formée dans le nord de l'océan Pacifique s'étend sur une superficie égale à six fois la France.

Sujets d'étude (Énoncés p. 437)

SUJET 1

1. Les géants de l'Internet sont intéressés par les câbles sous-marins car 99 % des échanges intercontinentaux de données passent par ce vecteur. Les GAFAM pourront, ainsi, mieux contrôler les flux de données numériques.

2. Ces nouveaux projets relieront l'Europe et l'Afrique (Portugal à l'Afrique du Sud, *via* le Nigeria) et la France et les États-Unis (projet Dunant).

3. Ces pays et continents sont privilégiés car ce sont des marchés potentiels pour les GAFAM.

SUJET 2

1. Le détroit de Malacca est un étroit couloir maritime, large de 20 à 74 km et long de 700 km, situé entre la Malaisie et l'île de Sumatra (en Indonésie).

2. Le détroit de Malacca est essentiel pour les échanges internationaux : il voit passer près du tiers du commerce mondial. Il constitue le chemin le plus court entre l'océan Indien et l'océan Pacifique. Il permet de relier l'Europe de l'Ouest, le Moyen-Orient (pétrole) et l'Asie orientale. Un navire emprunte le détroit en moyenne toutes les huit minutes.

3. La lutte contre la piraterie dans le détroit de Malacca, très importante dans les années 1990-2000, a été très efficace grâce à la surveillance accrue des pays riverains (Malaisie, Singapour, Indonésie). On peut aussi citer l'intervention des grandes puissances (États-Unis, Chine, Japon) qui a permis de sécuriser cette zone sensible.

Thème 2 • Des territoires inégalement intégrés dans la mondialisation, en fonction des décisions publiques et des stratégies des entreprises

Question obligatoire *(Énoncés p. 441)*

1. Centre de décision → Lieu où sont concentrées des fonctions de commandement (politiques, économiques, culturelles).
Hub logistique aéroportuaire → Aéroport où convergent et d'où repartent les marchandises.
Plateforme multimodale → Lieu d'échanges impliquant un changement de mode de transport.

2. Un pays émergent se caractérise par une croissance économique forte mais par la subsistance d'inégalités sociales et spatiales. Les BRICS (Brésil, Russie, Inde, Chine, Afrique du Sud), par exemple, sont des pays émergents.

3. On peut citer : Tokyo, New York, Londres et Paris.

4. « L'Afrique est un continent marginalisé. » : l'Afrique ne représente que 2 % du commerce mondial. Le continent se trouve à l'écart des grandes routes maritimes, même si certains grands ports (Lagos, Abidjan, Durban, Mombasa et Tanger) permettent d'exporter des matières premières agricoles, minières ou énergétiques. C'est l'Afrique sahélienne, en particulier les pays enclavés, qui souffre le plus de la marginalisation du continent.

Sujets d'étude *(Énoncés p. 443)*

SUJET 1

1. New York est bien connectée au monde grâce à deux aéroports internationaux : J. F. Kennedy et Newark. L'aéroport de La Guardia dessert plutôt des destinations nationales. New York est également le premier port sur l'Atlantique de l'Amérique du Nord.

2. New York est la première métropole financière du monde avec ses deux bourses : le New York Stock Exchange (NYSE) et le Nasdaq.

3. New York accueille le siège de la principale organisation politique internationale : l'ONU. La ville dispose également des fonctions de commandement économiques et financières grâce aux bourses qu'elle abrite (New York Stock Exchange et Nasdaq), ainsi qu'aux grandes banques et aux sièges sociaux de FTN qu'elle accueille. On y trouve aussi la Silicon Alley (nouvelles technologies). Enfin, c'est une grande capitale culturelle avec Broadway, de nombreux musées (MET, MoMA, Guggenheim, etc.) et des médias puissants (New York Times, CBS, NBC, etc.).

SUJET 2

1. L'aéroport Paris-Charles de Gaulle a accueilli 76,2 millions de passagers en 2019. C'est le 1er aéroport de France et le 2e en Europe (après Londres). Ce hub dessert 328 destinations dans 119 pays.

2. L'aéroport Paris-Charles de Gaulle est un *hub* essentiel en Europe. Il est relié aux grandes capitales et grandes métropoles mondiales. Par exemple, cet aéroport est idéalement situé car « Paris se trouve à moins de deux heures de vol de toutes les grandes villes d'Europe occidentale ».

3. Les autres activités présentes à l'aéroport Paris-Charles de Gaulle sont le fret aérien (avec la présence du géant FedEx) et le courrier avec le grand centre de tri et d'expédition de la Poste.

4. Paris-Charles de Gaulle est une plateforme multimodale car elle est reliée par de multiples moyens de transports à son environnement local, régional, national et européen : « L'aéroport est accessible grâce à la proximité de l'autoroute A1, une gare TGV au cœur du Terminal 2, deux stations de RER, ainsi qu'une gare routière à Roissypôle près du Terminal 1 *via* des bus. » De plus, on pourra prochainement « rejoindre directement Paris intra-muros en 15 à 20 minutes » grâce à la liaison ferroviaire directe CDG EXPRESS.

Thème 3 • La France et ses régions dans l'Union européenne et dans la mondialisation : lignes de force et recompositions

Question obligatoire *(Énoncés p. 446)*

1. La France se place au 6e rang mondial pour les exportations.
Elle exporte surtout du vin et du champagne, des avions, des automobiles, des produits chimiques et des parfums et cosmétiques.
L'Union européenne est la destination de 60 % du total des exportations.
La France reste très dépendante de son approvisionnement en pétrole (Moyen-Orient, Venezuela, Nigeria). Elle importe des produits industriels d'Asie et d'Europe.

2. La France est très présente dans le domaine culturel. Par exemple, la langue française est parlée par 321 millions de locuteurs dans le monde. La France exporte aussi ses œuvres d'art : en 2017, le Louvre d'Abu Dhabi a été inauguré aux Émirats Arabes Unis.

3. Les FTN françaises réalisent 60 % de leurs bénéfices à l'étranger. Michelin, L'Oréal, Carrefour et Danone sont des leaders mondiaux dans leurs domaines respectifs. La France accueille également des IDE venant du monde entier.

4. « La France est un grand pays touristique. » : en 2022, on a compté 90 millions de touristes internationaux en France. Cette dernière est la première destination touristique mondiale.

Le tourisme représente environ 7 % du PIB national et emploie plus de 2 millions de personnes. Les principaux sites touristiques français visités sont Disneyland Paris, le musée du Louvre, le château de Versailles et la tour Eiffel.

Sujets d'étude

(Énoncés p. 448)

SUJET 1

1. Le site de Kourou abrite le Centre spatial guyanais (CSG) qui permet de réaliser les objectifs de l'Europe en matière de transport spatial de satellites.
2. Le CSG est chargé d'envoyer dans l'espace des satellites, en particulier des programmes européens : par exemple Galileo, ou, récemment, le télescope James Webb.
3. Le CSG joue un rôle important dans le domaine technologique pour le rayonnement de la France en Europe et dans le monde. En effet, il est la base de lancement choisie par l'Europe pour envoyer des satellites dans l'espace. Grâce à Ariane et à Kourou, l'Europe est bien placée sur le marché des lanceurs de satellites face aux États-Unis, à la Chine ou à la Russie.

SUJET 2

1. Le site de Marne-la-Vallée a été choisi pour implanter le complexe touristique de Disneyland Paris car la capitale est une ville attractive en Europe et dans le monde. Par ailleurs, Disneyland Paris a une position centrale en Europe de l'Ouest, d'où viennent principalement les visiteurs.
2. Disneyland Paris se situe à 30 minutes de l'aéroport international de Paris-Roissy-Charles-de-Gaulle. Le site est également bien desservi par tous les modes de transport : la gare TGV située à proximité, l'autoroute A4 ou le RER A qui relie le site au centre de Paris.
3. Disneyland Paris est un marqueur de l'intégration de la France dans la mondialisation car c'est le premier complexe touristique européen. Il accueille chaque année plus de 10 millions de visiteurs (9,84 en 2018), dont 56 % sont étrangers, la moitié d'entre eux venant d'Europe. Le parc accueille notamment 44 % de visiteurs français et 28 % de Britanniques. Disneyland Paris s'est imposé comme la première destination touristique européenne et comme une source de rayonnement de la France à l'international.

CONTRÔLE CONTINU

Première partie

(Énoncés p. 451)

1. Le totalitarisme est un régime dans lequel toute activité (sociale, professionnelle, politique, économique, publique ou privée) est soumise à un contrôle par l'État ou par un parti unique. L'exercice du pouvoir est fondé sur la terreur et l'embrigadement des masses.
2. La guerre froide est une période de tension entre les États-Unis et l'URSS (et leurs alliés).
   - Durant cette période, les États-Unis et l'URSS ne s'affrontent pas directement.
   - La guerre froide débute en 1947 et se termine en 1991 par la chute de l'URSS.
   - De nombreuses crises se déroulent durant la guerre froide : en Europe (pont aérien de Berlin en 1948-1949, construction du mur en 1961, chute du mur en 1989), en Asie (guerre de Corée en 1950-1953, du Vietnam en 1965-1973), crise de Cuba (1962).
3. a) Faux. Les accords pour mettre fin à la guerre d'Indochine sont signés à Genève en juillet 1954.
b) Vrai.
c) Faux. Les Trente Glorieuses sont une période de croissance économique au cours de laquelle le chômage est faible.
4. Plus de 80 % du commerce mondial circulent par voie maritime. Près de 50 000 navires transportant 10 milliards de tonnes de marchandises sillonnent les grandes routes maritimes qui empruntent des passages stratégiques (détroits et canaux transocéaniques). Le principal détroit, celui de Malacca, voit passer les 2/3 des flux de pétrole et de gaz.
5. Voir la carte corrigée, en bas de page suivante.
6. « La France est un grand pays touristique. » : Le tourisme est l'un des atouts majeurs de l'économie française. Avec un patrimoine riche et des aménagements variés (stations d'hiver ou balnéaires), le tourisme connaît une forte progression depuis les années 1950. On dénombre chaque année plus de 90 millions de touristes internationaux. Le tourisme représente environ 7 % du PIB national et emploie plus de 2 millions de personnes. Les principaux sites visités sont Disneyland Paris, le musée du Louvre, le château de Versailles et la tour Eiffel.

Deuxième partie

(Énoncés p. 452)

Sujet d'étude 1

1. Le document 1 est l'allocution du général de Gaulle datée du 16 septembre 1959 sur le référendum d'autodétermination. Le document 2 est un témoignage de pieds-noirs sur leur départ d'Algérie pendant l'été 1962.
2. Rappelé au pouvoir en 1958, c'est lui qui a mis fin à la guerre d'Algérie. Cela se traduit par les accords d'Évian signés en 1962.
3. Trois solutions sont offertes aux Algériens :
   - l'indépendance pure et simple ;
   - la Francisation complète, telle qu'elle est impliquée dans l'égalité des droits : les Algériens seraient français de droit ;
   - une autonomie donnée au gouvernement algérien en union avec la France.
4. Cette phrase évoque la fin de la guerre d'Algérie qui s'est traduite par les accords d'Évian signés le 18 mars 1962. Le cessez-le-feu est proclamé

le lendemain mais de nombreuses violences subsistent jusqu'au départ d'environ 1 million de « pieds-noirs » pour la métropole. L'indépendance est proclamée le 5 juillet 1962, 132 ans après la prise d'Alger.

5. Les membres de cette famille doivent quitter les lieux où ils sont nés et ont grandi. C'est un véritable déchirement à cause des violences qui ont suivi les accords d'Évian.

6. La guerre d'Algérie commence par la création du Front de libération nationale (FLN) en octobre 1954, suivie des attentats de la Toussaint rouge (novembre 1954). Dès 1955, la France décide l'envoi du contingent pour « des opérations de maintien de l'ordre ». La IVe République ne réussissant pas à mettre fin à la crise algérienne, De Gaulle est appelé en 1958 pour régler le conflit. En 1961, il propose un référendum sur l'autodétermination de l'Algérie où le « oui » l'emporte. De Gaulle reconnaît alors le principe de l'indépendance de l'Algérie. Les accords d'Évian sont signés en mars 1962 et l'Algérie devient indépendante en juillet.

La guerre d'Algérie a été un conflit sanglant (250 000 Algériens et 30 000 Français tués). De nombreux actes de torture et des exécutions sommaires ont été commis. Les Harkis laissés en Algérie ont, pour la plupart, été victimes de représailles. Ceux qui sont venus en France ont été accueillis dans des conditions inhumaines. Un million d'Européens d'Algérie ont été rapatriés en métropole. Cette guerre a laissé place à une « guerre des mémoires » douloureuse entre les deux pays, chacun cherchant à imposer sa vision du conflit. Les relations politiques entre eux restent difficiles.

Sujet d'étude 2

1. Ce Manifeste est paru dans l'hebdomadaire *L'Express* le 6 juin 1996. Il est signé par dix femmes célèbres en faveur de l'égalité hommes/femmes.

2. En 1996, les inégalités entre hommes et femmes sont importantes dans le domaine politique : seulement 5 % des femmes sont sénateurs ou maires, 6 % députés ou conseillers généraux. Avec le scrutin proportionnel, 12 % d'entre elles sont conseillers régionaux et 30 % parlementaires européens.

3. Selon les auteures du texte, la France est classée dernière pour la représentation des femmes au Parlement, loin derrière les États scandinaves, l'Allemagne et l'Espagne. Dans l'Union européenne, la France est également la lanterne rouge pour la proportion de femmes élues.

4. Les inégalités touchent aussi les femmes au travail : elles sont les premières concernées par les licenciements et le chômage, total ou partiel. Les écarts de salaires avec les hommes persistent et l'accès aux postes de décision est plutôt réservé aux hommes. Ainsi, les postes de directions d'entreprises ou d'établissements publics qu'attribue le gouvernement sont rarement occupés par des femmes (seulement 6 %).

5. Les femmes demeurent sous-représentées dans le monde politique même si des progrès notables ont été réalisés grâce à la loi sur la parité de 2000. En 1996, 5 % des femmes étaient sénateurs ou maires, 6 % députés ou conseillers généraux. En 2019, elles sont 228 sur 577 députés (39 %). Le gouvernement actuel (2021) compte 17 femmes sur 31 ministres.

En ce qui concerne les femmes au travail, en 1996, comme aujourd'hui, les femmes ont en moyenne un salaire plus bas que les hommes (à travail égal) et elles sont davantage touchées par le chômage et le travail partiel.

La place des femmes dans la société a évolué positivement depuis 1945 : ainsi, l'égalité entre les sexes est reconnue par la Constitution de 1958. Pourtant, les violences faites aux femmes perdurent. La loi d'août 2018, qui renforce la lutte contre les violences sexuelles et sexistes, permet de mieux accompagner les victimes et de sanctionner plus fermement les agresseurs.

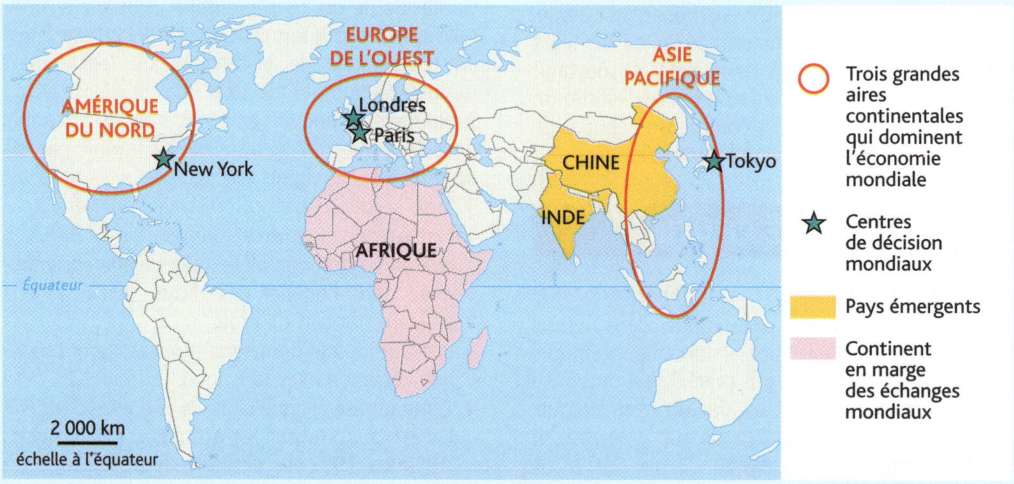

Langues vivantes

ANGLAIS

ESPAGNOL

1 Grammaire : quelques points importants

1 Les degrés de comparaison de l'adjectif

	Adjectif Court (1 syllabe ou 2 en *-y*, *-er* ou *-ow*)	Adjectif Long (2 syllabes et plus)
COMPARATIF		
Égalité	*as… as* *He drives **as fast as** she does.* (Il conduit aussi vite qu'elle.)	*as… as* *John was **as superstitious as** his dad.* (John était aussi superstitieux que son père.)
Infériorité	*not as… as* *It's **not as easy as** I thought.* (Ce n'est pas aussi facile que je le pensais.) *less… than* *Marcia is **less funny than** her sister.* (Marcia est moins drôle que sa sœur.)	*not as… as* *She is **not as fascinating as** she looks.* (Elle n'est pas aussi fascinante qu'elle en a l'air.) *less… than* *This exercise **was less difficult than** the other one.* (Cet exercice était moins difficile que l'autre.)
Supériorité	*…-er than* *The road is **narrower than** I had imagined.* (La route est plus étroite que je ne l'imaginais.)	*more… than* *Pigs are **more intelligent than** dogs.* (Les cochons sont plus intelligents que les chiens.)
Exceptions	*good* → *better* *bad* → *worse* *far* → *further* (UK) ou *farther* (US)	
DOUBLE COMPARATIF		
de plus en plus	*…-er and …-er* *You are **prettier and prettier**!* (Tu es de plus en plus belle !)	*more and more…* *Food has become **more and more expensive**.* (La nourriture est devenue de plus en plus chère.)
de moins en moins	*less and less…* *It is **less and less easy**.* (C'est de moins en moins facile.)	*less and less…* *Paul is **less and less attentive** in class!* (Paul est de moins en moins attentif en classe !)
ACCROISSEMENT PARALLÈLE		
plus…, moins…	*The…-er, the less…* ***The older** you get, **the less sad** you get.* (Plus on vieillit, moins on est triste.)	*The more…, the less…* ***The more patient** you are, **the less disappointed** you will be.* (Plus on est patient, moins on est déçu.)
SUPERLATIFS		
Maximum	*the… -est* *She is **the oldest** woman in the world.* (C'est la femme la plus âgée du monde.)	*the most…* *What is **the most** beautiful gift you were given?* (Quel est le plus beau cadeau que tu aies reçu ?)
Exceptions	*good* → *the best* *bad* → *the worst* *far* → *the farthest* ou *the furthest*	
Minimum	*the least…* *Chinese is **the least** easy language to learn in my opinion.* (Le chinois est la langue la moins facile à apprendre selon moi.)	*the least…* *India sells **the least** expensive cars in the world.* (L'Inde vend les voitures les moins chères au monde.)

2 La subordonnée relative

• La proposition subordonnée relative apporte une **information sur un groupe nominal** que l'on appelle **antécédent**.

• Elle est introduite par **un pronom relatif** qui dépend de la nature de l'antécédent (humain ou non humain) et de son rôle dans la relative (sujet ou complément).

A Le choix du pronom relatif

• Si le pronom relatif est **sujet** de la relative, il est placé avant le verbe de la proposition subordonnée. On emploie alors :
– *who* pour un **humain**
Ex. : *The actress* ***who*** *won an Oscar is Spanish*.
(L'actrice qui a gagné un Oscar est espagnole.)
– *that* ou *which* pour un **non-humain**
Ex. : *The house* ***that / which*** *was built last year is for sale.*
(La maison qui a été construite l'année dernière est à vendre.)

• Si le pronom relatif est **complément** de la subordonnée, on utilise :
– *that* (peu formel), *whom* (formel) ou Ø pour un **humain**
Ex. : *The man* ***that / whom*** */ Ø I met yesterday was very unpleasant.*
(L'homme que j'ai rencontré hier était très désagréable.)
– *that* (peu formel), *which* ou Ø pour un **non-humain**.
Ex. : *What did you do with the money* ***that / which / Ø*** *I gave you?*
(Qu'as-tu fait avec l'argent que je t'ai donné ?)

B Les deux types de subordonnées relatives

• **La relative déterminative** est une subordonnée **essentielle** au sens de la phrase. On ne peut pas la supprimer.
Ex. : *I have just found the keys* ***that*** *John lost last week.*
(Je viens de trouver les clés que John a perdues la semaine dernière.)

• **La relative appositive** apporte un simple complément d'information sur l'antécédent. Elle est placée entre virgules et peut facilement **être supprimée** sans compromettre le sens de la phrase.
Ex. : *My grandmother,* ***who*** *is 85, still plays tennis every Sunday.*
(Ma grand-mère, qui a 85 ans, joue toujours au tennis chaque dimanche.)

3 Modaux et substituts

La plupart des **modaux traditionnels** ne sont utilisables qu'au **présent**. Il faut donc utiliser des **substituts pour les autres temps**.

Modaux au présent	Substituts au passé	Substituts aux autres temps
CAN : **– possibilité,** **– autorisation,** **– capacité physique ou intellectuelle.**	***could*** *He said I could borrow him some money.* (Il a dit que je pouvais lui emprunter de l'argent.) ***was able to*** *I was able to play hockey when I was younger.* (Je pouvais jouer au hockey quand j'étais plus jeune.)	***be able to*** *John will be able to drive a car if you teach him.* (John pourra conduire si tu lui apprends.)
CAN'T : **– impossibilité,** **– refus de permission,** **– incapacité physique ou intellectuelle.**	***couldn't (could + not :* forme négative*)*** *Susan couldn't come with us, her leg was broken.* (Susan n'a pas pu venir, elle avait la jambe cassée.) ***wasn't able to*** *I wasn't able to run fast so I lost the race.* (Je n'ai pas pu courir vite et j'ai donc perdu la course.)	***not be able to*** *I haven't been able to travel a lot so far.* (Je n'ai pas pu beaucoup voyager jusqu'à présent.)
MAY : **– possibilité,** **– autorisation,** **– incertitude,** **– probabilité.**	***may have* + participe passé** *The floor is wet, it may have rained last night.* (Le sol est mouillé, il a dû pleuvoir cette nuit.)	***might*** *They might be happy if you do that.* (Ils seront peut-être contents si tu fais ça.) *He told them they might leave.* (Il leur a dit qu'ils pouvaient partir.)
MAY NOT **– possibilité,** **– refus de permission,** **– probabilité,** **– interdiction.**	***may not have* + participe passé** *The burglar may not have been very careful with his fingerprints.* (Le cambrioleur n'a pas dû être très prudent avec ses empreintes.)	***might not*** *Mum might not like it if you eat the whole cake.* (Il se peut que maman ne soit pas contente si tu manges tout le gâteau.)
MUST **– devoir,** **– obligation,** **– quasi-certitude.**	***had to*** *My brother had to put chains on his tyres because it snowed a lot last week.* (Mon frère a dû mettre des chaînes à ses pneus car il a beaucoup neigé la semaine dernière.)	***have to*** *My sister will have to hurry if she wants to be here at 9.* (Ma sœur devra se dépêcher si elle veut être là à 9 heures.)
MUSTN'T **– interdiction**	***was not allowed to*** *I was not allowed to watch TV in the evening before the age of 15.* (Je n'avais pas le droit de regarder la télé jusqu'à l'âge de 15 ans.)	***not be allowed to*** *If we don't obey mum, we won't be allowed to watch the movie tonight.* (Si nous n'obéissons pas à maman, nous n'aurons pas le droit de regarder le film ce soir.)

4 La voix passive

Comme en français, le choix de l'emploi du passif sert à attirer **l'attention sur autre chose que l'agent de l'action**, ce dernier peut d'ailleurs être omis.

A Les verbes à double complément

• Comme en français, les verbes du type *donner* (*give*), *offrir* (*offer*), *prêter* (*lend*) peuvent gérer trois noms : le donneur, la personne à qui l'on donne et la chose donnée.

• Quand en français la voix passive ne peut accepter que la chose donnée en tant que sujet, l'anglais accepte la chose donnée mais aussi la personne à qui l'on donne en tant que sujet.

	Français	Anglais
Voix active	Paul a donné un livre à Jenny.	*Paul gave Jenny a book.*
Voix passive	Un livre a été donné à Jenny par Paul.	*A book was given by Paul to Jenny.* (→ Le focus est mis sur l'objet.) *Jenny was given a book by Paul.* (→ Le focus est mis sur la personne qui reçoit.)

B Les tournures impersonnelles

Le français utilise beaucoup le pronom *on*. Cette tournure impersonnelle n'existe pas telle quelle en anglais. On a alors souvent recours au **passif**.

Ex. : *He is said to be rich.* (On dit qu'il est riche.)
On sait que cette actrice est malade. (*This actress is known to be sick.)*

C Les *phrasal verbs* ou verbes à particule

Tous les *phrasal verbs* peuvent être utilisés à la voix passive. Il faut seulement faire attention à ne pas oublier la particule.

Ex. : *Someone ran **over** my dog. (*Quelqu'un a écrasé mon chien.)
*My dog was run **over** [by someone].* (Mon chien a été écrasé [par quelqu'un.])
*They will laugh **at** me.* (Ils se moqueront de moi.)
*I will be laughed **at**.* (Je serai moqué.)

5 *Present perfect* et *past perfect*

A Le *present perfect*

• **Conditions de l'emploi.** Contrairement à l'idée reçue, le *present perfect* n'est pas un temps du passé. Il s'agit d'une forme verbale qui tient compte du passé mais qui permet surtout à l'énonciateur d'exprimer un constat au moment où il parle, ou de faire le bilan présent d'une situation due à des événements passés.

> **Attention !**
> Le **participe passé d'un verbe** est formé de la base verbale + *-ed* et figure dans la 3e colonne de la liste des verbes irréguliers.

• **Formation.** On utilise l'auxiliaire *have* conjugué au présent et le participe passé du verbe.

Ex. : *I have been to Australia twice.* (Je suis allé en Australie deux fois.)
Jessica has never seen a koala. (Jessica n'a jamais vu de koala.)

• **Emplois.** Le *present perfect* sert à parler d'actions passées qui ont **des conséquences dans le présent**.

Ex. : *I have met with the manager to discuss the situation.*
(J'ai rencontré le manager pour discuter de la situation.)

• On l'utilise également pour décrire des actions qui ont **commencé dans le passé** et qui sont **toujours en cours** au moment où nous parlons.

Ex. : *I have lived in Montreal for 3 years.* (Je vis à Montréal depuis 3 ans.)

• Le *present perfect* est le temps idéal pour parler de ses **expériences**.

Ex. : *I've never visited London.* (Je n'ai jamais visité Londres.)
Have you ever watched Titanic*?* (As-tu déjà vu *Titanic* ?)

• Enfin, on utilise le *present perfect* pour parler d'une action qui **vient de se terminer** à l'instant.

Ex. : *She has just finished doing her homework.* (Elle vient de finir ses devoirs.)

B Le *past perfect* ou *pluperfect*

• **Conditions de l'emploi.** D'après le contexte selon lequel il est employé, le ***past perfect*** peut faire référence à notre **imparfait** ou à notre **plus-que-parfait**. Ce temps permet donc, dans un récit au passé, d'évoquer une action ou un fait survenus encore plus loin dans le passé.

• **Formation.** On utilise l'auxiliaire *have* au prétérit *(had)* et le participe passé du verbe.

• Ex. : *I hadn't thought about it.* (Je n'y avais pas pensé.)
She had already eaten when they called. (Elle avait déjà mangé quand ils ont appelé.)

• **Emplois.** Le *past perfect* est utilisé pour dresser un **bilan à un moment du passé.**

Ex. : *I had never been to London when I decided to move to Great Britain.*
(Je n'avais jamais été à Londres quand j'ai décidé de déménager en Grande-Bretagne.)

• On l'utilise également pour insister sur la **durée d'une action passée** dans une phrase au passé.

Ex. : *They felt bad about selling their house because they had lived in it for more than forty years.*
(Ils n'étaient pas contents de vendre leur maison car ils y avaient vécu pendant plus de quarante ans.)

Attention !

Pour traduire « depuis » en anglais, vous avez le choix entre *since* et *for* :
– *since + date*
He had lived there since 1999.
Il y vivait depuis 1999.
– *for* + durée
He had lived there for 20 years.
Il y vivait depuis 20 ans.

2 Le vocabulaire utile par axe du programme

Axe 1 Identités et échanges / *Identity and Exchanges*

Abréviations
qch : quelque chose
qqn : quelqu'un
sth : something
sb : somebody

A Noms et expressions avec des noms

un émigré an emigrant
un taux a rate
racines roots
un citoyen a citizen
la recherche du bonheur the pursuit of happiness
le seuil de pauvreté the poverty line
les riches et les pauvres the rich and the poor
réfugié politique political refugee
assimilation assimilation
le rejet rejection
l'acceptation acceptance
immigration massive mass immigration
quotas quotas
le délit de solidarité offence of solidarity
la curiosité curiosity
le partenariat partnership
l'incompréhension misunderstanding
l'acculturation acculturation
la société des castes caste society
une vague d'immigration a migratory wave
à la recherche d'une vie meilleure looking for a better life

B Adjectifs

hospitalier hospitable
invasif invasive
multiculturel multicultural
pessimiste pessimistic

C Verbes et expressions avec des verbes

braver un interdit to defy authority
dialoguer to converse/to discuss
diminuer ≠ augmenter to decrease ≠ to raise/increase
encourager ≠ décourager to encourage ≠ to discourage
envahir to invade
être dans le pétrin to be in a mess
être déclassé to be downgraded
être dépaysé to have a change of scenery
faire partie d'un groupe to be part of a groupe
intervenir to intervene
persécuter to persecute
refouler to repel
s'exiler to go into exile
s'identifier à to identify with
s'insérer to integrate oneself into
s'intégrer to integrate
s'opposer à to oppose sb/sth
se débrouiller to cope
se tendre to stiffen
subvenir aux besoins de to provide for
tenter sa chance to try one's luck
vivre d'expédients to live in hardships

Axe 2 Espace privé et espace public / *Private Space vs. Public Space*

A Noms et expressions avec des noms

la laïcité secularism
discrimination positive affirmative action
la foi faith
un écart a gap
l'égalitarisme egalitarianism
une évolution an evolution

sensibilisation awareness
les droits et devoirs rights and duties
au sein de la société within society
mon semblable my fellow-man
l'opinion publique public opinion
un poste à responsabilité a position of responsibility
la coopération cooperation
le trajet maison-travail the commute
la hiérarchie hierarchy
une mise en lumière a highlight
adaptation adaptation

B Adjectifs

casanier home-loving
égalitaire egalitarian
laïque secular
qui inspire confiance who inspires confidence
structuré structured

Attention !

Ne mélangez pas les adjectifs finissant en ***-ing*** et ceux finissant en ***-ed*** !
Tiring → *Fatigant* **Tired** → *Fatigué*
Frightening → *Effrayant* **Frightened** → *Effrayé*

C Verbes et expressions avec des verbes

dénoncer to denounce
différencier to differentiate
éduquer to educate
effacer les différences to erase differences
entrer dans la vie active to enter the labour (UK) market
faire carrière to have a career
jouer un rôle prépondérant to play a major role
mener à bien un projet to complete a task successfully
mettre au centre de to place sth at the heart
muter to transfer
s'affranchir de to liberate oneself from
s'arracher à to pull oneself out of
s'extraire de to emerge from
se dépasser to surpass oneself
se libérer de to free oneself from
se mettre à la place de to put oneself into someone else's shoes
se sentir en sécurité to feel safe
structurer to structure
vivre dans sa bulle to live in a bubble

Axe 3 Art et pouvoir / *Art and Power*

A Noms et expressions avec des noms

dénonciation denunciation
incarnation embodiment
un soulèvement an uprising
un avertissement a warning
l'art arts
un courant artistique an artistic movement
vandalisme vandalism
vandale a vandal
nationalisme nationalism
divertissement entertainment
une portée politique a political scope
la contre-culture counter-culture
les convictions beliefs
l'approbation approval
l'offre culturelle cultural offer
l'art dégénéré degenerate art
un engagement a commitment
des valeurs values

B Adjectifs

avant-gardiste avant-garde
disproportionné disproportionate
doué gifted
porteur de valeurs a vector of values
puissant powerful
talentueux talented
vandalisé vandalised

C Verbes et expressions avec des verbes

choquer to shock
contester to challenge
distraire to entertain
être l'essence de to be the epitome of
être surveillé to be monitored
faire allusion à to hint to
incarner to embody
interroger to question
manifester to protest
mettre qqn en garde to alert
passer sous silence to ignore
prendre une décision to take a decision
proclamer to declare
provoquer to provoke
se produire sur scène to appear on stage
sonner l'alarme to sound the alarm
symboliser to symbolise
taire qch to conceal something
tourner un film to shoot a film
vandaliser to vandalise
véhiculer to convey

Axe 4 Citoyenneté et mondes virtuels / *Citizenship and Virtual Worlds*

A Noms et expressions avec des noms

un arnaqueur a scammer
un espion a spy
un geek a geek
harcèlement harassment
manipulation manipulation
un préjugé a prejudice
prudence caution
fiabilité reliability
des données data
la vie privée privacy
perplexité puzzlement
mauvaises intentions bad intentions
la punition a punishment
la règle the rule
le flot d'informations the flow of information
une émission de TV a TV show
un reportage a report

B Adjectifs

bien intentionné benevolent / well-intentioned
dépendant addicted
inutile useless
isolé isolated
mal intentionné ill-intentioned
prudent cautious
tendance trendy
utile useful

C Verbes et expressions avec des verbes

accéder à la connaissance to have access to knowledge
contrôler to control
diffuser to broadcast
diriger to lead
encourir un risque to run a risk
endosser l'identité de qqn to take on somebody's identity
être critique to be critical
être perplexe to be bewildered
faire preuve de civisme to demonstrate good citizenship
falsifier to fake
mentir to lie
répandre to spread
s'indigner to be outraged
s'isoler to isolate oneself
se passer de qch to do without something
se replier to turn inward
se révolter to revolt
veiller to ensure

Axe 5 Fictions et réalités / *Fictions and Realities*

A Noms et expressions avec des noms

une croyance a belief
un fantasme a fantasy
une évasion an evasion
une identification an identification
l'inspiration inspiration
une lutte a struggle
les représentations representations
l'esthétisme aesthetics
entre la fiction et la réalité between fiction and reality
en deçà de la réalité underestimation
la soif d'aventure a thirst for adventure
un côté aventureux adventurous spirit
le train-train everyday routine
une source d'inspiration inspirational

B Adjectifs

archétypique archetypical
banal mundane
civilisationnel civilisational
concret concrete
dystopique dystopian
imaginatif creative
inspirant inspiring
moral moral
ressemblant similar
routinier routine
visionnaire visionary

C Verbes et expressions avec des verbes

affabuler to give one's imagination free rein
avoir soif d'aventure to be thirsty for adventure
concevoir qch to conceive sth
correspondre à la réalité to match reality
dépasser l'entendement to be beyond understanding
être profondément ému to be deeply moved
reprendre son train-train quotidien to be back to one's routine
s'inspirer de faits réels to be based on a true story

Axe 6 Innovations scientifiques et responsabilité / *Scientific Innovations and Responsibility*

A Noms et expressions avec des noms

les agissements actions
l'amélioration improvement
la démonstration demonstration
la destruction destruction
la divulgation disclosure
une éclipse an eclipse
des dommages damages
des recherches research
le gaspillage waste
l'innovation innovation
la manœuvre manœuvre
le 7e continent the 7th continent
le danger hazard
la réduction reduction
la résolution resolution
la biologie biology
l'écologie ecology
la génétique genetics
le nucléaire nuclear
la responsabilité responsibility
la robotique robotics
les produits jetables disposable items
dégâts irréversibles permanent damage

B Adjectifs

corresponsable co-responsible
démesuré excessive
divers diverse
divulgué disclosed
endommagé damaged
expérimental experimental
recyclé recycled
surpeuplé overpopulated

C Verbes et expressions avec des verbes

alléger la tâche de l'homme to lighten man's load
consommer to consume
courir un risque to run a risk
croître to grow
déboiser to deforest
forer to drill
manquer to lack
menacer to threaten
plaider pour qch to argue for sth
prendre conscience to become aware
recycler to recycle
rendre la vie plus agréable to make life more enjoyable
s'inquiéter to worry
se dégrader to worsen
se poser des questions to wonder
sortir du nucléaire to phase out nuclear energy

Axe 7 Diversité et inclusion / *Diversity and Inclusion*

A Noms et expressions avec des noms

un accès an access
la confiance trust
l'estime esteem
la maltraitance abuse
l'élévation sociale social advancement
la défiance distrust
la mobilisation mobilisation (UK)
les jeunes et les vieux the young and the old
une controverse a controversy
le cosmopolitisme cosmopolitanism
l'acceptation acceptance
le soutien support
une ethnie an ethnic group
la marginalisation exclusion
la similitude similarity
la particularité particularity
la reconnaissance acknowledgment

B Adjectifs

controversé controversial
défiant distrustful
maltraitant abusive
méfiant suspicious
métissé hybrid / mixed
sectaire sectarian

C Verbes et expressions avec des verbes

avoir beaucoup de choses en commun to have a lot in common
avoir une représentation fausse to have a misconception
contribuer à to participate in
être solidaire to be supportive
faire des efforts to make efforts
faire preuve de cohésion to demonstrate cohesion
insulter to insult
intégrer to integrate
maltraiter to abuse
marginaliser to marginalise
mépriser to scorn
métisser to mix
s'entendre bien avec to get along with
s'entraider to help each other
s'ouvrir à to open to
vieillir to grow old

Axe 8 Territoire et mémoire / *Territory and Memory*

A Noms et expressions avec des noms

la décolonisation decolonisation
un emblème an emblem
les frontières the borders
l'individualité individuality
un mythe a myth
un destin national a national destiny
la solennité solemnity
un deuil a grief
une plaque commémorative a memorial plaque
un opposant politique a political opponent
un intellectuel an intellectual
la grâce a pardon
un témoin a witness
le droit de connaître la vérité the right to know the truth
l'amnésie amnesia
le séparatisme separatism
une lutte sans merci a ruthless struggle
un crime contre l'humanité a crime against humanity
un criminel de guerre a war criminal
un résistant a resistance fighter

B Adjectifs

amnistié pardoned
controversé contentious
mythique mythical
traumatisé traumatised

C Verbes et expressions avec des verbes

amnistier to pardon
battre to beat
déclarer la guerre à un pays to declare war on a country
décliner to decline
enraciner to put down roots
entretenir la mémoire de qqn to keep somebody's memory alive
être sous le joug de to be under somebody's yoke
exploiter to exploit
faire un discours to deliver a speech
lutter à mort to fight to death
occuper un pays to occupy a country
oublier to forget
réduire en esclavage to enslave
régner de manière autoritaire to rule as a dictator
résister to resist
s'effondrer to collapse
séparer to separate
traumatiser to traumatise

1 Employer la préposition « a » en espagnol

1 Devant un complément de personne

• **La préposition « a » est utilisée devant le complément d'objet direct de personne ou d'animal.**

Exemples
Je visite mes cousins pendant les vacances. Visito a mis primos durante las vacaciones.
Il a rencontré ses amis dans la rue. Encontró a sus amigos en la calle.
Il entend les manifestants de loin. Oye a los manifestantes de lejos.
Nous sortirons ton chien ce soir. Sacaremos a tu perro esta tarde.

2 Devant un pronom

• **Le complément d'objet direct de personne peut être représenté :**
– **par un pronom indéfini** (alguien, quelqu'un ; nadie, personne ; cualquiera, n'importe qui) ;
– **par un indéfini, qui fonctionne comme pronom ou adjectif** (uno, una, alguno, alguna, quelqu'un ; ninguno, ninguna, personne ; todos, todas, tous, toutes, tout le monde) ;
– **par un pronom relatif** (quien, al que, quienes, a los que, etc., qui, que) ;
– **par un pronom personnel** (él, ella, etc.) ;
– **par un pronom démonstratif** (éste, ése, etc.).

Exemples
Je ne connais personne qui puisse le remplacer. No conozco a nadie que pueda sustituirlo.
Il a décidé de rencontrer le délégué du personnel à qui il avait donné rendez-vous. Ha decidido reunirse con el delegado de personal a quien había dado cita.
J'en vois quelques-uns dans la rue. Veo a algunos en la calle.

3 Avec des verbes indiquant un complément de personne

• **Certains verbes se construisent très souvent avec un complément de personne** : acusar (accuser), avisar (prévenir), ayudar (aider), bautizar (baptiser), condenar (condamner), convencer (convaincre), llamar (appeler), nombrar (nommer), etc.

Exemples
Le juge condamne les auteurs du vol. El juez condena a los autores del robo.
Elle appelle ses amies. Ella llama a sus amigas.

4 Pour indiquer un futur proche

• **Le verbe « ir » se construit avec la préposition « a » pour indiquer le futur proche.**

Exemple
Nous allons visiter le Pérou en février. Visitaremos (vamos a visitar) Perú en febrero.

2 Rapporter le discours de quelqu'un

• **Pour rapporter le discours de quelqu'un, il faut passer du style direct au style indirect.**

• **Un énoncé au discours direct rapporte les propos d'un locuteur**, qui sont présentés entre guillemets.

• **L'énoncé au discours indirect intègre les propos rapportés dans une phrase complexe.**

> **Exemple**
> El espectador afirmó: « Me gustó el concierto ». → El espectador afirmó que le **había gustado** el concierto.
> Le spectateur a affirmé : « J'ai aimé le concert. » → Le spectateur a affirmé qu'il avait aimé le concert.

• La phrase complexe sera construite **à l'aide d'un verbe déclaratif** (decir, preguntar, afirmar, declarar, etc., – dire, demander si/de, affirmer que, déclarer que, etc.) **suivi d'une conjonction** (que, si).

• Lorsque le verbe déclaratif est au passé, le passage du style direct au style indirect comporte les changements suivants.

1 Changement de personne

• Le verbe, le pronom personnel, l'adjectif possessif et le pronom possessif passent **à la troisième personne**.

> **Exemple**
> Declara: « Me pongo mi pulsera preferida ». → Declara que **se pone su** pulsera preferida.
> Elle déclare : « Je mets mon bracelet préféré. » → Elle déclare qu'elle met son bracelet préféré.

2 Changement de temps

• Il n'y a pas de changement de temps si le verbe déclaratif est au présent ou au futur.

> **Exemple**
> Le pregunta: « ¿Cocina usted en casa? ». → Le pregunta si [él] cocina en casa.
> Elle lui demande : « Faites-vous la cuisine chez vous ? » → Elle lui demande s'il fait la cuisine chez lui.

• **Des changements interviennent lorsque le verbe déclaratif est au passé**. Le verbe de la proposition subordonnée sera à l'imparfait, au passé simple, au plus-que-parfait, au conditionnel présent ou au conditionnel passé.

> **Exemples**
> Respondió: « Trabajé en un barco ». → Respondió que **trabajó** (**había trabajado**) en un barco.
> Il a répondu : « J'ai travaillé sur un bateau. » → Il a répondu qu'il avait travaillé sur un bateau.
> Había declarado: « A los treinta ya habré hecho la película ». → Había declarado que a los treinta ya **habría hecho** la película.
> Elle avait déclaré : « À trente ans, j'aurai fait/terminé le film. » → Elle avait déclaré qu'à trente ans elle aurait bien fait/terminé le film.

3 Changement de mode

• Si l'énoncé au style direct comporte un impératif, ou une notion d'ordre, il se transforme en subjonctif dans la phrase complexe (pour respecter la concordance des temps).

Exemples
Les ordena: « Abrid las ventanas ». → Les ordena que abran las ventanas.
Il leur ordonne : « Ouvrez les fenêtres. » → Il leur ordonne d'ouvrir les fenêtres.
Le dijo: « Quiero que vengas ». → Le dijo que quería que viniera.
Elle a dit : « Je veux que tu viennes. » → Elle a dit qu'elle voulait qu'il vînt.

4 Changement de complément de temps

• Le complément de temps subit des modifications :

ayer (hier)	→	**la víspera** (la veille), **el día anterior** (le jour précédent)
hoy (aujourd'hui)	→	**ese (aquel) día** (ce jour-là)
mañana (demain)	→	**al día siguiente** (le lendemain)
dentro de una semana (dans une semaine)	→	**a la semana siguiente** (la semaine suivante), **al cabo de una semana** (au bout d'une semaine)

Exemple
Afirma: « Mañana llegaré a Salamanca ». → Afirmó que al día siguiente llegaría a Salamanca.
Il affirme : « Demain, j'arriverai à Salamanque. » → Il a affirmé que le lendemain il arriverait à Salamanque.

5 Changement de marques de la langue parlée

• Les marques de la langue orale indiquant des émotions (sí, vale, ja ja, claro, ay, etc. – oui, d'accord, ha ha, bien sûr, zut, etc.) et des hésitations (bueno, pues, etc. – eh bien, etc.), ces dernières sont rendues à l'aide des verbes qui expriment ces émotions (aceptar, reírse, lamentarse, exclamarse, dudar, etc. – accepter, rire, regretter, s'étonner, hésiter, etc.).

Exemple
Dijo: « Vale, voy a la excursión ». → Dijo que aceptaba ir a la excursión.
Elle a dit : « D'accord, je vais faire l'excursion. » → Elle a dit qu'elle était d'accord pour/acceptait d'aller faire l'excursion.

3 Construire une phrase complexe

La conjonction de subordination introduit une proposition subordonnée et exprime une idée de cause (porque : car, puisque), **de concession** (aunque : bien que), **de condition** (si : si), etc.

1 Les subordonnées de cause et de conséquence

- **Conjonctions de subordination de cause** : porque, ya que (car, puisque) ; puesto que, dado que (étant donné que).
- **Conjonctions de subordination de conséquence** : de manera (modo) que, así que, con lo que, con lo cual (de telle sorte que, si bien que).

Exemples

Lo ha dicho porque quiere reunirnos este lunes. Il l'a dit parce qu'il veut nous réunir ce lundi.

La ayuda internacional ha sido insuficiente así que el Gobierno subió los impuestos. L'aide internationale a été insuffisante si bien que le gouvernement a augmenté les impôts.

2 Les subordonnées de concession et de condition

- **Conjonctions de subordination de concession** : aunque (bien que) ; por más que, por mucho que (avoir beau).
- **Conjonctions de subordination de condition** : si (si) ; siempre y cuando (pourvu que) ; a condición de que (à condition que), a no ser que (à moins que).
- Le verbe de la subordonnée de concession ou de condition peut être à l'indicatif (pour exprimer une action réelle) ou au subjonctif (pour exprimer une action hypothétique).

Exemples

Aunque envía su currículo no consigue el trabajo. Bien qu'il envoie son CV, il ne trouve pas de travail.

Si tuviera una caravana me iría de viaje. Si j'avais une caravane, je partirais en voyage.

3 La subordonnée de finalité

- **Conjonctions de subordination** : para que, a fin de que, de manera que (pour que, afin que, de manière à ce que).
- La subordonnée de finalité se construit au subjonctif en espagnol.

Exemple

Se toman medidas para que los ciudadanos no sean víctimas de la contaminación. On prend des mesures pour que les citoyens ne soient pas victimes de la pollution.

4 Conjuguer les verbes usuels diversement irréguliers

Infinitif	Indicatif présent	Subjonctif présent[1]	Impératif	Indicatif imparfait	Futur[2] (conditionnel)	Passé simple[3]	Gérondif	Participe passé
Andar						anduve…		
Dar	doy, das…	dé, des…				di, diste, dio…		
Decir	digo, dices, dice, decimos…	diga, digas…	di (tú)		diré… (diría…)	dije…		dicho
Estar	estoy, estás, está, estamos, estáis, están	esté…				estuve, estuviste, estuvo…		
Hacer	hago, haces…	haga…	haz (tú), haga (ud)…		haré… (haría…)	hice, hiciste, hizo…		hecho
Ir	voy, vas, va…	vaya…	ve (tú), vamos…	iba, ibas, iba, íbamos…		fui, fuiste, fue…	yendo	
Pedir	pido, pides, pide, pedimos…	pida, pidas, pida, pidamos…	pide, pida, pidamos…			pedí, pediste, pidió, pedimos…		
Poder	puedo, puedes, puede, podemos…				podré… (podría…)	pude…	pudiendo	
Poner	pongo, pones…	ponga…	pon (tú)		pondré… (pondría…)	puse…		puesto
Querer	quiero, quieres, quiere, queremos…				querré… (querría…)	quise…		
Saber	sé, sabes…	sepa, sepas…			sabré… (sabría…)	supe…		
Salir	salgo, sales…	salga…	sal (tú)		saldré… (saldría…)			
Ser	soy, eres, es, somos, sois, son	sea, seas…	sé (tú)	era, eras, era, éramos…		fui, fuiste, fue…		
Tener	tengo, tienes, tiene, tenemos…	tenga, tengas…	ten (tú)		tendré… (tendría…)	tuve…		
Venir	vengo, vienes, viene, venimos…	venga…	ven (tú)		vendré… (vendría…)	vine…	viniendo	
Ver	veo, ves…	vea…		veía…				visto

1. Le subjonctif présent suit l'irrégularité de la première personne de l'indicatif présent.
2. Le conditionnel suit l'irrégularité du futur.
3. La troisième personne du pluriel du passé simple sert de base à la formation des imparfaits du subjonctif.

5 Le vocabulaire utile par axe du programme

Axe 1 Identités et échanges – *Identidades e intercambios*

AXE 1
Identités et échanges
Identidades e intercambios

Fronteras e identidad(es)
Las fronteras regionales, nacionales, sociales, políticas, culturales; la identidad personal, social, nacional; la economía internacional; la financiación [*le financement*] de las Comunidades autónomas (CCAA).

Los intercambios económicos
- La mercancía, el bien; la importación, la exportación; los paraísos fiscales; la evasión fiscal; las sanciones económicas; luchar contra el blanqueo [*lutter contre le blanchiment d'argent*].
- El proteccionismo, la movilidad, la repartición (la distribución). El comercio electrónico.
- La ascensión social, la regresión social.
- Comprar, intercambiar, vender.
- Aumentar, reducir los ingresos fiscales.

Dificultades de la emigración
- El gueto, la exclusión, la incomprensión, las fronteras invisibles; la pobreza, la desigualdad.
- Emigrar, exiliarse.

La globalización : económica, cultural
La globalización; los riesgos geopolíticos [*les risques géopolitiques*]; el multilateralismo, el bilateralismo, el nacionalismo, el populismo.

Los viajes
El intercambio cultural; el turismo sostenible, el turismo de masa(s); el entorno natural.

Los movimientos de población
- La migración, el exilio; la emigración, la inmigración.
- El extranjero (el foráneo); el derecho de asilo, la hospitalidad, la acogida [*l'accueil*], la solidaridad.

La mutación de la identidad
- La pérdida de la identidad, la transformación de la identidad; la mediación.
- Acceder a la igualdad.
- Adoptar una identidad.

Ciclos económicos
- La crisis, la prosperidad (la bonanza) económica.
- La estabilidad, la inestabilidad política; el crecimiento económico [*la croissance économique*], la desaceleración [*le ralentissement*].

Axe 2 Espace privé et espace public – *Espacio privado y espacio público*

AXE 2
Espace privé et espace public
Espacio privado y espacio público

La escuela
El abandono escolar, el fracaso escolar; una atención personalizada, el programa de refuerzo [*les cours de soutien*]; el alumnado, el profesorado; el entendimiento entre profesores y alumnos.

Lugares públicos
- Lugares de convivialidad (el parque, la alameda, la biblioteca, la cafetería, la asociación, el club).
- Los espacios públicos (la calle, el barrio, las afueras, el centro comercial, la ciudad).
- Los espacios religiosos (la iglesia, la catedral, el templo, la mezquita, la sinagoga).

La formación
- La educación, la formación inicial, la formación continua.
- Obtener un título; los estudios secundarios, los estudios universitarios; las aptitudes (el trabajo en equipo, la capacidad de innovar).

Lugares privados
Los espacios privados (la casa, el piso, el edificio, el hotel).

Igualdad y desigualdad
La igualdad (de género), la desigualdad entre el hombre y la mujer; la paridad, la equidad entre hombres y mujeres, la cuota de género, la brecha [*le fossé*] de género.

El mundo laboral
El mercado laboral; el trabajo « *on line* », el desarrollo tecnológico y digital; el contrato de trabajo, el contrato temporal [*le CDD*], las subvenciones para la contratación.

Lenguas y registros
- La lengua nacional, el idioma, lengua extranjera; lengua(s) oficial(es), lenguas regionales, el dialecto.
- Registro académico, corriente, coloquial [*familier*], argot.

Movimientos
- El machismo, el feminismo, la violencia de género [*la violence faite aux femmes*].
- La emancipación. La manifestación.

Axe 3 Art et pouvoir – *Arte y poder*

AXE 3 Art et pouvoir *Arte y poder*

Lugares de poder
- Las residencias oficiales (La Moncloa: residencia del Jefe del Gobierno, La Zarzuela: residencia del Rey).
- Los edificios institucionales (el Senado, el Congreso de los Diputados; la sede del gobierno regional).

La ideología
- El arte (cine, literatura…) comprometido, la resistencia, la contracultura, la vanguardia.
- La tradición, el arte oficial.
- La censura, la libertad de creación.
- Homenajear; criticar, censurar.

Formas de poder
La proyección de la cultura [*le rayonnement culturel*], el descubrimiento cultural, la dominación cultural.

El cine
- El cine (las películas de propaganda, las películas patrióticas); el actor, la actriz.
- La industria del cine; la plataforma de *streaming*.

El lenguaje artístico
- El lenguaje gráfico, cinematográfico.
- El trazo [*le trait*] grueso, fino; los colores, el blanco y negro.

La televisión
- El programa televisivo, el plató de televisión, el presentador.
- La serie de televisión, la miniserie.

La pintura
- El arte religioso, profano.
- El retrato [*le portrait*]; el cuadro (las figuras, la perspectiva, el motivo).

La difusión
El éxito [*le succès*], el fracaso [*l'échec*], la receta del éxito; el taquillazo, el éxito de ventas [*le record d'entrées au box-office*].

La literatura
La apología, la sátira, la dedicatoria; el premio Nobel.

La música
La ópera, el himno, el canto, la canción, el concierto.

El cómic
La historieta, el tebeo, la viñeta, la ilustración, el cartel [*l'affiche*], la caricatura; el lema [*le slogan*], el mensaje; la portada [*la couverture*]; el dibujante, el crítico, el guionista.

Axe 4 Citoyenneté et mondes virtuels – *Ciudadanía y mundos virtuales*

AXE 4 Citoyenneté et mondes virtuels *Ciudadanía y mundos virtuales*

La tecnología
- La inteligencia digital, el poder (la capacidad) de almacenamiento [*stockage*]. Los algoritmos, la inteligencia artificial.
- El tutorial.
- Crear una cuenta (el usuario, la contraseña [*le mot de passe*]).

La economía virtual
La moneda encriptada, los pagos virtuales, la tarjeta de pago, los datos personales.

La vida en sociedad
- La duda, la objetividad, el maniqueísmo.
- La pregunta, la respuesta; la polémica, el debate. La cuestión social.
- Los videojuegos.
- Opinar, argumentar, denunciar. Contestar (responder), estar al tanto (estar al corriente). Convencer, explicar, darse cuenta; compartir un punto de vista [*partager un point de vue*].

La web
- La (página) web, el sitio web, el sitio wiki, las enciclopedias participativas.
- Los blogs, los foros.
- La democracia participativa.

Las redes sociales (las RRSS)
La comunidad global; el mundo real, el mundo virtual; la vida analógica, la vida digital.

Las ventajas
- La educación digital, el acceso al conocimiento, el aprendizaje colaborativo.
- La propiedad intelectual, los derechos de autor. La protección de datos.
- El trabajo « *on line* », presencial.

Los peligros
- La censura y el control de internet, el acoso virtual (el ciberbullying), el hostigamiento [*le harcèlement*] en las redes sociales; la brecha digital [*la fracture numérique*].
- El conformismo, las falsas informaciones, la manipulación.
- La usurpación de identidad, la identidad virtual, la e-identidad, el lanzador de alerta (el alertador).

Axe 5 Fictions et réalités – *Ficciones y realidades*

AXE 5
Fictions et réalités
Ficciones y realidades

Los modelos
- El modelo ético, estético, político; el patrimonio cultural, el imaginario colectivo, el área cultural.
- La repetición de tramas y arquetipos; la creatividad, la originalidad.
- Crear un gusto uniforme.

La literatura
- La literatura, la mitología, las leyendas, las creencias; la ficción, la invención, la imaginación, la fantasía, la superstición; los misterios, los sueños.
- Crear, maravillarse, inventar.
- La ciencia ficción, la literatura realista, la literatura comprometida.
- La realidad, la verosimilitud.

El progreso científico
La investigación [*la recherche*] científica, las exploraciones, los descubrimientos.

Personajes
El héroe, la heroína; el superhéroe, el cantante, el actor, el militante de una ONG, el inventor, el político, la mujer/el hombre de negocios.

El deporte
La competición deportiva; el partido; los deportistas, los jugadores; el tenista, el futbolista. Las apuestas.

El voluntariado
El voluntario [*le bénévole*], las organizaciones no gubernamentales (las ONG).

Los valores
El valor [*le courage*], la honestidad, el altruismo, la confianza, la hipocresía, la maldad, el egoísmo, la desconfianza.

Las utopías
La sociedad justa, la igualdad, la liberación, la emancipación.

La nación
El sentimiento nacional, las figuras tutelares (los personajes históricos, los escritores, las figuras icónicas clásicas/modernas).

Las distopías
La opresión, la dominación, el colonialismo, el choque de culturas.

Axe 6 Innovations scientifiques et responsabilité – *Innovaciones científicas y responsabilidad*

AXE 6
Innovations scientifiques et responsabilité
Innovaciones científicas y responsabilidad

Adelantos científicos
- La investigación genética, las vacunas [*les vaccins*], la clonación, los OGM (los organismos genéticamente modificados).
- La selección de plantas (resistentes a las sequías [*les sécheresses*], a las enfermedades); la lucha contra la desnutrición.
- Los robots, la fabricación en cadena.

Las nuevas tecnologías
- Las redes [*les réseaux*]; el 5G, la quinta generación; las zonas cubiertas; la cobertura.
- Los dispositivos conectados (el coche autónomo; los móviles; los electrodomésticos; los sensores).
- La demanda de servicios por móviles (los servicios sanitarios, financieros, educativos, laborales).

El transporte
Los medios de transporte, el uso compartido del coche, la ecología, el ecociudadano [*l'écocitoyen*].

La contaminación
- El desecho [*le déchet*], los gases de efecto invernadero [*les gaz à effet de serre*].
- El delito medioambiental; las consecuencias del calentamiento climático (la elevación del nivel del mar, los fenómenos climatológicos extremos, la desertificación).

La energía
Las energías renovables (la energía eólica, solar); los parques solares, eólicos; la factura eléctrica.

La ecología
- La biodiversidad, los circuitos cortos de comercialización (CCC), el producto ecológico, el crecimiento ecológico.
- Los recursos medioambientales [*ressources environnementales*]; la biodiversidad.

Tendencias sociales
- La sensibilización ambiental; la reducción del consumo (de carne), la dieta vegetariana (el consumo de frutas, verduras y legumbres); el sufrimiento animal, el movimiento animalista.
- La ONG (la organización no gubernamental), la movilización.
- Consumir, ahorrar [*économiser*], desperdiciar [*gaspiller*], reducir, recortar.

Las prácticas abusivas
- La alienación laboral, las jornadas laborales sin límites.
- El capitalismo tecnológico; el consumo excesivo, el hiperconsumo; los abusos de las multinacionales.

Axe 7 Diversité et inclusion – *Diversidad e inclusión*

AXE 7 Diversité et inclusion *Diversidad e inclusión*

Dificultades físicas y mentales
- La discapacidad, la minusvalía [*le handicap*], el discapacitado (el minusválido), la aplicación para los discapacitados visuales.
- La integración, la campaña de sensibilización, el voluntariado [*le bénévolat*].
- La movilidad, la libertad de movimientos, las barreras arquitectónicas.

Las mejoras
- La igualdad, la emancipación, la reivindicación, la lucha contra las discriminaciones, el reparto equitativo, la distribución de la riqueza, la recaudación de impuestos [*la perception d'impôts*].
- El desarrollo sostenible [*le développement durable*].

Los perjuicios
- El estereotipo, el tópico.
- El rechazo [*le rejet*], el desprecio, las discriminaciones (la riqueza, la pobreza, la precariedad, las desigualdades; los ricos, los pobres); la desigualdad salarial (el « techo de cristal » [*le « plafond de verre »*]).

Las minorías
- Los derechos de las minorías; el discurso antiinmigratorio, la retórica antiinmigratoria; la exclusión.
- La comunidad hispana, el sueño americano; la integración (de los extranjeros, los gitanos, los marginales).
- Las lenguas oficiales, las lenguas no reconocidas, los idiolectos, la lengua regional.
- Las remesas [*les envois d'argent*] de los inmigrantes, la dependencia financiera.

La inclusión
- La evolución de las sociedades, las categorías sociales, la diversidad cultural (lingüística, social, étnica), la influencia (africana, americana, caribeña, europea, indígena).
- El mestizaje, el multiculturalismo, el grupo étnico, las parejas mixtas, el colectivo [*l'association*].
- Reivindicar, relacionarse, afirmarse, integrarse.

Las generaciones
- Las jóvenes generaciones, los adultos; la tercera edad, las personas mayores (los mayores); las relaciones entre las generaciones.
- La ayuda, los servicios; un piso adaptado, una residencia de la tercera edad.

Axe 8 Territoire et mémoire – *Territorio y memoria*

AXE 8 Territoire et mémoire *Territorio y memoria*

Espacios nacionales y transnacionales
- Los países desarrollados [*les pays développés*]; los países empobrecidos (pobres, poco desarrollados); la degradación de las tierras, la escasez de agua [*la pénurie d'eau*].
- La extensión de cultivos; los espacios de bosques, los espacios urbanizados; el estilo de vida rural, urbano; la España vacía/vaciada.

Las edificaciones
- Los monumentos por los caídos [*les monuments aux morts*], los monumentos conmemorativos (el museo, la estatua, la columna).
- El barrio histórico, el patrimonio arquitectónico, la protección del patrimonio.
- Las edificaciones en ruina, las instalaciones modernas; la fábrica cerrada, las plantas del polígono industrial [*les usines de la zone industrielle*].

La historia
- La historia individual, el destino colectivo; el opresor, la víctima.
- La historia oficial, el deber de memoria, la Ley de Memoria Histórica (la reparación de las víctimas, las ayudas, la indemnización).

Las huellas de la historia
Las fechas de los acontecimientos más significativos, los periodos, los lugares de memoria, la arquitectura, la evolución temporal, los personajes históricos.

La frontera
Los espacios fronterizos (los espacios regionales, nacionales, transnacionales).

La memoria
- La amnistía, la amnesia.
- El espíritu de reconciliación; la dictadura, la represión.

El descubrimiento [*la découverte*]
- La conquista, la colonización, la esclavitud, el comercio triangular.
- La dominación, la independencia, el choque de civilizaciones, el sincretismo.

La herencia [*l'héritage*]
- El legado, el consenso; la rehabilitación, el rechazo, el homenaje; la herida, el trauma.
- Recordar, rehabilitar; rechazar, excluir, exiliar(se); integrar, dialogar.

Crédits photographiques :

Ingénierie, innovation et développement durable *Toutes les images non créditées pour cette partie appartiennent aux auteurs ou sont issues d'annales de Bac. chap* 2 : Terre : © Shutterstock/ peiyang ; sac de caisse : © Shutterstock/Billion Photos ; pot peinture : © Shutterstock/ Shawn Hempel ; Sc : © Shutterstock/ concept w ; Nd : © Shutterstock/ concept w ; lave-linge : © Shutterstock/ Antonova Elena. *chap* 3 : casserole : © Shutterstock/ VectorManZone ; panneaux solaires : © Shutterstock/ stockvideofactory ; parc éolien : © Shutterstock/ ssuaphotos ; barrage des Trois-Gorges : © Shutterstock/ PRILL ; *chap* 5 : horlogerie : © Shutterstock/ solarseven ; *chap 7 :* © Sutterstock/Mikadun ; © Sutterstock/Proxima Studio ; © Sutterstock/Fouad A. Saad ; © Sutterstock/2xSamara.com ; © Sutterstock/Dimitris Leonidas ; © Sutterstock/Dean zangirolami ; ©Shutterstock/Niyazz © Sutterstock/Andrew Buckin ; © Sutterstock/Jiripravda ; © Sutterstock/aurielaki ; © Sutterstock/Art Konovalov ; *chap 8* : © Shutterstock/lazyllama ; chasse-neige : © Shutterstock/Delmas Lehman ; *chap* 9 : saxophone : © Shutterstock/ artjazz ; multimètres : © Jeulin ref.291308 – 2020 ; © Jeulin ref.291391 – 2020 ; © Jeulin ref.291454 – 2020 ; station météo : © Shutterstock/ serato ; rover Curiosity : © Shutterstock/ Triff ; *chap 10 :* bouée : © Shutterstock/ William Harlsberry ; salle de bureau : © Shutterstock/ ImageFlow ; câble : © Shutterstock/ oksana2010 ; ordinateur : © Shutterstock/ Hywit Dimyadi.
Mathématiques *chap 11 :* Leonhard Euler : © Bibliothèque nationale Suisse/Photothèque Hachette Livre.
Physique Chimie *chap 2* : énergie thermique : © Shutterstock/Anita van den Broek ; pictos énergie : © Shutterstock/Macrovector ; pictos ondes : ©Shutterstock/Vector Stall ; *chap* **4** : effet thermique : © Shutterstock/Ivan Smuk ; *chap* **7** : baromètre : © Shutterstock/ petroleum man ; manomètre : © Shutterstock/ Xmentoys ; *chap11 :* citron :© Shutterstock/ fotoearl ; bouteille : © Shutterstock/ Eduardo Rocha ; *chap13 :* échelle acoustique :©Shutterstock/trgrowth; *Sujet-type :* Solar impulse 2 : © Shutterstock/Ryan Fletcher.
Philosophie Sauf mention contraire, ci-après, tous les portraits de la partie « Philosophie » sont crédités : © Photothèque Hachette. p. 248 : Émile Durkheim, © The Bridgeman Art Library. pp. : 248 : Sigmund Freud, © Keystone, Eyedea. pp. 244, 251 : Martin Heidegger, © BNF. p. 244 : Hans Jonas, Photo Bridgeman Images. p. 244 : Claude Lévi-Strauss, © INAPhotothèque. p. 248 : John Locke, cliché Hachette, © BNF. pp. 240 : Jean-Paul Sartre : © D.R.
Histoire-Géographie-EMC P. 398 : © Heritage Images/Fine Art Images/akg-images ; p. 403 : © akg-images ; p. 406 : © The Image Works/Roger-Viollet ; p. 409 : © *Time Magazine*/DR ; p. 411 : © Bridgeman Images.

Conception graphique :

Couverture : Stéphanie Benoit

Réalisation

Composition et mise en pages :
Patrick Leleux PAO - Graph'in Folio : Cécile Rabataud - IDT ; DESK
Cartographie : Légendes Cartographie
Schémas 2I2D, Maths et PC : Patrick Leleux PAO
Édition : Adeline Pécout

ISBN : 978-2-01-722654-3

www.parascolaire.hachette-education.com

Dépôt légal : juillet 2023 – Édition : 02 – 10/6602/4
Achevé d'imprimer en mai 2024 en Italie par l'imprimerie Vincenzo Bona S.p.A.